Erstes Buch

Erster Teil

I

Kurden haben die Einwohner von Chorassan schon häufig gesehen; oft sind sie mit ihnen in Berührung gekommen, in angenehme und unangenehme. Doch warum sie jetzt so gebannt auf Maral schauten, das wußten sie selber nicht.

Maral, das Kurdenmädchen, hatte sich den Zügel ihres schwarzen Pferdes über die Schulter geworfen und ging, den Nacken fest und gerade aufgerichtet, mit großen Schritten selbstbeherrscht und ruhig auf das Polizeirevier zu. Ihre Wangen waren gerötet. Alte Messingmünzen hingen vom Saum ihres Kopftuchs in die Stirn und das runde, erhitzte Gesicht und pendelten bei jedem Schritt weich um ihre Wangen und Augenbrauen. Ihre vollen Brüste traten deutlich hervor: zwei ungeduldige Tauben, die aus dem Kragen auffliegen wollten. Die Enden von Marals Kopftuch verdeckten die Brüste, die bei jeder Bewegung wippten, und ihr langer, weiter Rock schwang bei jedem Schritt im Gleichtakt mit dem Wippen der Brüste um die bestrumpften Waden. Marals Augen blickten unverwandt geradeaus, ihre Blicke flogen über die Köpfe der Vorübergehenden hinweg, die hübschen Lippen waren fest verschlossen. Sie schritt aus wie ein Held, der erhobenen Hauptes aus dem Kampf zurückkehrt. Auch ihr Rappe Gareh-At hatte seinen Hals so gewölbt, reckte die Brust und setzte seine Hufe so stolz aufs Straßenpflaster auf, als erweise er der Erde eine Gnade und fühle sich über alles ringsum erhaben.

Einem Moritatensänger, der seine Bildtafel an die Mauer gehängt hatte, stockte die Stimme, denn alle seine Zuhörer hatten ihr Auge von seiner Bildtafel und das Ohr von seiner Stimme abgewandt; sie schauten dem schwarzen Pferd und dem Mädchen nach und lauschten dem würdevollen Klopfen der Pferdehufe auf dem Straßenpflaster, bis der Sänger laut seinen Vortrag wieder aufnahm, um die Aufmerksamkeit der Leute erneut auf sich zu lenken.

Maral blieb vor dem Gebäude stehen, über dessen Portal eine Fahne wehte, und wandte sich an den Polizisten, der im Schilderhaus neben dem Tor stand: »Bruder, ich muß zu meinem Bräutigam und zu meinem Vater. Es wird jetzt ein Jahr, daß sie im Gefängnis sitzen. Bist du so gut, mir den Weg zu zeigen?«

Der junge Polizist sah mit seinen glänzenden Augen das Kurdenmädchen und den Rappen, der sein Maul über die Schulter des Mädchens hielt, genauer an und sagte: »Mit deinem Pferd kannst du aber nicht in den Hof gehen. Du mußt das Pferd irgendwo anbinden.«

»Wenn du mir versprichst, darauf aufzupassen, binde ich seinen Zügel an den Baum da.«

»Daß du aber nicht zu lange wegbleibst, denn in einer halben Stunde ist meine Wache vorbei.«

Maral zog ihr Pferd zum Weidenbaum, band den Zügel um den mageren Stamm, nahm die Satteltasche aus festem Stoff von der Kruppe des Pferdes, warf sie sich über die Schulter, streifte das Gesicht des Polizisten mit einem freundlichen Blick und trat in den Torweg, der unter einem halbmondförmigen Gewölbe zum Hof führte. Maral blieb einen Augenblick stehen und sah sich den Hof an, der sich vor ihr ausbreitete: Mit Ziegelsteinen gepflasterter, feuchter Boden, in der Mitte ein Wasserbecken, einige Zimmer auf einer Seite, hohe Lehmmauern und Schatten, eine Gruppe Männer und Frauen, die wartend in einer Ecke nahe der Treppe standen. Auf der Veranda oberhalb der Treppe saß hinter einem alten Tisch ein Unteroffizier, der ein Messingschild auf der Brust hängen hatte; mit einem weißen Taschentuch wischte er sich den Schweiß von seinem fetten Nacken. Als er Maral dort stehen sah, rief er ihr von weitem zu: »He … Mädchen, was willst du? Komm hierher!«

Maral sah ihn an und setzte sich in Bewegung; entschlossenen Schrittes stieg sie die Treppe hinauf, blieb auf der Veranda neben dem Tisch des Diensthabenden stehen und sagte: »Meinen Bräutigam und meinen Vater will ich sehen.«

Der Diensthabende – er hatte ein weißes, gedunsenes Gesicht, hennagefärbtes, weiches Haar und einen Schnurrbart – sah Maral aufmerksam und länger als nötig an und fragte schließlich: »Haben die keinen Namen? Wie heißen sie?«

»Delawar und Abduss. Mein Vater heißt Abduss, mein Bräutigam Delawar.«

»Ich weiß, wen du meinst. Vom Kurdenstamm der Tupkalli!«

»Nein, Bruder. Vom Stamm der Mischkalli. Aus Dahneh-ye Schur. Aus der Gegend von Ssar-Tscheschmeh. Zuerst waren sie im Gefängnis von Nischabur.«

»Und wie heißt du? Was soll man denen sagen, wer gekommen ist?«

»Maral. Die Maral von Abduss. Ich komme gerade vom Berg Kelidar.«

»Schön, stell dich da zu den Frauen; ich sag dann, man soll sie rufen.«

Maral ging zur Ecke und gesellte sich zu den wartenden Leuten; aus den Augenwinkeln beobachtete sie den Unteroffizier, der einen Polizisten zu sich winkte, ihm einen Zettel gab und sagte: »Sag, sie sollen schneller aufrufen, die Zeit ist knapp.«

Nachdem er das gesagt hatte, blickte der Unteroffizier das Kurdenmädchen an. Maral senkte den Kopf, wandte das Gesicht ab, nahm die Satteltasche von der Schulter und lehnte sich an die hohe Hofmauer. Ein frischer Luftzug stieg vom mit Wasser besprengten Boden auf, und der Geruch drang Maral in die Nase. Der Geruch der alten Lehmmauer, der Geruch der feuchten Ziegel, der Geruch der sommerlichen Schatten, der Geruch des abgestandenen grasgrünen Wassers im Bekken, das von einer Schicht Wasserlinsen überzogen war, der Geruch der Blätter von Granatapfel- und Quittenbaum, der Geruch der fremden Menschen und der Fremdheit überhaupt – alle diese Gerüche stiegen Maral in die Nase und weckten in ihr ein neues Gefühl.

Die Leute, wie sie da in einer Ecke zusammengedrängt standen und jeder seinen mageren Hals in eine andere Richtung bog, erinnerten Maral an eine vor Hitze schmachtende Gruppe von Schafen, die von der Herde abgetrennt und in einem Stall als Pfand zurückbehalten wurden. Verwelkt und bekümmert waren sie, von einem jeden Gesicht konnte man irgendwelche Sorgen ablesen. Ein vertrockneter Städter in einem weißen Hemd aus Kunstseide mit aufgekrempelten Ärmeln, mit Handgelenken dünn wie Stiele, aschgrauen Lippen und grauem Haar saß auf der Treppe zur Veranda und rauchte. Eine alte Bäuerin saß in Gedanken versunken auf dem Boden, den Rücken an die Mauer gelehnt. Eine junge Stadtfrau mit mondblassem Gesicht saß auf einer Stufe, hatte sich ihr Kind auf die Knie gelegt und wiegte es sachte. Etwas weiter entfernt beim Blumenbeet stand ein lang aufgeschossener Polizist im Schatten der hohen Mauer und besah einen am Ast hängenden Granatapfel.

Maral wurde aufgerufen: »Dorthin! Durch die Tür da.« Sie hob die Satteltasche auf, warf sie sich über die Schulter und setzte den Fuß auf die Treppe, als der Polizist vortrat und ihr die Satteltasche abnahm: »Das ist verboten, Schwester. Leg sie hierhin.«

Maral blickte ihn zögernd an: »Versprichst du mir, ihnen die Sachen auszuhändigen, Brüderchen?«

Die Andeutung in Marals Worten ärgerte den Polizisten. »Glaubst du, unsereins hat noch keinen Gurmast gesehen? Los, trödle nicht! Die Zeit ist knapp.«

Das Schimpfen des Polizisten erschreckte Maral nicht, aber irgendwie schämte sie sich über ihr eigenes Verhalten. Den Zettel, den sie vom Polizisten erhalten hatte, steckte sie ein, setzte sich neben die Satteltasche, holte daraus ein in Tuch eingeschlagenes Brot, den schwarzen Lederbeutel mit Gurmast und das Sahnetöpfchen hervor und vertraute alles dem Polizisten an. Ihr Schamgefühl überwindend, musterte sie ihn nochmals, so als wolle sie seinen Augen die Gewißheit entnehmen, daß er das ihm Anvertraute auch heil und sicher abliefern werde. Und als wolle sie sich die Merkmale seines Gesichts einprägen, um ihn bei einem Versehen wiedererkennen zu können: ein kurzer Schnurrbart unter den Löchern der spitzen Nase, eine große Warze auf der Unterlippe, eine Narbe auf der linken Wange, braune Augen in den Höhlen unter der Stirn und die zwei Striche der Augenbrauen, weich wie Katzenfell.

Unter dem forschenden, wachsamen Blick des Kurdenmädchens nahm der Polizist Brotbündel, Beutel und Töpfchen an sich, trug sie in eine andere Ecke des Hofs zu einer grünen, schmutzigen Tür – dem Haupteingang des Gefängnisses –, reichte eins nach dem andern unter Namensnennung durch eine Klappe und sagte noch einmal laut: »Für Delawar und Abduss.«

Als Maral die Namen der Ihren hörte, beruhigte sie sich und schöpfte Hoffnung, daß ihr Vater und Delawar Sahne und Brot und Gurmast erhalten würden. So setzte sie sich wieder hin, knotete die Bänder der Satteltasche zu, hob die Tasche auf, trug sie zu dem Polizisten, der am Granatapfelbaum stand, legte sie an die Mauer und sagte: »Bis ich zurückkehre, vertrau ich sie dir an, Bruder.«

Der lang aufgeschossene Polizist schüttelte nachlässig den Kopf; ein farbloses Lächeln umspielte seine Lippen; er sagte: »Geh die Treppe hinauf, zur Tür da. Dort sind sie.«

Maral dankte ihm und ging die Treppe hinauf. Sie durchquerte die Veranda und kam zu einer ausgeblichenen Tür. Sie blieb stehen, faßte den Türgriff und drückte ihn ungeduldig. Die Tür öffnete sich nicht. Maral drehte sich um und schaute suchend umher. Der Mann im weißen kunstseidenen Hemd kam die Treppe herauf und blieb vor der Tür, dicht neben ihr, stehen.

Maral drückte noch immer den metallenen Griff und blickte den Mann hilflos an. Ein schlaues Lächeln zuckte unter seiner ausgedörrten Gesichtshaut – anstelle des Nomadenmädchens nahm er den Griff in die Hand und drehte ihn. Die Tür öffnete sich, der Mann ging hinein, und bevor die Tür sich wieder schloß, folgte Maral ihm nach.

Zwei große, nebeneinanderliegende Räume mit Bänken an den Wänden und einigen Stühlen um zwei Pfeiler. Ähnlich wie ein Teehaus, aber kahl und schmierig und mit dem Bild des jungen Schah an einer Wand. Überall waren da Leute, zweifellos Häftlinge und deren Angehörige. In allen Ecken saßen Grüppchen von Kindern, alten und jungen Frauen und Männern beisammen auf Boden oder Bänken, hatten ihre so lang entbehrten Lieben in die Mitte genommen, blickten sie an und unterhielten sich. Einige aßen auch Obst: Weintrauben, Aprikosen, Wassermelonen. Ein paar Männer rauchten Zigaretten. Kinder krochen auf dem schmutzigen Fußboden herum, und ein von seiner Untätigkeit ermüdeter Polizist ließ einen Dreikäsehoch mit seiner Stiefelspitze spielen.

Maral war unschlüssig an ihrem Platz stehengeblieben, ihre Blicke schweiften verwirrt in alle Richtungen. Der Polizist fragte sie, wen sie suche. Maral antwortete: »Delawar und Abduss.« Der Polizist führte sie durch die sitzende Menschenmenge zu einem in die Wand eingesetzten kleinen Fenster, das noch geschlossen war, und sagte, sie solle dableiben, bis sie kämen. Maral lehnte sich mit der Schulter an die Wand, wartete vor dem geschlossenen Fenster und dachte, daß es richtig sei, ihren Angehörigen nicht zu erlauben, auf diese Seite zu kommen. Abduss und Delawar und Radjab Keschmir hatten den Verwalter von Herrn Maleks Grundbesitz in Dahneh-ye Schur mit Stöcken so geschlagen, daß er sich nicht mehr vom Boden erhob, und obendrein seinen Maulesel gestohlen. Das war ihr Verbrechen, und es wog schwer.

Das Fenster öffnete sich; dahinter sah Maral Ärmel, Stirn und Mützenrand eines Polizisten vorübergleiten. Gleich darauf erschienen Abduss und Delawar am Ende eines engen Korridors. Abduss hielt den Kopf gesenkt, Delawar blickte vor sich hin. Sie kamen näher und blieben vor dem Fenster stehen, beide, Schulter an Schulter.

Delawar war vierschrötig und untersetzt. Seine kleinen hellbraunen Augen waren etwas eingesunken, aber das Leben in den Pupillen war noch das gleiche wie früher. Der Schnurrbart und das, was von seinen Haaren zu sehen war, waren frisch gekämmt; das glattrasierte Gesicht, die kräftigen Handgelenke, der Flaum, der wie haariger Filz seine Unterarme bedeckte, die niedrige Stirn und die breiten Augenbrauen, die Einschnitte an den Spitzen der Ohrläppchen – all das war Delawar, wie er leibte und lebte. Aber die Gesichtsfarbe war nicht Delawars sonnenverbrannte Gesichtsfarbe. Als Delawar im Freien lebte, hatte sein Gesicht die Farbe von Platanenrinde, war nicht schattenfarben. Die dunklen, grauen, festen Wangen Delawars, sie hatten unter dem ewigen Schatten des Gefängnisses gelitten. Ach … Maral möchte sich für dich opfern, Delawar!

In Delawars Blick jedoch lag wie immer Glanz, Freundlichkeit und Aufrichtigkeit. Und die Gelenke seiner Finger waren fest geblieben. Nein, noch saß der Ring an Delawars Finger nicht lose. Seine Nägel waren lang wie eh und je, aber unter den Nägeln war es weiß und nicht mehr schwarz und schmutzig. Ganz offensichtlich gibt es in der Stadt – und auch im Gefängnis – mehr Wasser als in den Steppen von Doweyn, in Dahneh-ye Schur und in der Maruss-Ebene. Der Kragen seines hellblauen Hemdes war geschlossen, sein rotes Seidentuch hatte er – wie üblich – um den Hals geknotet, den Gürtel umgebunden. Aber seine Füße waren jetzt bloß. Als er noch in der Steppe hinter der Herde herging, trug er klobige Lederschuhe, Halbstiefel oder Stoffschuhe mit verstärktem Rand. Die Manschette eines Ärmels war offen. Bestimmt war der Knopf abgegangen. Sonst wäre es ja nicht möglich, Delawars Handgelenk zu sehen. Als er noch hinter der Herde ging, hatte er die Manschetten geschlossen. Hier waren seine Lippen geschlossen.

Die Lippen waren ausgetrocknet, wie zugenäht. Allein seine Augen waren es, die sprachen und schwiegen. Sie sprachen und schwiegen. Beide, Delawar und Maral, standen schweigend und traurig einander gegenüber. Waren denn ihre Zungen verknotet? Nein, Marals Zunge war frei, aber es hatte ihr die Worte verschlagen. Ihre Lippen waren wie abgestorben, ihre Stimme erstickt. Ein Gefühl, als sei ihre Brust angefüllt mit Worten, die ihr bisher fremd gewesen waren, drohte sie zu erstikken: Worte, von denen sie genau wußte, daß sie bis zu diesem Augenblick in ihrem Innern nicht existiert hatten. Eine Fülle von Worten. Seltsame Ausdrücke. Das, was eben jetzt, in diesem Augenblick, ausgesprochen werden möchte, kann sie nicht aus dem Käfig der Brust befreien. Sie müßte sagen: ›Ich bin gekommen, euch beide zu sehen. Guten Tag. Laßt die Köpfe nicht hängen!‹ Doch diese Worte erschienen Maral merkwürdig, sie konnte sie nicht über die Lippen bringen. Ihre Kehle war wie mit einem Knäuel Ziegenhaar verstopft.

Die trockene, bekümmerte Stimme ihres Vaters Abduss zerbrach die verschlossene, schmerzerfüllte und zugleich betörende Atmosphäre, die zwischen Maral und Delawar herrschte: »Wo ist jetzt das Lager, daß du hierher kommen konntest?«

Nun brachte Maral es fertig, sich dem Vater zuzuwenden und ihm ins Gesicht zu blicken.

Obwohl Abduss hinter dem Fenster stand und seine Schultern gebeugter waren als früher, war er doch immer noch einen Kopf größer als Delawar. Eine große Nase, knochige Schläfen, graublaue Augen – wie der Himmel bei Morgengrauen –, in die Höhlen eingesunken. Hervortretende Halsadern, stachelige, graumelierte Bartstoppeln, lange Arme und ein Blick wie der eines Pferdes: ruhig und voll. Er selbst war es, dieser Hirte vom Stamm der Mischkalli, der die Herde der Tupkalli geweidet hatte und im Jahr des vielen Schnees, im Jahr vor der Teuerung, eine Wölfin am Abhang des Doberaran-Berges zu Boden gestreckt und den Widder der Schwiegertochter von Ferad Chan aus ihrem Maul gerettet hatte. Die Narbe auf dem Rücken seiner linken Hand war ein Andenken an die Zähne der Wölfin.

Maral senkte den Kopf; sie konnte nicht in die verdunkelten, leidgeprüften, sorgenvollen Augen des Vaters schauen. Abduss' Blick sprach von einer lebenslangen Verlassenheit, die Maral vertraut war. Maral wußte, daß ihr Vater Kurde, ihre Mutter, Mahtou, Balutschin war; sie stammte von den Balutschen, die hinter der Bergkette des Kuh-e Ssorch bei dem Ort Tschah-Ssuchteh verstreut lebten. In einem Dürrejahr vor der Teuerung war sie von ihrem Stamm fortgegangen, unterwegs auf die Sippe der Mischkalli gestoßen und hatte dort als Magd gearbeitet, so lange, bis sie in all ihrer Armut zur Frau herangereift war und ihr Begehren auf Abduss fiel. Liebe. Diese unvergängliche Kraft, die weder Sklaven kennt noch Herren. Ein Gut, das jeden Menschen würdig und einzigartig macht. Auch aus dem Kragen der Armut streckt die Liebe den Kopf hervor. Abduss hatte mit helfender Hand Mahtous Hand ergriffen, und Mahtou war seine Braut geworden. Seinen Angehörigen war das ein Dorn im Auge. Wie kann ein stolzes Herz ertragen, daß Abduss sich eine Balutschenmagd zur Frau erwählt! Sie hatten Abduss verstoßen, fortgejagt, und Abduss hatte Mahtou bei der Hand genommen und war zu den Tupkalli gegangen. Aber: wer sich von seinen Angehörigen losreißt, kann nicht in einem fremden Zelt Fuß fassen. Wenn er noch im Kindesalter steht, wird er zum Knecht gemacht, wenn er ein Jüngling ist, hat er das Glück, Gehilfe eines Hirten zu werden. Und wenn er erwachsen ist, wird er ein Hirte. Aber so leicht ist das nicht, zuvor muß er das Mißtrauen seiner Umgebung überwinden. Abduss war jedoch ein schmucker Bursche und wußte mit Schafen umzugehen. Auch bestand kein Argwohn ihm gegenüber; seine Frau blieb ja beim Stamm, ein Pfand für die Herdenbesitzer. Die Tupkallis nahmen ihn gerne als Tagelöhner auf. Ein flinker Mann für die Arbeit in der Steppe.

Eines Nachts kehrte Abduss von der Herde zu seinem schwarzen Zelt zurück und sah, daß Mahtou ihm eine Tochter geboren hatte. Die Frauen des Lagers hatten dem Mädchen den Namen Maral – Reh – gegeben. Möge sie den Ihren Glück bringen! Kein Zweifel, Maral gehörte diesem Stamm und diesen schwarzen Zelten an, denn hier war sie auf die Welt gekommen.

Danach hatte Abduss mit der Kraft seiner doppelten Liebe, seiner Liebe zu Maral und Mahtou, den Gürtel fester geschnallt und war Tag und Nacht, ohne je zu erlahmen, ohne je zu ruhen, mit der Herde gegangen. Die Berge, Täler und Steppen von Chorassan hatte er durchstreift: von Taghi bis Ssarachss, von Pol-e Abrischom und Ssangssar bis Dahneh-ye Schur und bis jenseits des Berges Kuh-e Ssorch. Er hatte geprügelt, war geprügelt worden, hatte seine Tiere geweidet, hatte gestohlen, war bestohlen worden, hatte gekauft, hatte verkauft, und nach tausenderlei Fehlschlägen und Erfolgen war es ihm gelungen, die Zahl seiner Schafe von einem auf fünfzig zu erhöhen, eine halbe Spanne tief im fremden Stamm Wurzeln zu schlagen, Besitzer einer grau-weiß gefleckten Stute zu werden, einen ledernen Behälter für Butter und einen anderen für Joghurt sein eigen zu nennen, ein größeres Zelt aufzuschlagen, einen Hund an die Kette zu legen, einige Kelims und kleine Teppiche und Bettzeug anzuschaffen und ein Reitkamel zu kaufen.

Maral war unterdessen herangereift und hatte die Augen des Lagers auf sich gezogen. Der Neffe von Nayram Chan hatte um sie angehalten. Doch Abduss hatte eingewendet: »Ihr gehört zu den Großen, wir zu den Kleinen. Wir sollten das nicht tun. Besser ist es, wenn wir uns mit unseresgleichen verbinden, ihr mit euresgleichen.« So war Maral mit Delawar, dem Hirten, verlobt worden. Denn Delawar war vom gleichen Schlag wie Abduss. Er stand allein, hatte keine Angehörigen, war tüchtig und aufrichtig. Er war kein Blutsverwandter – aber was macht das schon? Ein Draufgänger war er, reinen Herzens, zielstrebig, der Arbeit hingegeben. Mehr braucht ein Mann nicht. Er stammte aus dem Dorf Galeh Tschaman. Noch als Junge war er von zu Hause fortgelaufen, hatte sich den Kurden angeschlossen, bei ihnen als Knecht gearbeitet, und, zum Jüngling geworden, war er zusammen mit Abduss hinter der Herde hergezogen. Das Barthaar war ihm gewachsen, über alles, was Schafe betraf, wußte er nun genau Bescheid. Aber die Verbindung mit Maral war für Delawar mit Schwierigkeiten verbunden. Vor allem flößte Maral ihm Angst ein, Angst wegen den Stammesführern der Tupkalli. Angst vor Nayram Chan und seinem Neffen. Eine Angst, die von Tag zu Tag größer wurde. Dieses Feuer schwelte unter der Asche bis zu dem Tag, als Nayram Chan drei seiner Hirten – Abduss, Delawar und Radjab Keschmir – ausschickte, seine Tiere auf den Weideplätzen von Malek Achlamadi ohne Bezahlung der Wassergebühr grasen zu lassen. Sie zogen los, trieben die Herde an, sie ergoß sich über die Weide. Der Verwalter von Hadj Abdol Malek Achlamadi tauchte auf. Die Zündschnur glomm bereits. Achlamadis Verwalter zog seine Ardakaner Kette aus der Tasche, schlug damit auf Mäuler und Köpfe der unschuldigen Schafe ein und stieß Flüche aus. Flüche gegen alle. Gegen groß und klein der Tupkalli-Sippe. Dem Verwalter war der Rücken gedeckt, aber die Kurden konnten die bitteren Worte nicht gut mit heimnehmen. Die Schlägerei ging also los. Die Männer stürzten sich aufeinander, Delawar zielte mit dem Stock auf die Halsschlagader des Verwalters, traf aber dessen Schläfe; er stürzte zu Boden, überschlug sich, seine Arme und Beine zuckten, und kurz darauf streckte er sich aus und war tot. Die drei Schäfer wurden zuerst zur Gendarmerie, dann ins Gefängnis geschleppt.

Gerade zu dieser Zeit begann das Jahr der Dürre, begleitet von einer Viehseuche: Leberfäule. Die Pflöcke der schwarzen Zelte wurden aus dem Boden gezogen, und die Nomaden, heimatloser denn je, machten sich auf den Weg zu weit entfernten Steppen. Abduss verlor all sein Hab und Gut. Die Viehseuche wütete gnadenlos. Mahtou wurde krank vor Kummer, wurde bettlägerig, so daß man sie unterwegs auf ein Reittier binden mußte, und Maral …

»Hast du die Mutter nicht mitgebracht?«

Das fragte Abduss, und bei seinen Worten überströmte Maral eine Woge von Gift und Schmerz, die Glieder zitterten ihr, ihre Wangen, ihr Kinn zuckten, ihre Arme erschlafften, und sie wandte den Blick von Abduss ab. Nein, Maral konnte nicht die Wahrheit sagen. Die Seuche war über die Schafe hereingebrochen, hatte alles, was Delawar und Abduss besaßen, hinweggerafft. Die Nachricht vom Tode Mahtous wäre für Abduss ein zu harter Schlag. Mit welchen Worten kann man das sagen? Maral wand sich in innerer Bedrängnis, bäumte sich auf, zügelte sich dann, um aus dieser Not einen Ausweg zu finden. Mit Schmerz in der Stimme, in den Augen, im ganzen Antlitz, sagte sie: »Sie ist krank geworden. Ich habe sie nach Ssusandeh gebracht, ins Haus von Tante Belgeyss.«

Der Name von Belgeyss, das Haus der Tante und Ssusandeh waren für Abduss schon lange tief in alten Erinnerungen versunken, hatten nur schwache Spuren hinterlassen, erstaunlich hierin war eigentlich, daß diese Spuren nicht ganz verweht waren. Ssusandeh: niedrige, sehr niedrige Mauern. Niedrige, sehr niedrige Türen. Niedrige, sehr niedrige Dächer. Abduss war noch ein Kind, als der Stamm der Mischkalli beschloß, Ssusandeh auf dem Weg zu ihren Sommer- und Winterweiden zu errichten. Ein Lagerplatz zwischen zwei Zielpunkten. Ein Zufluchtsort, um einen Augenblick zu rasten. Und damit jene, die das wollten, Körner für den Trockenanbau aussähen konnten. Ein fester Fleck für eine Nacht, für eine halbe Nacht. Tausend Dinge können sich ereignen. Warum sollte der Stamm nicht, entfernt vom Zeltlager, eine Stätte zum Ausruhen haben? Einen Platz nahe der großen Landstraße. Zwischen Nischabur und Ssabsewar, den beiden Zentren für den Kauf und Verkauf von Wolle, Häuten, Därmen und Vieh. Hadj Passand machte den Anfang, seine Verwandten taten sich zusammen, kauften den Boden mit seinem kleinen Quellwasserlauf und machten sich ans Bauen.

Zu dieser Zeit lief Abduss noch mit nacktem Hintern herum und formte aus dem Lehm, der für die Fundamente bereitet worden war, kleine Kamele. Belgeyss war ein wenig älter als er und trug schon einen langen schwarzen Rock. Gol-Andam war das älteste der Geschwister, sie war gerade mit Hadj Passand verlobt worden. Und Madyar war noch jünger als Abduss, so daß sich Abduss nicht mehr erinnern konnte, wie er damals ausgesehen hatte. Seit Abduss das Lager verlassen hatte, war er nur ein einziges Mal nach Ssusandeh zurückgekehrt – beim Tod seiner Mutter Gol-Chatun. Danach hatte er nicht mehr an seine Leute gedacht. Seine Leute hatten auch nicht an ihn gedacht. Jetzt, wo Maral im Begriff war, zu seinen Verwandten zu gehen, zu Verwandten, die sie nicht kannte, wurde Abduss von zweierlei Gefühlen hin und her gerissen: Kummer und Stolz. Bekümmert war er darüber, daß er gescheitert war, daß es ihm nicht gelungen war, die Aufgabe, die er sich gestellt hatte, zu Ende zu führen; daß er im Gefängnis saß, seine Schafe zugrunde gegangen waren, Frau und Tochter bei einem fremden Stamm allein zurückgeblieben und nun, obdachlos geworden, gezwungen waren, zum Lager seiner väterlichen Sippe zu gehen. Stolz war er darauf, daß es noch ein Lager, eine Sippe und eine Verwandtschaft gab, die seinen Leuten Zuflucht gewähren konnten. Diese Erkenntnis ließ in seinem Herzen eine Woge von Freude, Zuneigung, Anhänglichkeit, Ehrerbietung seiner Sippe gegenüber aufsteigen und verlieh seinem Dasein neue Frische: das Gefühl, auch wenn er selbst nicht da ist, in seinen Blutsverwandten zugegen zu sein, auch wenn er stirbt, in den andern weiterzuleben. In seinem Herzen regte sich plötzlich die Sehnsucht nach seinem Bruder Madyar und seiner Schwester Belgeyss, und die Erinnerung an das lebhafte Temperament der ältesten Schwester, Gol-Andam, erwachte wieder in seiner Seele ...

Abduss schaute seiner Tochter in die Augen: »Es ist gut, daß du zu deiner Tante gehst, es ist auch gut gewesen, daß du hierher gekommen bist. In den letzten Nächten habe ich schlechte Träume gehabt. Vorgestern nacht träumte ich, wie du mit Mahtou auf eine leere, trockene Ebene zugingst. Niemand begleitete euch. Die Höllensonne ritt auf dem Rücken der Wüste ... Ihre Krankheit ist doch wohl nicht schwer? ... Wo ist jetzt das Lager?«

»Beim Berg Kelidar.«

»Wann bist du vom Lager aufgebrochen?«

»Gestern, nach Mitternacht.«

»Wenn du dich jetzt auf den Rückweg machst – wann wirst du im Lager eintreffen?«

Maral schwieg. Einen Augenblick später sagte sie: »Ich bin hergekommen, euch zu sagen, daß ich nicht mehr mit denen weiterziehen will.«

Delawar und Abduss wandten sich einander zu und sahen dann beide Maral an, als wollten sie Maral mit ihren Blicken auffordern, ihnen alles rückhaltlos zu erzählen. Was war geschehen? Maral konnte die Tränen, die schon in ihren Augen glänzten, nicht länger zurückhalten. »Ich bin gekommen, euch zu sagen, daß ich im Lager niemanden mehr habe, mit dem zusammen ich weiterziehen könnte.«

»Ist Gareh-At auch tot?«

Delawar hatte diese Frage ganz plötzlich gestellt. Maral antwortete: »Nein, er ist bei mir.«

Die heimliche Erregung in Delawars Gesicht legte sich. Was hätte er getan, wenn auch Gareh-At eingegangen wäre?

Gareh-At war ein junges Pferd, dem erst kürzlich zum erstenmal der Sattel aufgelegt worden war. Delawar hatte es Maral geschenkt und gesagt: »Gareh-At ist mein Augapfel, ich schenk ihn dir.« Und dann hatte er das ungebärdige Tier, das nur seinen Herrn an sich heranließ, an Maral gewöhnt.

Maral wandte den Blick von Delawar und schaute den Vater an. Abduss hielt den Kopf gesenkt und war in Gedanken versunken. Das ließ sich an den Falten auf Stirn und Schläfen ablesen. Das Mädchen merkte, daß es unvorsichtig gewesen war zu sagen: »Ich hab im Lager niemanden mehr.« Diese Worte hatten Abduss erschüttert. Woran denkt

Abduss jetzt? Welchen Sinn sucht er hinter diesen Worten? Ein Mann, der sich im Wind verirrt hat. Man muß ihm die Sache irgendwie erklären. Man muß ihm zu verstehen geben, daß nichts Unangenehmes vorgefallen ist. Doch wie kann man eine Kette von Lügen flechten, deren Anfang und Ende zusammenpassen? Umsonst – jedes Wort aus Marals Mund konnte ein Glied von den tausend Gliedern, die er in seiner Phantasie um seine Erinnerungen geschlungen hatte, zerreißen. Jedes Wort bedeutete das Öffnen einer Tür zu dem, was sie nicht sagen wollte. Um keinen Preis wollte Maral Vater und Bräutigam etwas erzählen von ihren Diensten als Magd in den Zelten von Nayram Chan und dessen Verwandten. Nicht einmal eine Andeutung wollte sie Abduss und Delawar von ihrem halbjährigen Leben dort geben. Ihr ganzes Bestreben ging dahin, alles, was ihr widerfahren war, in ihrem Herzen zu bewahren, und den Kummer, der sich in ihrer Brust angesammelt hatte, niemandem zu offenbaren. Denn sie wußte, daß der Mensch der Steppe wie ein Adler ist, frei und mit ungebundenen Schwingen. Wenn man ihn fängt und in enge vier Wände zwängt – so daß er nicht die ganze Sonne sehen kann, nicht die Morgenbrise riechen kann, nicht alle fremden und vertrauten Weisen der Steppe und der Wüste hören kann –, versinkt er in herzquälenden Trübsinn. Man darf ihm also nicht auch noch von den Erniedrigungen, die seinen Lieben außerhalb der Gefängnismauern zugefügt werden, berichten. Wozu Delawar und Abduss von den frechen Blicken Ssamssam Chans, seinem süßlichen Lächeln, dem koketten Getue mit seinem Schnurrbart erzählen? Wozu über die Flüstereien der Frauen und Mädchen beim Kelim-Weben reden?

›Maral ist ein fetter Leckerbissen für Ssamssam Chan.‹

›Letzten Endes entkommt sie Ssamssam Chans Zähnen nicht.‹

Wozu von den angstvollen Nächten erzählen, in denen Maral sich in das Zelt der alten Mutter Koukab flüchtete und zum Dank dafür, daß die Alte sie bei sich aufnahm, sich jedem ihrer Befehle fügte? Und warum sollte sie sagen, daß Ssamssam ein Auge auf Gareh-At geworfen hatte, geradezu auf ihn versessen war: ›Du mußt ihn mir verkaufen, sonst erschieße ich ihn.‹

Wozu erzählen? Was konnte der Löwe im Käfig anderes tun als brüllen und sich krümmen und sich winden? Was brachte es außer vermehrtem Kummer und unterdrückter Wut, wenn Maral den Männern sagte: ›Die Mächtigen des Stammes hätten etwas unternehmen können, um euren Richter zu kürzeren Strafen zu bewegen. Aber sie sind nur für Radjab Keschmir herumgelaufen, haben ihn als unschuldig dargestellt, und das ist ihnen auch gelungen.‹ Es war besser, wenn Abduss und Delawar davon nichts wußten. Wenn Delawar jemals erführe, daß Ssamssam Chan einmal mitten in der Nacht ins Zelt der alten Koukab gestürmt war und sich an Maral herangemacht hatte, würde Delawar seinen Kopf an die Wand schlagen. Auch wenn er hörte, daß Maral ihn mutig abgewehrt und davongejagt hatte. Sie hatte ihn bei den Haaren gepackt, ihm den Hals verrenkt und ihn so lange hartnäckig festgehalten, bis die alte Koukab vom Besuch bei einer Gebärenden zurückkam. Ssamssam hatte sich losgerissen, die Alte über den Haufen gerannt und war in die Nacht hinein geflüchtet. In der gleichen Nacht hatte die Alte zu Maral gesagt: »Es ist besser, meine Tochter, wenn du zu deiner väterlichen Sippe gehst.«

Und Maral hatte bei der ersten Morgenbrise den Fuß in den Steigbügel gesetzt, sich in die Steppe aufgemacht und den Weg nach Ssabsewar eingeschlagen ... Nun stand sie hier ihren Männern gegenüber und wußte nur zu gut, daß sie die Wunde von all dem, was ihr zugefügt worden war, in ihrem Herzen verschlossen halten mußte und bis zur Entlassung der Männer keinem Ohr etwas davon sagen durfte. Offenbar war Maral vernünftiger, als es ihrem Alter entsprach.

»Was ist mit dem Reitkamel? Ist es auch eingegangen?«

Maral senkte den Kopf und gab Abduss zur Antwort: »Das Reitkamel ist in den Besitz von Nayram Chan übergegangen. Er hat es uns mit Gewalt abgekauft.«

»Ach, ach!«

Abduss sagte nur das und schwieg. Vielleicht um den Vater zu beruhigen, sagte Maral: »Für die Behandlung der Krankheit meiner Mutter hatte ich von ihm Geld geliehen.«

Noch eine Brandfackel in Abduss' Herz. Trotzdem sagte er sanft: »Macht nichts. Eines Tages komme ich aus diesem Käfig raus. Auf welchem Weg gelangst du wieder zum Lager?«

Es war klar, daß Abduss' Gedanken durcheinander waren. Denn Maral hatte ihm ja schon zweimal gesagt, sie wolle nicht zusammen mit dem Lager weiterziehen, aber Abduss hatte das vergessen. Maral kam die

Vermutung, daß der Vater sich davor scheute, sich von den Tupkalli zu trennen. Deshalb sagte sie nach einem kurzen Zögern ängstlich: »Ich sagte es euch doch! Ich habe nichts mehr mit dem Lager zu tun. Ich gehe ins Haus meiner Tante. Bis ihr hier herauskommt.«

Zweifelnd, traurig sagte Abduss: »Seit deiner Geburt haben ich und deine Tante einander nicht gesehen und gesprochen. Wir haben uns entzweit.«

Abduss' Worte klangen gebrochen und unsicher. Resignation lag in ihnen. So konnte Maral ihm gegenüber fester auftreten, und sie sagte entschieden: »Ich gehe, um Frieden zu machen. Ich kann nicht mehr bei den Tupkalli bleiben. Ich muß weg. Ich muß zu unserer eigenen Sippe gehen, den Mischkalli. Muß unter den Schutz der Tante gelangen. Bei den Tupkalli fühle ich mich nicht sicher. Seit ihr fort seid, bin ich da ganz allein geblieben. Ich habe niemanden, der nachts vor dem Eingang meines Zeltes schläft, mein Zelt schützt. Ich habe keinen Mann. Unsere Schafe sind weg. Wenn ich mit der Herde ziehe, muß ich für diesen und jenen als Magd arbeiten. Meinst du, daß mein Bräutigam das billigen wird? Ha, Delawar, was sagst du?«

Delawar löste die Stirn vom Unterarm und hob den Kopf. In der Tiefe seines Blicks lauerte ein Adler. Seine Augenlider hatten sich zusammengezogen, seine Gesichtshaut hatte sich in Falten gelegt. Ein Schmerz in seinem Innern, der aus ihm herausbricht: »Wer hat dich beleidigt, Maral? Wer? Hat dich jemand im Lager ins Gerede gebracht? Hat jemand deine Ehre angetastet?«

»Nein, nein. Solange du auf der Welt bist, findet sich kein Mann, der mich schief ansieht! Nein, Delawar, laß dein Herz ruhig bleiben, laß dein Herz ruhig bleiben. Niemand, niemand.«

Delawar wandte sich an den Polizisten: »Bruder, nimm Rücksicht und laß uns einen Moment allein. Ich habe etwas mit meiner Braut zu besprechen.«

Diese Bitte konnte der Polizist nicht abschlagen, er rief auch Abduss, und die beiden gingen fort. Delawars breite Schultern füllten das ganze Fenster aus.

»Ha, Maral? Sag mir alles, was vorgefallen ist! Nimm keine Rücksicht, keine Rücksicht! Sag's mir, sag's! Sollte ich je erfahren, daß irgendein Lump meine Braut unschicklich angesehen hat, breche ich diese Schlösser mit meinen Zähnen auf, werfe mich auf ihn und reiße ihm die Augen aus ihren Höhlen!«

Maral sagte sanft: »Delawar, du bist mein Auge, mein liebes Herz, ich bin hergekommen, weil ich nicht das Lager verlassen wollte, ohne vorher mit euch gesprochen zu haben. Ich wollte nicht eigenmächtig handeln. Ich kam, dir nur das zu sagen, nicht, um mich über jemanden zu beklagen. Du mein Delawar, sei unbesorgt, mein Delawar ... Ich habe euch Butter und Sahne mitgebracht, hast du das schon von dem Mann bekommen?«

Teils absichtlich, teils unabsichtlich hatte Maral das Gespräch in eine andere Richtung gelenkt und mit ihren entschiedenen Worten Delawar besänftigt, so daß sie abermals fragen konnte: »Was meinst du? Soll ich gehen oder nicht?«

Delawar antwortete bestimmt: »Geh! Geh zu deiner Tante ...« und verstummte.

Auch Maral hielt die Lippen geschlossen. Delawar sah sie an, aber nicht wie bisher, sondern mit einem ruhigen, liebevollen Blick. Dann fragte er: »Wo willst du heute nacht bleiben? In der Karawanserei von Hadj Nur-ollah?«

»Kenne ich denn einen anderen Ort?«

Delawar sagte nichts mehr. Maral zog einen kleinen, handgestrickten Beutel mit farbigen Mustern, den sie an einer roten Kordel um den Hals gehängt trug, aus ihrem Kragen. Hastig öffnete sie den Beutel, holte ein zusammengeknotetes Tuch hervor, knüpfte es auf, entnahm ihm einige zerdrückte Geldscheine und reichte diese Delawar durch das Fenster: »Komm! Das ist das Geld für die paar Mastschafe, die von dir geblieben waren. Ich hatte Angst, daß die auch eingehen würden, und hab sie verkauft.«

Delawar teilte das Geld auf, behielt einen Teil für sich und gab Maral den Rest. Maral umschloß das Geld mit der Faust und sah Delawar an. Delawars Augen ruhten auf ihrem Gesicht und hatten jetzt einen anderen Ausdruck: unverhülltes, heißes Begehren. Als ob in seinen Augen ein Bedauern war, warum er nicht einmal, nicht ein einziges Mal diese warmen, lockenden Brüste gestreichelt hatte. Warum er nicht einmal den Duft dieser weißen Wangen eingeatmet hatte. Warum er nicht einmal den Kopf auf den wohlgeformten Arm Marals gelegt hatte. Er fragte sich traurig, warum er seine Braut nicht in die Arme genommen und in das Gras der Maruss-Ebene gelegt hatte. Er war traurig über seine unangebrachte Rücksichtnahme. Bedauern über seine Einfalt, seine Unreife.

Maral hörte nicht das kurze Gemurmel der Menschen, die eben durch die geöffnete Tür in den Hof gingen, aber sie sah das längliche Gesicht und den schwarzen Schnurrbart des Polizisten, der um die Biegung des Korridors kam und auf Delawar zuging. Sie sah auch die halb gebeugte Gestalt ihres Vaters am Ende des Korridors. Dann fühlte sie, daß Delawar sich von ihr entfernte. Vom Fenster fortgehend, preßte er ein paarmal die Lippen zusammen, und plötzlich schloß sich das Fenster, und sie, Maral, blieb allein, stumm wie ein Bild an der Wand.

Maral war im Hof des Polizeireviers. Sie nahm die an der Mauer liegende Satteltasche auf und ging aus dem Tor. Gareh-At stand noch mit gespitzten Ohren am Weidenbaum. Maral legte die Tasche hinter den Sattel, löste den Zügel vom Baumstamm, warf ihn sich über die Schulter und machte sich auf den Weg.

Gassen und Straßen füllten sich jetzt bei Sonnenuntergang mit Menschen. Maral mochte nicht ihr kummervolles Gesicht diesem und jenem zur Schau stellen. Im Bewußtsein, daß ihre Schritte so kraftlos, ihre Augen so ohne Glanz waren, wollte sie sich der Aufmerksamkeit der Leute entziehen. So schwang sie sich in den Sattel, um in die Steppe hinaus zu reiten. In schnellem Trab ritt sie aus dem Stadttor, galoppierte eine Weile, zügelte dann ihr Pferd, stieg am Wegrand bei einem Bach ab, ließ das Tier Gras fressen und blieb neben der Mähne von Gareh-At stehen. Abend. Ein neuer Abend. Eine neue Situation. Eine neue Stimmung. Eine neue Steppe. Maral war schon oft durch diese Steppe und einen solchen Abend gegangen, hatte sie aber nicht so mit der ganzen Seele empfunden. Der Tag nimmt eine andere Farbe an, wenn dein Leben sich von Grund auf verwandelt hat. Ist die Abenddämmerung rot oder düster? Wie siehst *du* sie? Es hängt davon ab, wie du sie siehst! Die Nacht ist licht, wenn das Herz froh ist. Der Abend ist stumm, wenn Marals Herz stumm ist, wenn ihre Seele stumm ist. Und der Abend *war* stumm.

Die weite Steppe, die weiten Ebenen im Umkreis der Stadt mit ihren grünen Flecken verblichen in der Dämmerung. Die Stadt versank in aschfahles Grau. Die Berge im Norden der Stadt verwandelten sich in schwarze Schatten, ihre Gipfel verbargen sich in der Schwärze des Himmels. Hier und da hatten Bauern ihr Tagewerk beendet und gingen jeder für sich irgendwohin. Einen Vorratssack auf dem Rücken, einen Spaten auf der Schulter oder ein Stück Vieh vor sich. Langsam und müde. Es war die Zeit der Rübenernte. Bald darauf würde Licht aus den schmalen Fenstern der Hütten fließen.

Maral wandte den Kopf zu den Bergen von Kelidar, den in der nächtlichen Dunkelheit geduckten Bergen. Zu den dem Berg Binalud benachbarten höheren Gipfeln des Hesar-Massdjed-Gebirges. Flug der Phantasie. Ssarachss. Heiße Tage und kalte Nächte. Getümmel des Lagers, Hundegebell, Geschrei der Hirten; Delawar. Die Herde kehrte zum Zeltplatz zurück. Zeit des Trecks von der Sommer- zur Winterweide. Scharen von Schafen, Gruppen von Männern: ladet auf, ladet auf! Was waren das für Nächte, jene Nächte! Was für Nächte! Kein Ende wollten sie nehmen. Langsame, zähe, langgezogene Augenblicke. Voll Freude, voll Qual, voll Erinnerung. Angefüllt mit der Ungeduld der Herzen.

Wenn sich der Stamm im Lager aufhielt, setzte Maral sich abends an die Zeltstange und spann. Mahtou warf Reisig ins Feuer unter dem steinernen Kochtopf. Der schwarze Teekessel auf der Feuerstelle. Tee für die Männer. Der Abend erbleichte. Dunkelheit eilte über den Himmel. Die Nacht stieg hinter dem Berggipfel hervor, streckte sich in die Höhe, ließ ohne Eile ihren Leib auf die Steppe nieder und breitete ihre Arme zwischen den schwarzen Zelten aus. Hier und da blitzten Windlichter auf, jeder Strahl stach wie eine Dolchspitze in die Haut der Nacht, doch der Leib der Nacht verharrte über den Zelten des Lagers auf der gebrochenen Spitze der Lanzen aus Licht. Eine Kuhhaut auf gebrochenen Spießen.

Die Nächte von Kelidar waren anders. Leicht und unruhig. Eine angenehme Brise durchwehte sie. Der Duft der Erde und der Gräser machte einen trunken. Der Mond von Kelidar schien aus größerer Höhe zu glänzen. Die Nacht von Kelidar war durchsichtiger. Weniger angsterregend. Immer noch gab es kein Zeichen von Delawar! Sind dies nicht die Hufschläge von Gareh-At, die von jenseits der Cholur-Hügel kommen? Was ist dieser weißsprühende Staub? Windet sich nicht das trunkene Wiehern Gareh-Ats in der Nacht von Kelidar? Ist dies nicht Gareh-At, der mit fliegender Mähne herangaloppiert?

Wo ist denn der Reiter? Wo ist Delawar?

Ist das Gareh-At, der da schweißtriefend und erschreckt zwischen den schwarzen Zelten unentschlossen sich selbst überlassen ist? Ungeduldig und verstört ist er, der Rappe! Ohne Sattel und ohne Zaum. An seinen Ohren hängen Schweißtropfen. Sein Nacken glänzt vor Feuchtigkeit. Er scharrt mit den Hufen. Unter Wiehern wühlt er die Erde auf. Seine Mähne ist zerzaust. Erregt und verwirrt ist er, der Gareh-At. Die Männer des Tupkalli-Stammes haben ihn umringt. Aber wann hätte er je einen Fremden an sich herangelassen? Er erkennt nur einen als Herrn an. Er leidet, der Gareh-At. Ohne Reiter ist er zurückgekehrt. Eine Botschaft hat er mitgebracht. Maral taucht auf. Den ledernen Wassereimer läßt sie fallen. Ein Laut aus ihren zitternden Lippen. Gareh-At hört eine bekannte Stimme. Aufgerichtete Ohren: Dies ist Maral! Er legt die Ohren an und neigt den Nacken. Maral und der Rappe gehen aufeinander zu. Der Rappe reibt die Stirn an Marals Schulter. Aus seinem Maul dringt ein Laut, ähnlich einer Klage. Gleichsam ein Weinen des Pferdes. Maral streichelt seine Mähne, legt die Arme um seinen Hals. Männer und Frauen des Lagers lassen die beiden allein. Maral führt das Pferd mit sich. Sie führt es eine Strecke, damit sein Schweiß langsam trocknet. Sie führt es zurück. Bei ihrem schwarzen Zelt läßt sie es los. Maral wünscht sich, der Rappe könne sprechen. Sie versinkt in sich selbst. Die Nacht zerbricht.

Am nächsten Tag stellt sich heraus, daß Delawar, Abduss und Radjab Keschmir zum Gendarmerieposten gebracht worden sind.

Maral vergrub die Hand in Gareh-Ats schöner langer Mähne und kraulte das Tier hinter seinen weichen Ohren. Der Rappe blickte sie an und bewegte Ohren und Schweif. In der Höhe, südlich von Maschhad, stiegen Wolken einander auf die Schultern. Diese Wolken regneten nie. Geizig, trocken, unfruchtbar waren sie. Eine hinter der anderen, eine armselige, ausgehungerte Karawane, hoch über der flachen Kawir; schlaff und müde irrten sie auf Sabolestan, den Fluß Hirmand und die afghanische Steppe zu, um sich dort zu verlieren. Unter diesen seelenlosen Wolken lagen Dörfer, Karawansereien, einige vereinzelte, kaum fruchtbare Ebenen und Wüstenstädte, die trockenen Lippen zwischen den Zähnen, durstig und mit blassem Antlitz; Haufen von Erdklumpen auf dem Weg des Windes, auf der sonnigen Ebene: Torbat und Birdjand, Gonabad und Bidocht. Maral war da überall schon vorbeigekommen. Danach hatte sie auch die Zigeuner von Torbat in den Steppen, Dörfern, auf den Ziegenpfaden entlang den Schluchten und beim Lagerplatz gesehen. Sie schlugen ihre Zelte auf, stellten Ambosse auf den Boden und machten sich ans Werk. Es war an der Zeit, die Pferde neu zu beschlagen. Die Männer brachten Pferde, Maultiere und Esel zu den Hufschmieden. Die Frauen kamen, Kebabspieße, Messer, Nadeln und Rohre für die Wasserpfeifen zu kaufen. Die heiratsfähigen Mädchen suchten die alten Frauen auf, die aus der Hand lasen. Angenehmes Sprechen, schöner Tonfall, eine Fülle von faszinierenden Ausdrücken. Die Zigeunermütter mit ihren losen Zungen hatten Musik in ihren Worten. Sie wahrsagten und erzählten alte Geschichten. Das gefiel den Kurdenmädchen. Die Zigeuner brachten Neuigkeiten aus Torbat und Kaschmer und Kalschur mit. Neuigkeiten aus dem Tamariskenwald, dem Winterquartier der Mischkalli. Dem Tamariskenwald, an der Grenze zum Wüstengebiet im Süden von Ssabsewar und Nischabur, an der Grenze zum Wüstengebiet, das bis unterhalb von Baschteyn reichte. Eine Hand streckte es nach Anarak aus. Nördlich von Anarak lag die Ebene von Schahrud, die sich bis zum Abhang des Ssangssar hinzog, sich nach Osten neigte und den Kopf an den Fuß von Kelidar legte, sich mit der Ebene von Maruss vereinte und Essferayn und Abdollahgiw und die Ebene von Djouweyn umschloß. In eben diesem Gebiet, in der Schlucht von Malagdareh der Maruss-Ebene, im Getümmel beim Melken der Schafherden, war Maral von Mahtou zur Welt gebracht worden. Dieses Gebiet war Marals Welt. Eine Welt, nicht eng, nie eintönig. Nun aber war sie allein in ihrer Welt. Allein wie eine Mohnblume auf der Handfläche der Steppe, ein Edelstein in einer Ruine. Ungewisse Wege, aufgelöste Bindungen. Leere Steppen und schlafende Ebenen. Verstreute Städte und geduckte Dörfer. Allein der Gedanke daran läßt den Atem stocken.

Die Nacht ballte sich zusammen. Alte, verstreute Lichter züngelten hier und da. Maral mußte weitergehen. Zeit zu gehen. Sie setzte den Fuß in den Steigbügel, schwang sich in den Sattel und wandte den Zügel der Stadt zu. Eine Lichtquelle, die Karawanserei von Hadj Nur-ollah, und Pir Chalu, um sie zu empfangen.

Eine kleine Tür mit einem Rundbogen in einem der Torflügel, eine Öffnung, so groß wie eine gewöhnliche Tür. Pir Chalu öffnete die kleine Tür. Als er die Tochter von Abduss erblickte, erhellte sich sein altes, breites Gesicht: »Ha! Bist du's, Mischkalli-Mädchen? Ha, wo bist du gewesen, daß dich dein Weg hier vorbeiführt? ... Schön, schön, laß mich den großen Torflügel aufmachen, damit dein Pferd reinkommen kann. Komm ... nun führ es rein ... Schön, gewiß doch, laß mich den Riegel vorlegen ... Gut, das wär's. Schön, gewiß doch.«

Maral und Gareh-At waren jetzt im Torweg. Pir Chalu schloß geschickt die Flügel von Tür und Tor und trat zu Maral, um ihr den Zügel abzunehmen. Aber der Rappe schnaubte, schüttelte die Mähne und machte eine halbe Drehung. Pir Chalu wich zurück, legte den Unterarm schützend über die Stirn und drückte sich mit dem Rücken an die Mauer des Torwegs: »Eh ... schön, schön, gewiß doch. Gewiß doch, mein Tier. Schön, gewiß doch.«

Maral beruhigte das Tier und sagte mit einem Lächeln, in dem sich Stolz und Bescheidenheit mischten: »Er ist nicht an Fremde gewöhnt, Chalu, läßt Fremde nicht an sich heran. Zeig mir, wo ich den Sattel abnehmen und den Zügel anbinden kann.«

Pir Chalu zog sich in den Hof der Karawanserei zurück und sagte: »Ich wollte ihn ein wenig hier im Hof herumführen, damit sein Schweiß trocknet.«

»Er hat nicht viel geschwitzt. Ich führ ihn selbst ein paarmal herum.«

»Dann geh ich vor, bring du das Tier zur Futterkrippe.« Pir Chalu ging zur Krippe in der Hofecke und sagte: »Ihr Nomaden müßt ja auch solche Weggefährten haben. Wie könnt ihr sonst in den Bergen und Tälern überleben, die weiten Steppen durchstreifen und mit jedem Tier und allem möglichen fertig werden? Sehr schön, schön, gewiß doch. Ihr braucht das, ja, ja. Solche Tiere wie dies habt ihr nötiger als das tägliche Brot. Bring es her, bring es in diese Ecke. Hierher. Schön, schön, gewiß doch.« Ununterbrochen redend, machte er sich daran, den Boden der Krippe zu säubern: Mit seinen rauhen, schwieligen Händen fegte er Strohhalme, Staub und Dreck, alles, was in der Krippe war, zusammen, wandte sich Maral zu und sagte: »Hier … hier … leg Sattel und Polster in diese Ecke. An die Mauer.«

Maral machte mit Gareh-At noch eine Runde, brachte ihn dann zur Krippe, lockerte den Sattelgurt, nahm Sattel und Satteltasche herunter, zog dem Rappen die Kandare aus dem Maul, knotete den Fesselriemen um den Zügelhalter – ein Holz, dessen Enden an der Mauer festgemacht waren – und richtete sich auf.

Chalu sah sich den sattellosen Gareh-At an. Was für ein Tier! Eine schwarze Schlange mit einem sanft geschwungenen Rücken: »Eine Augenweide ist er! Daß ihn der böse Blick nicht treffe! Den hab ich doch nicht unter Abduss' Tieren gesehen?«

Maral warf sich die Satteltasche über die Schulter und sagte: »Damals war er noch ein Fohlen, Chalu. Gareh-At ist nicht älter als zweieinhalb Jahre. Vor kurzem erst hat er seine Eckzähne bekommen.«

Chalu mochte seinen Blick nicht losreißen. Dennoch ging er zum Vorratsraum unter dem Torweg, um Heu und Gerste vorzubereiten. Maral fuhr mit der Hand über die Mähne des Pferdes und kraulte mit den Fingerspitzen seine Ohren, strich mit der weichen Handfläche über seinen Rücken, rieb seine Schultern, die Stelle zwischen den Vorderbeinen und die Brust; sie streichelte seine Kruppe, zupfte einen Strohhalm ab, der in seinen Schwanzhaaren hing, ging zu Chalu, nahm ihm das Sieb mit dem Heu und die Kupferschüssel mit der Gerste ab, trug sie hin und leerte sie in die Krippe. Der Rappe steckte den Kopf an Marals Schulter vorbei in die Krippe. Maral lehnte das leere Sieb an die Mauer, fuhr noch einmal mit der Hand über die Mähne des Tiers und entfernte sich. Im Gehen fragte sie: »Hier ist's doch sicher, Chalu?«

Chalu drehte den Oberkörper Maral zu und sagte: »Wo bist du mit deinen Gedanken, Tochter von Abduss? Es sei denn, daß Gott seine Hand ausstreckt und das Pferd herauszieht! Ich sehe sonst kein Schlupfloch in diesen Mauern. Siehst du etwa eins?«

»Ich hab das nur aus Spaß gesagt, Chalu. Wer kann sich denn an Gareh-At heranmachen?«

»Ha, schön, schön, gewiß doch, gewiß doch. Nachts fliegt hier nicht mal eine Mücke rum. Ich bin ja auch wach. Schön, gewiß doch. Jetzt geh da hin, setz dich auf die Bank neben der Tür, ich mach für dich einen Becher Tee. Ich hab erstklassigen Tee aus Indien.«

Maral stieg die Stufen hinauf, nahm an der Tür von Pir Chalus Hütte die leere Satteltasche von der Schulter und setzte sich darauf. Chalu bückte sich, ging ins Zimmer und steckte den Kopf in seine mit allerlei Plunder gefüllte Truhe. Aber sein Mundwerk stand dabei nicht still. Die ganze Zeit redete und redete er: »In meiner Eschgh-abader Teekanne will ich für dich den Tee machen. Gewöhnlicher Tee steht sowieso zum Ziehen auf dem Herd. Diese Teekanne hab ich mit meinen eigenen Händen aus dem russischen Eschgh-abad hergebracht. Im türkischen Viertel von Eschg-abad hab ich sie für viereinhalb Rubel gekauft. Zu der Zeit, als ich noch Kameltreiber war, hab ich sie gekauft. Eigentlich hatte ich sie für meine Braut gekauft.«

Eine zierliche Porzellankanne war es, granatapfelfarben, mit weißen Rosensträußen auf beiden Seiten. Die alten, breiten Hände Pir Chalus hielten die rote Kanne wie eine Taube. Er trat aus der Tür und zeigte sie Maral. Seine Augen blitzten vor Freude: »In den Jahren damals brachten wir Porzellanwaren aus Rußland. Porzellanwaren und Sachen aus Messing. Auch Petroleum brachten wir. In unserem Land hatte man noch kein Petroleum gefunden. Von hier nahmen wir Rosinen und Mandeln mit. Von dort brachten wir auch Stoffe. Immerzu waren Karawanen unterwegs. Der Weg war ja noch frei. Später, als es dort bolschewistisch wurde, sperrten sie die Grenzen. Schön, schön, gewiß doch, gewiß doch. Jetzt mach ich den Tee.«

Während er so weiterredete, setzte sich Pir Chalu neben der Bank an die Feuerstelle und fachte das Feuer an. Dazu war nur ein Stück Reisig nötig. Er stützte die Hände auf den Boden, beugte Kopf und Schultern vor, blies in den Herd. Rauch stieg auf, und im Rauch, unter dem ständigen Blasen Pir Chalus, züngelte eine schwache Flamme. Die Flamme erfaßte das Reisig, Pir Chalu trocknete mit dem Handrücken die tränenden Augen, setzte sich neben die Tür. »Schön, schön, gewiß doch, jetzt wird es angehen, wird angehen. Warum sitzt du auf der Satteltasche? Sehr schön, ich hab doch eine Filzmatte, gewiß doch.«

Er brachte eine Ssangssarer Filzmatte aus der Hütte, breitete sie aus und sagte: »Setz dich hier drauf. Jetzt bring ich dir auch Bettzeug, damit du dich anlehnen kannst. Du bist müde, ich weiß. Sehr schön, gewiß doch.«

Er brachte altes zusammengerolltes Bettzeug, legte es an die Wand und ging zur Feuerstelle: »Mach dir's bequem, ruh dich aus. Du bist müde. Fühl dich hier wie zu Hause. Sehr schön, gewiß doch. Gewiß doch. Der Tee ist auch gleich fertig. Schön, nun sag mal, was weißt du Neues von meinem Freund Abduss, von deinem Vater?«

Maral sagte: »Heute habe ich ihn besucht.«

»Ging's ihm gut? Seit einigen Freitagen habe ich ihn nicht mehr besuchen können. Wie ging es ihm? Ha?«

»Nicht schlecht. Aber er war sehr besorgt ... Chalu, er ist ungerecht behandelt worden.«

»Ja, meine Liebe, ja. Gewiß doch. Das wissen wir alle. Alle. Die Ältesten der Tupkalli haben ihn nicht anständig behandelt. Schön, und wie ging es Delawar? Deinem Bräutigam?«

»Gut, gut.«

»Gewiß doch, gewiß doch. Jetzt sag mir mal, wie es gekommen ist, daß du dich ganz allein auf den Weg in die Stadt gemacht hast.«

»Ich will nach Ssusandeh gehen, zu meiner Tante Belgeyss. Ich möchte dort im Haus meiner Tante bleiben, bis mein Vater entlassen wird. Hast du gehört, daß meine Mutter gestorben ist?«

»Gestorben? Mahtou ist gestorben? Ach, ach!«

»Vor Kummer ist sie gestorben. Von der Seuche unter den Schafen hast du wohl gehört?«

»Nun, nun?«

»Wir hatten ja keinen rechten Mann, der zur Stadt in den Basar gehen konnte, um einen Arzt und Medizin zu holen. Diejenigen, die es sich leisten konnten, sind mit heiler Haut davongekommen und haben ihre Tiere gerettet. Unsere Tiere waren es, die eins nach dem andern vor unseren Augen Durchfall bekamen, mit allen vieren zuckten und eingingen. Und Mahtou, die schon krank war, ist danach vor Kummer gestorben.«

»Weiß Abduss davon?«

»Ich habe ihm gesagt, ich hätte sie nach Ssusandeh gebracht, zu Belgeyss. Wenn du ihn siehst, Chalu – von mir hast du nicht gehört, daß Mahtou gestorben ist, ja?«

»Gewiß doch, gewiß doch. Ich werd dran denken.«

Pir Chalu brachte den Tee, stellte ihn Maral hin. »Nun, weiß deine Tante Belgeyss, daß du zu ihr unterwegs bist?«

»Sie kennt mich nicht einmal!«

»Hast du irgendwelche Nachricht von ihr?«

»Nein, woher sollte ich?«

»Schön, schön, gewiß doch. Gieß dir Tee ein. Gieß auch für mich welchen ein. Einige von Belgeyss' Familie waren in Maschhad im Gefängnis!«

»Was sagst du da?«

»Wahrhaftig. Der älteste Sohn von Belgeyss, Chan-Mammad, mit seinem Onkel Chan-Amu. Und der dritte war Ali-Akbar, der Sohn von Hadj Passand und Gol-Andam, der Neffe von Belgeyss. Das hast du also nicht gehört?«

»Jetzt höre ich das zum erstenmal ... Weswegen denn?«

»Das weiß man nicht genau. Aber es heißt, sie sollen eine Herde aus dem Dorf Pol-e Abrischom gestohlen, sie zu den Hesar-Massdjed-Bergen getrieben und sie unter den Zelten versteckt haben. Schön, gewiß doch. Gott allein weiß es. Manche sagen, daß ein großer Teil der Herde Hadj Hosseyn aus Tscharguschli gehörte. So viele sind jedenfalls nicht auf Nimmerwiedersehen verschwunden. Hadj Hosseyn ist den Spuren der Tiere gefolgt und hat sie sich zurückgeholt. Aber es sind schon einige Monate, daß die Schuldigen im Gefängnis sitzen. Zwei von ihnen wurden bei den Zelten aufgegriffen und einer im Teehaus von Ssoltan-abad, an der Kreuzung der drei Landstraßen Gutschan – Ssabsewar – Nischabur. Ich glaube, Ali-Akbar, der Sohn von Hadj Passand und Gol-Andam, war's, den sie im Teehaus von Ssoltan-abad geschnappt haben. Es hieß, Madyar hätte auch seine Hand im Spiel gehabt, aber der ist geflüchtet. Madyar ist ja ein Draufgänger. Ist ein Pfiffikus. Deinen Onkel mein ich, den Bruder deines Vaters. Flink ist der und schlau. Trink deinen Tee! Vor kurzem hab ich gehört, daß Ali-Akbar und Chan-Amu freigelassen worden sind. Aber Chan-Mammad sitzt noch im Gefängnis. Gott sei Dank hat die alte Belgeyss außer Chan-Mammad noch zwei andere Söhne. Gol-Mammad ist ja vor nicht langer Zeit vom Militärdienst zurückgekehrt, im Krieg in Aserbaidjan ist er auch dabeigewesen. Und der andere ist Beyg-Mammad. Beyg-Mammad ist jünger als Gol-Mammad, sieht aber stattlicher aus. Und er spielt wunderbar Dotar! Ich hab selbst diese zwei Söhne von Belgeyss hier gesehen. Dieser Beyg-Mammad spielt so herrlich, daß man ganz außer sich gerät. Wunderbar!

Ach, er bringt ihn zum Weinen, diesen Dotar, oh, zum Weinen! Er kann auch singen. Eines Abends wurde ich hier in dieser Karawanserei Zeuge davon, was Beyg-Mammad mit diesen zwei Saiten anstellt! Seine Haare waren zerzaust, den Kopf hatte er zur Seite geneigt und spielte. Ach, was für Finger! Die Töne seines Instruments ließen einem alle Haare zu Berge stehen. Man wurde in einen Zustand versetzt, als ob man etwas ganz Wunderliches gesehen hätte. Wie wenn einen Freude überkommt oder ein großer Kummer. Oder wie wenn man sich an eine überaus traurige Begebenheit erinnert. Ich weiß nicht. Ich weiß nicht, was los war. Ich weiß nur, daß ich an jenem Abend völlig durcheinander geriet. Ich war ganz aus dem Häuschen. Hay! Was der an diesem Abend alles machte. Es war etwa in eben den Tagen, als sein ältester Bruder, Chan-Mammad, festgenommen und ins Gefängnis gebracht wurde. Die Brüder hatten sich nach Maschhad auf den Weg gemacht, um Chan-Mammad dort zu besuchen, und die Nacht über blieben sie hier. Wie ein junger Gott sang dieser Beyg-Mammad an dem Abend, wie ein junger Gott. Man konnte meinen, er klage, er weine. Aber Gol-Mammad war ganz ruhig. Er saß still da und hielt den Kopf gesenkt. Bis Mitternacht, als sie sich schlafen legten, sagte Gol-Mammad kein einziges Wort, bewegte nicht einmal die Lippen. Mir ging durch den Sinn: der ist jetzt ein richtiger Mann geworden. Ich weiß nicht, ob du bemerkt hast oder nicht, daß manche Männer älter sind, als es ihren Jahren entspricht. Älter, ja, ja. Was sag ich: nicht älter – reifer sind sie. Er war nicht älter als sechsundzwanzig, siebenundzwanzig Jahre, aber es kam mir vor, als hätte er alles mögliche durchgemacht. Wer weiß, ob dieser schweigsame Mensch nicht im Aserbaidjaner Krieg vierzig Männern die Köpfe abgeschlagen hat? Ha, wer weiß das? Sein Kopf, seine Augen waren genau wie die von Abduss. Auch du selbst, wie du eben auf einen Punkt starrtest, hast mich an ihn erinnert. Das gibt's unter Verwandten, ja, ja. Wie es kommt, daß du kein einziges Mal deine Vettern gesehen hast, das weiß ich wahrhaftig nicht! Die haben auch eine Schwester, Schiru. Ich weiß nicht, was aus deren Liebesgeschichte geworden ist. Trink deinen Tee, er wird kalt. Laß mich noch etwas nachgießen. Die Welt ist voll von solchen Geschichten, sei nicht traurig! Gewiß doch. Die Liebe ist auch kein Spaß. Von Schiru red ich. Man erzählt da so einiges.«

Maral war still geblieben. Was Pir Chalu sagte, schien nicht wahr zu sein, war erdichtet. Eine verworrene Dichtung. Wie ein Märchen aus alten Zeiten. Betörende Träumereien. Von solcher Art, daß du, wenn deine Phantasie dir beisteht, niemals müde wirst, sie weiter auszuspinnen. Nicht glaubwürdig, aber angenehm; sie machen es möglich, der Phantasie nachzugeben, sich in ihren Staub zu hüllen und das Auge neuen Farben zu öffnen. Kühn und freudig sich darin verlieren. Trunkenes Auf und Ab der Traumbilder. Schwindelerregendes Sichdrehen an der Grenze zwischen Glaube und Nichtglaube. Eine Hand im Wind. Ein Blick im Wind. Ein Flügel im Wind. Sieh den Flug des Menschen an! Unbekannte Kettenglieder der Seele und der Welt.

Die Söhne der Tante, unbekannte Verwandte, Männer der Arbeit, der Steppe, der Kühnheit. Kämpfen und Fallen und Wiederaufstehen. Namenlose Reiter. Unbekannte Pferde. Hay, hay. Wer wäscht dir deine Locken, Beyg-Mammad? Schiru – was für ein schöner Name! Sprich weiter, Pir Chalu! Weiter. Deine Stimme, deine alte Stimme erinnert an alte, gewaltige Platanenstämme. Viel Wind und Schnee müssen über sie hinweggegangen sein. O Lied ferner Wälder, verstumme nicht! Erzähle Erinnerungen! Öffne ein weites Feld für Marals dahinjagende Träumereien. Stirb nicht, o alte Platane. Mahnmal vergangener Zeiten. Mögest du nie außer Atem kommen!

Maral hatte sich mit der Schulter an die Wand gelehnt und war still. Die Blicke, die zwischen ihren halb geschlossenen Lidern hervorblitzten, waren endlose Funken in der Seele der Nacht. Aus ihren Augen regnete Feuer. Sie war hier und war nicht hier. Das begriff Pir Chalu. Er wußte, was er wußte. Daß Maral jetzt nicht sprechen konnte, war dem alten Mann verständlich. Er sah ja, daß Maral mit ihren Gedanken auf der Schwelle einer fremden Welt stand.

Ja, Pir Chalu hatte mit seinen Worten das Tor zu dieser Welt geöffnet.

»Schön, schön, meine Tochter. Du sagtest also, daß Abduss besorgt war?«

»Ja! Ja!«

»Nun, recht hat er. Ob du willst oder nicht, er hat verstanden, daß seine Frau gestorben ist. Er hat es verstanden. Denn der Mensch riecht manchmal eine Nachricht. Es ist, als ob er Unsichtbares sähe. Er weiß es. Er riecht es. Verstehst du, was ich sage? Zum Beispiel überkommt Trauer einen Menschen. Plötzlich, weißt du, plötzlich! Der Mensch weiß nicht, woher diese Trauer gekommen ist und warum sie sich in seinem Herzen festgesetzt hat! Sein Herz wird traurig, als hätte man es in eine alte Weste gewickelt und wringe sie aus. Der Mensch beginnt nachzudenken. Er spinnt Gedanken und Träume, bis er schließlich irgendwo eine Öffnung, ein Licht findet. Wenn er dann einen seiner Angehörigen sieht und mit ihm spricht, ist der Fall erledigt. Sobald der andere den Mund öffnet, hat er alles bis zum Grund durchschaut. Alles. Was er nicht wissen sollte, weiß er. Nun sag mir aber – was hast du Abduss über Mahtou gesagt?«

»Ich hab gesagt, sie ist krank, und ich hab sie ins Haus der Tante gebracht. Aber dir hab ich die Wahrheit gesagt. Mahtou ist vor Kummer gestorben. Vor Kummer. Zuerst wurde sie ganz gelb, dann schwoll ihre Kehle zu, sie konnte nicht mehr sprechen. Und dann ist sie gestorben. Ganz ruhig ist sie gestorben. Ohne zu jammern und zu klagen.«

Pir Chalu wich ihrem traurigen Blick aus und sprach vor sich hin: »Die Balutschen, so sind diese Balutschen. Sind von Natur aus gelassene, friedfertige Menschen. Den Charakter von Kamelen haben sie. Selten murren sie, tragen schwere Lasten und legen weite Wege zurück. Genau wie Kamele. Aber nie kommen sie in dem Ausmaß, wie Kamele zu ihren Dornen kommen, zu Brot und Datteln. Wie ist es nur möglich, daß die Menschen so widerstandsfähig sind?«

Maral seufzte tief: »Aber ich habe meinem Vater von dieser Sache nichts gesagt; wirst du daran denken, Chalu?«

»Hey … Tochter von Abduss, Tochter von Abduss. Was dein Vater jetzt durchmacht, langt ihm schon. Es reicht, es reicht. Die Seuche unter den Schafen. Das Eingehen der Herde. Die Krankheit von Mahtou, die Obdachlosigkeit seiner Tochter, die Gefängnisstrafe von Delawar. Nun, all dies genügt, einen Mann in die Knie zu zwingen. Und er sitzt hinter Gittern, kann sich nicht rühren. Ein Mann, der seit zwanzig, fünfundzwanzig Jahren mit seiner Schwester entzweit ist und jetzt in einer solchen Klemme sitzt, daß man seine kranke Frau ins Haus eben dieser Schwester gebracht hat und seine Tochter genötigt ist, dorthin zu gehen – das alles ist eine Qual. Ist eine Pein. Aber ihr Kurden seid zäh. Aufbrausend seid ihr, aber auch zäh. Geduld und Ausdauer der

Balutschen besitzt ihr nicht, aber Not könnt ihr ertragen. Immer im Galopp wie ein Pferd. Manchmal auch zögert ihr, bleibt aber nicht zurück. Immer im Galopp. Es sei denn, daß euch etwas Unvorhergesehenes aus der Bahn wirft und euch die Knochen bricht; sonst galoppiert ihr. Wißt vielleicht nicht genau, wohin der Galopp geht, aber immer im Galopp wie das Pferd. Nur muß dem rechtzeitig Gerste und Heu in den Futtersack geschüttet werden. Sonst wird es tollwütig. Tollwütig. Wie dem auch sei – ich bitte Gott, Abduss Geduld und Ausdauer zu schenken. Auch dir, Mädchen. Gewiß doch. Ja, ja, trink noch diesen Becher Tee; dann steh ich auf und kümmere mich um dein Abendessen. Ich mach dir Spiegeleier. Ich hab zwei graugesprenkelte Hühner. Was kann man tun? Gott schickt mein täglich Brot aus dem Hintern dieser zwei Hühner. Jetzt steh ich gleich auf und mache Spiegeleier für dich. Du bist müde. Mußt früh schlafen gehen. Schlaf nur! Schlaf ist für einen jungen Menschen wichtiger als Brot. Leg dies Bettzeug da auf die Filzmatte und mach dir's bequem. Gleich ist das Essen fertig. Gleich, gleich ist's soweit.«

II

Die Nacht zerbarst, die Dämmerung brach an. Die reine, leichtfüßige Morgenbrise hatte sich erhoben und wirbelte den Geruch von Staub und Stroh und Dung auf. Maral stand bei ihrem Rappen und blickte zu Pir Chalu hinüber. Pir Chalu stand am Torflügel der Karawanserei und winkte ihr mit seiner Mütze zu. Maral setzte den Fuß in den Steigbügel und grüßte ihren Wirt mit erhobener Hand. Der Rappe stampfte ungeduldig auf das Pflaster der Beyhag-Straße. Maral zog den Zügel straff an, um das Pferd zu beruhigen. Ruhig. Ruhig.

Die leere Beyhag-Straße, die Hauptstraße von Ssabsewar, streckte träge in der morgendlichen Dämmerung ihren Leib. Mit einer Wendung des Kopfes konnte man vom westlichen Tor, dem Arag-Tor, bis zum östlichen Tor, dem Nischabur-Tor, sehen. Vom Minarett des Grabmals des Heiligen Yahya war der Gebetsruf des Muezzins zu hören. Ein unmelodischer Ruf. Doch allmählich öffnete sich das Tor des Tages. Das Tor der Freitagsmoschee stand weit offen, und selbst bei eiligem Vorbeigehen konnte man ihren ausgedehnten Hof mit einem Blick übersehen. Schattenhafte Gestalten waren hier und dort verstreut. Beim Gebet und bei der Gebetswaschung. Auch vom Minarett der Freitagsmoschee erscholl der Gebetsruf. Auf der linken Seite der Straße, etwas weiter entfernt, lag das Polizeirevier. Maral blickte nicht einmal zu seinem Tor hin. Vergebliche Sehnsucht! Soll sie verschwinden, diese Sehnsucht. Sie ritt weiter.

Jetzt war sie im Pamenar-Bezirk. Bei der Moschee von Pamenar. Auch von ihrem Minarett erscholl der Gebetsruf. Ruf auf Ruf. Selbst aus den fernsten Ecken der Stadt, aus jeder Gasse, jeder Straße, ertönte der Gebetsruf. Rufe zum Gebet. Rufe zum Gebet. Die Stadt schlief unter einem Dach aus Gedröhn von Gebetsrufen. Neben dem Tor der Moschee von Pamenar nahm ein Gemüsehändler die schützende Holzplatte von seiner Ladentür. Gleich neben dem Gemüseladen glühte der Ofen der Backstube. Maral lenkte das Pferd zum Gehsteig und hielt bei den Läden an. Sie holte eine Münze aus der Westentasche und kaufte sich ein Brot. Das Brot steckte sie in die Satteltasche und setzte ihren Weg fort.

Unter einem Himmel, an dem mit jedem Augenblick immer weniger Sterne leuchteten, saß Maral aufrecht auf ihrem Pferd und zog den Zügel an. Das Klopfen der Hufe auf dem Pflaster der morgenstillen Straße hallte erregend wider. Und das machte Gareh-At unruhig. Er drehte und wendete den Hals und warf den Kopf hoch. Feurig von der morgendlichen Gerste hob er mehr als nötig die Vorderbeine und schlug sie auf das Pflaster auf. Ungeduldig war er. Den Hals hielt er stolz gereckt, bei jeder Bewegung schüttelte er die Mähne, bei jedem Schritt dehnte sich seine Brust und zog sich zusammen. Er brannte darauf zu galoppieren. Doch wie alle Nomaden, die in die Stadt kommen, um Geschäfte zu erledigen oder Medikamente zu besorgen oder sich eine Abwechslung zu verschaffen, nahm Maral Rücksicht auf die Menschen in der Stadt. Das war zu einem Charakterzug der Nomaden geworden. Die Väter hatten von ihren Vorvätern gelernt, ihren Kindern zu sagen: ›Wir brauchen die Städter. Wir dürfen sie uns nicht zu Feinden machen.‹ Jedem Nomaden blieb dieser Rat im Ohr haften, daß man einen Unterschied machen müsse zwischen der Stadt und der mit weit geöffneten Armen sich bis zum Horizont erstreckenden Ebene. Hinter diesem Rat verbarg sich eine alte Furcht. Denn in der Seele des Nomaden verbindet sich mit der Stadt immer die Vorstellung von Gouverneur, Polizei, Gericht und jeglicher Art Macht. In der Stadt muß man vorsichtig sein. Ruhig und weder rechts noch links schauend. Die Stadt ist die Wohnstätte von Kaufleuten und Gefängniswärtern. Ein Schatzhaus mit tausend verborgenen Augen. An all ihren Ecken und Enden lauert ein Auge, ein Ohr. In der Stadt darfst du dich in nichts einmischen. Wer du auch bist – du bist ein Fremder. Du kennst weder Ort noch Sache, noch Situation. Du kennst dich nicht aus. Das ist das Schlimmste. Du bist blind und kennst nichts und niemanden. Andererseits kennen die anderen alle Löcher und Schlupfwinkel der Stadt. Wende einmal deinen Kopf, schon haben sie dich gründlich übers Ohr gehauen. Deshalb geh still in die Stadt, erledige still deine Angelegenheit und kehre still wieder zurück. Still und schweigend. Sobald jedoch das Stadttor hinter dir liegt, lockere den Zügel – die ganze Steppe, Berge und Wüste gehören dir. Galoppiere!

Das Armenhaus. Dies war das letzte Haus der Stadt. Behausung von Bettlern und kränklichen Nichtstuern. Von Blinden, Tauben, Notleidenden, wer weiß, vielleicht auch von Aussätzigen. Nahe dem Nischaburer Tor, dem Tor, das nach Nischabur blickt. Ein in einem alten Wall hokkendes, halb zerfallenes Tor, mit einer zerbrochenen Tür. Eine alte Festung, Andenken an längst vergangene Jahre: Jahre offener Angriffe, Jahre voller Waffengeklirr. Zeiten von Wurfleine, Speer und Schwert, Zeiten von Schleudern, Zelten, Pferdegewieher. Zeiten von wildem Geschrei und Überfällen schamloser Schurken. Eine Festung, die durch Regen und Wind und Menschenhand Schaden gelitten hat. Was kümmert den Besitzlosen, der keine Schätze zu verteidigen hat, ein Schutzwall? Die bejahrte Festung stürzte ein. Ihre Schultern waren verwittert, ihre Brust hatte Risse bekommen. Ein ausgetrocknetes Gerippe. Zu ihren Füßen hatten die Menschen kleine Löcher, wie Durchschlupfe für Katzen, gegraben. Öffnungen fürs freie Kommen und Gehen, unbehelligt von den strengen Kontrollen an den offiziellen Toren.

Der alte Torwächter, schläfrig und verärgert, ein Schimpfwort auf den Lippen, öffnete der Reiterin das Tor: »Ihr Kurden! Immer ihr Kurden! Keinen Unterschied macht ihr zwischen Tag und Nacht!«

Maral war jetzt jenseits des Stadttors. Beim abgelegenen Grabmal von Hadj Molla Hadi, dem Gottesgreis, so alt wie die bröckelnde Festung. Die junge Maral ließ den Friedhof hinter sich. Die von Gärten gesäumte Gasse. Duft der Blätter von Weinrebe und Quitte. Viehtreiber aus nah und entfernt gelegenen Dörfern gingen zur Stadt. Lasten, Reiter und Tiere waren mit dem von den Hufen aufgewirbelten Staub überzogen. Noch hielt Maral den Zügel Gareh-Ats fest. Der schöne Hals des Pferdes, gewölbt vom straffgezogenen Zügel; seine Vorderbeine dem Kopf voraus. Als Maral die Gruppe hinter sich gelassen hatte, ließ sie den Zügel los und faßte den Sattelknopf. Sanftes Streicheln der Reitgerte über die Kruppe. Der Rappe begann zu tänzeln. Gleichmäßiger Flug des Pferdes. Maral saß auf Wind. Leicht. Ohne Gewicht. Galoppierte ungehindert vorwärts. Dies geschah nicht aus Marals Ungeduld, sondern zur Befreiung der unter der Haut des Rappen angestauten Kräfte. Das Pferd konnte nicht an sich halten. Gut gefressen und gut ausgeruht. Gut gewälzt und sich gut ausgestreckt. Sein Vorwärtsstürmen war wie der Flug eines Pfeils von der Bogensehne und seine Eile ein Freudenschrei, der aus der Brust eines Verliebten dringt. Doch Maral war es nicht nach freudigem Galoppieren zumute. Denn ein alter Kummer betäubte ihr Herz und ihre Seele. Je mehr sie davon loszukommen suchte, desto hartnäckiger machte er sich bemerkbar. Sie zog den Zügel an. Der Rappe verlangsamte den Schritt, die Staubfahne hinter ihm legte sich allmählich, und Marals Körper kam zur Ruhe. Sie wickelte den Zügel um den Sattelknopf, zog die Zipfel ihres Kopftuchs, das im Wind verrutscht war, vom Rücken auf die Brust und griff in die Satteltasche, um sich einen Bissen Brot in den Mund zu stecken.

Vor Marals Blicken lag die offene, endlose Brust der Ebene im Sonnenschein. Hier und dort eine Handfläche Grün und fleckenweise Trockenanbaufelder, einen Steinwurf voneinander entfernt. Hügel, die da und dort sparsam ihre grauen Gesichter mit weichen, dünnen Gräsern gefärbt hatten. Der Duft der Steppenerde breitete sich überallhin aus. Maral lenkte Gareh-At auf die südliche Seite der Landstraße und ritt an ihrem Rand weiter. Hier fühlte sie sich freier. Zu beiden Seiten der Straße lagen nah oder auch fern Dörfer und Weiler verstreut; doch keins von ihnen war Ssusandeh. Um nach Ssusandeh zu gelangen, mußt du die alte Landstraße überqueren, vor dem Dorf Galeh Tschaman über Rebat in Richtung Ssoltan-abad abbiegen und zwischendurch die Hänge des Baghedjar umgehen. Eine andere Möglichkeit ist die, daß du an Galeh Tschaman vorbei Richtung Schurab gehst, an dem von Türken bewohnten Weiler vorbei, bis du auf der neuen Landstraße nach Hemmat-abad gelangst und wieder nach Westen galoppierst. Ssusandeh liegt auf halbem Weg zwischen Hemmat-abad und Ssoltan-abad. Maral wählte den Umweg. Nein, nicht den Umweg, sondern den unüblichen, direkteren Weg. Sie kam an Rebat vorbei, umritt den Teich und folgte dem Bachlauf. Das Wasser kam aus den Hügeln des Baghedjar. Maral und ihr Pferd trabten bachaufwärts. Mit jedem Schritt verging ein winziger Teil des Tages und versank. Die Sonne kroch einen Wimpernschlag höher, die Hitze wurde um ein Federgewicht drückender.

Maral schaute zum Himmel auf. Bis die Sonne den Gipfel des Himmels bestieg, blieben noch ein paar Speerlängen. Schön war das klare Wasser im Sonnenlicht. Sie zögerte, hatte Lust auf einen Schluck. Aber nein. Sie blieb nicht. Sie trieb das Pferd an. Bis zur Quelle kann es nicht mehr weit sein. Der Fuß des Hügels. Eine Vertiefung unter dem Bauch des grauen Hügels. Ein kleines Schilfdickicht. Dunkelgrün. Wie eine Gruppe von Frauen in langen Gewändern. Maral gelangte zum Dickicht. Die Quelle lag versteckt im dichten Schilfrohr. Sie stieg ab, ging um den Rappen herum. Brust an Brust mit dem Tier. Mit dem Ärmel trocknete sie ihm den Schweiß von den Ohren. Dann legte sie das Ende des Zügels unter einen Stein, kroch durch das Schilf und blieb bei der Quelle stehen. Sie beugte sich vor und tauchte die Finger ein. Die Kühle des Wassers drang ihr durch die Haut, ihr war, als schmecke sie seine Frische. Ganz langsam senkte sie die Finger tiefer ins kalte Wasser, bis zur Handmitte, dann bis zu den Unterarmen, und schaute auf die leichte, schwingende Bewegung ihrer sonnengebräunten Hände. Da, wo das Wasser heraussprudelte, bildeten sich kleine, sanfte Wellen. Die Wellen streiften die Hände im Wasser, die Hände begannen einen weichen, ruhigen Tanz und verliehen Maral ein Gefühl des schwerelosen Behagens.

Maral setzte sich auf einen Stein und tauchte die Füße ins Wasser. Sie zog den Rock hoch und steckte die Beine bis zu den Waden ins Wasser. Noch höher zog sie den Rock, und das Wasser reichte bis zu den weißen Schenkeln hinauf. Sie blickte ihre Füße an, ihre Knie. Zwei weiße Fische. Einen Augenblick glaubte sie, sie seien schön. Der leichte Wellenschlag auf den Füßen. Sie rieb die Füße aneinander, und das Gefühl dabei erfüllte sie mit Freude. Wieder rieb sie mit der rechten Fußsohle über den Rücken des linken Fußes und mit der linken Fußsohle über den rechten Fuß. Der Genuß, den ihr das Wasser bereitete, verzauberte sie. Als ob sie mit der Klarheit und Reinheit des Wassers ein Liebesspiel triebe. Gern hätte sie ihren ganzen Leib dem Wasser hingegeben.

Wenn sich die Sonne noch ein wenig weiter zur Seite neigte, würde ihr Licht sich vom Teich abwenden, die dichten, scharfen Schatten des Schilfs würden sich über die helle Wasserfläche breiten. Dann würde das angenehme Empfinden aus der Verbindung von Wasser und Sonne auf der Haut verschwinden und der Kühle des Schattens weichen. Und wenn du in solches Wasser tauchtest, würde eine unangenehme Kälte deine Haut überziehen, so daß du nach Sonnenschein verlangst. Und um deinen Körper aufzuwärmen, müßtest du aus dem Wasser steigen, dich aus dem Schilf herauswinden und auf den heißen Sand legen, damit deine Hüften vom glühenden Boden, deine Brüste und Schultern von der Sonne brennen, und weiche Erde würde sich an deinen Körper schmiegen. Und wiederum müßtest du vor der Hitze von Sonne und Erde flüchten, über Stachel und Splitter laufen und aus dem dichten Schilf ins Wasser gleiten.

Aber jetzt, da die Sonne noch bei dir ist, ihr Rock noch ein Zelt über dem Teich bildet, ihre Strahlen freigebig über das Wasser ausgebreitet sind und es liebevoll durchdringen, und noch die sanften Wellen das reine, jungfräuliche Licht auf ihren Rücken zum Zittern und Tanzen bringen und deine Haut das erquickende Wasser schmecken kann und du frei bist, dich mit deinem ganzen Körper dem Wasser in die offenen Arme zu werfen – wie kannst du da zweifeln, ob du hineintauchen sollst oder nicht? Willst du denn die menschliche Natur verkennen? Die Arme von Wasser und Sonne strecken sich verlangend nach dir aus. Der klare Blick des Wassers spiegelt sich in deinen Augen. Das sind deine Finger, die die Knöpfe deines Kleides öffnen. Das ist dein nackter, jungfräulicher Leib, der aus deinem Gewand schlüpft. Hervor tritt der Mond aus dem Kleid der Frühlingswolken.

Maral drehte den Kopf nach allen Seiten. Die Ohren und ein Stück der hellen Stirn des Rappen waren durch die scharfen Schilfblätter zu sehen. Wohin Maral auch blickte – es gab keine Farbe außer der tiefen Bläue des Himmels. Kein Laut war zu hören außer den gelegentlich vorbeihuschenden Stimmen erdfarbener Vögel. Außer dem leisen Schnaufen des Rappen war kein Atem eines lebenden Wesens zu spüren. Das Wasser des Bachs schlich in seinem Bett vorwärts und verlor sich auf der anderen Seite des Tals in bebauten Feldern. Wenn hier auch keine männlichen Wesen zu erwarten waren, scheute Maral sich vor den Blicken des Rappen. Sie verbarg die Brüste unter ihren Armen und ließ sich ins Wasser gleiten. Das Wasser umarmte Marals Körper bis oberhalb der Hüften, bis zur Taille, und saugte ihn ein, und die Seele des Wassers war bis ins Mark zu spüren. Der Teich war nicht sehr tief, Maral setzte sich auf den Grund. Ihre Brustwarzen sanken langsam in die angenehme, kühle Frische des Wassers. Das Wasser stieg höher und bedeckte die ganzen Brüste. Ruhiges, sanftes Wiegen der weißen Brüste im Wasser. Maral genoß die Berührung des Wassers unter ihren Achseln, die von heißem Schweiß naß geworden waren. Und ihr glatter Hals fühlte das

Halsband des Wassers. Angenehme Mittagsruhe von Wasser und Sonnenschein. Maral wendete den Körper und glitt bis zu den Schultern ins Wasser. Wonne der Umarmung. Sie beugte sich im Wasser vor. Mit verschränkten Armen drückte sie die begehrenden Brüste, tauchte den Kopf ins Wasser und hob ihn wieder hoch. Die feuchten Haare klebten ihr an Ohren und Hals. Sie verspürte Lust, den Kopf am Ufer des Bachs auf einen Stein zu legen und sich ganz dem Wasser zu überlassen, den Körper der Liebkosung des Sonnenscheins anzuvertrauen. Sie tat es und schloß genüßlich die Wimpern.

Auch der Mann schloß seine schwarzen Augen. Er hatte keine Kraft mehr hinzuschauen. Er zitterte am ganzen Körper, sein Herz war in Aufruhr, als ob sanfte Krallen es aufwühlten. Seine Knie waren schwach geworden, sein Mund trocken. Ein Durstiger in Reichweite des Wassers. Lange Momente waren es, daß er Maral beobachtete. Momente, die gleichsam stehengeblieben waren und den Mann gefangengenommen hatten. Er wußte nicht, wie lange er sich schon im Schilf versteckt hielt, wie lange schon seine Augen – seine schwarzen, durstigen Augen – flammten, aus ihren Höhlen herauszutreten drohten und die Frau, die Frau, die ihnen wie im Traum erschienen war, ganz in sich aufnehmen wollten. Blicke, durstige Blicke. Die Augen, diese fiebrigen Augen, schienen vom Kopf des Mannes losgelöst zu sein, hingen wie selbständige Lebewesen an den langen Schilfblättern und bemühten sich, den ganzen nackten Leib der Frau – nein, jeden winzigsten Teil ihres Körpers, alle Erhebungen und Wölbungen, alle sanften, gleitenden Wellen, die die Gestalt umspielten – zu erfassen. Das Herz des Mannes klopfte vielleicht wie das Herz eines vom Flug ermüdeten Falken, vielleicht waren seine Atemzüge schneller und heißer geworden. Vielleicht hatten seine Wangen Feuer gefangen, vielleicht pochte ihm das Blut in den Schläfen. Vielleicht waren unter der Haut seiner Augenbrauen unbekannte Partikel ins Zucken geraten, etwas bewegte sich in den Äderchen seiner Augen, und seine Kehle war von glühenden Atemzügen trocken wie ein Ziegelstein geworden. Vielleicht hingen seine Arme zu beiden Seiten des Körpers schlaff herab, war sein Rückgrat zu Eis geworden. Aber er selbst hatte keine Ahnung von seinem Zustand. Als ob er aus sich herausgetreten und mit seinen pochenden Blicken in den Poren der Frau hängengeblieben wäre. Ah ... Diese schwarzen Augen hatten niemals geahnt, daß sie – nicht nur heute, sondern jemals – ein solches Wesen erblicken würden! Diese Augen hatten unzählige Frauen gesehen. Frauen, die mit dem Wiegen ihrer Körper, dem Schwingen ihrer bunten Röcke, mit dem Wogen ihrer Schultern, Brüste und Hüften, mit der Biegung ihrer Taillen, dem Duft ihrer Haare und der Sinnlichkeit ihrer Augen, den Straßen der großen Städte Glanz verliehen. Frauen, die das ganze Dasein anderer an sich zogen, die mit ihrem Lächeln die Männer aufeinander hetzten. Er hatte sie gesehen, und das häufig. Während des Militärdienstes. In der Hauptstadt und auch unter den Nomadenstämmen im Westen des Landes. In den Bürgerkriegen. Während der Kämpfe in Aserbaidjan. Doch eine solche Frau hatte er noch nie gesehen. Das war keine Frau – eine Märchengestalt war sie. Und im Wasser war sie nicht von Fleisch und Blut, sondern ein Trugbild. Ein Traum war sie. Sie war die Gol-Andam der alten Märchen, war Mah-Monir, Farroch-Laga. Und ... war sie wirklich da? Konnte man sie berühren? Oder war sie ein Hirngespinst? War sie ein Traumbild, oder sah er sie im Wachen? Kann man mit den Fingerspitzen über ihre nackte Haut streichen? Kann man die Glut ihres Körpers fühlen? Nein, man darf es nicht. Man darf nicht einmal von ihr erzählen. Wenn du nur ein Wort über sie fallen läßt, wird sie nie wieder in deinem Traum oder deiner Phantasie erscheinen. Dies Geheimnis muß im Käfig deiner Brust gefangen bleiben. Du mußt deine Lippen versiegeln und das, was du gesehen hast, niemandem erzählen, damit du dich nicht ihrem Unmut aussetzt ... Aber, o Mann, was tust du denn? Du bist ja deiner Phantasie erlegen! Für Träumereien gibt es immer Gelegenheit; aber zum Raub, zum überraschenden Angriff nur selten. Selten. Raff dich auf, rühr dich! Zerbrich deinen Traum. Wirf dich auf sie, überrasche sie unversehens im Bett des Wassers. Wer sie auch sei, mag sie es sein. Wer findet sich in dieser Ödnis? Bis zu deinem Weiler sind noch mehrere Farssang Weges. Du treibst dein Kamel auf einem Umweg fort und schleichst dich im Rükken der Salzhügel davon. Dich hat ja das Verlangen nach dem Pferd hierher gebracht. Da hast du sie: Reiterin und Pferd. Sollte sie auch die Tochter eines Feldherrn sein, du hast sie genossen und bist weitergegangen. Wie lange willst du in den Armen einer Frau schlafen, die dem Alter nach deine Tante sein könnte? Oh ... raff dich auf ... Erst nimm ihren Rock, dann zieh ihr Pferd am Zügel fort, dann öffne deinen

Hosenbund, auch wenn dieser Hosenbund noch nie zu solch Unerlaubtem geöffnet wurde. Aber diese Frau ist ja nichts Unerlaubtes. Faß dir ein Herz! Sporne dich an, gib dir einen Stoß. Einen Stoß!

Aber der Mann war wie mit Ketten gefesselt. In seinen Schultern fühlte er eine Starre. Als ob das Blut in seinen Adern gefroren wäre. Er war zu Stein geworden, hatte keine Macht über sich. Fleisch und Haut und Knochen. Nur das! Er konnte sich nicht bewegen, konnte kein Wort über die Lippen bringen. Aber er war doch nicht tot! Ein Zittern. Ein Rascheln im Schilf, die Blätter flüsterten. Sie rieben sich aneinander, sie schwankten hin und her, trennten sich, und die schwarzen Augen verloren sich inmitten des dichten Schilfs. Gareh-At gab ein stoßweises Wiehern von sich. Maral hob die Lider, sank ins Wasser, tauchte wieder auf, beugte den Oberkörper vor, bog den Rücken wie eine Sandwelle und drehte den Kopf dem Rappen zu. Sein unruhiger Blick war auf das Schilf gerichtet. Maral folgte seinem Blick. In den zitternden Schilfblättern waren die Augen des Mannes wie zwei schwarze schmelzende Punkte haftengeblieben. Maral sträubten sich die Haare. Ein Schrei löste sich aus ihrem Herzen, und als erstes griff sie nach ihren Kleidern. Noch einmal rieben sich die Schilfrohre mit einem trockenen Laut aneinander, gerieten in Unruhe, dann gingen die Augen darin verloren. Maral sprang aus dem Teich, warf die Kleider über und blickte ängstlich um sich: Hinter dem Erdwall eines Brunnens stand ein leichtbeladenes Kamel. Der Mann entfernte sich von dem Schilffeld und ging auf das Kamel zu. Maral konnte seine Schultern, die verschwitzte Furche zwischen den Schulterblättern und die Linie der schwarzen Haare seines Nackens sehen. Von Gestalt war er nicht sehr groß. Er hatte eine schwarze Bauernhose an und eine Weste von der gleichen Farbe über seinem weißen langen Hemd, und wie die meisten Steppenbewohner von Chorassan trug er einen Ledergürtel um die Taille und eine Schleuder schräg über der Brust, und die roten Lederkappen seiner Stoffschuhe waren hochgezogen. Mit langen Schritten stieg er den Erdwall des Brunnens hinauf und sprang auf den Nacken seines Kamels. Sich mit den Händen am Sattelknopf haltend, wandte er den Kopf zurück, und sein schüchterner, verlangender Blick lag kurz auf Marals Gesicht. Dann zog er seinen schlanken Körper flink wie eine Schlange am Stirnriemen hoch und setzte sich in den Sattel. Schon hatte das Kamel aufgebrüllt und sich in Bewegung gesetzt. Es lief im Trab, und die kleinen Säcke auf seinem Rücken hüpften auf und nieder.

Der Mann zog seinen Stock unter dem Sattel hervor und berührte damit Hals und Schulter des Kamels. Das Tier beschleunigte den Schritt, seine Vorder- und Hinterbeine begannen, eins nach dem anderen, im Gleichtakt zu tänzeln und wirbelten hinter sich Staub auf.

Maral, versunken in den Anblick des sich entfernenden Mannes, fragte sich unwillkürlich: ›Warum ist er denn gegangen?‹ Sie brachte diese Worte nicht bewußt über die Lippen, ihr Temperament, ihr Instinkt sagten dies. Gerade deshalb schämte sie sich, als sie sich wieder gefaßt hatte, der Äußerung ihres heimlichen Verlangens. Sie senkte den Kopf, setzte sich und stützte die Ellbogen auf die nackten Knie, verschränkte die Hände, senkte den Kopf noch tiefer, beugte die Schultern vor und versank in quälenden Zweifel, in Trauer und Nachdenklichkeit. Zweifel und Trauer. Trauer und Nachdenklichkeit. Der unerwartete Blick des Mannes hatte sie in Angst versetzt. Hätte der Mann sie angegriffen, würde sie ihm vielleicht Haut und Adern mit den Nägeln aufgerissen haben. Der Mann würde sie auf Staub und Erde gewälzt und sich ihrer bemächtigt haben. Eine Taube im Schnabel eines Falken. Die Knospe wäre aufgeblüht, die Blume wäre zertreten worden. Das Bett der Erde hätte sich rot gefärbt, und der Wall von Marals Stolz wäre in schmerzhafter Lust zerstört worden. Zerstörung. Wohin hätte sie dann gesenkten Kopfes weiterziehen können? Nun aber war es nicht geschehen. Der Mann war gekommen und war gegangen. Die angsterregenden Vorstellungen waren Maral durch den Kopf geschossen und wurden überspült durch ein instinktives Verlangen aus den Tiefen. Ein ungezügeltes Verlangen, störrisch, beharrlich. Ein Verlangen, dessen Erwachen Maral in Zweifel stürzte: Warum mußte dieses Verlangen, diese schlafende Schlange, geweckt werden und den Kopf von ihrem zusammengeringelten Leib heben? Waren denn nicht sie und Delawar ineinander verliebt? Sie hatte doch bis jetzt keinen einzigen sündigen Gedanken an sich herangelassen! Warum wünschte dann ihr Herz im geheimen, daß der Mann nicht geflüchtet wäre? Phantasien, Phantasien. Absurde Vorstellungen. Das Herz der Erde pocht.

Maral hob den Kopf von den Knien und schüttelte die nassen Haare, die ihr an Hals und Gesicht klebten, zurück, richtete sich auf, zog sich fertig an und band das Kopftuch um. Sie zog die Kappen ihrer Stoffschuhe hoch und ging zu Gareh-At, nahm den Zügel in die Hand, setzte den Fuß in den Steigbügel und schwang sich in den Sattel. Sie hatte nicht die Absicht zu galoppieren, deshalb band sie den Zügel um den Sattelknopf und ließ den Rappen auf dem gleichen Pfad laufen, auf dem der Mann mit seinem Kamel davongeritten war. Was kann man tun? Der Weg war der gleiche. Sie überließ den erstarrten Leib sich selbst. Soll die Sonne ihr auf Rücken und Schultern scheinen und die Kühle, die das Wasser des Teichs dem Körper geschenkt hat, pflücken und aufsaugen. Müdigkeit, Gefühllosigkeit, Sichgehenlassen.

Arme, Schultern, Schenkel waren schlaff geworden. Das Wasser hatte den zerschlagenen Körper entspannt. Der Mann hatte Maral verwirrt, und nun ermattete sie die Sonne und der schwindende Schemen des Mannes. Schön wäre es zu schlafen. Ein schöner Schlaf im Schatten eines Felsen. Oder an einem Flußbett. Oder, begleitet vom melodischen Singsang der Nomaden, auf einer Pritsche, die auf dem Rücken eines sanften Kamels befestigt ist.

Die Lider wurden ihr schwer und schwerer. Ihre Schultern lockerten sich, fielen nach vorn, wie ihr Oberkörper; mit beiden Händen faßte sie den Sattelknopf und legte den Kopf auf die Schulter des Rappen. Langsame, gleichmäßige Bewegungen des Pferdes. Geschmeidig und ruhig. Schlummer. Schlaf. Sonne. Stille. Vergessen. Soll die Welt sich drehen!

Von ihrer Höhe hatte die Sonne ihre Krallen in Marals Schultern gegraben und verbrannte sie. Ihr Hemd klebte zwischen den Schulterblättern fest wie ein gut gebackenes Fladenbrot. Und wenn sich ab und zu ein Lufthauch regte, empfand Maral das im Halbschlaf als angenehm. Sie fühlte sich leicht. Die Last des Tages ist, wenn sie im Schlaf gefühlt wird, leichter. Daher schien es Maral, als sie ihr verschwitztes Gesicht von der Schulter des Pferdes hob und mit dem weiten Ärmel ihres geblümten Hemdes die nasse Stirn, Wangen und Hals trocknete und die Lider öffnete, als hätte sie schon einen weiten Weg zurückgelegt. Die Steppe sah ganz anders aus, die Sonne hatte sich zum Westen geneigt und brauchte nurmehr zwei Speerlängen zum dunklen Saum des Horizonts zurückzulegen. Einzelne Wolken hatten hier und da die Wange des Himmels betupft.

Sie gelangte an die große Landstraße und blickte sich nach allen

Seiten um. Am Rande der Straße lag ein kleines, aus Lehmziegeln gebautes Teehaus mit einem Baum davor. An den Baum war eine Fuchsstute gebunden. Maral bewegte den Zügel, und der Rappe wandte den Kopf dem Teehaus zu. Er setzte sich in Trab und überquerte die Straße. Hier saß Maral ab, nahm den Zügel in die Hand und ging auf den Vorplatz des Teehauses zu. Als sie sich der Sitzbank näherte, erkannte sie den Besitzer der Fuchsstute: Mah-Derwisch. Eben jenen Mah-Derwisch, der im Frühling, wenn es viel Butter und Sahne, Milch und Joghurt gab, zu den Zelten kam, Amulette verteilte, Moritaten vortrug und mit voller Satteltasche wieder abzog. Maral hatte häufig von weitem seinen Schatten gesehen, wie er, auf seiner Stute sitzend, an den schwarzen Zelten vorbeiritt. Er war von großer, schmaler Gestalt und hatte schwarze, tiefliegende Augen. Sein Kopf war mit einem grünen Turban umwickelt, und sein mageres, bräunliches Gesicht schmückte ein spärlicher Bart sowie ein dünner schwarzer Schnurrbart. Er trug einen langen, hellen Kaftan, eine grüne Schärpe um die Taille, und wenn er es für nötig hielt, legte er sich auch einen dünnen Umhang über die Schultern. Er trug Stoffschuhe aus Yasd, deren Kappen immer hochgezogen waren. An den Fingern seiner linken Hand hatte er mehrere Achatringe und quer über der Brust eine Ledertasche.

Mah-Derwisch saß etwas traurig und in Gedanken versunken auf der Bank vor dem Teehaus, neben sich die hübsch bestickte Satteltasche seiner Stute. Er lehnte an der Mauer, den Hinterkopf in eine Mulde gedrückt, die langen, staubbedeckten Wimpern geschlossen, und hielt ein Schläfchen. Maral setzte sich auf den Rand der gegenüberstehenden Bank. Den Zügel hielt sie noch in der Hand. Der Rappe schlug mit dem Schweif um sich. Maral hatte Durst, ihre Zunge verlangte nach einem Krug kühlen Wassers. Sie blickte in das von Dunkel erfüllte Innere des Teehauses, ein Mann tauchte aus den Tiefen des Dunkels auf, musterte Maral verstohlen und trat aus der Tür. Er war wohl einer von den Dörflern dieser Gegend. Maral beobachtete, wie er sich im blassen Schein der Abendsonne entfernte, und sah die verblichenen Schultern seines Hemdes. Sie drehte den Kopf und bat den Teehausbesitzer, ihr einen Becher Tee und einen Krug Wasser zu bringen. Beim Klang von Marals Stimme öffneten sich Mah-Derwischs Augen, sein Blick ruhte kurz auf Maral. Maral wandte sich ab, Mah-Derwisch richtete seinen zusammengesunkenen Körper auf, zog die Beine an, verscheuchte mit einem kurzen Gähnen die Müdigkeit aus seinem Körper und rieb mit den Handflächen sein Gesicht. Mah-Derwisch schien beunruhigt zu sein. Als ob er wegen irgendwas niedergeschlagen wäre. Besorgt war er. Maral hielt es für besser, aufzustehen und ins Teehaus hineinzugehen. Aber sie hatte nicht vor, sich lange aufzuhalten. Wollte auch nicht den Rappen sich selbst überlassen. Nur eine Frage stellen und die trockene Kehle anfeuchten. Der Teehausbesitzer brachte ihr Tee und Wasser. Maral fragte ihn nach dem Weg nach Ssusandeh: »Ist es noch weit?«

»Nicht sehr weit, zwei Farssach etwa.«

Als er den Namen Ssusandeh hörte, merkte Mah-Derwisch auf und mischte sich ungeniert ins Gespräch. Noch bevor der Teehausbesitzer auf Marals Frage geantwortet hatte, hatte Mah-Derwisch schon das Wort ergriffen: »Südlich der Landstraße liegt es, besteht aus wenigen Gassen und Häusern, ist nicht verwinkelt. Erst kürzlich hat man Lehmmauern um die Häuser gezogen, und die reichen nicht höher als bis zu deinen Knien. Ein kurzer Galopp bringt dich hin. Mein Weg führt auch da vorbei!«

Maral fand keine Gelegenheit zu sagen: ›Ich geh allein‹. Mah-Derwisch sprang von der Bank herunter, ging zu seiner Stute, warf die Satteltasche hinter den Sattel, nahm dem Tier den Futtersack vom Maul, legte ihm den Zügel an und wartete auf Maral. Das Mädchen erhob sich, legte eine Münze auf den Teller und setzte sich in den Sattel. Auch Mah-Derwisch schwang seinen hageren Körper aufs Pferd. Maral trieb den Rappen an, und Mah-Derwisch folgte ihr.

Unterwegs schwieg Maral mit finsterer Miene. Sie saß steif aufgerichtet auf dem Pferd, hatte den Zügel ums Handgelenk geschlungen, und mit etwas schief geneigter linker Schulter blickte sie vor sich hin. Sie fühlte Mah-Derwisch in ihrer Nähe, hörte das Schnaufen seiner Stute und ihren Hufschlag auf dem festen Boden, aber sie blickte Mah-Derwisch nicht an. Seine Gestalt, sein Gesicht konnte sie in Gedanken vor sich sehen, doch sie vermied es, selbst einen halben Blick auf ihn zu werfen. Marals Unbeugsamkeit war für Mah-Derwisch so beklemmend, daß er nicht wußte, was er in Gesellschaft dieses Nomadenmädchens sagen und wie er sich verhalten sollte.

Wenn wir unter allen Menschen auf die Suche gehen, finden wir wohl keine, die so frech und schamlos sind wie Spielleute, Moritatensänger und Geistliche, die Trauerfeiern abhalten. Doch die Wanderderwische, diese unerschrockenen Bettler, mästen sich noch häufiger als jene anderen am Tisch fremder Leute, nehmen an ihrem Leben teil, aalen sich unter ihnen und schnüffeln herum.

Wenn die Nomaden zufällig an einem Dorf vorbeikommen, können sie nur hin und wieder einen Moritatensänger mit seinen Bildtafeln erblicken. Doch mit den kühnen Bettlern, den Wanderderwischen, sind die Nomaden ständig in Berührung, ihr Anblick ist ihnen so vertraut wie der von Berghirschen. Aber Maral, dem Kurdenmädchen, gegenüber, das er schon viele Male gesehen und wohlgefällig betrachtet hatte, empfand Mah-Derwisch, dieser Bettler der Chorassaner Steppen, Fremdheit. Fremdheit und Distanz. Und er konnte sich durch keinerlei Kunstgriffe aus den Banden dieser Fremdheit befreien. Marals Selbstsicherheit hatte ihn verschüchtert. Gleichzeitig fand er es seiner Würde abträglich, Weggefährte einer Frau zu sein und nicht mit ihr sprechen zu können. Das war für ihn erniedrigend und beschämend. Er mußte das Wagnis auf sich nehmen: »Du stammst wohl nicht aus Ssusandeh?«

Die Augen auf den Weg gerichtet und ohne ihre Gedanken zu unterbrechen, erwiderte Maral: »Nein«, und sie sagte das derart kurz und bündig, daß Mah-Derwisch keine Möglichkeit fand, noch etwas zu sagen. Eine weitere Strecke Weges. Mah-Derwisch ließ seine Stute galoppieren. Auch Maral trieb ihr Pferd an, aber nicht so sehr, daß sie neben Mah-Derwisch galoppierte. Ein wenig hinter ihm. Mah-Derwisch zog den Zügel an, die Stute verlangsamte den Schritt. Der Rappe holte sie ein. Voller Ungeduld zu galoppieren. Sein Hals wölbte sich unter dem gestrafften Zügel. Er stieß mit der Flanke an die Flanke der Stute. Maral lockerte den Zügel. Der Rappe stürmte vorwärts, unter seinen Hufen stoben Funken auf, und in einem Augenblick ließ er die Fuchsstute hinter sich und veranlaßte Mah-Derwisch, mit der Peitsche auf die breiten Schenkel seines Tiers zu schlagen, um es zu schnellerem Galopp zu zwingen. Aber wann läßt denn der Rappe einem Rivalen freie Bahn? Die Stute troff von Schaum und galoppierte. Gab das Letzte. Den Rappen einzuholen war unmöglich, es sei denn, Maral zöge den Zügel an. Sie zog ihn an, und die Stute holte Gareh-At bis zu dessen Schweif ein.

Schweiß floß der Stute von den Ohrenspitzen, das Blut war Mah-Derwisch in die Wangen gestiegen. Eine Gelegenheit, Maral anzulächeln. Auch sie konnte den Stolz, ein solches Pferd zu besitzen, nicht verhehlen. Ein schöner Galopp. Unter den Augenbrauen hervor warf sie einen kurzen Blick auf Mah-Derwischs Profil, so daß auch er, Schlaukopf, der er war, den flüchtigen Kometen von Marals Blick in der Luft abfangen, sich aneignen und Mut und einen Vorwand zum Sprechen finden konnte. Kein Zögern, kein Abwarten war angebracht. Mit jedem Schritt, mit jedem Sprung ging eine Gelegenheit verloren. Die Gelegenheit war schon vertan. Mah-Derwisch begann: »Du gehst wohl deine Verwandten besuchen, ha? Die Mischkallis?«

»Hm.«

»Wen denn?«

Maral wandte ihm das Gesicht zu: »Was geht dich das an?«

Mah-Derwisch konnte Marals Blick nicht standhalten. Ein Stachel war in ihrem Blick. Er senkte den Kopf und schwieg eine Weile. Dann sagte er sanft: »Ich hätte eine Botschaft für jemand, der ... Ich weiß nicht, ob ich dir vertrauen kann oder nicht! Wenn du mir versprichst, daß du es für dich behältst, sag ich's dir ... Ich hab Vertrauen. Ich sag's.«

Was für eine Botschaft konnte das sein? Für wen? Maral kannte doch niemanden. Doch Mah-Derwisch konnte nicht still bleiben. Er zog ein seidenes Tuch aus der Tasche seines Kaftans und sagte: »Schiru! Die Tochter von Kalmischi. Dies sollst nur du wissen, ich wissen, Schiru wissen und Gott über unseren Köpfen. Gib ihr dies Tuch und sag ihr, morgen abend, sobald der Mond aufgegangen ist, erwarte ich sie an der Quelle. Mögest du glücklich sein, Mädchen. Laß ihre Brüder nichts merken. Auch ihre Mutter darf nichts ahnen. Schiru wartet auf meine Botschaft. Und nun Gott befohlen. Wenn du an diesem Trümmerhaufen vorbeireitest, kommst du in ein Dorf. Das ist Ssusandeh. Ich kehre jetzt um. Gott befohlen. Gott befohlen.«

Mah-Derwisch wendete den Zügel der Stute und trabte in die entgegengesetzte Richtung fort, und Maral trieb ihr Pferd zum Galopp an. Vor Einbruch der Nacht mußte sie zu Belgeyss' Haus gelangen. Nach Ssusandeh.

Und dies war Ssusandeh, ganz wie man es ihr geschildert hatte: südlich der Landstraße von Nischabur nach Ssabsewar, ein kleines Dorf mit niedrigen, neugebauten Mauern. Mit Mäuerchen, die die engen, dunklen Lehmhäuser voneinander trennten. An einer Stelle schuf ein formloser kleiner Platz einen Abstand zwischen zwei oder mehr Häusern, und in der Ecke des Platzes war ein Backofen in die Erde eingelassen. Alles in allem nicht mehr als fünfzehn Häuser, ohne Ordnung und verstreut. Jedes war in eine andere Richtung gebaut, eins in Gebetsrichtung auf Mekka, ein anderes nach Westen und jenes zur Landstraße hin oder nach Sonnenaufgang. Als hätten sie sich noch nicht aneinander gewöhnt. In der Richtung, aus der der Wind wehte, unterhalb der Landstraße, lag das enge Bett des schmalen, wasserarmen Bachs. Kaum mehr als die Träne einer geizigen Natur. Das Wasser tröpfelte träge und wand sich wie ein schmales Band um den Weiler. Alles enttäuschend und winzig, klein und unbedeutend. Manche Dörfer und Weiler hatte Maral bis jetzt gesehen, aber keines so ungeordnet und wurzellos, unförmig und formlos.

Alle anderen Weiler hatten jeder für sich Gestalt und Gesicht, mit Zeichen der Erinnerung an die Vergangenheit. Zumindest waren sie zusammengewachsen. Ein Ganzes. Wenn sie Turm und Wall besaßen, erzählten die Spuren, die Regen und Wind an ihren Leibern zurückgelassen hatten, vom Vergehen der Zeit. Die Spuren von Tagen und Jahreszeiten, von Wind und Sonne waren in ihre alten, gebleichten Mauern gegraben. Der Rücken jedes Daches trug die Erinnerung an die Stiefel von Wächtern, und die Einwohner trugen die Last der Jahre auf ihren Schultern. Ihre Gesichter, die Gesichter von Bauern, waren in Einklang mit den Mauern und Türen, mit dem Gesicht des Dorfs. Alt, runzlig, archaisch. Tausende von Jahren Leben und Arbeit, Arbeit. Sonne, Regen und Wind und Dürre und der Boden. Getreide, Ernte und die Ebene. Hungersnot, Sterben und Verderben. All dies hatte sich in langen Zeiten nicht nur in Gesichtern und Verhalten der Bauern niedergeschlagen, sondern war auch in die Gestalt ihrer Häuser eingedrungen. Eng aneinandergedrängte Häuser, Wange an Wange. Einander zuflüsternd: Die Plünderer sind auf dem Weg. Versteck dich! Versteckt euch! Pferdegetrappel. Eine ganze Horde sind sie. Wenn es nicht räuberische Turkmenen sind, dann sind es die Steuereinzieher. Ducke dich! Häuser, zusammengepfercht, versteckt und verborgen. Sogar vor den Blicken der Nachbarn. Trotzdem ineinanderverschachtelt. Aus Not aneinandergedrängt.

Der Weiler Ssusandeh wirkte, als hätten Nomaden Zelte aus Lehm errichtet. Aber nicht so geordnet und einträchtig wie die schwarzen Zelte. Wo ist denn jener Kreis, jener Halbkreis aus dicht beieinanderstehenden schwarzen Zelten: Spiegelbild des Halbmonds? Hier war nichts von einem Halbmond zu sehen. Hier nicht. Der Weiler bildete eine unordentliche, auf dem Rücken eines schildkrötenartigen Hügels reitende Erhöhung, am Rande des sandigen Weges. Ein Bettler, aus Not am Wegrand sitzend, die Hand bittend ausgestreckt. Schief und krumm und verwachsen. Als Maral in den Weiler einritt, überragte sie, auf dem Pferd sitzend, die meisten Dächer. Wäre ein Lammfell am Rande eines Dachs gelegen, hätte sie mit Leichtigkeit hingreifen und es wegnehmen können.

An der Schwelle der Nacht wirkte der Weiler leer und verlassen. Die Menschen, falls es welche gab, waren in ihren Höhlen mit sich selbst beschäftigt. Nur ein Mädchen – Zeichen menschlichen Lebens – kam einer Mauer entlang daher; sie trug einen kleinen, rußgeschwärzten Topf auf dem Kopf. Das Mädchen war mager wie ein Strich. Einen Zipfel ihres Kopftuchs hatte sie bis über die Nase hochgezogen und dessen Ende unter das Kopftuch gesteckt. Einzig ihre scharfen Adleraugen waren unter den alten Münzen sichtbar, die ihr in die Stirn hingen. Die Augen glänzten wachsam und beobachteten Maral. Die beiden, Maral und das Mädchen, trafen an der Lehmmauer zusammen. Maral zog den Zügel an und blieb stehen, doch das Mädchen ging, ohne sie zu beachten, an ihr vorbei und stolzierte mit gemessenen Schritten weiter. Maral rief sie an, das Mädchen drehte sich um und blieb, Auge in Auge mit Maral, stehen, ohne einen Schritt vorzutreten. Es war nicht nötig zu reden, denn die Andeutung einer Frage lag in ihrem ungeduldigen Blick. Hoffnung auf eine Nachricht! Maral nannte den Namen von Belgeyss, das Mädchen trat einen Schritt näher und blieb dicht vor Gareh-Ats Brust stehen. Sie nahm den leeren Topf vom Kopf, stellte ihn auf die Mauer und fragte: »Was willst du von Belgeyss?«

»Sag mir, wo ihr Haus ist, ich hab mit ihr zu tun.«

Verärgert über Marals Einsilbigkeit, ergriff das Mädchen den Topf, kehrte Maral den Rücken, machte sich auf den Weg und sagte: »Geh von der anderen Seite. Beim Hügel. Ihr Backofen ist an. Du kannst ja den Rauch sehen!«

Maral wandte den Blick von ihr ab und trieb ohne ein weiteres Wort das Pferd in Richtung des aufsteigenden Rauches, und einen Augenblick später hielt sie vor der niedrigen Umfassungsmauer des Hauses an. Frauen hatten sich im Kreis um den Backofen gesetzt und waren eifrig mit Brotbacken beschäftigt. Fasziniert von der neuartigen Arbeit. Die Nomadenfrauen backen ihr Brot auf runden Blechen direkt über dem Feuer. Mit den Backöfen der Dörfer kennen sie sich nicht aus. Deshalb hatten sich die meisten Frauen des Weilers um den Backofen versammelt und wollten sich am neuen Wunder beteiligen, dem Wunder des Brotbackens im Backofen. Maral fragte nach Belgeyss. Eine der Frauen, hochgewachsen und mittleren Alters, kam auf Maral zu, kniff die Augen zusammen, blickte sie starr an, blieb an der Lehmmauer stehen und brummte, während sie sich den Schweiß vom geröteten Gesicht wischte: »Ja?«

Maral wußte nicht, was sagen, wo anfangen, wie erklären, daß sie die Tochter von Abduss sei und weshalb sie zum Haus ihrer Tante gekommen war. Noch einmal fragte Belgeyss sie, wer sie sei und was sie wolle. Maral hielt es nicht aus, noch länger auf dem Pferd zu sitzen und zu schweigen. Sie hatte das Gefühl, von dem starken Blick der Frau gebeugt zu werden. Deshalb stieg sie ab, stellte sich neben die Mähne ihres Pferdes und nannte, halb bewußt, halb unbewußt, den Namen von Abduss. Sie senkte den Blick, um abzuwarten, wie Tante Belgeyss reagieren werde. Belgeyss sprang in ihrem langen, abgetragenen Rock über die niedrige Mauer; bevor sie das Mädchen in die Arme schloß, nahm sie mit scharfem, tiefem Blick Gesicht und Augen von Maral in sich auf. Dann umarmte sie erregt und freudig die Tochter von Abduss und rieb unter Lauten, die sich stoßweise aus ihrer Kehle lösten, ihr Gesicht an Marals Gesicht und streichelte ihre Arme, Schultern und Haare. Unersättlich besah sie darauf Marals Augen und Kinn. Im Bemühen, eine Spur des Bruders zu finden. Eine Spur. Sie führte Maral hinein. Die Frauen, außer einer, ließen den Backofen links liegen und umringten Maral und Belgeyss. Belgeyss stellte ihnen Maral vor: »Die Tochter von Abduss ist sie. Eine Zypresse! Eine Zypresse! Möge sie der böse Blick nicht treffen! Willkommen, meine Liebe. Willkommen.«

Belgeyss hatte Teig und Backofen einer Frau anvertraut, die mehr als die anderen den Neuankömmling musterte. Maral führte das Pferd an die Krippe, und Belgeyss überließ die Frauen sich selbst und ging mit Maral. Jede der Frauen sah Maral auf ihre Weise an. Einige mit Neid und manche mit Bewunderung.

Man kann mit Bestimmtheit sagen, daß Frauen einander innerlich ablehnen, auch wenn sie sich äußerlich Schwestern nennen. Etwas liegt in ihnen, das ängstlich und eifersüchtig ist. Auch die großmütigste unter ihnen ist nicht ohne diese Schwäche. Neid auf die, die mehr darstellt. Angst vor ihr und der Gefahr, daß sie mehr gefallen könnte. Furcht davor, zurückzubleiben. Nicht nur das Mehrdarstellen ist ein Stachel im Herzen der Frau, auch Arbeit und Benehmen haben die gleiche Wirkung. Wenn die andere in der Arbeit geschickter ist, quält und demütigt es diese. Wenn die andere großmütig ist, besteht die Gefahr, daß diese als kleinlich gilt. Wenn die andere offen und freundlich ist, vergiftet es dieser das Herz. Wenn die andere mürrisch ist, verärgert es diese. Und all dies – Eifersucht, Kleinlichkeit, Demütigung – führt zu Haß. Haß ist die erste Station, zu der die Frau in ihrem Innern gelangt. Zerstörerischer Haß. Ein Aufruhr der Wut bringt ihr Inneres zum Kochen. Ein Vulkan von Schmerz. Eine wütende Katze. Sie sehnt sich nach einer Hand, die sie streichelt. Nach einem Blick, der sie akzeptiert. Nach einer Hilfe in Reichweite. Nach Wasser aufs Feuer: Auch du bist eine Frau, wert, geliebt zu werden! Ruhe. Doch das Herz des Meeres ist immer in Aufruhr. Die Frau ist ein Meer, obwohl es wenig Meere gibt, die die Felsen – die Männer – mit ihrem Aufruhr umwerfen. Der Sturm des Aufruhrs ist kurzlebig. Der Aufruhr legt sich. Der Felsen steht an seinem Ort: Der Mann steht fest da.

Belgeyss faßte Maral am Saum ihrer Weste und führte sie zur niedrigen Haustür. Mit noch einem Blick auf Maral entfernten sich die anderen Frauen. Belgeyss beugte Schultern und Nacken und trat ins Dunkel des Zimmers. Maral folgte ihr. Beide blieben im Halbdunkel stehen. Maral richtete die Augen auf die Tante. Flinker, als man das von ihr erwarten konnte, drehte Belgeyss sich im Kreis, um im Durcheinander des Zimmers das Talglicht anzuzünden. Die Lampe ging an. Der Docht – wie ein Mauseschwanz – kämpfte armselig zitternd um sein Leben. Belgeyss bemühte sich, für Maral einen Platz zu schaffen. Ein enges Haus. Schließlich ordnete sie hastig den überall herumliegenden Kram, nahm den zusammengerollten kleinen Teppich aus der Ecke und breitete ihn in Erwartung des Mondaufgangs nahe der Tür auf dem Boden aus.

Sie brachte einige Kissen, legte sie an die Wand und ließ Maral sich auf den kleinen Teppich setzen. Nachdem sie Maral noch einmal so richtig angesehen hatte, nahm sie den Teekessel, trug ihn hinaus, um ihn mit Wasser zu füllen, auf den Herd zu stellen und den Frauen zu sagen, sie sollten darunter Feuer machen. Sie selbst wollte zu Maral zurückkehren. Aber anscheinend mußte sie sich um das Brotbacken kümmern.

Maral blieb allein. Sie stieß einen tiefen Seufzer aus. Sie war allein, allein und fremd. Auf einem Teppich sitzend in einer neuen Gegend, auf neuer Erde. Einer Erde, auf der die Spuren ihrer Vorfahren kaum lesbar waren. Ein neuer Platz, ein neues Haus, eine neue Familie: die Behausung der Mischkallis. Sie blickte auf die rauchgeschwärzten Wände um sich und versuchte, unter den aufgehäuften Sachen einen Zusammenhang zu finden. Eine Vorstellung von ihren Besitzern zu erlangen. Sie wollte verstehen, welchem Mann jener Stock gehört, welchem Hirten. Wer jenen Filzumhang trägt. Die Füße welchen alten Mannes halten jene Gamaschen, jene Bauernschuhe, die am Nagel hängen, in der Kälte des Winters warm? Mit was für Vorräten sind die Säcke dort in der Ecke angefüllt? Und den Sattel welchen Kamels stützt dieses Gestell? Die Schnauze welchen Maultiers oder welcher Stute lenkt jener lederne Zaum? Und jener Gewehrlauf, der unter dem Kamelsattel hervorlugt und sie anguckt – von wessen Finger wird sein Hahn gespannt?

Der Docht des Talglichts verbog sich, der Qualm wurde dichter. Maral stand auf und bog den Docht zurecht. Im gleichen Augenblick wurde sie auf etwas in sich aufmerksam: das Gefühl, durch diese unbedeutende Handlung mit der Familie zu verwachsen. Hand und Arbeit. Auch wenn es die nichtigste Arbeit ist. Was für ein Geheimnis lag darin? Als Gast im fremden Haus bist du verwirrt und unsicher, aber sobald deine Hand eine Arbeit findet, fühlst du dich nicht mehr überflüssig. Du hast Anschluß gefunden. Du hast dir einen Anspruch erworben, besitzt Anrechte. Und du möchtest dir diese Anrechte mehr und mehr zu eigen machen. Deshalb versuchst du, wie eine blinde Maus herumhuschend, einen festen Platz zu finden, eine Arbeit, die ungetan geblieben ist und die du ausführen kannst. Deine Augen läßt du suchen nach einem Kind, das hingefallen ist, damit du es aus Staub und Schmutz aufheben und seine Kleider ausschütteln kannst. Mit andern Worten: du suchst nach einer Gelegenheit, eine Lücke zu füllen und das Gefühl zu bekommen, daß du für die andern keine Last bist. Nicht nutzlos bist. Du bist eine wankende Säule und willst dich an etwas anlehnen, binden, dich wankend und schwankend festhalten. Du willst dich der Zugluft entziehen. Du bist unruhig. Ein verborgener Schmerz nagt an dir. Nach außen lachst du und bist freudig, innerlich aber bist du bitter. Gerade deshalb flehst du heimlich und listig zu Gott, daß deinen Gastgeber ein Unglück treffen möge, damit du ihm zu Hilfe eilen und ihn von dem Übel erretten kannst; damit es dir gelingt, dich für seine großmütigen Taten – die im Grunde Selbstverständlichkeiten waren und nur in deiner Phantasie groß und gewichtig geworden sind – erkenntlich zu zeigen.

Mit gutem Grund machen sich die Dorfbewohner, wenn sie ihre Verwandten besuchen gehen, nicht mit leeren Händen auf den Weg. Ein Bündel mit Brot, ein Gefäß mit Butter, ein Korb mit Weintrauben, einige Hühner und Hähne, zumindest vierzig Eier. Die Haustür steht zwar offen, doch das Gesicht des Hausherrn strahlt erst, wenn er volle Hände sieht. Abduss' Tochter war mit leeren Händen gekommen. Nichts hatte sie. Nur sie selbst war da und eine leere Satteltasche. Wind in der Faust.

Sie streckte den Kopf aus der Tür und blickte sich um. Die Tante kniete am Backofen, hatte sich bis zur Taille hineingebeugt und mühte sich ab, etwas aus der Glut herauszuholen. Die Frauen standen noch um den Backofen herum, die Augen auf Belgeyss gerichtet. Maral nahm an, daß der Teig sich von der Ofenwand gelöst hatte, ins Feuer gefallen und verbrannt war. Ihre Annahme war auch nicht unbegründet. Denn als sie zum Backofen ging, versuchte die Tante immer noch, mit ganz erhitztem Gesicht, die verbrannten, zusammengeschrumpften Fladenbrote aus dem Ofen zu holen. Es schien, daß Marals Ankunft Verwirrung gestiftet hatte und jene Frau, die den Ofen am Brennen halten und mit Brennholz versorgen sollte, den Teig so ungeschickt an die Ofenwand geklebt hatte, daß die Brote halbgebacken sich gelöst hatten, ins Feuer gefallen und verbrannt waren.

Maral verknotete die Zipfel ihres Kopftuchs im Nacken, kniete sich am Backofen hin, schob Tante Belgeyss – die wütend auf ihre

Schwiegertochter Siwar war – beiseite und streckte den Kopf in den Ofen. Mit einem kurzen Spieß zog sie die verbrannten Brotstücke aus dem Feuer, warf sie auf das trockene Brennholz und fachte den Ofen von neuem an. Während die Flammen die Ofenwände erhitzten, klopfte Maral unter den aufmerksamen Blicken der Frauen die übrigen Teigklumpen flach, warf sie zwischen den Händen hin und her und buk sie, nahm die nahezu knusprig gewordenen Brote aus dem Ofen und warf sie einzeln zum Abkühlen auf das Reisig. Diese Arbeit verrichtete sie unter Schweigen und stellte sich dann abseits. Ihr Verhalten mutete anmaßend an. Eine Art Kühnheit lag darin. Aber das war nur dem Anschein nach so. Maral fühlte nur das innerliche Zittern, das von dieser unvermeidlichen Kühnheit herrührte. Sie hatte sich im gleichen Augenblick, in dem sie sich befreit hatte, einem neuen Zwang unterworfen. Heimischwerden hat auch seine Schwierigkeiten.

Belgeyss entlud ihre Wut auf Siwar dadurch, daß sie ihr Maral als Beispiel vorhielt: »Du bist doch so alt wie ich! Sieh zu und lerne! Dieses Mädchen könnte dein Kind sein. Eine Frau in deinem Alter müßte doch zu wenigstens etwas tauglich sein. Einen Augenblick hab ich nicht aufgepaßt, und schon hast du meinen Teig verdorben! Wie lange noch willst du so im Lager herumgehen und in Trauer um deinen ersten Mann Klagelieder singen? ... Gut, daß er nicht im Bett gestorben ist, sondern im Krieg. Schließlich ist das der richtige Tod für Männer. Erwartest du denn, daß Hühner im Krieg sterben? Mein Sohn ist im selben Krieg hundertmal gestorben. Aber ich weiß nicht, warum er, der lebendig geblieben ist, ausgerechnet die Witwe eines Gefallenen geheiratet hat! Wäre er doch blind geworden und sein Auge nicht auf dich gefallen! Los, los, sammle diese Brote ein und verschwinde mir aus den Augen. Los!«

In dem Moment, als Belgeyss ihre Schwiegertochter zurechtzuweisen begann, war Maral vom Backofen weggegangen und war jetzt damit beschäftigt, dem Rappen Sattelgurt und Zaumzeug abzunehmen. Sie hörte, was Belgeyss sagte, tat aber so, als hörte sie nicht. Sie mochte es nicht mit ansehen, wenn jemand von den Hausbewohnern oder Lagerangehörigen sich in ihrer Anwesenheit erniedrigt fühlte. Deshalb beschäftigte sie sich, bis die Arbeit am Ofen beendet war. Sie ging um das Pferd herum und sah neben seiner Mähne stehend zum Backofen hin.

Siwar, die Frau ihres Vetters Gol-Mammad, hatte die Brote genommen und trug sie niedergeschlagen ins Haus. Belgeyss machte sich daran, die verstreuten Brennholzstücke einzusammeln und den Backofen zuzudecken, und die anderen Frauen gingen auseinander. Maral lud sich Gareh-Ats Sattel und Zaumzeug auf die Schulter, schritt auf das Haus zu, legte die Sachen neben der Tür an die Mauer und steckte den Kopf ins Zimmer. Siwar schichtete gerade die Brote aufeinander und summte dabei ein trauriges Lied vor sich hin. Maral trat ins Zimmer und bat Siwar, ihr zu sagen, ob es eine Arbeit für sie gebe. Aber Siwar drehte Maral ihr mageres, bekümmertes Gesicht zu, funkelte sie mit ihren großen, eingesunkenen Augen – Boten eines in der Seele verkrusteten Hasses – an und sagte: »In diesem Haus gibt es nicht so viel zu tun, daß drei, vier Bedienstete nötig wären.«

›Ungebetener Gast!‹ Das sprach aus ihren Worten. Maral fühlte den Stachel eines Skorpions in ihrem Herzen brennen. Ihr wurde heiß und kalt. Siwar wandte sich schweigend von Maral weg und gab sich, als wäre Maral nicht da, nie da gewesen, damit ab, einen Stock durch die Löcher in den Broten zu stecken, um sie später aufhängen zu können. Das einzige Anzeichen einer Änderung in ihrem Verhalten seit Marals Erscheinen war, daß sie ihr trauriges Gesumm einstellte. Totenstille. Maral fühlte sich in dieser nackten, kalten Atmosphäre verloren. Sie stand noch unbeweglich an der Wand, blickte auf den schmalen Rücken von Tante Belgeyss' Schwiegertochter und verfolgte ihre ruhigen Handbewegungen und das kaum merkliche Zittern ihrer Rockfalten. Siwars Schweigen und ihr liebloses, grämliches Verhalten hatten Maral für eine Weile gelähmt. Und zwar so, daß sie nicht wußte, wie sie sich dieser glatten, zornigen, kalten Felswand gegenüber benehmen sollte. Was war das für eine Feindseligkeit, die diese Frau, Siwar, unter ihren Zähnen zermalmte? Was für ein Haß, den sie, diese Frau, hinter ihren zusammengepreßten Lippen versteckt hielt? Welches Glied stellte Siwar in der Kette dieser Familie dar? Woher war ihr dieser Abscheu im Herzen geblieben, auf wen richtete sich ihr Haß, dieser Morast an Widerwille?

Maral konnte Siwar nicht länger ertragen. Sie drehte sich um, um hinauszulaufen, aber Belgeyss trat ihr auf der Schwelle entgegen, nahm sie mit sich hinein und veranlaßte sie, sich hinzusetzen.

»Was ist mit dir los? Beunruhigt dich etwas?«

Ohne eine klare Antwort zu geben, setzte Maral sich; und auch Belgeyss setzte sich, nachdem sie Siwar hinausgeschickt hatte, den Teekessel zu holen, Abduss' Tochter gegenüber hin, die Knie mit den Armen umschlingend. Verstimmt und erregt senkte Maral den Kopf, aber Belgeyss beachtete die Scham, die sich auf der Stirn des Mädchens abzeichnete, nicht und sah sie forschend an. Als ob sie nach Zügen ihres Bruders, nach Erinnerungen an ihren Bruder in Augen, Stirn und Wangen und im Schnitt von Marals Lippen suchte. Maral fand nicht die Kraft in sich, der Bitte in den Blicken von Tante Belgeyss zu folgen. So dachte sie darüber nach, was und wie sie auf deren Fragen entgegnen solle.

In einem Ton, der nicht frei von Anzüglichkeit war, fragte Belgeyss: »Wie kommt es denn, daß dein Vater dir erlaubt hat, hierher zu kommen?«

Maral schluckte die giftige Ironie hinunter und sagte der Tante rückhaltlos und ohne Umschweife alles, was sie zu sagen hatte: »Mein Vater ist im Gefängnis. Meine Mutter ist tot. Wenn du die Wahrheit wissen willst: ich bin hergekommen, weil ich kein Dach über dem Kopf habe. Ich habe niemanden. Ohne Hilfe, ohne Mutter und ohne Bruder bin ich.«

Sie hätte gerne hinzugefügt: ›Und nun, wenn ihr etwas dagegen einzuwenden habt, kann ich ja zurückkehren.‹ Aber sie bezwang sich, und mit einem Schmerz, der wie Blut ihren ganzen Körper durchpulste, senkte sie den Kopf; vor Unwillen verschränkte sie die Finger und bog sie, daß sie knackten.

Belgeyss' Augen und Ohren waren voll von dem vielen, das sie gesehen und gehört hatten. Nichts vermochte sie aus der Fassung zu bringen. Sie ließ nicht – wozu alle gewöhnlichen Frauen neigen – ihre Tränen fließen und schlug sich nicht mit den Fäusten auf die Brust. Sie heftete ihre alten, erfahrenen Augen auf Marals Gesicht und fragte: »Was war sein Vergehen? Diebstahl?«

Marals Blick krallte sich in Belgeyss' Blick – mit einem Stolz, wie er nur dann in deiner Seele aufschäumt, wenn andere über deine Lieben eine falsche, ungerechte Meinung haben und du nicht mit einem Blick oder einem Wort sie beseitigen kannst – und sagte fest: »Nicht Diebstahl. Totschlag!«

Dann erzählte sie alles, was sie wußte, in Worten, die die augenblickliche Erregung ihr auf die Zunge legte: »Abduss habe ich gesagt: Mahtou habe ich ins Haus meiner Tante Belgeyss gebracht. Das sollst auch du wissen!«

Während Belgeyss und Maral sich unterhielten, hatte Siwar den Teekessel hereingebracht und sich ebenfalls gesetzt. Wahrscheinlich hatte sie den größten Teil des Berichts über Abduss und Delawar und Mahtou mitangehört, und als sie jetzt den Tee einschenkte, warf sie verstohlene Blicke auf Maral, als ob sie versuchte, sie genauer kennenzulernen. Maral hatte durch die Erzählung ihrer Geschichte in den Augen Siwars ein größeres Gewicht erlangt, und Siwar hielt es nicht mehr für angebracht, Maral als ein halbwüchsiges Mädchen zu betrachten. Der Gedanke an Marals Leid und ihre Standhaftigkeit weckten in Siwars Herz größeren Respekt ihr gegenüber. Einen Respekt, der nicht frei von Neid war. Trotzdem hätte sie sich gerne mit Maral unterhalten. Maral war ihr ein Rätsel, und sie hatte es eilig, dieses Rätsel zu lösen. Aber sie fand nichts zu sagen. Auch wenn sie einen Vorwand für ein Gespräch fände, konnte sie es nicht in Anwesenheit von Belgeyss führen. Sie hatte nicht die nötige Gemütsruhe dafür. Belgeyss ließ ihr wenig Handlungsfreiheit. Schätzte sie auch nicht sehr. Nicht nur hier und nicht nur jetzt. Immer. Belgeyss mochte Siwar nicht. Vielleicht, wenn Siwar nicht die Frau von Gol-Mammad geworden wäre, würde Belgeyss sie zumindest wie andere Frauen ansehen. Aber so war es nun mal nicht. Dauernd fuhr sie ihr über den Mund. Machte sie verächtlich. Führte ihr ihre Schwächen vor Augen. Und das alles, weil sie Siwar für ihren Sohn nicht gut genug fand. Daß Siwar sich an Gol-Mammad herangemacht hatte, war etwas, was Belgeyss nicht einen Augenblick vergessen konnte. Die Nachricht, daß Siwars Ehemann gefallen war, hatte Gol-Mammad selbst überbracht; beide hatten in der gleichen Kompanie gedient: ›Das Blut von vielen ist geflossen, und einer davon war dein Mann. Es ist eben Krieg. Krieg.‹

Gol-Mammad war noch ein jugendlicher Heißsporn; daher kam es, daß er nichts über die häßlichen Seiten des Krieges sagte, sondern sogar mit Stolz vom Krieg erzählte. So, als ob der Mann erst dann zum Mann würde, wenn er im Feuer des Kampfes gestählt wird. Auch sagte er mit großer Bestimmtheit, daß der Krieg die Sache von echten Männern sei:

»Ihr Frauen möchtet wohl, daß der Mann alt oder krank wird und in einem Bett voller Läuse stirbt. Das ist's, was ihr wollt, nicht wahr? Aber nein! Weder sind wir Männer, die hinterm Ofen hocken, noch waren unsere Väter so. Der Boden dieses Landes ist zu allen Zeiten von unserem Blut getränkt gewesen. Wir sind Nomaden. Siehst du nicht, wie wir leben, wie wir gelebt haben? Wir sind keine verwöhnten Muttersöhnchen. Männer des Kampfs und des Kriegs sind wir. Trockne deine Tränen! Trockne deine Tränen! Genug hast du geweint. Jetzt ist es Zeit zu arbeiten.«

Siwar hatte mit Weinen und Klagen aufgehört. Die von ihrem Mann Ali Herati hinterlassenen Tiere hatte sie der Herde der Mischkallis hinzugefügt, und danach war das geschehen, was Belgeyss nicht hatte geschehen lassen wollen: Siwar und Gol-Mammad waren ein Paar geworden. ›Soll Belgeyss platzen!‹

Warum kam Gol-Mammad eigentlich nicht?

Siwar erhob sich, ging hinaus, setzte sich neben der Tür auf den großen steinernen Mörser, stützte das Kinn auf die Hände und wartete. Gol-Mammad hätte längst kommen müssen. Siwar blieb nicht lange sitzen; unlustig, müde und etwas unzufrieden mit sich selbst stand sie von ihrem Platz auf, ging bis zum Backofen und blickte sich nach allen Seiten um. Aber so weit ihre Augen die Dunkelheit durchdringen konnten, war kein Schatten, kein Umriß, der Gol-Mammad glich, auszumachen. Sie ging zur Haustür, blickte zu Belgeyss und Maral, die noch beim flackernden Schein des Talglichts saßen, und stieg von der Mauer auf das gewölbte Dach, um in die Ferne zu spähen:

Der Abend geht zur Neige. Außer der Dunkelheit gibt es nichts. Die Hügel, auf die Erde gesetzte Vogelscheuchen, die Häuser, Trümmerhaufen, einzelne Menschen, die auf der Landstraße vorübergehen – alle sind im Bauch der Nacht versunken, nichts außer ihren Umrissen erreicht das Auge. Die Nacht schleicht näher und näher heran. Die Schwärze wird schwärzer. Siwar steht noch immer da und läßt die Augen schweifen. Umsonst. Kein Zeichen von ihrem Mann. Der sanfte Wind von Nischabur weht. Die Zipfel von Siwars Kopftuch flattern leicht. Der Wind spielt mit ihrem Rock. Die Nacht hat auch sie in ihren Umhang gehüllt. Sterne über ihrem Kopf. Der Glanz der Sterne nimmt zu. Funkelnder als alle – wie immer – der Abendstern. In jeder

Ebene, in jedem Tal, neben jedem Gebüsch, wo sich der Stamm zur Nacht niederließ, hat Siwar nicht den Kopf aufs Kissen gelegt, ohne diesen Stern zu sehen. Glänzender Stern: ein Diamant im Sonnenstrahl.

Aber warum läßt Gol-Mammad sich nicht blicken?

Siwar saß eine lange Zeit verwaist und in ihr Schweigen versunken dort oben auf der Spitze der Dachwölbung; die Knie mit den Armen umschlungen, dachte sie nach. Undeutliche Laute der Unterhaltung von Maral und Belgeyss waren durch das Luftloch im Dach zu hören, aber Siwar war nicht danach zumute, den Worten der beiden zu lauschen. Sie stand außerhalb von Belgeyss' Welt, und ihr schien, daß sie auch niemals mit Belgeyss vertraut werden würde. Das, was Belgeyss immerzu auf der Zunge hatte, klang Siwar ständig in den Ohren: ›Du hast meinen Sohn umgarnt. Hast ihn verhext. Du paßt nicht zu ihm. Deinen Mann hast du ins Grab gebracht und willst auch meinen Sohn ins Grab bringen!‹

Siwar wußte auch, daß Belgeyss des Glaubens war, sie – Siwar – habe zu Lebzeiten ihres früheren Mannes mit Gol-Mammad ein Verhältnis gehabt. Es war sinnlos, zu versuchen, Belgeyss von ihrer Meinung abzubringen; schon längst hatte Siwar ihre nutzlose Bemühung aufgegeben. Verzicht auf Belgeyss war der einzige und weiseste Weg. Mit Belgeyss unterhielt sie sich selten. Und wenn Belgeyss in Zorn geriet und nach einem Vorwand zum Streit suchte, ging Siwar ihr aus dem Weg und wich geschickt dem Streit aus. Die Liebe, die sie, die Fünfunddreißigjährige, zu ihrem Mann Gol-Mammad hegte, veranlaßte sie, sich jegliche Last auf die Schulter zu laden, jeden Schmerz und jede Qual hinzunehmen und zu schweigen. Siwars Schweigen war eine Geschichte für sich. Manchmal kam es vor, daß sie einen Tag lang nicht ein Wort über die Lippen brachte. Ihr schmales, blasses Gesicht war dann mürrisch verzogen, ihre Augen, scharf wie Adleraugen, drangen den Dingen mit gespannter Ruhe auf den Grund, und mit zusammengepreßten Lippen ging sie an allem vorüber.

In dieser Familie hatte nur Gol-Mammads Vater eine freundliche Miene für sie. Nur Kalmischi. Nur in seinem Blick fühlte Siwar nicht den Stachel der Verachtung. Es schien, daß der alte Mann sich damit abgefunden hatte, daß sein Sohn eine solche Frau – eine Frau, die mindestens sieben Jahre älter war als ihr Mann – in seinem Haus haben sollte. Kalmischi war ein ruhiger, ausgeglichener Mensch. War still und sprach wenig. Ohne eine Spur von Belgeyss' Heftigkeit und Schärfe.

Gewöhnlich zog Kalmischi selbst, zusammen mit seinem jüngsten Sohn Beyg-Mammad, mit der Herde und paßte auf die Tiere auf. Vor Jahren hatten ihn in Dahneh-ye Schur Wölfe eingekreist, oberhalb der Ferse war ihm ein Stück Fleisch herausgerissen worden, und seit der Zeit hinkte der Alte ein wenig. Jetzt konnte er nicht mehr mit der Herde Schritt halten, trotzdem gab er nicht auf, hielt sich nicht von der Arbeit fern. Aber im Grunde genommen hatte er seinen Platz Gol-Mammad eingeräumt. Gol-Mammad hatte das Reisigsammeln aufgegeben und zog in Begleitung seines Bruders Beyg-Mammad sowie Ssabr-Chans, des Schwiegersohns seines Onkels väterlicherseits, mit der Herde. Nicht die ganze Herde gehörte Kalmischi. Auch die Tiere kleiner Schafhalter – darunter Siwar – gehörten dazu. Aber die größte Anzahl von Schafen und Ziegen besaßen die Kalmischis – Kalmischi und seine drei Söhne: Chan-Mammad, Gol-Mammad und Beyg-Mammad. Aus diesem Grunde wurde die Herde nach den Kalmischis genannt, und an den Tränken und Weideplätzen kannte man sie unter diesem Namen. Abgesehen davon, gehörten die meisten anderen Schafe der Herde Madyar, dem Bruder von Belgeyss, und Chan-Amu, dem Bruder von Kalmischi. Ali-Akbar, der Sohn von Hadj Passand – Gol-Mammads Vetter mütterlicherseits –, der einer von den großen Schafhaltern war, hatte sich von der Herde der Kalmischis getrennt und eine eigene Herde mit eigenen Schäfern gegründet.

Ali-Akbar war seßhaft geworden, hatte das Nomadenleben aufgegeben. Was die anderen Männer betraf, so saß Chan-Mammad in Maschhad im Gefängnis, und Madyar hatte wie ein brünstiger Ziegenbock den Kopf immer überall. Er hielt es nie an einer Stelle aus. Ein immer Verliebter. Sein Hang zu Liebe und Wein bildete das Gesprächsthema aller Nomaden. Jeder Mensch verbringt seine Zeit auf eigene Weise, lebt auf eigene Weise und stirbt auch auf eigene Weise. Warten wir ab, unter welchem schwarzen Zelt dieser schnellfüßige, allein die grauen Steppen Chorassans durchstreifende Hirsch zur Ruhe kommen wird!

Kalmischi, der alte Mann des Mischkalli-Stamms, war der Anführer dieser nicht so sehr harmonischen Schar und trug diese schwere Last auf seinen Schultern. Eine Last, deren Bedeutung er besser kannte als jeder andere. Solange die Äste dieses Baums Früchte trugen, mußte der Baum fest stehen. Seine Existenz, sein Dasein bedeutete Sein und Sicherheit des Lagers und der Herde. Alle schlugen die Pflöcke ihrer schwarzen Zelte um das Zelt von Kalmischi in die Erde. Es war nicht sicher, ob mit dem Ableben von Kalmischi das Familienlager nicht auseinanderfallen würde. Ob nicht jeder seine Ziege am Bein packen, sich absondern und dadurch die Säule der Familie umstürzen würde.

Kalmischi befand sich zu dieser Zeit zusammen mit Beyg-Mammad und Ssabr-Chan am Kelidar. In spätestens dreißig Tagen würden sie die Schafe in den Weiler Ssusandeh bringen, um sie dann auf die Winterweide zu treiben. Gol-Mammad, Siwar, Belgeyss und Schiru waren zum Mähen in den Weiler gekommen, zum Mähen der unbewässerten Felder. Im vorigen Jahr hatte Kalmischi die Samen ausgesät und war fortgegangen, und in diesem Jahr waren sie in Büscheln aufgegangen. Aber dermaßen kümmerlich und dünn, daß die Schneiden der Sicheln sie nicht erfassen konnten. Natürlich konnten sie auch nicht mit Sensen gemäht werden. Volle zwölf Tage hatten sie sich zu dritt, zu viert auf dem Sandboden die Knie wundgescheuert und doch keine zehn Man zusammengebracht. Jetzt hatte sich Gol-Mammad notgedrungen ins Dorf Galeh Tschaman aufgemacht, um vielleicht Mehl oder Weizen auf Kredit von Babgoli Bondar zu kaufen und herzubringen.

Aber warum kam Gol-Mammad nicht?

War es möglich, daß er irgendwo die Nacht über blieb? Nein, das würde er nicht tun. Siwars Herz wollte das nicht glauben.

War es möglich, daß Babgoli Bondar ihm die kalte Schulter gezeigt hatte? Nein, das konnte nicht sein. Schließlich war Babgoli der Handelspartner der Mischkallis. Wie wäre es da möglich, daß er Gol-Mammad abwies?

War es möglich, daß Gol-Mammad zum Kelidar galoppiert war? Möglich war's, möglich war's! Alles das, was Siwars Herz in Brand setzen konnte, war möglich. Alles konnte sich ereignen!

Siwar kam zu sich. Eine auf einer Ruine sitzende Eule; eine Frau auf dem Dach. Sie löste die Arme, die sie um die Knie geschlungen hatte, neigte den Kopf zum Luftloch der Zimmerdecke und heftete die Augen auf die Flamme des Talglichts, zu dessen beiden Seiten Belgeyss und

Maral saßen und sich unterhielten. Siwar stand auf. Noch einmal warf sie einen Blick auf Landstraße und Steppe und stieg vom Dach. Jetzt hatte sich die Dunkelheit näher herangeschlichen und sich über die verstreuten Lehmklumpen von Ssusandeh ausgebreitet. Siwar konnte nichts anderes tun, als sich bei der Haustür hinzusetzen, und da sah sie Schiru hinter der Mauer herankommen, den kleinen Topf auf dem Kopf tragend. Schiru passierte die niedrige Mauer und bog in den Hof ein. Ruhig, unbekümmert schritt sie aus. Eile schien sie nicht zu haben, war in einer Stimmung, in der die Welt einem jungen Menschen sinnlos erscheint. Als sie näher kam, stand Siwar auf, trat auf sie zu und nahm ihr den Topf ab: »Du hast dich aber verspätet!«

Schiru gab keine Antwort. Sie bückte sich, faßte den Topf am Rand und brachte ihn ins Haus. Als ihr Blick auf Maral fiel, nickte sie ihr zu und trug etwas verlegen, aber neugierig, den Topf in eine Ecke, legte ein Tablett darauf und sagte: »Frisches Wasser, von der Quelle.«

Maral sah sich Schiru genau an. Nacht, Quelle, Schiru: ›Dieser Mah-Derwisch sitzt einer scheuen Gazelle auf der Lauer.‹ Unwillkürlich berührte ihre Hand das Seidentuch in ihrer Tasche. Im gleichen Augenblick sah sie Schiru offen an und bat mit freundlichem Lächeln um Wasser: »Einen Becher!«

Belgeyss sagte: »Das ist die Schwester von Gol-Mammad. Schiru heißt sie. Ein halbes Jahr jünger ist sie als du.«

Maral nahm Schiru den Becher Wasser aus der Hand und konnte im Licht der Talglampe die schwarzen, glänzenden Augen des Mädchens sehen, die von innen heraus über alles lachten. Sie löste die Lippen vom Becher und sagte zu Belgeyss: »Ich hab sie unterwegs gesehen. Gut gewachsen ist sie und anziehend.«

Voll jugendlicher Lachlust, die sich in ihrer Brust staute, rannte Schiru hinaus. Belgeyss rief: »Ha? Wohin jetzt?«

Schirus Stimme antwortete von draußen: »Ich will meinen Schlafplatz fegen.«

Belgeyss sagte: »Mach auch für Maral ein Lager neben deinem fertig.«

Von Schiru kam keine Antwort. Schirus kalte Reaktion betrübte Maral etwas. ›Wahrscheinlich möchte sie nicht, daß ich bei ihnen bleibe. Ich mache ihr den Platz eng.‹

Sie wollte zu Tante Belgeyss sagen: ›Ich bleibe hier, neben dir‹, aber sie hielt ihre Zunge im Zaum und sprach es nicht aus: ›Schiru ist noch nicht so richtig erwachsen. Deshalb will sie sich um solche Sachen keine Gedanken machen. Aber ein Töpfchen Wasser herzubringen hätte ja nicht so viel Zeit gebraucht! Ich bin sicher, daß sie auf Mah-Derwisch gewartet hat.‹

Kurz darauf kam Schiru zurück, um Kelim und Bettzeug nach draußen zu tragen. Belgeyss sagte zu Maral: »Alle schlafen jetzt drinnen, nur sie ist starrköpfig und sagt: ›Solange es nicht regnet und wir uns nicht auf den Weg zur Winterweide machen, schlafe ich draußen.‹«

Belgeyss verstand Schirus Verhalten nicht. Doch die Mutter konnte nicht wissen, daß Schiru jede Nacht in Erwartung von Mah-Derwisch die Sterne zählte.

Maral sagte: »Ich schlafe auch lieber im Freien.«

Und Belgeyss: »Das kommt daher, daß wir uns noch nicht an ein Dach gewöhnt haben. Auch ich kann lange nicht einschlafen, wenn ich mich unter einem Dach zur Ruhe lege; ich glaube dann, jeden Augenblick stürzt das Dach ein und fällt mir auf die Brust. Aber es fängt ja langsam an kalt zu werden. Was soll ich da tun?«

Ihr Gespräch wurde durch das laute Murren des Kamels unterbrochen. Wenn sich das Kamel beim Hinlegen auf die Knie wirft, brüllt es aus voller Kehle, denn das ist stets das Schwierigste und Unangenehmste. Es sei denn, daß es vom langen Gehen oder Galoppieren erschöpft ist. Oder daß Hunger es kraftlos gemacht hat. Trotz alledem – sich auf die Knie zu werfen, und das mit einer Last auf dem Rücken und auf Befehl des Treibers, ist etwas, dem sich das Tier nur ungern fügt. Schließlich machte das Kamel eine halbe Drehung, beugte die Knie, und ein Mann sprang von seiner Schulter wie ein Ball herunter, stellte sich neben den Hals des Kamels und trat mit der Fußspitze so lange auf dessen Knie, bis sie auf der Erde aufschlugen und sich das Kamel langsam unter seiner Last hinlegte.

Der Mann, der in seinem ungezwungenen, wohlklingenden kurdisch-chorassanischen Dialekt, dem Dialekt Marals, weiterschimpfte, machte sich daran, den Strick von der Last zu lösen. Siwar beeilte sich, ihm behilflich zu sein, und auch Schiru faßte wohl oder übel mit an. Belgeyss aber rührte sich nicht von der Stelle. Sie blieb, wo sie war. Ihr Blick war nach draußen gerichtet, als ob sie jede einzelne Bewegung der Menschen, die mit der Last und dem Kamel beschäftigt waren, beobachtete. Auch Maral war sitzen geblieben. Das war keine Tätigkeit, mit der sie sich fester in die Familie hätte einfügen können. Sie hatte jedoch ihr Augenmerk nach draußen gerichtet, um vielleicht in der hartnäckigen Dunkelheit der Nacht das Gesicht ihres Vetters zu entdecken. Aber das war nicht möglich. Das blasse Licht der Talglampe drang nicht weit, und die flinken Bewegungen des Mannes flogen zu eilig an Marals Blicken vorüber. Eingehüllt in die Nacht und aus dieser Entfernung hatte der Mann die Form eines steifen Filzumhangs, der sich ständig beugte und drehte und sich wieder aufrichtete. Der Wind blähte seine Jacke. Der Mann versetzte dem Kamel einen Tritt gegen den Hals, kniete sich auf den Boden, zog an dem um die Last gebundenen Strick, öffnete einen Knoten, schrie das Kamel und Siwar an und spuckte ab und zu in hohem Bogen aus. Offenbar hatten Staub und Wind unterwegs seinen Mund ausgetrocknet: »Wasser. Wasser!«

Ein weiches, stolzes Lächeln breitete sich aus über die Furchen zu beiden Seiten des Gesichts der Mutter, und in dem auf den Sohn gerichteten Blick lag Glanz und Freude. In ihren Augen schienen Tränen der Liebe zu stehen. Der Mann trank das Wasser, gab Siwar den leeren Becher, wischte sich den Mund am Ärmel ab. Dann hob er die Last vom Rücken des Kamels, zog sie zur Mauer und lehnte sie dort an. Belgeyss sagte zu Maral: »Das ist Gol-Mammad. Dein Vetter. Steh auf und laß uns hingehen, ihn begrüßen.«

Maral hatte das auch schon gewollt, obwohl der Anblick von Mann und Kamel in ihr eine erschütternde Erinnerung hervorrief. Belgeyss nahm Maral bei der Hand, sie standen beide auf. Belgeyss trat ins Freie, Maral ging hinter ihr aus dem Haus. Doch Maral war nicht ruhig. Ihr Mund war trocken geworden, ihre Zunge gelähmt, die Knie zitterten ihr.

Gol-Mammad, der mit dem Abnehmen der Last gerade fertig wurde, richtete sich auf. Maral, neben der Tür stehend, die Schulter an die Mauer gestützt, war voller Angst, sich nicht aufrecht halten zu können. Sie nahm alle Kräfte zu Hilfe, um sich auf den Beinen zu halten. Hättest du neben ihr gestanden, hättest du ihr Herz klopfen hören können. Gol-Mammads Blick streifte nur ein einziges Mal Marals Augen: ein Vogel in der Nacht. Nein, ein Schwert im Mondschein. Etwas blitzte auf und erlosch. Gol-Mammad sah nicht mehr hin. Er ging zu seinem Kamel und beschäftigte sich damit, ihm Sattelgurt, Satteldecke und Sattel abzunehmen.

Auch Maral hielt es nicht mehr an ihrem Platz aus. Sie ging zu Gareh-At und blieb grundlos bei ihm stehen. Sie grub die Hand in seine Mähne und streifte ihm den Futtersack vom Kopf. Eine mechanische Verrichtung, die ihr ihr Gleichgewicht wiedergab. Hier, neben Gareh-At, fühlte sie sich ruhiger. Aber wie lange kann man hier so bleiben! Soll die Zeit vergehen. Das ist nicht wichtig. Je länger die Augenblicke sich hinziehen, desto mehr kann die Seele sich ausweiten. Das Schwere zerbricht. Seine Scherben mischen sich in die Augenblicke. Die Scherben zersplittern noch mehr, werden noch kleiner, feiner. Fallen. Die Augenblicke sollen nur vorübergehen. Daß sie doch nur vorübergehen! Nur wenn man einander nicht Auge in Auge gegenübersteht, öffnet sich ein Ausweg. Die Menschenseele ist ein Himmel ohne Ende. Äußerlich regt sie sich nicht, aber gleichzeitig, unserem Blick entzogen, pocht sie. Brodelt. Weitet sich und zieht sich zusammen. Sturm. Aufeinandergetürmte Wolken. Dunkelheit. Blitze. Prasselnder Regen. Vernichtende Überschwemmung. Zerstörung. Plötzlich die Sonne. Die Wolken sind leichter geworden. Sind weiß geworden. Reißen auseinander. Der Himmel ist wieder da. Bläue. Bläue. Was war das, was da geschah?

Maral richtete sich auf. Hinter der Mähne des Rappen hervor beobachtete sie Gol-Mammads Tun. Gol-Mammad kniete neben dem Hals seines Kamels und breitete vor ihm das Futtertuch aus. Die Mutter stand dicht bei ihm und unterhielt sich mit ihm. Maral konnte ihre Stimmen nicht deutlich hören, außer wenn ab und zu der Wind ihr einen Namen zutrug. ›Maral. Abduss.‹ Sie sprachen demnach über sie: ›Maral.‹ Maral hörte genauer hin, aber ohne Erfolg. Der Wind wirbelte umher. Du müßtest näher sein, um das Gespräch mit anhören zu können.

Gol-Mammad hob den Kopf und rief: »Du hättest längst das Futter fürs Kamel fertigmachen müssen, du Dummkopf!«

Siwar trat mit einem großen Kloß Futter aus der Haustür und sagte: »Ich bring es schon, mein Lämmchen. Es ist fertig, ist fertig. Nur Geduld, Geduld!«

Belgeyss nahm ihr den Futterkloß aus den Händen und reichte ihn Gol-Mammad. Gol-Mammad knetete den Kloß und teilte ihn in mehrere Teile, jedes wie ein Ball. Er warf dem Kamel einen Teigball in den Rachen und wartete, bis es ihn schluckte. Siwar und Belgeyss standen neben ihm. Gol-Mammad hatte sich vor dem Maul des Kamels hingekniet und legte ihm wie eine Mutter, die ihr Kind füttert, die Teigballen ins Maul und blickte auf die im Gleichmaß mahlenden Kiefer. Während er damit beschäftigt war, das Kamel zu füttern, nahm er sein Gespräch wieder auf: »Schlangenzüngig ist der Bondar, dieser Halunke, dieser Hundesohn. Er setzt einen an seinen Tisch, und dann frisiert er die Rechnung, so weit es nur geht. O dieses verfluchte Hungerjahr, wie es einen Mann erniedrigt! Wie käme ich sonst dazu, mich zu beugen! Und das vor einem solchen Zuhälter! Ich sag zu ihm: ›Babgoli Bondar, ich bin gekommen, Weizen zu holen.‹ Glaubst du, es gibt einen einzigen geraden Darm im Bauch dieses Menschen? He! Erst windet er sich, dann klagt er mir die Ohren voll: ›Es gibt keinen Weizen. Woher soll ich Weizen nehmen? Siehst du nicht, wie die Zeiten sind?‹ Wieder öle ich meine Zunge und sage: ›Tu etwas für uns! Die Leberfäule hat unsere Schafe befallen. Wir sind nicht arm, sind nur in Not geraten.‹ Von neuem dreht und windet er sich. Es fehlt nicht viel, daß er mich dazu bringt, ihm zu Füßen zu fallen. O diese Zeiten! Am Ende bringe ich es fertig, ihn zu erweichen. Dieser Hundesohn – als ob er eine neunjährige Tochter an den Mann bringen wollte. Dann versucht er, mich zu beschwatzen. Er erklärt sich bereit, mir Weizen zu geben. Aber zu welchem Preis! Er erhöht ihn nach Belieben. Schön, auch das akzeptiere ich. Jetzt kommt er zu den Zinsen, der verfluchte Kerl. Was soll ich tun? Hungrige Mäuler verlangen nach Brot. Ich sag zu ihm: ›Dann fülle den Sack!‹ Sein Sohn Asslan mischt sich ein: ›Komm, nimm statt dessen Mehl aus meiner Mühle.‹ Auch der will den Lohn fürs Mahlen doppelt und dreifach von mir haben. Aber diesmal gebe ich nicht nach, bringe Einwände vor und fange an, über ein Darlehen zu verhandeln. Wie mit einer Zange entreiße ich ihm hundertzwanzig Toman mit dem Versprechen, ihm im Frühjahr zweihundert zurückzuzahlen. Nach all diesem Gerede fragt er nach dem Wohl des Lagers. Unser Geschäftspartner seit dreißig Jahren! Dieser Hundesohn! Der Wolf kennt Scham, aber dieser Mann nicht. Als ob er nicht dreißig Jahre lang zu unseren Zelten gekommen wäre, Butterschmalz und Sahne gegessen, in unserem saubersten Bettzeug geschlafen und am Ende gegen ein paar Meter Baumwollstoff, fünf Man Zucker und zehn Stück kleine und große Nähnadeln fünf Kanister Butterschmalz auf seinen Esel geladen hätte.«

Das Kamel schluckte den letzten Bissen. Gol-Mammad stand auf, schüttelte den Staub von den Knien und sagte: »Den Weizen hab ich selbst zur Mühle in Schurab gebracht und dort mahlen lassen. Deshalb ist es so spät geworden.«

Belgeyss fragte: »Wieviel schulden wir ihm insgesamt?«

Gol-Mammad nahm die Mütze vom Kopf, schlug sie auf die Hand, um den Staub zu entfernen, und sagte: »Was für ein widerlicher Wind war das unterwegs! Ich bin fast blind geworden. In diesem Jahr läßt dieser Wind keinen Grashalm übrig. Falls die Tiere überhaupt am Leben bleiben, müssen sie Erde fressen! ... Was hast du gesagt?«

Belgeyss klopfte ihm mit ihren großen Händen den Staub von Schultern und Jackenschößen und sagte: »Ich fragte, wieviel wir dem Babgoli Bondar schulden?«

Gol-Mammad antwortete: »Mal sehen, wieviel es macht. Einmal zweihundert Toman, einmal zweihundertzehn Toman. Wenn du das zusammenrechnest, macht das vierhundert Toman. Aber was haben wir in der Hand? Einmal hundertzwanzig Toman Bargeld und einmal vierzig Man Mehl. Was glaubst du, wieviel dieser Grobian bis jetzt an den Häuten und Därmen unserer Schafe verdient hat? He! Möge Gott ihm trotzdem seine Sünden vergeben. Was täten wir, wenn er uns nicht mal das gegeben hätte?«

Sie waren bei der Haustür angelangt. Gol-Mammad, Belgeyss, Siwar und Schiru. Im Zimmer flackerte das Talglicht. Gol-Mammad trat durch die Tür. Hinter ihm gingen Belgeyss und Siwar hinein. Schiru blieb zurück und glitt wie eine Schlange zu Maral hinüber. Maral stand noch neben dem Rappen. Schiru fragte: »Warum stehst du hier so rum?«

Maral sagte: »Ich kümmere mich um Stroh und Gerste für den Rappen.«

»Gerste und Stroh frißt er, auch wenn du nicht da bist. Dir ist wohl unbehaglich zumute?«

»Warum unbehaglich?«

»Schließlich bist du fremd hier.«

»Fremd? Man ist doch nicht fremd im eigenen Heim!«

»Warum hältst du dich dann abseits? Schämst du dich vor Gol-Mammad?«

»Wozu mich schämen? Der ist doch wie ein Bruder für mich.«

Halb im Ernst, halb im Scherz sagte Schiru: »Da sei Gott vor, daß du einen solchen Bruder haben solltest.«

»Wieso?«

»Weil du vor ihm nicht mal deinen Kopf heben kannst. Ihm nicht in die Augen sehen kannst.«

»Mir scheint, du fürchtest dich sehr vor ihm!«

»Sehr!«

»Weshalb? Warum? Man muß doch stolz auf so einen Bruder sein.«

»Er ist sehr streng, liebe Kusine.«

»Worin ist er streng?«

»In allem. Wenn du nur mal einen fremden Mann anguckst, schlägt er dich blau.«

»Wen hat er bis jetzt blau geschlagen?«

»Mich selbst. Mich selbst.«

»Weil du einen Mann angeguckt hast?«

»Hmm.«

Vertrauen. Das Tor zum Vertrauen öffnete sich. Unter zwei Frauen ist das Wort ›Mann‹ ein Schlüssel, der das Schloß öffnet, womit jede das Türchen ihres Herzens verschlossen hält. Was ist für ein Nomadenmädchen ein Rätsel? Mit welchem Wort kann man es bezeichnen? Mit dem Wort ›Mann‹! Es mag sein, daß das Leben voller Rätsel ist. Zweifellos ist es so. Aber ein herangewachsenes Nomadenmädchen sucht den ganzen Sinn des Lebens im Mann. Was ist ihr näher als ›Mann‹ und zugleich entfernter? Bis ein Mädchen und ein Junge zueinander finden, müssen sie tausend Hürden überwinden. Wie viele junge Paare sind im Verlangen, zusammensein zu können, alt geworden! Wie viele haben den Wunsch nach dem Brautgemach mit ins Grab genommen! Tausend Fesseln mußt du von deinem Fuß lösen, bis deine Hand die Hand des Geliebten ergreifen kann. Daher kommt es, daß überall in Steppe und Ebene der Gesang der Sehnsucht erklingt.

›Von welchem Stamm bist du? Von welcher Sippe? Welcher Familie gehörst du an? Was besitzt du? Welche Schafe gehören dir? Du paßt nicht zu meiner Tochter. Soll ein anderer kommen.‹

Für den anderen ist es auch nicht leichter. Eine Mauer. Eine Mauer. Auf beiden Seiten der alten Mauer stehen die jungen Leute und überlegen, wie sie die Festungsmauer der Alten, die Festungsmauer der Väter überwinden können. Die andere Hälfte deines Lebens steht einen Schritt von dir entfernt hinter der Mauer, so nah und doch unerreichbar. Ist das etwa kein Rätsel? Ja, es ist ein Rätsel. Ein Rätsel, das sich im Herzen jedes Nomadenmädchens verbirgt. Ein Mann, die Vorstellung von einem Mann, der sie liebt. Und dieses Wort »Mann« ist unter zwei Mädchen ein Tor, das sich im wachsenden Vertrautwerden öffnet. Soll der Vorhang fallen!

Belgeyss steckte den Kopf aus der Tür und rief: »Ahai ... warum habt ihr zwei euch dort versteckt? Kommt ins Haus, kommt aus dem Staub raus. Seht ihr nicht, daß der Wind sich wieder aufgemacht hat?«

Jede Nacht dieser Wind. Manchmal hielt er nicht länger als bis zum Morgen an. Manchmal auch kam es vor, daß er sechs Nächte und sechs Tage ununterbrochen wehte. Es gab dann keine Unterbrechung zwischen Wind und Wind. Wieder hatte sich dieser Wind erhoben. Er blies, heulte, wirbelte den Staub auf, wand sich, vermischte sich mit dem Staub und wirbelte ihn herum, wirbelte selbst herum und wälzte sich wie ein zusammengerollter Filzteppich über die Ebene, rieb den Leib auf der verbrannten Steppe, führte ausgerissene Zweige kleiner Sträucher mit sich, entfernte sich und lud Wellen von Staub an jedem Abhang ab, rieb wieder die Brust auf der Erde, krallte sich in Reisig und Gesträuch, verwandelte sich in eine Windhose, fegte dahin, stieg hoch und zog mit seiner Wucht eine Wolke über die Augen der Sterne. Er würgte das Land, das Haus, das Herz. Wenn du in der Wüstengegend von Chorassan geboren bist, bist du ein Zwilling des Windes. Ein Wind jener Sippe, die über das schöne Antlitz von Yasd hinwegzieht und um die Kronen der Dattelpalmen von Tabbas wirbelt. Der rote, unbarmherzige Wind der Wüste. Die Augen der am Rande der Wüste Geborenen haben sich an ihn gewöhnt, die Haut in ihren Gesichtern ist von ihm ledern geworden. Die Lippen sind vom Wind ausgetrocknet, gesprungen. Wenn du im Wind wanderst, erhält dein Antlitz eine neue Farbe. Deine Wimpern, dein Schnurrbart, deine Locken, die Haare in deiner Nase – alle verlieren sie ihre ursprüngliche Farbe, werden farblos. Der Staub verwandelt dein Gesicht in eine Maske. Der Staub ist deine

Mütze, Staub dein Umhang. Zwischen die Zähne, in die Ohrmuscheln, in die Augenwinkel dringt der Staub. Die Äderchen in den Augen röten sich, die Lider röten sich, die Falten in Nacken und Stirn werden tiefer, und die Kehle wird trocken.

So war es auch Gol-Mammad ergangen. Deshalb mußte er als erstes Gesicht und Haare waschen. Steh auf. Steh auf. Der Topf mit Wasser wurde nach draußen gebracht. Belgeyss ließ Siwar keine Zeit. Nein, dies nicht. Laß mich selbst ihm den Schopf waschen!

»Komm her, Mädchen, gieß Wasser. Kommt endlich eine von euch her?«

Maral und Schiru liefen herbei. Belgeyss gab Maral die Schüssel in die Hand: »Du bist ja keine Fremde. Gieß Wasser. Und du, Schiru, geh, bring den Lederschlauch und leer ihn in den Topf. Und du, Weib, warum stehst du da wie erstarrt? Willst du für deinen Mann nicht den Tee aufwärmen?«

»Der Tee ist heiß.«

Als Siwar das sagte, trat sie über die Schwelle. In ihrer Brust züngelte ein wilder Schrei: ›Laßt mich wenigstens selbst Kopf und Haare meines Mannes waschen! Ach, wäre mein eigener Kopf doch schon im Grab!‹

Aber der Schrei hallte nur in ihrem eigenen Kopf wider, in ihrem Herzen, ihren Adern. Nur mit sich selbst sprach sie, nur sie selbst hörte es. Sie stützte das Kinn auf die Hände. Das also ist die Heimkehr von Gol-Mammad!

›Wann wollen sie ihn mir überlassen? Sieh mal an, wie sie ihm Kopf und Haare streicheln! Als wäre er ein Neugeborenes. Ein Mann ist er schließlich, ihr Leute! Überlaßt ihn seiner Frau! Schön, schön, nehmt ihn mir weg! Nehmt ihn! Mumifiziert ihn! Hebt ihn euch in einer Flasche auf! Aber seine Frau bin ich. Auch ich hab Zähne. Kann zerfetzen. Euch zerfetze ich, deine Kehle zerfetze ich, Belgeyss!‹

Gol-Mammads Kommen, von dem Siwar sich Beruhigung erhofft hatte, wurde zum Brennholz für den Scheiterhaufen in ihrem Herzen. Nicht Kummer – Haß, gemischt mit Trauer, spreizte seine harte Kralle über Siwars Gesicht. Eine unerträgliche Qual. Ihr ganzes Gesicht alterte. Mit ihrem inneren Auge sah sie, wie sich die Runzeln in den Augenwinkeln, die Linie über den Augenbrauen, die Vertiefungen unterhalb der Wangen tiefer und tiefer eingruben. Eine trockene Salzwüste, ohne

Glanz. Ohne Frucht. Siwars Arme und Beine schienen kraftlos zu sein. Eine Handvoll Knochen saß dort, nicht eine Frau auf dem Höhepunkt des Frau-Seins. Eine Frau von fünfunddreißig Jahren. Ein Abbild von Haß, Enttäuschung, Welksein und Bitternis. Ein Sack voller Gift. Beiseite gestoßen, ohne Bindungen. Eine Fremde unter Familie, Sippe, Stamm. Nur zu ihrem Mann fühlte sie Zuneigung. Als könne für sie außer Gol-Mammad kein Ding, keine Person überhaupt existieren. Vielleicht rührte ihre Qual daher, daß sie Gol-Mammad übermäßig liebte. Sie sehnte sich nach ihrem Mann. All das, was jede Frau haben könnte, aber nicht hatte, und was jede Frau haben kann, suchte sie in Gol-Mammad. Verlangte es von ihm. Ohne es auszusprechen. Ohne es zu fordern. Nur im Herzen wünschte sie es, und deshalb wünschte sie es zutiefst. Stumm. Der Schmerz beginnt an eben diesem Punkt. Stummheit des Mundes und Unermeßlichkeit der Seele. Eine mit Feuer überzogene Wüste hinter geschlossenen Lippen. Eine Flamme ohne Ende und offenbar auch ohne Anfang züngelt aus den Augenspalten. Eine verbrannte Wüste. Eine verbrannte Wüste!

Und nun war Maral gekommen. Ihr Kommen, ihr Alleinsein, ihre Verlassenheit, ihr Schicksal, ihre Jugend, ihre Zugehörigkeit zur Familie, die offenen Arme von Belgeyss, der Aufruhr in Gol-Mammads Augen beim Blick auf Maral – all dies, alles, was sichtbar und unsichtbar, dunkel und hell, aber auf jede Weise kraftvoll und erregend war, verdüsterte Siwars Gemüt. Als ob dies alles entsetzenerregende Zungen von Schlangen wären, die Siwar von allen Seiten umgaben. Ein Schatten von Angst zuckte über Siwars mageres Gesicht. Vielleicht würde sich nichts ereignen, es bestand sogar die Hoffnung, daß Maral in diesem Zelt, in diesem Haus nicht bliebe; aber dieser Gedanke war nicht der Weg, den das verdüsterte Herz Siwars ging. Das Herz der Frauen ist voller Zweifel und unterscheidet wie Jagdhunde die Gerüche. Siwars Herz sagte, Maral hätte den Fuß nicht in dieses Haus setzen dürfen, Maral hätte nicht den Fuß auf diesen Kelim setzen sollen – aber jetzt, da es nun einmal geschehen ist, wird sie einen Teil ihres, Siwars, Platzes einnehmen. Maral ist eine Frau. Eine Frau, in deren Wangen junges Blut pocht. Ihre Hände sind noch fleischig, keine blauen Adern treten unter der Haut hervor. Siwar war Weib genug, um zu sehen und zu glauben, daß das Wippen von Marals Brüsten das Herz jeden müden Mannes zum Wallen und Klopfen bringen konnte; und erst ihre Augen! Ach, warum wirkten diese Augen so ruhig und unschuldig! Siwar wünschte sich den Grund dieser Augen angefüllt mit Feindseligkeit, Böswilligkeit, weiblicher List und teuflischen Windungen, um dies alles hassen zu können. Die Rivalin wollte sie als Rivalin sehen. Ohne einen Schleier aus Rücksicht. Ohne jegliches Mitleid: Zum Teufel mit dieser Unschuld, die einem Hindernisse in den Weg legt. Laß die Bosheit aufbrausen! Zum Teufel mit allem, was mein Schwert an der Rivalin stumpf macht! Ich begrabe mein liebevolles Herz in der Erde. Auch du sieh mich so an! Eine reißende Wölfin. Ein Ungeheuer, das diesmal sein Opfer nicht unter den Lämmern wählen will. Diesmal ist es ein Kampf zwischen Wolf und Wolf. Schärfe deine Krallen und Zähne! Dieses reizende Lächeln reiße ich dir von den Lippen. Wedle nicht so kokett wie eine Hündin! Sei nicht so süß! Drehe und wende nicht so diesen jungen Körper! Deine Brüste zerfetze ich mit einem Dolch. Nimm mir nicht meinen Haß mit deinen lieblichen, schönen Augen! Ich zerstöre diese Augen. Das Fieber der Wut zerstörte Siwar.

»Warum sitzt du hier so zusammengesunken und reißt die Augen auf? Hast du keine Hände, einen alten Lappen zu nehmen und deinem Mann den Kopf zu trocknen?«

Belgeyss' Stimme versetzte Siwar einen Stoß. Sie stand auf. Gol-Mammad stand mit nassem Kopf und Nacken neben ihr. Den Kopf hielt er etwas geneigt, damit das Wasser nicht noch mehr in seinen Kragen floß. Siwar sah, daß keine Zeit zu verlieren war.

›Hände hab ich, aber es gibt flinkere als meine.‹

Sie ging hinaus und verschwand in ihre eigene Hütte, die Wand an Wand mit Belgeyss' Hütte stand. Belgeyss fand ein altes Hemd. Sie trocknete Gol-Mammad den Kopf. Alle setzten sich. Schiru an den Herd, Maral neben die Tür und Belgeyss Gol-Mammad gegenüber. Schiru füllte für Gol-Mammad einen Becher nach dem andern mit Tee und stellte ihn vor ihn hin. Aber von Siwar war nichts zu sehen und zu hören. Ihr schlangenartiges Hinauskriechen hatte nur Schiru bemerkt. Wen wundert's: es dachte auch niemand an sie. Sie schien überhaupt nicht zu existieren. Nur die scharfen Augen von Schiru übersahen nichts. Scharf und flink nahmen sie alles wahr. Lebendiges, reines Gefühl der Jugend. Die Funken von Gol-Mammads Blicken zerrissen die Dunkelheit. Kopflose, glänzende Sternschnuppen, mal hier, mal dort, flüchtig und schnell vorüberhuschend. Kometen. Jede Sternschnuppe verfolgte Schiru mit ihren Blicken. Maral war still. Schiru war trotz alledem nur mit sich beschäftigt und mit Mah-Derwisch. Den Blick hatte sie nach draußen gerichtet, die Seele auf Mah-Derwisch. Alles Sichtbare war nichts als ein Spiegel, in dem Schiru ihren Mah-Derwisch betrachtete: Was geht das alles mich an? Jeder kümmere sich um sich selbst.

Belgeyss schwieg keinen Augenblick. Ununterbrochen sprach sie von Abduss und dem, was er durchgemacht hatte; von vergangenen Zeiten und von Maral. Und Maral erzählte sie von Gol-Mammad, von dessen Brüdern, von Madyar, Chan-Amu und den andern; von Kalmischi und Ssabr-Chan. »Zur Zeit sind die meisten von ihnen am Kelidar.«

Laß sie reden. Laß sie sagen, was sie will. Wer hört schon zu? Gol-Mammad und Maral – keiner achtete auf das, was Belgeyss sagte. Die beiden waren an einen Punkt gefesselt mitten im Kreis der Gedanken. An den Punkt einer einzigen Erinnerung. Beide dachten nur daran. Maral zweifelte nicht, daß Gol-Mammad jene Augen gehörten, die sie im Wasser betrachtet hatten. Auch für Gol-Mammad gab es keinen Zweifel. Aber daß die Besitzerin jenes Körpers hier an der Wand des Hauses sitzen sollte, schien ihm unglaubhaft.

Jenes nackte Mädchen, das im Wasser gesessen hatte – war sie jetzt wirklich hier? Ist sie hier? Eingehüllt in diese Kleider? Welche Kleider? Bis jetzt hatte Gol-Mammad das Mädchen nicht bekleidet gesehen. Nackt hatte er sie gesehen. Einen Körper, nicht ein Kleid. Aber ist dieses Mädchen hier das gleiche? Kann sie etwa nicht das gleiche sein? Traum oder Phantasie? Was für ein Traum? Welche Phantasie? Ist denn nicht das schwarze Pferd, das mit dem Mädchen war, jetzt dort angebunden? Waren es nicht diese Augen, die vor Angst geweitet auf ihn geblickt und vor ihm geflüchtet waren? Nein, die Augen lügen nicht. Es ist noch kein halber Tag vergangen. Auch in einem halben Jahrhundert werden jene Momente nicht vergessen sein. Jene reinen, lauteren Momente. O Menschenskind, da hast du eine solche Kusine gehabt, ohne etwas von ihr zu wissen? Was hat das Schicksal auf deine Stirn geschrieben? Und woran denkt sie, Maral, jetzt? Sicher erinnert sie sich an mein Kamel. Bestimmt. Kann sie es denn vergessen haben?

Mit welchen Gedanken befaßte Maral sich? Womit war ihr Kopf

beschäftigt, während Belgeyss keinen Augenblick mit Reden innehielt? Mit dem Zügel an einen Pflock angebunden, drehten sich ihre Gedanken immer im selben Kreis. Er, die brennende Luft der Mittagshitze, Stachel der Sonne, Kühle des Wassers. Wie konnte sie davor flüchten? Die schwarzen Augen hingen noch über den Schilfblättern. Die Augen waren hier. Ihr gegenüber. Gleich der erste Blick hatte Maral zum Zittern gebracht. An den Schilfblättern hängend, in Marals Erinnerung haftend. Zwei glimmende Stücke Holzkohle. Diese Augen hatten sie besiegt, unterworfen. Eine Gänsehaut überlief sie. Sie konnte Gol-Mammad nicht ansehen. Diese Augenhöhlen bargen Schlangen. Nicht umsonst hatte Schiru von einem Skorpion in den Augen des Bruders gesprochen. Sie waren wirklich stechend. Scharf und glänzend lauerten sie in ihren tiefen Höhlen unter den spitz zulaufenden Brauen im mageren Gesicht. Ein nicht sehr breites, aber markantes Kinn. Ein harter Stein. Eine gerade, scharfe Nase mit leicht gebogener Spitze. Nichts, was ihn vor anderen Männern auszeichnete. Ohne besondere Vorzüge. Vielleicht kleiner als andere. Aber flink und gewandt. Eine Bergziege. Die Hand am Stock, die Füße ausschreitend, verborgene Unrast unter der gespannten Gesichtshaut. Ein Ebenbild der Mutter. Eine Anziehungskraft, die anfänglich abstößt. Inbegriff der Härte. Ein Mann von der Gestalt eines Steins voller Sprünge und Brüche. Scharf und uneben. Schultern, Knie, Hände, Wangen, Stirn: ineinanderverkeilte spitze Knochen, wenig Fleisch.

Die Menschen von Chorassan bezeichnen einen Mann als Schwächling, der mehr Fleisch als Knochen hat. So war Gol-Mammad nicht. Seine Knochen überwogen sein Fleisch.

»Willst du heute nicht zu Abend essen?«

Das war Siwar. Sie hatte es draußen nicht länger ausgehalten, war an die Tür getreten und hatte den Kopf ins Zimmer gesteckt. Gol-Mammad sah sie an und sagte: »Wir wollen essen. Heute abend ist die Kusine das erstemal bei uns, bring alles, was wir haben, wir essen alle zusammen.«

Siwar zog den Kopf zurück und sagte erstaunt: »Unser Abendessen ist für die Kusine nicht gut genug. Steh auf und komm!«

Gol-Mammad sagte laut: »Trag das Essen dort, bei uns, auf! Wir kommen hin.«

Siwar konnte nichts mehr sagen. Wo ist es Sitte, daß du den zurückstößt, der an deinen Tisch tritt? Sie sagte: »Schiru, bring warmes Brot!«

Belgeyss brummte vor sich hin: »Diesen getrennten Tisch, diese getrennte Schüssel hat sie in dieses Haus gebracht!«

Schiru legte ein paar Fladenbrote aufeinander, und Belgeyss füllte eine Schüssel mit abgetropftem Joghurt, stellte sie auf die Brote, und alle gingen hintereinander aus der Tür. Von dem einen Haus ins andere.

Gol-Mammad war nicht so einer, der hübsche Mädchen angafft. Aber ist es denn möglich, nicht so einer zu sein? An der Tür blieb er stehen, um noch einmal Marals Gestalt anzusehen. Um ihren Gang anzuschauen. Ihre Schultern, die Arme, die in die Jackenärmel eingezwängt waren, das Wiegen ihrer Hüften, das Wippen ihres Rocks. Eine Woge von Entzücken und Furcht flutete in Gol-Mammads Herz. Er trat aus der Tür. Ein Blick auf sein Kamel, ein Blick auf Marals Gareh-At. Er konnte sich nicht lange damit aufhalten. Er ging in sein Haus. Das Tuch lag ausgebreitet da, und Siwar stand wie eine Dienstmagd daneben. Man setzte sich. Ein kärgliches Mahl. Gol-Mammad fand die Sprache wieder: »Kusine, du weißt ja selbst, daß dieses Jahr ein Dürrejahr ist. Deshalb ist das Essen so bescheiden. Sei großmütig und verzeihe uns.«

Maral konnte keine Antwort geben. Ein feines Lächeln blieb in ihren Augen und um ihre Lippen liegen. Sie wandte schnell die Augen von Gol-Mammads Blick ab. Trockene Kehle, trockener Mund. Der Bissen in ihrem Hals wurde zu einem Stachel. Schiru reichte ihr die Schüssel mit Wasser.

Zu reden gibt es viel. Aber es ist nicht der rechte Ort zu sprechen. Siwars Haus, Siwars Mahlzeit, Siwars Gesicht lassen keine freudige, ungezwungene Unterhaltung zu. Jeder ist mit seinem eigenen Problem beschäftigt. Obwohl dieses Problem nicht von den Problemen der anderen getrennt ist. Aber wenn das Wort zu Stein wird und Mund und Zunge eine verschüttete Quelle, muß jeder sich mit sich selbst befassen. Die Sprache kehrt sich nach innen, und jeder Mensch ist ein schweigendes Stück Stein. Aber kann es im Innern des Steins ruhig sein? Nein, ich denke nicht. Der Wind hat sich gelegt.

Maral und Schiru gingen hinaus. Schiru hatte schon das Bettzeug ausgebreitet. Sie gähnte, streckte die Arme hoch, verschränkte die

Unterarme über dem Kopf und ging schwankend zu ihrem Lager. Sie rollte sich auf die Decke, legte sich auf den Bauch, stützte das Kinn in die Hände und heftete den Blick auf Marals schwere Schritte. Maral kam näher, ihr Rock schwang um die Unterschenkel, die Hände hatte sie in die Taille gestützt. Bei Schirus Lager angekommen, zog sie ihre Stoffschuhe aus, stellte sie nebeneinander beiseite, setzte sich auf ihren Platz und blickte zu ihrem Pferd hinüber. Schiru faßte sie am Arm und zog sie zu sich herab. Doch Maral war nicht in der rechten Stimmung. Sie richtete sich auf, setzte sich wie vorher hin und schlang die Arme um die Knie. Schiru begriff Marals Zustand – ihren eigenen Zustand. Sie fragte schlicht: »Bist du traurig?«

»Ja, das bin ich.«

»Worüber? Über wen? Haben dich Siwars Blicke gekränkt?«

»Nein.«

»Was ist's denn? Denkst du an Onkel Abduss?«

»Nein.«

»Was ist's? Hat mein Bruder Gol-Mammad dich nicht gut behandelt?«

»Nein, das ist's nicht. Schlaf du jetzt. Ich habe heute auf dem Pferd ein wenig geschlafen.«

Schiru sagte: »Ob ich will oder nicht, ich werd schon einschlafen. Warum soll ich mich drum bemühen? Der Schlaf kommt von selbst.«

Maral fühlte ein weiches Lächeln in ihren Mundwinkeln, wandte sich zu Schiru und sagte: »Du scheinst keinen Kummer in dieser Welt zu haben.«

»Warum sollte ich keinen Kummer haben! Hab ich denn kein Herz?«

»Und was ist dein Kummer?«

»Was ist deiner?«

»Ich hab dich zuerst gefragt.«

»Ich ... ich ...«

Schiru zögerte mit der Antwort. Das, was ihr auf dem Herzen lag, wollte sie nicht auf die Zunge bringen. Etwas anderes konnte sie auch nicht sagen. Lügen gingen ihr leicht von der Zunge, aber diesmal blieb sie stumm.

Maral sagte: »Ich weiß, was dein Kummer ist.«

Schiru drehte sich zu ihr um: »Woher?«

Maral ließ nicht von ihrer Verschwiegenheit, blieb dabei. Die Lippen versiegelt, die Augen niedergeschlagen. Schiru richtete sich halb auf und packte Maral am Arm: »Ha? Woher? Woher weißt du um meinen Herzenskummer?«

Der Wind hatte sich beruhigt. Maral legte sich schweigend hin. Auf den Rücken. Wie Männer es tun, legte sie den Unterarm auf die Stirn und ließ den Blick zum Himmel schweifen. Das Antlitz des Himmels war, vom Wind gewaschen, voller Sterne. Klar und tief. Wie immer, wenn es das Herz zum Anschauen anregt. Die Sterne hingen wie silberne Ampeln am Körper der Nacht. Glänzten. Der Mond war noch nicht aufgegangen. Das Leuchten der Ampeln. Marals Blick drang zwischen den Sternen hindurch bis auf den Himmelsgrund. In ihrer Ruhelosigkeit bemühte sich Schiru, Maral zum Sprechen zu bringen, aber Marals Herz schwieg. Wollte schweigen. Sie wollte, so lange es ging, nur in die Höhe blicken und sich in ihren Gedanken verlieren. Aber etwas quälte sie. Etwas wie ein Flecken an der Oberfläche ihres Hirns. Ein dunkelhäutiger Mann mit grünem Turban: Mah-Derwisch.

Maral befand sich in einem Zwiespalt. Nein, nicht zwiespältige – hundertspältige Gefühle beherrschten sie. Sollte sie Schiru Mah-Derwischs Botschaft hinterbringen oder sie unterschlagen? Was sollte sie tun? Beides hielt sie für unrichtig. Beides würde ihr Unannehmlichkeiten einbringen. Wenn sie die Worte in ihrer Brust versteckt hielte, nicht ausspräche, würde ihr das den Atem beklemmen. Denn sie wäre dann zu einer Mauer zwischen zwei Herzen geworden. Der Zustand des Verliebtseins war Maral nicht fremd. Schirus und Mah-Derwischs Wünsche konnte sie erraten. Obendrein fühlte sie, daß sie Schiru nahestand. Wenn das seidene Tuch alle von Schiru trennte, so verband es Maral mit ihr. Die Liebe zeigt sich dankbar für die Brücken, die sie, um ans Ziel zu gelangen, überschritten hat. Aber wenn Maral ohne Scheu den Mund auftat und Schiru die Botschaft zuflüsterte – wie konnte sie wissen, ob das Mädchen nicht mitten in der Nacht Mah-Derwischs wegen alle Bande zerreißen würde? Und wenn sie ginge, flüchtete – was sie gewiß tun würde –, was würde am folgenden Tag geschehen? Was dann, wenn Belgeyss und Gol-Mammad und Kalmischi es merkten und sich ein Tumult erhöbe? Würde Maral, wenn sie den Aufruhr in Belgeyss' Herzen sähe, ruhig dasitzen können? Wenn sie sähe, wie Belgeyss sich vor Verzweiflung die Haare ausriß, Kalmischi den Bart, wie Gol-Mammad sich krümmte, und wenn sie die spitzen, quälenden Blicke von Siwar sähe, würde sie immer noch ruhig dasitzen können? Würden sie ihr gegenüber nicht argwöhnisch werden? Ob sie es würden oder nicht – könnte sie, nachdem sie in den Herzen aller diesen Brand entfacht hatte, ohne Anteilnahme abseits stehen und zusehen? Paßte es zu Maral, dies doppelte Spiel zu spielen? Was dann also? Was sollte sie in diesem Augenblick tun? Wie würde es dann ihr selbst ergehen? Sie war eben erst in dieses Nest geflogen. Sie wollte nicht, daß Unruhe entsteht. Bis sie sich eingelebt hatte und zur Familie gehörte, brauchte sie Ruhe. Wenn eine Welle von Wut im Haus aufbrandete, würde die auch sie nicht verschonen. Sowie auch nur jemand Wind davon bekäme, daß sie dies Unglück verursacht hat – was dann? Wie könnte sie den Hausbewohnern in die Augen schauen? Würden sie sie trotzdem weiterhin bei sich behalten wollen? Maral wußte einiges von Wut und Ingrimm, zu der ihre Verwandten und Stammesangehörigen, zu der Kurden und Balutschen fähig waren. Es gab dann keinen andern Ausweg, als Blut zu vergießen. Es genügte, daß Mah-Derwisch in die Hände Gol-Mammads fiel. Aber sieh nur mal, wie dieser kleine Derwisch dabei ist, sich unbedenklich ins Feuer zu stürzen!

Schiru! Maral drehte sich nach ihr um. Das Mädchen hatte den Kopf unter die Decke gesteckt und weinte verhalten. O Wunder! Wie schnell sie in ihren Stimmungen wechselt! Hatte sie nicht vor einem Augenblick noch mit Maral gespielt? Hatte sie nicht ihr Gekicher aus Angst vor Gol-Mammad in der Kehle erstickt? Was war geschehen, daß in einem Moment all dieses Tosen der Freude, diese Raserei der Seele herzzerreißendem Kummer Platz gemacht hatten? Was für ein unschuldiger Zustand! Wie ein Kind wirkte sie. Mürbe und zerbrechlich. Als ob sie ein Herz aus Glas hätte. Wie eine leibliche Schwester kroch Maral zu ihr und strich ihr übers Haar. Dann neigte sie ihren Kopf zu ihrem Ohr, küßte sie und sagte: »Es ist nicht meine Schuld, liebe Schiru. Nimm es mir nicht übel. Ich habe etwas auf dem Herzen, wage aber nicht, es zu offenbaren. Mein Herz ist bei dir, aber was soll ich tun, ich habe Angst. Nun sag du mir etwas. Erzähle alles, vielleicht kann ich auch etwas hinzufügen. Es ist dir schließlich anzusehen, daß du etwas auf dem Herzen hast, aber kein Wort auf der Zunge. Du stellst dich stumm, betrachtest mich als Fremde. Ich sage dir, glaube nicht, daß es so ist. Ich bin so wie du. Ich lese in deinem Herzen. Aber ich möchte es aus deinem eigenen Mund hören.«

Schiru hörte auf zu weinen, blieb aber still. Marals Augen und Ohren waren auf sie gerichtet. Ratlosigkeit. Schiru konnte nicht länger schweigen. Wenn sie nicht zu reden anfing, würde der Kummer ihre Brust sprengen, sie würde laut schluchzen, und das ging nicht. Unnötige Schande. Sie mußte ihr Herz öffnen. Deshalb sagte sie mit erstickten Worten: »Es sind jetzt mehr als sieben Nächte, daß ich auf ihn warte. In Erwartung seines Boten, seiner Botschaft zähle ich die Atemzüge. Aber keine Nachricht kommt von ihm. Das Auge habe ich sogar auf den Wind gerichtet – aber nichts. Nichts. Jede Nacht lege ich mich außerhalb des Hauses schlafen in der Hoffnung, daß er zu mir kommt – aber nichts. Keine Nacht schließe ich vor Mitternacht die Augen, in der Hoffnung, seine Schritte zu hören – aber nichts. Jeden Tag steige ich bei Sonnenuntergang aufs Dach und lasse überallhin die Blicke schweifen, sehe aber nicht einmal Staub von den Hufen seiner Stute. Ich spitze die Ohren, höre aber nicht einmal das Wiehern seines Pferdes. Ich gehe zur Quelle, aber nicht einmal sein Schatten zieht an meinen Augen vorüber. Nichts, nichts, nichts. Laß dich nicht von meinem Lachen täuschen. Mein Herz ist voller Blut. Meine Kehle ist zugeschnürt. Als du kamst, ging mir das Herz auf. Ich sagte mir, ich habe jemanden gefunden, dem ich mich anvertrauen kann. Aber ich sehe, daß auch du meine Worte nicht ernst nimmst. Mein Herz findet keine Ruhe, Kusine, ich schwör's dir. Ich flehe Gott um eine Nachricht, eine Botschaft von ihm an. Was für ein Wort es auch sein mag, was für eine Nachricht. Ich bin verzweifelt. Als du sagtest, du wüßtest, was ich auf dem Herzen habe, glaubte ich, du wüßtest etwas von meiner Lage. Aber jetzt …«

Sie verstummte. Wieder schnürte der Kummer ihr die Kehle zu. Maral war ratlos. Sie verstand gut, was in Schiru vorging. Ein heißer Stein lag auf ihrem Herzen. Das ganze Herz brannte ihr. Was konnte man für sie tun? Maral verscheuchte alle Bedenken. Mag kommen, was kommen will. Soll der Himmel auf die Erde stürzen. Sie fragte: »Heißt dein Geliebter Mah-Derwisch?«

»Du hast's getroffen, Kusine. Mah-Derwisch.. Deinen Mund möcht ich küssen.«

»Ich hab ihn gesehen.«

Ein Steinwurf in einen stillen Weiher. Schiru sprang auf, setzte sich Knie an Knie Maral gegenüber und fragte hastig: »Wo? Wann? Ha? Zu welcher Zeit?«

Maral besänftigte sie: »Auf meinem Weg. Am späten Nachmittag. Beim Teehaus von Hemmat-abad.«

»Kanntest du ihn denn?«

»Kennst du einen Nomaden, der Mah-Derwisch nicht kennt? Aber zuerst hab ich ihn nicht erkannt.«

»Wußte er, daß du hierher, zum Weiler unterwegs warst?«

»Später merkte er es. Als ich nach dem Weg hierher fragte.«

»Schön, und was sagte er, als er es merkte? Was tat er?«

»Bis hier in die Nähe kam er mit mir.«

»Bis wohin?«

»Bis hinter diesen Hügel. Dann wendete er seine Stute und ging.«

»Ging? Ohne ein Wort, eine Andeutung ging er?«

»Er sagte einiges.«

»Wovon? Worüber?«

»Über dich. Auch er sehnt sich nach dir.«

Ohne zu wissen, was sie tat, hatte Schiru die Finger Marals in die Hände genommen und ihre heißen, brennenden Wangen darauf gedrückt. Maral fühlte die warmen Tränen des Mädchens auf ihrer Haut. Sie zog ihre Hand aus Schirus Hand. Aber Schiru war nicht bei sich. Sie war durstig. Sie brannte. Ununterbrochen flehte sie Maral an: »Kusine, ich beschwöre dich, laß meine Brüder nichts davon merken. Gol-Mammad, auch Belgeyss. Alle. Alle. Siwar. Alle.«

Maral dachte kurz daran, nichts weiter zu sagen, es mit dem Bisherigen gut sein zu lassen. Aber aus unerfindlichen Gründen fuhr sie in ihren Worten fort. Sie beruhigte Schiru: »Es kommt noch mehr. Gedulde dich!«

Das hastige Fragen Schirus ließ ihr keine Ruhe. Maral sagte: »Auch eine Botschaft habe ich für dich.«

»Was für eine Botschaft?«

»Er schickt dir ein Erkennungszeichen.«

»Ein Zeichen? Was für ein Zeichen?«

Maral zog das seidene Tuch aus dem Ausschnitt, trocknete damit die

Tränen von Schirus Wangen, hielt es ihr an die Nase und sagte: »Der Schelm hat es sogar mit Rosenwasser parfümiert.«

Schiru zog Maral das Tuch aus der Hand und roch verstohlen daran. Ihr war, als höre sie ihr eigenes Herzklopfen. Ihre Hände zitterten, ihre Lippen zuckten. Sie wollte Maral umarmen und ihr Gesicht mit Küssen bedecken. Sie hätte gern aus Herzensgrund laut gelacht. Aber sie nahm sich zusammen. Aus Scham vor Maral und Angst vor Gol-Mammad. Sie blieb, wie sie war. Erstarrte. Ihre Augen blickten verträumt. Was weiß man? Vielleicht führte sie ein Gespräch mit Mah-Derwisch. Ein leiser Tadel. Laute Vorwürfe. Vielleicht auch hatte sie den Kopf ergeben auf seine Schulter gelegt? Es dauerte nicht lange. Sie kam zu sich und sah Maral an. Sie wartete auf die Botschaft, die aus Marals Mund kommen mußte. Maral sagte: »Morgen nacht, an der Quelle. Wenn der Mond aufgegangen ist. Nimm auch deinen Ausweis mit! Das hat er gesagt.«

Maral hatte erwartet, daß Schiru vor Freude überschäumen werde. Aber das Mädchen tat nichts dergleichen. Sie blieb still, in Gedanken versunken. Es war, als wäre sie in ihrem Dahinstürmen plötzlich an einen Abgrund gelangt und stehengeblieben. Sie sah jetzt die Tiefe des Abgrunds. Eile der Gedanken! Flug der Phantasie! Die Stille war endlos. Was nun? Was wird werden? Schiru selbst brach das Schweigen: »Was meinst du, was ich tun soll?«

Belgeyss kam aus Gol-Mammads Haus und ging in ihr eigenes.

Maral legte sich auf den Rücken, legte den Arm auf die Stirn und heftete den Blick auf die Himmelsdecke. Die Antwort war schwer. Sie sagte: »Was soll ich sagen? Du mußt selbst überlegen. Du hättest früher darüber nachdenken müssen.«

Schiru blieb still. Still und ratlos. Sie umfaßte ihre Knie und lauschte auf die angsterregenden Laute der Steppennacht.

Auch Maral verstummte und drehte sich in der nebligen Tiefe ihrer Gedanken im Kreise. Sie versank in sich selbst. Abgetrennt von diesem und jenem. Weit weg von Schiru und Mah-Derwisch. Jetzt stand Maral sich selbst gegenüber. Maral gegenüber Maral. Eine Frau, ein lebendiges, aufgewühltes Mädchen. Die aufrichtige, freimütige Maral. Die echte Maral. Die Maral der Ebenen von Kelidar. Sie galoppierte, sie tobte und tollte herum und hatte vor niemandem Angst. Eine Gazelle, die kein

Auge erhaschen konnte. Weit von allen Augen, verborgen hinter ihrem eigenen Antlitz. Sie selbst aber steckte den Kopf überall hin, wollte alles verstehen, fachte jedes Verlangen an und verzichtete nicht auf die kleinste Kleinigkeit. In ihrem Innern hatte Abduss' Tochter mutig den Kopf erhoben und wollte wissen, was Delawar jetzt wohl mache. Wie bringt er diese Nächte bis zum Morgen zu? Aber damit allein begnügte sie sich nicht. Ohne Scheu fragte sie sich: Was macht Gol-Mammad jetzt? Auf welchen Wegen gehen seine Gedanken?

Wirklich – was machte Gol-Mammad, auf welchen Wegen gingen seine Gedanken?

Trotz all seiner Müdigkeit war er noch nicht eingeschlafen. Seine Lider wollten nichts von Schlaf wissen. Die körperliche Müdigkeit hatte ihn nicht an der Regsamkeit seiner Seele hindern können. Er hatte sich neben Siwar ausgestreckt, die Decke zurückgeschlagen, das linke Bein aufgestützt, die Hände unter den Kopf gelegt, und blickte durch das Loch in der Zimmerdecke auf den geschlossenen Kreis einer Gruppe von Sternen:

Die Sterne des Himmels zähl ich heut nacht.
Komm nicht an mein Bett, ich hab Fieber heut nacht.

Auch Siwar schlief nicht. Oder sie schlief, und Gol-Mammad konnte sich nicht vorstellen, daß sie eingeschlafen wäre. Wie ein Windhund erschnupperte sie alles; alles erahnte sie und gehörte nicht zu den Faulen und Gefräßigen, die gleich nach dem Hinlegen einschlafen. Trotzdem hütete sich Gol-Mammad davor, mit Händen oder Füßen Siwar zu stoßen und sie, falls sie doch schlief, zu stören. In dumpfes Brüten versunken, hauchte er den in der Brust angehaltenen Atem weich und geräuschlos aus.

Die auf dem Mörser an der Wand stehende Öllampe gab ein schwaches Licht von sich und erhellte ein Stück der rauchgeschwärzten Wand. Und Gol-Mammad konnte die Häckselstückchen sehen, die aus dem Lehmbewurf herausstachen, konnte deutlich die Risse in der Wand sehen und sich beim Spiel von Licht und Schatten seltsame, wunderliche Tiergestalten ausdenken. Sinnlose Beschäftigung des Herzens. Die starrenden, trockenen Augen wurden müde. Gol-Mammad heftete den Blick wieder auf die Zimmerdecke. Siwar begann zu sprechen: »Was ist mit dir heute nacht? Zählst du die Sterne, oder hat dich eine Schlange gebissen?«

Gol-Mammad nahm den Stachel in Siwars Worten wahr, erwiderte aber nichts. Einige Augenblicke verstrichen. Gol-Mammad stand auf, trank einen Becher Wasser und streckte sich wieder auf seinem Lager aus.

Siwar fragte: »Was hast du gegessen, das dich so durstig macht?«

Wieder gab Gol-Mammad keine Antwort; er drehte sich auf den Bauch und preßte die trockenen Lider aufeinander. Siwar stand auf, um die Lippen mit Wasser anzufeuchten. Dabei warf sie einen Blick nach draußen, auf Maral und Schiru, kehrte auf ihren Platz zurück und legte sich, ohne Hoffnung, Schlaf zu finden, auf den Rücken. Ihre Gedanken wandten sich Maral zu: ›Woran denkt sie gerade?‹

Maral war immer noch ratlos. In ihrer Einsamkeit verlangte es sie nach dem Vater, nach Abduss. Alleinsein und Dunkelheit. Der morgige Tag und die Tage und Nächte danach sah sie wie einen dunklen, langen Gang. Ein Gang, finster und undurchdringlich. Unbekannte Tage und Nächte mit dumpfen, angsterregenden Windstößen von tausend Seiten. Jemand müßte sie bei der Hand nehmen und führen. Vielleicht Belgeyss?

Schiru hob den Kopf: »Bist du noch wach?«

Maral entgegnete: »Warum schläfst du nicht?«

»Ich warte darauf, daß der Mond aufgeht.«

»Da ist ja der Mond!«

Die beiden Mädchen kehrten die Gesichter dem Mond zu, der gerade den Kopf zwischen den zwei Kuppen des Doberaran-Berges hervorstreckte. Ein großer Ballen Weizen. Rund, uneben, nahezu rötlich, ins Violette spielend. Reife Weizenähren.

»Schlafe! Schlaf endlich! Der Morgen naht.«

III

Morgengrauen. Leichter Wind der Dämmerung von Nischabur.

Belgeyss öffnete die Augen, setzte sich auf und blickte durch die offene Tür. Draußen war es grau. Klar und rein. Als hätte sich die Luft in fließendem Wasser gewaschen. Belgeyss stand auf und sammelte als erstes ihr Bettzeug ein und legte es an die Wand. Danach ging sie, ihren Rock glättend, hinaus. Gareh-At schaute von der Krippe auf und blickte sie wie eine Fremde an. Belgeyss sah dem Pferd in die Augen und wandte sich ab. Maral und Schiru lagen schlafend nebeneinander. Die Unschuld der schlafenden Mädchen weckte in Belgeyss ein zärtliches Gefühl. Sie rief Siwar. Noch einmal. Dieses Mal antwortete Siwar. Mit dem Rücken zu Gol-Mammads Haustür sagte Belgeyss: »Denk auch an den Tee. Ich geh mich waschen und Wasser holen.«

Nachdem sie das gesagt hatte, goß sie den Rest Wasser aus dem ledernen Schlauch in den Teekessel und machte sich auf den Weg.

Der Weiler war menschenleer. Von seinen gewölbten Dächern erklang nicht einmal das Krähen eines Hahns. Geräuschlos ging Belgeyss auf den Bach zu. Sie hatte keine Schuhe an, ihre großen Füße hinterließen Spuren im vom Wind hergewehten Staub der Gasse. Sie kam ans Ende der niedrigen Mauer und hatte nun das Dorf hinter sich. Der schmale Bach lag gekrümmt wie eine Schlange da. Ohne Freude am Morgen, an der reinen Luft und der großen Stille zu empfinden, ohne die Frische des Wassers zu fühlen, ging Belgeyss zur Quelle. Dies waren für sie altgewohnte Dinge und hatten in ihren Augen keinen Glanz mehr. Von allem liebte sie nur reines, kühles Wasser, gut gebackenes Brot und fette, viel Milch gebende Schafe. In ihrer Jugend hatte sie vielleicht das Drängen der durstigen Herde zur Tränke schön gefunden, aber jetzt war das nicht mehr so. Jetzt war ihr die Milch aus dem Ziegeneuter lieber als das saugende Zicklein. Früher liebte auch sie den Himmel, weil sie nachts im Gedanken an den Geliebten wach blieb und es dieser Himmel war, der das Geheimnis in ihrer Brust kannte, und die Sterne da waren, die sie Stück für Stück suchte und zählte.

Dem Steppenmenschen ist nichts natürlicher als die Natur – Fluß und Ebene und Stern; Pferd und Himmel und Sonnenuntergang. Aber so selbstverständlich sie ihm sind – mit seiner Seele sind sie eine seltsame Verbindung eingegangen. Hand und Mund sind von Wolken und Ebene, von Sturm und Sträuchern, von Erde und Himmel, von Sonne und Kälte abhängig. Diese Verbindung wird zum Reichtum der Seele, weckt ihr Verlangen nach Schönheit, wird Zufluchtsort der Liebe, die sich in der Gegenliebe spiegelt. Liebe. Vermischung von Natur und Seele. Natur und Seele verbinden sich, wie eine Spiegelung, wie die Wanderung der Sonne durchs Meer. Und doch trägt ein jedes Wesen einen ureigenen Wunsch in sich. Schiru verlangt ein Zeichen der Liebe von Nacht und Stern und Berg, von Steppe und Sonne und erhofft vom Wind die Botschaft der Liebe. Das Lamm blökt aus Liebe, das Pferd wiehert aus Liebe, und das Dürrejahr steigert den Durst nach Liebe: ›Wenn ich Brot esse, tu ich das, um die Seele für die Liebe zu stärken.‹

Doch Belgeyss hatte in Staub und Wind der Steppe die Liebe vergessen. Eine Liebe anderer Art hielt sie lebendig. Eine weiter verstandene Liebe, man kann sogar sagen: eine tiefere Liebe. Eine Liebe, gemischt mit Selbstsucht. Von der Art, die das Auge sehen kann, nicht nur das Herz. Die Rechnung ist klar: zuerst der Mund. Die Münder verlangen nach Brot. Kummer geht vorüber. Schönheit ist unsterblich. Zuerst aber müssen wir die Kraft zum Sehen und Riechen haben. Zuerst müssen wir Leben im Körper haben. Leben hängt vom Brot ab. Daher Brot, zuerst Brot. In der dürren Weite der Steppe dachte Belgeyss als erstes an Brot. Brot, am besten, wenn es gut gebacken ist. Deshalb war der Himmel in Belgeyss' Augen dann schön, wenn er Regen schickte, und die Sterne waren schön nach einem fruchtbaren Regen. Die Wolken waren schön, wenn sie fruchtbar waren, nicht ihrer Spiele wegen auf dem Antlitz des Mondes. Der Morgen war dann schön, wenn das sich öffnende Auge auf Grünes fiel. Hoffnung auf das Sattwerden der Herde. Die Schönheit des Wassers lag nicht in seiner Klarheit, sondern in seinem Überfluß. Mag es lehmig sein, aber im Überfluß! Soll nur der verrückte Fluß mir ein Kind nehmen, aber den Durst der Erde stillen. Dieses Wasser und dieser Boden haben viele Kinder geraubt, aber diese unsere Erde, diese unsere Zungen sind noch durstig. Wir verdursten.

Das Wasser war klar, aber spärlich. Belgeyss setzte sich an den Bachrand und legte den leeren Schlauch ins Wasser. Sein Bauch blähte sich nur langsam. Wie zuweilen dann, wenn die Metzger mit einem Schilfrohr Luft unter die Haut eines geschlachteten Schafs blasen, damit sie sich leichter abziehen läßt. Nun war der Schlauch voll. Belgeyss zog ihn aus dem Bach, band die Öffnung mit einem Strick fest zu und legte ihn beiseite auf den Boden. Dann krempelte sie die Ärmel hoch und tauchte die Hände ins Wasser. Sie wusch sich das Gesicht. Die Kühle des Wassers vertrieb ihre Schläfrigkeit. Die kühle Brise wird die Wasserspuren auf Gesicht und Händen trocknen. Sie stand auf, legte sich die Riemen des Schlauchs über die Schulter und machte sich auf den Heimweg. Es war noch nicht ganz hell geworden, die Mauern des Weilers waren noch grau. Belgeyss' tägliche Pflichten standen fest. Sie ging die jungen Leute wecken, damit sie sich wuschen. Siwar war schon von sich aus aufgestanden und hatte Tee und Brot bereitgestellt. Gol-Mammad würde sich eine Handvoll Wasser ins Gesicht spritzen, Stirn und Schnurrbart am Saum seines Umhangs trocknen, sein Kamel füttern und später als alle anderen zum Frühstück erscheinen, sich eilig einige Bissen in den Mund stecken und wieder aufstehen.

»Wo sind die Sensen und Sicheln?«

»Da, hinter der Truhe.«

»Steht auf! Es läßt sich gut mähen in der Kühle des Morgens. Steht auf!«

Siwar brachte Gol-Mammad seinen Gürtel, Belgeyss machte sich daran, Brot in ein Tuch zu wickeln. Gol-Mammad band sich den Gürtel um und ging zu seinem Kamel. Sattel und Sattelstütze legte er ihm nicht auf.

Der Weg, den sie zurücklegen mußten, war nicht sehr weit. Bis oberhalb des Weilers, auf den kleinen Hügeln. Dort lag das Weizenfeld. Gol-Mammad scheuchte das Kamel auf. Das Tier erhob sich und wedelte mit dem Schwanz.

Gol-Mammad warf sich den Zügel über die Schulter und sagte: »Vergeßt nicht den Becher!« Er zog den Zügel an und schritt aus dem Dorf hinaus aufs Weizenfeld zu.

Maral und Schiru standen immer noch abseits. Belgeyss, die sich zum Gehen gewandt hatte, sagte: »Warum steht ihr da so unschlüssig rum?«

Schiru fragte: »Was ist mit Maral? Soll sie auch ...«

»Warum nicht? Sie ist doch keine Fremde. Sie soll mitkommen.«

Marals Blick war auf Gareh-At gerichtet. Schiru sagte: »Geh, leg ihm doch den Sattel auf!«

Maral war im Zweifel. Mit den Augen suchte sie nach Gol-Mammad, aber er war nicht mehr zu sehen. Zusammen mit seinem Kamel war er hinter den Dächern der Häuser verschwunden.

Als Siwar mit einem Krug in der Hand daherkam, sagte Belgeyss zu den Mädchen: »Trödelt nicht herum, gleich geht die Sonne auf.«

Siwar warf verstohlen einen Blick auf Maral und Schiru, flüsterte etwas vor sich hin, ging an der niedrigen Mauer entlang, überholte Belgeyss und entfernte sich. Maral legte dem Rappen den Sattel auf, setzte den Fuß in den Steigbügel und sagte zu Schiru: »Setz dich hinter mich. Wenn ich da bin, wird er dir nichts tun.«

Schiru sprang auf die Mauer und setzte sich von dort hinter Maral aufs Pferd. Maral zog am Zügel und trieb das Pferd an. Belgeyss, das Brotbündel auf dem Kopf, war noch in der Gasse. Der Rappe holte sie ein. Schiru streckte die Hand aus und nahm der Mutter das Bündel vom Kopf. Belgeyss stutzte, Schiru lachte und entfernte sich mit einem Blick über die Schulter. Als Siwar den Hufschlag hörte, trat sie zur Seite und setzte dort ihren Weg fort. Maral zügelte das Pferd, der Rappe wühlte mit den Hufen den Staub der Gasse auf. Maral mochte nicht schnell an Siwar vorbeireiten; der Gedanke, daß Siwar das übelnehmen konnte, bereitete ihr Unbehagen. Sie wollte so an ihr vorbeireiten, daß es Siwar nicht ärgern würde. Vielleicht hatte sie Angst vor ihr. Diese Art Angst wird manchmal mit Respekt bemäntelt. Bescheidenheit. Gefühl, eine Untat begangen zu haben, mit der du deine Hand gar nicht beschmutzt hast. Wunsch nach Vergebung. Verlangen, akzeptiert zu werden. Sehnsucht, einen Streit beizulegen, der noch gar nicht ausgebrochen ist. Betteln um Anerkennung durch die Rivalin. Zumindest ein Betragen, das ihr weniger mißfällt: ›Ich bin nun mal da. Kann nichts dafür, daß ich da bin. Das liegt nicht in meiner Hand. Und du sei nicht wütend, daß es mich gibt.‹

Aber warum war dieses merkwürdige Gefühl in Marals Herz gedrungen? Warum beschäftigte es sie? Warum konnte sie Siwar nicht einfach übersehen? Warum war es nicht möglich, daß sie wie zwei gewöhnliche Frauen miteinander umgingen? Welches Verhalten war angebracht, das Siwar nicht mißfiel? Wie kann man an dieser Frau unbesorgt vorbeigehen? Sie war zu Pferd, Siwar zu Fuß. Was konnte oder was mußte sie tun? Nichts. Gar nichts. Konnte sie vom Pferd absteigen und Siwar anbieten, aufzusitzen? Angenommen, sie täte das – würde Siwar aufsteigen? Nein. Gol-Mammads Frau war zu verstockt, um mit jemandem wie Maral freundlich umzugehen.

›Was soll ich also tun?‹

›Treib das Pferd an! Das ist die einzige, die letzte Möglichkeit, die dem Menschen dem Rivalen gegenüber bleibt.‹

Der von den Pferdehufen aufgewirbelte Staub hüllte Siwar ein. Ein wütender Galopp. Sie entfernten sich eine Strecke weit. Maral zügelte ihr Pferd. Schiru näherte ihren Mund Marals Ohr und sagte: »Unfruchtbar ist sie.«

Maral zuckte zusammen, ließ sich aber nichts anmerken. Etwas setzte sich in ihrer Brust fest.

Als hätte sie die gewundenen Wege von Marals Gedanken erfaßt, sage Schiru hämisch: »Auch im Haus ihres ersten Mannes hat sie keine Frucht getragen, hat kein Kind geboren.«

Wieder sagte Maral nichts. Aber nichts sagen, heißt alles sagen. Deshalb war ein Wort nötig, ein Deckel auf den Brunnen der Gedanken. Nach einem berechneten Zögern sagte sie: »Was weiß ich! Jeder hat sein eigenes Los.«

Schiru sagte: »Eben deshalb macht sich meine Mutter nichts aus ihr. Belgeyss kann sie nicht ausstehen. Sie gönnt ihr nicht das Schwarze unter dem Nagel. Wenn sich herausstellt, daß eine Nomadenfrau unfruchtbar ist, gilt sie als ein Unglück für die Familie. Alle Hoffnung der Mutter des Ehemanns konzentriert sich auf einen Enkel. Wenn die Schwiegertochter der Familie keinen Sohn schenkt, wirft sie sie wie einen alten Lappen fort. Wenn sie wenigstens eine Tochter geboren hätte, wäre das immerhin was. Aber die da, diese Unglückselige, ist schlichtweg wie versiegelt.«

Maral sagte: »Was hat die Arme verbrochen? Sie kann doch nichts dafür. Ist nun mal so beschaffen … In welcher Richtung müssen wir nun gehen?«

»Hinter Gol-Mammad her.«

Gol-Mammad hatte sich noch nicht sehr weit vom Weiler entfernt. Den Zügel seines Kamels hatte er über der Schulter und ging auf den Hügel zu.

Das Licht des Morgens erhob sich hinter dem Doberaran-Berg, und wenn Gol-Mammad in der rechten Stimmung gewesen wäre und dem Sonnenaufgang zugesehen hätte, hätte er die jungfräulichen, schillernden Farben des neuen Tages sehen können. Vermischte, dauernd wechselnde Farben. Farben, die überall gleichzeitig aufleuchteten und gleichzeitig erloschen. Farben, die keinen Augenblick, an keinem Punkt gleich und einförmig waren. Es waren Augenblicke, so kurz wie Atemzüge, die unter dem Strahl der Sonne schmolzen, zerflossen und sich auflösten. Aber Gol-Mammad hatte keine Zeit, sich solchen Augenblicken hinzugeben. In diesem Moment waren alle seine Gedanken darauf gerichtet, die Arbeit in Angriff zu nehmen, solange noch die kühle Brise wehte, und ein Stück des Feldes zu mähen, bevor die Sonne sehr hoch stieg und sich an das Himmelsgewölbe schmiegte. Denn wenn die Sonne an der Himmelsmitte vor Anker ging, würde sengende Hitze von ihr tropfen. Und die Sonne dachte nicht daran, von ihrem Weg abzuweichen. Unverrückt würde sie an ihrem Platz bleiben. Träge und hartnäckig. Dann würde sich eine Flut von Licht auf Schultern und Nacken der Mäher ergießen, in die Haut dringen, und die Köpfe würden unter dem Gleißen des Lichts schwer werden. Wie angeschwollen. Vor Hitze würden die Lider zufallen, Schweiß sie bedecken, und die Zunge würde trocken wie ein Ziegelstein. Deshalb begannen die Schnitter, diese Meister der Landarbeit, um Mitternacht mit dem Mähen. Und mähten von Mitternacht bis zur Frühstückspause, lange vor Mittag. In der Hitze ließen sie die Sensen los, schleppten sich in den Schatten der Garben, aßen ihr Brot, tranken ihren Tee und legten sich zum Schlafen auf die Erde.

Aber Gol-Mammad war kein Schnitter, und sein Stück trockener, verbrannter Boden war auch kein richtiges Getreidefeld. Gol-Mammad war ein Mann des Hirtenstabs, des Zelts und der Herde, ein Mann des Pferdes und der Steppe, ein Mann für Wolf und Hund und die hohen Spitzen der Berge von Chorassan: kein Mann der Landarbeit. Ein Nomade war er, ein zäher Mann für Weg und Staub und Fluß, nicht der Mann für einen Ameisenhaufen wie Ssusandeh. Aber auch das mußte sein, daß einige Nomaden neben dem Beruf der Väter und dem, was von den Gepflogenheiten der Vorfahren zurückgeblieben war, ein Stück trockenen Boden bebauten, einige Man Samen darauf säten und auf Regen hofften. Auch die Familie Kalmischi gehörte zu dieser Art. Wenn das Lager zum Winterquartier im Tamariskenhain aufbrach, blieb Gol-Mammad im Weiler zurück, spannte das Kamel vor den Pflug, pflügte auf den Hügeln, säte Weizen und ging weiter. Jetzt war er wiedergekommen, um die Saat zu mähen. Aber was da den Kopf aus der Erde streckte, waren nicht Weizenbüschel, sondern ein Grund zur Trauer. Spärlich, mager, kurz, verbrannt und fruchtlos. Die Halme ließen sich nicht mit der Hand fassen, und die Ähren – falls es sie überhaupt gab – waren leer und verdorrt. Und wenn man über das ganze Feld blickte, war es wie ein kahler Kopf. Doch das Auge des Mannes, der Körner sät, ist auf das Einsammeln der Körner gerichtet, auch wenn diese Arbeit nicht der Mühe wert ist. Den Ertrag, auch wenn er aus tauben Ähren besteht, kann er nicht im Boden lassen. In dieser Hinsicht kennt er keinen Verzicht und ist ausgesprochen geizig. Er weiß, daß er größeren Nutzen hat, wenn er seine Arbeitskraft, statt sie mit solch unergiebiger Tätigkeit zu verschwenden, gegen Lohn an andere verkauft. Aber er tut das nicht. Der Ertrag, wie gering er auch sein mag, gehört ihm, und das macht ihn blind. Er kann nicht darauf verzichten. Auf welche Weise auch immer, er will den Ertrag seiner Plackerei aus dem Boden holen. Erst dann, wenn die Frucht eingesammelt ist, findet er Ruhe. Erst dann hören seine Sorgen auf. Dann hat er nur noch einen Kummer: die Armut! Jetzt richten sich seine Gedanken auf anderes. Was er hinter sich gelassen hat, macht ihm keine Sorgen mehr. Das Vergangene ist vergangen. Jetzt ein neuer Tag, neue Arbeit.

Gol-Mammad band dem Kamel den Zügel um den Hals und ließ seinen Blick über das Weizenfeld schweifen. Er fühlte Trauer in seinem Herzen. Ein leerer Tisch. Er zog die Weste aus, nahm die Sense in die Hand und hockte sich zum Mähen hin. Die Weizenbüschel waren zu dünn, als daß die Sense sie erfassen konnte. Er warf die Sense beiseite. Unterdrückte Wut, herzzerreißender Kummer quälten ihn. Er hob die Sichel auf und machte sich daran, die spindeldürren Halme zu mähen. Er schämte sich vor sich selbst. Weder war er ein Mäher, noch war die

Mahd eine Mahd. Er hatte Schnitter auf den Weizenfeldern von Gutsherren gesehen, die beim Mähen in den dichten, hohen Weizenhalmen verschwanden. Wenn man von weitem hinsah, waren es Weizenschöpfe, die sich auf die Seite neigten und hinfielen; ohne eine Spur des Mähers. Jetzt sah er sich selbst wie eine Frau dahocken, vor Weizenhalmen kaum anderthalb Zoll hoch. Diese Art Mähen paßte zu verbrauchten, schwächlichen, alten Frauen, gehörte sich nicht für junge Männer. Aber kann man es denn bleibenlassen? Keineswegs! Ach, wie sie einem Hände und Füße binden, diese Nichtigkeiten des Lebens! Wieviel Man Weizen würde denn dieses Stück Boden insgesamt einbringen? Bestimmt weniger als die Körner, die ausgesät worden sind. Und das nach Tagen des Abrackerns.

Warum kann man es dann nicht bleibenlassen?

Gol-Mammad wußte es nicht. Er suchte nach einem Vorwand, seinem Ärger Luft zu machen. Wenn ein armer alter Bauer von Sabolestan einer solchen Ernte gegenüberstünde, würde er sich wohl weder wundern, noch ärgern, noch verzweifeln. Denn seine eigenen Leiden und der Geiz seines Klimas haben ihn gestählt. Er beugt sich dem Schicksal, das ihn Jahr für Jahr an der Kehle packt. Mehr als dies wird er wohl von niemandem und nichts erwarten. Er stöhnt traurig und dankt Gott für das Nicht-Erhaltene. Aber konnte Gol-Mammad denn so sein? Ein Mann, in dem Jugend schäumt und tost, der voll Kraft, Behendigkeit und Verlangen ist. Ohne bäuerliche Genügsamkeit. Allzu anspruchsvoll. Mit offenem Herzen und offener Hand. Unruhig und auflodernd. Unverschämt der Welt gegenüber. Voller Wünsche. Geschickt im Angreifen und Überfallen. Geübt in Krieg und Blutvergießen. Die Hände hat er mit dem Töten von Männern besudelt, hat tausend Gefallene gesehen. Feindschaft, Feindschaft auf allen Seiten. An der Tränke, auf der Weide, bei der Herde, in der Steppe, in Aserbaidjan. Ein Geplagter, den es nach Ruhe verlangt. Ein gefangener Falke. Ein Gefangener seiner selbst. Ohne ausreichendes Korn. Das Weizenfeld erfüllt die Hoffnung nicht. Die Hoffnung auf Befreiung. Aufs Zerreißen aller Fesseln, aufs Ausbreiten der Flügel zum Flug. Sich auf den Weg machen in Gebirge und Wüste. Die Steppe durchstreifen. Die Beine mit Gamaschen umwickeln. Flink und furchtlos voran. Wenn nichts anderes, dann die Scheune des Gutsherrn plündern. Irgendwohin galoppieren, ohne Abend und Morgen zu kennen. Vollkommene Freiheit. Ach ... schöne Wünsche. Jeder Nomade hat einen Madyar in sich stecken, den Hirsch der Ebenen von Kelidar. Frei und ungebunden will er sein wie dieser Onkel!

Maral und Schiru stiegen vom Pferd. Schiru legte das Bündel mit Brot hinter einen Steinhaufen, nahm ihre Sichel und hockte sich zum Mähen hin. Gol-Mammad war nach wie vor mit sich und seiner Arbeit beschäftigt. Aus dem Augenwinkel beobachtete er Schiru, hinter sich fühlte er den Schatten von Maral. Eine Weile verging. Maral war noch immer unschlüssig. Diese Unschlüssigkeit quälte Gol-Mammad. Er drehte sich ihr zu und sagte: »Weshalb steht die Kusine tatenlos da?«

Maral senkte den Kopf, ging zur Seite, hockte sich an die Weizenbüschel und nahm einige Halme in die Hand. Sie glaubte, man könne sie ohne Werkzeug mähen. Aber nein, der Weizen im unbewässerten Boden war zäh, die Halme ließen sich nicht brechen. Auch mit der Wurzel waren sie nicht leicht herauszureißen. Die Wurzeln saßen fest im harten Boden. Das ist die Natur des Weizens: er verhärtet seine Wurzeln im Boden, so daß nur sein Gegner, der Pflug, ihn bewältigen kann; wenn er die Schollen umbricht, kommt die Wurzel zusammen mit der Erde heraus. Aber Maral hatte keine Ahnung von Weizenbüscheln und Mähen. Vor Scham über ihre Unfähigkeit trat ihr Schweiß auf die Stirn.

Gol-Mammad hatte sie beobachtet. Er lachte gutmütig und sagte: »So ist's unmöglich, Kusine. Du müßtest eine Sichel oder eine Sense haben. Aber dieser Weizen taugt nicht für eine Sense, eine Sichel brauchst du.«

Maral gab ihre Bemühungen nicht auf. Trotz hatte sich in ihrer jungen Seele geregt. Ohne etwas von den Schwierigkeiten der Landarbeit zu ahnen, wollte sie sich aus der Klemme ziehen. Aber es ging nicht. Gol-Mammad fing wieder an: »Sie werden dir die Hände zerschneiden, Kusine. Die Weizenhalme sind wie Draht. Streng dich nicht unnötig an. Ohne Sichel kannst du nichts machen.«

Das Brennen in den Handflächen hatte ihr, schon bevor Gol-Mammad das sagte, gezeigt, daß die Halme wie Drähte waren. So ließ sie von der Arbeit ab und sagte: »Ich habe aber keine Sichel!«

Gol-Mammad schrie Schiru an: »Warum hast du für sie keine Sichel mitgebracht?«

Schiru sagte: »Wir hatten keine. Wie viele Sicheln haben wir denn? Siwar muß ja auch mit einer mähen.«

»Du hättest dir doch irgendwo eine leihen können!«

»Wo? Von wem? Im Weiler sind nur ein paar Familien, und die sind selbst beim Mähen. Muß sich denn auch Maral unbedingt mit dem Mähen dieser paar verbrannten Büschel abgeben?«

Gol-Mammad lächelte Maral an und sagte: »Warum sollte sie nicht? Ist sie etwa mit einem silbernen Löffel im Mund geboren? Natürlich muß sie mitmachen. Wenn sie es nicht tut, wird es ihr langweilig. Nicht wahr, Kusine?«

Schiru sagte: »Dann wechseln wir uns ab.«

»Du möchtest dich nur wieder drücken! Nein! Maral und ihre Tante Belgeyss wechseln sich beim Mähen ab.«

Schiru sagte nichts mehr. Sie senkte den Kopf und machte sich an die Arbeit.

Siwar kam. Sie trug einen Krug Wasser auf der Schulter und war mit ihren Gedanken beschäftigt. Sie nahm den Krug von der Schulter, machte dafür im trockenen Bachbett einen Platz zurecht und spannte das Tuch, das sie zum Transport der Weizenkörner mitgebracht hatte, als Sonnenschutz darüber. Dann hob sie die Sense auf und fing, abseits von Gol-Mammad und Schiru, zu mähen an. Die kurzen, dünnen, spärlichen Halme ließen sich nicht mit der Sense erfassen, aber Siwar achtete nicht darauf. Verärgert, verbissen mähte sie, legte die Halme nebeneinander, bündelte sie und tat sie auf einen Haufen. Den Kopf hielt sie gebeugt, und man hätte meinen können, daß sie niemanden wahrnahm. Aber das schien nur so. Mit ihrem inneren Auge sah und beobachtete sie alle, und in ihren Gedanken fügte sie jedem Wort, jeder Andeutung, jeder Bewegung, jedem Blick etwas hinzu. In ihrem Herzen tobte ein Aufruhr. Aber in ihrem unbewegten Gesicht war nichts zu sehen als Anstrengung und Hingabe an die Arbeit. Wäre ein Vorarbeiter dagewesen, hätte er sie gewiß für arbeitsamer gehalten als die anderen. Doch Siwar war es gleichgültig, ob irgendwelche Augen sie beobachteten oder nicht. Ihre Augen waren nicht nach außen gerichtet, sondern verloren sich im Dickicht ihres Innern. Ihre Brust war angefüllt mit Klagen, ihre Gedanken voller Angst. Sie war sich selbst überlassen. Groll schnürte ihr die Kehle zu. Trockener Schmerz lag in ihrem Herzen.

War denn Marals Kommen ein solches Unglück? Was für eine Angst hatte sich Siwars bemächtigt? Was für ein Haß war das, der da in ihrem Herzen mit dem Kopf an die Wand anrannte? Weshalb verwundete diese Eifersucht ihr Inneres? Was hatte sich in ihr aufgebäumt? Welcher schlafende Teil ihrer Seele war aufgewacht? Warum, auf welche Weise widerfährt so etwas dem Menschen? Was ist denn geschehen?

Siwar fand keine Antwort. Sie fühlte nur ihr Herz wie Essig im Faß gären. Umsonst war die Wut und die Eifersucht. Jeden Augenblick war es möglich, daß sie sich nicht mehr zügeln konnte, von ihrem Platz aufsprang, sich auf Maral stürzte und kreischte: ›Geh von hier fort! Wohin du willst. Nur geh fort von hier! Bleib nicht bei uns!‹

Aber wo kann der Mensch das, was er sich ausmalt, denn machen?

Belgeyss schrie Siwar an: »Wirf die Weizenbündel nicht so auf die Erde! Sammle sie ein und leg sie auf das Tuch! Willst du denn, daß der Wind diese paar Ähren wegträgt?«

Belgeyss war also hier. Sie war angelangt, und Siwar hatte sie nicht bemerkt. Wo bist du, Weib? Komm zu dir! Siwar stand auf, sammelte die Weizenbündel ein, die sie hinter sich gelegt hatte, und warf sie auf das ausgebreitete Tuch. Sie schluckte ihren Zorn hinunter und kehrte zu ihrer Arbeit zurück.

Inzwischen hatte Maral Tante Belgeyss die Sichel abgenommen und mähte, und Belgeyss weidete wie ein altes Schaf hinter den Schnittern, hob achtsam die hingefallenen Ähren auf und warf jede Ähre wie Perlen eines Halsbands auf das Tuch. Als ernte sie Rubine. Doch die Arbeit ging nur langsam voran. Nicht so, daß die Ährenleserin hinter den Schnittern weiden konnte. Belgeyss mußte sich abseits hinsetzen, bis die Schnitter wieder ein Stück gemäht hatten, dann stand sie auf und machte sich wieder daran, die trockenen, tauben Ähren aufzulesen. Belgeyss fehlte die Geduld, in einer Ecke zu sitzen und den anderen bei der Arbeit zuzuschauen. Sowie sie sich hinsetzte, fühlte sie sich überflüssig, und Belgeyss wollte so früh nicht überflüssig erscheinen. Noch tat sie alle Arbeiten im Haus und bei der Herde. Im Sommerlager und im Winterlager, während des Trecks und im Haus oder im Zelt. Abgesehen vom Weiden der Herde, Beschlagen der Hufe, Feilschen um Tränke und Weideplatz, Hin- und Herlaufen, um eine passende Weide zu finden, oblag Belgeyss sämtliche Hausarbeit: Sie mußte melken, die

Milch abrahmen, Butter herstellen, Butterschmalz bereiten, Brot backen, sich um Wasser kümmern, Kelims, kleine Teppiche und schwarzen Zeltstoff weben, Kinder gebären, die Familie umsorgen und schließlich das komplizierte Rad des Familienlebens in Schwung halten. Alle Lasten lagen auf Belgeyss' Schultern. Sie war es, die die anderen Frauen der Familie zur Arbeit anhielt. Auf ihr Wort hin geschah es, daß Siwar und Schiru diese oder jene Arbeit verrichteten oder nicht. Belgeyss wollte aber auch bei dieser ungewohnteren Tätigkeit, dem Säen und Ernten, nicht zurückbleiben. Sie war der Meinung – und diese Meinung beruhte auf Erfahrung –, daß ihr Wert und ihre Autorität in Vergessenheit geraten würden, wenn sie zurückbliebe. Deshalb wollte und konnte sie sich nicht, solange sie noch Kraft in den Beinen hatte, zur Ruhe setzen. Eine verborgene, aber bedrohliche Angst hielt sie in ständiger Bewegung. Zwang sie, diese Arbeit zu tun, jene Arbeit zu beaufsichtigen und ins rechte Lot zu bringen.

»Mädchen, gib mir einen Becher Wasser, damit ich meine Lippen anfeuchten kann.«

Schiru bohrte die Sichel in die Erde und ging, Gol-Mammads Auftrag auszuführen. Ohne zu zögern ergriff Belgeyss die Sichel und hockte sich neben dem Sohn zum Mähen hin. Schiru brachte den Krug. Gol-Mammad fragte: »Habt ihr wieder den Becher vergessen?«

Schiru sagte: »Ich glaube, ja.«

Siwar beantwortete den Stachel mit einem Stachel: »Ich hab doch nicht vier Hände! Die andern waren ja auch da. Eine von ihnen hätte schließlich den Becher mitbringen können.«

Gol-Mammad blickte seine Frau an, nahm den Krug, stemmte ein Knie auf den Boden, führte den Krug zum Mund und trank. Das Wasser gluckste im Hals des Kruges, Gol-Mammads spitzer Adamsapfel stieg auf und ab, und ein schmales Rinnsal floß zu beiden Seiten seines Schnurrbarts hinab über den Hals, in den Kragen und sickerte dann in die spärlichen Brusthaare. Er gab Schiru den Krug zurück, wischte sich Mund und Hals mit der Hand ab, zog das heraufgerutschte Hemd zurecht, hob die Mütze, die ihm vom Kopf gefallen war, auf und sagte zu Schiru, die dabei war, den Krug wieder auf seinen Platz zu stellen: »Mach dich auf die Beine und hol einen Becher. Lauf!«

Schiru trat dicht an Maral heran und flüsterte ihr etwas ins Ohr. Maral sagte beschämt: »Er läßt keinen Fremden an sich heran, liebe Schiru. Gareh-At ist nur an seinen Besitzer gewöhnt.«

Gol-Mammad starrte seine Schwester an: »Kannst du nicht zu Fuß gehen?«

Schiru hielt sich nicht länger auf. Schnell machte sie sich auf den Weg. Belgeyss blickte ihr nach. Schiru machte große Schritte, der Rock schwang um ihre Waden. Sie beschleunigte noch ihren Schritt, fing an zu laufen. Belgeyss sagte zu sich: ›Aus lauter Wut tut sie das. Selbst wenn ich tausend Söhne hätte – ich könnte besser mit denen auskommen als mit dieser einen Tochter.‹

»Wieso läßt er keinen Fremden an sich heran, Kusine?«

Maral gab Gol-Mammad zur Antwort: »Er erkennt nur einen als Herrn an. So hat man es ihm beigebracht.«

»Hast du selbst es ihm beigebracht?«

»Nein, sein erster Besitzer. Danach hat er sich an mich gewöhnt.«

»Wie denn das?«

»Eben sein erster Besitzer hat ihn mit mir angefreundet.«

»Wer war das?«

»Delawar.«

Gol-Mammad schwieg eine Weile; dann fragte er: »Wer ist Delawar?«

Belgeyss sagte: »Ihr Verlobter.«

Gol-Mammad blickte die Mutter an: »Wo ist er denn jetzt?«

»Im Gefängnis ist er. Im Gefängnis von Ssabsewar.«

Gol-Mammad schwieg. Alle schwiegen. Das Schweigen breitete sich nach allen Seiten aus. Gol-Mammad und die drei Frauen begannen nachdenklich und aufmerksam zu arbeiten. Keiner hielt es für richtig, etwas zu sagen. Nicht Siwar, nicht Belgeyss, nicht Maral. Gol-Mammads Schweigen war so lastend, daß sogar Belgeyss es nicht für angebracht hielt, es mit einem Wort zu brechen. Verstohlen beobachtete sie das Mienenspiel des Sohns. Das von der Sonne verbrannte Profil, die hervorstehende Ader an der Schläfe. Er war in Gedanken und ein wenig niedergeschlagen. Belgeyss konnte das am Zucken der Wangen, der Augenbrauen und der Falten um Gol-Mammads Augen merken, und sie verstand, daß ihn etwas stark beschäftigte. Etwas, das in seinem Innern vorging. Weit von Belgeyss' Blick.

Neben Belgeyss hockte Maral, die ungeschickt, aber voller Eifer mähte. Ihre Wangen waren gerötet, an der Handfläche hatte sie sich verletzt. Die kleine Wunde beachtete sie nicht. Sie wollte nicht hinter den anderen zurückbleiben. Wenn auch der Weizen nicht so stand, daß man sich eine Linie vornehmen und in einer Richtung vorrücken konnte, verlangte die Arbeit doch auch so Geschicklichkeit. Sogar mehr als das: Erfahrung. Die weit auseinanderstehenden mageren Büschel und die Unerfahrenheit der Mäher hatte ihre Viererreihe durcheinander gebracht. Jeder hatte sich ein Stück vorgenommen, mähte und rückte weiter. Gol-Mammad hatte die rechte Seite gewählt, rasierte schneller als die anderen den Boden ab und kroch auf den Knien weiter, in die Arbeit vertieft. Die linke Seite hatte Siwar sich vorgenommen und blieb nur einen Schritt hinter ihrem Mann zurück. Hinter Siwar war Belgeyss, die Maral half. Und Maral, hilfloser als alle, knickte hastig und manchmal wütend die Halme und schnitt sie rücksichtslos ab. Aber ihre Arbeit schritt weder voran, noch war sie ordentlich. Sie ließ die Ähren auf die Erde fallen und schuf so doppelte Arbeit für sich. Trotzdem strengte sie sich an, nicht noch mehr zurückzubleiben. Würde Siwar so arbeiten, dann würde Belgeyss sie mit ihren Blicken zerfetzen und ihr die schlimmsten Schimpfworte an den Kopf werfen: ›Was ist los mit dir! Wie ein Huhn, das in seine eigene Scheiße gefallen ist, scharrst du alles beiseite!‹

Aber so arbeitete Siwar nicht. Sie beherrschte die Arbeit. Sie strengte sich nicht übermäßig an, war weder träge noch hastig. Ihr Herz schlug nicht schneller, das Blut war ihr nicht in die Wangen gestiegen. Aber sie achtete darauf, ihre Geschicklichkeit vorzuführen. Sie tat das nicht offen; ihre Absicht zeigte sich in ihrem Verhalten. Ruhig, mit gesenktem Kopf, arbeitete sie zielbewußt wie eine Ameise. Keine Ähre ließ sie auf den Boden fallen. Auch erlaubte sie es sich selbst nicht, einen Schritt zurückzubleiben. Sicher, unbeirrt packte sie mit ihren langen dünnen Fingern die Halme am Hals, setzte die Sichel an ihrem Ende an und schnitt sie ab. Die geschnittenen Bündel schichtete sie aufeinander, nahm sie unter den Arm, trug sie zum Tuch, legte sie darauf und kehrte zu ihrer Arbeit zurück. Inzwischen war die vordere Reihe der Schnitter krumm geworden wie ein Bogen. Gol-Mammad und Siwar rückten an den zwei Enden vor, Maral und Belgeyss mühten sich in der Mitte ab. Gol-Mammad wandte sich nach links, um in die Mitte zu gelangen,

Siwar kam auf ihn zu, so daß sie zu viert den noch übriggebliebenen Fleck zu Ende mähen konnten.

Schiru kam nun auch. Sie stellte den Becher neben den Krug, hockte sich bei Maral hin und wollte ihr die Sichel abnehmen, aber Maral zog die Hand zurück und zeigte auf Belgeyss. Schiru nahm Belgeyss' Sichel, schob die Mutter zur Seite und machte sich ans Mähen. Belgeyss stand auf und bückte sich, um die Ähren aufzulesen, die bei der Arbeit zu Boden gefallen sein mochten.

Gol-Mammad, Siwar, Schiru und Maral kamen einander näher, der restliche Fleck war fast fertig gemäht. Viel war nicht mehr geblieben, nur noch ein paar Reihen. Die Schnitter konnten einander schon atmen hören. Alle rückten aufeinander zu. Mit Ausnahme von Schiru, die manchmal heimlich aufblickte, sah keiner den andern an. Der Bogen wurde eng und enger, so daß nicht viel fehlte, bis sie aneinanderstießen. Gol-Mammad hielt sich zurück, die letzten Büschel wurden von den Sicheln der Frauen erfaßt und abgeschnitten. Gol-Mammad bohrte seine Sichel in die Erde und sagte: »Zeit zu frühstücken! Laßt uns gehen und ein Stück Brot essen.«

Belgeyss war noch beim Ährenlesen. Gol-Mammad und hinter ihm die Frauen gingen zum Wasserkrug. Gol-Mammad kniete sich neben den Krug und rief Belgeyss zu: »Frühstückszeit, Mama. Die Sonne ist aufgegangen. Komm, laß uns einen Bissen Brot essen. Bis zum Mittag ist's noch weit.«

Belgeyss richtete sich auf, legte eine Hand über die Augen und schaute zur Sonne. Gol-Mammad hatte recht. Die Sonne stand schon recht weit über dem Horizont. Die Arbeit hatte alle in ihren Bann geschlagen. Belgeyss schüttete die Ähren, die sie gesammelt und in ihre Schürze getan hatte, auf das Tuch, schlug die Enden des Tuchs zusammen und kam zum Essen.

Der Kreis der Schnitter um das Bündel Brot. Die Sonne steht schräg. Altbackenes Brot, trocken wie Erdklumpen. Es rutscht nicht die Kehle hinunter. Der Wasserbecher wandert von Hand zu Hand. Die in den ausgetrockneten Kehlen steckengebliebenen Bissen werden mit Wasser hinuntergespült. Gol-Mammad kniet auf einem Bein, das andere aufgestützt. Er hält den Kopf gesenkt, kaut die Bissen mit Appetit und würgt sie hinunter. Auch Belgeyss zwingt sich zu essen, aber Siwar und Maral haben keine Lust dazu. Auch Schiru nicht. Sie geht beiseite, ihre Gedanken sind woanders. Sie hat ein Stück Brot in die Hand genommen, beißt lustlos hinein und läßt ihre Blicke in die Steppe wandern. Wozu braucht ein junger Mensch schon Brot! Schiru achtet nur auf Maral.

Gol-Mammad stellte den Becher auf den Boden, wandte sich zur Mutter und sagte: »Hättest du doch von diesem Mehl, das ich gebracht habe, von Babgolis Weizen, Brot gebacken! Dann wüßten wir, was dabei herauskommt.«

»Gestern abend war es zu spät dazu, gedacht hatte ich auch schon daran. Was bedrückt dich? Ist es denn möglich, daß er dich beschummelt hat?«

»Ein Händler ist zu allem fähig. Besonders dann, wenn du von ihm Ware auf Kredit kaufst! Wie dem auch sei, solange wir das Mehl nicht ausprobiert haben, werden wir es nicht wissen.«

»Weißt du, wie lange ich diesen Babgoli Bondar schon kenne? Damals, als er zu unseren Zelten kam und seine Krämerwaren gegen Wolle und Butterschmalz tauschte, konntest du noch nicht sprechen.«

»Sag, was du willst, aber Geld macht den Menschen unverschämt. So wie ich den Babgoli sehe, macht er äußerlich keinen schlechten Eindruck. Aber inwendig kennt ihn nur Gott allein.«

Während Gol-Mammad und Belgeyss sich unterhielten, hatte Gareh-At Marals Blicke auf sich gezogen. Mit gespitzten Ohren, den Hals zur Schulter geneigt, sah der Rappe in die Ferne. Maral folgte seinem Blick. Ein Reiter kam herangaloppiert, hinter ihm zog sich eine Staubwolke her. Marals Blicke weckten die Neugier der anderen, aller Augen starrten auf den Weg.

Ein Pferd mit breiter Brust trug einen Reiter auf sie zu. Der Mann hatte sich über den Sattelknopf gebeugt und hielt den Kopf gesenkt. Aus dieser Entfernung ließ sich sein Gesicht noch nicht erkennen. Als er näher kam, verlangsamte er den Galopp des Pferdes. In diesem Moment stand Gol-Mammad vom Essen auf, schüttelte die Brotkrumen von den Händen und stellte sich dem näher kommenden Reiter in den Weg: Wer kann das sein? Der Vetter von Gol-Mammad. Der Sohn von Gol-Andam und Hadj Passand.

›Ah … Was hat er zu dieser Tageszeit hier vor? Hoffentlich etwas Gutes!‹

Der Reiter kam immer näher. Das Pferd trabte jetzt und bewegte den Reiter auf und ab. In einer Entfernung von etwa zehn Schritten verlangsamte sich der Gang des Pferdes. Würdevoll und ruhig. Seine breite, kräftige Brust war schweißbedeckt. Sein schweißnasser Körper glänzte im Licht der Sonnenstrahlen. Es schnaufte heftig. Mit seinem schweren, massigen Reiter im Sattel schien es viele Farssach galoppiert zu sein. Schaum stand ihm auf den Lippen. Vor Gol-Mammad sprang Ali-Akbar vom Pferd. Sie umarmten sich. Noch bevor Ali-Akbar zu sprechen begann, kamen seine großen weißen Zähne zwischen den Lippen zum Vorschein, und seine Augen weiteten sich zu einem Lächeln. Er hatte ein rundes Gesicht und schwarze Augen, schwarz wie seine Haare. Eine fleischige, breite Brust, klobige Schultern und dicke Arme. Man erzählte sich, daß er vierzig Spiegeleier mit fünfzehn Ssier Butterschmalz auf einmal esse. Spöttisch lächelnd sagte er: »Ein richtiger Bauer bist du geworden, Vetter!«

Gol-Mammad gab keine Antwort. Ali-Akbar zog das Pferd am Zügel zu der Seite, wo Belgeyss stand, begrüßte die Tante und fragte auch nebenbei Siwar und Schiru nach ihrem Ergehen. Dann drehte er sich wieder um, stellte sich dicht zu Gol-Mammad und sagte leise: »Du hast ja auch Besuch!«

»Das ist die Tochter von Onkel Abduss. Erkennst du sie denn nicht?«

»Wirklich! Ich bin wohl mit Blindheit geschlagen! Nun, wie geht es dir, Kusine?«

Maral senkte den Kopf. Belgeyss sagte zu ihr: »Er ist einer deiner Vettern. Der Sohn meiner älteren Schwester Gol-Andam.«

Maral sah Ali-Akbar an und murmelte einen Gruß.

Gol-Mammad fragte: »Wo kommst du mit solcher Eile her? Was willst du?«

Ali-Akbar sagte: »Du bist dermaßen in deinem täglichen Kleinkram versunken, daß man nicht wagt, mit dir ein mannhaftes Wort zu reden! Wieviel bringen dir eigentlich diese Strohhalme ein? Sieh mal einer an! Ist es nicht schade um einen Mann, daß er auf den Knien rumrutscht und diese ausgedörrten Haare wie von einer Glatze einzeln ausrupft? Nennst du das Mähen?«

»Nun, was willst du eigentlich? Wenn du mir wieder mit Diebereien daherkommen willst, sage ich dir auf der Stelle, daß ich nicht mitmache.«

»Du sprichst vor diesen Frauen so von Diebereien, als müßten alle Spuren von Hab und Gut, das in den vier Ecken dieser Provinz verloren geht, zu meinem Haus führen! Und du selbst tust so, als wärst du ein Unschuldslamm! Nein, Brüderchen, auch wenn von Diebstahl die Rede sein sollte, hier handelt es sich nicht um den Diebstahl von Geld und Gut, es geht um etwas anderes. Komm, ich will's dir ins Ohr sagen, komm. Es ist besser, wenn Tante Belgeyss es nicht hört!«

Ali-Akbar nahm gutgelaunt Gol-Mammad beim Arm und zog ihn zur Seite.

Belgeyss schrie: »Du Halunke, was flüsterst du da meinem Sohn ins Ohr? Was ist das wieder für ein fauler Zauber?«

Ali-Akbar wandte sich Belgeyss zu: »Ich will ihn nicht begaunern, liebe Tante. Keine Sorge!«

»Die Schnurrbarthaare reiße ich dir aus, wenn du meinem Sohn eine Falle stellst. Ich kenne dich, du Fuchs. Dich Schlauberger kenne ich!«

Gol-Mammad sagte ärgerlich zu ihr: »Läßt du mich nun hören, was er zu sagen hat?«

Belgeyss fügte sich. Ali-Akbar fuhr fort: »Madyar hat es sich in den Kopf gesetzt: bei Gott, ich muß Ssougi aus dem Haus von Onkel Hosseyn herausholen. Er ist eben Madyar Chan! Besteht darauf. Du kennst doch deinen Onkel besser als ich!«

Gol-Mammad fragte: »Die Nichte von Onkel Hosseyn? Ssougi?«

»Ha, eben die.«

»Ist diese Geschichte noch nicht zu Ende?«

»Wie du siehst, fängt sie gerade erst an.«

»Schön, jetzt sag mir, was ich dabei tun soll!«

»Dasselbe, was wir tun. Wir sind alle dabei. Nur du fehlst noch. Chan-Amu hält es für eine Schande, wenn du nicht mitmachst.«

»Wer ist außer Chan-Amu dabei?«

»Onkel Chan-Amu ist dabei, ich bin dabei, Ssabr-Chan ist dabei und natürlich auch Madyar selbst. Madyar hatte vor, alleine hinzugehen, aber Ssabr-Chan meinte, wir sollten uns alle zusammen aufmachen. Wenn auch du mitmachst, sind wir fünf. Es kann sein, daß wir vom Gewehr Gebrauch machen müssen.«

Unzufrieden, vorwurfsvoll fragte Gol-Mammad: »Konnte denn Onkel Madyar in diesem Dürrejahr nicht auf seine Liebeleien verzichten?«

Ali-Akbar antwortete: »Am Ende tut er's sowieso, ob gut oder schlecht.«

»Aber wir haben ja noch nicht allen Weizen geerntet!«

»Wie du willst. Aber Mann! Du sprichst wie ein alter Bauer.«

»Recht hast du. Noch befasse ich mich keine zwei Jahre mit Landarbeit, und schon nehme ich den Charakter eines Bauern an. Aber darauf kannst du Gift nehmen, daß nicht ein Haar auf meinem Leib mit dieser erbärmlichen Arbeit zufrieden ist.«

»Weshalb bist du dann so unschlüssig und trittst von einem Fuß auf den andern? Wenn du es dir überlegst, mußt du gleich das Gewehr nehmen, aufs Pferd springen und losreiten. Von dieser Sache hängt die Ehre der Mischkalli ab.«

»Wo hab ich denn ein Pferd? Wir haben nur zwei Pferde, und die sind bei den Zelten. Mein Reittier ist mein Kamel.«

Ali-Akbar zeigte auf Gareh-At: »Wem gehört denn dies wundervolle Pferd?«

»Maral, der Tochter von Onkel Abduss.«

»Schön, nimm es ihr weg!«

»Das geht doch nicht, daß ...«

»Zögerst und zweifelst du immer so? Nun gut, willst du, daß ich es ihr wegnehme? Schließlich ist Madyar auch ihr Onkel!«

Gol-Mammad sagte: »Was weiß das Mädchen von all diesen Onkeln? Laß mich mal sehen.«

Gol-Mammad ging zur Mutter und berichtete ihr, was Ali-Akbar gesagt hatte.

Belgeyss knirschte mit den Zähnen. »Ach, dieser Madyar! Ach, warum mußte mir Gott einen solchen Bruder geben! In den ist wohl der Teufel gefahren?«

Gol-Mammad sagte: »Nun brauch ich ein Pferd. Mit dem Kamel kann man ja nicht in die Berge reiten. Wir müssen nach Tscharguschli am Fuß des Kelidar gehen.«

Belgeyss entgegnete: »Ich halte es nicht für richtig, wenn du es aber für richtig hältst, bitte sie um ihr Pferd.«

Gol-Mammad drehte sich zu Maral um: »He, Kusine. Wenn ich dich um etwas bitte, wirst du es mir wohl nicht abschlagen, oder doch? Es ist etwas vorgefallen, so daß ich auf der Stelle aufbrechen muß. In die

Berge. Das Kamel kann da nicht laufen, ein Pferd ist nötig. Was meinst du? Sag mir offen: Gibst du mir dein Pferd, damit ich mich auf den Weg machen kann?«

Auf eine Antwort wartend, senkte Gol-Mammad den Blick. Er mochte Maral nicht in die Augen schauen, wollte lieber, daß sie ohne Scheu antwortete. Aber noch schwieg sie. Ali-Akbar kam Gol-Mammad zu Hilfe: »Kusine, was sagst du dazu? Ja oder nein?«

Maral sagte: »Der Rappe läßt nur seinen Besitzer an sich heran. Was machen wir also?«

Gol-Mammad sagte: »Vielleicht kann ich ihn unterkriegen.«

»Vielleicht. Aber ...«

Ali-Akbar fiel ihr ins Wort: »Hab keine Bedenken, Kusine. Gol-Mammad ist ein erfahrener Reiter. Dein Pferd bringt er heil zurück. Nun los, Gol-Mammad! Spring auf! Bändige ihn!«

Gol-Mammad sah Maral an. Maral wandte sich vom Rappen ab und sagte zu Gol-Mammad: »Du mußt es selbst wissen!«

Gol-Mammad ging auf den Rappen zu. Der Rappe stand steif mit aufgestellten Ohren da, die Augen auf die graue Stute von Ali-Akbar gerichtet. Aufmerksam, wachsam wandte er in dem Augenblick, als er merkte, daß Gol-Mammad auf ihn zukam, seinen Blick von der Stute ab und heftete ihn auf Gol-Mammad. Gol-Mammad bückte sich, zog die Kappen seiner Stoffschuhe hoch, bohrte seinen stechenden Blick in die Augen des Pferdes und schlich wie eine Schlange, die einer Lerche nachstellt, langsam auf den Rappen zu. Auf der Stelle wollte er das Pferd mit seinem Blick bezwingen, wandte den Blick nicht vom Blick des Pferdes ab. Es schien auch, daß er auf das Pferd eine Wirkung ausübte. So etwas wie Nachgiebigkeit ließ sich bei dem Tier spüren. Es blieb an seinem Platz stehen, hob nicht die Hufe vom Boden. Es war auf der Hut vor dem Mann, der sich ihm näherte. Sein Körper schien gestraffter und schlanker zu sein. Von schöner, gestreckter Gestalt. Es zuckte mit keiner Wimper. Und sein Körper war wie auf Draht gespannt.

Gol-Mammad bewegte sich immer noch vorwärts. Die Frauen standen da und sahen zu. Auch Ali-Akbar. Ein helles Lächeln mit einer Spur Zweifel lag auf seinen Lippen. Schiru sah freudig zu. Siwar schien ziemlich gleichgültig. Belgeyss, unsicher und besorgt, hatte unwillkürlich die Hände ineinander gelegt, ihre Finger zuckten. Das Herzklopfen einer

Mutter, ob vor Freude oder vor Angst, hat seine eigene Melodie. Maral stand stolz und erregt da und sah zu. Gol-Mammad und der Rappe. Der Rappe und Gol-Mammad. Ein Augenblick des Kampfes. Wessen Partei sollte sie ergreifen? Wünschte sie, daß der Rappe siegte oder daß Gol-Mammad die Oberhand gewann? Sollte sie dies oder jenes wünschen? Im gleichen Atemzug wurde ihr klar, daß sie zwischen dem Rappen und Gol-Mammad keine Wahl treffen konnte. Beide waren ihr gleich lieb und teuer.

Wenn dieser Sohn von Hadj Passand, der ja auch ein Vetter von Maral war, den Rappen hätte bändigen wollen, hätte Maral tausendmal Gott gebeten, daß es ihm nicht gelingen möge, das Pferd unterzukriegen. Aber nun, da Gol-Mammad beschlossen hatte, den Rappen zu besteigen, wußte Maral nicht, was für Gefühle sie bewegten. Einerseits wollte sie, daß die Würde des Rappen unangetastet blieb, andererseits wollte sie Gol-Mammad nicht besiegt sehen. Eine Frau zwischen zwei Brüdern, zwei Freunden, zwei geliebten Wesen. Zwei Männer machten sich zum Kampf bereit: der Rappe und Gol-Mammad. Der Rappe war ihr Weggefährte und teilte ihre Geheimnisse, und Gol-Mammad war ihr Rückhalt, ihre Zuflucht. In ihrer Einsamkeit und Verlassenheit sah sie sich als Gol-Mammads Schützling an. Vielleicht deshalb, weil sie im Haus außer ihm keinen Mann vorgefunden hatte. Und der Charakter unserer Frauen ist so geprägt, daß sie bei einem Mann Zuflucht nehmen. Eine Frau, auch wenn von ihrem Schwert Blut tropft, ist in den Augen einer Frau immer noch eine Frau.

Jetzt standen die beiden Gegner einander gegenüber. Gol-Mammad kroch immer noch weiter vor, und der Rappe stand immer noch starr da. Maral sah den Augen ihres Pferdes an, daß es anfing, unruhig zu werden. Ihr Ausdruck wechselte ständig. Seine Nüstern zitterten. Gol-Mammad war zwei Schritte von ihm entfernt. Das Pferd bäumte sich auf, reckte den Hals und wieherte. Gol-Mammad wich nicht zurück. Er sprang vor und langte nach dem Zügel. Aber sofort drehte sich der Rappe um sich selbst und krümmte sich. Er wand sich wie eine Schlange und schlug aus. Gol-Mammad warf sich auf den Boden, rollte sich herum, zog Arme und Beine an, sprang auf, lief um das scheuende Pferd herum und stellte sich ihm gegenüber zum Sprung bereit hin. Kralle an Kralle. Wie zwei Tiger. Dieses Mal griff der Rappe von vorne an. Er stampfte mit den Vorderbeinen, richtete sich hoch auf: eine auf dem Schwanz stehende Schlange. Die Hufe wie zwei Steine neben den Ohren. Gleich wird er zuschlagen. Flink, geschickt wich Gol-Mammad dem Schlag aus.

Jetzt müßte der Rappe sich eigentlich beruhigen und seine Augen auf die Bewegungen von Gol-Mammads Körper heften. Aber der Rappe war außer sich. Er loderte vor Zorn. Furchtlos, die Ohren gespitzt, drehte und wendete er sich und griff Gol-Mammad an. Ein Schrei von Belgeyss. Wieder hatte sich Gol-Mammad gerettet. Aber allmählich überkam ihn Müdigkeit. Und die Wahrheit ist, daß Gol-Mammad die Vorzeichen seines Untergangs in den Augen des Pferdes gelesen hatte. In den schönen klaren Augen des Rappen zeichnete sich blutrünstiger Zorn ab. Für Furcht war keine Zeit. Wenn der Tod mit Eile herankommt, bleibt nicht einmal Zeit, mit der Wimper zu zucken. Kühnheit regt sich. Kraft zerreißt die Zügel und setzt sich frei. Gol-Mammad ist Feuer von Kopf bis Fuß. Heiß, entflammt, nicht zurückzuhalten. Er steckt in einer solchen Klemme, daß er, wenn er sich nur einen Augenblick zu spät rührt, von den harten Hufen des Rappen zermalmt wird. Das Pferd kämpfte nicht nur mit den Hufen, sondern auch mit den Zähnen. Daß nur nicht dein Arm zwischen seine Zähne gerät! Der Tod flatterte über Gol-Mammads Kopf. Siwar und Schiru waren schon in Klagen ausgebrochen.

»Halte doch das Pferd zurück, du gemeine Person!«

Das war Siwar, die zu Maral sprach. Sie schrie und fluchte, flehte und schimpfte. Als hätte man sie auf Feuer gelegt. Maral war ganz ruhig. Ruhig und etwas verstört. Schiru hatte Marals Arm umklammert und weinte. Belgeyss war zu ihrem Neffen Ali-Akbar gelaufen und flehte ihn um Hilfe an. Ali-Akbar war unschlüssig. Er stand wie angewurzelt da und war blaß geworden. Um seine Lippen zitterte es, seine Augen waren weit aufgerissen. Er besaß nicht Gol-Mammads Gewandtheit, daß er mit dem Pferd hätte kämpfen können. Und wenn er sich einmischte, müßte er mit einem Sprung den Hals des Pferdes umklammern und umdrehen und das Pferd auf die Knie zwingen können. Andernfalls, wenn er beim ersten Angriff den Gegner nicht bändigte, würde sich sein schwerfälliger Körper nicht flink genug drehen und wenden können; und wenn er hinfiele, gäbe es für ihn keine Hoffnung, den stampfenden Hufen des Rappen heil zu entkommen.

Aber Belgeyss dachte nicht an so etwas. Sie wollte nicht wissen, was wird, wenn so etwas geschieht. Sie sah keinen Anlaß dazu. Ununterbrochen spornte sie Ali-Akbar an, sich am Kampf zu beteiligen. Etwas mußte getan werden. Ali-Akbar rannte zu seiner Stute, ließ seinen schweren Körper in den Sattel fallen, zog einen zusammengerollten Strick aus der Satteltasche und begann ihn auseinanderzurollen. Doch es war zu spät. Gol-Mammad war es gelungen, den Zügel des Rappen zu packen und sich wie ein Falke an die Mähne zu hängen. Aber nicht, daß der Rappe den Kampf aufgegeben hätte. Immer noch war er unruhig, gereizt. Er bäumte sich, bewegte den steif aufgerichteten Hals auf diese und jene Seite, drehte sich um sich selbst, wand sich, wieherte und warf den Hals hin und her, um den Mann von seiner Mähne abzuschütteln. Voller Wut schleuderte er den Kopf zurück, stampfte mit den Hufen auf Erde und Steine, wieherte stoßweise, wirbelte Gol-Mammad in der Luft herum, und wenn du von weitem zugesehen hättest, hättest du geglaubt, Gol-Mammad sei eine im Wind flatternde Jacke, der Schemen eines Menschen nur. Noch aber hatte er Kraft in den Gliedern und Starrsinn in der Seele. Er war dabei, das Pferd zu ermüden. Das war es, was er wollte: die Kräfte des Pferdes zum Erlahmen bringen. Soll es so lange mit den Hufen auf den Boden stampfen, bis die Erde zu klagen beginnt!

Jetzt war es ihm gelungen, sich am Hals des Rappen hochzuziehen, sein Ohr zu packen und zornig zu drehen. Gleichzeitig hatte er den linken Fuß in den Steigbügel setzen können. Nur ein kurzer Moment war nötig, um sich blitzschnell in den Sattel zu schwingen. Lange reichten auch seine Kräfte nicht mehr, sie waren dabei, zur Neige zu gehen. Um jeden Preis mußte er sich auf das Pferd setzen. Ohne zu zögern ließ er das Ohr des Rappen los, umklammerte den Sattelknopf und konnte trotz Sprüngen und Drehungen des Pferdes auf dem Sattel Platz nehmen und den Zügel so fest anziehen, daß der steife Hals des Rappen sich bog.

Nun saß er auf dem Pferd. Aber wie konnte der Rappe den Schenkeldruck eines Fremden ertragen? Er sprang mit aller Macht in die Höhe, stampfte mit den Hufen und wirbelte eine Wolke aus Erde und Staub auf. Doch Gol-Mammad schien nicht auf dem Rücken des Pferdes zu sitzen, er war wie angeklebt. Das Pferd bäumte sich so hoch auf, daß die Augen des Reiters direkt in den Himmel sahen, ließ sich plötzlich wieder fallen, schlug aus und beugte den Kopf zwischen die Vorderbeine, daß Gol-Mammad war, als wollten ihm die Augen aus den Höhlen tropfen; ihn schwindelte. Trotzdem hielt er sich im Sattel und gab sich weiter alle Mühe, fest sitzen zu bleiben. Ein flüchtiger Blick auf die Frauen, um festzustellen, was für Gemütsregungen sich in ihren Gesichtern abzeichneten. Aber was sah er? Nichts als Angst.

Maral rief: »Laß ihn galoppieren, Gol-Mammad!«

Daran hatte Gol-Mammad auch schon gedacht. Doch wo ist denn die Zeit dazu? Jetzt, vielleicht. Er lockerte den Zügel und trieb das Pferd an, auf die endlose Steppe zu. Der Rappe galoppierte los, raste wie der Wind in die Steppe und wurde im Handumdrehen zu einem schwarzen Punkt. Einem Punkt, der mit jedem Augenblick kleiner und kleiner wurde, Mann und Pferd miteinander verschmolzen. Die Frauen kamen noch nicht zur Ruhe. Der Sohn von Hadj Passand lachte leise. Maral schwieg. Die Staubfahne hinter dem Pferd beschrieb in der Steppe einen Bogen. Mann und Pferd waren im Begriff, den Blicken verloren zu gehen, als das Pferd nach links abbog und etwa einen halben Farssang auf Nischabur zugaloppierte. Ein weiterer Knick in der Linie des Galopps: das Pferd wurde in Richtung des Weizenfeldes gelenkt. Auf die Stelle hin, wo die Frauen und Ali-Akbar standen. Schweiß floß Mann und Rappen in Strömen herab. Gol-Mammad zog den Zügel an und blieb vor der Mutter und Maral stehen. Müde war er, aber er hatte gesiegt. Es war nicht angebracht, sich aufzublähen und sich mit seiner Männlichkeit zu brüsten. Gol-Mammad war nicht so. Er sagte zu Maral: »Ich steige nicht ab. Heb du meine Mütze auf und gib sie mir. Jeden andern wird er treten.«

Maral sah Siwar und Belgeyss an, hob Gol-Mammads Mütze vom Boden auf, da, wo die Pferdehufe die Erde aufgewühlt hatten, und ging zu Gol-Mammad. Die Mütze roch nach Erde und nach dem Schweiß von Gol-Mammads Locken. Unbewußt, unwillkürlich sog Maral den Körperduft des Vetters ein. Seine Mütze war, als er mit dem Pferd kämpfte, zertrampelt und zerknittert worden.

Maral glättete die Mütze und gab sie Gol-Mammad in die Hand. Gol-Mammad nahm sie und versteckte seine Locken darunter. Er konnte jetzt unbesorgt auf dem Pferd sitzen bleiben. Ohne Furcht. Denn Maral stand neben dem Kopf des Rappen, der die Wange am Kleid seiner Herrin rieb und den vertrauten Geruch durch die zitternden Nüstern einatmete. Maral hatte ihm die Hand auf die Stirn gelegt, kraulte ihm mit den Fingerspitzen das Fell und konnte nicht herausfinden, was sie ihrem Pferd gegenüber empfand. Der Rappe und Gol-Mammad waren miteinander verwachsen. Und wenn sie es noch nicht waren, so würden sie bei dem bevorstehenden Unternehmen eins werden. Das Pferd hatte seinen Meister gefunden. Pferd und Reiter. Aber was würde in Delawar vorgehen, wenn ihm das zu Ohren käme?

Ali-Akbar hatte seine gewohnte gute Laune wiedergefunden. Ohne eine Spur von Neid sagte er zu Belgeyss: »Tante, deinem Gol-Mammad sieht man gar nicht an, was in ihm steckt. Fabelhaft ist er! Ich hatte alle Hoffnung aufgegeben. Das Herz war mir in die Hose gerutscht. Bravo, Vetter!«

Belgeyss hörte nicht. Sie war völlig verwirrt und sprachlos. Ihr wurde schwarz vor den Augen, ihr Herz klopfte heftig. Sie war wie ausgehöhlt, und wenn sie ihr Gesicht im Wasser oder im Spiegel gesehen hätte, würde sie sich vielleicht entsetzt haben. Eine Leiche, kreidebleich. Gol-Mammad bemerkte ihren Zustand. Heiter und nachdrücklich sagte er: »Gott befohlen, Mama. Ich geh zusammen mit dem Vetter fort. Gott befohlen.«

Belgeyss hob den Kopf: »Glück auf den Weg, mein Lieber. Glück auf den Weg.«

Ali-Akbar war schon bereit, saß fest im Sattel seiner Stute.

Gol-Mammad warf auch einen Blick auf Siwar, sah Schiru und Maral flüchtig an, winkte mit der Hand und wendete den Kopf des Pferdes. Auch Ali-Akbar wendete sein Pferd.

»Gott befohlen.«

Nun saßen die beiden Männer auf ihren Pferden und ritten, die Familie im Rücken lassend, auf die Steppe zu. Die Frauen standen stumm und unschlüssig da und sahen den Männern nach. Plötzlich drehte sich Gol-Mammad um und sagte: »He, Siwar ... daß du das Kamel nicht hungern läßt! Und du, Schiru, ärgere Belgeyss nicht, sonst rechne ich nach meiner Rückkehr mit dir ab! Dein Pferd, Maral, bring ich heil zurück. Gott befohlen.«

Maral fühlte vor seltsamer Freude und Trauer ein Brennen unter der

Haut. Sie wollte die Hand heben und Gol-Mammad zuwinken. Aber sie bekam es mit der Angst, unterdrückte schnell ein Wort, senkte den Kopf und blickte verstohlen auf Siwar. Siwar sah noch ihrem Mann nach. Schiru hatte sich abgewandt und war mit sich selbst beschäftigt. Und Belgeyss saß da, als ob sie keine Kraft zum Aufstehen hätte.

Die Männer entfernten sich, und der von den Pferden aufgewirbelte Staub legte sich auf die Hügel. Siwar kehrte sich ab, ging zu ihrer Sichel und hockte sich zum Mähen hin. Arbeit. Das, was Siwar zur Arbeit zog, war ein dumpfer Trieb oder vielleicht ein Versuch, Ruhe zu finden. Aber was für ein einfältiger Gedanke! Kummer schnürte ihr die Kehle zu. Ein unbestimmter Kummer. Woher war er gekommen? Warum sollte er nicht gekommen sein? Sie senkte den Kopf tiefer, damit niemand ihr Gesicht sähe. Mähen!

Die Männer entschwanden den Blicken. Die Frauen – durstige Ameisen –, müde und noch immer besorgt, gesellten sich nach und nach zueinander und machten sich schweigend, mißvergnügt, ohne einander anzusehen, mit gesenkten Köpfen an die Arbeit. Jede wie ein Stück Stein. In sich versunken und ohne die anderen zu beachten. Jede versunken in eine andere Welt. Denn jede betrachtete Gol-Mammad und das, was geschehen war, auf ihre eigene Art. Unterschiedliche Gefühle. Die Besorgtheit jeder einzelnen ließ sich deshalb in jeweils anderer Weise erklären. Zwischen allen klaffte ein Abgrund. Marals Nachdenklichkeit unterschied sich sehr von Siwars Grübelei. Ebenso Belgeyss' Schweigen von Schirus Stummsein. Auch Schiru war äußerlich verstört, aber in ihrem Innern dachte sie gewiß nicht über das nach, worüber die Mutter, Siwar oder Maral nachdachten. Sie, Schiru, war keineswegs traurig über das Fortgehen des Bruders, sie war sogar froh, daß es so gekommen war. Durch Gol-Mammads Abwesenheit war ein Berg von ihrem Weg geräumt.

Schiru war sicher, daß der Bruder nicht heute und nicht morgen zurückkehren würde. So fühlte sie sich frei für ihre eigene Angelegenheit. Jetzt schon musterte sie verstohlen die anderen, und hinter der Maske ihres mürrischen Gesichts verbarg sich ein heiteres und vergnügtes Herz. Gefühl der Freiheit. Ohne einen Aufpasser um sich. Die Fesseln von den Flügeln abgenommen. Die Gewißheit, jetzt aufstehen, die Sichel hinwerfen und über die Brust der Steppe laufen zu können, machte sie trunken. Weit von Gol-Mammads herrischen Augen konnte sie ein Lied summen. Mehr als über all dies freute sie sich, daß sie ihren Ausweis in das Seidentuch von Mah-Derwisch gewickelt und um den Arm gebunden hatte. Deshalb also bereitete Gol-Mammads Fortgehen ihr keinen Kummer. All ihre Unruhe rührte von einer Art Angst und Aufregung her. Angst vor dem bevorstehenden Sturm. Ein furchtbarer Sturm mit verzaubernder Anziehungskraft. Etwas, zu dem Schiru mit einer Mischung aus Furcht und Schwärmerei hingezogen wurde. Manchmal geschieht es, daß selbst die Hölle angenehm erscheint. Die trügerische, zuckende Flamme zieht dich an. Verschluckt dich. Wem ist es je möglich gewesen, Feuer für häßlich zu halten? Leidenschaftliche Liebe ist nun mal Feuer. Sie zieht dich an, verschlingt dich, verwandelt dich in Feuer.

Weit von all dem entfernt legte Schirus Bruder einen ungewissen Weg zurück. Er ließ sich auf ein Abenteuer ein, das ihm nicht zusagte. Ein Abenteuer, dessen Gewinn nur darin bestand, daß es ihn von einer Tätigkeit befreite, die er nicht liebte: dem Mähen. Und das bei solch armseligen Weizenbüscheln. Aber dieses bevorstehende Unternehmen war auch nicht ohne Tücken. Wer weiß, was geschehen wird? Schiru schrieb alle Schuld dem Sohn von Hadj Passand zu, und dieses Urteil war auch nicht ganz unbegründet. Ali-Akbar hatte ein Auge auf Schiru. Als Vetter glaubte er, ein Anrecht auf sie zu haben, und dabei hatte er eine Tochter in Schirus Alter, eine Tochter, deren Mutter gestorben war. Das Hin und Her der Brautwerberei war noch nicht beendet. Aber Schiru war nicht bereit, das Haus von Hadj Passands Sohn als Ehefrau zu betreten: ›Soll er sich ruhig beklagen!‹

Ob zu Recht oder zu Unrecht, Schiru hielt alles für Ali-Akbars Schuld. Denn er war es ja, der ständig auf Abenteuer aus war und es liebte, hin und her zu galoppieren und Staub aufzuwirbeln.

Aber Belgeyss sagte Ali-Akbar nichts Schlechtes nach. Ihrer Ansicht nach war er gezwungen gewesen, sein Pferd zu besteigen und sich auf eine ungewisse Sache einzulassen. Eine Sache mit ungewissem Ausgang.

Madyar, ihr jüngster und ungebärdigster Bruder, machte Belgeyss Sorgen. Immerzu zettelte er irgendwelche Streitereien und Unruhen an. Schon seit mehr als fünf Jahren war Madyar hinter Ssougi, der Nichte von Hadj Hosseyn, her. Aber Hadj Hosseyn, der die Mischkallis nicht mochte, hatte sich strikt geweigert: »Euch geb ich das Mädchen nicht!«

Bis heute hatte Madyar unzählige Boten und Botschaften nach Tscharguschli geschickt. Aber die Antwort von Hadj Hosseyn war immer die gleiche: So war's, und dabei blieb es: »Madyar ist ein Habenichts, ein armer Schlucker, läuft hinter einem fetten Bissen her. Er und Ali-Akbar, der Sohn von Hadj Passand, suchen nach einem toten Esel, um ihm die Hufeisen wegzunehmen. Sie waren es doch, die sich an meine Herde heranmachten und meine Schafe stahlen! Nun wollen sie auch noch eine Belohnung? Denken die, ich bin so einfältig, die Hand des Mädchens in die Hand eines Diebes zu legen? Nein, sagt ihm, den Gedanken soll er sich aus dem Kopf schlagen. Und dem Sohn von Hadj Passand sagt, er soll sich seinen Appetit auf Hab und Gut anderer verkneifen. Aufs Erbe sind sie erpicht? Oho! Hier ist nicht der rechte Ort für solche Schurkereien. Und wenn Madyar gern eine eigene Herde, Hirten und einen Weideplatz haben möchte, sagt ihm, er soll sich die woanders suchen. Eine Handvoll Schurken mit nackten Ärschen hat sich zu mir als Brautwerber aufgemacht.«

Das waren die Worte von Hadj Hosseyn gewesen. Aber Madyar war nicht von seinen Absichten abzubringen. All seine Gedanken galten in letzter Zeit Ssougi. Für Ratschläge war er taub. Sollen die Leute sagen, was sie wollen. Madyar schwieg und gab keine Antwort, oder er hob hochmütig den Kopf und ging, ohne dem anderen ins Auge zu sehen, seiner Wege. Niemand schien zu wissen, was in seinem Innern vorging. Einmal hatte sich Belgeyss ihm genähert, die Rede auf Ssougi gebracht und versucht, sie ihm auszureden. Aber Madyar hatte auch ihr keine Antwort gegeben, und Belgeyss hatte sich danach nicht mehr um die Angelegenheiten des Bruders gekümmert. Sie hatte sich zurückgezogen. Aber kann man sich denn daraushalten? Auch wenn du selbst beiseite bleibst, dein Sohn kann es nicht. Oder doch? Auch wenn er sich dem Streit fernhält, wird er, sobald der Streit ausbricht, ob er will oder nicht, darin verwickelt. Angenommen, Gol-Mammad wäre heute nicht mitgegangen; aber morgen, wenn er erführe, daß seinem Onkel auch nur ein Haar gekrümmt wurde, könnte er dann immer noch den Unbeteiligten spielen? Nein, natürlich könnte er das nicht. Er würde sich in den Streit einmischen, und es war ungewiß, wie er daraus hervorkommen würde. Ob heil und gesund oder zerbrochen. Was auch geschah und wie es auch ausging, die Leidtragende würde Belgeyss sein.

Und wie erging es Siwar?

Siwar war niedergeschlagen, bekümmert, gleichzeitig wütend. Eine vom Pfeil getroffene, zu Boden gestürzte Gazelle. Sie hielt sich aus allem heraus. Der Anblick Gol-Mammads auf dem Pferd, der in den Augen der anderen solch stolzen Glanz hatte, war Siwar ein Dorn im Auge. Hätte ein Wolf ihr Herz zerrissen – es wäre erträglicher gewesen als Gol-Mammads Bitte um Marals Pferd. Noch schlimmer war es, daß Gol-Mammad, nachdem er Gareh-At bezwungen hatte, ganz einfach und selbstverständlich seine Mütze von Maral verlangte und als Vorwand die Ungebärdigkeit des Rappen benutzte. Als Siwar das sah, wünschte sie plötzlich, trotz all ihrer Liebe, die sie für ihren Mann empfand, daß das Pferd ihn hochschleudern und auf den Boden werfen möge. Sie wünschte sich Gol-Mammads Niederlage. Denn auch wenn Gol-Mammad zu Boden geworfen wurde, war er für Siwar immer noch der gleiche geliebte Gol-Mammad.

Meine Seele möchte ich dir opfern. Komm, komm! Wie eine Mutter nehme ich dich unter meine Flügel. Meine ganze Seele ist der Boden, auf dem du schreitest. Meine Augen sind der Staub auf deinem Weg. Setz deinen Fuß darauf. Setz deinen Fuß auf mich. Stampfe mit den Hufen auf die Steppe meiner Seele. Galoppiere über mich hinweg. Peitsche mich. Meine Locken mögen der Sattelgurt deines Pferdes sein. Meine Seele schenke ich dir. Sieh an meiner Statt, atme an meiner Statt. Mein Atem gehört dir. Ich bin dein Schutz und Schild. Dies alles gehört dir, und du gehörst mir. Aber meide mich nicht, flüchte nicht vor mir. Ich erstarre zu Eis, werde zu Stein, Gol-Mammad. Sieh sie an, sieh Maral an! Sie blickt auf dich, Gol-Mammad. Sie hat dir ihr Pferd zu reiten gegeben. Unter unseresgleichen ist ein Pferd von nicht geringem Wert. Dazu noch eins, das nur seinen Herrn an sich heranläßt. Aber ich hab gesehen, wie dieses Mädchen ihren Blick auf deinen Kampf mit dem Rappen heftete. Feuer regnete aus ihren Augen. Woher kam ihre Freude? Als du dich an der Mähne des Pferdes hochzogst, sah ich, daß sie deinen Sieg wünschte. Dich wünschte sie. Dich will sie. Ich weiß es. Ich sehe, sehe, bin ja nicht blind. Ach, wärst du doch mit der Stirn auf die Erde geschlagen! Wärst zusammengebrochen. Wärst gestorben. Ach, wenn du doch stürbest, Gol-Mammad! … Aber was sag ich da!

Diese Sorgen, Sorgen. Sorgen und Ängste und Vorstellungen. Siwar, diese magere, zarte Frau, was erduldete, erlitt ihre Seele? Sie zerfleischte sich. Quälte sich. Peitschte ihre nackte Seele. Und das in Wahrheit auch nicht grundlos. Sie wollte und wollte nicht. Hoffte und verfluchte. Haß auf die Gedanken, die Maral eben jetzt in ihrem Herzen trug. Haß. Haß. Sie hätte beim Leben all ihrer Lieben schwören können, daß Maral in diesem Augenblick an nichts als an Gol-Mammad dachte. Aber sie wußte auch, daß sie, wenn sie es könnte, ihre Krallen in den Schädel von Abduss' Tochter schlagen und Gol-Mammad wie einen Blutegel herausreißen würde.

Maral erging es mehr oder weniger so, wie Siwar es sich ausmalte. Aber gleichzeitig regte sich etwas ganz anderes, Gegensätzliches in ihr: Sie war Delawar ganz nahe, dicht an ihn geschmiegt.

Maral konnte keinen Augenblick ihr Herz von Delawar lösen. Ihr Geist war in einen Schraubstock gespannt, der sich mit jedem Atemzug fester und fester zusammenzog. Ein Teil ihres Herzens war bei dem Rappen, ein Teil bei Delawar. Wehe, daß ihre Augen unwillkürlich Gol-Mammad folgten. Strafend zieht der Mensch sich selbst zur Rechenschaft, zügelt jenen Teil der Seele, der flüchten möchte, möchte wieder stehen, wo er zuvor stand. Zurück zur Gewohnheit. Und was ist mit Delawar? Hat Gol-Mammad die Seele ganz und gar erobert? Ist er es, der so dahinstürmt? Muß er denn so rücksichtslos vorausgaloppieren? Wie erträgst du diese unerträgliche Unruhe?

Maral tadelte sich, Strafe für die eigene Zügellosigkeit. Was würde Delawar tun, wenn er hörte, daß sie Gareh-At so einfach einem anderen anvertraut hatte? Wie ging es Delawar, was dachte er? Der Rappe war jetzt unter Gol-Mammads Schenkeln. War er, der Rappe, nicht unzufrieden mit Maral? Weil sie ihn einem anderen gegeben hatte? Wie ertrug er die Schenkel des Fremden? Bei der Rückkehr wird er Maral zweifellos mit anderen Augen anblicken. Sicher ritt Gol-Mammad jetzt triumphierend, die Füße fest in den Steigbügeln, allen voraus. Maral kannte den Rappen, er war nicht so ein Pferd, das seinen Gefährten erlaubt, ihn zu überholen. Abduss' Tochter wurde von Zweifel gepackt, in den sich etwas Reue mischte. Hätte der Rappe doch Gol-Mammad nicht in den Sattel gelassen! Aber zu Gol-Mammad konnte man doch nicht nein sagen. Die Wände eines Menschenherzen sind ja nicht aus

Eisen! Manchmal bringt ein Blick sie zum Einsturz. Manchmal geschieht es, daß sie nicht einmal ein Wort ertragen können. Das Herz erzittert. Wer trägt die Schuld?

Mit einemmal fing Schiru zu reden an: »Alles ist die Schuld dieses Vetters, dieses Ali-Akbar. Daß ihn Gott vom Erdboden verschwinden lasse!«

Belgeyss sagte: »Schön und gut, aber du brauchst keine weisen Reden zu führen! Warum gibst du ihm die Schuld? Was ist mit deinem Onkel, mit Madyar?«

»Weil ich weiß, daß der Sohn deiner Schwester nur Übles im Sinn hat.«

»Du redest nur so daher! Tu deine Arbeit!«

Schiru machte sich an ihre Arbeit. Sie verstummte. Hatte auch keine Lust zu weiteren Auseinandersetzungen. Wessen Schuld es war, war nicht wichtig. Was ging es sie an? Sie verlangte von diesem Leben – in ihrer jetzigen Lage – nichts außer ihrem eigenen Anteil. Schiru konnte man in diesem Augenblick zu jenen Menschen zählen, die sagen: Regen, der nicht für mich regnet, braucht gar nicht zu regnen. Nur weil sie das Schweigen satt hatte und es brechen wollte, hatte sie etwas gesagt. Nun hatte sie ihre Antwort erhalten und machte sich wieder ans Mähen. Aber wo war die Lust zum Mähen? Wann neigten ihre Hand und ihr Herz zur Arbeit? Schlaff, müde, träge packte sie eine Handvoll dünner, harter Weizenhalme und setzte die Sichel unten am Büschel an. Sie schnitt nur jedes zweite Büschel ab, und was sie in der Hand hielt, legte sie hinter sich auf die Weizenbündel, um darauf wieder gleich träge weiterzumähen. Aus purem Zwang. Soweit es ging, arbeitete sie liederlich. Um die Körner kümmerte sie sich nicht. Gleichgültig, lustlos brachte sie die langsamen, schweren Augenblicke des Tages hinter sich.

Aber Belgeyss' scharfer, erfahrener Blick übersah nicht die kleinste Kleinigkeit. Weder Siwars Verdrossenheit noch Marals Schweigen, noch das Benehmen ihrer Tochter. Sie stand auf und fing an, hinter Schiru die Büschel abzuschneiden, die diese ausgelassen hatte. Nachdem sie die Reihe gesäubert hatte, blieb sie bei Schiru stehen und sagte mit verhaltener Wut: »Mähe sauber, du Schlampe! Dies ist dein Brot für den Winter. Warst du blind und hast nicht gesehen, was für sündhaft teuren Weizen dein Bruder gestern nach Haus gebracht hat? Keinen frohen Tag wirst du erleben, Mädchen, wenn du so die Gottesgabe vergeudest ... Ach, du faules Stück!«

Schiru entgegnete nichts auf die Worte der Mutter. Sie knurrte nur vor sich hin, preßte die Zähne zusammen und schnitt die Halme ab, die sie hier und da ausgelassen hatte. Heute wollte sie nicht mit Belgeyss streiten. Es lohnte sich nicht. Sie mußte durchhalten. Dieser Tag währte ja nicht ewig. Deshalb ging sie schweigend ihrer Arbeit nach. Was konnte sie sonst tun? Nicht nur hatte eine solche Arbeit keinerlei Reiz für Schiru, sie war auch von einer dumpfen, steten Qual begleitet. Unangenehme, erzwungene Arbeit. Das war Almosensammeln, kein Mähen. Almosensammeln war sogar segensreicher als dies Mähen. Sie liebte nun mal nicht die Landarbeit. Vielleicht suchte ihr Herz in ihrem gegenwärtigen Zustand nach einer Ausrede, um nicht arbeiten zu müssen. Jedenfalls hatte sie keine Lust, diese Halme zu sammeln und zu ordnen. So ließ sie bei jeder günstigen Gelegenheit, die sich ihr bot, die Arme sinken, die Sichel fallen, trocknete die schweißnassen Hände mit weichem Staub und wartete darauf, daß der Tag zu Ende ging.

Aber wie lang war dieser Tag! Als ob er nicht enden wollte. Die Sonne bewegte sich so langsam wie möglich, schritt nur müde weiter. Sie glühte, verschwand hinter Wolken – Wolken, die alten Steppdecken glichen –, erschien wieder, war aber immer noch an der gleichen Stelle. Als hätte sie sich überhaupt nicht bewegt. Schiru achtete unnötig viel auf die Sonne. Sie beobachtete den Körper der Sonne genau und wünschte sich, er möge hinunterrollen, hinunterfallen, am Ende der Welt verschwinden. Sie sehnte sich nach dem Abend und nach der Nacht. Aber diese Nacht schien nicht nahen zu wollen.

Wieder Geschimpfe von Belgeyss. Schiru, die im Mähen innegehalten hatte, fing erneut zu arbeiten an. Zumindest tat sie so, als mähte sie. Was gibt es Schlimmeres, als daß man gegen seine Natur zu einer Arbeit gezwungen wird? Einer Arbeit, die dir zuwider ist? Solche Augenblicke wollen nicht zu Ende gehen. Sie ziehen sich hin, werden lang und länger, werden schwer, schlaff und träge. Das Leben verlangsamt sich, erlahmt, und der Mensch hat das Empfinden, in einem Pfuhl steckengeblieben zu sein. Einem Pfuhl, der nicht daran denkt, sich zu rühren. Ein im Schlamm gefangener Esel. Die Schatten entfernen sich nicht. Die Sonne wandert nicht weiter. Die Arbeit geht nicht voran. Gedanken und

Gefühle bewegen sich auf anderen Wegen. Diejenigen, die um dich sind, interessieren dich nicht. Die Erde atmet nicht. Du atmest nicht. Du erstickst.

»Sammelt die Bündel ein und laßt uns essen.«

Die Frauen standen nach Belgeyss' Worten auf, nahmen die kleinen Weizenbündel vom Boden und trugen sie in ihren Schürzen zum Tuch, häuften sie aufeinander und gingen auf die Stelle zu, wo Wasserkrug und Brotbündel waren. Dort angekommen, setzten sie sich an den Bachrand. Belgeyss aber war noch auf dem Feld und las die zu Boden gefallenen Ähren stückweise wie Augenwimpern auf und tat sie in ihre Schürze: »Fangt ihr zu essen an, ich komme dann schon.«

Belgeyss kam später zum Essen und stand auch später auf. Die anderen kehrten, noch einen Bissen im Mund, an ihre Arbeit zurück und hockten sich zum Mähen hin. Der Mittag war jetzt vorüber. Die Sonne hatte den höchsten Punkt überschritten, die Schatten der Mäherinnen fielen vor ihnen auf die unfruchtbaren Büschel und brachen sich bei jeder Regung der Körper auf Halmen und Ähren, bewegten sich, krochen weiter und streiften über die Erde.

Das Mähen war mit größerer Müdigkeit wieder aufgenommen worden. Selbst Belgeyss war müde und konnte das vor den Blicken der anderen nicht verbergen. Fruchtlose Arbeit. Die ist hundertmal ermüdender. Vom frühesten Morgen an hatten vier, fünf Menschen auf dem Boden gekniet, und jetzt, wo sie sich das Ergebnis ihrer Arbeit ansahen, hatte sich nicht mehr als eine Handvoll Stroh auf dem Tuch angesammelt. Wenn ein wandernder Derwisch an einem reifen Feld vorbeikommt, steckt ihm der Bauer mehr als das in sein Bündel. Aber die Familie Kalmischi war nun einmal gezwungen, die Samen, die sie auf die Erde gestreut hatte, von der Erde aufzusammeln. Für denjenigen, der von der Landarbeit lebt, wird das zu einer Krankheit, zu einem Gesetz. Die Körner muß er vom Boden aufsammeln, auch wenn er sie wie ein Spatz Stück für Stück aufpicken muß. Aber das gilt nicht für alle, die auf einem Feld arbeiten. Dieses Gesetz hatte sich einzig in der Vorstellung zweier Menschen festgesetzt: Gol-Mammads und Belgeyss'. Siwar zum Beispiel fühlte keine solche Verpflichtung. Für sie war Arbeit, ob auf dem Feld, ob bei der Herde, eine lästige Pflicht.

Arbeit ist unseren Nomadenfrauen eine anerzogene Selbstverständlichkeit. Denn noch sind sie den Fittichen der Mutter nicht entwachsen – schon geben sie sich der Arbeit hin. Der größere Teil der Viehhaltung obliegt ihnen. Hüten und Weiden der Herde, Kauf und Verkauf und Scheren der Schafe ist Sache der Männer; Melken, Bereitung von Butter, Joghurt, Sahne und Butterschmalz Sache der Frauen. Und obendrein ist auch das Weben von Kelims, Schals, Mützen und schwarzem Zeltstoff Frauenarbeit. An ihrem Platz, in ihrer Arbeit ist die Frau erfahren und geschickt.

Für Siwar war Arbeiten nichts Neues. Sie wußte und nahm es auch hin, daß sie vor Sonnenaufgang den Kopf vom Kissen heben und sich bis Sonnenuntergang abrackern mußte. Und was Schiru betraf – wenn sie sich jetzt vor der Arbeit drückte, geschah es deshalb, weil sie mit dem Herzen, ihren Gedanken und Gefühlen woanders war. Mit allen Sinnen war sie weit weg von dort, wo sie sich befand. Deshalb behagte ihr keinerlei Tätigkeit. Nicht aus Faulheit, sondern weil sie mit dem Herzen anderswo beschäftigt war. Sie selbst war hier, ihr Herz dort.

Maral versuchte, ihrer Arbeit einen Sinn zu geben. Sie strengte sich an, ohne dies die anderen merken zu lassen. Sie gab sich nicht den Anschein von übermäßigem Fleiß, aber sie wollte die Arbeit schnell und gut erledigen. Ermüdung wollte sie keinen Platz einräumen. Ermüdung durfte sie nicht unterkriegen. Sie glaubte, alle um sie herum müßten ihre Unfähigkeit bemerken, und strengte sich um so mehr an, mit der Arbeit nicht zurückzubleiben. Trotzdem kam sie nur schleppend voran, während sich der Tag dem Sonnenuntergang zuneigte.

Schiru stand auf, drückte die Knie durch und rieb die Fersen aneinander. Die Müdigkeit brachte Adern und Sehnen der Füße zum Klagen. Sie richtete sich gerade auf, ließ die Augen nach allen Seiten schweifen und sagte: »Das Kamel läuft zu weit weg. Ich geh es holen.« Siwar und Maral drehten die Köpfe dem Kamel zu. Schiru warf die Sichel hin, zog die Kappen der Stoffschuhe hoch und machte sich auf den Weg. Gol-Mammads Kamel bewegte sich frei, ein Stück weit entfernt; den Hals zum Boden vorgestreckt, rupfte es mit seinen weichen, geschmeidigen Lippen Dornen aus dem Boden. Schiru ging mit großen Schritten zu ihm, hob den Zügel auf, der sich von seinem Hals gelöst hatte und über den Boden schleifte, und ließ das Tier niederknien. Sie zog sich an der Mähne hoch, setzte sich hinter den Höcker und stieß dem Kamelhengst die Fersen in die Flanken; er stellte sich auf die Beine, und Schiru trieb ihn zum Weizenfeld.

Der Tag ging dem Ende zu. Auch die anderen hatten mit Mähen aufgehört. Aber noch hielten sie die Sicheln in den Händen und spießten damit die Weizenbündel auf. Doch die in Unordnung geratenen Bündel fielen von den Spitzen der Sicheln ab. So mußten sie sich erneut bücken, die hingefallenen Halme und Ähren Stück für Stück auflesen und in die Schürzen tun, um sie zum Tuch zu tragen. Diesen Tag hatten sie zwei große Tücher zur Hälfte gefüllt. Die Frauen halfen einander, die Enden der Tücher zu verknoten. Belgeyss befahl der Tochter, das Kamel sich hinlegen zu lassen. Schiru tat es, und die Frauen luden die beiden Ballen dem Kamel auf. Siwar nahm Schiru den Zügel aus der Hand, ließ das Kamel aufstehen und machte sich, ohne jemanden anzusehen, zum Weiler auf. Die anderen nahmen Sicheln, Wasserkrug, Becher und leeres Brotbündel an sich und folgten dem Kamel. Unterwegs gab es kein Gespräch. Stille des Sonnenuntergangs, vereinzelte Wolken, lautlose Steppe.

In einigem Abstand von den anderen summte Schiru ein Lied vor sich hin:

In der Mondscheinnacht, als mein Mondschein nicht kam,
saß ich bis zur Morgenfrüh, weil der Schlaf nicht kam,
saß bis zum Morgen und rauchte meine Wasserpfeife,
weil mein nächtlicher Freund heut nacht nicht kam.

Klagend sang sie, herzergreifend und verhalten. Nicht so, daß ein anderer den Sinn des Liedes erfassen und die Worte verstehen konnte. Gedämpft sang sie, und die meisten Worte sprach sie nicht deutlich aus. Trotz alledem war nur sie es, die mit einer Hoffnung im Herzen auf Haus und Nacht zuging. Die anderen hatten alle ihren Kummer. Maral, die Fremde – und das Fremdsein schnürt bei Sonnenuntergang die Kehle noch mehr zu –, war in sich versunken und schwieg. Siwar, allem und jedem entfremdet, den Zügel des Kamels über der Schulter, ging mechanisch ihres Weges. Mit welchen Gedanken? Belgeyss war müde, erschöpft, verärgert. Daß Gol-Mammad nicht da war, quälte sie. Sorge um den Sohn. Wo ist Gol-Mammad jetzt, was tut er? Die Gedanken an ihn betrübten sie zusehends. Ihre Sinne verwirrten sich. Sie stellte allerlei Vermutungen an. Sorgen. Sorgen über Sorgen. Gedanken tausenderlei Art. Träume. Alpträume. Kampf und Blut. Widerhall pfeifender Kugeln an Bergflanken. Gewehre und Schüsse. Galoppierende Pferde. Geschrei ... Auf die Erde geschleudert werden. Auf dem Boden sich wälzen. Pferdegewieher. Angst. Flucht. Staub, der unter den Hufen aufspritzt.

Belgeyss' Herz wird unruhig, schlägt aufgeregt. Ihre Kiefer pressen sich aufeinander. Zum Ersticken ist ihr. Sie möchte sich den Kragen aufreißen, bezwingt sich aber. Schließlich ist sie die Mutter von vier Kindern, muß mehr als dies aushalten können. Beherrschen muß sie sich. Gefahr ist etwas für Männer. Hat denn Gol-Mammad nicht bei der Reiterei gedient, das Kriegsgetümmel durchgestanden, Leib und Seele heil aus den Gefahren geborgen und ist zu seiner Geburtsstätte zurückgekehrt?

Gewiß! Gefahr und das Durchschreiten von Zeiten der Gefahr ist Sache des Mannes.

Es war fast dunkel, als sie in Ssusandeh ankamen. Die Gassen und alles ringsum menschenleer wie immer. Hier lebten nicht viele Familien: Chan-Amu mit den Seinen und ein paar andere Familien. Alle miteinander verwandt: Vettern, Schwiegersöhne, Kusinen. Diese kleine Gruppe zerstreute sich bei Tage und traf am Abend zusammen; man saß eine Weile beieinander, stand dann auf und ging in seine Behausung. Jeder hatte auf seine Handbreit Boden Körner gestreut, und in dieser Jahreszeit waren sie wohl oder übel gekommen, um das Ergebnis ihrer Arbeit einzusammeln, zu dreschen und eine Handvoll Vorräte für den kommenden Winter bereitzustellen.

Siwar ließ das Kamel sich dicht vor der Haustür hinlegen, und bevor ihr jemand zu Hilfe kommen konnte, begann sie, den um die Weizenballen gebundenen Strick zu lösen. Als erste ging Maral ihr zur Hand, hob einen Ballen herunter und zog ihn zur Mauer. Danach kam Belgeyss und hinter ihr Schiru. Siwar ließ das Kamel aufstehen, führte es zur Seite, nahm ihm den Zügel ab, zupfte die an seiner Wolle haftenden Strohhalme ab und ging zur Haustür. Belgeyss und Schiru waren dabei, die Weizenballen ins Haus zu schleppen.

»Man kann doch nicht diese Handvoll Halme draußen lassen, damit der Wind sie auseinanderweht!«

Wenn die Tücher richtig an allen vier Enden zusammengebunden sind und man sie zudem sorgfältig mit ein paar Steinen beschwert, kann wohl auch ein Sturm sie nicht losreißen und mit sich tragen. Aber noch hatte sich in diesem Haus keiner gefunden, der Belgeyss widersprechen konnte. Die Mutter kannte jede Einzelheit des Hauswesens. Wenn auch nicht Maral, so verstanden doch Siwar und Schiru den versteckten Sinn in Belgeyss' Worten. Aus Angst vor Dieben schleppte Belgeyss die Weizenballen ins Haus. Deshalb sagte keine etwas. Und Maral hielt es nicht für angebracht, Bemerkungen zu machen, die ihr nicht zustanden.

Belgeyss sagte: »Wenn wir alles geerntet haben, werden wir es eines Tages draußen vor die Tür schütten, dreschen und worfeln. Und damit basta!«

Die Frauen verschwanden mit den Weizenballen in der Tür.

Das Kamel fing an zu brüllen. Kurz darauf kam Siwar, an deren Händen Teig und Gerstenmehl klebten, aus dem Haus, breitete das Futtertuch vor dem Tier aus und kehrte ins Haus zurück, um das Futter zu kneten. Das Kamel senkte den Kopf auf das Tuch und begann, mit den Lippen an den kleinen Strohstückchen herumzuspielen. Bald aber hob es den Kopf wieder, drehte ihn zum Haus und starrte auf die Tür. Es war an sein Futter gewöhnt: jeden Abend ein Kloß aus Gerstenmehl. Ohne Ausnahme. Gol-Mammad legte sich zuweilen ohne Abendessen schlafen, aber sein Kamel ließ er nicht ohne Futter. Und jetzt war das Kamel ungeduldig. Es drehte den Kopf hin und her auf der Suche nach seinem Herrn und brüllte aus vollem Hals. Es wollte Gol-Mammad. Siwar verstand. Einen Moment später kam sie mit dem Kloß in der Hand aus der Tür und sagte: »Ungeduldig bist du, mein Seelchen. Ich bring's ja schon.«

Sie warf den Kloß auf das Tuch, wälzte ihn im Stroh, teilte ihn in kleine Kugeln und stand auf. Sie zog einen Strick aus der Satteltasche, band damit dem Kamel die Knie zusammen und ging zum Haus. Der Weizen war mittlerweile aus den Tüchern geschüttet, die Ährenbündel aufeinandergehäuft worden. Die Frauen waren damit beschäftigt, sich Hände und Gesicht zu waschen, Talglicht und Herd anzumachen und Teekessel und Suppentopf aufzusetzen.

Maral und Schiru nahmen Lederschlauch und Krug auf die Schulter und machten sich zur Quelle auf.

Mit Maral allein zu sein, war für Schiru eine glückliche Fügung. Seit dem Morgen hatte sie sich sehnlich gewünscht, Maral nur einen Augenblick für sich zu haben, aber es war nicht möglich gewesen. Ihr Herz war voll von dem, was sie nicht aussprechen konnte. Alles, was sie den ganzen Tag über gesagt hatte, waren Lügen gewesen. Nichts war von Herzen gekommen. Und das, obwohl sie Maral viel mitzuteilen hatte. Unter allen war Maral die einzige, der Schiru alles, was sie bewegte, sagen konnte. Die beiden waren schnell miteinander vertraut geworden, wenn auch Maral ihr Herz Schiru noch nicht geöffnet hatte. Sie war zurückhaltender und reifer als Schiru. Sie erschloß sich nicht so leicht diesem und jenem, war bedächtig, abweisend. Dieses Verhalten war Teil ihres Charakters geworden. Es mußte so sein.

Schiru begann: »Kusine, woran denkst du? An dein Pferd oder an Gol-Mammad?«

Maral schrak zusammen. Eine solche Frage hatte sie nicht erwartet. Sie hatte nicht gedacht, daß ihr und Gol-Mammads Umgang miteinander so gewesen wäre, daß darüber geredet werden könnte. Auch wenn das Auge einer Frau manche Dinge schärfer durchdringt. Trotzdem war es noch nicht zu spät. Sie konnte so tun, als hätte sie nicht gehört.

Doch Schiru war nicht so veranlagt, daß sie Maral ohne weiteres in Frieden gelassen hätte. Sie ließ nicht locker, als ob sie das, was sie gestern abend über ihre Verliebtheit in Mah-Derwisch erzählt und wie in einem leichtsinnigen Spiel an Maral verloren hatte, heute zurückgewinnen wollte. Sie wollte quitt mit ihr sein. Deshalb brach sie Marals Schweigen: »Wegen solcher Sachen braucht man sich nicht zu schämen. Seit gestern abend beobachte ich euch beide. Meinen Bruder kenne ich besser als du. Wenn der sich in etwas verbeißt, hat er keine Ruhe, bis er es sich angeeignet hat.«

Maral sagte: »Was geht dies Gerede mich an?«

Verschmitzt antwortete Schiru: »Er hat sich in dich vergafft. Hat angebissen. Du wirst's schon sehen!«

»Ich bin verlobt.«

»Das sind viele. Diese Steppe hat viele solche Sachen gesehen. Die Liebe ist wie der Wüstenwind. Wenn er nicht kommt – na schön! Wenn er aber kommt, macht er blind. Mein Bruder ist hundertmal schlimmer als dieser Wind. Wenn er etwas haben will, folgt er einfach seinem Herzen und geht los. Von dem Augenblick an, als du deinen Fuß hierher setztest und er dich erblickte, beobachte ich euch beide. Du verbirgst deine Blicke, aber er sieht dich ohne Scheu an. Die Augen eines Menschen sprechen wahrer als seine Zunge. Siwar hat es auch bemerkt. Die ist wie eine schlaue Ziege, kennt sich aus. Wenn ihr die Zunge gelähmt ist, kommt das daher, daß sie unfruchtbar ist. Das ist auch ihr ganzer Schmerz. Siehst du nicht, wie vergrämt sie ist? Früher hielt sie alle Welt zum besten. Wie ein Zicklein hüpfte sie herum, gab keinen Augenblick Ruhe. Ihre Stimme klang wie eine Glocke. Aber auf einmal war ihr Schwung dahin. Ihre Lebhaftigkeit erlosch. Sie wurde kalt und teilnahmslos. Wurde niedergeschlagen, wurde schlaff und traurig, wortkarg und stumm. Als wäre sie ein anderer Mensch. Ihr Verhalten änderte sich. Ich glaube, Gol-Mammad hörte damals auf, sie zu lieben. Gott weiß. Paß du jetzt nur auf dich auf!«

Während Schiru so redete, empfand Maral Mitleid mit Siwar, wußte aber nicht, wie sie ihr Mitgefühl ausdrücken sollte, damit Schiru ihr Glauben schenkte. In diesen vierundzwanzig Stunden hatte sie Schirus Charakter recht gut kennengelernt: ein ungestümes, übermütiges Mädchen, leidenschaftlich, klug, aufgeschlossen, wißbegierig, furchtlos, kühn und temperamentvoll. Wie Maral so vor sich hin sann, stellte sie fest, daß Schirus Worte nicht ganz abwegig waren. Als sie über ihr eigenes Herz nachdachte, fühlte sie, daß es einen feinen Sprung bekommen hatte. Als sie an ihre Blicke dachte, merkte sie, daß sie Gol-Mammad nicht ganz gleichgültig angesehen hatte. Auch Gol-Mammads Verhalten war ihr etwas ungewöhnlich vorgekommen, und als sie genauer darüber nachdachte, wurde ihr bewußt, daß etwas unter ihrer Haut in Bewegung geraten war. Aber warum so plötzlich? Sicher würde Gol-Mammad, wenn er sie nicht nackt erblickt hätte, seine Blicke nicht so in sie gekrallt haben. Es ist also klar, ein Same ist aufgegangen, und sobald sich etwas im Kopf festsetzt, geraten die Gedanken in Bewegung. Genau wie ein Keim im Mutterleib. Abertausende von winzigen Teilchen geraten im Gedächtnis in Bewegung und werfen sich gegen Tür und Wände des Gehirns und suchen einen Ausgang.

Noch ein weiteres Mal wühlte Schiru in Marals Gemüt: »So wie ich Siwar kenne, kannst du ein Messer in sie stoßen, und es wird kein Blut kommen, so krank ist sie vor Wut. Wenn sie die Möglichkeit dazu hat, zerfetzt sie dich mit ihren Zähnen. Voller Haß ist sie. Hüte dich vor ihr!«

Mit zusammengepreßten Lippen, in Gedanken versunken, sagte Maral: »Was hab ich ihr denn getan?«

»Du mußt gar nichts tun. Daß du da bist, genügt schon. Sie will nicht, daß du gedeihst auf Gottes Erde. Dein Anblick füllt ihr Herz mit Haß. Ich weiß, was für eine Frau Siwar ist! Eben jetzt dürstet sie nach deinem Blut!«

»Wenn ich wüßte, daß du die Wahrheit sagst, würde ich von hier fortgehen!«

»Wohin? Wo kannst du hingehen? Wohin kann ein alleinstehendes Mädchen wie du gehen? Deine Jugend geht zugrunde. Du wirst leer und mürbe.«

»Was ist da der Unterschied? Nach dem, was du sagst, werde ich auch hier keine Ruhe haben.«

»Es gibt einen Unterschied zwischen hier und anderswo. Nein, daß du ja nicht plötzlich auf den Gedanken kommst und dich in die Steppe aufmachst! Du mußt durchhalten. Irgendwie mußt du durchhalten.«

Sie kamen bei der Quelle an. Maral brach das inzwischen eingetretene Schweigen und sagte: »Ich habe einen Verlobten. Ich hab ihn sehr gern. Soll jeder denken, was er will.«

Schiru sagte spöttisch: »Da sei Gott vor, daß jemand etwas Schlechtes denkt!«

Noch hatten sie Schlauch und Krug nicht ins Wasser getaucht, als sie die Schritte von Siwar vernahmen. Maral drehte sich um und sah Siwar mit dem Topf auf dem Kopf herankommen. Sie machte ihr Platz neben sich, aber Siwar sprang, ohne Maral zu beachten, über den schmalen Wasserlauf und setzte sich drüben, etwas unterhalb von Maral, hin und machte sich daran, den Topf innen und außen zu waschen. Während Maral noch Siwar ansah, beobachtete Schiru die beiden mit schalkhaften Blicken.

Maral und Schiru waren eifrig beschäftigt, Schlauch und Krug mit Wasser zu füllen, als Siwar sich Hände und Gesicht wusch, den Topf füllte, aufstand, den Topf auf den Kopf setzte und sich auf den Rückweg machte. Schiru sah ihr nach und begleitete unter Marals Blicken ihr hämisches Grinsen mit einem Augenzwinkern.

Siwars Benehmen verdroß Maral. Sie zog den Krug aus dem Wasser, nahm ihn auf die Schulter und ging, flink wie Siwar, hinter ihr her. Schiru saß noch da und sah hinter Maral und Siwar her. Es bedurfte keiner zwanzig Schritte, bis Maral Siwar einholte, dicht neben ihr weiterging und entschlossen mit ihr zu sprechen anfing: »Warum zeigst du mir die Zähne? Esse ich dir dein Brot weg, oder tanze ich dir auf dem Kopf herum?«

Das war Maral, die da so geradeheraus redete. Aber als hätte sie begriffen, was sie in Marals Innerem aufgewühlt hatte, drängte Siwar ihre Antwort in einem kurzen Blick zusammen. Unter dem schweren Topf drehte sie Maral den Kopf zu, wandte den Blick schnell wieder von ihr ab und setzte ihren Weg fort.

»Ha? Warum gehst du so mit mir um? Was hab ich dir getan? Was für eine Rechnung haben wir miteinander zu begleichen? Warum antwortest du mir nicht? Noch sind es keine vierundzwanzig Stunden her, daß du mich erblickt hast zum ersten Mal, aber du siehst mich an, als wäre ich die Nebenfrau deines Mannes. Du denkst doch wohl nicht, ich wäre gekommen, dir deinen Mann wegzunehmen? Hoffentlich denkst du das nicht! Wenn du dir sowas einbildest, irrst du dich. Ich hab einen Verlobten; nicht ein Haar von ihm geb ich her für tausend Männer wie deinen Mann!«

Frostig fragte Siwar: »Warum gehst du dann nicht zu dem zurück?«

»Hast du nicht gehört, daß ich sagte, er ist im Gefängnis? Hattest du Watte in den Ohren?«

Siwar verlangsamte den Schritt und sagte: »Das geht mich nichts an. Diese Dinge gehen mich nichts an. Aber wenn sich herausstellen sollte, daß du ein Auge auf meinen Mann hast, schwöre ich bei diesem Abend, daß ich dir die Augen aus den Höhlen reiße. Laß dir das gesagt sein!«

Als sie das gesagt hatte, beschleunigte sie wieder den Schritt, entfernte sich schnell und ließ Maral an der Wegbiegung stehen. Maral erstarrte, die Beine wurden ihr schlaff, und sie hatte ein Gefühl, als habe man ihr einen Eimer kaltes Wasser übergegossen. Sie senkte den Kopf und sah auf Siwars Fußspuren, die im weichen Staub des Weges zurückgeblieben waren. Da holte Schiru sie ein. Eine Hilfe. Sie ging Schulter an Schulter mit Maral weiter. Schiru war immer noch zu Späßen aufgelegt: »Was habt ihr zueinander gesagt?«

Maral antwortete kurz: »Ich bleib nicht hier. Ich gehe!« Gleichzeitig überlegte sie: ›Das werd ich auch zu Belgeyss sagen. Ich bleib hier nicht länger. Ich gehe.‹

Sie saßen um das Talglicht, ohne Siwar. Belgeyss wandte sich an Schiru und fragte: »Was soll das alles bedeuten?«

Schiru sagte: »Ich weiß nicht. Unterwegs hat sie das auch zu mir gesagt.«

»Warum denn aber? Hat dich jemand beleidigt?«

»Nein, niemand. Aber ich bleibe nicht hier. Will nicht hierbleiben. Kann nicht. Ich gehe.«

»Wie soll ich das verstehen? Gestern abend bist du gekommen, und heute abend sagst du, du willst wieder gehen?«

»Genau das. Ich halte es nicht aus, muß fortgehen. Hier ist kein Platz für mich.«

»Wer hat etwas zu dir gesagt? Siwar? Flüchtest du ihretwegen?«

»Von ihr ist nicht die Rede. Ich fühle mich hier fremd. Ich kann nicht bleiben.«

»Wo kannst du denn hin, wenn du von hier fortgehst? Wohin gehst du?«

»Wohin auch immer. Vielleicht geh ich ins Lager.«

»Alleine?«

»Was soll ich sonst tun?«

»Nein, ich laß es nicht zu, daß du dich von hier fortrührst! Mein Bruder ist im Gefängnis; im Vertrauen darauf, daß du hier bist, fügt er sich in sein Los. Wenn er erfährt, daß seine Tochter von diesem Lager zu jenem Lager und Stamm zieht, wird er verrückt. Nein, diesen Gedanken schlag dir aus dem Kopf. Und wenn Gol-Mammad davon hört, wird er dich daran hindern.«

Maral tat, als hätte sie Belgeyss' Worte nicht gehört, und sagte: »Mein Bleiben hier ist sinnlos, liebe Tante. Ich muß meinem Schicksal folgen.«

»Kein Wort mehr! Ich laß es nicht zu. Dein Vetter hat dich meiner Obhut anvertraut. Was denkst du dir denn? Daß ich dich mutterseelenallein in die Steppe ziehen lasse? Ist hier denn kein passender Ort für dich? Nein, setz dich und beruhige dich. Ich weiß, welche falsche Katze hinter all dem steckt. Laß Gol-Mammad zurückkommen, der wird alles ins Lot bringen. Ich weiß, woher das alles stammt. Aber mach dir keine Sorgen. Ich werde alles selbst in Ordnung bringen. Ich lasse nicht zu, daß sich etwas ändert. Soll dies zänkische Weib ihr Gift nur in die Seele von diesem und jenem spritzen. Soll sie sich in diesen ein, zwei Tagen, da ihr Mann nicht da ist, ruhig wichtig tun und lauter Blödsinn reden. Den Tag seh ich vor mir, an dem sie mir weinend zu Füßen fällt. Sie bildet sich so allerlei ein. Ich weiß, was sie quält. Soll es sie quälen! Diese sterile Stute glaubt, mein Sohn wird sich ihretwegen graue Haare wachsen lassen und seinen Wunsch nach einem Kind mit ins Grab nehmen! Bald wird sie erfahren, woran sie ist. Laß ihn erst mal zurückkommen. Dies wurmstichige Frauenzimmer, diese neidische Person. Wieviel sie auch leiden mag, es ist immer noch nicht genug. Seit gestern sehe ich, daß sie mit der ganzen Welt hadert. Sie tut, als hätte sie vierzig wertvolle Teppiche als Mitgift ins Zelt meines Sohns gebracht oder eine Herde Mutterschafe! Dieser glücklose, unselige Bastard! Seit dem Tag, als dies Weibsbild den Fuß in unser schwarzes Zelt gesetzt hat, haben wir keinen schönen Tag erlebt. Wart mal ab, wie ich es ihr stecken werde. Dieser Unglücksrabe! Als ob wir auch noch überaus zufrieden mit ihr sein könnten! Meinen Jungen hat sie verführt – was erwartet sie da noch von uns? Und du, mein Liebes, gräme dich nicht unnötig. Was hast du mit ihr zu tun? Wenn wir dies bißchen Weizen geerntet haben, gehen wir zu den Zelten. Da sind wir ungebundener. Dann brauchst du sie auch nicht dauernd vor den Augen zu haben. Da werd ich einen Webstuhl für dich herrichten, damit du Kelims weben kannst. Mach dir keine Gedanken. Solange dein Vater noch im Gefängnis ist, bleibst du bei uns. Hast du das kapiert? Alle anderen Gedanken schlag dir aus dem Kopf!«

Ein wenig getröstet sagte Maral: »Ich bleibe, bis mein Vetter zurück ist, aber danach weiß ich nicht, ob ich es hier aushalten kann. Bisher hab ich irgendwie gelebt, je nachdem gut oder schlecht, aber niemand hatte etwas gegen mich. Nirgends hab ich gelebt, wo ich denken mußte, ich sei jemandem im Wege.«

Belgeyss sagte: »Du mußt wissen, daß dieses Weib auch eifersüchtig wird, wenn eine Stute, eine Henne oder eine Hündin in der Nähe ist. In ihrer Brust ist nichts als Mißgunst. Außer sich selbst kann sie keinen andern sehen. Sie glaubt, dic Welt bestehe nur ihretwegen. Aber hier ist keiner auf sie angewiesen. Wenn sie das nicht ertragen kann, soll sie verschwinden. Soll verschwinden bis ans Ende der Welt.«

Maral, die ihre Scheu abgeschüttelt, ihre Sprache wiedergefunden hatte, sagte: »Ich bin's, die nirgends einen Platz hat. Nirgendwo gehör ich hin. Ich bin überflüssig. Im Lager war es so; mit den paar Tieren, die wir besaßen, hatte ich kein Glück, mit meinem Verlobten und meinem Vater passierte, du weißt ja, was, und nun ist es im Haus meiner Tante und meiner Vettern so. Ach, wäre ich doch ein Mann!«

Siwar brachte den Suppentopf, stellte ihn auf den Boden, die Unterhaltung brach ab.

Abendessen und Schlafen. Es gab nichts zu reden. Und Belgeyss hielt es nicht für klug, jetzt zu streiten. Bis Gol-Mammad kam, mußte alles bleiben, wie es war. Das Beste war also, daß jeder unter seine Decke kroch. Das verlangte auch die Müdigkeit. Alle waren müde und erschöpft, außer Schiru. Die war etwas traurig Marals wegen. Ihre einzige Freundin mochte sie nicht bekümmert sehen. Doch was konnte sie tun? Sie stand auf, um draußen ihr Lager zurechtzumachen. Wie jeden Abend. Aber Belgeyss sagte: »Heute nacht schlafen wir alle im Haus. Alle an einer Stelle!«

Schiru stockte das Herz: Warum das? Weil Gol-Mammad, der Herr des Hauses, nicht da war? Was machte das schon? Die Einwohner von Ssusandeh waren doch keine Fremden! Warum also? Belgeyss hatte doch wohl nicht von Schirus Heimlichtuerei mit Mah-Derwisch Wind bekommen? Hatte womöglich Maral, um sich lieb Kind zu machen, die Sache verraten? Nein, nein! Schiru sagte: »Ich kann nicht unterm Dach schlafen. Ich ersticke.«

»Einmal ist keinmal. Los, leg dein Bettzeug dort hin und schlaf!«

»Warum gerade heute nacht?«

Belgeyss gab ihr keine Antwort.

Schiru ließ nicht ab: »Wieso schläft denn Siwar allein in ihrem Haus?«

»Die schläft heute nacht auch hier. Alle schlafen wir hier neben dem Weizen.«

Welcher Weizen? Der, den sie geerntet hatten, oder der, den Gol-Mammad gebracht hatte? Gol-Mammad hatte doch Mehl gebracht. Offenbar waren Belgeyss' Gedanken woanders. Schiru sagte nichts mehr. Sie hockte sich vor der Tür an die Mauer. Belgeyss schrie sie an: »Seit heute früh kriechst du wie eine Heuschrecke im Staub herum. Willst du jetzt nicht deinen verflixten Kopf aufs Kissen legen?«

Schiru erwiderte: »Die Arbeit hab ich aus Zwang getan, aber zum Schlafen kann man ja keinen zwingen. Ich möchte einen Augenblick hier sitzen. Es ist windstill. Maral ist aus Angst vor dir unter die Decke gekrochen. Sie würde lieber auch eine Weile hier draußen sitzen und sich abkühlen. Schließlich geht der Sommer gerade erst zu Ende. Wie kann man sich da jetzt schon in den vier Wänden vergraben?«

Belgeyss drehte den Kopf auf dem Kissen hin und her und sagte: »Wer kann es schon mit deiner flinken Zunge aufnehmen? Bleib. Bleib da so lange, bis dir Gras unter den Füßen wächst!«

Als Belgeyss sich beruhigt hatte, trat Maral aus der dunklen Türöffnung, blieb stehen, blickte zum Himmel auf, stieß einen tiefen Seufzer aus und sah unwillkürlich zu Gareh-Ats früherem Platz hinüber. Sie setzte sich neben Schiru. Schiru fragte: »Bist du verstimmt?«

Maral antwortete nicht, senkte nur den Kopf.

»Sei nicht so traurig. Das macht alt.«

»Ich weiß nicht. Ich weiß nicht!«

»Hat Tante Belgeyss dich rausgeschickt?«

»Hmm … Sie scheint dir nicht zu trauen. Ich weiß nicht, warum.«

»Ich weiß es. Steh auf und laß uns da drüben hingehen. Hinter das Kamel. An den Backofen.«

Maral flüsterte Schiru ins Ohr: »Daß Belgeyss es nur nicht merkt!«

Schiru achtete nicht darauf. Sie faßte Maral am Handgelenk, zog sie hoch und führte sie in der unheimlichen, stillen Nacht hinter den Kamelhöcker. Sie setzten sich. Schiru fühlte sich hier sicherer. Ihre Unterhaltung würde nicht bis zu Belgeyss' Ohr dringen, und sie konnten die Bitternis der langen Nacht mit Geplauder durchbrechen. Außerdem gab es vieles, was Schiru Maral noch nicht gesagt hatte. Sie wußte nicht was, war aber sicher, daß sie Maral vieles zu sagen hatte und vieles von ihr zu hören bekommen würde. Was es auch sein mochte – für das, was sie vorhatte, brauchte sie Hilfe. Brauchte jemanden, der ihr vertraut war und sie trösten konnte. Obwohl Schiru, auch wenn es diesen Jemand nicht gäbe, zweifellos ihrem Verlangen nachgeben würde; aber es war ungewiß, wie sie die Nacht hinter sich bringen könnte. Wahrscheinlich würde sie wie ein kopfloses Huhn hierhin und dahin flattern oder unsinniges Zeug reden oder im stillen etwas zusammenphantasieren. Aber jetzt, wo sie in Maral solch eine Verbündete hatte, brauchte Schiru die Nacht, diese letzte Nacht, nicht allein und verlassen zu verbringen.

Ich weiß nicht, wie es kommt, daß man in Augenblicken der Ruhelosigkeit sein Alleinsein so schlecht ertragen kann. Es hängt davon ab, wie stark man ist. Bei all ihrer Tapferkeit und Pfiffigkeit war Schiru kein starker Mensch. Sie hielt es nicht für möglich, diese Nacht allein zu verbringen, außer wenn sie in ihrem Alleinsein frei wäre und alles unternehmen könnte, was ihr gefiel. Wäre es so, würde Schiru vielleicht bis zum Aufgehen des Mondes in der Steppe auf und ab gehen oder sich auf einen Hügel setzen und auf den Doberaran-Berg starren, ein Lied singen, zur Quelle gehen oder tausend andere Sachen beginnen, an die sie eben jetzt nicht dachte. Aber nun war es nicht so. Weder war sie allein, noch besaß sie diese Freiheit. Maral war bei ihr, und sie konnte ihr alles sagen, was sie auf dem Herzen hatte. Aber was? In solchen Augenblicken ist die Brust angefüllt mit Worten, aber die Zunge hat nicht die Kraft, sie auszusprechen. Schweigen krallt die Hand in die Brust, die Zunge stockt. Aber sobald sich der Mund fürs erste Wort öffnet, wird keinem anderen Menschen Gelegenheit zum Sprechen gegeben. Schiru nahm alle Kraft zusammen, das, was sie vergessen hatte, zu sagen: »Ich weiß nicht mehr, was ich dir sagen wollte. Alles hab ich vergessen … Du bist traurig. Warum?«

Wieder dieser Satz! Der enthält doch keinen neuen Sinn. Es gibt ja auch keine neue Antwort darauf. Wozu also all dies Sich-Eindrängen in die Seele eines anderen?

Maral antwortete: »Jetzt ist nicht die rechte Zeit für solche Gespräche. Ich darf nicht lange bei dir bleiben. Auch du darfst nicht lange draußen bleiben. Auf einmal merken die etwas. Wenn du mir also etwas zu sagen hast, sag es geradeheraus. Ich darf nicht lange bei dir bleiben. Sie mißtrauen dann auch mir. Morgen muß ich Rechenschaft ablegen. Nun mach schon, wenn du etwas zu sagen hast!«

Schiru sagte: »Hatte ich. Viel zu sagen hatte ich. Aber es ist, als hätte ich alles vergessen. Ich weiß nicht. Weiß nicht, was ich sagen soll. Ist überhaupt etwas geblieben, was ich dir nicht schon gesagt hätte? Was? Wirklich, was wollte ich dir eigentlich sagen? Ha? Wahrscheinlich hatte ich gedacht, ich müßte dir allerlei erzählen. Aber jetzt, wo ich darüber nachdenke, sehe ich: nein, nichts hab ich zu erzählen. Ich weiß nicht. Ich weiß nicht. Mein Verstand kommt da nicht mit. Was denkst du? Worüber soll ich sprechen? Aha, jetzt weiß ich's. Mein Bündel hab ich geschnürt und in der Krippe unterm Stroh versteckt. Auch meinen Ausweis hab ich genommen. All das hab ich getan, als ich den Becher holen mußte. Das wär's, mehr gibt es nicht zu sagen. Etwas bin ich auch im Zweifel. Ich hab Angst. Ich mache mir so allerhand Gedanken. Ich weiß nicht, was ich dir sonst noch sagen soll. Wenn sie dich morgen fragen, dich über mich aushorchen, was wirst du sagen? Was wirst du sagen? ... Sag, du weißt von nichts. Nur das. Und heute abend geh früher schlafen. Geh, ehe sie Verdacht schöpfen. Ich komme einen Augenblick später. Geh du! Schnell!«

Maral schwieg. Sie sah, daß Schiru immer bedrückter wurde; und ihrem Benehmen und ihren Worten war zu entnehmen, daß sie, je näher sie dem entscheidenden Moment kam, um so mehr erkannte, in was sie sich einlassen wollte.

Maral sagte: »Steh du auch auf, laß uns schlafen gehen. Aufgeregt wie du bist, werden sie aufmerksam auf dich, und plötzlich merkst du, daß sie dich nichts machen lassen.«

»Ich kann nicht. Ich kann nicht. Ich weiß, daß ich es in dem Loch nicht aushalten werde. Ich ersticke da.«

»Die Nacht ist noch lang. Du mußt irgendwie durchhalten. Wenn du schon jetzt so unruhig bist und aufgeregt mit den Flügeln schlägst, wirst du am Ende ganz mutlos. Du mußt dich hinlegen und versuchen zu schlafen. Weißt du, was es heißt, bis zum Aufgehen des Mondes zu warten? Wenn du dich so aufreibst, bringst du dich um. Beruhige dich. Laß uns gehen und schlafen. Wenn es soweit ist, werde ich mit dem Fuß deinen Fuß anstoßen und dich wecken.«

»Ich kann nicht. Unter diesem Dach ersticke ich. Ich kann da nicht atmen.«

Dennoch stand sie mit Maral zusammen auf und ging mit ihr. Maral fragte: »Wißt ihr schon, in welche Richtung ihr gehen werdet?«

»Was weiß ich? Die Zügel sind in seiner Hand.«

Weiter sagten sie nichts. Einen Augenblick später würden sie ins Haus treten. Und sie traten ein.

Im Haus war es dunkel. Der Docht der Talglampe war niedergebrannt, ihr blasser Schein erhellte geizig nur ein kleines Stück Wand über Belgeyss' Kopf. Belgeyss hatte das Bettzeug für Maral und Schiru hinten im Zimmer neben den Weizenbündeln ausgebreitet. Belgeyss selbst lag nahe der Tür und hatte Siwar veranlaßt, sich zu ihren Füßen an die Wand zu legen. Behutsam, geräuschlos gingen Maral und Schiru an Belgeyss vorbei. Aber noch hatten sie sich nicht auf ihr Lager gesetzt, als sich Belgeyss' Stimme vernehmen ließ: »Seid ihr nun fertig mit euren Herzensergüssen?«

Die Augen der Mütter scheinen immer offen zu sein.

Maral lachte vor sich hin, Schiru war kreuzunglücklich. Aber sie sagte nichts und legte den Kopf auf die Satteltasche, und auch Belgeyss schwieg, und alle schlossen – anscheinend – die Lider und machten sich auf den Weg in die Steppe des Schlafs. Aber wenige gibt es, die ahnen, was hinter den Lidern und in den Gedanken eines anderen vorgeht!

Stille hatte sich im Zimmer ausgebreitet. Auch von draußen kam kein Geräusch. Nur die Schlafenden, die von der Arbeit des Tages Ermüdeten, deren Gedanken nicht mehr umherschweiften, schnarchten leise und melodisch. Aber die, deren Schnarchen so voller Wohlklang war – schliefen sie wirklich, oder taten sie nur so? Wahrscheinlich schliefen sie. Warum sollten sie nur so tun? Weshalb? Kann einer dem anderen ins Herz schauen? Wußten die anderen, was in Schirus Innerem vorging? Ganz gewiß nicht. Doch Schiru, die sich selbst mißtraute, konnte keine Ruhe finden. An allem zweifelte sie. Sie war sich nicht sicher, ob eben jetzt Siwar schlief oder wach war. Ob sie nicht in diesem Augenblick mit geschlossenen Augen auf sie aufpaßte.

Schiru hätte unauffällig an Siwars Lager treten und ihr mit den Fingerspitzen die Lider öffnen mögen, um festzustellen, ob sie schlief oder nicht. Aber selbst wenn sie das getan hätte, hätte sie noch immer keine Gewißheit gefunden. Mißtrauisch, argwöhnisch war sie. Schirus Argwohn beschränkte sich nicht auf eine Person allein. Allen mißtraute sie. Auch ihrer Mutter, Belgeyss. Warum sollte Siwar, die von der heimlichen Verbindung Mah-Derwischs und Schirus wußte, in diesen ein, zwei Tagen nicht mit Belgeyss darüber gesprochen haben? Obwohl das unmöglich schien, weil Siwar und Belgeyss in diesen Tagen einander mit Blicken durchbohrten. Liebe ist gegenseitig. Auch der Haß. Belgeyss mochte Siwar nicht. Konnte sie nicht mögen. Abgesehen davon, daß nach Belgeyss' Meinung ihr Sohn und die Schwiegertochter nicht zueinander paßten, wollte sie einen Enkel haben. Ein berechtigter Wunsch jeder Nomadenmutter, jeder Mutter. Aber Siwar hatte kein Kind gebären können. Und so hatte sie keine Wurzeln schlagen können in der Sippe der Mischkalli und hatte auch nicht Fuß fassen können in Belgeyss' Herzen. Sie war nicht nur eine Fremde in diesem Haus, sondern eine lästige Erscheinung und in Belgeyss' Augen ein Störenfried. Dieser Eindruck, den Siwar auf Belgeyss machte, konnte natürlich nicht auf Gegenliebe stoßen. Wie du säst, so wirst du ernten. Daher war es unmöglich, daß Siwar, auch wenn sie von Schirus Absichten wußte, Belgeyss davon erzählt haben könnte. Vielleicht sähe sie es sogar gerne, daß Schiru ihr Vorhaben ausführte. So wäre sie wenigstens für eine Weile nicht mehr Zielscheibe von Wut und Ärger und würde Schiru diesen Platz abtreten. Ja, auf Siwars Abneigung Belgeyss gegenüber konnte man bauen und in der Hinsicht unbesorgt sein.

Sie schläft. Warum sollte sie nicht? Körperlich ist sie zerschlagen, seelisch zermürbt. Falls die Gedanken sie nicht wach halten, ist sie sicher eingeschlafen. Wozu sollte sie wach geblieben sein? Sie schläft. Sie schläft. Schiru wollte es so. Sie wollte, daß alle schliefen. Besser wäre es, wenn auch Maral schliefe. Stille. Stille. Schiru brauchte nur Nacht und Stille. Sollen die Augenblicke möglichst schnell vergehen. Aber Stille und Nacht waren Schirus Wünschen nicht gänzlich zu Willen. Jeden Moment konnte es geschehen, daß jemand aufstand, um Wasser zu trinken, oder daß jemand kam: Gol-Mammad, Beyg-Mammad, Chan-Amu, Madyar, vielleicht auch Chan-Mammad, der älteste Bruder von Schiru. Bis der Mond sein Antlitz zeigte, konnte tausenderlei Unvorhergesehenes geschehen. Es war möglich, daß Belgeyss' Zahn, dieser Zahn im Oberkiefer, wieder zu schmerzen anfing. Dann würde Belgeyss aufstehen, um etwas Salz in einen Lappen zu wickeln und auf den Zahn zu legen. Es konnte auch sein, daß Siwar, beunruhigt von den sie bedrängenden Gedanken, aufstand. Wie viele Nächte war es schon vorgekommen, daß Schlaflosigkeit Siwar dazu gebracht hatte, aufzustehen, nach draußen zu gehen und stundenlang schweigend an der Mauer oder beim Backofen zu sitzen! Was geschähe, wenn Belgeyss, weil Gol-Mammad nicht da ist, um für Sicherheit zu sorgen, dauernd den Kopf vom Kissen höbe und um sich blickte?

›Sieh mal, gerade bewegt sie sich. Was für Schrullen sie hat, diese Alte! Nun ist sie aufgestanden und rausgegangen.‹

Schiru blieb reglos liegen. Still und ohne zu atmen. Kurz darauf sah sie, wie Belgeyss Gol-Mammads Kamel aufstehen ließ und zur Haustür brachte. Siwar hatte ihm die Knie zusammengebunden, aber Belgeyss hatte den Strick von einem Knie gelöst und zog das Kamel auf die Türschwelle zu. Das Tier brüllte, Belgeyss zog es voran. An der Tür, dicht am Türrahmen, zwang sie es auf die Knie und band sie wieder zusammen. Danach ging sie das Futtertuch holen. Sie brachte es, breitete es vor der Schnauze des Tiers aus, ging ohne ersichtlichen Grund um das Kamel herum und trat wieder ins Haus. Sie setzte sich auf ihr Lager und heftete die Augen auf die nächtliche Dunkelheit und die Sterne, die auf dem Grund der Schwärze funkelten.

Was ging in Belgeyss vor? Worüber war sie besorgt? Warum schlief sie nicht? Der Gedanke an wen hatte sie aufgeschreckt? Die Erinnerung an wen? Die Erinnerung an was? Welcher Stachel quälte sie? Nichts war klar. Nichts ließ sich ergründen. Denn Belgeyss war verschlossen und äußerte ihre Vermutungen nicht so leicht. Schön, so ist es nun einmal. Aber was, wenn sie bis zum Morgen weiter so wach bleibt? Was soll Schiru dann tun? Nein, bis zum Morgen kann sie doch nicht wach bleiben? Müde und zerschlagen ist sie. Schlaf und Müdigkeit werden sie schließlich überwältigen. Aber warum ist sie gerade heute nacht so unruhig? Vielleicht hat sich ihr Herz in Sehnsucht nach den Söhnen zum Flug erhoben. Schließlich ist keiner von ihnen bei ihr. Nicht Chan-Mammad, nicht Beyg-Mammad und nicht Gol-Mammad. Nach welchem sehnte Belgeyss sich am meisten?

Schiru konnte das nicht erraten. Angenommen, sie erriet es – was dann? Aber deutlich war zu sehen, daß Belgeyss von innerer Unruhe erfaßt war. Das hatte sich auch nach außen übertragen. Sie wälzte sich auf ihrem Lager herum. War niedergeschlagen. Trank Wasser. Umschlang die Knie mit den Armen. Stützte das Kinn auf die Knie, starrte vor sich hin. Plötzlich streckte sie sich, krümmte sich wieder zusammen, mußte nochmals Wasser trinken. Endlich schien sich der innere Aufruhr zu legen. Sie beruhigte sich. Hatte sich beruhigt. Das Gesicht nach draußen gekehrt, saß sie mit verschränkten Beinen da und sah hinaus in die Finsternis. Schwärze über Schwärze. Geräuschlos und beängstigend.

Nur das Geräusch des wiederkäuenden Kamels. Maral atmete kaum. Auch Siwar. All das lähmte Schiru.

Wenn alles in gewohnter Weise vor sich gegangen wäre, hätte Schiru vielleicht niemals das Gefühl gehabt, in eine erstickende Enge gepreßt zu sein; aber jetzt, nachdem Belgeyss' Schlaflosigkeit sie in Erregung versetzt hatte, war es Schiru, als läge eine schwere Last auf ihrer Brust, unter der sie sich nicht rühren konnte. Sie wollte aufstehen, konnte es aber nicht. Sie wollte frei und leicht atmen, konnte es aber nicht. Sie fand nicht einmal die Kraft, sich auf ihrem Platz zu bewegen, aus Angst, daß Belgeyss ihre Verfassung bemerkte. So wie sie ausgestreckt dalag, schien sie erstarrt zu sein. Nicht einmal die Hände konnte sie bewegen. Ihre Augen standen offen. Die Augäpfel waren in ihren Höhlen ausgetrocknet, die Kiefer fest zusammengepreßt. Die Wimpern waren wie aus Stroh, und in ihren Ohren kehrten immer die gleichen dumpfen, verworrenen Töne wieder. Ihre Muskeln waren verkrampft, die Finger ineinander verschränkt, die Kehle trocken wie Holz. Nicht einmal schlucken konnte sie. Eine Leiche im Sarg!

War das Schiru, die da so erstarrt lag? Ein plötzliches Erschrecken! Schiru nahm sich vor, was auch kommen möge, sich zu bewegen. Aber das fiel ihr schwer. Gefühl der Ohnmacht. Als sei alle Lebenskraft aus ihrem Körper gewichen. Oder als läge so etwas wie ein Alp auf ihr. Aber sie war sicher, daß keine dieser Vorstellungen zutraf. Doch warum war sie wie festgenagelt? Sie lebte und wußte das auch; aber sie wußte auch, daß keine Kraft in ihrem Körper war. Warum wohl? Das wußte sie nicht. Schließlich holte sie tief Atem, rollte sich schnell auf die Seite, und weil es ihr gefiel, wälzte sie sich ein paarmal hin und her. So viel sie konnte, atmete sie ein und aus und ließ die Arme, zwei Taubenflügel, locker auf beide Seiten fallen. Sie drehte und wendete den Kopf. Als ob sie alle Glieder ihres Körpers prüfen, sich vergewissern wollte, daß sie heil und gesund war. Sie zog die Beine an, streckte sie hoch und ließ sie sinken. Sie öffnete und schloß langsam die Lider und begann zu zwinkern. Sie löste die ineinanderverkrampften Finger und versuchte, ihre Bewegungsfreiheit wieder zu erlangen. Endlich beruhigte sie sich. Der Atem kam regelmäßig, die Glieder gehorchten ihr. Jetzt konnte sie nachdenken. Aber die Gedanken stießen wieder gegen eine Felswand. Belgeyss saß immer noch still an der Tür und blickte hinaus. Und das war die erste Wand, die sich vor Schirus Gedanken auftürmte. Wirklich, warum schlief sie nicht?

»Ha, Mutter, warum legst du dich nicht schlafen?«

Still, ohne Bewegung, ohne der Tochter den Kopf zuzuwenden, sagte Belgeyss trocken und brüsk: »Schlaf du selbst!«

Sie ließ Schiru keine Möglichkeit zu weiterem Sprechen. So wälzte Schiru nur in stiller Wut den Kopf auf dem Kissen hin und her. Ein verwundetes Reh. Was wird geschehen? Wie spät ist es? Schiru hatte keine Ahnung. Auch die Zeit war ihr abhanden gekommen. Sie lag nicht auf ihrem gewohnten Platz, wo sie vom Himmel und von den Sternen die Zeit hätte ablesen können. Sie hatte Angst, daß der Schlaf an sie herantreten, seine Schwere auf ihre Lider senken und sie mit sich forttragen könnte. Voller Sorgen war sie. Und nicht einmal mit Maral konnte sie sprechen. Wer weiß, ob nicht auch sie der Schlaf überwältigt hat? ... Angenommen, sie ist wach; was kann sie tun? Oh, diese Belgeyss! Wenn sie sie nicht gezwungen hätte, unter dem Dach zu schlafen, könnten sie unter dem Himmel bis zum Aufgehen des Mondes miteinander flüstern und die Zeit angenehm und in prickelnder Aufregung verbringen. Aber jetzt waren sie gefangen.

Was sonst ist ein Gefängnis? Sieh sie an; sie ist der Gefängniswärter! Da an der Tür hockt sie wie ein Felsblock am Flußufer und rührt sich nicht. O Gott, diese Frau, diese Mutter, die den Sagengestalten gleicht, bis wann will sie da so ausharren? Doch wohl nicht bis zum Morgen? Oder doch? Nimm ihr die Kraft, mein Gott, laß die Müdigkeit sie unterkriegen, sie niederwerfen. Hat sie denn nicht vor, morgen früh zum Feld zu gehen und die unglückseligen Weizenhalme wie Haare von einem kahlen Kopf auszureißen? Warum denkt sie nicht wenigstens an die morgige Arbeit? Für Arbeit gibt sie doch ihr Leben hin! Sie hat doch wohl nicht mein Vorhaben erraten? Bloß das nicht. Bloß das nicht. Bestimmt nicht. Wenn sie es erraten hätte, würde sie nicht so unverhohlen wach dasitzen, würde es nicht zeigen. Wenn sie Wind von der Sache bekommen hätte, würde sie sich sicher in den Finger geschnitten und Salz auf die Wunde gestreut haben, damit das ständige Brennen den Schlaf von ihren Augen scheuchte. Und selbst dann würde sie sich nichts anmerken lassen und heimlich aufpassen. Oh, diese starrköpfige Frau! Sag doch, was mit dir ist, daß du dich nicht hinlegst! Was ist mit dir los?

Du hast dich doch vom ersten Sonnenstrahl bis zum Einbruch der Nacht in der Gluthitze wie eine Zecke an den Boden geklebt und von Erde und Staub Ähren gelesen. Warum legst du deinen müden Körper nicht zum Schlafen hin? Warum?

Die Augenhöhlen trocken, der Schlaf von den Augen geflohen, weit entfernt von Gedanken an Schiru und dem, was in ihr vorging, spulte Belgeyss die Zeit ab. Ihre Schlaflosigkeit war von besonderer Art. Gelegentlich litt sie daran. Nicht immer, gelegentlich. Heute nacht war das eine dieser Nächte. Ihr Kopf war leer. Der Schlaf mied sie. Sorgen und Befürchtungen hielten sie wach, eine Flut von Schemen und Trugbildern kreiste in ihrem Innern: Gol-Mammad! Gol-Mammad entfernte sich, entschwand aber nicht den Blicken der Mutter. Für kurze Zeit verlor er sich in Rauch. Tauchte aus Staub auf. War wieder weit weg, wieder verloren. Belgeyss wußte nicht, was im Innern der Staubwolke vor sich ging. Rotes Blut spritzte herum. Der Staub rötete sich, verlor die Farbe. Dumpfes, entferntes Geschrei drang ans Ohr. Ein Schrei zerriß das blutige Herz des Staubs. Ein Pferd stolperte. Ein Reiter wurde abgeworfen. Blutiges Wiehern. Töne. Töne aus durstigen Kehlen. Belgeyss hörte die Töne mit dem Ohr der Seele. Entsetzen. Etwas höhlte das Herz von Belgeyss aus. Welch eine Nacht!

Sie stand auf. Schwerfällig, müde. Sich auf die Hände stützend. Einen Augenblick blieb sie stehen und füllte mit ihrer schlanken, hochgewachsenen Gestalt die Türöffnung aus. Dann trat sie in den Hof. Die Nacht hielt stumm den Kopf gesenkt und war bar aller Stimmen und Geräusche. Die Sterne, nackte kleine Dolche, funkelten unentwegt. Die Mauer der Nacht wirkte höher, das Umfassungsmäuerchen des Hauses viel niedriger. Das wie ein Backofen halb in die Erde gebaute Haus sah aus wie ein entkräfteter Fremder, der, nach einem Bissen verlangend, den Mund öffnet. Mauern und Dächer glichen der Leiche einer geplünderten Karawane; und Belgeyss war die erschöpfte, alleingebliebene Schwester der Karawane. Die Müdigkeit des Tages hatte sie noch in den Beinen. Sie ging zu Gol-Mammads Kamel, das langsam wiederkäute. Sie ging weiter. Ihr Herz, ihre Seele waren aufgewühlt. Eine innere, verborgene Qual. Sie begann auf und ab zu gehen, ohne Sinn, ohne Ziel. Sie durchquerte den Hof, kehrte um, kam zurück, stellte sich neben das Kamel, grub unwillkürlich die Hand in die Wolle des Höckers, kraulte dann den

Hals des Tiers, ging einmal um das Kamel herum, stellte sich an die Mauer, setzte sich einen Augenblick und lehnte den Rücken an. Wo lag die Wurzel dieser Aufregung? Wo war die Geduld, sitzen zu bleiben? Sie stand auf, und als flüchtete sie vor etwas, vor sich selbst, schlich sie ins Zimmer, setzte sich auf ihr Lager, erhob Hände und Gesicht in der nächtlichen Dunkelheit und betete für Gol-Mammad: »O mein Gott, deinem Schutz vertraue ich ihn an!«

Der letzte Trost, das letzte Wort, das einem bleibt.

Danach beruhigte sie sich, stützte den Ellbogen aufs Kopfkissen, den Kopf in die Hand und blieb so sitzen.

Schiru atmete erleichtert auf und betete: »O mein Gott, mach, daß sie einschläft!«

Belgeyss hatte ihre Abmachung mit der Nacht, die so unglückverheißend schien, getroffen. Nun mußte sie schlafen, obwohl sie sich noch nicht gänzlich von ihren Gedanken befreien konnte. Der verborgene Aufruhr der Seele, der so heftig in ihr ausgebrochen war, legte sich nur langsam. Es mußte noch eine Weile vergehen, bis sie die stützende Hand loslassen, den Kopf aufs Kissen legen, die Lider der Trägheit des Schlafs überlassen konnte; bis der rauchfarbene Schlaf, ein zarter Rauch, ein feiner Staub, dann eine leichte Brise sich auf ihre Augen legte und die langen, rauhen Wimpern sich umarmten und ruhten.

Das schwere Atmen des Schlafs ist von einer ganz besonderen Art. Wenn vier Personen unter einem Dach schlafen, erzeugt ihr regelmäßiges Atmen eine einschläfernde Melodie. Aber wenn eine von ihnen schlaflos ist, kann man sie an ihrem Atemholen, an ihrem unruhigen Atmen erkennen: Das Atmen des Schlaflosen hat eine andere Melodie als die des Schlafenden. Sein Daliegen entbehrt der gelösten Ruhe, sein Körper folgt nicht dem Rhythmus des Schlafs. Der schlafende Mensch ist sich seiner selbst nicht bewußt. Hat sich aufgegeben. Arme und Beine, Nacken und Haar, alle liegen frei und ungezwungen da. Er weiß nicht, wie sein Körper zugedeckt ist, hat keine Ahnung von der Nacktheit seines Leibes.

Der Schlaflose aber ist nicht so. Er wälzt sich hin und her. Sein Körper ist nicht schlaff, auch nicht starr. Er schlägt mit seinen Händen und Armen um sich, mit seinen ruhelosen Händen und Armen. Ist nervös. Zieht die Beine an und streckt sie wieder aus. Dreht gequält

Kopf und Hals hin und her. Der Schlaflose ist wie zerschlagen, übelgelaunt und voller quälender Erwartung. Kann nicht still liegen. Nachdem er lange mit sich gekämpft hat, reißt er sich zusammen, steht auf, wirft sich etwas über, stürzt aus der Tür und setzt sich – falls es die gibt – der frischen Brise aus und atmet gierig die reine Luft ein. Eine Handvoll Wasser ins Gesicht. Danach geht er zu einem Platz, einer Mauer, einem Acker, zu einem Teich oder einem Bach, spinnt Gedanken, überlegt, ob er nichts Neues zum Nachdenken findet, in der Hoffnung, daß klare Gedanken ihn aus der Enge der wirren Phantasien befreien und eine erlösende Müdigkeit ihn überkommt. Verlangen nach dem Bett. So setzt der Schlaflose, zweifelnd, aber hoffend, daß er einschlafen wird, den nackten Fuß auf die Matratze, läßt den zerschlagenen Leib fallen und wartet darauf, daß die Lider sich schließen.

Doch ist das nur dann möglich, wenn keine Angst im Spiel ist. Wenn die Seele nicht gefangen ist. Wenn sie frei ist von innerer Aufregung, nicht bedrängt ist von der Nacht und dem, was bevorsteht, vom Gedanken an den morgigen Tag und an die Mutter, vom Gedanken an die Wut des Bruders und den Kummer des Vaters. All diese Ängste, diese quälenden Ängste haben ihr Herz gespalten, sie in einen Nebel aus Zweifel, Hoffnung und Erwartung gehüllt. Die Nacht, die schon immer Schirus Phantasie angeregt hat, ist angsterregend geworden. Aber was für eine Nacht ist diese Nacht!

Die Ursache von all dem liegt in Schiru selbst. Die Nacht ist eine Nacht wie jede andere. Aber Schiru ist nicht mehr die gleiche. In ihrem Herzen verbirgt sich ein Geheimnis, und die Nacht würde nur dann wie jede andere werden, wenn dies Geheimnis sich aus Schirus Herz davonmachte. Doch diese Nacht muß durchgestanden werden, diese fiebrige, unruhige Nacht. Die heutige Nacht ist die Nacht der Unfreiheit und die Nacht der Befreiung. Nacht der Angst und Nacht der Leidenschaft. Nacht der Furcht und Nacht der Liebe. Es ist die Nacht der geheimen Verabredung. Des Zerreißens der Ketten. Auf der Grenze zwischen allen vergangenen und allen kommenden Nächten steht diese Nacht. Und in dieser Nacht wird diese Grenze überschritten. Zwietracht und Feindschaft haben sich auf beiden Seiten erhoben. Auf dieser Seite Sklaverei, Gefesseltsein, auf jener Seite Befreiung und Rettung. Im Herzen der Nacht treffen heute diese beiden Feinde aufeinander. Schulter an

Schulter. Nacken an Nacken. Sie vermischen sich, gehen ineinander über, werden eins. Die Bösartigkeit von diesem und die Gutartigkeit von jenem vereinigt. Beide ineinander, zusammen, füreinander; und machen sich auf den Weg.

Schiru jedoch, dies hartnäckige Mädchen, wollte das nicht wahrhaben. Wie fern lag ihr ein solcher Gedanke. Sie wünschte und glaubte, daß ab Mitternacht ihr Leben ebenso wie die Nacht auf einen neuen Tag zugehen werde. Die Vorstellung, daß das Leben für ihresgleichen überall und immer die gleiche Farbe hat, unwandelbar ist, wäre ihr unerträglich gewesen. Sie wollte nicht wahrhaben, daß der morgige Tag wie alle Tage sein wird. Für sie, in ihrer Phantasie, würde der morgige Tag unzweifelhaft farbiger sein. Ungeachtet ihrer Jugend war sie nicht so unreif, daß sie für sich sorglose Tage erwartet hätte. Die Schwere des Lebens und die Heimatlosigkeit hatte sie tausendmal erfahren. Sie war auf zermürbende, schwere Tage vorbereitet, aber all das wog nichts um Mah-Derwischs willen: ›Ich bin bereit, jedes Opfer für dich zu bringen.‹

Sie wollte nicht wahrhaben, daß ständiges Zusammenleben die Blüte der Liebe verwelken läßt. Jedenfalls hatte Schiru die Augen vor jeder Verwundung und Demütigung verschlossen. Gesegnet sei die Sehnsucht nach dem Geliebten und das Vereintsein mit ihm. Morgen ist ein einzigartiger Tag, heute eine ganz besondere Nacht. Vor Schirus Augen teilte sich die Nacht: in eine Hälfte bis zum Aufgehen des Mondes und in eine Hälfte danach. Nur diese Seite des Mondes war wert, angesehen zu werden: rot glühend wie Leidenschaft. Doch jene Seite des Mondes, an die Schiru noch gefesselt war, war rauh, schwer, dunkel. Das Herz ist in Aufruhr. Dem ist immer so: Die sich hinschleppenden Augenblicke vor etwas Neuem – Geburtswehen – bergen eine versteckte Angst und eine unbekannte Hoffnung in ihrem Schoß. Sind schwanger mit Zweifel und Schmerz. Doch wenn dann endlich das Neue beginnt, ist alles ganz anders: Tat und Willen drängen hervor wie Wellen. Der Wunsch nach Befreiung wird übermächtig. Ein Meer. Aber dieser Augenblick der Neugeburt ist so wertvoll und selten, er verlangt einen hohen Preis, so gewaltig wie der Schmerz. Doch er kommt, und ihm voraus kommt ein Bote, der fordert – Geduld: ›Du mußt auf ihn warten, darfst die Last des Wartens nicht abwerfen. Du mußt ausharren. Mußt ruhig sein. Er kommt, kommt bestimmt.‹

Aber ruhig zu sein ist nicht möglich. Das Herz ist in Aufruhr. Der Puls rast. Das Blut tost. Das Auge ist des Wachens müde. Die Phantasie flattert ratlos. Das Ohr nimmt die nichtigsten Geräusche wahr. Die Finger haben sich ineinander verkrallt. Du hast die Herrschaft über dich verloren. Die Hände gehorchen dir nicht. Sie tasten sinnlos herum an Knöpfen, an den Taschen, an einer Haarsträhne, die unter dem Kopftuch hervorlugt. Warum ist der Rockbund ausgerechnet heute nacht so eng geworden? Umsonst bist du verärgert. Als ob du in Zeit und Raum keinen Platz hättest. Du bist rastlos, ungeduldig. Du mußt dich aber zusammennehmen, mußt dir in die Lippen beißen, die Hand aufs Herz drücken. Wie schwer dieses Herz schlägt! Du mußt ruhig atmen, denn wenn du den Atem auf einmal ausstößt, kann er dir die Kehle zerreißen. Dies ist doch kein Atem, ist ein in der Brust steckengebliebener Schrei, der in die weite Steppe hinaus will. Du bist in die Fänge der Zeit geraten, und der Mond will nicht aufgehen. Der Mond geht nicht auf. Der Mond geht nicht auf!

Doch wie lange noch dies Getändel? Bis wann? Das Leben geht zu Ende. Wieso geht dann die Nacht nicht zu Ende? Nein, das ist nur Einbildung. Die Nacht ist nicht an einer Biegung, einer Dachzinne, an einem Trümmerhaufen hängengeblieben. Die Nacht ist nicht stehengeblieben. Die Nacht fließt, strömt vorüber. Sie besiegt die Augenblicke. Sie hält Stillstand nicht aus, die Nacht. Sie flüchtet vor ihrem eigenen Schatten. Du, Schiru, solltest das wissen. Halte dein Herz im Zaum. Haste nicht. Du bist durstig. Hast unmäßigen Durst. Das quält dich. Keine vergebliche Hast. Das Himmelsrad dreht sich. Augenblick auf Augenblick entflieht und ergießt sich ins Nichts. In die Tiefe des Nichts. Der Mond zieht seinen Leib aus der dichten Schwärze und setzt sich müde auf die Schultern des Doberaran-Berges, macht es sich wohnlich und bequem und legt sich hin. Er ist noch ungeduldiger als du, will glänzen. Auch wenn du ihn in Fesseln legst, bleibt er nicht an Ort und Stelle. Er kommt. Er kommt. Steh auf und mach dich bereit. Heute nacht wirst du von deiner Sippe getrennt. Steh auf. Steh auf!

Schiru hört die Stimme ihres Herzens. Sie kennt die Sprache ihres Herzens. Fühlt die Geburtswehen. Sie weiß, daß sie den Fuß auf eine neue Stufe setzt. Schiru schreitet mit offenen Augen aus. Sie weiß, daß der Durst nach Liebe sie auch in die Hölle ziehen kann. Schiru sieht vor sich die Farbe ihres Bluts am Dolch des Bruders. Sie hat sich tapfer für die Reise gerüstet. Sie ist die Schwester von Gol-Mammad, will um nichts hinter dem Bruder zurückbleiben. ›Dein Blut fließt auch in mir. Ich trete meine ungewöhnliche Reise an. Gott mit dir, gewohntes Leben, ruhiges Leben, Leben in Gehorsam.‹

Willkommen, Auflehnung! Willkommen, Aufruhr! Leise wie eine Schlange, die sich aus ihrer Haut schält, schlüpfte sie aus dem Bett. Einen Augenblick blieb sie sitzen und wartete ab. Der schwere Atem des Schlafs und die nächtliche Dunkelheit füllten das Haus vollkommen aus. Sie war nun sicher, daß niemand wach war. Sie zog die Knie an, stand leise auf, knöpfte ihre Jacke zu, zog den Rock hoch und hastete an der Mutter vorbei. Die Stoffschuhe erwarteten sie an der Türschwelle. Sie hob die Schuhe auf, klemmte sie unter den Arm und blickte nochmals zu den Schläferinnen hin, als verabschiede sie sich mit angsterfüllten Augen von ihnen. Furcht, daß sie die Lider heben könnten, jagte ihr Herz. Grundlose Befürchtung. Zerschlagen von der Arbeit des Tages, waren die Frauen jetzt, mitten in der Nacht, in tiefen Schlaf gesunken und in tiefe Ruh.

Schiru trat aus der Tür, blieb kurz neben dem Kamel stehen und lauschte. Falls es ein Geräusch gab, wollte sie es einfangen. Doch nein; große Stille hatte die Nacht erfüllt. Sie spähte in die Nacht. Kleine, funkelnde Dolche durchbohrten sie. Der Leib der Nacht, durchbohrt von Sternen. Auch die winzigsten waren zu sehen. Ein über den Himmel gespannter silberbeschlagener Schirm. Wächter der Nacht und der Ebene. Schiru ging zur Krippe, zog ihr Bündel unter Streu und Stroh hervor, kam zurück und ging ohne zu zögern mit gesenktem Kopf zur niedrigen Umfassungsmauer. Fest und selbstbeherrscht zertrat sie die Fetzen der Angst unter ihren Füßen. Prüfend blickte sie um sich und ging weiter. Sie wandte den Kopf und schaute noch einmal zurück. Gol-Mammads Kamel sah sie an. Schiru wandte die Augen ab, setzte den Fuß auf den weichen Boden der Gasse und rückte das Kleiderbündel auf dem Kopf zurecht.

Hinter der Mauer lag die Steppe, und Schiru ging auf die Steppe zu. Die große, furchterregende Steppe. Die Nacht hatte sich darauf gelegt. Verschmolzen Dunkelheit und Erde. Nirgends ein Licht. Die Stille senkte Angst und Zweifel ins Herz. Die Einsamkeit wurde deutlich fühlbar. Schiru sah sich selbst, sah ihre Einsamkeit und fühlte Entsetzen im Herzen. Angst vor dem Geräusch ihrer eigenen Schritte. Der kalte Atem der Nacht auf der Haut der Wangen. Völlige Dunkelheit. Je weiter sich Schiru vom Weiler entfernte, desto tiefer wurde ihr Gefühl der Einsamkeit. Mit jedem Schritt ein Schritt näher zum Herzen der Ungewißheit. Trotzdem hatte sie keinen Gedanken an Rückkehr. Sie fuhr sich selbst an, preßte die Zähne aufeinander. Sie stapfte durch die Nacht, ließ Mauern und Dächer hinter sich und ging. Der sanfte Wind der offenen Ebene wand sich in ihrem Rock und streifte ihre Waden mit trockenen Gräsern. Aber Schiru war ein Kind der Steppe. Kind des Berges. Tochter von Feld und Ebene. Gefährtin von Wolf und Hund, Schaf und Pferd. Auch jetzt trug sie ein Messer im Gürtel, obwohl sie wußte, daß sie in dieser Jahreszeit keines Messers bedurfte: Weder hatte sie die hungrigen Wölfe des Winters zu fürchten, noch die herumstreunenden Wanderer der Sommermitte. Es war Herbstanfang. Die kühle Brise von Nischabur konnte man schon auf der Haut fühlen. Trotzdem darf man nicht leichtsinnig sein. Wo keine Furt ist, soll man nicht ins Wasser springen. Einsamer Mensch! Immer lauert Gefahr auf dich. Das Herz muß vertrauen können, muß eine Stütze haben. Dann braucht man sich nicht zu fürchten. Es ist Nacht – was macht das schon. Einsamkeit – was macht das schon. Wozu Angst? Angst schwächt die Beine. Sie ist doch keine Nahrung für dein Herz, Tochter der Steppe, es ist eine Schande, sich vor der Nacht zu fürchten. Ein tapferes Herz muß man haben. Die Nacht ist nichts als Nacht. Also vorwärts!

Um auf einem Umweg zur Quelle zu gelangen, mußte man über den Hügel gehen. Schiru erklomm die Brust des Hügels und stieg auf der anderen Seite hinab. Jenseits der Quelle: Der Umriß eines Mannes und eines Pferdes. Beim Geräusch von Schirus Schritten wandte die Stute den Kopf und neigte die gespitzten Ohren nach vorn. Gleichzeitig mit der Stute drehte sich auch der Mann um. Schiru verlangsamte den Schritt. Zweifel. Der Mann rief Schiru beim Namen. Eine bekannte Stimme. Schiru beschleunigte den Schritt. Mah-Derwisch lenkte die Stute zu ihr hin. Schiru kam heran. Brust an Brust. War es das Herz der Erde, das so schlug?

Verweilen war gefährlich. Mah-Derwisch nahm Schiru das Kleiderbündel vom Kopf und befestigte es auf der Kruppe der Stute. Schiru hob den Zügel vom Boden auf. Mah-Derwisch setzte den Fuß in den Steigbügel, schwang sich in den Sattel und streckte Schiru die Hand hin. Sie legte die Hand in seine Hand, stellte den Fuß auf seinen Fuß, löste mit einem Ruck den anderen Fuß vom Boden und setzte sich hinter ihn auf die Stute. Mit den Armen umfaßte sie Mah-Derwischs Hüften. Mah-Derwisch drehte sich zu ihr um. Ein Wort voll von Verlangen und Sorge. Der warme Atem des Mannes auf Schirus Gesicht. Schiru konnte nicht mehr an sich halten. Sie legte den Kopf auf seine Schulter und preßte die vollen Brüste an seinen Rücken: »Bring mich fort, nimm mich mit! Galoppiere. Galoppiere. Bring mich fort von hier!«

»Beruhige dich. Nur ruhig.«

»Ich dachte, du kämst mit dem Mond. Aber noch ist der Mond nicht aufgegangen!«

Und da war der Mond. Er ging auf. Zwischen den beiden Spitzen des Doberaran-Berges. Ein Messingtopf auf einem steinernen Herd. Über Schiru brach die Nacht entzwei.

Zweiter Teil

I

Dicht beieinander galoppierten die fünf Reiter im Maruss-Tal: Chan-Amu, Ssabr-Chan, Madyar, Ali-Akbar, der Sohn von Hadj Passand, und Gol-Mammad. Fünf Männer der Mischkalli-Sippe. Vor sich den Kelidar ritten sie, eingehüllt in den von den Pferdehufen aufgewirbelten Staub und in Sonne. Die Sonne hatte sich geneigt, und die Schatten der Männer und Pferde fielen schräg auf den Boden und liefen vor ihnen her. Die Gruppe legte den teils ebenen, teils unebenen Weg schweigend zurück.

Gol-Mammad wollte nicht vorausreiten, aber das lag nicht in seiner Hand. Gareh-At war es, der unaufhaltsam vorwärts stürmte und kein anderes Pferd an sich herankommen ließ. Senken und Anhöhen im Nu überwindend, jagte er voran mit seiner breiten Brust und den behenden Vorder- und Hinterbeinen. Nur mit Mühe konnte Gol-Mammad den Rappen auf dem Pfad und sich selbst im Sattel halten. Denn der Rappe und sein Paßgang, sein schneller Galopp, waren Gol-Mammad noch nicht vertraut, und nicht immer konnte er den Zügel nach seinem Willen lenken. So bemühte er sich, sich dem Rappen anzupassen, ihn nicht zu sehr zu zügeln, ihm seine Freiheit nicht zu beschneiden, ihn nicht zu erzürnen, eher zu besänftigen. Nur ja nicht vor den Augen seines Onkels Chan-Amu, vor den Augen seines Vetters und Ssabr-Chans, des Schwiegersohns von Chan-Amu, aus dem Sattel geworfen werden! Hoch aufgerichtet saß er auf dem Pferderücken, und aufrecht wollte er bleiben. In der Gruppe war er der Jüngste. Deshalb mußte er sich besonnen verhalten, durfte aber auch nicht gedemütigt werden. Durfte sich nicht zu sehr in die Brust werfen, durfte sich aber auch nicht bloßstellen dadurch, daß er es nicht fertigbrachte, das Pferd – auch wenn es Gareh-At war – in der Gewalt zu haben. Er mußte das Pferd im Gleichklang mit der Gruppe galoppieren lassen. Nicht langsamer und auch nicht schneller. Verstohlen wollte er Gareh-At veranlassen, sich nach den anderen Pferden zu richten. Aber das war äußerst schwierig.

So ungebärdig und ehrgeizig jagte der Rappe voran, daß die anderen trotz aller Anstrengung immer nur den Staub schluckten, den Gareh-At aufwirbelte.

Wütender als alle anderen beschleunigte das Pferd von Madyar seinen Gang, um an die Seite des Rappen zu gelangen. Vergebliche Müh! Bisweilen glückte es ihm, mit dem Maul die Flanke des Rappen zu erreichen. Madyars Pferd mit seinem sandfarbenen, blaßrosa gefleckten Fell hatte einen schlanken Körper, zierliche, hübsche Fesseln und Hufe und war behende und schnell. Munter galoppierte es gleichmäßig dahin. Sein Äußeres war makellos, schön wie eine Braut am Hochzeitstag: der Hals gestreckt, die Ohren kurz und schmal, die Augen wachsam, der Schädel wohlgeformt. Mit seinem flachen Bauch wirkte es etwas mager, aber nicht schmächtig. Den langen Schweif hatte Madyar zweimal geknotet, und die lange Mähne wehte ihm beim flinken Galopp um die Stirn.

Madyar, verliebt, waghalsig – einer der seltenen Menschen, die man trotz aller Fehler, die man an ihm kennt, gern hat –, saß lässig und sicher auf seinem schnellen Renner. Von einem Gedanken besessen, war sein Blick an einem fernen Punkt haften geblieben. Pferd und Zügel beherrschend, glitt er im Sattel hin und her. Sein Galoppieren glich dem Flug eines Falken: Die Weste berührte die Pferdemähne, die Enden seines Umhangs flatterten im Wind. Behende und leicht flog er dahin. Auf der Suche nach Beute, pfeilschnell. Auch sein Gesicht paßte dazu: scharfe Backenknochen, langes Kinn, schwarzer Schnurrbart mit dünnen, leicht nach oben gebogenen Spitzen. Honigfarbene Pupillen in einem Becher alten Weins, der sich jetzt im Wind etwas zu neigen schien. Die Enden seiner sanft geschwungenen Augenbrauen zeigten etwas nach oben. Eine offene, wohlgeformte Stirn mit ein, zwei blassen Falten, die offenbar dem Zugriff der Zeitläufe nicht entgangen waren. Die Haare tiefschwarz, weich und dicht, schauten unter der Mütze hervor und tanzten im Wind.

Madyar war nicht sehr viel älter als sein Neffe Gol-Mammad. Vielleicht fünf oder sechs Jahre. Wie schon gesagt, war er der jüngste Bruder von Belgeyss. Aber er war schlanker und größer als Gol-Mammad, auch besser aussehend und mutiger als er. Auch lebhafter und eigensinniger. Einer jener Steppenmenschen, die die Jagd auf Falken und Hirsche mehr liebten als das Feilschen um Wassergeld und Zeltplatz. Zum Handel mit Vieh spürte er keine Neigung, lieber schweifte er herum und nahm alles auf die leichte Schulter. Er war einer von denen, die die Welt mit allen Sinnen und vor allem mit den Augen in sich aufnehmen, deren größtes Glück es ist, auf einem feingeknüpften Teppich mit Gleichgesinnten im Schatten eines Weidenbaums am Bach zu sitzen, selbstgekelterten Wein zu trinken, schöne Reden zu führen und sich anzuhören, wundersamen Erzählungen und Geschichten zu lauschen und das Herz den aufregenden Tönen eines Dotar zu öffnen. Gesellig, gastfreundlich und freigebig war er, wenn er zu der Zeit, in der Butter und Sahne hergestellt werden, Freunde in seinem schwarzen Zelt empfangen konnte. Ein Mann des Feierns und ein Mann des Kampfes, eigensinnig, manchmal ungezügelt. Wenn er nichts Besseres zu tun hatte, hetzte er die Hirtenhunde aufeinander, sah ihnen zu, wie sie sich ineinander verbissen, in dem Wunsch, Blut fließen zu sehen. Manchmal zog es ihn nachts auf die Spitze eines Hügels, wo er sich unter dem nächtlichen Sternenregen ausstreckte und alle Liebeslieder, an die er sich erinnerte, aus voller Kehle sang. Aber niemals hätte er sich dazu hergegeben, auch nur einen Augenblick wie Gol-Mammad die Sichel in die Hand zu nehmen und sich zum Mähen auf den Boden zu hocken. Auch wenn man ihn geprügelt hätte, würde Madyar eine solche Arbeit nicht angerührt haben. Er hatte für niemanden zu sorgen, nicht einmal um seinen eigenen Unterhalt kümmerte er sich. Kam ein mageres Jahr, zog es Madyar vor, sich als Wegelagerer durchzuschlagen, statt wie eine Zecke am Boden zu kleben. Und wenn die Zeiten bedrohlich waren, zog er die Gewalt der Demütigung vor. Voller Abscheu vor einem gebeugten Nacken und einem gebrochenen Herzen, war er stolz und von sich selbst eingenommen. In allen Höhen und Tiefen des Lebens war er sich treu geblieben. Seine nahen Verwandten, seine entfernten Bekannten, alle kannten ihn so und akzeptierten seine Art. Obwohl Madyar seinem Besitz nach nicht einmal zur Mittelschicht gehörte, verkehrte er dank seiner Großtuerei mit den angesehensten Persönlichkeiten von Ssabsewar, Nischabur und Gutschan. Er machte sich keine Sorgen darüber, was dieser oder jener von ihm dachte. Früher hatten manche geglaubt, daß Madyar es auf die Tochter eines Grundbesitzers abgesehen habe, doch bald wurde jedermann klar, wie unsinnig dieser Gedanke war.

Nein, um keinen Preis ließ Madyar von seiner Liebe zu Ssougi, der Waise im Dorf Tscharguschli. Ssougi war die Nichte des Herdenbesitzers Hadj Hosseyn, aber Madyars Charakter hatte alle davon überzeugt, daß er zwar Ssougi zur Frau haben wollte, aber nicht auf ein einziges Zicklein aus Hadj Hosseyns Besitz und Ssougis Erbteil spekulierte. Doch Hadj Hosseyn hatte andere Pläne mit Ssougi. Er wollte sie für seinen Sohn Nade-Ali haben.

Nade-Ali war ebenfalls hinter Ssougi her, und Hadj Hosseyn war ihr Onkel mütterlicherseits und ihr Vormund. Natürlich wollte er Ssougi und ihren Besitz unter seinen Fittichen behalten. Hadj Hosseyn hoffte, daß Ssougi mit einer Mitgift von zweihundert Schafen die Frau von Nade-Ali werde; er selbst wollte hundert Schafe von seiner Herde absondern und zu Ssougis Schafen hinzufügen; so bekäme Nade-Ali seine eigene Herde und wäre ein vermögender Mann. Doch soviel Madyar wußte, hatte Ssougi sich noch nicht dem Wunsch des Onkels gefügt. In den letzten zwei Jahren, in denen Nade-Ali seinen Militärdienst ableistete, hatte Hadj Hosseyn zu Ssougi nicht offen von seiner Absicht gesprochen. Nun war Nade-Ali nach Hause zurückgekehrt und hatte das gewohnte Leben wieder aufgenommen. Und die Rückkehr von Nade-Ali war für Madyar der Grund, sich aufs Pferd zu setzen, um Ssougi zu entführen.

Hinter Madyar und Gol-Mammad ritten Ssabr-Chan und Chan-Amu. Das kräftige, starkknochige Pferd von Chan-Amu war ins Schwitzen geraten und schnaufte, als falle es ihm schwer, den massigen Körper des Reiters zu tragen. Aber inmitten der Gruppe konnte Chan-Amu sein altes graues Pferd nicht schonen. Solange die Gruppe vorwärts stürmte, mußte auch sein Pferd vorwärts stürmen. Deshalb fuhr Chan-Amu regelmäßig mit der Peitsche über die breite Kruppe des Tiers und zwang es, auf glattem wie auch auf unebenem Boden zu galoppieren. Er durfte hinter der Gruppe nicht zurückbleiben, auch wenn das alte graue Pferd auf dem Anstieg einer Schlucht stürzte. Sollen seine Nasenflügel reißen: Strafe für den Stolz des Reiters.

Chan-Amu war von robusterer Statur als alle anderen. Vierschrötig, kräftig, untersetzt, derb. Seine Handgelenke glichen den Stäben einer Kamelsattelstütze. Ein gedrungener Hals zwischen breiten Schultern. Schultern, denen man zutraute, sie könnten den baufälligen Bogen eines

Torwegs abstützen. Ein gewaltiger Kopf, breite Stirn, eingedrückte Nase, volle Wangen, jede wie die ausgetrocknete Hälfte einer Nuß. Die abstehenden Ohren gaben seinem Gesicht eine viereckige Form. Ein breites, etwas vorspringendes Kinn, ein großer Mund, der sich beim Lachen oder Schreien bis zu den Ohren verzog. Eingetrockneter Schaum in den Mundwinkeln betonte das Weiß seiner Zähne. Große, feste Zähne. Zusammen mit seinem kurzen, stachligen, grauen Bart, der das Kinn und beide Seiten des Gesichts bedeckte, mit seinem Charakter und seinem Auftreten wirkte Chan-Amu schreckenerregend wie ein Wolf.

An Herdenvieh und Familie besaß Chan-Amu nicht viel, nur einige Schafe in der Herde des Bruders und eine Tochter im Haus von Ssabr-Chan. In leichten und in schweren Zeiten hatte Chan-Amu keine Ruhe, immer war er scharf auf fremdes Hab und Gut, auf alles, was umsonst zu kriegen war. Bei dem jüngsten Überfall, als sie eine Herde aus Dahneh-ye Pol-e Abrischom gestohlen hatten, war auch Madyar dabeigewesen. Aber Madyar war es gelungen, sich flink herauszuwinden und zu flüchten, während Chan-Amu, Ali-Akbar und Chan-Mammad für den Diebstahl büßen mußten. Chan-Amu und Ali-Akbar hatten ihre Haftstrafe abgesessen und waren entlassen worden, aber Chan-Mammad – der älteste Bruder von Gol-Mammad – war immer noch im Gefängnis.

Diese Männer der Steppe waren mittellose Haudegen, die es nicht fertigbrachten, ihre Augen vor dem grenzenlosen Reichtum anderer zu verschließen, den Kopf wie Schildkröten einzuziehen, ihr Leben in Hoffnungslosigkeit und Elend zu verbringen und enttäuscht und niedergeschlagen ihre Tage und Nächte mit Gebeten und Flüchen auszufüllen. Die Kraft ihrer Beine, die Schärfe der Augen, das natürliche Verlangen des Körpers und ihre robuste Steppennatur ließen ihnen keine Ruhe. Diese Männer hatten sich noch nicht in vier Lehmwänden verkrochen, nicht die Herzen auf unbewässerte Felder und die Augen auf trockene Wolken gerichtet. Sie waren nicht fest ansässig, hatten Körper und Seele nicht wie engherzige, hungrige Bauern in niedrige Mauern gesperrt. Diese Männer hatten noch die Kraft und Lust zum Umherschweifen. Ihre Pferde besaßen noch die Fähigkeit, über Berge und Täler und Steppen zu galoppieren, trugen die Reiter wie der Wind hierhin und dahin und machten ihnen die Tage kurz. Dies ständige Unterwegssein, dies endlose Umherstreifen ließ sie nicht so leicht in müde Abstumpfung verfallen. Pferd und Atem. Atem und Erde. An keinem Ort bleiben. Nicht zur Ruhe kommen.

Schulter an Schulter mit Chan-Amu galoppierte Ssabr-Chan. Er war Chan-Amus Schwiegersohn. Von dunkler Hautfarbe, groß und schlank, mit länglichem Gesicht, tintenschwarzen Augen und ebenso schwarzem Schnurrbart. Ein langer Hals, straffer Rücken, lange Arme und Hände, offene Stirn, zusammengezogene Augenbrauen, eine glatte, etwas nach unten gebogene Nase wie ein Schnabel.

Ssabr-Chan ritt einen schlanken Fuchs, galoppierte mit den anderen auf gleicher Höhe und schwieg. Schweigsamer als alle war er. Seine fahlen Lippen waren so, wie sie beim Aufbruch gewesen waren: geschlossen, zusammengepreßt. Seit einem Grußwort an Gol-Mammad waren diese Lippen geschlossen. Er hörte sich an, was der eine oder andere sagte, fragte aber selbst nichts, erkundigte sich nach nichts. Und niemand störte sein Schweigen. Denn jeder war auf seine Art still und in Gedanken versunken. Ausgenommen Ali-Akbar, der hinter allen her galoppierte und ab und zu einen Scherz von sich gab, einen Witz machte und dabei nicht einmal versuchte, die anderen einzuholen.

Zusammen mit dem Tag näherte sich auch das Maruss-Tal seinem Ende. Am Rande des Himmels begann der Tag sich mit der Nacht zu vermischen; er verblaßte und wich dem Halbdunkel der Dämmerung und dann der Schwärze der Nacht. Das Maruss-Tal stieg in seinem letzten Teil sanft an und barg wie eine Schlange den Kopf in den Falten des Kelidar. Weg und Tal gingen ineinander über, lockten die Reiter voran und führten sie in Krümmungen und Biegungen auf ein kleines Dorf zu. Nun hatten die Reiter das Tal verlassen und folgten einem Pfad, der zum Dorf Tscharguschli führte; sie trabten hintereinander in einer Reihe. Die Pferde, die das ganze Tal hindurch unentwegt im Galopp gelaufen waren, hatten nicht mehr den Atem, daß sie auf dem ansteigenden Pfad hätten galoppieren können, und die Reiter waren vernünftig genug, um auf dem holprigen Bergpfad die Pferde zu zügeln.

Aus den Falten des Kelidar, von den Nacken und Flanken der Hügel, aus den Tiefen der Täler und Schluchten hatte der Tag sein Licht eingesammelt. Noch war die Spur des Tages sichtbar. Schatten, ein kühler, milder Schatten, hatte seinen grauen Hauch über alle Tiefen und

Höhen, Flächen und Erhebungen gebreitet. Dunkler in den Niederungen, heller auf den Höhen. Das war die Abenddämmerung. Nicht Tag und nicht Nacht. Keine Sonne als Zeuge des Tages, kein Stern als Zeuge der Nacht. Die Zeit, in der, wie die Bauern sagen, die Kühe dem Blick entschwinden. Denn in diesem flüchtigen Augenblick mischen Himmel und Erde ihre Farben so täuschend zusammen, daß alle Farben verschwimmen. Es gibt alle Farben und keine Farbe in diesem Moment, da Tag und Nacht sich miteinander versöhnen. Die Filzkapuze umrahmt das Gesicht eines Hirten, aber er sieht nicht aus wie ein Hirte, ein undeutlicher Schein. Der Stein sieht aus wie ein Reiter, der Reiter wie ein Stein. Die Katze ist ein Zobel. Alles Lebendige ist ein Schatten, und jeder Schatten wird lebendig. Auf zweihundert Schritt Entfernung unterscheidet man nicht den Fuchs vom Wolf. Man sieht nur etwas huschen: ein vierfüßiges Lebewesen mit geschmeidigem Körper, das gleitet, das kriecht, huscht, aufspringt und flüchtet und sich hinter einem anderen Schatten versteckt. Schatten hinter Schatten. Jetzt bietet die Nacht Deckung. Zunehmendes Dunkel, fliehendes Licht.

Reiter, Schemen. Die Männer und Pferde bewegen sich langsam auf der steilen Anhöhe. Gegen den dunklen Hintergrund von Himmel und Erde zeichnen sie sich ab. Eine farbigere, dichtere Masse. Schwarze Flecken auf sattem Grau. Die Mähnen und spitzen Ohren, die Linien von Hals und Rumpf der Pferde, verlängert durch Schenkel, Gesäße, Rücken, Schultern und Mützenränder der Männer, sind sichtbare Umrisse. Ein sich vorwärts bewegender Schemen, der mit jedem Schritt einen weiteren Schritt tut in den Rachen der dichten Dunkelheit, um von der Nacht langsam, langsam in ihren Bauch aufgenommen zu werden. Wie ein Meer, das eine kleine Insel verschlingt.

Inzwischen hatte die Nacht den Kelidar in Schwärze gehüllt, und die Männer, die auf der kahlen Höhe ritten, konnten die Konturen ihrer Gesichter nicht mehr deutlich sehen. Der Weg endete. Nachdem sie die letzte Biegung hinter sich gelassen und die letzte Höhe erstiegen hatten, tauchte das Dorf Tscharguschli auf.

Tscharguschli: dicht aneinandergeschmiegte, geduckte Häuser wie Schildkröten an der sanft abfallenden Halde am Fuß des Hügels, gehüllt in den weiten Mantel der Nacht gleich einem entkräfteten Blinden, schwach erhellt vom Schein der Windlaternen, Talglichter und Petroleumlampen, der aus den kleinen, krummen Fenstern fiel. Blinde Lichter scheinen auf im Dunkel, gelbliche, verstreute Funken. Willkommen war dieses Licht nicht. Je schwärzer die Nacht, desto leichter die Beute für nächtliche Räuber. Die Mauern und Gräben des Dorfs bleiben den Augen der Männer auch im Dunkel nicht verborgen. Mit allem sind sie bekannt und vertraut. Besonders dann, wenn es einer von ihnen auf ein Mädchen in einem Haus des Dorfes abgesehen hat. Ein solcher Mann kennt sogar die Ziegelsteine jenes Hauses, kennt die Fluchtwege und Schlupflöcher. Jeden Augenblick kann er sich den Plan von Haus, Gasse, Mauer und Baum vergegenwärtigen. Er kann sich Kampf und Flucht ausmalen und in seiner Phantasie tausend Mauern und Dächer überspringen.

Wenn du die glatte Stirn von Madyar durchdringen und herausfinden könntest, was dort vorgeht, könntest du seinen scharfen Blicken folgen und die geraden und gewundenen Pfade, die Risse und Breschen in den Mauern sehen; dann sähest du das trockene Bachbett am Fuß der Mauer, den großen schwarzen Felsblock am Bach, die eingestürzte Brücke jenseits der Mauer, die Grube hinter dem Schutthaufen, das Ende der Gasse, die nach links biegt und sich hinter der Scheune von Hadj Hosseyn verliert. Dann lägen vor deinen Blicken hinter der Mauer der große, offene Hof, die Brunnenwinde, die offenen und halboffenen Türen der Zimmer, die Pfeiler der Terrasse und das Reisig an der Mauer. Madyar sah sogar Hadj Hosseyns Hühnerstall an der Hausecke vor sich. Und er konnte sich dank seiner regen Phantasie auch vorstellen, wie in Hadj Hosseyns Haus das Leben verlief. Vom Hügel herab, wo er noch auf dem Pferd saß und den Zügel in der Hand hielt, konnte Madyar Hadj Hosseyns Haus sehen, dessen eine Mauer an die Steppen grenzte, und das Licht im Fenster.

Drinnen, im mittleren Zimmer, dessen Tür sich auf die Terrasse öffnete und das als Empfangszimmer diente, saßen Hadj Hosseyn, sein Sohn Nade-Ali und zwei Schafhändler im Kreis auf dem Boden und unterhielten sich. Eine abendliche Zusammenkunft von Dorfbewohnern gibt Anlaß zu Gesprächen aller Art. Jeder erzählt alles mögliche von allem möglichen. Einzig Nade-Ali schwieg, obwohl auch die Händler kaum zu Wort kamen. Hadj Hosseyn beherrschte das Feld, und Nade-Ali saß schweigend da und ließ ab und zu, wenn es angebracht war, ein Wort fallen und verstummte wieder. Nade-Ali hatte ein Bein aufgestellt, sein Kinn aufs Knie gestützt, spielte mit seiner großen Zehe und lauschte den Erzählungen des Vaters, die er schon vor seinem Militärdienst viele Male gehört hatte. Er hörte dem Vater zu, aber seine Gedanken waren bei Ssougi; seine Mutter lag ihr seit einer Woche in den Ohren, doch das Mädchen hatte noch keine endgültige Antwort gegeben.

Als Nade-Ali vom Militärdienst zurückkehrte, hatte er das Knabenalter hinter sich gebracht, und jetzt zog ihn, wie jeden Dorfburschen, seine Natur zur Gründung eines eigenen Hauswesens. Von jetzt an wollte er sein Leben selbst in die Hand nehmen; aber Ssougi zögerte noch, fügte sich ihm nicht. Man wußte nicht, warum. Die Händler waren zu ihnen gekommen, um Schafe zu kaufen; für die Finanzierung der Hochzeit seines Sohns hatte Hadj Hosseyn ihnen zwölf Lämmer und Hammel verkauft, aber die ganze Angelegenheit war irgendwo festgefahren. Nade-Ali konnte den Grund nicht erraten. Denn nichts wies in Ssougis Verhalten auf etwas Besonderes hin. Sie sagte nur immer wieder: »Jetzt ist's zu früh, laß uns warten.«

Hadj Hosseyn war ein kleiner, untersetzter Mann mit winzigen, runden Augen und einem breiten Gesicht. Seine Lippen waren von der Sonne gesprungen, beim Sprechen spitzte er sie und bewegte dazu die kurzen Finger in der Luft. Er hatte einen gedrungenen Hals und einen runden Bart, und nie unterließ er es, seine Gebete zu verrichten. Er besaß den Schwung und die Energie derjenigen Menschen, die unter einer Handvoll von Armen wohlhabend sind. Ein Einäugiger in einer Stadt voller Blinder. Solche Leute, ob alt oder jung, passen vor Stolz nicht in ihre Haut. Sie sprengen den sie umgebenden Raum. Alle müssen sich ihren Wünschen beugen. Alles muß sich um sie drehen. Solange sie sprechen, darf kein anderer sprechen. Solange sie lachen, darf kein anderer lachen. Solange sie sich ärgern, darf sich keiner rühren. Allen voraus in allen Dingen. Und immer im Recht. Auch jetzt gab Hadj Hosseyn keinem Gelegenheit zu sprechen. Das Geschäft war abgeschlossen, aber noch redete er. Hadj Hosseyn hatte von den Händlern das Geld in Empfang genommen. Es lag unter dem kleinen Teppich, auf dem Hadj Hosseyn eben jetzt, in den Zähnen stochernd, auf den Fersen saß, die Knie an der Stelle, wo das Geld war. Aber er redete immer noch auf die beiden Händler ein und lamentierte, daß er sehr viel im Preis nachgelassen und ihnen die Schafe zu billig verkauft habe.

Die Händler hatten nichts einzuwenden. Sie kamen aus der Provinz Kaschmer, waren jung, sanft, gefügig, mit Krämerseelen. In der Hoffnung auf einen geringfügigen Gewinn hörten sie sich geduldig alles an, was Hadj Hosseyn sagte, nickten mit dem Kopf dazu, und ihre Augen schienen auszudrücken, daß sie allem ganz und gar Glauben schenkten. Und Hadj Hosseyn reihte Wort an Wort, redete ununterbrochen, stellte Behauptungen auf und fällte Urteile. Ab und zu blickten die Händler einander an, schüttelten die Köpfe und waren wieder ganz Ohr. Aber sie fragten sich, wann denn wohl Hadj Hosseyn zu sprechen aufhören würde. Denn auch wenn die Rede auf den Militärdienst kam, ergriff er anstelle seines Sohns das Wort. Und als er das Gespräch auf die Zeit von Resa Schah brachte, erzählte er weitschweifig alles, was er gehört und gesehen hatte.

Was konnte man da tun? Die beiden Händler aus Kaschmer saßen auf dem Teppich von Hadj Hosseyn, waren seine Gäste, das Geschäft war zum Abschluß gekommen, zu feilschen gab es nichts mehr. So machten sie gute Miene zum bösen Spiel, stellten sich dankbar und versuchten gleichzeitig, dem Gespräch eine neue Wendung zu geben. Da war nur ein Thema möglich: das Übernachten der Gendarmen im Haus des Dorfvorstehers. Es hieß, sie seien hinter einer Anzahl gestohlener Schafe her. Es hieß auch, sie suchten in dieser Gegend nach Spuren. Das war ein ergiebiges Thema. Jeder konnte Vermutungen anstellen, eine Meinung äußern, etwas zusammenphantasieren. Es war ja auch nicht so, daß die Sache die Fremden nichts anging. Die beiden Händler würden sogar in diesem Dürrejahr, wo es um den Handel mit Vieh schlecht stand, bald mehr als hundert Ziegen und Schafe zusammenbringen, und jeden Augenblick bestand die Gefahr, daß ein paar mit Gewehren Bewaffnete ihnen auf abgelegenem Weg auflauerten, sie fesselten und die Schafe mit sich nahmen. In dieser Hinsicht waren viele Lügenmärchen und Schauergeschichten in Umlauf. Erinnerungen wurden wach, und jeder erzählte alles, was ihm von Räubern und Raubüberfällen – die nicht selten vorkamen – wieder einfiel. Auch Hadj Hosseyn wußte darüber viel zu berichten, natürlich wieder als Hauptredner.

Zur gleichen Zeit hatte in einem benachbarten Zimmer die Mutter von Nade-Ali mit Ssougi eine Unterredung. Sie saßen einander gegenüber, zwischen ihnen brannte die Eschgh-abader Petroleumlampe – eine

Lampe, die nur Leute besaßen, die einigermaßen wohlhabend waren. Nade-Alis Mutter redete von diesem und jenem in der Hoffnung zu erfahren, was Ssougi im Sinn hatte. Aber Ssougi ging nicht in die Falle. Ruhig und unbekümmert sagte sie: »Laß uns jetzt noch warten.«

Nade-Alis Mutter kannte Ssougis Widerspenstigkeit. Sie wollte feststellen, was im Herzen des Mädchens vorging. Doch Ssougi war, wie die meisten Verliebten, zu sehr auf der Hut, um zuzulassen, daß jemand anders – und schon gar nicht die Mutter des Freiers – in ihr Herz eindränge. Um keinen Preis wollte sie den Namen Madyars vor jemand anders erwähnen. In ihrem Herzen hatte nur Madyar Platz: Wo ist er jetzt? Wo ist Madyar jetzt?

Madyar zog den Zügel an und sagte: »Ich geh sie holen!«

»Alleine?«

Madyar drehte sich zu Chan-Amu um und antwortete: »Jawohl, ich allein!«

Madyar lockerte den Zügel, aber bevor sein Pferd zum Galopp ansetzen konnte, faßte Chan-Amu nach dem Zügel und sagte zu den anderen: »Was meint ihr?«

Die Männer, alle drei, schwiegen. Gol-Mammad hielt den Kopf gesenkt und überlegte. Ali-Akbar beschäftigte sich mit dem Zügel seines Pferdes, und Ssabr-Chan stand gerade aufgerichtet und still neben dem Maul seines Pferdes und hörte mit geschlossenen Lidern zu. Chan-Amu wiederholte seine Frage und blickte die Männer einen nach dem anderen an. Ali-Akbar wollte etwas sagen, doch Gol-Mammad ließ ihn nicht dazu kommen, setzte den Fuß in den Steigbügel, sprang leicht wie ein Vogel in den Sattel und sagte: »Nein! Nicht alleine!«

Der Rappe hob den Schweif und schüttelte sich. Er konnte es nicht erwarten, losgelassen zu werden. Aber Gol-Mammad zog den Zügel straff an. Der Hals des Rappen wölbte sich, das Tier drehte sich einmal um sich selbst. Ssabr-Chan und nach ihm Ali-Akbar stiegen auf ihre Pferde. Dem Blick und Verhalten von Ali-Akbar war anzumerken, daß er zu überlegtem, abwartendem Vorgehen neigte. Chan-Amu wollte die Reiter einteilen, jedem eine Aufgabe und einen Platz zuweisen. Aber Madyar verlor die Geduld; er spornte sein Pferd an und sagte: »Ich geh schon vor, kommt ihr nach.«

Gol-Mammad sagte: »So ist's richtig, Chan-Amu. Man muß die Umgebung im Auge behalten. Ein oder zwei voran …«

Madyar war schon fort. Im Sattel vorgebeugt, trabte er den Abhang hinunter. Derjenige, der die schärfsten Augen hatte, konnte Madyar mit den Blicken folgen, bis er in die Schwärze der Nacht eintauchte, einen Bogen schlug und verschwand.

Madyar fühlte instinktiv, daß es hinter ihm und um ihn herum immer leerer wurde. Von den Weggefährten weit entfernt, näherte er sich dem Dorf Tscharguschli. An die Stelle von Tatendrang und Ungestüm traten mit einem Mal Bedenken und Zweifel. Aber Madyar war kein Mann der Vernunft. Von vernünftigen Überlegungen wollte er nichts wissen. Zum Teufel mit allen Zweifeln! Er spornte sein Pferd an. Er schüttelte alle peinigenden Gedanken ab, richtete sich im Sattel auf, streckte die Brust vor und blickte hin auf das erleuchtete Fenster von Hadj Hosseyns Haus.

Bis zur Umfassungsmauer des Hauses war es nicht mehr weit. Aber ein Dieb muß seinen Weg so zurücklegen, wie eine Schlange in ihr Loch kriecht. Leise, ohne Geräusch. Nicht so, daß sich die Fenster mit bangen Augen füllen. Du gehst ja nicht zum Haus deiner Tante oder zum Pferderennen. Heimlich, still und lautlos. Ungestüm darf nur in deinen Adern und Sehnen klopfen, darf nicht nach außen dringen. Den Fuß in das Haus eines Fremden setzen ohne dessen Willen und ohne Ankündigung. Was dir angenehm ist, ist dem anderen unangenehm. Du könntest ja die Hufe deines Pferdes mit Filz umwickeln. Aber wenn du schon draufgängerisch und unbesonnen bist, geh wenigstens nicht offen vor. Langsamer. Halte im Galopp inne. Hier ist die Mauer des fremden Hauses. Das Bachbett. Die eingestürzte Brücke. Der schwarze Felsen. Das Haustor. Der Hund von Hadj Hosseyn. Das dumpfe Stimmengewirr von Männern.

Madyar spähte über die Mauer. Beim Stall hatten sich einige Schafe und Ziegen aneinandergedrängt, liegend und stehend. Am Fuß der Terrassentreppe hatte sich der gefleckte Hund von Hadj Hosseyn ausgestreckt und die Schnauze auf die Pfoten gelegt. Einige Male hatte Madyar ihm Teigklöße hingeworfen, der Hund hatte sie verschlungen, sich aber noch nicht an Madyar gewöhnt. Deshalb hob er, sowie er Madyars Schatten fühlte, die Schnauze und bellte. Madyar duckte sich auf die Pferdemähne. Der Hund hörte auf zu bellen. Madyar zögerte noch einen Augenblick. Nichts anderes blieb ihm übrig, er mußte den Stier bei den Hörnern packen. Er warf den Zügel auf den Sattelknopf, nahm das Gewehr zur Hand, richtete sich wieder auf und rief mit gedämpfter Stimme nach Ssougi. Das Ohr der Verliebten ist scharf, fängt noch die leisesten Geräusche auf. Aber Madyar bekam keine Antwort. Dieses Mal hob er den Kopf über die Mauer und rief lauter nach Ssougi. Der Hund stellte sich auf die Beine, bellte und lief in die Mitte des Hofs. Wieder duckte sich Madyar. Der Hund hörte auf zu bellen. Eine Tür ging. Madyar hob den Kopf nur so weit, daß er in den Hof blicken konnte. Ssougi war auf der Terrasse. Verstört, ängstlich drehte sie den Kopf nach allen Seiten. Ein Gefahr witternder Vogel. Madyar hob den Kopf noch etwas höher und sagte: »Was suchst du, Mädchen? Hier bin ich. Madyar …«

Ssougi blickte zu der vertrauten Stimme hin. Aber das unaufhörliche Gebell des Hundes, das plötzliche Verstummen der Männer, der Schatten der Tante, die innere Unruhe und Besorgnis bannten sie an ihren Platz und hinderten sie, einen Schritt vorwärts zu tun. Das Herz wäre ihr fast zersprungen, und ihr war, als verstopfe ein Wollknäuel ihr die Kehle. Den Arm hatte sie um den hölzernen Pfeiler der Terrasse gelegt und preßte, ohne es zu merken, fest ihre Wange daran. Sie wußte selbst nicht, was sie zurückhielt. Sie fand keine Zeit zum Überlegen, war überhaupt nicht sie selbst. So verstört, verängstigt und eingeschüchtert, daß sie sich kaum auf den Füßen halten konnte. Eine Art tödlicher Angst hatte sie ganz durcheinandergebracht, machte sie taub und blind. Eine solch peinigende Schwäche hatte sie noch nie in sich gefühlt. Sie konnte sich nicht von der Stelle rühren.

»Ssougi, verflixt, halt mich nicht auf!«

Welche Ssougi? Konnte sie denn etwas tun, wußte sie denn, was tun? Völlige Ratlosigkeit. Nicht einmal die Kraft hatte sie, sich selbst zu verachten. Leer war sie geworden, ein Nichts. Wie hatten ihre Elternlosigkeit und das Aufwachsen unter fremden Flügeln, diese Schutzlosigkeit, sie ausgehöhlt!

Vorwände, Vorwände. Das waren nichts als Vorwände. Was sie jetzt so lähmte, hatte nichts mit diesen Vorwänden zu tun. Es war etwas Verborgenes, das sich nicht leicht erkennen ließ. Eine plötzliche Erschütterung hatte sie so aus der Fassung gebracht, daß sie keinen einzigen Schritt machen konnte. Dieser verfluchte Hund – läßt er einen denn nicht in Frieden? Er ist aufs Dach gelaufen, bellt abscheulich und möchte sich auf Madyar stürzen, der noch immer hinter der Mauer im Sattel sitzt. Und Ssougi macht sich auf eine Katastrophe gefaßt.

Keine Zeit zu zögern. Eine Kraft regt sich in Ssougis Herzen. Sie macht sich auf den Weg. Mit pochendem Herzen setzt sie den Fuß auf die Treppe und geht hinunter. Sie weiß nicht, wie sie sich bis zum Tor schleppt. Aber der Hund hört nicht einen Augenblick mit seinem Bellen auf. Schließlich erreicht er, was er wollte: gleichzeitig öffnen sich geräuschvoll die Türen beider Zimmer, und noch ehe Ssougi nach der Kette am Tor fassen kann, treten Nade-Alis Mutter und einer der Schafhändler auf die Terrasse. Der Händler ist in Sorge um seine Schafe. Nade-Alis Mutter hält eine Laterne in der Hand. Unschlüssig bleibt sie auf der Terrasse stehen und hebt die Laterne zum Gesicht hoch: »Was machst du da, Mädchen? Was ist los, daß der Hund so bellt?«

Brechen soll dieser Fuß, der den Mut zum Gehen noch immer nicht gefunden hat!

Schweigend, starr, halbtot drehte sich Ssougi zur Tante um und blieb so stehen. Ein stummer Schatten. Nade-Alis Mutter kam die Treppe herunter und sagte: »Was ist mit dir, Mädchen? Bist du verrückt geworden? Weshalb beruhigt sich der Hund nicht?«

Ja wirklich, warum wird der Hund nicht still?

Der Schafhändler stand noch auf der Terrasse am hölzernen Pfeiler und spähte lauernd nach allen Seiten. Dann steckte er den Kopf durch die Tür und sagte: »Hadj Hosseyn, besser wäre es gewesen, wenn wir die Schafe in den Stall gebracht hätten. In der Nacht ist es hier nicht sicher.«

Hadj Hosseyn und der andere Händler kamen auf die Terrasse. Als Hadj Hosseyn Ssougi und seine Frau sowie den auf dem Dach bellenden Hund erblickte, wurde er mißtrauisch und fragte: »Was macht ihr Frauen da mitten in der Nacht?«

Mit einem Blick auf Ssougi sagte seine Frau: »Sie ist rausgerannt. Ich weiß nicht, was mit ihr los ist.«

Hadj Hosseyn schimpfte: »Was machst du da am Tor, Mädchen? Hast du den Verstand verloren? Komm hierher!«

Ssougi konnte sich nicht von der Stelle rühren, selbst wenn sie es gewollt hätte. Stumm und starr blieb sie stehen. Unentschlossene, bebende Stille. Auch der Hund hatte zu bellen aufgehört. Alle standen verblüfft da. Horchend. Nade-Ali trat, seinen Gürtel umschnallend, aus der Tür auf die Terrasse. Die Nacht schwieg, die Männer schwiegen. Dächer und Himmel schwiegen. Die Frauen unter freiem Himmel, die Männer unter dem Dach der Terrasse. Die Schafe hatten die Köpfe in alle Richtungen gedreht und die Ohren, Gefahr witternd, gespitzt. Ein Dieb liegt im Hinterhalt.

Madyar schrie dreist los: »Hab keine Angst, Ssougi! Komm raus! Wozu Angst? Nur Mut, komm raus!«

Das Rätsel war gelöst. Wieder dieser Madyar von den Mischkalli. Hadj Hosseyn erkannte seine Stimme und rief wütend: »Du Bastard, du elender Dieb, was hast du hinter der Mauer meines Hauses zu suchen? Glaubst du, ich hätte dich nicht erkannt? Ich laß dir die Hosen runterreißen!«

Der alte Mann wollte die Stufen hinunterstürzen. Aber Nade-Ali – die Jugend weiß alles besser – ergriff ihn am Handgelenk, zog ihn ins Haus zurück und verlangte von ihm das Gewehr. Daran hatte Hadj Hosseyn nicht gedacht. Er schüttelte ablehnend den Kopf. Doch Nade-Ali, wütend über die ihm zugefügte Beleidigung und am ganzen Körper zitternd, brachte nur heraus: »Das Gewehr! Das Gewehr!«

Jugendlicher Zorn ist wie ein Fieberwahn. Das, was Nade-Ali bisher verborgen gewesen war, hatte sich offen gezeigt und seine Seele zum Kochen gebracht. Der alte Mann gab nach, befreite seinen Arm aus Nade-Alis Griff, lief eilig in die Kammer, kam kurz darauf, den Gewehrlauf mit dem Schoß seines Kaftans polierend, wieder heraus und hielt das Gewehr mit unsicheren Händen dem Sohn hin. Das Gewehr in der Hand lief Nade-Ali hinaus. Seine Mutter hatte Ssougi am Arm gepackt und zog sie zur Terrasse. Nade-Ali kümmerte sich nicht um ihr Gerangel, sprang auf den Hühnerstall und ging hinter dem Mäuerchen am Rand des Dachs in Deckung. Die mit derartigen Zwischenfällen vertrauten Schafhändler machten sich unsichtbar.

Hadj Hosseyn fuchtelte schwach und hilflos mit den Armen und lief hin und her. Madyars Stimme, die jetzt vor Aufregung zitterte, ließ sich wieder von jenseits der Mauer hören. Nade-Ali, erfahren im Umgang mit Gewehr und Geschoß, nahm unauffällig sein Ziel ins Visier. Mag kommen, was kommen will – der Schuß muß ins Schwarze treffen!

Ssougis Aufschrei versetzte ihm einen Stoß. Unter Schluchzen zerkratzte das Mädchen Nade-Alis Mutter das Gesicht und versuchte, sich ihrem Griff zu entwinden. Sie jammerte: »Sie lassen mich nicht, lassen mich nicht. Geh du, rette dich! Es ist schon zu spät!«

Wütend, ohne sich zu besinnen, hob Madyar den Kopf über die Mauer und sah hin. Ssougi zappelte in den Händen von Nade-Alis Eltern. Die beiden Schafhändler standen hinter den zwei Pfeilern der Terrasse und beobachteten das Getümmel. Auf dem Dach hatte der Hund wieder zu bellen angefangen. Madyar ritt dicht an die Mauer heran und brüllte: »Laßt sie los, ihr Wölfe! Laßt sie los, sonst durchlöchere ich euch!«

Madyar zielte, die Alten ließen von dem Mädchen ab und flüchteten in entgegengesetzte Richtungen. Ssougi stand vom Boden auf. Madyar verfolgte aufgeregt Ssougis Bewegungen. Der Hund wollte sich auf ihn stürzen. Diesem Lärm mußte ein Ende gemacht werden. Ssougi lief zum Tor. Blitzschnell richtete Madyar den Gewehrlauf auf den Hund. Den Finger am Abzug. Zwei Finger an zwei Abzügen: Nade-Ali drückte auf den Hahn. Ein Knall. Gleichzeitig bäumten sich Hund und Madyar auf. Der Hund fiel vom Dach in den Hof, Madyar vom Pferd in die Gasse. Der Lärm erstickte in Blut.

Das Klagen von Ssougi. Die Schafhändler flohen ins Haus. Ssougi löste die Kette vom Tor und lief auf die Gasse. Nade-Ali sprang vom Dach, ergriff die Laterne und stürzte los. Hadj Hosseyn hing sich an seinen Arm, aber der Sohn schüttelte ihn ab und rannte aus dem Tor. Ssougi hatte sich über die Leiche gebeugt und raufte sich die Haare. Nade-Ali packte sie an den Zöpfen, riß sie von der Leiche fort und schob sie beiseite. Das Mädchen begann mit ihm zu ringen, Nade-Ali setzte sie mit dem Gewehrkolben außer Gefecht und stieß sie fort, nahm die Laterne in die Hand, um sich das Ergebnis seiner Tat anzusehen. Bravo, gut getroffen! Doch auf der Stelle ergoß sich ein Kugelregen auf die Laterne. Ssougi rollte sich schreiend ins Bachbett. Auf der Schwelle des Tors fiel, einen Fluch auf den Lippen, Hadj Hosseyn zu Boden. Die Laterne zerbarst, und Nade-Ali sprang durchs Tor in den Hof. Er mußte sich in Sicherheit bringen. Die Schießerei wurde immer wilder. Es sah nach einem Raubüberfall aus. Nade-Ali bekam es mit der Angst. Es handelte sich also nicht um eine einzige Person, sondern um eine ganze Bande. Die Mutter hatte sich in eine Ecke verkrochen, klagte herzzerreißend und rief die Leute zu Hilfe. Nade-Ali, ein Mann und ein Gewehr, war stehengeblieben und suchte sich einen geeigneten Schlupfwinkel. Schießen im richtigen Moment und Flucht im richtigen Moment. Ein rechter Kämpfer.

Im Schutz der Nacht galoppierten die Männer der Mischkalli-Sippe schießend heran. Einer mußte über den Graben setzen und Madyar suchen. Dieser eine mußte unter Beschuß reiten. Gol-Mammad legte den Kopf auf die Pferdemähne und lockerte den Zügel. Kein Zweifel, Madyar war aus dem Sattel gefallen. Sein scheu gewordenes Pferd war zur Gruppe zurückgekehrt. Hinter der Mauer von Hadj Hosseyns Haus ließ sich Gol-Mammad vom Rappen gleiten und lief geduckt, fast auf allen vieren, wie ein Wolf an der Mauer entlang. Die über seinen Kopf hinwegfliegenden Geschosse schützten ihn. Noch ein Schritt, und Madyars lebloser Körper lag vor seinen Füßen.

Er ist's, unser gewitzter Madyar, so still ist er geworden!

Aber in diesem nächtlichen Kugelregen war keine Zeit für Mitleid, und es war auch nicht der rechte Ort, um Klagelieder zu singen. Er kniete neben der Leiche hin, hob sich den toten Madyar auf die Schulter, richtete sich auf und lief. Der Rappe stand geduldig da. Gol-Mammad bettete den langen Körper auf den Sattel, sprang selbst wie ein aufgeschreckter Falke aufs Pferd und trieb es an. Immer noch ergoß sich ein Kugelregen auf Tore und Mauern von Tscharguschli. Über die Leiche gebeugt, ritt Gol-Mammad los. Hinter sich hörte er jemanden laufen, danach ein Keuchen. Er blickte sich um, hob mit der rechten Hand das Gewehr, legte den Kolben an die Schulter und zielte, den Finger am Abzug, auf den Schatten. Da ertönte eine ängstliche weibliche Stimme: »Töte mich nicht, töte mich nicht! Nimm mich mit dir, ich bin Ssougi!«

Gol-Mammad wußte nicht, was er tun sollte. Zeit zu überlegen hatte er nicht. Deshalb gab er dem Mädchen keine Antwort und galoppierte auf seine Gefährten zu: »Wendet die Pferde, ich bringe ihn!«

Sie machten kehrt und ritten den Hügel hinauf. Die Geräusche, der Lärm der Schüsse verstummten in der lastenden Nacht. Es war an der

Zeit, die Flucht zu ergreifen. Ab und zu mußte ein Schuß auf die Häuser abgegeben werden. Das wurde der Geschicklichkeit von Chan-Amu überlassen. Ein Angriff war das nicht mehr, sondern die Antwort auf das unaufhörliche Geschieße, das sich von überallher aus Tscharguschli erhoben hatte. Regel des Kampfes: kehrst du ihm den Rücken, zeigt der Feind sein Gesicht. Kugeln und Lärm. Nur Chan-Amu erwiderte sachverständig das Feuer. In Gassen und auf Dächern schreiende Menschen, Laternen in den Händen: Ein seltsamer Regen von Sternen.

»Schieß in die Luft, Chan-Amu, das sind doch Menschen!«

Geknall von Schüssen aus jedem Hinterhalt. Die Annahme, daß Räuber ihr Dorf angegriffen hätten, hatte die Leute in Erregung versetzt; aber nicht, während die Kugeln auf ihre Dächer und Tore prasselten. Die Menschen sind schneller dabei, einen Angriff zu unterstützen, als sich gegen ihn zu verteidigen. Die Einfaltspinsel waren mit Lichtern aus den Häusern gekommen.

»Schieß in die Luft!«

Geschrei und Gejammer. Die Kraft dieser Dörfler lag in ihren Stimmen. Gebrüll und Geschrei, Gejammer und Gefluche. Was sonst konnten die aus dem Schlaf Gerissenen tun? Klagen, Flehen und Schreien, alles gleichzeitig. Das Klagen und Bitten eines Mädchens war aus dem Tumult deutlich herauszuhören. Ssougi rannte hinter den Reitern her.

»Wer ist das, der da kommt?«

Gol-Mammad, noch immer tief über die Leiche geduckt, wandte unwirsch den Kopf zurück und gab Chan-Amu zur Antwort: »Die ist's, Ssougi.«

Chan-Amu brüllte: »Kehr um, Mädchen. Was sollen wir mit dir? Kehr um. Verschwinde mir aus den Augen!« Er schoß eine Kugel über Ssougis Kopf hinweg: »Du wirst umkommen, kehr zurück! Von hinten werden sie auf dich schießen. Duck dich. Auf der Stelle duck dich. Duck dich, Verfluchte. Leg dich hin!«

Ssougi im Schußbereich von beiden Seiten. Daran hatte sie bis zu diesem Augenblick nicht gedacht. Sie duckte sich wie ein Hase und rollte sich in einen Graben.

Die Männer von Tscharguschli waren aus dem Dorf geströmt und rannten hinter den Reitern her. Bei den vereinzelten Schüssen der Mischkalli warfen sie sich auf den Bauch und kamen in einem günstigen

Moment wieder hinter der Deckung hervor. Zu Fuß und beritten. Vor allen herlaufend brüllte Nade-Ali: »Umgebracht! Meinen Vater haben sie umgebracht!«

Doch die Mischkalli-Reiter waren denen aus Tscharguschli überlegen. Es war Nacht, und sie ritten auf der Anhöhe. Der Überfall, den sie unternommen hatten, hatte Furcht in die Herzen der anderen gesenkt, und die Nacht hatte sie vervielfacht, diese Furcht. Aber heimlich hatte sich diese Angst auch der Herzen der Reiter bemächtigt. Sie hatten einen der Ihren verloren. Der Schmerz über diese Niederlage bohrte in ihnen. Wenigstens hatten sie ihren Toten nicht liegenlassen, das machte die Demütigung leichter. Um jeden Preis mußten sie nun die Leiche fortschaffen. Das Spiel hätte so nicht enden dürfen. Madyar hätte so nicht umkommen dürfen.

Wohin soll ich diesen Kummer tragen, Madyar?
Voll Blut sind deine Locken.
Ohne Freund, ohne Reiter ist dein Pferd verwaist, Madyar.
Verstört und erregt irrt es ziellos, unstet in der Nacht umher.
Nicht bei sich ist es, dein Reittier.
Kopf und Mähne schüttelt es nach allen Seiten,
richtet die Augen nach allen Seiten.
Nach dem Reiter, dem Reiter verlangt es.
Den Reiter suchend, schleift es den Zügel über den Boden.
Zweifelnd, zögernd schüttelt es ängstlich die Mähne, dein Pferd:
›Wo bist du, mein Meister, mein Reiter? Meine Flanken vermissen deine Knie –
oh, deine Knie, vertraut mit meinen Flanken –
mein Zügel vermißt deine Hände!‹
Der Zügel hat sich um die Beine des Pferdes gewickelt.
Es stampft mit den Hufen auf Steine und Erde.
Es wiehert zornig, schüttelt voll Trauer die Mähne.
Es sucht den Reiter, verlangt nach dem Reiter:
›Wo bist du, mein Reiter?‹

Gol-Mammad entdeckt das Pferd neben sich. Es hat seinen Reiter gefunden, reibt seine Mähne an Madyars Mähne, Locke an Locke. Es schnuppert an den Haaren des Reiters. Blutgeruch, Madyars Locken sind voller Blut. Das Pferd weint blutige Tränen. Gol-Mammad hob den Zügel von Madyars Pferd vom Boden auf. Er hatte keine Zeit zu schießen. Er mußte Madyar fortschaffen – falls ihn nicht bis zum Gipfel der Anhöhe rücklings eine Kugel durchlöcherte. Die anderen waren damit beschäftigt, sich fliehend zu verteidigen. Dicht hintereinander galoppierten sie und beantworteten ab und zu die Schüsse mit Schüssen. Schweißtriefend, eilends, ohne rasten zu können, erklommen die Pferde den Hügel.

Auf dem höchsten Punkt angelangt, sprangen die Männer aus dem Sattel und nahmen Deckung hinter dem Gipfel. Jetzt konnten sie ungefährdet bis zum letzten Schuß kämpfen. Doch Chan-Amu, der Erfahrenste der Gruppe, hinderte sie daran. Mit einem Schrei brachte er sie zum Schweigen, hob den Kopf aus der Deckung und horchte. Stille. Chan-Amu sagte: »Sie sind umgekehrt. Seht mal nach, wie es ihm geht!«

»Tot ist er! Auf der Stelle gestorben. Sein Gehirn ist zerschmettert.«

Jeder hatte sich denken können, daß Madyar tödlich getroffen worden war; aber keiner hatte das Herz gehabt, es so bald zu glauben. Alle Blicke richteten sich auf Gol-Mammad, der noch auf seinem schwarzen Pferd saß und Madyar vor sich liegen hatte. Chan-Amu trat vor, ergriff Madyars Haarschopf, hob seinen Kopf und sah ihm ins Gesicht. Verwirrt lag sein Blick kurz auf Madyars Stirn, dann drehte er sich zu den anderen um: »Was sollen wir jetzt tun?«

Ali-Akbar fragte: »Ist von denen auch einer getötet worden?«

Ssabr-Chan brach sein Schweigen: »Wer weiß!«

Gol-Mammad sagte: »Einer. Eine Person. Hadj Hosseyn. Ich hab gesehen, wie er hinter dem Tor hinfiel.«

Chan-Amu sagte: »Man weiß nicht, ob nicht noch ein zweiter umgekommen ist. Wer weiß denn, ob unsere Kugeln nur die Brust der Luft durchlöchert haben.«

Ssabr-Chan sagte: »Angenommen, noch einer ist draufgegangen?«

In heimlicher Angst vor den Folgen der Sache sagte Ali-Akbar: »Das ist's eben; wenn von denen welche getötet worden sind, müssen wir an unsere eigene Lage denken!«

Gol-Mammad war ungehalten: »Findet sich denn kein anderer Ort, wo wir dies besprechen können? Ein paar Schritt von den Feinden stehen wir hier und halten Rat!«

Sie saßen auf und trieben die Pferde an.

Unterwegs ritt Gol-Mammad allen voran. Chan-Amu und Ali-Akbar Seite an Seite und Ssabr-Chan hinter ihnen. Ssabr-Chan, der gelassene Hirte vom Kelidar, war noch in Sorge. Er mißtraute dem, was hinter ihm geschah, wandte sich hin und wieder um und gab Obacht.

Chan-Amu fragte Ali-Akbar: »Weswegen sagst du, wir müssen an unsere eigene Lage denken?«

Ali-Akbar sagte: »Zumindest dürfen die nicht erfahren, wer wir sind, dürfen nicht erfahren, um wen es sich bei uns handelt.«

»Was soll das heißen?«

»Das heißt, sie dürfen unsere Namen nicht wissen und wo wir herkommen, sonst wetzen sie für uns ihre Messer.«

»Also, was sollen wir nun tun?«

»Zuerst müssen wir herausfinden, ob die Madyar erkannt haben oder nicht.«

»Schön. Angenommen, sie haben ihn nicht erkannt?«

»Wenn sie ihn nicht erkannt haben, erleichtert das den Fall.«

»Wieso?«

Ali-Akbar beruhigte sich etwas und fragte nach langem Nachdenken: »Sag mir erst mal – wußte das Mädchen, diese Ssougi, daß Madyar einer von den Unsrigen war?«

Chan-Amu sagte: »Das weiß ich nicht.«

Ali-Akbar kaute an einem Schnurrbartende. »Umsonst hast du sie zurückgeschickt. Du hättest sie mit einem Schuß erledigen müssen.«

Chan-Amu brüllte: »Das unschuldige Mädchen? Was bist du doch für ein Schuft!«

»Du denkst nur an diesen Augenblick, ich denke an den nächsten. Wenn jemand ihn kannte, war nur sie es. Wäre sie gestorben, wäre niemand mehr da, der wüßte, wer er ist. Madyar wäre tot und sie auch. Wie kann ein Toter Zeugnis ablegen für einen Toten? Dann hätten wir Madyar eben hier irgendwo begraben, einander Stillschweigen gelobt und wären fortgegangen. Nicht mal ein Geist hätte davon erfahren. Aber jetzt, wenn Ssougi uns verrät, werden die Leute von Tscharguschli sich empören und wegen eines dummen kleinen Mädchens ein Geschrei erheben.«

Chan-Amu senkte seinen großen Kopf, schwieg einen Augenblick.

»Das ist kein abwegiger Gedanke. Hätte ich doch das Mädchen beseitigt! Ich hatte sie auch direkt im Visier. Glaubst du denn, sie wird plaudern, wenn sie denen in die Finger gerät?«

Ali-Akbar sagte: »Sicher ist es nicht, daß sie den Mund hält!«

Chan-Amu knirschte mit den Zähnen. »Einen Fehler hab ich gemacht. Ach du lieber Himmel! Was meinst du, was wir nun tun sollen?«

»Nun … jetzt müssen wir erst die Leiche aus dem Weg räumen.«

»Hier, mitten in der Steppe?«

»Was denn sonst? Du denkst doch wohl nicht daran, sie der Gendarmerie zu übergeben!«

»Nein, an sowas denk ich nicht.«

»Was denn dann? Willst du, daß wir sie in diesem Zustand zu den Zelten bringen?«

»Nein. Auch das nicht. Ich weiß aber auch nicht, was wir mit ihr machen sollen. Wir können sie doch nicht einfach hier liegenlassen und weggehen. Schließlich sind wir seine Verwandten, nicht? Ha … was sagst du dazu, Gol-Mammad?«

Ohne den Kopf zu wenden, fragte Gol-Mammad: »Wozu?«

»Ali-Akbar meint, wir sollen Madyar hier in irgendeiner Grube verscharren!«

Gol-Mammad sagte: »Er hat seine Gründe, sowas zu sagen. Er hat Angst, in Verdacht zu geraten. Aber ich kann meinen Verwandten nicht der Steppe überlassen und davonlaufen. Wir müssen ihn zu einem Dorf bringen!«

Ali-Akbar schluckte seine Wut hinunter. »Zu welchem Dorf, Vetter?«

»Egal, zu welchem.«

»Ich verstehe nicht. Warum zu einem Dorf?«

»Ich weiß, warum. Erst mal laßt uns schneller reiten. Ehe sie unsere Spur entdecken, müssen wir möglichst schon das Dorf Barakschahi erreicht haben.«

Chan-Amu blickte Ali-Akbar an. Ali-Akbar starrte schweigend auf Gol-Mammad. Chan-Amu fragte: »Was hältst du davon?«

Ali-Akbar konnte sich nicht zurückhalten: »Er schwingt mir zu weise Reden. Ich kann ihm nicht folgen.«

Gol-Mammad sagte: »Kehr du um, lieber Vetter! Immer denkst du an Flucht. Reißt vor allem aus. Zuerst machst du mit, aber wenn die

Sache halb getan ist, willst du dich schon wieder davonmachen. Ich weiß wirklich nicht, warum du dich überhaupt beteiligst! Vielleicht in der Hoffnung, daß etwas für dich dabei herausspringt. Aber wenn du siehst, daß so bald kein Vorteil winkt, gibst du dir alle Mühe, dich irgendwie aus dem Staub zu machen. Auch jetzt denkst du an nichts anderes – wo bleibt denn da die Kameradschaft?«

Dieses Mal brauste Ali-Akbar auf: »Woher weißt du das alles, daß du so schöne Worte von dir geben kannst? Wann warst du schon jemals mein Kamerad, wenn ich was vorhatte?«

Gol-Mammad legte sich keinen Zwang mehr auf: »Mein Bruder Chan-Mammad sitzt dank deiner Kameradschaft noch heute hinter Gefängnismauern. Du bist wie ein Rebhuhn, steckst deinen Kopf in den Schnee und glaubst, die anderen sehen dich nicht. Warst du es etwa nicht, der alle Schuld auf ihn abwälzte?«

Zur Antwort wollte Ali-Akbar losschimpfen, doch Chan-Amu ließ ihn nicht zu Wort kommen: »Hier sind weder Ort noch Zeit für solche Reden. Laßt die Streiterei für später. Wir müssen diese Sache zu Ende führen. Galoppiere los, Gol-Mammad! Auch du, Ssabr-Chan. Vor Morgengrauen müssen wir die Leiche spurlos verschwinden lassen.«

Brise vor der Morgendämmerung. Das Dorf Barakschahi lag vor ihnen. Der Weg wurde flach, und die Männer ritten in der Ebene auf das Dorf zu. Ssabr-Chan wieder hinten, Gol-Mammad wieder voran, Ali-Akbar und Chan-Amu Seite an Seite.

Ali-Akbar war wütend, was Chan-Amu nicht verborgen blieb. Ali-Akbar richtete das Wort an Chan-Amu: »Frag ihn mal, was er jetzt tun will! Hier ist das Dorf.«

Chan-Amu ritt an die Spitze, und als er auf gleicher Höhe mit Gol-Mammad war, fragte er: »Was hast du nun vor? Hier ist Barakschahi. Gleich sind wir da.«

Schweigend ritt Gol-Mammad ein Stück weiter. Dann bog er vom Weg ab, zog am Fuß eines Hügels den Zügel an und blieb stehen.

Chan-Amu fragte nochmals: »Ha, was hast du vor?«

Gol-Mammad stieg vom Pferd, hob Madyars Leiche herunter, legte sie auf eine Böschung und drehte sich zu den Gefährten um: »Einer muß mit mir nach Barakschahi kommen, zwei müssen hier bleiben.«

Ali-Akbar protestierte: »Wozu das denn?«

Gol-Mammad antwortete ihm nicht, sondern sagte nur: »Es werden auch einige Unkosten entstehen. Jeder muß seinen Anteil beisteuern.«

»Wofür?«

»Für die Beerdigung. Für Grab und Totenhemd.«

Ali-Akbar wandte sich ab und stieß zwischen den Zähnen hervor: »Schön! Und was hast du sonst noch vor?«

Gol-Mammad stieg aufs Pferd und fragte: »Chan-Amu, kommst du mit mir?«

»Gehen wir!«

Die beiden ritten zum Weg zurück.

Ali-Akbar preßte die Zähne aufeinander und sagte: »Dieser blöde Kerl wird uns am Ende ins Unglück stürzen. Wenn er's nicht tut, kannst du mir ins Gesicht spucken!«

Ssabr-Chan, der sich selten an Gesprächen beteiligte, hatte schweigend und nachdenklich den Arm auf den Hals des Pferdes gestützt und hielt den Kopf gesenkt.

Ali-Akbar ergriff den Zügel von Ssabr-Chans Pferd und befahl: »Durchsuche die Taschen!«

»Wessen Taschen?«

»Die Taschen der Leiche!«

Obwohl ein Verwandter, arbeitete Ssabr-Chan als Hirte bei den Mischkalli, während Ali-Akbar, wenn auch außerhalb des Lagers, ein Verwandter der Mischkalli und Herdenbesitzer war. Der Unterschied war klar. Ssabr-Chan mußte gehorchen. Ruhig und ergeben – innerlich allerdings sich auflehnend – ging er zur Leiche und begann, die Taschen zu durchsuchen.

Ali-Akbar sagte mißbilligend: »Sein Gewehr hat er wahrscheinlich dem Hadj Hosseyn überlassen! Und der Herr Gol-Mammad hat trotz all seiner Aufgeblasenheit Angst um sein Leben gehabt und es nicht mitgenommen. Ein Gewehr von fünfhundert Toman!«

Ssabr-Chan hätte sagen sollen: ›Daß er die Leiche unter Beschuß holen konnte, ist doch schon eine Leistung‹, aber er sagte nichts. Tauben Ohren soll man besser nicht predigen. Er stand von der Leiche auf, übergab alles, was er in den Taschen Madyars gefunden hatte, Ali-Akbar und nahm ihm den Zügel seines Pferdes ab. Ali-Akbar widmete sich der Überprüfung der Sachen: Ein Seidentuch. Ein Messer mit Horngriff.

Etwas trockenes Brot. Der Personalausweis und eine Geldbörse. Ali-Akbar öffnete die Börse und untersuchte sie sorgfältig. Er zog einige abgegriffene Geldscheine heraus und versuchte, sie im Dunkel der Nacht zu erkennen; weil ihm das nicht gelang, maß er sie mit den Fingern ab, steckte sie dann, Ssabr-Chan verstohlen musternd, in seine Brusttasche und sagte: »Wann kann man denn in den Taschen solcher Habenichtse Geld finden? Komm!«

Er warf Ssabr-Chan die Börse vor die Füße. Ssabr-Chan tat erst, als sähe er sie nicht. Er zögerte einen Augenblick, bückte sich dann und hob die Börse auf, ging zur Leiche und tat sie in Madyars Tasche. Ali-Akbar steckte auch das Messer ein und warf das Seidentuch Ssabr-Chan hin: »Das nimm du. Das kann man noch brauchen; es gibt sonst nichts, womit man ihm das Kinn hochbinden könnte.«

Auch das Tuch tat Ssabr-Chan in Madyars Tasche. Er kehrte auf seinen Platz zurück, zog seine Zigarettenschachtel hervor und zündete sich eine Zigarette an. Dann befestigte er den Zügel am Handgelenk, streckte sich bei der Leiche am Fuß des Hügels aus, legte den Kopf auf einen Stein, schlug ein Bein übers andere und heftete den Blick auf das Sternenlicht über dem Kelidar.

Ali-Akbar konnte nicht wissen, mit welchen Gedanken Ssabr-Chan sich abgab. Aber sein Schweigen beunruhigte ihn. Er zog sein Pferd am Zügel, kam heran und setzte sich neben Ssabr-Chan. Er drehte sich zu Madyars Pferd um, das zur Leiche getreten war und daran schnupperte. Ali-Akbar nahm Ssabr-Chan die Zigarette weg, machte zwei tiefe Züge und bekam einen Hustenanfall. Ssabr-Chan nahm die Zigarette zurück und widmete sich wieder seinen Gedanken.

Ali-Akbar war besorgt und konnte das vor Ssabr-Chan nicht verbergen. Ssabr-Chan dagegen hatte seinen Gleichmut bewahrt, und gerade das verärgerte Ali-Akbar noch mehr. Gegenüber diesem mittellosen Hirten kam er sich nichtig vor. Er wußte nicht, was ihm im Vergleich zu diesem Mann abging, der noch jung war und sehr viel unerfahrener als er. Welchen Makel hatte er, den er zwar spürte, aber nicht benennen konnte? Er wußte es nicht, wußte es einfach nicht. Doch er wußte und merkte, daß er vor etwas Angst hatte. Merkte, daß etwas in seinem Innern zitterte. Er wußte, daß ihm irgendwo etwas mangelte, wußte aber nicht, wo. Vielleicht auch wußte er es, wollte es sich aber nicht eingestehen. Er wollte sich nicht eingestehen, daß das Gefühl, ein Nichts zu sein, von den Dingen herrührte, die er besaß: der Herde, dem Bauernhof, dem zweistöckigen Haus und den Menschen, die in seinem Haus arbeiteten. Und er wollte nicht wahrhaben, daß Ssabr-Chans Gemütsruhe daher kam, daß sein ganzer Besitz der Hirtenstab war, den er in der Hand hielt. Daß sein Wert in seiner Besitzlosigkeit lag. Er hätte aufstehen, sich auf sein Pferd setzen mögen, um von hier, von diesem Toten, von dieser Stille sich zu entfernen, zu fliehen. Nur Mut!

Er stand auf, bestieg aber nicht sein Pferd. Unruhig schritt er auf und ab. Wie ein Schatten ging und kam er in der Nacht. Ssabr-Chan beobachtete ihn durch halbgeschlossene Lider. Plötzlich blieb Ali-Akbar stehen und lauschte. Im gleichen Moment richtete sich auch Ssabr-Chan halb auf und horchte. Dumpfes, entferntes Trappeln von Pferdehufen. Ssabr-Chan erhob sich ganz und wartete gespannt.

Das Getrappel kam aus der Richtung von Barakschahi. Sicherlich waren es die eigenen Leute, Gol-Mammad und Chan-Amu. Das Geräusch kam näher und näher. Kurz darauf tauchten aus dem Herzen der Nacht die Schatten zweier Reiter auf. Sie waren es: Gol-Mammad und Chan-Amu. Aber nicht nur sie. Hinter jedem saß noch einer. Als sie am Hügel anlangten, stiegen alle vier ab. Besonders die Anwesenheit von zwei Fremden ließ Ali-Akbar und Ssabr-Chan große Augen machen. Der eine hatte Bart und Turban und trug einen langen Kaftan. Der andere war gedrungen und klein und schien mittleren Alters zu sein. Gol-Mammad führte die beiden zu dem Toten und sagte: »Das ist er. Und hier ist das Geld für sein Grab und Totenhemd.«

Auf die Fragen von Ssabr-Chan und Ali-Akbar hin sagte Chan-Amu: »Der eine ist der Dorfvorsteher, der andere der Molla des Dorfs.«

Molla und Dorfvorsteher blickten einander an. Gol-Mammad sagte: »Woran denkt ihr? Er ist einer von uns. Aber kein Mensch darf erfahren, was geschehen ist. Ihr selbst müßt ihn begraben. Wenn jemand durch euch Wind von der Sache bekommt, könnt ihr von uns nichts Gutes erwarten. Ich schwöre beim Namen Gottes, wenn ihr den Mund aufmacht, ist es um eure Köpfe geschehen!«

Der Dorfvorsteher sagte: »Aber was ist von hier bis zum Friedhof?«

»Bis dahin ist das unsere Angelegenheit. Ssabr-Chan!«

Ssabr-Chan trat vor und lud mit Gol-Mammads Hilfe die Leiche auf den Sattel. Gol-Mammad setzte sich aufs Pferd und sagte: »Und ihr steigt hinter den anderen auf.«

Ali-Akbar hielt sich die ganze Zeit abseits. Chan-Amu hielt dem Molla ein Knie hin, um ihm beim Aufsteigen zu helfen, und stieg dann auch auf. Der Dorfvorsteher setzte sich hinter Ssabr-Chan. Gol-Mammad sagte: »Zeig uns den Weg zum Friedhof, Dorfvorsteher!«

»Unterhalb des Dorfes liegt er.«

Weg und Seitenpfade, brachliegende Äcker, abgeerntete Weizenfelder, dann der Friedhof. Sie nahmen die Leiche herunter. Gol-Mammad ergriff einen Spaten, auch Ssabr-Chan.

Gol-Mammad sagte: »Molla, tu deine Arbeit!«

Der Molla setzte sich zur Leiche und machte sich daran, die Knöpfe zu öffnen und dem toten Madyar die Kleider auszuziehen. Dann nahm er aus Mangel an Wasser die rituelle Reinigung mit Sand vor, und darauf wickelte er die Leinwand, die er mitgebracht hatte, um den Körper des Toten, band sie an Kopf und Füßen zusammen und stand auf, um zu beten. Der Dorfvorsteher tat es ihm nach, und Gol-Mammad warf den Spaten beiseite, ergriff den Zügel des Rappen und setzte den Fuß in den Steigbügel: »Wir gehen nun, Dorfvorsteher. Wir werden anderswo um ihn weinen. Und du, Ssabr-Chan, nimm seine Kleider. Wir müssen sie verbrennen!«

Ssabr-Chan hob Madyars Kleider und Stoffschuhe auf, steckte sie in die Satteltasche und stieg aufs Pferd. Auch die anderen stiegen auf. Die Rücken zum Dorf Barakschahi, die Gesichter zur Steppe gewandt. Vor ihnen lag die Nacht.

Im Schutz der Nacht, dort, wo sich Barakschahi in der Schwärze verlor, zogen die Reiter wieder die Zügel an und rückten dicht zusammen, um einen Pakt zu schließen, die Sache geheimzuhalten: »Nichts ist passiert, nichts. Überall sagen wir das.«

»Aber ... wenn die Angehörigen nach Madyar fragen, was dann?« Das fragte Ali-Akbar. So abwegig war das nicht. Was, wenn die Angehörigen wirklich nach Madyars Verbleib forschten? Was dann?

Eine Weile verharrten alle schweigend und unschlüssig. Als wolle jeder die Antwort auf diese Frage in sich selbst finden. Jeder grübelte vor sich hin und suchte nach einer Antwort. Schließlich hob Ali-Akbar selbst, der Findigste unter ihnen, den Kopf und sagte: »Das einzige, was wir sagen können, ist, daß wir uns voneinander trennen mußten. Jeder hat eine andere Richtung eingeschlagen. Sonst wissen wir nichts.«

Gol-Mammad sagte: »Und am Ende? Man muß auch an den nächsten Tag denken!« Er heftete die Augen auf Chan-Amu. Ruhig sagte Chan-Amu mit seiner tiefen, rauhen Stimme: »Das geht nicht. Nein. Das ist nicht der richtige Weg.«

»Was ist denn der richtige Weg?«

Scharf nachdenkend sagte Chan-Amu, während er auf den Boden starrte: »Eben! Darüber denke ich nach.« Kurz darauf hob er müde den Kopf, holte tief Atem und sagte: »Aber mein Verstand schafft es nicht, schafft es nicht!«

Gol-Mammad fragte: »Habt ihr euch denn nicht alle zusammen von den Zelten auf den Weg gemacht?«

»Doch.«

»Schön, und jetzt habt ihr doch vor, wieder dahin zu gehen, oder nicht?«

»Na und?«

»Werden sie euch dort nicht fragen, wo Madyar ist? Das werden sie doch fragen, oder nicht? Nun, was müßt ihr dann antworten?«

Keiner sagte etwas. Gol-Mammad fuhr fort: »Man kann lügen, aber wie lange? Wie oft?«

»Was sollen wir denn sonst tun?«

»Das ist ja das Problem! Es muß einen Weg geben. Aber man kann es nicht vor allen verheimlichen. Am Ende wollen sie Madyar wiederhaben. Wo ist er? Wo ist er? Die Seinen müssen doch erfahren, wo Madyar ist!«

Mit Bitterkeit und Angst in der Stimme sagte Ali-Akbar: »Wenn die Seinen es erfahren, wer wird dann nicht davon hören? Wenn das Geheimnis aus einem Mund heraus ist, ist es in aller Munde!«

Chan-Amu sah Ali-Akbar wie ein Adler unter seinen buschigen Augenbrauen hervor an. »Wenn das so wäre, dann wäre jetzt schon die Nachricht von Madyars Tod in aller Munde. Denn auch hier gibt es viele Münder!«

Ali-Akbar fragte: »Warum redest du so vieldeutig, Chan-Amu?«

Chan-Amu gab ihm zur Antwort: »Meine Worte sind nicht vieldeutig, Sohn von Hadj Passand. Ich rede ganz offen. Weißt du, was ich sagen will? Ich bin nicht sicher, ob nicht auch in Tscharguschli einer getötet worden ist. Meinst du denn, daß all die Kugeln aus den Mündungen unserer Gewehre in die Steppe geflogen sind? Daß nicht eine die Brust eines Unglücklichen getroffen hat? Bestimmt hat eine getroffen. Ha, Gol-Mammad, was sagst du?«

Gol-Mammad bestätigte: »Eine hat getroffen. Mit meinen eigenen Augen hab ich Blut gesehen.«

Chan-Amu wandte sich wieder an Ali-Akbar: »Nun, angenommen, zumindest einer wurde getötet – was dann? Vermutlich wird dann die Gendarmerie hinter uns her sein. Schließlich haben wir ein Verbrechen begangen. Und ein Mensch, der ein Verbrechen begangen hat, hat sogar Angst vor sich selbst. Irgendwie möchte er sich aus dieser Klemme befreien. Da gibt es tausend Möglichkeiten. Die eine ist, daß er nur sich selbst aus der Patsche zieht. Sich selbst rettet. Da kommt es gelegentlich vor, daß der Teufel in ihn fährt und ihm einflüstert, zu seiner eigenen Rettung diesen oder jenen hereinzulegen.«

Ali-Akbar fragte: »An wen denkst du bei diesen Andeutungen, Chan-Amu?«

»Mit Verlaub, an uns alle, auch an mich selbst. Denn der Teufel kann auch in mich fahren. Deshalb müssen wir noch hier, bevor wir auseinandergehen, einen Pakt schließen, schwören und unsere Bedingungen festlegen.«

Ali-Akbar fragte: »Wozu das?«

Chan-Amu sagte: »Damit man uns nicht den Mord von Tscharguschli in die Schuhe schieben kann. Wir müssen noch hier, jetzt mitten in der Nacht …«

Ali-Akbar unterbrach ihn: »Warte. Warte. Ich will Gol-Mammad etwas fragen. Sag mal, Gol-Mammad, kannte das Mädchen Madyar oder kannte sie ihn nicht?«

»Sie kannte ihn. Wie sollte sie ihn nicht kennen? Sie liebten sich.«

»Schön, warum haben wir sie dann nicht mit einer Kugel erledigt? Was, wenn nun die Sache durch sie herauskommt?«

»Wie denn das?«

»Ist doch klar, wie. Sie nehmen sie mit zur Gendarmerie, bringen sie zum Reden, und so erfahren sie, wer sie nachts holen gekommen war.

Sobald sie wissen, daß ein Madyar derjenige war, der das Mädchen entführen wollte, folgen sie der Spur, um festzustellen, wer dieser Madyar war. Was glaubst du, wie lange das dauert? Nehmen wir an, drei oder vier Monate. Wenn sie das herausgefunden haben, forschen sie nach seinen Leuten, seinen Verwandten. Nun, und wer sind seine nächsten Verwandten? Ist ja klar. Wir! Dann kommen sie zu uns! Und das ist erst der Anfang! Denn wir haben ja nicht nur ein Verbrechen begangen. Mehrere Verbrechen haben wir begangen. Dann wollen sie Madyar von uns haben. Wo ist Madyar? Unter der Erde. Warum haben wir ihn ohne Genehmigung der Behörden beerdigt? Auch das ist ja klar. Weil das der Plan von Herrn Gol-Mammad war. Das kann man wohl nicht abstreiten, oder?«

Gol-Mammad sagte zu Ali-Akbar: »So wie du redest, könnte man denken, du seist selbst ein halber Gendarm! Gut, wenn das so einfach ist, wie du sagst, warum gehen wir dann nicht gleich zur Gendarmerie und stellen uns?«

Ali-Akbar fragte: »Meinst du, die Sache verhält sich anders?«

Gol-Mammad sagte: »Natürlich verhält sie sich anders. Glaubst du, derjenige, der Madyar die Kugel in den Kopf gejagt hat, wußte nicht, was er tat? Vermutlich doch. Er wußte, wohin er zielte. Nun, glaubst du nicht, daß auch er für sich die Rechnung macht, daß er einen gegeben und einen genommen hat? Er hat doch gewiß Vernunft und Verstand! Auch er will sich nicht ins Unglück stürzen. Deshalb wird er sich alle Mühe geben, das Geschrei irgendwie zum Schweigen zu bringen.«

»Wenn aber die Gendarmen Wind davon bekommen haben – was dann?«

»Wenn die Verwandten des Toten der Sache nicht nachgehen wollen, werden sich die Gendarmen ja nicht wie fürsorgliche Ammen verhalten, oder? Glaubst du denn, die bringen ihr Leben so einfach in Gefahr? Nein, ich glaub das nicht. Ich bin beim Militär gewesen. Die Gendarmen ziehen aus, um zu jagen, nicht, um gejagt zu werden. Umsonst machst du dir Sorgen. Auch wenn das Mädchen ein Geständnis ablegt, kann niemand etwas herausfinden. Denn in dieser Gegend hier gibt es so viele Madyars wie Madyar Haare auf dem Kopf hatte. Wie sollen wir wissen, welcher Madyar es war? Heikel ist es für uns nur so lange, bis wir zur Winterweide trecken. Wenn unsere Leute jenseits der Berge sind, können selbst tausend Detektive, die hinter Madyar her sind, keine Spur von ihm finden. Aber die Bedingung ist, daß wir uns, jeder von uns, ruhig verhalten. Als wäre nichts vorgefallen. Im Grunde ist ja auch nichts vorgefallen. Einen haben wir gegeben, einen haben wir genommen. Blut gegen Blut. Wir sind quitt.«

In die eingetretene Stille sagte Chan-Amu: »Wir schwören beim Heiligen Abol-Fasl und bürgen mit unseren Köpfen.«

Unter dem Schenkeldruck der Reiter drängten sich die Pferde aneinander, Ohr an Ohr. Im matten Mondschein der Nacht beugten sich die Männer im Sattel vor. Chan-Amu streckte die Hand aus. Gol-Mammad legte seine Hand auf Chan-Amus Hand und Ssabr-Chan seine Hand auf Gol-Mammads Hand und Ali-Akbar seine Hand auf die Hände aller.

Chan-Amu ergriff wieder das Wort: »Hier an diesem Ort, zu dieser mitternächtlichen Stunde schwören wir vier Männer beim Heiligen Abol-Fasl und bürgen mit unseren Köpfen, daß wir nirgends und vor keinem Fremden über das, was sich heute nacht ereignet hat, ein Wort fallen lassen und nichts gestehen, auch wenn wir ausgepeitscht werden. Ich schwöre beim Heiligen Abol-Fasl!«

Alle sagten zusammen: »Wir schwören beim Heiligen Abol-Fasl!«

Chan-Amu sagte: »Wir bürgen mit unseren Köpfen!«

Alle sagten zusammen: »Wir bürgen mit unseren Köpfen!«

Sie wendeten die Pferde um. Zerstreuten sich. Jeder Reiter in eine Richtung. Gol-Mammad nach Ssusandeh. Ali-Akbar zum Weiler Kalchuni und Chan-Amu und Ssabr-Chan zu den Zelten.

Ein Mann unter den Männern war nicht mehr dabei: Madyar.

Müde, erschöpft und traurig ritt Gol-Mammad in der mondbeschienenen Steppe. Ritt und sang unbewußt vor sich hin. Nicht aus voller Kehle wie die Hirten der Steppe. Klagend und schmerzerfüllt sang Gol-Mammad. Ein Lied, in dem sich Schmerz und Schrei aus der Tiefe des Herzens vereinten. Kein hörbares Geräusch. Der ganze Körper ist Stimme. Ein stummer Schrei in der endlosen Nacht und Steppe. Eine Fülle angestauter Klagen. Der Rücken verkrampft sich vor Schmerz.

Wohin soll ich diesen Kummer tragen, mein Madyar?
Wohin mit diesem Kummer?

In Trauer um dich hat Kelidar sich in Schwarz gehüllt.
Die Nacht trauert um deine Jugend.
Voll Blut sind deine Locken, Madyar.

Wohin soll ich diesen Kummer tragen?
Hirsch der Berge, mein Madyar!
Mein Jüngling! Mein Held! Mein edler Räuber!
Mein furchtloser Räuber, mein Madyar!
Dein Blut, Madyar, ist Belgeyss' Sohn auf die Füße getropft.
Warm ist dein Blut noch, warm.
Mein Fuß fühlt die Wärme, die Wärme deines Bluts, Madyar!
Voll Blut sind deine Locken, Madyar.

Wohin soll ich diesen Kummer tragen?
Die Tränen deiner Schwestern, mein Jüngling!
Deine Schwestern, Töchter der Steppe, raufen ihr Haar aus vor Schmerz.
Zerreißen ihr Gewand. Zerkratzen ihr Gesicht.
Am Ufer der durstigen Flüsse singen Kelidars Töchter leise den Trauergesang,
mein jung Verstorbener!
Voll Blut sind deine Locken, Madyar.

Wohin soll ich diesen Kummer tragen?
Dein Tod, Madyar, zerreißt das Herz unsrer Mütter, setzt die schwarzen Zelte in Brand!
Wehklagen um Madyar!
Die Sterne des Kelidar tropfen Blut auf dein Grab.
Die Klagen der Dornbüsche hör ich im Wind.
Ein Regen von Blut.
Voll Blut sind deine Locken, Madyar.

Wohin soll ich diesen Kummer tragen?
Deine Freunde, Madyar, leeren in Trauer um dich den Becher des Schmerzes.

Ohne dich, o Schmuck der nächtlichen Spiele, fehlt dem Wein die Süße.
Ohne dich sei verfemt alle Freude der Jugend, Fluß und Frühling und Blätterrauschen der Pappeln!
Ohne dich seien verfemt die tiefen Schatten der Täler Kelidars, die Gesänge der Nächte, die Reiterspiele der Ebenen, trunkener Lärm und Lieder der Steppe!
Ohne dich ist dahin der Glanz der Jugend, das Aufleuchten des trunkenen Blicks der Gazellen bei Nacht!
Ohne dich sei sternenlos die Nacht, du meine Sonne!
Voll Blut sind deine Locken, Madyar.

Wohin soll ich diesen Kummer tragen?
Wohin soll ich diesen Kummer tragen, Gol-Mammad?

Müde, erschöpft und traurig verbrachte Gol-Mammad den Rest der Nacht.

Bei Morgengrauen trafen Maral und der Rappe, Gol-Mammad und Maral am schmalen Bach zusammen. Kurz vor seiner Herrin verlangsamte Gareh-At den Schritt, und Gol-Mammad, obwohl völlig zerschlagen, sprang behende ab. Maral und der Rappe gingen aufeinander zu. Der Rappe rieb die Stirn an Marals Schulter, Maral grub die Hand in seine Stirnlocke und streichelte ihm die Mähne. Gol-Mammad band den Zügel um den Sattelknopf, nahm den Zügel von Madyars Pferd und stellte sich abseits, um zuzuschauen. Wiedersehen zweier Freunde. Maral und der Rappe. Es sah aus, als unterhielten sich die beiden. Austausch vertraulicher Gedanken. Über die Mähne des Pferdes hinweg streifte Maral mit einem Blick den Blick Gol-Mammads und wandte schnell das Gesicht ab. Aber in diesem flüchtigen Moment hatte Gol-Mammad seinen Blick in Marals Augen gebohrt.

Maral machte sich auf den Weg, und auch Gol-Mammad. Die Pferde hintendrein, die Reiter voran. Der Schweiß des Rappen mußte trocknen. Das wollten sie, sowohl Maral als auch Gol-Mammad. Sie gingen langsam und taten, als wären sie ruhig. Doch in beider Brust lag etwas an der Kette. Eine unangenehme Nachricht zusammen mit einem Zaudern, sie mitzuteilen. Schulter an Schulter gingen sie, mit ihren

Gedanken beschäftigt. Gol-Mammad überlegte, wie er das Unternehmen erklären könnte: Wessen Pferd ist es, das er bei sich hat? Und Maral überlegte, wie sie Schirus Abwesenheit für Auge und Ohr von Gol-Mammad leichter machen solle.

Maral hatte gesehen, daß der Platz von Schiru leer war. Was sonst hätte sie sehen können? Sie wußte ja, daß Schiru fortgegangen war. Trotzdem ließen die Zweifel sie nicht los. Was sie gesehen hatte, mußte sie glauben. Der leere Platz von Schiru hatte ihr diesen Glauben eingegeben. Die alte Steppdecke war achtlos in eine Ecke geworfen, und Schiru war nicht da. Was ist klarer als das? Dann muß Schiru also schon weit fort sein … Aber wo ist sie, wo ist sie, wohin ist sie gegangen?

Es war besser, daß Maral das nicht wußte. Denn wenn dir etwas verschlossen ist und du weißt, daß du nicht weißt, wird dir eine Art innerer Friede zuteil. Ein sehendes Auge zu haben, kann einen manchmal in Schwierigkeiten bringen. Trotz alledem war Maral besorgt. Besorgt über das, was sie wußte. Besorgt wegen ihres Zusammentreffens mit Mah-Derwisch. Besorgt wegen der Botschaft, die sie überbracht hatte.

»Ein flinkes Pferd ist der Rappe, Kusine.«

»Hat er dich nicht abgeworfen?«

»He! Ich hab bei der Reiterei gedient.«

Es gab nichts mehr zu sagen.

Was konnte Maral tun? Schweigen. Sie hatte liegenbleiben wollen, damit Belgeyss und Siwar vor ihr aufstanden. Zuerst sollten deren Augen auf den leeren Platz von Schiru fallen. Sollen sie mit Klagen und Jammern anfangen! Maral mußte sich immer noch abseits der Familie halten. Durfte sich so bald nicht einmischen. Deshalb hatte sie sich im Bett verkrochen und die Decke über den Kopf gezogen. Aber ihre Augen waren wach. Die Lider wollten sich nicht mehr schließen. Als ob sich ihr ein Stachel ins Auge gebohrt hätte. Sie sah nichts, aber sie konnte sich alles vorstellen. Ihre Ohren hatten sich geschärft. Als erwartete sie ein Geräusch. Was wird jetzt geschehen? Ist die Morgendämmerung noch nicht angebrochen?

Doch! Die Morgendämmerung war angebrochen, und jeden Moment mußte Belgeyss aufstehen. Sie müßte aufstehen. Frühmorgendlicher Wind. Wenn sie aufwacht, was wird sie als erstes tun? Ist ja klar: die

Hände waschen. Aber der leere Platz von Schiru. Wohin kann Schiru gegangen sein? Wahrscheinlich nach draußen. Was für eine Zeit, jetzt nach draußen zu gehen! Wie könnte Belgeyss das glauben? Sie würde aufstehen und Schiru suchen gehen. Sie würde sie nicht finden. Ist sie nicht zur Quelle gegangen? Sie würde die Schläuche und Becher nachzählen. Alle waren da. Sie würde ärgerlich werden. Wo ist Schiru denn hingegangen? Sie würde nach ihr rufen. Keine Antwort würde kommen. Es konnte ja auch keine kommen. Angst würde sie schütteln. Eilig ins Zimmer. Mit ihrem Klagen würde sie alle aufwecken: »Schiru ist nicht da!« Das war sie, Belgeyss selbst. Ihre Stimme war voller Angst. Zweifel und Furcht. Soll Siwar aufstehen! Maral blieb ohne sich zu rühren liegen. Ein langgezogenes Gähnen. Belgeys schrie: »Seid ihr taub und dumm geworden? Wie lange wollt ihr noch auf Vorrat schlafen?«

Maral hatte den Kopf unter der Decke hervorgestreckt und gesehen, daß Belgeyss Siwar das Laken wegzog. Siwar hatte sich halb aufgerichtet. Maral war aufgesprungen. Auch Siwar. Schiru war nicht da.

»Sie ist fortgelaufen, geflohen. Von Anfang an ahnte ich es. Wußte es, wußte es. War ich denn blind? Am Ende tat sie, was sie wollte. Sie merkte, daß das Auge ihres Bruders fern war. Was zum Teufel soll ich nun tun? Was soll ich zu Gol-Mammad sagen? Wohin ist sie gegangen? Wohin kann sie gegangen sein? Mit wem? Und ihr? Du, Mädchen, weißt du nichts? Diese ein, zwei Tage war sie immer mit dir zusammen. Hast du nichts, kein Wort von ihr gehört? Ha?«

Belgeyss legte keine Pause ein. Nicht für sich selbst, nicht für die anderen. Ununterbrochen redete sie voller Angst, und auf einmal wurde sie völlig mutlos. Sie setzte sich in eine Ecke, nahm den Kopf zwischen die Hände und brach in Klagen aus. Kopf, Arme und Schultern wiegte sie im Takt ihrer sanften, schmerzlichen Klagen. Sie sprach und weinte. Ihr Gesicht war vor Furcht und Kummer aschfahl geworden. Belgeyss' Leiden und Hilflosigkeit machten Siwar und Maral ratlos. Die Zunge hatte keine Kraft zu sprechen. Beide hatten sich dicht neben Belgeyss gesetzt.

Gol-Mammad fragte: »Wie war es gestern nacht in deiner neuen Unterkunft?«

Sie wußten nicht, wie sie Belgeyss begegnen sollten. Sie sahen einander an, und Belgeyss sah sie an. Belgeyss wollte eine Antwort haben, und die beiden Frauen mußten ihr Hoffnung – auch wenn es eine trügerische war – einflößen.

»Ich geh zur Quelle, vielleicht ist sie dahin gegangen, um ein wenig zu spazieren.«

»Und ich geh die Umgebung absuchen.«

Maral und Siwar waren losgezogen, Siwar hinter die Hügel und Maral zur Quelle.

Siwar beeilte sich nicht sonderlich mit Suchen. Sie schlenderte hierhin und dorthin und vertrödelte die Zeit. Schließlich setzte sie sich hinter einen Graben und schaute den kurzen, schnellen Flügen der Lerchen zu und wie sie Körner aufpickten. Siwar kannte Schiru. Sie war in der Nacht davongelaufen und jetzt – vielleicht – schon meilenweit weg von Ssusandeh. Siwar war mehr oder weniger über Schirus Liebesgeheimnisse unterrichtet. Aber sie hatte es nicht für angebracht gehalten, Gol-Mammad oder Belgeyss davon zu erzählen. Sie befaßte sich meistens mit sich selbst und mit Gol-Mammad und hatte, verschlossen wie sie war, keine Lust, sich groß über die anderen auszulassen oder sich um sie zu kümmern. Und andererseits mochte sie Belgeyss nicht. Deshalb fand sie es ganz gut, daß Belgeyss etwas litt und gedemütigt wurde. Schon lange konnten sich die beiden nicht ausstehen. Siwar spürte bei solchen Gelegenheiten klar und deutlich ihren Haß auf Belgeyss, diese Frau, die sie auf Erden nicht glücklich sehen wollte. Das, was sich zugetragen hatte, berührte sie nicht im geringsten. Auch jetzt tat sie, als sei nichts geschehen: ›Soll alles in Trümmer fallen, zerbersten. Warum nur Kummer und Trauer für mich?‹

Man kann sogar sagen, daß Schirus Weggehen Siwar freudiger stimmte. Sie hoffte, daß für sie nun alles ein wenig besser würde. Vielleicht findet die Familie heraus, daß sie sie nötig hat, so daß sie selbst an Wert gewinnt. Sollen sie ihr ruhig alle Arbeit auf die Schultern laden, aber sie ernst nehmen. Sie sehen. Sie fühlen. Vielleicht macht die Not Belgeyss freundlicher. Vielleicht räumt Belgeyss ihr ein wenig von Schirus Platz ein. Aber das war wohl nicht möglich. Denn vor Schirus Verschwinden hatte schon eine andere ihren Platz eingenommen: Maral!

Abscheu! Dieser Name lenkte Siwars Gefühle wieder in eine andere Richtung. Wut packte sie. Rauch des Hasses. Grundloser Haß. Überall stand ihr dies Mädchen im Wege. Siwar hatte sich die Feindschaft gegen sie eingeredet. Wut und Haß. Wenn sie an sie dachte, empörte sich etwas in ihrem Innern. Selbst Marals Schatten war ihr Feind.

Maral sagte: »Nachts sind hier die Sterne weiter entfernt.«

Gol-Mammad sagte: »Beim Kelidar sind nachts die Sterne näher.«

Maral dachte: ›Ich hätte Tante Belgeyss trösten müssen. Warum habe ich mich heuchlerisch beiseite gehalten? Ich weiß doch, daß sie weggelaufen ist!‹

Sie konnte sich nicht beruhigen. Sie betrachtete sich als Helfershelfer in dem, was geschehen war. An Schirus Weglaufen trug sie keine Schuld. Aber diese Tatsache beschwichtigte ihr Gewissen nicht. Quälende Zweifel. Wo lag ihr Anteil an diesem Vorfall? Bei ihrem Eintreffen war Schiru gegangen. Warum nicht früher oder etwas später? Marals Kommen konnte man als schlechtes Omen deuten. Schon das konnte die Familie gegen sie einnehmen. Tausenderlei Gedanken waren möglich. Viele Gründe, sie zu hassen. Was wird geschehen? Was stand bevor?

Als Maral und Gol-Mammad beim Haus anlangten, saß Belgeyss neben der Tür, als ob sie nicht ganz bei sich wäre. Sobald sie Gol-Mammad erblickte, stand sie auf, ging mit ausgebreiteten Armen auf den Sohn zu und jammerte, ohne etwas zu beschönigen: »Weg ist sie, weggegangen! Schiru ist davongelaufen, ist weg!«

Müde und kraftlos sprach Belgeyss, als könne sie nur mühsam Atem holen. Ihre Augen waren trocken, die Pupillen ausdrucksleer. Ratlos und unsicher. Unwillkürlich wandte sich Gol-Mammad von der Mutter ab und sah Maral an. Maral war blaß geworden; sie konnte der Frage in seinem Blick nicht standhalten und senkte den Kopf.

Ohne sich an jemand Bestimmtes zu wenden, fragte Gol-Mammad: »Wann?«

»Letzte Nacht. Wir waren müde von der Arbeit und schliefen; da ist sie fortgelaufen.«

»Fort ist sie also. Schiru ist davongelaufen. Teufel! Schließlich ist sie ja eine Kalmischi. Ich kenne meine Sippschaft. Soll sie gehen! Ich bin aus dem gleichen Stoff gemacht. Ich fange sie ein. Ach … Mädchen. Ins Verderben stürzt du dich. Du Luder, wohin willst du flüchten? Kannst du dich im Erdboden verkriechen? Das doch wohl nicht! Bist du der Wind? Doch wohl nicht, du zweibeinige Eselin. Ich krieg dich zu fassen, es sei denn, du flüchtest dich in den Himmel!« Zwischen zusammengebissenen Zähnen spuckte Gol-Mammad die Worte aus.

Als das Kamel seines Herrn ansichtig geworden war, hatte es ihm den Hals zugedreht. Gol-Mammad ging zu ihm hin. Er legte den Sattel auf den Höcker, zog den Sattelgurt an und schnallte ihn fest. Dann löste er die Kniefesseln, warf die Satteltasche auf den Sattel, schüttelte den Zügel, und das Kamel stellte sich auf die Beine. In diesem Moment kam Siwar angerannt. Gol-Mammad reichte ihr das Gewehr und sagte: »Bring mir meinen Stock und verstecke dies hier.«

Siwar trug das Gewehr fort und brachte den Stock. Gol-Mammad legte die Schlaufe des Stocks ums Handgelenk, rief die Frauen zu sich und sagte: »Ihr geht alle zum Mähen. Als sei nichts geschehen. Letzte Nacht habe ich hier in meinem Haus geschlafen. Habt ihr das kapiert?«

Er hatte diese Worte hauptsächlich an Siwar gerichtet. Mit Blick und Kopfbewegung zeigte sie an, daß sie verstanden hatte. Gol-Mammad sagte nochmals: »Letzte Nacht bin ich nirgends hingegangen. Habt ihr das kapiert? Das nur für alle Fälle.«

Länger hielt er sich nicht auf. Er schwang sich auf den Hals des Kamels und zog sich zum Sattel hoch. Siwar brachte im Nu ein Bündel mit Brot für ihren Mann und steckte es in die Satteltasche. Gol-Mammad streifte Schulter und Hals des Kamels mit dem Stock. Das Kamel rannte los und fiel in Galopp. Die Frauen liefen aufs Dach. Gol-Mammad auf seinem Kamel entfernte sich. Weiter und weiter. Kurz darauf entschwand er den Blicken. Die Frauen stiegen vom Dach herunter. Madyars Pferd schleifte den Zügel über den Boden. Belgeyss ging zum Pferd des Bruders, Maral und Siwar nahmen die Sicheln in die Hand.

Mähen. Gol-Mammad hatte es so verlangt.

II

Ein erster Hahnenschrei zum Auftakt. Chan-Amu warf einen halben Blick auf Ssabr-Chan, und ein weiches Lächeln umspielte seine Mundwinkel. Der Schlaf hatte Ssabr-Chan überwältigt; schlaff schwankte er im Sattel hin und her. Der Zügel hatte sich in seiner Hand gelockert, der Kopf auf seinem langen Hals war zur Seite gefallen. Chan-Amu knuffte den Schwiegersohn mit dem Ellbogen in die Rippen: »Pichchch ...«

Ssabr-Chan fuhr zusammen, nahm beschämt den Zügel fest in die Hand und setzte sich gerade hin.

»Wo warst du, Mann?«

»Sind wir da?«

»Hast wohl Schönes geträumt?«

Sie waren angelangt. Das Lager. Die schwarzen Zelte lagen im Atem der Morgendämmerung noch im Schlaf. Ende der Nacht. Von dieser und jener Seite des Lagers erhob sich ab und zu ein Hahnenschrei.

Ssabr-Chan sagte lächelnd: »In meinem ganzen Leben bin ich nie so erschöpft gewesen.«

Chan-Amu sagte nichts mehr. Auf ihren müden Pferden ritten die beiden Männer wie zwei Schatten still an den Seilen und Pflöcken der Zelte vorbei auf ihre eigenen Zelte zu. Dort, am Hang des Hügels, mit einem kleinen Abstand vom Zelt Ssafdar Chans, standen drei schwarze Zelte. Drei Zelte, dicht nebeneinander. Eins davon gehörte Ssabr-Chan und seiner Frau, das andere Kalmischi und seinem Sohn Beyg-Mammad, und das kleinste – zwischen den beiden – war die Heimstätte von Chan-Amu ganz allein. Ein alter Wolf in seiner Höhle.

Beim Geräusch der Pferdehufe streckte Kalmischi, der ältere Bruder von Chan-Amu, seinen großen, runden Schädel aus der Zeltöffnung, und seine Stimme fiel in die Stille: »Ha, seid ihr endlich zurück?«

Chan-Amu sprang vom Pferd, und auch Ssabr-Chan glitt vom Sattel herunter und lehnte sich an die Schulter seines Pferds. Kalmischi, neugierig auf Nachrichten, verlangte es nach einer Unterhaltung, aber der

Bruder gab ihm keine Gelegenheit dazu. Er vertraute ihm die Zügel der Pferde an und schob Ssabr-Chan in sein Zelt, und gleich darauf hörte man, wie Ssabr-Chan sich auf den Boden warf. Chan-Amu wandte sich vom Bruder ab und sagte: »Als erstes tu den Pferden etwas Futter in die Säcke; wir werden später reden.« Dann beugte er wie ein Schafbock die Schultern und kroch in sein Zelt.

Stille und Schlaf. Umarmung des Schlafs, willkommen den Ermüdeten. Ssabr-Chans schweres Atmen und Chan-Amus Schnarchen füllten den ganzen Tag aus.

Bei Sonnenuntergang saßen die Frau von Ssabr-Chan und Kalmischi vor dem Zelt. Kalmischi war dabei, seine Stoffschuhe zu flicken, aber die Frau von Ssabr-Chan hatte nicht die Geduld ihres Onkels. Sie hatte sich keine Arbeit vorgenommen, und ihr Sitzen und Aufstehen war mit Unruhe gemischt: ›Der Schlaf bei Sonnenuntergang macht den Menschen schwer.‹

»Steht endlich auf!«

Chan-Amu hob den Kopf, öffnete die Lider und richtete seinen trüben Blick durch die lockeren Krallen der Wimpern auf das farblose Licht des Tagesendes. Arme und Schultern rekelnd, schüttelte er die Müdigkeit von sich ab, stand auf und streckte kurz darauf den Kopf aus dem Zelt. Barhäuptig, mit graumeliertem, hartem, borstigem Haar, das vom Wälzen auf dem Kopfkissen zerdrückt war. Mit einem letzten Gähnen streckte er seinen massigen Körper, räusperte sich geräuschvoll und sagte zu seiner Tochter, der Frau von Ssabr-Chan, sie solle ihm einen Krug Wasser bringen. Mahak brachte Wasser, goß es dem Vater über Hände und Gesicht und stellte dann den Krug beiseite. Inzwischen war Kalmischi mit dem Flicken seiner Schuhe fertig geworden. Der alte Mann rückte näher an den Bruder heran. Er wollte etwas fragen. Seit dem Morgengrauen trug er eine Frage mit sich herum, die er endlich loswerden mußte. Er wußte vom Weggehen des Bruders, dessen Schwiegersohn und Madyars, diesem plötzlichen Aufbruch. Und wußte auch, daß sie ohne Gol-Mammad nicht gegangen wären. Er hatte gesehen, daß Madyar nicht mit Chan-Amu und Ssabr-Chan ins Lager zurückgekehrt war. Und außerdem hatte er etwas mehr als Müdigkeit des Weges in den Gesichtern des Bruders und Ssabrous bemerkt. Aber er hatte keine Gelegenheit zum Nachfragen gehabt. Deshalb war für ihn alles verwickelt und verworren. Sorge. Sein Herz war begierig auf ein Gespräch, doch ruhig und still, wie ein Kamel, hielt er seinen großen Kopf gesenkt und wartete ab.

Mahak brachte ein paar Becher und einen Teekessel und stellte alles dem Vater und Onkel Kalmischi hin. Chan-Amu nahm mit seinen dicken Fingern den Kessel am Henkel, füllte die Becher mit Tee, zog einen Becher zu sich heran und stellte einen vor den Bruder. Ohne dem Bruder in die Augen zu blicken, fragte er: »Ist Ssafdar Chan im Lager?«

Kalmischi sagte: »Ich glaube, ja, was willst du von ihm?«

»Es gibt etwas, das ich ihm erzählen muß. Er muß davon wissen.«

»Nur er muß davon wissen? Ist es eine Sünde, wenn auch ich davon erfahre?«

Chan-Amu maß den Bruder mit einem Blick und lächelte besänftigend: »Natürlich nicht!«

Kalmischi bemerkte nicht die Nachgiebigkeit in den Worten des Bruders und sagte, immer noch besorgt: »Schön, erzähle, wie es vor sich ging. Habt ihr etwas erreicht? Ha?«

Chan-Amu trank den Becher in einem Zug aus und sagte: »Es gefällt mir nicht, dir eine schlechte Nachricht mitzuteilen, aber ich kann dich auch nicht belügen.«

Kalmischi starrte dem Bruder in die Augen und fragte ärgerlich: »Warum sagst du es nicht geradeheraus? Rede deutlich, damit ich weiß, was los ist!«

In diesem Augenblick kam Ssabrou mit geschwollenen Augen aus dem Zelt. Chan-Amu und Kalmischi drehten sich zu ihm um. Kalmischi achtete auf die Blicke, die sein Bruder mit Ssabrou wechselte. Als ob er einen Sinn darin suchte. Einen Sinn, der versteckt wurde. Ssabr-Chan setzte sich mit gesenktem Kopf an den Zelteingang. Kalmischi hielt die Augen auf den Mund des Bruders gerichtet. Chan-Amu sagte, auf den Boden starrend: »Er ist getötet worden; das ist alles. Mit einer Kugel aus dem Gewehr von Hadj Hosseyns Sohn.«

Keiner sah Kalmischi an, weder Chan-Amu noch Ssabrou. Beide blickten zu Boden. Einen Augenblick verschlug es Kalmischi die Sprache, dann stützte er plötzlich Hand und Knie auf die Erde, näherte den Kopf dem Gesicht des Bruders und fragte ängstlich: »Von wem sprichst du? Gol-Mammad?«

»Nicht von ihm. Warum Gol-Mammad? Von Madyar spreche ich.«

Kummer und Angst nahmen eine andere Färbung an. Nicht dein Auge – deine Hand hast du verloren. Madyar ist tot. Nun ja, nun ja. Dann ist dein Rückgrat noch nicht gebrochen. Gol-Mammad ist da. Es gibt keinen Grund zur Trauer, keinen Grund zu großer Trauer. Der Bruder von Belgeyss ist tot, nicht mein Gol-Mammad. Was sonst? Was sonst noch?

»Auch einer von denen ist hin. Ich glaube, Hadj Hosseyn selbst.«

»Was ist mit Gol-Mammad?«

»Er ist nach Ssusandeh gegangen. Unterwegs sagte er, du sollst dich dahin auf den Weg machen und die paar Halme dreschen, die die Frauen vom Boden eingesammelt haben. Er sagte, er habe diese Arbeit auf den Feldern satt.«

Kalmischi dachte noch an das vergossene Blut. Er brach das Schweigen: »Du Hitzkopf! Ist dir am Ende dein Ungestüm abhanden gekommen? Du bist so lange herumgeflogen, bis dir deine Flügel verbrannt sind!«

Chan-Amu sagte: »Noch etwas. Kein Fremder darf davon erfahren. Das Geheimnis verscharren wir hier im Boden. Nur Ssafdar Chan sagen wir es. Er ist der Stammesführer, er muß es wissen.«

Schweigend stand Kalmischi auf, zog die Kappen der Stoffschuhe hoch, ging ins Zelt, nahm Stock und Vorratssack an sich und kam wieder heraus. Einen Moment blieb er stehen, blickte auf die untergehende Sonne und sagte: »Ich geh zur Herde. Erst muß ich Beyg-Mammad sehen.«

Chan-Amu sagte nichts. Kalmischi ging hinters Zelt, sattelte sein Maultier, stieg auf und ritt am Hang des Hügels davon. Chan-Amu richtete sich auf, sah dem Bruder nach und befahl seiner Tochter: »Bring mir meine Mütze und meinen Gürtel!«

Ssabr-Chan fragte: »Ich brauche doch nicht mit zu Ssafdar Chan zu gehen?«

»Wenn du nicht magst, komm nicht mit.«

Ssabr-Chan ging ins Zelt. Chan-Amu nahm Mütze und Gürtel von seiner Tochter entgegen, machte sich zurecht und brach auf zum Zelt von Ssafdar Chan. Mahak wandte sich ab, trat ins Zelt und stellte sich zu ihrem Mann. Durch einen Riß in der Zeltwand sah Ssabrou noch dem sich entfernenden Kalmischi nach. Als er seine Frau neben sich fühlte, drehte er sich um.

Fern vom Kelidar ging die Sonne unter; die Schatten von Kalmischi und seinem Maultier zogen hinter ihnen her. Auf dem Pfad am Abhang des Hügels schleppte das alte, erprobte Maultier sich und den Reiter langsam hinauf. Kalmischis Gesicht war finster; er war aufgebracht. Die Furchen auf seiner Stirn und zwischen den Augenbrauen hatten sich tiefer eingegraben, und obwohl seine runden Augen auf die Steppe gerichtet waren, bewirkte die innere Unruhe, daß er andere Bilder vor sich sah. Er hatte sich den Zügel des Maultiers um sein dickes, behaartes Handgelenk gewickelt und ritt gelassen dahin. Seine Lippen waren so fest aufeinandergepreßt, daß der Mund durch den Schnurrbart verdeckt war. Die Gesichtshaut des alten Mannes, die über ein halbes Jahrhundert lang Schnee und Wind und Sonne in sich aufgenommen hatte auf verschlungenen Pfaden, die durch Kälte, Hitze und viel Ungemach führten, war wie Leder geworden. Rauh, hart und fest. Und deshalb konnte diese Haut die vielen Sorgen in ihren Falten ertragen und so ruhig bleiben. Was geschehen war, vertiefte nur ein wenig die kurzen, geraden Furchen zwischen den Augenbrauen und die Linien auf der Stirn. Der alte Mann hatte seinen kurzen Hals zwischen die breiten Schultern gezogen und schwieg. Nicht nur jetzt; er war immer schweigsam und wortkarg. Gelegentlich, nur gelegentlich stieß er ein einzelnes Wort zwischen den Lippen hervor. Nicht mit einem bestimmten Zweck und Ziel; nein. Er warf das Wort in die Luft, ließ es fliegen. Trieb es von sich fort. Als wäre es aus seiner übervollen Seele, die es nicht mehr halten konnte, herausgeflossen. Und meistens war das nicht einmal ein Wort, sondern nur ein Laut. Ein unverständlicher Laut. Ein Laut, von dem nur der alte Mann wissen konnte, was er bedeutete. Aber was machte das schon? Ein Wort, ein Laut oder was auch immer hatte für den alten Mann nicht die übliche Bedeutung. Es war etwas Überflüssiges, das er aus seiner Seele hinauswarf. Eine Art Reaktion. Wie eine plötzliche Handbewegung, ein Schulterzucken oder ein Kopfschütteln. Es war das Unterdrücken eines Schreis, das Vermeiden einer Explosion.

Die müde Abendsonne hatte Kalmischis Wangen, Stirn und Schläfen weinrot gefärbt, man kann auch sagen, ihm die Farbe eines zweimal gebrannten Tonkrugs verliehen. Ähnlich der Farbe von Kupfer. Der alte Mann hielt die Augen geschlossen, die Fältchen in den Augenwinkeln hatten sich enger zusammengezogen, und seine grauen Augenbrauen hingen bis auf die Lider herab. Still trieb er sein Maultier bergauf und bergab, und das Maultier trug seinen vertrauten Reiter auf Wegen und Pfaden, am Fluß entlang und über die Hügel auf seinem Rücken vorwärts. Es kannte den Weg, und der alte Mann achtete nicht sonderlich auf das, was außerhalb seiner selbst vorging.

Lange Schatten fegten nach und nach den Sonnenschein zusammen und krochen unterhalb des Kelidar in den grauen Rachen der Täler. Kalmischi wurde es mit einem Mal bewußt, daß die Sonne verschwunden war, und auch, daß er auf seinem Maultier auf der Handfläche der Steppe ganz allein war. Das Sichausbreiten des Schattens über die Steppe – und die Tatsache, daß der große Schatten mit jedem Augenblick schattiger, dunkler und schwerer wird; daß die Luft mehr und mehr von der Dunkelheit in sich aufnimmt und dieser einheitlich graue Körper den Reiter in das Herz der Nacht trägt, und daß die Nacht mit all ihren undeutlichen, beängstigenden Schemen heranschleicht und sich im Kreise dreht – gibt dem Mann, obwohl er erfahren und weltklug ist, zumindest für einen Moment ein Gefühl des vollkommenen Verlassenseins.

Es gibt die Nacht und die Steppe und den Mann. Der vertrauteste Laut in der Nacht ist das Atmen des Maultiers unter dem Schenkeldruck des Mannes. In der Stille und Dunkelheit wird der Mann eins mit seinem Tier. Im Auf und Ab des Weges läßt er – ohne Hoffnung – seinen Blick mühsam im dichten Vorhang der Nacht herumwandern, in der Hoffnung, eine bekannte Spur zu finden, und lauscht – ohne Hoffnung – in die Nacht hinein in der Hoffnung, eine bekannte Stimme zu hören. Insgeheim hofft er, daß ihn von weit her, aus unsichtbarsten Fernen, ein Laut erreicht, der ihn aus seinen Grübeleien reißt. Dieser Laut wird vielleicht das Läuten der Glocke am Hals eines Schafs sein; das Glockenläuten von Gol-Mammads Leithammel Gasal.

Vielleicht geht Gasal der Herde voraus? Vielleicht ist die Herde hinter eben diesem Hügel auseinandergelaufen, und die Schafe sind wie Perlen auf der Brust des Hügels ausgestreut. Vielleicht liegt Beyg-Mammad, müde vom Herumlaufen in der Steppe, an einer geschützten Stelle,

Stock und Vorratssack neben sich, und hat den Kopf auf den Ellbogen gestützt; seine Haare schauen unter der Mütze hervor, den Kopf hat er dem Wind ausgesetzt. Vielleicht auch ist die Herde zur Ruhe gekommen, und Beyg-Mammad hat Gelegenheit gefunden, den Dotar zum Tanzen zu bringen und dazu laut zu singen. Denn sein Dotar war Beyg-Mammads Gefährte, mit dessen Hilfe er sich seinen Kummer vom Herzen singen konnte. Wie schön ist dein Gesang, Beyg-Mammad!

Von Kalmischis Söhnen war Beyg-Mammad der jüngste, Chan-Mammad der älteste. Gol-Mammad war der mittlere Sohn, und die Tochter, eben diese Schiru – »Brächte man mir doch ihre Todesnachricht!« –, war das Nesthäkchen. Kalmischi hatte viel durchmachen müssen wegen dieses Mädchens. Nicht, daß sie dem alten Mann nicht gehorchte, das nicht. Noch war sie zu jung, um widerspenstig zu sein. Aber der Vater konnte der Vieldeutigkeit ihrer Blicke anmerken, daß sie nicht ganz aufrichtig war. Ungebärdig und eigensinnig war. Eine sichtbare und hundert verborgene Seiten hatte. Er konnte sehen, daß sie verschlagen und hinterlistig war. Ein unentwirrbares Knäuel. Deshalb mischte sich in Kalmischis väterliche Liebe zu Schiru Bitternis und Zweifel. Nur aus Instinkt liebte er sie, aber ihr Dasein erfüllte ihn nicht mit Stolz. Nicht mit Wohlgefallen konnte er sie betrachten. Wie schön ist es, wenn sich ein Mann verschiedener glanzvoller Eigenschaften seines Kindes rühmen kann! Das hatte Kalmischi sich ersehnt. Doch Schiru hatte ihm durch ihr Betragen die Erfüllung seines Herzenswunsches versagt. Nicht willentlich, sondern ihres Charakters wegen.

Beyg-Mammad dagegen entsprach Kalmischis Wünschen. Ein kühner Junge war er, ruhig und besonnen. Arbeitsam und freundlich. Verstand etwas von seiner Arbeit und liebte die Herde. Zur rechten Zeit zornig und zur rechten Zeit vergnügt. Schön singen konnte er und gut den Dotar spielen. Liebenswert war er und gewinnend. Weniger ein Mann der Zwietracht, mehr ein Mann der Treue. Arglos und selten gehässig. Bemüht, andere nicht zu kränken und abzustoßen. Immer darauf bedacht, daß seine Herde nur ja kein Stück vom Feld eines Bauern abweidete.

Älter als Beyg-Mammad war Gol-Mammad. Still, wortkarg. Aufgeweckt, zielbewußt und beherrscht, mit dem Charakter eines Panthers. Einer derjenigen Männer, die, wenn sie etwas haben wollen, auch die

Hand danach ausstrecken. Zwischen Entschluß und Tat ließ er nicht viel Zeit vergehen. Geduldig und zäh. Kalmischi sah deutlich, daß der Krieg die Ansichten seines Sohns völlig verändert hatte. Etwas Neues war ihm beigefügt worden, etwas, das nicht allen seinen Angehörigen erkennbar war. Möglicherweise erkannte es Gol-Mammad selbst nicht. Aber zumindest konnte Kalmischi feststellen, daß etwas in der Seele des Sohns in Bewegung geraten war. Gol-Mammads Augen hatten – so, wie Kalmischi das sah – einen Ausdruck verloren und einen neuen Ausdruck gefunden. Sein Blick war erfahren geworden und reif. Der alte Mann konnte sich vorstellen, daß sich seinem Gol-Mammad in der Zeit fern von der Herde, den Zelten und dem Stamm neue Gedanken aufgedrängt hatten. Doch welche? Und wohin führten sie?

Der älteste Sohn von Kalmischi war Chan-Mammad. Ein Mann von etwa fünfunddreißig Jahren. Hochgewachsen, Feuer von Kopf bis Fuß, scharf und bitter und leicht aufbrausend. Bei der geringsten Ungerechtigkeit explodierte er wie ein Geschoß. Kalmischi hielt diese Schroffheit seines Chan-Mammad für ein mütterliches Erbteil. Chan-Mammad hatte sich einmal eine Frau genommen und sie wieder fortgeschickt. Alles, was er besaß, hatte er ihr als Abfindung überlassen und sie weggejagt, ohne sich von ihr scheiden zu lassen. Jetzt lebte er schon seit einigen Jahren allein und war der Kumpan seines Onkels Madyar. Die beiden standen sich näher als zwei bloße Verwandte. Zwei Freunde. Aber beide waren auf Abwege geraten. Ihr Treiben mochte allen Blicken verborgen sein, aber nicht den Blicken Kalmischis. Diese beiden, Neffe und Onkel, hatten immer ein Auge auf fremdes Hab und Gut. Dreist wie sie waren, dachten sie nicht an die Folgen. Wenn sie etwas brauchten, scheuten sie sich nicht vor dem Raub dieser oder jener Herde – natürlich weit weg vom eigenen Zelt und Lager. Chan-Mammad saß jetzt noch die Strafe für einen dieser Raubzüge im Gefängnis ab. Wenn er anstelle seiner Hitzigkeit den bei anderen üblichen Fleiß und ihre Ausdauer besäße, könnte er jetzt einen erwachsenen Sohn haben, der mit der Herde ziehen würde. Jetzt, in diesem Alter, nannte er weder einen Zeltpflock sein eigen noch einen Klumpen Erde, auf den sich ein Vogel hätte niederlassen können. Nur ihn gab es und den Filzumhang auf seiner Schulter.

Kalmischi wußte nicht so recht, was er für diesen Sohn empfand und wie er über ihn dachte. Sein Urteil über Chan-Mammad war unklar und verworren. Er liebte ihn nicht sehr, hatte auch keinen Grund, ihn abzulehnen. Doch in der Tiefe dieser Unsicherheit lag ein großes Gefühl verborgen. Etwas, auf das sich der Stolz des alten Nomaden gründete: der unerschrockene Geist und das furchtlose Herz von Chan-Mammad! Wenn er ein Wolf war – na schön. Aber feige, geizig und engherzig war er jedenfalls nicht. Er streckte nicht die Hand aus nach dem Gut von Armen und Waisen. Einen schlechten Charakter hatte er nicht. Vielleicht auch wollte Kalmischi einfach nichts Schlechtes an seinem Sohn wahrnehmen. ›Einen geraden Darm gibt es in keines Menschen Bauch! Und die Wahrheit ist gewiß nicht das, was alle sehen.‹ Chan-Mammad und Madyar waren gleichaltrig. Das Schicksal hatte es gewollt, daß der jüngste Bruder und der älteste Sohn von Belgeyss gleichzeitig zur Welt kamen. Deshalb dachte Kalmischi bei sich, daß der Tod von Madyar mehr als alle anderen Chan-Mammad erschüttern werde. Denn er hatte nicht Madyar, sondern seinen Freund und Kameraden verloren.

Die Gedanken nehmen kein Ende. Vor allem dann nicht, wenn sie sich um die eigenen Kinder drehen. Plötzlich aber riß das Glockengebimmel von Gol-Mammads Leithammel Gasal den alten Mann aus seinen Gedanken. Vom Hügel oben erblickte Kalmischi die Herde, und auch Beyg-Mammad konnte er sehen, der die verstreuten Schafe zusammengetrieben hatte. Beyg-Mammad hatte die Herde zu einem Zug geordnet und war dabei, sie auf einem schmalen Pfad zwischen zwei Äckern hindurchzuführen. Mit Schreien und Stockschwingen trieb er die Herde vorwärts und gab dabei acht, daß sie auf den fremden Äckern keinen Schaden anrichtete. Die Arbeit ließ keine Zeit für Frage und Antwort und Gespräch. Der alte Mann sprang vom Maultier, warf ihm den Zügel über den Nacken und beeilte sich, den Stock in der Hand, Beyg-Mammad zu helfen. Ohne dem Vater einen Blick zuzuwerfen oder ihn zu grüßen, schrie Beyg-Mammad von weitem: »Paß auf den hintersten auf, Vater! Paß auf den Ziegenbock von Chan-Amu auf! Wenn du einen Augenblick nicht achtgibst, zieht der Verfluchte eine ganze Gruppe Ziegen hinter sich her auf die Äcker. Er ist der geborene Quälgeist, dieser Bastard!«

Wenn die Herde dicht zusammengedrängt ist und das gewohnte, ruhige Grasen dem schnellen, eiligen Trappeln der Hufe Platz macht, steigt eine dicke Staubdecke vom Boden auf, so daß man von weitem nichts sehen kann als eine Wolke sich bewegenden Staubs. Sogar die Gestalt des Hirten und das Läuten der Glocken geht darin unter.

Die Herde war zu einer dicht verknäulten Kolonne geworden. Rufend, schreiend führten Sohn und Vater die Herde den schmalen Pfad entlang und ließen sie am Flußbett sich zerstreuen. Dann gingen sie aufeinander zu und setzten sich unter einen Baum. Kalmischi holte das Brot für Beyg-Mammad und das Futter für Babrou, den Hirtenhund, aus seinem Vorratssack und legte beides vor den Sohn hin. Beyg-Mammad nahm das Futter und warf es stückweise dem Hund hin, der auf den Hinterbeinen saß und mit dem Schwanz den Boden fegte. Dann nahm er den Topf aus dem Vorratssack und fragte den Vater: »Du ißt doch mit?«

Warum sollte er nicht? Beyg-Mammad drehte sich auf den Knien rutschend um, packte die ihm am nächsten stehende Ziege am Hinterbein, stellte den Topf unter das Euter und machte sich ans Melken. Der alte Mann beobachtete verstohlen den Sohn und wußte nicht, wie er das Gespräch beginnen sollte. Er hatte ein Büschel trockene Kräuter zwischen seine breiten, dicken Finger genommen und zerzupfte es. Die kleinen Stückchen zerrieb er mit den Fingerspitzen zu noch kleineren Stückchen und häufte sie auf die Erde. Kurz darauf drehte sich Beyg-Mammad mit dem gefüllten Milchtopf um, setzte sich Knie an Knie mit dem Vater und sagte, während er den Schlauch mit Gurmast vom Grund seines Vorratssacks hervorzog: »Die Schafe geben jetzt weniger Milch, Vater.«

Kalmischi sagte: »Wir sind ja am Ende der Saison.«

Beyg-Mammad nickte mit dem Kopf und ließ den Vater die eine Seite der Schlauchöffnung halten, nahm selbst die andere Seite mit der linken Hand, hob den Topf auf und goß die Milch in den Schlauch. Dann stellte er den Topf auf den Boden, band den Hals des Schlauchs mit einer Schnur fest zu, nahm den Schlauch wie ein Wickelkind auf die Arme und begann ihn hin und her zu schütteln. Die Milch mußte sich gut mit dem Gurmast vermischen. Kalmischi öffnete das Bündel mit Fladenbrot, riß das Brot in Stücke und tat die Stücke in den Topf. Beyg-Mammad öffnete den Schlauch und goß den fertigen Gurmast auf die Brotstücke im Topf. Aber bevor der Butterklumpen in den Topf rutschen konnte, band er den Schlauch wieder zu und steckte ihn in den Vorratssack, kniete sich hin, beugte sich über den Topf und drückte mit seinen dunklen Fingern auf das Brot, damit es gut durchweichte. Kalmischi hatte schon vor ihm zu essen angefangen.

Wenn zwei Männer einen Topf mit Gurmast zwischen sich stehen haben, gibt es für keinen etwas Wichtigeres, als den Bissen des Gegenübers mit einem größeren Bissen zu beantworten. Und so verzehrten die beiden den Gurmast bis auf den letzten Bissen, ohne dabei mehr als ein paar Worte zu wechseln. Das letzte Stück nahm sich Kalmischi, wischte damit den Topf aus, schob es in den Mund und stellte den Topf neben Beyg-Mammads Vorratssack. Dann brach er einen Zweig von einem trockenen Busch ab und stocherte damit in seinen faulen Zähnen. Dem alten Mann war ein Bein eingeschlafen. Er streckte es auf dem Boden aus. Vom Kribbeln im Bein zog sich sein Gesicht zusammen, ein dumpfer Laut entrang sich seiner Kehle. Beyg-Mammad lachte verstohlen, warf mit einem Erdklumpen nach Chan-Amus Ziegenbock und schrie: »Wann kommt er mal zur Ruhe, dieser Halunke?«

Das Kitzeln, das Kalmischi jetzt verspürte, zog ihm wieder die Gesichtshaut zusammen. Als Beyg-Mammad die Grimassen sah, die der alte Mann schnitt, konnte er sich das Lachen nicht mehr verkneifen. Hemmungslos lachte er los. Das brachte auch Kalmischi zum Lachen. Alle beide lachten sie. Haha! Zum Spaß streckte Beyg-Mammad sein Bein nach dem Bein des Vaters aus, erschrocken zog der sein Bein zurück und rollte sich weg. Immer noch stoßweise lachend, ließ Beyg-Mammad seinen Stock wie eine Schlange auf das eingeschlafene Bein des Vaters zugleiten. Der alte Mann lachte aus vollem Hals, krümmte sich zusammen und sagte einmal übers andere: »Tu's nicht. Tu's nicht. Verfluchter, tu's nicht. Du Bastard, tu's nicht. Tu's nicht mit …«

Doch je mehr der alte Mann sich krümmte und wand, desto kühner wurde der junge Beyg-Mammad und kitzelte den Vater mit der Stockspitze an der Fußsohle. Am Ende fand Kalmischi, der so gelacht hatte, daß ihm das Wasser aus den Augenwinkeln floß, keinen anderen Ausweg, als Beyg-Mammads Stock zu fassen. Mit beiden Händen umklammerte er das Stockende, stemmte das rechte Knie auf den Boden und drehte den Stock herum, um ihn der Hand des Sohns zu entwinden. Geschickt, mit einer einzigen schnellen Bewegung, verrenkte er Beyg-

Mammad den ganzen Leib, riß ihm den Stock aus den Händen und setzte den Fuß darauf. Beyg-Mammad, der bei der Balgerei hingefallen war, raffte sich wieder auf, und der Rest des erkalteten Lachens schwand von seinem beschämten Gesicht. Um seine Niederlage nicht eingestehen zu müssen, sagte er: »Wieder hast du diesen Trick gebraucht! Am Ende lerne ich ihn noch.«

Kalmischi warf dem Sohn den Stock hin und sagte schwer atmend: »Ich bring ihn dir bei, aber nicht jetzt, erst wenn ich ihn selbst nicht mehr anwenden kann!«

Beyg-Mammad sagte: »Nein, lieber möchte ich ihn dir heimlich abgucken. Vererbt will ich ihn nicht haben.«

Kalmischi hatte seinen Jungen gekränkt. Er selbst fühlte sich auch gekränkt. Er wünschte, es wäre ihm nicht gelungen, Beyg-Mammad den Stock zu entwinden. Aber er hatte es nun einmal getan. Rückgängig machen konnte er es nicht. Und selbst wenn es möglich gewesen wäre – wer weiß, ob der alte Mann darauf verzichtet hätte.

Beyg-Mammad setzte sich mit dem Rücken zum Vater und gab sich mit Vorratssack und Topf ab. Zwischen den beiden Männern, Vater und Sohn, hatte sich eine Kluft aufgetan. Eine Anstrengung war nötig, sie zu überbrücken. Kalmischi, geduldiger als sein Junge, konnte das Schweigen länger ertragen. Er senkte den Kopf und stützte sich auf den Ellbogen. Beyg-Mammad mußte etwas sagen, sonst hätte es ihm die Brust gesprengt. Unvermittelt entfuhr es ihm: »Wo steckt denn eigentlich Ssabrou? Das ist doch keine Kameradschaft! Jetzt sind es schon zwei Nächte, daß er nicht zur Herde gekommen ist! Der Sohn von Hadj Passand ist gekommen, hat ihn mitgenommen – und wohin geschleppt?«

Kalmischi sagte: »Vielleicht kommt er heute nacht.«

Beyg-Mammad drehte sich zum Vater um: »Kommst du denn nicht von den Zelten? Wenn er hätte kommen wollen, wäre er mit dir zusammen gekommen!«

Kalmischi sagte: »Er war müde vom nächtlichen Ritt.«

Beyg-Mammad fragte: »Wohin hat ihn der Sohn von Hadj Passand geschleppt? Er kam hierher, flüsterte ihm kurz was ins Ohr und nahm ihn mit sich! Die sind wohl noch nicht von ihrem Raubzug zurück?«

»Es handelte sich nicht um einen Raubzug. Es ging um etwas, das deinen Onkel Madyar betraf.«

»Was soll das heißen?«

»Sie waren gegangen, das Mädchen aus Tscharguschli zu holen. Das war's, was Madyar tun wollte.«

»Nun, und weiter?«

»Dein Bruder Gol-Mammad ist auch darin verwickelt gewesen.«

»Nun? Und am Ende? Was war das Ergebnis?«

Kalmischi blieb einen Moment stumm, dann hob er den Kopf und sah dem Sohn in die Augen. Der blasse Mondschein fiel auf Beyg-Mammads Gesicht, und in Erwartung einer Antwort verschlangen die Augen des Jungen wie zwei schwarze Brunnen den alten Mann. Mit dem Mut der Verzweiflung sagte Kalmischi: »Ein bitteres Ergebnis!«

Ungeduldig schnitt Beyg-Mammad dem Vater das Wort ab: »Ist meinem Bruder was passiert?«

»Nein!«

»Nun?«

Kalmischi sagte so entschieden nein, als sagte er es zu sich selbst. Beyg-Mammad beruhigte sich. Danach fing Kalmischi sanft, aber ernst zu reden an und erzählte dem Sohn alles, was er gehört hatte, und bat ihn zu guter Letzt, das Geheimnis zu hüten: »Sie haben ihn in der Nacht begraben. Von den Tscharguschlis ist auch einer umgekommen.«

Beyg-Mammad war wie ein heruntergebranntes Feuer, dessen Zungen sich in den Ritzen und Spalten der Glut verkrochen. Die Glut zerfiel, und das Feuer verglomm in der Asche. Alles war so ruhig, als wäre dies Feuer nie aufgelodert.

Beyg-Mammad hatte den Kopf zwischen die Schultern gezogen und den Blick auf den schwärzlichen nächtlichen Boden gerichtet. In sich versunken und still. Er ließ sich nicht anmerken, wie sein Inneres zerschmolz. Der Vater sah ihn an, als hätte er einen Amboß vor sich. Er wußte nicht, was er sagen sollte. Angst, den Mund zu öffnen, kam zu seiner Wortkargheit hinzu. Das beste war, weiter zu schweigen und abzuwarten, bis dies Geschwür von selber aufging. Seine Worte sollten nur ja nicht das Messer abgeben, das dem Wundwasser aus dem Herzen des Jungen einen Abfluß öffnete. So sagte er nichts.

Der weite Mantel der Nacht hatte die Gestalten der Männer eingehüllt, und die beiden sahen einander nur als Schatten. Sie saßen Seite an Seite auf der Erde. Zwei Steine saßen Seite an Seite auf der Erde.

Der Stein kann vielem standhalten. Dem Donnern des Himmels, der Glut der Sonne, der Kälte der Mitternacht hält er stand. Bis zum Weltende kann er still dasitzen. Aber der Mensch? Keinen Augenblick verläßt ihn die Unruhe. Etwas, ein bekanntes und unbekanntes Etwas kocht ständig in seinem Innern. Sein Auflodern kann er nicht für immer verborgen halten. Seine Ausdauer, seine Standhaftigkeit haben eine Grenze. Am Ende wallt er auf, und es bricht aus ihm heraus. Wie aus einer Quelle sprudelt es aus ihm heraus. Oder ruhiger, Tropfen für Tropfen, läßt er, was er auf dem Herzen hat, hinaussickern. Mit einer Träne, mit einem Wort oder mit einem Schrei. Mit der Klinge eines Dolchs, mit einem Bajonett oder mit einem Schuß!

In diesem Moment wartete Kalmischi auf eine Reaktion seines Jungen. Auf das, was er sagen, was er tun würde. Beyg-Mammad bewegte sich fast unmerklich. Eine Regung, so wie sich die Haut der Erde bewegt, wenn eine Pflanze hervorbricht. Beyg-Mammad hob den Kopf und wandte das Gesicht dem Vater zu. Seine dunkle, trockene Haut hatte sich vor Zorn zusammengezogen. Zeichen der Verdüsterung der Seele. Als sei der gegeißelten Seele aller Glanz genommen. Er öffnete den Mund und sagte: »Ich kenne ihn. Ich kenne den Nade-Ali aus Tscharguschli. Na ja!«

Sonst nichts. Beyg-Mammad stand auf, nahm seinen Stock in die Hand, warf den Vorratssack über die Schulter und ging zur Herde, um die Schafe einzusammeln und zum Hügel zu treiben. Es war noch nicht Mitternacht. Bis Mitternacht mußten die Schafe weiden, daran gab es nichts zu rütteln. Die Schafe verstanden nichts von der Trauer in Beyg-Mammads Herzen.

Kalmischi warf sich den Zügel seines Maultiers über die Schulter, ging hinter Beyg-Mammad her, und als die Herde zum Hügel zog, nahm Kalmischi deren linke Seite ein. Die Herde war jetzt zusammengedrängt; ein kompakter Körper, eine breite, sich bewegende Filzdecke, die die Brust des Hügels hinaufkroch. Kalmischi mußte nach Ssusandeh gehen. Aber er wußte nicht, wie er Beyg-Mammad sein Fortgehen erklären sollte. Er wartete, bis die Herde auf dem Weideplatz ankam. Auf der Weide liefen die Schafe auseinander, zerstreuten sich über das Tal hin und begannen gemächlich nach Kräutern und Gräsern zu suchen. Kalmischi hielt den Moment für gekommen, es Beyg-Mammad zu sagen.

Beyg-Mammad stand, auf seinen Stock gestützt, mitten in der Herde und gab acht auf die abseits grasenden Tiere. Aber seine Aufmerksamkeit galt mehr sich selbst, so daß er den alten Mann nicht bemerkt hätte, wenn der nicht auf ihn zugegangen wäre. Die ihm im Wege stehenden Schafe beiseite schiebend, kam er heran, blieb neben Beyg-Mammad stehen und sagte: »Ich hab vergessen, dir zu sagen, daß Gol-Mammad mir hat ausrichten lassen, ich solle nach Ssusandeh kommen. Es scheint, er hat die Lust am Mähen verloren. Wahrscheinlich hat er vor, zu den Zelten zurückzukehren. Zur Herde. Ich fürchte, daß die Sache von gestern nacht irgendwo herumerzählt worden ist. Ich habe Angst vor den Folgen.«

Beyg-Mammad richtete sich auf, stieß den angehaltenen Atem aus und sagte: »Warum bist du dann noch hier? Geh doch!«

»Ich dachte ... dachte, das Tier sollte sich etwas ausruhen.«

Beyg-Mammad blickte zu einem Reiter hin, der den Hang des Hügels hinabgeprescht war und auf sie zukam. Im Helldunkel des Mondscheins näherten sich Reiter und Pferd wie ein Schemen. Ein dunkles, fließendes Etwas, das langsam der Herde immer näher kam. Auch Kalmischi hatte die Augen darauf gerichtet.

»Ssabrou!«

»Das muß er sein. Wenn du gehen willst, dann geh doch. Warum bist du noch hier?«

Auch wenn Kalmischi etwas hätte sagen wollen, hätte er es hinuntergeschluckt; er zog das Maultier am Zügel aus der Herde, hielt es bei einem großen Stein an und stieg auf. Als sich das Tier wieder in Bewegung setzte, drehte sich Kalmischi zu Beyg-Mammad um und rief: »Hast du nichts auszurichten?«

Beyg-Mammad hob seinen Stock, wirbelte ihn in der Luft herum und sagte: »Sag der Mutter, sobald ich Zeit habe, komme ich sie besuchen.«

Der alte Mann entfernte sich von der Herde und verlor sich in der Nacht.

Der kürzeste Weg war der Weg nach Gutschan, der über Abdollah-Giw führt. Von Abdollah-Giw geht es nach Ssoltan-abad, wo sich die drei Landstraßen nach Ssabsewar – Gutschan – Nischabur kreuzen. Bei dieser Kreuzung muß man die Richtung nach Nischabur einschlagen. Kurz vor Hemmat-abad liegt Ssusandeh, abseits des Weges. Verlassen und arm.

Kalmischi ließ das Maultier sich frei bewegen. Es schleppte sich auf einem schmalen, mal ebenen, mal unebenen Pfad unlustig heimwärts. Es kannte den Weg aus alter Gewohnheit, und obwohl Kalmischi schlief, war es imstande, von alleine bis Ssusandeh zu gehen und dort den alten Mann von seinem Rücken gleiten zu lassen.

Kalmischi hatte sich den Zügel ums Handgelenk gewickelt, die Füße in die Steigbügel gesteckt, die er selbst aus einem Strick zurechtgemacht hatte, die Stirn auf die Hände und die Hände auf den Sattelknopf gelegt und war eingeschlafen. Der alte Mann hatte den größten Teil des Weges, der durch die Ebene führte, im Schlaf verbracht. Jetzt breitet die schöne Morgendämmerung von Nischabur ihren Glanz über das Maruss-Tal. Der klare Morgen sickert wie erfrischendes Quellwasser vom östlichen Horizont. Teils hell, teils dunkel: hell, aber verschwommen, schattenhaft, dunkel, doch mit offenem Gesicht und offenem Herzen. Silbrigblau. Wie geschmolzenes Silber ist er, das nach und nach an Glanz verliert und milchig wird. Es ist der Augenblick, wo die Nacht in der Weite der Morgendämmerung versinkt; sterbensmüde. Die leuchtenden Flammenaugen der Sonne kommen langsam hinter dem Doberaran-Berg hervor. Der frühe Morgen zielt mit seinen Lichtpfeilen auf die Seele der Dunkelheit, zwingt sie, ihren Kern bloßzulegen, und rollt beharrlich den Rest der Nacht auf. Und das Kind wird geboren: der neue Tag. Auf den Händen des Morgens haben die Vögel zu fliegen und zu singen begonnen. Gemeinsam singen sie ihr Frühlied. In Scharen. Wo gibt es einen schöneren Tagesanbruch als den der Ebene von Nischabur?

Kalmischi hob den Kopf von den Händen und blickte um sich, und als er merkte, wo er sich befand, kam er zu sich, lockerte seine Glieder und setzte sich im Sattel aufrecht, drückte die Mütze fest auf den Kopf und verscheuchte mit einem Gähnen seine Schlaftrunkenheit. Vor ihm lag, so weit er sehen konnte, die Ebene von Nischabur. Hier und da, fern und nahe, kroch zuweilen ein Mann – ein sich bewegender Erdklumpen – im Gleichschritt mit seinem Esel über die Ebene. Und manchmal eine Gruppe von Männern, Frauen, Kindern und Tieren. Da und dort war ein einzelner Mann gebückt bei der Arbeit. Die Bewohner der verstreuten Dörfer der Ebene waren noch bei Nacht aufgestanden und hatten sich dem Boden, der Erde zugewandt.

Mit dem Mähen muß man am frühen Morgen anfangen. Der größere

Teil des Mähens wird bis zum Frühstück getan. Danach braucht man Schatten, einen Krug kühles Wasser, einen Kessel mit Tee und Zigaretten. Warum waren denn Kalmischis Leute noch nicht aus dem Haus gekommen? Kalmischi liebte es, wenn er an seinem Feld vorbeikam, Frau, Sohn und Schwiegertochter bei der Arbeit zu sehen; aber jetzt, wo er auf dem Feld war, sah er dort niemanden. Er blieb eine Weile stehen, ritt dann weiter. Die ersten Sonnenstrahlen waren zwischen den beiden Gipfeln des Doberaran-Berges herausgewachsen, und Kalmischi sah seinen langen Schatten vor sich auf die Erde fallen. Die Sonne war also aufgegangen. Er ritt den sanften Hang des Hügels hinauf und dann wieder hinab: Ssusandeh. Die Sonne hatte sich auf die Mauern gesetzt und die gewölbten Dächer gefärbt. Einige Frauen standen und saßen an der Quelle. Kalmischi dachte bei sich, eine von ihnen müsse Schiru sein; auch Siwar war wohl dabei. Aber der alte Mann setzte seinen Weg fort, ritt ins Dorf, stieg bei seinem Haus vom Maultier ab, nahm den Zügel in die Hand und trat in den Hof. Badi, Gol-Mammads Kamel, kniete vor dem Futtertuch, von der Familie war keiner zu sehen. Kalmischi blieb kurz stehen. Nichts war zu hören. Offenbar hatten alle das Haus verlassen und waren fortgegangen. Kalmischi warf dem Maultier den Zügel über den Hals und steckte den Kopf durch die Tür. Eine Fremde war da: Maral. Der Blick des alten Mannes streifte nur das Gesicht des Mädchens. Belgeyss saß in einer Ecke, hatte den Hinterkopf an die Wand gelehnt, die Hände auf die Stirn gelegt, die Augen verdeckt und wiegte sich in Trauer sanft hin und her. Sie war still. Traurig und still. Ein Bodensatz von Schmerz war in ihr. Ein Überrest der Schreie und Klagen und Seufzer. Belgeyss' fahle, eingesunkene Wangen trugen noch die Kratzspuren ihrer Fingernägel. Sie war zur Ruhe gekommen, weil ihr müder Körper keine Kraft mehr hatte zu weiteren Anstrengungen. Sie hatte sich genug gequält. Hatte sich das Haar ausgerissen, die Brust zerkratzt. Jammern und Fluchen. Schmerzliche Klagen: ›Mein Brüderchen, wohin bist du gegangen?‹

Nun war die Stille des Wahnsinns über sie gekommen, ähnlich dem Verebben eines Hochwassers, dem Nachlassen eines Schmerzes, dem In-die-Knie-Sinken vor Schwäche oder dem Abflauen der Winde in der Jahresmitte. Die durchlittenen Qualen hatten eine Spur ins Gesicht der Frau gegraben: ›Mein Bruder ist nicht mehr.‹

Ihre Augen waren nicht zu sehen, sie hielt sie noch mit den Händen bedeckt. Die dunklen Brunnen der Seele kann man niemandem zeigen.

Der alte Mann, dessen Müdigkeit vom langen Weg seine Trauer überwog, sagte: »Hast du nun genug um ihn geweint?«

Belgeyss nahm die Hände vom Gesicht und sah ihren Mann starr an. Ihre Augen waren gerötet; blutige Brunnen. Ihre Wimpern, wie Dornen der Steppe, klebten zusammen. Schlaflosigkeit und Schmerz hatten die Vertiefungen unter den Augen noch weiter vertieft. War das Belgeyss? Warum nicht? Sie war es. Eine Welt von Liebe und Qual. Kalmischi setzte sich und lehnte sich an den zusammengerollten Teppich an der Wand, nahm die Mütze vom Kopf, strich mit der Hand über seine silbergrauen, zerdrückten Haare und sagte: »Steh jetzt auf! Genug des Klagens. Kampf und Tod sind nun mal Männersache.«

Kalmischi hatte einen weiten Weg hinter sich, hatte die Nacht unbequem verbracht und war wie zerschlagen. Es brauchte kein Wort darüber verloren zu werden, daß für ihn etwas zu essen gebracht werden mußte. Eine Nomadenfrau weiß das auch so. Kraftlos stützte Belgeyss die Hände auf den Boden, um aufzustehen. Doch schon hatte sich Maral erhoben und wartete ab, was Belgeyss sagen würde. Belgeyss sagte ihr, sie solle etwas zu essen bringen und den Teekessel aufsetzen. Maral tat es.

Belgeyss blieb, wo sie war, aber sie verdeckte das Gesicht nicht mehr. Sie richtete ihren matten Blick auf Kalmischis Augen und sah ihn einen Moment schweigend an. Dann öffnete sie langsam ihre trockenen, verkrusteten Lippen: »Was ist mit Beyg-Mammad? Hat er es auch erfahren?«

Kalmischi senkte den Kopf und sagte: »Ich selbst hab's ihm gesagt.«

Belgeyss fragte nicht, wie er sich dazu gestellt habe. Kalmischi sagte wie zu sich selbst: »Wie ein Amboß ist er. Mach dir keine Sorgen um ihn.«

»War er sehr niedergeschmettert?«

»Nein – hättest du es gerne gesehen, wenn er sich hingesetzt und geweint hätte? Nein, die Tränen eines Mannes sind zu kostbar für so etwas. Du kennst den Charakter deiner Söhne noch nicht!«

»Kein Wort, keine Bemerkung?«

»Nichts. Nur Schweigen. Schweigen.«

Bekümmert sagte Belgeyss: »Gerade das ist's, wovor ich Angst habe. Das ist's, was ich nicht will. Ich fürchte mich vor wortlosem Haß. Vor Blut. Ich will nicht, daß es zum Stammeskrieg kommt. Will nicht, daß aus Blut Blut hervorgeht. Ich habe drei Söhne. Auch Gol-Mammad hält, seit er zurückgekommen ist, den Kopf eingezogen, ist still, tut den Mund nicht auf! Ich hab Angst, hab Angst, Mann. Auch Chan-Mammad wird, wenn er von dieser Sache erfährt, außer sich geraten. Die Sache mit Madyar wird ihn in Wut versetzen. Ach, Madyar, Madyar, warum hast du dich dem Tod in die Arme geworfen, mein Bruder? Warum hast du dein Blut hingegeben, mein Bruder? Warum hast du deine Schwester so elend gemacht, mein Bruder? Warum hast du mir das Herz zerrissen, mein Bruder? Warum, mein Bruder?«

Kalmischi sah seine Frau an; Ärger schnürte ihm den Hals zu, er konnte nichts sagen. Belgeyss' Worte klangen so wehmütig, ihr Kopf und ihre Schultern wiegten sich hin und her. Tränen quollen aus ihrer Stimme, aus ihren Augen, wuschen ihre Wangen, und unaufhörlich lösten sich Schreie aus ihrem Herzen. Sie versuchte, ihren Klagen den Weg zu sperren, aber das lag nicht in ihrer Macht. Das Herz floß ihr über.

Dem alten Mann war die Kehle trocken geworden, der Bissen rutschte nicht hinunter. Als wäre ihm ein Erdklumpen im Hals steckengeblieben. Er konnte seine Kiefer nicht bewegen. Schwarzer Kummer hatte ihm den Appetit verschlagen. Der Schmerz von Belgeyss, seiner Gefährtin langer Jahre, zehrte an ihm. Das Schlimmste war, daß er nichts tun konnte, keinen Knoten öffnen konnte. ›Der Tod – der unheilbare Schmerz.‹ Er nahm den Bissen aus dem Mund, legte ihn beiseite und wandte sich von seiner Frau ab. Das Antlitz des Schmerzes zu ertragen ist nicht leicht. Vor allem dann nicht, wenn es sich um das Antlitz deiner langjährigen Frau handelt. Die Zeit macht Frau und Mann am Ende des Weges zu eins. Deshalb war dies das Gesicht von Kalmischi selbst, das sich vor Schmerz verzerrte.

Belgeyss wischte sich die Tränen vom Gesicht. Ihre Schreie wichen Klagen, ihre Klagen einem Wimmern. Offenbar fühlte sie die seelische Erschütterung ihres Mannes, und sie tat, als werde sie nun nicht mehr weinen. Die Schritte Marals, die mit dem Teekessel kam, verwandelten die Stimmung. Sie trat näher, stellte den Teekessel Kalmischi hin und ging den Beutel mit Rosinen holen. Um den Vorhang des Kummers zu zerreißen, sagte Belgeyss: »Sie ist die Tochter von Abduss. Zum Glück hat sie ihren Onkel Madyar nur einmal gesehen ... Was wird er tun, wenn er davon hört, der Abduss? Weh mir, warum hast du das getan, mein Bruder? Das Herz hast du mir gebrochen, Madyar!«

Zorn flackerte auf in Kalmischis kummervollem Herzen, er sagte zu seiner Frau: »Hast du vor, für alle das Trauern zu übernehmen? Warum läßt du mich nicht in Ruhe einen Becher Tee trinken?«

Belgeyss sagte: »Schön, ich sage nichts mehr. Stumm werde ich. Sage nichts mehr, nichts!«

Sie legte die Hand auf den Mund, stand auf und ging aus dem Zimmer, um sich eine Handvoll Wasser übers Gesicht zu schütten. Maral stellte den Becher und den Beutel mit Rosinen vor Kalmischi hin, goß ihm Tee ein und sagte, immer noch mit gesenktem Kopf: »Letzte Nacht hat sie bis zum Morgen kein Auge zugetan. Die ganze Nacht hat sie nur geweint.«

Kalmischi brummte vor sich hin: »Was ist da zu tun? Wird er davon wieder lebendig? Das ist nun mal passiert. Aber es ist trotzdem schmerzlich. Er war der Bruder. Sein Tod beugt einem Mann den Rücken, geschweige denn den einer Frau. Was kann ich ihr denn sagen? Na gut, er hatte ja auch den Kopf voller Flausen. Den Madyar meine ich. Und dann hat sich sein Meister gefunden, der ihm die Flausen aus dem Kopf schoß. Seit Anbeginn der Welt ist es immer so gewesen. Wer zum Ringkampf antritt, muß auch eine Niederlage ertragen können. Wer Perlen fischt, muß sich auf Haifischzähne gefaßt machen. Der Wind weht nicht immer aus einer Richtung. Auf jeden Aufstieg folgt ein Abstieg. So ist es nun mal um den Menschen bestellt. Das Schaf ist sechs Monate lang mager und sechs Monate lang fett. Jahrelang hat sich dein Onkel in diesen Gegenden hier herumgetrieben, am Ende mußte er zu Fall kommen. Wenn nicht jetzt, dann in sechs Monaten. Für mich war es sonnenklar, daß Madyar nicht lange leben würde. Das Schicksal wollte es, daß der Sohn von Hadj Hosseyn ihm zum Verhängnis wurde ... Aber man darf nicht ungerecht sein. Trotz all seines Übermuts war er liebenswert. Einen guten Charakter hatte er. Ein Draufgänger war er, aber nicht schäbig und unverschämt.«

Belgeyss kam ins Zimmer zurück. Sie schwieg, aber ihr Gesicht war noch feucht. Kalmischi verstummte. Nicht nur wegen Belgeyss – er hätte sowieso nichts mehr zu sagen gewußt. Belgeyss brachte einen lastenden Schatten mit sich, der jeglichem Wort den Weg versperrte. Belgeyss setzte sich neben ihren Mann und machte sich daran, ihm Tee einzugießen. Es war besser, ihre Tränen am rechten Ort und zur rechten Zeit für sich allein fließen zu lassen. In ihrem Gram meinte sie, daß ihre tiefsten Empfindungen auch ihrem Mann fremd seien. Deshalb wollte sie nicht darüber sprechen und sich zurückhalten. Sie durfte ihm das Herz nicht noch schwerer machen, mußte den Kummer in ihrem Herzen verschließen. Alleine, in Einsamkeit, wollte sie sich der Trauer hingeben. Nun war es an ihr, Kalmischi das über Gol-Mammad zu berichten, was er noch nicht wußte: »Er schläft, ist noch müde von seinem Ritt.«

Kalmischi sagte: »Hast du Schiru nicht gesagt, sie solle dem Maultier etwas Stroh hinschütten? Das arme Tier ist die ganze Nacht unterwegs gewesen. Wo ist denn die andere, die Siwar?«

Siwar stellte den Topf mit Wasser auf den Boden und streckte kurz darauf den Kopf durch die Tür und grüßte. Gruß und Gegengruß. Siwar zog sich wieder zurück, und Maral verstand, daß sie Gol-Mammad wecken ging. Allen begann das Herz zu klopfen. Seit sich das Gespräch nicht mehr um Madyar drehte, hatte Belgeyss das Gefühl zu ersticken. Das Gefühl einer großen Sünde: was wird Kalmischi tun, wenn er von Schirus Flucht erfährt? Belgeyss wußte es nicht. Ebensowenig wußte sie, wie sie die Rede darauf bringen sollte. Sie brauchte Hilfe, eine Unterstützung in dieser Bedrängnis. In eine Grube war sie gefallen und kratzte hilflos mit den Nägeln an ihren Wänden. Sie brauchte Beistand, jemanden, der sie an die Hand nahm. Gol-Mammad? Und da war er; mit zerzausten Haaren, ungewaschen, mit verwirrten Augen füllte er den Türrahmen aus und trat herein. Ein Gruß, dann setzte er sich bei der Tür, wo es hell war, auf den Boden: »Was gibt's Neues so früh am Morgen?«

Kalmischi sagte: »Wieso schläfst du so lange?«

»Vor lauter Müdigkeit. Was macht Beyg-Mammad?«

»Es geht ihm nicht schlecht. Aber wann laßt ihr einen Menschen in Ruhe seiner Arbeit nachgehen?«

Gol-Mammad kratzte sich den Kopf und sagte: »Nun ist ja alles vorbei. Was nützt es, noch darüber zu reden?«

Kalmischi sagte: »Du sagst, es ist vorbei. Was sagen denn die? Sagen die auch, es ist vorbei?«

Gol-Mammad sagte: »Ich bin ja nicht bei denen. Sie sollen sagen, was sie wollen.«

Kalmischi sprach in seinem Zorn unwillkürlich laut: »Warum mischst du dich in alles ein? Was ging das dich an? Wenn ein anderer mit dem Mädchen schlafen will, dann hältst du deine Stirn einer Kugel hin? Wo bleibt da die Vernunft? Ha?«

Gol-Mammad nagte an der Unterlippe und senkte beschämt den Kopf. Die Haut in seinen Augenwinkeln zog sich zusammen, seine Ohrläppchen brannten. Es verdroß ihn, solche Worte aus Kalmischis Mund zu hören, und das in Gegenwart von Maral. Er wußte nicht, wie er sich dem Vater gegenüber verhalten sollte. Aufbrausen? Nein, das wäre schlimm. Schweigen? Aber Geduld üben ist schwer. Sollte er den Mund öffnen? Was sagen? Nichts. Nur fügen mußte er sich, sonst würde gleich Kalmischis Gebrüll zum Himmel steigen. So sagte er: »Gott sei Dank ist nichts passiert, weswegen du so aus der Haut fahren müßtest. Und übrigens war ja dein Bruder auch dabei. Onkel Chan-Amu meine ich. Davon abgesehen – wenn vier, fünf Männer der Familie sich irgendwohin auf den Weg machen und sich im Namen meines Onkels Madyar an mich wenden, kann ich da ablehnend den Kopf schütteln und sagen, ich komme nicht mit? Wäre das anständig? Wie würden sie mich dann nennen? Sie würden mich fragen, wessen Sohn bist du? Und würden sie nicht sagen, der Sohn von Kalmischi ist ein schlechter Freund? Nach wessen Namen nennen sie mich? Nicht nach dem Namen eines Fremden, sondern nach deinem, dem Namen meines Vaters. Nach dir. Denkst du denn nicht an später? Wir können einander doch nicht im Stich lassen? Wenn ich eines Tages am Boden liege, was dann? Müssen dann nicht einige da sein, die mir wieder aufhelfen? Das willst du doch wohl auch, oder?«

Ruhig sagte der Alte: »Nein, das will ich nicht.«

»Und ich weiß, daß du es doch willst!«

Auf seiner Meinung beharrend, sagte Kalmischi: »Ein Mann ist kein gefühlloses Stück Holz, daß er sich für jede unnütze Sache in Gefahr begibt. Mein eigenes Leben ist damit zur Neige gegangen, dich im Leben so weit wie jetzt zu bringen. Mein Haar ist weiß geworden. Der

Mensch wächst doch nicht von selbst auf! Mein Leben und das Leben dieser Frau hat euch zur Nahrung gedient, damit ihr heranwachsen konntet. Das Licht meiner Augen und die Kraft meiner Knie habe ich gegeben, damit du zu etwas wurdest. Das ist's, warum ich es nicht ertragen kann, daß sich mein Junge für nichts und wieder nichts opfert. Und wofür? Für ein Weibsbild? Möge ihr ganzes Geschlecht vom Erdboden verschwinden. Diese Schlangen!«

Gol-Mammad sagte: »Mir ist doch nichts passiert!«

»Das wäre ja noch schöner, wenn auch dir was passiert wäre! Einer von euch im Gefängnis, und einer … o wie schön wär das! Das alles müßte ich nicht dir sagen, sondern deinem Tunichtgut von Onkel, dem Chan-Amu, an den Kopf werfen, der nicht mal so viel Hirn wie ein Hahn in seinem Schädel hat. Er tut, als ob meine Söhne eine Armee wären, die er jederzeit, wenn es ihm paßt, hinter seinem Arsch herziehen und in den Abgrund führen kann. Wahrscheinlich bin ich jetzt, wo mein Bart weiß geworden ist, nicht mehr euer Vater. So sieht's doch aus!«

Es hatte keinen Zweck, etwas zu sagen. Gol-Mammad mußte irgendwie einlenken. Er stand auf und sagte: »Ich habe mich noch nicht gewaschen.«

Er trat aus der Tür und blieb ratlos stehen. Badi, sein Kamel, drehte ihm den Kopf zu und senkte ihn dann wieder auf das Futtertuch. Gol-Mammad war in Sorge, war durcheinander. Eine Vielzahl von Gedanken stürmte auf ihn ein. Seine Seele quoll über. Etwas braute sich zusammen. Der Beginn einer Windhose auf der Handfläche der Wüste. Die Windhose kreiste, wirbelte herum, drehte sich um die eigene Achse, ballte sich zusammen, wuchs, richtete sich steil auf, und ein Kreisel aus Wind stieg in die Höhe und schlich auf seinem einen Bein vorwärts. Nun ließ sich auch das Heulen der Windhose vernehmen: ›Ach, Schiru, Schiru, ins Unglück sollst du stürzen! Ach, Mädchen … wärest du doch vom Erdboden verschwunden!‹

»Dies Mädchen, diese Schiru, wo steckt sie, daß sie sich nicht sehen läßt?«

Die reife, klangvolle Stimme von Kalmischi brachte Gol-Mammad zu sich. Der alte Mann stand auf der Schwelle im Türrahmen, hatte sich mit der Schulter an die Wand gelehnt, eine Hand aufs Knie gestützt, und suchte die Umgebung mit den Blicken ab. Plötzlich entdeckte er Gareh-At und starrte auf ihn. Gol-Mammad bemerkte es, trat zum Vater und sagte: »Das ist ein großartiges Tier, fliegt dahin wie eine Krähe; schwebt. Maral hat es mitgebracht.«

Wie behext ging Kalmischi, ohne Gol-Mammad zuzuhören, auf das Pferd zu, blieb ein paar Schritte vor ihm stehen und betrachtete es. Als das Tier den Fremden sah, stellte es die Ohren auf, drehte ihm die Kruppe zu und schlug mit dem Schweif. Kalmischi war ein Pferdekenner; er fragte: »Der erkennt wohl nur seinen Herrn an, ha?«

»So war er. Aber ich hab ihn gezähmt!«

Jetzt standen Vater und Sohn Schulter an Schulter nebeneinander und warfen bewundernde Blicke auf den Rappen. Kalmischi sah Gol-Mammad flüchtig an, ein anerkennendes Lächeln füllte die eingefallenen Mundwinkel. Gol-Mammad sagte: »Aber es fehlte nicht viel, und er hätte mich mit dem Kopf voran abgeworfen!«

Kalmischi hörte das nicht; er sagte: »Ein herrliches Pferd ist's, bei Gott! Hey! Gehört es Abduss?«

»Ich weiß nicht. Maral weiß das besser.«

Maral stand an der Tür und blickte zu ihnen hin. Gol-Mammad sah sie an und gab ihr mit einer Kopfbewegung zu verstehen, herzukommen. Maral kam, blieb neben Kalmischi stehen und erzählte ihm von dem Pferd, von Delawar und von Abduss. Kalmischi hatte Maral noch nicht richtig angesehen. Auch jetzt hielt er es für unter seiner Würde, ins Gesicht des Mädchens zu schauen. Deshalb warf er, so wie er dastand, nur über die Schulter einen Blick auf sie, hörte ihr zu und fragte dann: »Wie heißt dies Pferd?«

»Gareh.«

»Hm … Ist es ausdauernd?«

Maral sah Gol-Mammad an. Gol-Mammad sagte: »Sehr ausdauernd. Sehr ausdauernd. Wie ein Reitkamel. Es galoppiert durch das ganze Tal, ohne außer Atem zu kommen.«

»Auch gleichmäßig, nicht?«

»Ich sagte dir's ja. Wie eine Wolke. Und er kann es nicht ertragen, ein anderes Pferd vor sich zu haben.«

»Bist du mit ihm nach Tscharguschli geritten?«

»Hm.«

»Wie ist es im Kampf? Wird es nicht scheu?«

»Diesmal wurde es nicht ängstlich.«

Kalmischi wandte sich ab und sah Siwar, die dem Maultier die Satteltasche abnahm. Sie stellte die Tasche an die Mauer und nahm dem Maultier den Zaum vom Kopf. Kalmischi sagte: »Mach es nicht ganz frei. Es ist noch verschwitzt. Ich habe gesagt, sagt doch diesem Mädchen, es soll ihm etwas Stroh hinwerfen.«

Niemand antwortete Kalmischi. Er blieb nicht länger stehen, begann umherzugehen und sagte dabei: »Nun ja, was war, ist vorbei. Jetzt müssen wir uns zum Feld aufmachen. Heute früh bin ich da vorbeigekommen. Was meinst du, wie viele Tage müssen wir noch arbeiten, bis wir diese paar Halme vom Boden eingesammelt haben?«

Bedächtig sagte Gol-Mammad: »Was weiß ich? Das sind doch keine Weizenhalme! Weder mit der Hand kann man sie fassen, noch mit der Sichel schneiden. Wenn du mich fragst, ich finde, wir sollten das aufgeben und die Herde da reinlassen. Die Weizenbüschel haben doch kein Leben, geben weder Körner noch Stroh her. Nur das eigene Leben vertut man damit. Ich jedenfalls kann nicht mehr wie ein Frauenzimmer auf meinen Knien herumkriechen und mit meinem Hintern den Boden fegen! Das ist doch kein Mähen! Das Mähen ist eine Männersache. Aber dies ist, wie wenn man Kehricht zusammenfegt. Deshalb auch ließ ich dir sagen, du sollst herkommen. Offen gestanden, möchte ich alles stehen- und liegenlassen und zu den Zelten gehen. Hinter der Herde her. Zusammen mit Beyg-Mammad und Ssabrou. Da, wo ich vorher war.«

Als Gol-Mammad geendet hatte, sagte der Alte zunächst nichts. Als hätte Gol-Mammad ihn, tiefer als er ahnte, nachdenklich gestimmt. Der alte Mann schwieg eine Weile, dann blieb er an der Mauer stehen und sagte: »Das heißt, daß wir auch die Samenkörner, die wir ausgestreut haben, nicht einsammeln sollen?«

»Wo sind denn die Körner, die wir einsammeln könnten?«

»Was eben da ist. Auch wenn es nur zehn Man sind!«

»Sammle du sie ein. Aber ich tue sowas nicht mehr! Ich bin es leid, in meinen besten Jahren noch auf meinem Hintern über den Boden zu rutschen und mir einzubilden, daß ich mähe. Von jetzt an werde ich nicht ein einziges Samenkorn mehr auf die Erde werfen. Vor uns müssen wir Ziegen haben, hinter uns Hunde. Ein Hirte bin ich, kein Bauer. Ich hab keine Lust auf Arbeit, die nur für Bauern taugt. Für die, denen Arme und Beine wie gefesselt sind, die wie an einer Stelle festgenagelt sind! Morgens krabbeln sie wie Ameisen aus ihren Löchern, kriechen in die Steppe, zappeln bis zum Sonnenuntergang auf dem Boden herum, und bei Sonnenuntergang kehren sie wieder wie Ameisen zurück in ihre Löcher. Und am Abend kauen sie ein Stück trockenes Brot, stecken den Kopf unter ihre zerrissene Steppdecke und machen sich daran, noch einen wie sie selbst zu produzieren. Ich bin nicht so beschaffen. So sehr denen Arme und Beine gefesselt sind, so frei bin ich. Nein, in solch eine Zwangsjacke passe ich nicht. Ich bin nicht wie die. Ich gehe!«

Kalmischi hob seinen großen Kopf und sagte besonnen: »Unreif bist du, bist noch unreif. Der jugendliche Übermut steckt noch in dir. Glaubst du denn, daß wir bis zum Ende der Zeiten als Nomaden umherziehen können? Schließlich müssen wir doch seßhaft werden, oder nicht? An einem Ort müssen wir uns niederlassen. Wir können doch nicht Jahr für Jahr Weizen zum doppelten Preis kaufen. Oder können wir das? Sind wir dazu in der Lage? Woher? Soviel wir auch in der Steppe herumlaufen und dabei ergattern, so müssen wir doch alles auf einmal den Krämern in den Schoß werfen. Wir müssen etwas unternehmen, damit wir unser eigenes Brot vom Boden ernten können. Acker. Ernte. Wir können nicht für alles Geld bezahlen! Woher sollen wir wissen, ob nicht eines Tages auch diese Steppen von der Regierung eingehegt werden? Wir müssen doch letzten Endes eine Heimstatt haben, oder etwa nicht?«

»Natürlich müssen wir die haben. Aber nicht so eine, wie wir sie jetzt haben. Ist das denn ein Vergnügen? Ein paar Erdklumpen haben wir aufeinandergeschichtet und das ein Haus genannt! Ein Dorf! Ein paar Samenkörner haben wir auf salziges Ödland gestreut und das Ackerbau genannt! Derjenige, der an einem Ort seßhaft wird, kauft zuerst einmal einen halben Tag Wasser pro Woche, um damit Ackerbau zu treiben. Beschafft sich zwei Kühe. Nicht wie wir, die wir den Boden mit diesem Kamel pflügen, Samen zum doppelten Preis kaufen und ihn zum Futter für Lerchen und Spatzen machen; und dann unsere Augen zum Himmel richten und auf zwei Tropfen Regen hoffen; und uns hinsetzen, bis die Wolken kommen und gehen. Ist das Ernten? Weizenbüschel so dünn wie Ziegenbärte! Lange genug haben wir uns mit dem Äußersten begnügt! An was für einem Ort haben wir einen Weiler errichtet! Auf was für einen Boden haben wir Samenkörner gestreut! Und was für eine Ernte bringen wir ein! Du meinst wohl, wir sollten noch froh sein, wenn uns kein neidischer Blick trifft!«

»All dies, Grund und Boden, Wasser und Kühe, von dem du redest – weißt du, wieviel Geld dazu erforderlich ist? Wir haben's nicht. Nun, dann sind wir also gezwungen, hier zu bleiben.«

»Warum gezwungen? Damit künftig unser Name mit diesen Erdklumpen verbunden wird? Mich interessiert das nicht. Aber wenn du das willst, bleib hier. Ich kehre zur Herde zurück. Das ist meine Arbeit!«

»Welche Herde eigentlich? Besitzen wir etwa ein paar hundert Schafe, daß du so viel Wesens davon machst? Für das, was wir haben, ist Beyg-Mammad schon mehr als genug. Du siehst ja selbst, daß Beyg-Mammad auf den Hütelohn der Bauern angewiesen ist. Also was für eine Herde? Wir sind mehr Menschen, mein Junge, als wir Tiere haben. Wenn du aber die schwarzen Zelte liebst und du es möchtest, dann mach dich auf und geh!«

Gol-Mammad sagte: »Gehen tu ich. Ich wollte es nur gesagt haben.«

Kalmischi sagte: »Und ich hab's vernommen. Aber auch das muß gesagt werden, daß du seit deiner Rückkehr vom Militärdienst hochmütig geworden bist. Zu Kleinarbeit hast du keine Lust mehr.«

Gol-Mammad entgegnete nichts. Kalmischi legte dem Maultier den Zügel an, zog das Tier mit sich zur Tür und sagte: »Belgeyss, steh auf und komm raus. Es ist nun genug. Je länger du dich im Haus verkriechst, desto trauriger wirst du. Komm, laß uns gehen. In der Steppe hast du wenigstens keine Wände um dich.«

Der Alte hielt sich nicht länger auf. Er ging los. Als er ans Mäuerchen kam, drehte er sich um und sagte: »Und sag dem Mädchen, sie soll Brot und Wasser nehmen und uns nachkommen.«

Belgeyss, die aus der Tür getreten war, blieb wie angewurzelt stehen und starrte Gol-Mammad an. Sie war völlig ratlos und bat um Beistand.

Gol-Mammad sagte zu ihr: »Bring es ihm auf einen Schlag bei! Sag, sie sind zum Molla gegangen und miteinander verheiratet worden. Mach ihm klar, daß nichts mehr daran zu ändern ist. Sag ihm das. Er wird sich etwas den Bart raufen und sich dann beruhigen. Geh! Und ich richte alles her und mache mich mit Siwar zum Kelidar auf. Gott befohlen!«

»Gott befohlen!«

Belgeyss ging hinter ihrem Mann her. Gol-Mammad steckte den Kopf in sein Zimmer und sagte zu Siwar, sie solle alles, was sie brauche, mitnehmen. Maral hatte sich noch nicht von der Stelle gerührt. Sie zögerte und drehte sich um sich selbst. Ohne genau zu wissen, warum, beunruhigte sie Gol-Mammads Fortgehen. Mit dem Rücken zu Maral sagte Siwar: »Der Vater hat gesagt, du sollst Brot und Wasser nehmen und es dort hinbringen.«

Maral und auch Siwar wußten, daß Kalmischi Schiru gemeint hatte. Aber beide, jede aus einem anderen Grund, hatten angenommen, daß Maral anstelle von Schiru gehen solle. So nahm Maral, ärgerlich über den Stachel, der in Siwars Worten enthalten war, den leeren Wasserschlauch, warf ihn sich über die Schulter und ging hinaus. Auf dem Weg zur Quelle kam sie an Gol-Mammads Tür vorbei und warf verstohlen einen Blick in das dunkle Zimmer. Gol-Mammad war nicht zu sehen. Siwar schickte giftige Blicke hinter ihr her und schimpfte vor sich hin: »Dies Luder! Wie sie ihren Hintern schwenkt!«

Maral ging an der Mauer vorbei auf die Quelle zu. Am Bach füllte sie den Schlauch mit Wasser und nahm ihn auf die Schulter. Sie hätte das Bündel Brot mitbringen und jetzt, ohne nach Hause zurückkehren zu müssen, von der Quelle geradewegs zum Feld gehen können; aber das tat sie nicht. Nicht bewußt und aus bösem Willen, eher instinktiv tat sie es nicht – eine heimliche Kraft in ihrem Innern hinderte sie daran. Als sie den Kopf hob, sah sie Kalmischi außer sich zum Haus zurückkommen. Der alte Mann hatte auf halbem Weg sein Maultier stehenlassen und eilte mit großen Schritten auf Gol-Mammad zu. Das veranlaßte Maral, schneller zu gehen, doch traf sie nicht rechtzeitig ein. Als sie an der Mauer ankam, hatte sich schon das Wehgeschrei des Alten zum Himmel erhoben. Als stände er in Flammen. Er schäumte, schüttelte die Fäuste in der Luft und brüllte: »Siehst du? Siehst du? Du gehst die Tochter anderer Leute rauben, und sie rauben dir deine Schwester! Im Vertrauen auf dich lasse ich mein Haus allein und gehe fort, und so paßt du darauf auf? Ha, auf diese Weise? Was bleibt dir noch? Ha? Die Schwester von Gol-Mammad hat man entführt! Wer hat sie entführt? Wer hat die Tochter von Kalmischi entführt? Wer hat das Mädchen der Mischkalli entführt? Ha? Muß ich mich an euer aller Stelle vor den Leuten verstecken? Was ist mir von meiner Ehre noch geblieben? Was?«

Der Vater war verrückt geworden, hatte den Verstand verloren. Er dachte nicht daran, daß die Leute ihn hören würden. Obwohl bald alle erfahren würden, was sich zugetragen hatte. Trotzdem mochte Gol-Mammad nicht, daß der Skandal noch weiter um sich griff. Er umfaßte die Schultern des Vaters, legte ihm die Hand auf den Mund, führte ihn ins Zimmer und schloß die Tür. Maral trat in den Hof. Die Stimme des alten Mannes drang durch die Tür: »Die Schande! Schimpf und Schande! Wie kann ich diese Schande tilgen?«

Alles, was Gol-Mammad sagte, nützte nichts. Er sagte, er habe die Spur der beiden verfolgt, sie aber nicht gefunden. Er versprach, sie zu finden. Er schwor, aber umsonst. Maral hörte das laute Schluchzen des alten Mannes und verkroch sich in eine Ecke. In diesem Augenblick tauchte Belgeyss auf. Ermüdet, kraftlos ließ sie das Maultier laufen und blieb ratlos stehen. Sie schien zu nichts mehr fähig zu sein. Ein Gemisch aus Trauer und Schmerz. Eine Missetäterin. Belgeyss wußte nur zu gut, daß es Sache der Mütter ist, auf ihre launischen Töchter aufzupassen. Aber was hätte sie tun können? Die Müdigkeit der Arbeit hatte sie überwältigt, das ist richtig. Aber wie kann man das dem alten Mann begreiflich machen? Wie kann man erwarten, daß er das glaubt? Warum soll er das überhaupt glauben? Die Bedeutung dessen, was geschehen war, wog tausendmal schwerer als diese Ausrede. Obwohl das keine Ausrede war und die Erschöpfung tatsächlich Belgeyss in die Knie gezwungen hatte. Aber das war nicht alles. Schirus Flinkheit und Leichtfüßigkeit kam auch dazu. Sie war so schlangengleich hinausgeglitten, daß auch der Boden das Geräusch ihrer Füße nicht gehört hatte. Was nützte das? Welches Problem löste all das? Welchen Schmerz heilte das? Der alte Mann war gedemütigt worden.

Siwar, Maral und Belgeyss hatten jede für sich in einer Ecke den Kopf eingezogen. Die Tür wurde leise geöffnet, und Gol-Mammad kam abgespannt und gedankenverloren heraus. Belgeyss ging ihm entgegen. Gol-Mammad sah die Mutter nicht an. Beschämt durch ihre Scham. Er sagte: »Ich gehe. Ich nehme meine Frau bei der Hand und gehe. Paß auf, daß er nicht durchdreht. Mach ihm irgendwie Hoffnung. Sag ihm, wir bringen seine Tochter zurück. Beruhige ihn.«

Belgeyss ging ängstlich und mit zögernden Schritten ins Zimmer, und Gol-Mammad machte sich daran, dem Kamel den Sattelgurt anzulegen. Siwar, die sich alles so gewünscht hatte, wie es gekommen war, hatte die Satteltasche schon bereitgestellt und brachte sie nun, als Gol-Mammad dem Badi die Kniefesseln abnahm. Gol-Mammad warf die Tasche auf den Sattel und ging dann zu Madyars Pferd. Er sattelte es und rief Siwar zu, sie solle sich auf das Kamel setzen. Gareh-At wandte den Kopf und blickte Gol-Mammad an, der den Zügel des Schimmels in die Hand genommen hatte. Gol-Mammad setzte den Fuß in den Steigbügel und schwang sich in den Sattel. Und Siwar, auf dem Kamel sitzend, ließ das Tier aufstehen. Mann und Frau waren zum Aufbruch bereit. In ihrer Ecke stehend, schaute Maral ihnen zu.

Sie gingen. Maral setzte sich auf die Erde und legte den Wasserschlauch an die Mauer.

Kurz darauf brachte Belgeyss ihren Mann aus dem Zimmer, und den drei, Maral, Belgeyss und Kalmischi, blieb nichts anderes übrig, als aufs Feld zum Mähen zu gehen.

Arbeit. Die Tage der Arbeit vergingen langsam und schwer, still und schweigend. Ein Tag wie der andere. Weil Kalmischi schwieg, schwiegen alle. Der alte Mann war in einen Schraubstock aus Schmerz und Scham gespannt. Er ließ sich nichts anmerken, aber man hätte blind sein müssen, um das, was in ihm vorging, nicht von seiner Stirn ablesen zu können. Ein angeschossener Panther. Wie lange kann ein Nomade einen solchen Schmerz ertragen?

Es war schon spät, als sie vom Feld zurückkehrten. Kalmischi und Belgeyss gingen hinter dem Maultier her. Maral hatte sich den Zügel des Rappen über die Schulter geworfen und folgte ihnen mit leichten Schritten. Es sah aus, als wäre Asche in die Luft gestreut. Die Abendstunde war erfüllt von Rauch und Staub und Dunkel. Das ließ die Gesichter schmaler, dunkler und müder erscheinen. Im Hof vor dem Haus nahmen Kalmischi und Belgeyss dem Maultier das Bündel mit dem Weizen ab. Kalmischi zog es bis zur Mauer und richtete sich auf. Die schwere Arbeit dieses Tages mit ihrem kargen Ergebnis hatte ihn ermüdet. Vom frühen Morgen bis zum Sonnenuntergang hatten ein Mann und zwei Frauen mit ihren Sicheln den Boden abgeerntet und insgesamt ein Bündel Ähren und Stroh zusammengebracht. Die Schultern waren erschlafft, Muskeln und Sehnen schmerzten, aber als sie jetzt den Ertrag ihres Tagewerks betrachteten, kam zu ihrer Erschöpfung noch die Schamröte auf den Gesichtern hinzu. Doch Kalmischi wollte sich nichts anmerken lassen. Er hatte die Stirn gerunzelt und gab keinem Gelegenheit, etwas zu sagen. Dabei waren Maral und Belgeyss gar nicht redselig. Kalmischi verbarg seine Unzufriedenheit und fraß sie in sich hinein. Nicht umsonst hatte Gol-Mammad gesagt, daß er keine Lust mehr habe, zum Einsammeln von nur fußhohen Weizenhalmen auf den Knien über den Boden zu rutschen. Schön und gut. Aber Kalmischi war nicht der Mann, sein Wort zurückzunehmen. Er wollte den Weizen, wie auch immer, sogar Korn für Korn, ernten. Wenn nichts anderes, würden wenigstens die Samenkörner, die sie gesät hatten, wieder eingebracht werden. Außerdem gab es in dieser Jahreszeit keine wichtigere Arbeit. Deshalb mußte man sich bücken und diese unnützen Halme mähen.

Maral hatte das Maultier am Zügel genommen und zog es zur Krippe. Kalmischi kam zurück, setzte sich an die Mauer und sah Maral nach. Im Gehen schwang ihr Rock hin und her. Ein Zipfel des Kopftuchs lag auf ihrem Rücken, die Rundung der Schultern ging sanft in die Arme über. Kalmischi dachte: ›Was für eine Frau! Wie ruhig! Den Charakter eines Mutterschafs hat sie, das zwei-, dreimal gelammt hat. Leichtsinn ist an ihr nicht zu bemerken. Nun, jedenfalls ist sie in dies Haus, an diesen Ort gekommen. Die Verantwortung für sie liegt auf unseren Schultern. Wir müssen uns um sie kümmern, müssen für sie sorgen. Aber welchem Mann wird sie sich fügen? Sie ist eben eine Frau! Zierlich wie bei einem Rebhuhn ist ihr Schritt, und aus ihrem Blick spricht die Zurückhaltung der Fremden, aber eines Tages kann sie sich in ein störrisches Fohlen verwandeln. Die Natur der Frau! Das ist die Natur der Frau! Jede kann sich im Nu in ihr Gegenteil verkehren. Sie gleichen dem Wasser des Meeres und dem Wind der Steppe. Rastlos. Rastlos sind sie, und wenn sie es nicht zeigen, kommt das daher, daß ihnen Zurückhaltung angeboren ist. Ach ... daß man nicht wissen kann, was alles hinter diesem betörenden Äußeren schlummert!‹

Tee. Was gibt es Besseres? Belgeyss hatte sich ans Werk gemacht. Es herrschte ruhiges, mildes Wetter. Man konnte es sich da draußen vor der Tür bequem machen und Becher auf Becher Tee hinunterkippen. Maral breitete einen Teppich an der Mauer aus, Kalmischi setzte sich darauf, zog die Stoffschuhe von den Füßen, schob die Mütze zurück, kratzte sich den grauen Kopf und lehnte sich an die Wand. Müde schloß er die Lider und legte den Kopf an den Türrahmen. Die Schlaflosigkeit der vergangenen Nacht und die Müdigkeit des Tages hatten alle Gedanken aus seinem Kopf verscheucht, und es war ihm, als schwebte er auf einem Wolkenbett. Eine angenehme, wohltuende Trägheit, die den ganzen Körper schlaff macht, so daß er wie Watte wird. Leicht, schwerelos und frei. Sicher und ruhig bewegt sich die Seele im Körper, nirgendwo wird sie festgehalten. Wie kühles Wasser ist sie in der Julihitze: ohne Wirbelwind auf seinen Wangen, ohne Stacheln und Gräser, die sie zerkratzen könnten. Ohne den Huf einer Kuh, der es mit Schlamm beschmutzt. Ohne hastigen Hagel, der es aufwühlt. Ohne einen Vorübergehenden – nicht einmal einen wandernden Derwisch –, der an ihm niedersitzt und sich den Staub vom Gesicht wäscht. Doch dieser schöne Augenblick verweilte nicht. Bevor die Lider richtig schwer wurden, war der Tee fertig. Die Hand von Belgeyss auf dem Knie ihres Mannes. Kalmischi richtete sich schwerfällig auf und zog den Becher zu sich heran.

Maral kümmerte sich jetzt um ihr Pferd. Sie nahm ihm den Sattel vom Rücken, stellte ihn an die Mauer und legte das Zügelende darauf. Dann stellte sie sich neben die Mähne des Rappen und kraulte ihm mit den Fingernägeln sein glänzendes Fell, zupfte Strohhalme und trockene Gräser von seinem Schweif und Bauch ab und strich mit der weichen Handfläche über Rücken und Flanken des Tiers. Bei dieser Liebkosung krümmte sich der Rücken des Rappen leicht nach oben, und seine Nüstern zitterten. Ein angenehmes Gefühl. Das Tier rieb Nacken und Ohren an Marals Arm, und Maral kitzelte es unter dem Hals. Dann warf sie ihm das Gras, das sie am Bachrand gepflückt hatte, hin und wartete, daß es sein Maul hineinsteckte.

Doch nein, das war kein Gras, das den Rappen sättigen konnte. Welkes Gras. Ohne Saft und Kraft. In Marals Blick lag Trauer. Sie wußte, daß solches Futter für Gareh-At nicht ausreichte. Nein, wenn die Tage so hingingen und alles seinen Lauf beibehielt – wie bald würden dann ihrem mutigen Pferd die Flanken einfallen, die Kruppe abmagern, die Knochen hervortreten, die Wölbung seines Nackens nachgeben und seine Beine spindeldürr werden. Diese Vorstellung machte Maral todtraurig. Aber sie konnte nichts tun. Weit weg von Berg und fruchtbarer Ebene war sie am Rand der Wüste hängengeblieben mit ihrem Boden wie schwermütige Augen von Waisenkindern, ausgedehnt, endlos, unschuldig. Die Antwort auf jeden Wunsch war nur der Wind, der die Brust an der Brust der Steppe rieb, Stachel und trockene Gräser zusammenfegte und mit sich trug in alle Richtungen. Auch in diesem Haus, in das sie den Fuß gesetzt hatte, gab es vor allem anderen Armut, die sich in den kummervollen Gesichtern widerspiegelte, und Zorn, der zwischen den Zähnen zermahlen wurde, und Unglück, das von überallher auf das Haus eindrang. Das war es, was Maral für die Zukunft der Familie schwarzsehen ließ. Wie hatte sich der Himmel bewölkt!

Richte dich auf, o Mädchen! Was in der Welt ist schon in Ordnung?

»Jetzt komm und trink einen Becher Tee! Wie lange noch willst du mit deinem Pferd plaudern?«

Das war Belgeyss. Maral drehte sich ihr zu, und ein schwaches Lächeln erhellte ihr Gesicht. Beschämt schlug sie die Augen nieder, folgte der Stimme und setzte sich schweigend zu Tante Belgeyss. Belgeyss goß ihr Tee ein, während der alte Mann das Mädchen unter seinen harten stachligen Augenbrauen hervor aufmerksam betrachtete.

Äußerlich war Maral ruhig, aber mit etwas Scharfblick hätte man erkennen können, daß unter ihrer Haut eine Welle von Unruhe wogte. Einsamkeit schien sie von allen Seiten zu umfangen. So war es ja auch. Wohin Maral sah, erblickte sie nichts als ihr eigenes Licht und ihren eigenen Schatten. Rings um sie herum war Leere. Nichts gab es, was sie hätte ergreifen können. Mehr als an anderen Tagen hatte diese Stimmung sich heute ihrer bemächtigt. Den leeren Platz von Gol-Mammad hatte Kalmischi eingenommen. Der alte Mann war an und für sich nicht hartherzig. Aber seine Anwesenheit war für Belgeyss ein Anlaß, den größten Teil ihrer Zeit und Arbeit ihm zu widmen. Maral entdeckte in diesem Verhalten der Tante sogar eine versteckte Andeutung. Daß nämlich Belgeyss sich hütete, zu freundlich zu ihr zu sein, als ob sie verhindern wollte, daß ihr Mann den Eindruck bekommen könnte, sie ginge zu fürsorglich mit ihrer Nichte um.

Eine solche Haltung scheint dem Menschen angeboren zu sein, jede Frau besitzt etwas davon. Der Mann, mit dem sie ein Leben verbracht hat, soll nicht sehen, daß sie einen Teil ihrer Liebe einer anderen Person zuwendet oder daß sie, was ihm zusteht, mit einer anderen Person teilt. Es sei denn, sie verbindet eine bestimmte Absicht damit. Ebenso glaubt ein Mann wie Kalmischi, daß er ein Anrecht auf die verborgensten Gefühle seiner Frau erworben hat. Er hält sie ganz und gar für sein Eigentum und ist der Meinung, daß die Liebe in ihren Augen, ihren Händen, ihrem Mund sich einzig in der Sorge um ihren Mann äußern darf.

Maral fühlte das deutlich, und die Kälte, die ihre Unzugehörigkeit zur Familie erzeugte, schüttelte sie dann besonders, wenn ihr bewußt wurde, wie ihr die Wärme der verstohlenen Blicke Gol-Mammads, die Gegenwart Gol-Mammads fehlten. Das heimliche Begegnen der Blicke und der Reiz ihrer gelegentlichen Gespräche, so alltäglich und banal sie auch gewesen waren, hatten Marals Sinne in einen Aufruhr gebracht, in dem sich Kummer, Erregung, Freude, Verlangen, Zorn, Haß und Befreiung vermischten. Trotz all seiner Widersprüche war dieser Aufruhr willkommen, hinreißend, betörend. Wenn auch Fieber den Körper schwächt, so verleiht es ihm doch eine andersartige Wärme. Haß, wenn auch blutig, entflammt den Menschen, bringt ihn in Bewegung, nimmt ihm die Trägheit, verwandelt ihn von Grund auf. In solchen Augenblicken geschieht es, daß ein Mensch plötzlich sein Selbst versteht, es ergreift, an sich zieht, ein neues Leben in sich spürt und für sein Dasein einen Sinn findet. Obwohl die Liebe den Menschen verbrennt, verleiht sie ihm doch auch Glanz, farbige Augenblicke, Röte. Sie erhitzt das Blut. Ist Sonne. Wogendes Licht in einem Märchengebirge. Neue Wurzeln fangen an, sich im Herzen zu regen und zu wachsen. Im dichten Staub des Innern erscheint eine neue Welle, wächst, wogt und sucht einen Durchbruch. Wie aber kommt die Liebe? Was weiß ich? Wer hat je die Brise gesehen? Wer hat den Donner gehört, ehe er grollte? Wessen Auge hat den Blick des Blitzes ertragen? Woraus erwächst die Liebe und entfaltet sich? Auf welchem Wege schreitet sie voran? In welche Richtung? Was weiß ich! Hat denn ein Besessener ein Ziel? Soll die Welt in Aufruhr geraten!

›Maral … Mädchen, hättest du doch nicht den Fuß in diese Welt gesetzt! Wärest du doch nicht von deiner Mutter geboren worden, Maral!‹ Das war es, was Abduss' Tochter zu sich selbst sagen konnte.

Wie sieht das steinerne Antlitz eines Hauses aus, das vom Erdbeben erschüttert wurde? Eine Spalte in einer Ruine. Eine Spalte im Boden. Zerstörung. Was ist ein Erdbeben? Eine unbändige Kraft; ein ungebändigter Wahnsinniger, den irdischen Fesseln entkommen. Maral selbst war eine Welle dieses Erdbebens. Freigelassen, flüchtend, gewaltsam getrennt. Unzufrieden, aber auch berauscht. Ruhelos und mit zerstörerischer Kraft. Ohne den Wohlgeschmack der Freiheit gekostet zu haben, fühlte sie noch das Gift der Unterdrückung. Jene befreiende Kraft hatte sie sich noch nicht bewußt zu eigen gemacht, um sie zügeln und lenken zu können. Wahnsinnig, kopflos, kriegerisch. Ein Meer, ohne einen Augenblick der Ruhe. Ohne einen Augenblick Schlaf. Welle auf Welle ohne Ziel, bleifarbene Gefährten des Himmels und der Glut der Sonne.

Ach ... Mädchen, wer bist du? Was bist du? Woher bist du? Warum hast du den Fuß auf die Erde gesetzt? Was ist es, das in dir kocht und heimlich schreit? Wer ist das in dir? Du selbst? Wenn es so ist, wozu denn dieser Kampf? Dein Selbst war doch an Delawar gebunden. Dann also ist, was da ist, etwas anderes als dein Selbst. Vielleicht nur ein Stück davon. Vielleicht auch ist es etwas anderes, das sich in deinem Innern erhoben hat? Vielleicht. Vielleicht ist es von Anfang an so gewesen, daß die Frau jedem Mann gegenüber eine andere Frau wird. Oder daß die Frau ein anderes Gesicht annimmt. Wenn es das aber nicht ist, was ist es dann? Dein Herz verlangt nach Gol-Mammad, und im gleichen Augenblick versteckst du Delawar in einer Ecke deines Herzens; du liebst ihn und kannst dein Herz doch nicht von deinem Vetter lösen. Ständig denkst du an ihn: ein von der Sonne verbranntes Gesicht, schwarze, glänzende Augen, Unmutsfalten auf der Stirn, ein trauriges Lächeln in den Mundwinkeln und Blicke wie Dolche. Warum reißt du dein Herz nicht von ihm los, Maral? War es dir angenehm, als diese Augen deinen ganzen Körper abtasteten? Freutest du dich, als jene scharfen Blicke deinen Hals, deine Brüste, deinen Bauch, deine Hüften, deine Taille verschlangen? Welcher Teil deiner Seele ist ermattet, Maral? Woher kommt dieser Aufruhr in deinem Innern?

Sie weiß es nicht, weiß es nicht. Ist völlig verstört. Traurig und mißgestimmt. Es verlangt sie nach Alleinsein. Fern von den Blicken anderer. Eingetaucht in ein Meer von Dunkelheit. Sie muß zu sich zurückkehren, sich von allem ringsum abwenden, sich der Einsamkeit hingeben.

Nachdem Belgeyss und ihr Mann gegessen und sich schlafengelegt hatten, blieb Maral allein unter dem hohen Himmel, ohne ihn wahrzunehmen. Nichts in ihrer Umgebung nahm sie wahr. Sie hatte den Kopf auf die Knie gelegt, die Arme um die Beine geschlungen und schwebte in einer staubigen Fülle von Gedanken. Ohne bei etwas, bei einem bestimmten Gedanken zu verweilen. Wo war Siwar? Was tat Gol-Mammad? Schlief Delawar? Was ist mit Abduss? Schickte er gerade den Rauch seiner Zigarette zu den Sternen hinauf?

Nacht ist es, Nacht. Bei wem weilt Maral mehr? Bis die Nacht verging, saß Maral, den Kopf auf den Knien, an der Mauer und spann ihre Gedanken. Ohne eine klare Antwort, ohne Heilmittel für ihre Traurigkeit und ihr Fremdsein. Schließlich hob sie den Kopf. Sie erblickte den Rappen, das einzige Wesen, das die Sprache ihres Herzens verstand. Unwillkürlich stand sie auf und ging zu ihm, blieb neben seiner Mähne stehen und lehnte sich mit der Schulter an seine Schulter. Der Rappe sah sie mit einer Bitte in seinen Augen an. Maral warf einen Blick auf die Krippe. Sie war leer. Völlig leer. Ihr brach das Herz. Sie wußte nicht, was sie tun sollte. Sie ging zur Krippe von Kalmischis Maultier. Auch die war leer. Eine plötzliche Erleuchtung kam ihr, wie das Aufblitzen eines Dolchs in der Sonne: ›Auch wenn es Sünde ist, was soll's!‹

Sie ging an die Tür. Die gemähten Weizenhalme lagen in einer Ecke des Zimmers aufgehäuft. Belgeyss und Kalmischi schliefen dicht daneben. Mut war vonnöten. Maral trat ins Zimmer, hob den Rock, ging leise an Mann und Frau vorbei, füllte den Rockschoß mit Halmen und Ähren, glitt geschmeidig wie eine Schlange hinaus und ging zu ihrem Pferd, schüttete das Futter in die Krippe und stellte sich abseits hin, um dem Rappen beim Fressen zuzuschauen. Es fiel ihr nicht leicht. Sie sah und wußte, daß, was der Rappe da kaute, ein Teil des Wintervorrats einer Familie war. Einer Familie, von der sie selbst jetzt ein Teil war. Aber in Wahrheit fühlte Maral sich mit der Familie nicht so verbunden wie mit ihrem Pferd. So setzte sie sich, mit einer Freude, die mit Angst gemischt war, auf die Erde und richtete ihren zärtlichen Blick auf Kopf und Mähne des Rappen in Erwartung dessen, was kommen würde.

»Du bist noch wach, Mädchen? Woran denkst du?«

Maral hob den Kopf und sah Belgeyss neben sich stehen. In einem einzigen Augenblick starb Maral und wurde wieder lebendig. Scham und Sünde. Größter Undank ist das. Sie unterdrückte einen Ausruf, stand schnell und ängstlich auf, stellte sich neben die Tante und senkte beschämt den Kopf. Da bemerkte Belgeyss, was sie getan und woran sie gedacht hatte: Wenn sie sich doch wenigstens nicht der Krippe des Pferdes nähert! Sie tat es nicht. Die Hand auf der Schulter des Mädchens, führte sie sie zur Tür, als ob sie ihr zu verstehen geben wollte: Sei nicht traurig, halte durch! Aber gerade das bedrückte Maral noch mehr. In solchen Augenblicken ist Freundlichkeit wie ein Stein, der in einen stillen Teich geworfen wird, um ihn aufzuwühlen. Belgeyss' Finger waren eben dieser Stein, geworfen in Marals Herz. Maral wurde verwirrt, immer verwirrter. Ein leichtes Zittern lief ihr in Wellen über die Haut. Ihre Kehle war wie zugeschnürt. Nur mit Mühe konnte sie atmen. Mit schwankender, stockender Stimme bat sie: »Tante Belgeyss, ich kann auch Kelims und kleine Teppiche weben. Laß mich nicht weiter so ziellos herumirren! Schick mich zu den Zelten!«

Belgeyss brachte sie ins Zimmer von Gol-Mammad, ließ sie sich im Licht der Windlaterne hinsetzen und sagte: »Du hast doch hoffentlich nicht unser Haus und Leben über, mein Kind? Ha?«

»Warum sollte ich es über haben? Bin ich denn auf seidenen Teppichen aufgewachsen?«

»Warum bist du dann traurig, Kind? Weil du alleine geblieben bist? Weil die verwünschte Schiru fortgelaufen ist und uns alle unglücklich gemacht hat? Ha?«

»Ich weiß nicht. Weiß es nicht. Ich weiß nur so viel, daß ich an Schafe und Zelte gewöhnt bin. Hier bin ich nun einmal eine Fremde.«

Belgeyss hätte Maral vielleicht noch mit vielen anderen Worten trösten wollen, aber Kalmischi ließ ihr keine Zeit dazu; er rief sie: »Wo bist du? Belgeyss! Komm her, gib mir einen Becher Wasser! Meine Kehle ist trocken wie ein Dornbusch. Was hab ich denn eigentlich gegessen?«

Belgeyss drückte Marals Hände in ihren Händen, stand auf und ging hinaus.

Wie eine Statue blieb Maral im Halbdunkel des schläfrigen Laternenlichts sitzen. Bewegungslos. Wie eine Verzauberte starrte sie Belgeyss nach, und ihre Schultern hoben und senkten sich im Takt ihres verhaltenen Atems. Soll sie bleiben, bis Belgeyss zurückkehrt? Wird sie zurückkehren? Soll sie versuchen zu schlafen? Soll sie aufstehen und die Tür schließen? Den Docht der Laterne herunterschrauben und sich ein Lager zurechtmachen? Oder hier auf dem Kelim schlafen? Was soll sie tun? Wie fremd ihr alles war. All diese Gegenstände. Sie wollte sie nicht einmal ansehen. Als fürchtete sie sich vor ihnen. Sie hatte Angst, sie könnten sich an sie heften. Sie glaubte, daß alles, was um sie war, Augen habe und sie betrachtete; alles blickte sie mit den Augen von Siwar an und tadelte sie: ›Was machst du hier auf meinem Teppich?‹

Sie wußte keine Antwort. War stumm geworden. Mühsam stand sie von ihrem Platz auf, stürzte voller Angst hinaus, ging auf Zehenspitzen zu ihrem Pferd und kniete sich an der Mauer hin, stützte sich auf den Sattel und setzte sich. Müde, aber trotzig. Auge in Auge mit der Nacht.

III

Als Madyar auf der Welt war, hatte Beyg-Mammad ihn oft monatelang nicht gesehen. Aber jetzt, wo es ihn nicht mehr gab, fühlte Beyg-Mammad unaufhörlich, daß er ihm fehlte. Madyars Nichtmehrvorhandensein war ihm zu einer unerträglichen Qual geworden. Er war bedrückt und niedergeschlagen. Die Nacht hatte er zur Hälfte wie ein Hund verbracht; schlaflos und erregt. Dem Morgen ungeduldig entgegensehend, den Blick auf die Nacht gerichtet, rang er mit der Zeit. Die Nacht des Kelidar war ruhig. Der Mond wanderte langsam durch die Wolkenfelder, zwischen denen sich in seinem Gefolge die Sterne zeigten und wieder verschwanden. Die Erde war still. Die Nacht war geborsten, der Blick konnte durch ihre trüben Wände dringen. Auf dem Abhang des Hügels schlief zusammengedrängt die Herde. Ziegen und Schafe, Böcke, Widder und Lämmer, alle waren eng beieinander, Kopf an Kopf, dicht an dicht, ruhten und atmeten sanft. Selbst die Glocke am Hals von Chan-Amus Ziegenbock läutete nicht mehr. Nur gelegentlich ritzte das Glöckchen am Hals von Belgeyss' Lamm die Stille.

Ssabr-Chan schlief, die Knie bis zum Bauch angezogen, den Stock in den Händen zwischen die Schenkel geklemmt, den Kopf auf den Vorratssack gelegt. Der Hund trieb sich abseits herum. Beyg-Mammad saß schlaflos da, hatte die Arme um die Knie geschlungen und die Augen auf die Steppe gerichtet. Nach dem Stand der Sterne und der Neigung des Mondes hatte die Nacht ihren Höhepunkt überschritten und glitt dem Morgen entgegen. Lustlos, zerschlagen stand Beyg-Mammad auf und trat mit der Stiefelspitze Ssabr-Chan ins Gesäß. Ssabr-Chan knurrte und hob den Kopf vom Vorratssack. Beyg-Mammad sagte: »Steh doch auf! Du hast nun genug geschlafen!«

Ssabr-Chan richtete sich auf und rieb sich die Augen: »Ich hab es wohl verschlafen, dich abzulösen, ha?«

Beyg-Mammad sagte: »Es ist Zeit, die Tiere zu weiden. Gleich wird's Morgen. Ich will zum Lager gehen.«

»Jetzt?«

»Ich nehme das Pferd. Kann ich was für dich tun oder ausrichten?«

Ssabr-Chan stand auf, glättete seinen Hosenbund und starrte schweigend Beyg-Mammad an. Was war mit Beyg-Mammad los?

»Warum siehst du mich an wie ein Esel den Hufschmied?«

Ssabrou senkte den Kopf, und Beyg-Mammad nahm seinen Dotar aus der Satteltasche des Esels und zog den Sattelgurt des Pferdes fest an.

Ssabrou begann wieder zu sprechen: »Was ist denn eigentlich los? Bist du plötzlich verrückt geworden?«

Beyg-Mammad setzte den Fuß in den Steigbügel und fragte: »Wo treffen wir uns morgen abend?«

»Bei Mallag-Darreh.«

Beyg-Mammad wendete das Pferd, galoppierte los und verlor sich gleich darauf im Morgengrauen. In diesen vierundzwanzig Stunden war Ssabrous Pferd wieder zu Atem gekommen und hatte sich von seiner Erschöpfung erholt; deshalb lief es gut. Seit langem hatte Beyg-Mammad nicht mit solcher Begierde ein Pferd bestiegen. Er wußte selbst nicht, was mit ihm los war, aber er fühlte, daß eine unbekannte Kraft in ihm brodelte. Ihm war, als gäbe es Dinge, die er ergründen müßte. Das, was Ssabr-Chan erzählt hatte, genügte ihm nicht. Die tröstenden Worte Ssabrous hatten ihn nicht beruhigt. Er mußte Gol-Mammad sehen. Bis er den Bruder nicht gesprochen hatte, würde sein Herz nicht zur Ruhe kommen. Er nahm sich vor, falls Gol-Mammad nicht zu den Zelten gekommen war, gleich nach Ssusandeh weiterzureiten. Doch Gol-Mammad war gekommen, sein Badi weidete am Rand des Lagers, und als Beyg-Mammad beim Zelt vom Pferd stieg, steckte Gol-Mammad den Kopf aus der Öffnung und wünschte dem Bruder »Gott geb dir Kraft«.

Beyg-Mammad befestigte das Zügelende am Sattelknopf, ging ins Zelt und setzte sich. Er war verschwitzt. Er nahm die Mütze vom Kopf, rieb Hals und Stirn mit der flachen Hand und blickte schließlich Gol-Mammad an. Gol-Mammad verstand seinen Blick, aber er hatte keine Lust, auch dem Bruder noch einmal die Geschichte des nächtlichen Ritts, der zu Mord und Totschlag geführt hatte, zu erzählen. Deshalb sagte er, als Beyg-Mammad ihn um Einzelheiten bat: »Es war genau so, wie du es gehört hast.«

Und er rief Siwar zu, das Frühstück zu bringen.

Beyg-Mammad zog das Gespräch nicht weiter in die Länge. Er schwieg und hatte das Gefühl, daß in den Angelegenheiten des Bruders eine neue Schwierigkeit aufgetaucht war. Er sah Siwar an. Sich auf die Lippen beißend, stellte sie dem Schwager den Teekessel hin. Beyg-Mammad leerte den Kessel, aß Brot und Joghurt und setzte sich abseits, um den letzten Becher in Ruhe zu trinken. Gol-Mammad erkundigte sich nach der Herde, und Beyg-Mammad gab ihm Auskunft: »Die Schafe werden nicht satt. Der Boden hat kein Gras. Die Sträucher sind trocken und zu Staub geworden. Die Schafe irren herum, reiben sich am Boden die Mäuler wund, aber satt werden sie nicht. Bald wird es keine Milch mehr geben. Wenn die Seuche sie nicht befällt, können wir von Glück reden. An der Tränke habe ich einen Hirten getroffen, der sagte, in der Gegend des Schahdjehan-Berges sei die Seuche schon ausgebrochen.«

»Wie steht's mit unseren Schafen?«

»Noch nicht. Gott sei Dank, noch nicht. Ich hab nichts bemerkt.«

»Gestern abend wollte ich zur Herde kommen, hielt es aber nicht für richtig. Ich war zu müde.«

»Und ich war in Sorgen. Vor Morgengrauen bin ich aufgestanden und aufgebrochen.«

»Das hast du gut gemacht. Ich sehnte mich schon nach dir. Wie geht es Ssabrou?«

»Wie soll es ihm gehen? Der ist wie besessen. Entweder schläft er, oder er schweigt. Manchmal auch streift er in der Herde herum und stößt einfach so einen Schrei aus. Was hast du gemacht? Konntest du dich schließlich von der sinnlosen Plackerei auf den dürren Feldern retten? Vater ist wohl nach Ssusandeh gekommen, ha?«

»Der alte Mann ist dabei, den Verstand zu verlieren. Es ist ihm in den Sinn gekommen, sich ansässig zu machen. Das ist kein schlechter Gedanke, aber seine Vorstellungen sind falsch. Er glaubt, sowie man sein Zelt verläßt und sich unter ein Lehmdach setzt, sei man schon seßhaft! Und was du ihm auch entgegenhältst, er begreift es nicht!«

»Du hättest dich besser nicht auf eine Diskussion eingelassen!«

»Das hab ich auch nicht. Ich hab nur zu ihm gesagt: ›Mach mit deinem Weizenfeld, was du willst! Rutsch du selbst auf den Knien herum und rupfe deine Halme aus! Ich bin keine Frau und hasse es, mich wie eine Heuschrecke in den Boden zu krallen!‹«

»Was hält Mutter davon? Belgeyss?«

»Was kann die Arme tun? Sie gehorcht. Sie ist bei ihrem Mann geblieben, um mit ihm zusammen den Weizen, falls sie welchen geerntet haben, zu dreschen und zu worfeln. Vielleicht fallen ihnen ein paar Körner in die Hände. Aber wie kann man in Erwartung einer solchen Ernte leben? Vor ein paar Tagen machte ich mich auf, ging nach Galeh Tschaman und kaufte von Babgoli Bondar Weizen auf Pump, ließ ihn mahlen, brachte das Mehl nach Haus und tat es dort in eine Ecke. Der Bauch will Brot, gut zureden hilft ihm nicht. Anstelle von Brot kann man ihn nicht mit Schmeicheleien abspeisen.«

»Unsere Schulden bei Babgoli Bondar steigen immer mehr an.«

»Und das bei den Preisen, zu denen er seine Waren verkauft! Zum Henker mit dieser Ungerechtigkeit! Der Hundesohn rechnet so auf seinem Rechenbrett herum und stellt die Rechnung so zusammen, daß du Mund und Augen aufsperrst. Wie ein Zauberkünstler behext er einen. Ich jedenfalls bleibe in seiner Gegenwart stumm, und zu allem, was er sagt, kann ich nur mit dem Kopf nicken. Zugrunde soll er gehen! Aber wir haben keine andere Wahl. Wir sind auf ihn angewiesen. Immer hat er Geld und Weizen zur Hand. Das ist's, warum wir von ihm abhängig sind.«

»Der ist einer von den Schurken dieser Gegend. Was es an Derwischen, Dieben und Bettlern hier gibt, das trifft sich im Laden von Babgoli Bondar. Diebe und Bettler, die ihm das Getreide auf dem Halm verkauft und das Geld schon ausgegeben haben.«

Gol-Mammad nickte bestätigend mit dem Kopf und sagte: »Was kann man da machen? Das Nomadenvolk muß immer ein oder zwei solcher Menschen um sich haben. Muß sie sich um jeden Preis erhalten. Man weiß ja nie im voraus, was geschehen wird! Mal kommt der Regen, mal nicht; auch der Wind ist unberechenbar, kommt unangemeldet herangaloppiert. Mit der Seuche ist es ebenso. Schlägt zu, überfällt die Herde. Was kannst du da tun? Du mußt jemanden haben, den du um Schutz bitten kannst. Und solch ein Mensch ist selten zu finden, es sei denn, daß du ihm Körner vor den Schnabel streust. Und was für Körner können wir hinstreuen? Eben die zwei oder drei Geran, die wir auf seine Forderung drauflegen und ihm in seine Kasse werfen. Aber ich hab zu viel geredet, der Tee wird kalt. Trink ihn!«

Beyg-Mammad nahm den Becher und sagte: »Haben sie auch das Mädchen, die Schiru, für diese paar Weizenbüschel eingespannt? Warum macht sie sich nicht auf und kommt her, um etwas Schafmilch zu melken? Schließlich kann ich nicht auch noch die Arbeit der Frauen übernehmen! Soll ich die Herde weiden und dazu auch noch melken? Mahak hat so viel mit ihrer eigenen Arbeit zu tun, daß sie keine Zeit für anderes hat!«

Gol-Mammad fühlte, wie sich die Adern an seiner Stirn spannten, und sagte: »Schirus Name sei verflucht! Es wäre besser, wenn sie vom Erdboden verschwände!«

»Ha? Was hat sie wieder angestellt?«

Gol-Mammad ließ die Frage des Bruders unbeantwortet; er stand auf und ging aus dem Zelt.

Mit vor dumpfem Erstaunen trüb gewordenen Augen stellte Beyg-Mammad den Becher hin. Nein, die müßigen Gedanken führten zu nichts. Er hob den Kopf und sah Siwar an, die unter seinem Blick zusammenzuckte. Er richtete sich auf den Knien auf und bohrte seine Augen wie zwei Nägel in ihre Augen. Siwar, die sich schon zum Gehen gewandt hatte, um in heimlicher Flucht das Zelt zu verlassen, blieb stehen und senkte den Kopf. Beyg-Mammads Blick kam ihr wie der eines Tollwütigen vor. Seine Augen schienen zu hecheln. Ihr war, als stiege Rauch aus den Augenhöhlen des Schwagers. Warum hatte Gol-Mammad sie mit seinem Bruder ausgerechnet jetzt alleingelassen? Das war nicht schwer zu erklären.

Gol-Mammad hatte nicht die Kraft, seinem jüngeren Bruder in die Augen zu sehen und ihm zu sagen: ›Schiru ist geflüchtet. Bei Nacht ist sie mit Mah-Derwisch geflüchtet.‹ Deshalb hatte er ihr diese Last aufgebürdet und war aus dem Zelt gegangen. Dieses Gift mußte also sie in Beyg-Mammads Ohr gießen.

»Ha? Warum schweigst du? Hat man dir die Lippen zugenäht? Was ist passiert? Ist sie in den Brunnen gefallen?«

»Nein!«

»Was denn dann? Warum versteckt ihr sie vor mir?«

Die Lider fest geschlossen, sagte Siwar: »Sie ist weg. Ist geflüchtet und weg!«

»Mit wem?«

»Ich glaube, mit Mah-Derwisch.«

»Mit diesem angeblichen Sseyyed?«

»So sagt man.«

Beyg-Mammad schwieg. Kurz darauf fragte er: »Hat niemand sie verfolgt?«

»Gol-Mammad ist ihnen nachgegangen, aber als er in Nischabur eintraf, hatten sie schon geheiratet und waren von dort weggegangen.«

Wortlos, stumm beugte sich Beyg-Mammad vor und setzte sich. Wie ein mächtiger Ahornbaum, der gefällt wurde. Er stützte die Ellbogen auf die Knie und brummte vor sich hin: »Mit diesem Bettler, der immer zur Erntezeit auftaucht?« Und plötzlich brüllte er: »So also will man unseren Namen in den Dreck ziehen!«

Siwar zitterten die Beine, und Gol-Mammad trat ins Zelt und sagte: »Brüll nicht so, beruhige dich! Es darf niemand davon erfahren. Wir müssen so tun, als wäre alles nach Gesetz vonstatten gegangen und als hätten wir selbst das Mädchen mit ihm verheiratet.«

Den Bruder anstarrend, sagte Beyg-Mammad: »Wen wollen wir damit täuschen, Bruder? Uns selbst? Mit wem haben wir das Mädchen verheiratet? Mit einem barfüßigen Bettler? Ohne Geldgabe an die Brauteltern? Ohne Brautwerberei? Wer wird uns das glauben? Hältst du die Kurden für Esel?«

Gol-Mammad setzte sich dem Bruder gegenüber auf den Boden und fragte im Ton eines welterfahrenen Mannes: »Was bleibt uns anderes übrig? Sollen wir überall ausposaunen, daß man unsere Schwester geraubt hat?«

»Glaubst du, wenn wir es nicht ausposaunen, wird es niemand erfahren?«

»Erfahren wird man es so oder so. Aber was sollen wir denn sonst tun?«

Es gab darauf keine Antwort. Beyg-Mammad stand auf, stürzte aus dem Zelt und stürmte zu seinem Pferd. Gol-Mammad und Siwar rannten hinter ihm her, und in diesem Wirrwarr kam auch Chan-Amu aus seiner Höhle, barhäuptig und nur mit einem Hemd bekleidet. Beyg-Mammad vermied es, dem Onkel ins Gesicht zu sehen, saß auf und zog den Zügel an. Gol-Mammad umklammerte den Hals des Pferdes mit beiden Armen und stieß eilig hervor: »Sie hat doch keine Spur hinterlassen. Wo willst du jetzt hingehen? Sie ist ja seine gesetzliche Frau. Was willst du ihr sagen? Ha? Was?«

Beyg-Mammad sagte: »Spur? Gesetzliche Frau? Warum redest du wie ein alter Mann, Bruder? Willst du, daß wir diesen Schmerz in unseren Herzen verschließen? Laß das Pferd los!«

Auch wenn Gol-Mammad das Pferd nicht freiließe, würde Beyg-Mammad das Tier zum Tänzeln bringen, den Bruder zurückstoßen und losgaloppieren.

Das las Gol-Mammad in Beyg-Mammads Augen; er trat zurück und starrte dem davongaloppierenden Pferd nach und der Staubfahne, die sich hinter ihm herzog und den klaren Sonnenschein des Morgens verhüllte: »Wohin geht er? Was wird er tun, wenn er sie findet?«

Beyg-Mammad hatte sich schon Gedanken darüber gemacht, was er mit Mah-Derwisch anstellen werde, aber er wußte nicht, wohin er sich wenden sollte. Wer kann ihn auf die richtige Fährte des Entführers bringen? Der Vogt. Nur das wußte Beyg-Mammad. Aber wer war der Vogt? Babgoli Bondar. Derselbe, der zusammengebettelten Weizen, von den Sträuchern gestohlene Baumwolle und verirrte Schafe zum halben Preis diesem und jenem abkaufte, zusammentrug, in seinen Speicher tat und später zum doppelten Preis an den Mann brachte.

Als Beyg-Mammad das Lager verließ, war sein Schatten lang wie eine Lanze auf den Boden gefallen, und als er nun in die Nähe von Galeh Tschaman kam, gab es keinen Schatten mehr um ihn herum außer unter dem Bauch des Pferdes. Die Sonne stand über seinem Kopf, die Steppe war von Sonnenschein überflutet, und so weit sein Auge reichte, lagen kleine Äcker, gelb von Weizen.

Er verlangsamte den Schritt des Pferdes und lockerte sich ein wenig. Bisher waren seine Muskeln und Sehnen straff gespannt gewesen wie Riemen, jetzt aber fühlte er in sich die Kraft, dem Kampf seiner Adern und Sehnen Herr zu werden und geduldig Umschau zu halten. Fest überzeugt von der Richtigkeit seines Vorhabens, wollte er Mah-Derwisch aufspüren, und er wußte auch, daß er ihn finden würde. Wenn Mah-Derwisch in diesem Moment vor ihm aus dem Boden gewachsen wäre, hätte sich Beyg-Mammad nicht einmal vor Staunen auf die Lippen gebissen. Denn er war sicher, daß Mah-Derwisch den Boden Chorassans nicht verlassen hatte, und in diesem weiten Gebiet konnte er sich nur dann vor ihm retten, wenn er im Boden versank.

Am Rand des ersten Ackers zog Beyg-Mammad den Zügel an. Ein kleiner, gebeugter Mann war zusammen mit seiner Tochter dabei, die mageren Weizenbüschel zu ernten. Beyg-Mammad grüßte, und der alte Mann richtete sich aus Ehrerbietung vor dem Reiter auf und grüßte zurück. Der Reiter fragte ihn, ob er etwas von Mah-Derwisch wisse. Der Mann sagte: »Der Sseyyed kommt nicht in diese Gegend hier, Chan. Ernte ich denn so viel, daß ich dem Derwisch auch nur einen Armvoll Ähren in sein Bündel stecken könnte? Dies bißchen Ähren stellt doch den Mah-Derwisch nicht zufrieden! Meistens treibt er sich bei den bewässerten Feldern herum, bei den Feldern der Großgrundbesitzer. Heute früh sah ich ihn hier vorbeireiten. Er winkte uns zu und entfernte sich.«

Beyg-Mammad verabschiedete sich von dem Mann mit einem »Gott befohlen!« und trieb das Pferd an. Noch ein Stück Weges. Jetzt zog er den Zügel bei einem jungen Schäfer an, der eine Gruppe Lämmer und Zicklein den Bach entlang weiden ließ; er grüßte und fragte nach Mah-Derwisch. Der Junge hielt die Hand schützend über die Augen, maß Beyg-Mammad mit einem Blick und sagte lächelnd: »Den Sseyyed meinst du? Heh! Der ist zur Zeit mit seinem Liebesgetändel beschäftigt, Chan. Er hat sich ein Mädchen eingefangen, hält es im Hinterzimmer versteckt und vergnügt sich mit ihr. Dieser Sseyyed und falsche Derwisch!«

Beyg-Mammad hielt an sich und fragte nur kurz: »In welchem Dorf, Brüderchen?«

»In Galeh Tschaman. Schuldet er dir was?«

Die Frage des Jungen blieb unbeantwortet, und als er den Kopf drehte, sah er nichts als den Staub, der unter den Pferdehufen aufwirbelte. Beyg-Mammad galoppierte geradewegs nach Galeh Tschaman, wo er bald darauf eintraf. Zwei Frauen saßen beim Wäschewaschen am Bach. Beyg-Mammad wandte sich an sie und fragte mit erhobener Stimme: »Wo wohnt dieser Mah-Derwisch, Schwester, ha?«

»Unten im Dorf. Auf der anderen Seite. Im Haus von Molla Bager Kalatehi lebt er.«

Unten im Dorf!

Beyg-Mammad ritt schnell am Laden von Babgoli Bondar vorbei; es war besser, wenn er von dieser Geschichte nichts erfuhr. Beyg-Mammad wollte nicht, daß sich jemand als Vermittler einschaltete. Ungehindert, wie ein Schwert, mußte er zuschlagen und weitergehen. An Molla Bagers Haustür saß er ab, knotete den Zügel am Türriegel fest und klopfte an. Die halbblinde Frau von Molla Bager öffnete die Tür. Beyg-Mammad fragte nach Mah-Derwisch. Die alte Frau sagte: »Er ist nicht da, ist in der Steppe.«

»Dann sag seiner Frau, sie soll an die Tür kommen, damit ich eine Botschaft für ihren Mann hinterlassen und wieder gehen kann. Weil ... ich habe viel zu tun ...«

Die Alte ging, und nach kurzer Zeit öffnete Schiru die Tür und blieb dem Bruder gegenüber stehen, wie versteinert. Ihr blühendes Gesicht erblaßte. Eine staubige Wand. Ein Zittern von innen heraus. Die Beine hatten nicht die Kraft, sie aufrecht zu halten. Mit der Hand hielt sie sich am Türrahmen fest, konnte sich nicht mehr bewegen. Nicht einmal den Blick konnte sie von Beyg-Mammads Augen lösen. Ein Vogel, behext von einer alten Schlange. Beyg-Mammad verlor keine Zeit. Diese günstige Gelegenheit mußte er nutzen, bevor Schiru etwas sagen konnte. Er trat vor, Schiru wich zurück. Als er im Durchgang war, schloß er die Tür hinter sich und stand nun Auge in Auge dicht vor ihr. Die Angst, Vorbote des Todes, trieb Schiru weiter. Aus dem Durchgang in den Hof, an der Grube vorbei, von dort ins Zimmer. Im Zimmer blieb Schiru an der Wand stehen. Innerlich ausgehöhlt, wie eine Säule aus Eis sich an die Wand drückend, schloß sie die Augen. Beyg-Mammad bückte sich und zog das Messer aus der Wickelgamasche. In diesem Moment blickte Schiru auf. O mein Gott! Mühsam öffneten sich die verkrusteten Lippen: »Willst du mich umbringen?«

Keine Antwort erfolgte. Der Bruder ging langsam auf sie zu. Schiru wollte zur Seite weichen, aber die Zimmerecke hinderte sie daran. Wo ist ein Ausweg? Wie eine Gazelle vor dem Gewehrlauf duckte sich das Mädchen und preßte sich an die Wand. Das Messer in der rechten Hand, streckte Beyg-Mammad die linke Hand aus, packte die Zöpfe der Schwester, wickelte sie sich um die Hand, setzte ihr die Messerschneide an die Kehle und befahl ihr, stumm zu bleiben. Dann schnitt er ihr blitzschnell, im Handumdrehen, den linken Zopf ab, barg ihn in der

Innentasche seiner Jacke, warf Schiru auf den Boden, pflanzte sich vor ihr auf und steckte das Messer in die Gamasche: »Geflüchtet bist du also, ha?«

»Hast du mich nicht umgebracht? Bringst du mich nicht um, Brüderchen? Laß mich deine Füße küssen, Brüderchen, laß mich deine Hände küssen!«

Beyg-Mammad hörte nicht. Schiru war aufs Gesicht gefallen, rieb es an den Füßen des Bruders und schluchzte; sie hatte den Mut zu weinen gefunden. Beyg-Mammad trat ihr mit der Fußspitze gegen die Brust, stieß sie zurück, zog plötzlich die Peitsche aus dem Gürtel und schlug zu. Schiru krümmte sich wie eine Schlange und kreischte. Die halbblinde Alte erschien an der Tür. Als sie Schiru unter dem wütenden Regen der Peitschenhiebe sah, brach sie in Wehklagen aus und lief zur Haustür. Aber ungerührt vom Jammern der alten Frau, entlud Beyg-Mammad seinen Grimm in fortgesetzten Schlägen auf Schirus Rücken, Hüften und Schultern. Die zerschundene Schwester, von der nur noch ein Wimmern zu hören war, ließ er auf dem Boden liegen, ging hinaus, reckte sich auf der Türschwelle hoch auf und wischte den Schweiß von der Stirn. Inzwischen waren Leute in den Hof geströmt und sahen ihn verwundert an. Frauen waren es, und vor allem Kinder. Die Männer waren natürlich in der Steppe. Beyg-Mammad wickelte die Peitschenschnur um die Hand, ging unter den Blicken der Menge zur Haustür, und sowie er den Fuß in die Gasse setzte, stürzten die Frauen in Schirus Zimmer. Die kleinen Jungen liefen hinter Beyg-Mammad her.

In der Gasse machte Beyg-Mammad den Zügel vom Türriegel los, warf ihn sich über die Schulter und machte sich ruhig, mit festen Schritten auf zum Laden von Babgoli Bondar. Er war noch nicht um die Gassenecke gebogen, als der nur mit einem Hemd bekleidete Babgoli Bondar auftauchte. Er kam dem Sohn von Kalmischi entgegen, und als er nahe bei ihm war, verlangsamte er den Schritt, kam noch näher, ergriff den Zügel und schimpfte über die Mähne des Pferdes hinweg Beyg-Mammad aus: »Was für einen Aufruhr hast du erzeugt, Mischkalli? Das ganze Dorf hast du durcheinandergebracht! Ha? Was ist los mit dir?«

Beyg-Mammad sagte: »Warum hast du diesem falschen Sseyyed Schutz gewährt? Mit den Mischkalli hast du oft Brot und Salz gegessen, und dann …«

Babgoli, lang und hager, mit schütterem Haar und unrasiert, riß die Augen auf und sagte: »Angenommen, es wäre so! Aber was soll das heißen, daß du eigenmächtig in ein fremdes Haus eindringst und die Hand gegen die Frau erhebst? Sie ist nach religiösem und weltlichem Gesetz die Frau von Mah-Derwisch.«

»Sie ist auch meine Schwester, Babgoli! Paß auf, daß alles nicht noch schlimmer wird! Und spiele nicht vor mir den Dorfvorsteher! Glaubst wohl, einen Fremden vor dir zu haben, dem du deine Macht demonstrieren kannst! Ha?«

Babgoli, schlau den richtigen Moment abpassend, ließ den Zügel los und sagte: »Das ist ganz und gar nicht der Fall, Chan! Ich bin Handelspartner der Mischkalli. Wenn ich sage, du hast nicht recht gehandelt, sag ich das euretwegen. Ich bekleide hier ein Amt. Es geht nicht, daß jeder Beliebige nach Galeh Tschaman angaloppiert kommt, tut, was er will, und dann einfach davongeht! Ich bin hier Beauftragter sowohl der Obrigkeit als auch des Grundbesitzers Aladjagi. Und die Bauern respektieren mich als ihren Dorfvorsteher.«

Beyg-Mammad sagte: »Wenn du dir diese Stellung nicht angemaßt hast und wirklich Beauftragter bist, dann sag mir, wo Mah-Derwisch steckt. Und wenn du das nicht willst, gib mir den Weg frei, damit ich selbst ihn finde.«

Unter den dolchartigen Blicken Beyg-Mammads zog sich Babgoli Bondar zurück, und Beyg-Mammad, unbeirrt an seinem Vorhaben festhaltend, setzte den Fuß in den Steigbügel, stieg aufs Pferd und sagte: »Babgoli Bondar, wir treiben Handel miteinander. Trotz unserer diesjährigen Notlage ist es nicht zu deinem Nutzen, die Mischkalli gegen einen Bettler einzutauschen. Die Mischkalli-Sippe macht jedes Jahr mit dir Geschäfte für mindestens hunderttausend Toman!«

Er wollte keine Antwort haben. Er trieb das Pferd an, durchbrach den Kreis der Gaffer und ritt durch die Gasse davon. Wie es der Zufall wollte, hatte er sich noch nicht weit von Babgoli entfernt, als er am anderen Ende der Gasse, in einigem Abstand von den Frauen, die am Bach saßen und Wäsche wuschen, mit einemmal die Gestalt von Mah-Derwisch erblickte. Mah-Derwisch hatte zwei große Ballen Weizenähren auf die Flanken der Stute geladen und saß selbst zwischen den beiden Ballen im Sattel, ließ die Beine auf einer Seite des Pferdes an dessen

Schulter herabbaumeln und kam geradewegs die Gasse herunter. Beyg-Mammad trieb sein Pferd an, aber nicht sehr eilig. Er wollte den Sseyyed nicht erschrecken. Aber der Derwisch erkannte den Sohn von Kalmischi von weitem, zog zweifelnd einen Moment den Zügel an und brachte die Stute zum Stehen. Als ob er nicht wüßte, was er tun sollte.

Die Leute, Kleine und Große, liefen hinter Beyg-Mammad her, und sogar aus dieser Entfernung konnte der Derwisch sehen, daß etwas im Gange war.

Mah-Derwisch zögerte nicht länger, er wendete die Stute und trieb sie an. Als hätte er eine solche Reaktion vorhergesehen, galoppierte Beyg-Mammad ihm sofort nach. Die engen, holprigen Gassen hemmten die Eile der Reiter. Scharfe, tückische Biegungen. Stolpern der Pferde, Sichaufrichten und Weitergaloppieren. Diesmal geriet Galeh Tschaman wirklich durcheinander. Die stampfenden Pferdehufe, das Geschrei der Müßiggänger und der mutwilligen kleinen Jungen, die noch keinen so schönen Trubel gesehen hatten, lockten die Menschen – alle, die im Dorf waren – aus den Häusern und ließen sie neugierig gaffen. Mah-Derwischs Weizenballen gingen in diesem schrecklichen Getümmel auf und fielen zu Boden, was einigen aufgeweckten kleinen Jungen und bedürftigen Frauen die Gelegenheit gab, ein paar Ähren zu erhaschen. Aber die meisten Ähren wurden unter den Füßen zertreten.

Wiederum stolperte Mah-Derwischs Stute, und der Sseyyed rollte die abschüssige Gasse hinab. Jetzt gab es keine Möglichkeit mehr, sich wieder in den Sattel zu setzen. Er sprang auf und stürzte sich mit letzter Anstrengung in den Eingang einer alten Zisterne und rutschte auf den abgebröckelten Stufen nach unten, und Beyg-Mammad, der geübte Jäger, tat es ihm nach: Er sprang vom Pferd und stürzte hinter Mah-Derwisch in den Eingang. Der in die Tiefe führende Gang war schwarz wie die Nacht, und auf seinem Grund funkelten die schönen Augen von Mah-Derwisch wie zwei ängstliche Sterne. Der Sseyyed war in eine Falle geraten, er keuchte aufgeregt und furchtsam. Beyg-Mammad beugte sich vor, zog das Messer aus der Gamasche und stieg gelassen die paar letzten Stufen hinunter. Mah-Derwisch kauerte in der Mauerecke und preßte einen Klumpen Erde und Stroh in der Faust. Dies war das Ende des Weges; der Endpunkt der weichen Drehungen des Körpers in den Armen des Mondscheins.

Wo bist du zu Staub geworden, o Kühnheit?

Beyg-Mammad hielt ihm die Messerklinge dicht vor die Augen und sagte: »Komm mit rauf!«

»Willst du mich umbringen?«

»Wer tötet schon einen Hund? Komm mit rauf!«

Das war bereits eine Erleichterung. Mah-Derwisch belebte sich ein wenig. Gebückt ging er ein, zwei Stufen hinauf, und plötzlich warf er alles, was er an Stroh und Staub in der Hand hatte, Beyg-Mammad ins Gesicht. Beyg-Mammad schloß die Augen, aber bevor Mah-Derwisch ausreißen konnte, stellte er ihm ein Bein, und der Sseyyed fiel mit dem Gesicht auf die brüchigen Stufen. Beyg-Mammad packte ihn hinten am Kragen seines Rocks, zog ihn aus dem Eingang der Zisterne, stieß ihn an der Tür zu Boden und setzte ihm den Fuß auf den Nacken.

Dreck und Zorn hatten dem Sohn von Kalmischi die Augen gerötet. Er warf einen Blick auf die Leute, die jetzt herbeigekommen waren, setzte sich auf Mah-Derwischs Rücken und zeigte der Menge sein Messer. Die Schneide des Messers sagte ihnen: kommt nicht näher. Dann langte Beyg-Mammad zu, faßte den Hosenboden des Sseyyed und hielt die scharfe Klinge daran.

Mah-Derwisch lag nicht einfach so da; unter dem schweren Körper von Beyg-Mammad drehte und wand er sich, jammerte und rief um Hilfe: »Tu's nicht, tu's nicht! Bei der Ehre meiner Ahnen beschwör ich dich, entehre mich nicht! Ich bin doch dein Schwager!«

Aber die Wut raubte Beyg-Mammad alle Selbstbeherrschung. Er hörte nicht auf Mah-Derwischs Wehgeschrei. Er mußte die Sache zu Ende führen. Die Augen der Zuschauer waren Zeugen genug für die Entehrung von Mah-Derwisch. Was ein Auge sieht, haben tausend Augen gesehen, was eine Zunge sagt, haben tausend Zungen gesagt. Beyg-Mammad schnitt mit dem Messer ein Stück aus Mah-Derwischs Hosenboden und stand auf. Die Sache war erledigt. Ssabrous Pferd erwartete ihn. Er ging zu ihm, hob den Zügel vom Boden und saß auf. Die Blicke der Zuschauer ruhten noch auf ihm und seine Blicke auf Mah-Derwisch. Mah-Derwisch lag zusammengekrümmt da. Als hätte er keine Kraft mehr aufzustehen. Er kroch. Wie eine mit dem Spaten verwundete Eidechse zog er sich an die schützende Mauer, drehte das Gesicht der Wand zu und sank in sich zusammen.

Beyg-Mammad trieb das Pferd an und entfernte sich ruhig von der Menge. Wo gibt es den, der sich vor Stolz über einen Sieg nicht hoch aufrichtet? Der Abgang von Beyg-Mammad war sehenswert. Es kam ihm in den Sinn, daß er die Nacht in Ssusandeh verbringen sollte, bei seinem Vater. Er ließ das Pferd frei laufen. Soll es selbst sein Tempo wählen. Nach eigenem Wunsch. Beyg-Mammad trug eine gute Nachricht mit sich. War trunken, beschwingt von dem, was er ausgeführt hatte. Ganz allein war er in Galeh Tschaman eingedrungen, hatte das Wild aufgestöbert, ihm das Brandzeichen der Kalmischi auf dem Gesäß hinterlassen und kehrte nun unversehrt zurück. Eine Heldentat. Aber diese Beschwingtheit schlug auf halbem Wege, als er sich beruhigt hatte und nachzudenken begann, in Zweifel um. Was er da getan hatte, schien teils richtig, teils unrichtig zu sein. Er hatte eine Glanzleistung vollbracht, seine Kühnheit allen bewiesen; deshalb war er vergnügt. Eine Schwester hatte er gedemütigt, einen Mann vor tausend Augen vernichtet; deshalb war ihm unbehaglich zumute. Zwischen Zufriedenheit und Unzufriedenheit schwankte er gleichermaßen hin und her.

Die Gestalt des zugrundegerichteten Mah-Derwisch stand Beyg-Mammad die ganze Zeit vor Augen. Nicht jeder kann den Anblick der Demütigung eines anderen ertragen. Trotzdem aber konnte Beyg-Mammad seiner mitleidigen Regung nicht nachgeben. Das, was er jetzt nötig hatte, war eine starke Seele und ein festes Herz. Bedenken, die ihn auf halbem Weg zur Umkehr bewogen hätten, Gewissensbisse konnte er nicht brauchen. Er mußte dies unangebrachte nachgiebige Gefühl aus dem Herzen reißen und Stolz an seine Stelle setzen. Die Grenze zwischen Stolz und Zuneigung ist so dünn wie ein Haar. So zerbrach schließlich auch diese Unschlüssigkeit in Beyg-Mammad, und es siegte nicht das Mitgefühl, sondern der Stolz.

Gegen Abend zog er hinter der Hausmauer die Füße aus den Steigbügeln und saß ab. Rauch stieg aus dem Backofen auf, zwei Frauen arbeiteten am Feuer. Maral kannte er noch nicht. Belgeyss ging dem Sohn entgegen; die Hände auf Beyg-Mammads breiten Schultern, küßte sie ihn, seine Augen, seine Stirn. Doch wann sind die Gedanken eines Jungen auf das Herz einer alten Mutter gerichtet?

Beyg-Mammad machte sich aus der Umarmung der Mutter los, übergab ihr den Zügel und ging zum Vater.

Kalmischi war noch bei der Arbeit. Die Halme, die er von der Erde eingesammelt hatte, hatte er auf eine Stelle geschüttet und ausgebreitet und führte sein Maultier im Kreis darüber hinweg. Der alte Mann stand in der Mitte und ließ das Maultier um sich kreisen. Den Zügel in der linken Hand, die Peitsche in der rechten. Er hatte Beyg-Mammad erblickt, ihn beobachtet, sagte aber nichts: Was hatte es zu bedeuten, daß er die Herde im Vertrauen auf Ssabrou im Stich gelassen hatte und hergekommen war? Was ist denn eigentlich in diese Söhne gefahren?

Beyg-Mammad grüßte. Kalmischi erwiderte murmelnd den Gruß, und ohne seine Arbeit zu unterbrechen, fragte er: »Woher mit Gottes Hilfe? Geht's dir gut?«

Beyg-Mammad lehnte sich mit der Schulter an die Mauer und sagte: »Ich komme aus Galeh Tschaman!«

»Galeh Tschaman? Wozu warst du da? Dein Bruder ist doch erst vor kurzem nach Galeh Tschaman gegangen und hat von Babgoli Bondar Weizen gekauft. Wozu warst du denn auch da?«

»Ich hatte was anderes zu tun.«

»Ha, was?«

»Dies!«

Beyg-Mammad löste sich von der Mauer, faßte in die Jacke, zog den Zopf von Schiru zusammen mit dem Fetzen aus Mah-Derwischs Hosenboden hervor und hielt beides dem Vater hin. Belgeyss erkannte den Zopf der Tochter, sie hatte ihn tausendmal selbst geflochten. Sie kam angelaufen, nahm ihn Beyg-Mammad ab, verbarg ihn in den Händen, drehte sich um, roch heimlich daran und drückte ihn an die Brust: ›O mein Gott, Schiru! Hat man dich entehrt?‹

War es denn möglich? War dies wirklich möglich? Hatte Beyg-Mammad der störrischen Schiru den Zopf abgeschnitten und hergebracht? Nein, das war nicht zu glauben! Aber warum sollte man es nicht glauben? Kalmischi mußte es glauben. Zum Teufel mit der Arbeit. Er ließ den Zügel des Maultiers los, kam aus dem Strohhaufen heraus, krallte die Hände in den Jackenkragen des Sohns, starrte ihm in die Augen, und plötzlich brach er in ein wahnwitziges Gelächter aus. Sein ganzer Körper bebte. Eine alte Platane in einem starken Sturm. Tränen flossen ihm aus den Augen. Die Hand auf dem Arm des Sohns, ging er zur Zimmertür, und mit vor Lob überströmenden Worten sagte er: »Das hast du gut gemacht, mein Sohn. Gut. Lang mögest du leben. Du hast mir mein Leben wiedergeschenkt. O Gott, o Schöpfer, nimm mein Leben und gib es meinem Beyg-Mammad! Mein Rücken ist wieder gerade geworden, meinen Kopf kann ich wieder heben. Stolz hast du mich gemacht, Beyg-Mammad. Mögest du immer glücklich sein, mein Lamm. Glück möge dich stets begleiten, dein Glücksstern hell, dein Körper stark, dein Leben gut sein. Ahai … Alte, zeig auch Maral die Haare der Störrischen. Sie soll wissen, bei wem sie lebt! Mach Tee für ihn. Mach Tee für deinen Sohn. Bring auch seinen Dotar. Ich will lauten Gesang; heute abend soll es fröhlich zugehen in diesem Trümmerhaufen!«

Dritter Teil

I

Die Kalmischis trafen alle zusammen.

Belgeyss, Gol-Mammad, Beyg-Mammad, Kalmischi, Chan-Amu, Ssabrou, Mahak, Siwar und Maral. Belgeyss und ihr Mann hatten mit Marals Hilfe das Feld gemäht, den Weizen aufgeschüttet, gedroschen und geworfelt, die Spreu vom Weizen getrennt, alles an der gehörigen Stelle untergebracht, die Türen verriegelt und waren zu den Zelten gekommen. Beyg-Mammad und Ssabrou befaßten sich wie immer mit den Schafen, mit dem Weiden der Herde, Mahak webte einen Teppich, Siwar ging zwischen den Zelten herum, kochte und nähte, Belgeyss sorgte für das Essen der Männer; Kalmischi spann Wolle, half bei jeder Arbeit, und wenn es sich so fügte oder sich die Notwendigkeit ergab, ging er zur Stadt und kam wieder zurück; und Chan-Amu verbrachte die Zeit in seinem Zelt wie ein Wolf, schob sich hausgebackenes Brot zwischen die Zähne und trank kannenweise Tee.

Chan-Amu hatte keine feste Aufgabe und erwartete von seinen paar Ziegen und Schafen immer noch, daß sie seinen Jahresproviant sicherstellten. Seine hauptsächliche Arbeit bestand darin, daß er einmal im Jahr die Schafe schor und, wenn er es für gewinnbringend hielt, einige mästete und zu Wintersanfang an die Händler verkaufte. Oder daß er, wenn sich die Gelegenheit bot, am Rand eines Dorfes ein Kamel auf den Boden warf, es schlachtete und das Fleisch in kleinen Stücken verkaufte: Geld für Tee und Tabak, Rosinen und Stiefel. Oder daß er, wenn ihm ein gestohlenes Tier angeboten wurde, es billig kaufte und sofort an einen Interessenten wie Babgoli Bondar weiterverkaufte.

Gol-Mammad beschäftigte sich damit, Handschuhe und Gamaschen für den Winter zu stricken. Stundenlang saß er neben dem Zelt und strickte. Wenn ihm die Lust daran verging, spann er Garn. Garn für Schärpen, Kamelgurte und Stricke. Manchmal machte er sich auf in die Ebene. Ging zur Herde und verbrachte die Zeit mit den Schafen und bei Beyg-Mammad und Ssabrou. Für die Herde suchte er Weideplätze und verhandelte so manchen Tag mit den Großgrundbesitzern, kleineren Grundbesitzern und deren Verwaltern über Wasser, Boden und Weide. Aufgrund dieser Tätigkeit war er eine Art Organisator für das Lager. Alleine und manchmal zusammen mit Chan-Amu ritt er der Herde voraus und markierte Weideplatz und Tränke. Nicht gelassen und ruhig war er, aber frei, mit offenen Schwingen. Der Himmel über seinem Kopf änderte ständig die Farben, und die Erde unter seinen Füßen mit all ihrem Auf und Ab, ihren Höhen und Tiefen, trug ihn auf ihren Schultern vorwärts. Er aß hausgebackenes Brot, trank Quellwasser und bemühte sich, den Lebenskummer fernzuhalten und vergnügt zu sein. Trotzdem trug er ein Problem mit sich herum. Er war in eine Sackgasse geraten, vor eine verschlossene Tür: die Bemühung, sein Geheimnis hinter seinen Augen versteckt zu halten. Daß nur ja nicht der Glanz seiner Blicke, der gelegentliche Gram seines Herzens, seine gelegentlichen Aufschreie jemandem etwas verrieten. Daß nur ja nicht ein neugieriger, geschwätziger Mensch in ihn drang und ihm sein Geheimnis entlockte. Daß nur ja niemand erfuhr, daß ihm, Gol-Mammad, Feuer in die Seele gefallen war. Nur das nicht! Nur das nicht!

Maral hatte keine bestimmte Aufgabe. Seitdem sie zu den Zelten gekommen war, merkte sie, daß viele Augen sie ansahen. Sie fand heraus, daß sie hier noch fremder war, noch schutzloser, noch einsamer. Wie lange aber kann man ein Fremder bleiben? Einen Tag, einen Monat vielleicht; aber schließlich überwältigt einen das Verlangen, sich einem anderen anzuschließen, sich ihm anzuvertrauen. Solange der Mensch ist, ist es so. Es sei denn, er ist nicht mehr, es sei denn, er stirbt.

Aber wem konnte Maral sich anvertrauen? Delawar? Wem sonst? Dem einzigen Junggesellen in der Familie Kalmischi? Nein. Er war ihr nicht sympathisch. Nachdem sie Schirus Zopf in den Händen von Beyg-Mammad gesehen hatte, konnte Maral ihn nicht mehr mit freundlichen Augen ansehen. Allein der Gedanke an Beyg-Mammad quälte sie. Wem also konnte sie sich anvertrauen? Gol-Mammad? Ja, ihm! Aber lauern da nicht tausend Schwierigkeiten? Soll's! Wo gibt's schon ein sehendes Auge? Ein sehendes Auge ist blind im Rauch der Leidenschaft. Sollen die Lider geschlossen bleiben, es sei denn, daß die Augen auf Liebe fallen, auch wenn ein Strudel einen zu verschlingen droht. Überlaß das sehende Auge den Sehenden!

In einer solchen Verfassung befand sich Maral. Trunken und bekümmert. Doch ist es gefährlich, einem solchen Zustand zuviel Platz einzuräumen. Das tiefe Meer verschlingt den Körper wie eine unbedeutende Insel, vernichtet ihn. Deshalb muß man, um nicht unterzugehen, den Wogen entfliehen. Man muß um sich herum einen Wall aufrichten. Muß sich wehren, muß sich bewahren. Aus eben diesem Wunsch hatte sich Maral, schweigend und unauffällig, zusammen mit Mahak ans Teppichweben gemacht. Jeden Morgen ging sie in Mahaks Zelt und bewegte ihre Hände zusammen mit Mahaks Händen. Und Mahak war ohne Ehrgeiz und Mißgunst, jedenfalls zumindest Maral gegenüber. Sie hatte sich an sie gewöhnt. Ihre schlechten Seiten waren in Mahaks Augen weniger zahlreich als ihre guten Seiten. Glücklicherweise hatte Maral von der Natur so viel Gutes mitbekommen, daß es nur wenige gab, die sie nicht mochten oder sie gar haßten. Die einzige Person, die Maral als störend empfand und die den Druck von Marals Schatten auf ihrem Dasein fühlte, war nach wie vor Siwar. Sie war es, die alle guten Seiten Marals als störend empfand. Doch in diesen Tagen, o Wunder, war ihr Haß mit einem Kokon aus Liebenswürdigkeit umhüllt. Es schien, als hätte sie sich Marals Tod und Vernichtung niemals gewünscht.

Jetzt, als Maral und Mahak Schulter an Schulter am Webstuhl saßen und ihre Augen und Finger mit Fäden und Farben beschäftigt waren, kam Siwar wie eine harmlose Schlange hereingeschlichen, hockte sich neben die beiden und heftete ihre schwarzen, eingesunkenen Augen auf ihre Hände. Maral und Mahak sahen sie flüchtig an, und Mahak sagte zu ihr: »Schön, daß du gekommen bist!«

»Ich störe euch doch nicht bei der Arbeit?«

»Unsere Ohren und Zungen weben ja nicht. Erzähl uns was!«

»Im Lager hab ich zwei Gendarmen rumgehen sehen.«

Maral und Mahak sahen einander nicht an; ein Stich ging ihnen durchs Herz, aber sie ließen sich nichts anmerken. Keine wollte, daß sich die Wirkung von Siwars Worten auf ihrem Gesicht widerspiegelte. Deshalb vertieften sie sich, jede auf ihre Weise, in die Arbeit und bemühten sich, das, was in ihnen vorging, für sich zu behalten. Was Siwar anging, so hatte auch sie ihre Besorgnis verheimlichen wollen, hatte es aber nicht fertiggebracht und suchte nun nach Gleichgesinnten, um mit ihnen über die Gendarmen zu sprechen. Mit Belgeyss konnte sie das nicht, wagte es nicht. Es war möglich, daß Belgeyss sich auf sie stürzte und sie gewaltsam zum Schweigen brachte. Siwar kannte den Charakter der Schwiegermutter. Die Mutter der Kalmischis duldete in den Augen und Worten der Ihren keinerlei furchtsame, feige Anzeichen. Von dem, was vorgefallen war, zitterte und bebte jede Frau der Familie, doch keine hielt es für richtig, das, was in ihrer Seele vorging, einer anderen zu offenbaren. Denn eine solche Offenbarung, wenn sie dazu noch mit Aufgeregtheit gepaart wäre, würde keinen Zweifel daran lassen, daß die Redende wenig Widerstandskraft besaß. Siwar jedenfalls hatte sich nicht bezwingen können, war ins Zelt geschlichen und hatte geredet. War denn ihre Zunge anzuhalten? Warum sollte sie sich nicht um ihren Mann sorgen und von ihrer Besorgnis sprechen? Und jetzt, da sie es einmal gesagt hatte – wozu sollte sie noch vorsichtig und zurückhaltend sein? Also fuhr sie in ihren Worten fort: »Ich glaube, sie suchen nach Hinweisen auf Madyar. Sie sind dabei, in jedes Zelt den Kopf zu stecken und herumzufragen, ob es in den Familien einen Verwundeten gebe. Sie werden wohl gleich auch hierher kommen. Ich wollte sehen, was wir sagen sollen, wenn sie sich uns einzeln schnappen und uns ausquetschen ...«

Maral und Mahak ließen von der Arbeit ab. Siwar blickte sie an. Und auch sie sahen Siwar verwirrt und ratlos an. Sie wußten nicht, was sie einander sagen sollten. Maral stand auf, ging aus dem Zelt und kam bald danach zusammen mit Belgeyss wieder herein. Belgeyss hörte Siwar an und sagte nach kurzem Zögern: »Wir haben ja keinen Vermißten oder Verwundeten. Weshalb habt ihr dann Angst? Macht euch wieder an die Arbeit!«

Ohne eine Antwort abzuwarten, raffte sie den Rocksaum hoch und ging hinaus. Aber noch hatte sie sich nicht vom Zelteingang entfernt, als sie sahen, daß sie stehenblieb. Ein mit Angst gemischtes Schweigen bemächtigte sich ihrer. Im gleichen Moment ließ sich der Hufschlag von zwei sich langsam nähernden Pferden hören. Ihre Schatten krochen auf den Zelteingang zu und blieben dann da stehen: zwei Gendarmen auf zwei Pferden. Der eine hatte ein knochiges Gesicht; die Haare an seinen Schläfen waren ergraut, sein Schnurrbart war schwarz, sein Gesicht sonnengebräunt, und der Schweiß an seinen Ohren glänzte. Der andere war jung, wirkte unreif und sah wie ein Hammel aus. Belgeyss versperrte den Pferden den Weg und blieb mit einer Frage in den Augen vor den Gendarmen stehen. Ohne Belgeyss zu beachten, beugte sich der ältere Gendarm im Sattel vor und untersuchte mit seinen scharfen Augen das Zeltinnere. Belgeyss hob die Hand und senkte sie, und der Vorhang am Zelteingang fiel herab. Der Gendarm wandte die Augen von dem geschlossenen Eingang, richtete sich auf und starrte Belgeyss in ihr runzliges, altes Gesicht: »Wo sind eure Männer?«

»In der Steppe! Wo sonst sollen sie sein?«

»Alle?«

»Du siehst es ja, alle.«

»Alle auf einmal?«

»Was sonst? Sie sind ja keine Mädchen, daß sie im Zelt bleiben müßten. Natürlich alle.«

Der Gendarm nahm die Füße aus den Steigbügeln, stieg ab, lehnte sich an die Schulter seines hennafarbenen Pferdes, an der ein Gewehr hing, und sagte: »Gibst du mir einen Napf Wasser zu trinken?«

»Warum nicht? Ich bin doch kein Unmensch. Komm, setz dich in den Schatten, damit ich Tee für dich mache.«

»Bring Wasser.«

Belgeyss ging ins Zelt und kam gleich wieder mit einem Becher Wasser heraus und gab ihn dem Mann in die Hand. Von weitem kam ein Reiter angaloppiert. ›Gebe Gott, daß er kein Unsriger ist!‹ Belgeyss wollte nicht, daß ein Mann der Familie plötzlich dem Gendarmen gegenüberstünde. Der Gendarm sagte: »Der gehört zu uns!«

Dann trank er den Becher in einem Zug aus und gab ihn Belgeyss zurück. Der Reiter langte an, zog den Zügel und blieb neben dem Wachtmeister stehen. Belgeyss sah ihn sich an. Er war jung, mit frisch rasiertem Kopf und einem Gesicht, das noch keine Sonnenbräune angenommen hatte: Nade-Ali. Der Wachtmeister wies mit einer Handbewegung auf ihn und sagte zu Belgeyss: »Das ist der Sohn von Hadj Hosseyn in Tscharguschli. Er sucht den Mörder seines Vaters.«

Mit zitterndem Herzen, aber fester Stimme sagte Belgeyss: »Schön, aber warum hier?«

»Er hat die Spur bis hierher verfolgt. Bis zu diesem Lager.«

»Schön, dann such bitte. Such. Tu alles, was du tun mußt.«

Der Wachtmeister zog sich in den Zeltschatten zurück, setzte sich auf die Erde, nahm seine Zigarettenschachtel aus der Tasche, steckte eine Zigarette an und fragte dann ruhig: »Wie viele Männer habt ihr in diesen Zelten hier?«

Belgeyss setzte sich dicht bei seinen Füßen hin und sagte: »Fünf oder sechs.«

»Sind sie alle gesund und an Ort und Stelle?«

»Alle, Gott sei Dank.«

»Wer sind sie?«

»Meine Söhne sind's, mein Mann, der Bruder meines Mannes, sein Schwiegersohn …«

»Sind alle hier, im Lager?«

»Ich sagte doch, alle sind in der Steppe.«

»Dann sind sie also alle hier?«

»Ha, ja. Nur mein Bruder und einer meiner Söhne sind im Gefängnis. Der eine in Maschhad, der andere in Ssabsewar.«

»Wie heißen die, die im Gefängnis sind?«

»Mein Bruder: Abduss, mein Sohn: Chan-Mammad. Mein Bruder ist wegen eines Streits um einen Weideplatz ins Gefängnis gekommen, und meinen Sohn hat man wegen Handels mit Schafen beschuldigt und ihn einen Dieb genannt.«

»Habt ihr in der letzten Zeit keine schlechte Nachricht erhalten? Ist kein Unglück passiert?«

Belgeyss näherte ihren Kopf dem Ohr des Gendarmen und flüsterte ihm mit ein paar Worten die Geschichte von Schiru zu. Danach bat sie ihn, dies Geheimnis für sich zu behalten: »Wir haben schließlich auch unser Ehrgefühl, Bruder. Das Mädchen ist störrisch und der Junge ein Flegel.«

Der Wachtmeister fragte: »War nicht einer deiner Söhne oder Brüder in ein Mädchen verliebt und hat sich eines Nachts aufgemacht, es zu entführen?«

»Nein, nein, Brüderchen. Wer war dies Mädchen und wo?«

»Wie soll ich wissen, ob du nicht etwas verheimlichst?«

»Bei uns ist sowas keine Schandtat, Brüderchen. Auch wenn es eine wäre, hätte ich keine Scheu und würde es dir sagen. Wie hieß denn jener Verehrer?«

»Das ist's ja eben! Genau das wollen wir wissen.«

Belgeyss, im Herzen zur Löwin geworden, fuhr fort: »Das Mädchen muß doch wohl ihren Verehrer kennen, nicht wahr?«

Der Wachtmeister blickte Nade-Ali an und sagte: »Das Mädchen gibt nichts zu, sie tut den Mund nicht auf.«

Der Sohn von Hadj Hosseyn senkte den Kopf und wandte sich ab. Schamgefühl, sowohl wegen seines Verhaltens als auch seiner Schwäche Ssougi gegenüber. Seine Ohrläppchen röteten sich, und das beruhigte Belgeyss. Dann hatte Ssougi also nichts verraten. Zuneigung zu Ssougi – wer sie auch sein mochte – senkte sich in Belgeyss' Herz. Sie hielt das Verhör für beendet. Das Rätsel war nach wie vor ungelöst. Der Wachtmeister erhob sich, schüttelte den Staub von der Hose, warf den Zigarettenstummel weg. Den Zügel in der Hand, die Hand auf dem Sattelknopf, setzte er den Fuß in den Steigbügel, schwang sich in den Sattel, rückte die Mütze zurecht, drehte sich zu Nade-Ali um und sagte: »Der Schlüssel zu dieser Angelegenheit ist bei dir selbst. In deinem Haus. Bei dem Mädchen. Umsonst laufen wir unter dieser Sonne in der Steppe herum. Solange du den Namen des Kerls von dem Mädchen nicht herausbekommst, haben wir nichts in der Hand, um nach ihm zu suchen.«

Der Wachtmeister wendete das Pferd und fügte hinzu: »Und Tantchen, wenn du uns in Zukunft wieder siehst, schließe nicht den Eingang deines Zelts. Wir sind keine Menschenfresser!«

Er hielt sich nicht länger auf, trieb das Pferd an und ritt davon. Seine Begleiter, der junge Gendarm und Nade-Ali, galoppierten ihm nach, und Belgeyss folgte ihnen mit den Augen, bis sich der Staub hinter Pferden und Reitern legte und sie selbst hinter dem Hügel verschwanden. Dann ging sie ins Zelt. Erschöpft von dem Druck, dem sie ausgesetzt gewesen war, setzte sie sich abseits hin, schloß die Augen und brach in müdes Klagen aus: »Feuer regne in dein Grab, Hadj Hosseyn, Feuer regne in dein Grab! Mit dem Teufel sollst du in der Hölle zusammensitzen! Mögen die Gelder, die du uns für Wasser und Weide abgenommen hast, zu Blut werden und tropfenweise aus deinen Nägeln fließen. Meinen lieben Bruder hast du genommen, und jetzt willst du auch mir mein Leben nehmen!«

Siwar schlug den Zeltvorhang zurück, Licht flutete herein, und sie atmete auf und setzte sich draußen neben das Zelt. Maral und Mahak machten sich ans Weben, und Belgeyss schüttete einen Rest Wasser aus ihrem Becher vor dem Eingang auf die Erde und ergriff den Hals des Wasserschlauchs, um sich Wasser einzugießen. Ihre Kehle war trocken geworden. Noch brodelten Kummer und Angst in ihr. Das Wasser versprach Linderung, und so trank sie den Becher aus.

Außerhalb des Lagers, in der Steppe, ritt Chan-Amu, bedeckt mit Staub und überströmt von Schweiß. Er war außer sich vor Wut und Trauer. Finster, mit gerunzelter Stirn, richtete er seine scharfen Augen auf etwas vor ihm, kaute an seiner Unterlippe, riß sich dabei Barthaare ab und spuckte sie aus. In einer Hand hielt er den Zügel, die andere Hand hatte er in die kurze Wolle eines Schafs gekrallt. Das weiße Schaf lag vor den dicken Schenkeln Chan-Amus mit dem Bauch auf dem Sattel und hechelte, die Zunge hing ihm aus dem Maul. Chan-Amu galoppierte gleichmäßig und versuchte, das Schaf zu den Zelten zu bringen, bevor es verendete. Trotz all seiner Erfahrung hatte er sich das in den Kopf gesetzt, und ohne Rücksicht auf die Kräfte seines Pferdes zu nehmen, trieb er es vorwärts.

Siwar erblickte den Reiter von weitem in der Staubwolke, die unter den Pferdehufen aufstob; sie sprang auf und steckte erschrocken den Kopf ins Zelt: »Da kommt einer der Unsrigen; ich glaube, es ist was passiert!«

Belgeyss und nach ihr Maral und Mahak ließen die Arbeit im Stich, liefen hinaus und stellten sich erwartungsvoll neben Siwar. Mahak erkannte den Vater als erste und lief ihm unwillkürlich entgegen. Belgeyss starrte noch auf den Weg, Maral dachte voller Angst an das, was wohl bevorstand, und Siwar hatte die Zähne zusammengepreßt und überließ sich ihren Befürchtungen.

Chan-Amu verlangsamte den Schritt des Pferdes, zog vor den Frauen den Zügel an, warf sich vom Pferd und nahm das Schaf herunter; ohne die Frauen anzusehen, krempelte er die Ärmel hoch, zog das Messer aus dem Gürtel und brüllte: »Einen Becher Wasser! Laßt es mich schlachten. Wasser!«

Mahak brachte die Wasserkanne, und Chan-Amu öffnete mit Mühe das fest geschlossene Gebiß des Schafs und sagte: »Gieße!«

Mahak steckte dem Schaf den Schnabel der Kanne zwischen die Zähne und feuchtete ihm die Zunge an. Chan-Amu schob die Hand der Tochter weg, stellte den Fuß auf die Beine des Schafs, packte seinen Hals mit der linken Hand, legte ihm das Messer an die Kehle und schnitt sie durch. Der Unhold! Dunkles Blut, krankes Blut spritzte neben der Klinge heraus und floß auf die Erde. Chan-Amu faßte das Schaf beim Schopf, bog seinen Schädel zurück, schnitt den Hals vollends durch, trennte den Kopf ab und warf ihn vor den Zelteingang. Dann richtete er sich auf und trat beiseite. Von der Messerspitze tropfte Blut. Die Augen des Schafs waren leblos. Der letzte Blick des Tiers war schon erloschen und erstarrt, ehe das Messer ihm nahekam. Bekümmert und wütend betrachtete Chan-Amu das Schaf, das noch Leben in sich hatte und schwach mit den Beinen zuckte. Das dicke, dunkle Blut floß zäh und sickerte langsam auf die Erde. Chan-Amu schüttelte seinen Kummer ab, kniete sich wütend hin, stieß das Messer bis zum Heft in die Brust des Schafs und schnitt es ganz auf. Dann zog er das Messer heraus und steckte den Arm bis zum Ellbogen in den Bauch und riß mit einem Ruck Herz, Lunge und Leber heraus, hielt sie vor die Sonne, trennte Herz und Lunge ab, warf sie in den Bauch zurück und behielt die Leber in der Hand.

Bis zu diesem Moment hatten die Frauen aneinandergedrängt am Zelteingang gestanden und auf das befremdliche Tun von Chan-Amu gestarrt. Was war los mit ihm?

Chan-Amu hob den Kopf und sah sie an. Vor allen anderen traf Belgeyss' Blick seinen Blick. Sie verstand auch besser, was sein Tun besagte. Chan-Amu erhob sich von den Knien, hielt Belgeyss die Leber hin und sagte: »Trage Trauer, Belgeyss! Würmer haben sich in den Lebern der Schafe festgesetzt. Nimm das!«

Er warf die Leber in Belgeyss' schlanke, dunkle Hände, ging selber zur Seite und setzte sich in den Zeltschatten, senkte den Kopf und stützte die Ellbogen auf die Knie, damit das Blut von seinen Händen und der Messerklinge abtropfte. Mahak ging ins Zelt, füllte die Kanne mit Wasser, kam heraus, ging furchtsam zum Vater und beugte sich vor, um ihm Wasser über die blutigen Hände zu gießen. Chan-Amu warf ihr einen schiefen Blick zu, stieß mit der Hand die Kanne zurück, bohrte die Messerspitze in die Erde und sah Belgeyss an.

Belgeyss trat näher und setzte sich: »Was nun? Was werden wir jetzt tun?«

Chan-Amu sagte: »Sein Fleisch ist nicht mal eßbar. Wir müssen es dem Hund vorwerfen. Ach und Weh über diese Dürre! Es wäre schon viel, wenn sie nicht alle Würmer in die Leber bekämen. Aber warum sollten sie nicht? Das abgestandene Regenwasser, das schmutzige Wasser in den Straßengräben, die Armut der Steppe, das wenige Futter – alles ist zusammengekommen, damit die Tiere sterben. Siehst du, wie die Leber des Tiers durchlöchert ist? Ein Sieb! Im Handumdrehen geht die Herde zugrunde.«

Belgeyss' magere Finger drangen in die Leber wie in Schaum. Trauer und Ärger ließen sie fast vergehen. Unglück auf Unglück, Kummer auf Kummer. Wenn auch die Beine dieser paar übrigen Ziegen und Schafe steif in die Luft ragen, was bleibt dann noch? Aber es gab nichts zu fragen. Alles war klar und deutlich, lag vor den Augen wie die Linien der Handfläche. Sie blickte auf den Kadaver des Schafs, der still auf der Erde lag. Als verlangte er nach einem Grab.

Plötzlich stand Chan-Amu auf, sprang zum Kadaver, kniete sich neben ihm hin und machte sich daran, ihm das Fell abzuziehen. Belgeyss sagte: »Laß mich das Gestell bringen, und häng ihn daran auf.«

Ohne die Arbeit zu unterbrechen, stieß Chan-Amu hervor: »Es lohnt sich nicht. Ich häute ihn so auf Hirtenart.«

Belgeyss sagte nichts mehr. Sie stand stumm da und starrte auf die schlangenartigen Bewegungen der Hände des Schwagers, die unter der Schafhaut hinkrochen, und horchte auf das Schaben des Messers. Der schwarze, einäugige Hund des Lagers hatte den Kadaver gerochen, war zum Zelt gekommen und winselte. Chan-Amu brüllte ihn an, der Hund machte sich davon und blieb etwas entfernt von dem Kadaver stehen, um mit seinem einen Auge zuzuschauen. Chan-Amu brummte vor sich hin: »Der Halunke riecht das Fleisch. Er glaubt, ich werfe ihm die Leiche zum Fraß vor!«

Belgeyss warf dem Hund die Leber hin, der Hund stürzte sich darauf, packte sie mit den Zähnen und riß sie unter Zuhilfenahme der Pfoten auseinander. Chan-Amu, der plötzlich die Leber zwischen den Zähnen des Hundes erblickte, sprang auf und zerrte ihm, bevor er die Flucht ergreifen konnte, die Stücke aus Pfoten und Zähnen, gab sie Belgeyss in die Hand und sagte: »Warum wirfst du sie dem Hund vor? Wir brauchen sie noch. Schmeiß sie in die Pfanne, und laß uns sehen, was daraus wird!«

Belgeyss brachte die Leberstücke ins Zelt, und Chan-Amu machte sich daran, den Rest der Haut abzuziehen; er setzte das Messer an, zog im Handumdrehen dem Schaf die Haut ab und rief: »Bring ein Gefäß fürs Fleisch!«

Belgeyss brachte eine große Schüssel und stellte sie neben Chan-Amu auf den Boden. Chan-Amu faßte das gehäutete Schaf an allen vier Beinen, hob es aus der Haut, legte es in die Schüssel und sagte: »Siehst du? Durch die Krankheit hat das Tier Knochenschwund bekommen! Und an seinem ganzen Körper ist nicht ein halbes Man Fleisch; leere Knochen. Hohle, leere Knochen!«

Belgeyss deckte den Kadaver mit einem Fetzen Stoff zu und sagte: »Was soll ich nun damit tun? Soll ich es als Andenken aufbewahren? Dies Fleisch ist ja nicht eßbar! Wozu soll ich es also aufheben?«

Chan-Amu sammelte die Därme, legte die Haut zusammen, stand auf und sagte, während er zu seinem Zelt ging: »Wir brauchen es ja nicht unbedingt zu essen! Laß auch die anderen kommen. Wenn wir alle beieinander sind, werden wir schon etwas damit machen.«

Haut und Därme warf er neben das Zelt und hockte sich vor den Eingang. Seine Hände waren noch blutbeschmiert, Tropfen dunklen Bluts waren auf seinen Unterarmen eingetrocknet: »Jetzt bring Wasser, Mädchen!«

Mahak brachte Wasser, Chan-Amu hielt Hände und Messer unter den Schnabel der Kanne, wusch sie, stand auf, und ehe er ins Zelt trat, rief er Belgeyss zu sich. Belgeyss, die die Schüssel mit dem Kadaver schon in ihr Zelt geschafft hatte, ging in Chan-Amus Zelt. Mit einem Blick unter seinen struppigen Augenbrauen hervor scheuchte Chan-Amu Mahak hinaus. Dann nahm er eine halbgerauchte Zigarette aus seiner Blechdose, steckte sie an, und nach ein paar tiefen Zügen sagte er ruhig und etwas besorgt: »Ist dieser Kerl mit seinen Gendarmen hier vorbeigekommen?«

Belgeyss nickte.

»Worüber habt ihr geredet?«

»Die sagten manches und hörten auch manches.«

»Und am Ende? Sie haben doch keinen Hinweis gefunden?«

»Bis jetzt nicht. Es scheint, das Mädchen sträubt sich noch. Noch hat sie den Namen Madyars nicht erwähnt.«

»Bravo! Es fehlte nicht viel, und ich hätte ihr die Brust durchlöchert. Gott sei Dank tat ich's nicht. Sie rannte doch wie eine Gazelle hinter uns her.«

»Sie muß ein Löwe von einem Mädchen sein. Ich glaube, sie war es wert, daß Madyar sich für sie opferte.«

»Ich fürchte, daß sie es nicht wird durchhalten können. So wie ich ihn kenne, ist dieser Sohn von Hadj Hosseyn ein hartnäckiger Bursche. Ich fürchte, daß er das Mädchen irgendwie zum Reden bringt.«

Die Stimme von Kalmischi ließ sich hören: »Wo hast du dich versteckt, Belgeyss?«

Sein Maultier rieb die Schnauze im Staub und schleifte den Zügel über die Erde. Aber Kalmischi selbst war nicht zu sehen. Maral trat zu Belgeyss und flüsterte ihr ins Ohr: »Onkel Kalmischi ist wütend! In seinen Händen hab ich ein Ziegenfell gesehen. Jetzt ist er im Zelt.«

Vor dem Zelteingang traf Belgeyss auf Siwar, die gerade herauskam. Belgeyss biß sich auf die Lippen und ging hinein. Mit traurigen Augen saß ihr Mann an die zusammengerollten Steppdecken und Teppiche gelehnt da und starrte vor sich hin. Auf dem Boden lag zu seinen Füßen wie eine tote Katze das schwarze, mit Strohhalmen durchsetzte Fell einer Ziege. Belgeyss näherte sich mit geballten Fäusten und blieb, auf das Fell starrend, vor ihrem Mann stehen. Sie wollte etwas sagen, aber ihre Zunge hatte nicht die Kraft zu sprechen. Es gab auch nichts zu sagen. Was konnte man sagen? So ging sie still und verzagt beiseite und wartete, daß Kalmischi den Mund öffnete. Einen Moment später hob Kalmischi den Kopf, sah seine Frau an und sagte: »Unser ganzes Leben ist dabei, in Trümmer zu fallen! Ich wollte die Ziege zu den Zelten bringen, aber unterwegs fing sie an, mit den Beinen zu zucken. Ich nahm sie vom Maultier und schlachtete sie. Ihre Leber war durchlöchert wie ein Sieb!«

Belgeyss fragte: »Wo ist denn ihr Fleisch?«

»Welches Fleisch? Da waren nur ein paar Knochen unter ihrer Haut, und die warf ich an den Wegrand. Soll ein Hund, ein Wolf oder ein Geier daran nagen. So ein Fleisch kann doch kein Mensch essen!«

Belgeyss setzte sich auf den Boden und sagte: »Kurz vor dir brachte Chan-Amu auch ein Tier und schlachtete es hier. Ein Schaf. Sein Blut ist noch nicht trocken geworden.«

»Ich hab es ihm selbst auf sein Pferd gelegt. Wir dachten, es bleibt am Leben, bis wir es in die Stadt gebracht haben. So kraftlos war es noch nicht!«

»Als es hier anlangte, stand ihm das Maul ellenweit offen, seine Augen waren verdreht, die Zunge hing heraus. Es hechelte. Selten hab ich in meinem Leben ein Schaf so hecheln sehen; wie ein Hund im heißesten Sommer.«

»Dieser letzte Sommermonat hat uns schließlich doch noch eine Falle gestellt! Ich dachte schon, wir wären dieses Jahr davongekommen, aber leider habe ich mich getäuscht. Wären wir heil in den Herbst gekommen, wäre diese Krankheit über unsere Köpfe hinweggegangen. Aber jetzt hat sie uns von hinten am Bein gepackt und läßt uns so bald nicht wieder los. Sie wird nicht von uns lassen, bis sie unsere Tränen zum Fließen bringt. Dieses Jahr ist das Jahr des Unheils, das Jahr des Verderbens.«

Chan-Amu beugte die Schultern und trat ins Zelt; er näherte sich dem Ziegenfell, nahm es in die Hand, hob es hoch, warf es wieder auf den Boden und sagte: »Was war das für eine liebe Ziege, das arme Tier! Wenn es an der Zeit war, ihr Zicklein zu säugen, klagte sie wie eine Menschenfrau und suchte nach ihrem Kind. Genau wie ein Mensch blickte sie hierhin und dahin und rannte herum. Was für Augen sie hatte! Genau wie Menschenaugen. Schade, daß sie dieses Jahr nicht überstehen konnte; ihre Lebenskraft reichte nicht aus. Wo hast du sie geschlachtet?«

Kalmischi antwortete dem Bruder: »Am Hügel bei Mallag-Darreh. Die verfluchte Krankheit hatte sie so gepackt, daß ich nicht merkte, wie ich ihr mit dem Messer an die Kehle ging. Das arme Tier flehte mich mit den Augen an, es zu töten. Es hatte es satt, war es leid. Ich zog es vom Maultier und schnitt ihm die Kehle durch. Und dies ist seine Leber! Ich dachte, vielleicht ist es nötig, sie in die Stadt zu bringen und da vorzuzeigen. Wenn du magst, nimm sie und schau sie dir an. Wenn du sie vor die Sonne hältst, kannst du durch die Löcher das Licht sehen!«

Chan-Amu nahm die Leber aus dem Ziegenfell und ging nach draußen, untersuchte sie und kam wieder ins Zelt zurück. Er warf sie auf ihren alten Platz und sagte: »Es ist sonnenklar, um welche Krankheit es sich handelt; in die Stadt können wir nur gehen, um ein Heilmittel dagegen zu finden. Jetzt müssen wir sehen, was wir tun sollen.«

Kalmischi sagte: »Laß erst mal Gol-Mammad kommen. Dann tun wir alle unsere Verstandeskräfte zusammen und finden einen Weg.«

Siwar kam mit Teekanne und gespülten Bechern herein, stellte alles neben Belgeyss und ging wieder hinaus. Die Brüder waren in Gedanken versunken, und Belgeyss konnte nichts helfen. Sie schob die Teesachen Chan-Amu hin, stand auf und ging schweigend hinaus.

Die Mischkalli-Frauen hatten sich am Eingang von Chan-Amus Zelt versammelt, saßen Knie an Knie und besprachen etwas miteinander. Belgeyss setzte sich zu ihnen, umschlang die Knie mit den Armen, stützte traurig das Kinn auf die Knie und starrte vor sich hin. Dumpfe Worte irrten auf dem Grund ihrer Augen. Etwas, das sich nicht aussprechen ließ. Ein in der Seele verborgener Knoten. Gedanken, deren Glanz im Nichtausgesprochenwerden lag. Und der Kern dieses schmerzlichen Glanzes war genau das, was in einem anderen ein Gefühl der Dankbarkeit hervorruft, ihn zum Schweigen anhält, es sei denn, daß ein Unverständiger es ungeduldig aufrührt.

Belgeyss und die Sorge waren Schwestern. Sie kannte, wenn nicht die ganze Welt, so doch das ganze Leben und ihre eigene Welt und hatte alles mögliche erprobt. Mit allen Erscheinungen der Natur, des Nomadendaseins und des Hirtenlebens war sie vertraut; mit all ihren liebenswürdigen Seiten und ihrem Ärger, mit Engherzigkeiten und Großzügigkeiten und manchmal mit ihrer Fülle. Auch ihre Härte und Nöte kannte sie. Trotzdem konnte sie aber angesichts dieses Neuen, das jetzt eingetreten war, nicht die Ruhe bewahren. Das Schafsterben? Für eine Nomadenfrau bleibt es sich gleich, ob das Unglück über die Schafe hereinbricht oder über sie selbst. Da ist kein großer Unterschied. Deshalb tut ihr der Anblick der durchlöcherten Lebern in der Seele weh. Und die Ratlosigkeit in den Blicken der Männer quält auch ihre Augen.

Sie will das Vorgefallene nicht für ein schlechtes Omen halten. Aber sie kann sich auch nicht aus den Fesseln ihrer düsteren, angsterregenden Gedanken lösen. Unglück auf Unglück bricht herein. Belgeyss sieht das.

Glieder einer Kette. Aneinandergereihte Glieder aus Schmerz und Unglück, Krankheit und schlechtem Omen. Tod und Unheil. Was wird das Ende davon sein? Sie horcht auf die Gefahr. Fühlt sie. Eine feinfühlige Stute ahnt die Wellen des Erdbebens, bevor es sich ereignet. Ein verderblicher Wind weht!

Grundlos begann sie Siwar auszuschimpfen: »Warum hockst du da wie eine Eule?«

Siwar nahm die Hand von ihrem Kinn und sagte: »Was soll ich tun? Aufstehen und tanzen?«

»Ich will nicht, daß du tanzt! Aber warum bist du in Trauer versunken? Mußt du etwa um dein Brot und Wasser bangen?«

Siwar gab keine Antwort. Sie senkte den Kopf und blieb stumm. Sie hatte genau verstanden, daß Belgeyss mit diesen Worten sich selbst ermuntern wollte; daß sie, was sie verspielt hatte, zurückgewinnen wollte. In Wahrheit sagte sie zu ihr, was sie zu sich selbst sagen mußte. Das hieß, daß Belgeyss sich an Siwars Stelle setzte: ihre Krallen in sich selbst schlug, sich selbst ohrfeigte, um sich auf den Beinen zu halten. Was sie in sich selbst nicht wahrhaben wollte, schrieb sie Siwar zu, glaubte es anstelle von Siwar. Peitschte sich an ihrer Stelle.

Siwar stand auf, um Belgeyss aus den Augen zu verschwinden. Hinter dem Zelt setzte sie sich auf die weiche Erde und wartete auf die Nacht.

Die Sonne war gegangen und hatte dem Abendhimmel ihr blutiges Gelb zurückgelassen. Die mürben Wolkenfetzen zerfielen im unruhigen Farbenspiel der Dämmerung, das Antlitz des Tages verlor ständig an Farben und nahm neue Farben an. Das trübe Grau dehnte sich überallhin aus und verschluckte die letzten Überreste der Lichtstreifen am fernen Ende des Himmels, die Nacht sammelte die hellen Ränder ein, weidete sie ab. Das letzte Lebenszeichen des Tages ging über ins Nichts.

Langsam, kraftvoll kam die Nacht heran, um den ganzen Himmel zu bedecken, und vereinzelte Sterne – wie Splitter eines Dolchs – streckten die Gesichter aus dem Vorhang. Und wie jede Nacht verwandelten sich unter diesem Himmel die Zelte des Lagers in schwarze Höhlen. In schwarze, kleine, ängstliche Höhlen.

Mit der Nacht kam Gol-Mammad. Hochgewachsen, schwarz, ein mit seinem Badi eins gewordenes Ungeheuer, verschmolzen mit der Nacht auf der Flanke des Hügels.

Siwar ging ihrem Mann zur Begrüßung entgegen: »Gott geb dir Kraft!«

»Gott geb dir ein langes Leben!«

Oben auf dem Kamel saß Gol-Mammad mit beiden Beinen auf einer Seite, hatte seinen Hirtenstab in den Sattel gesteckt und die Mütze bis zu den Augenbrauen heruntergezogen. Badi trabte auf die Zelte zu, der Körper des Reiters wiegte im Takt. Siwar ging dicht neben dem Kamel, ihr Arm berührte Gol-Mammads Bein. Vom Sattel aus sah Gol-Mammad einen Teil des Kopfs und das ganze Kopftuch Siwars, und nur wenn seine Frau beim Sprechen den Kopf hob, konnte er einen flüchtigen Blick auf ihr hageres, von der zarten Dunkelheit der Nacht überzogenes Gesicht werfen und den Glanz ihrer Augen ahnen.

Bei den schwarzen Zelten sprang Gol-Mammad von Badi ab und übergab Siwar den Zügel. Siwar brachte das Kamel zu einem freien Platz, um es sich hinlegen zu lassen und ihm Futter hinzuwerfen. Gol-Mammad steckte Kopf und Schultern ins Zelt und sagte, noch bevor er grüßte: »Weshalb habt ihr euch hier drunter verkrochen bei diesem schönen Wetter? Da kommt man ja ins Schwitzen!«

Der Vater, der noch zusammengesunken dasaß, hob den Kopf, heftete seine runden Augen auf ihn und senkte den Kopf wieder. Chan-Amu drehte sich halb um und sagte über die Schulter: »Warum kommst du so spät?«

Gol-Mammad trat ins Zelt: »Ha? Ist wieder was vorgefallen?«

Chan-Amu blickte den Bruder an. Kalmischi reagierte nicht. Chan-Amu hob das Ziegenfell auf und warf es Gol-Mammad vor die Füße. Gol-Mammad kniete sich hin, faltete das Fell auseinander, nahm die Leber heraus, besah sie im Lampenlicht und warf sie wieder zurück. Nach kurzem Zögern fragte er: »Seit wann?«

»Seit heute.«

»Wie viele?«

»Solange wir bei der Herde waren, zwei. Das Merino-Schaf hab ich geschlachtet.«

Kalmischi drehte das Gesicht Gol-Mammad zu: »Was sagst du nun? Du bist jung und fixer im Denken und Handeln als wir. Was sollen wir tun?«

»Sind nur unsere Tiere von dieser Krankheit befallen?«

»Jeder weiß nur das, was ihn selbst angeht. Was wissen wir? Vielleicht gibt es Leute, die im letzten Winter nicht in Not waren. Sie hatten den Tieren Futter zu geben. Der Futtermangel ist's, der die Tiere umbringt. Die Krankheit läßt sich in einer geschwächten Herde nieder.«

Mit gesenktem Kopf sagte Gol-Mammad niedergeschlagen: »Ich hatte gehofft, daß wir in diesem Jahr davonkämen!«

»Das hatten wir auch gehofft. Aber nun hat sie uns doch erwischt!«

Chan-Amu fragte Gol-Mammad: »Fällt dir nichts ein, was wir tun könnten?«

»Warum nicht? Aus jeder Schwierigkeit gibt es schließlich einen Ausweg. Aber ... oder ... was soll ich sagen? Wenn wir nicht erleben wollen, daß unsere Schafe eins nach dem anderen umfallen und verenden, müssen wir unser Geld zusammenlegen, in die Stadt gehen und den Tierarzt holen. Jeder zahlt, je nachdem, wie viele Schafe er hat.«

Kalmischi sagte: »Ich sehe auch keine andere Möglichkeit. Die Krankheit ist ansteckend. Wir müssen schnell etwas unternehmen.«

Chan-Amu sah den Bruder erstaunt an: »Ha, mit welchem Geld? Woher nehmen wir's? Wieviel befindet sich auf dem Grund deines Beutels?«

Kalmischi sagte: »Ich verkaufe. Alles, was ich habe, verkauf ich. Ich muß Geld haben, um das Sterben meiner Schafe verhüten zu können!«

»Was willst du verkaufen? Wer nimmt dir ein Tier ab, das schon von der Krankheit befallen ist? Und es ist ja auch nicht so, daß die Steppe voller Gras wäre!«

»Ich hab noch zwei kleine Teppiche in der Ecke meines Zelts liegen. Die verkaufe ich. Das Geld wird schon für den Arzt reichen! Gleich morgen bring ich die Teppiche in die Stadt und verkauf sie. Ich tu alles, was ich kann. Was meinst du, Gol-Mammad?«

»Gibt's denn eine andere Möglichkeit, Vater? Genau das muß getan werden. Abgesehen davon brauchen wir noch mehr Geld. Seit gestern bin ich in vielen Dörfern gewesen, um eine noch nicht abgegraste Weide ausfindig zu machen und zu pachten. Wir müssen die Schafe noch einen Monat, anderthalb Monate in dieser Gegend behalten können. Einen Weideplatz brauchen sie, die Schafe. Vierzig, fünfzig kleine Weizenfelder von Grundbesitzern werden bis morgen mittag abgeerntet sein. Morgen abend können wir die Herde auf die Stoppelfelder bringen.

Eine Vorauszahlung hab ich schon gemacht. Heute abend noch muß einer von uns zur Herde gehen und Ssabrou Bescheid geben und sie auf den Weg treiben; sonst kommt die Herde nicht bis morgen abend auf dem Weideplatz an; der ist in der Nähe von Djoweyn.«

Chan-Amu sagte: »Das tue ich; aber was ist, wenn man uns nicht auf die Weide läßt? Du mußt selbst da sein, oder?«

»Nachdem dies vorgefallen ist, kann ich nicht mit der Herde gehen. Ich muß mich in die Stadt aufmachen. Den Verwalter – wie heißt er doch gleich? – habe ich unterrichtet und ihm auch Kennzeichen angegeben, so daß er, wenn ich selbst nicht bei der Herde bin, weiß, wer mitkommt und so weiter. Ich hab's auch schriftlich. Ein Weiler ist's, der Hadji Aga Djoghtay gehört, auf dem Weg nach Gutschan, oberhalb von Abdollah-Giw, einige Farssach vor Essferayn. Man kennt ihn unter dem Namen Schwarzer Weiler. Die Weide liegt unterhalb des Weilers, nach Westen zu. Die Tränke ist in die Weidenpacht eingeschlossen. Jetzt fällt mir ein, der Verwalter von Hadji Aga Djoghtay heißt Mammad; er wird Mammad das Kamel genannt. Er wohnt in dem Weiler. Sagt ihm die Kennzeichen, und laßt die Herde auf die Weide laufen.«

»Und du? Was hast du vor?«

»Ich mache mich früh am Morgen nach Ssabsewar auf. Vater bleibt bei den Zelten, bis ich festgestellt habe, wie viele Tage wir die Herde im Schwarzen Weiler weiden lassen können. Vielleicht verlegen wir die Zelte nach dort. Und die Teppiche bring ich selbst in die Stadt und verkaufe sie einem Händler zum Tagespreis. Der Markt von Ssabsewar ist günstiger als der von Nischabur.«

»Wir hatten eigentlich vor, die Schafe zu waschen. Sie mal richtig unterzutauchen. Was wird damit?«

»Das machen wir dort. Der Ganat da hat nicht wenig Wasser. Einen kleinen Teich gibt's auch. Ich nehm mir einen Fachmann, setze ihn hinten aufs Pferd und bring ihn direkt dorthin. Hay, Siwar, komm und wärm diesen Kessel mit Tee auf!«

Siwar kam herein und nahm den Kessel mit. Gol-Mammad sagte hinter ihr her: »Breite da draußen einen Teppich aus, ich komme gleich.«

Siwar antwortete: »Hab ich schon getan.«

Gol-Mammad stand auf, ging hinaus und blieb unter dem freien

Himmel stehen. Was für eine schwere Last lag auf seinen Schultern! Er stützte die Hände in die Seiten, wölbte die Brust, streckte und reckte sich und suchte so die Müdigkeit zu vertreiben. Dann setzte er sich unter den einzigen Weidenbaum auf den ausgebreiteten Teppich, lehnte den Rücken an den verdorrten Stamm, schlug die Beine übereinander, zog die Mütze bis zu den Augenbrauen herab und begann, ein kurdisches Lied vor sich hin zu summen. Diese Müdigkeit ist nun mal gekommen. Wie diese Arbeit, wie diese erbarmungslosen Sorgen. Sollen sie kommen. Sollen sie herabregnen. Kann man denn zum Regen sagen: regne nicht? Den Mann gibt's und die Arbeit, die Schulter des Mannes gibt's und die Last. Willkommen sei diese Mühe. Stark sei dies Herz!

In der sanften Schwärze der Nacht beobachtete Gol-Mammad unter dem Mützenrand hervor die Frauen, die vor dem Eingang des Zelts von Ssabrou saßen und miteinander flüsterten. In der Stille der ausgebreiteten Flügel der Nacht hörte er das Wiederkäuen von Badi. Manchmal horchte er auch auf die gelegentlichen Gespräche seines Vaters mit Chan-Amu und dachte über das nach, was bruchstückweise an sein Ohr drang. Worte, Worte waren es. Die Wiedergabe dessen, was sich zugetragen hatte, bedurfte nicht vieler Worte. Und redselig waren die beiden Brüder ohnehin nicht. Deshalb machte Gol-Mammad in Gedanken seine Pläne für den morgigen Tag. Wohin mußte er gehen, und was mußte er tun?

»Ist noch keine Rede von Abendessen?«

Das war Kalmischi, der da fragend aus dem Zelt trat. Belgeyss antwortete ihm: »Welches Abendessen? Geh, setz dich hin, damit ich Brot bringe.«

»Überanstrenge dich nur nicht beim Herbringen des trockenen Brots! Fängst du wieder mit deiner Knauserei an? Tu wenigstens etwas abgetropften Joghurt in fünf Ssier Butterschmalz, und koch das. Trockenes Brot rutscht doch nicht die Kehle runter!«

Belgeyss hatte immer Schwierigkeiten mit dem guten Appetit ihres Mannes. So hielt sie es für besser, sich zu stellen, als hätte sie nichts gehört, und zu tun, was sie sich vorgenommen hatte.

Doch Chan-Amu hatte ganz andere Gedanken im Kopf. Er trat aus dem Zelt und rief seiner Tochter zu: »Los, Mahak, los, mach Feuer! Gleich schick ich hier den Duft von Kabab zum Himmel!«

»Was? Von welchem Kabab?«

»Kabab von diesem meinem lieben Schaf. Ich überlaß sein Fleisch nicht den Fängen der Geier. Wenn wir auch nichts anderes haben, das wird heute abend unser Essen sein. Vorwärts, Mädchen!«

Mahak war aufgestanden und herbeigekommen, konnte sich nun aber nicht mehr von der Stelle rühren. Was werden die anderen sagen?

Chan-Amu schimpfte: »Warum stehst du so unschlüssig da? Bist du dabei, meine Zähne zu zählen?«

Mahak sah Belgeyss an. Belgeyss gab ihr das Bündel mit Brot, ging zu Chan-Amu und sagte: »Welches Schaf? Das Fleisch ist doch nicht eßbar!«

»Nicht eßbar? Das bildest du dir nur ein! Was fehlt diesem schönen Fleisch?«

Belgeyss sagte: »Das Fleisch steckt voller Krankheit! Menschen können es nicht essen!«

»Ich esse es, damit du siehst, wie man es essen kann!«

Sich nicht mit weiterem Reden aufhaltend, stürmte er in sein Zelt. Unter den besorgten Blicken der anderen Frauen kaute Belgeyss an ihren Lippen und wartete darauf, daß Chan-Amu wieder aus dem Zelt käme. Er kam auch wieder heraus, voller Wut und Aufregung. Er brüllte: »Wo ist's? Wo ist mein Schaf?«

Alle sahen ihn eine Weile schweigend an. Das fachte seinen Zorn noch mehr an. Er tobte und wollte sich auf Mahak stürzen, Mahak ergriff die Flucht und versteckte sich hinter Kalmischi. Chan-Amu stand verzweifelt inmitten der Frauen und Männer der Mischkalli-Sippe und blickte sie mit hungrigen Augen an: »Was habt ihr mit meinem Schaf gemacht, ha? Was habt ihr damit gemacht?«

Entschlossener als die übrigen, auch selbstbeherrschter und achtunggebietender, trat Belgeyss vor und sagte sanft: »Das Fleisch war nicht eßbar, die Krankheit hatte es angefressen. Ich hab es dem Hund vorgeworfen!«

»Dem Hund? Was? Dem Hund?«

Wut tropfte ihm aus den Zähnen. Mit zusammengepreßten Lippen und geballten Fäusten schrie er Belgeyss ins Gesicht: »Warum hast du das getan, Belgeyss? Was soll ich nun zu dir sagen? Das Schaf gehörte schließlich mir ... Schließlich ... Wo ist dieser blinde Einäugige, damit ich ihm den Bauch aufreiße!«

Ein Knochen knirschte zwischen den Zähnen des Hundes: kurtsch, kurtsch. Chan-Amu zog einen Stock aus dem Kamelsattel und rannte in die Dunkelheit. Der schwarze, einäugige Hund war nicht alleine, hatte einen Freund gefunden. Ihr Gewinsel wurde laut. Stockschläge auf den Kopf dieses und die Schnauze jenes, bis sie ausrissen. Kurz darauf kam Chan-Amu mit dem zerfetzten, abgenagten Kadaver des Schafs ins Lampenlicht zurück, warf den Stock zur Seite und ging, ohne jemanden anzusehen, eine Verwünschung auf den Lippen, zur steinernen Feuerstelle, kniete sich hin, hielt ein Streichholz ans Reisig und steckte es in Brand.

II

Der Tierarzt war ein guter Mann. Heiter und liebenswürdig ging er mit den Menschen um. Er war der Arzt des städtischen Schlachthofs von Ssabsewar. Gol-Mammad war er freundlich entgegengekommen und hatte sich in einem gemieteten Jeep, einem dieser Kriegsjeeps, auf den Weg gemacht. Gol-Mammad zu Pferde, und der Doktor im Jeep. Sie waren angekommen. Der Tierarzt hatte ein paar Schafe und Ziegen untersucht, und jetzt wusch er sich am schmalen Bach die Hände, um wieder aufzubrechen. Mitgefühl drückte sich in seinen Gesichtszügen aus, und auch in seiner Stimme klang Mitleid mit und ein Bedauern darüber, daß er den Nomaden in ihrer Not nicht beistehen konnte. Zu allen Zeiten finden sich gute Menschen, aber in jenen Jahren, in den Tagen, in denen unsere Erzählung spielt, fanden sich noch mehr solcher Leute. Spähende Augen hatten den Menschen noch nicht die Möglichkeit geraubt, einander ohne jedes Aufheben Gutes zu tun. Auch war Gutes zu tun kein Makel. Zu einer guten Tat braucht es Mut, und in jener Zeit war dieser segensreiche Mut noch ungebrochen, auch wenn er schon nicht mehr an Kraft zunahm. Daher war unser Tierarzt mit seinem Wissen und seinen Worten den Menschen hilfreich. Dieser großzügige, herzensgute Mann untersuchte die Schafe und verlangte von einem armen Mann keine Vergütung. Und er sagte ihm die Wahrheit, machte ihn auf die drohende Katastrophe aufmerksam und empfahl ihm einen Ausweg. Er wusch sich also die Hände, stand vom Bachrand auf, zog die weite Hose, die ihm ständig hinunterrutschte, hoch, strich die weichen, glatten Haare aus der Stirn und sagte: »Bruder, mein erstes und letztes Wort ist dies, daß eure Schafe geimpft werden müssen. Ausnahmslos alle. Kranke und gesunde. Es gibt Schafe, die kräftiger sind. Die gehen später ein. Aber schließlich zwingt die Krankheit auch sie in die Knie. Große Gewalt hat die Krankheit, sie ist sehr heftig. So schnell wie möglich müßt ihr etwas unternehmen. Ich kann euch nur sagen, daß es so ist. Mehr kann ich nicht tun. Ich bin nur einer. Ich weiß nur, was den Tieren fehlt. Aber eure Tiere kann ich nicht heilen. Impfstoff und Personal ist nötig. Ihr müßt die Behörden um Hilfe bitten, müßt euch schleunigst darum kümmern. Sonst wird's zu spät. Vielleicht wird es nötig sein, daß ihr nach Maschhad geht. Denn was Medikamente und Tierärzte angeht, sind Ssabsewar und Nischabur und Essferayn schlecht dran. Dort mangelt es an allem. Verliert keine Zeit. Sonst geht euer Hab und Gut zugrunde! Das ist alles. Ich geh nun!«

Als er das gesagt hatte, nahm er seine große alte Tasche Ssabrou aus den Händen, strich nochmals die widerspenstigen Haare aus der Stirn und ging zum Jeep. Die Kalmischis schienen noch nicht begriffen zu haben. Bestürzt starrten sie hinter dem Arzt her und gingen ihm unwillkürlich nach. Den anderen voraus ging Gol-Mammad, fast Schulter an Schulter mit dem Arzt. Sie langten am Auto an. Der Doktor öffnete die Tür und brachte, bevor er einstieg, seine Tasche auf dem Rücksitz unter, drehte sich um und streckte zum Abschied Gol-Mammad seine Hand hin. Gol-Mammad nahm die Hand des Herrn Doktor in seine beiden Hände, drückte sie kräftig, neigte leicht Kopf und Schultern über die Hand, ließ sie dann los, berührte Lippen und Augenbrauen mit dem Zeigefinger und trat zurück, damit das Auto anfahren konnte. Der Motor heulte auf. Gol-Mammad winkte noch einmal dem Herrn Doktor mit der Mütze zu und blieb allein im dicken Staub hinter dem Wagen zurück. Das Auto entfernte sich, und Gol-Mammad drehte sich zu den Männern um, die noch auf der Anhöhe standen, und ging mit ruhigen Schritten und gesenktem Kopf auf sie zu.

Die Gesichter der Mischkalli-Männer waren finster. Eine harte Furche auf jeder Stirn. Die Runzeln hatten sich vertieft, und die Augen sprachen von einer grenzenlosen Angst. Sie blickten einander kaum an, denn was man vom anderen erfahren konnte, fanden sie in sich selbst. Eine entscheidende Wende war in ihrem Leben eingetreten. Ein Regen von Unglück. Gol-Mammad langte bei den Männern an. Schweigen. Schweigen hatte sich aller bemächtigt. Keiner hatte etwas zu sagen. Wenn du das Leid kennst, was nutzt dir dann noch das Reden? Handeln ist nötig. Der Weg ist deutlich, man braucht ihm nur zu folgen. Also ist es das Beste, die Lippen geschlossen zu halten. Ruhig. Aber wie kann man sich aus den Zähnen dieser Zange befreien? Schwierig war es, sich aus dieser Klemme zu befreien. Ein jeder dachte auf seine Weise über das Geschehene nach und wie man sich dazu stellen sollte und was morgen sein wird; und ein jeder fühlte in sich eine Art Verlorenheit, Beklemmung und Unrast.

Ssabrou, groß und schlank, stand noch auf seinen Hirtenstab gestützt ruhig und schweigend abseits und blickte auf die müde Erde des Mittags. Er war weniger bekümmert als die anderen. Vielleicht – nein, bestimmt deshalb, weil er ärmer als alle war. Einige Ziegen und Schafe und ein Hirtenstab. Wenn er an seine Beine dachte, stellte er fest, daß sie noch lange die Kraft hatten, die ebenen und unebenen Böden zu bewältigen. Wenn er an seinen und seiner Frau Mund dachte, sah er, daß sie täglich vier Fladenbrote brauchten. Wenn er an seine Habseligkeiten dachte, sah er, daß sie in einem kleinen Sack Platz hatten, den er bis zum Ende seines Lebens auf der Schulter tragen konnte. Wie das Sprichwort sagt: Wer kein Dach hat, dem setzt sich auch kein Schnee darauf. Aber das gibt es auch, daß der Einsturz des Nachbarhauses auch dein Nest erschüttert. Daher schon Besorgnis. Aber nicht so sehr, wie wenn du unter Ziegeln und Staub deines Hauses begraben würdest. Du hast kein Dach, Ssabrou, brauchst also nichts zu befürchten.

Chan-Amu saß wie ein Klotz auf der Erde, hatte sich einen Holzspan zwischen seine festen, weißen Zähne gesteckt, kaute darauf herum und spuckte ihn aus. Die Augen zwei Gefäße voll Blut. Was würde geschehen? Was war im Gange? Was auch war und was auch sein würde, Chan-Amu war überzeugt davon, daß er Ohnmacht und Untergang nicht ertragen werde. Die Ohnmacht ist zu erbärmlich, als daß sie sich in die steinerne Seele von Chan-Amu verkrallen könnte: Vorher müßte sie tausendmal vor ihm in die Knie gehen. Wegscheren soll sie sich, diese Mutlosigkeit! O weibisches Klagen, es ist kein Platz da für dich, meine Liebe. Weg von mir! Wenn du ein Messer zur Hand hast, stoße es mir ins Auge; aber wenn du ein welker Schatten bist, geh auf den Friedhof. Das Herz von Chan-Amu ist ein Schlachtfeld, wo das Blut tobt. Wut sprudelt aus mir heraus. Mag die Erde sich auf den Kopf stellen. Wo ist der Sturm, wann bricht er los? In jedem Auge hab ich einen Dolch. Ah ... zum Teufel mit der Welt!

Die Wut verzehrte ihn. Er knirschte mit den Zähnen und brüllte, dieser Drache der grauen Erde. Dolchblitze wühlten sein Herz auf, damit er aufspringe, die Ärmel hochkrempле, das Messer aus dem Gürtel ziehe und sich mitten in die Herde stürze – ein Scharfrichter! Wie ein Scharfrichter jedes einzelne Schaf und jede Ziege mit seinem Brandzeichen am Ohr auf den Boden werfe, schlachte und häute. Blut! Blut auf die Erde fließen lasse. Springbrunnen von Blut unter dem Auge der Sonne. Soll sich die Steppe von Anfang bis Ende röten! Fließe Blut aus der Kehle von Kelidar!

Die Augen des Mannes waren feucht geworden. Trauer wand sich wie Rauch in seinem Herzen. Der Blick der Schafe. Der stumme Blick der Schafe. Der unschuldige Blick eines Schafs: ›Ich hab dir Milch gegeben.‹

»Du hast mir Milch gegeben.«

›Ich hab dir Wolle und Kleidung gegeben.‹

»Du hast mir Wolle und Kleidung gegeben.«

›Ich hab dir dein täglich Brot und Butter gegeben.‹

»Du hast mir mein täglich Brot und Butter gegeben. Das hast du, hast es gegeben. Warum siehst du mich so an, mein Liebes? Willst du mich unglücklich machen? Ah … du stumme Kreatur, was soll ich tun?«

›Töte mich nicht, mein Vater, töte mich nicht!‹

»Ich töte dich nicht, Licht meiner Augen, ich töte dich nicht. Nur blick mich nicht an. Blick mich nicht an. Das bringt mich zum Weinen, bringt mich zum Weinen. Blick mich nicht an!«

›Alle sind gegangen, steh auf!‹

Alle waren gegangen. Er stand auf, trocknete die nassen Wimpern mit der Handfläche und einem alten Sackfetzen. Sie waren gegangen. Die Mischkalli-Männer waren, jeder für sich, zu dem einen Zelt gegangen, das sie aufgestellt hatten. Sie sprachen laut. Der Vater sagte: »Und das sind die Schafe, Gol-Mammad! Stell dich wieder dickköpfig, und höre nicht auf das, was ich dir vernünftigerweise zu sagen habe, und antworte mir ruhig mit einem Schulterzucken. Sag wieder: ›Ich kann nicht wie ein altes Weib mit dem Hintern über die Erde rutschen und Haare aus einem Glatzkopf rupfen.‹ Nun sieh mal. All dies ist ein Spielball des Windes! Es hängt vom Wind ab. Wenn die Krankheit alle Schafe und Ziegen hinwegrafft, an was klammerst du dich dann? An den Steppenwind? Ha, worauf willst du dich stellen? Auf Luft? Auf Luft stellst du dich? Was willst du essen? Erde?«

Kalmischi setzte sich im Zeltschatten auf den Boden. Ssabrou stand abseits, sein langer Schatten lag auf der Erde. Beyg-Mammad langte nach dem Wasserschlauch, und Gol-Mammad blieb neben dem Vater stehen. Gol-Mammad sagte nichts. Schwieg in sich gekehrt. Er konnte verstehen, warum Kalmischi, dieser mit Berghängen und Steppe vertraute Mann, mit seiner reichen Erfahrung in allem, was mit dem Hirtendasein und den Schafen zusammenhing, so sprach, und er ahnte, aus welchem Teil seiner Seele seine Klagen aufstiegen. Aus diesem brennenden Baumstumpf wirbelt Rauch hoch, und jedes seiner Worte ist ein Funke im Brand seines Herzens. Jedes Wort ist ein Stück seiner selbst. Sein geringer Besitz, die Schafe und Ziegen, verendeten eins nach dem anderen vor seinen Augen, und der alte Mann konnte nur zusehen und mit den Zähnen knirschen, die Tränen ins Herz tropfen lassen, damit sie nur ja nicht nach außen flossen.

Gol-Mammad konnte verstehen, daß, wenn ein Zelt in Brand gerät und die Kinder jammern und schreien, der Zeltherr, dessen Leben und Seele in Kette und Schuß des Zeltstoffs verwoben sind, schweigt und nicht klagt, obwohl sein Leid grenzenlos ist. Die Kleinen beruhigen sich am Ende. Doch der Herr des Zelts hat den Schmerz in seine Seele aufgenommen und in eine Ecke seines Herzens verbannt, um ihn vielleicht eines Tages mit einem Schrei, einer Träne oder einem freudigen Gebrüll hinauszustoßen. Gol-Mammad kannte das Verhalten des Vaters. Kalmischi versank ganz langsam in seiner Asche. Deshalb muß man sanft mit ihm reden. In aller Ruhe muß man seinen Ärger – wenn möglich – löschen und sich bemühen, ihm aus der Bedrängnis herauszuhelfen. Balsam muß man für sein Herz sein, nicht ein Messer. Auch die schwierigsten Männer brauchen Sanftmut und Liebe. Ihren Hörnern darf man nicht Hörner entgegenhalten. Verwundete Stiere verlangen nach Fingern, die ihnen sanft die Stirne kraulen, und nach Lippen, die ihnen eine sanfte Melodie ins Ohr summen. Deshalb setzte sich Gol-Mammad neben den Vater, hörte ihm zu und sagte dann beschwichtigend: »Wer sagt, daß du Unsinn redest, Vater? Wenn unsereiner etwas sagt, ist es das, was wir aus deinem Mund gehört haben. Oder wir haben es aus deinem Verhalten gelernt. Was wir tun und was wir sagen, stammt ja nicht von uns selbst. Aber wir haben schließlich auch Augen und Ohren, und unseren Jahren entsprechend Verstand im Kopf. Wir lehnen uns ja nicht gegen uns selbst auf! Du sprichst von Boden und Ackerbau; nun, das ist ja nichts Schlechtes. Aber welche Art Ackerbau? Mißfällt es mir etwa, ein Korn zu säen und siebzig Körner zu ernten? Aber wo? Auf welchem Boden? Mit welchem Wasser? Ein verständiger Mann streut doch nicht Weizenkörner – diese Gabe Gottes – auf irgendeinen Boden und hockt dann wie eine Eule auf den Trümmern seiner Hütte und richtet die Augen auf die trockenen Wolken, die nichts im Bauch haben. Du siehst doch selbst, daß wir eben jetzt vom Himmel gestraft werden. Wenn nicht zwei Jahre hintereinander Dürre geherrscht hätte, müßten wir jetzt nicht über das alles reden! Wenn der Himmel nicht geizig gewesen wäre, würde jetzt nicht diese ganze Steppe Gottes leer und durstig daliegen! Sie würde kniehoch voller Gras, die Euter unserer Schafe voller Milch sein, und jedes Schaf würde einen riesigen Fettschwanz hinter seinem Arsch hängen haben. Dann würden sie nicht krank und eins nach dem anderen vor unseren Augen das Atmen vergessen! Gut, angenommen, wir hätten nicht Schafe und Ziegen, sondern Trockenbaufelder; was dann? Würde Gott für uns Weizen vom Himmel schütten? Einmal haben wir's ja erlebt! Zehn, fünfzehn Tage sind wir über den heißen Boden gekrochen, und wieviel Man Weizen haben wir am Ende zusammengebracht? Oder all die anderen, die Trockenfelder bestellt haben! Siehst du sie denn nicht? Die haben keine Hosen an. Die sind noch nacktärschiger als wir. In diesem Winter müssen sie die Lehmziegel ihrer Hütten kauen oder – wenn sie welchen finden – Klee essen! Wir haben wenigstens die Hoffnung, daß uns ein paar verkrüppelte Ziegen bleiben, damit wir sie schlachten und an ihren Knochen nagen und uns bis zum Frühling durchbringen können – aber was ist mit denen? Wenn die Großgrundbesitzer ihnen keine Gerste doppelt so teuer wie Weizen verkaufen, müssen sie sich entweder hinlegen und sterben oder … was weiß ich? Ich hab gehört, in Ssabsewar hat ein Großgrundbesitzer zu einem Wollkämmer mit zehn Kindern gesagt, dieses Jahr sei so ein Jahr, in dem er seine Kinder Stück für Stück schlachten und den anderen Kindern zu essen geben müsse. Siehst du? Auch den Handwerkern geht es nicht besser als uns, auch nicht denen, die Trockenfelder bestellt haben. Es ist nun mal passiert. Was sollen wir tun? Sollen wir eine Trauerfeier abhalten und uns dem Kummer hingeben? Das heißt, vor lauter Kummer sterben? Früher als unsere Schafe? Alle Wege sind uns doch nicht versperrt! Glaubst du denn, daß unser

Lebensquell zugeschüttet ist? Am Ende öffnen wir uns einen Weg! Und wenn das nicht geht, essen wir eben trockene Dornen. Wir werden doch nicht verzweifeln!«

Kalmischi hatte sich beruhigt. Aber seine Worte klangen dumpf wie rollende Steine auf dem Grund eines Flusses; leise murrte er: »Was denn für einen Weg? Du hast ja auch gehört, was der Tierarzt sagte. Haben wir denn die Gewalt, Behördenmenschen in diese Steppe hier zu schleppen, damit sie unsere Tiere impfen? Haben die sonst nichts zu tun? Oder haben sie Mitleid mit uns?«

»Warum mit Gewalt? Alles kann man doch nicht mit Gewalt machen! Wir werden sie inständig bitten. Letzten Endes gehören auch wir diesem Land an. Warum sollen wir annehmen, daß sie nicht kommen, solange wir sie nicht darum gebeten haben? Ich habe ja nicht umsonst die besten Tage meiner Jugend beim Militär verbracht. Meine Brust habe ich den Kugeln ausgesetzt, bin in der wolftötenden Kälte von Aserbaidjan auf dem Bauch rumgekrochen – für ein solches Leben! War denn mein Leben ein Nichts, daß ich es so einfach wegwerfen sollte? Tausende von Kugeln sind mir an den Ohren vorbeigesaust. Wenn eine davon mich in die Stirn getroffen hätte, würde man nicht wissen, in welcher Grube jetzt meine Knochen verfaulen. Unter dem Schnee am anderen Ende des Landes! Wer würde dir auch nur ein Geran als Sühne für mein Blut geben? Niemand. Man kann das auch nicht erwarten. Denn ich gehöre zu diesem Land, und mein Blut wäre für dieses Land geflossen. Jetzt, wo ich am Leben geblieben bin, habe ich deshalb das Recht, hinzugehen und mit geschwellter Brust zu dem Leiter des Amtes soundso zu sagen: ›Mein Herr, in jenen Tagen war ich es, der den Kugeln entgegenging, und nun stehe ich Ihnen gegenüber und verlange mein Recht. Wir sind dabei, unsere Schafe zu verlieren, sie verenden. Jetzt ist es an der Zeit, daß Sie, meine Herren, uns unter die Arme greifen. Wir haben unsere Köpfe für Sie aufs Spiel gesetzt.‹ Was glaubst du, was die mir antworten werden? Können sie nein sagen? Dann werde ich mir die Kehle aus dem Hals schreien: ›Warum nicht? Damit Sie ruhig in Ihren Betten schlafen konnten, habe ich massenweise Menschen getötet. Ich war ein erstklassiger Schütze! Bin Ihr Maschinengewehrschütze gewesen. In jenen Bergen habe ich in Schnee und Eis Maultierfleisch gegessen. Und jetzt sagen Sie nein?‹«

Der alte Mann hörte schweigend zu. Er mochte nicht die hoffnungsfreudigen, wilden Phantasien seines Jungen unterbrechen. Auch den anderen ging es so. Auf dem Boden sitzend, hielt Chan-Amu beifällig die Augen auf den Neffen gerichtet. Als flössen ihm Rosen von den Lippen. Beyg-Mammad und Ssabrou blickten Gol-Mammad genauso an; voller Anerkennung. Tapferkeit und Krieg: das sind in den Augen des Mannes die Höhepunkte im Leben des Mannes. Diese Männer besaßen ein streitbares Gemüt. Deshalb gefielen ihnen Gol-Mammads Worte. Und warum sollten sie ihn dafür nicht bewundern?

Kalmischi ergänzte die Gedanken des Sohns: »Nicht du allein, auch wir haben das getan. Auch unsere Väter haben das getan. Jeder an seinem Platz und nach seinem Vermögen. Was denkst du, warum wir hier hängengeblieben sind? Man hat uns entweder hierher verbannt oder uns zu diesem Ende des Landes gebracht, um gegen Afghanen, Turkmenen und Tataren zu kämpfen. Immer sind wir Schwert und Schild dieses Landes gewesen. Unsere Brust hat mit Gewehrkugeln Bekanntschaft gemacht, aber man hat uns nur so lange nötig gehabt, wie wir unser Leben hingaben und unser Blut opferten. Danach, wenn die Regierung wieder fest im Sattel saß, hat man uns vergessen, und wir mußten zum Kampf mit uns selbst und mit unseren eigenen Nöten zurückkehren. Das ist nicht nur eine Angelegenheit von heute und gestern. Im Gefolge von Nader Schah haben wir das Schwert gezogen, sind mit ihm zusammen nach Indien geritten. Was weiß ich, vor wieviel hundert Jahren Schah Abbass uns entwurzelte und hierher schleppte; einer der Gründe dafür war, daß er mit der Brust unserer Männer einen Schutzwall gegen die Tataren errichten wollte. Weit weg von den ottomanischen Kanonen im Westen wurden wir vor die Klingen der tatarischen Schwerter im Osten gestellt. Immer waren wir bereit, unser Leben hinzugeben. Das Schwert des Angreifers hat immer zuerst unsere Brust durchbohrt. Aber sobald Ruhe eintrat, machte sich jeder Herrscher davon und setzte sich wieder auf seinen Thron, und wir blieben zurück mit diesen paar Ziegen und unfruchtbaren Steppen und trockenen Wolken und mit Großgrundbesitzern, von denen ein jeder wie eine Schlange auf seinen geraubten Böden hockt, um uns für Weide und Tränke Pachtgebühren abzunehmen, als wäre es der Blutpreis ihrer Väter. Aber dir, der du noch jung und unerfahren bist, will es nicht in den Kopf, daß wir immer nur

Futter für dieses Land gewesen sind. Futter! Wir sind gefressen worden. Wie Baumwollkapseln, die man im Winter den Ziegen vorwirft, um sie vor dem Verhungern zu bewahren. Baumwollkapseln! Immer, wenn Mangel herrschte, hat man uns in den Trog geworfen. Und was ist dann aus uns geworden? Ziegenkötel! Das ist's, warum wir uns über den Boden schleppen, in der Erde Wurzeln schlagen und kräftig werden müssen. Der Preis von Weizen und Gerste steigt mit jedem Jahr. Wir müssen etwas tun, damit wir Nahrung für uns und unsere Tiere aus dem Herzen des Bodens herausziehen können. Sonst müssen wir das ganze Jahr über herumrennen, Geld zusammenkratzen und es am Jahresende höflichst den Kaufleuten übergeben oder den Kleinhändlern, die das Getreide auf dem Halm kaufen. Wie diesem Babgoli Bondar.« Aufgebracht schloß der alte Mann: »Ab heute mische ich mich nicht mehr ein. Wie ihr alle arbeite ich nur noch. Gebt mir eine Arbeit, die ich machen soll. Dein älterer Bruder ist im Gefängnis, deshalb überlasse ich alles dir. Tu, was du willst!«

Gol-Mammad stand auf, schüttelte den Staub von der Hose und sagte: »Und ich werde alles unternehmen, um die Schafe bis zum Frühling über die Durststrecke zu bringen. Auch wenn ich mein Leben dafür hergeben muß.«

Kalmischi wiederholte: »Tu, was du willst!«

Chan-Amu saß noch da wie zuvor. Gol-Mammad trat zum Bruder, und beide machten sich auf den Weg. Die Herde hatte sich am Bach hingelegt. Beyg-Mammad sagte: »Je älter er wird, desto mehr verliert er seinen Mut. Am liebsten möchte er sich in einen Winkel setzen und Wolle spinnen. Er wird immer ängstlicher.«

So, daß es nicht kränkend wirkte, sagte Gol-Mammad: »Daß du nur ja nicht eines Tages grob mit ihm sprichst und ihn vor den Kopf stößt! Ich möchte nicht erleben, daß du ihm ohne die nötige Achtung gegenübertrittst! Das Zelt unserer Familie steht nur dank ihm aufrecht da. Die paar Schafe und Ziegen, die wir haben, hat er mit tausend Mühen beschafft. Zu Recht grämt er sich. Für uns alle grämt er sich. Verstehst du?«

Beyg-Mammad sagte: »Was habe ich ihm denn zu sagen? Ich weiß nur so viel, daß die Tiere auch mal krank werden. Aber nicht alle verenden. Wenn es so wäre, müßte alles Herdenvieh von Chorassan in diesem Jahr eingehen. Diese Krankheit ist doch nichts Neues! Vom Anfang der Welt an ist sie mit den Schafen dagewesen, ist jetzt da, wird auch später dasein. Sie kommt wie ein Windstoß, geht und nimmt hundert Schafe mit sich. Auch wenn sie ein Riese wäre, könnte sie nicht alle an sich raffen und mitnehmen. Wenn es so wäre, dann würde die Gattung der Schafe schon längst vom Erdboden verschwunden sein. Nein. Nein. Es geht über meinen armen Verstand, daß unsere sämtlichen Schafe und Ziegen eingehen sollen. Das ist nur Einbildung, und wenn wir davor Angst haben, kommt es daher, daß wir ängstlich geworden sind.«

Ein Schaf war an der Quelle auf die Seite gefallen und zuckte mit den Beinen. Der Hammel von Chan-Amu. Er trug sein Brandzeichen am Ohr. Gol-Mammad blieb neben ihm stehen und sagte: »Schlachte ihn!«

Beyg-Mammad blickte ihn an.

»Laß das arme Tier nicht leiden, schlachte es!«

»Er soll selbst kommen und es schlachten. Ich bringe es nicht fertig. He, Ssabrou, sag Chan-Amu, er soll zu seinem Hammel kommen. Sag ihm, das Tier sei sehr unruhig.«

Ssabrou lief zu Chan-Amu, und kurz darauf eilten beide Männer mit großen Schritten herbei. Kalmischi hinter ihnen her. Jetzt standen die fünf Männer wie fünf Lanzen um den Hammel herum und blickten ihn an, der vor ihren Augen im Sterben lag. Er zuckte mit den Beinen, schlug den Kopf auf die Erde, und bei seinem hastigen Röcheln floß ihm Schaum aus Nase und Mundwinkeln. Seine Augen waren glasig geworden, mit den Hufen wirbelte er Staub nach allen Seiten.

Kalmischi sah die anderen an. Unschlüssig standen sie da. Der alte Mann brüllte: »Warum steht ihr so rum? Einer von euch muß ihn schlachten! Seht ihr denn nicht, daß er am Verenden ist?«

Die Männer hoben die Köpfe und blickten einander kurz an. Der Hammel war Chan-Amus Eigentum. Sie wandten sich ihm zu. Chan-Amu ertrug es nicht länger, er drehte den Männern und dem Hammel den Rücken zu und ging fort. Kalmischi blickte dem Bruder verblüfft nach. Was war passiert? Dann sah er seine Söhne und Ssabrou an, als wolle er sie um die Lösung des Rätsels bitten. Aber die jungen Männer blieben stumm. Zweifelnd fragte der alte Mann: »Was ist denn passiert? Steht die Welt auf dem Kopf? Ha? Warum hat er seinem Schaf nicht den Kopf abgetrennt? Heißt das, er kann es nicht? Mein Bruder ist ein halber Henker, und da kann er einem Hammel nicht den Kopf abschlagen? Schön! Schön! Aber … ihr! Warum steht ihr da und guckt einfach vor euch hin? Seid ihr alle schlapp geworden? Ha?«

Auch Beyg-Mammad drehte sich um und ging hinter dem Onkel her. Mit gebrochener Stimme sagte Kalmischi gequält: »O Gott! Was ist passiert? Fürchten sich die Männer der Mischkalli-Sippe vor dem Unglück? Was geht in ihnen vor? Sind sie von allen guten Geistern verlassen? O Schande! Gebt mir das Messer! Das Messer gebt mir! Los doch!«

Gol-Mammad zog das Messer aus der Gamasche und drückte es dem Vater in die Hand. Der alte Mann zitterte, und seine Lippen, sein ganzes Gesicht zuckten. Er weinte nicht, aber in seinen Augenwinkeln hatten sich kalte Wassertropfen gebildet. Er krempelte die Ärmel hoch, kniete sich auf die Erde, faßte den Hammel am Hals und hob seinen Kopf. In diesem Augenblick hörten die Bewegungen des Tiers auf, es wurde starr und starb. Dank seiner Erfahrung wußte Kalmischi Bescheid, ließ es sich aber nicht anmerken. Er sah hoch. Gol-Mammad stand da und starrte auf das Tun des Vaters. Etwas weiter entfernt saß Ssabrou auf einem Erdklumpen und hielt die Augen auf den toten Hammel gerichtet. Kalmischi war sicher, daß sein Sohn und Ssabr-Chan begriffen hatten, daß der Hammel tot war. Aber Fell und Därme des Tiers durften nicht verlorengehen. Also setzte Kalmischi ihm das Messer an die Kehle und schnitt den Kopf ab. Müdes Blut floß träge aus der Kehle auf den Boden. Kalmischi stand auf. Mit der Handfläche wischte er das Blut vom Messer, ging zur Quelle, setzte sich ans Wasser, um die Hände zu waschen, und sagte leise vor sich hin: »Ach hätte ich dem Tier doch wenigstens einen Schluck Wasser in den Schlund gegossen!«

III

Im Dorf Abdollah-Giw, am Ende der Gendarmerie-Gasse, sagte Nade-Ali den beiden Gendarmen, die er all die Tage und Nächte begleitet hatte, Lebewohl und schlug den Weg nach Tscharguschli ein. Nacht und Steppe, Hügel und Senken, alle waren ineinandergemischt. Nur die Sterne waren Augen und Lichter der Nacht. Der finsteren Nacht. Aber wer Steppe, Berge, Wege und Pfade wie sein eigenes Haus kennt, fürchtet sich nicht vor der nächtlichen Finsternis. Auch mit geschlossenen Augen findet er den Weg nach Hause, und wenn er verwirrt und unsicher ist, trägt ihn das Tier unter seinen Schenkeln direkt bis zur Futterkrippe. Er hat keine Sorge, sich zu verirren.

Doch Nade-Ali war weder verwirrt noch unsicher. Aufgebracht war er. Eine Flamme des Hasses. Verdrossen und verbittert, müde und gedemütigt war er. Von Kopf bis Fuß schien ihn ein Gluthauch einzuhüllen, Gluthauch eines Backofens. Er war sich selbst zuwider. In einem fort loderten neue Funken aus seinem Innern und versetzten ihn in noch mehr Aufregung und Wut. An was und an wen er auch dachte, fand er in sich nur Ekel, Haß und Ablehnung. Jeder Mensch sein Feind, jedes Ding ein Pfahl in seinem Fleisch. Pfahl im Fuß. Pfahl im Auge. Pfahl im Herzen.

Eine Geißel ist er für alles, was ihm vors Auge tritt. Eine rote Giftschlange in der Hand, gehüllt in eine rote Decke und die Ärmel aufgerollt, sich drehend und brüllend, schlägt er auf alles ein. Eine Schlange, eine rote Giftschlange als Peitsche. Ein Henker auf dem Richtplatz. Blut tropft von der Peitsche, von den Fingern, von seinen Wimpern. Schönfarbenes Blut. Die Haut seines Körpers, die Haut seines Gesichts, das Leder seiner Stiefel ist rot. Blutrot. Rot wie ein Hahnenkamm. Ein dichter Dampf wie Schwefel quillt ihm aus dem Mund. Ein feuerspeiender Brunnen an der Flanke eines gewaltigen Hügels. Seine Zähne sind blutig, und die rohen Fasern zähen Fleischs haften ihm zwischen den Zähnen. Gerade hat er den letzten Bissen Menschenfleisch zerkaut. Noch liegt ihm der Geschmack des rohen Fleischs auf der Zunge. Was ist das für ein Geschmack? Wer hat Nade-Ali gefressen? Wen hat er gefressen?

Er wußte es nicht. Wußte er es noch nicht? Seine Hände waren doch noch trocken und grau? Etwas grauer als die Haut von Nacken und Armen. Er hatte sich ja gar keine Decke umgelegt, trug auch keinen Umhang. Was waren das für Wahngebilde, die ihn in seinem Alleinsein heimsuchten und umgaben? Was waren das für Ängste und Einbildungen? Ihm kann doch nichts passiert sein? Wütend war er. Nur wütend. Zorn und Kummer. Aber es darf ihm doch um Gottes willen nichts passiert sein? Eine wortlose Angst war aus seinem Innern aufgestiegen. Warum Angst? Vor was? Vor wem? Er war durcheinander, war verzweifelt. Warum? Warum konnte er nicht fest und gerade auf dem Pferd sitzen? Warum waren ihm vor lauter Verzweiflung Schultern und Rükken schlaff geworden? Nicht einmal den Zügel konnte er fest in der Hand halten. Er war seiner Hand entglitten und am Sattelknopf hängengeblieben, und das Pferd trottete träge und lustlos Schritt für Schritt vorwärts und trug den Reiter wie einen verwundeten Krieger auf seinem Rücken.

Nade-Ali beugte sich kraftlos vor, legte die Stirn auf den Sattel, schloß die Lider und ließ sich in eine Öde innerer Dunkelheit fallen. Die langsamen Schritte des Pferdes schaukelten seinen zusammengesunkenen Körper wie einen Sack voller Getreide, und Nade-Ali hatte das Gefühl, in einer Wiege, auf einer Tragbahre zu ruhen und zu einem unbekannten Ort gebracht zu werden. Hatte er nicht Fieber? Mit schweißnassen Gliedern ins eiskalte Bergwasser eingetaucht – hatte er davon nicht Fieber bekommen?

Nade-Alis Pferd ging seines Weges, überwand Höhen und Tiefen, stieg den Abhang hinunter und blieb unterhalb des Dorfs Tscharguschli, neben dem trockenen Bachbett mit der eingestürzten Brücke, vor dem Haustor stehen und rieb das Maul an der Kette des Tors. Die Kette rasselte, und Nade-Ali hörte den dumpfen Ton und wußte, daß er zu Hause angekommen war. Aber er hatte nicht die Kraft, die Stirn vom Sattel zu heben und den Körper aufzurichten.

Die Mutter! Die schleppenden Schritte der Mutter ließen sich hören. Sie blieb hinter dem Tor stehen und fragte, wer da sei und was man wolle. Leise jammernd sagte Nade-Ali etwas, und das Pferd schnaubte.

Ein Torflügel öffnete sich, das Pferd streckte den Kopf vor, um hineinzugehen. Auf der Stelle umklammerte Nade-Alis Mutter mit beiden Armen den Kopf des Tiers und stieß es zurück, machte das Tor hinter sich zu und eilte besorgt zum Sohn, der noch immer zusammengesunken im Sattel saß. Hätte sie nur einen Augenblick gezögert, wäre das Pferd in den Hof getreten, und Nade-Ali wäre mit der Stirn gegen den Torbalken gestoßen, auf das Pflaster des Hofs gestürzt und hätte sich womöglich eine Hand oder Schulter gebrochen. Nun hob sie mühsam den Sohn herunter, während das Pferd mit dem Kopf das Tor öffnete und in den Hof ging. Die Mutter zog Nade-Ali auf die Bank am Tor, wischte ihm mit einem Zipfel ihres Kopftuchs den Schweiß von der Stirn und setzte sich dann zu seinen Füßen hin. Die Mutter fürchtete, daß Schläge oder eine Verletzung den Sohn geschwächt hatten. Aber so war es nicht. Nade-Ali stützte sich mit der Hand an die Mauer, richtete sich auf, trat in den Hof und schleppte sich mit unsicheren Schritten zur Terrasse vor dem Haus. Dort setzte er sich am Pfeiler hin, stützte die Ellbogen auf die Knie und bat um Wasser. Die Mutter, in schwarzer Trauerkleidung, brachte es ihm. Er trank den Becher aus und antwortete auf die fortwährenden Fragen der Mutter: »Nichts habe ich erreichen können. Zwei Tage und zwei Nächte sind's, daß ich nicht vom Pferd gestiegen bin. Trotz Zittern und Fieberanfällen. Ich glaube, ich hab Schüttelfrost. Von innen heraus zittere ich. Mir zieht es in allen Knochen. Mein Kopf glüht. Mein Körper ist schlaff. Meine Augen schmerzen. Ich bin wie zerschlagen. Fühle mich wie ein Hund. Matt und elend. Breite mein Bettzeug aus, damit ich meinen armen Kopf hinlegen kann. Was für ein widerliches Jahr ist dieses Jahr! Und diese Gendarmen … ach … ach … wer hat Mitleid mit einem? Alle Augen schauen nur auf den Geldbeutel des anderen!«

Die Mutter machte Nade-Ali das Lager zurecht. Ohne sich auszuziehen, kroch Nade-Ali unter die Decke und sagte unter Zähneklappern: »Dieses gestrige Bad hat mich fertiggemacht! Ich war in Schweiß gebadet und stürzte mich in das kalte Bergwasser. Die Kälte ist mir bis in die Knochen gedrungen. Mein ganzer Körper plötzlich ein Eisklumpen …«

Die Mutter sah, daß Nade-Ali wie Espenlaub zitterte, und konnte sich vorstellen, was mit ihm geschehen war. Sie zog ihm die Decke über, stand auf und ging ins Hinterzimmer, um Arznei zu holen. Bald darauf kehrte sie zurück mit einem Topf voll Kräutertee, einem Becher und einigen Stücken Kandiszucker und setzte sich zu Nade-Ali, trocknete ihm mit einem Tuch den Schweiß von Wangen und Hals und flüsterte ihm ins Ohr: »Dies Blut, das vergossen worden ist, genügt uns, mein Sohn. Außer dir hab ich niemanden. Dein Vater hat mir nur dich gelassen und ist gegangen. Da sei Gott vor, daß dich eines Nachts eine Kugel in die Brust trifft und dein Pferd ohne dich nach Hause zurückkehrt! Was soll ich dann mit mir anfangen? Vergehen werde ich vor Kummer und Leid. Niemand und nichts wird mir bleiben. All meine Habseligkeiten muß ich verhökern, Trauer tragen und an deinem Grab bis an mein Lebensende weinen. Hab Erbarmen mit mir, Nade-Ali! Der, der deinen Vater getötet hat, wird in dieser Welt keine Freude haben. Jung wird er sterben. Eines Tages bekommt er seine Strafe. Ich und du, wir haben niemanden. Dein Onkel Babgoli Bondar denkt nur an sich. Wann hat er je an uns gedacht! Er und dein Vater waren immer wie Hund und Katze. Jetzt sind wir, du und ich, alleine. Du mußt daran denken, die Felder zu bestellen. Bald ist es Zeit zu säen. Du mußt die Äcker pflügen. Mußt an Saatgut denken. All das verlangt Arbeit. Und die Schafe. Du mußt an die Schafe denken. Dein Vater hat ein Leben damit verbracht, sie anzuschaffen. Alles war ihm ja nicht als Erbe zugefallen! Es heißt, die Seuche ist über die Schafe gekommen. Das Gras ist alle geworden, die Tiere haben nichts zu fressen, da hat die Krankheit leichtes Spiel. Du mußt nach einem Ausweg suchen. Mußt selbst zur Herde gehen. Mußt dich selbst um deine Angelegenheiten kümmern. Man kann sich doch nicht nur auf die Hirten verlassen! Jedes Jahr war zu dieser Zeit das Winterfutter für die Schafe in der Scheune. Die Schafe selbst waren schon im Stall. Aber dieses Jahr hast du alles im Stich gelassen und gehst einen Weg, dessen Ende schlimmer als heute ist. Warum denkst du nicht einen Augenblick mal nach? Mein Junge, mein Nade-Ali, hast du denn den Verstand verloren? Steh auf … steh auf und trink diesen Becher Kräutertee, damit deine Glieder wieder geschmeidig werden. Wie echter Tee ist der. Steh auf!«

Nade-Ali richtete sich halb auf, stützte die Ellbogen aufs Kissen und trank den Becher leer. Er verzog das Gesicht, seine Augen verengten sich, es kribbelte ihm im Rücken; er hob die Schultern und spuckte den übelschmeckenden Speichel aus, trocknete die Augenwinkel mit dem

Ärmel, fiel aufs Kissen zurück und sagte: »Dieser Militärdienst hat mich ganz verändert; wie eine Marionette bin ich geworden. Wann hat mich früher ein kaltes Bad so mitgenommen? Alles, was ich gewohnt war, ist mir abhanden gekommen. Ich weiß nicht, wie ich leben soll. Was mir der Militärdienst beibrachte – nicht beibrachte, sondern mich darin geschickter machte –, war das Schießen. Aber meine Hand möge brechen, daß ich nicht ein paar von denen vom Pferd schießen konnte. Einen einzigen hab ich getroffen, und das nur halb. Es war Nacht, war dunkel, aber ich, mit Blindheit geschlagen, hätte vom Geräusch der Pferdehufe die Richtung erkennen und auf sie zielen können. Brächen mir doch die Hände! Würden doch meine Augen blind!«

All dies sagte Nade-Ali leise, unzusammenhängend und fiebrig; und die Mutter hörte in Schmerz und Liebe zu und weinte innerlich. Erst jetzt merkte sie, daß Nade-Ali nichts von dem, was sie ihm ins Ohr sagte, hörte, oder wenn er es hörte, sich zu Herzen nahm. Und erst jetzt begriff sie, daß jeder Mensch ein Strom ist, der an Unrat und Steine stößt und seines Weges geht; das Murmeln und Plätschern anderer Gewässer bringt ihn weder von seinem Weg ab, noch verlangsamt oder beschleunigt es seinen Lauf. Sie begriff, daß, obwohl sie und ihr Sohn auf demselben Boden und unter demselben Dach lebten, gelebt hatten, jeder eine Welt für sich war. Das Wollen eines jeden, der Weg eines jeden verläuft zusammen mit dem des anderen, aber gleichzeitig getrennt von dem des anderen. Der eine rückwärts gerichtet, der andere nach vorne. Seite an Seite, in diese Richtung und in jene Richtung, und manchmal zusammentreffend oder einander entgegengesetzt. Und manchmal einander sogar feindlich. Feindselig. Einander kreuzend. Aber … sie sah nun ein, daß jeder Mensch ein Strom ist, der selbständig fließt in jede Richtung, in die ihn seine Kräfte und sein Wollen ziehen; daß jeder Mensch ein Fluß ist, daß jeder Mensch eine Welt ist. Ist es denn nicht so, daß in jedem Menschen eine Seele schäumt? Und was ist die Seele im Körper? Der Widerhall eines Schreis in einem Labyrinth mit tausend Biegungen. Verloren. Weit. Klagend. Rauschend. Dunkel. Unsichtbar. Unerkannt. Schweigend. Tief. Verwundbar. Aufwühlend und gnadenlos. In ständigem Ringen, Drehen und Wenden. Ein Geheimnis von Aufruhr und Gebrüll.

So schwieg die Mutter, damit der Junge einschlief, zur Ruhe kam und, wenn möglich, die von seinem Weg und dem Fieber verursachte Erschöpfung von ihm wich. Sie wollte, daß Krankheit und Müdigkeit wie Dampf aus einem auf dem Feuer stehenden Topf aus dem Körper des Sohns aufstiegen und sich auflösten. Heilung und Gesundheit: ›Mein Gott, erhalte ihn mir!‹

»Wo ist sie?«

»Wer?«

»Ssougi.«

O diese Schande, die sie über sich und uns gebracht hat, diese Verfluchte, dieser Gifttropfen, der unser aller Leben bitter gemacht hat! Zum Einsturz hat sie es gebracht und ist dabei, es völlig auszulöschen. Was konnte die Mutter Nade-Ali zur Antwort geben? Sollte sie sagen, daß Ssougi sich in diesen zwei Tagen und Nächten in ihrem Zimmer eingeschlossen und keinen Bissen angerührt, keinen Tropfen über die Lippen gelassen hatte? Sollte sie sagen, daß sie sie zur Verzweiflung getrieben hatte? Nein! Solche Worte würden Nade-Ali gewiß noch mehr aufregen, noch mehr verärgern. Auf dies lodernde Feuer durfte nicht auch noch trockenes Reisig geworfen werden. Deshalb sagte sie: »Sie schläft. Ist eingeschlafen. Auch du beruhige dich, mein lieber Ali. Schlafe, ich wache bei dir. Schlafe, deine Mutter opfert sich für dich. Schlafe!«

Nade-Ali schwieg still. Die Mutter zog ihm die Steppdecke über den Kopf, damit ihm warm wurde, damit er schwitzte und seine Muskeln und Sehnen sich entspannten. Dann stand sie auf, ging zu Nade-Alis Pferd, nahm ihm Sattel und Satteldecke ab, schüttete ihm Stroh und Gerste in die Krippe und kehrte unter das Dach der Terrasse zurück. Sie zog den Docht des Windlichts herunter und streckte sich dicht neben dem Sohn auf ihrem Lager aus und richtete die müden, sorgenvollen Augen auf einen Punkt im Herzen der Nacht von Kelidar.

Die Nacht war still. Die vom Firmament herabhängenden Sterne, nackte, funkelnde Strahlen eines Dolchs, glänzten eigensinnig. Rein, strahlend, kristallen, aber angsterregend. Hättest du ein verliebtes Herz, könntest du auf die Wölbung eines Dachs steigen und welchen Stern auch immer wie eine Baumwollkapsel aus dem Baumwollfeld pflücken. Ein Stern in der Hand. Nicht umsonst klettern in solchen Nächten die Panther auf den Gipfel des höchsten Berges und schlagen anmaßend die

Tatzen in den Himmel, um ihm den größten Stern aus dem Herzen zu reißen. Wie oft geschieht es dann, daß sie bei diesem prachtvollen, waghalsigen Sprung wie Steine den Berg hinabkollern in die Tiefe des dunklen Tals, alle Glieder brechen und wie alte Frauen klagend und wimmernd sterben. Ja, so sind die geheimnisvollen, zärtlichen Blicke dieser weißgesichtigen Gestirne; die wunderbare Schönheit der sternenübersäten Nacht.

Aber auch das gibt es, daß die verstörten Augen einer Frau, deren Mann gestorben ist und die mit einem Berg von Kummer und Qualen in ihrem Herzen um ihren Sohn leidet, die Sprache der Schönheit der Nacht nicht verstehen können. Dies ist die Nacht für Verliebte und für Draufgänger; nicht für Mah-Ssoltan. In allem sieht Mah-Ssoltan das Ende ihres Mannes und ihres eigenen Lebens. Sie sieht, an was sie gebunden ist: ihr Kind und ihre Familie. Das ist es, warum ihr aus dem Auge jedes Sterns eine Träne auf die Wange tropft und die nächtlichen Schatten nichts als Angst in ihrem Herzen erregen. Sie ist verstört und findet keinen Schlaf, obwohl ihre Wimpern vor Durst nach Schlaf zu Stacheln geworden sind. Zu trockenen, stechenden Stacheln. Zu Stacheln, die einen Backofen zum Lodern bringen können. Stacheln der Augen. Ständig hebt sie den Kopf vom Kissen, blickt auf den schlafenden Nade-Ali, horcht furchtsam in die Stille und zählt die leisen, dumpfen Schritte der Nacht. In ihr Herz hat sich tiefe Angst geschlichen, und die Unruhe scheint sie nicht loslassen zu wollen.

Mah-Ssoltan brannte noch in ihrer heimlichen Furcht, als sie sah, daß sich Nade-Alis Decke bewegte. Wie eine zuckende Stierhaut bewegte sich die Decke, und gleich darauf schlug Nade-Ali sie zurück, setzte sich auf, nahm den neben ihm stehenden Becher, trank ihn in einem Zug leer und stellte ihn wieder hin. Er wußte selbst nicht, was mit ihm war. Sein Körper war mit klebrigem Schweiß bedeckt. Sein fiebriger Kopf dampfte. Die Augen wollten ihm aus den Höhlen quellen. Die Augen selbst schienen ihm so groß wie Hühnereier zu sein. Seine Stirn spannte, in den Gliedern fühlte er ein Ziehen, und seine Muskeln und Sehnen jammerten. Als hätten ihn zehn Frauen mit Wäschestampfern geschlagen. Als tröpfle sein Knochenmark aus den Poren der Haut. Ihm war, als würde er schmelzen.

Die Mutter stand auf, um ihm zu helfen. Nade-Ali mußte etwas

Dringendes vorhaben, vielleicht austreten. Doch Nade-Ali schüttelte die Hände der Mutter ab, erhob sich jäh und gab sich Mühe, sich auf den Beinen zu halten. Schwierig, schwierig war das. Ihn schwindelte, es wurde ihm schwarz vor den Augen. Ein Gefühl, als drehe sich die Nacht, als wirbelten die Sterne um seinen Kopf. Trotzdem versuchte Nade-Ali mit aller Kraft, die Füße wie zwei Nägel in den Boden zu stemmen. Schwierig war das, schwierig. Es wollte ihm kaum gelingen. Seine Beine zitterten, sein Körper war schlapp und schlaff. Er merkte, daß die Jacke ihm zu schwer wurde. Er zog sie aus und warf sie beiseite. Das weiße afghanische Hemd, das ihm schweißnaß am Rücken klebte, hob er in die Höhe und fächelte mit den Zipfeln, um sich von dem Lufthauch die Haut streicheln zu lassen. Dann zog er den Hosenbund hoch, klammerte sich mit der Hand an den Pfeiler und lehnte sich daran. Ihm war, als tropfte heißes Blut aus seinen Augen. Aus seinem Mund drangen merkwürdige Laute, einem Schnarchen ähnlich, und seine Hände waren naß von glitschigem Schweiß.

Mah-Ssoltan stand hinter dem Sohn und wußte nicht, was tun. Sie fand keine Kraft und keinen Mut, etwas zu unternehmen. Sie wartete ab, was Nade-Ali tun werde. Plötzlich ließ der Junge den Pfeiler los, lief die Stufen hinunter und ging zum Brunnenrad. Der Eimer war voll Wasser. Nade-Ali knöpfte den Hemdkragen auf, kniete sich neben den Eimer und tauchte Kopf und Hals bis zu den Schultern ins Wasser; nicht nur einmal. Mehrere Male. Dann setzte er sich zurück und strich mit der Hand über die kurzen Haare. Die borstigen Haare kitzelten seine Handfläche.

Nade-Ali wartete nicht, bis das Wasser vom Kopf abtropfte. Er stand auf, lief zum Sattel seines Pferds, zog die Peitsche heraus und taumelte, während ihm noch Wasser von Ohrläppchen, Nasenspitze und Augenbrauen auf die Schultern und den Kragen seines weißen Hemds rann, auf die Stufen zu, klammerte sich am Pfeiler fest und zog sich auf die Terrasse. Dort ging er mit unsicheren Schritten – als gehorchten ihm die Beine nicht – zur Zimmertür und stützte sich mit der Hand an die Mauer. Vor der Tür hielt er einen Augenblick inne, faßte dann die Kette und zog. Die Tür war von innen abgeschlossen. Mit fiebriger Kraft im Körper rüttelte Nade-Ali an der Tür, erreichte aber nichts. Er kniete sich hin, lehnte die Schulter an die Tür, zog einen Flügel aus der Halterung, schob ihn zur Seite und trat ins Zimmer. Die Gestalt im weißen Hemd füllte die ganze schwarze Türöffnung aus. Das längliche, dunkle Zimmer wurde nur vom trüben Licht einer kleinen Lampe erhellt.

Ssougi saß zusammengekauert in einer Ecke, den Kopf zwischen die Schultern gezogen. Ihre Augen blitzten flüchtig im Halbdunkel auf. Als sie Nade-Ali auf der Schwelle erblickte, starrte sie ihn an. Schweigend und wie gebannt. Als hätte sie alles vorausgesehen. Als hätte sie erwartet, was sie jetzt sah. Sie sah nur die gedrungene Gestalt Nade-Alis. Hinter Nade-Ali stand seine Mutter, schwarz gekleidet – eine Schlange auf der Türschwelle –, und kaute auf einem Zipfel des Kopftuchs. Nade-Ali ging auf Ssougi zu. Immer noch blickte sie ihn an. Brust und Schultern des Mannes im weißen Hemd bewegten sich wie ein Schild vorwärts, und Ssougi merkte, wie sie sich unter seinem Druck mehr und mehr duckte und krümmte, wie sich ihre Hände und Füße enger an ihren Körper preßten, ihre Knie sich fester an die Brust drückten und ihre Nägel sich noch tiefer ins Fleisch gruben. Sie fühlte ihre Lippen zittern und ihre Zähne … Ssougi hörte ihr eigenes Zähneklappern.

Breitbeinig, mit vorgebeugten Schultern blieb Nade-Ali, während ihm noch immer Wasser von Nase und Kinn tropfte, ergrimmt und mit den weit aufgerissenen Augen eines Wahnsinnigen vor Ssougi stehen und heftete seine Blicke – giftgetränkte Lanzen – auf sie. Nein, das war nicht der alte Nade-Ali, das sah Ssougi ganz deutlich. Trotzdem mochte sie sich nicht von ihrem Platz rühren; sie wartete ab, um zu sehen, was Nade-Ali tun, was er sagen werde. In diesem Augenblick beugte er sich wutentbrannt vor, seine Peitsche zerriß das Dunkel und sauste auf Kopf und Rücken des Mädchens nieder. Ein Schrei löste sich aus Ssougis Herz, wie eine Taube flatterte sie. Ihr sich windender Körper bekam noch einige weitere Peitschenhiebe ab. Ihr Kreischen hallte durch das Haus.

Mah-Ssoltan wagte es nicht, sich Nade-Ali zu nähern und seiner Raserei Einhalt zu gebieten. Doch sie hängte, damit das Jammergeschrei des Mädchens nicht aus dem Haus drang, den Türflügel wieder ein, stellte sich selbst in eine Ecke und versuchte, den Sohn mit besänftigenden Worten zur Vernunft zu bringen. Aber Nade-Ali hörte nicht auf sie. Was er tat, hatte er vorher bedacht und die Folgen seines Tuns ebenso. Noch heute nacht wollte er die Angelegenheit zu Ende führen.

Er lehnte den kranken Körper an die Wand, wischte sich mit dem Ärmel den Schweiß von der Stirn, kniff die Augen zusammen, um die Tränen zu zerdrücken, und fing, vor Müdigkeit und Zittern heftig atmend, zu schimpfen an: »Was hast du eigentlich vor, du Hure? Mich ins Unglück zu stürzen? Mein Hab und Gut zu verbrennen und die Asche in alle Winde zu streuen? Du Luder bist mit dem Brot meines Vaters groß geworden, alle deine Knochen sind mit Brot und Fett aus der Hand von Hadj Hosseyn stark geworden; aber jetzt, wo du erwachsen bist, willst du hingehen und dich unter die Schenkel eines Fremden legen? Glaubst du, ich lasse dir noch einen Fetzen Fleisch am Leib, damit du ihn als Geschenk ins Bett eines anderen trägst? Ich sorge dafür, daß nichts von dir übrigbleibt, zermalme dich, bringe dich um. Unser Leben hast du zerstört, hast unsere Lebensgrundlage vernichtet. Hast den Tod meines Vaters verursacht. Hast meine Mutter zu Trauerkleidung verdammt. Hast mich in den Wahnsinn getrieben. Ich kann den Tag nicht von der Nacht unterscheiden, kann nicht essen, nicht schlafen. Meine Arbeit hab ich im Stich gelassen und laufe wie von Sinnen hinter dem Mörder meines Vaters her, renne durch die Steppen. Du hast mich so durcheinander gebracht, daß ich vergessen habe, daß niemand den Mörder meines Vaters besser kennt als du! Denn der Mörder von Hadj Hosseyn ist kein anderer als dein Liebhaber. Das hat mir der Gendarm gesagt. Wenn dir dein Leben lieb ist, sag mir jetzt die Wahrheit. Aus wessen Gewehrlauf stammte die Kugel, die meinem Vater die Lunge durchlöcherte? Wer hat meinen Vater getötet? Aus welchem Dorf, von welchem Stamm, aus welchem Lager war er?«

Demütig sagte Ssougi: »Wer es auch war und woher er auch war, jetzt gibt es ihn nicht mehr. Umsonst opferst du deine Jugend! Es gibt ihn nicht mehr. Du hast ihn getötet!«

»Ich hab ihn nicht getötet! Nein! Hab ihn nur verwundet – meine Hände sollen mir brechen! Ich hab ihn nur verwundet. Hätte ich ihn getötet, würde mein Herz zur Ruhe kommen. Aber ich bin sicher, daß er noch am Leben ist. Wenn er gestorben wäre, hätten seine Begleiter sich nicht in Gefahr gebracht, um ihn fortzuschaffen. Ich weiß es. Weiß, daß er nur verwundet wurde. Vielleicht lebensgefährlich, aber gestorben ist er nicht. Das weiß ich!«

»Er ist gestorben. Ich hab's gesehen, daß er starb. Die Kugel aus deinem Gewehr zerriß ihm die Stirn. Sein Schädel barst auseinander. Gut kannst du schießen. Du hast ihn getötet!«

»Dann sag mir, wer er war, von welchem Stamm!«

»Ich weiß es nicht.«

»Du weißt es nicht?«

»Nein, ich weiß es nicht.«

»Du wußtest nicht, unter wessen Schenkel du dich legen wolltest?«

Nicht Tränen – eine Quelle, die sich aus dem Innern eines Berges einen Weg nach außen gebahnt hat. Ssougi weinte. Weinte still und schmerzlich. Nicht über die Peitschenhiebe Nade-Alis – im Gedanken an die zerfetzte, blutige Stirn Madyars weinte sie. Weinte aus tiefstem Herzen.

Schreiend fuhr Nade-Ali fort: »Sag's mir, du Schamlose! Wer war's? Ich will wissen, wer es war. Sag's mir.«

»Was nutzt dir das noch? Er ist ja nicht mehr auf der Welt!«

»Wer sind seine Angehörigen? Ich will wissen, wer sie sind. Will ihre Namen wissen. Ich hab sie gesehen, will aber wissen, wer sie sind. Wer sind sie, wo sind sie? Tu den Mund auf!«

»Ich kann nicht. Nein, ich kann ihn nicht nennen. Meine Zunge weigert sich. Ich kann nicht.«

»Du kannst nicht? Gleich tu ich etwas, damit du's kannst.«

Nade-Ali beugte sich über das Mädchen, wickelte ihr die Peitschenschnur um den Hals, richtete sich dann auf und zog Ssougi mit der Schnur hoch. Und versetzte ihr ein paar Ohrfeigen. Auch jetzt gab Ssougi ihm nicht die Antwort, die er haben wollte. Sie klagte, sie fluchte, sie jammerte, aber das Wort, das Nade-Ali hören wollte, sprach sie nicht aus. Und das brachte ihn in rasende Wut. Fortwährend stellte er Fragen und heulte dabei wie ein Hund, und manchmal verlegte er sich vor lauter Machtlosigkeit aufs Bitten. Trotz alledem gab Ssougi keine Antwort. Verriet nichts. Da stieß Nade-Ali sie wutentbrannt auf den Boden, band ihr den Mund mit dem Kopftuch zu, hob einen an der Wand liegenden Sack auf, steckte das Mädchen hinein, umwand den Sack mit einem Strick, zog ihn durch die Tür auf die Terrasse und von dort in den Hof. Nur Ssougis Kopf und Hals schauten aus dem Sack, ihr übriger Körper war mit dem Strick zusammengebunden, so daß sie sich nicht rühren konnte. Alle ihre Angst hatte sich in ihren weit aufgerissenen Augen gesammelt. An alles hatte sie gedacht, nur nicht an eine solche Behandlung: Vor sich sah sie einen Abgrund. Was würde ihr jetzt widerfahren?

Nade-Ali rief die Mutter zu Hilfe, und Mah-Ssoltan kam unwillig herbei und half ihm, den Eimer vom Seil des Brunnenrades loszuhaken. Nade-Ali nahm ihr den Haken ab und befestigte ihn am Strick, den er um den Sack gewunden hatte. Dann ging er hinter das Rad, stellte sich auf einen Stein, setzte den Fuß auf eine Radspeiche und drückte sie nieder. Das Rad gab ein trockenes Geräusch von sich, und Ssougi wurde vom Boden hochgehoben und schwebte wie ein Bündel über der Brunnenöffnung. Nichts sah sie mehr, nichts hörte sie mehr. Ihr wurde schwarz vor den Augen – als sänke sie in den Rachen des Todes.

Nade-Ali war völlig außer sich geraten. Er wußte nicht, was er tat. Und die Aufregung der Mutter änderte auch nichts daran. Nade-Ali war es wieder heiß geworden. Fieber und Schweiß. Dicke, klebrige Schweißtropfen rannen ihm von der Stirn auf die Lider, flossen in die Augen und rieselten in dünnen Fäden vom Kinn in den Kragen. Seine Lippen zitterten, sein Körper schien zu dampfen. Wut und Aufregung, Angst und Haß und Mitleid hatten ihn allesamt ergriffen. Einen Augenblick zögerte er unschlüssig. Doch mächtiger als alle anderen Kräfte in ihm war die Wut. Deshalb nahm er plötzlich den Fuß von der Radspeiche und ließ den Sack langsam und vorsichtig in den Brunnenrachen hinab. Noch einmal hob er den Fuß: noch eine Speiche. Wieder hob er den Fuß, und das Mädchen sank tiefer in den Brunnen. Jedesmal, wenn Nade-Ali den Fuß vom Rad hob, loderten Wut und Furcht von neuem in seinem Herzen auf. Am Ende, kurz bevor der Sack den Grund des Brunnens erreichte, schlang er das Seil um den Rahmen des Rads und knotete es fest, so daß Ssougi in der Luft schwebte. Wenn sich der letzte Teil des Seils vom Rad abgewickelt hätte, wäre der Sack auf den Grund des Brunnens gesunken, und das wollte Nade-Ali nicht. Er wollte, daß das Mädchen hängen blieb. Das war eine größere Qual. Er befestigte den Bremsklotz, stieg vom Stein, steckte den Kopf in den Brunnen und rief: »Weißt du's immer noch nicht? Weißt du's nicht?«

Vielleicht wollte Nade-Ali noch etwas in den Brunnen rufen, aber die Kette am Hoftor rasselte und hielt ihn davon ab. Erstaunt, schweigend blickte Mah-Ssoltan wie eine Eule den Sohn an. Nade-Ali setzte sich verwirrt an den Eimer, tauchte wieder den Kopf ins Wasser und sagte dann: »Wer ist das zu so später Stunde?«

Eine trockene, rauhe Stimme ließ sich vernehmen: »Mach das Tor auf, Sohn von Hadji. Ich komme aus Barakschahi. Ich hab eine Nachricht für dich.«

Nade-Ali sagte zur Mutter: »Mach ihm das Tor auf, damit ich sehe, wer's ist!«

Mah-Ssoltan öffnete das Tor, ein Mann trat in den Hof. Nade-Ali saß noch, ein Knie aufgestützt, neben dem Wassereimer und musterte den Fremden. Der Mann hielt einen krummen Stock in der Hand, sein Rücken war etwas gebeugt. Er hatte einen langen, gestreiften Kaftan an von der Sorte, die gewöhnlich die Einwohner von Djoweyn tragen, und hatte sich ein altes weißes Tuch um den Kopf geschlungen. Noch war sein Gesicht im Dunkel der Nacht verborgen. Nade-Ali konnte es aus dieser Entfernung nicht deutlich sehen. Die ganze Aufmachung des Mannes schien anzudeuten, daß er ein Derwisch war. Etwas unsicher stand Nade-Ali auf und ging zu ihm. Nach einer trockenen Begrüßung machte sich der Mann zur Terrasse auf. Noch nicht am Pfeiler angelangt, setzte er sich auf die Erde, streckte ein Bein aus, lehnte sich an die Mauer und stöhnte vor Müdigkeit auf. Nade-Ali sagte: »Setzen wir uns auf den Teppich, hier ist's doch nicht gut.«

Der Mann legte achtlos seinen Stock beiseite und sagte: »Hier ist's gut, Sohn von Hadj Hosseyn. Hier ist's gut. Überall ist Gottes Erde. Und wir alle sind aus Staub und werden zu Staub. Ich bin Totengräber. Immerzu wühle ich im Staub herum. Gott schenke Euch Kraft und Geduld, Mütterchen, das Leid zu tragen. So ist's nun mal mit der Welt! Gott schenke deinem Sohn Wohlstand und Segen. Ich bete dafür, daß Gott Euch ein langes Leben schenkt.«

Nade-Ali zitterte noch immer am ganzen Leib. Mah-Ssoltan brachte seine Jacke, warf sie ihm über die Schultern und stellte sich abseits hin. Auch sie war besorgt und konnte nicht begreifen, warum ausgerechnet jetzt dieser gesetzte, redselige Mann an ihr Haustor geklopft hatte.

Nade-Ali fragte: »Du sagtest, du hättest eine Nachricht für mich. Was ist das für eine Nachricht?«

Mit der Geschmeidigkeit eines Fuchses blickte der Mann um sich, kratzte sich dann am Bart und sagte: »In Wahrheit bin ich vor allem mit einer Bitte zu dir gekommen, Sohn von Hadj Hosseyn. Und dann hab ich eine Neuigkeit, die ich dir erzählen will. Zuerst laß mich dir sagen, daß ich sieben Kinder habe. Und das achte ist soeben zur Welt gekommen. Meine Bitte hängt damit zusammen. Die Mutter der Kinder ist jetzt sehr schwach. Keine Kraft ist mehr in ihrem Leib. Ihr Atem geht nur mühsam. Ihre Augen sind eingesunken, die Pupillen auf dem Grund der Höhlen verlorengegangen. Nicht wiederzuerkennen ist sie. Es ist kein Spaß, acht Kinder zu gebären. Bis jetzt hatte sie noch genügend Kräfte und konnte das Wochenbett mit Wassersuppe und Joghurt hinter sich bringen. Aber dies Jahr kann sie es nicht mehr. Eine Wöchnerin bringt nur Butterschmalz wieder aus dem Bett. Wenn ich nicht ein halbes Man Butterschmalz auftreiben und ihr in den Hals gießen kann, bleibt mir nichts, als ihre Füße in Richtung Mekka zu legen und auf ihren letzten Atemzug zu warten! Ihr Tod ist gewiß. Wie soll ich danach acht kleine Kinder durchbringen? Wie soll ich für sie zu trinken und zu essen beschaffen? Dann ist es wohl das beste, mir einen Stein auf den Schädel zu schlagen und aus der Welt zu scheiden. Oder mich in die Steppe aufzumachen und spurlos zu verschwinden. Aber meinst du denn, daß es Gott gefällt, wenn eine Familie sich auflöst? Du, Sohn von Hadj Hosseyn, hast – Gott sei Lob und Dank – Schafe, hast dein Auskommen, dein Vater hat dir so viel hinterlassen, daß es dich satt machen kann. Gib mir einen Sack Weizen und ein halbes Man Butterschmalz mit auf den Weg, damit ich dir die Gendarmen vom Hals schaffe. Sonst gehst du zugrunde. Dieser und jener wird sogar die Wände deines Hauses annagen und dich nackt und bloß zurücklassen; aber trotzdem wirst du nie etwas über den Mord an dem seligen Hadj Hosseyn – Gott möge sein Grab in Licht tauchen – in Erfahrung bringen. Aber wenn du Gott zuliebe, ja, Gott zuliebe, nicht den Leuten zuliebe, mir hilfst und meine Familie durch den kommenden Winter bringst, nehme ich dich vielleicht zum Dank an der Hand und zeige dir einen Weg, der dich aus dieser Ratlosigkeit herausführt. Ha! Sei großzügig. Für dich ist das nicht viel. Von einem Ochsen – nichts für ungut – ein Haar weniger. Ist keine Last für deine Schultern. Gott mehre alles, was du hast! Gott erhalte dir dein Wasser und deinen Boden! Du bist noch jung. Du wirst einerseits Gutes getan, andererseits auch einen Ausweg gefunden haben. Wirst nicht wie ein Knäuel sein, dessen Anfang verlorengegangen ist.«

Der Schweiß auf Nade-Alis Leib war eiskalt geworden. Er fror. Seine Zähne klapperten. Mit dem Jackensaum trocknete er sich den Schweiß von Stirn und Nacken und sagte: »Sag es mir. Aber in diesem schlechten Jahr ist ein Sack Weizen zu viel. Ich geb dir einen Beutel Weizen und dazu ein halbes Man Butterschmalz.«

Der Totengräber sagte: »Du mußt's ja wissen. Meine Frau und die Kinder sitzen wie Schwalbenjunge mit offenen Schnäbeln da; sie wollen gefüttert werden. Heute abend muß ich ihnen um jeden Preis einen Bissen Brot bringen. Nun weißt du's!«

»Ich weiß Bescheid, Mann! Warum jammerst du so viel herum? Schön, gleich sag ich ihr, sie soll für dich ein Gefäß mit Butterschmalz füllen.«

Der Totengräber holte aus seinem Vorratssack einen kleinen Topf hervor, hielt ihn Nade-Alis Mutter hin und sagte: »Ein Gefäß hab ich mitgebracht, Mutter. Ich möchte Euch keine Mühe machen. Hier, Mütterchen. Gott mög's dir lohnen.«

Mah-Ssoltan zögerte, den Topf zu nehmen. Nade-Ali nahm dem Mann den Topf ab, gab ihn der Mutter und sagte: »Tu Butterschmalz für ihn rein, und bring ihn wieder her. Beeil dich.«

Wohl oder übel ging Mah-Ssoltan ins Hinterzimmer, um das Schmalz zu holen, und Nade-Ali und der Totengräber blieben unter dem Dach der Terrasse allein. Nade-Ali sagte: »Tust du nun endlich den Mund auf, um deine Perlen von dir zu geben, oder nicht?«

»Warum nicht, Sohn von Hadji Chan? Warum nicht? Du lernst mich erst jetzt kennen, aber ich kenne dich und deine Familie schon ein Leben lang. Ich verlasse mich auf dein Versprechen. Mehr als hundertmal habe ich mich am Tisch deines Vaters sattgegessen, warum soll ich dir da nicht die Wahrheit sagen? Ich bin aus Barakschahi. Dort bin ich ein landloser, armer Bauer, habe weder Wasser noch Boden, noch Vieh. Solange ich Kraft in den Knien hatte, habe ich als Tagelöhner auf dem Boden von diesem und jenem gearbeitet, habe gegraben, habe gemäht, bin hinter Ziegen und Schafen anderer Leute hergelaufen, habe Brennholz geschleppt. Aber als meine Kräfte nachließen und ich süchtig nach diesem verfluchten Opium wurde, konnte ich keine schwere Arbeit mehr tun. Deshalb muß ich mich mit den Toten abgeben. Mit dem Friedhof. Als Leichenwäscher und Totengräber. Jetzt verbringe ich all meine Tage und Nächte mit den Toten. Ich schaufle Gräber, maure sie aus und friste dank Krankheit und Tod mein Dasein. So ist nun mal das Leben! Aber das bißchen Brot, das mir Gräber und Totengewänder eintragen, macht mich nicht stark. Wo sind die Toten? Es stirbt doch nicht jeden Augenblick einer. Wir haben doch kein Pestjahr. Kurz und gut … das alles hab ich gesagt, damit du weißt, daß ich dicht beim Friedhof von Barakschahi eine Höhle habe. Ein paar Ziegelsteine hab ich aufeinandergeschichtet, und mitsamt den Kindern sind wir reingekrochen. In einen uralten Stall.

Werd nicht ungeduldig. Gleich komme ich zur Sache. Von jener Nacht will ich dir erzählen. Der Nacht, die dich angeht. In jener Nacht lag die Mutter meiner Kinder in den Wehen, war beim Gebären. Schließlich schenkte Gott uns eine Tochter. Es war kurz vor Morgengrauen, als das Kind zur Welt kam. Aber was für ein Kind! Sieht aus wie ein Wechselbalg. Wenn du ihm die Nase zuhältst, gibt es den Geist auf. Gott hat's gegeben, so wird er hoffentlich auch für sein täglich Brot sorgen. Aber lassen wir das. Ich wollte sagen, daß ich die Leiden des Weibs nicht mitansehen, ihr Gestöhne nicht aushalten konnte. Deshalb stieg ich aufs Dach, setzte mich in die Mulde zwischen den beiden Wölbungen, rauchte meine Pfeife und sagte leise das Reuegebet vor mich hin. In diesem Zustand war ich, da sah ich zwei Reiter ins Dorf Barakschahi galoppieren, und eine halbe Stunde später ritten sie wieder hinaus, jeder mit einem Mann hinter sich auf dem Pferd. Den Molla konnte ich an seinem Turban erkennen, aber den anderen nicht. Ich sagte mir, was geht das alles mich an? Aber es dauerte keine halbe Stunde, als ich sah, daß aus den zwei Reitern vier, fünf geworden waren und trapp trapp herankamen. Diesmal ritten sie nicht ins Dorf. Geradewegs kamen sie zum Friedhof, sammelten sich an einer Stelle und machten sich daran, ein Grab zu schaufeln. Ich war völlig entgeistert und fragte mich: Mein Gott, was stimmt hier nicht, daß sie mich nicht gerufen haben, meine Arbeit zu tun? Ich wurde mißtrauisch; aber wenn du die Wahrheit wissen willst, ich wagte es nicht, vom Dach zu steigen und zu ihnen zu gehen. Also wartete ich ab und sah, daß sie ein Grab gruben, jemanden in das Grab legten, Erde darauf schütteten und sich im Galopp entfernten. Weiter konnte ich nichts mehr wahrnehmen. Denn das Gejammer des Weibsbilds ließ mich nicht zur Ruhe kommen.

Aber am Morgen machte ich mich früh auf und ging zu dem Grab. Die hatten sich große Mühe gegeben, die frische Erde zu glätten und alt erscheinen zu lassen; aber Erde hat die Eigenschaft, daß sie nicht so leicht ihre Farbe ändert. Sonne muß sie abbekommen, damit sie alt wird. Das heißt, Zeit muß vergehen. Sie ist ähnlich wie der Mensch, muß getreten werden, muß Wasser und Feuer über sich ergehen lassen, damit sie reift. Jetzt behalte das alles im Gedächtnis, bis du hörst, was am nächsten Tag passierte. Die Kunde von der Schießerei hier in Tscharguschli gelangte am folgenden Tag nach Barakschahi, und sofort dämmerte mir: O du liebe Güte, dies nächtliche Treiben auf dem Friedhof hängt irgendwie mit der Schießerei in Tscharguschli zusammen. Ich spitzte die Ohren. Man sagte, daß Hadj Hosseyn in dem Getümmel getötet worden und auch einer von denen umgekommen war. Da wurde mir klar, daß der, der den Schuß abbekommen hatte, unterwegs gestorben war und seine Begleiter, um die Spuren zu verwischen, nachts die Leiche auf dem Friedhof von Barakschahi verscharrt hatten. Aber Gott ist mein Zeuge, daß ich diese Geschichte noch keinem einzigen erzählt habe außer dir. Dies ist das erste Mal, daß ich meinen Mund auftue. Und das deshalb, weil ich zu dir, dem Sohn von Hadj Hosseyn, und zu deiner Mutter so viel Vertrauen habe wie zu meinen eigenen Augen. Nun, darüber braucht nicht weiter geredet zu werden. Ich wartete ab, was weiter kommen würde. Da kam die Nachricht, daß der Sohn von Hadj Hosseyn dabei sei, nach dem Mörder zu suchen, aber je mehr er suche, desto weniger finde er. Da packte mich mein Ehrgefühl. Ich sagte mir, einen Dienst, den ich leisten kann, muß ich leisten. Schließlich hab ich in diesem Haus hier Brot und Salz gegessen. Ich sagte mir, jetzt ist es an der Zeit, mich erkenntlich zu zeigen. So band ich mir heute abend den Vorratssack auf den Rücken und sagte, mit Gottes Hilfe gehe ich zu Nade-Ali Chan und erzähle ihm haargenau alles, was ich weiß, und bitte ihn auch, mir auszuhelfen. Doch auch wenn dies nicht vorgefallen wäre, würde ich mich in der Not nicht an Fremde wenden. Ich bin zwar arm, habe nichts zu essen; aber, Sohn von Hadj Hosseyn, ich schwöre beim Grab deines Vaters, ehrlos bin ich nicht. Es ist ein schlechtes Jahr, ich nage am Hungertuch. Nur deshalb ist's, daß ich mich so vor dir erniedrige. Mir graut vor diesem Winter, der vor mir liegt. Ich habe Angst, daß meine Kinder einander fressen werden! Diese zehn Man

Weizen machen dich nicht arm, sind mir aber eine große Hilfe. Du mußt wissen, so wahr es einen Gott gibt, bin ich dabei, meinen Glauben zu verlieren. Was soll ich mit dieser acht-, neunköpfigen Familie anfangen? Ich kann mir nicht die Zunge abbeißen und das Reden lassen. Ich ermüde dich. Aber was soll ich tun? Nicht jeder ist bereit, den Klagen eines anderen sein Ohr zu leihen. Gut kannst du schießen! Die Kugel, die ihn umgelegt hat, ist aus dem Lauf deines Gewehrs gekommen. Gut kannst du schießen. Aber ich schwöre bei Gott dem Herrn, daß ich hierüber nirgends ein Wort gesagt habe. Meine Brust ist ein Schrein für die Geheimnisse der Menschen, Nade-Ali Chan.«

Nade-Ali hörte die versteckte Drohung in den Worten von Mohammad Djomeh, ließ sich aber nichts anmerken. Er sagte: »Schön, angenommen, sie haben zwischen deinen Gräbern eine Leiche verschwinden lassen – was hilft das mir? Wie soll ich feststellen, wer das ist und wer er war?«

Mohammad Djomeh unterbrach ihn: »Ha! Das ist richtig. Aber daran hab ich schon gedacht. Willst du denn nicht eine Spur finden? Willst du nicht erfahren, von welcher Sippe, aus welchem Dorf oder welcher Familie er war? Das ist kinderleicht. Du wirst es wissen, wenn du ihn siehst!«

»Wen?«

»Eben den, der unter der Erde liegt.«

»Also Grabschändung?«

Djomeh schnupperte wie eine Maus um sich herum, senkte die Stimme und sagte gedämpft: »Wenn du es für dich behältst! Ich weiß, es ist eine Sünde; aber eine größere Sünde ist das, was diese Ketzer gemacht haben! An welcher Stelle im Koran hat Gottes Prophet befohlen, daß man einen Toten ohne Gebet, ohne Leichenwäsche und ohne Totenhemd heimlich ins Grab legen soll? Hast du je sowas gehört? Außerdem steht eure Ehre auf dem Spiel, die Sünde nehme ich auf mich. Für dich erledige ich diese Sache mit Leichtigkeit.«

»Das heißt, du holst den Toten aus dem Grab? Angenommen, daß …«

»Was kümmert dich das? Ich zeige dir das Gesicht des Toten. Wenn du ihn erkannt hast, lege ich ihn auf seinen Platz zurück. Woher soll man überhaupt wissen, ob sie ihn nach religiöser Vorschrift begraben haben! Ich werde das dann nachholen.«

»Ich hab ihn einen Augenblick gesehen und nicht erkannt; wer sagt, daß ich ihn jetzt erkenne?«

»Die Hoffnung ist ja vorhanden. Wer er auch war, vom anderen Ende der Welt war er ja nicht gekommen, deine Kusine zu holen. Schließlich hast du ihn vielleicht sogar, wenn auch nur ein einziges Mal, gesehen. In den Tälern. In den Bergen. Oder auf dem Wochenmarkt in Nischabur. Vielleicht trägt er auch ein Amulett am Arm, auf dem sein Name und seine Herkunft stehen. Überhaupt, wer weiß, ob sie ihn nicht in seinen Kleidern beerdigt haben. Dies ist ein Versuch, ein Schuß ins Dunkle! Auch wenn du ihn nicht erkennst, siehst du mindestens die Stelle, wo deine Kugel ihn getroffen hat, und dein Herz kommt zur Ruhe. Aber wie du willst!«

Nade-Ali sagte: »Wir gehen. Auf der Stelle gehen wir. Du hast wohl kein Reittier bei dir?«

»Ich bin zu Fuß gekommen.«

»Gut, dann mach du dich auf den Weg, geh aus dem Dorf hinaus und warte an der Landstraße auf mich. Oder geh ganz langsam voraus, bis ich dich einhole. Ich muß erst mein Pferd satteln.«

Djomeh stand auf, nahm Nade-Alis Mutter den Topf mit Schmalz ab, steckte ihn in seinen Vorratssack, bedankte sich mit einem Segensspruch und ging zum Hoftor. Nade-Ali sattelte das Pferd, schloß das Tor, lief zum Brunnen, stellte sich auf den Stein und preßte den Fuß mit aller Kraft auf die Radspeichen und zog den Sack, in den Ssougi eingewickelt war, herauf.

Mah-Ssoltan kam ihm zu Hilfe, zog den Sack aus der Brunnenöffnung, kniete sich neben das Mädchen hin und nahm ihr, vor Angst zitternd, das Tuch vom Mund. Nade-Ali wickelte hastig den Strick vom Sack ab und zog das halbtote Mädchen heraus. Er packte sie am Handgelenk und zerrte sie wie ein geschlachtetes Schaf ins Zimmer, stieß sie in eine Ecke, zog die Jacke an und sagte zur Mutter: »Spritz ihr etwas Wasser ins Gesicht, ich komme bald zurück.«

Ohne sich das Gejammer der Mutter anzuhören, nahm Nade-Ali den Zügel seines Schimmels in die Hand, ging aus dem Tor, saß auf und trieb das Pferd an. Mohammad Djomeh hatte noch nicht das Ende der letzten Gasse erreicht, als Nade-Ali ihn einholte. Er ließ ihn hinter sich aufsteigen und galoppierte los. Unterwegs wagte Mohammad Djomeh nicht zu reden. Seine langen, trockenen Finger hatte er fest in Nade-Alis Gürtel gekrallt und die Brust an seinen Rücken gepreßt. Nade-Ali brannte noch im Fieber, achtete aber nicht darauf und galoppierte in Richtung Barakschahi. Mohammad Djomeh hielt die Lider geschlossen, drückte das Kinn auf Nade-Alis knochige Schulter und versuchte, die Angst vor dem schnellen Galopp zu ersticken. Nade-Ali stürmte rücksichtslos vorwärts und fürchtete sich nicht vor Löchern, Bächen und Gruben.

Beim ersten Hahnenschrei langten sie in Barakschahi an. Am Friedhof stieg Mohammad Djomeh vom Pferd und ging, während er die Riemen seines Vorratssacks über die Schultern legte, vor dem Reiter zwischen den Gräbern hindurch. Nade-Ali hatte den Schritt des Pferdes verlangsamt und hielt sich selbst mit Mühe im Sattel aufrecht. Schweiß rann ihm von den Schultern, seine Achselhöhlen waren tropfnaß. Auch sein Hals war naß, und seine Augenbrauen zuckten grundlos. Mohammad Djomeh, der mit etwas gebeugtem Rücken voranging, drehte sich plötzlich um und sagte: »Hier ist's. Spring ab. Bevor es hell wird, müssen wir die Sache beendet haben. Ich laufe jetzt gleich nach Hause und hole Spaten, Hacke und Laterne. Binde du vorläufig den Zügel an einen Ast des Baums da. Ich komme sofort zurück.«

Nade-Ali sah ihn wie einen Schakal zwischen den Gräbern auf sein Haus zulaufen. Als er den Friedhof hinter sich gelassen hatte, verlor sich Mohammad Djomeh im tiefen Schatten der Mauer. Nade-Ali zog sein Pferd zum Baum, band den Zügel an einen dürren Ast, strich dem Tier mit der Hand über Brust und Vorderbeine und massierte ihm die Schulter- und Lendenmuskeln. Das Pferd war naß von Schweiß, aber Nade-Ali hatte keine Lust, es auf den Gräbern herumzuführen, um den Schweiß etwas trocknen zu lassen. Er wagte es auch nicht. Die Friedhofsatmosphäre bedrückte ihn, und jetzt, da er sich mit seinem Pferd abgab, tat er das nur, um die quälenden Gedanken fernzuhalten. Eine Art verborgene Angst, eine Angst, die den Menschen immer begleitet und doch immer seinem Blick entzogen bleibt, war in Nade-Ali wach geworden: ›Was ist das für eine Sache? Bis wohin wird der Mensch getrieben? Wozu? Was schlummert in der Seele des Menschen, das ihn überallhin zieht? Wann wird er zufrieden, dieser Drache? Worauf habe ich mich da eingelassen? Friedhof! Nacht! Totengräber! Bin ich verrückt? Bin ich wahnsinnig geworden?‹

Wenn Mohammad Djomeh etwas später zurückgekehrt wäre, hätte Nade-Ali womöglich den Zügel vom Baum losgemacht, wäre in den Sattel gesprungen und vom Friedhof geflüchtet. Aber Djomeh kehrte zurück. Spaten, Hacke und eine noch nicht angezündete Laterne in der Hand, kam er auf Nade-Ali zugelaufen. Als er bei ihm anlangte, gab er ihm den Spaten, stellte die Laterne auf die Seite, spuckte in die Hände, ergriff die Hacke und sagte: »Besinn dich nicht lange. Wirf die Erde raus. So Gott will, braucht es nicht mehr als eine halbe Stunde. Nur, streng dich an. Streng dich an, daß wir die Erde rauskriegen. Das Wiederauffüllen ist dann meine Sache.«

Auch ohne Djomehs Ermahnung würde Nade-Ali sich beeilt haben. Fieber und Angst hatten ihn so in den Krallen, daß er mit aller Kraft den Spaten in die frische Erde stieß. Pausenlos arbeitete er. Ohne einen Augenblick innezuhalten. Schwitzend und fiebrig. Nur Soldaten können mit solcher Geschwindigkeit ein Schützenloch ausheben. Nade-Ali, der gestrige Soldat, hob jetzt ein Grab aus. Er keuchte heftig. In der ganzen Zeit richtete er sich nur ein einziges Mal auf, um den Spatenstiel in die andere Hand zu nehmen. Die scharfe Kante des Spatens stieß auf die Ziegelsteine, Mohammad Djomeh sprang in das Grab, schickte Nade-Ali hinauf und verlangte von ihm die Laterne. Nade-Ali reichte sie ihm. Der Totengräber hockte sich hin, steckte die Laterne an, scharrte für sie in einer Ecke ein Loch und stellte sie hinein. Dann machte er sich an die Steinplatte, hob sie langsam hoch und sagte zu Nade-Ali: »Komm runter!«

Nade-Ali ließ sich behutsam in das Grab gleiten und richtete Auge und Ohr auf Djomehs Mund. Der Totengräber sagte: »Nimm die Laterne, aber stecke sie unter deine Jacke. Halte den Schoß deiner Jacke darüber. Das Licht darf nicht nach draußen dringen.« Nade-Ali tat, wie er gesagt hatte. Der Totengräber fuhr fort: »Jetzt setz dich hin! Ich schiebe die Platte beiseite, richte du die Laterne unter deinem Jackenschoß nach unten, und sieh dir das Gesicht der Leiche an. Aber zuerst sag dreimal ›Im Namen Gottes‹ und blase die Worte um dich herum. Und nachher, wenn alles vorbei ist, mußt du die rituelle Waschung vornehmen. Jetzt setz dich!«

Nade-Ali kniete sich neben den Totengräber und hielt die Laterne so nach unten, daß er die dunklen, mit Erde bedeckten Hände des

Mannes deutlich sehen konnte. Der Totengräber sagte »Im Namen Gottes«, schob die Platte mühsam von ihrem Platz und stellte sie auf die Seite. Nade-Ali, der immerzu »Im Namen Gottes, im Namen Gottes« sagte, brachte die Laterne näher heran, um dem Toten ins Gesicht zu sehen. Er sah es, und sein Herz fiel in einen tiefen Brunnen. Wie er es in jener Nacht gesehen hatte, war die Kugel zwischen den Augenbrauen eingeschlagen und hatte die ganze Stirn zerfetzt. Die Augenhöhlen hatten sich mit Erde gefüllt, die Haare waren noch feucht von Blut. Plötzlich fuhr der Totengräber zusammen und wich zurück. Nade-Ali beugte sich vor. O Graus! Eine Schlange hatte sich um den Hals von Madyar geringelt und den Kopf in seine Schädelhöhle gebohrt! Angst und Entsetzen und Elend. Angeekelt schrie Nade-Ali auf, stürzte aus dem Grab und schlug dem Totengräber die Laterne auf den Kopf. Hemmungslos weinend und schreiend löste er den Zügel des Pferdes von dem dürren Ast und setzte erregt den Fuß in den Steigbügel: »Möge Gott dich noch elender machen, Mensch! Du hast mir meine Jugend vergiftet.«

Dies war erst der Anfang von Nade-Alis geistiger Zerrüttung. Bevor er das Pferd wenden konnte, erhob sich das Gebrüll des Totengräbers aus der Tiefe des Grabes: »Ich brenne, ach, ich brenne! Ich bin verloren! Sohn von Hadj Hosseyn, der Weizen für meine Kinder … Gott möge dich nicht jung sterben lassen!«

Nade-Ali hielt sich nicht länger auf. Wie der Wind galoppierte er davon, ließ Grab und Friedhof hinter sich und verschwand in die Nacht. Er war sicher, daß der Totengräber im Grab bleiben würde. Für immer. Die Schlange hatte ihn gebissen.

Vierter Teil

I

Mit jedem Atemzug setzte Ssougi den Fuß in einen Abgrund von Grauen. Einem erstickenden, unverständlichen Grauen. Die ganze Nacht ein einziges Grauen. Trotzdem hatte Ssougi alle Vorsicht von sich geworfen und ging auf der Brust der Steppe weiter. In einem Strudel von Verzückung und Erregung schritt sie aus. Die Arme seitlich ausgestreckt; mit wundem Herzen, aufgewühlt, wie wahnsinnig. Tapfer ging sie voran, ohne Angst vor den nächtlichen Schatten der Berge, der Hügel und der Steppe. Ohne Rücksicht auf die Müdigkeit der Beine, ohne Erbarmen mit dem zerschlagenen Körper. Voller Wut ging sie ihres Weges. Blut in den Augen, Schaum auf den Lippen, lief sie über Stock und Stein, zertrat Stacheln und Dornen der Steppe und eilte vorwärts.

Tanz des langen Rocks, Flattern des Kopftuchs im Wind.

Sich durchfragend war sie bis hierher gelangt, und nach den Worten eines Mannes, der seine kranke Frau auf einen Esel gesetzt hatte und nach Abdollah-Giw brachte, war es nicht mehr weit bis zum Lager der Mischkalli; Ssougi mußte vor dem Ende der Nacht beim Zelt von Kalmischi anlangen. Es waren jetzt zwei Nächte her, daß Ssougi das Haus verlassen hatte. In der ersten Nacht, kurz nachdem Nade-Ali und der Totengräber von Barakschahi fortgegangen waren, hatte auch Ssougi sich aufgemacht und war in die Nacht hinausgerannt. Mah-Ssoltan hatte sich ihr in den Weg gestellt, doch Ssougi war so tief verletzt und so außer sich, daß die alte Frau ihr nicht lange standhalten konnte. Wie eine Tigerin hatte Ssougi ihr mit den Nägeln das Gesicht zerkratzt, sie weggestoßen, das Tor ihr vor der Nase zugeschlagen und war geflohen. Die Nacht bis zum Tag, den Tag bis zur Nacht war sie gewandert. Jetzt schleppte sie sich das letzte Stück des Weges entlang, um Kalmischis Zelt zu erreichen, bevor ihr der Atem gänzlich ausging.

Es war nicht mehr weit bis zur Steppe beim Schwarzen Weiler.

Die Mischkalli-Frauen saßen um das Windlicht, als ein zerzauster Schatten ihre Blicke auf sich zog. Die Köpfe der Frauen drehten sich überrascht einem Mädchen zu, das mit staubbedecktem Rock und verrutschtem Kopftuch näherkam. Es blieb vor ihnen stehen und sah sie erschöpft an. Alle zuckten gleichzeitig zusammen. Die Fremde schien erregt und wirr zu sein. Staub hatte ihr Gesicht und Haar überzogen. Die Lider waren geschwollen, die Augäpfel blutunterlaufen, die Lippen verkrustet und die Fransen des Kopftuchs verfilzt. Ssougi konnte die ratlosen Blicke der Frauen nicht länger ertragen. Lippen und Kinn begannen ihr zu zittern, ihre Augenwinkel wurden feucht; sie fragte: »Will denn keine von euch sagen, daß ich mich setzen soll?«

Maral blickte Siwar an, und Siwar blickte auf den Mund ihrer Schwiegermutter, gespannt auf das, was sie sagen würde.

Erstaunt richtete sich Belgeyss halb auf, sah dem Mädchen genauer in die Augen und sagte, als erblickte sie jemanden, den sie vor langer Zeit einmal gekannt hatte: »Wer bist du, mein Kind? Zu dieser späten Nachtstunde, in dieser Wildnis! Du bist keine von uns, bist gewiß eine Fremde! Komm, komm näher. Komm hierher, setz dich ans Licht, damit ich dich besser sehen kann. Wer bist du?«

Belgeyss zog Ssougi an der Hand nahe an die Laterne und nötigte sie zum Sitzen. Belgeyss setzte sich neben sie, strich ihr die Haarsträhnen, die aus dem Kopftuch hingen und ihr in die Augen fielen, zurück und sagte mit einer Stimme, die einen zärtlichen Unterton hatte: »Schön, mein Lämmchen, nun erzähle mir mal, wieso du in diese Gegend gekommen bist. Und das zu einer solchen Stunde! Hast du dich verirrt, oder suchst du nach etwas Verirrtem? Hast du plötzlich Lust zu einer Wallfahrt bekommen, oder bist du deinem Ehemann davongelaufen? Bist du von einer Karawane abgekommen, oder ...«

»Nicht dies noch jenes, noch das andere. Zuerst sagt mir, ob ich hier nicht an den falschen Ort geraten bin. Ich wollte zum Lager von Kalmischi.«

»Das ist hier.«

»Wo sind denn eure Männer?«

»Bei den Schafen. Mit welchem hast du zu tun? Es wäre besser, wenn du uns zuerst sagtest, woher du kommst. Was hast du hier zu tun? Wie heißt du? Hast du eine Botschaft von irgendwo, irgendwem oder ...«

Ssougi hielt die Frauen nicht länger im ungewissen. Sie sagte: »Ihr habt sicher schon meinen Namen gehört? Ich heiße Ssougi. Ich ...«

Mehr zu sagen war nicht nötig. Die Erinnerung an Madyar zerriß die Nacht, die Frauen versanken in bedrückendes Schweigen. Nun hatten sie Ssougi, das Mädchen, das zu Madyars Lebzeiten jede sich auf ihre Weise vorgestellt hatte, vor Augen. Eine verdorrte Lilie, von Kummer entstellt, verwirrt und erregt. Die Hinterbliebene einer unseligen Liebe. Ihr Anblick ließ die Erinnerung an den stürmischen Madyar wieder aufleben. Deshalb war ihnen das Mädchen teuer und gleichzeitig verhaßt. Belgeyss sehnte sich nach ihr, besser gesagt: hatte sich nach ihr gesehnt. Viele Male hatte sie sich gewünscht, dieses Mädchen zu sehen.

›Was für ein Mädchen kann das sein, das Madyar bezaubert hat?‹ Tausendmal hatte sie das wissen wollen. Aber jetzt, wo sie Ssougi sah, fühlte sie nichts als schwarzen Kummer im Herzen. Die Erinnerung an den Bruder. Das war's, warum Widerstand sich in ihr regte und sie in Gedanken sah, wie sie Fleisch und Knochen des Mädchens zerriß, zermalmte. Eine schutzlose Schwalbe unter den Zähnen einer Viper.

Auch die anderen Frauen sahen sie nicht gerne. Denn ihrer Meinung nach war sie es gewesen, die Madyar in den Kugelhagel getrieben hatte. Abgesehen davon hatten sie aber Mitleid mit Ssougi. Als fühlten sie eine Gemeinsamkeit zwischen sich und ihr. Eine Art Leidensgenossenschaft. Wenn sie sich an ihre Stelle versetzten, konnte keine sie verurteilen. Sie hatte einen, den sie liebte, begehrt und ihn aus übergroßem Begehren verloren. Der jähe Tod von Madyar hatte keine der Frauen so getroffen wie sie. Ssougis Herz war ein lodernder Ofen, und die anderen hatten um seine Flammen einen Kreis gebildet und fühlten das Feuer nur von weitem. Also war die Eifersucht ihr gegenüber – falls es sie gab – unnütz. Sinnlos. War Engherzigkeit, Niedertracht. Das durfte nicht sein.

Ssougi drängte es zu sprechen: »Ich bin gekommen, euch zu sagen, daß ihr wenigstens etwas unternehmen müßt, damit sie seiner Leiche im Grab Ruhe gönnen. Nade-Ali ist entschlossen, egal wie, den Mörder seines Vaters zu finden. Mir hat er tausenderlei Demütigungen zugefügt, um mir den Namen Madyars zu entlocken. Aber ich habe alle Qualen ertragen und mich geweigert und ihm nichts gesagt. Er hat mich in den Brunnen gehängt, mich beschimpft, mit der Peitsche geschlagen, mir unflätige Worte gesagt und gedroht, mich zu erdrosseln, aber auch das hab ich ausgehalten. Habe nichts gesagt. Da wurde vorgestern abend ans Tor geklopft. Es war der Totengräber von Barakschahi. Er kam mit der

Nachricht, daß er die Spur des Mörders gefunden habe. Er nahm Nade-Ali mit zum Friedhof, um das Grab zu öffnen und die Leiche Nade-Ali zu zeigen. Was danach passierte, weiß ich nicht. Nun ist's eure Sache, was ihr mit dem Toten macht. Der Totengräber verlangte zum Dank Weizen und Butterschmalz. Ein hungriger, erbarmungsloser Mensch ist der. Als ich im Brunnen hing, hab ich seine Reden gehört. Aus dem, was er sagte, ging hervor, daß er zu allem bereit ist. Seht mich nicht so an! Wenn ich nicht hergekommen wäre und dies Leid in meiner Brust hätte verschließen müssen, wäre ich erstickt. Wäre erstickt. Bei Gott, ich habe keine Schuld. Ich sagte mir, du mußt gehen und ihnen das alles erzählen. Ich weiß, daß ich euch in Aufregung versetze, aber was soll ich tun? Ich konnte es nicht mehr aushalten, konnte es nicht.«

»Du meinst also, der Totengräber von Barakschahi hat ihn, den Jungen, mitgenommen und zur Leiche gebracht? Zum Grab? Hat ihn zu dem Toten geführt?« Das war Belgeyss, die da ungläubig und gequält so fragte, als ob jedes Wort vom Grund ihres Herzens gerissen würde.

Ssougi antwortete ihr: »Es ist so, wie ich gesagt habe. Alles, was sie redeten, hab ich mit meinen eigenen Ohren gehört. Ich sah sie fortgehen. Das heißt, Nade-Ali schickte den Totengräber voraus, dann zog er mich aus dem Brunnen, stieß mich ins Zimmer, sprang auf sein Pferd und folgte dem Totengräber. Jetzt fleh ich euch an, tut wenigstens etwas, damit seine Leiche im Grab nicht zu leiden braucht. Ich ... ich könnte diese Demütigung nicht ertragen. Madyars Grab ist wie mein eigenes Grab!«

»Schön, mein Kind! Aber mit deinem Hierherkommen hast du alles noch schlimmer gemacht! Wenn die merken, daß du dich zu uns auf den Weg gemacht hast, wird ihnen klar, daß alles mit den Zelten der Mischkalli zusammenhängt! Hast du nicht an die möglichen Folgen gedacht? Und das in diesem Jahr der Armut und des Unheils! Haben wir nicht schon genug Schwierigkeiten? Wenn sie nun deine Spur verfolgen und den Weg hierher finden, werden sie sich an uns halten! Was sollen wir dann tun?«

»Was blieb mir übrig? Ich bin noch keine zwanzig Jahre alt und schon ins Elend geraten! Mein Vetter geht mit mir um wie mit einer Gefangenen. Wenn er mich doch wenigstens wie eine Dienstmagd behandelte! Weshalb erdulde ich das alles? Für wen? Für mein Herz und für Madyar.

Wohl bekomm's mir! Von niemandem erwarte ich einen Dank. Ich hab es selbst so gewollt, recht geschieht mir, ich ertrage das. Muß es ertragen. Aber zumindest muß ich das Recht haben, um meinen Geliebten zu trauern, oder etwa nicht? Wenn ich sehe, daß zwei wilde Tiere zu seinem Grab rennen, um es gewaltsam zu öffnen, bricht mir das Herz. Was soll ich tun? Soll ich mich freuen? Oder stillhalten und zusehen? Das kann ich doch nicht! Oder? Was würdet ihr an meiner Stelle tun?«

Es gab nichts zu erwidern. Keine fand etwas zu sagen. Also Schweigen. Jede machte sich an ihre Arbeit. Maral, die näher am Licht saß als die anderen und einen Strumpf strickte, rührte die Finger und heftete den Blick auf ihr Strickzeug. Mahak stand auf und kroch ins Zelt. Und Siwar, die die Hände geballt und das Kinn darauf gelegt hatte, seufzte kurz auf, setzte sich zurück und starrte irgendwohin ins Dunkel. Als wäre der Kummer der ganzen Welt in ihr Herz geflossen: ein Kummer, dessen Wurzel unsichtbar war und den Ssougis Kommen, ihre Reden und ihre Verfassung in Siwars Brust aufgeweckt hatten. Züngeln zahlloser Schlangenzungen. Schmelzend und jede Widerstandskraft lähmend. Sie stand auf, um irgendwohin zu gehen und allein zu sein. Und Belgeyss sagte nichts zu ihr. Ließ sie gehen. Siwar ging und entschwand in der Schwärze der Nacht.

Belgeyss hob den Blick von Ssougis Gesicht, ein kurzes Wimmern entrang sich ihr; sie stand auf und ging ins Zelt, brachte ein Stück Brot und etwas Joghurt, legte das vor Ssougi hin und sagte: »Iß! Du hast sicher nichts gegessen? Iß!«

»Wasser, gib mir etwas Wasser. Ich hab Durst. Meine Zunge ist vor lauter Durst rissig geworden.«

Ehe Belgeyss sich bewegen konnte, stand Maral auf und brachte für Ssougi eine Schüssel Wasser. Ssougi trank einen Schluck, stellte die Schüssel auf den Boden und sagte: »Ich bin ohne anzuhalten hierhergekommen. Ich weiß nicht, wieso ich unterwegs nicht ohnmächtig geworden bin! Den Hunger hatte ich vergessen. Jetzt ...«

»Jetzt vergiß das alles für eine Weile. Ruh dich aus, und iß dein Brot. Iß! Ich mach dir auch einen Becher Tee.«

Belgeyss schob ihr das Stück Brot und die Schüssel Joghurt näher hin, stand dann auf und ging den Teekessel holen. Dann machte sie Feuer und setzte sich dort, neben dem Herd, hin, stützte das Kinn in die Hand und starrte gedankenverloren in den Rauch, der von der Feuerstelle aufstieg.

Inzwischen blieben Ssougi und Maral sich selbst überlassen. Mit ihrer Arbeit beschäftigt, musterte Maral verstohlen die andere. Es war deutlich zu sehen, daß sie das trockene Brot nur mit Mühe hinunterschlucken konnte; daher trank sie zu jedem Bissen einen Schluck Wasser. Maral senkte den Kopf, damit Ssougi nur ja nicht glaubte, sie zähle ihre Bissen: Ein für den Gast beleidigender Gedanke und beschämend für den Gastgeber, auch wenn nichts als ein Stück trockenes Brot da ist. So tat Maral, als vertiefe sie sich ganz in ihre Arbeit, und Ssougi, deren Kiefer sich auf einmal langsamer bewegten, richtete wie eine Kranke furchtsam die Augen auf Maral. Als hätte ein Wolf sein Auge auf ein Lamm geworfen, um sich gleich daraufzustürzen. Der irre, flackernde Blick Ssougis machte diesen Eindruck; aber in ihrer Brust hatten sich andere Worte angesammelt: ›Ich hab doch wohl keinem den Platz weggenommen?‹ Mit dem gleichen furchtsamen Unbehagen in den Augen fragte sie: »Ha? Was soll ich tun? Hab ich wirklich schlecht daran getan, daß ich zu euren Zelten gekommen bin?«

Was konnte Maral ihr sagen? Was ihr antworten? Eure Zelte?

»Schwesterchen, hier … unsere Zelte … unsere Zelte … was soll ich dir sagen? Dies hier sind die Zelte der Kalmischi. Ich bin eine Fremde wie du. Bin hier ein Gast. Ich weiß nicht, wie ich's dir erklären soll. Ich bin die Nichte von Belgeyss. Das heißt, ich habe notgedrungen Zuflucht bei meiner Tante gesucht. Was mit dir ist, weiß ich nicht. Ich kann nicht sagen, ob du gut daran getan hast herzukommen. Ich weiß es nicht. Jedenfalls bist du gekommen. Gewiß blieb dir nichts anderes übrig. Du hast ja selbst gesagt, du konntest es nicht aushalten, und bist deshalb hergekommen. Nun ist ja auch nichts Besonderes passiert! Du bist eben gekommen. Ich verstehe deinen Schmerz. Meine Tante ist kein Unmensch. Diese Reden führt sie aus lauter Angst um ihre Söhne. Du weißt ja selbst, die Menschen dieser Gegend sind dieses Jahr von Unglück verfolgt. Die Schafe legen sich eins nach dem andern auf die Erde und verenden. Und dieser andere Vorfall hat alle in Trauer versetzt. Alles ist zusammengekommen. Und ich … was weiß ich! Vielleicht bin ich ihnen eine Last! Wenn Belgeyss harte Worte braucht, kommt das daher.«

»Ich verstehe, was du sagst. Ich verstehe. Aber ich hätte gern deinen Vetter, den Gol-Mammad, gesehen. Madyar hat viel von ihm gesprochen. Ich möchte ihm das alles erzählen. Meinst du, er kommt heute nacht?«

»Was soll ich sagen? Vielleicht kommt er, vielleicht kommt er auch nicht. Er ist zusammen mit den anderen Männern bei den Schafen. Wir haben vor kurzem die Tiere auf die Stoppelfelder getrieben. Eigentlich muß er kommen. Was weiß ich? Er will noch irgendwohin reiten.«

Ssougi war mit Essen fertig, sprach ein Dankgebet, schlang die Arme um die Knie und stützte das Kinn darauf. Maral wußte nicht, was sie ihr noch sagen sollte. Sie hätte sie trösten mögen; aber mit welchen Worten? Das wußte sie nicht.

Offenbar kann man dem Mädchen nicht so leicht die Last von der Seele nehmen. Sie ist unruhig. Von Zeit zu Zeit schauert es sie, ihr Körper zuckt, den Kopf wendet sie unwillkürlich hin und her. Sie beißt sich auf die Lippen, preßt die verschränkten Hände zusammen, schlägt mit der Stirn auf die Knie. Einen Augenblick wird sie ruhig, und dann überfällt sie wieder ein Zittern. Sie atmet langsam und stoßweise, rutscht auf ihrem Platz hin und her, dreht und windet sich. Krümmt sich. Ist unruhig wie eine Schlange, deren Lebensgefährten man getötet hat. In ihrem Inneren scheint ein Aufruhr zu toben. Wenn sie den Kopf hebt und den Blick auf eine Stelle oder einen Gegenstand heftet, sträuben sich Maral die Haare. Es ist, als flösse Gift in ihren Adern. Auch wenn Maral etwas einfiele, was sie ihr sagen könnte, brächte sie es nicht fertig. Das Mädchen läßt kein Gespräch aufkommen. Vollkommen wirr ist sie. Als käme sie aus einem anderen Land mit anderen Verhältnissen. Vorher war sie doch nicht so!

Plötzlich: »Es heißt, die bösen Geister hausen unten im Brunnen, ha? Hast du das nicht gehört? Was treiben die Geister auf dem Grund des Brunnens? Ha?«

»Ich ... ich weiß nicht ... bis jetzt hab ich sie nicht gesehen.«

»Ich ... ich glaub, ich hab sie gesehen. Unten im Brunnen hab ich sie gesehen. In jener Nacht. Auch ihre Stimmen hab ich gehört. Und als ich von Tscharguschli wegging, waren ihre Schatten hinter mir her. Sie folgten mir dicht auf dem Fuß. Dauernd riefen sie mich. Ihre Stimmen waren wie Kamelglocken, wenn sie aus der Ferne ertönen. Ich drehte mich nicht nach ihnen um, aber ich sah sie. Ich kehrte ihnen den Rücken zu und lief. Sie sagten zu mir: Komm, werd unsere Braut. Komm, Braut! Ich lief, kehrte ihnen den Rücken zu und lief. Lief, stieg aus dem trockenen Flußbett, erreichte die Landstraße und sagte, um sie zu verscheuchen: Im Namen Gottes. Ich bin doch wohl nicht verrückt geworden, ha? Oder doch? Die haben mir doch wohl kein Leid angetan? Oder doch? Ich bin doch wohl nicht krank, oder? Ha? Fehlt mir etwas oder nicht? Siehst du was? Ha?«

Maral bekam es mit der Angst. Ihr war, als wäre ihre Zunge gelähmt. Sie wollte aufstehen, fortlaufen und schreien. Die Stimme des Mädchens hatte einen anderen Klang, ihr Blick einen anderen Ausdruck angenommen. Nicht plötzlich, sondern ganz allmählich hatte sich eine dumpfe Angst vor Ssougis Augen und Stimme in Marals Seele gebohrt. Wie wenn man zwischen einer Zange steckt. In ihrer Verzagtheit wußte sie nicht, wie sie sich zu dem Mädchen verhalten sollte. Wie vor den Kopf war sie geschlagen. Sie wollte aufstehen, aber es war, als drückten irgendwelche Hände sie an den Boden. Sie wollte sich nach Belgeyss umdrehen, aber es war, als ob sie in einen engen Rahmen gespannt wäre. Sie wollte rufen, aber ihre Kehle war wie zugeschnürt. Deshalb starrte sie weiter ratlos, verstört und ängstlich, auf ihrem Platz festgenagelt, in Ssougis weit aufgerissene Augen. Richtiger gesagt: Ssougi hielt sie mit ihren Blicken in Bann, und sie hatte den Eindruck, daß, wenn sie sich von der Stelle rührte, Ssougis Finger sie am Kragen packen würden. Ein Grauen hatte sie erfaßt. War dies wirklich das gleiche Mädchen, das vor kurzem aus dem Dunkel auftauchte, zu ihnen trat und sich hinhockte? Warum war sie auf einmal so ganz anders?

»Meinst du, sie kommen wieder? Ha? Was meinst du? Ha? Ich … was soll ich ihnen antworten? Wenn ich unfreundlich zu ihnen bin, kann es ja sein, daß sie zu Madyar gehen und ihn quälen! Dann … dann bin ich vor Gott schuldig, nicht wahr? Du … du sag mir, was ich tun soll! Was kann ich tun? Ha? Hoffentlich glaubst du nicht, ich hab den Verstand verloren, ha? Nein, ich schwöre bei dem Gott über uns, daß mein Verstand an seinem Platz ist! Bei Gott! Aber ich hab ihre Schatten gesehen. Sie glichen der Mutter von Nade-Ali. Schwarz gekleidet. Ich … ich hab Angst, daß ich plötzlich verrückt werde! Ha? Sieh mal, nimm meine Hand und fühle, ob ich nicht Fieber habe. Ha? Fühl mal!«

Ssougi hatte ihre Hand Maral hingestreckt; aber Maral konnte nicht einmal eine Wimper rühren. Sie war vor Entsetzen gelähmt. Sie wollte sich zwingen, Ssougis Hand zu ergreifen, brachte es aber nicht fertig. Als hätte jemand ihre Arme fest zusammengeschnürt. Sie biß sich auf die Lippen, atmete tief aus, entspannte sich, zwang ihre Glieder zum Gehorsam, und jetzt konnte sie mühsam die Lider einen Moment schließen und wieder öffnen und ihren gewöhnlichen Blick zurückerlangen. Endlich konnte sie Ssougis Gesicht, so wie es in Wirklichkeit war, sehen.

»Hast du Angst vor mir? Fürchtest du dich, meine Hand zu nehmen? Hast du Angst, daß ihr Geruch sich auf dich überträgt?«

Offenbar war Ssougi tief gekränkt. Maral streckte die Hand aus, um ihre Hand zu ergreifen, aber plötzlich zog Ssougi sie wütend zurück, verbarg sie unter dem Arm, senkte den Kopf auf die Brust und saß niedergeschlagen und bewegungslos da wie eine kranke Taube, die den Kopf unter die Flügel gesteckt hat. Maral suchte nach einem Wort, das sie vielleicht trösten und aus ihrer Trübsal befreien konnte. Doch ehe sie ein sanftes Wort gefunden hatte, kam Tante Belgeyss mit dem Tee, setzte sich, goß den Becher voll, stellte ihn Ssougi hin und sagte: »Trink, mein Kind. Trink, mein unglückliches Kind. Trink, damit die Müdigkeit aus deinem Körper weicht ... Ha! Was ist passiert?«

Erst jetzt merkte Belgeyss, daß in ihrer Abwesenheit etwas vorgefallen war. Denn Ssougi hielt noch immer den Kopf gesenkt und schien ihre Worte nicht gehört zu haben. Belgeyss drehte sich Maral zu, Maral wandte sich ab und schüttelte traurig den Kopf. Bestürzt wanderte Belgeyss' Blick zwischen Ssougi und Maral hin und her. Was war geschehen?

»Ha? Was ist geschehen?«

Ssougi hob den Kopf, sah Belgeyss ruhig ins Gesicht und sagte unglaublich eigensinnig: »Ich geh nicht von hier fort. Hier hat Madyar gelebt. Ich geh nicht von hier fort.«

»Hier?«

Belgeyss sah Maral an. In Marals Augen fand sie keine Antwort. Sie sah Ssougi an. Die hatte das Gesicht im Ärmel versteckt und war wieder verstummt. Noch einmal sah Belgeyss Maral an. Als ob sie mit aller Gewalt ein Wort aus ihr hervorlocken wollte. Maral vermochte den

Zustand von Ssougi nur andeutungsweise zu erklären und sagte schließlich, das Mädchen sei krank. Belgeyss beruhigte sich, rückte näher an Ssougi heran, legte ihr mütterlich die Hand auf den Arm, schüttelte sie ein wenig und sagte mitleidig: »Wie du möchtest, meine Liebe. Bleib hier. Bleibe. Ich hab nichts dagegen. Jetzt trink deinen Tee. Trink ihn. Er wird dir gut tun. Und jetzt breite ich das Bettzeug aus, damit du schläfst. Du mußt schlafen. Der Weg ist anstrengend gewesen. Hat dich ganz kaputt gemacht. Trink. Trink deinen Tee, meine Liebe. Trink, damit ich ...«

Plötzlich hob Ssougi wie eine vor Kälte erstarrte Schlange wieder den Kopf, heftete ihren leblosen, angsterregenden Blick auf Belgeyss' Gesicht und sagte: »Ich muß das alles auch Gol-Mammad sagen. Wo ist er jetzt?«

»In der Steppe. Trink nun deinen Tee aus. Der ist gut für deinen erschöpften Körper. Beruhigt dich. Und gleich breite ich für dich Bettzeug aus, damit du schlafen kannst.«

Belgeyss stand auf und ging ins Zelt, um für Ssougi ein Lager zurechtzumachen. Ssougi nahm ruhig den Becher und führte ihn an die Lippen. In ihrer Erregung glaubte Maral, Ssougi würde nun irgend etwas Ungewöhnliches tun, aber nichts dergleichen geschah. Sie trank ihren Tee aus, und noch bevor Belgeyss sie rufen konnte, stand sie auf, ging zum Zelt, verschwand in dessen Dunkel und ließ Maral mit ihren Gedanken allein. Kurz darauf trat Belgeyss aus dem Zelt, setzte sich dicht neben Maral, seufzte, goß sich einen Becher Tee ein und sagte leise: »Woher ist sie nur aufgetaucht?«

Maral sagte: »Sie ist krank. Hat sich geängstigt. Sie phantasiert. Wir müssen für sie ein Amulett besorgen. Mir hat sie mit ihren Reden Furcht eingejagt. Sie scheint im Brunnen einen Schock bekommen zu haben! Ist vollkommen durcheinander! Der Heilige Emam Resa möge ihr helfen. Sie ist noch so jung.«

Belgeyss sagte vor sich hin: »Ich bin ein Unglücksrabe, ein Unglücksrabe! Was ist mir nur auf die Stirn geschrieben? Was?«

Maral fragte: »Hast du sie schlafengelegt?«

»Sie hat sich hingelegt. Sie ist müde, erschöpft. Sie wird einschlafen. Wo sind die anderen hingegangen?«

Mahak trat aus dem Zelt, mit einem Stück Brot und etwas Butterschmalz in der Hand. Sie setzte sich zu ihnen, strich das Schmalz mit dem Finger aufs Brot und bot das Brot aus Höflichkeit Maral und Belgeyss an. Die sagten »Wohl bekomm's«, und Mahak machte sich ans Essen. Als Belgeyss ihren Tee ausgetrunken hatte, sagte sie: »Es wäre besser, wenn wir uns auch einen Bissen Brot in den Mund stopften und uns hinlegten. Ruf mal diese Siwar und sieh, wo sie ist. Hay ... Wo bist du, Mädchen? Komm, iß und trink was.«

Wie ein Schatten tauchte Siwar aus dem Dunkel auf, langsam und graziös, blickte auf den leeren Platz von Ssougi und fragte unvermittelt: »Ist sie weg?«

»Nein, sie ist hier. Wohin warst du denn verschwunden?«

»Ich ging die Pferde und Esel holen. Sie hatten sich weit entfernt. Auf einmal könnte ja so ein gottloser Landstreicher vorbeikommen und sie mitnehmen.«

Belgeyss sagte nichts mehr; sie stand auf, um Tischtuch und Brot zu holen. Im Gehen sagte sie: »Eine von euch kann sich die Hände waschen und etwas abgetropften Joghurt aus dem Schlauch nehmen, damit wir was zu unserem Brot haben.«

Maral stand auf, und einen Augenblick später war das Tuch ausgebreitet, und die Frauen setzten sich im Kreis darum. Alle schwiegen, doch das, was die Gedanken aller beschäftigte, war das plötzliche Auftauchen von Ssougi und das Ausbleiben der Männer. Im Hintergrund aber marterte noch ein Gedanke die Hirne: das Schafsterben. Es war, als hätte keine das Herz, darüber zu sprechen. Schweigen war der einzige Balsam für die Herzen. Aber das Schweigen hielt nicht lange an. Mahak sagte leise, wie zu sich selbst: »Ich bin in Sorge. An der Quelle sagten auch die Frauen aus Schadgoli, daß sich in den Eingeweiden ihrer Schafe Würmer gefunden haben.«

Belgeyss spitzte die Ohren und fragte: »Haben sie nicht gesagt, was sie dagegen tun wollen?«

»Sie sagten, ihre Männer seien zusammengekommen, um zu sehen, was sie unternehmen können. Aber sie sagten auch, Ssamssam Chan habe einen Tierarzt aus Maschhad geholt und seine eigenen Tiere impfen lassen.«

Mit leichter Bitternis sagte Belgeyss: »Ssamssam Chan kann das. Er ist ein Stammeshäuptling. Warum soll er's mitansehen, wie seine Tiere eingehen? Er steht mit einflußreichen, bedeutenden Männern in Verbindung. Mit denen, die jedes Frühjahr mit Flöten und Trommeln zum Kelidar kommen, gebratenes Lamm essen und Wein dazu trinken. Und jetzt müssen sie ihm eben für seine Herden einen Arzt und Medikamente schicken. Schließlich wäscht eine Hand die andere! Wenn die Schafe von Ssamssam Chan mitten im Jahr eingehen – wer soll dann den Herren wertvolle Teppiche und Pelze schenken? Wer soll dann vor dem Leiter der Gendarmerie einen Widder opfern? Wer soll ihnen dann Schläuche voll Butter und Joghurt und Sahne ins Haus schicken? An wessen Tisch sollen die Herren dann Lämmer essen, deren Bäuche mit Mandeln, Pistazien, Kastanien, Rosinen und Gewürzen gefüllt sind?«

Niemand gab Belgeyss eine Antwort. Es schien, daß alle ihr zustimmten.

Als sie mit dem Essen fertig waren, sagte Belgeyss: »Steht auf, steht auf. Steckt eure Köpfe unter die Flügel und schlaft. Mal sehen, was morgen wird!« Die Frauen räumten ab, und jede begab sich zu ihrem Zelt. Belgeyss, die mit dem Tuch in den Händen dastand, rief ihnen nach: »Du, Siwar, geh ins Zelt von Mahak, und leg dich dort schlafen. Und du, Maral, geh zu diesem Mädchen, und breite dein Bettzeug neben ihr aus. Ich selbst lege mich hier draußen vor den Zelten hin und halte die Augen offen, bis einer von den Männern erscheint. Einer wird bestimmt kommen. Geht ihr und schlaft ruhig. Ich bleibe wach. Geht. Warum trödelst du rum, Mädchen?«

Belgeyss meinte Maral. Mahak und Siwar waren in ihr Zelt gegangen; aber Maral stand noch mit gesenktem Kopf am Zeltpfosten. Belgeyss trat zu ihr und sagte: »Ha? Worauf wartest du noch? Hast du Angst, mit ihr im gleichen Zelt zu schlafen?«

Zweifelnd, furchtsam hob Maral langsam den Kopf und wollte schon mit einem halben Blick auf die Tante bejahend nicken, hielt sich aber im letzten Moment zurück. Sie ahnte, wenn sie so etwas sagte, würde sie in Belgeyss' Achtung sinken. Warum Angst? Wollte sie denn den Fuß in einen Wald voller Panther oder in einen Löwenkäfig setzen? Dies Mädchen war doch nichts als ein Mädchen! Auch wenn jeder ihrer Finger zu einem Dolch würde, konnte sie es doch immer noch nicht mit ihr, Maral, aufnehmen. Wozu denn auch? Aufgrund welchen Streits? Was hatte Maral ihr denn getan? Nichts. Warum also? Weil das Mädchen erregt war? Ja und?

Maral kroch ins Zelt, und Belgeyss warf sich einen Kelim über die Schultern, kauerte sich unter den Baum und bohrte die Augen wie eine Eule in die Nacht. Besorgt und konfus. Ihr war, als flögen unheilverkündende Vögel krächzend um ihren Kopf. Eine Art Betäubung war über sie gekommen. Mutlos war sie, als hätte sie eine Unglücksbotschaft vernommen. Die dunkle Zukunft, eine heimliche Angst vor der dunklen Zukunft ihrer Familie rumorte in ihr. Eine ungewisse Angst. Alles, was bis jetzt geschehen war und noch geschah, war unerfreulich, qualvoll, beängstigend. Versetzte Herz und Seele in Aufruhr. Die Ordnung des Lebens war aus den Fugen geraten. Welle auf Welle brandete heran; sie überschlugen sich, stiegen einander auf die Schultern und fielen plötzlich in sich zusammen. O Grauen! Grauen! Hat etwa ein Halunke die Familie verflucht? Ist etwa das Leben dabei, in Trümmer zu fallen? Ist nicht etwa das Ende nahe? Nach wem soll man die Hand um Hilfe ausstrecken? Bei wem soll man Zuflucht suchen? In wessen Ohr soll man klagen, welches Höllenwesen an der Kehle packen, die Zähne in die Gurgel welches Blutsaugers schlagen? Gegen welche Wand soll man mit dem Kopf rennen, aus der Hand welches Unmenschen soll man Brot nehmen? O Dumpfheit. O Blindheit. O Vernichtung. Sterben mit jedem Schaf; die Seele aushauchen beim Tod jeder Ziege, jedes Hammels, jedes Lamms, jedes Widders ... Der schwere Kummer des Kalmischi-Lagers lastet auf Belgeyss' Herzen; aber er ist allein und verborgen, so allein und verborgen wie Belgeyss, die da in ihrer tiefen Einsamkeit auf der grauen Ebene von Kelidar hockt. Sie allein verkörpert der Nomadenfrauen jahrtausendealtes Leid. Knoten des Kummers, Wurzel des Leidens, Hände der Arbeit, Brust für die Kinder – diese Frau, die längst zu einem Felsen geworden ist.

Ein Stein riß sich aus der Tiefe des Himmels los; ein Dolch zog eine Linie über die schwarze Brust der Nacht und fiel irgendwohin, vielleicht in einen alten Friedhof. Der gebrochene Dolch des Sterns ritzte die Haut der Nacht. Belgeyss wandte den Blick vom Himmel ab und zog den Kopf ein. Als wollte sie der Stimme ihres Herzens lauschen. Aber was sagte ihr Herz zu ihr? Nichts! Es schwieg: ein Feuer, dessen Flammen zu einem Haufen Asche geworden sind. Asche, dunkel und dumpf. Und wenn es noch einen Funken gab, war er unter der Asche verborgen. Dem Auge verborgen. War Zeuge eines Rests von Glut und Anzeichen einer siedenden Quelle durstigen Feuers, die von der Masse der Asche verschüttet worden war und jetzt vielleicht einen anderen Weg suchte, um hinauszusprudeln. Aber wann?

Fieber und Unruhe erschütterten Belgeyss' Inneres. Vor ihren Augen neigten sich die Zeltpfosten, verloren ihren Halt. Eine Art Schwächung war in allen Gliedern der Familie hervorgetreten. Etwas war dabei, verlorenzugehen. Eine Getreidegarbe drohte vom Wind verweht zu werden; und die Seele der Mutter war dunkel. Der morgige Tag war, wenn nicht ein tiefer Abgrund, so doch eine Ebene voller Schrecknisse und Dunkelheit. Der kommende Tag, die kommenden Tage ... Die Wechselfälle der Zeit standen vor den Augen. Für die Männer war das – vielleicht – nicht so schreckenerregend. Sie würden die Augenbrauen runzeln, auf die Erde spucken, sich Gefahren aussetzen, würden Tag und Nacht sich abrackern und kämpfen und hinter Brot sogar bis Samarkand rennen. Aber was von all dem den Frauen zuteil wurde, war Angst, war Aufregung, war Kummer, war Sorge. Und unter all den Frauen war Belgeyss der Tummelplatz von Leiden und Schmerzen. Sie saß allein für sich und dachte über alle ihre Lieben nach. Was zeitigten ihre Gedanken? An welchen von ihnen soll sie denken? Soll sie zu ihrem Herzen von Abduss sprechen oder vom Dürrejahr? Von ihrem Chan-Mammad oder von den trockenen Äckern? Von Madyar oder dem Himmel? Soll sie von der Angst um ihren Gol-Mammad sprechen oder von dem Kummer um die Herde? Soll sie über das Leben klagen oder über dieses Mädchen, das krank, wie eine vor dem Jäger geflüchtete Gazelle zu ihrem Zelt gekommen ist und jetzt in einem Winkel schläft? Wovon soll sie sprechen, an wen soll sie denken? Geschichten, so zahlreich wie die Sterne am Himmel, hatten sich in ihrer Brust angesammelt. Wer von ihnen allen stand ihr am nächsten?

Belgeyss lehnte den Kopf an den Baumstamm und versuchte, das Zittern ihrer Lippen zu unterdrücken. Sie biß sich auf die Lippen, hob den Saum des Kopftuchs und bedeckte ihr Gesicht. Als ob jemand sie beobachtete und sie nicht wollte, daß Augen, außer den Augen ihres Innern, ihr gequältes Gesicht sähen. Belgeyss verbarg sich vor der Nacht und vor der Steppe. Von den Mädchen war ja sicher keine wach, um sie aus einem Spalt des Zelts verstohlen anzusehen. Aber Belgeyss konnte das nur vermuten.

In Ssabrous Zelt hatten sich Siwar und Mahak nebeneinander ausgestreckt und waren noch wach. Siwar hatte ihre trockenen Augen ins Dunkel des Zelts gerichtet und dachte auch über die kleinsten Vorfälle und Augenblicke nach. Gedanken reihte sie an Gedanken. Aber Abschluß und Krönung ihrer Gedanken bildete ihr Mann. Gol-Mammad. Soll die Welt vergehen, aber Gol-Mammad für sie auf der Erde bleiben. Doch was war das für ein Zweifel, was für ein Argwohn, der sich da in ihrem Herzen eingenistet hatte? Was war es, das die Beziehung zwischen ihr und Gol-Mammad beeinflußte und das sie nicht klar erkennen konnte? Sie sah das alles nicht, fühlte aber dessen Schatten um sich herum wie in einer dunklen Staubwolke. Warum hatte Siwar in diesen paar Monaten ausschließlich an Gol-Mammad gedacht? Warum endeten ihre Gedanken, woher und wovon sie auch ihren Ausgang nahmen, bei Gol-Mammad? Eine gut abgerichtete Stute, die, wo man sie auch in der Steppe freiläßt, sich wieder auf der heimatlichen Weide des Lagers einfindet! Was war geschehen? Wo war etwas in Bewegung geraten?

»Du hast Angst vor Maral, nicht wahr?«

Die unverblümte Frage Mahaks riß Siwar aus ihrem Grübeln; ihr Herz pochte wie das Herz eines aufgescheuchten Falken. Verwirrt stotterte sie unwillkürlich: »Nein. Nein. Warum? Weshalb vor ihr? Etwa … warum sie? Ha? Wie kommst du darauf?«

Mahak sagte: »Durch das, was ich bis jetzt gesehen habe. Seit sie zu den Zelten gekommen ist, hat sich deine Stirn nicht mehr geglättet! Du hast keine Lust, mit anderen zu reden. Deine Hausarbeit tust du nur notgedrungen und mürrisch! Siehst Maral nicht an. Meidest sie. Die Männer merken das vielleicht nicht, aber ich bin von gleicher Art wie du. Solche Sachen merke ich schnell. Jede Frau merkt sowas. Glaubst du, Belgeyss hat keinen Verdacht geschöpft? Auch sie hat's gemerkt. Nur zeigt sie's nicht. Weil sie mehr als genug Kummer und Sorgen hat! Genauso auch Maral. Sie weiß, läßt sich aber nichts anmerken!«

»Wieso? Wieso sie?«

»Siehst du, wie sich deine Ohren spitzen? Man kann doch nicht etwas bis zum Auferstehungstag vor den Augen seiner Nächsten verstecken! Schließlich fällt eines Tages diese Maske. Alles offenbart sich. Ich hab schon in den ersten drei, vier Tagen verstanden, was los ist! Und nun …«

Siwar fragte geradeheraus: »Was hat sie gesagt? Was sagt sie? Was hat sie vor, ha? Bei den Haaren von Ssabrou beschwör ich dich – erzähl es mir! Ich will es wissen.«

»Sie sagt nichts. Aber ich erkenne es an ihrem Verhalten. An ihren Blicken. Die Augen von Maral sind solche Augen, die alles ausdrücken. Wie ein Spiegel. Alles kann man in ihnen sehen. Sie ist dir nicht übel gesinnt, aber …«

»Aber was? Hat sie was vor? Nein! Ich glaub's nicht. Weißt du denn nicht, daß sie einen Verlobten im Gefängnis hat? Weißt du das nicht?«

»Wie soll ich das nicht wissen?«

»Schön, was noch?«

»Mehr weiß ich nicht.«

»Aber ich will es wissen. Versuche, es für mich herauszufinden. Beim Leben von Ssabrou beschwör ich dich, tu das für mich. Ständig zittre ich und bin in Aufregung. Keine Nacht schlafe ich ruhig. Ich habe mir angewöhnt, alles mit Argwohn zu betrachten. Mit Argwohn. Ich fürchte, ich werde krank. Sei wie eine Schwester zu mir. Sei großmütig, Mahak! Solange ich lebe, werd ich dir dienen, werde dir dankbar sein. Mahak, bei wem soll ich dich beschwören?«

»Na schön! Ich hör ja. Sprich nicht so laut, sonst verstehen alle, was los ist. Gut, ich spreche mit ihr. Vielleicht kann ich etwas aus ihr herauslocken. Vielleicht finde ich heraus, was sie im Sinn hat. Ich spiele für dich den Spion! Etwas, was ich bis jetzt noch nie getan habe. He! Ich versuche, sie so weit zu bringen, daß sie sich verplappert. Vielleicht öffnet sie mir ihr Herz. Wenn es aber so ist, wie du denkst, was dann?«

»Nein, so ist's nicht. So ist's nicht. Einmal hat sie mir sogar offen gesagt, daß sie nicht daran denkt, mir meinen Mann wegzunehmen. Das hat sie mir selbst gesagt … Aber ich weiß nicht, warum sich auch da mein Herz nicht beruhigte. Warum beruhigt sich mein Herz nicht? Die Angst hat mich gepackt! Ich sehe Gespenster! Ich weiß nicht. Ich weiß nicht.«

»Beruhige dich nun. Mach die Augen zu, vielleicht schläfst du!«

»Ich kann nicht. Ich kann nicht.«

»Warum hast du dich denn aufgerichtet? Leg dich wenigstens hin! Leg dich hin.«

»Ich kann nicht. Kann es nicht. Wenn doch hier ein Becher Wasser wäre, daß ich etwas trinken könnte.«

»Da ist der Krug, neben dem Stein. Nimm ihn dir.«

Siwar hob den Krug auf, trank, stellte ihn zurück und setzte sich wieder auf ihr Lager. Sie konnte nicht schlafen. Vor etwas hatte sie Angst. Eine Angst, die mit Marals erstem Schritt auf den Boden von Ssusandeh angefangen hatte; und so, wie Maral in der Familie Kalmischi allmählich Fuß gefaßt hatte, faßte diese Angst jetzt im Herzen Siwars Fuß. Wie sich eine Melone in den vollen Obstkorb einfügt, war Maral dabei, sich in dieser Familie einen festen Platz zu erobern. Was konnte man jetzt mit ihr tun? Was? In einem Monat würde sie vielleicht auch Siwars Bett einnehmen! Vielleicht hätte sie es auch schon eingenommen, wenn Gol-Mammad nicht so von seiner Arbeit und seinen Sorgen beansprucht wäre! Und warum das alles? Nur deshalb, weil sie selbst nicht gebären kann? Nein, das darf nicht sein!

»Ha? Nur deshalb?«

Mahak sagte: »Ich weiß nicht. Du mußt es besser wissen.«

»Wie soll ich das wissen? Gol-Mammad hat mir gegenüber nichts gesagt! Er sagt nichts! Vielleicht eben deshalb? Ha?«

Verschmitzt sagte Mahak: »Vielleicht auch nicht nur deshalb. Wegen anderer Dinge vielleicht auch. Maral hat schließlich auch andere Vorzüge ...«

»Hat sie was, das ich nicht habe? Was zum Beispiel? Hat sie etwa vier Brüste, wo ich nur zwei habe?«

»Nein, sie hat auch nur zwei. Aber die sind noch unberührt. Jungfräulich! Rund und fest! Sind nicht klein und ausgetrocknet. Sie füllen die Hand eines Mannes aus! Und sie hat Feuer. Hast du ihre Blicke nicht gesehen? Wie eine läufige Gazelle ist sie. Bringt das Herz eines Mannes zum Zittern. Ihre Lippen, ihr Gesicht, ihre Augenbrauen, ihre Haare – was ist nicht anziehend an ihr? Ihr Gesicht ist schön wie ein Bild. Gott hat sie makellos erschaffen. Aber was ist mit dir? Was mit mir? Vielleicht floß einmal auch unter deiner Haut Blut, aber jetzt nicht mehr! Vor Gram und Sorgen bist du wie ein Schilfrohr geworden. Weißt du nicht, wie du aussiehst? Ausgetrocknet bist du. Die Haut in deinem Gesicht hat Falten bekommen, ist alt geworden. Deine Augen sind eingesunken und stechen einen nur! Deine Nase ist spitz geworden. Von deinen Schultern sind nur zwei Knochen übriggeblieben. Deine Lippen sind spröde. In deinen Haaren finden sich weiße Fäden. Dein

Frühling ist vorbei. Du selbst hast es so weit gebracht. Dauernd grämst du dich. Dauernd quälst du dich. Es gibt nichts zu essen; aber selbst wenn es was gäbe, würde es bei dir nicht anschlagen. Die Haut klebt dir an den Knochen. Ich bin genauso. Aber mein Mann ist anders als Gol-Mammad. Gol-Mammad hat sein jugendliches Feuer noch nicht verloren. Dauernd ist er in Bewegung. Die Hauptstadt hat er auf den Kopf gestellt, hat der Obrigkeit gedient, hat den Krieg mitgemacht, hat die Welt gesehen. Mit Ssabr-Chan ist er nicht zu vergleichen. Und noch etwas kommt hinzu: du bist nicht eine von ihnen. Bist nicht vom Mischkalli-Stamm. Das heißt, du gehörst nicht zu uns. Aber Maral gehört zu ihnen. Ist eine von uns. Sie hat hier Zuflucht genommen. Und hier müssen sie ihr irgendwie Schutz gewähren und sie unter ihre Fittiche nehmen.«

Siwar konnte die harten Worte von Chan-Amus Tochter nicht länger ertragen. Sie wollte auch nicht schweigen und Mahaks Bissigkeiten und Grobheiten einfach hinnehmen. Frauen können die Anspielungen in den Worten, die Andeutungen in den Blicken ihresgleichen gut verstehen und dann dazu schweigen oder es zeigen. Das Gemüt der Frau ist in mancher Hinsicht wie die Zunge der Schlange. Es kann sich überallhin neigen, kann sich biegen und krümmen. Siwar suchte nach der Wurzel von Mahaks Worten. Warum quälte Mahak sie derart rückhaltlos, mit einer Spur von Haß? Mit kaum verhüllten Beleidigungen. Kam es nicht daher, daß Mahak selbst die Frau ihres Vetters hatte werden wollen? Wer weiß, ob nicht dieser heimliche Wunsch ihre Zunge vergiftet hatte? Das, was verheimlicht wird, stirbt ja nicht. Es wird verheimlicht, um eines Tages offenbart zu werden. Offenbarte sie nicht eben jetzt, jetzt, da sie Siwar schwach gesehen hatte, diese alte verborgene Erinnerung? So war es und nicht anders. Warum sonst sollte all diese Schadenfreude, all diese Bitterkeit in ihren Worten enthalten sein? Auf der Stelle mußte man es ihr zurückgeben. Die Gelegenheit durfte nicht versäumt werden. Denn noch war Leben in ihr. Ohne ihre Erregung zu verbergen, sagte Siwar: »Du legst wohl deine eigenen Gedanken in den Mund anderer! Schutz sollen sie ihr gewähren? Schön, tut das! Aber wo? In meinem Bett? Unter der Decke meines Mannes? Sie hat noch zwei andere Vettern, von denen jeder für sich ein gestandener Mann ist. Soll sie die Frau von Beyg-Mammad werden. Oder warten, bis Chan-Mammad aus dem Gefängnis kommt und mit ihr in ein Zelt geht. Ausgerechnet meinen Mann muß sie mir aus den Armen reißen? Wer sagt denn sowas?«

Mahak drehte sich schnell Siwar zu und sagte mit gepreßter Stimme: »Willst du mit diesen schönen Reden die ganze Welt auf dich aufmerksam machen? Beruhige dich doch! Was geht mich das alles überhaupt an! Deine Angelegenheiten kümmern mich nicht! Warum fährst du mich so an? Bin ich etwa verantwortlich für dein Leben? Was geht das mich an? Verstehst du überhaupt, was du sagst?«

Siwar verstummte, beruhigte sich und legte den Kopf auf die Knie. Aber Mahak sah, daß ihre Schultern bebten. Siwar weinte. Deshalb sagte sie tröstend: »Nun genug! Du brauchst dich nicht aufzuregen. Ich hab dir doch nichts Böses gesagt. Ich hab die Wahrheit gesagt. Hätte ich gewußt, daß du so aus der Haut fährst, hätte ich nicht einmal das gesagt. Ich bin doch nicht dein Feind!«

Eine Weile schwiegen beide. Dann hob Siwar den Kopf, blickte aus dem Dunkel hervor Mahak an und sagte hilflos: »Ich bin krank geworden, Mahak. Fühle mich nicht wohl. Umsonst hab ich dich angeschrieen! Es war nicht bös gemeint. Ich bin traurig. Ich glaub, ich verlösche, verlösche wie eine Kerze. Langsam, ganz langsam. Ich fürchte, mein Leben geht zu Ende. Ich bin betrübt, Mahak. Betrübt. Du darfst mich nicht allein lassen. Viele Jahre meines lieben Lebens hab ich in dieser Familie vergeudet. Jetzt darf man mich nicht einfach wegjagen. Man darf sich nicht an mir rächen für eine Sünde, die ich nicht begangen habe. Ich hab doch keine Sünde begangen. Vom ersten Tag an hab ich mich meinem Mann gefügt. Ich liebe meinen Mann, Mahak. Ich sorge für ihn. Ich liebe ihn. Mein Herz gehört ihm. Aber was kann ich jetzt tun, wo ich doch sehe, daß ich ins Unglück stürze? Ich kann doch nicht gegen Gott in den Krieg ziehen! Was soll ich sagen? Gol-Mammad soll tun, was er für richtig hält. Er ist der Mann. Ich bin die Frau. Aber du schneide mir nicht ins Herz. Ich habe Leid genug. Gol-Mammad ist kalt zu mir geworden. Hat in seinem Herzen eine Mauer aufgerichtet. Dieser Kummer genügt mir. Streue du nicht noch Salz in meine Wunde. Ich will niemandem was Böses.«

Auch Mahak wurde traurig. Mit zitternder Stimme sagte sie: »Ich schwöre bei den Haaren von Ssabrou: ich hatte sowas gar nicht vor. Ich hab nicht den Charakter eines Skorpions. Du oder sie – was macht's mir aus? Was für ein Unterschied ist da? Bei Gott, keiner! Vielleicht mag ich dich lieber als sie. Nun weißt du's. Vielleicht kann ich sie auf einen anderen Weg bringen. Vielleicht gelingt es mir, sie Beyg-Mammad ins Netz zu treiben. Gieß du nicht sinnlos so viel Gift in dich hinein. Du gehst ein. Was ist denn der Mensch? Er ist härter als Stein und zarter als eine Blume. Du hast dich kaputtgemacht! Hast dich zermürbt. Wofür? Angenommen, Gol-Mammad heiratet auch sie – dich wird er doch nicht in die Wüste jagen!«

»Sag das nicht. Sag das nicht, Mahak. Wenn er sowas tut, werde ich verrückt und geh von selbst in die Wüste!«

»Wozu? Hast du sowas etwa noch nie gesehen? Ist das das erstemal? Nein. Umsonst quälst du dich. Komm, leg dich schlafen; verscheuche diese Gedanken aus deinem Kopf.«

Siwar stand auf. Aber nicht, um sich schlafen zu legen. Sie ging zu Mahak, legte wie ein kleines Mädchen den Kopf auf ihre Knie und weinte still.

Wo war Gol-Mammad? Was tat er, woran dachte er? Und Maral? Was tut sie? Was geht ihr durch den Kopf? Ist sie wach oder ist sie eingeschlafen? Wenn sie wach ist – bei wem weilen ihre Gedanken? Wenn sie schläft – von wem träumt sie? Von welchem der Männer? Von Delawar oder von Gol-Mammad?

Im Zelt von Belgeyss saß Maral neben dem kranken Mädchen aus Tscharguschli, hatte die angezogenen Beine mit den Armen umfaßt, das Kinn auf die Knie gestützt und in der Dunkelheit die Augen auf Ssougi geheftet. Auch sie, Ssougi, war unruhig. Sie hatte sich die Decke umgewickelt und hockte in einer Ecke. Wie ein zusammengeschnürtes Bündel. Maral konnte nicht glauben, daß sie schlief. Ihr Herz fand keine Ruhe. Sie wußte nicht, warum Ssougi ihr Furcht einflößte. Was für ein Grauen hatte sich ihrer bemächtigt? Sie wußte es nicht. Nur das wußte sie, daß ihre Brust, ihr Herz sich verfinstert hatte und daß sie, wenn sie noch einen Augenblick länger im Zelt blieb, ersticken würde. Sie hatte Angst davor, mit einem plötzlichen Aufschrei aus dem Zelt zu stürzen und Schimpf und Schande auf sich zu laden. Deshalb stand sie, solange sie sich noch in der Gewalt hatte, von ihrem Lager auf, steckte den Kopf aus dem Zelt und suchte mit den Augen Tante Belgeyss. Als sie sich überzeugt hatte, daß die alte Frau unter dem Baum zur Ruhe gekommen und eingeschlafen war, nahm sie ihre Decke in die Hand, ging auf Zehenspitzen hinaus, schlich hinter das Zelt, ebnete dort ein Fleckchen Boden, hockte sich hin und wartete auf den Schlaf.

Still war es geworden. Die Geschäftigkeit der Kalmischi-Frauen hatte sich gelegt. Die Sterne von Kelidar glänzten und funkelten. Von weither, vielleicht von Ssafdar Chans Zelten, drang dumpf das Geräusch heulender Hunde ans Ohr; und hier, beim Lager der Kalmischis, lag der einäugige Hund in einer Ecke, hatte die Schnauze auf die dichtbehaarten Vorderpfoten gelegt und spähte mit dem einen offenen Auge scharf in die dichte Dunkelheit. Bei der geringsten Bewegung hob er den Kopf und blickte um sich. Manchmal stand er auf, umkreiste das Lager, setzte sich dann auf die Hinterbeine, hob die Schnauze und heulte, beruhigte sich wieder und wartete darauf, daß die Nacht der Morgendämmerung wich.

Beim letzten Aufheulen des Hundes kam Belgeyss zu sich, ihr Schlummer zerbrach; sie öffnete die Augen, gähnte kurz, blickte um sich und horchte in die Stille der Nacht. Dann erhob sie sich, ging zum Wasserschlauch und füllte den Becher, stillte den Durst, stellte den Becher wieder neben den Schlauch und kehrte auf ihren Platz zurück. Noch hatte sie sich nicht hingesetzt, als sie unweit der Zelte etwas sich bewegen fühlte. Sie glaubte erst, sie hätte es sich nur eingebildet; doch so war es nicht. Sie richtete sich auf und ließ ihre müden Blicke um die Zelte schweifen. Ein schreckliches Wesen näherte sich. Schwankend und schwerfällig. Ein schwarzes Scheusal in der schwarzen Nacht. Nur seine Bewegungen hoben es von der Nacht ab. Unwillkürlich wurde Belgeyss zu dem, was sich da näherte, hingezogen. Vor ihr war der Hund schon dem Schatten entgegengelaufen. Er hatte gebellt und war losgelaufen und wedelte jetzt mit dem Schwanz. Der Hund hatte seinen Herrn erkannt. Auch Belgeyss erkannte ihn nun. Es war Gol-Mammad. Auf dem Kamel sitzend, tauchte er aus dem Dunkel der Nacht auf. Als er beim Lagerplatz ankam, sprang er von Badi ab, ging gleich zum verdorrten Maulbeerbaum und verlangte Wasser. Belgeyss ließ das Kamel sich hinknien, reichte dem Sohn Wasserschlauch und Becher und sagte: »Du hast mich erschreckt, mein Lieber. Wenn du so spät kommst, summe doch wenigstens vor dich hin. Sing leise ein Lied. Laß mich schon von weitem deine Stimme hören. Zuerst dachte ich, ein böser Geist kommt auf mich zu!«

Als er sich sattgetrunken hatte, legte Gol-Mammad den Schlauch auf die Erde und sagte: »Ist mir denn noch Lust zum Singen geblieben? Wie Pferde im Dürrejahr bin ich kraftlos geworden. Meine Zähne haften aufeinander, als ob sie mit einem Schlüssel verschlossen wären. Wie können Lippen, die vor Kummer ausgetrocknet sind, singen? Seit heute früh sind vor meinen Augen mehr Schafe eingegangen, als ich Finger habe. Sie sterben einfach! Wie Blätter im Herbst fallen sie hin und sterben. Vor deinen Augen trinkt das Tier Wasser, trinkt Wasser, trinkt Wasser, trinkt so viel Wasser, daß es sich aufbläht; sein Bauch wird wie eine Trommel, dann geht es ein paar Schritte, dreht sich, dreht sich, dreht sich wie ein Kreisel, fällt auf die Erde, schlägt mit den Beinen um sich, wirbelt Staub auf, und gleich darauf vergeht ihm der Atem, und seine Augen werden glasig. Seit heute früh haben wir fast zwanzig Stück das Fell abgezogen. In meiner Satteltasche sind die. Ich bringe sie in die Stadt, vielleicht kauft man sie. Verzweifelt sind wir, alle sind wir verzweifelt. Chan-Amu rührt überhaupt kein Messer mehr an. Es ist ja auch kein Spaß, wenn man mit eigenen Augen sieht, daß man zugrunde geht, aber nichts dagegen tun kann. Ich weiß nicht, was am Ende wird! Ich weiß es nicht.«

Belgeyss, deren Stimme in der Kehle ausgetrocknet zu sein schien, sagte: »Das heißt – nichts können wir tun?«

»Ich weiß nicht. Ich weiß nicht. Vielleicht können wir auch etwas tun. Morgen mache ich mich auf den Weg nach Maschhad. Vielleicht kann ich von irgendwo Hilfe bekommen.«

Gol-Mammad nahm nochmals den Hals des Wasserschlauchs in die Hand, hob ihn auf und trank. Belgeyss zog ihm den Schlauch vom Mund und sagte: »Du bist verschwitzt und schüttest einfach das Wasser so in dich rein! Was hast du denn gegessen?«

»Nichts. Nichts hab ich gegessen.«

»Dann laß mich dir erst einen Bissen Brot bringen.«

»Nein, ich hab keinen Appetit.«

»Du bist doch wohl nicht plötzlich krank geworden?«

»Nein, mir fehlt nichts. Geh du, und leg dich schlafen. Ich bleibe hier.«

Belgeyss war einen Augenblick unschlüssig und sagte am Ende zögernd: »Es gibt da noch eine andere Neuigkeit. Soll ich sie dir gleich jetzt sagen, oder kann es bis morgen warten?«

»Was denn für eine Neuigkeit? Hoffentlich nichts Schlechtes! ... Warum stehst du da und wartest auf ein Zeichen des Himmels? Nun sag's schon!«

»Es ist kein großes Unglück. Aber ... am Abend ist dieses Mädchen – wie heißt sie noch? – Ssougi hergekommen ...«

»Nun?«

»Sie sagte, der Totengräber vom Dorf Barakschahi sei zu Nade-Ali, dem Sohn von Hadj Hosseyn, gekommen und habe ihn zum Grab deines Onkels geführt, um ihm die Leiche zu zeigen!«

»Das heißt, um das Grab zu öffnen? Ach, diese Teufel! Woher hat denn dieser Hundesohn das rausgekriegt? Verflucht soll'n sie sein! Nun, und was weiter?«

»Das Mädchen wird von Nade-Ali gequält. Sie sagt, er habe sie in den Brunnen gehängt, sie mit der Peitsche geschlagen. Und jetzt sagt sie: Ich bleibe hier. Ich geh nicht woandershin!«

»Was? Hier? Damit sie unsere Karten vor allen aufdeckt? Mit wie vielen Verrückten haben wir eigentlich zu tun? Nein. Nein. Sie kann nicht hier, bei uns, bleiben! Wir können sie nicht bei uns behalten. Wenn sie hierbleibt, verstehen alle, was los war. Dies Mädchen ist ja nicht unsere Verwandte! Bis jetzt haben wir uns durch tausend Nadelöhre gezwängt, um jene Unglücksnacht zu vertuschen! Und nun will sie hierbleiben? Nein. Nein. Wo ist sie jetzt? In welchem Zelt?«

»In unserem Zelt.«

Gol-Mammad zog die Stoffschuhe aus, stellte sie neben sich und sagte: »Nein. Unmöglich. Das geht nicht. Irgendwie mußt du sie fortschicken. Gleich am frühen Morgen. Gib ihr zu verstehen: jetzt ist nicht die rechte Zeit. Laß noch einiges Wasser den Bach hinunterfließen, dann holen wir dich zu uns. Vielleicht tun wir das bald. Aber jetzt nicht. Mach ihr klar, daß sie, wenn ihr etwas an uns liegt, von hier fortgehen muß. Bis jetzt konnten wir alles verheimlichen, aber jetzt ... Steh gleich auf, und geh zu ihr. Aber nein, du brauchst sie nicht mitten in der Nacht fortzuschicken. Warte bis zum Morgen. Sag ihr, ich für mein Teil werde dem Sohn von Hadj Hosseyn ausrichten lassen, er solle sie nicht weiter quälen! Sag ihr, daß ich von weitem auf sie aufpasse. Aber dieses Jahr muß sie dort in Tscharguschli durchhalten. Geh. Geh jetzt schlafen. Und bring mir etwas für unter meinen Kopf.«

Die Mutter brachte Gol-Mammad ein Kopfkissen. Gol-Mammad legte es unter den Kopf, streckte sich aus und sagte: »Nimm die Felle aus der Satteltasche, laß sie durchlüften. Morgen früh mache ich mich nach Maschhad auf. Wickle zwei Stück Brot in ein Tuch, und leg es hierhin.«

»Das tu ich. Ruhe du dich aus.«

Als sie das gesagt hatte, kroch Belgeyss in das leere Zelt von Gol-Mammad. Gol-Mammad nahm seinen Gürtel ab und legte ihn neben sich; er zog das Messer aus der Gamasche, steckte es unters Kopfkissen und machte es sich bequem. Der Schlaf der Erschöpfung ließ nicht lange auf sich warten.

Auch Belgeyss, obwohl sie tausend Gedanken im Kopf hatte, war schläfrig geworden, und es verging kaum ein Augenblick, bis sie einschlief. Aus dem Zelt von Siwar und Mahak kam kein Geräusch. Auch nicht aus dem Zelt, in dem das Mädchen aus Tscharguschli schlief. Maral bildete sich ein, nur sie wäre noch wach. Hinter dem Zelt hervor hatte sie mitangesehen, wie Gol-Mammad kam, sprach, sich setzte und schlafen legte. Und auch jetzt betrachtete sie seine ruhende Gestalt, die im Dunkel der Nacht kaum erkennbar war, und wußte nicht, was für eine Angst, was für eine Freude sie im Herzen fühlte und was sie am Schlafen hinderte! Sie wünschte, sie hätte Gol-Mammad ›Gott geb dir Kraft‹ sagen und aus seinem Mund ›Gott schütze dich‹ hören können; aber das war nicht geschehen, und jetzt würde es auch nicht mehr geschehen. Nur, am Morgen, vor dem Hellwerden, mußte sie aufstehen und, ehe Gol-Mammad sich vom Lager entfernte, sein Gesicht sehen, ihm in die Augen blicken. Wenn du also bis zum Morgen wach sitzt, hast du nur dein eigenes Herz verwundet. ›Schlafe!‹ Aber kam denn der Schlaf so leicht? Nein. Maral fand keinen Schlaf. Ein unrechtes Verlangen, ein innerer Kampf, ein Knoten, der von allen Seiten fester angezogen wurde. Doch was nützte dieses Kämpfen?

Was nützte es?

Ssougi erhob sich. Sie warf die Decke ab und ging aus dem Zelt. Nein, auch hier konnte sie nicht bleiben. Wohin würde diese Hand – welche Hand? – sie führen? Die Nacht lag vor ihren Augen. Maral dachte bei sich: hoffentlich war Ssougi nicht wach und hat gehört, was Gol-Mammad über sie sagte! Aber so war es. Sie hatte es gehört. Maral hörte, wie Ssougi zu sich sagte: »Ich hab's gehört. Ich hab deine Worte gehört, Gol-Mammad!«

Und dann sah Maral das Mädchen zu Gol-Mammad gehen; einen Augenblick blieb sie stehen, betrachtete seine schlafende Gestalt und ging weiter. Sie ging weiter und weiter … bis die Nacht sie verschluckte. Und Maral legte den Kopf aufs Kissen.

II

Nade-Ali zittert am ganzen Körper. Ein heimliches Zittern im Gewebe der Nerven. Er hat sich nicht beruhigt. Hat sich nicht beruhigen können. Er ist nach Tscharguschli zurückgaloppiert, hat das Pferd an der Krippe stehen lassen und hat sich unter dem Dach der Terrasse verkrochen. Auf die Fragen der Mutter hat er keine Antwort gegeben. Zwei Tage und zwei Nächte. Vielleicht auch länger. Das Gefühl für die Zeit ist ihm abhanden gekommen. Stumm und abgestumpft ist er. Der Friedhof hat in der Seele des jungen Nade-Ali eine Grube geöffnet. Madyar liegt nicht mehr im Grab, sondern in Nade-Alis Seele. Madyar und das Grab und der Totengräber, alle sind sie in seiner Seele begraben. Der erste Mord. Beim Militär hatte er oft das Töten geübt. Aber das wirkliche Töten? Der Kopf droht zu bersten. Die Augen passen nicht mehr in ihre Höhlen. Die Hände zittern. Die Selbstgespräche lassen ihn nicht zur Ruhe kommen. Jedes stumme Wort ist ein Messer, das in sein Herz stößt. Ein Alptraum:

Mein Gott! Mein Gott! Ich habe einen Mann getötet. Hab einen jungen Menschen getötet. Er ist nicht mehr. Lebt nicht mehr. Ist das nicht seltsam? Gewiß ist es das. Ich habe ihn getötet. Auch den Totengräber habe ich getötet; jenen Unseligen habe ich ebenfalls getötet.

Nein. Nein. Den Totengräber hab ich nicht getötet. Der Totengräber hat sich selbst getötet. Hat sich selbst getötet.

Auch ihn habe ich getötet.

Ich hab ihn nicht getötet. Seine Kinder haben ihn getötet. Seine Frau, seine Armut haben ihn getötet.

So ist's nicht. So ist's nicht. Hätte ich es nicht für richtig gehalten, wäre ich nicht mit ihm gegangen. Mein Mutwille hat ihn getötet. Mein Herz, mein Hochmut, meine Selbstsucht haben ihn getötet.

Wenn er nicht gekommen wäre, sich eine Belohnung zu holen, wäre er nicht gestorben. Aber diese Belohnung habe ich ihm versprochen. Ich hätte nicht freundlich zu ihm sein müssen, hätte ihn rauswerfen können, wegjagen. Ich hätte dieses Spiel nicht mitmachen müssen. Hätte ihn abblitzen lassen können.

Ich konnte es nicht. Konnte es nicht. Wie hätte ich das tun können? Er hat mich verleitet, hat mich zu dem Verbrechen angestiftet. Ein Verbrechen ist geschehen!

Nein. Nein! Ich kann nicht, kann nicht auf ihn die Schuld abwälzen. Ich bin der Urheber seines Todes. Ich war's, der ihn getötet hat.

Ich bilde mir das nur ein!

Nein! Das ist die reine Wahrheit.

War alles wirklich so?

So war es!

Gut. Gut. Genau das. Aber dies ist nur meine Zunge. Mein Herz sagt das nicht.

Wie viele Jahre sind wohl seit jener Nacht, seit der Friedhofsnacht, vergangen? Wie viele Monate?

Ein Jahr ist es nicht her. Auch nicht einen Monat, eine Woche. Vorvorige Nacht war es. Vorvorige Nacht.

Nein, vorige Nacht war es.

Nicht vorvorige Nacht, gestern nacht war es.

Auch gestern nacht war es nicht. Gerade jetzt war es.

Gerade jetzt ist es.

Gerade jetzt ist es.

Ich sehe das Windlicht.

Ich sehe das Grab.

Die Schlange! Ich sehe die Schlange.

Die Stirn.

Die Haare.

Die Sterne!

Das Töpfchen mit Schmalz. Das Schmalz!

Die Wöchnerin!

Eine Schar Kinder!

Es ist Nacht! Jetzt ist's Nacht.

Nacht. Grab. Schlange. Diese, all diese. Ich sehe das Pferd.

Grauen! Grauen!

Gibt's nichts Neues?

Sind die Leichen noch nicht verwest?

Sie müssen schon stinken!

Haben die Leute von Barakschahi noch nichts gemerkt?

Sie müssen was gemerkt haben!

Ay ... Ay ... Ich bin vernichtet.

Hör endlich auf. Hör auf. Das genügt! Das Herz wird mir aus dem Leib gerissen. Meine Brust zerbirst, es ist genug!

Die Mutter brachte ihm Tee. Tee und heiße Milch, mit einem halben Stück frischem Brot. Nade-Ali nahm die Schüssel Milch und trank sie stehend aus. Brot und Tee schob er weg. Mah-Ssoltan trug das Tablett ins Zimmer. Wieder ging Nade-Ali unter dem Dach der Terrasse hin und her. Große, ungeduldige Schritte. Seit dem ersten Sonnenstrahl bis jetzt, wo der Sonnenteppich überallhin ausgebreitet war, schritt Nade-Ali auf und ab. Krank an Leib und Seele, im Kampf mit sich selbst, ging er vom einen Ende der Terrasse zum anderen und kehrte wieder um. Einen Augenblick blieb er zögernd am Pfeiler stehen, drehte sich unbewußt um sich selbst und ging wieder weiter. Ein unentwirrbares Knäuel. Das Herz erfroren. Die Zähne aufeinandergepreßt. Starrer Blick in die Seele. Nenn es nicht Seele: ein vom Wirbelwind aufgewühltes Schilffeld. Warum wehklagen die Knochen?

Ohne Hoffnung auf eine Antwort hatte Mah-Ssoltan den Sohn sich selbst überlassen. Sie kümmerte sich nicht mehr um ihn. Gleich in der Nacht seiner Rückkehr hatte Mah-Ssoltan ihn von der Flucht Ssougis unterrichtet. Doch Nade-Ali hatte – o Wunder! – nichts dazu gesagt. Hatte den Mund nicht aufgetan. Er hatte sich einfach verkrochen und sich die Decke über den Kopf gezogen. Die leidgeprüfte Frau hatte einen Wutausbruch erwartet. Aber nein! Nade-Ali hatte nichts gesagt. Ihr Sohn, ihr Junge, war völlig verwandelt. Was war vorgefallen, das Mah-Ssoltan nicht ergründen konnte? Nirgends ein Lichtblick. Nade-Ali war zu Stein geworden. Eher hätte die Wand gesprochen. Seine Umgebung nahm er nicht wahr. Mah-Ssoltan konnte nichts tun, als ihn in Frieden zu lassen und ihn nur verstohlen zu beobachten. Auch jetzt beobachtete sie ihn durch das kleine Fenster. Sie versuchte, aus seinem Zustand und seinem Verhalten etwas herauszufinden. Aber das, was Nade-Ali bisher preisgegeben hatte, war ein nicht zu entwirrendes Knäuel.

Unter den heimlichen Blicken der Mutter suchte Nade-Ali müde und schwach in einer Ecke der Terrasse Zuflucht, setzte sich und zog seinen Umhang über den Kopf. Nichts war mehr von ihm zu sehen. Nicht die Augen und nicht das Gesicht, nicht die gebeugten Schultern und nicht das plötzliche Erschauern des Körpers, womit er – zusammen mit dem Zucken der Schultern, des Kopfs, der Lippen – ein Übel abzuschütteln schien. Er schwieg. Ein Stein auf dem Grund des Flusses.

Mah-Ssoltan kam auf die Terrasse. Schweigend und geräuschlos. Einem Schatten gleich. Sie blieb stehen. Eine Weile verging so. Es klopfte am Tor. Die Mutter blickte auf den Umhang, den Nade-Ali sich über den Kopf gezogen hatte. Keine Bewegung. Die Mutter ging ans Tor.

Es war der Hirte. Gongou. Mah-Ssoltan öffnete das Tor, und Gongou zog mit gesenktem Kopf den Esel am Zügel und brachte das Tier mit sich in den Hof. Gongous Esel trug eine Last auf dem Rücken, die mit einem alten Tuch zugedeckt war. Gongou, groß und knochig, mit tief in die Höhlen gesunkenen Augen, hielt den Zügel in der Hand, und seine Blicke schweiften überallhin. Offensichtlich suchte er Nade-Ali. Schließlich brachte er mühsam über die Lippen: »Ww… ww… wo ist d… d… der He… He… Herr?«

Mah-Ssoltan ging auf die Terrasse und nahm Nade-Ali den Umhang ab. Nade-Ali saß zusammengekauert da wie ein alter Mann. Gongou ging auf seinen Herrn zu und blieb am Pfeiler stehen. Nade-Ali heftete den Blick auf Gongou. Gongou konnte nicht nähertreten. Er hielt sich am Pfeiler fest und grüßte stotternd. Nade-Ali blickte ihn weiter schweigend an. Gongou sagte: »I… i… ich hab's ge… gebracht, Herr.«

Nade-Ali wandte den Blick ab und senkte den Kopf. Gongou drehte seinen großen Schädel Mah-Ssoltan zu. Mah-Ssoltan schlug die Hände zusammen, ihre Kiefer preßten sich aufeinander. Sie war in diesen paar Tagen so hinfällig geworden, daß ihre Backenknochen hervortraten.

Sie gab Gongou keine Antwort. Wozu auch? Gongou wußte nicht, was er tun sollte. Am Ende sagte er: »D… d… das Scha… Schafsterben, Herr!«

Nade-Alis Schweigen war zu lastend, als daß es so bald zu brechen war. Gongou sagte: »I… i… ich hab auch d… d… das Mä… Mädchen ge… gefunden!«

Nade-Ali sah Gongou an. Aber nicht mit der Freude, die die Mutter erwartete. Gongou lief zu seinem Esel, der jetzt den Kopf in die Krippe gesenkt hatte. Er legte ihm den Arm um den Hals, zog ihn zum Fuß der Terrasse und nahm das Tuch von der Last ab. Ssougi lag, an Armen und Beinen gefesselt, bäuchlings auf dem Esel, die Füße in einem Fach der Satteltasche, die Hände im anderen Fach. Gongou hatte ihr vorsichtshalber auch den Mund mit einem Taschentuch zugebunden. Mah-Ssoltan kam Gongou zu Hilfe, sie hoben Ssougi herunter. Das Mädchen schien abgenommen zu haben. Nicht nur körperlich, auch an Verstand. Gongou nahm ihr das Tuch vom Mund und überließ sie sich selbst. Ssougis Augen blickten noch verstörter drein als früher. Ihre Lippen waren trocken, ihre Haare wie die Stacheln der Steppe. Ihr Kopftuch war um den Hals gebunden. Statt allem anderen hatte sie lediglich Angst. Sah nur stumm vor sich hin. Als hätte sie über nichts zu klagen. Nade-Ali sagte, sie sollten ihr die Fesseln abnehmen. Gongou löste ihr den Strick von Armen und Beinen. Ssougi blieb da, wo sie war, sitzen. Mah-Ssoltan faßte sie an den Armen und stellte sie auf die Füße. Ssougi stützte sich mit der Hand am Pfeiler, um sich aufrecht zu halten.

Gongou sagte: »In... In... In einem Gra... Gra... Graben fand ich sie, He... He... Herr. Sie wo... wo... wollte nicht mi... mi... mitkommen! Ich f... f... fesselte sie. Fesselte sie und b... b... brachte sie her.«

Nade-Ali sagte nichts. Er blickte Ssougi nur an. Ssougi ließ den alten Holzpfeiler los, zog den schlaffen Körper auf die Terrasse, ging geradewegs zu Nade-Ali und legte den Kopf auf seine Füße. Nade-Ali sprang auf, Ssougi hielt ihn an den Beinen fest und schluchzte. Ein Weinen, in der Kehle gebrochen. Ihre Schultern bebten. Die Mutter und Gongou sahen Nade-Ali an. Ssougi flehte demütig und schwach: »Gib mich frei, lieber Vetter! Gib mich frei, lieber Vetter, ich beschwöre dich. Gib mich frei! Ich beschwöre dich bei deiner Jugend: gib mich frei. Wenn du mich hier zurückhältst, werd ich mich vergiften.«

Nade-Ali schwieg immer noch. Die Blicke seiner Mutter und Gongous waren auf ihn gerichtet. Da sah Nade-Ali die Mutter an und sagte stockend: »Gib ihr was zu essen mit, und laß sie ziehen. Laß sie frei. Binde auch Geld für unterwegs in einen Zipfel ihres Kopftuchs, und laß sie gehen. Gehen soll sie!«

Als er das gesagt hatte, ging er von der Terrasse ins Zimmer.

Es war gesagt worden: Laß sie frei! Wie einfach und wie schwer ist das! Wenn es so war, warum dann fortgehen? Frei sein – bedeutet das denn nicht, daß der Mensch, daß Ssougi, wenn sie es so möchte, nicht zu gehen braucht? Daß sie gehen oder nicht gehen kann? Konnte Ssougi denn in Ruhe darüber nachdenken? Oder hätte sie, wenn sie nachgedacht hätte, auch alle verborgenen Winkel ihrer Wünsche ergründet? Gewiß. Es konnte nicht anders sein. Daher kam es, daß ihr die Knie plötzlich gezittert hatten. Daß sie gleichgültig geworden war. Einen Augenblick hatte sie sich ihren Hirngespinsten überlassen. Und war ins Leere gestürzt.

Wenn beim Kampf zweier Widder einer zurückweicht, stößt der Angreifer mit seinen überschüssigen Kräften ins Leere. Ssougi rannte kopfvoran ins Leere. Nade-Ali war zurückgewichen, Ssougi war zusammengebrochen und besiegt worden. Die Freiheit aber, die sie in der Auseinandersetzung errang, bedeutete für sie nichts anderes als Fortgehen. Fortgehen. Bleiben hätte unter diesen Umständen Sichergeben, Sichunterwerfen geheißen. Sie mußte gehen. Für ihren Kopf und ihre Hörner mußte sie sich eine andere Mauer bauen, um mit den Hörnern dagegen anrennen, um sie zertrümmern zu können. Nun lag das Leben vor ihr. Wall auf Wall. Es blieb ihr nichts übrig, als diesen Weg zu Ende zu gehen.

Brot und Rahm sind bereit. Auch das Geld für unterwegs. Das Haustor steht offen, der Weg dehnt sich weit. Ssougi mußte aufstehen. Sie erhob sich. Mah-Ssoltan schloß das Tor hinter ihr und kehrte zurück. Nade-Ali stand hinter dem kleinen Fenster und blickte hinaus. Er hatte wohl Ssougis Fortgehen zugesehen. Mah-Ssoltan ging ins Zimmer. Gongou stand neben Nade-Ali, hielt die Leber eines Schafs in den Händen und flehte ihn um etwas an. Nade-Ali gab keine Antwort. Gongou wandte sich an Mah-Ssoltan: »Herrin … Herrin …, diese … diese … Le… Le… Leber ist ge… ge… schwollen. S… sieh nur, die Sch… Sch… Schafe ge… ge… gehen ein! M… m… man muß sich w… was ausdenken.«

Nade-Ali warf sich den Umhang über und ging aus der Tür. Gongou folgte ihm nach. Die geschwollene, fleckige Leber hielt er noch in den Händen. Nade-Ali stieg die Stufen der Terrasse hinunter. Der Hirte und Mah-Ssoltan gingen hinter ihm her. Nade-Ali schritt auf das Hoftor zu.

Der Hirte trat ihm in den Weg und flehte ihn wieder an. Nade-Ali bückte sich, um die Kappen der Stoffschuhe hochzuziehen. Der Hirte warf die Satteltasche vom Rücken des Esels auf den Boden und zog zwei Schafe aus den beiden Fächern der Tasche. Den toten Schafen hatte man die Köpfe gelassen, aber ihre Bäuche waren aufgeschlitzt; Gongou hatte es gemacht, um die Lebern herauszunehmen. Nade-Ali warf einen Blick auf die toten Schafe und ging zum Tor weiter. Gongou faßte ihn am Umhang und bat noch einmal: »He… He… Herr, die Schafe ste… ste… sterben! Tu … tu … w… was!«

Nade-Ali riß den Umhang dem Hirten aus den Händen und ging aus dem Tor. Mah-Ssoltan war bestürzt bei den auf dem Boden liegenden Schafen geblieben, aber Gongou ging hinter Nade-Ali her und flehte ihn weiter an. Nade-Ali überquerte die kaputte Brücke und setzte den Fuß in die Steppe. Wer nicht Bescheid weiß, wird glauben, daß er Ssougi verfolgte. Aber so war es nicht. Nade-Ali ging, ohne zu wissen, wohin er ging.

Kurz danach kehrte Gongou zum Haus zurück, setzte sich an den Rand der Terrasse und versank in Schweigen. Es gab nichts mehr zu sagen. Mah-Ssoltan hatte sich zu ihren Schafen gehockt.

III

Ist denn das eine Art, Mah-Derwisch? Ist das denn ein Leben? Sieh mal, was aus dir geworden ist, Mann! Was ist aus dir geworden? Wie schnell, Mah-Derwisch, wie schnell! Früher warst du natürlich auch nichts Besonderes, aber jetzt? Angesehen warst du nicht, wurdest aber auch nicht verachtet. Trotz deiner Nichtswürdigkeit hattest du immerhin noch etwas Ansehen. Ein Ansehen, das dir jedenfalls bei den Bauern und Hirten der Steppe die grüne Farbe deiner Schärpe verschafft hatte. Aber dies ist erst der Anfang. Wenn du so weitermachst, wirst du ja sehen, was noch aus dir wird!

Wie bist du nur in diese Falle geraten, Mah-Derwisch? Hast du jemals darüber nachgedacht? Ein Laufbursche! Von den grenzenlosen Weiten der Freiheit hast du dich abgewandt und dich wem, was für einem Menschen unterstellt, Derwisch! Mit den grünen Feldern warst du vertraut. Die Ebenen waren für dich ohne Grenzen. In den Augen der Bauern waren sogar die Steigbügel deiner Stute gesegnet. Dein Atem verlieh Händen und Armen der Schnitter Kraft. An jedem Tisch hattest du einen Platz, und dein Anteil an jeder Kümmel- und Weizenernte war dir – je nach Mildtätigkeit des Bauern – gewiß. Dein Kapital bestand aus dem Segenswunsch, den du von Herzen aussprachst; aus deiner warmen Stimme, den Lob- und Preisliedern, die du zu singen pflegtest, aus der Bildtafel, die du mit dir herumtrugst, dem Heiligenbild, das du auf der Brust hängen hattest, mit einem schützenden Tuch aus grünem Tüll darüber. Dein Atem spendete Segen, dein Antlitz war freundlich. Alle trugen Liebe zu dir im Herzen. An welcher Dorfmauer du auch aus dem Sattel deiner Stute stiegst, welche Haustür du auch mit der Hand berührtest, an welchen Tisch du dich auch setztest – es war dein Dorf, war dein Haus, war dein Tisch. Derwisch! Was hattest du außer deinen dreißig Lebensjahren? Freiheit und Armut. Jetzt steckst du in den eisernen Zähnen einer Falle, o schlauer Vogel! Wie bist du in diese Falle geraten? Deine Armut ist noch da, aber deine Freiheit hast du verloren.

Geflohen ist sie. Taube und Phönix, die du beide nicht zu schätzen wußtest, sind geflohen. Haben die Flügel ausgebreitet und sind fortgeflogen. Du warst der Freiheit nicht würdig, Derwisch. Der Preis deines Schmarotzens war deine Freiheit.

Es dauert nicht mehr lange, bis du vergißt, wie du am Bachrand den Zügel deiner Stute über einen Ast gehängt hast! Du bist ein Knecht geworden, Mah-Derwisch. Ein Knecht ohne Lohn. Du hast deine Ehre verloren. Hast deine Ehre in einem aussichtslosen Spiel verloren. Hast einen Zügel um den Hals! Stell dich einen Augenblick an einen Bach, und betrachte dich in seinem Wasser: ein Widder mit einer Leine um den Hals. Sieh dich an! Dein Rücken hat sich gebeugt. Wie schnell! Deine Augen sind trübe geworden. Deine Hände sind gebunden, und du hast Angst, Mann! Vor deinem jetzigen Aussehen fürchtest du dich. Du fliehst. Vor dir selbst fliehst du. Gedemütigt und getreten. Das ist, was du bist. Du ganz. Vernichtet!

›So ist es. Meinen Hosenboden hat man vor den Augen dieser Leute aufgeschnitten!‹

Schirus Aussteuer! Das brachte sie dir mit. Müde, müde bist du, Derwisch. Bist erniedrigt. Zermalmt. Bist nicht mehr du selbst. Bist nur noch eine leere Hülse. Deshalb geschieht es, daß dich deine Füße ohne deinen Willen zur Höhle von Ssanama tragen. Der bittere Geschmack in deinem Mund, die Skrupel in deiner Seele ziehen dich zu dieser mit dichtem Rauch und Geschwätz gefüllten Höhle. Du hast verspielt, Mah-Derwisch, aber wer hat dabei gewonnen? Du weißt es nicht. Deinen Gegenspieler kennst du nicht. Darfst ihn auch nicht kennen. Du hast ja auch nicht am gewöhnlichen Leben teilgehabt! Wo war überhaupt dein Gegenspieler, o in der Steppe herumstreunender Bettler? In dir steckte trotz all deiner Fehler und deiner Schändlichkeit eine Gabe Gottes, die du gar nicht beachtetest. Du erkanntest sie nicht, und sie verflüchtigte sich. Kein Hochmut war in dir, wenig Habsucht und Neid. Dein Haß richtete sich auf den Wolf der Steppe. Du warst kein Sklave des Brots, obwohl du es dir erbetteltest. Du dachtest, an etwas zu glauben, und glaubtest doch nicht daran. Du predigtest von Gott und Gottes Gerechtigkeit. Aber, Derwisch, der Vogel flog fort, und du bliebst in den Banden der irdischen Fesseln. Du wußtest dein unstetes Leben nicht zu schätzen, bist in die irdische Falle geraten. Aber du selbst bist nicht irdisch, Mah-Derwisch. Mit Hilfe des Himmels erhieltst du dein Brot von den Erdenkindern und gingst weiter. Du hattest keine Ahnung von den Mühseligkeiten des Pflügens und Säens, des Erntens und Mahlens und Backens. Dein Brot war das Brot aller. Jetzt aber wanderst du nicht mehr am Rande des Lebens. Leider! Auf den Höhen der Hügel, in den duftigen Sonnenuntergängen der Ebenen von Nischabur wirst du nicht mehr auf deiner alten Stute reiten. Wirst nicht mehr auf der Höhe des Lebens wandeln. Ob du es weißt oder nicht, ob du es glaubst oder nicht: du bist in die Tiefen der Abhängigkeit gefallen. Deshalb, falls dir Hände und Füße nicht gebrochen sind, falls diese Hände und Füße dir noch dienen können, reiße dich zusammen, und erhebe dich. Du liegst am Boden, nun aber stell dich auf die Füße! Dies Gewebe der Abhängigkeiten – das ist das Leben. Tu deine Augen auf!

»Bist du schlecht gelaunt, Derwisch? Haben sie dich von ihrem Tisch weggejagt?«

Beim Klang dieser Stimme blieb Mah-Derwisch stehen und hob den Kopf.

Es war Gadir. Er stand an der Mauer, seine weißen, regelmäßigen Zähne glänzten im Dunkel. Mah-Derwisch tat, als hätte er nicht gehört, und ging wortlos seines Weges. Gadir ließ ihn nicht in Frieden. Er stieß sich von der Mauer ab und folgte ihm: »Ich hab den Tadj-Ali gesehen, wie er mit Stock und Laterne aus dem Haus kam und in die Steppe ging. Zur Tenne! Was ist denn passiert?«

Mah-Derwisch drehte sich nach Gadir um: »Laß mich in Ruhe, Maschdi Gadir. Laß mich in Ruhe. Warum belästigst du mich dauernd?«

»Wie ängstlich du geworden bist, Sseyyed! Hast du Angst, daß Spitzel unter meiner Mütze versteckt sind und deinem Brotherrn berichten, daß du mit mir plauderst?«

»Von Spitzeln ist keine Rede, Maschdi Gadir. Ich bin nicht in der Stimmung zu schwatzen.«

»Schön hast du das gesagt, Bruder. Mir geht es nicht anders. Wo du aber jetzt mal draußen bist – wohin willst du gehen? Schiru hast du ja nach Hause geschickt! Und du selbst gehst wohl zur Höhle von Ssa-nama?«

»Nein, Bruder, ich hab keine Lust dazu. Ich will nach Hause gehen und mich schlafen legen.«

»Ich weiß, daß es dich im Grunde deines Herzens zu Ssanamas Höhle zieht, Derwisch. Warum verbirgst du das vor mir?«

»Nein, Maschdi Gadir. Ich mag nicht hingehen. Da sind zu viele Leute. Ich fühle mich da fremd.«

»Du fühlst dich nicht fremd, du Schelm! Du willst nur nicht den Leuten vor die Augen kommen. Du bildest dir ein, du hättest eine Sünde begangen, weil du Knecht bei Babgoli Bondar geworden bist. Was ist denn deine Schuld daran? Schließlich und endlich ist es das Schicksal, das jedem Menschen sein tägliches Brot zuteilt. Und du mußt es eben vom Rand des Tisches von Babgoli Bondar nehmen. Was ist schlecht daran?«

»Was hast du daran auszusetzen? Du bist doch sonst kein unverständiger Mensch! Fürs erste hängt unser tägliches Brot von ihm ab.«

»Aber die Dorfbewohner haben keine gute Meinung von Babgoli Bondar; weißt du das? Sie mögen ihn nicht. Obwohl er meiner Meinung nach mildtätig und hilfsbereit ist!«

»Machst du dich über mich lustig, Herr Gadir?«

»Nein, beim Kopf deines Urahns, des Propheten! Denkst du selbst etwa anders? Wenn er nicht mildtätig und hilfsbereit wäre, würde er dir doch nicht Schutz gewährt haben. Er hätte doch dir und deiner Frau nicht gleichzeitig Arbeit gegeben. Nun, wo er euch beide unter seine Fittiche genommen hat, heißt das doch, daß er menschenfreundlich ist.«

»Übrigens, Maschdi Gadir, wieso bist du, nachdem du die Kamele verkauft hast, noch in Galeh Tschaman geblieben?«

Im Dunkel der Nacht guckte Gadir Mah-Derwisch von der Seite an und sagte pfiffig: »Ach, du Fuchs! Siehst du nun, daß du für Babgoli Bondar spionierst? Du bist ihm ein treuer Wachhund geworden!«

»Nein, beim Propheten! Nein. Ich fragte das nur für mich selbst. Ich schwöre bei der Seele des Propheten, daß ich die Wahrheit spreche.«

Gadir schwieg eine Weile und sagte dann: »Nicht ich hab die Kamele verkauft, mein lieber Sseyyed. Mein Vater hat sie verkauft. Wenn du die Wahrheit wissen willst, man hat uns die Kamele abgeschwatzt. Und du warst ja selbst einer der Vermittler dabei. Aber ich hab die Kamele nicht verkauft. Mein Vater hat sie verkauft, und der ist nun mal nicht recht bei Verstand. Du weißt ja, ein harmloser Irrer ist er. Und jetzt sind all seine Gedanken bei den paar Münzen, die er, ich weiß nicht in welchem seiner sieben Löcher, versteckt hat. Und meinen Bruder, den Abbass-djan, kennen ja alle. Wie der Volksmund sagt: Er sucht nach einem toten Esel, um ihm die Hufeisen abzunehmen. Der denkt nur daran, wie er eine Handvoll Geld ergattern kann, woher auch immer, um nach Maschhad zu gehen und es in ein paar Tagen für Arrak und Droschkenfahren und Weiber auszugeben. Überall hat er das Gerücht ausgestreut, er habe in Maschhad eine Ehefrau. Aber wo ist die? Ich weiß nur, daß Abbass-djan in den letzten Tagen seiner Arbeit als Karawanenführer, solange der Transport mit Kamelen noch blühte, die Tochter des Karawansereiverwalters in Schande gebracht hat und ihm später nichts anderes ürigblieb, als dem Mädchen seinen Namen zu geben. Und jetzt macht er sich dauernd unter dem Vorwand, zu diesem Mädchen zu gehen, auf den Weg nach Maschhad ... Was für Sachen hab ich dir da erzählt, Mah-Derwisch? Ich weiß nicht, wie's kam. Nun erzähl du mal! Ich hab gehört, daß Babgoli Bondar vorhat, seinen ältesten Sohn, den Asslan, mit der Tochter von Ali-Akbar, dem Sohn von Hadj Passand, zu verheiraten? Ha, stimmt das?«

Mah-Derwisch sagte: »Ich hab das auch gehört. Aber man weiß nichts Genaues. Nur Gott weiß es.«

»Gut hat er das geplant! Der will auch den Weiler Kalchuni an sich bringen. Ha? Galeh Tschaman genügt ihm wohl nicht? Sein eigenes Land und Wasser war ihm nicht genug; auch Land und Wasser des Großgrundbesitzers hat er gepachtet, und jetzt dreht sich ganz Galeh Tschaman wie ein Ring um seinen Finger! Wer kann noch ein Wort gegen ihn vorbringen? Er ist auch dabei, sich den Posten des Dorfvorstehers zu verschaffen. Hat ihn sich schon verschafft. Schlau hat er das eingefädelt, mit der nötigen Rückendeckung. Sein Herr und Meister, der Großgrundbesitzer Aladjagi, gehört zu den Großkopferten von Ssabsewar. Einer, der eine solche Rückendeckung hat, kann auch seinen Mitmenschen das Blut abzapfen. Siehst du, Sseyyed, wie alles mit einem dünnen Faden aneinandergeknüpft ist? Auch du bist jetzt an ein Ende dieses Fadens geknüpft. Auch du hast eine feste Rückendeckung, weißt es aber nicht! Weil du nur am Ende dieses Fadens hängst. Vielleicht wirst du bald der Verwalter von Babgoli Bondar! In dieser Welt ist alles möglich! So, wie Bondar alles in die Wege geleitet hat, wird er in fünf Jahren auch dem Aladjagi Boden und Wasser abnehmen und damit

Herr über alles werden. Und auch diese drei, vier Kleinbauern werden sich nicht gegen ihn behaupten können. Für ihn ist es eine Kleinigkeit, ein paar Tage den Ganat nicht reinigen zu lassen. Dann bekommen die Äcker der Kleinbauern kein Wasser und verdorren. Das macht er ein paarmal, und dann sind die Kleinbauern gezwungen, ihm dies Mäusegepinkel von Wasser zu jedem Preis, den er fordert, zu überlassen und sich auf Wanderschaft zu begeben. Das ist der Kern der Sache, lieber Sseyyed. Dein Brotherr hat sogar ein Auge auf die Nägel in den Häusern der Leute geworfen. Nun, soll er, warten wir's ab. Wenn wir schon nicht die Welt genießen können, wollen wir sie uns wenigstens anschauen. Das ist doch ein Sprichwort der Derwische: Die Welt anschauen ist besser als die Welt genießen. Gewiß hast du das tausendmal selbst gesagt und gehört, nicht wahr?«

Jetzt saßen die beiden – Mah-Derwisch und Gadir – am Bachrand. Gadir goß sich händevoll Wasser übers Gesicht, und Mah-Derwisch sah ihm zu.

»Was für ein Wind! ... Nun, woran denkst du, Sseyyed?«

Mah-Derwisch sagte: »Es ist richtig, was du sagst, Herr Gadir, aber man sieht ja, daß dein Herz übervoll ist. Ich weiß nicht, wie du mit dieser Lage, in die du geraten bist, zu Rande kommen wirst. Wenn du auf mich hörst, sammelst du etwas Geld und machst dich auf in die Stadt. Du bist ein schlauer Kerl. Du kannst dir überall dein Brot verdienen.«

»In die Stadt? Wie einfältig du bist, Sseyyed! Täte es dir nicht leid um dieses fließende Wasser, diese einsamen Nächte, diese Mauern, diese streunenden Hunde, diese Kamele? Ich bin mit diesen Dingen aufgewachsen. Fast dreißig Jahre! Hier ist mein Zuhause, das Dorf meiner Väter. Und jetzt soll ich all das einfach hinter mir lassen und in die Stadt gehen? Wie soll ich es einsam und allein in der Stadt aushalten? Was soll ich da tun? Der Mensch lebt doch nicht von Brot allein. Von all dem abgesehen, was soll ich mit meinem Vater anfangen? Er ist bettlägerig, kann nicht mehr aufstehen. Wenn ich nicht da bin, wer kümmert sich um ihn? Der arme Alte stirbt vor Kummer. Soll er mich verfluchen? Wenn du an meiner Stelle wärst, könntest du deinen Vater in einem solchen Zustand sich selbst überlassen und dich in die Stadt aufmachen?«

Bitter lächelnd sagte Mah-Derwisch: »Von all deinem Gerede begreife ich nichts. Denn meinen Vater hab ich nie gesehen. Was ist ein Vater? Nichts als seinen Namen kenne ich. Auch eine Mutter hab ich nicht gehabt. Aber an sie hab ich eine blasse Erinnerung. Eine alte Frau, die die Fallsucht hatte und in fremden Häusern das Brot buk. Eines Tages bekam sie am Backofen einen Anfall und stürzte ins Feuer. Ich erinnere mich an sehr wenig ... Die Leute sagten, die Arme sei wie eine Handvoll verbranntes Fleisch in einer Zimmerecke gelegen und habe dauernd wie eine Mücke vor sich hin gesummt. Bis sie eines Nachts, als ich in tiefstem Schlaf war, starb. Das sagte mir am nächsten Morgen unsere Nachbarin, sonst hätte ich gar nicht gemerkt, daß sie tot war. Denn tot oder lebendig war sie gleich. Was danach kam, ist eine lange Geschichte. Nur soviel laß mich sagen, daß mir zu meinem Glück Gott, der Herr der Welt, mit Unterstützung des Heiligen Emam Resa eine einigermaßen gute Stimme verliehen hat. Und ich rate dir: geh in die Stadt. Denn die Stadt ist voller Leben, und nach Jahr und Tag wird man mit diesem und jenem bekannt; man gewinnt Freunde, und schließlich sorgt ein glücklicher Zufall dafür, daß man eine ständige Arbeit findet.«

Gadir sagte: »Was du da sagst, stimmt, lieber Derwisch. Aber ich kann hier nicht fort. Ich bin wie ein Huhn, das an einem Fuß festgebunden ist. Deshalb auch drehe ich mich ständig um mich selbst, drehe mich in diesen Gassen, in diesen Trümmern. Wie eine Eule bin ich geworden. Bin vielleicht wirklich eine Eule. Eine Eule.«

»Du hast dich doch wohl nicht verliebt, ha?«

Gadir wollte sich seine Verblüffung nicht anmerken lassen. Er stand auf und sagte: »Was redest du da, Sseyyed! Ich bin doch nicht mehr achtzehn Jahre alt. Die Zeit für sowas ist vorbei. Steh auf, und wenn du willst, gehen wir zu Tante Ssanama. Hol dir einen Opiumrausch, und dann geh nach Hause. Steh auf!«

Mah-Derwisch stand auf, schüttelte die Wassertropfen von den Händen und fragte: »Und du?«

»Vielleicht rauche ich auch ein wenig Opium. Aber ich gehe mehr zum Kartenspielen hin. Davon hältst du wohl nichts, wie?«

»Nein, Brüderchen. Gott bewahre mich davor.«

»Es ist, wie du sagst. Solange du kannst, hüte dich davor. Sowie es dich am Zipfel erwischt, läßt es dich nicht mehr los. Allerdings hält sich in diesen Nächten niemand in der Höhle von Ssanama auf, denn die meisten schlafen jetzt im Freien, auf den Äckern, bei den Getreidegarben. Gehen wir und sehen, was los ist.«

Ssanamas Behausung lag tiefer als die Gasse. Zwei Stufen hinunter in den Hof und zwei Stufen vom Hof ins Zimmer. Das Kartenspielen fand gewöhnlich im Nebenzimmer statt; eine niedrige Tür führte vom einen Zimmer ins andere. Die Lampe für den Opiumextrakt brannte im vorderen Zimmer. Tante Ssanama, mit langem, ausgetrocknetem Gesicht, weichem, oberhalb der Stirn mit Henna gefärbtem Haar, vorspringendem Kiefer und großen Augen, lag immer neben der Lampe und stopfte die Pfeifen mit Opiumextrakt.

Nach den Worten der Einwohner von Galeh Tschaman war Tante Ssanama ›eine saubere, ordentliche Frau‹. Obwohl ihr kleines Haus ständig voll der verschiedenartigsten Kunden war, war nie auf Tante Ssanamas Teppich auch nur ein einziger schmutziger Fußabdruck zu sehen. Bevor sich die Süchtigen neben die Opiumlampe legten, zogen sie immer die Stoffschuhe aus; und die Kartenspieler wußten, daß sie auf dem Weg ins Nebenzimmer an der Wand, da, wo der Teppich nicht hinreichte, entlanggehen mußten und sich zu bücken hatten, um sich durch die niedrige Tür zu zwängen.

Das Spielzimmer unterstand dem Bruder von Tante Ssanama, Sagh-Abdol, einem Mann mit struppigem Bart und Augenbrauen wie Dolchen, trüben, braunen Augen, dicken, violetten Lippen, niedriger Stirn und vollem Haar. Er war ungesellig und mürrisch, aber wenn er dazu aufgelegt war, konnte er spaßig und unterhaltsam und sogar witzig sein. Für gewöhnlich hing er seinen Gedanken nach und hielt den Kopf gesenkt, und bei den endlosen nächtlichen Gesprächen gab er auf hundert Fragen vielleicht einmal eine Antwort. Anders ging es auch nicht. Denn wenn Sagh-Abdol sich in jede Angelegenheit mischen wollte, würde er wie eine leere Wassertonne sein, in die jeder Naseweis den Kopf steckt und hineinruft, und Sagh-Abdol müßte zurückrufen. Sagh-Abdol stellte sich zu den Spielern, paßte auf Hände und Spielkarten auf, und nach jeder Runde kassierte er seine Provision. Wenn er unbeschäftigt war, lehnte er sich halb an die Wand, setzte seinen zahmen Sperling auf den Finger und vergnügte sich mit ihm.

So war es auch jetzt. Er hatte sich den nach Opiumrauch süchtigen Sperling auf den Handrücken gesetzt und schnalzte mit der Zunge. Der

Sperling sperrte den Schnabel auf, und Sagh-Abdol legte ihm ein mit Speichel angefeuchtetes Stück Zucker in den Schnabel und lächelte; seine Augen glänzten vor Freude.

Die kleinen Flügel des Hoftors schlugen zu, Abdol hob den Kopf und blickte durch die Türöffnung in den dunklen Hof. Mah-Derwisch und Gadir kamen näher und traten über die Zimmerschwelle. Mah-Derwisch grüßte, Gadir blieb einen Augenblick unschlüssig stehen und zog sich wieder zurück. Abdol begriff, warum Gadir sich zurückzog. Gadirs Onkel lag neben der Lampe, und was sich zwischen der Frau des Onkels und Gadir abgespielt hatte, das wußte Sagh-Abdol genau. Haargenau. Diese Geschichte hatte hier, in diesem Zimmer, angefangen. Nicht jetzt; vor drei oder vier Jahren.

Gadirs Onkel stand von seinem Platz auf, und Mah-Derwisch legte sich an dessen Stelle. Der Onkel setzte sich an die Wand, lehnte sich zurück und zündete eine halbe Zigarette an. Seine Lider waren im Opiumrausch halb geschlossen. Sein Blick war auf den Boden gerichtet. Das war ihm überhaupt zur Gewohnheit geworden. Immer blickte er auf den Boden. In gewisser Hinsicht war er schüchtern. Von Zeit zu Zeit blies er auf seine Zigarette, die schief angebrannt war, und senkte wieder die Lider.

Sagh-Abdol sah Balchi, genannt der Ringer, an, musterte dann verstohlen den Onkel und zwinkerte Balchi zu. Balchi drehte seine dicke, gelbe Gebetsschnur. Mit der linken Schulter und dem Hinterkopf lehnte er an der Wand und stützte sich auf den Ellbogen, das rechte Knie angezogen. Seine handgestrickte Baumwollmütze war ihm bis auf die langgezogenen, hellen Augenbrauen in die breite Stirn gerutscht, ein verschmitztes Lächeln spielte um seine Lippen. Balchi war noch nicht opiumsüchtig geworden, war aber süchtig nach der Opiumhöhle. Wenn er nichts zu tun hatte, was recht oft der Fall war, kam er in Tante Ssanamas Haus, streckte sich dort aus, legte sich Kautabak unter die Zunge, trank hin und wieder einen Becher Tee und redete über das, was in Galeh Tschaman und Umgebung vorgefallen war. Seine Worte, wenn auch anziehend, waren nicht frei von Gift. Immer waren sie mit Spott und bitterer Ironie gewürzt. Seine scharfe Zunge hatte jeden einzelnen Einwohner von Galeh Tschaman verwundet. Weder er noch die anderen konnten etwas dafür. Balchis Natur war nun mal so. Er gehörte zu jenen Männern, die ihr ganzes Leben im Dorf und in der Steppe verbringen, aber niemals einen Bauernspaten auf die Schulter nehmen. Richtiger gesagt: kein Grundbesitzer findet sich, der einem Mann wie Balchi Arbeit gibt. Denn Fleiß und Fügsamkeit, Zurückhaltung und Bescheidenheit sind Eigenschaften, die jeder Grundbesitzer schätzt. Und Balchi waren selbstverständlich solche Eigenschaften fremd. In diesem Mann, dem dennoch ein Streben nach Höherem eigen war, schlummerte ein beträchtlicher Stolz. Ein Stolz, gemischt mit Selbstgefälligkeit. Was die anderen quälte, waren vor allem diese seine Wesenszüge.

Balchi wirkte abstoßend, weil er aus dem Rahmen dessen fiel, was für den Menschen in Galeh Tschaman als üblich galt. Die über ihm standen, fanden ihn unangenehm, weil sein Benehmen ihnen gegenüber unangenehm war. Seine aufrechte Haltung und sein offener Blick stießen sie ab. Und die, die unter ihm standen – das heißt diejenigen, die Balchi nicht als gleichwertig anerkannte –, mieden ihn, weil er sie verachtete. kIhre Unterwürfigkeit, ihre Fügsamkeit, ihre Demut verachtete er. Eben ihre bäuerliche Natur. Er bemitleidete sie nicht, hatte auch nicht die rechte Sprache, mit ihnen umzugehen, verachtete sie nur. Zeigte das mit Blicken, mit Sticheleien und Anzüglichkeiten, mit seinen Handlungen und mit seinem Verhalten. Deshalb mieden ihn die, die unter ihm standen. Die einzigen, die Balchi gern hatten und ihn ertrugen, waren von seiner Art, wenn nicht dem Charakter nach, so doch in mancher anderen Hinsicht. Diejenigen, die sich in einem gleich waren – der Armut, dem Elend. Diejenigen, die keinen Boden zu bestellen hatten, die keinen Bauernspaten auf der Schulter zu tragen hatten, die an keinerlei bestimmte, feste Arbeit gebunden waren; die Menge der Menschen, die den Zwischenraum zwischen dem Haus des Grundbesitzers und den Äckern füllen, ohne daß sie eine Beziehung oder Verbindung zwischen sich und diesen beiden fühlen. Armselige Tagelöhner.

Doch unser Balchi hatte sich diesen drückenden Verhältnissen nicht angepaßt. Wollte sich ihnen auch nicht anpassen. Zur Zeit des Jätens, wenn die landlosen Bauern als Tagelöhner zur Arbeit herangezogen werden, hatte niemand je gesehen, daß Balchi auf dem Acker eines Grundbesitzers auf dem Hosenboden über die Erde rutschte. Nur zum Mähen bequemte er sich. Auch das Mähen war Tagelohnarbeit. Aber das Mähen betrachtete Balchi als Männersache, und er war einer der besten Schnitter von Galeh Tschaman. Abgesehen vom Mähen hatte er sich auch in den Handel mit Schmuggelwaren eingelassen. Obwohl er seine Schmuggeltätigkeit geheimhielt, war sie doch am Ende ruchbar geworden, ans Licht gekommen. Da hatte Babgoli Bondar kurzen Prozeß gemacht und ihn für ein paar Tage ins Gefängnis gesteckt, und jetzt streunte Balchi in den Gassen von Galeh Tschaman herum, schimpfte leise vor sich hin und dachte über eine andere Arbeit, ein anderes Gewerbe nach. Letzthin war ihm der Gedanke gekommen, zu Karbala'i Chodadad, dem Vater von Gadir, zu gehen und ihm vorzuschlagen, gemeinsam die Kamele zu mästen und im Winter zu schlachten. Er war auch zu ihm gegangen. Doch Karbala'i Chodadad hatte ihn abgewiesen. Balchi hatte noch einmal zu Karbala'i Chodadad gehen wollen, aber da hatte er gehört, daß Babgoli Bondar ihm zuvorgekommen war und ihm die Beute weggeschnappt hatte. So hatte er sich in einen Winkel gesetzt und auf seinen Lippen gekaut.

Sagh-Abdol sah Balchi an, wies mit einem Augenzwinkern nach draußen und sagte: »Wieso ist Gadir nicht reingekommen?«

Balchi warf einen flüchtigen Blick auf den Onkel und sagte: »Was weiß ich! Ha, Mah-Derwisch, wohin ist dein Freund Gadir gegangen, daß er gar nicht wiederkommt?«

Ehrerbietig richtete sich Mah-Derwisch halb auf und sagte: »Ich erlaube mir zu bemerken, daß er hier war. Wir waren zusammen.«

Balchi stand von seinem Platz auf, hielt sich mit der Hand am Türrahmen, steckte den Kopf aus der Tür und sagte: »Wohin bist du verschwunden, du Diesundjener? Hast du nicht vor, dich zu zeigen?«

Gadirs Stimme ließ sich vernehmen: »Ich komm schon, Mensch, ich komm schon. Ihr seid doch nicht meine Gläubiger! Oder?«

Balchi zog sich ins Zimmer zurück und sagte: »Meine Hände jucken mich seit dem frühen Abend! Kommt, laßt uns wenigstens eine Partie Passur spielen, damit wir uns dann schlafen legen können! Wenn man an einem Abend gar nichts unternimmt, findet man doch keinen Schlaf.«

Sagh-Abdol sagte: »Dieses Jahr hat der Arme keine glückliche Hand! Seit Anfang des Jahres hab ich nicht erlebt, daß er einmal gewonnen hätte. Sein Glücksstern ist in die Scheiße gefallen.«

Um auch etwas gesagt zu haben, bemerkte Mah-Derwisch: »Wer im

Glücksspiel einmal zurückbleibt, mein Herr, kann das schwerlich wieder aufholen. Das Glücksspiel ist wie eine Kamelkarawane: Wenn du immer an der Spitze der Karawane gehen kannst, gehst du eben und bist voraus; aber sobald du ein oder zwei Tagesmärsche zurückbleibst, brauchst du zehn Tagesmärsche, bis du die Karawane wieder einholst.«

»Bravo, Herr Sseyyed; der Herr Sseyyed versteht auch von diesen Dingen was, ha!«

Das sagte Balchi der Ringer und lachte leise. Sagh-Abdol stimmte mit einem Kopfnicken zu, und Tante Ssanama sagte mit ihrer Stimme, die wie Spatzengezwitscher klang: »Warum sollte er's nicht verstehen? Ist er denn kein Mensch? Oder hat er nicht unter Menschen gelebt?«

Balchi sagte: »Das sag ich ja auch! Sonst könnte er doch nicht der Karawane vorauslaufen! Habt ihr denn keine Augen im Kopf? Wie ein Windhund rannte er täglich vierzigmal zum Haus von Karbala'i Chodadad, um für Babgoli Bondar das Geschäft in die Wege zu leiten! Dieser Sseyyed mühte sich sogar mehr als Babgoli Bondar selbst ab, um die Kamele dem verrückten Gottesknecht zu entreißen! Der bildete sich ein, Babgoli Bondar würde ihm den Penis von einem der Kamele in die Hand geben, damit er ihn nach Hause trüge ... O Gott, o Gott.«

Tante Ssanama sagte: »Zerreißt du dir wieder das Maul, Balchi? Was hat dieser Nachfahre des Propheten für eine Schuld? Dieses Gottesgeschöpf läuft wie alle anderen Gottesgeschöpfe auch hinter seinem täglichen Brot her! Hättest du Karbala'i Chodadads Kamele gekauft, würdest du ihm dann ein paar Fünf-Geran-Münzen in die Hand gedrückt haben, damit er eine Suppe kocht und sie mit seiner Frau ißt? Natürlich würdest du das nicht getan haben! Warum machst du dann dem Armen so viele Vorhaltungen?«

Balchi sagte: »Das frag ich euch alle: Warum hat Babgoli Bondar in diesem Dorf all diese Menschen übersehen und hat sich einen Fremden geholt und zu seinem Knecht gemacht? Herrschte denn in diesem Dorf Menschenmangel? Warum? Damit die Einwohner von Galeh Tschaman seine Machenschaften nicht durchschauen können. Seht mal, was für Leute er um sich schart! Einmal Mah-Derwisch und die Frau von Mah-Derwisch, dann Gorban, den Balutschen, und Mussa, den Teppichknüpfer, der auch nicht von hier ist; weiter seine eigene Frau, von der ich ebenfalls nicht weiß, woher sie stammt, und seine zwei Söhne. Der ältere Sohn ist ja einer von diesen schlauen Gaunern unserer Zeit. Und der Scheyda ...«

»Hier, in meinem Haus ziehe gefälligst nicht über andere Leute her, Gudars-Chan!«

Um Gudars Balchi ihre Worte richtig verständlich zu machen, hob Ssanama ihren ausgetrockneten, kahlen Kopf vom Kissen, sah Balchi fest in die Augen und biß sich auf die Unterlippe. Aber Balchi beachtete sie nicht, sondern sagte: »Ich hab nun mal vor niemandem Angst. Wer Babgoli Bondar das erzählen will, soll es schnell tun. Auch du, Tante Ssanama, bist nicht in Augen und Augenbrauen von Babgoli Bondar verliebt. Das weiß ich. Wegen des Opiumhandels, den du mit ihm treibst, hast du Angst vor ihm. Aber umsonst! Denn er hat sich, auf solche wie dich bauend, in Schmuggelgeschäfte eingelassen. Er braucht euch. Hör nicht auf sein Geschrei und seine Drohreden. Wenn es euch nicht gäbe, an wen würde er dann seine Ware verkaufen?«

Ssanama sagte: »Und du, Brüderchen, kümmerst dich nur um dich!«

»Um wen sonst möchtest du, daß ich mich kümmere? Um Bondar?«

Tante Ssanama erwiderte nichts.

Sagh-Abdol hob den Kopf, reckte die Brust und sagte: »Nun hört auf damit, ihr. Hört auf.«

Gadir kam. Er bückte sich, trat durch die Tür ins Zimmer, grüßte, ohne seinen Onkel anzusehen, und ging geradewegs ins Nebenzimmer. Balchi lachte heimtückisch und blickte verstohlen den Onkel an. Der Onkel drückte seine Zigarette aus und schickte sich an, aufzustehen. Sagh-Abdol sagte: »Heute abend ist keiner da, Gadir.«

Gadir blieb nichts übrig, als aus dem Loch herauszukommen. Er wollte gehen, aber der Onkel war schon vor ihm aufgestanden, um sich zu entfernen. Unter der Tür sagte er: »Sind euch zu guter Letzt auch diese paar Kamele in die Binsen gegangen? Aber was geht's mich an! Na schön. Und dabei war das die Aussteuer meiner Schwester!«

Wortlos blieb Gadir in dem halbdunklen, tiefliegenden Zimmer zurück. Der Onkel trat aus dem Tor in die Gasse, schloß das Tor hinter sich, und das Geräusch seiner langen Schritte war aus der Gasse zu hören. Balchi sagte: »Nun komm schon und setz dich bequem hin, Gadir. Komm setz dich.«

Mah-Derwisch hob den Kopf vom Kissen, blies den Rest des Rauchs aus, setzte sich abseits hin, strich mit der Hand über Lippen und Kinn und sagte: »Ich bin euer Gast, Herr Balchi! Gast dieses Dorfs. Die Derwische glauben, daß der Gast ein Freund Gottes ist. Den Gast darf man nicht mit Worten verwunden. Ich hab ja keine Möglichkeit, mich zu verteidigen. Hab nicht die Worte, um Gift über euch zu gießen. Ich hab hier Zuflucht genommen. Nur war kein anderer als Bondar da, mich an seinen Tisch zu bitten. Bondar hat mich gekauft wie einen Sklaven. Wie Potiphar von Ägypten den Josef im Basar kaufte. Und ich hatte keinen anderen Ausweg. Letzten Endes brauchte ich ein Dach über dem Kopf. Und dies Dach hat er mir gegeben. Ich bin doch nicht hergekommen, um mich mit den Dorfbewohnern zu verfeinden! Ich bin auch nicht damit zufrieden, daß ich ein Sklave bin; das schwöre ich bei der Tochter des Propheten, meiner Urahne Fatemeh-Sahra. Wenn ihr mich als Feind anseht, ist das eure Sache. Aber ich bin, das schwöre ich bei allen Imamen, niemandes Feind. Ich bin nur ein Abhängiger und bitte Gott darum, daß er mich wieder befreit. O großer Imam Ali, hilf du mir!«

Spöttisch sagte Balchi: »Ja, ja, nur Ali selbst kann dir da helfen, Sseyyed. Gott hat dich nun mal an einem üblen Ort in die Falle gehen lassen. Aber wenn du auf mich hörst, zeigst du keinen zu großen Diensteifer. Das mögen die Dorfbewohner nicht. Und dich wird das teuer zu stehen kommen … Was ist mit dir, Gadir-Chan, spielst du eine Partie Karten mit mir? Oder nicht? Ha?«

Gadir sagte: »Wenn ich nicht mit dir spiele, mit wem soll ich dann spielen?«

»Mit den Söhnen von Babgoli Bondar! Du bist ihnen doch ebenbürtig. Ebenbürtig denen, mit denen du Handel treibst! Wirklich, Gadir-Chan, was wäre schlecht daran gewesen, wenn wir Geschäftspartner geworden wären? Ha? Wir hätten die Kamele gemästet, im Winter geschlachtet und ihr Fleisch verkauft. Hier und in den umliegenden Dörfern hätten wir es verkauft und einen Bissen Brot daran verdient. Ha? Ich wollte euch doch nicht gratis und franko die Kamele aus den Händen reißen! Vielleicht hätte ich sie sogar zu einem besseren Preis gekauft als Babgoli Bondar.«

»Balchi Chan! Du hast es dir zur Gewohnheit gemacht, dauernd zu reden und zu höhnen, und paßt überhaupt nicht auf, was du sagst.

Du bist verliebt in dein eigenes Geschwätz, stolz auf deine Zungenfertigkeit. Sonst hättest du bis jetzt begriffen, daß nicht ich die Kamele verkauft habe. Sie gehörten nicht mir. Hätten sie mir gehört, würde ich nicht mal eine von ihren Glocken verkauft haben. Ich hatte vor, sie in diesem Jahr zum Transport von Brennholz einzusetzen. Ich wollte nach Kalschur gehen, Brennholz aufladen, es nach Ssabsewar bringen und den Bäckern verkaufen. Ich hätte es nicht mitansehen können, wenn jemand eines Tages meinen Kamelen das Messer in die Brust gestoßen hätte. Mein Vater hat die Kamele verkauft. Seinen Verstand hat ihm der Wind aus dem Kopf geblasen. Falls du noch was zu sagen hast, geh und sag's ihm. Ihm und diesem Abbass-djan, der wegen einem Taschentuch einen ganzen Basar in Brand stecken würde! Der setzte dem alten Mann ständig zu: Gib die Kamele weg, bevor sie vor Futtermangel eingehen. Und jetzt, mit den paar roten Geldscheinen, die er dem alten Mann aus dem Kreuz geleiert hat, vergnügt er sich in den Straßen von Maschhad mit den Huren und raucht im Saboli-Viertel Opiumextrakt.«

Dann wandte sich Gadir zu Mah-Derwisch: »Nun, Sseyyed, bleibst du hier, oder gehen wir?«

Mah-Derwisch legte das Geld für seinen Opiumextrakt neben Tante Ssanamas Lampe, stand auf und sagte: »Wir gehen, es ist schon spät.«

Balchi sagte: »Hätten wir doch etwas Passur gespielt!«

Gadir sagte: »Nein. Es ist kein rechter Mitspieler da. Ein Spiel zu zweien ist reizlos.«

Balchi sagte: »Alles war die Schuld dieses Onkels. Alles ist schiefgegangen. Wäre er nicht hiergewesen, hättest du dich nicht geärgert. Mensch, diese Affäre mit seiner Frau ist längst vorbei und vergessen. Zum Teufel mit der Laala. Warum rührt ihr denn ständig die schmutzige Geschichte jener Nacht auf und macht sie wieder lebendig? Davon abgesehen ist Laala jetzt ja nicht mehr seine Frau!«

Gadir nahm Balchis Spott wahr. Aber er regte sich nicht darüber auf. Im Hinausgehen sagte er: »Red so viel Dreck, wie du willst!«

In der Gasse trennte sich Mah-Derwisch von Gadir und ging nach Hause. Aber Gadir blieb in der Gasse. Keine Nacht konnte er wie andere Leute nach Hause gehen. Er mied den Schlaf, und der Schlaf mied ihn. Er bog in die untere Gasse ein, um an Laalas Haus vorbeizugehen. Laala, der Name Laalas, ihr Geruch zogen Gadir immer noch an. Was war mit Gadir vorgegangen?

»Schlenderst du hier herum?«

Das war Scheyda. Die beiden – Gadir und Scheyda – blieben an der Mauer von Laalas Haus einander gegenüber stehen. Schweigend. Keiner hatte dem anderen etwas zu sagen. Pfeil und Schlange! Dann gingen sie dicht aneinander vorbei.

Der Abend schritt auf Mitternacht zu.

Fünfter Teil

I

»Scher dich weg, du Tölpel! Hältst du dich überhaupt für einen Menschen?«

Nach tagelangem Herumstreifen in den Karawansereien, Gassen und Straßen von Maschhad hatte sich Gol-Mammad in die Steppe aufgemacht und ritt gegen einen kräftigen Wind an, der eben die Brust vom Boden erhob. Er hatte den Kopf in den Kragen gesteckt und Badi, sein Kamel, sich selbst überlassen.

Niemand hatte ihn beachtet. Wohin er sich auch wandte, man hatte ihn abgewiesen. All seine Erwartungen waren zunichte gemacht. Er begann an sich selbst zu zweifeln. Alle Luftschlösser, die er gebaut und deren er sich hier und da gerühmt hatte, waren eingestürzt. Früher hatte Gol-Mammad sich für zu wichtig gehalten, um übersehen zu werden. War er denn wirklich so unbedeutend? Einen so unwichtigen und wertlosen Eindruck hatte er gemacht!

»Scher dich weg, du Tölpel! Hältst du dich überhaupt für einen Menschen?«

Das war das Ende gewesen. Das letzte, bittere Wort, das am nachhaltigsten wirkte. Das Wort, das sich in Gol-Mammads Seele bohrte. Die Essenz aller Worte, das Ergebnis von allem Kommen und Gehen, allem Reden, allen Behördengängen, von allem Anfragen. Die Essenz aller Versuche, aller Lauferei. Schließlich war er ins Gefängnis gegangen, um seinen Bruder zu besuchen, Chan-Mammad. Der hatte ihm gesagt, er solle sich bei Ali-Akbar, dem Sohn von Hadj Passand, erkundigen, und er hatte an die Schafe erinnert, die der Herde von Ali-Akbar hinzugefügt worden waren, und an die Tage, die er selbst als Sühne für den Diebstahl dieser Schafe abgesessen hatte und noch weiter absaß: »Unkameradschaftlich und feige ist der Ali-Akbar. Dem werde ich nicht verzeihen. Eines Tages werden wir unsere Rechnung miteinander begleichen. Auch wenn wir Vettern sind. Jetzt geh du trotz alledem zu seinem Hof, vielleicht öffnet ihm die Scham ein wenig die Augen. Geh!«

Da hatte Gol-Mammad einen Hoffnungsschimmer gesehen und war zum Gutshof Kalchuni geritten.

Jetzt lag der Gutshof Kalchuni vor ihm. Durch den Wind hindurch war das Obergeschoß von Ali-Akbars Haus zu sehen. Bei der Mauer des Hauses Ali-Akbars Herde. Die Tränke am Bach und der Teich. Nach dem Saufen wird das Schaf träge und möchte ruhen. So hatte sich die Herde gelagert, und der Hirte Ali-Akbars, der Sohn von Gol-Chanum, hatte sich an den Bachrand gelegt.

Gol-Mammad ritt an der Herde vorbei und machte unter dem Vordach des Hauses halt, sprang von Badi ab und klopfte an die Tür. Der Sohn von Gol-Chanum, ein kleines Männchen von etwa vierzig Jahren, sprang flink auf und kam zu Gol-Mammad gelaufen: »Gott geb dir Kraft, Chan!«

Gol-Mammad sagte: »Ich möchte meinen Vetter sehen, den Ali-Akbar Chan.«

»Chan, er schläft. Zu Mittag hat er Gurmast gegessen, ist schläfrig geworden und hat sich hingelegt.«

»Weck ihn auf!«

»Nun, er schläft, Chan. Wie soll ich ihn wecken?«

»Wie weckt man einen Menschen?«

Der Sohn von Gol-Chanum trat von einem Fuß auf den anderen und sagte: »Aber … aber … Ali-Akbar Chan hat den Charakter eines Ungeheuers. Wenn die Zeit kommt, steht er von selbst auf. Jetzt, wenn du Hunger hast, komm, damit ich etwas Milch für dich melke. Noch haben einige Ziegen Milch im Euter. Hier auf der Stelle mach ich dir Gurmast, wir setzen uns hin und plaudern miteinander, bis der Chan aufsteht.«

Bevor Gol-Mammad dem Schäfer von Ali-Akbar etwas erwiderte, klopfte er nochmals an die Tür und schrie dann den Sohn von Gol-Chanum an: »Machst du dich über ein Kind lustig, du Affe? Ich hab keinen Hunger. Und verschwinde mir aus den Augen, denn ich bin nicht gut aufgelegt. Verschwinde, und scharwenzle nicht so herum! Verschwinde!«

Während dieser kurzen Auseinandersetzung war Gol-Andam, die Tante von Gol-Mammad, an die Tür gekommen. Gol-Andam, die älteste Schwester von Madyar, Abduss und Belgeyss, war dabei zu erblinden, und schon vorher war sie krumm und runzlig geworden. Ihre

Starrköpfigkeit aber hatte sie bewahrt. Ein nicht unangenehmer Eigensinn lag in ihrem Benehmen. Wäre sie nicht so gewesen, wäre sie möglicherweise schon vor Jahren gestorben. In ihrem Gesicht, das die Sprache der Augen übernommen hatte, zeigte sich eine zähe Unbeugsamkeit. Als habe diese Frau ihr ganzes Leben lang ihren Kopf auf einen Stein geschlagen. Sie gehörte nicht zu jenen Dorffrauen, in deren Verhalten, vor allem in ihren letzten Lebensjahren, Spuren von Demut und Fügsamkeit zu sehen sind.

Gol-Andam war keine Dörflerin. Ein Mensch der Steppe war sie. Aufgewachsen in der strengen, rauhen Natur. Nie in ihrem ganzen Leben hatte sie auf einem Teppich gesessen. Ihre Haare – Asche des Morgengrauens. Ihr Gesicht – in der Sonne getrocknetes Leder. Ihre Hände – angesengtes, trockenes Holz. Ihre Lippen – wie die Ufer des Salzflusses Kalschur; als könnten sie sich nur für Schimpfworte öffnen. Sie machte die Tür auf und zwinkerte ein paarmal mit den Augen. Am Ende erkannte sie den Neffen an seiner Gestalt. Mißmutig, verärgert ließ sie ihn eintreten.

Gol-Andam war kein Mensch, der sich Mühe gibt, seine Gefühle zu verbergen. Sie war allen Kalmischis gram, vor allem Belgeyss, und scheute sich nicht, dies in ihrem Benehmen zu zeigen. Genau so kalt wie sie Gol-Mammad eingelassen hatte, schloß sie die Tür. Dies Verhalten enttäuschte Gol-Mammad, hinderte ihn aber nicht daran, einen prüfenden Blick auf die Anlage des Gutshofs zu werfen, auf die umstehenden Häuser, die Ställe und die Mastschafe, die die Köpfe in die Krippen gesteckt hatten. Er konnte ein Gefühl der Trauer nicht unterdrücken. Gol-Andam führte den Neffen die enge Treppe hinauf durch einen schmalen Flur und brachte ihn so in ein Zimmer des Obergeschosses.

Durch das Fenster konnte Gol-Mammad die Herde Ali-Akbars, den Sohn von Gol-Chanum, den Bach und die auf dem Teich schwimmenden Enten sehen. Auch sah er den Wipfel der Trauerweide und den Kreis der Pappeln um den Teich, die im Wind die Schultern aneinanderrieben. Obwohl all dies im Wind unruhig und düster anmutete, verlor es nichts von seinem Reiz.

Der Wind drehte sich und schlug den Türflügel an die Wand. Gol-Andam ging hinaus und ließ Gol-Mammad allein. Es war sonnenklar, daß die Alte keine Lust hatte, sich nach seinem Ergehen zu erkundigen und überhaupt sich mit ihm zu unterhalten. Gol-Mammad lehnte seinen Stock an die Wand und setzte sich. Geduld! In der letzten Zeit war Gol-Mammad oft verächtlich behandelt worden. Soll jeder, der's will, mich treten. Die Not macht's. Man muß sich bescheiden.

Eine Weile darauf brachte Ali-Akbars Tochter, das einzige Kind von Gol-Mammads Vetter, das Tischtuch. Ein schüchternes junges Mädchen. In der Reife, aber noch nicht ausgereift. Jedem Blick ausweichend, noch nicht nach einem Ehemann Ausschau haltend, aber so, daß sie einem Mann gefallen konnte. Ohne den Kopf zu heben, legte sie das Tuch vor Gol-Mammad auf den Boden und ging wieder hinaus. Gleich danach kam Gol-Andam mit Zuckerdose, Tablett und Bechern herein. Das Tablett stellte sie sorgsam an die Wand, hockte sich hin und fing an zu murren: »Wie kommst du in diese Gegend? Was hast du hier zu suchen?«

Gol-Mammad sagte: »Ich bin einfach so gekommen, zu fragen, wie es euch geht.«

Danach lechzend, ihre Sticheleien und Anzüglichkeiten anzubringen, sagte Gol-Andam unumwunden: »Niemand kommt einfach so zu jemand ins Haus. Etwas sagt mir, daß was passiert ist!«

»Nein, nichts. Ich wollte nur mal meinen Vetter sehen.«

Gol-Mammad keine Zeit lassend, seine Gedanken zu sammeln, sagte Gol-Andam: »Meinen Vetter! Vetter? Seit wann haltet ihr den Sohn von Hadj Passand für euren Vetter?«

»Aber er ist doch unser Vetter. Ist's immer gewesen. Verwandtschaft kommt doch nicht abhanden, liebe Tante!«

»Deine Zunge ist sehr weich geworden! Sie war nicht immer so. Wenn Ali-Akbar euer Vetter wäre, hätte Belgeyss ihn als Schwiegersohn akzeptiert! Schiru ist nicht so viel mehr wert als mein Sohn, um sich für was Besseres zu halten, und deine Mutter hat sie darin noch bestärkt. Wer sich nicht auskennt, würde glauben, vierzig schöne Jünglinge, jeder mit tausend Schafen, hätten sie begehrt! Das Ende hab ich ja gesehen!«

Weiberklagen! Das, was nicht nur Gol-Mammad, sondern viele Männer langweilt. Gol-Mammad bemühte sich, sanft zu sprechen: »Laß mich aus dem Spiel, Tante Gol-Andam. Ich hab nichts mit dieser Sache zu tun.«

Aber Gol-Andam gab sich nicht zufrieden. Sie schien Monate und Jahre nach einer solchen Gelegenheit gesucht und auf eine Begegnung mit einem der Kalmischis gewartet zu haben, um das, was sich in ihrem Herzen angestaut hatte, loszuwerden. Den von ihr geschickten Brautwerber, der um Schiru anhalten sollte, hatte Belgeyss abgewiesen, und nie hatte sie das vergessen können. Sie fühlte sich gedemütigt, verletzt. So verwandelte sich Gol-Andams Murren jetzt in offene Stichelei. Boshaft sagte sie: »Schiru? Was für ein schönes Siegel hat die erhabene Schiru am Ende dem Namen der Kalmischis aufgedrückt. Berühmt hat sie ihn gemacht! Das ist's, was Belgeyss wollte. Und sie hatte das verdient. Sie wollte die Schande. Es war ihr nicht recht, daß ihre Tochter im Haus eines geachteten Mannes ihr Brot äße! Unbedingt mußte sie einen Skandal verursachen, und was für ein Meisterwerk! Ich hab gehört, sie ist mit einem Bettler durchgebrannt. Das stimmt, nicht wahr? Es heißt, die beiden haben sich bei Babgoli Bondar verdingt und sich unter seine Fittiche begeben? ... Deine Schwester verrichtet wohl bei Babgoli die Hausarbeit? Wäscht denen die Wäsche und melkt ihre Kühe und Schafe! Und Babgoli hat zwei geile Jungen im Haus, die nicht gerade schüchtern und zurückhaltend sind! Man sagt, in dieser Gegend gibt es keine schlimmeren Schürzenjäger als die! Ha ... stimmt das alles? Ha? Du sagst nichts? Unser Schäfer hat sie in Galeh Tschaman gesehen. Du willst wohl so tun, als wüßtest du von nichts, ha? Wie ist's denn möglich, daß ein Bruder nichts von seiner Schwester weiß? Als du jünger warst, waren deine Ohren viel schärfer! Mögest du gesund bleiben!«

Völlig verwirrt und wie ein vom Schwert Verwundeter sagte Gol-Mammad zähneknirschend: »Liebe Tante, wegen einer anderen Sache bin ich hergekommen. Ich möchte meinen Vetter sprechen. Wann habe ich mit solchen Dingen zu tun gehabt?«

Gol-Andam bohrte den Stachel noch tiefer; spöttisch sagte sie: »Was heißt das? Willst du damit sagen, daß dir alles völlig egal ist? Das hätte ich nicht von dir gedacht!«

Gol-Mammad sagte: »Auch wenn ihr mich nicht als einen von euch betrachtet – ich bin euer Gast. Bisher war es unter uns Kurden nicht Brauch, in dieser Art Gift auf das Brot des Gastes zu streichen. Wie weit willst du es treiben? In einem fort schimpfst du mit mir! Warum hältst du nicht einen Augenblick deine Zunge im Zaum? Schließlich, Scham und …«

Gol-Andam hatte erreicht, was sie wollte. Sie hatte Gol-Mammad wütend gemacht. Wie ein garstiges Kind, das den Spieß ins Wespennest bohrt. Jetzt fühlte die Alte ganz genau, daß die Wespen in Gol-Mammads Herz aufgestört waren. Sollen sie stechen! Aber man darf nicht länger am Wespennest stehenbleiben. Den Spieß muß man wegwerfen und flüchten.

Gol-Andam stand auf und sagte: »Wozu über Dinge klagen, die nicht zu ändern sind, mein Lieber! Auch nicht ein Haar meiner Enkelin werd ich deinen Bruder, den Beyg-Mammad, sehen lassen. Erst wenn der es fertigbringt, die Rückseite seines Ohrs zu sehen, wird er auch das Mädchen sehen können! Soll Belgeyss ruhig platzen. Sie weiß selbst, auf wieviel Reichtum das Mädchen sitzt. Die Mischkallis konnte sie mit ihrem Besitz zu Wohlstand bringen. Soll sich jetzt mein Schwesterchen die Krätze an den Hals ärgern … Ich geh jetzt und mach etwas zu essen für dich. Du bist sicher hungrig.«

Laß sie gehen! Sie hatte all dies sagen müssen, sonst wäre ihr die Galle hochgekommen. Sei's drum. Sei's drum. Vielleicht bleibt die Welt nicht immer so.

Chadidj brachte den Samowar, stellte ihn an die Wand und ging wieder hinaus. Ein Samowar aus Messing. Hergestellt in Eschgh-abad. Gute Ware. Auch die Schüssel unter dem Samowar war aus Messing. Solche Sachen gab es in jenen Jahren nicht in jedem Haus zu sehen. Ali-Akbar war also seßhaft geworden und dabei, ein richtiger Grundbesitzer zu werden! Die bebauten Felder um den Gutshof herum gehörten ihm wohl auch schon. Hatte er nicht das ganze Anwesen gekauft? Offenbar wurden die Felder mit dem Wasser dieses Anwesens versorgt. Die Häuser rings um den Gutshof waren die Unterkünfte der Feldarbeiter und Schäfer. Alles hatte er sich unauffällig zu eigen gemacht. Auch der Nachmittagsschlaf war eine neue Angewohnheit und hing wohl mit all diesen Sachen zusammen. Der Samowar brodelte, und ein wohltuender Dampf stieg aus den Löchern an seiner Seite.

Chadidj brachte eine Teekanne aus Porzellan, stellte sie unter den Hahn des Samowars neben das Tablett, ließ Wasser einlaufen und ging wieder. Das bedeutete, daß Gol-Mammad den Hahn zudrehen mußte, wenn die Kanne voll geworden war. Er drehte den Hahn zu, tat den Deckel auf die Kanne und stellte die Kanne vorsichtig auf den Samowar.

Gol-Mammad war mit dieser Arbeit beschäftigt, als Ali-Akbar mit einem Hüsteln im Türrahmen erschien. Beleibt und untersetzt. Einen Schal um die Taille und einen Umhang über den Schultern. Er trug keine Mütze, seine Haare waren zerzaust. Die Stelle unter den Augen war etwas geschwollen. Folge des Schlafs. Sein Gesicht machte keinen freundlichen Eindruck. Er setzte sich, und Gol-Mammad stand unwillkürlich halb auf. Eine Begrüßung, nicht besonders herzlich. Zögernd und stockend. Gol-Mammad saß wie auf glühenden Kohlen, schwieg aber. Wie er so am zusammengerollten Bettzeug lehnte, richtete Ali-Akbar den Oberkörper auf, streckte den Kopf weit aus dem Fenster und schrie den Sohn von Gol-Chanum an: »Ahai … Mamm-Resa! Die Sonne ist am Untergehen, und du hast immer noch den Arsch am Boden kleben! Schläfst du? Erheb dich endlich! Willst du nicht die Schafe wegbringen, damit sie ein paar trockene Wurzeln kauen?«

Ali-Akbar drehte sich um, setzte sich auf dem Kissen mit dem gestickten Überzug zurecht, und kurz darauf trug der Wind das Glockengeläute der Herde ins Zimmer. Gol-Mammad saß noch schweigend am Samowar, die Hände auf die Knie gelegt. Den Abstand zwischen sich und dem Vetter wahrend, räusperte sich Ali-Akbar und fragte: »Hast du was Neues erfahren?« Die Nacht von Tscharguschli war das erste, was ihm beim Anblick Gol-Mammads in den Sinn gekommen war.

Gol-Mammad sagte: »Nein. Nichts Besonderes! Noch haben sie keine Spur gefunden. Aber so ganz ahnungslos sind sie auch nicht!«

»Inwiefern?«

»Insofern als Nade-Ali auf der Suche nach dem Mörder seines Vaters seinen Kopf in jedes Loch steckt. Die Spur hat er schon bis zum Friedhof von Barakschahi verfolgt.«

»Nun, was weiter?«

»Weiter weiß ich nichts. Ich ging dann nach Maschhad, und auf dem Rückweg zu den Zelten kam ich hierher.«

Die Erwähnung von Maschhad erinnerte Ali-Akbar an Chan-Mammad. Sogleich fragte er: »Warst du gegangen, Chan-Mammad zu besuchen?«

»Ihn habe ich auch aufgesucht.«

»Nun, wie ging es ihm?«

»Ich war nicht nur gegangen, ihn zu sehen!«

»Wozu denn noch?«

Gol-Mammad nagte an seiner Lippe und sagte nach einem unsicheren Schweigen: »Sind eure Schafe nicht von der Leberfäule befallen?«

»Ich hab gehört, daß auch im Schah-Djehan-Gebirge die Tiere von der Leberfäule befallen sind. Aber unsere Schafe noch nicht. Ich hab ja auch im Sommer meinen alten, schwachen und mageren Tieren täglich einmal Trockenfutter gegeben.«

»Das ist's eben. Die Leberfäule kommt vom regenarmen Frühling. Davon, daß das Schaf die Erde mit Lippen und Zähnen berührt! Unsere Schafe hat's so richtig erwischt. Und zwar schlimm. Eben deswegen bin ich nach Maschhad gegangen.«

»Um was zu tun?«

»Um möglicherweise von irgendeiner Stelle Hilfe zu erhalten. Es heißt, es gibt Spritzen; wenn man die den Tieren gibt, töten sie die Krankheitskeime ab. Deswegen bin ich hingegangen.«

»Nun? Und was hast du erreicht?«

»Nichts. Nichts. Von dieser Tür zu jener Tür. Von jener Tür zu dieser Tür. Drei, vier Tage lang ließ man mich rumlaufen, und am Ende nichts. Und jetzt bin ich mit leeren Händen zurückgekehrt. Einen unserer kleinen Teppiche hab ich verkauft, das Geld für mich und mein Kamel ausgegeben und bin umgekehrt. Wer von denen versteht schon, was man ihnen sagt? Eins ihrer Ohren ist eine Tür und das andere ein Tor. Was du auch sagst, geht zu diesem Ohr rein und zu jenem Ohr raus. Wenn ich jetzt darüber nachdenke, sag ich mir, vielleicht hab ich mein Anliegen nicht so vorbringen können, daß auch ein Esel es begreift. Aber wie soll man denn seine rechtmäßige Forderung zum Ausdruck bringen? Meine Schafe sind dabei, einzugehen, und ich bin in die Hauptstadt von Chorassan gegangen und hab meine Hand nach Hilfe ausgestreckt. In jedes Amt bin ich gegangen. In jedes Loch, in das ich Hoffnung setzte, hab ich meinen Kopf gesteckt. Zur Gendarmerie, zur Kaserne, auch zum Gouverneursamt bin ich gegangen. Krach hab ich auch geschlagen, so daß man mich rausgeschmissen hat. Grobe Worte hat man mir an den Kopf geworfen und mich an die frische Luft gesetzt. Von da ging ich direkt zum Gefängnis, zu Chan-Mammad. Er empfahl mir, hierher zu gehen. Ich ging zur Karawanserei, bestieg mein Kamel und ritt hierher. Vor Morgengrauen hab ich mich auf den Weg gemacht und bin ohne Unterbrechung geritten. Gott segne diesen Badi!«

Ali-Akbar kaute an seinem Schnurrbartende, schwieg eine Weile und fragte dann: »Hast du mir was von Chan-Mammad auszurichten?«

Gol-Mammad sagte: »Zuerst mal läßt er dir Grüße bestellen, und dann sagte er, ich könnte dich um Hilfe bitten.«

»Was soll das heißen?«

»Er sagte, ihr hättet eine Rechnung miteinander zu begleichen.«

»Was für eine Rechnung? Nein. Nein. Keinerlei Rechnung ...«

Gol-Mammad unterbrach ihn: »Schön, lassen wir das. Lassen wir das. Davon abgesehen, wir sind doch Verwandte. Du und ich, wir sind Mischkallis. Es ist ein schlechtes Jahr. Ich bin in Not geraten. Unsere Schafe gehen uns verloren. Hilf mir, auf welche Weise du willst, damit ich mich bis zum Frühlingsanfang durchschlagen kann. Wenn ich bis zum Frühling durchhalte, hab ich das Schlimmste überstanden und kann meine Schulden bezahlen. Ich stehe zu meinem Wort und zahle deine Anleihe zurück.«

Ali-Akbar sagte: »Wenn du mich nicht noch mehr in Verlegenheit bringen willst, red kein Wort mehr davon. Du bist selbst Herdenbesitzer. Wie kann man Anfang des Winters von einem Herdenbesitzer etwas verlangen? Alles, was ich hatte, hab ich für Futter ausgegeben, damit meine Schafe im Winter was zu fressen haben. Bei Imam Resa schwöre ich, daß ich nichts übrig habe.«

Chadidj brachte die Wasserpfeife und stellte sie vor ihren Vater. Ali-Akbar legte seine breite Hand um den Hals der Wasserpfeife und steckte das Rohr zwischen die Lippen. Gol-Andam brachte eine Schüssel mit Essen, stellte sie Gol-Mammad hin und breitete das Tuch aus. Gol-Mammad zog die Beine an, stand auf und sagte: »Macht nichts, macht gar nichts!«

Er ging zur Tür und streifte die Schuhe über.

»Du hast ja noch nichts gegessen!«

»Ich werd schon was essen!«

II

Ein Mann stand wie ein langer Schatten auf der Schwelle von Babgolis Laden. Nach einer Weile beugte er den Kopf und trat langsam und schlaff mit einem lautlosen Gruß in den Laden. Babgoli grüßte zurück. Es war Gadir. Still, ohne ein Wort, setzte er sich neben der Theke hin, griff in die Tasche, zog eine Zigarette hervor, zündete sie an und steckte sie zwischen seine dünnen, bläulichen Lippen, und kurz danach war sein Gesicht in dichten Rauch gehüllt. Babgoli richtete weiter seinen fragenden Blick auf Gadir, aber Gadir beachtete ihn nicht. Babgoli sah Gadir von der Seite an; Gadirs Lider waren halb geschlossen, aber seine Augen schienen auf das kleine irdene Gefäß in der Ecke des Ladens zu starren, in das der Weizen geschüttet wurde, den die Kunden als Tauschware brachten. Hätte Babgoli ihn aufmerksam betrachtet, hätte er unschwer feststellen können, daß sich dieser so ruhige, eindringliche Blick an einer großen seelischen Verwirrung entzündete. In stummer Angst. So wie eine Schlange aus Furcht vor der scharfen Schaufel, die ihren halben Schwanz abgetrennt hat, den Kopf aus der Höhle streckt. Zögernd. Auf eine neue Verwundung gefaßt.

Diese Stille, deren Schwere die Seele bedrückte, beunruhigte Babgoli. Er wollte mit Gadir ein Gespräch anknüpfen, aber der war so mit sich selbst beschäftigt, verschlossen und in Schweigen gehüllt, daß Babgoli keine Möglichkeit sah, in sein Inneres einzudringen. Gadir rauchte seine Zigarette weiter, und die Befürchtung, daß seine Worte in der Luft hängenbleiben oder unter Gadirs schiefem Blick zu Boden fallen könnten, veranlaßte Babgoli, Schweigen zu bewahren. Ein Geschwür war er, dieser Gadir, und Babgoli war zu erfahren, als daß er ein unreifes Geschwür aufdrückte. Er wollte es nicht sein, der mit der Hand auf diese Geschwulst schlug. Er wußte, daß eines Tages dies Geschwür reifen und von selbst aufbrechen würde. Warum soll der Eiter ihm in die Augen spritzen? Warum soll man den Schmerz noch anfachen? Er glitt leise durch die kleine Hintertür ins Haus und räumte Asslan seinen Platz ein.

Asslan stellte sich hinter die Theke. Gadir drehte sich um und blickte ihn an. Ein bitteres Lächeln änderte den Farbton seines Blicks. Asslan sagte: »Ich will die Tür schließen.«

Gadir stand auf, beugte die Schultern und ging hinaus. In der Gasse setzte er sich auf die Bank neben der Ladentür und umfaßte die Knie mit den Händen. Sonnenuntergang und Eulen. Asslan machte die Tür von innen fest zu, legte einen dicken Holzriegel vor und ging dann durch die Hintertür in den Hof und von dort auf die Gasse, wo er das Schloß an der Ladentür befestigte. Dann ging er, Gadir absichtlich übersehend, in den Hof zurück, verschloß das Hoftor mit einer Kette und ging geradewegs ins Obergeschoß zum Vater: »Der sitzt immer noch da!«

»Was will er?«

»Er hat nichts zu mir gesagt. Nur ist er seit heute morgen zwei-, dreimal in den Laden gekommen, hat sich gesetzt und ist danach wieder aufgestanden und gegangen.«

»Ohne ein Wort zu sagen?«

»Ja. Wie ein Taubstummer.«

Babgoli fragte: »Wo ist Scheyda jetzt?«

»Er hat die Kamele in die Steppe getrieben. Gleich wird er zurückkommen.«

»Mach das Kohlenbecken zurecht, bring es her, und geh ihm entgegen.«

Asslan wollte schon fortgehen, als Babgoli ihn zurückhielt: »Wo ist deine Mutter? Sag ihr, sie soll Kohlenbecken und Teekanne bereitstellen, und du selbst geh jetzt gleich in die Steppe.«

Asslan sagte: »Die Beine tun ihr sehr weh. Vielleicht schläft sie jetzt. Ich selbst bring schnell die Sachen.«

Asslan ging hinaus, um Feuer zu machen. Babgoli rief ihm nach: »Unterwegs sag auch dem Mah-Derwisch, er soll herkommen.«

»Ja, gut.«

Bald darauf brachte Asslan dem Vater das glühende Kohlenbecken, Teekanne und Opiumpfeife, nahm dann seinen Stock und verließ das Haus. Er wollte nicht auf die Bank neben der Tür schauen, aber es ging nicht. Er konnte nicht blicklos daran vorübergehen. Heimlich warf er einen flüchtigen Blick hin. Gadir war noch da, war nicht weggegangen. Immer noch in sich versunken, saß er da und starrte in die Nacht. Asslan ging vorbei, und ehe er das Dorf verließ, klopfte er an die Tür von Mah-Derwischs Haus. Schiru kam an die Tür. Asslan richtete ihr die Bestellung aus und setzte seinen Weg fort.

Schweigende Nacht, schweigende Gassen, schweigende Häuser. Die Leute hatten sich unter ihre Dächer begeben und die Köpfe aufs Kissen gelegt. Kurz vor der Morgendämmerung würde der abnehmende Mond aufgehen und den Kopf hinter der zerfallenen Mauer hervorstrecken. Bis dahin würde es möglich sein, unter dem fernen Licht der Sterne auszuschreiten. Denn Staub und Erdklumpen der Gassen, alle ihre Unebenheiten waren Asslan so vertraut wie die Linien seiner Handflächen. Er ließ die letzte Gasse hinter sich, richtete die Augen ins weite Dunkel der Steppe und horchte, ob das dumpfe Läuten von Kamelglocken zu hören sei. Aber keine Glocke durchbrach die Stille der Nacht, kein Umriß der Kamele war in den Schatten der Nacht zu sehen. Asslan ging nicht weiter. Er lehnte sich an eine alte Gartenmauer und stützte die Brust auf seinen Stock. Eine Weile blieb er so stehen. Allmählich aber rutschte er in eine sitzende Stellung, legte den Rücken an die Mauer und den Kopf an einen Ziegelstein, schloß die Lider und glitt in einen Zustand von Müdigkeit und Träumerei.

Vor ihm lag der Weg zum Gutshof Kalchuni. Das war er, der Weg. Er führte direkt zum Gutshof Kalchuni. Zu dem Ort, an dessen Mauerzinnen Asslans Herz hing. Wenn er auch jetzt im Grunde seines Herzens besorgt war über das Ausbleiben des Bruders, so waren seine Gedanken doch beim Gutshof Kalchuni. Bei Chadidj, der Tochter von Ali-Akbar. Vor einigen Tagen, nachdem ein Gendarm auf dem von Ali-Akbar ausgeliehenen Pferd vom Gutshof nach Galeh Tschaman gekommen war, hatte Asslan das Pferd dorthin zurückgebracht. Zuerst hatte er es etwas geführt, damit sein Schweiß trocknete, und dann hatte er den Fuß in den Steigbügel gesetzt und war unverzüglich zum Gutshof Kalchuni galoppiert. Am späten Nachmittag war er dort angekommen. Vor dem großen Tor von Ali-Akbars Haus war er vom Pferd gesprungen und hatte mit zitternder Stimme nach Ali-Akbar gerufen. Gol-Andam, Ali-Akbars Mutter, war ans Fenster getreten. Asslan hatte gefragt, wo Ali-Akbar sei, und die Alte hatte ihm den Weg zur Tenne gewiesen. Asslan hatte gesagt, er habe das Pferd gebracht. Gol-Andam war heruntergenommen und hatte Asslan den Zügel des Pferdes abgenommen. Den

Platz der Alten im Fenster hatte Chadidj eingenommen. Nur einen Augenblick. Im Handumdrehen war das Mädchen wieder fort. Geflüchtet war sie und stand wohl lauschend hinter einer Wand. Asslan hielt die Augen auf das Fenster gerichtet, und Gol-Andam hatte den Jungen zum Dank für die Mühe gesegnet: »Mögest du nur Gutes in deiner Jugend erleben, mein Junge. Mögest du lange leben.«

»Ein wunderbares Pferd ist das. Daß es nur nicht der böse Blick trifft.«

»Wie ist's mit Brot und Tee? Willst du nichts?«

Asslan hatte gehofft, daß Ali-Akbars Mutter ihn ins Haus bitten und zum Abendessen dabehalten würde, aber Gol-Andam war nicht so freundlich zu ihm gewesen. Asslan hatte um einen Becher Wasser gebeten. Gol-Andam hatte ihn gebracht und gefragt: »Wie geht's der Frau von Babgoli? Tun ihr immer noch die Beine weh?«

»Es geht ihr gut. Bestell Ali-Akbar Chan einen Gruß von mir.«

»Das will ich tun.«

Asslan hatte der Alten den Becher zurückgegeben und war aufgebrochen. Nach einer kurzen Wegstrecke hatte er den Kopf gewendet und noch einen Blick auf das Fenster des Obergeschosses geworfen. Chadidj hatte wieder am offenen Fenster gestanden. Asslan hätte gerne geglaubt, daß sie ihm nachsah. Er glaubte es auch wirklich. Er hob die Hand, um die Mütze abzunehmen und ihr damit zuzuwinken, doch er fand nicht den Mut dazu; deshalb kratzte er sich am Ohr. Noch einmal drehte er sich verstohlen um und sah hin; das Mädchen war nicht mehr da. So war er mit gesenktem Kopf seines Weges gegangen.

Bei früherer Gelegenheit hatte man Asslan gesagt, Chadidj sei noch unreif, sie fürchte sich vor einem Ehemann. Aber das wollte Asslan nicht glauben. Chadidj hatte schon ihr dreizehntes Lebensjahr erreicht. Wieso sagt man denn, daß ein Mädchen vom neunten Lebensjahr an heiratsfähig ist und gebären kann? Das heißt, sobald du dem Mädchen mit deiner Mütze auf den Nacken schlägst und sie von dem Schlag nicht umfällt, sondern sich aufrecht halten kann, ist sie heiratsfähig, kann das Brautgemach betreten. Die Mütze des Mannes ist das Kennzeichen seiner Männlichkeit. Weshalb also fürchtet sich Chadidj vor einem Ehemann? Da muß ein Plan im Spiel sein! Ali-Akbar hat wohl jemand anders für seine Tochter in Aussicht genommen? Vielleicht einen kurdischen Schafhalter von ihrem eigenen Stamm? Oder den Sohn eines bedeutenden Grundbesitzers? Für eine einzige, mutterlose Tochter, die nach dem Tod des Vaters auf dessen gesamtem Vermögen sitzt, gibt es schließlich viele, die auf der Lauer liegen und eine günstige Gelegenheit abwarten. Wem mißfällt es schon, da in dem Obergeschoß zu sitzen, sich an das zusammengerollte Bettzeug zu lehnen, kühles Wasser zu trinken, eine Wasserpfeife zu rauchen und sich als Herr aufzuführen? Könnte dieser Jemand Asslan sein? Wird er die Tochter von Ali-Akbar sein eigen nennen können? Wird er in Ali-Akbars Fußstapfen treten und sich auf seinem Besitztum wie eine Schlange auf dem Schatz zusammenringeln können? Das hing von Babgoli Bondars Geschicklichkeit ab. Wenn Bondar sich für ihn einsetzte und Ali-Akbar irgendwie dazu brachte, sich einverstanden zu erklären, würde er seinem Sohn einen gewaltigen Dienst leisten. Chadidj würde einmal den Gutshof Kalchuni besitzen, und zu dem Gutshof gehörten Felder und Wasser, Schafe und Hirten und Bauern. Dann kannst du dich auf einen Teppich setzen und den Herrn spielen! Behälter voll Korn, Speicher voll Viehfutter, unendlicher Kredit im Basar. Deshalb darf Chadidj, dieser noch kleine, aber segensreiche Bissen nicht dem Schnabel eines anderen Falken zur Beute fallen. Asslan saß auf der Lauer. Es war an der Zeit, daß er seine Haare pflegte, seinen Kragen erneuerte, bessere Stoffschuhe anzog und sich wenigstens einmal die Woche rasierte und die Spitzen seines Schnurrbarts aufzwirbelte. Er mußte auch daran denken, ein seidenes Kopftuch zu besorgen, um es, wenn möglich, heimlich Chadidj zu schicken. Irgendwie mußte auch Ali-Akbar gewonnen werden. Er müßte etwas für ihn springen lassen, damit ihm der zukünftige Schwiegersohn zusagte. Wenn Ali-Akbar ihn akzeptierte, war die Hauptsache erledigt. Mit Gol-Andam konnte man ins reine kommen. Natürlich nur dann, wenn Babgoli Bondar wegen des Brautgelds keinen Rückzieher machte.

In diese angenehmen Träumereien versunken, hatte Asslan seinen Bruder vergessen. Scheyda und die Kamele waren unmerklich seinem Gedächtnis entfallen. Plötzlich fühlte Asslan einen Schatten vor sich. Er riß die Augen weit auf. Es war Gadir. Ihm gegenüber glühte in der ausgedehnten Weite der Nacht Gadirs Zigarette. Unwillkürlich griff Asslan nach seinem Stock. Doch er stand nicht auf; er blieb sitzen und bemühte sich, Gadir zu übersehen. In einem Abstand von der Länge eines Brunnenseils stand Gadir schweigend da. Auch Asslan schwieg und war auf der Hut, bereit, aufzuspringen. Seine Haut kribbelte unter den Blicken Gadirs. Ihm war, als berührten die schwarzen, eingesunkenen Augen Gadirs, die aus der Tiefe der Dunkelheit glänzten, die Haut auf seiner Stirn. Wie Schlangenzungen. Er wußte, worunter Gadir litt und was er wollte; aber er konnte nicht begreifen, warum die schweigende Anwesenheit Gadirs Furcht in seiner Seele erregt hatte. Eine Furcht, die immer weiter zunahm. Gadirs Hände waren leer und sein Körper schlaff. Asslans Hände hielten einen Stock, sein Körper war straff. Warum fürchtete er sich dann? Wollte Gadir ihn denn fressen? Ist denn dieser Gadir nicht der Bruder des schlappen Abbass-djan? Beide die Söhne von Karbala'i Chodadad? Gadir gleich groß und gleich alt wie Asslan. Vielleicht ein oder zwei Jahre Altersunterschied. Derselbe Gadir, mit dem er Reisig gesammelt, Ball gespielt und Glücksspiele gemacht hatte. Was für ein Zaubermittel mochte Gadir sich in diesen Tagen um den Hals gehängt haben, daß er so furchteinflößend wirkte? Was für ein Zauber lag in seinem Blick, was für ein Geheimnis in seinem Verhalten, daß er gleichzeitig so ängstlich und angsterregend wirkte?

»Sitzt du da ganz allein, Asslan Chan? Du bist wohl den Kamelen entgegengegangen? ... Ha?«

Seine Stimme hatte einen scharfen Klang; sie glich einem rostigen Dolch. Durchlöcherte die Nacht. Eine Stimme, gemischt mit Zweifel, Spott und Haß. Alles, was er äußerte, jedes seiner Worte war schwer und hart. Ein Stück rostiges, glühendes Eisen. Asslan hielt das Schweigen nicht länger aus und sagte: »Und du, wohin gehst du ... so allein?«

»Ich schlendre herum. In Gottes Nacht!«

Als Gadir das gesagt hatte, verschwand er. Wie eine Schlange glitt er ins Dunkel. Nicht einmal der Glut seiner Zigarette konnte Asslan mit dem Blick folgen. Anscheinend hatte Gadir die Zigarette weggeworfen oder ausgetreten. Wie kam er nur, und wie ging er nur? Wie wenn jemand einem im Traum erscheint. Wirklich, träumte Asslan nicht? Der Schlaf hatte ihn doch wohl nicht überwältigt, wie er so mit dem Kopf an der Mauer dasaß? Er rieb sich die Augen mit dem Handrücken und zwinkerte ein paarmal. Dann preßte er den Stock mit den Fäusten, blieb aber, an die zerfallene Gartenmauer gelehnt, sitzen. Scheyda hatte jetzt von seinen Gedanken Besitz ergriffen. In seiner Einsamkeit verlangte es ihn nach dem Bruder. Eine Art heimliche Angst steckte hinter dieser

Sehnsucht. Warum kam er denn nicht? Warum kam dieser Scheyda nicht? Ach, daß dieser Junge so unbekümmert ist! Angst ist ihm fremd. Kündigt sich einem die Gefahr vorher an? Wie soll man wissen, ob Gadir nicht Scheyda in die Steppe entgegengegangen ist? Gadir war kräftiger als Scheyda. Dieser Gedanke erschreckte Asslan einen Augenblick. Er erhob sich und tat ein paar Schritte in die Nacht. Aber dann zögerte er. Die Furcht ließ ihn stehenbleiben. Er blickte um sich, zog sich auf die Mauer hinauf, stellte sich oben auf die Mauerkrone und rief ängstlich nach Scheyda: »Scheyda, hay ... hay ... hay ... Scheyda, hay ... hay ... hay ...«

»Hay ... hay ... hay ... ich hör dich, Asslan, hay ... hay ... hay ... ich hör deine Stimme.«

»Komm hierher, hay ... hay ... hay ... hierher!«

»Ich komme, hay ... hay ... hay ... ich komm schon.«

Asslan sprang von der Mauer und lief Scheyda entgegen. Hinter dem Baumwollfeld, in Sichtweite des Weges, trafen sie zusammen. Asslan schrie den Bruder an: »Wo bummelst du herum? Alle hast du in Sorge versetzt!«

Scheyda, der sich den Schwanz des alten Kamels um die Hand gewickelt hatte und mit dem Tier im Gleichschritt ging, sagte: »In Gottes Steppe. Was dachtest du denn? Kamele sind doch nicht wie Schafe, die zusammen weiden! Jedes zieht es woandershin in der Steppe. Wenn es Abend wird, mußt du eins im Osten und eins im Westen einsammeln.«

»Was hast du da aufgeladen?«

»Dornen. Mit leeren Händen kann man ja nicht aus der Steppe zurückkehren. Außerdem möchten die Kamele etwas haben, worauf sie bis zum Morgen herumkauen können; man kann ihnen doch nicht dauernd Futterklöße und Baumwollsamen vorwerfen!«

Asslan sagte ironisch: »Überanstreng dich nur nicht. Es ist nicht gut, wenn du dich beim Vater zu sehr einschmeichelst. Du bist ohnehin schon sein Liebling!«

Scheyda nahm den Spott des Bruders wahr: »Dir hat er eine leichte Arbeit gegeben, und da soll ich sein Liebling sein? Vom Morgen bis zum Sonnenuntergang sitzt du gemütlich im Schatten und zählst Geld. Während ich unter den Sonnenstrahlen fast umkomme. Mähen, Ernten, Reisigsammeln, Weiden der Lämmer und Zicklein – und jetzt auch noch die Kamele hüten! Für jede Arbeit, die anfällt, muß ich die Schultern beugen. Du steigst nur ab und zu aufs Maultier, begibst dich in die Stadt, bringst zehn Man Zucker und Reis, etwas Wolle und Garn zurück und setzt dich wieder hinter die Ladenkasse. Weiß Gott, wieviel Geld du so für dich beiseite geschafft hast!«

Solche Scherze mit ernstem Unterton gingen ständig zwischen den Brüdern hin und her. Deshalb versetzten Scheydas Worte, obwohl sie kränkend waren, Asslan nicht in Wut. »Ich geb dir mein Wort, daß man dem Babgoli Bondar keine zehn Schahi aus den Krallen ziehen kann. Der kann dir Rechenschaft ablegen über jeden einzelnen Schahi seines Geldes! Mit seinen bißchen Kenntnissen im Lesen, Rechnen und Schreiben hat er alles unter Kontrolle. Hüte dich nur, solche Dinge vor ihm auszusprechen und damit unnötiges Mißtrauen zu wecken.«

»Hab keine Angst! Ich hab nur Spaß gemacht.«

Asslan hielt es für besser, das Gespräch auf anderes zu bringen: »Weißt du schon, daß unser Vetter übergeschnappt ist?«

»Nade-Ali? Weshalb?«

»Nach dem Mord an seinem Vater. Er ist nicht mehr ganz richtig im Kopf. Die Leute sagen, er kümmert sich nicht mehr um seine Angelegenheiten. Er ist dabei, seine Schafe zu verlieren. Ist ungesellig geworden. Verkehrt mit niemandem. Spricht nicht mit seiner Mutter. Tagsüber sitzt er zu Hause hinter verschlossener Tür. Nachts verläßt er das Haus, geht aus Tscharguschli hinaus und wandert herum. Die arme Tante Mah-Ssoltan! Ich hab gehört, sie ist ganz von Kräften gekommen. Und unser Vater läßt es nicht zu, daß einer von uns wenigstens mal hingeht und sich nach denen erkundigt. Wie Gefangene sind wir in diesem Laden geworden, und das in unseren besten Jugendjahren!«

»Nade-Ali – was für ein Jammer! Was ist mit dem Mörder? Hat man seine Spur nicht gefunden?«

»Es heißt, Nade-Ali hat's aufgegeben! Er denkt nicht mehr an sowas.«

Sie gelangten in die Gasse. Aus alter Gewohnheit schlugen die Kamele den Weg zu Gadirs Haus ein, zum Haus von Karbala'i Chodadad. Die Brüder trieben sie mit Stockschlägen und Geschrei auf ihr eigenes Haus zu, das Haus von Babgoli Bondar. Da, wo die Gasse eine Biegung machte, war der Bach. Die Kamele blieben zum Saufen stehen. Hin und wieder wechselten die Brüder ein Wort miteinander. Die Bäuche der

Kamele blähten sich vom Wasser auf. Die Brüder trieben sie nach Hause. Da stand der Schatten von Gadir vor ihnen, lang und etwas krumm. Er rauchte nicht. Schweigend stand er da. Murmelnd stieß Asslan Gadirs Namen hervor: »Wieder steht er hier.«

»Wer? Gadir?«

Asslan antwortete dem Bruder nicht. Er nahm den Balken vom Tor und trieb die Kamele in den Hof. Scheyda hatte noch nicht die Schwelle überschritten, als er Gadir sich dicht gegenüber sah: »Scheyda, mein alter Freund! Gott geb dir Kraft, Bruder!«

»Schön, dich zu sehen, Gadir!«

»Wenn du sie in die Wüste bringst, paß auf den alten, weißen Hengst auf. Er darf nicht zu viel Salzpflanzen fressen. Salz bekommt ihm nicht. Wenn du auf einmal siehst, daß er platzt, wär's schade.«

Scheyda wußte nicht, was er sagen sollte. Er war verblüfft. Gadir ging an ihm vorbei und entfernte sich. Scheyda sah verwirrt hinter ihm her. Asslan faßte den Bruder am Handgelenk und zog ihn in den Hof: »Laß ihn nur reden. Komm und lade deine Last ab. Kamele fressen nun mal Dornen und Salzpflanzen, das wissen auch die Esel. Geh!«

Zögernd und in Gedanken versunken, ging Scheyda zu den Kamelen. Er ließ sie sich im Hof hinlegen, warf die Ladung hinunter, zog die Dornbüsche mit Hilfe einer eisernen Heugabel an die Mauer und ging dann an den Rand der Grube. Eine Kanne mit Wasser stand bereit. Er setzte sich hin, um sich Hände und Gesicht zu waschen, und sagte zu Asslan: »Du brauchst ihnen kein Futter zu geben, sie sind satt. Laß es bis später. Nimm nur dem schwarzen Hengst den Sattel ab. Und auch Zügel und Zaum.«

Asslan tat, wie der Bruder gesagt hatte. Bis Scheyda sich gewaschen hatte, war er damit fertig. Schulter an Schulter gingen die Brüder die Treppe hinauf. Im Obergeschoß saß Babgoli neben dem Tablett und rauchte, und Mah-Derwisch saß am Samowar und goß für ihn Tee ein.

Babgoli Bondar war Opiumraucher, rührte aber keinen Opiumextrakt an. Er gehörte nicht zu denen, die sich an der Lampe mit Opiumextrakt auf einer Seite ausstrecken, stundenlang wie eine Leiche daliegen und den Kopf nicht vom schmierigen Kissen der Opiumhöhle heben mögen. Obwohl überall in den Provinzen Chorassan und Ssisstan und im Gebiet der Wüste, der Kawir, sämtliche Süchtigen die Angewohnheit haben,

Opiumextrakt zu rauchen, hielt es Babgoli Bondar für unter seiner Würde, es sich an einer Lampe mit Opiumextrakt bequem zu machen. Sich ungezwungen hinzulegen und sich einfach gehenzulassen, das mochte er nicht. Er betrachtete das als Schlamperei, Selbsterniedrigung, Haltlosigkeit. Obendrein war es zu Hause angenehmer. Da brauchte man nicht inmitten einer heruntergekommenen, verlausten Gesellschaft unter der schwarzen, verräucherten Decke der Opiumhöhle an der Wand zu sitzen und zu warten, bis man an die Reihe kam, und Genosse eines jeden Halunken zu werden. Kurz: die Opiumhöhle war kein Ort, wo Babgoli Bondar seine Würde wahren konnte. Da lief keiner dem anderen den Rang ab, es gab weder König noch Bettler. Trägheit war gefragt, und die angesehenste Person war die abgestumpfteste und schläfrigste!

Das waren die Gründe, warum Babgoli Bondar selten in der Opiumhöhle vorbeischaute. Opium rauchte er zu Hause. Regelmäßig. Abend für Abend. Und jeden Abend so viel wie am vorigen Abend. Nicht mehr, nicht weniger. Zu wenig brachte Katzenjammer, zu viel Schlaflosigkeit. Also immer die gleichen Mengen. Und er vergaß nie, es jemals zuzulassen, daß sich seine Söhne in das Zimmer setzten, wo er mit Opiumrauchen beschäftigt war. Deshalb gingen Scheyda und Asslan ins andere Zimmer, bis Mah-Derwisch das Kohlenbecken herausbrachte, auf den Treppenabsatz stellte und sie rief.

Die Söhne setzten sich. Babgoli Bondar war guter Laune. Seine Wangen waren gerötet, die Furche auf seiner Stirn trat deutlicher hervor. Seine Augen flammten, die Lippen waren trocken. Ab und zu rieb er die Nase mit der Handfläche und betupfte die Mundwinkel mit den Fingerspitzen. Angewohnheit des Süchtigen. Mah-Derwisch hatte starken Tee vor ihn hingestellt. Babgoli Bondar nahm ein Stück Würfelzucker, tauchte es in den Tee, öffnete den Mund, wie eine Krähe den Schnabel aufmacht, und legte das angefeuchtete Stück Zucker auf seine trockene Zunge. Er lutschte genüßlich daran, führte das Teeglas an die bläulichen Lippen und trank es aus. Dann stellte er das Glas auf die Untertasse und sah Scheyda an: »Nun, wie geht's mit den Kamelen? Sie haben dich doch nicht schon ermüdet?«

Was er sagen wollte, flüsterte Scheyda erst probeweise vor sich hin und sagte dann: »Es sind zu wenige. Kamele muß man viele haben, eine ganze Herde. Dann macht das Weiden Spaß. Drei Kamele gehen in der Steppe verloren. Jedes geht in eine andere Richtung. Wenn du mal deine Augen aufmachst, siehst du plötzlich, daß jedes sich einen Farssach vom anderen entfernt hat. Aber wenn sie eine Gruppe sind, weiden sie auch gruppenweise. Man setzt sich einem auf den Höcker und treibt die anderen zusammen.«

Mah-Derwisch, der mit der ihm aufgetragenen Arbeit fertig war, kam herein, kniete sich auf einem Bein vor den Samowar und hielt die Teegläser unter den Hahn, um für Asslan und Scheyda Tee einzugießen. Babgoli gab Scheyda zur Antwort: »Jene Zeiten neigen sich ihrem Ende zu, mein Lieber. Sind schon vorüber. Gott sei's geklagt. Auch die Zeit dieser Tiere ist vorbei. Jetzt werden sie nur fürs Schlachtmesser gemästet. Keinen anderen Nutzen kann man mehr aus ihnen ziehen. Es gab eine Zeit, da sie hochgeschätzt waren. Ständig waren sie unterwegs. Hierhin und dahin. Zwischen Iran und dem russischen Eschgh-abad trugen sie Lasten hin und her. Rosinen, Felle, getrocknete Pflaumen von dieser Seite, Zucker, Stoffe, Petroleum, Porzellanwaren von jener Seite. Auch nach Rey, Kerman, Gaswin und Yasd gingen sie. Vom einen Ende dieses Landes zum anderen zogen sie. Das Glockengeläut der Karawanen verstummte keinen Augenblick. Sie taten das, was jetzt dic Autos tun. Und die Karawanenführer genossen ebenfalls großes Ansehen. Die Leute gaben ihre Töchter nicht den Bauern zur Frau, wohl aber den Karawanenführern, die im Jahr zwölf Monate abwesend waren. Jetzt bringt das Kamel nichts mehr ein. Vielleicht hält sich ein Kurde oder Balutsch ein, zwei oder fünf Kamele, um mit ihnen in der Kawir auf den wasser- und graslosen Anhöhen Brennholz zu sammeln und um das Brot seiner Kinder in Kamelmilch einweichen zu können. Sonst aber ist es nutzlos geworden, sie am Leben zu erhalten. Man muß sie mästen und schlachten, damit man wenigstens noch was von ihrem Fleisch und ihrem Fell hat. Was kann man da tun? All das sind die Gründe dafür, daß man in dieser Gegend hier keine Herde von fünfzig Kamelen mehr weiden sieht. Sehr selten sieht man mal eines. Und das Leben dieser armen Kreaturen währt nicht lange. So ist nun mal die Welt. Alles hat seine bestimmte Zeit. Und deine Mühe, mein Lieber, dauert nur bis zum Winter. Sobald es geschneit hat, schlachten wir sie im Abstand eines Monats und verkaufen ihr Fleisch an die Dörfler. Bis dahin sammelst du auch mehr Erfahrungen. Aber wenn sie dich jetzt zu sehr quälen, halte sie am Halfter beim Weiden.«

Vor Scheyda ergriff Asslan das Wort: »Wenn dieser Gadir, der Sohn von Karbala'i Chodadad, weiter hinter seinen Kamelen her ist, wird ihr Hüten noch schwieriger! Dann kann man Scheyda nicht mehr allein in die Steppe gehen lassen.«

Babgoli starrte Asslan an: »Was sagst du da? Wieder?«

»Ja doch. Von dem Moment an, wo ich rausging, folgte er mir wie ein Geist. Und eben jetzt stand er wieder am Tor.«

Scheyda sagte: »Er ist nicht geblieben, ist weggegangen!«

Babgoli sagte: »Was will er, Mah-Derwisch?«

Mah-Derwisch setzte sich jetzt auf beide Knie und sagte mit einem Anflug von Mitgefühl: »Er ist unglücklich, Bondar, unglücklich. Karbala'i Chodadad hat das Geld vom Verkauf der Kamele an sich genommen und versteckt, und seine Söhne sind leer ausgegangen. Abbass, Gadirs älterem Bruder, ist es gelungen, ein paar rote Geldscheine an sich zu bringen, aber Gadir nicht. Er bekam nichts. Das Väterchen hat sich um ihn nicht gekümmert. Der Alte rückt nichts raus. Stellt sich taub und stumm. Gibt keinem Menschen eine Antwort. Und man weiß auch nicht, wo er das Geld versteckt hat. Seinen Kopf hat er in den Kragen gezogen und seine Augen vor allem verschlossen. Tagelang macht er seine Haustür nicht auf. Gadir hat das Geld von ihm verlangt, mit der Begründung, er wolle damit Handelsgeschäfte treiben. Aber das Väterchen schenkt nicht mal seinen eigenen Augen Vertrauen. Er möchte auch nicht, daß Gadir von ihm fortgeht. Denn wenn Gadir fortgeht, hat er niemanden mehr, der für ihn sorgt. Er hat zu ihm gesagt: ›Jeden Tag geb ich dir Geld für Zigaretten, bleib hier.‹ Er ist ja schließlich ganz von Kräften, der Arme. Abbass-djan ist auf und davon gegangen, nach Maschhad zu der Frau, die er schon von früher kannte. Ich weiß ja nicht, aber die Leute sagen, sie war die Tochter eines Karawanserei-Verwalters. Eben die, die Abbass-djan auf einer Reise in einer der Karawansereien von Maschhad verführt hatte. Jetzt ist Gadir traurig. Hände und Füße sind ihm gebunden. Wie ein Stachelschwein schießt er mit Stacheln um sich. Ich hab ihn auch in der Gasse gesehen, wie er alleine auf und ab schritt.«

Babgoli erwiderte nichts auf Mah-Derwischs Worte. Er schwieg, in

Gedanken versunken. Er argwöhnte, daß sich Gadir zu einer ständigen Plage für seine, Babgoli Bondars, Söhne auswachsen könnte. Man mußte ihm beizukommen suchen. Die flinken Gedanken Babgolis suchten einen Ausweg. Der Militärdienst! So konnte man ihn loswerden. Damit er nachts nicht mehr in den Gassen herumschlendert. Wozu schlendert er herum? Ist ja klar. Er bereitet einen Einbruch vor. Den Frieden von Galeh Tschaman will er zerstören. Dieser schlacksige Kerl will den Leuten Angst einjagen. Und in ein paar Nächten wird er sich – wahrscheinlich – an der Familienehre anständiger Menschen vergreifen. Man muß seine Hand nehmen und sie in die Hände der Soldatenwerber legen. Aber sein Vater, der Karbala'i Chodadad, ist invalid. Von Kräften gekommen. Wie wär's, wenn Gadir zum Vormund seines Vaters gemacht würde? Das geht doch. Vielleicht kann man ihm dann eine Tätigkeit zuweisen: schuften als Brennholzsammler, Bewachen der Melonenfelder. Das sind Arbeiten, die man ihm anbieten kann. Aber nein, auch die machen ihn nicht zahm. Man muß ihn in den Opiumschmuggel verwickeln. Das wird das Beste sein. Wenn das klappt, wird sein Zügel in Babgoli Bondars Hand liegen. Jederzeit kann man dann vor seinen Füßen eine Grube graben. Eine Ausrede ist auch schon bereit: Wärst du nicht einer verbotenen Tätigkeit nachgegangen, so wärst du nicht in die Grube gefallen!

»Gieß mir auch Tee ein.«

Mah-Derwisch goß für alle Tee ein und verteilte die Gläser. Bondar fragte ihn: »Wann wird das Korn fertiggedroschen?«

»Bis gegen Monatsende.«

»Wer schläft jetzt bei den Getreidegarben?«

»Niemand.«

»Niemand?«

»Noch sind die Garben nicht gedroschen, Bondar. Ein Dieb kommt doch nicht, um Garben zu stehlen! Hundert Man Garben ergeben kaum zehn Man Körner!«

Babgoli beharrte: »Ob ein Dieb kommt oder nicht – das Korn darf nicht unbeaufsichtigt sein. Geh auf der Stelle zu Tadj-Ali, der ja für die Garben verantwortlich ist, und sag ihm: ›Nimm gleich deine Laterne und deinen Dreschflegel, und geh zu den Garben!‹ Sag ihm: ›Willst du etwa auf deinen Lohn verzichten?‹ Ihr alle wollt wohl so lange den Weizen in der Steppe lassen, bis die Ameisen alles weggetragen haben? Wo ist denn euer aller Gewissen geblieben?«

Mah-Derwisch, der während Babgoli Bondars Worten aufgestanden war, fragte: »Soll ich von da wieder zurückkommen, oder soll ich nach Hause gehen? Brauchst du mich noch?«

Babgoli sagte: »Im Moment weiß ich's nicht. Komm zurück und laß mich mal sehen.«

Wie eine Katze glitt Mah-Derwisch hinaus und ging geräuschlos die Treppe hinunter. Babgoli sagte zu seinen Söhnen: »Wollt ihr nicht zu Abend essen? Bringt doch endlich das Essen!«

Asslan sagte: »Die Mutter ist krank, glaube ich!«

»Was geht mich das an, daß sie krank ist. Bringt ihr selbst das Essen. Krüppel seid ihr ja nicht!«

Die Brüder standen beide auf. Babgoli rief Scheyda zurück: »Wohin gehst du? Komm setz dich, du bist müde. Der da kann's alleine tun.«

Scheyda sagte nicht, daß er zu seiner Mutter gehen wollte. Er kehrte um und setzte sich wieder auf seinen Platz. Babgoli Bondar steckte eine Zigarette in die Zigarettenspitze, zündete sie an, stieß den Rauch in Ringen aus und sagte: »Mögen sie erblinden! Diese engstirnigen Hundesöhne. Sie können es nicht mitansehen, wenn man auf seinen eigenen Füßen über Gottes Erde wandelt! Können es nicht mitansehen. Ich weiß, wer diesen Burschen angestiftet und in die Gassen von Galeh Tschaman getrieben hat. Der Balchi! Aus jeder Ecke, die er findet, schießt er seine Pfeile ab. Schürt das Feuer. Das ist seine Natur. Gießt Öl ins Feuer! Der Verfluchte! Der glaubt, mich mit diesen Sachen in die Enge zu treiben, damit ich ihn hier in der Gegend unbesorgt seine Schmuggelware absetzen lasse. Noch liegt ihm der Geschmack des Gefängnisses auf der Zunge! Jetzt soll er ruhig so viel in den Opiumhöhlen herumhocken und über diesen und jenen herziehen, bis sein Mund schäumt. Dieser unverschämte Hundesohn. Dem werd ich's so besorgen, daß er seine sieben Sachen zusammenpackt und aus diesem Dorf verschwindet. Der glaubt, es mit einem einfältigen Menschen zu tun zu haben! Dieser schwatzhafte Bastard!«

Nach dem Abendessen – Babgoli Bondar hatte seine langen Finger noch nicht abgeleckt – wandte er sich an Asslan und fragte: »Hast du die Ladentür fest verschlossen?«

»Ha, ja.«

»Von vorn und von hinten?«

»Ja.«

»Vor dem Schlafengehen wirf noch mal einen Blick auf Schloß und Riegel.«

»Ich schlafe ja sowieso im Laden.«

»Und wenn auch! Wenn du im Laden schläfst, brauchst du wohl nicht auf Tür und Riegel aufzupassen? Was du da redest! Gehst du blind durch die Welt? Siehst du nicht, daß wir ein Dürrejahr haben? Ein hungriger Mensch schreckt vor nichts zurück. Glaubst du, wenn er die Tür aufgemacht hat und in den Laden gekommen ist, wird er Mitleid mit deiner Jugend haben? Du grüner Junge! … Was machst du mit deinen Kamelen, Scheyda?«

»Nichts. Ich leg ihnen Kniefesseln an und schlafe mit offenen Ohren.«

»Mach dir dein Lager vor der kleinen Ladentür zurecht. Da, wo ihr einander atmen hören könnt. Es schadet auch nichts, wenn ihr einen Stock und ein Messer bei der Hand habt.«

Scheyda sagte leise vor sich hin: »Mein Messer steckt immer in meiner Gamasche.«

Babgoli wandte sich an Asslan: »Und du nimm beizeiten deinen Dolch aus dem Versteck hinter den Getreidefässern hervor und leg ihn dir unters Kopfkissen. Übertriebene Vorsicht schadet nichts. Diesen Dolch hab ich dir nicht gegeben, damit er in seiner Scheide verstaubt; ich will ja nicht, daß du ihn als Antiquität aufbewahrst! Ich will euch keine Angst einjagen, aber ich muß euch aufrütteln, damit ihr euch vorseht. Es geht das Gerücht um, daß ein Schafhändler auf dem Weg nach Scheschtemad erwürgt worden ist. In einer Nacht so hell wie der Tag. Der Arme hatte in der Stadt ein Mastschaf verkauft, sich im Bäkkerladen ein Brot gekauft und machte sich auf in die Bergdörfer am Abhang des Misch-Berges. Irgendwelche Halunken schlossen sich ihm an, stürzten sich unterwegs auf ihn und erwürgten ihn. Wenn ich sage, ein Hungriger schreckt vor nichts zurück, ist es deswegen! Straßenraub nimmt von Tag zu Tag zu. Jeder, der unter Druck steht, ist in diesen Tagen auf Straßenraub aus. Jetzt habt keine Angst. Bis es an die Häuser und Läden geht, ist's noch Zeit.«

Asslans Miene hatte sich verfinstert, und langsam räumte er Schüsseln und Becher zusammen. Scheyda beobachtete den Bruder, lachte vor sich hin und half ihm; sie wickelten das leere Geschirr und die Brotreste in das Tuch und trugen es hinaus. Hinter den Söhnen her ließ sich Babgolis Stimme vernehmen: »Wenn Mah-Derwisch kommt, sagt ihm, er soll nach Hause gehen. Bis zum Morgen hab ich nichts für ihn zu tun.«

»Ja, in Ordnung.«

Asslan schüttete die Brotreste in den Brotkasten und ging die Treppe hinunter. Scheyda stand auf dem Treppenabsatz. Er fragte: »Gehst du schlafen?«

»Ja doch. Ich will ja nicht bis zum Morgen wach bleiben!«

Kurz darauf hörte Scheyda, wie die kleine Tür geöffnet und wieder geschlossen wurde. Er drehte sich um und sah zum Zimmer des Obergeschosses hin. Die Karbidlampe war am Erlöschen. Scheyda stand noch da, als Babgoli Bondar laut hustend herauskam: »Warum stehst du da? Hältst du Wache?«

Sanft lächelnd sagte Scheyda: »Ich steh einfach so rum.«

Den Fuß auf die Treppe setzend, sagte Babgoli mit einem Anflug von Spott: »Hat dich Schlaflosigkeit überkommen? Dafür ist's noch zu früh, mein Lieber! Laß mich erst für deinen Bruder sorgen, dann kommst du an die Reihe.«

Schamröte überzog Scheydas Gesicht bis zu den Ohren. Auch wenn er etwas hätte sagen wollen, fehlte ihm die Kraft, es auszusprechen. Deshalb stand er beschämt und verwirrt da. Er dachte, Babgoli wolle nach unten in das Zimmer gehen, in dem seine, Scheydas, Mutter war. Aber so war es nicht. Babgoli ging zum Abort: »Es ist nicht gut, von Weibern zu träumen, sowie man merkt, daß man den Kinderschuhen entwachsen ist!«

Als er das gesagt hatte, hockte sich Babgoli hinter der niedrigen Mauer hin und verschwand Scheyda aus den Augen. Scheyda drehte sich um, ging auf die Terrasse und setzte sich an den Rand des Bretts, auf das die Schläuche mit Joghurt gelegt wurden. Er wollte zu seiner Mutter gehen, mochte das aber nicht vor Babgolis Augen tun. So saß er einige sich lang hinziehende Augenblicke da, bis der Vater hinter dem Mäuerchen hervorkam, zu den Kamelen ging, jedem mit der Hand über Nacken und Höcker strich und rief: »Warum habt ihr denn diesen armen Tieren noch kein Futter gegeben?«

Scheyda stand vom Rand des Bretts auf, lief die Stufen hinunter, blieb neben dem Vater stehen und sagte: »Bevor ich mich schlafen lege, geb ich ihnen was. Noch sind sie satt. Stroh und Baumwollsamen bringen sie zum Stinken. Sie stecken das Maul rein, aber weil sie satt sind, fressen sie nicht. Daher kommt's, daß das Stroh stinkt. Von ihrem Atem. Sie selbst verderben das Futter. Jedes Haustier tut das. Du weißt's doch selbst besser!«

›Das ist gut. Er kennt sich mittlerweile aus. Das ist gut!‹ Ohne diesen Gedanken laut werden zu lassen, sagte Babgoli: »Wie du meinst. Die Kamele gehören dir. Du mußt sie mästen. Ich dachte, sie wären hungrig.«

Eine Antwort des Sohns nicht abwartend, ging er vor sich hinsummend zum Torweg. Scheyda sah dem gut aufgelegten Vater nach, bis er im dunklen Torweg verschwand; dann breitete er das Futtertuch vor den Mäulern der Kamele aus, krempelte die Ärmel hoch, kniete sich ins Stroh und vermengte es mit Baumwollsamen. Baumwollsamen, Stroh und Gerstenmehl mußten, die Arme bis zu den Ellbogen hineingesteckt, umgewendet werden, bis das Futter zum Verzehr bereit war. Genauso wie Frauen den Teig kneten und schlagen, damit er aufgeht.

Sorgfältig bereitete Scheyda das Futter zu, stand auf und schüttelte die Hände, zupfte die Spelzen ab, die sich in seinen Wimpern verfangen hatten, und hockte sich an den Wassereimer, um Hände und Gesicht zu waschen. Dann stand er wieder auf und ging zum Zimmer, in dem seine Mutter schlief. Dieses Zimmer lag Wand an Wand mit der Werkstatt der Teppichknüpfer. Ein enger Raum. Scheydas Mutter ließ nachts die Tür offen und legte den Kopf zum Schlafen auf die Schwelle.

Scheyda sah, daß seine Mutter, erschöpft von Arbeit und Krankheit, eingeschlafen war. Deshalb setzte er sich draußen vor der Tür hin und lehnte sich an die Mauer. Er hatte nicht das Herz, die Mutter zu wekken. Wasserkrug und Kupferschüssel standen dicht bei ihr an der Tür. Scheyda hob die Schüssel auf und hielt sie mit beiden Händen. Ein wenig Wasser war noch auf dem Grund der Schüssel und spiegelte die trüben Funken der Sterne wider. Scheyda sah die Sterne nicht. Auch das Wasser sah er nicht. Vielleicht nahm er auch die Schüssel nicht wahr. Seine Gedanken waren woanders. Nicht bei den Kamelen, nicht einmal bei seiner Mutter. Er wollte aufstehen. Die Schüssel stellte er auf ihren

Platz zurück und richtete sich halb auf. Aber weiter kam er nicht. Die Mutter hob den Kopf und schob das weiße Kopftuch aus dem Gesicht. Sie setzte sich auf, hielt sich am Türrahmen fest, rieb die welken Lider mit dem Handrücken und sagte: »Wieso schläfst du noch nicht, mein Kind?«

»Ich werd schlafen. Leg du dich wieder hin. Wie geht es dir? Noch genau wie vorher? Schlecht?«

»Nein, nicht so sehr. Als du kamst, hab ich dich gesehen. Aber ich wollte nicht nach oben kommen.«

»Warum bist du nicht gekommen? Wie lange wollt ihr beiden in diesem Haus wie Fremde miteinander leben?«

»Ich will seine widerwärtige Gestalt nicht sehen. Ich brauch ihn auch nicht. Arbeite ich denn nicht von früh bis spät wie eine Fremde in seiner Teppichknüpferei?«

Scheyda knurrte vor sich hin: »Du willst es ja selbst, daß du wie eine Dienstmagd lebst.«

Mit einem Herzen übervoll von Funken, wie sie abends im Backofen unter der Glut lauern, sagte die Mutter ruhig: »Das ist mein Los, Kind. Das ist nun mal mein Los. Warum gehst du nicht schlafen? Ermüdet dich das Kamelhüten nicht?«

»Ich werd schon schlafen. Die Nacht ist noch lang. Wie steht's mit deinen Beinen?«

»Gut steht's. Besser. Besser. Gott sei Dank!«

»Steht's wirklich gut, oder sagst du das nur zu meiner Beruhigung?«

»Laß mich allein, mein Kind. Geh und ruh dich aus.«

Wortlos, in dumpfem Schmerz stand Scheyda auf; er strich sein Hemd glatt und ging auf die kleine Tür des Ladens zu. Die Mutter sagte: »Schläfst du dort, unter dem Vordach? Deine Steppdecke ist hier. Ich bring sie dir gleich.«

Ohne der Mutter zu antworten, setzte sich Scheyda an die Tür und spähte durch einen Spalt ins Ladeninnere. Daß die Brüder einander im Auge behielten und sich mit mißtrauischen Blicken betrachteten, war eine Eigenheit, die sie seit ihrer Kindheit begleitete. Sie mischten sich in des anderen Angelegenheiten ein, und dieses Sicheinmischen hatte eine Spur von Neid. Kein sehr scharf ausgeprägter und giftiger Neid. Ein Gärstoff, um jedem eine zwiespältige Natur zu verleihen. Ein Neid, verborgen unter dichten Schichten von Liebe, die von ihrem Zusammenleben, von ihrer Brüderlichkeit herrührte.

Brüder, die von einem Vater und zwei verschiedenen Müttern stammen, fühlen beständig eine Mauer zwischen sich. Eine Mauer, die auch durch die zärtlichste Freundschaft nicht zum Einsturz gebracht wird. Die einträchtigsten Brüder können sich einander nur bis zum Rand dieser Mauer nähern. Doch diese Mauer, die in ihrer Seele aufgerichtet ist, können sie nicht beseitigen. Immer, wenn sie aneinander denken, auch wenn es in größter brüderlicher Liebe geschieht, erhebt sich in ihrer Seele das quälende Flämmchen der Zwiespältigkeit und des Argwohns. Stiefbrüder werden nur dann eins, wenn sie einem gemeinsamen Feind gegenüberstehen; wie jetzt.

Im trüben Licht des Ladens hatte Asslan auf der Bank an der Wand sein Lager zurechtgemacht und saß darauf mit dem Rücken zur Tür; den Kopf auf die Brust gesenkt, die Hände in Nabelhöhe, war er mit etwas beschäftigt. Scheyda dachte sogleich: ›Er zählt sein Geld. Diese Bettlernatur! Er will es verstecken, der Bastard … Aber vielleicht sucht er auch nur seinen Hosengurt nach Läusen ab – dabei ist's doch noch weit bis zum Winter!‹

Die Mutter brachte Scheyda die Steppdecke. Scheyda drehte ihr den Kopf zu, stand auf, nahm der Mutter Decke und Matratze von der Schulter und warf beides unter dem Vordach an die Mauer.

»Ich hätte sie doch selbst bringen können!«

Die Mutter stand noch da. Auch Scheyda blieb an seinem Platz. Die Mutter hob den Blick nicht von seinem Gesicht. Was wollte sie noch sagen?

»Nun schlaf endlich! Oder hast du wieder vor, dich aus dem Tor zu schleichen und in den Gassen herumzubummeln?«

Scheyda blieb der Mutter eine Antwort schuldig. Die Mutter wartete nicht länger. Sie drehte sich um und ging auf ihre Höhle zu. Scheyda folgte ihr wieder, vielleicht zum hundertsten Mal, mit den Blicken. Sie war, ohne alt geworden zu sein, schwach geworden. Sie ging gebeugt und schien ihre Füße nur mit Mühe über den Boden zu schleppen. An der Tür angekommen, hielt sie sich an der Mauer fest und ging vorsichtig hinein, und Scheyda sah, wie sie sich auf ihr Lager setzte.

Der Anblick der Mutter war jedesmal Salz auf Scheydas Wunde.

Die Schmerzen in den Unterschenkeln, Knien und Hüften setzten ihr zu. Trotz alledem war es, als sähe Babgoli Bondar seine Frau mit geschlossenen Augen an. Als sei Nur-Djahan nicht seine Frau. Als habe Nur-Djahan nicht Scheyda – den Babgoli so sehr liebte – geboren. Sogar die Wölfe gehen mit ihren Weibchen besser um. Es war nicht das erstemal, daß Scheyda dachte: ›Seine erste Frau, die Mutter von Asslan, hat er wohl auch so ins Grab gebracht!‹

Voller Überdruß und müde warf sich Scheyda auf die Matratze, legte ein Bein übers andere, stützte sich mit dem Hinterkopf an die Mauer und schloß für einen Augenblick die Lider. Er wollte zur Ruhe kommen, aber war denn das möglich? Ansturm der Gedanken. Wie konnte er, zwei Schritte von der Mutter entfernt, nicht an sie denken? Und ebensowenig an das, was hinter dieser Tür war; an Asslan, der den Charakter eines Vierzigjährigen hatte – den Kopf eingezogen, vorausschauend, berechnend, die Augen geheftet auf alles um ihn herum, wachsam! Oder an das Obergeschoß; da, wo Babgoli Bondar, ein Alter in seiner Höhle, schlief, den Kopf auf seine Schatullen gelegt – ein Mann sowohl liebenswert als auch abscheuerregend. Seine Liebenswürdigkeit war eine Schwertspitze, von der Blut tropfte, und über dieser dunklen, blutigen Klinge hing sein bitteres Gesicht mit einem stummen, hämischen Grinsen. Ein Gesicht, das Scheyda nie aus dem Sinn ging. Der borstige, mit Weiß durchsetzte Schnurrbart, das gekerbte Kinn, die bläulichen Lippen, die gelben Zähne, die flinken, listigen Augen. Die Ader mitten auf der Stirn. Die strähnigen Haare und jene schmierige Filzmütze. Der lange Hals mit dem spitzen Adamsapfel, von dem Scheyda immer den Eindruck hatte, daß er jeden Augenblick die Haut durchbohren und herausfallen werde.

Wie konnte Scheyda nicht über seine Angehörigen nachdenken?

›Wer ist dieser Mann?‹ Das Rasseln der Torkette unterbrach Scheydas Gedanken. Er erhob sich, ging ans Tor und machte einen Flügel halb auf. Schulter an Schulter standen Mah-Derwisch und Mussa neben dem Tor. Mussa, der Meister im Teppichknüpfen, wartete darauf, daß Scheyda ihm das Tor öffnete. Aber ohne ihn anzusehen, sagte Scheyda zu Mah-Derwisch: »Bondar schläft!«

Mussa trat näher, und Scheyda ließ ihn eintreten. Der junge Meister ging dicht an Scheyda vorbei auf die Tür zu, die in den Schafstall führte.

Scheyda drehte den Kopf hinter ihm her und sagte: »Tritt nur nicht auf die Kamele!«

Mussa verstand die Anspielung, machte aber nicht halt. Er ging weiter, um den Kopf aufs Kissen zu legen und zu schlafen. Wieder der morgige Tag und der geöffnete Rachen der Werkstatt und wieder die Arbeit. Morgen brauchte er Kraft. Soll Bondars Sohn sagen, was er will. Mussas müdes, langgezogenes Gähnen ließ sich von jenseits der Stallwand hören. Mah-Derwisch sagte: »Sag Bondar, daß ich seine Bestellung ausgerichtet habe. Tadj-Ali hab ich auf den Weg gebracht. Ist sonst nichts zu tun?«

»Komm morgen früh.«

»Dann Gott befohlen.«

Unschlüssig war Scheyda im Torspalt stehengeblieben. Er hatte keine Lust, den Kopf aufs Kissen zu legen. Säuseln des Windes. Die magische Anziehungskraft der Gasse!

Scheyda hatte bereits Gefallen am nächtlichen Herumschlendern gefunden.

III

Hinter den dichten Schichten des Windes kamen die Mauern von Galeh Tschaman in Sicht. Mit einem Pfiff verlangsamte Gol-Mammad den Schritt des Kamels. Jenseits von Nacht und Staub blinzelten vereinzelt matte Lichter in den Fenstern: Blicke müder Augen. Gol-Mammad war in Galeh Tschaman angekommen. Den Kopf in den Kragen gezogen und ruhig, ohne die schlanke Gestalt des Mannes zu beachten, der an der Mauer vorbeistrich, ritt er geradewegs vom Bach auf das Haus von Babgoli Bondar zu, glitt nahe dem Tor von Badis Nacken und warf sich den Zügel des Kamels über die Schulter.

Scheyda stand noch zwischen den beiden Torflügeln.

»Gott geb dir Kraft, Gol-Mammad Chan! Willkommen. Wohin des Wegs in diesem Wind? ... Weshalb bleibst du denn wie angewachsen stehen? Komm in den Hof. Laß mich den Torbalken abheben. Fürs Kommen und Gehen meiner eigenen Kamele nehme ich auch den Balken weg.«

Scheyda hob den Balken ab, und Gol-Mammad zog das Kamel in Babgoli Bondars Hof. Der große, leere Hof war Gol-Mammad vertraut. Die Reisigbündel – Dornensträucher, Salzpflanzen und ähnliches – waren noch nicht an der Mauer aufgeschichtet worden. Vor Winteranfang pflegten Babgoli Bondars Söhne an den Hofmauern bis oben hin Reisig aufzuschichten. So wurde es im Winter durch die Regenfeuchtigkeit für die Tiere genießbar.

Gol-Mammad zog das Kamel in eine Ecke des Hofs und ließ es sich in einiger Entfernung von Scheydas Kamelen hinlegen. Er nahm ihm den Stirnriemen ab und war dabei, den Sattelgurt zu öffnen, als Scheyda, Babgolis jüngeres Ebenbild, ein Tuch voll Stroh und einen Sack mit Baumwollsamen brachte und sagte: »Ich füttere es, Gol-Mammad Chan, geh du ins Obergeschoß. Bondar ist dort – falls er nicht schläft.«

»Laß mich den Sattelgurt lockern; es ist lange galoppiert, das arme Tier.«

»Das kann ich auch, mein Bester, kann ich auch. Geh nach oben und ruh dich aus, du bist müde.«

Gol-Mammads unzeitiges Erscheinen hatte die Ruhe des Hauses gestört. Asslan kam aus der Hintertür des Ladens, und Babgoli Bondar steckte den Kopf aus der Tür des Obergeschosses und sagte: »Komm rauf, Gol-Mammad. Scheyda kann das tun. Komm rauf.«

Gol-Mammad ging auf den Flur zu, der aus der Hofecke zur Treppe und zum Obergeschoß führte, und Babgoli Bondar schloß die Tür. Der Wind hatte sich noch nicht gelegt. Im Flur war es dunkel und stickig. Als hätte der Wind die müde, drückende Luft darin eingekerkert. An der Biegung der Treppe war Asslan damit beschäftigt, das auf dem Mauervorsprung stehende Talglicht anzuzünden. Gol-Mammad ging die Stufen hinauf und trat ins Obergeschoß. Babgoli Bondar steckte eben die Karbidlampe an: »Wieso so spät, Gol-Mammad? Setz dich!«

Gol-Mammad nahm die Mütze vom Kopf, schüttelte den Staub von den Haaren und setzte sich auf den Teppich: »Gott, was für ein Staub! Was für ein Sturm!«

Gol-Mammad tat, als schäme er sich des Staubs, den er mit Umhang und Schuhen ins Haus gebracht hatte. Großmütig gab ihm Babgoli zu verstehen: mein Haus ist dein Haus. Gol-Mammad setzte sich beruhigt zurecht und fühlte bald darauf, daß seine Arme und Beine sich lockerten und er es sich bequem machen konnte. Babgoli Bondar saß auf den Knien und blickte in die rauchgeschwärzte Flamme, die aus dem Lampenzylinder aufschoß. Die Lampe war noch nicht richtig angegangen. Auf einer Seite brannte sie nicht und spuckte. Bis sie richtig heiß würde und die Flamme gleichmäßig brannte, würde es noch etwas dauern. Sich mit der Lampe befassend, nutzte Babgoli die Zeit, um über Gol-Mammads Kommen nachzudenken. Es war kein zufälliges Vorbeikommen. Konnte es nicht sein. Denn Babgoli wußte, daß die Lager noch nicht zur Winterweide aufgebrochen waren. Also war Gol-Mammad mit einem Vorhaben gekommen. Schön, und mit was für einem Vorhaben? War er wieder gekommen, sich Bargeld zu leihen? Oder war er gekommen, Wolle und Felle gegen Vorauszahlung zu verkaufen? Beides war möglich. Vielleicht. Vielleicht auch war er wegen Mah-Derwisch gekommen. Wie dem auch sei, er hatte ein Anliegen. Jedenfalls war er nicht zur Brautwerbung nach Galeh Tschaman gekommen!

»Nun, wie geht's, wie steht's, Sohn von Kalmischi?«

»Nicht schlecht, Bondar. Wie geht es dir? Du denkst gar nicht mehr an uns arme Kurden, es sei denn, daß die Not uns mal wieder ans Tor deines Hauses führt. In früheren Jahren tauchtest du gelegentlich bei unseren Zelten auf. Dein Kommen und Gehen war ein Hoffnungsstrahl für uns. Wenn wir dich erblickten, wurde uns warm ums Herz, weil wir uns nicht ganz verlassen fühlten. Aber jetzt ...«

»Zu viel Arbeit, Gol-Mammad. Ich hab keine Zeit, mir den Kopf zu kratzen. Vom Morgengebet bis zum Abendgebet leg ich zehn Schahi, fünf Schahi nebeneinander, sehe aber am Ende, daß ich mehr Verlust als Gewinn habe. Gottes Segen ruhe auf den Schafen. Denn Brot und Butterschmalz kommen immer noch von ihren vollen Eutern.«

»Du siehst uns nur von weitem, Bondar! Aber Gott sei Dank, noch haben wir Grund, dankbar zu sein. Aber, Babgoli, dieses trockene Frühjahr hat uns zugrunde gerichtet. Du siehst ja selbst, was dieser Wind, dieser verfluchte Wind, anrichtet! Als ob er nie aufhören wollte! Als hätte er sich geschworen, dieses Jahr uns kleine Leute ins Unglück zu stürzen. In einigen Tagen müssen wir aufbrechen ins Winterquartier, aber es sieht aus, als wolle dieser Wind kein Gestrüpp und kein Unkraut für die Herde übriglassen! Ach, daß wir Nomaden von diesem Wind und Regen abhängig sein müssen. Die Folgen der Frühjahrsdürre haben wir jetzt zu tragen!«

»Auch unseren Tieren bringt dieser Wind keinen Nutzen, Gol-Mammad.«

Bei der spärlichen Flamme, die aus dem Zylinder der Lampe aufflackerte, konnte Gol-Mammad Bondars Profil sehen. Er wollte ihn genau ansehen. Vielleicht konnte er dann herausfinden, was hinter den grauen, klugen Augen Babgolis vorging, und auch verstehen, was für Gedanken sich hinter diesen Stirnfalten bewegten. Aber das war unmöglich. Babgoli hatte seine Miene zu gut unter Kontrolle, als daß ein Blick etwas davon hätte ablesen können. Geschmeidigkeit und Schattierungen der Ausdrücke ließen den forschenden Blick abgleiten und sperrten den neugierigen, aufdringlichen Augen den Weg.

Aber ganz allmählich färbten Zweifel den Tonfall Babgoli Bondars. Er rückte die handgestrickte Mütze auf dem Kopf zurecht, rieb mit den Fingerkuppen die Ohrläppchen und sah Gol-Mammad an. Jetzt glich

Bondars Blick dem flackernden Licht der Lampe. Ebenso glatt und beständig, ebenso zitternd und unruhig; und er ging daran, Gol-Mammads Hoffnungen zunichte zu machen. Mit einer versteckten Frage in seinen Worten sagte er: »Ich hoffe, es wird nicht so schlimm sein, nicht so schlimm! Wie es auch sei – möge es sich zum Guten wenden ... Auch wir haben unser Päckchen zu tragen, Gol-Mammad. Jeder bekommt sein Teil ab. In diesen Tagen hat Hadj Aga Aladjagi obendrein all seine Arbeiten mir auf den Hals geladen. Und unsere eigenen Schafe, unsere eigene Feldarbeit sind ja auch da. Einen Tag und eine Nacht kriegen wir Wasser zugeteilt, neuneinhalb Tage und Nächte er. Verwaltungsarbeit ist keine Kleinigkeit. Die Trockenfelder müssen auch bestellt werden. Dazu die Plage mit den Bauern, Tagelöhnern und Hirten. All das ist Arbeit. Braucht Geschicklichkeit. Braucht Schneid. Erfahrung. Diesen Laden gibt's auch noch. Eine Unmenge von Darlehen und Forderungen. Was weiß ich, tausenderlei Sorgen. Wann bleibt mir noch die Zeit, daß ich meinem Maulesel Waren auflade und mich zum Handel zu den Zelten aufmache? Wenn ich all diese Arbeiten erledigen kann, ist das schon viel. Ich hab vor, den Laden ganz dem Asslan zu übergeben. Und das vierundzwanzigstündige Bewässern Scheyda anzuvertrauen. Diese drei Kamele mästet er auch. Und ich selbst kümmere mich um Aladjagis Angelegenheiten.«

»Gut ist's, und Gott sei's gedankt, daß deine beiden Söhne herangewachsen sind. Beide stehen, unberufen, auf eigenen Füßen und sind Männer geworden. Nur solcherart Sorgen mögen dir immer bleiben, Babgoli Chan. Schließlich ist der Mensch für Mühe und Arbeit erschaffen worden. Doch unter der Bedingung, daß die Mühe nicht mit Qualen verbunden ist. Keine Qualen mit sich bringt. Wenn sie quälend ist, diese Mühe, ist sie schwer zu ertragen. Gott sei Dank, seid ihr nicht nur vom Vieh abhängig. Ihr besitzt auch Wasser und Felder. Euer täglich Brot hängt nicht nur von der Witterung ab. Ihr erntet mehr oder weniger von bewässertem Boden. Wie trocken das Jahr auch sein mag, ihr kommt nicht zu kurz. Aber wir? Solange die Schafe da sind, sind wir da; wenn sie nicht da sind, sind wir auch nicht da. Alles hängt von der Witterung ab!«

»Ich hab gehört, daß auch du in Ssusandeh einen Acker bestellt hattest?«

»Was für einen Acker, Bondar? Weißt du überhaupt, was los ist? Wenn dies Säen was eingebracht hätte, wäre ich doch nicht zu dir gekommen, um Weizen auf Kredit zu kaufen! Auf sandigem Boden kann nun mal nichts gedeihen! Dazu noch in einem solchen Jahr, mit diesen Winden und diesem Himmel, der wie ausgetrocknet ist! Doch, du hast richtig gehört, wir hatten ein Feld bestellt, und ich bin vor einiger Zeit vom Berg herabgestiegen zum Weiler, um zu mähen. Doch der Weizen? Heh! Wie Fäden! Zerschnitt einem die Hände, ließ sich aber nicht aus dem Boden reißen. Nicht nur reichte die Sense nicht ran, auch die Sichel konnte nichts ausrichten. Deshalb mußten wir die Halme wie Unkraut aus dem Boden reißen. Du weißt ja selbst, wie schwierig es ist, Weizenhalme im harten Boden auszureißen. Es war ja schließlich kein richtiger Ackerboden. Ödland. Auf einem Hügel. Ohne Wasser. Nur Gottvertrauen war da! Und Gott ist uns böse. Keinen Tropfen Wasser läßt er vom Himmel herunterfallen. Aber Staub; so viel du nur willst, läßt er Staub regnen!«

Im Ton aller Leute, die fest auf der Erde stehen und in ihren Ratschlägen einen väterlichen Tadel verbergen, sagte Babgoli mit abgewandtem Blick: »Nun lästere nicht, lästere nicht. Du scheinst mir sehr verbittert zu sein. Beruhige dich, damit wir zusammen einen Becher Tee trinken können ... Bring den Tee, Junge! ... Du bleibst doch über Nacht? Gott lästern? Nein. Nein. Viele haben die Strafe fürs Lästern erleiden müssen. Über Gott darf man nicht abfällig reden. Die erste Folge der Gotteslästerung, Gol-Mammad, ist, daß das tägliche Brot des Menschen weniger wird. Darauf folgt Elend. Und sie verdüstert auch des Menschen Herz ... Nun, ich hab gesehen, daß du dein Reitkamel bei dir hast!«

»Ohne es kann ich mich ja nicht fortbewegen.«

»Ein wunderbares Kamel ist das, unberufen.«

»Gott segne es, es ist ein gutes Tier.«

Während Babgoli Bondar sich mit der Lampe abgab, hörte er nicht auf zu reden. Er erzählte Witze. Plauderte über dieses und jenes. Machte sarkastische Bemerkungen und gab sich leutselig. Gol-Mammad sagte auch hin und wieder etwas bei passender Gelegenheit. Aber alle seine Gedanken waren auf sein Anliegen gerichtet und auf die Antwort, die Babgoli ihm geben würde; die Antwort auf ein wichtiges Anliegen.

Nichts anderes hatte Gol-Mammad im Sinn. Nichts anderes hatte er zu tun. Auf jede Weise, um jeden Preis wollte er den Schafen der Mischkalli zu Hilfe kommen. Mochte ein jeder sagen, was er wollte. Was er wollte, war klar. Mit Leuten wie Babgoli hatte er oft verkehrt. Das Kommen und Gehen von Kleinhändlern hatte er bei den Zelten häufig gesehen. Auch war er oft zum Kaufen und Verkaufen in ihre Läden gegangen. Er war noch ein Knabe, als Babgoli Bondar sein Maultier mit Kattun und anderen Stoffen, Zucker, Stecknadeln, Kardamom, Karbidlampen und tausenderlei anderem Krimskrams belud, zu den Zelten kam, seine Waren zum doppelten Preis verkaufte, Wolle und Felle, Butterschmalz, grobes Wolltuch und Kelims hingegen zum halben Preis kaufte und wieder ging. Viele Male war es geschehen, daß Babgoli bei den Zelten der Mischkalli Rast machte und die Nacht bis zum Morgen dort verbrachte.

Die Steppenbewohner nahmen Babgoli hin, so wie er nun einmal war, und trieben Handel mit ihm. Die beiderseitigen Bedürfnisse brachten sie dazu, wohl oder übel zu einem leidlichen Einvernehmen zu kommen. Der Großteil unserer Menschen durchschaut die offenkundigen Lügen anderer und verbirgt es hinter einem Lächeln – einer weiteren Lüge – vor deren Blicken. Ihr berechnetes und, wenn man so sagen kann, kluges Verhalten beim Handel enthält ein Moment von Lüge, das mit vorübergehendem Wohlwollen geschmückt wird. Als ob die Bedürfnisse des Lebens die beiderseitigen Lügereien berechtigten: ›Laß diesen Augenblick vorübergehen. Laß diese Arbeit in Gang kommen. Laß diesem Mangel abgeholfen werden. Laß diesen Knoten sich öffnen. Und schließlich: Laß diese Lüge ausgesprochen werden. Das Leben geht eines Tages zu Ende; deshalb muß das heutige Problem – durch Wahrheit oder Lüge – gelöst werden. Der morgige Tag ist ja noch nicht angebrochen!‹

Gol-Mammad war also das zweideutige Verhalten Babgoli Bondars nicht fremd. Der Händler, vor allem der Kleinhändler, hat seinen eigenen Charakter. Ebensowenig konnte Babgoli die Haltung von Gol-Mammad verborgen bleiben. Auch Gol-Mammad verhielt sich widersprüchlich. Er, der in satten Zeiten nicht die kleinste Beleidigung seitens der Mächtigen ertrug; dessen wütender Stolz bei Meinungsverschiedenheiten ihm und den Seinen bekannt war; dessen Eigenmächtigkeit beim

Verhandeln um Tränkezeit und Wassergeld öfter zu Schlägereien geführt hatte; er, der den Küchenfeldwebel vor der Reihe der angetretenen Soldaten kopfüber in den Suppenkessel gestürzt hatte – er konnte jetzt Babgoli Bondar gegenüber deutlich seine Geringfügigkeit, seine Nichtswürdigkeit fühlen. Er fühlte es und gab keinen Ton von sich. Er war in Not, und das hatte ihn sogar an die Grenze der Lobhudelei geführt. Es war schwierig, sehr schwierig für ihn. Aber Gol-Mammad sah sich genötigt, sich dieser Schwierigkeit, dieser Schmach zu fügen. Alle Grobheiten ertrug er. Was konnte, was mußte er tun? Er saß auf Babgoli Bondars Teppich, war sein Gast und streckte die Hand nach seiner Hilfe aus. Deshalb mußte er sich ducken und nötigenfalls sogar lügen und Schmeicheleien auftischen: »Deine Söhne sind, unberufen, beide Helden geworden; allmählich mußt du Vorsorge treffen. Ist es nicht Zeit für sie zu heiraten?«

Wenn auch diese Schmeichelei zu nichts führt und im Eis des nackten Blicks von Babgoli Bondar erstarrt und wie ein Stein über die Fläche eines zugefrorenen Teichs rutscht – eine solche Verwundung der Seele mußt du ertragen.

Denn als hätte er nichts gehört, stellte Babgoli Bondar die Lampe oben in die Nische, setzte sich an das zusammengerollte Bettzeug und begann Gol-Mammad auszufragen; als empfände er das Gerede Gol-Mammads über seine Söhne als ungehörig: »Da drüben, in Tscharguschli, hab ich gehört, ist ein Mord geschehen?«

Dies war ein Boden, auf dem Gol-Mammad stehen konnte. Obwohl ihm ein Gespräch über den Mord, bei dem er eine Hand im Spiel gehabt hatte, nicht angenehm war. Aber es kam ihm sehr gelegen, daß durch diese Frage seine Beschämung, seine Erniedrigung in den Hintergrund gedrängt wurde. So antwortete er: »Ich hab auch einiges darüber gehört.«

»Ein am Streit Beteiligter scheint der Mann meiner Schwester gewesen zu sein; Hadj Hosseyn. Hast du nichts über ihn gehört?«

»Ich weiß nichts Genaues. Ich hab gehört, daß ein Mord verübt worden ist, aber an wem, weiß ich nicht.«

Babgoli strich mit der Hand übers Gesicht, kratzte sich am Schnurrbartende und sagte: »Ja … ja. Das ist passiert. Der Mann meiner Schwester Mah-Ssoltan ist getötet worden. So ein Pechvogel! Und ich hab noch keine Zeit gefunden, hinzugehen und mich nach Mah-Ssoltans Ergehen zu erkundigen. Ich hab auch einen Neffen, der nicht recht bei Verstand ist; den Nade-Ali mein ich. Ich hab gehört, er hat sich auf den Weg gemacht und geht hierhin und dahin, den Mörder seines Vaters zu finden!«

»Er ist eben noch jung!« Gol-Mammad war selbst noch jung. Trotzdem redete er wie ein Alter; in der Sprache Babgolis.

Und Babgoli sprach Gol-Mammad nach: »Es ist, wie du sagst, die Jugend! Hast du Nachricht von deiner Schwester, der Schiru?«

Für die Entgegnung auf das Gift, das in Babgolis Stichelei enthalten war, konnte Gol-Mammad in Gedanken nur bei seinem Bruder Beyg-Mammad Hilfe suchen. Eine Antwort, die Babgoli den Mund stopfen würde, konnte nichts anderes sein als die Erzählung von Beyg-Mammads Tat, auf die er so stolz war: »Beyg-Mammad hat mir ihren Zopf gebracht. Gut hat er das gemacht!«

Den Kopf betrübt gesenkt, sagte Babgoli mit einem Unterton von Tadel: »Einen hemmungslosen Bruder hast du! Na schön. Aber ich will dich nicht zu Dank verpflichten: Deinetwegen, der du mir lieb und wert bist, hab ich ihn nicht daran gehindert. Genaugenommen war es Rücksicht auf die zwischen uns bestehende Gastfreundschaft. Du begreifst sicher, was ich meine. Zum Teufel mit Mah-Derwisch. Ich möchte meine Brust nicht zum Schild eines wandernden Bettlers machen. Aber das ganze Dorf Galeh Tschaman blickt nur auf mich. Seit Hadji Aladjagi aus Galeh Tschaman fort ist, erkennen die Leute nur mich an. Ihr Blick ist nur auf mich gerichtet. Trotzdem hab ich an jenem Tag so getan, als hätte ich Beyg-Mammad nicht bemerkt. Wegen meiner Bekanntschaft mit den Mischkalli opferte ich mein Ansehen. Du verstehst doch, was ich sage?«

»Ja gut, ja.«

»Wenn diese Bedenken nicht gewesen wären, hätte ich es nicht zugelassen, daß dein Bruder in Galeh Tschaman einfiel, als käme er mit einer Armee angestürmt, vor meinen Augen den Hosenboden eines Mannes aufschlitzte und, als wäre nichts geschehen, sich wieder auf und davon machte! Hadji Aladjagi hat mich hier als Vorsteher eingesetzt und ist selbst in die Stadt gezogen. Ich bin sowohl nach den religiösen als auch nach den weltlichen Gesetzen ermächtigt und, genau betrachtet, auch nach den örtlichen Bräuchen. Hadji Aladjagi hat mein Ermächtigungsschreiben vom Gouverneursamt erhalten und wird es mir in diesen Tagen aushändigen! Auch sein gesamtes Besitztum an Wasser und Boden hat er mir anvertraut und mich zum Verwalter bestimmt. Ich selbst habe hier im Ort ebenfalls Grund und Boden und genieße – das ist kein Selbstlob – Ansehen. Babgoli Bondar ist also keine Vogelscheuche auf dem Melonenfeld, der es mit einem Nomadenjungen nicht aufnehmen könnte. Da ich aber älter und erfahrener bin als die anderen, nehme ich Rücksicht, übergehe manches mit Stillschweigen; denn der Umgang mit Menschen ist nicht Sache von ein oder zwei Tagen. Was auch kommen mag, wir sind aufeinander angewiesen. Ich wollte nicht, daß diese Eselei Beyg-Mammads die Beziehungen zwischen mir und den Mischkalli zerstört. Bring den Tee, Junge!«

Asslan brachte den Samowar ins Zimmer und ging wieder hinaus, um auch Tablett, Teegläser, Teekanne und Zuckerdose zu holen. Zuerst Tee: der Brauch in allen Häusern der Dörfer von Chorassan bei der Aufnahme eines Gastes.

Nochmals kam Asslan herein. Babgoli fragte nach Scheyda. Asslan sagte, der Bruder sei dabei, Stroh und Baumwollsamen für Gol-Mammads Kamel zu mischen. Danach ging er hinaus, und Babgoli rief ihm hinterher, ans Abendessen zu denken: »Sag deiner Mutter, sie soll ein paar Spiegeleier machen. Und sag ihr, sie soll auch einen Topf mit Suppe aufsetzen – falls sie es fertigbringt, einen Augenblick das Jammern zu lassen ... Nun, Gol-Mammad ... Sag mal, möchtest du jetzt deine Schwester sehen?«

Gol-Mammad sagte: »Ich hatte das nicht vor. Ich bin wegen einer anderen Sache hergekommen.«

»Ich glaube, sie würde gerne bei dir, ihres schmählichen Tuns wegen, ihr Gewissen erleichtern.«

»Sowas will ich nicht. Mit dir selbst hab ich zu tun.«

»Wie du meinst. Mischen wir uns nicht in die Angelegenheiten anderer Leute ein. Gut, ich höre.«

»Die Wahrheit ist, daß ich diesmal aus einem ganz besonders wichtigen Grund zu dir gekommen bin. Wenn du uns nicht hilfst, ist unser ganzes Hab und Gut verloren. Eine Katastrophe, Bondar, eine Katastrophe ist über unsere Herde hereingebrochen. Nirgends hat man mir beistehen wollen; deshalb strecke ich meine Hand nach deiner Hilfe aus. Ich setze mein ganzes Ansehen aufs Spiel. Weise mich nicht ab. Tu etwas für mich, Bondar. Wir stehen vor dem Ruin.«

»Was ist denn passiert?«

»Die Leberfäule wütet erbarmungslos!«

»Was kann ich dagegen tun?«

»Außer dir haben wir niemanden. Nur das Doppel eines kleinen Teppichpaars ist uns geblieben. Das gebe ich dir als Pfand. Das andere hab ich in Maschhad verkauft, das Geld hat sich in Luft aufgelöst. Das Gegenstück hab ich bei mir in der Satteltasche. Das laß ich hier in deinem Haus als Pfand. Ich bring es nicht übers Herz, das auch zu verkaufen. Mit solchen Kleckerbeträgen ist uns nicht geholfen.«

»Als du das vorige Mal hier warst, hab ich dir doch Geld gegeben.«

»Bondar, unsere Schafe! Wie Blätter von den Bäumen fallen, so sterben sie hinweg. Tu etwas. Einen größeren Betrag brauche ich. Auf welche Art und Weise du willst. Zu jedem Zinsfuß. Lammwolle verkauf ich dir vor der Schur, auf Vorauszahlung. Die männlichen Lämmer verkauf ich dir, auf Vorauszahlung. Butterschmalz verkauf ich dir, auf Vorauszahlung. Zu jedem Preis, den du für gerechtfertigt hältst; zu jedem Preis. Auch die Felle verkaufe ich. Nimm mir um Gottes willen die Felle ab. Tu was, damit wir wenigstens die Hälfte der Tiere bis zum Frühlingsanfang durchbringen können.«

»Du sagst gerade, die Schafe sind dabei, einzugehen, und da willst du mir Wolle, Felle und Lämmer dieser Schafe, die dabei sind, einzugehen, auf Vorauszahlung verkaufen?«

»Alle gehen sie doch nicht ein, Mann! Warum bist du so uneinsichtig? Komm, laß uns zusammen zur Herde gehen, und sieh sie dir an. Nur die schwachen Tiere gehen ein. Ich denk an die übrigen. Die muß ich vor dem Untergang bewahren.«

»Was erwartest du eigentlich, Sohn von Kalmischi? Ich hab nicht die Zeit, mir den Kopf zu kratzen, wie kann ich mich da mit dir in die Steppe aufmachen!«

»Unsere Schafe sind beim Schwarzen Weiler, Bondar. Weiden auf den Stoppelfeldern. Wie auch immer – komm, laß uns gehen. Ich fleh dich an, Babgoli Chan. Wir haben sonst niemanden, der uns unter die Arme greift. Wie du es auch anstellen kannst, komm mit mir. Wenn wir uns ganz früh am Morgen auf den Weg machen, kommen wir nachmittags bei der Herde an. Ha? Kommst du mit? Versprich's, Bondar. Einen Tag opfre uns. Ich vergeß es dir nicht, Bondar. Ha? Sag, daß du mitkommst!«

Babgoli holte seine Zigarettenschachtel aus der Westentasche, legte sie vor sich hin, kramte in seinen Taschen nach Streichhölzern und sagte: »Mal sehen, was wird. Bis morgen ist noch ...«

»Bis morgen ist noch was? Ha?«

»Bis morgen ist's noch ein weiter Weg!«

Scheyda trat ins Zimmer und sagte: »Schiru läßt bestellen, daß sie ihren Bruder sehen möchte; sie möchte von ihrem Alpdruck befreit werden.«

Babgoli blickte Gol-Mammad an. Die Ader an dessen Stirn war angeschwollen. Das Gesicht glühte vor Erregung. Ohne den Kopf zu heben, sagte er: »Ich hab keine Lust, jemanden zu sehen, Brüderchen. Wenn's möglich ist, geh ich am späten Abend zu ihr.«

Scheyda ging hinaus, um Gol-Mammads Antwort Mah-Derwisch auszurichten, der vor dem Hoftor stand. Asslan brachte das Abendessen.

Der Wind hatte sich gelegt. Der Lärm zuschlagender Türen zerbrach nicht mehr die Stille der Nacht. Das letzte Wehen des Windes war sanft. Nach dem Abendessen – bei dem er kaum einen Bissen Brot hinuntergebracht hatte – erhob sich Gol-Mammad unter dem Vorwand, zum Haus seiner Schwester gehen zu wollen. Er stieg die Treppe hinab und ging durch den Flur. Badi kniete noch vor seinem Futter und war beim Wiederkäuen. Nahe der Flurschwelle fiel ein Lichtschimmer aus der Wohnstube von Babgolis Frau auf die Terrasse. Gol-Mammad ging aufs Tor zu. Ein Torflügel war noch offen. Scheyda gesellte sich zu Gol-Mammad: »Ich zeig dir ihr Haus. Du kennst dich doch sicher nicht aus?«

An der Seite von Scheyda durchschritt Gol-Mammad die Gasse, den alten Torweg der Ringmauer und den Graben. Vor der Tür des Hauses, in dem Mah-Derwisch untergekommen war, blieben beide stehen. Gol-Mammad sah Scheyda an. Scheyda kehrte um und verschwand im Dunkel des Torwegs.

Vor der Tür zögerte Gol-Mammad einen Augenblick. Seine Hand streckte sich nicht nach dem Klopfer aus. Nicht mit dieser Absicht hatte er Babgolis Haus verlassen. Die hatte er nur als Ausrede gebraucht. Jetzt stand er an der Tür eines Hauses, von dem er nicht wußte, was darin vorgehen würde, wenn er einträte. Voller ungehöriger Ungeduld war er vor Babgolis Schäbigkeit geflohen und aus dem Haus gelaufen, um in einem Winkel allein für sich zu sein, aber dies Jüngelchen hatte ihn unaufgefordert an die Tür von Mah-Derwischs Haus geführt. Weil er es an einem Ort nicht aushielt, nicht bleiben konnte, nicht sitzen, reden und zuhören konnte, war er in die Gassen von Galeh Tschaman ausgewichen; aber jetzt … Verflucht sei das blinde, schwarze Herz des Teufels! Am Ende faßte Gol-Mammad einen Entschluß, wandte sich von der Tür ab und ging den Weg zurück, den er gekommen war.

Der alte Torweg und der Platz vor dem Badehaus, dann der Bach. Unterhalb von Galeh Tschaman setzte er sich an einen einsamen, stillen Fleck nahe dem Bach und lehnte sich an einen Felsblock. Das Wasser floß an ihm vorbei, ergoß sich vom Felsen in die Tiefe und glitt der Ebene zu. Klares, helles Wasser. Soll es fließen. Sein Plätschern heiterte Gol-Mammad auf. Der Anblick dessen, was fließt und enteilt, gibt dem aufgeregten Gemüt Ruhe. Soll alles, was ist, vorübergehen. Der Druck im Kopf, das Knäuel in der Seele lösen sich. Das Wasser scheint in dir zu fließen und du im Wasser. Was dein Herz quält, löst sich auf und wird weggespült. Gereinigt wirst du. Wasser!

Gol-Mammad tauchte die Hände ins Wasser.

»Chan? … Chan?«

Wer ist denn das? Wer ist das, mit dieser sanften, zitternden Stimme wie der Stimme des Schlafs? Warum konnte er nicht allein sein? Wohl oder übel mußte Gol-Mammad sich umdrehen. Einige Schritte entfernt erblickte er einen Schatten, den Schatten eines Mannes. Der Schatten war dünn und lang. Wie er so im Dunkel dastand, wehten die Enden seines Umhangs und die Zipfel seines Turbans im Wind.

»Ha, ja?«

Der Schatten kam näher; noch etwas näher. Langsam und ängstlich kam er heran. Er hatte etwas in der Hand. Brot.

»Das gab mir deine Schwester für dich, Chan. Milchbrot ist's.«

Gol-Mammad blickte ihn schweigend an. Der Mann setzte sich dicht vor ihm auf die Erde und sagte: »Deine Schwester schickt dir dies Brot und läßt dir sagen: ›Ich beschwöre dich bei diesem Segen Gottes, daß du uns, mir und ihm, unser Vergehen verzeihst.‹ Sie bittet dich inständig, einen Bissen von diesem Brot zu essen. Auch ich bitte dich inständig darum. Wir möchten, daß du mit uns das Brot gebrochen hast. Ich beschwöre dich beim Leben deiner Brüder – iß einen Bissen von diesem Brot. Ich bin ein Sseyyed, bin ein Nachfahre des Propheten. Iß mein Brot. Stoße meine Hand nicht zurück, demütige mich nicht. Nimm einen Bissen in den Mund. Als ich sah, daß du zu unserem Haus gingst, war mir, als hätte Gott mir die ganze Welt geschenkt. Ich ging hinter deinem Schatten her. Hättest du nach dem Türklopfer gegriffen, wäre ich dir an Ort und Stelle zu Füßen gefallen. Aber du kehrtest um. Kehrtest um, und das brach uns das Herz. Jetzt sei wenigstens so großmütig und iß einen Bissen von diesem Brot. Wenn du von diesem Brot nicht ißt, stirbt deine Schwester vor Kummer. Ich beschwöre dich bei diesem Segen Gottes – entehre den Derwisch nicht!«

Gol-Mammad brach ein Stückchen Brot ab und steckte es in den Mund. Er wollte nicht länger bleiben und stand auf. Mah-Derwisch nahm das Brot unter den Arm, ging hinter ihm her und flehte ihn an: »Deine Schwester sehnt sich danach, dich zu sehen, Gol-Mammad. Erlaube, daß sie kommt und dich ansieht. Sei großzügig, Gol-Mammad, großzügig.«

Gol-Mammad ließ Mah-Derwisch ohne Antwort stehen und ging weiter. Traurig sah ihm Mah-Derwisch nach. Gol-Mammad verlor sich im Dunkel. Mah-Derwisch ging enttäuscht hinter die Mauer und stellte sich neben Schiru. Schiru, außer sich vor Sehnsucht nach dem Bruder, blickte starr ins Dunkel hinter Gol-Mammad her. Als ob ihr Blick schärfer als Mah-Derwischs Blick wäre. Er wollte etwas sagen, doch Schiru legte ihm die Hand auf den Mund und sagte: »Ich geh ihm nach. Laß mich ihn sehen. Wenigstens von weitem sehen. Ach, mein lieber Bruder.«

IV

Der Wind der Kawir wehte und wirbelte kräftiger, heftiger herum. Die trockenen Fasern der von den Zähnen der Herden verschonten Stacheln und Dornen waren in Klagen ausgebrochen. Mit seinen Krallen wühlte der Wind den Staub auf, fegte ihn zusammen, wälzte ihn vor sich her, schob ihn wie einen zusammengerollten Filzteppich über die weite Fläche der verbrannten Steppe und ließ die ausgerissenen Wurzeln der Sträucher mit sich galoppieren. Bei einer plötzlichen Drehung des Windes legte sich die Staubwelle wieder hin, berührte mit dem Leib die durstige Erde, krallte sich in den trockenen Boden, rollte sich zusammen, erhob sich, drehte sich um sich selbst, schwoll an, schien massiger zu werden und machte die Dunkelheit noch dunkler. Es war, als machte sie die Steppe enger, den Weg unsichtbarer, den Tag zur Nacht. So, daß Wind und Steppe und Nacht, Weg und Mann und Kamel, Wolke und Staub und Steppe eins wurden; eins zu sein schienen.

Für die Menschen, die im Gebiet der Kawir leben, ist der Wind ein alter Gefährte. Die Augen haben sich an ihn gewöhnt, die Haut an Gesicht und Händen ist von ihm gegerbt. Man sagt, daß seinetwegen sogar die Haare in der Nase dichter wachsen: Schutz vor Wind und Staub. Im Wind überzieht sich der Schnurrbart des Mannes mit einer Schicht aus weißem Staub, die Wimpern verlieren ihre Farbe, und Staub setzt sich in die Stirnfalten, die Ohrmuscheln, die Augenwinkel und zwischen die Zähne. Die Mundwinkel werden rissig, die Äderchen in den Augen röten sich, die Lider schwellen an.

So war es mit Gol-Mammad, der auf seinem Kamel saß, die Mütze fest auf den Kopf gedrückt und den Kopf auf die Brust geneigt hatte. Mit zusammengekniffenen Augen saß er geduckt im Sattel und spähte hinter Badis spitzen Ohren hervor nach dem zum Schwarzen Weiler führenden Pfad. In dieser alten Steppe schien es keine Lebewesen zu geben außer Babgoli Bondar mit seinem Maultier und Gol-Mammad mit seinem Kamelhengst, der furchtlos und gleichmäßig, die Sohlen über den

Boden schleifend und die Brust dem Wind hinhaltend, seines Weges ging. In der Umarmung des Windes glichen Reiter und Kamel einem Ungeheuer. Miteinander verflochten und unheimlich. Badi kannte sich in der Steppe aus. Aber obwohl er seine Last, seinen Reiter, in einem noch heftigeren Sturm sicher ans Ziel bringen würde, zog Gol-Mammad es vor, möglichst bald in den Schutz seines Zeltes zu gelangen. Deshalb berührte er Badis Nacken mit dem Stock und stieß einen Pfiff aus, legte den Kopf auf den Sattelknopf und gab dem Kamel die Schenkel, und Badi, der den Wunsch seines Herrn verstand, stürmte los, jeder Schritt fünf Ellen lang. So wie eine Garbe im Wind davonfliegt.

Aber Babgoli Bondar? Die Wut, in die Gol-Mammad ihn versetzt hatte, brannte in ihm. Er ritt mißmutig dahin und knirschte mit den Zähnen. Gol-Mammad, dieser Steppenkurde, hatte ihn dazu gebracht, Geld herzugeben und die Felle toter Schafe zu kaufen. Er hatte ihn zu einer Sache bewogen, die er nicht wollte. Sein Mund war plötzlich versiegelt gewesen. In Blick und Worten Gol-Mammads hatte ein solcher Zorn gelegen, daß Babgoli Bondar vor Bestürzung die Lippen nicht zu einem Nein hatte öffnen können. Furcht! Furcht vor einem Mann, dem das Wasser bis zum Halse steht und in dessen Augen nur die Farbe des Blutes ist. Und der lodernde Blick dieser blutroten Augen macht Männern wie Bondar angst.

Das bedeutet jedoch nicht, daß Babgoli Bondar die Gewalt, der er ausgesetzt ist, ruhig hinnimmt. Nein, er sinnt auf Rache. Er kocht vor Wut. Er macht sich selbst Vorwürfe, verwünscht sich, windet sich, quält sich unablässig. Immerzu denkt er an das Kreditgeschäft, das er abgeschlossen hat. Aus dieser Klemme kann er sich nicht befreien. Ein Geschäft muß im Einverständnis beider Parteien zustande kommen. Das ist das Urteil jedes Rechtsgelehrten. Aber Babgoli war mit diesem Geschäft nicht einverstanden gewesen. Gol-Mammad hatte ihm seinen Willen aufgezwungen. Das war reine Gewalt. Eben das, was Babgoli Bondar nicht behagte, wenn es ihm von anderer Seite angetan wurde. Nur er hatte die Last dieses Geschäfts zu tragen. Er mußte eine Gelegenheit zur Rache finden. Rächen mußte er sich!

Aber Babgoli wunderte sich immer noch, wieso er den Worten von Kalmischis Sohn nichts hatte entgegensetzen können. Warum hatte er sich auf den Weg gemacht? Hatte Gol-Mammad in dem Augenblick einen Dolch gegen ihn gezückt? Nein! Womit hatte denn Gol-Mammad ihn verhext? Mit Angst? Jawohl, Angst, Angst vor Gol-Mammad war es! Daran glaubte Babgoli. Der Gedanke an seine Nachgiebigkeit, seine Unterwerfung ließ ihm keine Ruhe. Irgendwie mußte er mit diesem Problem fertigwerden. Wenn nicht jetzt, dann später. Zeit würde er noch lange und Gelegenheiten noch genug haben.

Jenseits der dichten Schichten des Winds zeigten sich die Mauern des Schwarzen Weilers. Mit einem Pfiff verlangsamte Gol-Mammad den Schritt des Kamels. Ebenso Babgoli Bondar den Schritt des Maultiers. Jetzt lag die Herde vor ihren Blicken. Die Herde und die zur Herde gehörenden Menschen. Aber es hatte den Anschein, daß inmitten der Herde eine Trauerfeier stattfand. Alle standen unschlüssig da. Verwundert.

Niemand weinte. Es gab keine Tränen mehr. Kummer, in der Kehle erstarrt. Die Herzen müde, ohne Hoffnung. Die Arme herabhängend, erlahmt. Die Lippen stumm, zusammengepreßt. Die Blicke verwirrt, hilflos, gebrochen. Die Steppe aufgelöst in einer Fata Morgana. Die Herde erschöpft.

Männer und Frauen der Familie Kalmischi, in Gedanken versunken und sich selbst hassend, standen oder saßen verstreut herum. Jeder für sich. Während Gol-Mammads Abwesenheit war das Lager vom Schwarzen Weiler zur Herde verlegt worden. Die Tiere ruhten leblos neben den Zelten und am schmalen Wasserlauf. Bei den Zelten war eine Masse Ziegen- und Schaffelle aufeinandergehäuft; ein ganzer Hügel. Die Überbleibsel des Windes der vergangenen Nacht wehten unter der Sonne des Herbstanfangs. Gesättigt von Fleisch und Knochen lagen die Hunde neben den Kadavern und hatten lustlos die Köpfe auf den Boden gelegt.

In der Nähe der Hunde saß Kalmischi entkräftet auf der Erde. Immer noch unermüdlich auf den Beinen, ging Belgeyss in der Herde herum, um die dem Tod nahen Schafe auszusondern und ihnen das Messer an die Kehle zu setzen. Eigentlich die Arbeit der Männer, die aber voller Abscheu das Schlachten aufgegeben hatten. Maral stand verwirrt da und sah zu. Verbitterter als die anderen Frauen, bemühte sich Siwar, Belgeyss zu helfen. Mahak saß mit dem Rücken zur Herde am Bach auf einem Stein. Ssabrou, ruhig und geduldig, jedoch fassungslos staunend, stützte sich auf seinen Hirtenstab und schien auf seinem Platz erstarrt zu sein. Beyg-Mammad, der aufgehört hatte, den Schafen das Fell abzuziehen, lief unruhig, sinnlos herum. Chan-Amu – ein Häufchen Gift – saß am Bach und rammte das Messer in die Erde. Das Ausmaß des Schweigens, die Größe des Kummers hatten aus jedem einen Stein gemacht.

Ehe Babgoli Bondar von seinem Maultier absteigen konnte, war Gol-Mammad schon vom Kamel gesprungen. Babgoli Bondar sah Gol-Mammad an. Gol-Mammad rührte sich nicht vom Fleck, als könne er keinen Schritt vorwärts tun. Einzeln kamen sie zaghaft auf ihn zu. Die Familie schloß einen Kreis um ihn. Wenn es noch eine Hoffnung gab, war er es.

Gol-Mammad mußte über das Ergebnis seiner Anstrengungen berichten. Die Blicke forderten Auskunft von ihm. Was ist aus all diesen Drohungen, all diesen Schimpfreden geworden? Nichts ist von der Herde übriggeblieben! Siehst du den Haufen Felle? Die Herde ist zugrunde gegangen! … Babgoli bleibt nicht. Er besteigt sein Maultier. Nein. Es gibt keine Hoffnung mehr. Er macht sich zum Aufbruch bereit. Wo ist nun der Ertrag deiner Mühen, Gol-Mammad?

Mit blutunterlaufenen Augen, die Adern an Schläfen und Stirn geschwollen, strengte sich Gol-Mammad vergeblich an, das Zittern der Lippen, Wangen und Lider zu unterdrücken.

Gott, warum regnet kein Blut vom Himmel?

Er konnte seinen Leuten nicht mehr in die Augen sehen, bückte sich, zog das Messer aus der Gamasche und brüllte: »Tötet, tötet sie! Die Messer her! Die Messer!«

Ein Gemetzel! Die Männer stürzen sich auf die Herde. Wahnsinn der Hoffnungslosigkeit. Blut aus den Kehlen der Schafe und Gebrüll aus den Kehlen der Männer. Die Panther schlugen die Zähne in Blut. Belgeyss' Klagen erhob sich. Die Mädchen weinten. Jammern und In-die-Lippen-Beißen. Wehklagen und Haareausreißen. Schluchzen und Schreie. Das Geschrei von Belgeyss, der Befehl von Belgeyss, daß die Frauen den Männern die Messer aus den Händen reißen sollen! Erbitterter Kampf auf allen Seiten. Handgemenge. Den reißendsten Wolf stellte Chan-Amu in den Schatten! Erbarmungslos. Er, der seit dem Beginn des Unglücks seine Hand nicht wieder mit Blut besudelt hatte, suchte jetzt, das Versäumte wettzumachen. Welche Hand kann seinem Morden Einhalt tun?

Belgeyss, nur Belgeyss. Sie rang mit ihm. Zwei wütende Dämonen. Zwei flammende Seelen. Der von ihrem Kampf aufgewirbelte Staub verdunkelte das auf dem Boden fließende Blut. Gol-Mammad stand Chan-Amu in Grausamkeit nicht nach. Als hätte er sich in Blut gekleidet. Siwar breitete schluchzend ihre Arme nach ihm aus. Mahak griff Beyg-Mammad an, und Maral nahm Kalmischi behutsam das Messer aus der Hand. Blutiger Streit unter Verwandten. Was tut ihr da, ihr Wahnsinnigen? Ssabrou eilte Belgeyss zu Hilfe. Denn es konnte jeden Augenblick geschehen, daß Belgeyss im Handgemenge mit Chan-Amu anstelle eines Schafs ihr Leben ließ. Ssabrou riß Chan-Amu von Belgeyss fort, und zu zweit hielten sie ihn fest. Wie ein eingekreister wilder Eber brüllte Chan-Amu: »Laßt mich los, ihr Schakale!«

Es war zwecklos; alle Kräfte wurden mit ganzer Seele eingesetzt. Schließlich warfen die Frauen mit Ssabrous Hilfe die drei Männer zu Boden. Das Ende war gekommen.

Kalmischi saß da und weinte. Die anderen setzten sich inmitten der Herde auf die Erde. Gebrüll und Flüche erstarben in den Kehlen. Zerbrachen. Der Wahnsinn ebbte ab. Verwunderung! Mahaks Wehklagen zerkratzte die plötzliche Stille. Der Staub des Tumults drehte sich noch über den Köpfen. Die niedergemetzelten Tiere zuckten noch. Blut sickerte in den Boden. Einige Einwohner des Weilers standen auf den Dächern und schauten erstaunt zu.

Ruhe. Es war, als hätte die Welt einen Augenblick in ihrem Lauf innegehalten. Stille. Die Steppe erzitterte. Der Boden sättigte sich mit Blut. Hände und Ärmel, Arme und Gesichter: alles voll Blut. Die Augen – Blut. Die Steppe – Blut. Der Himmel – Blut. Der Boden – Blut. Die Sonne – Blut. Der Wind – Blut. Blut. Blut. Blut! Besudelt mit Blut, sahen die Mischkalli überall Blut. Fließt denn im Bachbett kein Blut?

Entsetzt trieb Babgoli Bondar hastig sein Maultier an und stammelte: »Bringt die Felle nach Ssabsewar in die Karawanserei von Hadj Nurollah. Dort … dort … setzen wir den Preis fest!«

Zweites Buch

Sechster Teil

I

Tamarisken: Rand der meilenweiten Ausdehnung der Kawir. Eine dichte Augenbraue über dem geblendeten Blick. Sich hinziehend vom Westen Afghanistans bis jenseits des alten Yasd. Ein Tamariskenhain. Eine Art lichter Wald, unzusammenhängend. Er zieht an Tayebad vorüber, umschließt Tabbas, durchquert den Süden von Chorassan, streckt Hände und Arme oberhalb von Kaschmer und hinter dem Berg Kuh-e Ssorch hervor Yasd zu. Wald der Salzwüste, Buschwald. Manchmal wird er unterbrochen, zerrissen, verscheucht, um sich an einem anderen Ort wieder zu vereinen – Tamarisken.

Kein hoher Baum, den Kopf zum Himmel erhoben, ist die Tamariske. Niedrig ist sie und hat ihre Wurzeln in der Tiefe. Gelegentlich treibt sie sie erbarmungslos mehr als zwanzig Fuß ins Herz des Bodens, bis sie auf Feuchtigkeit stoßen. Eben darin liegt das Geheimnis ihres Überlebens in der Kawir. Dürrejahre und Wassermangel können sie nicht ausrotten. Im Kampf von Kawir und Tamariske hat die Tamariske gesiegt. Sie hat es vermocht, ihren Leib im trockenen Boden anzusiedeln und sich zu behaupten. Konnte im Vertrauen auf ihre in die Tiefe dringenden Wurzeln standhalten. Der Gestalt nach ist die Tamariske rund und gedrungen. Knöchern und hart. Unabhängig vom Regen, der kommt oder nicht kommt. Auf der Erde und in der Erde sitzend, die Mähne auf dem Boden ausgebreitet, und dennoch eigensinnig und stolz. Die Tamariske erinnert an die Asketen von Chorassan.

Tamariskenhaine sind das Winterquartier der Nomaden. Winterlicher Unterschlupf für manche Stämme und Schafhirten vom Kelidar. Auf halbem Wege zwischen Kaschmer und Beyhagh haben die Nomaden mit ihren schwarzen Zelten einen Teil des Gehölzes besetzt; schwarze Zelte, versteckt in dichten Büschen, von denen die höchsten nicht bis zur Mähne eines Pferdes reichen. Der Tamariskenhain ist der winterliche Zufluchtsort von Schafen und Hunden, Hirten, Reisigsammlern und kleinen Dieben.

Im Tamariskenhain hatte auch die Familie Kalmischi ihre Zeltpflöcke in die Erde gerammt. Die Entfernung von einer Familie zur anderen zwei Pfeilschüsse. Ein Farssang. Zwei Farssang. Mehr oder weniger. Verstreute schwarze Zelte im Gehölz. Die Kalmischis hatten weit weg von allen auf der letzten Lichtung des Tamariskenhains ihr Lager aufgeschlagen. Jeder ging seiner Arbeit nach. Die Frau von Ssabrou betätigte sich an ihrem Webstuhl, und Maral strickte Mützen, Socken und Schals für die Männer. Siwar spann Wolle, und Belgeyss machte sich, wenn sie das Brotbacken und Wasserholen erledigt hatte, ebenfalls ans Spinnen und Weben. Kalmischi ging mit der Herde und durchstreifte zusammen mit Beyg-Mammad und Ssabrou Steppe und Gehölz.

Beyg-Mammad war der Meinung, daß drei Hirten für die Herde übertrieben seien. Denn es war ja keine Herde vorhanden. Die meisten Ziegen und Schafe waren eingegangen, von der Herde war nur noch ein Drittel übriggeblieben. Beyg-Mammad hielt es nicht für nötig, daß auch der alte Mann sich einen Vorratssack auf den Rücken warf, einen Stock in die Hand nahm, die Stiefel anzog und sich hinkend hinter ein paar Ziegen auf den Weg machte. Vielleicht dachte auch der Alte so, aber er sah für sich keine andere Möglichkeit. Bei den Zelten konnte er es nicht lange aushalten. Wozu sollte er dort bleiben? Sollte er die Steppe ansehen und die Steppe ihn? Oder sollte er sich hinsetzen und wie die Frauen Wolle spinnen? Der Mann muß doch, solange er noch Kraft in den Knochen hat, etwas tun. Er ist für Arbeit geschaffen. Wie kann man dann von Kalmischi verlangen, daß er seine Tage wie eine schwächliche Frau verbringt? Nein, das ging nicht. Kalmischi hörte nicht auf diesen und jenen. Er hörte zwar, tat aber so, als hätte er nicht gehört. Deshalb knirschte Beyg-Mammad mit den Zähnen und grämte sich. Es blieb ihm nichts, als mit seinem Hund träge hinter der Herde herzutrotten.

Aber hinter welcher Herde?

Wenn dir dank deiner Jugend die Arbeit zu leicht fällt und du deinen Leib nutzlos und lustlos über den Boden schleppst; wenn die Fähigkeit deiner Seele und deiner Arme größer ist als die Last auf deinen Schultern; wenn du einen schwierigen Weg gehen kannst, es aber einen solchen Weg nicht gibt, o Mann, dann empfindest du deine Tage als leer, sinnlos und töricht, als Tage, die wie lose Strohhalme an dir vorbeifliegen, als Tage, in denen du dich nicht mehr in den gewohnten Bahnen voller Mühe und Aufopferung bewegst und dich aufreibst. Bist du denn kein Mann, Beyg-Mammad? Bist du ein Kind, daß du dein Leben mit dem Weiden von ein paar Ziegen und Schafen verbringst, die vor lauter Unterernährung spindeldürr geworden sind? Du bist zu tüchtig, zu arbeitsam, zu kräftig, um ungerührt dem Enteilen deiner Tage zuzuschauen. Du mußt dein Leben in die Hand nehmen! Wie lange denkst du noch, kummervoll deine Finger über den Tschagur gleiten zu lassen, Beyg-Mammad? Die Untätigkeit zerfrißt deine Seele. Dein Körper ist schlaff, ausgeleiert. Nicht ohne Grund ist das so. Er will von dir Arbeit und Bewegung: die der Jugend eigene Natur. O Sohn von Belgeyss! Wie kannst du dich mit so einem Dasein zufriedengeben? Die Kraft prachtvoller Männlichkeit lodert in dir. O Wunder, daß du immer noch schweigst und beginnst, dich an das Schweigen zu gewöhnen! Eine Fontäne steigt auf in deiner Seele – Abbild der höchsten Spitze des Kelidar. Die Kraft deiner Arme kannst du ins Auge des höchsten Sterns schleudern. Es ist zu früh für dich zu ruhen und im Schutz der schweigenden Tamarisken zu schweigen. Komm deiner Jugend zu Hilfe. Wenn auch die Schafe gestorben sind, du bist nicht gestorben. Die Jugend ist nicht gestorben! Kannst du nicht aufspringen? Haben düsterer Kummer und ständige Niedergeschlagenheit deine Fersen gelähmt? Nein! Um dich zu grämen, bist du noch viel zu jung. Dein Stock, dein Hund und dein Vorratssack liegen an deiner Seite, und die Herde, die nicht deine Herde ist, weidet von allein. Was hält dich fest, Beyg-Mammad?

Ssabrou, Beyg-Mammads Kamerad in der Steppe, schwieg immer noch. Ein Schweigen, das zur Natur dieses Hirten gehörte. Beyg-Mammad sprang plötzlich von seinem Platz auf, nahm seinen Stock und hob den Kopf zum Himmel; der Hund sprang mit ihm auf. Staubfarbene Wolken hatten den Sonnenuntergang verdeckt. Ebenso plötzlich wie er sich erhoben hatte, sagte Beyg-Mammad: »Warte nicht auf mich, Ssabrou. In der Nacht kehre ich nicht zur Herde zurück!«

Ssabrou öffnete die dunklen, trockenen, traurigen Lippen und fragte, ohne Beyg-Mammad dabei in die Augen zu sehen: »Wohin willst du gehen?«

»Das weiß ich selber nicht!«

Ssabrou stand auf seinen Stock gestützt da, etwas vornüber geneigt. Seine lange Gestalt, der Haarschopf, der unter der Mütze hervorschaute, die spitze Nase, der dünne, schwarze Schnurrbart und sein mageres Gesicht auf dem Hintergrund des grauen, wolkenverhangenen Sonnenuntergangs versetzten Beyg-Mammads Herz in eine seltsame Trauer. Das Scheiden vom Freund der Tage und Nächte, vom ständigen Gefährten, war nicht leicht. Das zu sagen ist einfach. Solange deine Hand ein Teil deines Körpers ist und du jederzeit mit ihrer Hilfe deinen Stock um den Kopf wirbeln und ihn nach Chan-Amus Ziegenbock, diesem Quälgeist, werfen kannst, fühlst du diese Hand nicht, beachtest sie wohl gar nicht. Aber sowie etwas, eine Kraft, ein Dolch, den du nicht siehst, die Hand von deinem Körper trennt, sie dir raubt, ist es, als ob du sie eben erst wahrnehmen, sie fühlen und ihr Nichtvorhandensein wie eine tiefe Grube neben dir empfinden würdest. Hier, in all diesen Jahren, waren Beyg-Mammad und Ssabrou einer des anderen Hand gewesen. Freunde sind einer des anderen Hand.

Ungeduldig riß sich Beyg-Mammad plötzlich los. Er wollte Ssabrou nicht umarmen. Das erschien ihm zu unmännlich. Für weiche Herzen ist kein Platz in der Brust der Nomaden. Und wenn es sich dennoch regt – den Launen des Herzens darf man nicht nachgeben. Manchmal mußt du mit grober Hand in die Brust greifen, dein Herz wie einen schönen Vogel aus dem Käfig holen und es grausam in der Faust drükken und dich dabei bemühen, daß der Schmerz sich nicht in deinem Antlitz widerspiegelt. Männer sind keine Kinder und keine empfindsamen Sänger. Sie zertreten manchmal ihr zartes Herz, wie man eine Mohnblume unter den Stiefeln zertritt. Und dennoch schlägt das Herz, schlägt aufgeregt; liegt im Streit mit dir, der du deine Seele eisenhart gemacht hast. Das Herz regt sich, gibt sich nicht geschlagen, schreit in deiner Brust, ringt mit dir. Was tun, Beyg-Mammad?

Halb freudig, halb kummervoll schwang Beyg-Mammad seinen Stock, schlug ihn gegen Ssabrous Stock, sagte ihm Lebewohl, wandte sich, ohne ihm in die Augen zu sehen, um und schritt auf die Steppe zu: »Gott verlasse mich nicht, unstet bin ich, hay. Hab keine Geliebte, hay. Hab keine Geliiiebte …, hay!«

Die herzerweichenden Klagen Beyg-Mammads, seine anziehende Stimme erklangen bis zum wolkigen Himmel und bis jenseits der Tamariskensträucher. Ssabrou stand noch an der gleichen Stelle. Aber als Beyg-Mammads Stimme allmählich leiser wurde, undeutlich wurde, sich entfernte, sich verlor, war es, als hätte auch Ssabrou sich von ihm entfernt; als wären sie nie Kameraden gewesen. Er blickte hinter Beyg-Mammad her. Vom Freund war nichts mehr zu sehen.

Beyg-Mammad drehte den Stock in den Händen, trat aus dem Schutz der Tamariskensträucher und mühte sich, seine Trauer durch Umherschauen, durch Blicke auf den trüben Himmel und die Erde unter seinen Füßen zu vergessen. Aber er war nicht imstande, Ssabrous Bild aus seinem Gedächtnis zu löschen. Ssabrous Charakter und Gesichtszüge hatten sich ihm zu tief eingeprägt. Wie er, auf den Stock gestützt, dastand, sein Schweigen, sein hageres Profil, der Schnurrbart und seine Lider, die aussahen, als seien sie für immer vertrocknet, blieben in Beyg-Mammads Gedächtnis haften. Woran mochte Ssabrou denken? Wie sehr war er betrübt? Schwer zu sagen. Lassen wir das!

Beyg-Mammad senkte den Kopf und bog zu einem Gehölz ab. Gestern, bei Sonnenuntergang, hatte er dort Kamele weiden und Männer Reisig sammeln sehen. In diesen Tagen war für Kamelhalter nur eine Arbeit geblieben: Reisig zu transportieren. Sie kamen nach Kalschur, luden Reisig und Brennholz auf, brachten es zur Stadt und verkauften es den Bäckern und Holzkohlehändlern.

Auch jetzt weideten die Kamele im Gehölz. Nicht jedes für sich, denn jeden Augenblick konnte es geschehen, daß eine Diebesbande die Kamele einfing und irgendwohin trieb, wo sie schwerlich wieder zu finden sein würden. Daher kam es, daß die Kamele in einer Gruppe weideten. Da, wo die Reisigsammler bei der Arbeit waren.

Die Männer waren damit beschäftigt, das Reisig zu bündeln, als Beyg-Mammad bei ihnen anlangte. Vier Männer waren es; einer mittleren Alters, die anderen jung, jünger als er. Der Jüngste war fast noch ein Knabe, dem gerade der erste Bartflaum zu wachsen begann. Beyg-Mammad ging zu den Reisigbündeln, stieß mit der Stockspitze auf den Boden und sagte: »Gott geb euch Kraft.« Der Anführer der Gruppe, der Mann mittleren Alters mit runden, hellen Augen und einem spärlichen Bart, hob den Kopf vom Bündel und dankte dem Fremden. Und der junge Bursche, mit Händen und Armen bei der Arbeit, musterte Beyg-Mammad verstohlen.

Bei solchen Begegnungen, noch dazu in diesen unsicheren Zeiten, ist Mißtrauen die erste Reaktion der Menschen. Eine gute Nachricht ist nicht zu erwarten. Mißtrauen und Zweifel: Wer ist das? Was will er? Woher kommt er? Wohin geht er? Ist er ein Wegelagerer, oder will er Brot haben? Hat er ein Schaf verloren, oder ist er durstig? Wie sollen wir uns ihm gegenüber verhalten? Ist er alleine, oder haben sich seine Weggenossen hinter einer Tamariske versteckt?

»Ha, Bruder, wohin bist du unterwegs?«

Die hellen Augen des Anführers blitzten bei dieser Frage. Beyg-Mammad trat unbefangen näher und sagte: »Einfach so habe ich mich, Gott vertrauend, auf den Weg gemacht. Mal sehen, wohin ich komme!«

»Bist du ein Kurde?«

»Ha, ja.«

»Wieso hast du deine Tiere, deine Herde nicht bei dir?«

»Uns ist keine Herde mehr geblieben, Brüderchen! Nur so viele Tiere sind übriggeblieben, daß sich die alten Weiber damit die Zeit vertreiben können. Wir sind in diesem Jahr zugrunde gerichtet worden. Fünf, sechs Männer können sich doch nicht mit ein paar Ziegen abgeben!«

Der Anführer ließ den um das Bündel gewickelten Strick los und trat einen Schritt auf Beyg-Mammad zu: »Soll das heißen, daß du dich von den Zelten getrennt hast?«

»Ja, so etwa. Was soll ich machen? Noch nicht endgültig, aber ich habe keine andere Wahl. Der Bauch des Menschen will schließlich Brot!«

»Wo denkst du nun hinzugehen? Was willst du tun?«

»Ach Bruder … jede Arbeit, die mir gelegen kommt. Schafe hüten, Kamele treiben, Tiere mästen. Nur mit der Feldarbeit kenne ich mich nicht so aus, wie es sich gehört. Das heißt, ich bin darin nicht geübt. Aber wenn mir nichts übrig bleibt, lerne ich auch solche Dinge.«

Der Anführer drehte sich zu den anderen Reisigsammlern um und sagte, sie sollten Tee machen. Der junge Bursche hörte mit der Arbeit auf und ging zu der Stelle, wo sie ihre Sachen abgelegt hatten, um den Teekessel aufzusetzen. Der Anführer, den die anderen Mosslem riefen, setzte sich auf die Erde, zog seinen Tabaksbeutel hervor und stopfte seine Pfeife. Er war nicht älter als vierzig Jahre, aber seine Knie und der Rücken waren schon etwas krumm geworden. Sein knochiges

Gesicht war voller Runzeln, und der gelbe, spärliche Bart machte es noch hagerer. Nach jedem tiefen Zug aus der Pfeife stieg aus seiner Brust ein rauher Husten, der ihn zuweilen so schüttelte, daß ihm aus den Augenwinkeln Tränen flossen. Da er begriffen hatte, was Beyg-Mammad von ihm wollte, sagte er sanft und freundlich: »Diese Kamele, die du da siehst, gehören dem Grundbesitzer, Bruder. Ich selbst besitze nur zwei Stück. Eins ist diese Stute, das andere jenes, das mit dem Schwanz wedelt. Der schwarze Hengst. Der Rest gehört dem Grundbesitzer. Ich bin Kameltreiber, und diese jungen Burschen sind Tagelöhner. Sie sammeln Holz, bündeln es und bekommen für jede Kamellast zwölf, fünfzehn Geran. Wo willst du nun hingehen? In welche Richtung?«

Beyg-Mammad sagte: »Die Wahrheit ist, ich weiß es selbst nicht. Die Steppe hat ja kein Brot! Das Brot der Steppe kommt aus dem Euter der Herde – der Herde, die in diesem Jahr zugrunde gegangen ist. Deshalb bin ich gezwungen, in die Dörfer zu gehen, vor einem dieser Grundbesitzer den Nacken zu beugen, damit er mir vielleicht Arbeit gibt. Ich hab einen Vetter, der ziemlich bekannt ist, Wasser und Boden besitzt, aber ich mag nicht zu seinem Hof gehen. Du verstehst doch! Es ist unter der Würde des Menschen, sich vor einem Verwandten erniedrigen zu müssen. Du weißt, was ich damit sagen will ... Wie heißt denn übrigens euer Grundbesitzer? Was ist er für ein Mensch?«

Die Asche aus seiner Pfeife klopfend sagte Mosslem: »Ein Grundbesitzer ist er eben. Da gibt es keine guten oder schlechten. Egal, wer es ist – die Grundbesitzer erwarten von ihren Tagelöhnern Arbeit und Folgsamkeit. Es hängt davon ab, wie sie einen finden. Es hängt eben vom Glück ab. Einem passiert es, daß er dem Grundbesitzer gefällt und er ihm sein Besitztum anvertraut. Einem anderen, der kein Glück hat, passiert es nicht. Nun ... angenommen, unser Grundbesitzer ist kein schlechter Mensch – Wäre es das, was du möchtest und wozu du dich eignest? Du siehst ja, diese Arbeit hier wird mit dem Spaten gemacht. Mit dem Spaten arbeiten vom Morgengrauen bis in die Nacht. Manchmal auch vom Abend bis zum Morgen, bis eine Ladung zusammengekommen ist. Das heißt, solange du Kraft in Schultern und Armen hast. Es ist eben Lohnarbeit. Für jede Ladung, die du zusammenbringst, bekommst du Lohn. Jeder entsprechend seiner jugendlichen Kraft. Diese

Burschen, die du da siehst – einer von ihnen, ich meine den dunkelhäutigen, den Heydar, ist, unberufen, fleißig und flink. Wie der Wind macht er sich über das Gehölz her und bringt im Handumdrehen eine Ladung zusammen. Aber der andere, der lange, schwächliche, Mirsa Ssamad heißt er, der ist faul. Ist träge. Ist langsam. Seine Bündel füllt oft dieser Heydar auf. Und dieser Bursche, der Chodamerd, ist ein unheimlicher Geselle. Nun, Bruder, wenn du jetzt mit deinen eigenen Augen siehst, daß du in der Lage bist, solche Arbeit zu tun, dann rede ich mit dem Grundbesitzer darüber. Schließlich hast du, wie du selbst vorhin sagtest, bisher keinen Spaten in die Hand genommen!«

»Wieso hab ich das nicht getan, Mosslem Chan? Wie bringen wir denn unser Reisig für den Winter zusammen? Mit unseren Zähnen?«

»Schön. Ich sag nichts mehr. Ich rede mit unserem Grundbesitzer darüber. Um so besser.«

Beyg-Mammad schwieg eine Weile. Dann sagte er: »Wann brecht ihr auf?«

»Noch heute nacht. Nachdem wir einen Bissen Brot gegessen haben, halten wir ein Schläfchen und beladen dann die Kamele. Bis dahin geht auch der Mond auf. Das Kamel geht besser bei Nacht. Du hältst ja selbst Tiere und mußt es wissen.«

Eine kurze Zeit kaute Beyg-Mammad an Schnurrbart und Lippe, danach sagte er: »Wie wär's, wenn ich mit euch käme? Mitkäme, damit euer Grundbesitzer mich sieht, ha? Das macht doch nichts? Oder?«

»Was schadet es? Wir gehen zusammen.«

Chodamerd hatte den Tee gemacht. Mosslem stand auf und sagte zu Beyg-Mammad, der während des ganzen Gesprächs gestanden hatte: »Laß uns zusammen etwas essen, ha?«

»Ich geh zu den Zelten, sag dort Bescheid und komme zurück. Bis ihr aufgeladen habt, bin ich wieder hier.«

»Der Tee ist fertig. Trink einen Becher und geh dann. Es wird ja nicht zu spät.«

»Doch. Ich muß gleich gehen und auch diesen Hund dort lassen. Nun, vorläufig Gott befohlen.«

Beyg-Mammad ging los und verschwand kurz darauf im Tamariskengehölz. Heydar trat zu Mosslem und fragte lachend: »Hast du die Katze im Sack gekauft?«

»Überall und nirgends hab ich nach so einem gesucht und find ihn direkt vor meiner Nase. Gott hat ihn geschickt.«

»Was ist er denn?«

»Ein Kurde. Wir brauchen so einen als Weggenossen. Es herrscht Unsicherheit. In diesem Winter, in ein paar Tagen, werden die Diebe auftauchen. Du wirst schon sehen, wie sie in die Steppe einfallen! Wenn er bei uns ist, haben wir einen Helfer mehr. Wenn einer von diesen Nomaden unser Gefährte ist, können wir uns sicherer fühlen. Er ist ein kräftiger, gewandter Bursche. Jetzt laß uns gehen und einen Becher Tee trinken, dann werden wir weitersehen!«

Eine tiefe Freude überkam Beyg-Mammad: Aussicht auf Rettung. Er verhehlte es sich nicht, daß er froh war, und schritt, von seinem Hund begleitet, fester aus.

Die Nacht hatte sich auf die Tamarisken gesenkt, ein leichter Regen hatte eingesetzt. Die Büsche wurden allmählich naß, und Beyg-Mammads alte Stiefel wurden allmählich feucht. Ein freundliches Licht drang aus der Zeltöffnung in die regnerische Nacht. Ein Licht wie Tau. Die durchtränkte Erde strömte einen vertrauten Duft aus. Die Dornsträucher und Tamarisken atmeten auf. Der Duft der Steppe machte trunken. Duft von Erde, Stacheln und Dornen. Erde und Büsche lebten unter dem leichten Regen wieder auf. Busch, Mensch und Tier, alles war wie neugeboren.

Der regennasse Hund lief Beyg-Mammad voraus zum Zelt, bellte und blieb schwanzwedelnd vor dem Eingang stehen. Im Zelt saßen die Frauen, von den Männern war nur Kalmischi da, der beim Essen – Fladenbrot mit Joghurt – saß. Als er den Hund erblickte, beugte er sich auf den Händen vor, streckte den Kopf aus dem Zelt, schaute durch den klaren Vorhang des Regens in die Nacht und ließ den Blick durch den von der feuchten Erde aufsteigenden Dunst schweifen. Trotzdem konnte er Beyg-Mammad nicht kommen sehen. Er ahnte ihn nur. Er hörte die Beine des Sohns die Büsche streifen, setzte sich zurück, nahm den letzten Bissen in den Mund und sagte zu den Frauen: »Zu dieser Zeit hat er die Herde im Stich gelassen und ist hierher gekommen?«

Belgeyss stand auf, um hinauszuschauen. Maral raffte ihren Rock zusammen und kroch vom Teppich in eine Ecke; Siwar blieb, wie sie war, neben Mahak sitzen, die Augen auf den Eingang gerichtet. Kurz darauf kam Beyg-Mammad an. Er beugte die Schultern und trat ein. Den Gruß der Mutter erwidernd, nahm er den Vorratssack von der Schulter. Kalmischi kaute noch an seinem letzten Bissen. Beyg-Mammad setzte sich auf die Knie und sagte: »Bring mir ein, zwei Brote zu essen, mir knurrt der Magen.«

Kalmischi fragte: »Wieso hast du die Herde im Stich gelassen und bist hergekommen? Wie kann Ssabrou bei diesem Regen die Schafe allein beaufsichtigen?«

Beyg-Mammad antwortete dem Vater nicht, sondern fragte seinerseits: »Wo ist mein Bruder Gol-Mammad?«

Belgeyss legte das Brot auf einem Tuch vor den Sohn hin und sagte: »Wer weiß das, mein Lamm? Wer weiß das? Er läuft dauernd hierhin und dahin. Läuft herum, um vielleicht einen Ausweg zu finden. Keinen Augenblick kommt er zur Ruhe.«

»Wo ist Chan-Amu?«

»Der ist auch schon seit zwei, drei Nächten nicht da. Ich weiß nicht, wo er hingegangen ist.«

»Ist er zusammen mit Gol-Mammad gegangen?«

»Nein, mein Lieber. Jeder allein für sich. Heute bei Sonnenuntergang, bevor es zu regnen anfing, ist Gol-Mammad weggegangen.«

Kalmischi fragte nochmals: »Du hast noch nicht gesagt, weshalb du Ssabrou in der Steppe allein gelassen hast, ha?«

»Du hast dich doch selbst jede Nacht zur Herde aufgemacht! Warum bist du dann heute abend bei den Zelten geblieben? Ich glaubte, du wärst jetzt bei der Herde!«

Kalmischi säuberte mit einem Finger die Zähne und sagte: »Ich hatte mich auf dich verlassen. Außerdem, meinst du, ich sollte diese Frauen so ohne einen Mann allein lassen?«

Bis Beyg-Mammad den Bissen trockenes Brot hinuntergeschluckt hatte, ließ er den Alten auf eine Antwort warten; dann sagte er: »Ich bleib nicht mehr bei der Herde!«

»Du bleibst nicht mehr?«

»Nein, ich bleibe nicht, ich will fortgehen!«

Belgeyss mischte sich ins Gespräch: »Fortgehen willst du? Wohin?«

»Ich gehe irgendwohin, um zu arbeiten. Diese Herde ist keine Herde, die drei Hirten beschäftigen kann. Ein Mann reicht aus. Auch ein halber

Mann reicht aus. Ist sogar zu viel. Am Tag läßt er sie weiden, und am Abend bringt er sie zu den Zelten und läßt sie ruhen. Und in kalten Nächten treibt er sie an eine geschützte Stelle. Ich kann mich doch nicht mit diesen paar Ziegen aufhalten? Das ist nun eure Sache. Tut, was ihr wollt!«

»Willst du dich einfach so aufmachen und fortgehen? Nur Gott vertrauend?«

»Nicht einfach so. Ich hab eine Arbeit gefunden.«

»Was für eine Arbeit?«

»Reisig transportieren.«

»Mit welchem Kamel?«

»Mit Kamelen eines Grundbesitzers. Des Grundbesitzers von Talchabad.«

Kalmischi fragte zweifelnd: »Für wieviel am Tag? Für welchen Lohn?«

»Für jede Last wird bezahlt. In vierundzwanzig Stunden kann ich mindestens drei Reisigladungen zusammenbringen. Ich verdiene mein Brot und lege sogar etwas zurück.«

»Vielleicht ist dein Bruder nicht einverstanden!«

Beyg-Mammad blickte die Mutter an und sagte: »Sagst du das von dir aus? Warum sollte mein Bruder nicht einverstanden sein? Wozu sollte er mich hier festhalten? Damit wir einander anglotzen und Wind essen? Sieht er denn nicht selbst, daß wir nichts mehr zu essen haben? Fünf Männer sind wir. Wenn wir alle hierbleiben, was sollen wir essen?«

Kalmischi stand auf und ging wortlos hinaus. Er stellte sich in den Regen, holte tief Luft und atmete dabei den Geruch der Erde ein. Wie frisch und rein! Regen. Das ist Hoffnung, die da herabregnet. Trotzdem, sein Junge will sich von der Familie losreißen und fortgehen. Warum geht er?

Kalmischi hielt seine breiten Hände in den Regen. Der Regen machte seine Handflächen naß. Kalmischi rieb mit den nassen Händen über sein Gesicht. Was für ein schöner Geruch! Das Herz zerspringt einem vor Freude. Etwas wie Wellenrauschen tost in der Brust. Noch einmal lebt dies welke Herz auf. Sieh mal den Hund. Er ist naß geworden. Sein Fell ist naß geworden. Sieh mal die Wolken. Wie trächtig! Regen! Regen!

Kalmischi kam wieder herein. Seine Augen glänzten. Er sagte: »Ich hatte geglaubt, daß auch diese Wolken leer vorbeizögen. Aber der Regen hat angefangen. Wo willst du hingehen, Junge? Das neue Jahr wird ein reiches Jahr werden. Unsere Schafe bekommen Junge. Es gibt Gras. Der Frühling kommt. Schwierig sind nur diese drei, vier Monate. Dies ist der erste Regen. Wir werden erleben, daß es noch mehr regnet. Ich verspreche dir, daß zwei Monate vor Frühlingsanfang die Erde Farbe bekommt. Das Gras wird wachsen. Der Frühling wird kommen. Warum bist du so ungeduldig? Halte noch diese drei, vier Monate aus, wir werden ja nicht verhungern!«

Beyg-Mammad legte die Zipfel des Brotbündels übereinander und sagte: »Denkst du eigentlich, ich will nach Kandahar reisen? Ich bleibe ja hier, in der Steppe von Kalschur. Vielleicht gehe ich gar nicht mit der Karawane. Vielleicht bleibe ich hier und sammle hier Holz. Und du weidest mit Ssabrou die Herde. Und was dann kommt, das kommt eben!«

In ihrer Ecke sitzend, empfand Mahak den Trennungsschmerz stellvertretend für ihren Mann und fragte den Vetter: »Hast du Ssabrou gesagt, daß du nicht mehr zur Herde zurückkommst?«

Beyg-Mammad trank den Becher Wasser aus, wischte sich den Mund mit der Handfläche ab und sagte: »Wie könnte ich es ihm nicht gesagt haben, Base? … Nun, ich muß jetzt gehen!«

»Jetzt gleich?«

»Ha, die Karawane wartet auf mich. Ich will mit denen zusammen zum Grundbesitzer gehen. Er muß mich sehen und sich entscheiden.«

Beyg-Mammad zog seinen Vorratssack zu sich heran, nahm den Topf und den Schlauch für Gurmast heraus und stellte sie beiseite. Danach wickelte er seinen Tschagur in einen Lappen, steckte ihn in den Vorratssack, warf sich den Sack auf den Rücken, nahm seinen Stock und erhob sich; er sagte »Gott befohlen«, trat aus dem Zelt und fügte noch hinzu: »Komm und halte den Hund fest, Vater!«

Kalmischi ging hinaus, faßte den Hund am Halsband und zog ihn zum Zelt. Beyg-Mammad drehte sich um. »Paß gut auf ihn auf, Vater. Daß du ihn mir nicht hungern läßt!«

Kalmischi hielt den Hund nahe bei sich, und Beyg-Mammad ging in Nacht und Regen hinaus. Er war aber noch keine paar Schritte gegangen, als er einen Schatten hinter sich laufen fühlte. Wer konnte das sein?

Beyg-Mammad blieb stehen. Es war Belgeyss. Sie langte bei ihm an. Die Lippen fest geschlossen, schweigend, stand sie vor dem Sohn. Ihr Blick war nur auf seine Stirn gerichtet. Nur auf seine Stirn. Beyg-Mammad fragte: »Ha, was willst du?«

Belgeyss sagte nichts. Ruhig kam sie noch näher und stellte sich dicht neben ihren Jungen. Sie legte ein Tuch, in das Brot und etwas Butterschmalz gewickelt waren, in Beyg-Mammads Vorratssack. Dann kehrte sie dem Sohn wortlos den Rücken und ging zurück zu den Zelten. Beyg-Mammad sah der Mutter einen Augenblick nach, dann riß er sich entschlossen los. Er mußte gehen. Vor dem Beladen der Kamele mußte er da sein. Im Laufschritt!

Die Männer hatten schon aufgeladen, als Beyg-Mammad anlangte. Mosslem, der Treiber, stieß einen Pfiff aus. Ein Kamel stand auf, alle Kamele standen auf. Mosslem warf sich den Zügel des Leitkamels über die Schulter. Die große Glocke am Hals des Leittiers hatte im großen Schweigen der Steppe einen furchterregenden Klang. Es regnete immer noch, und Beyg-Mammad ging zusammen mit der Karawane, als sei er ein Stück von ihr.

»Die Last da hängt schief, Beyg-Mammad, siehst du es nicht? Rücke sie zurecht!«

II

O Erde, tanze – Gott ist zu dir gekommen, ein glanzvoller Gast: Regen!

Der Buschwald wäscht sich im Regen. Von den Köpfen der Tamariskenbäume tröpfeln Tropfen klaren, reinen Wassers auf den Boden. Die nackten Bäume – nackte Menschen – stehen wonnetrunken im Regen und bedecken ihre Blöße mit den Händen. Die Lider geschlossen, ein Lächeln auf den Lippen, wohliges Empfinden unter der erblühenden Haut. Von Zeit zu Zeit ein leichtes Erschauern, wie wenn der Nagel eines schalkhaften Freundes die Fußsohle kratzt und ein Prickeln im Rücken hervorruft. Ab und zu bewegt sich eine Zweigspitze. Senkt den Kopf. Als wolle sie das Kinn an der Schulter reiben. Ein angenehmes Kitzeln auf der frischen Haut. Die Nacht ist in Regen getaucht. Ein sanftes, fernes Flüstern aus den Weiten der Nacht: Regen und Blätter knistern wie Haare, die von Frauenhänden gekämmt werden. Wie die Schönheit der Hoffnung die Seele ungeduldig macht!

In der Ferne, weiter als ein Pfeil fliegt, jenseits der vom Regen gewaschenen Bäume, zwinkerte auf der Höhe des Hügels ein kärgliches, müdes Licht dem Regen zu. Der dünne Lichtstrahl kroch aus der engen Öffnung einer Höhle und starb bereits bei den ersten Schritten, die er auf den Holzstapel zu tat. Noch etwas weiter, neben dem Holzstapel am Fuß des Abhangs, hatten einige nicht sehr weit voneinander gelegene Gruben die Mäuler zum Himmel geöffnet: Kohlenmeiler.

Mandalu sammelte alleine das Holz im Wald, verbrannte es in den Gruben, die er selbst ausgehoben hatte, begrub das angekohlte Holz für einige Zeit unter Sand und Erde, bis es zu Holzkohle wurde. Dann holte er es heraus, schüttelte es ab und tat es in Säcke. Danach lud er die Säcke auf den Rücken des Kamels, brachte sie in die Stadt Ssabsewar und verkaufte sie auf dem Markt der Holzkohlenhändler. Manchmal kam es auch vor, daß er seine Last unterwegs in einem Dorf ablud und sie in kleinen Mengen an diesen und jenen verkaufte oder gegen Weizen und Gerste eintauschte. Mandalu hatte auch in den Dörfern und Weilern an seinem Weg einige Bekannte, für die er ab und zu ein Bündel Holz auflud und es ihnen mitbrachte. Jedes Bündel gegen ein Abendessen und Futter für das Kamel. Mandalu hatte nicht mehr als zwei Kamele, die jetzt neben der Höhle ruhten und denen der Regen auf Kopf und Mähne fiel. Aber heute nacht lag noch ein anderes Kamel dort: Gol-Mammads Badi. In der Höhle, in der nur einer sitzen und stehen konnte, saßen Gol-Mammad und Mandalu dicht aneinandergedrängt. Mandalu war ein kleiner, schmächtiger Mann mit krummen Knien und langen Armen. Sein Gesicht war von der Sonne verbrannt und dicht behaart, seine Augen engstehend und kurzsichtig. Die Augen trieften beständig, und seine kurzen Wimpern klebten hin und wieder zusammen. Er pflegte sich einen Kamelhaarschal um den Kopf zu winden, trug einen zerrissenen Umhang und wickelte seine alten Gamaschen über die Hosenbeine bis zu den Knien. Um die Taille band er sich – nicht allzu fest – einen groben Gürtel.

Mandalu lebte ganz allein im Tamariskenwäldchen. Er war einer der Balutschen aus Tschah-ssuchteh, und man vermutete, daß er seine Familie dort zurückgelassen hatte. Seinen ältesten Sohn, Mussa, dem die Arbeit mit Holz und Holzkohle nicht behagte, hatte er bei seinem guten Freund Pir-Chalu, dem Aufseher der Karawanserei, in Pflege gegeben, und Pir-Chalu hatte Mussa zum Teppichknüpfen geschickt. Im Laufe schwerer Jahre hatte Mussa es zur Meisterschaft gebracht, arbeitete jetzt in Galeh Tschaman für Babgoli Bondar und leitete die Werkstatt.

An der Höhlenwand zitterte in einer schmalen Vertiefung Mandalus Talglicht. Der Teekessel stand auf dem steinernen Herd, und das Tuch mit Würfelzucker sowie dem einzigen Tonbecher Mandalus war vor Gol-Mammad hingelegt worden. Gol-Mammad saß auf einem Knie an die Wand gelehnt. Die Mütze hatte er bis zu den Augenbrauen heruntergezogen und dachte über das nach, was er sagen wollte. Zu seinen bisherigen Worten hatte Onkel Mandalu keine besonders freundliche Miene gemacht. Trotzdem konnte Gol-Mammad nicht mit nur halb getaner Arbeit und ohne eine Antwort erhalten zu haben aufstehen und Mandalus Höhle verlassen.

Seit Jahren kannte Gol-Mammad den Onkel Mandalu einigermaßen. Grüßte ihn – ›Gott geb dir Kraft‹ – im Vorübergehen. Saß einen Moment mit ihm zusammen und erkundigte sich nach dem Befinden. Trank gemeinsam mit ihm eine Handvoll Wasser, aß gemeinsam mit ihm eine Schüssel Gurmast und Brot. Oder schwenkte – zumindest – von weitem die Mütze. Doch Gol-Mammad konnte es verstehen, daß ein Mann, der lange Monate des Jahres allein mit sich, mit dem Holz von Tamarisken und anderen Büschen und seinen zwei Kamelen zubringt, Holzscheite zu Kohle verbrennt und alleine die Holzkohle aus der Grube holt, sie auf den Rücken seiner Kamele zur Stadt bringt, verkauft und das eingenommene Geld an sieben Stellen seines Körpers versteckt und wie ein Schatten in seine Höhle zurückkehrt; ein Mann, der bisher niemandem nahegestanden hat, der keines Menschen Freund ist – daß ein solcher Mann nicht so leicht einem anderen Vertrauen schenkt. Ein solcher Mensch hat einen besonderen Charakter: ängstlich ist er, mißtrauisch und selbstsüchtig. Auch jetzt: wer weiß, wie er über Gol-Mammad denkt und was für Gedanken er im Kopf spinnt?

Gol-Mammad sagte: »Was sagst du, Onkel? Ha? Bist du einverstanden, daß wir zusammen arbeiten oder nicht? Wenn du Bedenken hast, lasse ich erst einmal mein Kamel bei dir. Einmal, zweimal belade es, bringe es zur Stadt und zurück. Dann, wenn es dir recht ist, nehme ich deine Kamele. Zweimal nimmst du sie, einmal ich. Abwechselnd. Ich stelle es mir so vor: statt daß ich dreimal zur Stadt gehe und drei Lasten Reisig auf dem Markt verkaufe, gehe ich einmal und werde drei Lasten los. Denk mal an die Hin- und Rückwege. Für eine Ladung Reisig muß ich wenigstens zehn, zwölf Farssach hin- und zurückgehen. Mindestens zweieinhalb Tage sind das. Was bleibt mir auf der Hand? Was bringt das alles ein? Diese Sache hat auch eine gute Seite: gegenseitige Hilfe. Und keiner von uns verliert etwas dabei. Du weißt ja auch, wo unsere Zelte sind. Unsere Sippe kennst du auch. Das Leben ist nun mal so. Dieses Jahr ist's eben so geworden. Wir sind in Not geraten. Es fehlt uns an Brot. Du weißt selbst, ich war nie ein Mensch, der überall herumbettelt. Aber dieses Jahr ist für uns kein gutes Jahr.«

Onkel Mandalu hob den Kopf und sah durch seine kranken Lider Gol-Mammad an. Dann sagte er mit seiner brüchigen, rauhen Stimme: »Ich habe nichts dagegen, Sohn von Kalmischi. Es gibt aber zwei Haken dabei. Erstens kann ich nur soviel Holzkohle aus der Grube nehmen, wie meine zwei Kamele tragen können. Zweitens kann ich mit deinem Kamel nicht zurechtkommen. Das Tier ist wie der Wind. Ist ein Reitkamel. Taugt nicht zum Lasttragen. Wie kann ich alter Mann mit solch einem Tier fertig werden? Ein Reitkamel ist kein Lasttier, ist zum Reiten da. Wie kann ich es hinter meinen friedfertigen Lasttieren gehen lassen? Wenn es eines Nachts den Zügel zerreißt und in die Steppe läuft, wie soll ich mich da vor dir rechtfertigen? Wie soll ich es wieder einfangen? Davon abgesehen, wie kann man in diesen Zeiten so vertrauensselig sein und sein Tier einem anderen überlassen? Siehst du nicht, wie sich die Räuber und Wegelagerer vermehrt haben?«

»Das sind nur Ausflüchte, Onkel Mandalu. Du redest doch nicht mit einem Kind! Daß mein Tier ein Reitkamel ist, stimmt, aber ein Reitkamel trägt auch Lasten. Aber wenn du mit ihm nicht fertig werden kannst, ist das nicht weiter schlimm. Wenn du einmal mit ihm zusammen gehst, wirst du mit ihm bekannt. Ich komme selbst mit und gewöhne es an dich. Schwierig ist es nur das erste Mal. Und daß du sagst, mehr als zwei Kamellasten Holzkohle könntest du nicht aus der Grube holen, ist entweder eine Ausrede, oder du weißt nicht, was du sagst. Denn du kannst immer zwei Kamellasten Holzkohle aus der Grube holen, aber statt daß du mit zwei Kamelen dreimal zur Stadt gehst, gehst du mit drei Kamelen zweimal. Und was die Räuber betrifft, so ist es egal, ob du viel oder wenig aufgeladen hast. Wenn ein Räuber dich überfällt, nimmt er ja nicht nur meinen Badi an sich! Das wär's also. Aber wenn du mir deine Kamele nicht leihen und dir den Badi nicht von mir borgen willst, ist das eine andere Sache.«

Gol-Mammad war aufgestanden und ging hinaus. Als wolle er den Alten nicht in die Enge treiben. Und Onkel Mandalu hatte so schnell seine Gedanken nicht sammeln können, um Gol-Mammad eine passende Antwort zu geben. Deshalb schloß er sich Gol-Mammad schweigend an. Gol-Mammad ging zu Badi. Er nahm den Zügel vom Sattelknopf, brachte das Tier mit einer Handbewegung zum Aufstehen, warf sich den Zügel über die Schulter und machte sich auf den Weg. Er war noch nicht weit gegangen, als Mandalu ihn rief. Gol-Mammad drehte sich um und fragte: »Ha? Hast du dir's anders überlegt, Onkel?«

Onkel Mandalu sagte: »Ich hatte nicht vor, dich in deinen Erwartungen zu enttäuschen. Jetzt geh, ich geb dir Bescheid. Ich muß erst gut darüber nachdenken. Dann komm ich zu den Zelten. Grüße Kalmischi von mir!«

»Gut!«

Die Luft war überaus angenehm einzuatmen. Aber Gol-Mammad war zum Ersticken zumute. Alles, was er sah, erschien ihm schwer und dicht. Dichter Regen, dichte Nacht. Wohl dem, der aus dem Herzen einen Schrei hervorholt und in die Weite von Nacht und Steppe entläßt: heraiii …

Was alles mußt du durchmachen, Gol-Mammad? Wirst du langsam, langsam zermürbt, zerbrichst allmählich? Schritt für Schritt alterst du, und das in deiner Jugend? Frühzeitiges Altern. Wie väterlich du sprichst! Du trägst auf deinen Schultern die Last so vieler Menschen, das Gewicht der ganzen Familie Kalmischi. Kommt es vielleicht daher, daß deine Worte immer weicher, unsicherer, vorsichtiger werden? Mit unbedeutendsten Leuten sprichst du sanft und demütig. Ist das vernünftig? Nein! Du bist in Not, und das ist es, was deinen Rücken beugt, Gol-Mammad. Die täglichen Sorgen bringen dich aus dem Gleichgewicht. Die Sorgen um Brot, Hirse und Tabak!

Wo ist all der Stolz geblieben, der in dir flammte? All die Jugend, all die Tollheit? Hast du nicht in unbeherrschter Wut den Küchenfeldwebel hochgehoben und in den Kochkessel geschleudert? Weil er dir eine hochnäsige Antwort gegeben hatte? Weil er dir statt Fleisch eine Maus in dein Kochgeschirr geworfen hatte? Wer außer Gol-Mammad hätte, wütend vor Schlaflosigkeit, sich einem ungerechtfertigten Befehl widersetzt und seinen Vorgesetzten wie ein Zicklein in den kleinen Teich neben der Baracke gestoßen, und das mitten im Winter? Warst du es nicht, der zur Strafe für dieses Vergehen zahllose Tage und Nächte im Knast abbüßte und keinen Ton sagte? Und der, der wie ein Hund hechelnd, Blut in den Augen und Verwünschungen zwischen den Zähnen, im Winter von Aserbaidjan galoppierte – war das ein anderer als Gol-Mammad? Nein, das warst du. Verdorbenes Maultierfleisch aßest du, hieltest stolz den Kopf hoch und nahmst den Finger nicht vom Abzug, außer mit der Absicht, noch genauer zu zielen! Du hast doch hoffentlich nicht die Kraft der Seele und der Arme eingebüßt? Mit dieser Leichtigkeit akzeptierst du deine Erniedrigung, gibst nach und stehst dem allem nur verwundert gegenüber? Es kann nicht sein, daß du völlig verwandelt bist; das kann nicht sein. Warst du es, der bei den einfachsten Leuten des Tamariskenhains mit verborgenem Flehen sprach? Ein Messer in diesen Bauch, eingeschlagen seien diese Zähne, und stumm werde der Mund, der sich unterwürfig öffnet!

Was für eine Qual! Das Herz erstirbt in Selbstvorwürfen.

Wäre ich doch nicht zu diesem Alten gegangen. Hätte ich ihn doch nicht um die Kamele gebeten. Oder, da ich nun mal hingegangen bin, hätte ich ihm doch seine Kamele mit Gewalt abgenommen. Hätte ich ihm doch mit der Klinge eines Dolchs Angst eingejagt. Woher kommt meine lächerliche Sanftheit? Die Zunge soll mir abgeschnitten werden!

Schmerz wand sich wie Rauch in Gol-Mammads Schädel und trübte seine Augen. Der Kampf, in dem er mit sich selbst lag, hatte ihn derart in Anspruch genommen, daß er einen Augenblick daran dachte, zur Höhle von Mandalu zurückzukehren, den Schnurrbart des Alten mit den Wurzeln auszureißen und ihm ein paar Ohrfeigen zu versetzen. Er war voller Wut und zerfleischte sich innerlich. So sehr, daß es ihm nicht genügt hätte, ein Messer in eine Brust zu stoßen. Wahnsinn streifte ihn. Was sollte er tun? Keinen Ausweg sah er, als zu den Zelten zu gehen. Er nahm die Mütze vom Kopf und setzte die Haare dem Regen aus. Soll das Fieber sich legen, die Wut aus der Seele weichen. Man darf die Geduld nicht verlieren. Ausdauer muß man haben. Erschöpfung? Nein. Was nutzt es, sich der Erschöpfung hinzugeben und in wilder Wut die Brust aufzuschneiden? Sich dem Kummer zu überlassen ziemt sich für alte Frauen, nicht für tatkräftige Männer.

Zusammenbrechen – nur das nicht!

Immer wenn in der Weite einer Salzwüste ein Kamel zusammenbricht, füllt sich der Himmel mit Habichten und Geiern. Zuerst hacken Krähen dem Kadaver die Augen aus, und dann fressen die anderen Vögel ihn. Auch dem Mann geschieht so. Also nur nicht zusammenbrechen! Zerbrechen vielleicht, aber zusammenbrechen – nie. Nichtsein – vielleicht, aber Halbsein – nie. Sinnloses Schwanken – niemals. Sogar der Tod ist besser als erniedrigt werden. Männer dürfen nicht gedemütigt werden. Welcher Anblick ist herzergreifender als ein vom Schicksal gewalkter Mann? Filz muß gewalkt werden, nicht der Mann, nicht Gol-Mammad! Noch steht er aufrecht da, hat noch seine Arme, seine Augen, sein Herz, seine Beine. Noch kocht das Blut in seinen Adern. Gol-Mammad ist nicht geschaffen für kleine Kümmernisse. Das Meer erbebt nicht von einer Brise, noch der Berg von einem Schrei, noch die Wüste von einem Sturm! Im Aufruhr von Kummer und Klage, die ihm in der Kehle steckten, drehte sich Gol-Mammad dem Kamel zu. Badi blickte ihn ruhig und freundlich an und streckte ihm den Hals entgegen. Gol-Mammad rieb das Gesicht an der Stirn des Kamels und sagte bekümmert: »Mein liebes Tier! Meine Hoffnung setze ich in diesem Jahr auf dich. Mein Helfer in der Not, errette uns aus diesem Winter. Nimm es mir nicht übel, wenn ich dir eine doppelte Last Brennholz auf den Rücken binden werde. Ich bin in Not. Du siehst es ja selbst! Nur dich habe ich, mein liebes Tier. Ich habe nur dich. In diesem Jahr mußt du die Bürde der Familie Kalmischi tragen, mein Badi. Los, gehen wir, mein Lieber. Los, gehen wir!«

Badi beugte etwas die Knie. Gol-Mammad stieg auf und setzte ihn mit ›Huk-huk‹ in Galopp.

Der Regen hatte aufgehört, als Gol-Mammad beim Lager ankam. Aus dem großen Zelt kroch noch ein halbtotes Licht, kam nach ein paar Schritten außer Atem und verglomm, starb. Sowie sie sich den Zelten näherten, verlangsamte Badi den Schritt, und Gol-Mammad konnte von weitem den Umriß von Chan-Amus Pferd sehen. Bei den Zelten sprang er von Badi ab, und während er versuchte, seine düstere Miene aufzuhellen, steckte er den Kopf durch die Zeltöffnung. Außer Belgeyss und Maral schliefen alle. Die beiden Frauen waren ebenso still wie die Schlafenden. Die Augen schweigend, die Lippen geschlossen, die Hände bei der Arbeit. Als sich Gol-Mammad ganz ins Zelt schob, ließen die beiden von der Arbeit ab, ihre Blicke richteten sich auf ihn. Gol-Mammad konnte die zärtlichen Blicke der Mutter nicht ertragen. Deshalb kniete er sich hin, ehe Belgeyss die Lippen zu einem teilnahmsvollen Wort öffnen konnte, und sagte: »Einen Bissen Brot, Mutter!«

Im Aufstehen sagte Belgeyss: »Nimmst du deinen Umhang nicht ab? Deine Knochen werden feucht.«

Gol-Mammad nahm den Umhang ab und warf ihn zur Seite. Im Nu brachte Maral eine Decke, warf sie dem Vetter über die Schultern, gab ihm auch ihr Umschlagetuch und sagte: »Auch deine Haare sind naß geworden!«

Belgeyss legte Brot und etwas Butterschmalz vor den Sohn hin und sagte: »Nur das ist geblieben; ist's dir nicht zu wenig?«

Gol-Mammad trocknete sich Gesicht und Haare. Das Umschlagetuch gab er Maral zurück. Er riß das Fladenbrot in der Mitte auseinander; auf ein Stück strich er Butter und steckte es in den Mund. Der hungrige Mann hatte nur Blicke für das dunkle Brot, die Butter und seine Finger, und kein Gedanke ging ihm durch den Kopf als der, ob dieses Brot ihn sättigen würde.

Aber die Gedanken der Frauen ließen sich durch so etwas nicht gefangennehmen. Für die mit geöffneten Schwingen dahineilenden Überlegungen der Mutter gab es keine Grenzen. Deren Zweige breiteten sich in alle Richtungen aus. Jedes Geschöpf der Familie war ein Zweig von Belgeyss. Immer sah sich die Mutter als Mittelpunkt dieser zusammenhängenden Gemeinschaft. Belgeyss gehörte allen, war in allen und mit allen: mit ihrem Chan-Mammad im Gefängnis und mit ihrem Beyg-Mammad unterwegs, mit Kalmischi bei der Herde und mit Chan-Amu in Angst und Eile, mit den Frauen in ihrem Kummer und mit Ssabrou in seinen Gedanken, mit Abduss in seiner Einsamkeit und mit ihrem Gol-Mammad in der Bedrängnis. Ein Teich war Belgeyss, in den alle Bäche mündeten und aus dem sie wieder hinausflossen. Der ruhende Pol des Lagers war sie.

Trotz allem schwieg Belgeyss und beschäftigte sich mit ihrer Arbeit. Ab und zu blickte sie verstohlen auf den Sohn und freute sich, daß er sein Brot aß. Auch Maral schien in ihre Strickarbeit vertieft zu sein, aber das Herz in ihrer Brust flatterte. Sie wirkte unruhig. Obwohl sie sich der trüben Niedergeschlagenheit, die ihren Schatten über das Lager geworfen hatte, bewußt war, konnte sie – komme, was kommen will – Herz und Blick nicht von Gol-Mammad abwenden. Ihr Blick ruhte öfter auf Gol-Mammad als auf ihrer Arbeit.

Vielleicht kann eine Blume auch in der Kälte gedeihen. Standen Kummer und Not jemals der Liebe im Wege? Feuer muß flammen, das Blut muß fließen. Fessel und Schwert sind da machtlos – und ein leerer Magen erst recht. Maral spielte mit dem Feuer, hatte keine Angst vor Schimpf und Schande, o nein! Sie hatte sich dem Sturm hingegeben, die Augen vor der Gefahr verschlossen und die Fesseln um ihr Herz abgeworfen. Wie lange kann man in Fesseln liegen? Soll es der ganzen Welt offenbar werden. Wenn dies Sünde ist, dann willkommen, Höllenfeuer; soll die Hölle noch heißer werden! Ich werde ihm meine Ohrringe schenken. Ihr Leute sollt's wissen – meine Ohrringe!

Marals Finger näherten sich unwillkürlich ihren Ohrläppchen. Sie berührte die Ohrringe mit den Fingerspitzen, und gleichzeitig sah sie Gol-Mammad ungeniert an. Sie ließ ihren Blick auf seinem Gesicht ruhen, als wollte sie ihn nicht abwenden, bis sie vom Grund seiner Augen eine Antwort erhielt: Ha, Gol-Mammad, ist das Auge deines Herzens blind? Wo bist du? Das Herz verlangt nach dir. Die Augen suchen deinen Blick!

Gol-Mammad blickte Maral an.

Ist es zu glauben? Wie kann diese Frau in einer solchen Zeit der Not einem Mann derart strahlend in die Augen schauen? In beklemmenden Tagen fließt sonst Haß aus den Augen. Jeder Blick eine Botschaft von Abscheu und Hoffnungslosigkeit; jeder Blick ein dunkler Vorhang; ein dunkler Vorhang zwischen jedem Aufschauen. Feld des Elends. Ein Trümmerfeld, auf dem Menschen einander mit Steinen bewerfen, einander die Zähne zeigen, einander Blut ins Gesicht kotzen, einander in die Augen spucken. Ein Feld, auf dem Brüderlichkeit abhanden kommt, Liebe vergeht, Freundschaft stirbt, Entfremdung sich breitmacht, Haß sich in den Herzen einnistet, Lächeln zu Staub wird, Fröhlichkeit in Trauer versinkt, der Glanz aus den Blicken schwindet, das Weinen in Heulen übergeht. Wie kommt es also, daß dies Weib in dieser trostlosen Zeit einen so hellen, freien Blick haben kann? Welch ein Wunder! Ja, das ist die Kraft, die den Menschen unsterblich macht! ›Meine Seele verlangt nach dir. Sieh mich an, sieh mich an. Ich vergehe, du Verfluchter! Verbrenne mich!‹

»Warum ißt du nicht mehr, Gol-Mammad?«

Belgeyss machte dem Hin und Her der Blicke ein Ende. Ihrer Meinung nach handelte Gol-Mammad unbedacht. Zu Maral sagte sie: »Was sitzt du da herum, Mädchen? Steh auf und sorge dafür, daß das Kamel sich hinlegt!«

Innerlich zitternd, aber beherrscht stand Maral auf und ging nach draußen. Belgeyss murmelte: »Hirngespinste haben wir im Kopf!«

Gol-Mammad ließ der Mutter keine Zeit, ihre Gedanken weiter auszusprechen, und fragte: »Ist der Vater zur Herde gegangen?«

»Er ist hingegangen, damit Ssabrou nicht alleine bleibt. Und Beyg-Mammad ist nicht im Lager geblieben. Fortgegangen ist er!«

»Wohin?«

»Zum Transportieren von Brennholz. Mit den Kamelen des Grundbesitzers!«

»Einfach so?«

»Er sagte, er könnte es hier bei der Herde nicht mehr aushalten. Der Junge war ganz entmutigt. War nicht mehr froh. Er breitete die Flügel aus und flog fort!«

Gol-Mammad legte das Brot hin und verlangte Wasser. Belgeyss stand auf, um Wasser zu holen, und Chan-Amu trat ein: »Hast du so früh mit Essen aufgehört, du Held?«

In seinen Fäusten hielt er Herz und Leber eines Schafs, von denen noch Dampf aufstieg. Woher denn die? Wieder ein Schaf verendet? Aber das kann nicht sein. Wenn der Winter herankommt, weicht die Krankheit zurück. Es sei denn, Zecken wären über die Schafe hergefallen ... Nein, Chan-Amus grobes Gesicht strahlte, und seine weißen Zähne glänzten: »Was staunst du so, Gol-Mammad? Deine Augen sehen richtig, dies ist Schafsleber. Die Leber eines Mastschafs. Gerade habe ich sie ihm aus dem Bauch geholt. Komm, Belgeyss, nimm und brate sie und bring sie her. Laßt sie uns essen. Brot ohne Beilage rutscht mir nicht die Kehle runter! Hehe. Was war das für ein toller Regen, mein Junge! Hat so richtig meine Stimmung gehoben.«

Belgeyss gab dem Sohn den Becher Wasser, nahm Chan-Amu die Leber ab und ging, um sie kleinzuschneiden. Chan-Amu, der keinen Augenblick seine gute Laune verlor, setzte sich dem Neffen gegenüber hin und sagte: »Schön, nun erzähl du mal!«

Gol-Mammad fragte: »Welches Mastschaf war das?«

»Du hast's nie gesehen!«

»Wieso?«

»Weil es nicht unseres war!«

»Woher ist's dann? Wem gehörte es?«

»Das weiß ich selber nicht. Vielleicht gehörte es einem dieser Leute aus Kaschmer; was weiß ich! Wenn wir es essen, wird es unseres!«

»Wie hast du es denn hergebracht?«

»Ist sowas schwierig? Hinter der Böschung griff ich es am Nacken, zog es aufs Pferd und brachte es her. Warum machst du große Augen? Wärst du zu sowas nicht imstande? Was hast du dir gedacht? Weil ein schlechtes Jahr gekommen ist, soll ich mich hier hinsetzen, wie die alten

Weiber das Kinn auf die Knie stützen und mich dem Kummer hingeben? Heh! Wenn's sein muß, zieh ich meine Beute sogar aus dem Rachen des Löwen! In dieser Steppe Gottes fehlt's nicht an Segen. Was passiert denn? Die Seuche hat unsere Schafe gefressen, und wir fressen die Schafe der Grundbesitzer. Geh raus und sieh's dir an! Ich hab's an das Gestell gehängt. Drei Man Schwanzfett schaukeln ihm am Arsch. Von weitem schreit's, daß es einem Grundbesitzer gehörte. Woher sollte der einfache Bauer das Futter nehmen, um sein Schaf zu mästen? Schade, daß ich alleine war, sonst hätte ich zwanzig Stück geklaut und hergebracht!«

Maral kam herein und setzte sich zu Belgeyss, um ihr zu helfen. Gol-Mammad sagte vor sich hin: »Was der Alte sagte, war nicht so abwegig!«

Chan-Amu rückte seine Mütze zurecht und fragte: »Welcher Alte?«

»Mandalu.«

»Der, der Holzkohle verkauft?«

»Hm. Er sprach von Räubern. Sagte, er hätte Angst vor den Räubern.«

»Warum der denn? In dieser Gegend kennen ihn alle. Brauchen ihn. Wer soll denn kommen und seine zwei mageren Kamele stehlen? Sie stehlen und was damit tun? Die haben doch kein Fleisch auf den Rippen! Der alte Mann malt den Teufel an die Wand. Wozu bist du dahin gegangen?«

»Ich bin hingegangen, um mit ihm zusammenzuarbeiten. Es wurde aber nichts daraus.«

Chan-Amu lachte dröhnend: »Das heißt, du wolltest Holzkohle brennen und auf den Markt bringen?«

»Nein! Ab morgen habe ich vor, Brennholz aufzuladen und in der Stadt zu verkaufen.«

»Das ist gut. Die Unkosten für das Futter deines Kamels kommen dabei heraus. Aber was ist mit dir selbst? Mit deinen eigenen Ausgaben?«

»Ich esse eben vom Futter meines Kamels.«

»Und was ist mit deiner Mutter, deiner Frau, diesen … anderen?«

»Alles, was dabei herauskommt, essen wir zusammen. Und wenn es nicht reicht, schlachten wir bis Frühlingsanfang ein paar Schafe.«

»Schafe schlachtest du, um ihre Knochen zu essen? Fleisch haben sie ja nicht!«

»Was meinst du denn, was ich tun soll?«

Chan-Amu lachte wieder und sagte: »Dasselbe, was ich zu tun vorhabe. Gottes Steppe ist voll guter Gaben. Und wir heimsen davon entsprechend unserem täglichen Bedarf ein. Wir schnappen uns so viel davon, wie unsere Bäuche fassen können.«

»Nein, Chan-Amu. Ich strecke nicht die Hand nach fremdem Gut aus.«

»Heh! Das ist dummes Zeug, was du da redest. Was glaubst du, was unsere Vorfahren in solchen Jahren getan haben? Da hat doch nicht einer den anderen gefressen! Aber ich bin sicher, daß sie sich irgendwie sattgegessen haben. Am Gut anderer! Das ist nun mal unser Brauch. Ich weiß nicht, wie du sowas sagen kannst. Wie willst du auf ehrliche Weise dein Brot finden?«

Gol-Mammad setzte sich zurück und sagte: »Solange mir das Wasser nicht bis zum Hals steht, tu ich sowas nicht. Ich vergreife mich nicht am Hab und Gut anderer.«

Diesmal lachte Chan-Amu vor sich hin: »Wie simpel du bist, Junge! Die anderen? Welche anderen? Wir wollen ja nicht die Hand nach der Habe von Witwen ausstrecken! Wir reißen das Fleisch den Stieren aus den Lenden, den Grundbesitzern aus den Lenden. Das kann man doch nicht Diebstahl nennen! Die haben von anderen gestohlen, und wir stehlen von ihnen. Wie du mir, so ich dir!«

»Ich tu sowas nicht. Mag es nicht. Ab morgen früh geh ich zum Brennholzsammeln. Jeden zweiten Tag bringe ich Brennholz zur Stadt, und von den Einnahmen lebe ich. Diese Sache, von der du sprichst, lohnt nicht die damit verbundene Angst. Ohnehin ist einer von uns noch im Gefängnis. Laß wenigstens ihn herauskommen, bevor ein anderer von uns reingeht. Nein, Chan-Amu. Ich ziehe die Arbeit mit Brennholz vor. Du kannst tun, was du willst. Ich geh morgen früh zum Brennholz.«

Gol-Mammad hatte genug von dieser Unterhaltung. Während die Leber im Tropf brutzelte, stand er auf, ging hinaus und blieb in der Nacht stehen. Er hob den Kopf und sagte zu sich: »Das Wetter verspricht günstig zu werden. Einen guten Frühling werden wir haben in diesem Jahr!«

III

Der Himmel war noch bedeckt. Ein Rest vom Regen der vorigen Nacht war für den neuen Tag übriggeblieben. Noch lauerten Wolken im Hinterhalt. Die Steppe ruhig, der Himmel ruhig. Alle Dinge schienen zu schweben und auf etwas zu warten. Schwanger. Etwas geschieht und geschieht nicht. Etwas will sterben, etwas will wachsen. Etwas blüht vielleicht auf, etwas verblüht vielleicht. Der Tamariskenwald still und stumm; das Gehölz steht da, Regennässe auf den Köpfen der Dornbüsche. Die Dornbüsche, kleine, auf der Erde hockende Häufchen, sitzen da in Erwartung der scharfen Kante des Spatens. Alles ist bereit. Wo ist ein Mann? Wo ist ein Spaten?

Ein einziger Mensch war, gebeugt im dichten Buschwerk, bei der Arbeit. Verloren im Dickicht der Dornbüsche. Von weitem konnte man nur die Bewegung seiner Schultern und Arme sehen. Wenn man näher kam, ließ sich das Rascheln der Büsche vernehmen. Noch näher, war das schwere Atmen eines Mannes zu hören, abgehackt, doch rhythmisch den Kampf von Busch und Spaten begleitend. Die Anstrengung eines Mannes bei der Arbeit; Gol-Mammads. Einen Spaten mit kurzem Stiel – der mehr zum Graben eines Lochs für die Zeltpfosten taugte als zum Schneiden der Dornbüsche – hielt er in der Hand und schnitt, tief gebückt, Busch auf Busch mit der scharfen Kante des Spatens ab. Die Büsche häufte er mit der Spatenspitze aufeinander, schlug sie flach und legte sie bündelweise auf die Seite.

Er dachte an alles, nur nicht an den schiefen, kurzen Stiel des Spatens, der seine linke Handfläche etwas verletzt hatte und ständig die Haut noch mehr aufritzte. In den ersten Stunden der Arbeit hatte er daran gedacht, nach dem Verkauf der ersten Ladung Brennholz einen neuen, tauglicheren Spaten auf dem Markt der Schmiede zu kaufen. Denn das Werkzeug des Mannes ist die Hälfte von ihm selbst, und wenn das Werkzeug handlich ist, ist der Ertrag der Arbeit doppelt hoch. Der Spaten, den Gol-Mammad in der Hand hielt und der zum Durchtrennen der Wurzeln jedes Buschs eine übermäßige Anstrengung verlangte, war ein Spaten für den Hausgebrauch, kein Spaten für die Steppe. Ein Spaten, um eine Feuerstelle zu graben, ein Bündel Reisig für Backofen und Herd zu zerkleinern, für Arbeiten, die gewöhnlich die Frauen verrichteten. Für eine Arbeit neben den Hauptarbeiten. Nun aber war es so gekommen, daß Gol-Mammad keine andere Wahl hatte, als mit diesem schiefen Werkzeug seine Ladung Holz zusammenzubringen. Und hätte er keinen solchen Spaten gehabt, würde er sogar mit den nackten Fäusten gearbeitet, die Dornsträucher mit bloßen Händen ausgerissen haben. Die Arbeit war nicht gerade nach Gol-Mammads Herzen, aber sie mußte getan werden. So hatte er seinen Schal fester um die Taille gebunden, die Gamaschen um die Beine gewickelt und das Gehölz betreten. Arbeit, gnadenlose Arbeit.

Darüber braucht nicht weiter geredet zu werden. Die Zeiten sind hart und haben die Kalmischis so in Bedrängnis gebracht, daß man keinen Augenblick zaudern kann. Regen muß man sich. Im Zelt liegen oder hinter einer armseligen Herde herschleichen oder unterwegs die Leute ausrauben, das ist nicht Gol-Mammads Sache. Dann lieber seine Arme entehren. Sich abplagen, sein und seiner Angehörigen Brot aus der Erde, aus dem Stein herausholen. Sich Gewalt antun, sich überwinden, sich auf die Lippen beißen, sich grämen, sich munter geben, so tun, als ob es einem an nichts fehlte, mit der Faust auf den knurrenden Magen schlagen – und trotzdem nicht die Stirn runzeln. Schweige und halte durch! Schade ist es, wenn sich die Stirn des Mannes von kleinen Sorgen verfinstert. Ein Bissen weniger. Eine Mahlzeit weniger. Eine Schüssel leerer. Gerstenbrot. Dunkles Brot. Roggenbrot. Mais. Wurzeln von Gräsern. Dattelkerne. Staub! So ist der Lauf der Welt. Mal gut, mal schlecht. Das Schaf ist sechs Monate fett und sechs Monate mager. Ständig ändern sich die Zeiten, wie ein Apfel, den man hochgeworfen hat, sich hundertmal um sich selbst dreht. Wer weiß, was morgen sein wird? Der Frühling steht bevor!

»Warum hast du deine Stiefel ausgezogen?«

Gol-Mammad richtete sich auf. Er ließ den Spatenstiel los, wischte sich mit dem Ärmel den Schweiß von der Stirn und sah sich nach der Stimme um.

Es war Maral, die neben einem Tamariskenbaum stand. Sie schien es nicht wirklich zu sein. Als sei sie Gol-Mammad im Traum erschienen. Einen Augenblick starrte er sie an, dann senkte er plötzlich den Blick und richtete ihn auf seine nackten Füße. Schlamm war durch die Zehen gequollen und hatte die Füße bedeckt. Ein unerwartetes Schamgefühl durchfuhr ihn so schnell, wie ein Sonnenstrahl durch Blätter fällt.

Dies war das erste Mal, daß Maral ihn in einem solchen Zustand sah. An sich gefiel ihm die jetzige Arbeit. Aber dies war keine Tätigkeit für einen wie Gol-Mammad. Er, der vor Marals Augen, dem Vater trotzend, mit dem Mähen aufgehört hatte, weil er diese Arbeit für unter seiner Würde hielt; der sich gegen diese unergiebige Arbeit aufgelehnt und sich zum Kelidar begeben hatte; der das störrische Pferd Marals gezähmt und sich gefügig gemacht hatte – er war jetzt nicht wie ein gesunder Mann, sondern wie ein Krüppel damit beschäftigt, Brennholz zu sammeln. Wieder der Ansturm unerwarteter Gefühle.

»Wozu bist du hierhergekommen?«

In Gol-Mammads Worten lagen Tadel und Befehl. Er sah Maral nicht in die Augen. Wollte die gerunzelte Stirn nicht glätten, wollte dem Mädchen nicht entgegenkommen, ihr aber auch nicht das Herz brechen. Er hielt es für besser, sie hinter dem Schleier zu bewahren, hinter dem sie bis jetzt verborgen war. Er durfte sie nicht näher an sich herankommen lassen. Sie war wie Baumwolle und er das Feuer. Angst vor der Flamme!

Es geschah, was geschehen wollte.

Maral, die eine solche Reaktion nicht erwartet hatte, erstarrte zu Eis; sie sank in sich zusammen, ihr wurde schwarz vor den Augen. Wie wenn der Docht eines Windlichts heruntergeschraubt wird. Ihre Hand, in der sie das Brotbündel hielt, erschlaffte, und sie merkte, daß sie sich setzen müßte. Aber sie nahm sich zusammen und blieb stehen: »Ich habe Brot für dich gebracht!«

Gol-Mammad beugte sich vor und nahm seine Arbeit wieder auf. Darin lag die Rettung. Der Kopf gesenkt, der Blick auf den Händen, die Hände am Spaten, der Spaten am Strauch. Flucht. Heimliches Auf-der-Hut-Sein: »Warum du? Hat Belgeyss dich geschickt?«

Gol-Mammads Worte ermutigten Maral: »Ha. Warmes Brot!«

»Wo war Siwar?«

»Sie machte Teig, und Tante Belgeyss buk ihn. Auf der Eisenplatte. Auf diese paar Brote hat sie auch ein wenig Butter gestrichen.«

»Schön, leg sie da hin, unter die Satteltasche. Wickle sie gut ein, damit Badi sie nicht an meiner Stelle auf einen Sitz verschlingt. Und dann bring den Wasserschlauch her, ich will mir den Mund anfeuchten.«

Das war der beste Ausweg. Maral kam zu sich. Mit leichten Schritten ging sie zur Satteltasche, um das Brot in den Umhang des Vetters zu wickeln, während er ihr unter seinen gebogenen Armen hervor verstohlen nachsah.

Wer war sie, und was war sie? Eine fremde Taube, aus weiter Ferne hergeflogen, die sich auf Gol-Mammads Zelt niedergelassen hatte. Aber noch beherrscht sie eine alte Furcht. Besorgt ist sie und verwundert, mit einem Gefühl der Fremdheit und Unsicherheit. Das Herz im Zwiespalt: nicht bleiben dürfen, nicht fortfliegen können. Zwischen beidem schwankend. Sie kann sich nicht entscheiden. Sie kann das Herz nicht ruhig halten. Hat ihre Gedanken nicht beisammen. Wenn auch nicht nach außen hin, aber in ihrem Innern ist sie heimatlos; mal hier, mal da. Auf nichts gestützt. Ein Wind kann sie auf diese Seite, auf jene Seite, auf jede Seite treiben. Eine Frau ist sie; rätselhaft, schwer zu durchschauen, geheimnisvoll. Wonach steht dieser Frau der Sinn, worauf ist ihr Herz gerichtet? Ha?

»Ab heute möchte ich mit dir zusammen arbeiten.«

»Ha?«

»Ich möchte Brennholz sammeln. Ohne Arbeit bin ich den anderen eine Last. Bei den Zelten halte ich es nicht aus.«

Gol-Mammad richtete sich auf. Maral stand neben ihm und hielt ihm den Wasserschlauch hin. Gol-Mammad nahm den Schlauch, wickelte die Schnur los, führte die Öffnung an die Lippen und feuchtete sich die Kehle an. Dann legte er den Schlauch Maral in die Hände und machte sich wieder an seine Arbeit: »Hat dir jemand bei den Zelten etwas Böses angetan, etwas Häßliches gesagt?«

»Nein.«

»Höhnische Bemerkungen gemacht?«

»Nein, nicht so sehr!«

»Was ist es dann?«

»Ich selbst quäle mich. An einem leeren Tisch esse ich mit. Ich kann es nicht mehr. Bringe es nicht mehr fertig. Ich muß eine Arbeit tun. Eine Arbeit, die nützlich ist.«

»Ist denn das Holzsammeln eine nützliche Arbeit?«

»Gibt es etwa eine andere? Selbst wenn es sie gäbe, könnte ich sie denn tun?«

»Warum hast du dies gestern abend nicht zur Sprache gebracht, als Chan-Amu auch da war?«

»Später fiel es mir ein, beim Schlafengehen.«

Gol-Mammad hielt in der Arbeit inne: »Glaubst du, du bist imstande, Brennholz zu schlagen?«

Statt einer Antwort nahm Maral dem Vetter den Spaten aus der Hand und trat ins Gehölz. Gol-Mammad blieb stehen und sah ihr zu. Ungeschickt, aber voll Eifer handhabte sie den Spaten. Viel Kraft setzte sie für das Schlagen jedes Buschs ein, doch das Ergebnis ihrer Arbeit entsprach nicht ihrer Anstrengung. Sie sah kräftig aus. Man konnte sich vorstellen, daß sie es nach einigen Tagen heraushaben würde. Den Körper beugen, den Spaten an der richtigen Stelle ansetzen und mit wenigen Hieben die Wurzeln des Buschs durchtrennen, ist ja nicht die Eroberung Indiens!

Maral, die nicht sehr weit von Gol-Mammad entfernt stand, drehte sich um und sagte: »Bin ich dazu imstande oder nicht? Ich weiß, wie man's machen muß. Ich werde Holz schlagen und hier zusammenbündeln, und du bringst es zur Stadt und verkaufst es. Bis du aus der Stadt zurückkehrst, habe ich eine weitere Last gesammelt. Weder brauchst du für zwei zu arbeiten, noch bleibe ich beschäftigungslos. Und unsere Arbeit geht schneller voran. Der Ertrag der Arbeit verdoppelt sich, und auch der Verdienst verdoppelt sich. Du bringst ständig Lasten zur Stadt, und ich sammle ständig Holz. Zu keiner Zeit ist einer von uns untätig. Nicht du, nicht Badi, nicht ich. Letzte Nacht habe ich bis zum Morgengrauen darüber nachgedacht. Nun, was sagst du dazu?«

Was ich sage? Was soll ich sagen! Was kann ich sagen?

Der Mund bleibt stumm. Der Bereitschaft zu arbeiten, dem Zwang zu arbeiten läßt sich nicht ausweichen. Das Mädchen möchte sich aus der Abhängigkeit befreien. Was kann Gol-Mammad sagen? Kann man denn zu Marals entschlossener Bitte nein sagen? Das, was dieses Mädchen im Mund hat, ist keine Zunge; der Giftzahn einer Schlange ist es, die züngelt und zubeißt. Aber warum ist es nicht möglich, ihr auszuweichen? Wie schwierig, wie schwierig: Oft hat man gesehen, daß die Schlange einen Vogel, bevor sie ihn verschlingt, behext und in ihrem furchtbaren Bann festhält.

Doch Gol-Mammad überlegte: ›Ich bin doch kein Vogel. Wie kommt es da, daß ich meine Kaltblütigkeit unter der Glut ihres Blicks verliere? Ich beginne weich zu werden. Schnee und Sonne. Ich schmelze. Was für eine Kraft!‹

Was für eine Kraft lag in diesen Augen? Was ist es, das sich langsam, Funke auf Funke, in deine Seele bohrt, gebohrt hat? Ist es Helligkeit? Ist es Licht? Licht kann man doch sehen. Was ist es also? Es dringt in dich ein, aber du merkst es nicht. Eine Flamme ist es – aber bleibt die Flamme den Augen verborgen? Aus welchem Teil der Seele steigt dieser Blick auf? Manchmal bereitet er Schmerzen, und manchmal erfüllt er dich mit Wonne. Manchmal erdrückt er dich mit tödlichen Zweifeln, und manchmal raubt er dir, unergründlich, wie er ist, die Ruhe. Eben jetzt, in diesem Augenblick, hast du dich in einer Schlinge verfangen. Maral steht noch da und hat ihren Blick in deine Augen versenkt. Was verkünden diese von schwarzen, nach oben gebogenen Wimpern umrahmten Augen? Die zusammengewachsenen Augenbrauen, die weiße Stirn, die runden, weichen Wangen? Und diese Lippen schmecken wohl nach Honig? Doch nicht dieses Gesicht, nicht diese Augen, sondern der Blick, der Blick! Kurz, flüchtig, zitternd, ungestüm, glänzend ... und quälend! Zwei graue, kleine Skorpione auf dem Grund der Augen schlagen aufgeregt mit den Schwänzen. Die Stacheln dieser Skorpione, dieser kleinen, traurigen Skorpione, können dich jeden Augenblick stechen, so daß du erschauerst, aufspringst, und es dir heiß und kalt über den Rücken läuft. So etwas ist schon vorgekommen. Kommt vor. Nähert sich. Nahe. Näher.

Gol-Mammad hörte ihre Atemzüge. Ihr Blick erhitzte Gol-Mammads Gesicht. Glut vom Reisigfeuer des Backofens. Gol-Mammad wußte nicht, was tun. Er nahm Maral den Spaten aus der Hand und stürzte sich auf den am nächsten stehenden Strauch.

»Warum hinkst du, Vetter?«

»Ein Dorn ist in meiner Fußsohle abgebrochen. Ich konnte ihn nicht rausziehen. Ich hab keine Nadel bei mir.«

»Ich hab eine!«

Maral öffnete die Sicherheitsnadel, die ihr Kopftuch unter dem Kinn zusammenhielt, trat aber nicht näher. Sie sagte: »Warum trägst du nicht deine Stiefel?«

»Der Schlamm bleibt daran haften. Sie werden schwer, jeder ein Man. Wenn einem an jedem Bein ein Man hängt, kann man doch nicht gehen! Ich muß ja auch noch arbeiten.«

Maral zeigte Gol-Mammad die Sicherheitsnadel: »Willst du, daß ich ihn dir rausziehe?«

Gol-Mammad hob den Fuß und kratzte mit der Spatenkante den Schlamm von der Sohle. »Was weiß ich? Er muß sich ins Fleisch gebohrt haben. Wahrscheinlich läßt er sich nicht finden. Schließlich tritt man mit dem Ballen auf. Vielleicht ist er dadurch tiefer eingedrückt worden. Ich weiß nicht.«

Maral zögerte nicht länger. Sie ging zu Gol-Mammad und setzte sich vor ihm auf die Erde, faßte seinen Unterschenkel und hob ihn hoch. Wie ein Pferd, das man zum Beschlagen festhält, stand Gol-Mammad mit dem Rücken zu ihr auf einem Bein und stützte sich auf den kurzen Spatenstiel. Wenn die Nadel in den Fuß sticht, muß man sich irgendwo, an irgend etwas festhalten. Maral legte sich den Fuß des Vetters aufs Knie. Seine Zehen fühlten die Wärme von Marals Knie, oder er glaubte, sie zu fühlen. Mit dem Ärmel wischte Maral seine Fußsohle ab, dann befeuchtete sie mit Speichel die Stelle, wo der Dorn saß. Der Dorn hatte sich in den Ballen gebohrt.

Maral hob Gol-Mammads Fuß höher, um besser sehen zu können. Gol-Mammad verlor das Gleichgewicht, fiel mit den Knien auf die Erde und lachte verlegen: »Kräfte hast du!«

Sein Lachen für echt haltend, erwiderte Maral: »Was denkst du denn? Daß nur du meinen störrischen Gareh-At zähmen kannst?«

»Das Tier war ja zahm! Ich wollte mit ihm nur meinen Spaß treiben.«

»Unterschätzt du den Gareh-At so? Bis zu jenem Tag hatte keiner außer mir und Delawar … ihn besteigen können.«

Nach dem Namen Delawar hatte Maral ein ganz klein wenig gestockt. Ärgerlich über ihre Unbedachtsamkeit wollte sie weitersprechen, fand aber keine Zeit dazu. Gol-Mammad fragte: »Übrigens, was ist während der Haft aus seiner Angelegenheit geworden? Kommt er nicht sehr bald heraus? ... Als du mit ihm über meine Mutter sprachst, wußte er, um wen es sich handelte?«

Das, worüber Maral nicht hatte reden wollen, war zur Sprache gekommen, und es blieb ihr nichts übrig, als auf Gol-Mammads Frage zu antworten. So sagte sie: »Ich hab es ihm erklärt. Früher schon hatte ich ihm gesagt, daß ich zu meiner Tante ginge.«

»Nun, und weiter?«

»Weiter nichts ... Ich hab ihn gesehen!«

»Wie?«

»Was hast du damit zu tun?«

»Ich möchte es schließlich wissen!«

Maral gab ihm keine Antwort. Sie blieb stumm, hielt die Lippen geschlossen. Doch das, was beim zweiten Wiedersehen geschehen war, konnte sie nicht vergessen. Dieses Mal wurden Delawar und Abduss auf die andere Seite des kleinen Fensters gebracht. In den großen Raum. Zu den Bänken. Es war in den Tagen des Trecks der Nomaden. Das Lager war an der Stadt vorbeigezogen, als Belgeyss und Maral Abduss und Delawar besuchen gingen. Maral war verändert. Sie selber fühlte, daß die Art, wie sie Delawar ansah, anders war als das vorige Mal. Sie fühlte sich bar aller Wärme, der damaligen angenehmen Wärme. Sie lächelte. Warum? Sie log. Ein eisiges Lächeln. Sie redete viel, künstlich und gleichgültig. Lügen. Wenn jemand lügt, sich unaufrichtig verhält, fühlt niemand besser als er selbst und schneller als er selbst den Grund dieser Lügen. Niemand sieht besser und klarer als er, daß er Schaden an seiner Ehre genommen hat. Die Qual solcher Lügerei kommt – wenn es sich um einen Menschen wie Maral handelt – niemandem außer ihm selbst unerträglich vor. Niemand ist gedemütigter als er selbst. Maral log. War falsch. Ihr Herz fand keinen Zugang zu Delawars Herz. Eine Wand sah sie zwischen sich und ihm. Schon ihr vieles Durcheinanderreden zeigte, daß sie log.

Schweige, aber sei ehrlich! Wozu brauche ich deine Worte? Jedes deiner Worte stellt dich noch mehr bloß. Deine Bloßstellung ist meine Niederlage, Mädchen. In meinen Augen bist du gesunken, deshalb auch in meinem Herzen. Mit dir zusammen sinke auch ich. Weil ich doch immer mit dir gestanden habe. Weshalb schweigst du nicht einen Augenblick?

Die Zeit verging langsam. Maral war es leid, länger dort zu bleiben. Sie ertrug Delawars Anblick nicht mehr. War unruhig. War niedergeschlagen. Sie verspürte ein heftiges Verlangen fortzugehen. Dachte immerzu ans Fortgehen. Den Worten und Blicken Delawars konnte sie keine ehrliche Antwort geben. Es schien, als fehlte ihr nichts, als sei ihr Herz ganz ruhig. Aber es schien nur so. Sie senkte den Kopf, kaute an einem Finger, redete Unsinn. Trotzdem wollte die Zeit nicht vergehen.

»Die Zeit ist um!«

Die Rettung. Maral stand auf und warf sich den Vorratssack auf die Schulter. Tante Belgeyss küßte Abduss. Delawar hielt den Kopf gesenkt, Abduss' Blick war besorgt. Gefühl und Ahnung. So ist eben der Mensch. Schulter an Schulter gingen Belgeyss und Maral hinaus.

»Autsch! Bis auf den Knochen ist sie gegangen, deine Nadel!«

»Die Hälfte ist noch drinnen, ich zieh sie jetzt raus.«

Gol-Mammad beruhigte sich. Er drehte sich um und fragte neugierig: »Und was weiter?«

»Ich hab ihm mitgeteilt, daß Mahtou, meine Mutter, gestorben ist.«

»Was noch?«

Aus Spaß verdrehte Maral Gol-Mammads großen Zeh und sagte eigensinnig: »Ich sag nichts mehr. Nichts. Was du auch fragst, ich sage nichts!«

»Warum nicht?«

»Ich sag's nicht. Was willst du denn wissen?«

»Wenn du's nicht sagen willst, nichts. Zieh den Dorn schneller raus, und Schluß damit.«

Gol-Mammad wandte nicht die Augen von ihr. Sie fühlte, wie er sie ansah. Ihr Herz begann zu flattern. Sie wünschte sich den Mut, sich einfach in seine Arme zu werfen und ihm alles, was gewesen war, alles, was sie empfunden hatte, von Anfang bis Ende zu erzählen und dann auf seinem Schoß zu weinen. Den Kopf auf seine Knie zu legen und sich auszuweinen. Aber wo ist der Mut dazu? Der Mensch zieht die klügeren Wege vor. Er möchte das Recht auf seiner Seite haben. Jeder hat, um sich ins rechte Licht zu rücken, seinen eigenen Stil: ›Nicht alles, was mich betrifft, sollen alle sehen können. Nur das, was ich will, soll von mir zu sehen sein.‹ Trotzdem versuchte Maral, die Wahrheit zu sagen. Vielleicht deshalb, weil Ehrlichkeit in der Stimmung, in der sie sich befand, passender zu sein schien. Manchmal ist Ehrlichkeit die klügste Art. Wenn man nicht von ihr abweicht, ist das der Grund dafür. Deshalb sagte Maral aufrichtig: »Er war für mich nicht mehr der frühere Delawar, und ich war für ihn nicht die frühere Maral. Alle beide waren wir anders. Er glaubte meinen Worten nicht. Das weiß ich. Mein Herz bezeugt es. Er gab die Hoffnung auf mich auf. Ich weiß es, ich verstand es aus der Art, wie er mir Lebewohl sagte. Als er ging, war er ein kalter Stein. Er senkte den Kopf und ging. Er blickte nicht mehr auf. Drehte sich auch nicht um, mich noch einmal anzuschauen. So, wie er fortging, war es klar, daß ... Hier ist er, den Dorn hab ich rausgezogen. Sieh mal, wie tief er ins Fleisch gedrungen war.«

Der abgebrochene, feuchte Dorn saß auf der Nadelspitze. Gol-Mammad nahm ihn, rieb ihn zwischen den Fingern und warf ihn weg. Dann hob er langsam das Bein von Marals Knie und zog es an sich. Jetzt saßen die beiden, Maral und Gol-Mammad, einander gegenüber auf der nassen Erde und sahen sich an – hemmungslos, offen. Es war das erste Mal, daß Gol-Mammad bedenkenlos und ohne Furcht die Tochter von Onkel Abduss anblicken, sehen konnte. Bisher hatte er sie oft angeblickt, aber nicht gesehen. Die Blicke waren flüchtig und scheu gewesen. Mit einem Schleier vor den Augen. Als fürchtete er den Stachel böser Mäuler und aufdringlicher Augen. Und die Liebe war verborgen geblieben und geheim.

Gol-Mammad sagte: »Ich möchte dich etwas fragen.«

»Ha. Was?«

»Hast du es schon mal erlebt, daß du es bereut hast, etwas Bestimmtes nicht getan zu haben?«

»Was denn?«

»Irgend etwas. Zum Beispiel, daß du eines Tages eine Stute besteigen wolltest, es auch gekonnt hättest, aber dich abgewandt hast und fortgegangen bist. Später kam dir in den Sinn, daß du die Stute hättest besteigen können, und nichts wäre geschehen, wenn du es getan hättest. Es wäre sogar sehr gut gewesen. Aber jener Tag wäre nun vorbei, und du bedauertest es zutiefst. Das ist's, was ich meine. Hast du verstanden?«

Ein Lachen in Marals Augen. Weiblicher Scharfsinn. Komm. Wie gut du dich vorantastest: »Nicht ganz. Erklär es mir näher!«

»Gut hast du's verstanden. Du verstellst dich nur.«

»Wovon redest du?«

»Von eben dem, was sich jetzt in deinem Hirn regt! Von jener heißen Mittagsstunde. Der Quelle. Dem Schilffeld. Von dir, mir, Gareh-At. Du warst nackt. Hattest dich ins Wasser gelegt. Hattest die Augen geschlossen. Sonne. Ich zitterte. Am ganzen Körper zitterte ich. Deshalb auch raschelte das Schilf. Du erschrakst. Deine Augen erblickten mich. Du faßtest dich schnell und zogst dich an. Ich ... ich bekam es mit der Angst, nein!, schämte mich. Ich lief fort und trieb mein Kamel an. Ich konnte dich nicht länger anblicken. Ich suchte das Weite. Als ich schon weit weg war, spürte ich Bedauern. Bedauern über etwas, das ich nicht getan hatte.«

Ohren, Hals und Brüste Marals waren heiß geworden. Brannten von innen. Lippen, Mund und Kehle waren ausgetrocknet. Trotzdem wollte sie nicht, daß der Gesprächsfaden abriß. Mühsam brachte sie hervor: »Bedauern über ... was?«

Mehr zu sagen war nicht nötig. Gol-Mammad ergriff Maral am Handgelenk, legte die anmutige Gazelle hin und bestieg sie, und in triebhaftem, wildem Kampf, der seinerseits die Leidenschaft des Mannes schürt, löschte er das Fieber. Wasser auf Feuer. Er eroberte sie, wie ein Hengst eine Stute erobert. Und Maral nahm den Mann in sich auf. So wie das Meer die Sonne, und danach ...

Weinen. Weinen.

Höhepunkte im Leben eines Mannes wie Gol-Mammad sind – vielleicht – jene Augenblicke, in denen er, nachdem er eine Frau besessen hat, die Klagen ihrer Erleichterung hört. Weinen aus Unbehagen über die Unterwerfung. Weinen als Antwort auf das Verlangen. Weinen als Höhepunkt der Seele. Weinen in dem Augenblick, wo die Knospe sich entfaltet und zur Blume wird. Weinen über das Frauwerden. Weinen der Frau. Weinen um das, was sie eben verloren hat. Weinen über das Sich-selbst-Verlieren und Ein-anderes-Selbst-Werden. Den Fuß in ein unbekanntes Morgen setzen. Ein Fuß auf der Erde, ein Fuß in der Luft!

»Ich hab für dich Brot gebracht, Gol-Mammad!«

Das war Siwar, mit einem Bündel Brot in der Hand. War es wirklich sie? Siwar? Sahen die Augen richtig?

»Ach ... Mutter! O weh ...«

In ungläubiger Bestürzung ließ Siwar das Brot fallen und floh Hals über Kopf, als verfolge sie ein böser Geist, ins Gehölz. Ihr nachzugehen war sinnlos. Gol-Mammad sah Maral an. Marals Augen waren voller Tränen. Gol-Mammad stand auf. Vielleicht konnte auch er noch nicht glauben, was geschehen war. Maral erhob sich ebenfalls, warf sich ihm in die Arme, lehnte den Kopf an seine Brust und weinte wieder. Gol-Mammad vergrub den Kopf in ihr schönes, dichtes Haar und rieb sein Ohr an ihrem Ohr: ›Meine Maral, meine Maral!‹

In Freude und angenehmem Kummer schloß er kurz die Lider. Dann öffnete er die Augen, und sein Blick fiel über Marals Schulter hinweg auf die Erde. Auf der Erde war ein handtellergroßer Blutfleck.

»Regen!«

Der Himmel wurde erneut zum Meer. Regen. Etwas war im Herzen des Himmels gebrochen, auseinandergerissen. Er weinte, um sein Herz von einer Last zu befreien, um den Knoten in der Brust zu öffnen. Ein Weinen vor Freude und vor Schmerz, ein Weinen der Erleichterung. Gol-Mammads Brust war von Tränen und Regen naß geworden. Er hob Marals Kopf hoch und schaute sie an: die Augen blutige Seen. Die Pupillen, in Tränen gebadet, waren klar geworden. Ein neuer Glanz. Reiner, heller, unschuldiger. Kindlich blickten sie Gol-Mammad an. Unbefangen, frank und frei. Ohne eine Spur Trübsal. Getaucht in die reine Quelle der Liebe – gewaschen. Jeder Blick ein Funke. Ein Stern. Die Wimpern noch tränenfeucht. Das Kopftuch von den Haaren geglitten. Die Ohrläppchen von den Ohrringen eingerissen. Helles Blut an den Wangen. Kratzer am Hals, die Haare auf der Stirn zerzaust, die Wangen von Dornsträuchern geritzt. Sie hatte den Kopf auf die Erde geschlagen, die Dornen gestreift, Maral.

Gol-Mammad strich ihr mit seinen rauhen Fingern voller Blasen die nassen Haare zurück und hätte sie gerne zwischen den Augenbrauen auf ihre weiße Stirn geküßt. Aber er brachte es nicht über sich. Er war wieder nüchtern. Der Wahnsinn hatte sich gelegt. So ließ er von ihr ab und ging zum Kamel. Badi am Zügel ziehend, brachte er ihn heran. Ein Reittier für die Braut. Er ließ Badi vor Maral niederknien. Dann faßte er sie, die immer noch verwirrt war, an den Armen und setzte sie aufs Kamel. Auch er selbst stieg auf. Maral hielt sich an seinem Gürtel fest.

Gol-Mammad schnalzte mit der Zunge, das Kamel richtete sich auf. Aber in welche Richtung? Wohin? Zu welchem Lager? Zu welchem Dorf? Maral mochte nicht die Lippen zu einer Frage öffnen. Still blieb sie und fügsam.

Gol-Mammad setzte sich bequem im Sattel zurecht und stieß sein wohlbekanntes ›Huk-huk‹ aus. Maral wußte, daß das Kamel gleich in Galopp fallen würde. Deshalb schlang sie die Arme um Gol-Mammads Hüften, lehnte ihre Wange an seine Schulter und heftete die Augen auf den Boden; starr. Die Dornbüsche flogen an ihrem Blick vorbei, entfernten sich, verloren sich. Maral hatte das Gefühl, auf einer Welle zu reiten, die rastlos voranstürmt. Regen. Regentropfen fielen ihr wie Perlen einer gerissenen Kette auf Gesicht und Haare. Daß das Kamel nur nicht ausgleitet! Nein, der Boden war sandig, weich. Noch waren sie nicht zum Lehmboden gelangt, und Gol-Mammad verstand seine Sache.

Ein leiser Pfiff. Badi kannte das Zeichen. Er verlangsamte den Schritt. Wie ein Wind, der von seinem Toben abläßt und sich beruhigt. Sie waren auf Lehmboden gekommen. Ein Dorf tauchte aus dem feuchten Dunst auf. Auf einem Hügel standen unter dem Regen hohe und niedrige Häuser mit Windtürmen. Zwei Weidenbüsche, zwei Erdwellen, zwei Hügel. Aber Gol-Mammad ritt nicht dorthin. Er lenkte das Kamel zum Dorf Noubahar. Ein Dorf unterhalb von Schamkan. Flach. Ohne Auf und Ab. Aus der geraden Gasse abbiegend, hielt er neben einem verfallenen Haus an und rief: »Molla Meradj. Molla Meradj!«

Ein Huhn, das den Kopf unter die Flügel gesteckt hatte, flatterte unter dem Vordach auf, und im Nu kam ein Mann aus dem Haus heraus. Er war groß und hager, mit langem Gesicht, spitzer Nase und eng beieinanderliegenden Augen. Ein Turban auf dem Kopf, ein Umhang über den Schultern. Gleichgültig ging er auf Gol-Mammad zu und blieb auf der anderen Seite der Mauer stehen: »Ha, Sohn von Kalmischi! Wie geht's dir, Verwandter? Warum steigst du nicht ab?«

Mit einem Gruß warf sich Gol-Mammad vom Kamel und hob Maral herunter. Molla Meradj zeigte dem Mädchen den Weg. Gol-Mammad zog das Kamel hinter die Mauer und folgte Molla Meradj. Maral war vor der Zimmertür stehengeblieben. Gol-Mammad beugte Kopf und Schultern und trat ein, dann rief er Maral ins Zimmer. Schweigend wartete Molla Meradj darauf, daß Gol-Mammad etwas sagte. Er selbst war Tierhalter, kein Molla; trotzdem konnte er ein wenig lesen und schreiben und regelte die Angelegenheiten der Steppenbewohner, die mit religiösen Gesetzen zusammenhingen.

»Ich bin gekommen, diese Frau zu heiraten, Molla Meradj. Traue uns!« Molla Meradj hätte gern einige Fragen gestellt, aber Gol-Mammad hatte mit solcher Bestimmtheit gesprochen, daß er keine Möglichkeit dafür fand. So fragte Molla Meradj nach dem Namen der Braut, sprach die Trauformel und sagte: »Meinen Glückwunsch!«

Die Frau von Molla Meradj brachte Tee und Datteln, doch Gol-Mammad ließ sich keine Zeit. Er stand auf, nahm ein paar Münzen aus seinem Geldbeutel und wollte sie Meradj in die Hand drücken. Molla Meradj sträubte sich, das Geld anzunehmen. Gol-Mammad legte die silbernen Fünf-Geran-Stücke auf den Rand einer Nische und sagte: »Viel ist's nicht, ich hoffe, es später wettzumachen, Molla. Gott befohlen.«

»Alles Gute, Gol-Mammad.«

Das Kamel stand im Regen. Gol-Mammad hielt Maral den Steigbügel und half ihr beim Aufsitzen. Dann sprang er selbst auf Badis Nacken, setzte sich in den Sattel, winkte Molla Meradj mit der Mütze zu und trieb das Kamel an.

Es war Nacht, als sie zu den Zelten kamen. Maral blieb bei dem Kamel.

Gol-Mammad ging ins Zelt. Siwar und Belgeyss waren drinnen. Belgeyss strickte an einem Schal, Siwar hatte sich in einem Winkel zusammengerollt und eine Decke über sich gezogen. Belgeyss blickte Gol-Mammad über die Schulter hinweg an. Gol-Mammad kam jeglicher Frage zuvor: »Seit heute abend ist sie meine Frau! So wie diese da.«

Er ging hinaus, um Maral zu holen. Maral steckte die Hand unter ihr Kopftuch, und Gol-Mammad sah, daß sie ihre Ohrringe abnahm. Sie legte sie ihm in die Hand und sagte: »Für dich. Verkaufe sie und kaufe davon für deine Arbeit einen Strick, Spaten und Haken. Wenn etwas übrigbleibt, kauf dir ein Amulett gegen den bösen Blick. Und dann besorg mir Ziegenhaar, damit ich für uns ein Zelt mache. Ich spinne und webe es selbst. Und morgen gehen wir zusammen Brennholz sammeln!«

IV

Wie verbrachte Siwar die Nacht?

Wickelt einen nackten Menschen in eine Decke aus Dornen, näht ihm die Lippen zusammen und wälzt ihn auf der Erde hin und her. Eine solche Qual hatte Siwars Seele heute nacht durchzustehen. Sie konnte nicht einmal jammern. Niemand hatte ihr den Mund zugebunden, doch sie hatte den Eindruck, einen Maulkorb zu tragen. Die Lippen waren fest geschlossen. Eine kalte, schwere Leiche – so groß wie die Nacht – fühlte sie auf ihrer Brust liegen. Der Atem stockte ihr unter dieser ungeheuren Last. Als hätte ein böser Geist sie unter seinem breiten Schatten begraben.

In einem Winkel von Belgeyss' Zelt lag sie wie ein krankes Zicklein zusammengerollt da, den Kopf in den Staub gelegt. Schlaf? Nein. Eher ein Haufen Nadeln in den Augen. Entsetzen und Alptraum. Aufruhr der gedemütigten Seele. Zu Tode betrübt. Gefesselt in dunklen Labyrinthen. Eine Frau ist erniedrigt worden! Sie wollte die Flucht ergreifen. Vor den anderen und vor sich selbst. Aber sie sah keine Möglichkeit dazu. Fand nicht den Mut. In einen Ofen voller Glut gefallen, schrie sie mit geschlossenem Mund. Taube Ohren. Taube Ohren. Sie zappelte, zappelte mit Armen und Beinen. Aufgeregte Schreie. Erstickte Schreie im Käfig der Brust. Wie von einem Skorpion gestochen wand sie sich.

Wann wird der Morgen kommen?

Sie schlug die Decke zurück und stand auf. Mühsam hielt sie sich auf den Beinen und ging leise aus dem Zelt. Warum leise? Wenn Belgeyss ihr Hinausgehen spürte, würde sie denn einen Galgen für sie errichten? Nein. Was hatten sie alle denn noch mit ihr zu tun? Nichts. Trotzdem wußte Siwar nicht, warum sie heimlich handeln mußte. Sie hatte Angst. Wovor? Sie wußte es nicht. Vor allem hatte sie Angst. Sogar vor ihrem eigenen Schatten. Vielleicht deshalb, weil sie sich beraubt, geplündert fühlte.

So ist das nun einmal. Auch Hunde werden, nachdem man sie geprügelt hat, furchtsam. Für einen halben oder einen ganzen Tag – Furcht. Sie ziehen den Schwanz ein und bemühen sich, jedem Blick auszuweichen. Jedes Geräusch bringt sie zum Zittern. Alles meidend, suchen sie einen stillen Winkel auf. Verängstigt. Sie gehen krumm. Gehen mit einem Gefühl der Schuld. Schuld ihrer Machtlosigkeit. Sie fühlen sich überflüssig. Beschämt und gedemütigt. Als dürfe allein der Überlegene nicht beschämt sein, allein der Sieger nicht!

Ebenso erging es Siwar.

Was für eine Schmach, zu unterliegen! Schimpf und Schande. Sie kam sich gealtert vor. Erschöpft, ermattet. Draußen war es kalt. Wie Glassplitter brannte und kratzte der Winterwind auf den Wangen. Wolken gab es nicht. Unter den klaren, glänzenden Sternen drang die Kälte tief in die Knochen ein. Siwar hörte deutlich ihre Zähne aufeinanderschlagen. Die Kälte ließ ihr Innerstes erzittern.

Das Zelt von Siwar und Gol-Mammad war dort drüben, ein wenig weiter ab. Wie ein in der Nacht ruhendes Kamel. Sie hätte gerne in ihrem eigenen Zelt geschlafen. Ein unmöglicher Wunsch. Nun ging es nicht mehr. Maral und Gol-Mammad hatten sich heute nacht dort zur Ruhe gelegt, und Siwar mußte sich auf Belgeyss' Kelim ausstrecken. Unfreiwillig, notgedrungen. Das Gift der Mißgunst marterte Siwars Herz. Sie wünschte sich, sie könnte eine Bahn ihres Zeltes hochschlagen, den Kopf ins Zelt stecken, einen Schrei ausstoßen und Maral – diese Diebin – von ihrem Lager verjagen; ihr, wenn möglich, die Augen mit den Nägeln ausreißen, das Gesicht mit den Zähnen zerfetzen, die Haare ausraufen, das Fleisch zernagen und ihren eigenen Mann aus ihrer Umarmung zerren.

Das wünschte sie sich. Nur: wo ist der Mut dazu? Der Mensch führt – wenigstens – zwei Leben, eines, wie es tatsächlich ist, und das andere, wie er es sich wünscht. Was jene anderen Wünsche anging, so hegte Siwar keinen Zweifel. Aber ihre Ausführung? Siwar konnte keinen Moment den harten Blick ihres Mannes ertragen. Wenn Gol-Mammad brüllte, verging sie vor Angst. Mehr als ihr selbst bewußt war, hatte die Angst sie gedemütigt. So blieb sie verzagt und furchtsam an ihrem Platz stehen. Ein Huhn, das man in einen eiskalten Teich gestoßen und wieder herausgezogen hat. Verwirrt, den Kopf unter den Flügel gesteckt, auf einem Bein stehend. Den Sonnenaufgang erwartend.

Sie mußte ins Zelt kriechen. Die Kälte! Sie fühlte, daß sie keine Kraft hatte, länger draußen zu bleiben. An allen Gliedern zitterte sie. Aber sie konnte nicht ins Zelt zurückkehren. Ein starkes Verlangen ließ sie nicht los. Neid und Neugier, giftgetränkte Bosheit, Unruhe und der Kummer über die Verwundung, die ihrem Herzen zugefügt worden war, hatten ihr alle Ruhe geraubt. Wenn nichts anderes, so wollte sie wenigstens etwas von dem, was sich in ihrem eigenen Zelt abspielte, heimlich beobachten. Das war das Geringste. Sie bildete sich ein, damit dem trauten Beisammensein der beiden einen Schimpf antun zu können. Zufriedenheit mit der kleinsten Beleidigung! Sie wußte und wollte trotzdem wissen, wollte sehen, was sich heute nacht auf ihrem nächtlichen Lager zutrug. Sie wollte wissen, was sie ohnehin wußte.

Jede Frau kann ein solches Verlangen in sich tragen; etwas, das sie möglicherweise niemals offen zeigt. Doch in Siwars gepeinigter, ohnmächtiger Seele wuchs sich dieses Verlangen zu einem Wunsch nach Beleidigung aus. Schwierig zu sagen, ob nur dieser Wunsch sie zu seinem Gefangenen gemacht hatte. Vielleicht war dieser Wunsch ein Vorwand, ihr unterdrücktes Verlangen zu offenbaren, etwas, das es ihr ermöglichte, eine ihrer heimlichsten Lüste zu befriedigen. Viele Frauen haben in einem gewissen Augenblick ihres Lebens, angestachelt von einem dumpfen Trieb, an so etwas gedacht. Auch Siwar – obwohl mehr aus Wut und aus Freude an der Kränkung – wollte sehen, wie Maral sich an Gol-Mammads Seite hingelegt hatte, wollte sich in der Gestalt der anderen sehen. Sie wußte, daß sie wach waren. Zweifellos schlafen sie noch nicht. Schlafen in der ersten Nacht des Zusammenseins – dachte Siwar – ist eine Schmach für den Mann.

Ich will gehen und sehen!

Sie machte sich auf. Auf Zehenspitzen. Wie ein Dieb. Aber ängstlicher. Daß nur nicht ihre Schritte gehört werden! Die Sohlen scharren über die gefrorene Erde. Der Himmel ist erhellt von nackten Sternen. Wenn sie gesehen wird? Komme, was kommen will. Sie schlich weiter. Eine Schlange, die, von Angst ergriffen, den Kopf aus dem Loch streckt. Ihre Blicke waren besorgt. Sie fürchtete sich, und trotzdem zog eine unbekannte Kraft sie weiter. Sie legte das Auge an die Öffnung des Zelts und lenkte ihren verstohlenen Blick ins Innere. Der Docht des Windlichts war heruntergezogen, die Gesichter im ungewissen Halbdunkel verborgen. Die Köpfe auf *einem* Kissen und still. Ihr gleichmäßiges Atmen war zu hören.

Warum schlafen sie denn? Ist heute nacht denn nicht die Hochzeitsnacht? Der Gedanke an morgen muß Gol-Mammad zum Schlafen veranlaßt haben! Die morgige Arbeit. Auf eine schlaflose Nacht folgen Müdigkeit und Schlappheit. Deswegen schlafen sie jetzt. Bestimmt!

Siwar kehrte um. So traurig wie vorher war sie nicht. Sie hatte sich etwas beruhigt. Vielleicht tröstete sie sich selbst. Oder wollte es zumindest. Vielleicht suchte sie Frieden, um die Nacht bis zum Morgen durchzustehen. Um die Seele von der Qual zu erlösen.

Übervoll von seinem beständigen Kummer kommt der Mensch manchmal dazu, auf etwas – wenigstens einen Augenblick – zu verzichten. Er sucht darin eine Art Beruhigung. Gelegentlich rechnet er sich diese Suche nach Beruhigung als Hochherzigkeit an. Nennt das, was er, von seiner Natur getrieben, zu seiner Befreiung unternimmt, Verzicht. Er ist stolz auf seinen Edelmut. Er betrügt sich mit Leichtigkeit, und was er aus Schwäche nicht ausführen konnte, hält er jetzt für unwichtig. Erklärt es für unter seiner Würde. Und in diesem seinem unaufrichtigen Verhalten – das er selbst keinesfalls für unaufrichtig hält – fühlt er Größe und Erhabenheit. Er wirft sich in die Brust und gibt sich einen Anschein von Lauterkeit. Er zwingt sich derart, selbst an diesen Betrug zu glauben, daß er sich erleichtert fühlt, frei von jeglichem Makel. Haß und Wut und Neid sind für ihn zu niedrig, als daß er damit seine Gedanken beflecken will. Dieser Glaube wird zur Gewißheit. Er wächst über sich hinaus. Wächst über die anderen und über die Fesseln, die ihn an Armen und Beinen binden, hinaus. Aus seiner Erniedrigung macht er eine Erhöhung, ungeachtet aller Demütigungen, die ihm zugefügt worden sind. Er sucht die Reinheit der Seele. Reinigt seine Gedanken von allen Begierden und aller Feindschaft und verschließt ruhig die Augen vor allem, was um ihn ist. Er will nicht sehen, darum sieht er für eine Weile nicht. Aber nur für eine Weile. Sowie er die Augen öffnet, stürmt alles wieder auf ihn ein. Wieder erheben die betäubt gewesenen Schlangen und Skorpione die Köpfe in seiner gedemütigten Seele. Wieder ist es so, wie es war. Die Träume sind zu Ende. Er bleibt Auge in Auge mit der Außenwelt, Auge in Auge mit seinem Innern. Feindschaft. Feindschaft. Eine andere Möglichkeit kennt er nicht. Gibt es nicht!

Mit Gedanken dieser Art kroch Siwar unter die Decke. In der Hoffnung, einen Keim zur Aussöhnung in die Seele gepflanzt zu haben. Doch nein. Die Bewegung der Gedanken ähnelt dem Vorbeihuschen von Sternschnuppen. Verlieren sich im Nu. Wieder bleibst du mit dir alleine. Mit all dem, was dein Leben ausgefüllt hat, in Verwirrung versetzt hat. Du stehst im Mittelpunkt des Ansturms dieser Gedanken. Die Ruhelosigkeit läßt dich nicht los. Ständig überkommt sie dich. Greift an. Du bist es nicht, die ruhelos ist; die Ruhelosigkeit bist du selbst. Der Schlaf bleibt dir fremd. Bleibt dir fern. Stacheln sind dir in die Augen gedrungen. Du möchtest zur Ruhe kommen, aber du kannst es nicht. Der Abstand zwischen Wünschen und Können ist zu weit. Auf die Wunde deines Herzens ist Salz gestreut worden.

Einige Augenblicke blieb Siwar unter ihrer Decke liegen, aber nicht länger. Ihre Haut kribbelte. Ihre Augen, ihre Lider kribbelten. Wie kann man in einem glühenden Ofen Schlaf finden? Sie setzte sich auf, wickelte sich die Decke um und schlang die Arme um die Knie. Sie legte das Kinn auf die Knie, grub die Zähne in die Unterlippe und heftete die Augen – die nichts deutlich unterschieden – auf einen Riß im Zelt und blieb so sitzen. Aus ihrem Kopf ertönte der Ruf eines Käuzchens, und vielleicht blickte auch aus ihren Augen ein Käuzchen in die Welt.

Im Morgengrauen – dämmerte es denn schon? – füllte Siwar die Mulde im Zeltboden mit trockenem Reisig, machte Feuer und kauerte sich neben der Glut hin. Es war zwecklos zu warten, ob Maral und Gol-Mammad aus ihrem Zelt herauskämen. Sie mußten drei Tage und drei Nächte darin verbringen. Doch Gol-Mammad war nicht zum erstenmal ins Zelt einer Braut gegangen – er hatte ja schon eine Frau –, und es schadete nichts, wenn er sich nicht an diese Sitte hielt. Tatsächlich kamen Braut und Bräutigam, kurz nachdem ihnen Belgeyss das Frühstück gebracht hatte, heraus; sie brachten Spaten und Strick, Wasser und Brot in der Satteltasche unter, warfen diese aufs Kamel und verloren sich im Tamariskenhain.

Siwar blickte ihnen nach, und trotz all dem, was sie durchmachte, konnte sie nicht die Augen von ihrer Spur lassen. Sie wäre gerne mit ihnen gegangen, sah aber, daß sie nicht die Kraft dazu hatte. Hätte sie es getan, wäre das erniedrigend gewesen; jetzt, wo sie nicht gegangen war, war sie verstört. Als glaubte sie es noch nicht, daß Gol-Mammad auch der Ehemann von Maral war. Fortwährend stürmte dieser Gedanke auf sie ein: Eine Fremde geht mit ihrem Mann fort. Ihr Mann geht mit einer Fremden fort. Daher kam es, daß sie plötzlich – und das nicht nur einmal – beschloß, hinter ihnen herzulaufen, doch ebenso schnell kam sie zu sich, und ihr Wunsch erlosch wie die Flamme eines Windlichts.

»Komm frühstücken!«

Das war Belgeyss, die aus dem Zelt nach Siwar rief. Siwar konnte ihr nicht einmal antworten. Sie schluckte die Wut, die ihr die Kehle zuschnürte, und entfernte sich vom Zelt. Sie beschleunigte ihre Schritte. Belgeyss' Stimme wollte sie nicht nochmals hören. Möglichst schnell wollte sie an einen Ort weit weg vom Lager gelangen, sich hinter einen Strauch setzen, den Kopf auf die Knie legen und – vielleicht – weinen. Ungestört weinen. Wehklagen, wie es allein in der Einsamkeit möglich ist. Schluchzen.

Sie entfernte sich so weit, daß sie nichts mehr von den Zelten sah und nicht mehr das leise Glockenläuten von Gol-Mammads Kamel hörte. Im Gehölz setzte sie sich an den Hang einer Senke. Still, geräuschlos, mit weit offenen Augen. Als wolle sie ihr grenzenloses Alleinsein voll auskosten und ihr ganzes Wesen zu ergründen suchen. Bisher war es nicht vorgekommen, daß Siwar so in sich hineingesehen hatte. Als hätte sie ihr Selbst vor sich, das ging, sich setzte, schaute, stritt, klagte, aufloderte, sich beruhigte und seinen schweren Kummer unter der Haut versteckt hielt. Ihr ganzes Selbst sah sie. Das verbrannte Stück der Seele eines Menschen, von dem noch Rauch aufstieg: ›Allmächtiger Gott! Gib mir die Kraft, mit meinem Leid fertigzuwerden!‹

Dumpfes Glockenläuten war vom Flußbett zu vernehmen. Siwar hob den Kopf von den Knien und schaute um sich. Es war Onkel Mandalu. Er hatte Holzkohle aufgeladen, sich den Zügel über die Schulter geworfen und ging Richtung Landstraße. Bei ihm war Kalmischi, der auf seinem Maultier von der Herde zurückkehrte. Wenn er bei den Zelten anlangte, würden ihm Mahak und Belgeyss gewiß von der Hochzeit erzählen. Siwar zog den Kopf ein und blieb hinter dem Strauch versteckt sitzen, bis die beiden an ihr vorbeigegangen sein würden. Sie konnte es nicht ertragen, jemanden zu sehen. Sie legte den Kopf auf die Erde und spielte mit einem Dornzweig, der bis zum Boden reichte.

»Schwester ... Schwester ...«

Siwar brachte es fertig, sich von ihrem Platz zu erheben und sogar ein paar Schritte zu tun. Nicht aus Angst, sondern aus weiblichem Instinkt. Denn dieser zusammengekrümmt auf dem Pferd sitzende Mann sah derart müde und erledigt aus, daß sie keinerlei Angst vor ihm zu haben brauchte. Trotzdem aber konnte Siwar die Gefühle nicht unterdrücken, die eine Frau überkommen, wenn sie einem fremden Mann begegnet. In Windeseile schossen Siwar tausend Gedanken durch den Kopf: Flucht, die Augen auskratzen, schreien, das Fleisch mit den Zähnen zerfetzen, und wieder Flucht. Sie kamen ihr nicht willentlich. Sie waren die natürliche Reaktion auf mögliche Vorkommnisse. Eine Art Reflex. Aber je mehr Zeit verging, desto mehr fühlte Siwar, daß sie ruhig mit dem Fremden sprechen konnte. In ihrer heimlichen Angst hatte sie gehört: »Ich suche Gol-Mammad!«

»Suchst du seine Zelte oder ihn selbst?«

»Ist er denn nicht bei den Zelten?«

»Vielleicht nicht. Warum hast du die beiden Männer nicht danach gefragt?«

»Ich hab sie gefragt. Sie gaben mir keine Antwort.«

»Warum gaben sie dir keine Antwort?«

»Ich weiß nicht. Ich weiß es nicht!«

Auch die Zunge des Mannes war müde. Er war sparsam mit seinen Worten, und nach jedem Wort feuchtete er die trockenen Lippen mit der Zunge an. Siwar senkte den Kopf. Sie war in Zweifel. Was konnte dieser Mann mit Gol-Mammad zu tun haben? Warum hatte Kalmischi ihm keine Antwort gegeben? Wohin kann die Begegnung dieses Mannes, dieses jungen Burschen, mit Gol-Mammad führen? Siwar wußte es nicht. Wußte nicht, was sie sagen sollte. Jedenfalls mußte sie ihn loswerden.

Ein kranker Mann auf einem sanften Schimmel. Auch wenn seine Müdigkeit und Kraftlosigkeit Siwar keinen Raum für irgendwelche Befürchtungen ließen, hielt sie den Mann für ein böses Omen. Er war derart schwach und welk, daß er nach einem bösen Omen aussah. Siwar schien ihn nicht im Wachen zu sehen, sondern im Traum. In einem Alptraum. Als seien Pferd und Reiter in eine dunkle, neblige Decke gewickelt, ohne Ähnlichkeit mit lebendigen Wesen. Das Gesicht des Mannes glich einer dunklen Ebene. Die müden Augen hatten sein ganzes Gesicht eingenommen. Seine Zähne waren keine Zähne, sondern ein einziges Stück Weiß. Seine Gestalt bestand nicht aus Armen und Brust und Schultern, sie war nur ein schwarzer Umhang, wie man ihn einer Vogelscheuche überzieht. Und sein Pferd! Sein Pferd war doch wohl nicht aus Holz? Oder aus Bronze? Waren sie, dieser Reiter und sein Pferd, lebendig? Lebende Geschöpfe? Waren sie wie andere Pferde und Menschen? Waren sie keine bösen Geister? Wo in dieser Steppe waren sie plötzlich hervorgewachsen?

»Ich komme von weit her, Schwester. Wenn du mir zeigst, wo Gol-Mammad ist, vollbringst du eine gute Tat. Ich bin sehr müde. Sehr. Ich muß ihn sehen. Muß ihn sprechen.«

Seine Stimme war heiser. Jedes Wort schien aus einer endlosen Dürre aufzusteigen. Es war wohl schon lange her, daß Wasser seine Kehle befeuchtet hatte. Sein Sprechen war das hungrige Krächzen der Geier am Himmel der Kawir. Sein Blick verlor sich auf dem Grund der Augen. Plötzlich fürchtete sich Siwar vor dem Mann. Unwillkürlich streckte sie ihre Hand dahin aus, wo Gol-Mammad bei der Arbeit war, und blickte dabei den Mann verstohlen an: »Da. Da drüben, im Gehölz. Sie sind dabei, Brennholz zu schneiden!«

Siwars Hand blieb in die Richtung ausgestreckt, in die sie gezeigt hatte, bis sich Pferd und Mann ein gutes Stück entfernt hatten. Als sie genauer hinschaute, bemerkte sie, daß der Rücken des Reiters sich noch mehr gebeugt hatte: ein gebeugtes junges Bäumchen. Kurz darauf drangen die beiden langsam, schleppend ins Buschwerk ein. Sie wollte sich wieder auf ihren alten Platz setzen, konnte es aber nicht. Sie dachte nicht mehr an sich selbst, ihre Gedanken zogen sie hinter dem Fremden her. Sie wollte herausfinden, was er vorhatte. Die Neugier ließ sie nicht ruhen. Sie wollte ihm nachgehen, wollte aber Maral und Gol-Mammad nicht begegnen. Doch warum eigentlich nicht? Angenommen, sie begegnet Maral? Was dann? Was würde sich ereignen? Was passiert am Ende? Kann sie es auf immer vermeiden, Maral zu sehen?

Gut, ich gehe!

Hinter Mann und Pferd her machte sie sich ins Gehölz auf den Weg. Der Fremde hatte eine Hand auf den Sattelknopf gelegt, und mit der anderen Hand wickelte er etwas von seinem Hals ab. Etwas wie eine Schlange, wie einen Strick. Etwas, das nicht da war und von dem er annahm, es sei da. Als fühlte er eine Schlange, die sich um seinen Hals gewunden und den Kopf in seine Hirnschale gebohrt hatte. Er kam zu sich, merkte, daß seine Hand nichts berührte, und beruhigte sich. Aber das Bild von der Schlange und dem Grab und dem Hals hatte sich ihm so tief eingeprägt, dieser Gedanke, dieser Alptraum hatte sich in ihm so gefestigt, daß er sich nicht davon freimachen konnte. Jeden Augenblick fühlte er das Bild, und überall sah er es. Ist es nicht denkbar, daß eben jetzt an jedem Bein seines Pferdes eine Schlange heraufkriecht? Warum ist es überall voller Schlangen? Aus der Erde wachsen Schlangen hervor. Von jedem Dornzweig hängt eine Schlange. Die Sonne ist hinter die Wolken gekrochen, und gleich wird es Schlangen vom Himmel regnen. Gleich werden aus den Augen Schlangenköpfe quellen. Die Zungen der Schlangen … Die Schlangen werden den Mann verschlingen. Haben ihn verschlungen. Verschluckt. Aber warum nimmt es kein Ende mit diesem Körper, diesen paar Knochen? Warum bohrt eine von ihnen nicht ihren Giftzahn in sein Herz? Warum verwandelt sie ihn nicht in Staub? Warum verschlingen sie ihn so langsam und verschlucken ihn? Warum zerfressen sie ihn innerlich? Wie lange wird er es aushalten können? In den Nächten findet er nicht den Frieden des Schlafs, am Tage nicht den Frieden des Wachseins. Ständig muß er vor sich selbst flüchten, vor den Schlangen, vor etwas, von dem er das Gefühl hat, es behexe ihn. Vielleicht ist er schon in eine Schlange verwandelt worden? In eine dünne Schlange, lang und grau. Wenn er in eine Schlange verwandelt wird, kann er dann hoffen, sich von der Bosheit seiner Gefährten, all dieser Schlangen, retten zu können? Nein. Sie würden ihn noch mehr umschlingen. Würden ihm über den Kopf gleiten und sich ihm um Arme, Hals, Hüften, Beine und Schultern winden. Sie würden ihn in sich auflösen: »Die Schlange! O Gott … die Schlange!«

Der Schrei, den der Mann hervorstieß, schreckte Maral auf. Sie hob den Kopf vom Brennholzbündel. Ein Mann fiel vom Pferd auf den Boden. Er ist doch wohl nicht von einer Schlange gebissen worden?

Maral lief zu Gol-Mammad. Den Spaten in der Hand eilte Gol-Mammad herbei. Der Fremde wälzte sich auf der feuchten Erde, dicke Schweißtropfen standen ihm auf der Stirn. Gol-Mammad wandte sich Maral zu: »Bei diesem Wetter?«

Maral suchte die Umgebung ab, von einem Tier gab es keine Spur.

Der abseits stehende Schimmel sah still und ruhig seinen Herrn an. Gol-Mammad kniete sich hin, legte den Kopf des Burschen auf sein Knie und sagte zu Maral, sie solle Wasser bringen. Maral brachte den Wasserschlauch.

Gol-Mammad spritzte dem Mann Wasser ins Gesicht, massierte ihm die Schultern, gab ihm ein paar sanfte Schläge auf die Wangen und goß ihm einen Schluck Wasser in die Kehle: Wer war er? Woher und warum war er hergekommen? Wohin wollte er gehen?

»Er suchte dich. Sagte, ich will zu Gol-Mammad. Sagte, er müsse dich sprechen.«

Gol-Mammad erkannte Siwars Stimme. Er brauchte sie nicht anzusehen. Aber es ging nicht. Er hob den Kopf und schaute seine Frau an. Trocken und starr stand Siwar vor ihnen und blickte sie an. Kalt und fremd, wie sie nun einmal war. Gol-Mammad fragte sie: »Wo?«

»Unterhalb des Flusses. Aus lauter Angst zeigte ich ihm die Stelle, wo du warst. Sieh mal. Er macht die Augen auf!«

Der junge Bursche öffnete die Lider und bat um Wasser. Gol-Mammad gab ihm zu trinken und richtete ihn auf. Aber noch hielt er ihn an der Schulter fest. Wenn er ihn losgelassen hätte, wäre er möglicherweise umgekippt. Deshalb stützte er ihn mit seinem Körper und sagte: »Also, Bruder, ich bin Gol-Mammad. Nun sag, was du von mir willst!«

Sich mühsam aufrecht haltend, sagte der Mann: »Ich hab deine Botschaft erhalten, Gol-Mammad! Ich weiß. Ich bin quitt mit dir. Einen hab ich gegeben und einen genommen. Ich hab getötet, und einer ist mir getötet worden. Du hast meinen Vater getötet, und ich hab deinen Onkel, den Madyar, getötet. Wir sind quitt. Wir haben wohl nichts mehr miteinander auszutragen. Aber ich habe in diesem Streit etwas verloren. Habe einen teuren Menschen verloren. Habe Ssougi verloren. Meine Base. Sie war gerade ins heiratsfähige Alter gekommen. Aber sie blieb nicht. Ging von uns fort. Und ich konnte sie nicht halten. Sie ging weg und nahm mein Leben mit sich. Ich ... bin nicht mehr in sie verliebt, aber ich möchte wissen, wohin sie gegangen ist. Wo ist sie? Ich möchte wissen, wo sie sich aufhält. Wie es ihr geht. Gol-Mammad! Ich hab gehört, daß sie gelegentlich eure Zelte aufsucht. Ich bin hergekommen, dich anzuflehen, sie mir zu geben. Ich will nichts von ihr. Ich schwöre bei unser beider Jugend, daß ich nichts von ihr will. Nur sehen möchte ich sie. Möchte wissen, wo sie ist. Vielleicht kommt dann mein Herz zur Ruhe. Du kannst sie mir geben. Gib sie mir!«

Er phantasierte. Das merkten alle, die ihn ansahen. Es war von seinen Augen abzulesen, dem flehenden Mund und von seinen hoffnungslosen Handbewegungen. Gol-Mammad wußte nicht, was er tun sollte, was er tun konnte. Er war niedergeschlagen und fühlte sich von einer plötzlichen Trauer erfüllt. Welches Wort hat die genügende Schärfe, auf einen solch gebrochenen Menschen zu wirken? Die Zunge versagt den Dienst, der Berg von Kummer bringt sie zum Verstummen. Hilflos wird sie. Kraftlos. Wie eine kranke alte Frau. Gol-Mammad ist, als wären ihm die Hände abgeschlagen. Wie kann man sich aus solch einer ausweglosen Lage retten? Er sagte: »Tee.«

Bis der Tee fertig war, schwiegen sie. Dann verlangte Gol-Mammad nach Brot. Sie brachten es. Doch Nade-Ali aß nicht. Gol-Mammad steckte ihm Brotstücke in die Taschen seines Umhangs und sagte: »Ich verspreche dir, wenn ich sie sehe, bringe ich sie zu euch nach Hause. Mein Ehrenwort. Wenn du willst, gebe ich dir meine ganze Manneswürde zum Pfand. Was wirst du jetzt tun? Wenn du willst, bring ich dich zu den Zelten, damit du dich dort ausruhst, oder ich bring dich in die Stadt. Ich hab vor, Brennholz aufzuladen und zur Stadt zu bringen. Was willst du?«

Nade-Ali stand auf, riß sich einigermaßen zusammen und setzte den Fuß in den Steigbügel. Gol-Mammad war ihm behilflich. Sich aufs Pferd setzend, sagte Nade-Ali: »Ich habe nicht die Stirn, deiner Mutter gegenüberzutreten. Sag ihr, sie soll mir wie einem Sohn verzeihen. Ich wollte ihren Bruder nicht töten. Wollte es nicht. Bei meiner Jugend schwöre ich, daß ich es nicht wollte. Sag ihr, sie soll für mich beten. Sag ihr, sie soll diesen Alpträumen befehlen, mich in Ruhe zu lassen!«

Entweder waren seine Augen von Natur feucht, oder es hatten sich Tränen darin gesammelt. Was es auch sein mochte, Nade-Ali wandte sich von Gol-Mammad und seinen Frauen ab und entfernte sich langsam. Ehe Nade-Ali sich im Gehölz verlor, lief Gol-Mammad ihm nach und rief: »Geh über Schamku und Noubahar; ich hole dich ein.«

Gol-Mammad kehrte zu den Frauen zurück: »Wir laden auf. Eine von euch kann das Kamel bringen!«

Beide Frauen zögerten einen Moment. Maral wollte sich nicht vordrängen. Der Sitte gemäß überließ sie Siwar die Wahl. So blieb sie verlegen stehen. Gol-Mammad ging zu den Holzbündeln und sagte: »Euch meinte ich, los!«

Siwar setzte sich in Bewegung, ging zum Kamel, nahm es am Zügel und führte es zu der Last. Gol-Mammad ließ das Kamel sich zwischen die zwei Holzbündel legen, zog dann mit Hilfe der Frauen die Bündel auf die Flanken des Tiers, legte den Strick über den Sattel und verknotete die Bündel. Er sagte: »Die Satteltasche.« Sie brachten sie. Er warf die Satteltasche auf den Sattel und ging zu dem Reisigbündel. Dort kniete er hin, lud sich das Bündel auf den Rücken, kehrte zurück, legte das Bündel zwischen die beiden anderen Bündel, warf den Strick darüber und befahl Siwar: »Verknote ihn mit den anderen Strängen!«

Siwar hatte schon von selbst das Ende des Stricks mit ihren langen, mageren Händen aufgefangen und verknotete geschickt den Strick mit den Strängen. Gol-Mammad ging flink um die Ladung herum und überprüfte alles. Die Arbeit war fertig.

Gol-Mammad blickte umher, ob er nicht etwas vergessen hatte. Nur den Wasserschlauch. Maral brachte ihn. Gol-Mammad nahm ihn ihr ab und trank einen Schluck. Wie angenehm! Dann band er den Hals des Schlauchs zu und steckte ihn in die Satteltasche. Sein Umhang war unter den Tamariskenstrauch gefallen. Siwar sah ihn, wollte ihn aber nicht aufheben und herbringen. Versuch einer Art Selbstbehauptung. Auflehnung gegen sich selbst, gegen ihren unterwürfigen Charakter. Sie wollte, wenn auch nur ein einziges Mal, eine Arbeit, die sie für ihre Pflicht hielt, unterlassen. Aber war denn das so leicht möglich? Ihre Seele geriet in Zwiespalt: ›Soll ich gehen, den Umhang aufheben und herbringen, oder nicht? Soll ich nicht gehen? Wenn ich nicht gehe … Soll ich also gehen? … Nein! ich geh nicht!‹

Gol-Mammad rückte die Last gerade und sagte: »Meinen Umhang. Gib mir meinen Umhang!«

Auf der Stelle gingen beide Frauen, ohne nachzudenken, zum Tamariskenstrauch; aber Siwar war vor Maral da. Sie hob den Umhang auf, brachte ihn, warf ihn, ohne Gol-Mammad anzusehen, auf den Hals des Kamels und trat auf die Seite. Gol-Mammad zupfte die Holzspäne vom Schwanz des Kamels, ging nach vorn, nahm den Umhang, warf ihn sich über die Schultern und stieß einen Pfiff aus. Das Kamel richtete sich auf.

Bereit zu gehen. Doch bevor er den Zügel anzog, zögerte Gol-Mammad noch; auf den Boden starrend, sagte er: »Nehmt auch meinen Vater mit zum Brennholzschlagen. Ich möchte nicht, daß ihr hier ohne einen Mann seid.«

Er wartete nicht auf eine Antwort. Das Sagen allein genügte. Er zog den Zügel an und machte sich auf den Weg. Die beiden Frauen standen nebeneinander und sahen dem Ehemann nach, so lange, bis er im Gehölz entschwand. Jetzt war nur noch das Läuten der Kamelglocke zu hören: delang … delang … delang …

Es war sinnlos, stehenzubleiben. Das wußten die beiden Frauen. Warum konnten sie sich denn nicht abkehren? Wie mit einem unsichtbaren Faden waren sie aneinandergeknüpft. Es hätte genügt, daß eine von ihnen sich bewegte. Mit einem Zucken der Schulter oder mit einem tiefen Atemzug oder mit einem Niesen. Aber solange Stille herrschte, standen sie weiter so da. Gebannt. Ohne einen Laut und einander meidend. Zwei Frauen, das Auge auf einen weiten Weg gerichtet. Zwei Körper aus Stein.

Siwar sagte nichts. Drehte sich auch nicht um. Als zitterten ihr die Knie, setzte sie sich neben der aufrecht stehenden Gestalt Marals hin. Sank in sich zusammen.

V

Wo der Wind herrschte, hatten die kleinen Regentropfen nicht die Kraft, sich zu behaupten: Waisenkinder unter Peitschenschlägen. Sie duckten sich und liefen davon. Hierhin, dorthin, überallhin. Der Wind, vom Regen umhüllt, mit ihm verschmolzen, stürmte über die Weite der Kalschur-Steppe. Das Lied von Wind und Regen in den Ohren der Dornsträucher. Der Wind brachte den Schwanz von Gol-Mammads Kamel wie einen Federwisch zum Flattern und rüttelte an der Brennholzlast.

Der sonnenlose Tag neigte sich der Nacht zu, der Himmel hatte sich mit einem bleifarbenen Filzteppich überzogen. Im Windschatten seines Kamels marschierte Gol-Mammad im Gleichschritt mit dem Tier. Er hatte sich ganz klein gemacht und bis zu den Ohren in seinen wollenen Umhang gehüllt. Der Wind schoß unter dem Bauch des Kamels hervor und schlug auf die mit Gamaschen umwickelten Waden Gol-Mammads, so daß die Beine seiner schwarzen Drillichhose knatterten. Der Regen hatte seine Beine und Füße, seine Last und seine Satteltasche durchnäßt, den Weg rutschig gemacht und die Glocke am Hals des Kamels zum Schweigen gebracht.

Nade-Ali ritt dem Kamel voraus; den Mantel über den Kopf gezogen, saß er vornübergebeugt im Sattel, hatte die Stirn in die auf dem Sattelknopf ruhenden Hände gelegt, die Knie an die Flanken des Pferdes gedrückt und sich dem Pferd und das Pferd dem Weg anvertraut. Als ob er nicht am Leben wäre. Ohren und Mähne seines Pferdes waren triefnaß und sein eigener Kopf, seine Haare und sein Gesicht ebenso. Der Regen strömte auf ihn nieder, der Wind zerrte an seinem Mantel, die Nacht schloß ihn in ihrer Faust ein. Nade-Ali hatte die Augen geschlossen, um nichts sehen und erkennen zu müssen – vielleicht auch sich selbst nicht. Müde, zerschlagen und ohne Eile, hatte er Körper und Herz allem, was sich ereignen mochte, hingegeben. Als hoffte er, daß er am Ende irgendwohin, zu einem Obdach, einem verfallenen Haus oder an einen einsamen Ort gelangen werde. Oder – vielleicht – dachte er gar nicht an ein Ziel. Fühlte sich losgelöst von allem, was da ist und nicht da ist. Ein Überflüssiger auf der weiten Erde. Ohne Beziehung zu seinem Sein oder Nicht-Sein. Besser, daß die Nacht kommt. Daß die lange Nacht mit dem Sturm kommt und ihn, diesen dunklen Flecken, verschluckt und sich einverleibt. Ihn vernichtet. Und frühmorgens den Überrest, den Abfall des halbtoten Mannes, in eine Grube, einen Brunnen, eine Ruine wirft. Ein toter Mann, ein gebrochenes Pferd. Dann ist die Reihe an den Schakalen, die Witterung aufzunehmen und sich über ihn herzumachen!

Gol-Mammad beschäftigte sich in Gedanken mit Nade-Ali. Seit dem Aufbruch hatten sie nicht miteinander gesprochen. Gol-Mammad hatte das Kamel angetrieben und Nade-Ali eingeholt; aber es war, als hätte Nade-Ali keinen Weggefährten. Er hatte sich nicht einmal nach Gol-Mammad umgedreht, um einen Blick auf ihn zu werfen. Wie zuvor hatte er den Kopf gesenkt gehalten. Gol-Mammad hatte mit ihm ein Gespräch anfangen wollen, doch Nade-Ali hatte einen Wall um sich errichtet und keine Lücke darin gelassen. Völlig dicht. Eine andere Welt. Ein fremdes Atom. Als ob er kein lebendes Wesen wäre, sondern ein Stück Stein auf einem Pferd. Kein Atem stieg aus seiner Brust.

Seine damalige Heftigkeit bereuend, dachte Gol-Mammad: Ach, hätte er doch Ssougi in jener Nacht, als sie bei den Zelten Schutz suchte, nicht fortgeschickt. Ach, hätte er doch sanft mit ihr gesprochen und ihr, diesem verstörten Mädchen, Zuflucht gewährt! Bestimmt war sie gekommen, um im Lager unter Belgeyss' Fittichen zu bleiben. Sie wollte bei den Verwandten von Madyar sein. Sie, diese Wüstentaube, diese Gazelle, die ihren Gefährten verloren hatte, hatte im Zelt der Kalmischis Schutz gesucht, aber keiner hatte sie aufgenommen. Keiner hatte ihr einen Platz angeboten, sie in die Arme genommen und mit einem Lächeln ihr Gemüt beruhigt. Sie runzelten die Stirn. Wiesen sie von sich. Trieben sie fort. Enttäuschten sie bitterlich. Und das zeugt weder von Güte noch von Höflichkeit. Ein solches Verhalten ist eine Schande für den iranischen Nomaden. Gastfreundlich, wenn auch vielleicht argwöhnisch, setzt unser Nomade dem Fremden das karge Essen seiner Kinder vor, tritt ihm sein Brot ab, deckt den Schlafenden mit seiner Decke zu, und wenn er wieder geht, begleitet er ihn eine Strecke Wegs aus dem Lager hinaus.

Er denkt nicht daran, ihn fortzutreiben! Aber ach, diese Angst! Die Furcht der Kalmischis, allen voran Gol-Mammads, vor der möglichen Aufdeckung des nächtlichen Mords in Tscharguschli hatte Ssougi vertrieben. Ihrer Ansicht nach durfte Ssougi keinerlei Spur hinterlassen. Keine Fährte durfte bleiben. Deshalb mußte sie gehen. Noch in der gleichen Nacht. Sie ging. Das Unausgesprochene hatte sie verstanden. Störrisch, aber verständig war sie, die Ssougi!

Eine scheppernde Glocke erklang von hinten. Gol-Mammad drehte sich nicht danach um. Er konnte sich denken, am Hals wessen Kamels diese abgenützte Glocke hin: Onkel Mandalus. Er muß es sein, der eben jetzt wie eine schwarze, trächtige Katze, den Zügel seines Kamels über die Schulter geworfen, mit seinen krummen, kurzen Beinen näherkommt! Wahrscheinlich geht er mit schleppenden Schritten, und bei jedem Schritt bewegen sich seine Schultern wie die Balken einer Waage auf und nieder. Ein boshafter Einfall ging Gol-Mammad durch den Sinn. Seine Neigung zu üblen Streichen erwachte in ihm. Im Nu dachte er sich etwas aus. Wie eine Schlange glitt er unter den Hals seines Kamels, löste den Zügel vom Sattelknopf und zog ihn an; das Kamel beschleunigte seinen Schritt, und Gol-Mammad knotete den Zügel behutsam an den Sattel von Nade-Alis Pferd, verließ den Pfad und hockte sich auf einer Erhebung hinter einen großen, flachen Stein.

Immer noch streute der Wind die kleinen Regentropfen in alle Richtungen. Die Nacht war wie ein nasses Zelt und hatte alles sich Regende, ob sichtbar oder unsichtbar, eingehüllt. Onkel Mandalu und seine Kamele waren nicht auszumachen, es sei denn durch den Klang der Glocke am Hals seines Leittiers. Und dieser Glockenton drang mit jedem Augenblick näher an Gol-Mammads Ohr, war schon in Rufweite. Jetzt konnte Gol-Mammad Onkel Mandalu und seine Kamele sehen. Aber nicht deutlich. Verschwommene Konturen in der Nacht, im Regen und im Wind. Eine undeutliche Masse, sich träge vorwärts bewegend. Als ob ein Stück Erde, ein Stück von der abgebrochenen Schulter eines Hügels wie ein Ungeheuer herangekrochen käme. Doch die Augen des Steppenbewohners sind mit der nächtlichen Dunkelheit vertraut. Beim Hüten der Herde hatte Gol-Mammad die Geheimnisse der Nacht kennengelernt. Einen Augenblick starrte er auf die herankriechende Erscheinung. Dann konnte er den Treiber vom Kamel und das Kamel von der Last unterscheiden. Dem Leittier voraus ging Onkel Mandalu, den Zügel über die Schulter geworfen, und zerhackte den Weg mit schiefen, kurzen Schritten, und dicht hintereinander, Schnauze an Schwanz, folgten ihm seine beiden Kamele.

Onkel Mandalu hatte sich ein Stück seines Schafpelzes über den Kopf gezogen, und es war unverkennbar, daß er nicht auf seine Umgebung achtete und seine Augen ins Leere blickten. Auch früher schon hatte Gol-Mammad Onkel Mandalu im Winter gesehen. Mandalu wickelte sich dann einen Wollschal um den Kopf, zog ein Ende des Schals unter das Kinn und über Mund und Nase und befestigte es über dem Ohr, so daß von seinem Gesicht allein die Augen und Augenbrauen zu sehen waren. Auch band er sich einen alten Schal um die Taille, umwickelte die Beine bis zu den Knien mit Gamaschen, steckte die Beine in hohe Stiefel und knotete die Schnürbänder fest um die Waden. Onkel Mandalu machte sich immer gut ausgerüstet auf den Weg, denn das Unterwegssein war die Hauptbeschäftigung seiner Tage und Nächte.

Gol-Mammad zögerte etwas, um vielleicht doch seinen hinterhältigen Einfall aufzugeben. Aber er konnte es nicht. Wozu sonst hatte er bei diesem Regen so lange auf den Alten gewartet? Nein. Er wollte davon nicht ablassen. Wenn er sein Vorhaben nicht ausführte, würde er sich albern vorkommen. Lächerlich. So trat er einen Schritt vor, zielte mit seinem Stock wie mit einem Gewehr auf den Alten und rief mit tiefer Stimme: »Werde blind … werde blind!«

Räuber und Wanderer, Torhüter und Dieb, Krämer und Gendarm, Hirte und Bauer – alle waren in gleicher Weise mit diesem furchterregenden Wort bekannt. Dem Wort, das nur in der Nacht und in der Einöde zum Leben erwacht. Genauso wie Fledermäuse und Eulen den Anblick der Sonne nicht ertragen und nur im nächtlichen Dunkel fliegen.

»Werde blind!«

Das ist das erste Wort, und sein Sinn ist klar: Mach die Augen zu, damit du mich nicht sichst.

»Werde taub!«

Das ist das zweite Wort und bedeutet: Halte dir die Ohren zu, damit dir der Klang meiner Stimme nicht im Gedächtnis bleibt.

»Hau ab!«

Das ist das letzte Wort und bedeutet: Mach, daß du fortkommst von deiner Ladung und deinen Tieren und überlasse sie mir. Schluß der Rede, Beginn der Arbeit. Ein Ultimatum ist's. Wer zu sehr an seinem Eigentum hängt, hat selbst schuld, wenn sein Blut vergossen wird. Er muß sich von den Räubern widerstandslos die Hände fesseln, die Augen zubinden, die Taschen durchsuchen und leeren lassen, um schließlich auch noch seiner Ladung und seines Tiers beraubt zu werden. Das war das nächtliche Gesetz der Steppe. Das Gesetz des ungleichen Kampfes.

Die Stelle, wo Wanderer und Räuber aufeinanderstießen, war meistens die Biegung einer Paßstraße oder ein ausgetrocknetes Flußbett oder ein Hügel, der den Bauch an den Weg vorgestreckt hatte, kurz: ein entlegener, von menschlichen Behausungen weit entfernter Ort. Da, wo der Schrei aus der Kehle auch der kräftigsten Männer den dichten Vorhang der Nacht nicht zerreißen und ihr Pfeifen nicht an die Ohren der in den Häusern Schlafenden dringen konnte. Eine wüste, verlorene Gegend.

»Ich hab gesagt: Werde blind, Halunke!«

Schon beim ersten Befehl war Onkel Mandalu stehengeblieben. Weniger stehengeblieben, als vielmehr zusammengesackt. Verwirrt, sprachlos! Wozu will der Wegelagerer die Holzkohlenlast? Gefahr stellt sich doch immer erst bei der Rückkehr aus der Stadt ein. Wenn die Münzen im Beutel klimpern. Doch jetzt – wo sind Münzen? Also ist dies entweder ein unerfahrener Dieb oder ein Dieb großen Stils. Vielleicht hat er vor, die Lasten hinzuwerfen und nur die Kamele mitzunehmen. Wenn dem so ist? O weh …

»Hast du nicht gehört, was ich sagte, Alter? Werde blind, werde taub, hau ab! Geh und hocke dich neben den Weidenbusch da, sonst fülle ich deinen Bauch mit dem Rauch von Schießpulver. Verschwinde!« Furchtsam und bleich zog sich der alte Mann zu dem Busch zurück und blieb dort stehen. Gol-Mammad wies ihn an, sich zu setzen. Der Alte setzte sich. Gol-Mammad befahl ihm, die Hände auf den Kopf zu legen. Der Alte tat es. Er forderte ihn auf, wie ein Huhn auf ihn zuzuhüpfen. Mühsam tat der Alte einige Schritte. Gol-Mammad sagte: »Jetzt nimm deine linke Hand vom Kopf, bohre deinen kleinen Finger wie einen Pflock in die Erde und strecke deine Knie. Nur soviel, daß dein Finger sich nicht von der Erde löst!«

Der Alte drückte den Finger auf die Erde und streckte die gebeugten Knie, so daß sein Hinterteil in die Luft ragte. Gol-Mammad sagte: »Gut, Alter! Jetzt dreh dich ganz langsam um dich selbst, ohne den Finger vom Boden zu heben. Dreh dich. Wie ein Mühlenpferd. Die Augen darfst du dabei nicht aufmachen, sonst wird dir schwindlig. Die Augen des Mühlenpferds werden ja eben deshalb mit Scheuklappen versehen. Dreh dich. Daß du aber nicht umfällst! Wenn du umfällst, zwinge ich dich, dich hundertmal zu drehen. Jetzt fang an. Los, fang an. Ha, aha!«

Wohl oder übel fing der Alte wortlos an, sich zu drehen. Aber mehr als fünfmal hatte er sich nicht gedreht, als er zu keuchen begann, ihm schwindlig wurde und er nahe daran war, zu Boden zu fallen. Doch bevor es so weit kam, faßte Gol-Mammad den Alten an der Schulter, richtete ihn auf und hielt ihn fest. Die Lunge des erschöpften Alten rasselte, seine Schultern hoben und senkten sich bei jedem Atemzug. Er wagte es nicht, die Augen zu öffnen und seinen gestrengen Gegner anzusehen. Noch immer stand er mit geschlossenen Lidern zitternd da. Als ob er einen Spruch aufsagte, wiederholte er mehrmals hintereinander: »Bei deinem Haupt, Chan, mein Beutel ist leer. Bei deinem Haupt, Chan, mein Beutel ist leer.«

Das genügte nun. Mehr als das konnte der Alte nicht ertragen. Er mußte in Ruhe gelassen werden. Deshalb sagte Gol-Mammad zu ihm: »Es ist für mich ein Kinderspiel, Alter, dir deine Kamele samt ihrer Last abzunehmen, dich zu fesseln und hier an Ort und Stelle in eine Grube zu werfen. Solltest du auch wie ein Hund sieben Leben haben – du kannst in einer solch langen Nacht bis zum Sonnenaufgang nicht eins von ihnen retten. Du gehst vor Kälte ein, und damit Schluß. Aber das tu ich dir nicht an. Nimm die Hände runter, und mach die Augen auf. Wir sind Nachbarn!«

Der alte Mann konnte es nicht glauben, daß er Gol-Mammad, den Sohn von Kalmischi, vor sich sah. Mit weit aufgerissenen Augen starrte er ihn an und sagte: »Träume ich nicht? Bist du's? Du … bist du Gol-Mammad? Was … was … du … du lebst jetzt in der Steppe und bist ein Wegelagerer geworden?«

»Heh! Heh! Ein Wegelagerer? Nein, Alter. Ich wollte mit dir einen Scherz treiben. Ich hab dich auf den Arm genommen. Glaubst du immer noch, daß deine Kamele nur dann vor Dieben sicher sind, wenn du sie alleine treibst? Auch ich habe Brennholz aufgeladen. Mein Kamel ist da vor mir. Da geht es. Siehst du es? Möchtest du jetzt, daß wir unsere Kamele zu einem Zug zusammenbinden? Ha, was sagst du dazu? Hast du immer noch Angst?«

»Wozu Angst, mein Junge? Wozu Angst? Heute bin ich einen Farssach mit deinem Vater gegangen. Ich sagte zu ihm … sagte, ich hätte nichts dagegen. In Ordnung. Ich hab es dir selbst ja auch schon gesagt. Sagte: ich geb dir Bescheid. Wir arbeiten zusammen. Was gibt's Besseres als das?«

»Nein, ich will's nicht mehr. Eine Sache, die einmal abgelehnt wurde, soll man nicht weiter verfolgen. Nein. Ich will nicht mehr mit dir zusammenarbeiten. Zusammenarbeit ohne Vertrauen ist keinen Heller wert.«

Sie hatten sich auf den Weg gemacht. Der alte Mann hatte sich wieder gefaßt. Sein Atem ging ruhig, seine Furcht hatte sich gelegt. Er hatte einen leichten Schock erlitten, aber der hatte sich in Freude umgewandelt. Er fühlte ein Kribbeln in seinem Blut. Lange war er nicht mehr so aufgeregt gewesen. Nachdem er seine Sprache verloren hatte, fing er nun plötzlich zu reden an und sprach über alles mögliche. Er wußte selbst nicht, was er sagte. Redete nur drauflos. Als wolle er die Kluft zwischen sich und Gol-Mammad mit Reden – worüber auch immer – ausfüllen. Von vergangenen Jahren und Monaten, von Kauf und Verkauf und von den unsicher gewordenen Wegen redete er. Und dann langte er bei seinem Sohn Mussa an: »Du kennst doch diesen Pir Chalu, den Verwalter der Karawanserei von Hadj Nur-ollah? Er ist sozusagen Mussas Pflegevater. Ein guter, wohltätiger Mensch ist er. Barmherzig und mitleidig. Er hat niemanden. Weder Frau noch Kind. Er ist selbst auch schon in die Jahre gekommen. Seine Tage und Nächte verbringt er in dieser Karawanserei. Vor Jahren, in dem Jahr, als Mussas Mutter im Holzkohlenrauch erstickt war, nahm ich den Mussa mit mir, brachte ihn in die Stadt und ließ ihn bei Pir Chalu. Ein schmächtiges Kind war er. Taugte nicht für meine Arbeit, und zappelig war er auch. Ich hatte nicht mehr die nötige Geduld mit ihm. Seine Mutter – Gott hab sie selig – war eine Balutschin aus Sser-Tscheschmeh. Ich sagte mir, ich lasse ihn bei Pir Chalu, damit er in der Stadt unter Menschen aufwächst. Und Pir Chalu überlegte nicht lange. Er nahm mir den Mussa ab und ließ ihn Teppichknüpfen lernen. Vor einiger Zeit ließ Pir Chalu mich wissen, daß Babgoli Bondar von Galeh Tschaman einen Meister im Teppichknüpfen gesucht habe und er, Pir Chalu, den Mussa nach Galeh Tschaman geschickt habe. Und Mussa hat für Babgoli Bondar einen Webstuhl aufgestellt, hat sich einige Lehrlinge genommen, und jetzt arbeitet er da. Gott sei Dank verdient er sich seinen Lebensunterhalt. Jetzt besteht Pir Chalu darauf: Komm, verheiraten wir ihn. Er sagt, dort in Galeh Tschaman ist er ganz allein, bummelt nachts herum; daß er nur ja nicht dem Opiumrauchen verfällt! Aber, um die Wahrheit zu sagen, ich traue diesen Zeiten nicht. Solange der Mensch allein ist, hat er keine Sorgen. Aber sowie die Köpfe zwei und die Beine vier werden, tauchen andere Dinge auf. Ein Mann kann selbst ohne Brot auskommen, kann mit der Faust auf den Magen schlagen und sein Knurren zum Schweigen bringen, aber zu seiner Frau kann er nicht sagen: Iß kein Brot. Außerdem ist er noch nicht alt genug, wenn's hochkommt, zwanzig Jahre. Nun, Pir Chalu hat nicht ganz unrecht, denn die Gefahren der Jugend lauern ja in eben diesem Alter. Aber was ich sage, ist auch kein Unsinn. Was soll ich also tun? Ich habe vor, wenn es sich fügt, mal nach Galeh Tschaman zu gehen und nach meinem Jungen zu sehen. Auch mal mit Bondar zu reden. Gewiß, den Namen Babgoli Bondar hab ich gehört, doch ich kenne ihn nicht näher. Ein unvernünftiger Mensch kann er wohl nicht sein, ha? Was meinst du?«

Gol-Mammad mochte nichts über Babgoli Bondar hören oder selbst über ihn sagen. Der Name Babgoli Bondar erinnerte ihn an seine Schulden, und das wiederum erinnerte ihn an seine Geldsorgen. Das war quälend. Trotzdem ging es nicht an, den Alten ohne Antwort zu lassen. Er sagte zu ihm: »Es wäre nicht schlecht, wenn du dich um deinen Sohn kümmern würdest. Ein Sohn erwartet das.«

»Es ist, wie du sagst. Du bist ein verständiger Mensch. Ein Sohn erwartet das. Das Verhältnis zwischen Vater und Sohn sollte schließlich nicht gleichgültig sein! Ich muß gehen und sehen, wie mein Sohn sich entwickelt hat. Was aus ihm geworden ist. Vielleicht ist er ein tüchtiger Meister geworden! Ich möchte wissen, wieviel Lohn er bekommt, wieviel Geld er gespart hat. Gott verhüte es, daß er eines Tages schlechten Freunden in die Hände fällt! Ich muß sehen, was er tut oder was er nicht tut! Ha?«

»Ha, ja.«

»Aber du hast mir ganz schön Angst eingejagt, du Tunichtgut. Hoffentlich hast du es mir nicht verübelt, daß ich meine Kamele nicht mit deinen zusammentun wollte? Wie stolz du bist! Ich hab's doch nicht böse gemeint. Nun ... die Wahrheit ist, ich wußte, daß du in dieser Arbeit ungeübt bist, ein Anfänger bist. Ich mochte dir meine Tiere nicht anvertrauen. Schließlich hatte ich bisher noch keinen von euch Nomaden gesehen, der sich mit der Beförderung von Brennholz abgegeben hätte. Tatsächlich bist du der erste! Und auch jetzt wundere ich mich, daß du deine Last nicht schief angebunden hast. Aber ich bin sicher, du hast die Dornbüsche so auf dein Tier geladen, daß es, bis es auf dem Markt anlangt, an vierzig Stellen seines Körpers wund ist! Ha? Geht es nicht deshalb so schief?«

Die beiden hatten sich Gol-Mammads Kamel genähert. Dem Kamel vorausreitend, saß Nade-Ali noch immer zusammengekrümmt auf dem Pferd, den Mantel über den Kopf gezogen. Ruhig und mit hängenden Ohren trug Nade-Alis Schimmel den Reiter und zog Badi hinter sich her. Der Regen fiel langsamer als zuvor.

Gol-Mammad sagte: »Daß mein Kamel so schief geht, liegt nicht an der Last. Der Weg macht es unsicher. Siehst du? Es hat Angst auszurutschen. Der Boden ist schließlich glatt. Wir scheinen nahe beim Dorf Ssougiyeh zu sein.«

Onkel Mandalu nahm den Zügel von der Schulter, band ihn hinten an Badis Sattel, trat zurück, ging dicht neben Gol-Mammad weiter und sagte: »Das hab ich getan, damit du Onkel Mandalu nicht mehr böse bist. Sollen sie einen Zug bilden!«

Gol-Mammad schwieg. Er lief nach vorn, löste den Zügel seines Kamels vom Sattel von Nade-Alis Pferd, knotete das Ende an den um die Last gebundenen Strick und ließ Badi so laufen. Dann kehrte er wieder zu dem Alten zurück und ging mit ihm zusammen weiter. Mit dem Anbinden seiner Kamele an Badi hatte Mandalu Gol-Mammad verblüfft. Gol-Mammad wußte nicht, wie er sich verhalten sollte. Sollte er so tun, als freute er sich? Und mit welchen Worten? Überhaupt – warum sollte er sich freuen? Weswegen? Weil er statt zwei Wegen einen Weg machen und bei Maral bleiben konnte? Ha?

Der Alte befreite ihn aus dieser Schwierigkeit: »Wer ist dein Bekannter, der so seelenruhig auf seinem Pferd schläft? Ist er einer von euch oder eine Zufallsbekanntschaft? Habt ihr euch unterwegs getroffen?«

»Zu uns gehört er nicht. Ist aber ein Bekannter. Ich glaube, er fühlt sich nicht wohl. Er ist krank und muß einen warmen, weichen Platz aufsuchen und sich hinlegen. Er ist wie zerschlagen. Ein Unglück scheint ihm zugestoßen zu sein. Und dabei ist er noch jung.«

»Was willst du damit sagen? Daß er dem Sterben nahe ist?«

»Da sei Gott vor, Onkel!«

»Hab ich mich aber erschrocken! Gott verhüt's. Ist es nicht schade um den jungen Leib, wenn er unter die Erde geht? Die Jugend paßt zum Leben, das Alter zum Tod. Soll der Tod mir widerfahren, nicht einem jungen Menschenkind. Nach was und nach wem ist dieser Gottesjüngling auf der Suche?«

Nade-Ali richtete sich auf und drehte den schlaftrunkenen Kopf nach allen Seiten. Nichts als Steppe und Dunkel. Er wandte sich um und fragte müde: »Wo sind wir, Bruder?«

Gol-Mammad und Mandalu beschleunigten ihre Schritte.

»Ha? Wo sind wir?«

Gol-Mammad sagte: »Beim Dorf Ssougiyeh. Oben auf der Anhöhe. Was willst du?«

»Wann kommen wir in der Stadt an?«

»Am Morgen.«

»Ist's noch lang bis zum Morgen?«

»Nein. Die Nacht neigt sich dem Ende zu. Wenn der Himmel nicht bedeckt wäre, könnten wir den Morgenstern sehen. Der Morgen ist nahe. Schlaf weiter!«

»Ich kann nicht schlafen. Mein Kopf ist zentnerschwer. Ich möchte wissen, ob es von hier nach Galeh Tschaman einen Weg gibt.«

»Nein. Nicht von hier. Aber unterhalb vom Fluß Kalschur gibt es einen Weg. Von hier führt ein Seitenpfad dorthin, aber du kennst dich nicht aus und wirst dich in der Nacht verirren.«

»Dann weck mich, wenn wir beim Fluß angekommen sind.«

Onkel Mandalu trat zu dem kranken Reiter und fragte: »Freund! Kennst du dort, in Galeh Tschaman, jemanden? Ha?«

Nade-Ali hob wieder den Kopf, heftete seine geschwollenen, entzündeten Augen auf den kurzbeinigen Alten, der neben seinem Pferd herging, und sagte: »Wer bist du denn? Träume ich nicht?«

»Nein. Nein. Mein Lieber, wir sind Weggefährten. Du hast nicht gemerkt, daß wir Weggefährten wurden. Du warst eingeschlafen.«

»Ich hab nicht geschlafen, Onkel. Ich war aber auch nicht wach.«

»Bist du ein Grundbesitzer? Ah … lieber Herr, Gott schenke dir Gesundheit. Gott schenke allen Kranken Gesundheit. Ich wollte wissen, ob du in Galeh Tschaman jemanden kennst. Weil ich … lieber Herr, da … ein Söhnchen habe. Ich wollte wissen, wie es ihm geht.«

»Ich kenne da niemanden. Ich geh zu meinem Onkel. Ich geh meinen Onkel besuchen.« Mehr zu sagen hatte Nade-Ali keine Kraft und keine Lust. Er legte den Kopf auf den Sattelknopf und zog sich wie zuvor den Mantel über den Kopf.

Hartnäckig forschte Mandalu weiter: »Schön wär's, wenn du sagtest, wie dein Onkel heißt. Ha?« Ohne den Kopf aus dem Mantel zu heben, sagte Nade-Ali: »Bondar … Babgoli Bondar.«

VI

Nade-Ali auf seinem Schimmel und Gol-Mammad und Mandalu mit ihren Kamelen überquerten den Fluß Kalschur.

Der Regen hatte nachgelassen und der Himmel sich stellenweise geöffnet. Einzelne Sterne zeigten ihr Gesicht. Im Osten dämmerte es. Ein trübes Licht fiel auf Weg und Steppe, die nur undeutlich zu erkennen waren. Grau und düster war das Antlitz der Erde. Man wußte nicht, ob wirklich schon der Morgen nahte oder nicht.

Die Männer waren müde von der langen nächtlichen Schlaflosigkeit. Teils schlafend, teils wachend saß Nade-Ali vornübergebeugt im Sattel. Mit schweren Lidern und halb dösend, den Schwanz des Kamels um die Hand gewickelt, schleppte Onkel Mandalu sich hinter dem Zug her. Ausdauernder als die beiden anderen schritt Gol-Mammad ruhig neben seinem Kamel her und bemühte sich, seine Müdigkeit abzuschütteln. Es war nicht mehr weit bis zur Stadt Ssabsewar, und die Vorfreude auf den Verkauf der Ladung munterte ihn auf.

»Gut wär's, wenn wir jenseits des Flusses in Talch-abad die Lasten abnähmen und ein wenig schliefen. Auch die Kamele könnten sich verschnaufen.«

Auf die Worte des Alten drehte Gol-Mammad ihm den Kopf zu und sagte: »Es ist nicht mehr weit bis zur Stadt, Onkel. Bald sind wir da. Siehst du nicht die Lampen auf den Minaretts? Bis dort ist's weniger als ein Farssach. In Talch-abad hab ich einen Bruder, der mit den Kamelen des Grundbesitzers arbeitet. Wir könnten uns zur Stärkung eine Kanne Tee von ihm geben lassen.«

»Mir scheint, wir sind jetzt auf dem Sandboden, in der Nähe der Ziegelbrennereien, ha?«

»Nein. Noch nicht. Wir sind in Gondehchani. In der Nähe der Salzspeicher. Spürst du nicht den klebrigen Lehm an deinen Stiefelsohlen?«

»Warum weckst du dann nicht deinen Bekannten, damit er seines

Weges geht? Will er denn nicht nach Galeh Tschaman? Ich glaube, in dieser Gegend hier gabelt sich der Weg. Der eine Weg führt zum Nischabur-Tor, der andere zum Ssabris-Tor. Wir gehen durch das Ssabris-Tor. Wenn er nun vorhat, nach Galeh Tschaman zu gehen, muß er diesen anderen Weg nach Ssaleh-abad nehmen und dort abbiegen, in die Richtung der alten Landstraße, und ...«

Gol-Mammad war schon neben Nade-Alis Pferd. Er stieß den Burschen am Knie an und sagte: »Ha, Bruder, was willst du tun? Kommst du mit uns nach Ssabsewar, oder biegst du nach Galeh Tschaman ab?«

Nade-Ali zog sich den Mantel vom Kopf und fragte müde: »Wo sind wir?«

»In der Nähe der Stadt.«

»Wie spät ist es?«

»Der Morgen graut.«

»Wo geht der Weg nach Galeh Tschaman ab?«

»Du mußt der aufgehenden Sonne entgegengehen. Wenn du mit uns zur Stadt kommst, mußt du den Weg vom Nischabur-Tor einschlagen, der über Deland, Baghun und Haschem-abad nach Safarani führt. Dort gehst du an der Karawanserei vorbei geradewegs in Richtung Dahaneh nach Galeh Tschaman. Wenn du aber von der Abzweigung aus gehen willst, kommst du nach Ssaleh-abad. Du reitest durch das Dorf, biegst hinter den Eisgruben ab, kommst auf den Weg nach Deland und gehst nach Galeh Tschaman. Die Wege sind gleich lang, aber der Weg über Ssaleh-abad ist direkter. Wie die alten Männer sagen: Du mußt selbst wissen, was du tun willst.«

Nade-Ali überlegte einen Moment. Dann sagte er: »Meinst du, ich soll mit in die Stadt kommen? Ha! ... Ich hab da nichts zu tun ... Nein. Ich komm nicht mit. Wo ist der Weg nach Ssaleh-abad?«

»Gleich kommen wir hin.«

Sie kamen bei der Abzweigung an. Gol-Mammad wies mit der Hand auf einen weit entfernten Punkt und sagte dem Sohn von Hadj Hosseyn: »Dort ... ist Ssaleh-abad. Hinter jenen paar Bäumen. Bis dahin ist der Boden lehmig und wird deinem Pferd zusetzen. Paß auf, daß es nicht ausrutscht. Aber wenn du erst dort angekommen bist, wird der Weg sandig. Dann brauchst du dir keine Sorgen mehr zu machen. Behüt dich Gott.«

Nade-Ali trieb sein Pferd auf den von Gol-Mammad bezeichneten Weg. Die Umrisse von Pferd und Reiter verschwammen im trüben Zwielicht des Morgengrauens und entschwanden kurz darauf den Blicken.

Die drei Kamele setzten in Begleitung der zwei Männer ihren Weg fort. Sie gelangten zu dem Weiler, dann zu den Sandhügeln. Sie ließen die Ziegelbrennereien hinter sich. Kamen an dem für öffentliche Gebete bestimmten Feld vorbei. Endlich tauchte jenseits der Gruben und der Abladeplätze für die Bauern die alte Stadtmauer auf. Als sie vor der Stadtmauer standen, war das Tor noch geschlossen.

Die Umhänge der Männer waren naß, ihre Gesichter müde. Onkel Mandalu, ein Meister seines Fachs, zog die Kamele zur Seite, ließ sie sich hinlegen und holte seinen rußgeschwärzten Teekessel aus der oben auf der Last liegenden Satteltasche hervor. Im Windschatten der ruhenden Kamele baute er aus drei Steinen eine Feuerstelle und sagte zu Gol-Mammad: »Bring mir von deiner Last ein paar Holzstücke, damit ich Tee machen kann. Daß sie aber gut trocken sind, ha!«

Gol-Mammad zog ein paar Büsche unten aus der Ladung hervor, warf sie neben die Feuerstelle und sagte: »Wie kann Holz, das auf zehn Farssach Regen abbekommen hat, trocken bleiben? Hier! Wenn du's kannst, steck es an.«

Von den trockensten Büschen brach Onkel Mandalu mit seinen kurzen, schwieligen Händen, Händen, die so rauh wie Ziegelsteine waren, dünne Zweige ab, legte einen Stein darauf und steckte ein Streichholz an. Die Zweige fingen nicht Feuer. Er fragte Gol-Mammad: »Hast du kein Streichholz?«

»Natürlich hab ich keins. Ich rauch ja nicht, weder Zigaretten noch Pfeife.«

Onkel Mandalu drehte sich zu ihm um und sagte mit leisem Lachen, das nicht frei war von Spott: »Wie schade! ... Wenn du nicht ein Mann der Steppe wärst, würde ich nichts sagen. Aber so kann ich nicht umhin, dir ein paar Lehren zu erteilen. Ein Nomade darf nie ohne drei Gegenstände sein: etwas, das schneidet, etwas, das näht, und etwas, das brennt; das heißt: Messer und Nähnadel und Feuerstein. Ob du nun Raucher bist oder nicht. Stell dir mal vor, gerade jetzt bleibt deine Hose an einem Dornzweig hängen und dein Hosenboden wird zerrissen. Du willst in die Stadt gehen. Nun, was machst du, wenn du keine Nadel in deine Mütze gesteckt hast? Du gehst wohl mit entblößtem Hintern unter den Blicken dieser vorlauten, unverschämten Städter auf den Markt, ha? Glaubst du, die Färberlehrlinge, die Schustergesellen, die Verkäufer von Stoffschuhen lassen dich unbehelligt da hingehen? Sie werden dich nicht ungeschoren lassen. So, wie sie ja schon auf uns einen Vers gedichtet haben: ›Freund, Freund, deine Mütze hat ein Loch.‹ Hast du bis jetzt nie eine Last in die Stadt gebracht?«

Gol-Mammad, der bei seinem Kamel stand und ihm die Stirn kraulte, sagte mit gerunzelter Stirn, unzufrieden mit sich selbst und ein wenig auch mit Onkel Mandalu: »Was schneidet, habe ich bei mir. Daß ich die beiden anderen nicht habe, liegt daran, daß ich meine Gedanken nicht beisammen hatte. Unser Weggefährte hatte mich ganz durcheinandergebracht.«

Onkel Mandalu sagte: »In meiner Schachtel hab ich nur noch ein einziges Streichholz. Wenn das nicht angeht, bleibt uns nichts übrig, als den Torhüter zu wecken. Steck mal deine Hand in meinen Vorratssack, da ist eine Flasche, um die ein alter Lappen gewickelt ist. Bring sie mir her. Vielleicht ist noch ein Tropfen Petroleum drin.«

Gol-Mammad fand die Flasche und gab sie Onkel Mandalu. Mandalu öffnete den Verschluß. Nur ein paar Tropfen sickerten aufs Holz. Onkel Mandalu stellte die Flasche beiseite und zögerte einen Moment. Er wollte das letzte Streichholz anzünden, hatte aber seine Zweifel. Dann hob er plötzlich, als wäre ihm ein Kniff eingefallen, die Flasche wieder auf und wickelte den Lappen ab; den petroleumgetränkten Lappen legte er unter das Holz der Feuerstelle und sagte zu Gol-Mammad: »Jetzt komm, setz dich neben mich und halte den Wind von mir ab. Komm und mach aus deinem Umhang einen Windschutz!«

Gol-Mammad setzte sich Schulter an Schulter mit Mandalu hin, den Rücken zum Wind. Aufmerksam, vorsichtig und darum bemüht, das Zittern seiner Hände zu unterdrücken, murmelte Onkel Mandalu etwas vor sich hin, strich das letzte Zündholz an und hielt es schnell und geschickt unter den Lappen. Eine Flamme schlug hoch und ergriff das Holz. Onkel Mandalu sagte zu Gol-Mammad: »Jetzt brauchen wir Wasser. Woher sollen wir Wasser nehmen?«

»Darum mach dir keine Sorgen.«

Gol-Mammad lief zu seiner Satteltasche, brachte den Wasserschlauch, füllte den Teekessel, legte den Schlauch an seinen früheren Platz und ging wieder zu Onkel Mandalu an die Feuerstelle. Angst vor dem Wehen des Windes, dem Verlöschen des Feuers. Gol-Mammad setzte sich an die Stadtmauer, lehnte sich zurück und fiel vor lauter Müdigkeit in Schlaf.

Das Wasser im Kessel begann zu kochen. Onkel Mandalu brühte den Tee auf und holte einen Beutel mit Rosinen aus der Tasche. Tee. Ein paar Becher, einen um den andern. Dem alten Mann wurde warm. Er mochte Gol-Mammad nicht wecken. Jung ist er. Der junge Körper hat Schlaf nötiger als Brot. Der Alte stand auf, ging zum Abhang des Stadtgrabens, machte die Hose auf und setzte sich. Kurz danach stand er erleichtert auf, kam zur Feuerstelle, stellte den Teekessel neben das Feuer und ging zu seinen Kamelen. Dem einen streichelte er die Mähne, kratzte dem anderen die Stirn, striegelte beiden die Schwänze: ihr meine Lieben!

Er überprüfte die Lasten und ging dann ans Stadttor. Durch einen Spalt spähte er auf die andere Seite. Die Kammer des Torhüters. Zwei Steinstufen. Ein Hahn auf dem Dach der Kammer. Still auf einem Bein stehend. Wie versteinert. Etwas weiter entfernt ein Baum und hinter dem Baum die Fortsetzung der Stadtmauer, die sich am tiefer gelegenen Leichenwaschhaus hinzog und sich wie eine Schlange um die Stadt wand und sie umschlungen hielt. Genaugenommen aber nur wie die alte Haut einer Schlange. Die Stadtmauer hatte ihre Standhaftigkeit eingebüßt. Nicht länger war sie Einfassung und Schutz der Stadt, sondern nurmehr ein Andenken daran. Ziegelsteine und Mörtel dieser Mauer, die notgedrungen von den großen Händen tapferer Männer in alten Zeiten errichtet worden war, waren jetzt verfault und stellenweise eingefallen. Im rauhen Körper der Mauer waren Risse, Löcher und Spalten entstanden. Alt war sie, diese Stadtmauer, und ging ihrem Tod entgegen. Doch dieses verfaulte Knochengerüst, dieser skrofulöse Körper, dieser alte Recke gab sich noch nicht verloren, mochte seine aufrechte Haltung nicht aufgeben, mochte sich von seinem Alter nicht trennen.

Viele Erzählungen birgt sie in ihrem Herzen, diese alte Stadtmauer. Erzählungen, die Menschenzungen selten überliefert haben. An ihrem Leib hat sie Demütigungen erfahren, sowohl mit dem Auge als auch mit dem Ohr. Noch sind die Narben von den Krallen der Mongolen auf ihrer Haut, das schreckenerregende Gebrüll der Turaner in ihrer Seele, die Spuren der Wurfmaschinen, die die geschicktesten Meister Chinas gebaut hatten, auf ihren Flanken vorhanden. Spuren der Krallen, der Lanzen, der klirrenden Schwerter. Lärm des Angriffs. Gebrüll der jungen Männer. Die Stadtmauer trägt die Spuren von Blut und Dolchen. Wie Termiten kriechen Männer sie hinauf. Kämpfen auf der Mauerkrone. Fallen übereinander. Hilfeschreie der Stürzenden. Das Blut zeichnet Streifen in die Luft. Die Mauer erzittert. Schrickt zusammen. Sie hat das Gefühl, zugrunde gerichtet zu werden; das Gefühl, daß hartnäckige Fliegen über ihre Wunden kriechen. Sie hört ihr Summen. Läuse fressen sie kahl. Saugen sie aus. Termiten durchlöchern sie. Die Mauer bricht zusammen. Das Tor bricht zusammen. Angriff und Gebrüll. Die Männer brechen zusammen.

Ein Dolchstoß in den Rücken! Auch dieses Mal so wie immer! Die Stadt ist durcheinandergeraten. Hufe der Pferde und Pfeifen der Klingen und Wehklagen alter Frauen. Kämpfe, Brust an Brust. Den Dolch gibt's und die Brust. Das Schwert gibt's und die Nacken der Männer. Die Lanze gibt's und den Bauch der Mütter, die Brüste der Mädchen. Die Stadt ist verrückt geworden. Raub von allem, was da ist. Gnadenlose Hast. Entsetztes Wiehern der Pferde, gemischt mit den Wehklagen der Mütter. Die ganze Stadt wehklagt. In den Gassen, den Häusern, den Moscheen und auf den Plätzen – Übergriffe überall. Staub und Menschen werden unter den Hufen zertreten. Die Verteidiger suchen mit ganzer Seele den Tod. Auf dem Platz der Stadt ein Turm aus den abgeschlagenen Köpfen von Männern.

Timur läßt seine Blicke über die Stadt schweifen. Das Antlitz von Timur spiegelt sich in der Stadt. Ein Ausbund an Häßlichkeit. Häßlichkeit! Auf einer Anhöhe stehend, grinst Timur die abgeschlagenen Köpfe an. Der häßliche Teufel selbst wird nicht gesehen. *Er* sieht. Sein breites Gesicht, breiter als eine Kuppel, breiter als ein Sumpf, als eine Wüste, lacht in all seiner Häßlichkeit. Das häßliche schallende Gelächter hallt wider vom Himmel der lieblichen Stadt Beyhag, von den Gewölben der Zisternen, aus den Kellern, den Moscheen, den Torwegen der Karawansereien. Eine Peitsche, einen Drachen in der Hand. Der Unhold schlägt zum Zeitvertreib auf die Rücken der Witwen; meiner Mütter, unserer Mütter. Die Peitsche in der einen Hand, einen Weinbecher in der anderen. Vergnügt und häßlich. Zwei rauchende Fackeln brennen in seinen Augen. Stampfend hinkt er von der Anhöhe herab. Seine Sporen klirren. Seine Peitsche leckt den Staub und das Blut. Sein Helm glänzt in der Sonne. Von seinem Schnurrbart, seinen Lippen, seiner Zunge, seinen Zähnen tropft Blut. Bei den Schädeln, dem Turm aus Schädeln bleibt er stehen. Sieghaft steht er schweigend da. Er sieht sie an. Die Köpfe sehen ihn an. Die Augen sehen ihn schweigend an. Sie sehen den purpurfarbenen Mantel des Statthalters an, den besudelten Mantel des Statthalters neben den Stiefeln Timurs. Der Mantel ist das Ehrengewand Timurs auf dem Körper seines Dieners, ein Dank für den Verrat. Der Statthalter der Stadt, gebeugt von seinem Verrat, mit gelber Kappe und spärlichem Bart, schreitet demütig hinter Timur her. In Unkenntnis seines Geschicks, das der Tod ist. Das letzte Ehrengewand. Der letzte Dank. Die toten Augen sind bestürzt über den Verrat des Statthalters. Auf den Zungen liegt ein stummer Fluch. Auch die Scham des Statthalters ist verlogen. Unterm Jammergeschrei der Stadt stampft Timur mit dem Fuß auf die Erde. Leises Wimmern der alten Mütter. Timur liebkost die Mütter mit der Peitsche. Die gefesselten Lebenden singen ein Preislied. Blut sprühen sie aus ihren Mündern. Der Befehl ergeht, sie einzumauern!

Die Söldner erneuern die Stadtmauer mit Ziegeln und dem Blut aus den Leibern der Lebenden. Schlagen Arme und Beine ab. Begraben Körper und Köpfe in der Mauer. Mit offenen Augen, mit Zungen und Herzen voller Worte, der Brust voller Schreie sterben die Männer. Noch voller Leben sterben die Söhne von Dadweyeh, die Söhne von Halladj, die Söhne von Chorram-Din, die Söhne von Masdak, diese Liebhaber der Liebe, die Vortrefflichen, die Brüder; sterben stehend und lassen ihr Blut als Erbe zurück. Aus Armen und Beinen quillt das Blut. Ein Dorn im Auge des Feindes, färben sie ihre Gesichter mit ihrem Blut rot und stellen sich in Reih und Glied im Herzen der Stadtmauer hin. Die letzten Sterne, der letzte Stern weicht aus jedem Blick, entweicht und bricht. Sieh das Entweichen der Sterne, das Brechen, das Brechen der Sterne!

Stille. Die Männer sind tot. Die Nacht hat die Sterne besiegt. Nacht ist es geworden. Die Wut des Eroberers hat sich gelegt. In Erwartung ihrer Belohnung hecheln die schamlosen Söldner wie Hunde. Blut genügt ihnen nicht, sie wollen Brot. Timur zeigt auf die Häuser der Menschen. Zeigt auf die Witwen. Betten und warmes Brot. Die Söldner setzen sich eilig in Bewegung. Klage der Ruinen. Blutiges Fieber der Angst. Die ganze Stadt wälzt sich in Panik. Die Verteidiger hängen am Galgen. Die Ungeborenen, allein die Ungeborenen bewegen sich. Daß sie nur nicht sterben! Das Klagen zieht sich in die Herzen zurück. Es stirbt nicht, zieht sich zurück. Eine Anhäufung von Haß, eine Anhäufung von Wut: der einzige Vorrat der Menschen, der einzige Schatz der Menschen!

Klage laut, o abgeschnittene Zunge, überwältigte Witwe, meine Mutter in Trauerschwarz; o schwarz Gewandete! Klage laut, o Erde! Finde deine Söhne wieder!

Timur geht. Nachdem er Nacht über die Stadt gebracht hat, geht er. Aus seinen Schultern sind Schlangen gewachsen. Der Statthalter geht hinter ihm. Er hat sein Gesicht verloren. Von seinen Fingern tropft Verrat. Ihre Schritte hallen unheilverkündend in der Einsamkeit der in schwarze Nacht getauchten Stadt. Die Stadtmauer steht. Alleine die Stadtmauer steht!

Onkel Mandalu hob das Auge vom Spalt im Stadttor und richtete sich auf. Er ging zurück. Gol-Mammad schlief noch am Fuß der Stadtmauer. Der Ruf zum Morgengebet ertönte vom Minarett. Die Tür an der Kammer des Torhüters schlug zu. Wasser plätscherte über die Hände des Mannes. Zeit der Gebetswaschung.

»Huuui …, Sohn von Kalmischi, willst du nicht aufstehen? Der Morgen graut. Hörst du nicht den Gebetsruf?«

Gol-Mammad wurde wach. Er hob den müden Körper, gähnte, legte den Handrücken auf den Mund und sagte: »Hättest du mich doch nicht geweckt. Mir war, als wäre ich nicht in dieser Welt. Hättest du mich doch nicht geweckt.«

»Wie lange willst du schlafen, Mann? Willst du denn nicht dein Brennholz zu gutem Preis verkaufen? Große Karawanen, die Brennholz geladen haben, nähern sich. Hörst du nicht ihre Glokcken? Gleich wird das Stadttor geöffnet. Steh auf und trink einen Becher Tee, damit du zu dir kommst. Steh auf! Dieser verdammte Tee ist ein Heiltrank für den müden Mann. Er vertreibt die Müdigkeit aus dem Körper. Komm her! Komm!«

Gol-Mammad kam zur Feuerstelle, hockte sich hin und sagte: »Gieß ein! Gieß ein! Diese Karawane, die da kommt, könnte dem Grundbesitzer von Talch-abad gehören. Falls sie es ist, wird mein Bruder Beyg-Mammad dabei sein. Ich hab dir ja gesagt, daß Beyg-Mammad für einen der Grundbesitzer von Talch-abad arbeitet. Es wäre nicht schlecht, wenn ich ihn kurz sehen könnte.«

Onkel Mandalu sagte: »Meistens werden die Kamele von Talch-abad bei den Ziegelbrennereien abgeladen. Vielleicht kommen sie auch diesmal von dort nicht hierher.«

Gol-Mammad trank den Rest Tee aus und sagte: »Es kann auch sein, daß sie, nachdem das Holz verkauft ist, in die Stadt kommen. Sie kehren doch nicht gleich zurück! Die wollen doch Brot, Zucker und Tee kaufen, oder nicht?«

Das Dröhnen der großen Glocke des Leitkamels kam näher. Die Karawane schien von Kalschur direkt zur Stadt gezogen zu sein. Der Hahn des Torhüters krähte und schlug mit den Flügeln. Auf dem Minarett war der Gebetsruf verstummt. Das Morgenrot flammte auf und drängte sich unter die Haut der Nacht. Es war wirklich Morgen geworden. Der Torhüter hatte sein Gebet verrichtet. Onkel Mandalu sammelte Becher und Teekessel sowie den Beutel mit Rosinen ein und tat sie in seinen Vorratssack. Gol-Mammad brachte mit einem Zuruf die Kamele zum Aufstehen. Die Kamele richteten sich unter ihrer Last auf. Gol-Mammad und Mandalu gingen um die Lasten herum. Eine von ihnen war verrutscht. Die Holzkohlenlast von Onkel Mandalus Stute. Gemeinsam rückten die Männer sie zurecht. Gol-Mammad warf sich den Zügel seines Tiers über die Schulter und stellte sich wartend vor das geschlossene Tor.

Mandalu stand wachsam neben den Kamelen und leckte sich Schnurrbarthaare und Lippen. Er war ruhig. Plötzlich aber schrie er: »Hast du nicht vor, uns endlich in die Stadt zu lassen?«

Verwirrt, abgehackt ertönte die Stimme des Torhüters von der anderen Seite: »Beruhige dich, Onkel! Ich hab ihn verloren. Den Schlüssel hab ich verloren. Ich weiß nicht, wo ich ihn hingelegt habe, dies verdammte Ding! Ah … gleich … verflucht sei der Teufel! Ein böser Geist hat seinen Fuß draufgesetzt! Ich hatte ihn doch gestern abend hierhin gelegt. Auf den Rand der Nische, neben das Windlicht, hatte ich ihn gelegt ... Aha ... ich hab ihn gefunden. Der Verfluchte ist in den Bottich gefallen. Ich komme ... ich komme ...«

Mit einem trockenen, müden Laut öffneten sich die großen, alten Torflügel. Der Torhüter, der seinen Hals und das halbe Gesicht mit einem Wollschal umwickelt hatte, zog die schweren Flügel zurück und sagte, während er wieder zu seiner Kammer ging: »Ihr habt ja wohl eins von diesen Holzbündeln, die da oben auf der Last liegen, für mich gebracht! Gut, wirf's runter. Insgesamt habt ihr nur drei Ladungen? Zwei Männer und drei Kamellasten? Nun, komm her und bezahl dafür die städtischen Abgaben. Dreimal zwei Geran macht sechs Geran. Und zwei Geran für die Bündel da oben – macht acht Geran. Her damit!«

Onkel Mandalu ging zur Kammer des Torhüters und sagte: »Was? Für die Bündel willst du auch eine Abgabe haben? Seit wann denn das? Hast du es denn mit einem Haufen Blinder zu tun? Mach deine Augen auf, und guck mich richtig an! Ich bin Mohammad Ali, kurz Mandalu genannt. Jahraus, jahrein bringe ich Holzkohle und Brennholz her! Und jetzt soll ich dir auf einmal für die Bündel da oben Abgaben bezahlen? Abgaben! Du hast wohl selber Geld nötig? Aheh!«

Unwillig schüttelte der Torhüter den Kopf und brummte: »Na schön! Du brauchst keine langen Reden zu halten. Ich kenn dich sehr wohl. Mandalu der Köhler. Auch deinen Sohn kenne ich. Einige Jahre lang hat er unter Aufsicht meines Schwagers Teppichknüpfen gelernt. Jetzt, wo sich herausgestellt hat, daß wir Bekannte sind, gib mir nur sieben Geran!«

»Warum denn sieben Geran?«

»Wieviel Geran denn dann?«

»Sechs Geran. Komm, hier sind sechs Geran. Los, gib mir die Quittung.«

»Gib mir die sechs Geran, und scher dich fort, ich hab anderes zu tun! Was kümmert dich der Rest? Geh, nun geh endlich. Geh, ich erledige das schon!«

Onkel Mandalu brummte etwas vor sich hin, ging zu Gol-Mammad und sagte: »Bis jetzt schuldest du mir zwei Geran. Die Abgabe für deine Last hab ich bezahlt. Zwei Geran. Gut?«

»Gut! Ich will ja nicht aus der Stadt abhauen! Ich geb's dir. Noch heute geb ich dir's. Wenn ich meine Last verkauft habe.«

»Ich möchte ja nur, daß du's nicht vergißt. Ich weiß, daß du dich nicht davonmachst. Das ist eine gute Redensart: Wenn du mit deinem Freund nicht in Streit geraten willst, halte von Anfang an die Rechnung getrennt. Jetzt geh los! Es ist hell geworden.«

VII

Der Morgen von Ssabsewar.

Klarer Morgenhimmel nach dem nächtlichen feinen Regen. Fahle Luft, Dunst des frühen Morgens. Geheimnis der Stille. Widerhall von Stiefelschritten auf dem nassen Straßenpflaster. Feuchter Geruch der Lehmmauern. Geschlossene Türen. Geschlossene Läden. Färberei, Schmiede, Schusterwerkstatt. Lautes Beten hinter den Mauern. Die leere Ssabris-Straße. Ein buckliger Mann in schwarzem Mantel, der auf das Badehaus zugeht. Geräusche von Schritten, Husten, Beten.

Im jungfräulichen Morgen öffnet die Stadt die Augen.

Gol-Mammad und Mandalu sind die ersten Männer, die den Fuß auf das Pflaster der Straße gesetzt haben. Sie überqueren die Ssabris-Straße, gehen am Haschtpayeh-Teich vorbei, und kurz darauf gelangen sie auf den Markt der Holzkohlenhändler. Der Marktplatz ist noch leer. Leer von Waren und von Menschen. Der Regen hat den Boden gefestigt. Rings um den Markt sind die Türen aller Läden geschlossen. Auf der anderen Seite des Markts führt von der Ecke ein Weg zur Paderacht-Gasse und etwas näher ein Durchgang zum Basar der Schmiede und zur Grube, in der die Zigeuner leben. Auch die Zigeuner schlafen noch. Von der Nordseite des Markts geht eine gepflasterte Straße ab zum Grabmal des Heiligen Yahya. Und von der östlichen Ecke des Markts führt ein Weg am Südtor der Schasdeh-Karawanserei vorbei zur Gasse der Freitagsmoschee. Eine holprige, gepflasterte Gasse durchschneidet das Ende des kleinen Basars der Zuckerbäcker und endet ziemlich steil und glatt an der kleinen südlichen Tür der Moschee.

Bevor er die Kamele sich lagern läßt, legt Onkel Mandalu ehrfürchtig die Hand auf die Brust und grüßt flüchtig das Grabmal. Dann wendet er sich an Gol-Mammad: »Und dies ist die Stadt Ssabsewar. Hast du sie jemals so leer und friedlich erlebt? Wenn du deine Last verkauft hast, bringst du dein Kamel in die Karawanserei und gehst dann zum Heiligengrab. Und sieh dir auch die Arg-Straße und die Beyhag-Straße genau an. Der Laden für Hülsenfrüchte ist dort, gleich neben dem Karawanserei-tor. Gegenüber dem Markt. Da kann man von Vogelmilch bis Menschenseele alles finden. Wenn du mit dem Inhaber Bekanntschaft schließt, verkauft er dir auch auf Kredit. Und dies hier ist das Teehaus von Karbala'i Habib. Sein Gehilfe öffnet gerade die Tür. Das ist ein Ort, wo Handel getrieben wird. Viele Bauern aus den Dörfern jenseits des Flusses treffen sich hier. In einer halben Stunde strömen die Händler für Häute, Wolle, Därme, Wassermelonenkerne in Scharen herbei, und es erhebt sich ihr Gekrächze. Die Läden der Kaufleute befinden sich in der Beyhag-Straße. Beim Eingang zu den Karawansereien. Auch das Polizeirevier ist da. Aber das Gericht liegt weiter weg. In der oberen Straße. Und die Gendarmerie liegt beim Arag-Tor. In einer dieser Karawansereien aus der Zeit von Schah Abbass. Ferner möchte ich dir erzählen, daß in diesen paar Jahren seit dem Krieg auch eine oder zwei Autowerkstätten an der oberen Straße aufgemacht wurden. Das heißt, die ehemaligen Karawansereien sind Autowerkstätten geworden. Eine von ihnen hat auch Gastzimmer. Und dann gibt es noch ...«

Gol-Mammad hatte keine Lust mehr, dem Wortschwall des Alten zuzuhören. Denn alles, was Onkel Mandalu sagte, wußte er selbst auch. Er war zwar ein Nomade, aber es war nicht so, daß er nie in der Stadt gewesen wäre. So sagte er: »Erst sag mir mal, willst du die Kamele so lange beladen lassen, bis sich ein Käufer findet? Ich jedenfalls lasse meins sich hinlegen und nehme ihm die Last ab. Was du tust, ist deine Sache!«

Mandalu sagte: »Auch ich lasse sie ausruhen. Führe sie an die Mauer. Neben der Straße. Hier können wir die Lasten an die Mauer lehnen.«

Gol-Mammad tat es, und die beiden Männer luden die Lasten ab. Die Säcke mit Holzkohle lehnten sie an die Mauer neben der Straße, das Brennholz stapelten sie am Rand des Marktes aufeinander. Die Kamele verschnauften, die Männer setzten sich neben den Brennholzstapel hin. Onkel Mandalu gelüstete es nach Brot; Gol-Mammad nahm das Bündel Brot aus der Satteltasche und machte es auf. Das Fladenbrot war zu einem einzigen Klumpen geworden. Aber jedenfalls war es Brot. Bissen auf Bissen.

Die Stadt kam in Bewegung.

Saubohnenverkäufer kamen, ihre gefüllten Töpfe auf dem Kopf tragend, die Ssabris-Straße hinauf, verteilten sich in den Gassen rund um den Markt und schrien: »Heiße Saubohnen, heiße Saubohnen!« Krämer in Umhängen oder die Mäntel über den Kopf gezogen langten aus dieser Gasse, aus jener Gasse auf dem Marktplatz an, öffneten wie Mäuse die Lattentüren ihrer Läden und hockten sich hinter ihren Theken neben das kalte Kohlenbecken, um Feuer zu machen. Kameltreiber, mal einzeln, mal in Gruppen, fanden sich ständig mit zum Schweigen gebrachten Glocken auf dem Markt ein, suchten sich einen Platz, luden ihre Kamele ab und machten ein Feuer an. Schäfer kamen von den Karawansereien und trieben die Schafe und Ziegen, die sie verkaufen wollten, in einen Winkel. Straßenhändler traten mit Brot unter die Leute, die Brennholz oder sonstiges gebracht hatten, und verkauften den gerade angekommenen müden Männern ihre Ware. Verkäufer von Saubohnen und gekochten roten Rüben gingen mitten zwischen den Kamelen und Lasten auf und ab. Einer der Gehilfen des Teehauses von Karbala'i Habib hatte sich eine Anzahl Teegläser mit Untersetzern auf Hand und Unterarm gestellt und machte einen Rundgang durch die Menge. Die Händler hatten sich auf den Markt ergossen und spürten wie Wölfe nach Ware. Die Unterhaltungen waren lauter geworden und in Geschrei übergegangen, und das Geschrei war dabei, in Radau auszuarten. Die Stadt hatte den Kopf vom Kopfkissen gehoben und war hinter ihrem täglichen Brot her. Bei den Brennholzlasten feilschten Bäcker mit den Holzfällern um ein oder zwei Geran. Sie schworen, drohten und schimpften. Landstreicher und Waisenkinder waren gekommen, Reisig zu stehlen. Die Händler krakeelten herum. Die Krämer hatten sich unter die Menge gemischt, und jeder versuchte, den anderen übers Ohr zu hauen. Hier und da kamen erbärmliche Gestalten, ein Stück Sackleinen auf dem Kopf, einen Vorratssack über der Schulter, wie Würmer auf den Markt gekrochen und streckten jedem greinend die hohle Hand hin. Sie beteten, sie schimpften und sie fluchten. Sie wurden weggejagt und kamen wieder. Wurden weggejagt und fluchten. Bettler aller Art. Opiumsüchtige, hinkende, junge und alte.

Unter ihnen war einer, den niemand so leicht loswerden konnte: der in der ganzen Stadt bekannte Karbala'i Mandali, genannt der Raffer, der sich wie ein Blutegel an einen klebte. Er hatte das Zittern. In regelmäßigen Abständen zitterten ihm die Hände. Seine gefühllosen Lippen waren starr, und ständig floß ihm ein dünner Faden Speichel von den Lippen auf den Mantelkragen. Seine Augen, glanzlos wie die Augen einer alten Katze, hatten die Farbe von Heu. Wenn er einen Menschen fixierte, bohrte er seine Augen in ihn, als ob er zwei Zeltpflöcke in die Erde schlüge. Sein Schädel war rund und glattrasiert. An jedem Tag, den Gott werden ließ, blieb dieser Kopf unbedeckt. Seine Schultern waren breit, seine Knochen derb. Die großen Füße nackt. Er trug einen langen abgewetzten Mantel. Selten hatte man ihn mit einem Hemd gesehen. Er zog sich direkt seinen alten Mantel über. Krause, wollige Brusthaare quollen ihm aus dem Kragen hervor. Nicht nur die Einwohner der Stadt, auch alle Auswärtigen, diejenigen, die Lasten in die Stadt brachten, kannten ihn, seine Hartnäckigkeit, seine Unverfrorenheit, sein unflätiges Reden sehr gut. Zuerst sah er einen an, dann streckte er die Hand aus, und darauf sagte er ohne Bitten und Schmeicheln: »Gib!« Wenn du nur einen Augenblick zögertest, ihm eine Münze, ein Stück Brot, ein Stück Zucker zu spenden, öffneten sich seine feuchten, glänzenden Lippen, und er fing leise und – ohne in sichtliche Aufregung zu geraten – höhnisch lächelnd zu schimpfen an. Die Flüche steigerten sich stufenweise. Von dir zu deiner Mutter, von der Mutter zum Vater, vom Vater zur Schwester und schließlich von der Schwester zur Ehefrau. Es hing davon ab, wann du die Hand in die Tasche stecktest. Wenn du dich bis zuletzt nicht rührtest, fummelten die zittrigen Finger Mandalis des Raffers, begleitet von den unflätigsten Verwünschungen, an deinem Hosenschlitz herum.

Onkel Mandalu war zum Teehaus gegangen, Gol-Mammad hatte es sich auf seiner Satteltasche bequem gemacht und den Rücken an die Holzlast gelehnt. In seinem verschlissenen langen Mantel, mit bloßen, schlammverkrusteten Füßen, hatte Mandali der Raffer sich vor Gol-Mammad gestellt und ihm die Hand hingestreckt; das Lächeln auf seinen Lippen war wie erfroren. Gol-Mammad sagte: »Fort mit dir, Onkel. Scher dich fort, Gott wird für dich sorgen.«

Der Raffer sagte: »Zehn Schahi!«

»Siehst du denn nicht, daß ich meine Last noch nicht verkauft habe?«

»Zehn Schahi. Nur zehn Schahi. Tut dir dein Arsch weh, wenn du mir zehn Schahi gibst?«

Gol-Mammad setzte sich mit einem Ruck auf: »Oho! Warum schimpfst du, Kerl?«

Der Raffer rührte sich nicht von der Stelle, blieb stehen, wo er stand. Mit einem kalten Lächeln auf den Lippen, einem schamlosen Lachen in den Augen sagte er: »Freundchen! Geld hab ich verlangt, nicht deinen Arsch. Als du noch ein Jüngling warst, warst du damit freigebiger als jetzt! Damals hieltst du deinen Arsch jedem hin und gabst keinen Ton von dir. Aber jetzt, um ihn einmal hinzuhalten, erhebst du ein solches Geschrei …«

Völlig verstört stand Gol-Mammad auf, packte den Raffer am Mantelaufschlag und sagte: »Du Zuhälter! Was stehst du hier und redest Blödsinn? Wer bist du denn eigentlich? Ich sagte doch, daß ich kein Geld habe. Scher dich fort! Aheh!«

Gol-Mammad beförderte den Raffer mit einem Stoß an die Mauer und kehrte fluchend an seinen Platz zurück. Er glaubte, dieser Alte mit dem runden Schädel, den abstehenden Ohren und unverschämten Augen würde jetzt verschwinden. Aber das geschah nicht. Der Raffer kam wieder heran und stellte sich eigensinnig vor ihn hin.

Was für ein seltsamer Vampir er ist, dieser Halunke!

Der Raffer sagte: »Also mir hältst du ihn nicht hin, Freundchen, ha? Wem willst du ihn hinhalten, der besser ist als ich, ha?«

Gol-Mammad zog seinen Stock aus dem Holzstapel, beherrschte sich aber, hieb ihn nicht dem Bettler auf die Schulter. Statt dessen stieß er mit dem Ende auf den Boden und sagte: »Verschwindest du, oder soll ich diesen Stock in deinen Hintern bohren, du fleckiges Scheusal?«

Der Raffer wandte sich zum Gehen, drehte sich aber nochmals um und sagte zu Gol-Mammad: »Schone deine Hand. Ich geh ja schon. Geh ja schon. Aber, Freundchen, deine Mütze hat ein Loch; in deinen Hintern kann 'ne Katze kriechen.«

Anders als vorher brachte sich der Raffer vor Gol-Mammads Angriff eilends in Sicherheit und verschwand in der Menge.

»Was tust du da, Mann! An dem ist doch nichts zum Schlagen! Besteht nur aus Haut und Knochen, dieser arme Kerl!«

Babgoli Bondar hatte Gol-Mammad am Arm ergriffen und hinderte ihn an der Verfolgung. Ungläubig blieb Gol-Mammad stehen. Babgoli sagte: »Ich bin's. Warum reißt du die Augen so auf?«

»Du … du … Was machst du hier?«

»Dich suche ich nicht. Reg dich nicht auf. Ich bin immer mit einem

Fuß in der Stadt. Sag mal, was hast du zum Markt gebracht? Schafe? Ich hab dein Kamel erkannt und bin hergekommen. Weshalb hattest du dich mit dem Kerl angelegt?«

»Er redete unflätiges Zeug.«

»Das ist nun mal seine Art. Also sag mal, was für Ware hast du zu verkaufen?«

»Ware! ... Was für Ware kann ich schon haben? Was brauchst du?«

»Ich bin gekommen, für meinen Gutsherrn Aladjagi eine Ladung Brennholz zu kaufen. Ich glaube, in diesen Tagen hat er Gäste bei sich. Die Honoratioren der Stadt. Er will das Brot zu Hause backen lassen. Wahrscheinlich kommen auch einige aus Maschhad. Er will sich wohl mal so richtig in Unkosten stürzen.«

»Diese Brennholzlast gehört mir. Sieh sie dir an. Falls du sie brauchen kannst, lade ich sie dem Badi auf und bringe sie dir.«

»Soll das heißen, daß du wahr und wahrhaftig beim Transport von Brennholz gelandet bist?«

»Du siehst's ja!«

»Was ist mit den Schafen?«

»Es sind noch welche da. Die, die übriggeblieben sind, weiden unter der Aufsicht von Kalmischi und Ssabrou. Es lohnte sich nicht mehr, daß auch ich mich damit abgab.«

»Bringt dir denn der Transport von Brennholz was ein?«

»Ich hab's noch nicht ausprobiert. Das ist das erste Mal, daß ich Holz hierher bringe. Ich glaube aber, daß die Marktlage nicht übel ist. Schließlich müssen die Menschen Brot essen. Wie sie zu Weizen und Mehl kommen, weiß ich nicht. Aber die Bäcker müssen Brot backen. Und für ihre Öfen brauchen sie Brennholz. Ohne Feuer wird nun mal kein Brot gebacken!«

»Lade es jetzt auf, und laß uns gehen und abwarten, was wird!«

»Dann geh mir an die Hand und hilf mir.«

Onkel Mandalu kam dazu. Mit vereinten Kräften luden die drei Männer das Holz auf. Gol-Mammad ließ sein Kamel aufstehen. Babgoli Bondar schüttelte Staub und Holzspäne von seinem Wollmantel ab, warf sich das lose herabhängende Ende des aufgegangenen Turbans über die Schulter und brach auf. Onkel Mandalu sagte: »Viel Erfolg, so Gott will.«

»Ich komme hierher zurück. Warte auf mich!«

»Falls ich meine Last verkaufe, treffen wir uns in der Karawanserei von Hadj Nur-ollah. Bei Pir Chalu. Die Kamele lassen wir da ausruhen.«

»Abgemacht ... Nun, Bondar, welchen Weg sollen wir nehmen?«

»Wenn dein Kamel bei dem Lärm nicht scheu wird, durch den Basar der Schmiede. Sonst durch die Straße. Durch die Paderacht-Gasse geht es auch. Aber vielleicht bleiben wir an den engen Stellen der Gasse hängen. Gehen wir also durch die Straße.«

»Wo liegt das Haus von Herrn Aladjagi?«

»Am Arag-Tor. Vor dem Heiligengrab biegen wir nach links.«

»Gehen wir.«

Sie gingen. Gol-Mammad warf sich den Zügel über die Schulter, und Babgoli Bondar schritt dicht neben ihm her. Ob sie es wollten oder nicht, beide dachten an die gleiche Sache. An das, was beiden – jedem auf seine Weise – widerfahren war. An das Spiel, bei dem beide, jeder auf eine andere Art, verloren hatten. ›Man darf sich nicht durch Bondars freundliche Miene täuschen lassen.‹ Immerzu mußte Gol-Mammad an das unprofitable Geschäft denken, das er abgeschlossen hatte. An das Geschäft mit den Häuten der toten Schafe. ›Traue ihr nicht, dieser freundlichen Miene Bondars!‹

»Am Ende hast du mir dein Kamel nicht verkauft!«

»Du wolltest es mir gegen deine ausstehende Forderung in Rechnung stellen, Bondar. Aber auch wenn du es mir bar bezahltest, würde ich es nicht verkaufen. Auch wenn mir das tägliche Brot fehlen sollte, verkaufe ich's nicht. Das Kamel ist für mich das, was für den Blinden der Stock ist. Ohne es kann ich mich nicht fortbewegen. Angenommen, ich hätte es verkauft – was würde ich tun, jetzt, wo ich in Not geraten bin? Das Holz zehn Farssach auf meinen Schultern in die Stadt bringen?«

»Möge es dir weiter Glück bringen. Ein herrliches Tier ist es.«

»Du bist wohl sehr drauf versessen, Bondar, ha?«

»Wo denkst du hin! Es paßt besser zu seinem Reiter. Zu dir. Möge es dir nur Gutes bringen. Bieg nach links!«

Gol-Mammad bog nach links: »Übrigens, was hörst du von meinem Vetter Ali-Akbar, dem Sohn von Hadj Passand?«

Babgoli Bondar sagte lächelnd: »Wir sind drauf und dran, Verwandte zu werden.«

»Mit Ali-Akbar?«

»Mit Ali-Akbar und auch mit euch!«

»Schön, möge es Glück bringen, mit Gottes Hilfe.«

»Ich habe vor, seine Tochter mit meinem Asslan zu verloben.«

»Ich gratuliere, gratuliere.«

»Wir denken schon dran, die Verlobung zu feiern.«

»So ist's richtig! Da kommt Geld zu Geld. Deinen Neffen, den Nade-Ali, hab ich gesehen.«

»Wo?«

»Wir hatten den gleichen Weg. Er schien jemanden zu suchen. Ging nach Galeh Tschaman. Sagte, er wolle zu seinem Onkel Babgoli gehen.«

»Wie ging es ihm?«

»Nicht gut. Er war unglücklich. Wegen dem Mädchen, das er gern hatte. Er war ziemlich verstört.«

»Verrückt ist er, der Unglückliche! War er auch körperlich krank?«

»Ich glaube schon. Er war ganz gelb im Gesicht. Die Haare standen ihm wirr vom Kopf ab. Ich sagte zu ihm: Komm mit in die Stadt und geh zum Arzt, aber er hörte nicht darauf. Trieb sein Pferd auf den Weg nach Galeh Tschaman.«

Nach kurzem Zögern sagte Babgoli: »Seine Vettern sind dort. Ich selbst geh auch hin, wenn ich hier meine Angelegenheiten erledigt habe … Übrigens, sag mal, lohnt es sich für dich, eine Kamellast Brennholz von Kalschur herzubringen und hier zu verkaufen? Für wieviel Toman kauft man denn eine Last?«

»Wenn du wissen willst, was du für diese Last bezahlen sollst, setze du selbst den Preis fest.«

Bondar sagte lachend: »Nein, bei deinem Haupt, nein. Ich möchte nur wissen, wieviel Gewinn oder Verlust der Transport von Brennholz mit sich bringt. Ich hab schließlich auch zwei, drei Kamele gekauft. Die Kamele von Karbala'i Chodadad. Das weißt du doch!«

»Jetzt, wo sie überflüssig geworden sind, ist es dir in den Sinn gekommen, Kamele zu halten? Siehst du denn nicht, daß selbst die großen Kamelhalter das Futter für ihre Lasttiere nicht mehr erarbeiten? Du hast sie wohl dem Vater von Gadir und Abbass-djan abgekauft, ha?«

»Ha! Ich will mal sehen, ob ich nicht, falls es was abwirft, meinen Scheyda einige Tage mit dir zusammen Brennholz transportieren lasse, und später dann, gegen Frühlingsanfang, habe ich vor, die Tiere zu mästen und zu schlachten. Oder sie dir zu vermieten. Ha, was meinst du dazu? Lohnt sich das für dich? Das ist doch besser, als wenn du jedesmal nur eine Ladung Holz in die Stadt bringst, was?«

»Natürlich ist das besser. Aber nun hab ich mit diesem Onkel Mandalu abgemacht, daß wir abwechselnd Lasten transportieren. Zweimal er, einmal ich. Wenn ich das mit ihm in Ordnung bringen kann, hab ich nichts dagegen. Sind Gurte und Sättel der Kamele in Ordnung?«

»Nicht so ganz. Zwei Kamele haben keine Satteldecke. Und der Sattel von einem ist auch kaputt. Ich muß alles flicken.«

Gol-Mammad sagte: »Ich hab vergessen, Onkel Mandalu mit dir bekannt zu machen. Er hat auch vor, nach Galeh Tschaman zu gehen.«

»Wozu? Ist der Totenwäscher seines eigenen Dorfs gestorben?«

»Warte, laß mich dir das erzählen. Der Meister, den du in deiner Werkstatt beschäftigst – den Mussa meine ich –, ist der Sohn dieses Onkel Mandalu. Onkel Mandalu will hingehen und sehen, was sein Sohn macht.«

»Dann bekomme ich also noch mehr Gäste!«

»Genau! Du mußt mehr Schüsseln auftragen.«

Babgoli Bondar sagte: »Was für ein Vater ist dieser Mandalu, daß ich seinen Sohn von Pir Chalu, dem Karawanserei-Aufseher, übernommen habe? Ist Pir Chalu der Onkel von Mussa? Wo ist denn dieser Onkel Mandalu bisher gewesen?«

»Hast du nicht die Säcke mit Holzkohle an der Mauer gesehen? Die gehören ihm. Dort in der Nähe unserer Zelte hat er einen Kohlenmeiler. Und da lebt er auch. Mit seinen zwei Kamelen.«

»Alleine?«

»Ha. Wie ein alter Panther. Ein netter Mann ist er.«

Babgoli fragte sofort: »Will er ohne Last nach Galeh Tschaman gehen?«

»Ich glaube. Weshalb fragst du das?«

»Da sind drei, vier Säcke Baumwollsamen. Würde er die transportieren?«

»Warum sollte er nicht? Sind es deine?«

»Ha. Winterfutter für die Schafe. Zwei, drei hab ich schon hingeschafft. Das sind die letzten.«

Oberhalb des Marktplatzes faßte Babgoli Bondar das Kamel am Zügel, zog daran, und Badi bog in die gepflasterte Gasse ein und blieb vor einem großen Torbogen stehen.

Babgoli sagte: »Hier ist's.«

Gol-Mammad ließ Badi sich hinlegen. Babgoli Bondar schlug mit dem Messingklopfer ans Tor. Der Hausdiener öffnete es. Babgoli wollte schon hindurchgehen, als Gol-Mammad ihn plötzlich zurückrief. Babgoli Bondar kehrte um und trat zu Gol-Mammad: »Ha?« Gol-Mammad leckte Lippen und Schnurrbart mit der Zungenspitze; mürrisch und unsicher sagte er: »Ich möchte etwas von dir. Ich hab eine Bitte, Bondar.«

»Was für eine Bitte, Mann?«

»Daß du das Geld für meine Last von dem Herrn in Empfang nimmst und mir gibst. Daß du nicht auf einmal auf den Gedanken kommst, es für deine Forderung an mich zu verwenden! Ich hab dieses Geld sehr nötig. Ich muß damit viele Dinge einkaufen. Auch wegen etwas anderem bin ich in Sorge: daß der Herr ja nicht glaubt, ich hätte ihm das Brennholz als Geschenk gebracht. Solche Leute sind nun mal daran gewöhnt, daß unsereins ihnen Geschenke bringt.«

Mit einem hämischen Lächeln – dem Lächeln eines schlauen Bauern gegenüber einem naiven Nomaden – erwiderte Babgoli Bondar: »Also deshalb warst du wegen dieser Last so unschlüssig? Du hast abgestritten, daß das Holz dir gehört!«

Gol-Mammad lachte verlegen; er drehte sich um und fing an, das Holz abzuladen. Babgoli Bondar öffnete die Torflügel und kam Gol-Mammad zu Hilfe. Sie zogen das Holz in den Torweg, trugen es dann durch den gewundenen Durchgang in den äußeren Hof, lösten beim Backofen die Stricke und stapelten das Holz an der Mauer auf. Bondar ging in den inneren Hof, und Gol-Mammad trat aus dem Torweg in die Gasse, warf die zusammengerollten Stricke über den Sattelknopf, wickelte den Zügel zusammen, klopfte Dornen und Holzspäne, die am Sattel klebten, ab und wartete an der Mauer auf Babgoli Bondars Rückkehr. Der fast bartlose Diener blickte Gol-Mammad mit seinen leblosen Augen an und machte sich dann daran, die Flügel des großen Tors zu schließen.

Wie alle seinesgleichen hatte dieser Diener einen guten Riecher für die fremden Besucher, die zum Haus kamen. Wenn der Ankömmling nur ein wenig Verstand besaß, konnte er seinen Wert an dessen Augenausdruck ablesen. Der Diener vermochte sogar besser als sein Herr die Menschen einzuschätzen, die sich am Haustor einfanden, und dementsprechend sah er sie an, begrüßte sie, behandelte sie geringschätzig oder unterwürfig. Bevor der Diener hinter dem Tor verschwand, glaubte Gol-Mammad in dessen Augen einen Ausdruck zwischen Gleichgültigkeit und Verachtung zu sehen, und so ließ er augenblicklich den Mut sinken. Daß Babgoli Bondar so lange auf sich warten ließ, bestärkte ihn in seiner Annahme. ›Die wollen doch wohl nicht das Geld für mein Holz bei sich behalten? Nein. Babgoli Bondar weiß doch, wie es um meine Lage bestellt ist. Es sei denn, sie wollen sich mit mir einen Scherz erlauben!‹

Gol-Mammads Ungewißheit und Sorge hielten nicht lange an. Babgoli Bondar steckte den Kopf aus dem Tor und rief ihn herein. Gol-Mammad ging mit ihm in den Innenhof und stellte sich an die gekalkte Mauer, während Bondar in einem Zimmer verschwand. Nicht lange danach trat Herr Aladjagi aus der Tür, blieb auf der Terrasse stehen und spuckte aufs Blumenbeet; ein kurzes Husten und dann ein Blick auf Gol-Mammad. Mit einem knappen Gruß verbeugte Gol-Mammad sich leicht und konnte sich in diesem Moment die Gestalt von Herrn Aladjagi ansehen: ein großes, dunkles Gesicht, glattrasiert. Wie ein Kupfertablett. Ein Käppchen auf dem Kopf, ein kamelhaarfarbener Umhang über den Schultern. Ein großer, breiter Körper, ein leichtes Doppelkinn. Schwarze, vortretende Augen unter geschwungenen Brauen. Insgesamt nicht abstoßend, aber von Stolz gebläht.

Babgoli Bondar trat zu ihm, zeigte auf Gol-Mammad und sagte: »Er ist einer von den Kalmischis, Herr. Geben Sie ihm für seine Last so viel Sie für richtig halten.«

Aladjagi zog unter seinem Umhang einen Geldschein hervor, gab ihn Babgoli Bondar und sagte: »Bezahl ihm den marktüblichen Preis!«

Babgoli Bondar kam die Stufen herunter, und Aladjagi ging zum Empfangszimmer; doch bevor er in die Tür trat, drehte er sich um, blickte Gol-Mammad an und sagte: »Komm mal näher, Junge!«

Gol-Mammad sah Babgoli an. Babgoli sagte: »Dich meint er. Geh und sieh, was er von dir will!«

Unschlüssig, zweifelnd ging Gol-Mammad hin, blieb unten an der Terrasse neben der Kellertür stehen und sagte: »Ja Herr. Zu Diensten!«

»Hältst du nicht Schafe?«

»Doch, Herr.«

»Wieso transportierst du dann Brennholz?«

»Aus Not, Herr.«

»Möchtest du nicht eine meiner Herden hüten?«

»Nein, Herr.«

»Warum nicht?«

»Ich kann nicht für einen Fremden arbeiten. Mein ganzes Leben lang war ich Hüter meiner eigenen Herde. Ich kann nicht.«

»Ein hungriger Bauch hat doch keine Wahl!«

»So hungrig bin ich noch nicht, Herr. Ich hab den Gürtel enger geschnallt.«

»Geh!«

Gol-Mammad drehte sich um und ging zum Tor. Aladjagi sah dem jungen, mißvergnügten Kurden nach und ging dann selbst ins Zimmer. Zusammen mit Gol-Mammad trat Babgoli Bondar in die Gasse und meinte: »Wenn du für Aladjagi arbeitetest, wär das nicht schlecht! Und dein Kamel …«

Gol-Mammad ließ Badi aufstehen und sagte: »Mein Kamel läßt keinen Fremden aufsitzen! Gott befohlen.«

Er warf sich den Zügel über die Schulter und brach auf. Babgoli Bondar rief hinter ihm her: »Vielleicht werde ich eines Tages Scheyda mit meinen Kamelen zu euren Zelten schicken. Der Transport von Brennholz scheint nicht ganz unergiebig zu sein.«

Gol-Mammad wandte sich um und sagte: »Wenn du ihn schickst, gib ihm auch einen Spaten und Stricke mit. Daß du ihn ja nicht ohne Werkzeug losschickst!«

»Nein. Zuerst statte ich ihn und die Kamele aus, und dann schicke ich sie.«

Seinem Kamel vorausgehend, kam Gol-Mammad zur Straße.

Eine dunkle Wolke, grau wie Ziegenwolle, deckte noch den Himmel zu. Weder regnete sie, noch machte sie sich davon. Hartnäckig blieb sie über der Stadt hängen. Ein gesichtsloser Wächter. Die Menschen hatten sich aus den Straßen verlaufen. Entweder waren sie in die Läden geschlichen, oder sie verdrückten sich, den Kopf mit dem Schafpelz umhüllt, in den Gassen. Ein kalter Staub hatte sich in den Gassen ausgebreitet. Die Stadt lag da in quälendem Schweigen. Es sah aus, als wären die Menschen mit der Stadt, die Stadt mit den Menschen verzankt. Gelegentlich gingen welche, gelegentlich kamen welche, aber als wären sie keine Menschen, sondern nur Schemen und Schatten oder Kleidungsstücke. Wäre nicht das Geräusch ihrer Schritte auf dem nassen Straßenpflaster gewesen, hätte man denken können, sie wären nicht da. Sie sprachen kein Wort. Als ginge keiner den anderen etwas an. Zusammengesunken, den Umhang über den Kopf gezogen, beugten sich die Krämer hinter den Theken über ihre erloschenen Holzkohlenbecken, und ihre Augen – ausgetrocknete Quellen – starrten nach draußen. In ihren Blicken barg sich eine hartnäckige Kälte, die eine dunkle Hoffnungslosigkeit in die Seele des Betrachters hauchte. Der eine oder andere Molla, mal mit einem Turban, mal den Kopf unter dem Umhang verborgen, glitt schnell und geräuschlos irgendwohin. Unter dem Fenster des Heiligengrabmals hatte sich ein Bettler stumm unter seine Lumpen verkrochen. Hoch neben dem Bettler aufragend, hatte das moscheeähnliche Grabmal, in Erwartung der Almosenverteilung, seine türkisfarbenen Arme zum Himmel erhoben und gähnte träge. Der Basar auf der anderen Straßenseite hatte den Rachen geöffnet, warf sich Menschen wie Happen in den Schlund und verschluckte sie. Im Basareingang lag gebeugt und hinfällig die Schasdeh-Karawanserei mit ihrem verwitterten, von Termiten zerfressenen Tor. Gol-Mammad zog sein Kamel in den Torweg der Karawanserei, führte es in eine Ecke, fesselte ihm sein linkes Vorderbein, vertraute die Satteltasche dem Aufseher an und ging wieder hinaus. Neben dem Gemüseladen war eine Bäckerei. Er kaufte ein Fladenbrot und ging in die Teestube der Karawanserei, setzte sich auf eine Bank und riß das Brot in Stücke. Man brachte ihm Tee. Er machte sich daran, das Brot zu essen, und trank dazu den Tee.

Die Teestube war eng, dunkel und warm. Die unterschiedlichsten Menschen saßen auf den Bänken: Händler, Lastträger, Ladengehilfen, kleine Ankäufer und Verkäufer, Bauern, Schafhalter, Hirten, Derwische, Verkäufer von Gebetssteinen, Gebetsschnüren und Fingerringen, sowie ein Flickschuster, der nahe der Tür schweigend auf seinem Schemel saß, seine scharfen, dunklen Augen wie Nadeln in die Menge bohrte, seinen

Blick eine Weile so ruhen ließ und sich dann abwandte. Der Flickschuster war ein winziges Kerlchen und hatte noch nicht viele Jahre auf dem Buckel. Wohl weniger als fünfunddreißig. Trotzdem aber waren ihm die Stirnhaare schon ausgefallen und seine Schläfen etwas kahl. Er trug eine schwarze Jacke und hatte sich einen alten Schal um den Hals gewickelt. Von Zeit zu Zeit schloß er die Lider und kratzte sich an seinem dünnen Schnurrbart. Ohne es zu wollen, beobachtete Gol-Mammad ihn und bemerkte, daß der Mann die Augen auf einen seiner Stiefel geheftet hatte. Daß der Stiefel zerrissen war, wußte er von der brennenden Kälte, die er an seinem linken Fuß verspürte; trotzdem mochte er ihn keinem Schuster zum Flicken überlassen. Solche kleinen Ausgaben hielt er für überflüssig. Auch wollte er jetzt eigentlich nicht über seinen zerrissenen Stiefel nachdenken, konnte es aber nicht verhindern. Der scharfe, forschende Blick des Schusters ließ ihn nicht in Ruhe. So zog er plötzlich den Fuß aus dem Stiefel, warf ihn dem Schuster hin und sagte: »Flick ihn! Mit deinen Augen hast du ihn noch an ein paar anderen Stellen durchlöchert!«

Der Schuster hob den Stiefel auf, flickte ihn, stellte ihn bald danach vor Gol-Mammad hin und sagte: »Es ist Winter, Chan. Die Schuhe eines Mannes müssen in Ordnung sein. Von welchem Stamm, welcher Sippe oder Familie bist du?«

Gol-Mammad zahlte dem Schuster seinen Lohn, stand auf, legte auch eine Münze auf die Theke der Teestube und ging hinaus. Auch wenn sein Auge nicht auf den Flickschuster gefallen wäre, hätte er den Trubel in der Teestube nicht mehr lange ertragen; doch jetzt, dem spitzen, aufdringlichen Blick des Schusters ausgesetzt, konnte er keinen Moment länger bleiben. Er ging nach draußen, setzte sich auf die Bank vor der Tür und schnürte seinen Stiefel zu. Dann ging er durch das Tor der Karawanserei zum Marktplatz. Onkel Mandalus Last war noch nicht vollständig verkauft. Ein Sack Holzkohle lehnte noch an der Mauer. Onkel Mandalu sagte zu Gol-Mammad: »Es wäre gut, wenn du meine Kamele in die Karawanserei bringen, dort fesseln und dich dann um deine Angelegenheiten kümmern würdest. Mittags treffen wir uns bei Pir Chalu im Torweg der Karawanserei von Hadj Nur-ollah. Sollte ich nach Galeh Tschaman gehen, ist's gut, andernfalls machen wir uns zusammen nach Kalschur auf.«

Gol-Mammad brachte Onkel Mandalus Kamele zum Aufstehen und sagte: »Und was ist mit diesem Sack Holzkohle?«

»Den trag ich auf der Schulter. Geh du.«

»Übrigens – der, der meine Brennholzlast gekauft hat, war Babgoli Bondar, der Brotherr deines Mussa. Der kleine Grundbesitzer von Galeh Tschaman. Er sagte, er hätte ein, zwei Lasten Baumwollsamen für dich zu transportieren. Was machst du? Transportierst du sie, oder läßt du es bleiben?«

»Bezahlt er Miete für die Kamele?«

»Gott weiß. Vielleicht tut er's, vielleicht auch bringt er dich mit schönen Worten so weit, daß er nicht zu zahlen braucht. Er dreht und wendet alles zu seinen Gunsten. Ein habgieriger Mensch ist er.«

»Ich bin noch habgieriger als er. Sieh mal zu, falls er die Hand in die Tasche stecken will, sag ihm, er soll mittags zur Karawanserei von Nurollah kommen. Zu Pir Chalu.«

»Ich sag's ihm. In Ordnung.«

Gol-Mammad brachte die Kamele in die Karawanserei, fesselte sie und ging wieder nach draußen. Jetzt hatte er Zeit, bis mittag seine Besorgungen zu erledigen. Er ging zum Basar der Seiler und kaufte einen Strick. Danach ging er zum Basar der Schmiede, wählte ein geeignetes Spatenblatt aus und bezahlte. Er kehrte zum Torweg der Karawanserei zurück, steckte Spatenblatt und Strick in die Satteltasche und ging wieder zum Basar.

Winterkälte, trübes Wetter und die Verlassenheit des Basars hatten sich vereint. Unter der Kuppel des Basars war kein Mensch zu sehen, und durch die Löcher in der Kuppel sickerte ein bleiernes, müdes Licht. In den Läden hatte man hier und da Karbidlampen angezündet. Die ärmeren Kleinhändler hatten Petroleumlampen angemacht und auf ihre Theken gestellt. Gol-Mammad ging an den Läden für Stoffschuhe vorbei, durchschritt die Gasse der Schuster und gelangte zum Basar der Filzmützenmacher; auch da hielt er sich nicht auf, sondern ging weiter, vorbei an den gut ausgestatteten Läden der Stoffhändler, und kam schließlich zu den kleinen Buden der Goldschmiede. Vor dem gläsernen Schaukasten eines Goldschmieds blieb er stehen und sah sich die darin sorgfältig ausgebreiteten Goldmünzen, Ohrringe, Armreifen, Fingerringe und goldenen Halsbänder an. Hinter dem Schaukasten war ein magerer kleiner Mann mit Nickelbrille, der einen beige karierten Schal um sein Käppchen gewunden hatte, damit beschäftigt, einen Ring glattzuschleifen. Über seine Brille hinweg warf er einen flüchtigen Blick auf Gol-Mammad und widmete sich dann wieder seiner Arbeit.

Der Goldschmiedemeister schätzte seinen Kunden richtig ein. Er wußte, daß dieser Nomade in solch einem schlechten Jahr und mitten im Winter kein Geld im Beutel hatte, um Goldwaren zu kaufen, und während er weiterarbeitete, dachte er: Das ist einer, der noch nie in eine Stadt gekommen ist und alles, was er zum erstenmal sieht, sich einverleiben möchte. Von solch ziellos herumstreifenden Passanten gibt es viele in der Stadt.

Doch Gol-Mammad, nichts ahnend von den Überlegungen des Goldschmieds, stand weiter neugierig vor dem Schaukasten und verglich in Gedanken Marals Ohrringe, die Ohrringe, die Maral ihm geschenkt hatte, mit dem, was in dem Glaskasten ausgestellt war. Ihre Größe, ihre Form, ihre Farbe, ihre Verzierungen – nichts davon glich den Ohrringen des Goldschmieds. Das, was da unter Glas ausgebreitet lag, war etwas ganz anderes als Marals Ohrringe. Alles glänzte und glitzerte vor Neuheit. Aber Marals Ohrringe, die, in ein Seidentuch gewickelt, in der Brusttasche von Gol-Mammads Jacke wie Schmetterlinge schliefen, hatten eine andere Farbe, einen anderen Glanz, einen matten, alten, vornehmen Glanz. Sie hatten mit Marals Ohren Freundschaft geschlossen. Hatten sich an das Mädchen gewöhnt. Mit Maral hatten sie die Tage bis zur Nacht und die Nächte bis zum Tag verbracht. Sie trugen noch die Wärme von Marals Wangen an sich. Gol-Mammad kam es vor, als wären sie lebendig. Lebende Wesen. Wie ein Teil ihres Körpers. Schon allein deshalb fiel es ihm schwer, sich von ihnen zu trennen. Diese Ohrringe waren nicht einfach nur Gegenstände. Waren nicht wie Münzen. Waren nicht Reichtum und Besitz. Sie waren ein Teil von Marals Leben, der Gol-Mammads Hand und Herz anvertraut worden war.

Marals Wärme auf Gol-Mammads Brust. Die Ohrringe brannten auf seiner Haut. Wie Feuer. Gol-Mammad legte eine Hand auf sein Herz, steckte sie dann in die Tasche und rieb die Ohrringe zwischen den Fingern. Er träumte vor sich hin. Es dauerte ziemlich lange, bis er wieder zu sich kam und die Augen zusammenkniff. Er wollte die Ohrringe aus der Tasche ziehen und dem Goldschmied zeigen. Er griff nach ihnen, ließ sie aber schnell wieder los. Erschreckt rieb er die Hände aneinander, schüttelte sie und ließ sie sinken. Ihm schien, als hätte er die Hand nach fremdem Gut ausgestreckt. Sein Gesicht wechselte die Farbe, und einen Augenblick trat die Ader auf seiner Stirn hervor. Was sollte er tun? Wenn er dem Goldschmied die Ohrringe verkaufte, wären sie für ihn und Maral auf ewig verloren. Wenn er sie nicht verkaufte, müßte er sich mit leerer Hand und leerem Beutel wieder in die Steppe aufmachen. Was er für das Brennholz eingenommen hatte, hatte er ja für Brot, Spaten und Strick ausgegeben. Maral hatte bei ihm ein Amulett bestellt, und Belgeyss hatte wortlos auf den leeren Mehlsack gezeigt.

Der Goldschmied hob den Kopf und sagte: »Geh weiter, Junge, geh weiter! Glaubst du denn, dies hier ist eine Schaubude?«

»Ich wollte fragen, wieviel diese Ohrringe kosten, die du da neben den Fingerringen für Männer ausgestellt hast.«

Der Goldschmied senkte den Kopf: »Die sind nicht zum Verkauf bestimmt, mein Lieber. Geh deiner Arbeit nach!«

Der Ton des Mannes verletzte Gol-Mammad. Aber er ließ es sich nicht anmerken und fragte: »Ha! Wenn sie nicht verkäuflich sind, warum hast du sie denn in den Basar gebracht?«

»Was gehen dich fremde Angelegenheiten an? Sie sind verkäuflich, aber das ist nichts für dich.«

»Woraus schließt du das?«

»Aus deinem Aussehen, aus deinen Gesichtszügen, aus deiner Mütze und deinem Schnurrbart. Geh und laß mich meine Arbeit tun. Geh, mein Lieber!«

Gol-Mammad sagte zähneknirschend: »Wenn in meiner Brusttasche ein Beutel voll Geldscheinen ist – was dann?«

Der Goldschmied sah ihn prüfend an: »Wenn es so ist, dann nimm ein paar davon, kauf dir einen wollenen Umhang und wirf ihn dir über die Schultern! Geh, mein Lieber, geh; Gott hab deinen Vater selig!«

Ein Bittgebet auf den Lippen, eine Bettelschale in der Hand, kam ein Derwisch keuchend heran: »Möge dir nichts Schlechtes zuteil werden, Hadji. Gottes Segen sei mit dir. Es ist der Vorabend des Freitags.«

Der Derwisch erhielt eine Münze und ging weiter. Gol-Mammad

stand noch da. Der Goldschmied machte sich wieder an seine Arbeit. Gol-Mammad wollte schon gehen, aber er fühlte, daß er dem Goldschmied noch eine Antwort schuldete. Die Last der ungesagten Worte wollte er nicht mit sich nehmen. Er trat näher und sagte: »Ich hatte etwas zu verkaufen, aber nun will ich's dir nicht mehr verkaufen. Wenn du wie ein Mensch mit mir geredet hättest, hättest du vielleicht ein gutes Geschäft gemacht. Aber jetzt verkauf ich's dir nicht mehr. Das laß dir gesagt sein, du Unmensch!«

Und ehe der Goldschmied antworten konnte, ging Gol-Mammad aus dem Laden. Er durchschritt den Basar, ohne einen Blick auf die Waren zu werfen, stieg die Stufen hinauf, verließ den Basar beim Grabmal des Heiligen Yahya und schlug den Weg zu Aladjagis Haus ein. Babgoli Bondar mußte etwas für ihn tun. Die Ohrringe durfte er nicht fortgeben, er mußte sie verpfänden, sich einen ausreichenden Betrag leihen und im neuen Jahr die Ohrringe auslösen.

Herr Aladjagi hatte sich umgezogen; offenbar wollte er für eine Besorgung ausgehen. Er hatte sich einen Hut aufgesetzt, einen grauen Wollmantel angezogen und kam vor Babgoli Bondar die Stufen der Terrasse herunter. Als er Aladjagi erblickte, blieb Gol-Mammad am Tor neben dem Diener stehen. Herr Aladjagi fragte ihn schon von weitem: »Ha, Kurde! Hast du deine Meinung geändert? Nach reiflicher Überlegung hast du wohl eingesehen, daß es für dich vorteilhafter ist, bei mir als Hirte zu arbeiten, ha?«

Anders als Gol-Mammad es sich ausgemalt hatte, war er nun genötigt, das, was er zuerst mit Bondar hatte besprechen wollen, direkt Aladjagi vorzutragen: »Wegen einer anderen Sache habe ich mir erlaubt zu kommen, Herr.«

»Was ist das für eine andere Sache?«

»Ich hatte ein Paar Ohrringe bei mir, um sie zu verkaufen, brachte es aber nicht übers Herz. Ich sagte mir, ich gehe zu Ihnen und verpfände sie gegen etwas Geld. Sobald das neue Jahr angefangen hat, bringe ich Ihnen das Geld und nehme die Ohrringe zurück.«

Herr Aladjagi, der solche Worte nicht erwartet hatte, sagte nach kurzem Zögern: »Was denkst du dir eigentlich? Daß es mein Beruf ist, so etwas zu tun?«

»Nein, keineswegs, Herr. Aus Vertrauen zu Ihnen ...«

»Bring sie zu einem Geldwechsler oder einem Goldschmied!«

»Das hab ich getan, aber ich brachte es dann doch nicht übers Herz, Herr! Ich will sie nicht verlieren. Unter den Goldschmieden und Geldwechslern hab ich auch keinen Bekannten, dem ich sie als Pfand anvertrauen könnte. Die wollen sie zu einem ihnen beliebigen Preis kaufen. Wenn Sie sich nun mir gegenüber großzügig erweisen wollen und die Ohrringe zum Pfand nehmen, werde ich sehr dankbar sein.«

»Wieviel Geld brauchst du?«

»So viel, wie Sie dafür festsetzen.«

Der Chauffeur von Herrn Aladjagi kam herein und sagte höflich: »Der Herr Gouverneur erwartet Sie.« Herr Aladjagi trat in den Torweg, Gol-Mammad folgte ihm. Als sie in die Gasse kamen, löste Gol-Mammad den Knoten in seinem Seidentuch, hielt die Ohrringe Herrn Aladjagi hin und sagte: »Das sind sie, Herr. Altes Gold. Aus Eschgh-abad. Mein Onkel Abduss hat sie im Basar von Maschhad einem Karawanenführer abgekauft. Bewahren Sie sie auf, und Anfang des neuen Jahres komme ich und nehme sie zurück. Sie wiegen mehr als vier Messgal. Geben Sie mir einen angemessenen Betrag, damit ich Sie nicht länger aufzuhalten brauche. Es genügt mir, die Gewißheit zu haben, daß sie nicht verlorengehen. Ich bin Ihnen äußerst dankbar, Herr.«

Aladjagi nahm Gol-Mammad die Ohrringe ab und besah sie genau. Als er sich der Gasse näherte, lief der Chauffeur voraus, öffnete die Tür des Jeeps und stand wartend da. Aladjagi zögerte einen Augenblick neben der Tür, dann wickelte er die Ohrringe in sein Taschentuch, steckte sie in die Brusttasche seines Mantels und reichte Gol-Mammad ein paar Geldscheine: »Das Pfand wird im Frühling fällig. Wenn der Frühling vorbei ist, sind wir quitt miteinander. Laß dir das gesagt sein! Bondar, geh und steige hinten ein!«

Babgoli Bondar zwängte sich hinten ins Auto, und Aladjagi brachte seinen schweren Körper auf dem Vordersitz unter. Der Fahrer schloß hinter ihm die Tür, worauf er den Motor anließ. Gol-Mammad war verwirrt stehengeblieben und wußte nicht, was tun. Doch ehe das Auto anfuhr, sagte er zu Babgoli Bondar: »Mandalu sagte, er kommt mittags zur Karawanserei von Nur-ollah. Zu Pir Chalu. Wenn du willst, daß er deine Baumwollsamen mitnimmt, komm da hin.«

»Gut! Ich komme. Ich komme.«

Der Jeep entfernte sich, Gol-Mammad blieb noch stehen. Aber es war nicht richtig, herumzutrödeln. Er hatte noch vieles zu erledigen. Er machte sich auf den Weg. Oben am Marktplatz blieb er bei der Waage eines Getreidehändlers stehen und kaufte sieben Man Gerstenmehl. Das war billiger als Weizenmehl. Er nahm den Sack Mehl auf die Schulter und ging zur Karawanserei, brachte den Sack in der Satteltasche unter, verknotete die Riemen, legte die Tasche wieder in die Kammer des Aufsehers und ging hinaus.

Es blieb noch etwas Zeit bis zum Mittag. Noch immer hing die Luft kalt zwischen den Häusern. Gol-Mammad ging wieder in die Teestube und setzte sich auf eine Bank, um sich die Kehle anzufeuchten. Der Flickschuster saß an seinem alten Platz. Gol-Mammad versuchte, seinem Blick auszuweichen, zu tun, als sähe er ihn nicht, aber gerade das brachte er nicht fertig. Im Gegenteil, er achtete noch mehr auf Ssattar den Flickschuster. Er ertrug es nicht länger. Er trank das Glas Tee aus und ging hinaus. Nach einem Blick auf die in der Karawanserei stehenden Kamele machte er sich auf, ging am kleinen Basar der Zuckerbäcker vorbei, stieg eine gepflasterte, saubere Gasse hinauf und trat durch das kleine untere Tor in den offenen, weiten Hof der Freitagsmoschee. Langsam durchschritt er die leere Moschee und gelangte durch das große Haupttor zur Straße. Auf der gegenüberliegenden Straßenseite, etwas weiter rechts, lag die Karawanserei von Hadj Nur-ollah. Wand an Wand mit dem Polizeirevier. Als Gol-Mammad sich in Pir Chalus Kammer niedersetzte, war die Unterhaltung von zwei alten Männern, Pir Chalu und Mandalu, in vollem Gang. Pir Chalu goß Gol-Mammad einen Becher Tee ein und erkundigte sich nach Kalmischi.

Onkel Mandalu nahm das Gespräch wieder auf: »Was meinst du? Ich stehe zu dem, was ich eben sagte. Ich muß gehen und sehen, was er treibt, und dann mit ihm über seine Zukunft und eine Heirat sprechen. Die Tochter von Atasch wird ja nicht auf und davon fliegen, ha?«

»Grüß Gott. Grüß Gott.«

Das war Babgoli Bondar, der seine lange, schlanke Gestalt die Stufen hinaufzog. Pir Chalu machte ihm Platz. Onkel Mandalu nickte mit dem Kopf, grüßte und schob seinen Becher Babgoli Bondar hin. Bondar setzte sich auf den Boden und wandte sich an Gol-Mammad: »Unser Gutsherr hat dir doch nicht zu wenig bezahlt?«

»Nein, Gott schenke ihm ein langes Leben. Ein großzügiger Herr ist er.«

Babgoli setzte sich auf Pir Chalus Filzmatte bequem zurecht, fragte den Alten nach seinem Befinden, drehte sich dann Onkel Mandalu zu und sagte: »Du mußt der Vater des Meisters meiner Werkstatt sein! Ha?«

»Ha ja, mein Mussa ist Ihr untertäniger Diener.«

»Du hast wohl vor, zu kommen und nach ihm zu sehen, ha?«

»Wenn es angebracht ist, wär das nicht schlecht.«

»Wie viele Kamele hast du?«

»Nicht der Rede wert. Zwei Stück.«

»Gut, besser hätte es sich nicht treffen können. Zufällig habe ich auch nicht mehr als vier Säcke Baumwollsamen. Das macht sich gut. Dann laden wir rechtzeitig auf und ziehen los. Du kannst dann auch mal das gute Wasser von Galeh Tschaman probieren. Große Eile hast du ja wohl nicht! Was ich in der Stadt zu erledigen habe, ist bald getan.«

Gol-Mammad sagte: »Viel Glück! Wie schnell sich doch alles zusammenfügt!«

Babgoli Bondar fuhr mit einer Spur heimlichem Stolz fort: »Gott möge uns den Schutz von Herrn Aladjagi erhalten. Alle sind in seinen Händen wie Wachs. Als ich ins Gouverneursamt eintrat, hatten die den Erlaß für meine Ernennung schon bereit und überreichten ihn mir.«

Gol-Mammad sagte: »Du hattest doch schon die Ernennung zum Dorfvorsteher erhalten!«

Babgoli Bondar nahm ein gefaltetes Blatt Papier aus der Westentasche und zeigte es vor: »Das, was ich damals hatte, war nicht amtlich, nur eine handschriftliche Mitteilung von Aladjagi. Aber dies ist offiziell. Das Siegel des Gouverneurs persönlich ist unten drunter.«

»Gratuliere.«

»Gratuliere, Bondar.«

Gol-Mammad sagte: »Weiß Gott, Bondar, mit jedem Tag stehst du auf festeren Füßen! Möge dir immer alles zur Zufriedenheit verlaufen. Nun, hier bist du, und hier ist Onkel Mandalu. Er hat zwei Kamele, und du hast Lasten für zwei Kamele. Er möchte seinen Sohn sehen, und du hast seinen Sohn bei dir. Ich muß mich jetzt um meine Angelegenheiten kümmern. Schön, Onkel Mandalu, wenn du zurück bist, binden wir mit Gottes Hilfe die Kamele zu einem Zug zusammen!«

»So Gott will. So Gott will. Wenn noch etwas Leben in mir ist, komme ich zu eurem Lager.«

Gol-Mammad erhob sich. Babgoli Bondar sagte: »Vielleicht schicke ich meinen Scheyda und seine Kamele mit Onkel Mandalu zu euch.«

Gol-Mammad sagte: »Wie du willst, Bondar.«

»Wegen der Brautwerbung um die Enkelin deiner Tante halte ich euch auf dem laufenden.«

»Auch das ist gut. Ich werd mir's merken. Ich bin immer zu deinen Diensten.«

»Laß es dir gut gehen.«

»Vorläufig: Behüt dich Gott, Chalu.«

Pir Chalu sagte: »Behüt dich Gott, Gol-Mammad Chan. Ich hab vergessen zu fragen: Hast du mal bei Onkel Abduss reingeschaut oder nicht?«

»Ich schau rein, schau rein. Behüt dich Gott. Behüt dich Gott.«

»Auf Wiedersehen, mein Lieber; gewiß doch.«

Vom Tor der Karawanserei bog Gol-Mammad zum Polizeirevier ab. Er blieb einen Augenblick davor stehen und kehrte, ohne etwas zu unternehmen, wieder um. Was konnte er Onkel Abduss sagen? Er ging zur Schasdeh-Karawanserei, löste die Fessel vom Vorderbein seines Kamels, legte die Satteltasche auf den Sattel und entlohnte den Aufseher. Draußen vor dem Tor der Karawanserei saß Ssattar der Flickschuster auf seinem Schemel. Gol-Mammad sah ihn an. Ssattar sagte: »Glück auf den Weg, Chan!«

Gol-Mammad schlug den Weg nach Ssabris ein. Bevor er durch das Stadttor ging, kaufte er noch einen handlichen Spatenstiel, Halwa und frisches Brot. Dann ließ er die alte Stadtmauer hinter sich und bog am Weiler Babi zur Salzebene ab. Was er aus der Stadt mit sich trug, waren ein Sack Gerstenmehl und ein paar Kleinigkeiten. Was er in Erinnerung hatte, war graue Farbe, einige graue Gesichter inmitten anderer Gesichter. Was sich jedoch deutlicher hervorhob, waren Herr Aladjagi und der Goldschmied und Ssattar der Flickschuster. Der letztere, der Flickschuster, hatte sich, obwohl er in keiner Beziehung zu Gol-Mammads Angelegenheiten und zu Gol-Mammad selbst stand, seinem Gedächtnis unnötig tief eingeprägt. Beim ersten Zusammentreffen waren ihm dessen Blicke abweisend vorgekommen. Aber jetzt, wo Gol-Mammad darüber nachdachte, glaubte er, etwas Bekanntes darin zu erkennen. Hatte er ihn vielleicht früher irgendwo gesehen?

Die breite Salzfläche der Kawir.

Im Sattel seines Kamels sitzend, blickte Gol-Mammad stumm vor sich hin. Die nackte Kawir und der bleifarbene Himmel hatten sich einander genähert und die Köpfe zusammengesteckt. Die regenfeuchte Kawir und der dämmergraue Himmel vermischten sich immer mehr, als senke sich der Himmel herab und als steige die Erde hinauf, schwelle an, um mit dem Himmel eins zu werden. Zwei große Vögel, zwei graue geflügelte Wesen, müde und schwer, breiteten die Arme aus und suchten sich. Wenn diese zwei sich fanden, würde die Nacht kommen. Nur noch ein Augenblick!

Sie fanden sich. Brust an Brust vermischten sie sich, wurden eins. Die Nacht wurde geboren. Der Weg war kaum mehr wahrnehmbar, und Gol-Mammads Blickfeld zog sich zusammen, verengte sich. Die Einsamkeit machte sie deutlicher, diese Enge der beginnenden Nacht. Hätten die Sterne geschienen, hätte Gol-Mammad seinen Blick weiter in die Steppe schweifen lassen können. Doch jetzt, wo das Himmelsdach wie eine Wolke herabgesunken und die Fata Morgana der Kawir sich verflüchtigt hatte, konnte Gol-Mammad nicht weiter als zwei Schritte sehen. Trotzdem war kein Anlaß zur Sorge. Badi kannte den Weg. Auch wenn die Nacht pechschwarz würde – Badis Vertrautheit mit dem Boden würde ihn auf den richtigen Weg führen. Müde von der schlaflos verbrachten Nacht, konnte Gol-Mammad seinen Kopf auf den Sattelknopf legen, sich zudecken und schlafen. Das Kamel war seine Wiege. Doch ohne daß er es wußte, hatte die Ruhe ihn verlassen. Er wußte selbst nicht, warum. Eine Sorge erfüllte ihn. Nicht sein Alleinsein. Auch nicht die furchterregende Leere der Steppe. Bis ins Innerste war er aufgewühlt. Warum hatte er Abduss – vielleicht auch Delawar – besuchen und doch nicht besuchen wollen? Er hatte es gewollt und nicht gewollt. Was hätte er ihnen zu sagen gehabt? Hätte Abduss nicht vor allem nach Maral gefragt? Hätten die beiden Männer nicht in Gol-Mammads Augen den heimlichen Widerschein der Scham gesehen? Wie hätte er die Blicke von Delawar und Abduss ertragen? Hätte er eingestanden, daß er Maral geraubt hatte? Oder hätte er so getan, als wäre es Maral gewesen, die ihn eingefangen hatte? Wirklich, was hatte er zu sagen?

Was konnte er sagen? Wenn er es gesagt hätte – das, was er zweifellos gesagt hätte –, was würde in Delawar vorgegangen sein!

Gol-Mammad fühlte, daß er nichts wußte. Nichts. Verwirrt war er und wie benommen. Nicht um zu schlafen, vielmehr in der Hoffnung, die auf ihn einstürmenden Gedanken zu verjagen, legte Gol-Mammad den Kopf auf den Sattelknopf. Vielleicht legt sich der vom Ansturm der Gedanken aufgewirbelte Staub, wird hinweggefegt, verschwindet. Vielleicht kann er sich der zermürbenden, lähmenden Überlegungen enthalten, der Befürchtungen, die den Mann unterkriegen, ihn der Kräfte berauben.

Das Ufer des Flusses Kalschur. Nur das träge Fließen des salzigen Wassers in seinem gewundenen Bett konnte Gol-Mammad sehen. Das beständige Fließen des Wassers. Er dachte an keine Gefahr. Das Wasser reichte dem Kamel fast bis zu den Knien. Das Kamel trat ins Wasser, trug seinen Reiter durch das traurige Schweigen des Flusses, trat auf der anderen Seite aufs Trockene und setzte seinen Weg fort. Den Weg nach Talch-abad. Bis Talch-abad, wo sein Bruder Beyg-Mammad als Tagelöhner arbeitete, war es nicht weit: zuerst bis zu der von einem Frommen gestifteten Zisterne, dann einige Pfeilschüsse ebener Weg nach Tschamideh, danach der Friedhof und schließlich der kleine Platz vor dem Stall des Grundbesitzers. Ruhende Kamele und ein paar aufeinandergestapelte Sättel, ein schwaches, trübes Lagerfeuer, ein Mann am Feuer, gehüllt in einen Hirtenumhang, eins geworden mit der Nacht.

Gol-Mammad glitt vom Kamel, zog es am Zügel hinter sich her, ging den Abhang hinauf und rief, bevor er am Feuer anlangte: »Hay … du bist doch wohl nicht unser Beyg-Mammad?«

Der Mann hob den Kopf aus dem Umhang und sagte heiser: »Welcher Beyg-Mammad? Wenn du den jungen Kurden suchst, geh in den Stall. Dort. Er ist dort.«

An der Stallmauer legte Gol-Mammad seinem Badi die Kniefessel an und ging durch die große Tür in den Stall. Der Stall war voll liegender und stehender Kamele. Hier und da Tücher ausgebreitet für Stroh und Baumwollsamen, hier und da eine Fessel am Knie eines Kamels. Gol-Mammad blieb einen Augenblick stehen und horchte. Vom unteren Ende des Stalls vernahm er den traurigen Klang von Beyg-Mammads Tschagur. Aus Angst vor einem Kamelhengst, der brünstig sein könnte, faßte er seinen Stock fester und ging nahe der Wand langsam zum Stallende. Dort drangen durch die Ritzen einer beschädigten Tür Streifen bleichen Lichts. An der Pferdekrippe zögerte Gol-Mammad kurz, um dem Spiel des Bruders zu lauschen. Nicht lange danach legte er die Hand an die Tür. Die Tür öffnete sich mit einem trockenen Knarren. Gol-Mammad setzte einen Fuß auf die Schwelle.

Der Kamelstall war lang und dunkel. Einzig eine Ecke war von einem Talglicht erhellt. Eine Kamelstute schnupperte an ihrem Fohlen. Unter dem Licht der Talglampe hatte sich Beyg-Mammad in der Krippe ein Lager zurechtgemacht und sich darauf ausgestreckt. Den Tschagur hatte er aufs Knie gelegt und glitt mit den Fingern darüber hin; so sehr war er in sein Spiel und in seinen Gesang vertieft, daß er am Anfang Gol-Mammad nicht wahrnahm. Plötzlich aber fühlte er ihn. Seine Finger hielten mitten im Lied inne. Er legte den Tschagur neben die Krippe und sprang ungestüm herunter: »Ha? Du hier?«

»Ich bin gekommen, dich zu sehen. Wieso schläfst du noch nicht?«

»Komm setz dich! Laß dich ansehen! Man könnte glauben, es wären Jahre … Setz dich!«

Gol-Mammad setzte sich auf den Rand der Krippe und stützte sich mit der Hand auf seinen Stock: »Auch für mich ist's wie Jahre! Solange wir zusammen sind, wissen wir es nicht zu schätzen. Ich kam hier vorbei und sagte mir, ich will mal fragen, wie es dir geht. Nun, was machst du so alles?«

Beyg-Mammad steckte das Reisig unter dem Teekessel in Brand und sagte: »Du siehst's ja! Ich bin Kameltreiber geworden. Nicht Kameltreiber – Kamelhüter. Meine Arbeit besteht darin, die Kamele zu füttern. Ich gehe Reisig sammeln, manchmal auch in die Stadt. Was machst du?«

Statt einer Antwort stellte Gol-Mammad seinerseits eine Frage: »Was für ein Mensch ist dein Brotherr?«

Beyg-Mammad drehte das Gesicht vom Rauch der Feuerstelle weg und sagte: »Schlecht ist er nicht. Es heißt, er sei freigebig. Er macht den Eindruck eines großzügigen Menschen. Bis jetzt hab ich weder Schimpf noch Tadel von ihm gehört. Natürlich geht er mit seinen Leuten streng um, aber mir gegenüber ist er bisher nicht so aufgetreten. Entweder weil er Rücksicht darauf nimmt, daß ich in der Fremde bin, oder weil er mit meiner Arbeit und meinem Betragen zufrieden ist. Oder auch …«

»Er ist dabei, dich zu zähmen!«

Beyg-Mammad lachte: »Vielleicht auch das. Jedenfalls ist er mir bisher nicht zu nahe getreten. Mal sehen, was später kommt. Nun erzähl du! Woher kommst du zu dieser späten Stunde? Aus der Stadt?«

»Ha. Ich hab mich an den Transport von Brennholz gemacht. Jetzt geh ich zu unserem Lager. Hier ist's dir doch wohl warm genug für den Winter?«

»Du siehst's ja! Wenn die Zecken und das sonstige Ungeziefer mich in Ruhe lassen – warm genug ist's hier. Ist nicht schlecht. Es gibt ein paar alte Decken für die Kamele, die ich mir nachts überziehe. Diese Wände hier sind sehr alt, bergen viel Ungeziefer. Nachts decke ich mich gut zu, und doch merke ich morgens beim Aufstehen, daß ich an mehreren Stellen gestochen worden bin. Von den nächtlichen Wanderungen rede ich erst gar nicht!«

»Wie steht's mit dem Essen?«

»Das stellt der Herr. Schlecht ist's nicht. Ob trocken oder feucht – sie geben einem was. Mal ist es fett, mal nicht. Dieser Mosslem ist ein leicht aufbrausender Mann, ist aber nicht mißgünstig. Jedenfalls habe ich es für ein solches Jahr sehr gut getroffen. Ich sagte es ja schon, unser Herr ist ein großzügiger Mensch. Hat häufig Gäste. Manchmal tut er uns auch die Überreste seines Essens in unsere Schüssel. Was soll man machen? Vorläufig bin ich wie ein Hund, dem man den Schulterknochen einer Ziege vorwirft!«

»So ist's. Für den Mann gibt es Höhen und Tiefen. Der Vater sagt immer: ›Das Schaf ist sechs Monate mager und sechs Monate fett.‹ Wir machen jetzt die sechs mageren Monate durch.«

Beyg-Mammad brachte Becher und Teekessel herbei und sagte: »Mal sehen, wann die sechs fetten Monate kommen! Hast du zu Abend gegessen?«

»Äh … einen Bissen.«

Beyg-Mammad hob den Milchtopf auf, ging zu der Kamelstute, die kürzlich geworfen hatte, molk etwas Milch, stellte sie vor Gol-Mammad hin und sagte: »Das Bündel mit Brot ist da, unter meinem Kopfkissen. Nimm es. Wo wir auch landen, ein Euter voll Milch erwartet uns immer. Es ist die Quelle des täglichen Bedarfs von uns Steppenmenschen. Dies arme Tier hier hat zu früh gefohlt. Brocke das Brot in die Milch. Ich hab mich schon sattgegessen.«

Gol-Mammad füllte den Milchtopf mit den altbackenen Brotstücken, wendete sie in der Milch, formte sie zu einem Klumpen, und dann steckte er gierig und hastig Bissen auf Bissen in den Mund. In Windeseile wischte er den Boden des Topfs mit dem Finger aus, trocknete sich mit dem Ärmel die feucht gewordene Stirn, fuhr mit der Zunge übers Zahnfleisch und sagte: »Wie das geschmeckt hat, mein Lieber! Zwei Jahre sind's, daß ich keine Kamelmilch getrunken habe. Jetzt gieß mir einen Becher Tee ein, damit ich mein Gedärm waschen und mich wieder auf den Weg machen kann. Übrigens, den Badi hab ich draußen vor dem Stall gelassen, das macht doch nichts?«

»Hast du ihn gefesselt?«

»Ha! Ohne Fessel ...«

»Auf dem Friedhof lagen die Kamele von Anutsch, wie?«

»Ein Mann hatte sich da ans Feuer gehockt.«

»Das eben ist Anutsch. Alles ist in Ordnung.«

Kaum hatte Beyg-Mammad dem Bruder den Becher Tee hingestellt, als sich Anutschs Stimme wie ein Wind erhob: »Hay, Mann ... hay, Mann ... komm und paß auf dein Kamel auf! Willst du dich und mich in Schwierigkeiten bringen? Mach schnell, Mann!«

Gol-Mammad packte seinen Stock und rannte zur Tür. Beyg-Mammad lief hinter ihm her. Anutsch stand schreiend in der Stalltür. Die Brüder liefen hinaus. Badi und der brünstige Hengst von Anutsch hatten sich aufeinandergestürzt. Gol-Mammad eilte zu ihnen. Stockschläge auf beide Nacken. Plötzlich fiel ihm ein, daß sein Kamel ja am Knie gefesselt war. Er zog sein Messer aus dem Stiefel, durchschnitt blitzschnell die Fessel und machte ihm so das Vorderbein frei. Badi wurde noch aufgeregter und verknäulte sich mit Anutschs brünstigem Hengst. Anutsch stürzte herbei. Auch Beyg-Mammad, der ein Stück Holz aus einem der aufgestapelten Sättel gezogen hatte, kam angerannt. Die drei Männer umzingelten die Kamele. Gol-Mammad sprang auf Badi und bohrte seinen Stock zwischen die verschlungenen Hälse der Kamele und stützte sich mit seinem ganzen Gewicht auf den Stock. Die Hälse der beiden Tiere lösten sich voneinander. Anutsch stieß seinen Hengst zurück, und Gol-Mammad trieb Badi auf den Weg zu und hielt ihn dort, an der Ecke der Stallmauer, an. Beyg-Mammad trat zu ihm. In diesem Augenblick wurde die Tür des Herrenhauses geöffnet, ein beleibter Mann in einem weiten, langen Schafpelz kam heraus und fragte mit knarrender Stimme: »Was ist wieder los?«

Anutsch lief zu ihm: »Es war nichts, Herr. Die Kamele hatten sich aufeinandergestürzt, und wir haben sie getrennt.«

Gol-Mammad fragte den Bruder: »Wer ist das?«

Beyg-Mammad antwortete leise: »Das ist unser Brotherr. Herr Talchabadi.«

»Behüt dich Gott. Ich gehe. Ich möchte nicht, daß sein Blick auf mein Kamel fällt. Menschen wie er meinen, jedes gute Tier stünde ihnen zu. Sag auch du ihm nichts über Badi. Sag, ich wäre nur ein Bekannter von dir. Behüt dich Gott. Wenn du zum Tamariskenhain gehst, komm auch mal im Lager vorbei. Die Mutter sehnt sich nach dir.«

»Behüt dich Gott. Behüt dich Gott. Er will mich jetzt sprechen. Geh du.«

Gol-Mammad setzte das Kamel in Gang und verlor sich hinter Stallmauer und Wegbiegung in der Nacht.

»Wer war das?«

Außer dieser Frage hörte Gol-Mammad nichts mehr. Vielleicht sagte Beyg-Mammad »mein Bruder«, vielleicht auch sagte er es nicht. Noch drohte keine Gefahr, um Vorkehrungen treffen zu müssen. Ein Bruder hatte eben einen Bruder besucht. Hatte sich nicht auf den Teppich, sondern eine Weile auf die Kameldecke des Herrn gesetzt und die Hand nach der Schüssel mit herrschaftlicher Kamelmilch ausgestreckt. Aber Beyg-Mammad hatte doch gesagt, sein Herr sei ein großzügiger Mensch! Soll er's sein. Soll er's nicht sein. Das macht es weder besser noch schlechter. Das war nicht seine Sorge. Warum also sollte er darüber nachdenken?

»Huk-huk-huk!«

Er trieb das Kamel an und ließ es auf dem sandigen Pfad galoppieren. Badi! Diesen Namen trug es nicht umsonst. Auf ein Zeichen hin erhob es sich wie der Wind vom Boden und lief so schnell, daß man seine schlanken Beine nicht sehen konnte. Gleichmäßig galoppierend. Wie eine Gazelle. Nicht unausgeglichen wie Lastkamele. Badi war ein Reitkamel, und wenn Gol-Mammad ihm Brennholz auflud, so war das ein Unrecht. Sein gestreckter Körper, sein schlanker, schön gebogener Hals, seine schlanken Beine und der kurze Schwanz, die mageren Flanken und die breite Brust hoben ihn, zusammen mit seinem klaren, wachen Blick aus der Masse der anderen Kamele heraus. Das war es auch, warum seine Lenden statt nach Lasten nach den Schenkeln des Mannes verlangten. Einen Tag und eine Nacht konnte er ohne Unterbrechung unterwegs sein und durch Steppe und Kawir laufen. Badi war eine fliegende Wolke. Badi war der Wind. Hatte die tausend Farben des Windes der Kawir. Verbrannt, weißlich, trübe, purpurrot, grau, erdfarben, rauchfarben und ziegelrot, deren Vermischung ständig ein neues Gesicht annahm. Auch die Tücke des Windes hatte Badi an sich. Wenn sich ein Fremder in seinen Sattel setzte, mußte er auf den Tod gefaßt sein. Es konnte dann geschehen, daß der Fremde von Badis Rücken in einen Graben fiel und in einsamer Gegend starb. Nur Gol-Mammad war der Reiter, den Badi anerkannte, und nur Gol-Mammad ließ Badi aufsteigen. Das kam daher, daß Badi den Geruch von Gol-Mammads Körper und seinen Atem kannte, und es lag auch daran, daß Gol-Mammad Badi wie seine eigenen Augen liebte. Badi war der Weggefährte Gol-Mammads und der Gefährte seiner Einsamkeit; der Begleiter des Windes.

»Werde blind!«

Wo befand er sich eigentlich? Der Schikisteh-Paß. Wie lange war Gol-Mammad denn geritten? Einen Teil, zwei, drei Teile der Nacht oder die halbe Nacht? Nein! Es war noch nicht Mitternacht. Wie? Hatte er Ssougiyeh und Ebram-abad und die Lehmböden hinter sich gelassen, war auch schon an Yahyabad vorbeigekommen und so zum Schikisteh-Paß gelangt? War die Nacht so flink und reibungslos vergangen? Nein. Das ist nicht zu glauben! Jetzt …

»Werde blind, Mann!«

»Wer bist du?«

»Steig von deinem Kamel ab. Geh an den Fluß!«

Nach kurzem Zögern sagte Gol-Mammad: »Laß mich in Ruhe. Ich hab nichts Wertvolles bei mir!«

»Spring ab, Hundesohn! Willst du, daß ich dich durchlöchere?«

Ein in einen Umhang gehüllter Mann trat aus der Deckung eines Tamariskenbuschs hervor und schritt auf Gol-Mammad zu. Er hatte das

Gesicht mit dem Ende seines Turbantuchs verdeckt, von ihm selbst war nur sein Umriß zu sehen. In der Hand hatte er einen Stock, seine Stimme hörte sich heiser und rauh an.

Gol-Mammad bemerkte, daß der Mann keine Schußwaffe bei sich trug. Er hatte also nur den Mund vollgenommen. Er muß ein Neuling unter den Wegelagerern sein! Hinter dem Tamariskenstrauch sah Gol-Mammad auch den Umriß eines Pferdes. Der Mann kam langsam näher. Gol-Mammad ließ ihn noch näher kommen und sagte dann: »Was passiert, wenn ich nicht absteige, Chan?« Der Mann blieb wenige Schritte von ihm entfernt stehen und sagte: »Dann bist du selbst schuld am Vergießen deines Blutes! Der Anführer ist dort. Er befiehlt: Werde blind. Wenn du willst, geh weiter, aber dann wird dir von hinten eine Kugel einheizen!«

Die prahlerischen Worte des Mannes glichen eher dem Mantel eines Geschosses als dessen Inhalt, dem Blei. Dennoch versetzten sie das Herz in Furcht. Wenn der Wegelagerer eine Pistole im Gürtel hat, taucht er nicht mit einem Stock auf. Das war ihm klar. Er wußte aber auch, daß ein Wegelagerer, der mit einem Stock auftritt, einige Spießgesellen hinter den Tamariskensträuchern liegen haben könnte. Er mußte also auf der Hut sein, durfte aber trotzdem nicht den Mut sinken lassen. Ein einziger Sprung war nötig. Ein Satz vom Höcker des Kamels auf den Kopf des Mannes. Wie der Adler auf einen Kadaver. Er zog die Beine an und sprang blitzschnell auf den Mann, sie fielen zu Boden und verknäulten sich. Wie zusammengerollter Filz vor den Füßen der Filzmacher. Dieser bezwang jenen, jener bezwang diesen. Keuchen und Staub, Fäuste und Flüche, Können und Geschicklichkeit mischten sich, trennten sich und vereinten sich wieder. Der Wegelagerer steckte die Hand in seinen Gürtel, suchte nach dem Messer. Aber ihm zuvorkommend, packte Gol-Mammad ihn am Handgelenk, stieß ihm das Knie in die Seite, zog sein eigenes Messer aus dem Stiefel und hob es wütend hoch.

»Nicht zustoßen, Gol-Mammad!«

Ein Bekannter? Gol-Mammad lockerte die Schulter und zog dem Mann das Turbanende vom Gesicht. Chan-Amus backsteinartiges Antlitz mit den weißen Zähnen kam zum Vorschein. Gol-Mammad stand auf, spuckte auf den Boden, steckte das Messer in den Stiefel, schüttelte die nasse Erde von sich ab und stieß hervor: »Verflucht sei der Teufel! Beinahe hätte ich eine schwere Schuld auf mich geladen!«

Chan-Amu stand ebenfalls auf. Das Spiel war verloren. Mit leicht vorwurfsvoller Miene drehte Gol-Mammad sich ihm zu: »Warum hast du dich nicht zu erkennen gegeben? Was, wenn ich dich getötet hätte? Weißt du, was ich mir selbst damit angetan hätte? Ich könnte mich von diesem Schlag nie mehr erholen. O Schande! Du hättest mich doch erkennen müssen?«

»Zuerst nicht, aber als du sprachst, ja. Da erkannte ich dich.«

»Warum hast du dich dann nicht zu erkennen gegeben?«

»Ich weiß nicht. Ich glaube, ich wollte mal sehen, wie es um deinen Mut bestellt ist.«

»Hast du's gesehen?«

»Deine Geistesgegenwart ist zu bewundern. Es paßt eigentlich nicht zu deinem Aussehen, daß du solch kräftige Arme hast!«

Sein Kamel besteigend, sagte Gol-Mammad: »Gehen wir. Du findest jetzt keine Beute mehr. Es ist schon Mitternacht.«

Chan-Amu zog sein Pferd aus dem Tamariskengebüsch, setzte den Fuß in den Steigbügel und schloß sich Gol-Mammad an: »Du bist leichtsinnig, daß du in diesen Nächten allein unterwegs bist! Die Wege sind unsicher.«

»Ich weiß, die Räuber lauern überall. Warum bleibst du stehen?«

»Erstens will ich nicht mit leeren Händen ins Lager zurückkehren. Und zweitens will ich dich hier an Ort und Stelle um etwas bitten!«

»Daß ich nirgends erzähle, was heute nacht vorgefallen ist? Gut, ich behalt's für mich!«

»Nein, das nicht. Ich will etwas anderes.«

»Dann sag's mir.«

»Ich hab keine Schußwaffe, Gol-Mammad. Du siehst ja, daß mit einem einfachen Stock nichts zu erreichen ist. Ich muß richtig bewaffnet sein. Du bist doch kein unverständiger Mensch! Als dein Onkel richte ich eine Bitte an dich; versprich mir, daß du mich nicht enttäuschst!«

»Es ist mir peinlich, daß du mich so inständig bittest, Onkel! Verlange meinen Kopf.«

Nach einem kurzen Schweigen sagte Chan-Amu: »Ich will keinen Kopf. Ich will etwas weniger Kostbares.«

»Was?«

»Ein Gewehr. Dein Gewehr!«

Gol-Mammad war in eine Falle geraten. Unsicher strich er mit dem Stock über die Schulter des Kamels und sagte: »Mein Gewehr? Daß du damit den Leuten auflauerst und sie ausraubst? Ha! Nein, das behagt mir nicht, daß der Lauf meines Gewehrs auf die Brust von Menschen gerichtet werden soll, die ärmer und unglücklicher sind als ich. Nein, Onkel, du bist wie ein Vater für mich, aber das verlange nicht von mir!«

Sein Pferd wendend, sagte Chan-Amu: »Die Hand soll mir brechen, daß ich mein Gewehr verkauft habe! Geh du. Ich muß hier bleiben!«

Müde, erschöpft und ratlos trieb Gol-Mammad schweigend das Kamel an.

Mitternacht war vorüber, als Chali, der Hund des Lagers, zu bellen anfing; Maral kam aus dem Zelt gelaufen.

Gol-Mammad war heimgekehrt.

Siebter Teil

I

Auf halbem Wege zwischen Saferani und Galeh Tschaman zogen am Rand der alten Maschhader Landstraße, an einer Stelle namens Gholamu-Teich, sieben Säulen aus Gips wie sieben Dämonen die Blicke der Vorübergehenden auf sich. Die alten Männer in diesem Teil der Steppe von Chorassan erzählten, daß in den sieben Säulen sieben Männer eingemauert worden seien. Man habe sieben hohle Säulen errichtet und sieben Männer lebendig in das Innere der Säulen gestellt. Dann habe man ganz langsam mit Wasser angerührten Gips in jede Säule gegossen, und die Männer der Umgegend seien gezwungen worden, die ganze Zeit über in brennender Qual das schrittweise Sterben dieser Unglücklichen mitanzusehen: zuerst von den Fußsohlen bis zum Fußgelenk, dann vom Fußgelenk bis zum Knie, vom Knie bis zum Schenkel, vom Schenkel bis zum Nabel, vom Nabel bis zur Brust, von der Brust bis zum Hals, vom Hals bis zum Schnurrbart, bis zur Nase – letzte mühsame Atemzüge –, dann bis zum Scheitel. Bis zum Haarschopf.

Auf diese Weise haben die sieben Männer, die tapferen Männer, von Augenblick zu Augenblick, von Moment zu Moment die Seele ausgehaucht, sind zusammen mit dem Gips erstarrt, sind erstickt, und mit einer Schicht aus Lehm und Ziegeln wurde die Öffnung der Säulen zugedeckt. Der Abend kam. Die zum Zuschauen gezwungenen Bauern brachen schweigend und traurig, froh und beruhigt, wütend und bekümmert auf und trugen die Erinnerung an das Geschehene in ihre Häuser, unter die niedrigen Lehmdächer. Kaum hörbar und voller Angst voreinander, voller Angst vor einem Horcher an der Wand, flüsterten sie wohl an den kalten Feuerstellen. Die scharfsinnigsten unter den Henkern hatten gewiß ihre Zweifel an dem, was die Schergen der Machthaber behaupteten. Dies hatten sie zuvor in den Gassen der Dörfer ausgerufen: ›Zur Abschreckung für euch alle werden heute sieben Räuber, sieben ehrlose Schufte, sieben verräterische Vagabunden am Teich Gholamu in Gips gegossen.‹

Das war die lange Zunge der Machthaber, die in den hungrigen Gassen der Dörfer umging und ihre Spitze in jede Ritze steckte. Den Machthabern hatte es beliebt, die sieben eingemauerten Männer als verräterische Schurken zu bezeichnen. Und so erzählten es die alten Männer in diesem Teil der Steppe von Chorassan, wenn auch unterschiedlich. Manche dieser Alten hatten die sieben Männer ›Aufrührer‹ genannt. Sieben Aufrührer, die die Köpfe von siebzig Grundbesitzern, Verwaltern und Soldaten von Ohr zu Ohr abgeschnitten hätten. Und in einer dieser Erzählungen hieß es, daß die sieben Aufrührer den Weizenpreis hatten herabsetzen wollen. Gerechtigkeit hätten sie gewollt, diese sieben Aufrührer, diese sieben Gerechten.

Schweigend und zutiefst aufgewühlt hatte sich Nade-Ali in der schwarzen Nacht an eine der alten Gipssäulen gelehnt. Die Lider geschlossen, das rechte Bein ausgestreckt, das linke Knie angezogen, schwebte er zwischen Wachen und Dämmern. Sein Tier, sein Pferd, stand mit gespitzten Ohren da. Die körperliche Müdigkeit und die seelische Unruhe setzten Nade-Ali zu. Jetzt, wo sein Körper wie eine blutlose Leiche am Fuß der alten Gipssäule ausgestreckt lag, überschlugen sich seine stürmischen Gedanken.

In einem schwarzen Gewand – ein halb abgestorbener junger Baum – stand Ssougi am Wegesrand, und ihr blasses Antlitz zitterte wie das Spiegelbild des Mondes im Wasser. Auf der gleichen Seite des Weges standen die Dorfbewohner der Umgebung Schulter an Schulter und blickten auf die Gipssäulen. Furchteinflößende Gewehrträger mit hohen Filzmützen, langen Mänteln, Patronengurten und aufgezwirbelten Schnurrbärten hielten Wache. Diesseits wurde Nade-Ali mit gefesselten Schultern, die Stirn schweißbedeckt, einen Gewehrlauf im Rücken, zu einer Säule geführt; ein anderer Mann wurde, einen Gewehrlauf im Rücken, zu einer Säule geführt; der Mann und Nade-Ali verschmolzen miteinander, trennten sich, wurden wieder eins. Man stellte ihn, stellte sie beide in die Säule und goß langsam breiigen Gips über sie.

Das Blut gerinnt ihm in den Beinen, in den Hüften, in der Brust, erstarrt. Sein Atem ist schwer und kalt geworden. Todesahnung breitet sich in den Adern aus. Er stirbt. Schreie. Schreie. Wie oft muß denn der Mensch sterben?

Nade-Ali schreckte auf, löste den Rücken von der alten Säule und öffnete die Lider. Die Nacht war vor seinen Augen angeschwollen. Entsetzen! O Gott, seit wann hatte er hier, an diesem Schreckensort, gelegen?

Gegen Morgen, als er sich von Gol-Mammad und Mandalu trennte, hatte er den direkten Weg nach Galeh Tschaman eingeschlagen und war hierher gekommen. Ganz gemächlich. Nicht im Galopp, denn er hatte keine Eile. Unterwegs hatte er seine Müdigkeit zum Vorwand genommen und mehrmals gerastet. Einen Bissen Brot, eine Schüssel Wasser, trockenen Reis. In Baghun, in Haschem-abad an seinem schmalen Bach, und dann hier am Teich Gholamu. Von der letzten Gebetszeit bis jetzt. Wie spät war es jetzt? Nade-Ali konnte das nicht wissen. Wäre die Nacht klar gewesen, hätte er am Lauf der Sterne die Zeit erkennen können; aber die Nacht war heute nicht klar. Die Masse beharrlicher Wolken hatte die Nacht blind gemacht. Kein Gegenstand war vom anderen zu unterscheiden.

Müde und steif stand Nade-Ali auf und ging zum Teich. Mit zitternden Knien stieg er den Abhang der Grube hinunter, blieb am Teich stehen und besah sich im Wasser. Das Wasser war trübe, die Nacht war trübe, Nade-Ali war trübe zumute. Trübe, trübe, trübe. Er setzte sich hin, um sich eine Handvoll Wasser ins Gesicht zu schütten. Er krempelte die Ärmel hoch und schob die Mütze aus der Stirn. Noch hatte er die Hand nicht ins Wasser getaucht, als es plötzlich raschelte. Furcht. Ein geheimnisvolles Rascheln. War es bloß Einbildung? Vielleicht ist's eine Schlange!

Einbildung. Einbildung.

Er tauchte die Hand ins Wasser und netzte sich das Gesicht. Um die dumpfen Gedanken zu verscheuchen und wach zu werden. Doch das Rascheln kroch näher. Nein, um jeden Preis muß er diese krankhafte Vorstellung aus seinem Kopf vertreiben. Denn dies ist keine Schlange, sondern der Gedanke an eine Schlange, der in seiner Phantasie herumkriecht. Ein eingebildetes Rascheln. Er muß den Gedanken abwehren, muß ihn verscheuchen. Aber er verschwindet nicht, der Verfluchte! Wie? Wie kann man denn vor sich selbst fliehen? Wie kann man denn sich selbst verscheuchen? Das Geräusch kommt immer näher!

Nade-Ali blickte um sich. Nein, es war doch keine Einbildung. Vom Abhang der Grube kroch tatsächlich eine rote Schlange, glänzend in der

Dunkelheit, auf ihn zu. Raschelnd schob sie ihren Leib über die halbtrockenen Blätter und kam näher. Eine Feuerschlange: ›O Verfluchte! Schließlich ...‹

Im Nu flog Nade-Ali auf die andere Seite des Teichs, riß einen spitzen, schweren Stein aus dessen Ummauerung und blieb abwartend stehen. Er mußte der Sache ein Ende bereiten. Mit deinem Blut, Schlange, wird sich vielleicht dies Fieber der Seele legen. Die Schlange näherte sich dem Teich, glitt mit ihrem weichen, geschmeidigen Leib über die Steine der Einfassung und kroch auf Nade-Ali zu. Nade-Ali wollte flüchten, mußte flüchten – doch nein. Er blieb an seinem Platz stehen. Blieb zitternd und verstört stehen. Etwas hielt ihn wie gebannt an seinem Platz fest.

Bereite der Sache ein Ende, o Mann!

So hob er den Stein, und mit einem Schlag hieb er ihn mit aller Kraft der Schlange auf den Kopf. Die Schlange krümmte sich zusammen und verschwand in Blitzesschnelle unter einem Stein. Nein. Zweifellos ist sie nicht gestorben. Ist aber bestimmt verwundet. Das ganz gewiß. Was ist gefährlicher als eine verwundete Schlange? Selbst wenn ihr Gefährte ihr nicht gleich zu Hilfe kommt? Also Flucht. Flucht vor der Wut der Schlange. So schnell wie möglich! Nade-Ali stürzte entsetzt zum Abhang der Grube und kroch auf allen vieren hinauf. Aber als er auf sein Pferd zuging, sah er an der Gipssäule einen Mann stehen. Der Mann hatte den Zügel von Nade-Alis Pferd gefaßt, und seine großen weißen Zähne schimmerten in der Dunkelheit. Mit zitternder Stimme sagte Nade-Ali: »Was machst du da, Mann? Dieses Pferd hat einen Besitzer!«

Hinter der weißen Reihe der Zähne kam ein trockenes Lachen hervor: »Wer bist du? Ein Auswärtiger?«

»Nein. Bei Gott, nein! Ich bin auf dem Weg nach Galeh Tschaman. Zum Haus von Babgoli Bondar, meinem Onkel.«

»Den kenn ich. Ha. Den kenn ich!«

Darauf entfernte sich der Mann langsam, wurde unsichtbar, entschwand in der undurchdringlichen Nacht.

Nade-Ali stand noch an der gleichen Stelle. Bewegungslos, erstarrt, furchtsam. Wer konnte dieser Mann sein? War er ein Mensch oder ein Geist? Wie war er so plötzlich aufgetaucht und so plötzlich verschwunden? Woher und wohin? Nun, Gott mit ihm!

Nade-Ali öffnete mit Mühe den Mund, um den Namen Gottes auszusprechen. Dann ging er mit müden, kraftlosen Schritten zu seinem Pferd. Das Pferd stand wachsam da und blickte um sich. Nade-Ali nahm den Zügel in die Hand und machte sich auf den Weg, den ungewissen Weg voller Schrecknisse, voller furchterregender Schatten auf jedem Schritt, hinter jedem Stein, jeder Erhöhung. Sichtbare, unsichtbare Schatten. Etwas wie ein Trugbild, wie eine Ahnung erschien, kam heran, näherte sich und floh, verschwand. Wer oder was war es? Nade-Ali hatte keine Ahnung!

Eingeschlossen in die Zwangsjacke der Furcht, war er so an die Furcht gewöhnt, so vertraut mit Einbildungen und Alpträumen, daß er sich für krank hielt, wenn die Angst einmal von ihm wich. Nade-Ali war nur noch ein Gemisch aus Furcht, Ratlosigkeit und Verwirrung. Eins geworden mit dem, zu was er geworden war. Nade-Ali war die Angst, der Schrecken selbst.

Er mochte nicht galoppieren. Das Pferd hatte er sich selbst überlassen. Soll es gehen, wie es mag. Ruhig und geduldig. Ruhig und frei. Nade-Ali legte den Kopf auf den Sattelknopf. Vielleicht fand er Ruhe. Die müden Augen waren halb geschlossen, der Körper schlaff. Die Beine hingen locker zu beiden Seiten des Pferdes herab, die Füße ruhten nachlässig in den Steigbügeln. Der Mantel lag nicht auf dem Körper eines schlafenden Mannes, eher auf einem Leichnam. Ein Pferd und ein Leichnam, ein Leichnam und ein Pferd. Trauer der Nacht.

Der brave Schimmel trug den Körper des Reiters auf sein Ziel zu.

Wann werden sie in Galeh Tschaman ankommen? Wie sollte Nade-Ali das wissen? Den Pulsschlag der Zeit fühlte er nicht mehr. Nacht war es, aber wann in der Nacht? Vielleicht war er angekommen. Ja, er war angekommen. Das schwere Atmen des Schlafs in den Gassen von Galeh Tschaman. Melodisches Plätschern von Wasser. Mauer und Gasse. Hunde und Steine. Schweigendes, stilles Dorf.

Nade-Ali hob den Kopf vom Sattel, zog den Zügel an und blieb vor dem Haus seines Onkels Babgoli stehen. Er stieg ab und schlug mit dem Klopfer ans Tor. Das Geräusch hallte im Schweigen der Nacht wider, und von drinnen fragte jemand: »Wer ist da?«

Das mußte Asslan sein. Und er war es auch. Er öffnete halb das Tor und blieb wie angewurzelt stehen.

»Warum bist du so verblüfft? Erkennst du mich nicht? Mach das Tor ganz auf, und laß mich eintreten! Ich bin's, Nade-Ali!«

Asslan verstellte sich nicht, er war tatsächlich verblüfft. Er stotterte: »Ha! ... Heh! ... Ich will gerade ... Wo ... Wie ... wie geht's ...«

»Gut geht's mir ... gut ... Wo ist der Onkel?«

Unter dem alten karierten Tuch, das er sich um die Schultern geworfen hatte, sah Asslan wie ein alter Mann aus. Er machte das Tor weit auf, und Nade-Ali trat mit seinem Pferd in den Hof. Das also ist Nade-Ali! Ein Jahr, bevor er zum Militär ging, war er im Haus seines Onkels gewesen, und nach Beendigung des Militärdienstes war dies das erste Mal, daß er wieder nach Galeh Tschaman gekommen war. Asslan nahm dem Vetter den Zügel ab und führte das Pferd zum Pfosten, um es anzubinden. Nade-Ali blieb beim Futtertuch der Kamele stehen, bis Asslan mit der Satteltasche zurückkam. Der warf sie unter dem Vordach an die Mauer und sagte: »Geh'n wir nach oben. Du hast wohl nicht zu Abend gegessen?«

Nade-Ali stieg hinter Asslan die Treppe hinauf ins Obergeschoß. Asslan machte die Petroleumlampe an, deutete auf den Korssi und nahm Nade-Ali den Mantel von der Schulter: »Mit diesem feuchtgewordenen Mantel muß dir die scheußliche Kälte bis in die Knochen gedrungen sein!«

Ohne Asslan eine Antwort zu geben, streifte Nade-Ali die Stiefel von den Beinen, kroch unter den Korssi, lehnte sich mit dem Rücken an das zusammengerollte Bettzeug und zog die Steppdecke bis über die Nase hoch. Asslan legte das große Tablett auf den Korssi, nahm die Lampe von der Nische herunter und sagte: »Du bist doch wohl nicht krank geworden? Ha? Bist du krank?«

Nade-Ali zitterte an allen Gliedern, er wurde ganz blaß, und seine Zähne klapperten wie Hagelkörner auf Steinen. Nur mühsam konnte er stockend hervorbringen: »Ich glaube!«

»Was kann ich für dich tun?«

»Mach den Korssi richtig heiß. Seit fünf Tagen und Nächten bewege ich mich unter freiem Himmel. Meine Knochen sind feucht geworden. Sind zu Eis geworden. Und dann sag, daß man für mich einen Topf Suppe macht. Ich muß etwas Heißes essen. Vielleicht wärmt mich eine Mehlsuppe wieder auf.«

»Gut. Gut. Gleich geh ich und wecke meine Nanneh.«

»Nicht jetzt. Morgen früh. Morgen früh.«

Asslan lief hinaus, und ehe der Schlaf Nade-Ali mit seinen Flügeln zudecken konnte, kehrte er mit einem Becken voll glühender Holzkohle zurück und heizte den Korssi ein. Bald danach brachte er den Samowar. Die Teekanne und die volle Zuckerdose. In der Annahme, der Vetter sei seinetwegen und um bei den Hochzeitsvorbereitungen zu helfen nach Galeh Tschaman gekommen, ließ Asslan es an nichts fehlen. Er glaubte, Nade-Ali gehöre zur Gruppe der Brautwerber, die zum Weiler Kalchuni, ins Haus von Ali-Akbar gehen mußten.

»Wo ist denn der Onkel?«

Asslan antwortete: »Wärst du durch die Stadt geritten, hättest du ihn gesehen. Er ist in die Stadt gegangen, um die Sache mit seiner Ernennung zum Dorfvorsteher in Ordnung zu bringen. Und dann brauchten wir auch einige Kleinigkeiten für den Laden. Außerdem ein, zwei Säcke Baumwollsamen für die Schafe. Welchen Weg hast du genommen?«

»Ich bin auf Seitenwegen gekommen. An der Stadt vorbei.«

Nur-Djahan, die Mutter von Scheyda, die Asslan Nanneh – Mütterchen – rief, kam leise wie ein unterwürfiger Geist ins Zimmer geschlurft, trat an den Korssi und setzte sich. Sie begrüßte den Neffen ihres Mannes mit sanfter, kränklicher Stimme und verstummte dann, verlosch wie eine Lampe, der das Öl ausgeht. Solange sie dort saß, hatte es den Anschein, als wäre sie nicht da.

Asslan goß ihr Tee ein, füllte auch für Nade-Ali einen Becher und sagte: »Trink ihn! Heiß mußt du ihn trinken! Laß ihn deine Adern und Gelenke schmiegsam machen.«

Nade-Ali setzte sich aufrecht, trank den Becher in einem Zug aus und erkundigte sich nach Scheyda. Asslan sah Scheydas Mutter an. Nur-Djahan öffnete sanft ihre dünnen Lippen und sagte: »Er hat es sich angewöhnt, jede Nacht bis zum Morgengrauen in den Gassen herumzustreunen.«

»Herumzustreunen?«

Asslan sagte: »Niemand weiß, was er tut. Wie ein Nachtvogel ist er geworden. Wenn er nachts nicht aus dem Haus geht und herumwandert, kann er nicht schlafen.«

Nade-Ali wollte etwas sagen. Vielleicht so etwas wie: ›Ein junger

Kopf steckt voll Gedanken an die Liebe.‹ Doch hielt er es für besser, das für sich zu behalten.

Asslan sagte: »Mit ihm ist das so eine Sache. Sooft ihn auch der Vater daran hindern will, es hilft nichts. Er wartet, bis der Vater eingeschlafen ist, und springt dann über die Mauer. Selbst wenn du ihn in eine Flasche sperrtest, würdest du später feststellen, daß er entwichen und auf und davon ist. Wie oft ich ihm auch vorhalte: ›Bruder, denk an deine Arbeit, an dein Leben; durch solch nächtliches Herumtreiben wird dein Beutel nicht voll, im Gegenteil, leerer wird er‹ – er hört nicht darauf. Ich sag zu ihm: ›Du kommst in Teufels Küche, gewöhnst dir das Rauchen an, das Schnapstrinken‹, aber es hilft nichts. Entweder geht er hinter diesen zwei, drei Kamelen in die Steppe, oder er wandert hier in den Gassen herum und steckt den Kopf in jedes beliebige Loch: in die Spielhöhle, die Opiumhöhle, was soll ich noch sagen? Auch meine Nanneh hat sich deswegen den Mund fusselig geredet. Er hört überhaupt nicht hin! Zum einen Ohr geht's herein, zum anderen wieder hinaus.«

Nur-Djahan erhob sich. Ihr verfallenes Gesicht verriet nichts, aber ihr Blick drückte Gram aus. Leise wie eine Tür, die sich auf ihrem Zapfen dreht, wandte sie sich um und ging davon: »Ich geh für morgen Halim kochen.«

Sie machte die Tür hinter sich zu. Asslan sah Nade-Ali an und sagte: »Wenn man nur ein einziges schlechtes Wort über ihren Sohn sagt, wird sie böse. Er ist nun mal ihr Herzblatt. Sie glaubt, der Himmel hat ein Loch bekommen, und nur ihr Sohn ist heruntergefallen. Sie hat Angst davor, daß jemand etwas sagt, das Scheyda kränken könnte. Oder daß sich jemand über ihn lustig macht. Wenn auch Scheyda nicht als Muttersöhnchen aufgewachsen ist – sie hätte ihn am liebsten wie eine Rose aufgezogen. Sie hat ihn verhätschelt, tut es auch jetzt noch. Doch diese Verzärtelei kann mein Vater, der ein Dämon ist, nicht ausstehen. Er gerät in Wut, und was er an Blüten und Knospen an seinem Weg findet, reißt er ab und nimmt es mit sich. Babgoli Bondar kann zartbesaitete Menschen nicht leiden. Er will, daß ein Mann zu einem harten und tatkräftigen Menschen erzogen wird. Ein Ungeheuer ist er. Siehst du nicht, was er aus dieser Frau gemacht hat? Dieser Frau, seiner eigenen Ehefrau, zahlt er Lohn, damit sie von Morgengrauen bis Sonnenuntergang am Webstuhl sitzt und Teppiche knüpft! Ihre Augen hat sie sich verdorben. Vorhin, wenn sie nicht nahe herangekommen wäre, hätte sie dich nicht erkannt. Sie sieht nur, was nahe vor ihr ist, weiter weg gar nichts. Soweit ich zurückdenken kann, hat er auch meine Mutter ausgenutzt. Sogar noch schlimmer. Damals war das Teppichknüpfen noch nicht üblich. Mein Vater hatte es übernommen, das Brot für die Familie von Herrn Aladjagi hier backen zu lassen und ihnen in die Stadt zu schicken. Der Bedarf solcher Menschen ist ja auch nicht gering. Ich war ständig am Reisigsammeln in der Steppe, und meine Mutter stand am Backofen. Alle drei Tage lud ich das Brot dem Maultier auf, lieferte es am Haustor von Aladjagi ab und kehrte zurück. Bis meine Mutter starb, war das unsere Beschäftigung. Kurz bevor sie starb, wurde meine Mutter blind. Das Feuer des Backofens machte sie blind, und dann starb sie. Damals war dieser Scheyda nicht älter als zehn, zwölf Jahre. Die schweren Arbeiten lagen immer auf meinen Schultern. Auch jetzt ist es so. Obwohl mein Vater nie wollte, daß Scheyda verwöhnt würde, ist er doch immer sein Liebling gewesen. Ist es auch jetzt. Hast du die Kamele gesehen? Die hat mein Vater ihm zuliebe gekauft!«

Nade-Ali fragte: »Was tust du jetzt?«

»Ich halte den Laden und die Teppichknüpferei in Schwung. Das heißt, alles ist mir aufgebürdet. Angefangen mit dem Entlohnen der Leute in der Werkstatt bis zum Einkauf von Wolle, Farben und allem anderen Material. Weiter obliegen mir Kauf und Verkauf. Nur bei großen Geschäftsabschlüssen mischt sich mein Vater ein. Scheyda weidet bloß die Kamele und hat vor, sie zu mästen und dann zu schlachten. Mit der Zeit muß er sie hier an Ort und Stelle füttern. Auch die Arbeit mit den Schafen ist mehr oder weniger Scheydas Sache. Und wenn die Feldarbeit getan werden muß, gehen wir alle zusammen auf die Äcker.«

Es klopfte.

Nade-Ali sagte: »Das ist wohl Scheyda.«

»Nein. Er klopft nicht an. Er springt über die Mauer. Oder er macht selbst die Kette am Tor auf.«

Asslan lief hinaus, ging die Treppe hinunter, durchquerte den Torweg und hakte die Kette los. Gorban Balutsch stand vor dem Tor. Breitschultrig, mit großem Kopf, weißen Augäpfeln und dunklem Gesicht. Sein Umhang hing ihm halb über der Schulter, die kamelhaarfarbene

Wollmütze hatte er bis über die Ohren gezogen. Asslan suchte mit den Blicken beide Seiten der Gasse ab und fragte mit gedämpfter Stimme: »Ha? Was gibt's?«

»Morgen abend kommt Bas-Chan der Afghane. Sag Bondar, er soll sich bereithalten. Wir treffen uns am Teich Gholamu. Bei den Säulen der sieben Räuber. Sag ihm, Bas-Chan hält sich nicht lange auf, hörst du! Im Vorbeigehen übergibt er die Ware und geht weiter. Seine Botschaft ist heute abend gekommen.«

»Wo ist der Gehilfe von Bas-Chan jetzt?«

»In der Kawir. Gott befohlen.«

»Morgen abend um welche Zeit?«

»Punkt Mitternacht. Gott befohlen.«

»Gott befohlen.«

Gorban Balutsch ging. Asslan hakte die Kette ein und kehrte um. Scheydas Mutter steckte den Kopf aus der Tür ihres Zimmers und fragte: »War das nicht Scheyda?«

»Nein, Nanneh!«

Asslan ging in den Korridor und stieg die Treppe hinauf. Nade-Ali war eingeschlafen. Die Wärme des Korssi hatte seinen Körper durchdrungen. Asslan wollte ihn wecken, damit er einen Bissen Brot zu sich nähme und danach schliefe; aber er brachte es nicht übers Herz. So nahm er den Samowar vom Korssi und trug ihn hinaus, sammelte Becher und Zuckerdose ein, stellte die Lampe in die Nische und schraubte den Docht herunter. Es gab keinen Grund zur Sorge. Leise ging er auf Zehenspitzen hinaus und ließ die Tür einen Spalt offen. Angst vor dem Holzkohlendunst. Noch einmal warf er einen Blick in das Heizrohr des Samowars; das Feuer war ausgegangen. Er ging hinunter und trat durch die kleine Tür in den Laden. Das Talglicht brannte noch. Er kroch unter die Bettdecke und begann, sich den angenehmen Gedanken an die guten Geschäfte und an Chadidj hinzugeben. Aber noch war er auf seinem Lager nicht warm geworden, als behutsam an die Ladentür geklopft wurde. »Wer ist da, ha?«

»Asslan Chan. Asslan Chan!«

Das war die Stimme von Mah-Derwisch. Erstickt, rauchig. Asslan fragte: »Ha, was ist los?«

»Mach auf, ich muß dir was sagen.«

Asslan stand auf, nahm den Balken ab, drehte den Schlüssel im Schloß und öffnete die Tür einen Spaltbreit: das hagere Gesicht Mah-Derwischs erschien im Spalt. Müde und ungeduldig fragte Asslan: »Nun sag schon, was ist los?«

Mah-Derwisch sah sich nach allen Seiten um und sagte leise: »Ich hab den Gehilfen von Bas-Chan dem Afghanen in der Opiumhöhle gesehen. Er flüsterte mit Gorban Balutsch und ging dann weg. Mir scheint, er ging durch die Kawir nach Ssodchor und die Gegend da. Balchi war auch dort. Er lauschte und lächelte hämisch. Ich glaube, er hat von der Sache Wind bekommen!«

Mah-Derwisch die Tür vor der Nase zuschlagend, sagte Asslan: »Ich weiß das schon. Geh schlafen.«

Hinter der Tür fragte Mah-Derwisch: »Ist Bondar noch nicht aus der Stadt zurück?«

»Noch nicht.«

Asslans Antwort klang trocken und geringschätzig. Sogar beleidigend. Aber Mah-Derwisch hielt sich offenbar nicht für berechtigt, an etwas, an jemandem, an einer Beleidigung Anstoß zu nehmen. Er wandte sich von der geschlossenen Tür ab und ging fort, ging mit gesenktem Kopf auf sein Haus zu. An ihm vorbei floß das klare Wasser des Bachs. Der Bach floß dahin, um in der Ebene frei zu werden. Die Sehnsucht des Wassers. Mah-Derwisch ging, um unfrei zu werden. Unfreier. Er war nicht verletzt. Fühlte keinen Schmerz. Er war nicht wütend. Aber dieser Trübsinn im Herzen! Das war alles, was vom Menschen in ihm geblieben war – Trübsinn. Sein Herz war in einen halbverbrannten Lappen gewickelt worden. Wenn es doch in Brand geriete! Er war niedergeschlagen. War entmutigt. War gefangen. War traurig. Warum behandelte man ihn so? Konnte denn dieser Asslan nicht freundlich mit ihm sprechen? Wenn nicht freundlich, dann doch wenigstens normal! Es war doch nur zu ihrer aller Bestem, daß er mitten in der Nacht an Bondars Tür geklopft hatte. Das hatte er doch nicht für sich selbst getan! Konnte er ihn nicht sanfter wegschicken?

Ich war ja nicht zum Betteln gekommen, du Halunke!

»Machst du eine Nachtwanderung, Mah-Derwisch?«

Gorban Balutsch stand vor ihm. Mah-Derwisch sagte: »Ich komme vom Haus meines Brotherrn.«

»Ist er aus der Stadt zurück?«

»Nein. Noch nicht.«

Er ging weiter. Vielleicht machte sich Gorban Balutsch ebenfalls auf und ging. Mah-Derwisch bemerkte nichts. Kümmerte sich auch nicht darum. Er ging seines Weges und hing seinen Gedanken nach. An der Haustür blieb er stehen und klopfte an.

Zwei schwarze Gestalten tauchten am Ende der Gasse auf. Mah-Derwisch sah nur ihre Umrisse. Das mußten Gadir und Scheyda sein. Woher kamen sie, wohin gingen sie? Diese zwei Nachtschwärmer von Galeh Tschaman kamen sicher aus Laalas Haus oder waren auf dem Weg dahin.

Schiru öffnete Mah-Derwisch die Tür: »Warum stehst du so verdutzt da?«

Mah-Derwisch trat ein und ging ins Zimmer. Die an einem Nagel an der Wand hängende Laterne gab nur wenig Licht von sich. Mah-Derwisch zog die Schuhe aus und setzte sich unter den Korssi. Schiru schloß die Tür. Mah-Derwisch sagte: »Wenn du kannst, setz einen Kessel Wasser aufs Feuer. Ich möchte einen Becher Tee trinken. Mein Mund ist trocken.«

»Es ist Mitternacht, willst du nicht schlafen?«

»Nein. Ich kann jetzt nicht schlafen!«

»Wo warst du bis jetzt?«

»Ich hatte zu tun. Ich mußte heimlich einem Menschen folgen und Bondar eine Botschaft überbringen. Setz den Teekessel auf!«

Schiru machte die Feuerstelle in der Ecke des Zimmers an, setzte den Kessel auf und hockte sich daneben an der Wand hin. Sie legte die Hände aufs Knie, stützte das Kinn auf den Handrücken und starrte ins Feuer, das Feuer, das im Herzen des Rauchs brannte. Mah-Derwischs Blick ruhte – warum traurig? – auf Schirus Gesicht. Trauer um eine Rose, die vom Wind verweht wird? Um eine Seele, die zerrissen wird? Um eine Frau, die zerbricht? Der Mensch spürt Schmerz und Bedauern schon vor ihrem Eintreffen. Und erst recht, wenn Schmerz und Bedauern sich bereits in seinem eigenen Haus breitgemacht haben. Im kleinen Haus von Mah-Derwisch. Im kleinen Leben eines in die Fremde verschlagenen Paares, zweier Tauben.

In Mah-Derwischs Augen war diese Frau nicht die alte Schiru. Oder war sie es doch? Die, in deren Antlitz der Kummer keine Bleibe hatte? Die die Traurigkeit verachtete? Dies funkelnde Schwert? War diese Frau die alte Schiru? Die, die jetzt so gebrochen ist? Ist so schnell die Kühnheit der Liebe verflogen? Deine Fingerkuppen sind zerschunden, deine Augen haben sich daran gewöhnt, nur auf einen Punkt zu blicken. Auf einen Wollfaden. Auf deine Hände und dein Handwerkszeug. Vergessen hast du sie, vergessen ist sie, die Liebe! Deine Gestalt ist magerer geworden. Deine Lippen haben ihre Frische eingebüßt. Die Röte deiner Wangen, Schiru! Deine Wangenknochen treten hervor, und eine quälende Bedächtigkeit hat sich in deinem Benehmen, deinem Tun eingestellt. Bedächtig gehst du. Bedächtig setzt du dich hin. Bedächtig sprichst du, und diese deine Bedächtigkeit ist ein Ausdruck stillen Kummers. Du bringst ihn nicht zur Sprache, Schiru, bringst ihn nicht zur Sprache, diesen Kummer. Ich lese deine Gedanken. Ich weiß. Du hattest es nicht so gewollt. Aber es ist so geworden, so geworden. Du bist nicht mehr jene Schiru. Bist eine gedemütigte, eine erniedrigte Frau. Die übermütige Gazelle der Täler von Maruss bist du nicht mehr. Eine Gemse mit abgebrochenen Hörnern bist du, hungrig, mit gebundenen Füßen. Mit gebrochenen Füßen. Dein Leben verbringst du in einem Keller ohne Sonne, meine Gefährtin. Sagst nichts. Bewegst nicht die Lippen, runzelst nicht die Brauen. Wohin ist die Frische meiner Schiru, Schiru?

Schiru stand auf, brachte den Teekessel zum Korssi, schenkte Mah-Derwisch einen Becher Tee ein und stellte ihn vor ihn hin. Er tauchte ein Stück Kandiszucker in den Tee, legte es auf die Zunge und lutschte daran. Seine Lider schlossen sich, seine Wangen zogen sich zusammen.

Früher war Mah-Derwischs Gesicht nicht so mager!

Mah-Derwisch trank seinen Tee, lehnte sich an die Wand, und die Lider fielen ihm träge und schwer zu. Er war müde, benommen vom Opium. Teilnahmslos. Wie Wachs. Als würde er in seinem heißen Schweiß schmelzen. Wie niedergeschlagen, kraftlos und hohl er sich fühlte!

Was ist aus dir geworden, Mah-Derwisch?

»Trinkst du nicht deinen Tee?«

Mah-Derwisch hob die Lider und beugte den Oberkörper vor, stützte die Ellbogen auf die angezogenen Knie und senkte den Kopf, so daß seine Stirn den Rand des Korssi berührte: »Wann wäre mir so etwas in den Sinn gekommen, wann? Siehst du! Siehst du!«

Schiru schwieg. Sie wollte nichts sagen. Ihr seelischer Zustand war zu verworren, als daß ihm mit Sprechen abzuhelfen wäre. Sie wußte nur zu gut, in welch hoffnungslose Lage sie geraten war. Weder hielt es sie hier, noch konnte sie heim zu den Eltern gehen. Immer wenn sie daran dachte, dem Bruder Auge in Auge gegenüberzutreten, sträubten sich ihr die Haare. Eine tiefe, angsterfüllte Scham verzehrte sie. Ihr war, als trüge sie die Last einer schweren Sünde auf den Schultern. Sie verwehrte es sich sogar, an eine Begegnung mit der Familie zu denken. Weder wagte sie es, Belgeyss gegenüberzutreten, noch den Brüdern, noch dem Vater. Von Chan-Amu ganz zu schweigen. Er und Beyg-Mammad lechzten nach ihrem Blut. Wenn das Dürrejahr und die Schwierigkeiten mit den kranken Tieren sie nicht in Atem hielten, hätten sie Schiru längst umgebracht; wie zwei Wölfe.

Aber auch hier war es nicht besser. Obwohl sie nicht mit Klauen und Zähnen zerrissen wurde, wurde sie immerzu gequält. Die ständige Demütigung zu ertragen war nicht leichter. Eine Magd war sie. Von Sonnenaufgang bis Sonnenuntergang saß sie im Keller von Babgoli Bondars Haus am Webstuhl, zog Wollfäden durch die Finger und verdarb sich die Augen. Traurig und niedergeschlagen. Zur Arbeit gezwungen. Die Weite der Ebenen, die Bergeshöhen, das stille Lied der tiefen Täler – wo sind sie? Wo ist der Klang der Glocke des Leithammels? Wo ist die Herde und die feuchte Brise der Ebene von Nischabur? Welche Hände haben die mit bleierner Wolkendecke überzogene Himmelskuppel, die Kuppel über dem Tamariskenhain geraubt? In welcher Grube sind der gewaltige Donner des Himmels, die melodischen Rufe der Männer begraben? Wie ist es geschehen, daß das Leben so eng, so schal und nichtig und der Heldenmut zu Staub wurde? Die Funken der Jugend zu Asche – wie früh sind die Vorboten des Todes gekommen! Muß man sich denn diesem hingeben, all diesem? Diesem, das mit mir, mit uns geschehen ist? Muß man denn zerdrückt werden und das Geschimpfe jedes Unmenschen erdulden? Sollen wir denn glauben, daß wir keinen Ausweg haben? Ist es wirklich so?

Ihre übrigen Gedanken teilte Schiru ihrem Mann mit: »Kurz vor dir war Scheyda hier. Er hatte auch Gadir mitgebracht.«

Mah-Derwisch hob die Stirn vom Rand des Korssi und sah seiner Frau in die Augen: »Wer, sagtest du?«

»Scheyda und Gadir.«

»Was wollten sie?«

»Ich weiß nicht. Es klopfte, ich machte die Tür auf, um zu sehen, wer es war. Sie standen vor der Tür. Scheyda sagte, er wolle dich sprechen, und trat ins Zimmer. Und Gadir kam hinter ihm her und schloß die Tür. Was konnte ich sagen? Scheyda ist nun mal der Sohn von Babgoli Bondar, meinem Arbeitgeber und deinem Brotherrn!«

Ungeduldig, neugierig fragte Mah-Derwisch: »Nun? Was wollten sie am Ende?«

»Nichts. Sie setzten sich. Scheyda sagte, ich solle ihnen Tee machen. Und ich machte Tee und stellte ihn vor sie hin. Sie tranken den Tee, schwatzten etwas miteinander, standen auf und gingen.«

»Was redeten sie?«

»Nichts. Sie machten sich übereinander lustig, machten Späße, lachten und ...«

»Und dann? Was dann?«

»Dann gingen sie.«

»Mit dir ... haben sie nicht gesprochen?«

»Doch ... Sie doch, aber ich sprach nicht mit ihnen.«

»Was sagten sie?«

Schiru antwortete nicht. Mah-Derwisch klopfte das Herz. Er atmete schwer. Sprechen konnte er nicht. Er war auf einmal stumm geworden.

Schiru sagte: »Laß mich nicht so allein, Mah-Derwisch! Komm abends früher nach Hause. Sei bei mir. Wir sind Fremde hier, Mah-Derwisch. Deine Frau ist noch jung.«

Ein kurzer Klagelaut – kaum hörbar – entrang sich Mah-Derwisch. Schweigend, in Gedanken versunken, lehnte er sich zurück an die Wand. Schiru sah, daß seine Nasenflügel bebten und Falten sich um seinen Mund gebildet hatten. Schiru sagte nichts mehr. Was hätte sie noch sagen sollen? War denn etwas ungesagt geblieben? Gewiß doch: ›Warum hält er eigentlich meinen Lohn zurück, der Bondar? ... Warum wird mir so beklommen zumute?‹

Keine Antwort auf die Beklemmung des Herzens, keine Antwort auf die Frage nach dem ausbleibenden Lohn. Sie schraubte den Docht der

Laterne herunter, beruhigte sich und legte den Kopf aufs Kissen. Hoffnung auf Schlaf! Doch nein. Ihr Hirn war ausgetrocknet. Eine alte Frau, eine schrullige alte Frau. Ein kleines Mädchen, ein trauriges kleines Mädchen.

Warum legt Mah-Derwisch seinen Umhang nicht ab? Warum legt er sich nicht ruhig hin? Denkt er denn nicht ans Schlafen? Ha? Er steht auf! Warum ist er aufgestanden? Wohin geht er zu dieser Nachtzeit?

»Ha? Wo gehst du hin?«

»Ich will etwas beten.«

Er breitete die Gebetsmatte aus und betete. Nach dem Beten knöpfte er seinen Umhang zu, zog die Schuhe an, band die Schärpe um die Taille, nahm das Beil von der Wand und hob die Bettelschale vom Boden auf.

»Wohin zu dieser Nachtzeit, Mah-Derwisch?«

»Ich geh nicht weit, Frau. Geh an den Bach. Ich singe eine Hymne und ruhe mich ein wenig aus!«

Mah-Derwisch ging hinaus und schloß die Tür hinter sich.

Die Nacht lag in tiefer Stille da. Kein Wind wehte. Die Luft war eisig. Wie ein steinerner Leib. Der Himmel war klar geworden, das Wasser des Bachs sang ein munteres Lied. Es gab keinen Mond. Schwärze in Schwärze. Die Gassen und die Mauern, die Schutthaufen und die Bäume, Erde und Brücke, Moschee und Badehaus – alle waren in Nacht versunken. Kein Laut drang aus den Ritzen der Fenster. Schlaf. Schlaf. Die Menschen in tiefstem Schlaf. Keine Klage, kein Lied, nicht einmal ein Wimmern. Nichts war da, und das einzig Lebendige in Galeh Tschaman schien Mah-Derwisch zu sein. Nur er!

Er setzte sich. Setzte sich auf einen Stein, legte das Beil auf die Knie und preßte die Hand um dessen Metallstiel. Das Gefühl, zu sein. Mah-Derwisch wollte sich bestätigen, daß er noch nicht gestorben war. Noch nicht verdorrt war. Wollte daran glauben, daß er noch Fetzen von etwas, noch Fetzen einer Seele in sich hatte. Daß das Leben noch nicht aus seinen Händen, noch nicht aus seinen Knochen gewichen war. Daß diese Hände noch den Stiel des Beils umklammern, seine Kälte spüren und ihm die Wärme der Hände mitteilen konnten. Er faßte das Beil am Stielende, stand auf, schwang sich das Beil auf die Schulter und ging ganz langsam, fast unmerklich sich bewegend, den Bach entlang. Den

Kopf gesenkt, den Rücken gebeugt, den Gedanken freien Lauf lassend. Eine in sechs Spitzen zulaufende Mütze auf dem Kopf, die lockigen Haare unter der Mütze hervor auf die Schultern fallend, auf den weißen, sich dem Körper anschmiegenden Umhang. Die grüne Schärpe um die Taille gebunden, die Bettelschale am Arm hängend. Jetzt ein Pfeifen, ein Pfeifen und Summen. Ein leises Vor-sich-Hinsingen. Innerliches Aufwallen. Das Herz ist aufgewacht. Langsamer Rhythmus. Rhythmus in der Brust, Rhythmus im Kopf, Rhythmus in den Schritten. Rhythmus im ganzen Körper und in der ganzen Seele. Bewußtwerden seiner selbst. Aufleben der Erinnerung an sich selbst. Eine Stimme. Mah-Derwisch hört den Klang seiner eigenen Stimme. Ein Gedicht. Die Erinnerung wacht auf. Das Gedicht wacht auf. Einsetzen der Stimme – Anfang der Ekstase.

Wenn dein Herz nicht mit mir ist, hat das Beisammensitzen keinen Wert.
Obwohl du bei mir sitzt – weil du so bist, hat das keinen Wert.
Wenn dein Mund verschlossen ist und im Herzen Feuer brennt –
auch wenn du in den kühlen Fluß steigst, hat das keinen Wert.
Wenn im Körper keine Seele ist, hat das Antlitz keinen Reiz.
Ohne Brot noch andre Gaben haben Korb und Schüssel keinen Wert.
Wenn die Erde überquillt von Moschus bis zum Himmel –
für einen, der's nicht wahrnimmt, hat das keinen Wert.
Wenn du stets das Feuer fliehst, gleichst du dem ungebacknen Sauerteig.
Wenn du dir auch tausende Geliebte suchst, hat das keinen Wert.

»Ha! Hat dich Schlaflosigkeit überkommen, Mah-Derwisch?«

Wieder dieser Gorban Balutsch. Mah-Derwisch hob den Kopf und blickte auf dessen breite Brust und den schwarzen Schnurrbart.

Auf Gorban Balutschs Lippen lag ein Lächeln. Zeichen des Wiedersehens mit einem Irren. Mah-Derwisch hatte ihm nichts zu sagen. Er ging weiter. Gorban Balutsch hielt ihn mit den Worten zurück: »Ein Nachtschwärmer bist du geworden, Mah-Derwisch! Treibst dich in der Nacht herum? Du hast doch eine Familie, eine Frau!«

»Ich suche nach dem Freund, Balutsch!«

»Wo ist der Freund?«

»Auf der Erde suche ich ihn.«

»Dunkel ist die Nacht, Mah-Derwisch. Wie unterscheidest du den Feind vom Freund? Wo ist deine Laterne?«

»Die Laterne deines Herzens möge leuchten, Balutsch. Ist von den anderen einer wach?«

»Ja. Der Sohn von Bondar und der Sohn von Karbala'i Chodadad. Die sind schlimmer als ich, wie Hunde. Bis zum Morgen wachen sie!«

»Warum schläfst du nicht, Balutsch?«

»Das Wachsein gefällt mir besser. Was ist denn mit dir los heute nacht, Mah-Derwisch?«

»Gott helfe mir, Balutsch. Heute nacht hab ich mich an mich selbst erinnert. Wo kann ich die Lumpenkerle finden?«

»Wo ist's für die Lumpen wärmer als im Heizkeller des Badehauses?«

»Gott steh uns bei.«

»Du bist verwundet, Mah-Derwisch!«

»Nicht körperlich, an der Seele, Balutsch.«

»Du bist aus dem Gleichgewicht. Kann ich dir helfen?«

»Der HERR ist der Helfer der Notleidenden, Balutsch. Kümmre dich um dich selbst. Heute nacht ist meine Freudennacht. Nacht der Ekstase. Ich habe zu mir gefunden. Ich entferne mich von mir. Weit. Morgen sehen wir uns, Fremder; wir sind Fremde, du und ich. Wir entfernen uns voneinander, Balutsch!«

»Du kannst nicht der Kumpan eines jeden sein, Derwisch. Meide die Lumpenkerle!«

»Wir entfernen uns voneinander, Balutsch!«

»Woher hast du Opium ergattert, Derwisch?«

»Von jenem Afghanen, Bas-Chans Gehilfen. Der HERR ist freigebig, Balutsch. Wir entfernen uns voneinander. Hu! Du bist Sunnite, und ich bin Schiite. Aber hier sind wir beide Fremde. Unsere Religion ist die Fremdheit. Die Fremdheit. Darin sind wir beide gleich. Heuchelei und Liebesdienerei. Schwanzwedelnde Affen. Sei nicht streng mit mir, Balutsch. Jedenfalls bin ich ein Freidenker. Ein Freidenker, der nur gelegentlich seinen Fuß aus der Fessel der Erde lösen kann. Wir entfernen uns, Balutsch. Entfernen uns voneinander. Auf jener Seite du, auf dieser

Seite ich. Siehst du, wie ich mich entferne? Wie ich mich entfernt habe? Bin zu Rauch geworden. Bin zu Rauch geworden, bin weit weg, entferne mich, bin zu Rauch geworden. Ich bin Rauch, bin weit weg, bin weit weg, bin Rauch. Hu! Ich habe mich verloren, verliere mich. Geh verloren, geh verloren. Das Sichverlieren im Verlorengehn ist meine Religion. Nichtsein im Sein ist meine Art. Heute nacht fürchte ich mich nicht vor der Nacht. Nacht der Befreiung. Sich von sich selbst entfernen. Sich loslösen. Zu Nichts werden. Alt werden. Müde werden, müde und erlöst. Aufruhr! Ich bin in Aufruhr heute nacht. Meine Seele ist größer geworden als mein Körper. Singen möchte ich. Ich erinnere mich an Bidocht. Meine Klagen, mein Wehgeschrei muß ich ausstoßen, bevor mein Selbst zugrunde geht. Meine Kehle – meine Klagen haben sich in meiner Kehle verknotet!«

Balutsch war gegangen. Hatte sich entfernt, war gegangen. Auch Mah-Derwisch brach auf. Aber er setzte sein wirres Durcheinanderreden fort und sprach mit sich. Wie ein Wahnsinniger: »Wenn dein Herz nicht mit mir ist, hat das Beisammensitzen keinen Wert. Obwohl du bei mir sitzt – weil du so bist, hat das keinen Wert.«

Mah-Derwisch redete und ging torkelnd über den holprigen Boden. Eine Hand an der Mauer, eine Hand am Beil. Einen Schmerz in der Brust, einen Schrei in der Kehle. Ein Funke aus dem Nichts. Eine Kugel. Eine Kugel. Er rollte den Abhang des Grabens hinab, rappelte sich auf, öffnete ungestüm die schmale, niedrige Tür vom Heizkeller des Badehauses und steckte den Kopf in den engen, dunklen, rauchgefüllten Raum.

Von der Wand her streute ein Talglicht einen sparsamen, trüben Schimmer in den Keller. Das Feuer unter dem Heizkessel war am Erlöschen. In einer Ecke hatte sich der Heizer einen Sack übergezogen und schlief. Er mußte sich vor dem Morgengrauen an seine Arbeit machen. Zu beiden Seiten des Heizkessels saßen Gadir und Scheyda; Weinbecher und Weinkrug hatten sie auf einen flachen Stein gestellt. Scheyda saß bequem ausgestreckt da, Gadir hockte auf den Füßen. Zwischen Scheydas mageren Fingern steckte eine brennende Zigarette, und Gadirs weiße Zähne schimmerten wie eine Perlenkette. Als Scheyda Mah-Derwisch bemerkte, senkte er den Kopf. Er konnte seinen Blick nicht ertragen. Der Jugend eignet Frechheit und Scham in gleichem

Maß. Doch der abgebrühtere, widerspenstigere, gewitztere Gadir wandte die Augen nicht von Mah-Derwisch und beobachtete ihn: »Ha, Sseyyed? Hat dich mitten in der Nacht Schlaflosigkeit überkommen? Mußt du denn morgen nicht arbeiten?«

Gadir erwartete, daß Mah-Derwisch sich verbeugte und ging. Doch heute nacht schien Mah-Derwisch nicht wie sonst zu sein. Unbekümmert trat er vor und blieb furchtlos auf der Türschwelle stehen. Blieb stehen, sah voller Gier auf die beiden Jungen und fragte in strengem Ton: »Ladet ihr den Derwisch nicht zu einem Becher ein?«

Halb scherzend, halb ernst sagte Gadir: »Gewiß doch, sei willkommen, Derwisch! Dies hier ist eine Zusammenkunft einfacher Leute. Fühle dich wie zu Hause. Setz dich, sei willkommen. Hier bitte, ein Krug hausgemachter Arrak aus Darrehgas. Juhu! Wir hätten nicht gedacht, daß du sowas trinkst, Derwisch! Jetzt, wo du einer von uns bist, gieß dir diesen Krug in die Kehle! So ist's recht!«

Mah-Derwisch ließ den Türflügel los, ging stracks auf Gadir und Scheyda und den Heizkessel zu: »Wenn du stets das Feuer fliehst, gleichst du dem ungebacknen Sauerteig. Wenn du dir auch Tausende Geliebte suchst, hat das keinen Wert!«

»Das Feuer meiden wir nicht, Mah-Derwisch. Dies hier ist Feuer, und dies hier ist Feuerwasser. Wir sind von der gleichen Sorte. Hier, dein Becher!«

Gadir reichte Mah-Derwisch den Becher. Mah-Derwisch nahm ihn: »Ich wäre kein richtiger Derwisch, wenn ich mich nicht dareintauchte! Auf euer Wohl!«

»Wohl bekomm's. Trinke!«

Mah-Derwisch leerte den Becher: »O Himmel, wie lange drehst du dich; sieh das Drehen der Elemente. Trunken ist das Wasser, trunken der Wind, trunken die Erde, trunken das Feuer. Fülle ihn nochmals, allmächtiger Gadir, fülle ihn. Noch einmal!«

Gadir füllte den Becher und schielte zu Scheyda hin. Scheyda schien verärgert zu sein. Seine Zigarette hatte er zu Ende geraucht. Er hatte einen Holzspan in die Finger genommen, zerbrach ihn und kaute auf den Stücken herum. Er starrte auf die Holzabfälle am Boden und konnte nicht verhehlen, daß die Anwesenheit Mah-Derwischs ihn wurmte. Gadir blickte seine Zechkumpane verschmitzt an und sagte mit heimlichem Lächeln: »Die Tausende Geliebte, von denen du in deinem Gedicht sprachst, sind nicht meine Sache. Sogar eine einzige ist mir verwehrt. Aber vielleicht hat unser Freund Scheyda mit Tausenden Geliebten zu tun! Ha, Scheyda?«

Den Plagegeist unter seinen schwarzen, gerunzelten Augenbrauen hervor anblickend, sagte Scheyda: »Laß das, Gadir.«

Gadir sagte zu ihm: »Warum bist du zurückgeblieben? Dein Becher ist noch voll.«

Wortlos trank Scheyda den Becher in einem Zug leer und sah finster vor sich hin.

Gadir rückte sich auf seinem Platz zurecht und sagte: »Erzähl uns was, Mah-Derwisch.«

Mah-Derwisch blickte Scheyda an; seine Augen flackerten. Er fühlte sich dumpf. Hämisch sagte Gadir zu ihm: »Erkennst du ihn nicht? Er ist's. Der Sohn deines Brotherrn, Scheyda! Warum siehst du ihn derart an?«

Scheyda drehte sich Mah-Derwisch zu und fragte: »Suchst du jemanden? Hast du jemanden verloren?«

»Nein, Bruder, mich selbst hab ich verloren. Wie Josef von Ägypten!«

»Was soll das heißen?«

Mah-Derwisch lachte. Das Lachen eines Weisen über einen Dummkopf.

Scheyda brauste auf: »Ich hab gefragt, was das heißen soll!«

Mah-Derwisch sagte: »Soll ich für euch eine Pfeife stopfen?«

Gadir sagte: »Hast du nicht mitgekriegt, was Scheyda sagte?«

»Dies ist afghanisches Kraut!«

»Dann also!«

»Wenn dein Herz nicht mit mir ist, hat das Beisammensitzen keinen Wert.«

»Mein Herz ist ja mit dir, Derwisch, aber was mit Scheydas Herz ist, weiß ich nicht!«

Mah-Derwisch sagte: »Das ist das Wort eines Weisen, nicht meines. Von Moulawi aus Balch.«

»Gesegnet sei er; und auch du sei gesegnet, weil du es zitierst.«

»Nimm, Freund!«

Gadir nahm Mah-Derwisch die Pfeife ab; er steckte das Rohr zwischen die Lippen, tat sachverständig einen Zug, stieß den Rauch aus den Nasenlöchern und gab die Pfeife an Scheyda weiter. Auch Scheyda tat einen Zug und gab die Pfeife Mah-Derwisch zurück. Mah-Derwisch steckte das Pfeifenrohr zwischen die Lippen und schraubte es mit beiden Händen fest, ohne daß die Asche herausfiel.

»Das schmeckt aber gut!«

»Als ich achtzehn Jahre alt war, war ich mal in Bidocht. Mir hatten gerade die Barthaare zu wachsen angefangen. Fast noch ein Kind war ich. Jedes Jahr an einem bestimmten Tag versammelten sich viele Derwische dort an der Schwelle des Hauses ihres Meisters. Ich war auch dabei; ein Bettler gleich einem König, ein Fest der Liebe. Ich befreundete mich mit einem der Derwische. Er stammte aus Mahan. War ein Anhänger des Scheichs. Ein angenehmer Mensch. Trug Kummer im Gesicht und im Herzen. Eines Tages schlenderten wir aus Bidocht hinaus, um einen Spaziergang zu machen. Es war später Nachmittag, und zufällig gab es mal keinen Wind und keinen Staub. Die Ebene war schön anzusehen. Wir stopften uns eine Pfeife und rauchten. Der Derwisch wurde lebhaft. Ich wußte, daß er sich etwas vom Herzen reden wollte. Ich sagte: ›Erzähl mir was.‹ Er sagte: ›Na gut.‹ Wir gingen in den Mauerschatten einer verfallenen Mühle und setzten uns. Noch eine Pfeife. Er fing an zu sprechen, und ich hörte aufmerksam zu. Er sagte: ›Ich war jung zu jener Zeit. War Schäfer. Später wurde ich Holzfäller. Mit einer Axt in der Hand, einem Strick um die Taille. Ich war verheiratet mit einem Mädchen aus Djiroft. Ich hatte ein geruhsames Leben. Eines Abends kam ich nach Hause und sah, daß meine Frau weinte. Ich fragte nach dem Grund. Sie nagte an der Lippe und sagte zu mir: Laß mich nicht so allein. Ich fragte: Warum nicht? Sie gab mir keine Antwort und verhüllte das Gesicht. Ich rannte aus dem Haus. Hatte begriffen. Ich dachte mir eine List aus. Eines Abends tat ich so, als ginge ich zur Mühle. Ich versteckte mich im Dunkel. Aber mein Augenmerk hatte ich auf Mauer und Tür meines Hauses gerichtet. In der Nacht sah ich einen Schatten über die Mauer steigen. Ich wartete. Kurz darauf hörte ich ein Geräusch. Eine Balgerei. Ich stürzte ins Haus. Ein Mann war drinnen. Meine Frau wollte schreien, aber der Mann hielt ihr mit der Hand den Mund zu. Als meine Frau mich erblickte, riß sie die Augen weit auf. Ich hatte die Axt in der Hand. Als der Mann mich sah, wußte er nicht, was er tun sollte. Ich hob die Axt, schwang sie um den Kopf und ließ sie niedersausen.‹«

Mah-Derwisch, der an diesem Punkt des Berichts aufgestanden und in Gedanken mit dem Erzähler ins Haus getreten war, hob sein Beil hoch, schwang es um den Kopf und fing sich selbst zu drehen an. Überzeugt, Mah-Derwisch habe den Verstand verloren, wurden Scheyda und Gadir von Angst ergriffen. Jeder flüchtete sich in eine Ecke, in der Hoffnung, das Beil treffe den Schädel des anderen. Der Heizer steckte den Kopf noch tiefer unter seinen Sack. Heute nacht war in seinem Keller der Wahnsinn ausgebrochen. Mah-Derwisch stand in der Mitte des Raums und drehte sich. Umhang, Turban und Beil tanzten mit. Er fing an zu singen. Mit den Beinen stampfend, mit den Armen um sich schlagend, gehörte ihm das ganze Feld: »In dem Augenblick, wo du bei dir bist, ist dir der Freund ein Dorn im Auge. Und in dem Augenblick, wo du nicht bei dir bist – wozu brauchst du einen Freund!«

Stirn und Haare schweißnaß und seiner selbst nicht bewußt, drehte sich Mah-Derwisch. Drehte sich und spreizte sich, tanzte und ließ die Haare wehen. Er wurde zu einem Docht, wurde zu einer Garnsträhne. Die Strähne verflocht sich und wurde wieder zum Docht. Mah-Derwisch klagte. Jammerte. Schrie. Atmete schwer. Lachte. Zerriß sein Gewand. Beugte sich vor. Wurde zu einem Rad. Zu einer Säule. Bückte sich. Wirbelte Kopf und Haare hin und her und schwang das Beil um sich. Brüllte mit aller Kraft. Schaum vor dem Mund. Blut in den Augen. Ein epileptischer Anfall. Er hieb das Beil auf einen Holzklotz. Die Hand am Beil, den Kopf auf die Hand gestützt, beugte er sich vor; er setzte sich, fiel um, wälzte sich wie ein verwundetes Kamel.

Ruhe. Schwere Stille. Die Nacht ein schwarzer Mantel. Mah-Derwisch ist doch wohl nicht gestorben? Scheyda und Gadir kamen aus ihren Verstecken hervor und setzten sich neben seinen kraftlos gewordenen Körper. Nein, gestorben war Mah-Derwisch nicht. In Schweiß gebadet, Kopf und Haare voller Staub und Holzspäne, keuchte er schwer. Ein Pferd, das viele Farssang galoppiert ist. Der Turban hierhin gefallen, das Beil dorthin und der Umhang wieder woandershin. Mah-Derwisch selbst, knochig und hager, eine harmlose Schlange, lag auf dem staubigen Boden des Heizkellers hingestreckt. Ein Toter, aus dessen Körper noch nicht die ganze Seele gewichen war. Schaum auf den

Lippen, die Augen weit aufgerissen. Trotzdem redete er dumpf und unverständlich vor sich hin.

»Was ist mir dir geschehen, Mah-Derwisch?«

»Gießt mir einen Becher ein. ›Dies Gewand, das ich trage, wird besser für Wein verpfändet!‹«

Gadir hob den Derwisch vom Boden und setzte ihn aufrecht an die warme Wand des Heizkellers.

Scheyda hielt ihm den Becher hin. Mit seinen müden, kraftlosen Fingern nahm Mah-Derwisch ihm den Becher ab und führte ihn an die Lippen: »›Und dies sinnlose Buch wird besser in Wein ertränkt.‹ Meine Seele wasche ich darin, wie bei einer Gebetswaschung. Noch ein Becher!«

Diesmal streckte er selbst die Hand nach dem Krug aus und zog ihn zu sich heran. Scheyda umklammerte den Hals des Krugs mit der Hand. Mah-Derwisch entwand ihm den Krug. Gadir zwinkerte Scheyda zu. Scheyda ließ den Derwisch gewähren.

Mah-Derwisch trank direkt aus dem Krug. Er rülpste, setzte den Krug ab und blickte Gadir und Scheyda an. Aber in seinen Augen war kein Blick. In seinen Pupillen irrten stumme Tiere umher. Zwei gereizte Skorpione.

Scheyda bekam es mit der Angst, Gadir besänftigte ihn.

Mah-Derwisch sagte: »Herr und Meister! Freund und Fremder! Betrunkener Herr und betrunkener Meister, betrunkener Freund und betrunkener Fremder. Wer ist hier der Herr? Wer ist hier der Meister? Wer ist der Freund, wer ist der Fremde? Ha? Sagt's mir, betrunkene Fremde! Bin ich der Fremde oder du, Scheyda? Wer bist du, Sohn von Karbala'i Chodadad? Bist du der Meister, ha? Dann ist Scheyda wohl der Herr? Was bin ich? Ein Derwisch. Ein hergelaufener Derwisch. Bin ich eine Person, eine Sache? Nein. Eine Unperson, ein Unding bin ich. Hohl und leer. Am Boden liegend. Ein Haushund. Zum Haus gehörend. Es wird nicht lange dauern, bis ich auch diese Gedichte vergesse. Das Knechtsdasein hat mich aller Möglichkeiten beraubt. Umsonst bemühe ich mich. O Gott … ich hatte nicht viel, aber eins hatte ich. Auch dies eine nimmt man mir jetzt. Ich liebte. Liebte meine Frau … Doch jetzt … tu ich es auch jetzt, mein Gott? Was für Demütigungen hab ich nicht ertragen? Ha! Jener Derwisch sagte zu mir: Nach jener Nacht flüchtete ich und schloß mich dem Kreis der Derwische an. Doch ich? Was werde ich tun? Ich hab mich doch schon vom Kreis der Derwische getrennt! Wohin werde ich mich flüchten? Ha? Sagt ihr mir's! Übrigens … ich hab gehört, daß ihr … heute abend … in meiner Abwesenheit in mein Haus gegangen seid? Tee habt ihr verlangt, habt euch gesetzt, habt gescherzt und ordentlich gelacht? Ha? Das stimmt doch, wie? Meine Frau belügt mich doch nicht? Oder? Ha? Was hattet ihr in meinem Haus zu suchen?«

Gadir stand auf und sagte: »Krank ist er. Muß sich hinlegen und schlafen. Leg ihn schlafen! Ha, schlafe. Schlafe, lieber Sseyyed; zum Reden ist noch viel Zeit! Warum regst du dich so auf? Hier ist's warm. Wärmer als in deinem Haus. Und bald wird das Bad für morgen früh geheizt. Schlaf, schlaf, Brüderchen!«

Scheyda legte Mah-Derwisch Bettelschale und Turban unter den Kopf, deckte ihn mit seinem Umhang zu und sagte zum Heizer: »Er ist ein Sseyyed. Eine gottgefällige Tat ist es, wenn du ihn bei dir behältst. Wenn er nach draußen geht, erfriert er. Ich glaube, es ist nicht mehr weit bis zum Morgen, ha?«

»Ha, ja, Herr.«

Gadir sammelte Krug und Becher ein, versteckte sie in einer Ecke an ihrem alten Platz und machte sich daran hinauszugehen. Scheyda warf einen schiefen Blick auf Mah-Derwisch und folgte Gadir.

»Scheyda!«

Scheyda drehte sich um. Unter Tränen sagte Mah-Derwisch: »Geh nicht zu mir nach Haus. Ich fleh dich an!«

Die Tür schloß sich.

Draußen blickte die nächtliche Kälte dem Morgengrauen entgegen. Gadir und Scheyda stiegen aus dem Graben und setzten in der Gasse ihren Weg fort. Eine schattenhafte Gestalt tauchte auf. Ein Auswärtiger – Balutsch. Wer außer ihm konnte es sein? Er grüßte und ging vorbei. Am Bach trennten sich Gadir und Scheyda.

»Gehst du nach Haus?«

»Hm!«

Gadir schlug den direkten Weg zu seinem Haus ein, während Scheyda an der Mauer entlang nach Hause ging. Als er am Tor ankam, lag das Haus schweigend da. Also war Bondar noch nicht aus der Stadt zurückgekehrt. Oder er war zurückgekehrt und schlief. Hätte Scheyda doch Gorban Balutsch danach gefragt! Ehe Scheyda sich an der Mauer hochziehen konnte, bereute er es, nach Hause gegangen zu sein. Er drehte den Kopf, blickte sich nach allen Seiten um und machte sich auf den Weg zum Haus von Mah-Derwisch.

II

»Gadir … Gadir …, du Unmensch, du Ketzer! Das Rückgrat soll dir brechen, o du Gottloser, du Heide! Wo bist du? Gadir … Gadir …, du Frevler, du Bastard, du Ausgeburt der Hölle, wo bist du? Gadir … Gadir … Gadir …, du Rohling! Du Lump! Du Herzloser! Du Ungeheuer! Gadir, mein Söhnchen, wo bist du? Wo bist du, Verfluchter? Gadir … Gadir … mein Sohn … mein Söhnchen … mein Söhnchen.«

Gadir rieb den Kopf an der Steppdecke und glaubte zu träumen. Das Geschimpfe des Vaters zu träumen. Er war verkatert und müde. Kraftlos war er, und der Schlaf hielt ihn noch wie ein Gespinst umschlungen. Die Rufe des Vaters drangen nur dumpf und nebelhaft an sein Ohr. Eine zerrissene Kette von zusammenhanglosen Worten.

»Gadir … Gadir … Söhnchen, Gott möge dich vom Erdboden verschwinden lassen! Wo steckst du! Gadir … bist du denn zu Wasser geworden und in die Erde gesickert?«

Nein. Er träumte nicht. Er schlug die Steppdecke zurück, und mit geschlossenen Lidern wartete er einen Augenblick, horchte und versuchte, die Rufe, die wie aus einem dichten Wolkenvorhang an sein Ohr drangen, zu verstehen. »Gadir … Gadir … mein Sohn! Möge das Glück zu Pferde sein und du zu Fuß. Möge Gott dich in einen unreinen Hund verwandeln, mein Söhnchen. Gleich zerplatze ich, Sohn. Wo bist du? Vor lauter Schreien bin ich ganz heiser geworden. Meine Kehle ist wund, Sohn! Gadir … Gadir …, mir platzt der Bauch! Meine Därme, Söhnchen!«

Gadir wußte nun, daß er wach war und die verzweifelte Stimme des Vaters hörte. Der Alte schrie ununterbrochen, und sein Geschrei ging allmählich in ein Winseln über. In eine mit Tränen gemischte Klage. Gadir war mit diesem Zustand des Vaters vertraut. Er dachte: Wieder muß er seine Matratze verdreckt haben. Oder er muß dabei sein, sie zu verdrecken. Vor sich hinstöhnend, warf er die zerrissene Steppdecke von den Schultern und kroch von den zwei alten Korssitischen, die er aneinandergestellt hatte und auf denen er nachts zu schlafen pflegte. Er nahm seine Jacke unter dem Kopfkissen hervor und warf sie sich über, setzte die Mütze auf, zog die Stiefel an und ging aus der Abstellkammer. Vor der niedrigen Tür, neben der Grube, reckte und streckte er sich, trommelte unter lautem Gähnen mit den Fäusten auf die Brust und spuckte den bitteren Schleim aus, den er im Mund hatte. Er rieb sich mit den Handrücken die Lider und schaute zum Himmel auf. Wolkenfetzen hatten das Auge der Sonne verdunkelt. Die Luft war von einer kränklichen Farbe. Der Farbe des Speichels einer Kuh. Gadirs Katzenjammer und Karbala'i Chodadads Klagen verstärkten den Trübsinn, der vom bedeckten Himmel ausging und sich auf Gadirs Herz legte.

»Ich komm ja … ich komme! Mach doch nicht so einen Radau! Sieh mal einer an, wie der sich die Kehle heiser schreit!«

Die störrischen Klagen des alten Mannes verwandelten sich in kurze, schmerzliche Jammerlaute. Gadir ging zum Zimmer des Vaters, das einstmals geschmückt war mit turkmenischen Teppichen und Kristallwaren aus Eschgh-abad, und öffnete die Tür. Das große, leere, düstere Zimmer. Der Ort, an dem sich vor nicht allzulanger Zeit Karbala'i Chodadads Kameltreiber, seine Söhne, seine Verwandten bei der Rückkehr der Karawane zu einer gemeinsamen Mahlzeit niedersetzten, Gastfreundschaft genossen und einen Hammel verzehrten. Wohl bekomm's!

Jetzt wälzte sich am Ende des ungeheizten Zimmers der alte Mann neben dem erkalteten Korssi auf seinem Lager hin und her; sein runzliges Gesicht hatte sich zusammengezogen, und seine trüben Augen irrten wie zwei Stechfliegen mit gebrochenen Flügeln in ihren Höhlen umher. Seinen glattrasierten Schädel bedeckte ein altes, schmieriges Käppchen, und seine aschfahlen Ohren schienen größer als sonst zu sein. Der hochgewachsene, breitschultrige Körper des ehemaligen Karawanenführers war jetzt in sich zusammengefallen. Als hätten die Knochen einander zerrieben. Gadir ging auf ihn zu und schimpfte, von Abscheu erfüllt: »Was ist los mit dir? Ist jemand dabei, dir die Hoden auszureißen, daß du so brüllst?«

Gewöhnt an die unflätige Sprache des Sohns, blickte der Alte ihn nur an und sagte: »Du Gottloser! Es ist schon Mittag. Wieviel Zeit ist seit dem Morgen vergangen? Meine Därme drohen seit Tagesanbruch zu platzen. Meinen Bauch reißt es in Stücke, du Unbarmherziger! Ich kann doch meine Beine nicht gebrauchen. Ich hab Angst, daß ich eine Harnsperre hab. Mitleid ist eine gute Sache, du mitleidloser Kerl! Schließlich bist du doch aus mir herausgetropft; warum quälst du mich da so? Bring mich raus! Bring mich raus, sonst bleibt mir nichts übrig, als das Haus zu verpesten! Bring mich raus, Sohn. Mein Söhnchen. Ich fleh dich an, bring mich raus!«

Gadir trat zum Vater. Er bückte sich, um ihn unter den Achseln zu fassen und aufzuheben, aber er tat es dann doch nicht. Ein gemeiner Einfall kam ihm. Er richtete sich wieder auf und blieb gerade stehen. Schwieg eisig und starrte den hilflosen Alten an. Karbala'i Chodadad, der die Arme wie zwei müde Kranichflügel gehoben hatte, ließ sie enttäuscht sinken, und eine Schicht von Verzagtheit überzog seine Augen. Sein Blick verlor sich im Schatten des Todes, seine Lippen begannen zu zittern, die Lider fielen ihm zu. Tränen rollten ihm über die Wangen. Es gab nichts mehr, was er hätte sagen können. Ergebung in alles, was kommen mochte.

Die Qual über die Schwäche des Vaters drückte Gadir das Herz zusammen. Trotzdem hielt er seinen plötzlichen Anflug von Liebe im Zaum und blieb einfach weiter stehen. Noch unerbittlicher als bei früherer Gelegenheit fragte er: »Warum hast du die Kamele verkauft? Um mir die Flügel zu stutzen? Taugte ich deiner Meinung nach nicht dazu, Kamele zu halten? Ha? Konnte ich nicht für ihr Winterfutter sorgen? Trautest du mir nicht genug, um mir Geld für Stroh und Baumwollsamen zu geben? Hattest du Angst wegen der schlechten Zeiten, oder dachtest du, ich würde die Kamele beim Spiel verlieren, ha? Weil du nicht mehr hinter den Kamelen hergehen konntest, glaubtest du, ich würde auch nicht dazu taugen, ha? Konnte ich etwa nicht zwei Lasten Brennholz von Kalschur in die Stadt bringen und das Geld für etwas Brot verdienen? Schön! Verkauft hast du sie also? Nun, und an welcher Stelle deines Körpers hast du das Geld versteckt, das du für sie bekommen hast? Wohl in deinen Därmen, ha! Wo hast du es versteckt?«

Nochmals bettelte der Alte: »Bring mich raus, mein Sohn. Möge dir deine Jugend zum Glück gereichen. Bring mich raus. Ich bete auch für dich, daß du glücklich wirst, Gadir.«

»Und was wird, wenn ich dich nicht rausbringe? Was wird, wenn ich dich von jetzt an nie mehr rausbringe? Wenn ich dich hier so lange liegen lasse, bis du verfaulst?«

»Mein Lieber, mein Sohn, tu das nicht. Du bist mein geliebter Sohn. Mein gehorsamer Sohn. Du bist anders als der andere. Der Abbass-djan hat sich zu einem schlechten Sohn entwickelt. Der wird nichts Gutes in seinem Leben erfahren. Für dich bete ich. Bei Gott, ich bete darum, daß du ein hohes Alter erreichst. Tu das nicht. Laß mich nicht hier liegenbleiben, mein Sohn!«

»Ich tu genau das! Laß dich hier liegen!«

»Bring mich raus, Gadir!«

»Ich bring dich nicht raus. Ich schließe die Tür von außen ab und laß dich auf deinem Lager verrotten.«

»Tu das nicht, Gadir, mein Sohn!«

»Verfaule, du alter Teufel! Du hast dich zu mir nicht wie ein Vater verhalten!«

»Gadir ...«

»Verfaule! In deinem Bett verfaule, du Schreckgespenst!«

Die Lippen des Alten fingen wieder an zu zittern, Tränen netzten seine Wangen und flossen ihm in den Bart, und mit rauher Stimme sagte er: »Möge dir deine Jugend nicht zum Glück gereichen, Sohn! Das Brot, mit dem ich dich großgezogen habe, möge zu Gift werden. Du bist nicht die Frucht meiner Lenden!«

Gadir, der vom Vater weggetreten war, setzte sich an der Tür auf den großen steinernen Mörser, stützte die Ellbogen auf die Knie, legte die langen Finger an die geschwollenen Wangen und starrte den leidenden alten Mann an. Karbala'i Chodadad flehte: »Ich bitte dich, Gadir, bring mich raus! Bring mich raus!«

Gadir mahlte mit den Kiefern und schwieg. Karbala'i Chodadad beschwor ihn: »Ich küsse dir die Füße, Gadir! Bring mich raus!«

Gadir schwieg immer noch. Das ganze breite, dunkle Gesicht des Alten war naß von Tränen. Nicht nur die Bosheit Gadirs, auch der grenzenlose Schmerz brachten ihn zum Weinen. Unsagbar traurig jammerte er: »Nur dies eine Mal. Nur diesmal. Dieses eine Mal. Danach bitte ich Gott um meinen Tod. Den Tod. Ich weine so lange an der Himmelspforte, bis er mich sterben läßt.«

Gadir, der zweifellos keinen Stein in der Brust hatte, sah den Vater weiter an. Aber nicht so, als sähe er einen schwachen Menschen, sondern als sähe er ein schwaches Tier vor sich. Er nagte an den Lippen, verschränkte die mageren Hände und preßte, seinen Ärger hinunterschluckend, die Finger zusammen.

Vom dunklen Hintergrund des Zimmers aus beobachtete Karbala'i Chodadad den Sohn, und die Kummerfalten gruben sich immer tiefer und schärfer in seine Stirn. Es war, als könne dies lederne Gesicht keine Schmerzempfindung widerspiegeln, als wäre es im Begriff, sich ergeben dem reinen Zustand des Schmerzes anzupassen. Schmerz kam zu Schmerz, häufte sich Schicht auf Schicht, bis nichts mehr blieb als Schmerz. Nur seine Nasenflügel bebten. Die Adern an Stirn und Schläfen waren angeschwollen, die Hände ruhten zwischen den Schenkeln, und ein tiefer Schrei war ihm in der Kehle steckengeblieben; wenn dieser Schrei hervorbräche, würde er die Zimmerdecke durchstoßen.

Gadir erhob sich, kehrte dem Vater den Rücken und verließ das Zimmer. Er setzte sich an die Grube, um Hände und Gesicht zu waschen.

In diesem Augenblick ließ ein Aufschrei von Karbala'i Chodadad Gadir zusammenfahren. Danach Brüllen auf Brüllen. Ohne ein Wort. Als ob es nicht von einem Menschen käme, sondern von einem Tier – Klagen eines verwundeten Kamels. Gadir ließ den Kummer nicht an sich heran. Wessen Seele hatte sich heute in seinem Körper niedergelassen? Langsam stand er auf, trocknete das Gesicht mit dem Jackenärmel, ging zur Zimmertür, lehnte sich mit der Schulter an den Türrahmen, warf einen Blick in den dunklen Raum und starrte dem Vater in die Augen: zwei rauchende Fackeln. Der gemeine Lump wollte offenbar das langsame Erlöschen des Alten mitansehen, genießen! Wollte das Ende des Mannes beobachten, der ihm aus seinen Lenden das Leben gegeben hatte. Er sah ihn an. Hartnäckig und streng. Ohne daß sich eine Bewegung in seinem Gesicht, in seinem Blick abzeichnete.

Unter Gadirs kaltem Blick schreckte der Alte zusammen, raffte sich auf, stützte den Oberkörper auf die Hände und schleppte sich zur Tür wie ein kraftloser Wurm. Er kam nur langsam voran. Die lahmen Beine gehorchten ihm nicht. Nach jeder Bewegung mußte er innehalten und die Beine wie nasse, schwere Weidenruten an sich ziehen und dann in unsäglicher Erschöpfung wieder einen Anlauf nehmen, um eine halbe

Spanne weiterzukriechen. Und das wollte kein Ende nehmen. Es war zermürbend und führte zu nichts. Es ermüdete Hände und Arme, Nacken und Schultern und Rücken derart, daß sie unerträglich schmerzten. Der alte Mann, verzweifelt über seine Schwäche, brachte es nicht fertig, mehr als zwei- oder dreimal weiterzukriechen. Auf halbem Wege blieb er auf dem nackten Zimmerboden liegen. Ohne Hoffnung, ohne Ausweg. Sein Gesicht verkrampfte sich, wurde aschfahl, sein Atem stockte, und unversehens erschlafften seine Muskeln. Die Schultern fielen nach vorn, Schweiß trat ihm auf die Stirn. Er senkte den Kopf und stützte den Körper auf die Hände, um sein Hinterteil vom Boden zu heben. Wie ein Schaf.

»O mein Gott! Laß mich sterben!«

Der Alte wiegte sich hin und her, dann legte er die Stirn auf den Boden, rollte sich zusammen und jammerte leise vor sich hin: »Sterben, laß mich sterben! Gott! Bist du denn taub?«

Gadir konnte den Gestank, der jetzt das ganze Zimmer erfüllte, nicht ertragen. Er wandte sich ab und ging. An der Grube blieb er stehen und atmete die kalte, reine Luft ein. Dann rannte er in einer Eile, als wolle er seine Zweifel zertreten, aus dem Tor und machte sich auf den Weg. In der Kälte, die ihm zu Leibe rückte und sich im Rückgrat wand, steckte Gadir die Hände in die Taschen seiner Jacke, schob die Jackenschöße zusammen, schlug den Kragen hoch, krümmte leicht den Rücken und durcheilte die Gasse mit großen Schritten – als flüchtete er vor einem Schatten. Wohin ging er? Das wußte er selbst nicht. Ohne es eigentlich zu wollen, zu Asslans Laden?

Im Dunkel des Ladens stand Asslan hinter der Theke und hielt seine blauen glanzlosen Augen auf die Tür gerichtet. Als er Gadir sah, wurde sein Blick ängstlich, aber er rührte sich nicht von der Stelle. Gadir beugte den Kopf und kam herein. Grußlos blieb er neben dem Türrahmen stehen und trat von einem Fuß auf den anderen. Er warf einen Blick in die Gasse. Asslan wollte ihn fragen: Was willst du? Doch ein drückendes Schweigen hatte seine Kehle verstopft. Auch Gadir ging es so. Er war hergekommen, wußte aber nicht, wozu. Was sollte er sagen? Auch das wußte er nicht. Er wollte wieder hinausgehen und sah, daß er es nicht konnte. Wozu kommen, wozu gehen? Er brauchte doch schließlich einen Vorwand! Er wollte sagen: Wiege für mich zwei Ssier

Rosinen ab. Aber er hatte ja gar kein Geld in der Tasche. Was auch immer er sagen wollte – er merkte, daß ihm etwas die Kehle zugeschnürt hatte. Er mußte sich hinsetzen, und er setzte sich; schlug die langen, dünnen Beine übereinander, starrte auf die zerrissene, aufgebogene Spitze seines Stiefels und schwieg. Was er in Wirklichkeit vor sich sah, war der gekrümmte, schlaffe Körper von Karbala'i Chodadad auf dem nackten, eiskalten Fußboden des Zimmers. Etwas wie eine gelähmte Tarantel, die hilflos auf der Erde klebenblieb. Ein Haufen Gestank. Eine Wunde. Ein Geschwür. Wann wird es aufgehen, dies Geschwür? Wann wird er sterben, dieser Mann?

»Ist Babgoli Bondar noch nicht zurück aus der Stadt?«

Auf der Flucht vor seinen Gedanken, die sich wie Zecken in seinem Gehirn festgesetzt hatten, stellte Gadir diese Frage. Asslan antwortete ihm kurz und kalt: »Nein.«

»Wann kommt er denn zurück?«

»Ich weiß nicht. Was willst du denn?«

»Ich hab mit ihm zu tun.«

Länger hielt er es nicht aus. Er stand auf, eilte aus dem Laden und schlug den Weg nach Hause ein: ›O mein Gott! Warum kann ich mich nicht wie ein gemeiner Lump aufführen?‹

Der Alte hatte sich am Fußboden auf die Seite gewälzt und war so liegengeblieben. Seine Schläfe schmiegte sich an den Boden, seine Augen waren glasig geworden. Die Lippen geschlossen und still. Kein Atmen war von ihm zu hören. Als ob er nicht da wäre. Er war da und war doch nicht da. Schorf auf der Wunde. Ein trockener, leerer Körper; hohl. Die alten Knochen eines toten Kamels in einer Grube. Vielleicht ist er gestorben? Nein. Er war nicht gestorben. In dem Gestank, der das Zimmer erfüllte, hielt Gadir sich die Nase zu, trat zum Vater, faßte ihn unter den Achseln und schleppte ihn hinaus. Am Rand der Grube zog er ihm die Hose aus, wusch ihn, nahm ihn dann auf die Arme und trug ihn wieder hinein. Er legte ihn unter den Korssi und zog ihm die Steppdecke bis zum Kinn hoch.

Den alten Mann befiel ein Zittern. Doch zuerst mußte Gadir sich mit anderem befassen. Er ging hinaus, wusch den Dreck aus der Hose des Vaters und hängte sie an einen Nagel. Dann rieb er seine Hände mit Asche ab, wusch sie gründlich und ging in die Scheune; er nahm einen

Armvoll Reisig, trug es ins Zimmer, schob den Korssi zur Seite und wickelte den Vater in die Steppdecke. In der Mulde unter dem Korssi machte er Feuer. Er hielt die Hände über die Flamme, schloß die Lider und drehte das Gesicht von der Hitze weg. Rauch füllte das Zimmer und vertrieb den Gestank. Als die Flamme aufgehört hatte zu flackern, stellte Gadir den Korssi sorgsam über die Mulde, breitete die Decke über den Korssi, machte die Rückenlehne des Alten zurecht, lehnte ihn daran, stand auf und ging zum Brotkasten. Er fand einige Stücke graues, trockenes Brot, brachte sie zum Korssi und warf sie dem Vater hin. Auch für sich selbst brach er ein Stück ab, steckte es in die Tasche und ging aus dem Haus.

Wäre die Sonne hervorgekommen, könnte man sich an der Moscheemauer neben den in den Wintermonaten arbeitslosen Männern von Galeh Tschaman im Sonnenschein auf die Erde setzen, den Körper locker ausstrecken, Kopf und Schultern an die Mauer lehnen, die Mütze bis zu den Augenbrauen herunterziehen, die Beine übereinanderschlagen, mit leiser, gelangweilter Stimme eine träge Unterhaltung mit den alten Männern beginnen, mit Lachen und Scherzen den Geschichtenerzähler unterbrechen und in Wut versetzen. Doch jetzt, wo die Sonne ihr Gesicht Galeh Tschaman mißgönnt, richtiger gesagt: die Wolken vor ihr Auge einen trüben Vorhang gezogen haben, finden die Füße keinen anderen Weg als den zum Laden von Asslan, dem Sohn Babgoli Bondars. Vielleicht kann man, ehe man zu Asslans Laden geht, in dieser oder jener Gasse etwas herumschlendern, aber alles Herumschlendern endet schließlich doch in Asslans Laden. In den sonnenlosen Wintertagen finden sich die Müßiggänger, die trägen, faulen Landarbeiter dort zusammen, setzen sich rings im Laden auf die schmalen Bänke und verbringen den Tag mit Geschwätz und – falls sich im Beutel eine Münze findet – mit dem Kauen von Rosinen oder getrockneten Aprikosen und Pfirsichen.

Auch für Gadir gab es offenbar keine andere Möglichkeit, als zu ihnen zu gehen und sich zu ihnen zu gesellen. Sich hinzusetzen, zu reden und zuzuhören, zu spotten und Gehässigkeiten zu schlucken und sich, ob angebracht oder unangebracht, zu ärgern – alles schien gleich vergnüglich zu sein. Vor lauter Beschäftigungslosigkeit war dies alles zu Gadirs hauptsächlichen Gewohnheiten geworden. Aus solchen Dingen bestand sein Leben.

Doch heute war nicht viel los in Asslans Laden. Wie zuvor stand Asslan aufrecht hinter der Theke, und nur ein Mensch, ein Fremder, saß auf einer der Bänke; er hatte sich in seinen schwarzen Umhang gewickelt und den Blechkanister, in dem wärmendes Feuer glomm, zwischen die Beine gestellt.

Gadir trat in den Laden, und der Fremde richtete seine ruhigen, kränklichen Augen auf ihn. Beim Anblick des Fremden stutzte Gadir und murmelte einen Gruß. Er setzte sich in eine Ecke und machte sich daran, sein trockenes Brot zu kauen: Langsam steckte er die Hand in die Tasche, holte ein Stück Brot hervor, zerbrach es mit seinen weißen Zähnen und kaute es gemächlich. Er sah nichts und niemanden direkt an, gab aber auf alles acht, sowohl auf den Ausdruck der Augen des Fremden als auch auf Asslans Gesichtszüge. Um den alten Mann zu Hause machte er sich keine Sorgen mehr. So konnte er sich jetzt ruhigen Herzens mit dem Fremden beschäftigen. Wer ist er, woher ist er gekommen, und wohin geht er? Was ist er von Beruf? In wessen Haus ist er abgestiegen? Wie ist seine Lage? Die kann nicht schlecht sein. Sein Umhang hat ja einen gewissen Wert. Und seine Stiefel sind noch neu. Aber seine übrige Kleidung ist sehr schmutzig und verschwitzt. Er scheint sich gerade heute frisch rasiert zu haben. Frühmorgens muß er wohl ins Badehaus gegangen sein. Seine Lippen sind grau. Von Natur sind sie grau. Denn das Grau vom Rauchen ist ein anderes Grau. Aber seine Augen sind nicht sehr ruhig. Bosheit liegt in ihnen. Erregt und wollüstig blicken sie drein. Bergen ein Geheimnis. Etwas in ihnen, auf ihrem Grund, flackert. Wie im Fieber. Mit diesem Mann ist etwas los. Ich will versuchen, es herauszufinden: »In deinem Laden ist's heute leer, Asslan Chan! Gehen die Geschäfte nicht gut?«

Widerwillig gab Asslan zur Antwort: »Wozu sollen die Leute bei diesem ekelhaften Wetter unter ihren Korssis hervorkommen? Haben die ihren Verstand verloren?«

»Ein Korssi ohne Feuer ist doch nichts Angenehmes! Um den Korssi sitzen hat nur dann einen Reiz, wenn man auch etwas für die Zähne zu beißen hat. Geröstete Erbsen und ein paar Rosinen, Nüsse, etwas Halwa, ein Stück Brot, irgendwas muß doch auf dem Korssi liegen. Aber heutzutage müssen die Leute mit knurrendem Magen um kalte Korssis sitzen und einander anstarren. Und vor lauter Langeweile fallen sie wie Hund und Katze übereinander her … Kunden hast du wohl auch nicht?«

»Ein halbes Man, zehn Ssier Milch und Butterschmalz und Mehl, die ich verkaufen mußte, hab ich schon verkauft. Ein Laden ist doch nicht ständig voller Kunden! Nur einmal morgens und einmal abends, wenn die Lampen angezündet werden.«

Gadir zog sein letztes Stück Brot aus der Tasche und bot es dem Fremden an: »Bitte schön.«

Der Fremde drehte den Kopf langsam Gadir zu. An seiner Stelle sagte Asslan: »Er hat gefrühstückt!«

Gadir setzte sich zu Füßen des Fremden an den Blechkanister; mit den Fingern schob er die Asche beiseite, legte sein Stück Brot auf die Glut und sagte: »Trocken ist es, das Verfluchte! Wie ein Hundeknochen. Rutscht die Kehle nicht runter.«

Keiner sagte etwas. Gadir fuhr fort: »Ist der Herr euer Gast, Asslan Chan?«

»Ja.«

»Ein Verwandter?«

»Ja. Mein Vetter. Nade-Ali Chan!«

Nade-Ali schaute weiter schweigend und ruhig auf Gadir. Gadir lächelte ihn an und sagte: »Einen stattlichen Vetter hast du. Möge ihn der böse Blick nicht treffen!«

Nade-Ali sagte zu Gadir: »Dein Brot verbrennt.«

Gadir wendete das Brotstück um. Nade-Ali fragte ihn: »Bist du aus diesem Galeh Tschaman?«

»Ha, ja. Ich bin von hier.«

»Was tust du?«

»Wir waren Kamelhalter, Herr, aber mit den Kamelen ist's vorbei. Zwei, drei waren noch geblieben, und die hat dein Onkel meinem Vater abgekauft. Jetzt treibe ich mich einfach so herum.«

»Hast du keine andere Arbeit, kein anderes Handwerk?«

»Äch …«

Auf seinen unvollendeten Satz hin sah Gadir Nade-Ali an; dann nahm er das Brot vom Feuer, schüttelte die Asche ab, riß es auseinander, schob es zwischen die Zähne und machte sich, auf den Boden vor seinen Füßen starrend, ans Kauen. Er wußte, daß er mit seinen Bemerkungen

Nade-Alis Neugier geweckt hatte. Er rückte zur Seite, lehnte sich an die Bank und ließ seine Blicke wie zwei wachsame Insekten aus der Tür nach draußen schweifen. Die untersetzte Gestalt einer Frau versperrte seinem Blick den Weg. Es war Laala. Immer noch, wenn er Laala sah, wurde Gadir blaß. Er hörte zu kauen auf, sein Blick flatterte. Als wüßte er nicht, was er tun sollte. Laalas Erscheinen wirkte wie ein Stein, den jemand auf Zweige voller Spatzen wirft.

Ohne die beiden Männer zu beachten, ging Laala zu Asslans Theke, schüttete die Weizenkörner, die sie im Saum ihres Tschadors trug, in eine Waagschale, holte unter dem Tschador eine Kupferschüssel hervor, stellte sie auf die Theke und sagte: »Sirup. Hoffentlich hast du ihn nicht wieder mit Wasser verpanscht, du Halsabschneider!«

Asslan wog den Weizen, schüttete ihn in ein Faß, nahm Laalas Schüssel und bückte sich unter die Theke. Kurz danach richtete er sich wieder auf, stellte die Schüssel mit Sirup auf die Waage, wog sie ab und gab sie Laala in die Hand: »Wenn der Sirup zu dick ist, werden Tschapous Lenden zu stark und bereiten dir Verdruß! Nimm das und geh!«

Laala, die es nicht gewohnt war, das letzte Wort einem anderen zu überlassen, gab zurück: »Wenn es denn so ist, dann iß du selbst von der guten Sorte zwei Löffel täglich, damit deine Gesichtsfarbe nicht wie die Scheiße eines Waisenkinds ist!«

»Nun geh schon. Du brauchst hier nicht weiter rumzuzwitschern!«

Doch Laala ging nicht. Vielleicht mit einer Absicht. Sie drehte sich um, streifte Gadir mit einem schiefen Blick und fragte Asslan: »Wo ist denn dein Bruder? Hast du ihn aus dem Laden verbannt?«

»Geh, quatsch nicht. Es ist nicht nötig, daß du deine Nase in alles reinsteckst!«

»Deine Laune ist heute widerlicher als Hühnerscheiße, Sohn von Bondar!«

Laala brach auf, aber bevor sie an Gadir vorbeiging, wiegte sie sich in den Hüften, schwang ihren Rock und fragte: »Warum bist du so niedergeschlagen wie einer, dem die Mutter gestorben ist, Sohn von Karbala'i Chodadad?«

Gadir stieß den Atem, den er bis jetzt angehalten hatte, laut aus und hustete. Doch ehe er ein passendes Wort finden konnte, war Laala hinausgegangen. Gadir wurde wechselweise blaß und rot. Das zweideutige Reden einer Frau, sei sie auch noch so ausgekocht wie Laala, setzt verborgene Stellen der Seele in Brand. Gadir nagte an den Lippen. Asslan hatte eine Gelegenheit gefunden, Gadir zu quälen. Er sagte zu Nade-Ali: »Ein unverschämtes Weib ist das! Eine zweite wie sie gibt es nicht auf Erden. Bevor sie die Frau von Tschapou wurde, war sie die Frau des Onkels unseres Freundes Gadir. Eben dieses Gadir Chans, der da neben dir sitzt. Aber es fiel etwas vor, so daß sie sich scheiden ließ und die Frau von Tschapou wurde. Tschapou ist unser Schäfer. Aber auch für Tschapou ist sie nicht die Richtige. Denn wenn eine Frau voller Ränke ist, kann man nichts mit ihr anfangen! Nicht wahr, Gadir Chan? Dieser Gadir Chan kennt die Laala besser als alle anderen. Nun, jetzt wo das Geschehene der Vergangenheit angehört, Gadir, erzähl du selbst meinem Vetter die ganze Geschichte. Ha, du wirst dich doch nicht davor drücken?«

Gadir hatte immer eine Antwort parat. So sagte er: »Laala erkundigt sich nach Scheyda, und da soll ich dir ihre Geschichte erzählen?«

Asslan sagte: »Es steht Laala überhaupt nicht zu, nach Scheyda zu fragen. Dies Luder!«

»Warum ärgerst du dich so, Bruder? Wenn Scheyda hier gewesen wäre, hätte er sich sehr gefreut! Vielleicht deshalb, weil Laala dich nicht für einen Mann hält? Schließlich ist Scheyda besser ausgerüstet. Und er ist stattlicher und kräftiger. Und seine Hand greift gerne mal tief in die Tasche, um sich zu vergnügen. Er ist nicht so abweisend und knauserig!«

»Warum sprichst du nicht von dir selbst, Gadir? Warum lenkst du ab? Du bist auf ihr ertappt worden, und da redest du von Scheyda?«

»Mach so viel hämische Bemerkungen wie du willst. Aber alle wissen, daß …«

»Daß was?«

»Nichts, Brüderchen … Laß mich schweigen. Scheyda ist, mit Verlaub, mein Freund. Es gehört sich nicht für einen Mann, hinter dem Rücken seines Freundes abfällig zu reden.«

»Freund? Was für einen Freund hat Scheyda sich da aufgegabelt!«

Nach Laalas Kommen und Gehen hatte Gadir keine Lust zu einem Wortgefecht mit Asslan. Seine Gedanken waren seinem Herzen gefolgt, und sein Herz war bei Laala und bei der Erinnerung an ihre gemeinsamen Nächte.

Eine Nacht gegen Ende des Sommers. Der Wind wehte. Nicht stürmisch, aber er fegte den Kehricht in den Gassen zusammen und blähte die Mantelschöße. Im Hinterzimmer des Hauses von Ssanama war ein Spiel im Gange. Gadir war beim Gewinnen. Das Glück hatte sich ihm zugewandt. Sein Stoffschuh war vollgestopft mit kleinen und großen Geldscheinen, und die Münzen auf seinem Taschentuch waren zu einem Türmchen angewachsen. Die Hände der Mitspieler begannen leerer und leerer zu werden, als Gadirs Onkel erschien und sich neben den Neffen hinstellte. Sie spielten eine weitere Runde, doch Gadir spürte, daß er unter den Blicken des Onkels nicht mehr die richtigen Karten ziehen konnte. Es war ihm unbehaglich zumute. Der Onkel, der sah, daß Gadir eine Glückssträhne hatte, wollte sich am Spiel beteiligen und Gadirs Partner werden. Aber Gadir wollte sein Glück nicht mit einem anderen teilen. Er rückte unruhig hin und her, rieb sich die Augen und tat, als wäre er schläfrig geworden. Er stand auf, räumte dem Onkel seinen Platz ein und ging unter dem Gespött der Mitspieler hinaus auf die Gasse.

Der Wind trug seine Mütze fort. Gadir lief hinterher und nahm sie vom Rand der Dachrinne. Er stülpte sie sich aufs Haar und begab sich in den Schutz der Mauer, holte die Geldscheine aus seinem Schuh hervor, steckte sie in seine Börse und nahm sich vor, sie am nächsten Tag zu zählen. Er war trunken vor Freude über seinen Gewinn. Er blickte sich um. Niemand war da. Die alte abgenutzte Kette an Ssanamas Haustor tanzte im Wind und klirrte. Gadir machte sich nach Hause auf. Aber er war sicher, nicht schlafen zu können. Seine Augen waren in den Höhlen ausgetrocknet, die Nase juckte ihm. Gassen, Häuser, Trümmerhaufen und Eulen – alle waren still und hatten die Köpfe gesenkt. Nur der Wind drehte sich in den Dachrinnen und Windtürmen und schlug mit seinem Leib an Türen und Mauern. Es war nicht mehr weit bis zum ersten Hahnenschrei.

Während Gadir so ging, ließen ihn zwei Dinge nicht los: Sein Herz zog ihn zu Laala, und seine Gedanken beschäftigten sich mit dem Onkel. Es war ungewiß, wie lange das Spiel noch andauern würde, denn Gadir hatte alles Geld gewonnen und war fortgelaufen. Das Spiel hatte seinen Reiz verloren. Gadir dachte bei sich: Es wird noch eine oder zwei Runden weitergehen, und dann fängt das große Gähnen an. Es war nicht zu erwarten, daß der Onkel mit seiner aufrechten, langen Gestalt, dem steifen Hals und dem plattfüßigen Gang gleich nach dem Spiel nach Hause kommen und Gadir im Bett seiner Frau überraschen würde.

Doch Gadirs Rechnung ging nicht auf.

Das Haus des Onkels lag Wand an Wand mit dem Haus von Karbala'i Chodadad, Gadirs Vater. Gadir blieb an der Mauer stehen, blickte prüfend um sich, und plötzlich streckte er die Hände aus, klammerte sich am Dachrand fest und sprang behende wie eine Katze aufs Dach. Auf der anderen Seite des Dachs war eine Treppe, die zum Vorplatz des Backofens führte. Gadir kroch auf dem Bauch über das gewölbte Dach und glitt die Treppe hinunter. Das war sein üblicher Weg. Laala vernahm Gadirs raschelndes Geräusch. Sie öffnete ihm die Zimmertür und zog ihn herein: »Hat dich auch niemand gesehen?«

»Nein!«

Darauf sanken sie sich in die Arme. Zwei Flammen. Den Duft des anderen einatmend, sich küssend, sich umschlingend. Einen Augenblick später wurden sie zu einem Leib, verloren sich in der eigenen Glut und Hitze. Sich umeinander schlingend. Verschwitzt, mit trockenem Mund und durstig. Verstohlene Liebe, eilig, vermengt mit dem Feuer der Angst. Das Leeren einer Schale Eiswasser in der Bruthitze. Galoppieren von Hengsten. Entstehen und Verlöschen eines Funkens. Ein Schrei in schweigender Wüste. Verstohlene Liebe im kalten Bett der Trauer. Eile und Flucht. Ein Durstiger, der, als wäre es das letzte Mal, an einer Quelle vorübergeht. Sich satt trinkt. Wenn nur ja die Quelle nicht versiegt! Ein Kuß. Noch einmal. Und wieder. Einsaugen des duftenden Atems. Den Mund eintauchen in den tiefen Spalt zwischen den Brüsten, ihn reiben an den weichen Armen und Wangen und in den Haaren. Den Duft einatmen. Noch einmal. Einander umklammern, sich umherwälzen. Mit den Zähnen an den Schultern nagen. Lachen. Kurze Leidenschaft. Ungläubiges Lachen. Angehaltener Atem. Am Ende die Schenkel öffnen. Sich vereinigen. Ineinander sich verlieren. Verlorensein. Höhepunkt des Wahnsinns der Wahnsinnigen. Danach zerbrechen. Sich beugen. Überwältigt sein. Einander loslassen. Vergeblichkeit. Sinnlosigkeit. Reue.

Kalter Schweiß. Müdigkeit. Übersättigung. Es ist zu Ende. Der erste Gedanke: Erheb dich! Was du verloren hast, mußt du wieder gewinnen. Flucht vor der Ernüchterung nach der Vereinigung. Ein Vorwand zum Weggehen. Das Leben, das große Leben, getrennt von allem, ruft dich wieder zu sich. Du kannst dich in dessen Endlosigkeit hineinwerfen. Ein Wesen, mit dir zusammen geboren, wartet dort auf dich. Mit deinem ersten Atemzug vertraue dich ihm an!

Das Knarren der Tür, so stechend wie der Stachel eines Skorpions. Sie sprangen auf. Laala zog das Kleid über, und Gadir nahm alles, was er hatte – Stoffschuhe, Jacke, Mütze – unter den Arm, stürzte aus der Tür und lief zum Backofen. Doch es war zu spät. Denn der Onkel hatte schon mit seinen dünnen, langen Fingern die Kette vom Haken genommen und war in den Gang getreten: ›O du verfluchter Hund, du hast mich zugrunde gerichtet!‹

Wie verging jene Nacht? Gadir konnte das nicht einmal sich selbst beschreiben. Er ging in die Steppe, kehrte am Morgen nach Galeh Tschaman zurück und versank in der Scheune inmitten von Stroh und Brennholz in eine Welt von Alpträumen. Bis man ihn zum Haus von Babgoli Bondar brachte. Die Gendarmen waren gekommen. Sie fesselten ihm die Arme und führten ihn durch die Gassen.

Der Onkel und Laala waren in der Nacht aneinandergeraten. Doch Laala war nicht die Frau, sich einschüchtern zu lassen. Auf der Stelle hatte sie die Scheidung verlangt. Der Onkel hatte nicht die Hand gegen sie erheben können; er hatte weder ihre Flinkheit noch ihre giftige Zunge. Gadir wurde in der Stadt ins Gefängnis gesteckt. Der Onkel ließ sich von Laala scheiden und blieb eine Weile zu Hause sitzen.

Als Gadir entlassen wurde, hatte Babgoli Bondar Laala mit seinem Hirten Tschapou verheiratet. Und Gadirs Onkel hatte im Winter danach die frühere Frau von Tschapou zu sich genommen. Trotzdem aber konnte Gadir noch immer nicht auf Laala verzichten. Jedoch …

Gadir schwieg. Er hielt es für nutzlos, den Streit weiter in die Länge zu ziehen. Es gab vieles, was er hätte sagen können. Aber das bei passender Gelegenheit. Im übrigen wußte Gadir besser als jeder andere, daß es Babgoli Bondar gewesen war, der Laala dem Tschapou zugeschanzt hatte. Diesen fetten Bissen hatte er Tschapou in die Schüssel getan, um eventuell selbst einmal zugreifen zu können. Aber alle wußten, daß Laala nicht von der Sorte Frauen war, die mit jedem Mann schläft. Und das besonders dann nicht, wenn dieser Mann Tschapou ist. Laala hatte Tschapou notgedrungen zu ihrem Schutz und Schild gemacht. Ohne einen Mann war das Leben einer alleinstehenden Frau schwer und schadete ihrem Ruf. Der gute Name von Tschapou war etwas, hinter dem sich Laala verbergen, mit dem sie sich schmücken konnte. Für Laala bedeutete Tschapou nur ein Dach über dem Kopf. Es war bekannt, daß sie sich ihm nicht fügte, sondern ihn völlig beherrschte. Und Gadir wußte auch, daß Laala sich in Scheyda vergafft hatte. Obwohl Babgoli Bondar ein- oder zweimal etwas mit Laala gehabt hatte, hatte Laala ein Auge auf Scheyda. Bei all dem war Gadir es, der allein geblieben war. Allein und ohne Aussichten. Er hatte den kürzeren gezogen und nichts gewonnen als einen schlechten Ruf. Scheyda sah besser aus und war jünger als Gadir. Er war freigebiger und hatte bessere Möglichkeiten. Aus diesen Gründen hielt Gadir es für zulässig, Scheyda eine Falle zu stellen und da hineinzulocken. Er wollte ihn in etwas verwickeln. Wenn Scheyda anderswo gebunden wäre, würde das Gadir gute Aussichten eröffnen.

Laala war ebenso eifersüchtig, wie sie kokett war. Keine andere Frau konnte sie neben sich sehen. Sie gehörte zu jenen Frauen, die das schwächste Lächeln, den flüchtigsten Blick, die leiseste Körperbewegung, das anmutigste Geschäker beherrschen und diese, wann immer sie es für angebracht halten, einsetzen. Durch ein- oder zweimaliges Schlafen mit Tschapou hatte sie sich seine Schafe angeeignet. Mit einer einzigen Bewegung ihres Körpers hatte sie Scheyda in ihren Bann gezogen. Mit Babgoli Bondar hatte sie nur ihr Spiel getrieben, und Gadir ließ sie vor Sehnsucht vergehen. Laala war geradezu besessen von ihren eigenen Reizen. Eine Quelle von Feuer. Ihre Leidenschaft, die Männer anzulocken und sie in ihrem Bann zu halten, war nicht geringer als ihr Haß auf Frauen, auf anziehende Frauen. Also Schiru!

Gadir war sicher, daß Schiru ihm die größte Hilfe leisten konnte. Wenn Scheyda an Schiru Gefallen fände, würde Gadir freie Bahn haben. Bondar und Tschapou waren nicht die Männer, denen Laala ein freundliches Lächeln schenken würde. Gadir würde wieder allein das Feld beherrschen. Und welcher Ort war für dieses Spiel passender als das Haus von Mah-Derwisch, wessen Aussehen geeigneter als das von Schiru? Eine reife Frau, unbescholten, neben einem müden, verbrauchten Mann wie Mah-Derwisch. Einem Mann, dessen Rücken sich unter der Last der Kränkungen gebeugt hatte, der gestrauchelt war und immer tiefer sank. Einem hilflosen Mann, der im Labyrinth von Babgoli Bondars Machenschaften aufgerieben wurde und versuchte, Heilung bei der nächtlichen Wasserpfeife in der Opiumhöhle von Tante Ssanama zu finden. Für Gadir hätte das bedeutet, zwei Fliegen mit einer Klappe zu schlagen. Rache nehmen an allen, die ihn irgendwie beiseite geschoben hatten: Babgoli Bondar und Scheyda, Laala und Mah-Derwisch.

Dabei soll Schiru geopfert werden?

Soll sie geopfert werden!

Gadir hat nichts übrig für Edelmut. Haß. Das, was ihn antreibt, ist Haß, und Helfer seines Hasses sind List und Tücke. Seiner unterdrückten Selbstgefälligkeit muß aufgeholfen werden. Derjenige, der fällt, ist gefährlich. Der Haß eines gefallenen Menschen – oder eines Menschen, der sich für gefallen hält – richtet sich nicht auf eine bestimmte Sache oder eine bestimmte Person. Der Haß eines solchen Menschen richtet sich auf alles: auf eine Wand, auf die eigene Geliebte oder auch auf den Wüstenboden. Mah-Derwisch wird zugrunde gerichtet – soll er doch! Scheyda gerät in Verruf – um so besser! Bondar büßt seine angemaßte Würde ein – recht so! Tschapou wird zum Hahnrei – was macht das schon? Schiru geht zugrunde – warum nicht? Laala zerbricht – und wenn schon? Der spitze Giftzahn der Schlange ist jetzt erst einmal auf Mah-Derwisch gerichtet. Macht nichts! Soll er doch nicht mehr so unterwürfig diesem Babgoli Bondar hinterherlaufen! Nicht mehr Karbala'i Chodadad das Haus einrennen, um dessen Kamele zu kaufen! Soll er lernen, daß auch Dienstbeflissenheit ihre Grenzen hat. Das alles soll er lernen!

Der Haß sucht sich einen Weg. Gadir legte sich diese Argumente zurecht, weil er sich sonst nicht mehr aus der Klemme zu helfen wußte. Eine eingesperrte Katze, die mit ihren Krallen an den Wänden kratzte. Der Vater so, die Arbeit so, und Laala wiederum so! Es geschieht, daß der Mensch wie eine fauchende Katze wird, wie Gadir jetzt, und manchmal wie ein tollwütiger Hund, der in Füße und Beine beißt. Sich selbst, seine Krankheit überträgt er leichtsinnig auf alle. Voller Angst und Abscheu ergreifen sie vor ihm die Flucht. Wann endlich trifft ein Dolch den tollwütigen Hund in die Flanke? Letztes Heulen aus verwundeter Kehle. Letzte Regungen in Staub und Asche. Keine Klage entweicht mehr der Brust.

War Gadir tollwütig geworden?

»Nun, Freund, du hast noch nicht gesagt, womit du dich beschäftigst. Was für Ware hast du?«

Gadir kam zu sich. Er sah Nade-Ali an. Einen Augenblick war er weit weg gewesen. Mit einem gekünstelten Lächeln blickte er zur Theke.

Asslan war verschwunden. Möglicherweise war er zur Erledigung einer Arbeit ins Haus gegangen. Gadir antwortete listig: »Vielleicht bist du nicht interessiert?«

»Was hast du?«

Gadir leckte mit der Zunge seine dünnen, schmalen Lippen und sagte: »Vielleicht bist du's auch. Wer weiß?«

»Was ist's, daß du nicht mit der Sprache rausrückst?«

»Alter Arrak; ich hab ihn selbst gemacht. Aber behalte das für dich.«

»Da braucht man doch nicht so heimlich zu tun?«

»Nun ja, hier dreht man einem aus jeder Kleinigkeit einen Strick!«

»Wo ist er? Bringst du ihn her?«

»Hierher soll ich ihn bringen? Da sei Gott vor! Wenn du ihn willst, kann ich ihn dir am Abend bringen. Nicht jetzt. Schon das erste Glas heizt dir so ein, daß du den Winter vergißt. Babgoli Bondar darf aber ja nichts davon merken!«

Asslan war im Begriff, durch die kleine Tür hereinzukommen. Nade-Ali fragte Gadir: »Wo kann ich dich am Abend sehen?«

»Ich geb dir Bescheid. Du stehst doch wohl nicht schlecht mit Scheyda?«

»Nein.«

Gorban Balutsch trat in den Laden, grüßte, setzte sich ruhig in eine Ecke und verschluckte den Rest eines Gähnens. Asslan sagte: »Aus deinen Augenhöhlen fließt Blut, Balutsch. Was ist mit dir? Hast du nicht geschlafen?«

»Nein, Herr. Ich hab zu viel geschlafen. Ist von Bondar noch nichts zu sehen und zu hören?«

»Noch nicht. Aber er muß bald erscheinen!«

Gorban Balutsch fragte: »Wo ist Mah-Derwisch? Hier herum sieht man ihn gar nicht mehr!«

Asslan sagte: »Ich hab keine Ahnung.«

Balutsch senkte den Kopf und musterte Gadir unauffällig. Gadir antwortete ihm mit einem halben Blick, stand auf, setzte sich neben ihn und sagte: »Gib mir deine Dose Kautabak, damit ich mir ein wenig unter die Zunge lege!«

Gorban Balutsch zog seine Dose mit Kautabak aus der Westentasche und gab sie Gadir, wobei er sagte: »Ein Unmensch bist du, Sohn von Karbala'i Chodadad. Gestern nacht hast du den unseligen Sseyyed, den Mah-Derwisch, fertiggemacht, hast ihn einfach im Heizkeller liegenlassen und bist weggegangen! Wäre ich ihm nicht zu Hilfe gekommen, wäre er gestorben! Nun, wohin bist du von dort gegangen?«

Gadir legte sich etwas Kautabak unter die Zunge. Er machte den Mund zu, schloß die Lider, gab Balutsch die Dose zurück und sagte: »Ist der aber scharf, dein Kautabak, Mann! Der besteht ja nur aus Kalk. Hast du den wieder selbst gemacht?«

Gadir hatte das Gespräch in eine andere Richtung lenken wollen. Balutsch wußte, daß er es nicht gern sah, wenn dieses Thema zur Sprache kam. Trotzdem sagte er: »Das ist nicht gottgefällig, Gadir. Gott hat schon diesen Sseyyed gestraft, da braucht ihr ihn nicht auch noch zu strafen!« Von Gorban Balutschs Seite aufstehend, sagte Gadir: »Hörst du die Kamelglocken? Ich glaube, das sind die Köhler. Laß uns gehn und nachsehen!«

Gadir ging hinaus und rief von der Gasse her: »Babgoli Bondar ist gekommen. Mit zwei Lasten Baumwollsamen!«

Gorban Balutsch erhob sich ebenfalls und ging hinaus. Nach ihm stand Nade-Ali auf und schleppte sich aus dem Laden, und danach kroch Asslan unter dem Ladentisch durch, um den Vater begrüßen zu gehen.

»Heiyahei.« Onkel Mandalu zog die Zügel seiner beiden Kamele an, warf sie sich von einer Schulter auf die andere und kam näher. Einige Schritte vor ihm saß Babgoli Bondar auf seinem Maultier. Gorban Balutsch lief hin, nahm Bondar den Zügel ab und grüßte. Babgoli Bondar stieg ab, strich seinen Mantel glatt und antwortete mit einem Nicken auf Asslans Gruß. Onkel Mandalu lockerte die Zügel und wartete darauf, daß man ihm zeigte, wohin er gehen solle. Babgoli Bondar wies ihn an, die Kamele nahe dem Tor sich hinlegen zu lassen und die Säcke abzuladen. Onkel Mandalu machte sich ans Werk. Asslan nahm Gorban Balutsch den Zügel ab und zog das Maultier in den Hof. Gorban Balutsch ging Onkel Mandalu helfen. Babgoli Bondar setzte sich auf die Bank neben dem Haustor und nahm eine Zigarette aus der

Tasche. Gadir grüßte Babgoli. Ohne ihn dabei anzusehen, erwiderte Babgoli den Gruß. Gadir holte Streichhölzer aus seiner Schärpe und gab Babgoli Feuer. Babgoli Bondar nickte zum Dank mit dem Kopf, und Gadir ging, um Onkel Mandalu und Gorban Balutsch behilflich zu sein. Nade-Ali hatte sich hinter den Säcken, die Balutsch und Onkel Mandalu abgeladen hatten, an die Mauer gestellt. Asslan machte das Hoftor weit auf. Onkel Mandalu brachte mit einem Pfiff die Kamele zum Aufstehen. Die Kamele stellten sich zum Saufen an den Bach. Gemeinsam trugen Gorban Balutsch und Onkel Mandalu einen der Säcke in den Hof. Gadir stand neben einem anderen Sack. Er brauchte einen Helfer. Er rief Asslan. Asslan kam und legte mit Hand an. Mit einem Ruck hoben sie den Sack vom Boden und trugen ihn hinein. Onkel Mandalu und Balutsch kamen zurück und trugen zusammen einen weiteren Sack weg. Den letzten Sack brachten Gadir und Asslan in den Hof und warfen ihn neben das Scheunentor. Asslan nahm gleich ein Sieb von der Wand und ging hinaus, um die verstreuten Baumwollsamen vom Boden einzusammeln.

Babgoli sagte zu Onkel Mandalu: »Bring die Kamele in den Hof. Hier gibt es Dornbüsche. Sollen sie sich daran gütlich tun. Ich geh nun deinen Sohn benachrichtigen ... Warum stehst du da, Nade-Ali? Komm her, damit ich sehe, wie es dir geht.«

Nade-Ali ging langsam und ruhig auf den Onkel zu. Babgoli Bondar erhob sich von der Bank, faßte Nade-Ali am Ärmel, und zusammen traten sie in den Hof. Babgoli, in dessen Verhalten und Äußerungen sich eine unbändige Freude zeigte, schrie: »Wo bist du, Mussa? Mussa! Komm raus, ich hab dir deinen Vater gebracht. Komm raus!«

Mussa kam die Kellertreppe herauf und blickte wie ein Nachtblinder im Hof herum, doch er sah den Vater nicht; in der Annahme, Bondar habe sich mit ihm einen Spaß gemacht, setzte er sich oben auf die Treppe und strich mit der Hand über Stirn und Augen. Nade-Ali weiter am Ärmel haltend, setzte Bondar den Fuß auf die Kellertreppe und sagte: »Laß mal sehen, wie weit du mit der Arbeit bist. Du, Nade-Ali, hast du schon mal diese Art Teppichknüpfen gesehen? In eurer Gegend legt man den Webstuhl waagerecht auf den Boden, nicht wahr?«

»Ja.«

»Hier habe ich diese Art eingeführt. Die Arbeit geht besser voran.

Siehst du, wie viele Kinder an einem Webstuhl sitzen können? Gott geb euch Kraft, Kinder!«

»Guten Tag, Bondar.«

Mussa war hinter Bondar und Nade-Ali hereingekommen. Bondar fragte ihn: »Warum bist du denn nicht zu deinem Vater gegangen? Mir scheint, du machst dir nicht viel aus ihm, ha? Ihn einmal zu sehen, schadet dir schließlich nicht. Geh zu dem alten Mann. Er ist diesen weiten Weg gekommen, um dich zu sehen. Sonst hätte ich diese zwei Lasten Baumwollsamen auch mit unseren eigenen Kamelen herschaffen können.«

Mussa sagte: »Laß das, Bondar! Was hätte mein Vater hier zu suchen?«

»Geh raus, dann siehst du, was er zu suchen hat. In der Gasse ist er. Wenn er die Kamele getränkt hat, bringt er sie in den Hof.«

Mussa stieg wieder die Kellertreppe hinauf. Sein Vater hatte schon die Kamele in den Hof gebracht und zu den Dornbüschen geführt. Ungläubig ging Mussa auf den Alten zu. Und der Alte kam ihm entgegen. Neben dem Hals eines Kamels trafen sie zusammen. Sie blickten einander an. Sich zu seiner Unterkunft aufmachend, die hinter dem Schafstall lag, sagte Mussa: »Komm ... komm ... Laß deinen Stock und deinen Vorratssack hier liegen. Komm!«

Onkel Mandalu ging hinter dem Sohn her, während Babgoli Bondar zusammen mit Nade-Ali aus dem Keller kam. Gadir und Gorban Balutsch standen an der Futterkrippe, und Asslan schleppte die mit Waren vollgestopfte Satteltasche durch die kleine Tür in den Laden. Bondar blieb stehen und fragte ihn: »In welchem Loch steckt denn dieser Mah-Derwisch? Ist er nirgends zu sehen?«

Gorban Balutsch sagte: »Es heißt, er sei krank geworden, Bondar. Er habe sich unter den Korssi gelegt.«

»Wie kommt es, daß er wie ein Hund mit verbrannten Pfoten herumrennt, solange ich da bin, aber sowie ich fort bin, Fieber kriegt! Los, geh zu ihm, mach ihm Beine und bring ihn her. Ich brauche ihn. Sag ihm, heute abend haben wir hier eine Passionsfeier. Warum stehst du noch da? Und dann komm zurück und tu diese Baumwollsamen mit Gadirs Hilfe in die Scheune.«

Gorban Balutsch sah Gadir an und trat näher zu Babgoli: »Ich hab dir was Dringliches zu sagen, Bondar.«

Babgoli ließ Nade-Ali stehen und führte Gorban Balutsch zum Vorplatz des Backofens: »Ha, was gibt's?«

»Gestern abend kam der Gehilfe von Djahan-Chan Ssarhaddi nach Galeh Tschaman. In Wirklichkeit war er von Bas-Chan Afghan geschickt worden. Weißt du, daß Djahan-Chan Ssarhaddi jetzt der Handlanger von Bas-Chan Afghan geworden ist? Den Djahan-Chan kenne ich. Er ist einer der Balutschen von der Grenze, ein Einwohner von Ssarachs. Jedenfalls, sein Gehilfe kam, um dich zu sprechen.«

»Schön, wo ist er hingegangen? Ich wollte gestern abend kommen, war aber mit der Einladung des Herrn Aladjagi beschäftigt. Was ist jetzt zu tun?«

»Die Botschaft hab ich entgegengenommen, Bondar, keine Sorge: Heute nacht, um Mitternacht, bei den Säulen der sieben Räuber, übergeben sie die Ware. Wir müssen vor ihnen dort sein. Und es wäre wohl besser, wenn ihr heute abend nicht zu viel Trubel machtet.«

»Der Trubel wird nicht lange dauern. Nein. Wir machen das schnell ab. Gut, gut. Den Djahan-Chan kenne ich. Eine Zeitlang war er ein Rebell. Noch dazu ein unehrenhafter. Um den handelt es sich doch, nicht wahr?«

»Ha, ja, um den. Viele Menschen hat er umgebracht. Aber jetzt jagt *er* Räuber. Er wird von der Regierung bezahlt und liefert die Räuber aus. Obendrein bringt er Haschisch und Opium über die afghanische Grenze. Ist mit diesem und jenem im Bunde. Ich wollte dir seine Botschaft früher zukommen lassen. Nun, wie du es für richtig hältst ... Habt ihr heute abend eine Passionsfeier?«

»Hm ... etwas trauern ist nie schlecht ... Da ist eine Neuigkeit, die ich bei dieser Gelegenheit den Dorfbewohnern mitteilen muß.«

»Deine Ernennung zum Dorfvorsteher? Das ist eine gute Nachricht.«

Sie kehrten zurück. Gadir stand noch an seinem alten Platz, und Nade-Ali, den Mantel über den Schultern, hatte sich neben dem Korridor nahe dem kleinen Zimmer von Nur-Djahan an die Wand gelehnt. Babgoli sagte zu Gorban Balutsch: »Wir ziehen das nicht zu sehr in die Länge. Sag Mah-Derwisch, er soll es kurz machen mit seiner Predigt. Er hat ja nicht viel zu tun! Jetzt geh zu ihm und schleppe ihn her ... Geh. Übrigens ... laß dir von Asslan ein halbes Man Hafer geben, und schütte ihn Mah-Derwischs Stute in die Krippe!«

Gorban ging zur Ladentür, und Babgoli stellte sich vor Gadir hin und sagte: »Was stehst du hier so mit offenem Mund rum? Wie geht es meinem Freund Karbala'i Chodadad?«

Gadir sagte: »Ich muß auch mit dir reden, Bondar!«

Babgoli zeigte auf Nade-Ali und sagte: »Ich hab Besuch, siehst du's nicht? Wahrscheinlich ist das, was du mir zu sagen hast, genau so ein Unsinn wie Balutschs Gerede! Laßt mir wenigstens so viel Zeit, daß ich meinen Neffen nach seinem Ergehen fragen kann. Seit er zum Militärdienst ging, hab ich ihn nicht richtig gesehen. Inzwischen geh du und gib den Leuten Bescheid, daß sie zur Passionsfeier kommen sollen. Geh und ruf es ein paarmal vor dem Badehaus aus. Später dann, wenn die Passionsfeier beendet ist, höre ich dich an. Nun geh, mein Junge, und sag auch dem Badewärter, er soll kommen und Tee herumreichen … Asslan, hay Asslan!«

Asslan steckte den Kopf aus dem Türchen. Babgoli Bondar sagte: »Bring deine Sachen schnell in Ordnung, und komm und heize den großen Samowar an. Und sag deiner Nanneh, sie soll heute früher mit ihrer Arbeit aufhören und Teegläser und Untersetzer bereitstellen. Sag einem der Leute, er soll Feuer für den Korssi vorbereiten. Mussa! Sag's dem Mussa. Und wenn Balutsch und Gadir zurück sind, räumt die Säcke mit Baumwollsamen aus dem Weg, und bringt sie in die Scheune. Na gut, na gut. Muß euch denn alles extra gesagt werden? … Gehn wir rauf, Nade-Ali! Du hast mir noch nicht gesagt, wie es deiner Mutter geht.«

Nade-Ali ging hinter dem Onkel die Treppe hinauf, und zusammen setzten sie sich im Zimmer des Obergeschosses unter den Korssi. Babgoli legte sich die Steppdecke über die Knie und sagte: »Was war das heute für ein hundserbärmlicher Tag! Meine Knie sind eiskalt geworden. Nun … erzähl mir von deinem Ergehen. Ich hab gehört, du bist krank? Du bist ja auch etwas blaß. Ich hatte schon vernommen, daß du nach Galeh Tschaman kommen würdest. Deine Weggefährten sagten es mir.«

»Gol-Mammad?«

»Er und auch dieser Onkel Mandalu.«

»Aha … die ganze Nacht sind wir zusammen gewesen. Trotz seines Alters ist er ein zäher Mann.«

»O ja! Weshalb bist du dorthin, nach Kalschur, gegangen? Suchtest du nach etwas oder nach jemandem?«

»Einer meiner Kameraden aus meinen Soldatentagen war aus Kuhssorch. Ich wollte ihn besuchen, hatte aber kein Glück. Er war auf einer Wallfahrt.«

»Du hattest vor zu heiraten, hab ich gehört. Was ist daraus geworden? Es kostete deinen Vater das Leben, ha? Nun, das war ein hoher Preis. Der arme Hadj Hosseyn! Gott hab ihn selig.«

»Das ist nun vorbei. Aber hier unter den Kleinen, die am Teppichwebstuhl saßen, war auch ein junges Mädchen, das mir bekannt vorkam. Wer ist das? Ist sie von hier oder von anderswo?«

Den Neffen verschmitzt ansehend, fragte Babgoli: »Hat sie dir gefallen?«

»Nein, bei Gott. Mir schien nur, als hätte ich sie schon mal irgendwo gesehen. Ich weiß nicht, warum sie mir so bekannt vorkommt!«

»Das ist Schiru. Die Schwester von Gol-Mammad. Vielleicht tut's die Ähnlichkeit.«

»Vielleicht. Vielleicht. Wie sehr sie ... auch ... dem Madyar ...«

»Mit wem sprichst du? Wovon redest du?«

»Nein ... nein ... nichts ... Ich hab übrigens eine gute Neuigkeit gehört. Ich gratuliere. Ihr denkt daran, Asslan zu verheiraten, ha?«

»Äch ... mal sehen. Wir denken dran. Aber es kommt darauf an, was Gott bestimmt!«

»Von welcher Familie ist die Braut?«

»Von den Hadj-Passands. Der Vater der Braut ist der Vetter von Gol-Mammad. Schafhalter ist er. Er war Nomade, ist jetzt aber seßhaft geworden. Sie wohnen im Weiler Kalchuni. Die Braut ist die Tochter von Ali-Akbar, dem Sohn von Hadj Passand. Dem geht's nicht schlecht. Hat Besitz und Ansehen. Seine Tochter, die Chadidj, ist auch nett, noch sehr jung und das einzige Kind. Die kommt uns sehr zustatten. Es ist abgemacht, daß wir in diesen Tagen hingehen und Geschenke bringen. Du sagtest, deiner Mutter geht's nicht gut, ha?«

Nade-Ali sagte: »Sie trägt immer noch Schwarz.«

Asslan kam herein, holte den großen Samowar aus dem Hinterzimmer und ging zur Tür. Babgoli fragte ihn: »Ist noch keine Nachricht von Hadj Passands Sohn gekommen?«

»Nein, noch nicht. Es heißt, seine Mutter sei krank geworden. Sie wollte die Zicklein in den Stall treiben, aber ihr Stock rutschte aus, und sie fiel in das eiskalte Wasser des Teichs. Danach bekam sie eine Lungenentzündung und liegt nun.«

Babgoli Bondar lachte: »Was du für ein Glück hast!«

Asslan senkte den Kopf und trug den Samowar hinaus.

Babgoli rief hinter ihm her: »Räum das Empfangszimmer auf. Und stell ein oder zwei Kohlenbecken rein, damit es ein bißchen warm wird. Und den Stuhl staube ab und stelle ihn ans Kopfende des Zimmers!«

Mah-Derwisch wurde gebracht. Gorban Balutsch hatte ihn unter den Armen gefaßt und schleppte ihn herein. Müde war er, zerschlagen und alt. Seine Lider, seine Stirn und die Partie unter seinen Augen waren geschwollen. Zeichen seines Elends. Innerlich noch mehr als äußerlich war er niedergedrückt und gebrochen. Gorban setzte ihn an die Wand. Mah-Derwisch knickte wie eine dünne Gerte zusammen. Mit Mühe zog er die Knie an und senkte den Kopf.

Babgoli Bondar fing an, sich über ihn lustig zu machen. Aber Mah-Derwisch konnte nicht lachen. Nicht einmal ihn anzublicken, hatte er die Kraft. Babgoli hörte mit seinen Späßen auf und sagte ernst: »Heute abend haben wir eine Passionsfeier. Du mußt den Einwohnern die Leidensgeschichte eines Märtyrers vortragen. Steh auf und mach dich bereit.«

»Ich kann nicht, Bondar. Meine Arme und Beine sind wie Holz. Ich kann mich nicht bewegen. Es sei denn, du schickst jemanden zu Tante Ssanama, damit er ihre Opiumsachen hierher bringt.«

Auch seine Stimme war erbärmlich; wie ein trockenes, geknicktes Schilfrohr, mit dem man auf den knochigen Rücken eines Maultiers geschlagen hatte. Die Stimme bebte und brach. Babgoli sagte: »Gleich versammeln sich hier die Leute. Es geht nicht an, die Opiumsachen hierher zu bringen! Aber ich kann dir ein Stückchen Opium geben, und du kannst es runterschlucken. Ha, wie wäre das? Komm ... komm näher ... komm unter den Korssi. Ich möchte nicht, daß du die Passionsfeier zu sehr in die Länge ziehst. Ein paar Worte über die Leiden eines Märtyrers, das genügt. Balutsch! Nimm einen Becher warmes Wasser und bring ihn her!«

Mah-Derwisch kroch näher. Balutsch brachte einen halben Becher warmes Wasser. Babgoli nahm ein Stück Opium von der Größe einer Bohne aus seiner Tasche, warf es in den Becher, rührte mit dem Finger um, bis es sich aufgelöst hatte, und reichte Mah-Derwisch den Becher. Mah-Derwisch nahm ihn, führte ihn an die Lippen und trank ihn in einem Zug aus. Seine Augen schlossen sich, seine Nasenflügel zitterten. Dann leckte er sich die Lippen, stellte den Becher beiseite, ließ sich von Babgoli Bondar eine Dattel geben und legte sie, um den bitteren Geschmack zu beseitigen, auf die Zunge. Babgoli sagte: »Gleich wird es dir besser gehen. Krieche richtig unter den Korssi, und laß deine Knochen warm werden. Schiru hat dich wohl unter dem kalten Korssi Gottes Obhut anvertraut und ist zur Arbeit gekommen. So sind nun mal die heutigen Frauen!«

Mah-Derwisch konnte es nicht ertragen, auch nur ein einziges Wort gegen Schiru zu hören. Aber er bewahrte Schweigen, um Bondar nicht noch mehr anzustacheln.

Nur-Djahan, Bondars Frau, kam herein. Sie ging ins Hinterzimmer, kam mit einem Tablett voller Teegläser und Untersetzer heraus und ging wieder. Das Husten eines alten Mannes war vom Hof zu hören: Baba Golab, der erste Gast bei jeder Passionsfeier und jeder Trauerfeier, der älteste Einwohner und eifrigste Moscheegänger von Galeh Tschaman. Er hatte schlechte Augen und einen filzartigen Vollbart. Ein Gebet vor sich hinmurmelnd, mit dem Stock auf den Boden klopfend, kam er daher.

Babgoli Bondar stand auf und sagte: »Da ist er! Vernarrt in Passionsfeiern und Trauerfeiern. Auch wenn man sie ihm Tag und Nacht vorsetzt, kriegt er immer noch nicht genug!« Er ging auf die Terrasse und rief: »Komm rauf, Baba Golab, komm rauf. Paß auf, paß auf, daß du nicht fällst! Du kannst doch nicht richtig sehen.«

»Ich komme. Ich komme. Wie auch immer – ich komme.«

Baba Golab der Müller stieg schwer atmend die Treppe zur Terrasse hinauf und sagte: »Glück und Segen, Glück und Segen. Guten Tag. Guten Tag. Gott möge deinen Besitz mehren, dir selbst größere Ehre und Glanz und deinen Jungen mehr Ruhm verleihen, Bondar! Es ist wohl noch niemand gekommen?«

»Sie kommen, Baba Golab, sie kommen. Gleich werden sie auftauchen.«

Baba Golab schleppte sich tastend zu Bondar hin und greinte: »Wo ist der Glaube hin? Wo ist der Glaube hin? Die Menschen sind wie

Maulwürfe geworden. Man muß sie mit dem Rauch von brennendem Stroh aus ihren Löchern hervorziehen, Bondar. Gestorben sind sie!«

Babgoli Bondar faßte Baba Golab unter dem Arm und führte ihn ins Zimmer: »Paß auf die Kohlenbecken auf, Baba Golab. Setz dich. Du wirst nicht lange allein bleiben. Gleich tauchen sie auf. Sei unbesorgt. Wenn diese Menschen umsonst einen Strick ergattern, hängen sie sich daran auf!«

Baba Golab ging zum ersten Kohlenbecken und kniete sich daneben hin. Babgoli Bondar rief seinen Neffen ins Empfangszimmer: »Steh auf und komm du auch her, Nade-Ali. Steh auf!«

»Ich komme gleich, Onkel, mach dir keine Sorge.«

Babgoli setzte sich neben Baba Golab den Müller. Das beste Gesprächsthema war die Ernennung Babgoli Bondars zum Dorfvorsteher. Baba Golab hatte das bei seiner Schlauheit sofort begriffen, so daß er nun weitschweifig darüber zu reden begann: »Glück und Gedeihen mit Gottes Hilfe. Glück und Segen, Bondar. Letzten Endes brauchte ein so wichtiges Dorf wie dieses einen fähigen, verständigen, angesehenen, von den Behörden ernannten Dorfvorsteher. Wer wäre da geeigneter gewesen als du, Bondar? Wer versteht sich besser aufs Reden als du? Wer kann die Angelegenheiten schneller regeln als du? Dir geht's nicht schlecht, hast gottlob dein gutes Auskommen. Dorfvorsteher – das ist ja nicht bloß ein Titel! Sein Amt bringt es mit sich, daß viele Leute ihn aufsuchen. Die Haustür des Dorfvorstehers muß allen offenstehen: dem Beamten, dem einfachen Menschen, dem Fremden und dem Freund. Allen! In einem Winkel seines Hauses müssen immer extra Bettzeug, ein paar Schüsseln und Teller, zwei Teppiche und ein paar Gefäße mit Butterschmalz vorrätig sein! Davon abgesehen, muß der Dorfvorsteher die Fähigkeit haben, den Beamten, ob kleinen oder höheren, übers Maul zu fahren! Er muß die Fähigkeit haben, die Bauern einzuschüchtern! Er muß redegewandt sein, um der Obrigkeit eine passende Antwort zu geben. Ein zweischneidiges Schwert muß er sein, der Dorfvorsteher. Und das bist du auch, Gott sei's gedankt. In der Tat hat Herr Aladjagi den Richtigen vorgeschlagen. Das heißt, ich sollte sagen, er hat den Richtigen für diese Tätigkeit herangezogen. Bravo. Wirklich ...«

»Ahemm!«

»Bitte sehr, bitte sehr!«

Es war Sseyyed-Aga, der Angestellte des Telefonamts, ein mittelgroßer Mann. Er trat ins Empfangszimmer und grüßte. Sich an die Wand setzend, sagte er zu Bondar: »Möge es mit Gottes Hilfe zum Segen gereichen, Bondar! Aber deine Angelegenheit hat sich sogar länger hingezogen als das Verlegen der Telefonleitung nach Galeh Tschaman! Ich hab gehört, daß einige in der Stadt darüber murren, daß das Telefonamt von Galeh Tschaman mehr eine private Sache wäre! Die können es wohl nicht mitansehen, daß unser Herr eine Telefonleitung in einem seiner bedeutendsten Dörfer hat ...«

Hämisch grinsend sagte Babgoli Bondar: »Derlei wird viel geredet. Man kann den Leuten nun mal nicht den Mund stopfen. Der Neidische kommt nie zur Ruhe, Sseyyed-Aga.«

»Ja, ja.«

»Als Aladjagi hier das Telefonamt einrichtete, waren auch gerade in den Städten Nischabur und Ssabsewar solche Ämter aufgemacht worden. Dies hier ist Galeh Tschaman! Das wichtigste Dorf zwischen Ssabsewar und Nischabur. Niemand kann was dagegen einwenden. Mach dir keine Gedanken!«

Sseyyed-Aga sagte: »Chalil-Chan hat mir im Auftrag seines Vaters mitgeteilt, sie hätten vom Gouverneursamt deine Ernennung zum Dorfvorsteher erhalten. Gestern abend hab ich's erfahren. Ich gratuliere. Ich hoffe, daß Gott täglich den Glanz dieser Familie vermehrt.«

Baba Golab sagte mit klarer Stimme: »So Gott will. Tausendmal: so Gott will!«

Sseyyed-Aga sagte: »Möge Er uns den Schutz von Herrn Aladjagi und Babgoli Bondar erhalten!«

»Uns alle unter Gottes Schutz ...«

Mussa kam mit einem neuen Kohlenbecken herein. Er stellte es hin und wollte wieder gehen. Babgoli hielt ihn mit den Worten an: »Was hast du mit deinem Vater gemacht, Mussa? Sag ihm, er soll herkommen.«

Mussa sagte: »Er hat sich hingelegt, um sich auszuruhen. Ich will ihm einen Becher Tee machen, danach ...«

»Nimm von diesem Zucker und Tee und bring's ihm!«

»Schön, jawohl.«

Auf der Terrasse war Asslan damit beschäftigt, einen anderen Samowar herzurichten und die Teegläser bereitzustellen. Mussa ging in einiger Entfernung an ihm vorbei, stieg die Treppe hinunter, durchschritt den Korridor und bog zum Keller ab. An der Kellertreppe hielt ihn erneut Babgoli Bondars Stimme von der Terrasse her an: »Gib den Kindern frei, für heute sollen sie gehen. Sag denen, die einen Vater haben, sie sollen ihre Väter zur Passionsfeier schicken!«

»Gut. Jawohl.«

Während Babgoli noch auf der Terrasse war, kam eine Gruppe Bauern des Herrn Aladjagi zum Tor herein. Chodamerd war auch dabei. Babgoli Bondar rief: »Kommt rauf, kommt. Willkommen. Bitte schön.«

Chodamerd blieb auf dem Weg durch den Hof vor der Kellertür stehen. Unter den Kindern, die dort Teppiche knüpften, hatte er einen Sohn. Er hätte gern mit Mussa einige Worte ausgetauscht. Um in den Keller blicken zu können, hockte er sich hin. Im Keller war Unruhe entstanden, und Mussas Stimme ließ sich vernehmen: »Ruhe … Ruhe … Ihr werdet schon nach Hause kommen. Paß auf, Junge, daß dir dein großer Zeh nicht ins Auge geht! Entlassen seid ihr, entlassen. Sagt euren Vätern, falls sie Tränen übrig haben, sollen sie zur Passionsfeier erscheinen!«

Diye Kinder, kleine und große, waren von den Sitzbrettern gesprungen und suchten aufgeregt nach ihren Jacken, Stoffschuhen, Kopftüchern und Tschadors. Der Keller war angefüllt mit Hinundher, mit Getümmel und Geschrei. Die Kinder gaben sich alle Mühe, fröhlich zu sein. Als ob sie sich angestrengt an etwas zu erinnern suchten, an etwas, das vergessen werden könnte, falls es ihnen nicht einfiel: kindliche Freude und Begeisterung. Aber diese Freude und Begeisterung, diese Erinnerung daran, war verschwommen. War matt, müde und verstaubt. Die Kinder, die ihre Stoffschuhe und Kleider gefunden hatten, stürmten verwirrt aus dem engen Keller, setzten Körper und Seele der freien Luft aus und liefen in die Gasse. Einzeln, zu zweien, zu dreien und zu vieren. Sie liefen, ohne jemanden, ohne etwas anzublicken.

Die Gasse war voller Schafe und Ziegen. Die Herden von Aladjagi und von Babgoli Bondar. Mitten in der Herde war Tschapou der Hirte dabei, die Tiere auf den Hof zuzutreiben und in den Stall zu bringen. An der Schwelle des Tors vermischten sich Kinder und Tiere miteinander. Und eine Gruppe Männer, die zur Passionsfeier unterwegs war, blieb in der Gasse zwischen den Schafen stecken.

Eine unerwartete Freude war es für die Kinder. Vergnügen über die Möglichkeit – aus den Fesseln von Mustern, Wolle und Kamm befreit, dem Zügeln von Fingern, Gedanken und Augen entronnen –, sofort sich dem Spielen hingeben zu können. Eine Hand am Schwanz dieses Schafs, eine andere Hand am Horn jener Ziege. Zaghaftes Lachen wie das Zwitschern von Spatzen. Freude darüber, daß ihre Körper zwischen den dicken Bäuchen der Tiere eingezwängt sind. Ein sanfter Druck, flüchtig und angenehm. Sie hätten es gerne gesehen, wenn eins von ihnen hingefallen wäre, seine Kleider beschmutzt hätte und seine Stoffschuhe unter den Hufen der Herde verlorengegangen wären. Die Kinder wollten lachen, über irgend etwas lachen. Das, was sich in ihrer Brust aufgestaut hatte, wollten sie, wenn schon nicht unter Lachen und Jubeln, so doch mit lautem Geschrei aus der Kehle entlassen. Fürs Leben gerne hätten sie sich immerzu inmitten der Herde gedreht. Aber Tschapou, der einen Stock in der Hand, einen Vorratssack auf dem Rücken trug und sich einen Schal um den Kopf gewickelt hatte, blieb nicht untätig. Er ließ die Kinder nicht länger herumtanzen und Possen treiben. Seine schielenden Augen verdrehend, erhob er seine grobe, rauhe Stimme: »Haut ab, Drachenbrut! Ay … du Hundesohn! Warum hältst du die Ziege am Horn fest? Lauft, geht nach Hause, ihr Elenden! Aheh! Sagt diesem Meister Mussa: Ist denn jetzt die Zeit dafür, diese bösen Geister freizulassen?«

Auch wenn sie es gewollt hätten – die Kinder konnten sich jetzt nicht aus der Herde befreien. Sie saßen fest, waren wie in einem Sumpf steckengeblieben. Die Tiere drängten nach vorn und hasteten auf den Stall zu. Unter den Stößen einer Ziege, eines Schafs schwankten die Kinder hin und her und fielen um. Sie standen auf und fielen auf halbem Wege wieder zu Boden. Der Sache überdrüssig geworden, stieß Tschapou wütend seinen Stock auf die Erde: »Ihr Bastarde! Das Schaf da ist trächtig, kriegt eine Fehlgeburt. Stellt euch an die Mauer!«

Doch die Kinder waren in der auf das Tor zudrängenden Herde eingezwängt und konnten nichts tun. Die kleineren fielen hin und standen mit Mühe wieder auf; die größeren, die mehr Kraft in den Knien hatten, hielten stand und lachten vor sich hin. Die Männer machten sich über Tschapou lustig, weil er die Ziegen nicht von den Baumwollsamen zurückhalten konnte. Tschapou fluchte. Asslan kam Tschapou zu Hilfe. Der Knäuel von Tieren und Kindern löste sich auf. Die Kinder, die umgefallen waren, standen unter Lachen und Weinen auf und machten sich auf den Heimweg, während die Männer in Bondars Hof gingen und Tschapou halfen, die Herde in den Stall zu treiben. Zusammen mit Asslan bemühte sich Tschapou darum, Herrn Aladjagis und Bondars Tiere zu trennen, so daß sie nicht aus denselben Krippen fressen konnten. Die anderen Männer begaben sich nach und nach ins Obergeschoß. Bald mußte dort die Passionsfeier beginnen.

Tschapou fragte Asslan: »Was ist heute abend hier los? Ist das vielleicht die Einladung zu deiner Hochzeit, ha?«

»Nein, eine Passionsfeier ist's. Mein Vater hat die offizielle Ernennung zum Dorfvorsteher erhalten!«

»Bravo, ein Hoch dem tüchtigen Mann! ... Bring den Ziegenbock da auf diese Seite, er gehört Herrn Aladjagi. Bring ihn, den Verfluchten!«

Asslan faßte den Bock an den Hörnern, schubste ihn vor Tschapous Stock und sagte zu Tschapou: »Ich muß gehen und Tee machen. Wenn du das Futter in die Krippen geschüttet hast, komm auf die Terrasse und hör der Passionsfeier zu. Komm, damit ich dir ein paar Becher Tee einflöße. Ich geb dir starken Tee zu trinken heute abend!«

Tschapou sagte: »Du brauchst nicht so anzugeben. Mit so 'nem lauwarmen Wasser lohnt es sich nicht zu protzen.«

Asslan blieb an der Stallwand stehen und sagte: »Übrigens, Laala ist heute in den Laden gekommen und hat Sirup gekauft. Sieh dich vor heute abend. Du wirst ein kräftiges Abendessen vorgesetzt bekommen!«

Tschapou brummte etwas vor sich hin. Asslan ging durch die kaputte Tür hinaus, und Mussa sah durch das kleine Kellerfenster Asslans Hosenbeine vorüberhuschen und hörte dann seine Schritte im Korridor.

Mussa war in der Werkstatt geblieben und unterhielt sich mit Schiru.

Schiru war mittags nicht zum Essen nach Hause gegangen; sie war noch nicht vom Sitzbrett des Webstuhls heruntergestiegen und saß still da. Sie arbeitete nicht. Ihre Hände waren müßig, ihre Augen starr auf einen Punkt gerichtet. Diese Starrheit, diese Trägheit überkam Schiru seit dem Morgen. Sie arbeitete und arbeitete, und plötzlich hielt sie inne, und ihr Blick heftete sich auf einen Punkt. Sie tat nicht den Mund auf, antwortete keinem auf seine Fragen und fragte selbst auch niemanden etwas. Einige Zeit blieb sie so, schaute auf ihre Hände und fing aufs neue zu arbeiten an. Auf dem Boden sitzend und an die Wand gelehnt, hatte Mussa die Ellbogen auf die Knie gestützt, die Hände ineinander verschränkt. Er war in Gedanken versunken. Die Beziehung zwischen ihm und Schiru hatte sich zu einem Schwester-Bruder-Verhältnis entwickelt. Einer Art Zuneigung zwischen zweien, die es in die Fremde verschlagen hat. Mussa sagte: »Mah-Derwisch ist auch oben. Bondar veranstaltet eine Passionsfeier, um bei der Gelegenheit den Einwohnern seine Ernennung zum Dorfvorsteher bekanntzugeben.«

»Mah-Derwisch? Wie hat er sich denn von seinem Lager rühren können?«

»Bondar hat jemanden zu ihm geschickt. Gorban Balutsch ging und brachte ihn her. Sie wollen, daß er die Passionsfeier leitet.«

»Daß er die Leute zum Weinen bringt?«

»Ha!«

»Das paßt ja auch zu ihm!«

Schiru antwortete nur kurz. Sie schien das Schweigen vorzuziehen. Mussa hatte das schon verstanden. Aber menschliche Neugier brachte ihn dazu, das Innere dieser Frau etwas zu ergründen, auch wenn es unmöglich schien. Schiru öffnete nicht den Mund. Als sei sie stumm geworden. Dabei hatte es den Anschein, als würde sie selbst nicht klug aus ihrem Verhalten. Vielleicht wollte sie sogar etwas sagen, wußte aber nicht, worüber sie sprechen sollte. Machtlos sich selbst gegenüber, blieb sie weiter sitzen und kaute auf ihrer Lippe. Es war in der Tat so, daß sie für kein Gespräch, für keine Bezeugung von Anteilnahme zugänglich war. So blieb Mussa nichts übrig, als zu schweigen. Doch als wolle sie Mussa zum Sprechen bringen, fragte Schiru plötzlich: »Ist nun dein Vater gekommen, oder hat Bondar gelogen?«

»Nein, diesmal hat er nicht gelogen. Das hätte ihm keinen Gewinn gebracht!«

»Warum bist du nicht bei ihm geblieben? Das wird ihn traurig machen.« Mussa stand auf und sagte: »Er weiß ja, daß ich mich nach anderen richten muß. Bis jetzt war ich damit beschäftigt, die Kohlenbecken mit Feuer zu versorgen. Und danach habe ich dem Vater Tee gebracht. Jetzt geh ich wieder zu ihm. Wenn du weggehst, schließe die

Werkstattür. Sonst strömen die Lämmer und Zicklein rein und knabbern an der Wolle.«

»Ich mach sie zu.«

Mussa stieg die Treppe hinauf und ging auf die kaputte Stalltür zu. Tschapou kam aus dem Stall. Mussa grüßte ihn mit einem »Gott geb dir Kraft«. Tschapou sagte: »Ein alter Mann sitzt in deinem Loch. Hast du Besuch?«

»Mein Vater ist's. Gehst du zur Passionsfeier?«

»So heißt es!«

Mussa ging weiter zu seiner Unterkunft und trat ein. Er steckte die Laterne an, stellte sie in die Schüssel auf dem kleinen Korssi und schraubte den Docht hoch. Der Schein der Laterne zerteilte das Dunkel, und Onkel Mandalu konnte in seinem Glanz das Gesicht des Sohns sehen. Das war er: Mussa! Er hatte die Eierschalen abgestoßen und war flügge geworden. Er ging wie ein Mann, setzte sich hin wie ein Mann, und sein Blick verriet größere Erfahrung, als es seinem Alter entsprach. Wenn hier und da seine Haare grau geworden waren, so lag das an einem ehemaligen Hautausschlag. Kein Grund zur Aufregung. Vielleicht waren es sogar die stellenweise ergrauten Haare, die ihm diesen überaus männlichen Anstrich verliehen. Wie dem auch sei – Mussa war erwachsen geworden, und das Erwachsenwerden des Kindes – vor allem, wenn es ein Sohn ist – weckte Stolz und Freude in der Seele des Vaters: »Wie geht dieser Babgoli Bondar mit dir um?«

»Wie soll er wohl mit mir umgehen? Wie alle mit ihren Untergebenen umgehen, geht auch er mit mir um!«

»Ich weiß, die sind alle aus dem gleichen Holz geschnitzt. Aber da ist noch etwas, nämlich: denen allen gefällt ein fleißiger Mann. Ich möchte wissen, ob er mit dir zufrieden ist oder nicht?«

»Äh … meine Leistungen scheinen ihn zufriedenzustellen!«

»Zahlt er dir genug Lohn?«

»Nein!«

»Nicht? Weshalb denn nicht?«

»Er wollte mir nicht mehr geben. Und dazu hebt er die Hälfte meines Lohns bei sich auf.«

»Aber … weshalb?«

»Weshalb? Das ist doch klar. Damit er mich in der Hand hat und ich gezwungen bin, bei ihm zu bleiben. Wenn du's genau wissen willst, ist das ein Druckmittel; aber nach außen hin soll es so aussehen, als täte er das zu meinem Besten! Er behält mein Geld nur, um mich später … mit diesem Geld zu verheiraten!«

»Das ist kein schlechter Gedanke. Er denkt an dein Wohlergehen. Wie lange willst du denn noch in diesem Fuchsbau zubringen? Letzten Endes mußt du an eine Ehefrau denken. Der Mensch kann doch nicht bis ans Ende seines Lebens einsam und allein bleiben. Mann und Frau brauchen einander. Letzten Endes muß jeder Mann ein Moslemmädchen an die Hand nehmen und in sein Haus führen. Die Alten haben gesagt: Der Mann arbeitet, und die Frau arbeitet, damit die Welt sich dreht.«

Mussa goß den Rest Tee in den Becher und sagte: »Du bist doch wohl nicht mit einer bestimmten Absicht hergekommen?«

»Wenn du die Wahrheit wissen willst – genau so ist's. Ich mach mir Sorgen um dich. Ein junger Bursche ohne einen, der auf ihn aufpaßt, in einem so großen Dorf. Ich möchte die Hand eines Mädchens in deine Hand legen, damit ich, wenn ich von hier fortgehe, deinetwegen beruhigt bin. Ich hab schon eine Braut gefunden. Ra'na. Die Tochter von Atasch. Was sagst du dazu? Ha? Du mußt sie viele Male gesehen haben!«

Mussa zog schnell seine Stoffschuhe an und sagte: »Der Korssi ist ausgegangen. Ich hole Feuer. Geh du inzwischen zur Passionsfeier. Bondar hat nach dir geschickt. Aber nimm dich in acht, daß er dir den Tee, den du bei seiner Feier trinkst, nicht von der Miete für den Transport seiner Lasten abzieht! Steh auf … steh auf …«

»Warte einen Augenblick, und laß mal sehen! Wenn du die Ra'na nicht willst, suche ich hier in der Nähe eine andere für dich.«

Mussa drehte sich dem Vater zu: »Steh auf und geh zur Passionsfeier. Du kannst mich nicht für dumm verkaufen! Unterwegs muß dir dieser Babgoli Bondar tüchtig aufs Gehirn gehämmert haben, daß du derart hartnäckig hinter der Sache her bist. Aber wenn du hierhergekommen bist, um mich zu verheiraten, dann schlag dir das aus dem Kopf. Wenn Bondar so darauf versessen ist, daß ich heirate, ist es nicht, weil er sich Sorgen um mich macht. Er denkt dabei nur an sich. Er möchte mir einen noch festeren Strick ans Bein binden! Du hast's ja gesehen … wenn man von einem herumziehenden Händler ein Hähnchen kauft und nach Hause bringt, bindet man ihm einen Strick ans Bein. Das Küken muß sich doch an sein Nest gewöhnen! Bondar denkt nun mal so. Mit Gewalt will er mir einen Strick ans Bein binden. Jeden Tag fester. Aber er soll wissen, daß ich nicht bereit bin, noch tiefer in diesen Sumpf zu sinken! Mah-Derwisch steht wie ein Spiegel vor mir. Ich sehe, wie er mit den Flügeln schlägt und wie sein Gackern nicht mal auf der andern Seite der Mauer zu hören ist!«

»Was hast du dir für eine Sprache angewöhnt? Das ist ja unglaublich. Von wem, woher hast du diese Sprache gelernt? Wie viele Jahre ist's eigentlich her, daß wir nicht miteinander gesprochen haben?«

»Wie viele Jahre? Das frage dich selbst!« Mussa fuhr fort: »Hast du diese Bauern gesehen, die eben gekommen sind und im Kreis in Babgoli Bondars Empfangszimmer sitzen? Wenn du jetzt hingehst, sieh sie dir genau an. Die haben alle einen Strick am Bein. Nicht nur deshalb, weil sie verheiratet sind! Nein. Weil sie alle bei ihrem Grundherrn verschuldet sind. Jeden Winter, genau in der Mitte des Winters, haben sie nichts mehr zu brechen und zu beißen. Ihre Hände werden kraftlos, ihre Vorratskammern stehen leer. In ihren Häusern findet sich nicht ein einziges Weizenkorn als Vorspeise für eine Maus. Deshalb nehmen sie ihre leeren Säcke und machen sich auf zu Aladjagis Verwalter, zum Tor dieses Hauses. Wie Bettler halten sie demütig die Köpfe schief. Und Babgoli Bondar füllt ihnen die Säcke mit Gerste und Weizen aus Aladjagis Scheune. Aber er berechnet ihnen das zu einem Wucherpreis. Von der Mitte des Winters bis drei Monate nach Frühlingsanfang essen die Bauern geborgten Weizen und geborgte Gerste zum anderthalbfachen Preis. Weizen zu zwölf Geran das Man kaufen sie zu achtzehn Geran das Man. Nach der Ernte begleichen sie auf der Stelle bei Aladjagi ihre Schulden, kehren mit ein, zwei Ballen Stroh und einem Sack Weizen nach Hause zurück und kriegen damit zwei, drei Monate ihre Kinder satt, bis auch der Staub aus dem Sack geschüttelt ist. Und wieder geraten sie mitten im Winter in Bedrängnis! Sie nehmen den leeren Sack und gehen zum Tor von Bondars Haus, um Weizen, den sie selbst gesät, bewässert, geerntet und gedroschen haben, zum anderthalbfachen Preis von Bondar zu erbetteln. Du verstehst doch wohl? Jedem hat man irgendwie einen Strick ans Bein gebunden. Sie machen diese Leute ein Leben lang zu Schuldnern, machen uns ein Leben lang zu ihren Gläubigern, damit wir alle erwartungsvoll auf sie, auf ihre Augen und Hände starren sollen. Und die Bauern haben die Gewohnheit, ihre Söhne früh zu verheiraten. Noch sind den Jungs keine Bärte und Schnurrbärte gewachsen, und schon hängen sie ihnen eine Frau an. Als würde einer, der am Ertrinken ist, nur darauf warten, daß man ihm einen Stein ans Bein bindet! Alles in allem ist es Bondars hauptsächliches Interesse, alle aneinander zu binden, miteinander zu verknoten. Sie in Abhängigkeit zu halten. Wie man die Beine zahlloser Hühner am Ende eines Karawansereihofs zusammenbindet. Steh auf ... steh auf, laß uns gehen ... Bondar erwartet uns!«

Immer noch ungläubig die Augen auf den Boden richtend, ging Onkel Mandalu neben seinem Sohn her. Es war ihm anzumerken, daß viele verwickelte Gedanken in seinem Kopf durcheinanderwirbelten. Seine Kamele standen bei den Dornbüschen und fraßen. Mussa zeigte Onkel Mandalu den Weg und ging selbst zur Scheune, um etwas Brennholz für seinen Korssi zu holen. Onkel Mandalu hatte noch nicht den Korridor betreten, als die Torflügel geöffnet wurden und Scheyda seine Kamele hereinbrachte. Scheyda hatte sich sein Brotbündel über die Schulter gehängt. Als er die fremden Kamele erblickte, die sich an seinen Dornbüschen gütlich taten, geriet er in Wut und brüllte: »Wem gehören diese Kamele, die da über meine Dornbüsche hergefallen sind? Diese Büsche sind doch nicht auf ihren eigenen Füßen hierhergekommen!«

Scheyda lief hin, wirbelte den Stock um die Hälse der fremden Kamele und begann zu schimpfen. Onkel Mandalu kehrte vom Korridor zurück, ging auf den jungen Mann zu, wünschte ihm »Gott geb dir Kraft« und redete ihm gut zu: »Beruhige dich, mein Junge. Beruhige dich. Ich bin euer Gast. Mit diesen Kamelen hab ich aus der Stadt Baumwollsamen für euch gebracht. Dein Vater hat es erlaubt, daß meine Kamele von den Dornbüschen fressen. Er selbst sagte, ich solle sie an die Büsche lassen!«

Mussa kam aus der Küche und grüßte Scheyda: »Gott geb dir Kraft, Herr! Schreist du meinen Vater so an?«

»Was! Ist das dein Vater?«

Onkel Mandalu mischte sich in den Wortwechsel der beiden: »Es ist geplant, daß du und ich Weggenossen werden, Scheyda Chan!«

»Weggenossen? Wohin – mit Gottes Hilfe?«

»So, wie Bondar sagte, hat er vor, dich mit deinen Kamelen nach

Kalschur zu schicken, um Brennholz zu transportieren. Ich habe dort nämlich einen Freund namens Gol-Mammad, der genau das tut. Ein Reitkamel hat er, belädt es mit Brennholz und bringt es zum Verkauf in die Stadt. Wir haben abgemacht, unsere Kamele der Reihe nach zu beladen. Und es ist nun der Wille deines Vaters, daß du deine Kamele mit Gol-Mammads Kamel zusammentust!«

Scheyda schwieg einen Augenblick, dann sagte er: »Ich kenne ihn, den Gol-Mammad. So also ist das! Ich muß also gehen? Schön ... Ha, Mussa, was gibt's hier heute abend?«

»Eine Passionsfeier.«

»Wer singt die Passion? Wieder Baba Golab oder der andere, der Sseyyed-Aga?«

»Mah-Derwisch tut das!«

»Mah-Derwisch?«

»Warum stehst du da, Vater? Geh rauf, es fängt gleich an!«

Onkel Mandalu trat zu Scheydas Kamelen und sagte: »Aber ich glaube nicht, daß diese Kamele zum Transport von Brennholz taugen. Sehr mager sind sie. Als hätten sie nicht genug gefressen. Wenn sie nur nicht unterwegs eingehen.«

Mussa wandte sich seinen eigenen Angelegenheiten zu, Scheyda blieb bei Onkel Mandalu. Onkel Mandalu ging um die Kamele herum, sah sie sich an und redete dabei auf Scheyda ein. Den Worten des Alten zuhörend, richtete Scheyda die Augen auf die offene Kellertür. Der Glanz von Schirus Augen hinter dem kleinen Fenster versetzte ihm einen Stoß. Er ließ sich aber nichts anmerken und ging vorüber. Er führte Onkel Mandalu zum Korridor und ging dann selbst in die Küche. Seine Mutter, Nur-Djahan, saß neben dem Herd. Scheyda legte Brotbündel und Hirtenstab auf die Seite, setzte sich zur Mutter, nahm ihr die Pfeife aus der Hand, tat einen Zug und gab sie ihr zurück: »Hat er wieder die Einwohnerschaft hier versammelt? Was ist mit ihm los?«

»Was weiß ich? Sagt er mir's denn? Sogar seine Befehle läßt er mir durch diesen und jenen ausrichten.«

Scheyda stand auf und verließ die Küche. Er setzte sich an die Grube, goß sich eine Handvoll Wasser ins Gesicht, löste das seidene Tuch vom Hals, trocknete Gesicht und Hände und ging zur Treppe. Auf der Terrasse des Obergeschosses saß sein Bruder Asslan neben dem Samowar, die Knie mit den Armen umschlungen. Neben ihm hatte sich Onkel Mandalu auf dem Boden ausgestreckt und trank einen Becher Tee nach dem anderen. Scheyda ging über die Terrasse, bis zur Tür des Empfangzimmers. Die Petroleumlampe brannte in der Nische, und die Leute von Galeh Tschaman saßen im Kreis auf dem Birdjander Teppich und flüsterten ab und zu miteinander. Babgoli Bondar und Nade-Ali saßen der Tür gegenüber zu Häupten der Versammlung. Babgoli blickte unter seinen spitzen Augenbrauen hervor Scheyda an, der ihn mit einem Kopfnicken grüßte.

Ein Segensruf! Mah-Derwisch richtete seine lange Gestalt zwischen den Schultern von Baba Golab und Sseyyed-Aga auf, ging zum Stuhl in der Zimmerecke und setzte sich. Baba Golab sagte: »Ein Segensruf für Mohammad, den letzten der Propheten.«

Nach mehrfachen Segensrufen rückte sich Mah-Derwisch auf dem Stuhl zurecht, zog die Schöße seines Umhangs über die Knie, schloß die Lider und begann mit dem Passionsgesang: »Im Namen des barmherzigen und gütigen Gottes. O Erhabener und o Barmherziger, o Barmherziger und o Erhabener. Laßt uns die Zusammenkunft im Namen des allwissenden Gottes ...«

Scheyda wandte den Blick von Mah-Derwischs abgezehrtem Gesicht mit den eingesunkenen Augen und stahl sich wie eine Katze aus der Tür. Am Ende der Terrasse glitt er geräuschlos die Treppe hinunter, blieb an der Kellertür stehen und ließ den Blick in die stumme Nacht schweifen. Nur die wohlklingende Stimme Mah-Derwischs durchzitterte das Schweigen der Nacht. Sie breitete sich schwebend wie eine Fledermaus überallhin aus. Doch Scheyda lauschte nicht Mah-Derwischs Klagelied – seine Gedanken waren bei Schiru: ›Warum ist Schiru immer noch da? Hat sie es wohl wegen der gestrigen Kränkung nicht gewagt, heute abend allein nach Hause zu gehen? Ist sie geblieben, damit sie nach der Passionsfeier mit Mah-Derwisch zusammen heimgehen kann? Aber wenn es so ist, warum hat sie sich dann im Keller versteckt? Sie kann doch zu meiner Mutter gehen. Warum geht sie nicht zu ihr? Die beiden sind doch ein Herz und eine Seele. Wo ist denn der Mussa? Ich muß mal nachsehen!‹

Scheyda ging langsam auf die kaputte Stalltür zu. Mussa war nicht da. ›Der wird sich vor lauter Müdigkeit schlafengelegt haben.‹

Scheyda kehrte um. Als er an der Kellertür vorbeiging, blickte er scharf hin. Schiru war in der Dunkelheit nicht zu sehen, aber ihr Atmen war zu spüren. Scheyda blieb stehen und setzte den Fuß auf die Treppe. Doch dann zögerte er einen Augenblick. Vielleicht aus Bedenken oder aus Angst. Vielleicht auch aus Vorsicht vor einem möglichen Skandal. Was es auch sein mochte – er blieb, wo er war. In diesem Moment schlich Gadir durchs Tor in den Hof. Er warf einen Seitenblick auf die Kamele, näherte sich Scheyda und grüßte. Scheyda ging ein paar Schritte auf ihn zu und erkundigte sich nach seinem Befinden. Dann fragte er: »Wieso kommst du so spät? Die Passionsfeier hat längst angefangen.«

»Das höre ich. Es dauert aber noch, bis Mah-Derwisch zur Hauptsache kommt.«

»Wo warst du bis jetzt?«

»Ich habe für Mah-Derwischs Passionsgesang die Gläubigen zusammengetrommelt und mich so selbst um diesen Genuß gebracht!«

»Willst du jetzt nicht raufgehen und ein Glas Tee trinken? Deine Kehle ist sicher ausgetrocknet von all dem Schreien!«

»Ha, ich gehe. Ich habe wohl keine Wahl, als dem Geplärr des Sseyyed bis zum Schluß zuzuhören, denn ich hab was mit Babgoli Bondar zu besprechen.«

»Was denn wieder?«

»Später wirst du's wissen; jetzt laß mich erst mal raufgehen. Übrigens … wer ist dieser Vetter von dir, dieser Nade-Ali? Heute hat er angedeutet, daß es ihm nicht mißfällt, sich abends ein Glas zu genehmigen. Nun ist es deine Sache, auf ihn aufzupassen. Wenn es an der Zeit ist, bring ihn zu mir. Ich bereite alles Nötige vor.«

Ohne auf eine Antwort zu warten, bog Gadir in den Torweg und verschwand in der Dunkelheit. Scheyda war wieder allein im Hof. Er ging zur Küche und steckte den Kopf durch die Tür. Seine Mutter hockte nach wie vor neben dem Herd, und obwohl Mah-Derwischs Predigt noch nicht bei der Leidensgeschichte angelangt war, weinte Nur-Djahan schon im voraus. Scheyda ging weiter und blickte zur Stalltür. Nein, Mussa war nicht da. So ging er zum Keller, stieg die Stufen hinunter und trat schnell ein.

Schiru saß in düsteres Schweigen versunken an der Wand, die Arme um die Knie geschlungen, das Kinn auf die Knie gestützt. Sie fühlte

Scheydas Anwesenheit und kam zu sich, hob den Kopf und schaute ihn an. Scheydas Schultern füllten den ganzen Türrahmen aus. Schiru sagte nichts. Scheyda setzte sich auf die Treppe, steckte die Hand unter die Mütze und kratzte sich den Kopf. Einige Augenblicke sah er Schiru wortlos an. Dann fragte er: »Wieso bist du heute abend so lange hiergeblieben? … Und dazu im Dunkeln?«

Schiru sagte: »Ich gehe jetzt!« Sie stand auf.

Scheyda fragte: »Bist du mir noch böse?«

»Nein!«

»Doch, du bist's. Wenn du mir nicht böse wärst, würdest du nicht so finster dreinschauen. Du bist mir böse, ich weiß. Weil ich über die Mauer stieg und plötzlich ins Haus kam? Aber was konnte ich denn tun? Mein Herz wollte es so. Wäre ich nicht gekommen, wäre ich eingegangen. Heute habe ich dich den ganzen Tag in der Wüste vor mir gesehen!«

Schiru schwieg. Die Stimme von Mah-Derwisch wurde langsam lauter.

»Hat er, Mah-Derwisch, gemerkt, daß ich zu dir gekommen war?«

Schiru gab keine Antwort.

»Der ist keinen Heller mehr wert. Du weißt ja nicht, was er mitten in der Nacht im Heizkeller des Badehauses angestellt hat! Er ist ganz verrückt geworden und hat geschluchzt!«

Mah-Derwisch hatte mit der Leidensgeschichte begonnen. Scheyda stand auf und sagte: »Eine Frau wie du paßt nicht zu einem solchen Mann. Mah-Derwisch verfällt mit jedem Tag mehr. Er hat einen falschen Schritt getan, ist auf die schiefe Bahn geraten. Du mußt an dich selbst denken, sonst wäre es schade um dich. Noch bist du jung. Das sage ich dir zu deinem Besten.«

Schiru trat zur Tür, um hinauszugehen. Scheyda richtete sich vor ihr auf. Mah-Derwisch jammerte über das Ins-Feld-Ziehen des Märtyrers Ali-Akbar. Scheyda sagte: »Vielleicht geh ich zum Tamariskenhain, zu euren Zelten. Hast du deinem Vater und deiner Mutter oder deinen Brüdern nichts auszurichten?«

Nur mit Mühe öffnete Schiru die Lippen und sagte: »Ich bin solcher Brüder nicht wert, bin eine Schande für sie. Was bin ich ihnen? Wäre ich doch tot!«

Scheyda sagte: »Ich soll gehen und zusammen mit eurem Gol-Mammad Brennholz transportieren. Mein Vater will mich von hier weghaben!«

Schiru wollte sich an Scheyda vorbeidrücken. Scheyda ließ es nicht zu. Er versperrte ihr mit der Brust den Weg und faßte sie an den Schultern: »Willst du mich nicht deine Wange küssen lassen?«

Schiru befreite sich aus seinen Händen und sagte: »Gleich schreie ich!«

Geschrei von Mah-Derwisch. Scheyda stürzte sich auf Schiru, stieß sie in die Kellerecke neben dem Webstuhl, umarmte sie fest und rieb wie ein zudringliches Kalb den Mund zwischen ihren reifen Brüsten, und in einem stummen Handgemenge gelang es ihm, an ihrem Hals und ihren Wangen zu schnuppern und ihren Körper an sich zu pressen. Zur Strafe dafür, daß Schiru sich nicht fügte, biß er in ihre runde Schulter, um ihren Widerstand zu brechen. Aber trotz all seiner Leidenschaft und Ungeduld und trotz all der Begierde, die ihn in Brand gesetzt hatte, konnte er Schiru nicht unterkriegen. Heftig wehrte sie ihn ab, stieß ihn zurück, hastete mit zerzaustem Haar und verrutschtem Kopftuch die Kellertreppe hoch und blieb oben stehen. Mah-Derwisch sang noch immer, und die anderen sangen im Chor mit.

Scheyda war, als sei nur er es, der es hörte. Im Dunkel des Kellers hatte er sich auf dem Boden ausgestreckt. Sein ganzer Körper prickelte noch, und eine unangenehme Hitze brannte in seinem Innern. Seine Schläfen klopften, seine Augen, die geschwollen zu sein schienen, wollten zerspringen. Sein Rücken war naß von kaltem Schweiß. Mit der Hand faßte er unwillkürlich an den zerrissenen Kragen. Er suchte nach seiner Mütze und setzte sie auf. Er mußte gehen. Er erhob sich, stieg die Treppe hoch und blieb an der Tür stehen. Zuerst nahmen seine trüb gewordenen Augen nichts wahr. Aber plötzlich schärften die Funken eines Feuers seinen Blick. Auf der anderen Seite des Hofs brannte neben der Stallmauer ein qualmendes Feuer, und zwei Personen, zwei Schatten, schienen am Feuer zu sitzen. Scheyda tat, als sähe er sie nicht, und machte sich zur Küche auf. Doch eine Stimme erhob sich am Feuer: »Herr, es wäre gut, wenn du die Tür der Werkstatt zumachtest; die Zicklein gehen sonst rein und knabbern an der Wolle!«

Scheyda drehte den Kopf nach der Stimme um. Wer konnte es sein außer Mussa?

›Dieser aufdringliche Hurensohn! ... Beachte ihn nicht! Jetzt ist nicht die Zeit, dich mit ihm abzugeben. Du mußt dich vor seinen scharfen Augen hüten.‹

Er steckte den Kopf in die Küche, aber Gadirs Stimme ließ sich hören: »Ein gutes Feuer ist dies. Komm her und wärme dich!«

›Der andere ist also Gadir, der da bei Mussa sitzt! Unmöglich, sich zu drücken, ich muß hingehen.‹ Als er sich dem Feuer näherte, überschüttete er unverzüglich Mussa mit Schimpfworten: »Konntest du nicht dort vor deinem Loch dies qualmende Feuer anmachen, du Hundesohn? Willst du diese Dornsträucher hier in Brand stecken?«

Ehrerbietig erhob sich Mussa vor Bondars Sohn und sagte: »Ich passe auf, Herr! Ich nahm nur ein Bündel trockene Dornen, um dieses feuchte Baumwollholz anzuzünden. Auch wollte ich dem Passionsgesang von Mah-Derwisch zuhören.«

Mussa wütend in die Augen starrend, sagte Scheyda: »Ich weiß nicht, wie man dich Hundesohn zum Schweigen bringen kann! Hast du überhaupt eine Religion, einen Glauben, daß du der Passion zuhörst, du Lump? Du willst jetzt wohl sagen, du wärst sehr fromm, ha? Ach, du Hund!«

Gadir sagte: »Setz dich ans Feuer, Mensch! Es ist ja nichts passiert. Setz dich! Dieser Mussa ist doch kein schlechter Junge. Er kann die Zunge im Zaum halten!« Scheyda setzte sich ans Feuer, und Mussa ging mit den Worten zur Werkstatt: »Ich will die Tür zumachen, will die Tür zumachen!«

Gadir sagte: »Und du hast unüberlegt gehandelt! Hättest du in einem so betriebsamen Haus keine passendere Zeit finden können?«

Die Augen aufs Feuer gerichtet, preßte Scheyda die Zähne zusammen. Gadir holte eine Zigarette aus der Tasche, steckte sie an, stieß den Rauch aus und gab sie an Scheyda weiter. Scheyda nahm sie und rauchte. Einen Augenblick schwieg er, und dann sagte er, unfähig, den Druck, der auf seiner Brust lastete, länger zu ertragen: »Ich kann nicht, kann mich nicht beherrschen. Konnte es nicht. Auch jetzt konnte ich es nicht. Ich hab keine Macht über mich. Verliere die Kontrolle über mich. Ich konnte nicht anders. Meine Arme und Beine fingen zu zittern an, ich war außer mir, und auf einmal wollte ich sie in die Arme nehmen und an mich drücken. Ich wußte, daß ich das nicht tun sollte, es war nicht die Zeit dafür; dennoch tat ich es. Ich hab sie aber nur umarmt. Sonst nichts. Dieser Junge ... der Mussa, hat der es auch mitgekriegt?«

»Und wenn er's mitgekriegt hat – zum Teufel mit ihm! Wie einfältig du bist! Was kann er dir anhaben? Kann er dein Dingsbums in der Hand wiegen? ... Nun ja, er muß es wohl gemerkt haben. Der ist ein schlauer, pfiffiger Mensch. Sogar eine fliegende Mücke beschlägt der mit Hufeisen. Nimm es nicht ernst, daß er immer mit eingezogenem Kopf geht. Von allem abgesehen – er ist ja auch noch jung. Schließlich möchte er sie auch mal. Wer weiß, ob er sich nicht in Schiru vergafft hat! Aber wenn die Frau von Sseyyed-Aga, dem Telefonisten, davon erfährt ... Sie nimmt es dir bestimmt übel, daß du sie auf einmal im Stich gelassen hast. Paß auf, verbrenn dir ja die Finger nicht!«

Scheyda gab Gadir die Zigarette wieder und sagte: »Glaubst du, er wird es irgendwo ausplaudern?«

»Wer?«

»Ich meine Mussa.«

»Was? Das würde er niemals wagen. Wie einfältig du bist! Er soll's mal wagen, den Mund aufzutun! Weiß er denn nicht, daß du ihm dann gewaltsam den Mund stopfen würdest? Aheh! Es genügt, daß du ihn zweimal scharf anguckst. Dann vergißt er sogar das Pinkeln.«

Mussa kam zurück. Scheyda schlug Gadir mit der Hand aufs Knie, um ihn zum Schweigen zu bringen. Mah-Derwischs Stimme erhob sich wieder: »Hosseyn geht zu Ali-Akbar. Die Haare von Ali-Akbar sind blutgetränkt ... Der Vater hebt Ali vom Boden auf. Er legt ihn vorne auf sein Pferd: Ay ... wie soll ich's wagen, zum Zelt meines Ali-Akbar zu gehen. Ay, Mutter Leyla, komm, nimm deinen Jungen! Komm und sieh! Komm! Komm! Lieber Ali, lieber Ali, lieber Ali!«

Alle stimmten in Mah-Derwischs Gesang ein: »Lieber Ali, lieber Ali, lieber Ali, lieber Ali! Lieber Ali, lieber Ali, lieber Ali, lieber Ali!«

Den Lärm der Versammelten übertönte Baba Golabs Gesang.

Mussa setzte sich ans Feuer und sagte: »Was für ein Geschluchze und Gejammer Mah-Derwisch in Gang gebracht hat!«

Scheyda fuhr ihn an: »Was schadet's dir, du Lump! Wenn du was von Religion und Glauben hörst, tust du so, als gösse man dir Salmiak in den Hintern. Und dann sagst du mir, du seist gekommen, dem Passionsgesang von Mah-Derwisch zuzuhören. Glaubst du, ich bin ein Esel und kenne dich nicht, du Gauner, du falscher Hund!«

Mussa setzte sich zurecht und sagte: »Ich hab es ja nicht böse gemeint, Scheyda Chan, ich hab das nur so aus Spaß gesagt. Wer hat dir gesagt, ich sei nicht fromm? Wer nicht betet, braucht doch kein Gottloser zu sein. Zum Beispiel du selbst: Wenn du nicht betest, bist du dann ungläubig?«

Scheyda sah Gadir an und sagte: »Man müßte diesem Hundesohn die Zunge ausreißen. Auf alles kann er eine Antwort aus dem Ärmel schütteln!«

Gadir sagte: »Jedenfalls ist dieser Mussa ein guter Junge. Er ist verschwiegen wie ein Grab. Der Rauch deines Feuers hat sich gelegt, Mussa Chan!«

Mussa sagte: »Wenn ihr warm geworden seid, nehm ich es und bring es unter den Korssi. Wenn es euch recht ist, kommt mit zu mir!«

Scheyda sagte: »Nimm es und geh, du brauchst keine schönen Reden zu führen. Nimm es!«

Mussa hob den Blechbehälter mit Feuer, der zwischen ihnen stand, auf und ging zur kaputten Stalltür. Gadir folgte ihm mit den Blicken und sagte zu Scheyda: »Schmiede das Eisen, solange es heiß ist. Geh ihm schnell nach! Schärfe ihm ein, daß er den Mund halten soll. Lauf! Die Menschen können nun mal ihre Zunge nicht im Zaum halten. Pack die Gelegenheit beim Schopf!«

Scheyda stand auf und ging eilig hinter Mussa her. Bevor der den Kopf in seine Unterkunft stecken konnte, packte er ihn an der Schulter: »Bleib stehen und laß mal sehen, Hundesohn! Sag mal, als du sahst, daß ich mit deinem Vater sprach, wußtest du da, daß Schiru in der Werkstatt geblieben war?«

»Ja, Herr, ich wußte es!«

»Schön, und als ich in die Werkstatt ging, wußtest du da, weshalb ich hinging?«

»Ja, Herr!«

»Warum hast du dann nichts gesagt? Warum hast du nicht wenigstens mal gehustet, damit ich nicht reinging?«

»Was geht das mich an, Herr!«

»Genau das sollst du wissen: Was geht es dich an! Denk daran, daß es dich nichts angeht! Verstanden? Wenn du irgendwo darüber sprichst, wenn ich merke, daß du den Mund aufgetan hast, reiße ich dir die Zunge aus. Du warst blind und hast nichts gesehen, gut?«

»Ja, Herr. Ich war blind!«

»Sehr schön; jetzt geh in dein Loch!«

Mussa duckte sich und kroch durch die Tür.

Scheyda kehrte zu Gadir zurück. Gadir sagte: »Baba Golab hat auch seine Passion gesungen. Die Feier geht dem Ende entgegen. Was hast du mit ihm getan?«

»Nichts. Ich sagte nur, er solle seine Zunge hüten. Beten sie jetzt?«

»Hm. Dem Sseyyed-Aga scheinen sie keine Gelegenheit zum Singen gegeben zu haben.«

Das von Sseyyed-Aga angestimmte Schlußgebet ertönte: »Ya Allah, ya Allah, ya Allah. Assalam aleyk ya gharib ...«

Gadir und Scheyda gingen in den Korridor und stiegen die Treppe hinauf zur Terrasse. Die Dorfbewohner kamen aus dem Zimmer und suchten ihre Schuhe und Stiefel zusammen. Gadir und Scheyda stellten sich an die Wand. Dicht beieinander gingen die Leute die Treppe hinunter, strömten dann durch den Torweg auf die Gasse. Babgoli Bondar war unter ihnen. Immer noch betend, tappte auch Baba Golab auf das Tor zu. Einige wenige hatten sich an die Seite des Dorfvorstehers Babgoli Bondar gedrängt und tuschelten mit ihm.

Nur-Djahan hatte den Kopf aus der Küchentür gestreckt und blickte den Leuten nach. Die Kamele wandten die Hälse. Gadir und Scheyda waren von der Terrasse wieder heruntergekommen, hatten sich hinter die Höcker der Kamele verzogen und beobachteten die sich entfernenden Schatten. Endlich wurde das Anwesen leer. Babgoli gähnte und rief Scheyda zu sich. Babgoli sagte: »Mach das Tor zu!«

Scheyda ging hin, legte die Kette vor und kam zurück. Babgoli fragte: »Wie haben die Kamele heute gefressen? Werden sie schön satt?«

Scheyda sagte: »Wie können sie satt werden auf der leeren Steppe?«

Babgoli Bondar ging in den Korridor und sagte: »Ich schicke sie dahin, wo sie satt werden. Zum Tamariskenhain. Komm mit rauf und laß mich sehen, ob du der Mann dazu bist oder nicht!«

Ehe er dem Vater folgte, drehte Scheyda sich um und sah Gadir an. Gadir stand noch immer hinter den Kamelhöckern. Scheyda folgte

Babgoli auf die Terrasse und sagte: »Gadir, der Sohn von Karbala'i Chodadad, ist noch hier. Ich glaube, er möchte mit dir reden.«

Den Fuß ins Empfangszimmer setzend, sagte Babgoli: »Ich weiß! Sag ihm, er soll raufkommen; mal sehen, was er von mir will.«

Scheyda rief von der Terrasse aus nach Gadir. Dieser kam hinter den Kamelen hervor, stieg die Treppe hinauf, zog vor der Tür des Empfangszimmers die Stiefel aus und trat ein. In der Nähe der Tür setzte er sich hin und bemühte sich, möglichst nicht aufzufallen. Asslan, Nade-Ali und Mah-Derwisch waren auch da. Mah-Derwisch rauchte eine Zigarette, und Nade-Ali hatte sich in eine Ecke nahe beim Feuer hingekauert und seinen Mantel umgelegt. Asslan war dabei, die Zuckerdosen und Aschenbecher einzusammeln. Babgoli Bondar setzte sich neben das Kohlenbecken, warf seinen Schafpelz von den Schultern und sagte, bevor er sich Gadir zuwandte, zu Asslan: »Fache das Feuer neu an, und dann bring die Opiumpfeife. Ich glaube, Mah-Derwisch ist in Schweiß gebadet. Aber, Sseyyed, was hast du für eine tolle Stimme! Wirklich, bravo. Gut hast du die Leute zum Weinen gebracht. Aber gibt denn dieser Sseyyed-Aga, der Telefonist, jemals Ruhe? Noch nie hab ich erlebt, daß er sich beherrscht und nicht mittendrin zu singen angefangen hätte. Er kann nichts dazu. Es ist, als ob sich in seinem Gehirn eine Schraube lockerte.«

Asslan pumpte die Karbidlampe auf, hob dann das Kohlenbecken neben den Knien des Vaters auf und trug es hinaus. Babgoli zog seinen Schafpelz wieder über die Schultern, wandte sich Gadir zu und sagte: »Gut, Freund, nun laß mal sehen, was du zu sagen hast. Hoffentlich hängt dein Herz nicht immer noch an den Kamelen?«

Gadir schluckte und sagte: »Nein, Bondar, das nicht mehr! Ich bin doch kein Kind. Ich weiß, daß die Kamele nicht mehr an unser Haustor zurückkehren. Wann kommt das Wasser, das abgeflossen ist, zum Bach zurück? Nein, das nicht mehr! Aber offen gesagt, in der Hoffnung, daß Sie es nicht ablehnen, möchte ich Sie um etwas bitten.«

»Mach's kurz, komm zur Sache.«

Gadir drückte seinen Zigarettenstummel im Kupferteller aus und sagte: »Diese paar Tage habe ich viel nachgedacht, Bondar. Ich sehe, daß der Weg, dem ich bisher gefolgt bin, mich nirgends hinführt. Deshalb bin ich auf den Gedanken gekommen, eine ordentliche Arbeit auszuüben.

Meine Vernunft sagt mir, daß der Mensch kein besseres Mittel hat, als hart zu arbeiten. Ich will nicht mehr sinn- und nutzlos in den Gassen herumlaufen. Ich bitte Sie, weil Sie doch das Glück hatten, Dorfvorsteher zu werden, mir die Kamele zum Brennholztransport zu überlassen. Den Ertrag von allem Brennholz, das ich verkaufe, teilen wir uns gerecht: die Hälfte Sie, die Hälfte ich. Auf diese Weise sind die Kamele nicht müßig, können da auch weiden, und ich verdiene mir einen Bissen Brot. Wenn Sie zustimmen, wäre das sehr gut.«

Mit einem Blick auf Nade-Ali und Mah-Derwisch sagte Babgoli: »Du erwartest etwas Unmögliches, Gadir Chan! Hast du nicht daran gedacht, daß ich diese zwei Monster von Söhnen in die Welt gesetzt und aufgezogen habe? Was soll ich mit ihnen tun, ha? Was soll ich mit ihnen tun? Soll ich sie mir in den Hintern stecken, oder soll ich ihnen Stroh aufladen? Wenn ich es zulasse, daß meine Söhne in den Gassen herumbummeln, und dir meine Kamele gebe – was sagen dann die Leute? Sind denn diese Jungs etwa ohne Saft und Kraft? Nein, Sohn von Karbala'i Chodadad, verlange nur das, was man erfüllen kann. Das geht nicht, nein! Denke nicht mal mehr daran!«

Asslan kam mit dem Kohlenbecken herein, stellte es vor den Vater, ging ins Hinterzimmer und brachte die Opiumutensilien. Babgoli nahm die Opiumpfeife aus dem Beutel und untersuchte Stiel und Loch. Dann warf er einen Blick auf Mah-Derwisch und sagte: »Gleich bring ich dich in Ordnung, Sseyyed. Gleich bring ich dich wieder auf die Beine ... Und wie ist's mit dir, Gadir? Machst du mit? Dann komm näher!«

»Nein, Bondar, ich hab kein Verlangen danach.«

Gadir stand auf und ging zur Tür. Bondar fragte: »Abendessen?«

»Wohl bekomm's euch.«

Einen Augenblick später waren Gadirs Schritte auf der Treppe zu hören. Auch war zu hören, daß er die Kette vom Tor nahm, das Tor öffnete und hinausging. Scheyda runzelte die Stirn, und Asslan dachte: Er wird sich wohl wieder in den Gassen herumtreiben wie ein Geist.

Babgoli fragte Asslan: »Woran denkst du?«

Asslan sagte: »Baba Golab war ans Haustor zurückgekommen!«

»Ha, was wollte er?«

»Abendessen wollte er!«

»Was hast du gesagt?«

»Ich sagte: Deinen Tee hast du getrunken. Nun geh und kümmere dich um deine eigenen Angelegenheiten. Es war ja heute keine Einladung zum Essen! War eine Passionsfeier. Darauf klagte und jammerte er ein wenig und ging wieder.«

Scheyda sagte: »Wäre es eine Katastrophe gewesen, wenn du ihm ein Stück Brot gegeben hättest?«

»Nun habe ich es mal nicht gegeben! Wenn du Mitleid mit ihm hast, kannst du ihn in der Gasse ja noch immer einholen.«

Babgoli fuhr dazwischen: »Jetzt ist's genug. Ihr braucht euch nicht in die Haare zu kriegen. Nun geht raus hier, aber schnell! Steh du auf, komm näher, Mah-Derwisch.«

Die Söhne gingen hinaus, Mah-Derwisch kroch näher, und in der Zimmerecke erhob sich Nade-Ali. Babgoli fragte ihn: »Wo gehst du hin?«

»Mach dir keine Sorgen, lieber Onkel, ich geh mit den Vettern.«

»Dann eßt ihr zusammen zu Abend. Und sag, das Abendessen für mich und den Sseyyed soll hierher gebracht werden. Übrigens ... wohin geht ihr? Sag dem Scheyda, er soll nochmals herkommen. Und du bleib auch hier und setz dich zu uns, Nade-Ali!«

Nade-Ali holte Scheyda zurück, und sie setzten sich. Während Babgoli für Mah-Derwisch die Opiumpfeife zurechtmachte, sagte er zu Scheyda: »Ich will dich zum Tamariskenhain schicken. Bist du der Mann dafür?«

Scheyda sah Nade-Ali verstohlen an: »Warum sollte ich's nicht sein? Gibt's denn Menschenfresser im Tamariskenhain?«

Babgoli sagte: »Tamariskenholz läßt sich in der Stadt gut verkaufen. Zwei, drei Kamele kann man nicht einfach so müßig lassen und dazu noch füttern. Gol-Mammad hat das Hüten der Schafe aufgegeben und bringt jetzt Tamariskenholz zum Verkauf in die Stadt. Ich hab mit ihm gesprochen und gesagt, daß ich dich zu ihm schicke. Er ist kein ungefälliger Mensch. Sagte: schick ihn nur. Jetzt geh und denk daran, Sättel und Satteldecken deiner Kamele zu flicken. Morgen früh machst du dich mit diesem alten Mann, wie heißt er noch, mein Gott ... Chalu ... nein, Onkel Mandalu, dem Vater von Mussa, auf den Weg. Zum Tamariskenhain. Dieser Onkel Mandalu ist selbst ein Köhler und lebt in der Nähe des Kalmischi-Lagers. Also geh und bring deine Sachen in Ordnung!«

»Hattest du denn nicht vor, die Kamele zu mästen?«

»Wie meinst du das? Willst du nicht gehen? Hast du dich etwa hier in jemanden vergafft?«

»Nein, darum geht's nicht. Aber ich weiß, daß man ein Tier, das gemästet werden soll, nicht zum Arbeiten benutzen darf. Es fällt vom Fleisch!«

Babgoli reichte Mah-Derwisch die Pfeife und sagte: »Das weiß ich auch. Doch bring jetzt erst mal deine Sachen in Ordnung. In der Frühe zur Zeit des Morgengebets mußt du aufbrechen!«

»Wärst du doch zu Gadir freundlicher gewesen, dann könnten wir zwei zusammen gehen.«

Babgoli Bondar starrte unter seinen borstigen Augenbrauen hervor Scheyda an und sagte: »Aus einer Laus läßt sich keine Mahlzeit machen! Das würde sich nicht lohnen. Sollen sich zwei Männer mit drei Kamelen auf den Weg machen? Was soll das? Wenn es sich um eine ganze Karawane handelte, wär das noch was. Aber wie können drei Kamele zwei Männer ausreichend beschäftigen? Wo immer du mit sowas daherkommst, wird man dich auslachen! Geh und kümmere dich um deine Angelegenheiten, geh! Und sag deiner Mutter, sie soll unser Abendessen raufbringen.«

Scheyda ging hinaus, und Babgoli Bondar beklagte sich bei Mah-Derwisch: »Ich weiß nicht, was für ein Amulett ich diesem Bastard um den Hals hängen soll, damit er mit diesem Hundesohn von Gadir nicht mehr verkehrt!«

Mehr noch als Bondar störte Mah-Derwisch das ständige Zusammensein dieser zwei jungen Männer. Für Mah-Derwisch waren sie wie zwei Dornen. Dornen in seinen Augen. Er war zornig auf sie. Aber er hatte niemanden, dem er sein Herz ausschütten konnte. Hier wollte er auch nicht, daß Nade-Ali etwas über seine Lebensumstände erfuhr. Zu Bondar hatte er kein Vertrauen und konnte auch an dessen Zwist mit Scheyda keinen Gefallen finden. Deshalb hörte er schweigend zu und begnügte sich damit, dem, was Babgoli Bondar sagte, zuzustimmen.

Nade-Ali stand auf und ging aus dem Zimmer. Babgoli rief ihm noch hinterher: »Sag ihnen, einer solle zu Gorban Balutsch gehen und ihm ausrichten, daß er hierher zum Abendessen kommen soll!«

»Gut.«

Nade-Ali ging nach unten. Scheyda saß auf dem Futtertuch seiner Kamele und vermischte Stroh mit Baumwollsamen. Asslan wartete an der Küchentür auf das Abendessen. Nur-Djahan war damit beschäftigt, Butterschmalz zu erhitzen. Nade-Ali stellte sich an die Grube und sagte: »Der Onkel will, daß einer von euch zu Gorban Balutsch geht und ihm ausrichtet, er soll zum Abendessen herkommen.«

Scheyda sagte zu Asslan: »Sag du es ihm.«

Asslan drehte sich zum Bruder um: »Hast du denn nicht gehört, wie er zu mir sagte, ich solle ihnen das Abendessen bringen?«

Scheyda sagte: »Tu du nur immer die Weiberarbeiten! Noch nie hab ich's erlebt, daß du dich an eine Männerarbeit gemacht hättest!« Er stand vom Futtertuch auf, schüttelte die Hände ab und höhnte: »Du altes Weib! Wozu hat Gott dir eigentlich Bart und Schnurrbart gegeben?« Und auf dem Weg zum Tor fügte er hinzu: »Und jetzt will er auch noch heiraten, heh!«

Nade-Ali folgte Scheyda: »Wenn du allein bist, warte, laß uns zusammen gehen. Es wäre nicht schlecht, wenn ich auch etwas frische Luft schnappte.«

»Das wär nicht schlecht. Du könntest dich dann ja mal in den Gassen umsehen!«

Nade-Ali band die Senkel an seinen Stiefeln fest, warf den Mantel über die Schultern und ging zusammen mit Scheyda aus dem Tor.

Die Nacht hatte sich vor Kälte zusammengezogen. Die Farbe der Nacht schien von einem dunkleren Blau als sonst zu sein, und ihre Sterne leuchteten weißer als in anderen Nächten. Der schmale Bach wand sich in seinem Bett, rieb die Schultern an der Böschung und kroch vorwärts, und sein sanftes Plätschern unterbrach die schwere nächtliche Stille.

Scheyda fragte: »Wo sollen wir ihn jetzt finden?«

Nade-Ali sagte: »Ist er denn nicht zu Hause?«

»Wo sollte der ein Haus haben, der Balutsche mit dem nackten Arsch? Nur spätnachts geht er in den Heizkeller des Badehauses, um zu schlafen. Jetzt ist es aber noch viel zu früh. Man kann nicht wissen, in welchem Loch er steckt!«

Nade-Ali schwieg. Auch Scheyda.

»Ihr seid aber bald aus dem Haus gekommen!« Das war Gadir.

Scheyda wandte sich nach ihm um. Gadir hatte sich an die Mauer gehockt und war in sich zusammengesunken.

»Hier sitzt du?«

»Wo sonst soll ich sitzen; zu Hause? Heh! Gott möge keinem seiner Geschöpfe so einen Vater aufhalsen wie meinen. Wolltet ihr zu mir kommen?«

»Nein. Erst mal suchen wir Balutsch. Hast du ihn nicht gesehen?«

»Er muß bei Tante Ssanama sein, hat ja sonst keinen Platz hinzugehen.«

»Kommst du mit uns?«

»Warum nicht?«

Gadir erhob sich und machte sich zusammen mit Scheyda und Nade-Ali auf zu Tante Ssanamas Haus.

Die Nacht weidete in der Gasse, und die drei Männer gingen schweigend und in sich versunken dahin. Doch Gadir konnte das Schweigen nicht lange ertragen. Nade-Ali war für ihn noch ein Rätsel, und deshalb wollte er ihn nicht einfach so in Frieden lassen. Er fragte: »Wieso ist unser Freund hier in dieser Gegend vorbeigekommen, Scheyda?«

»Ein Verwandter erkundigt sich nun mal nach seinen Verwandten! Nade-Ali ist unser Vetter. Wahrscheinlich hat er erfahren, daß man für Asslan auf Brautwerbung gehen will ...«

Nade-Ali sagte: »Zufällig hatte ich nichts davon erfahren. Ich bin einfach so gekommen. Ich weiß nicht, wozu. Bin eben gekommen. Hätte ich den Zügel meines Pferdes in eine andere Richtung gelenkt, würde ich jetzt wohl woanders sein. Aber ich lenkte den Zügel in diese Richtung, und jetzt bin ich hier!«

Gadir sagte: »Das zeigt, daß in dieser Provinz viele Menschen wie ich zu finden sind! ... Du, Nade-Ali Chan, brauchst du nicht einen Weggefährten?«

»Hast du nicht heute in Asslans Laden einiges gesagt?«

»Worüber? Über Arrak?«

»So hab ich es verstanden!«

»Wieso? Möchtest du welchen?«

»Das wär nicht schlecht. Woher stammt er, dein Arrak? Aus Darrehges oder aus Ssodchar?«

»Ich hatte welchen aus Darrehges, aber der ist alle. Den, den ich jetzt habe, hab ich selbst gebrannt. Verglichen mit diesem ist der aus Ssodchar Salpetersäure. Bist du ein alter Arraktrinker, oder willst du erst jetzt damit anfangen?«

»Laß uns erst mal zu deinem Faß kommen, dann wird sich's herausstellen!«

Scheyda mischte sich ins Gespräch: »Jetzt geht's aber nicht! Erst wenn sich Bondar schlafengelegt hat ... Oder möchtet ihr, daß sich sein Geschrei erhebt?«

Nade-Ali drehte sich dem Vetter zu und fragte hämisch grinsend: »Du hast wohl große Angst vor Bondar?«

Scheyda ärgerte sich über Nade-Alis Ironie und sagte: »Ich wahre den Respekt, den ich ihm schulde. Ich möchte ihm nicht in die Quere kommen. Man spricht ja schließlich nicht umsonst von Sohnespflicht!«

Gadir sagte: »Und das bei einem solchen Vater! Sein ganzes Sinnen und Trachten ist darauf gerichtet, das Leben seiner Söhne in gute Bahnen zu lenken. Nein. Nein. Babgoli ist für seine Söhne kein schlechter Vater.«

Nade-Ali sagte zu Gadir: »Es scheint, daß Bondar dich nicht so sehr mag. Warum nicht?«

Gadir sagte spöttisch: »Zufällig mag er mich sehr gern. Mehr kann er aber nicht für mich tun!«

Nade-Ali fragte unvermittelt: »Übrigens, wer ist dieser Mah-Derwisch?«

Gadir sah Scheyda an. Scheyda wandte das Gesicht ab. Nade-Ali fragte noch einmal, und Gadir antwortete ihm: »Er war ein Derwisch und hat hier im Haus von Babgoli Bondar Zuflucht genommen. Der Ehemann von Schiru ist er. Schiru ist ein Nomadenmädchen; von den Kalmischis. Sie ist die Schwester von Gol-Mammad.«

Scheyda sagte: »Die Schwester von dem, zu dem Bondar mich schikken will. Sie leben im Tamariskenhain.«

Nade-Ali dachte bei sich ›Ich weiß‹ und nickte mit dem Kopf.

Sie blieben vor Tante Ssanamas Haustor stehen. Scheyda klopfte mit der Kette an. Die schläfrige Stimme Sagh-Abdols erhob sich aus der Tiefe des Hauses. Scheyda sagte: »Mach auf, es ist ein Bekannter.«

Sagh-Abdol kam ans Tor und öffnete es. Scheyda, Gadir und Nade-Ali traten in den Hof. Während sie die Stufen hinunterstiegen, fragte

Scheyda nach Gorban Balutsch. Sagh-Abdol legte die Kette vors Tor und sagte: »Er schläft.«

»Bei diesem braungebrannten Kerl weiß man nie, wann er schläft und wann er wach ist.«

Scheyda ging ins Zimmer. Wie immer hatte sich Tante Ssanama neben der Opiumlampe auf eine Seite gelegt und stopfte für Sseyyed-Aga, den Telefonisten, eine Pfeife. Gadirs Onkel saß mit gesenktem Kopf an der Wand. An die Wand gelehnt, drehte Pahlawan Balchi mit der linken Hand die gelben, dicken Kugeln seiner Gebetsschnur, schaute auf seine klobigen Finger und lachte vor sich hin. Seine handgestrickte, von Schweiß zerfressene Mütze hatte er bis zu den Augenbrauen heruntergezogen, und die stachligen Haare seiner Augenbrauen und Wimpern glänzten im Licht der Lampe.

Pahlawan Balchis Kiefer bewegte sich wie immer langsam auf und nieder. Offensichtlich kaute er Rosinen oder getrocknete Pfirsiche. Selten sah man Balchis Taschen leer von Rosinen, Korinthen oder anderen Trockenfrüchten. Ebenso selten sah man, daß sein fester, grober Kiefer nicht in Bewegung war.

Scheyda trat grußlos ins Zimmer, blickte suchend umher, und da er Balutsch nicht sah, ging er stracks ins Hinterzimmer und entdeckte ihn schlafend in einer Ecke auf einem alten Sack. Er weckte ihn mit einem Tritt seiner Stiefelspitze. Balutsch richtete sich halb auf und blinzelte; ehe er Zeit fand, etwas zu fragen, sagte Scheyda zu ihm: »Was soll das heißen, daß du dich schlafen gelegt hast? Steh auf, mach dich fertig, Bondar ruft dich. Schnell!«

Gorban Balutsch richtete sich seiner ganzen Länge nach auf. Scheyda kehrte zur Tür zurück. Einer der Spieler hob den Kopf und sagte: »Sohn von Bondar, komm setz dich und stell dein Glück auf die Probe. Neue Karten sind aus der Stadt gekommen.«

Scheyda, der bisher die Spielrunde nicht wahrgenommen hatte, drehte sich um: »Ich hab jetzt keine Zeit. Später.«

Er trat ins vordere Zimmer und wollte, ohne die dort Anwesenden weiter zu beachten, hinausgehen. Aber Balchi hielt ihn mit einer spitzen Bemerkung zurück: »Du legst zu viel Eifer an den Tag, Sohn von Bondar! Nimm dich in acht mit deinen hochfliegenden Plänen, sonst siehst du auf einmal, daß dir Flügel und Federn verbrannt sind!«

Gadir und Nade-Ali waren die ganze Zeit über vor der Tür im kleinen Hof geblieben. Während er seine schwarzen Haare unter die Mütze stopfte, ging Gorban Balutsch an Scheyda vorbei hinaus. Scheyda blieb in der Türöffnung stehen und sagte: »Warum brennt dir der Hintern, wenn du mich siehst, Gudars?«

»Ist doch klar, warum, Sohn von Babgoli Chan, dem Dorfvorsteher! Wenn du und dein Vater und euer neureicher Asslan ständig diesem und jenem Knüppel zwischen die Beine werft, erwartet ihr dann, daß alle hochbeglückt sind, wenn sie euch sehen?«

Jedes Wort betonend, sagte Scheyda: »Werfen wir denn diesem und jenem oder dir Knüppel zwischen die Beine?«

»Was ist da für ein Unterschied? Ich bin wie dieser und jener!«

»Bring die anderen nicht ins Spiel! Unser Laden gibt dir keinen Kredit, daher ärgerst du dich. Wenn dir der Laden Kredit gewährte mit Zahlungsaufschub bis zum Auferstehungstag, dann würde es dir wohl nichts ausmachen, wenn wir den anderen Knüppel zwischen die Beine würfen, nicht wahr? Dann würde dir nicht der Hintern brennen?«

»Ihr seid dabei, alle Bäche in euren Teich zu leiten: Ladenhalterei, Verwalterei, Dorfvorsteherei; ihr mästet Vieh, kauft und verkauft Waren, treibt Landwirtschaft, haltet Schafe. Und dann sagt ihr allen anderen, sie sollen sich hinlegen und sterben! Mit diesen paar Schachteln Ware, die ihr in die Regale eures Ladens gestellt habt, habt ihr die Dorfbewohner bis über die Ohren in Schulden gestürzt! Mit diesem bißchen Geld, das ihr – ich weiß nicht wie – zusammengerafft habt, habt ihr diesem und jenem alle Möglichkeiten zum Broterwerb genommen! Mit eurer Verwalterei habt ihr die Leute gezwungen, den Mund zu halten. Und wenn einer seine Stimme erhebt, führt ihr ihm euren Herrn Aladjagi, als wäre er der Teufel höchstpersönlich, vor die Augen. Ihr wollt die ganze Welt in eure Faust nehmen. Na schön. Überall und in alles habt ihr euch festgekrallt und seid dabei, die Alleinherrschaft über Galeh Tschaman zu erringen! Und das setzt nun der Sache die Krone auf: die Dorfvorsteherei. Gott geb seinen Segen dazu. Vermutlich werdet ihr in einigen Jahren von diesem ganzen Bezirk Besitz ergreifen!«

Ohne auch nur einen Augenblick zu zögern, sagte Scheyda: »Sollen doch die Neidischen ruhig platzen! All diese Trauerlieder hast du nun gesungen, aber das sollst du wissen, daß der Laden von Babgoli Bondar den Habenichtsen nun mal keinen Kredit gewährt! Die Kreditfähigkeit von Habenichtsen ist wie der Wind, der vorüberweht. Geh und denk dir was anderes aus. Nimm einen Bauernspaten auf die Schulter!«

»Den Bauernspaten schenke ich denen, die gut zu schmeicheln verstehen. Ich werde niemandes Knecht. Aber die Besitzer dieses Ladens, das heißt ihr, verkaufen im ganzen Bezirk geschmuggeltes Opium auf Kredit, um die Hände jener Kleinhändler zu binden, die keine Möglichkeit dazu haben! Was denn sonst?«

»Das tun wir, damit diese Kleinhändler, von denen du einer bist, sich vor Kummer zu Tode grämen!«

Scheyda wartete Balchis Antwort nicht ab; er trat durch die Tür, gesellte sich im Hof zu Nade-Ali, Gadir und Balutsch und ging auf das Tor zu. Hinter ihnen reckte Balchi den Kopf aus dem Türrahmen und rief: »Ahey … sieh mal her!«

Scheyda drehte sich auf den Stufen nach Balchi um. Balchi steckte die Hand zwischen seine Schenkel und sagte: »Meine Hoden sind bekümmert und vergießen Tränen vor Leid! Hast du verstanden? Jetzt bring das Seidentuch, das du dir um den Hals gebunden hast, und trockne ihnen die Tränen!«

Scheyda blieb nicht länger stehen und trat in die Gasse. Balchi rief ihm nach: »Sag das auch deinem Vater, damit ihm sein Hintern brennt!«

Scheyda kehrte um. Er wollte sich jetzt ernsthaft streiten. Aber Nade-Ali faßte ihn am Arm, und Gorban Balutsch breitete seine Arme vor Scheydas Brust aus und zog ihn mit sich. Gadir schloß das Tor, machte sich neben Scheyda auf den Weg und sagte: »Dieser Gudars kann seine Zunge nicht zähmen, hat überhaupt ein freches Mundwerk. Er redet einfach so daher, ohne die Folgen seiner Worte zu bedenken. Schade, daß ein Mann mit einem solchen Bart so dreist und unverschämt ist. Aber schön hast du's ihm gegeben. Hast ihm tüchtig die Meinung gesagt!«

Nade-Ali fragte: »Und auch sehr offen?«

Scheyda sagte: »Ich weiß, warum ihm sein Hintern brennt! Seine Tochter ist schon groß wie ein Maultier, sitzt aber immer noch zu Haus. Niemand ist da, sie bei der Hand zu nehmen, in sein Haus zu führen und an seinen Tisch zu setzen. Worauf sollte er da hoffen, worauf vertrauen? Wenn mein Vater ihnen keine Arbeit gäbe, müßten seine unmündigen Kinder ihre Beine in Richtung Mekka ausstrecken und sterben. Einen ganzen Stall voll Kinder hat er produziert, die wie Läuse alle unter einer Steppdecke durcheinanderwimmeln. Und nun weiß er nicht mehr, was er tun soll. Womit soll er ihnen die Bäuche füllen? Das Wasser steht ihm bis zum Hals, und so kann er seine Zunge nicht mehr beherrschen. Eine Zeitlang betrieb er eine Metzgerei, schlachtete Schafe und bot das Fleisch in kleinsten Portionen zum Verkauf an, aber niemand kaufte es; oder er kaufte es anderswo und konnte es nicht bezahlen. Danach machte er einen Brotladen auf. Seine von Gott geschlagene Frau zwang er, mit schwangerem Bauch am Backofen zu stehen und von früh bis spät Brot zu backen. Und sie tat das auch. Aber wer kaufte schon Brot? Denn entweder haben die Leute was zu essen, oder sie haben's nicht. Wenn sie's haben, wissen sie selbst, wie man Mehl zu Teig macht, es bäckt und ißt, und wenn sie's nicht haben, dann haben sie eben nichts! Darauf machte er einen Kramladen auf. Aber auch dafür braucht man Kapital. Du mußt dem Bauern so lange Kredit gewähren können, bis er seine Ernte eingebracht hat. Deshalb machte er pleite. Was übrig blieb, ging für die Kinder drauf. Schließlich und endlich gab er sich mit Schmuggeln ab. Aber auch mit dem Verkauf von Schmuggelwaren brachte er es nicht weit. Mit leeren Händen geht es nun mal nicht. Kapital braucht man, und das hatte er nicht. Die Afghanen gaben ihm nichts auf Kredit, hatten kein Vertrauen zu ihm. Auch hier fiel er bums auf den Hintern und dachte, es sei die Schuld meines Vaters. Danach kam er und drängte sich diesem Gadir hier auf, um mit ihm zusammen dessen Kamele zu mästen. Er glaubte wohl, die Kamele mit einem Schlag an sich reißen zu können. Doch sein Trick verfing nicht bei denen. Denn sowohl Gadir als auch sein Vater wußten, daß Balchi keine zehn Schahi in seinem Beutel hatte. So hat er sich jetzt, von allen abgewiesen, in einer Ecke der Opiumhöhle niedergelassen, und seine Hauptbeschäftigung besteht darin, diesen und jenen mit boshaften Bemerkungen zu bedenken! Der bildet sich ein, das Gift, das er verspritzt, werde zu Brot, das er seinen Läusen zu essen geben kann. Soll der mal schauen, was passiert, wenn ich meinem Vater sage, er solle seine drei, vier Töchter aus der Werkstatt rausschmeißen. Zum Teufel mit diesem Zuhälter!«

Nur scheinbar beschwichtigend, sagte Gadir: »Nun ja, er kann nichts dafür. Jetzt ... Schließlich wäre es gut, wenn Babgoli Bondar sich um solche Menschen kümmerte, die ihm eines Tages nützen könnten. Wie dem auch sei, dieser Balchi war mal ein achtbarer Mensch. Ist's auch noch. Sein Vater besaß zusammen mit diesem Baba Golab eine Mühle. Aber gut ... So ist eben das Leben, hat seine Höhen und Tiefen. Auch jetzt ...«

Scheyda sagte: »Er war mal so! Jede alte Frau, die du siehst, hatte mal zwei Brüste wie Granatäpfel unterm Hemd hüpfen. Und jetzt?«

Gadir schwieg. Sie näherten sich Babgolis Hoftor. Gadir kam nicht weiter mit, er sagte: »Nun gut. Ich geh nach Hause.«

Nade-Ali und Scheyda verlangsamten den Schritt.

»Also, Gott befohlen!«

Balutsch ging voraus. Scheyda gab Gadir einen Wink, daß er warten solle. Gadir sagte: »Ich muß los und alles vorbereiten.«

Balutsch folgend, entfernten sich Scheyda und Nade-Ali. Gadir blieb noch einen Augenblick stehen. Dann drehte er sich um und ging. Als er wieder vor dem Hoftor von Tante Ssanama stand, wäre er gerne hineingegangen, um sich mit Balchi zu unterhalten. Trotz all seiner Schlechtigkeit empfand er Mitleid mit Balchi. Um keinen Preis aber wollte er dabei seinem Onkel unter die Augen kommen. Der saß wahrscheinlich immer noch in der gleichen Ecke an der Wand, die Ellbogen auf die Knie gestützt, und döste vor sich hin, während die Asche seiner Zigarette auf den Teppich fiel. Dieser Onkel – wie er auch sonst sein mochte – mit seiner langen, klapprigen Gestalt, seinem plattfüßigen Gang, seinem schiefen Hals, war für Gadir zu einer wahren Plage geworden. An jeder Gassenbiegung tauchte er auf. Ausgerechnet immer er! Er verfolgte Gadir wie ein Geist, wie ein Schatten.

Gadir öffnete einen Flügel von Tante Ssanamas Hoftor, streckte den Kopf hinein und rief: »Balchi ... Balchi ..., komm doch einen Moment raus.«

Balchi schob seine breiten, etwas gebeugten Schultern, auf denen ein großer Kopf thronte, durch den Türrahmen und kam in den Hof. Dort gähnte er erst einmal und fragte dann: »Was willst du?«

Gadir sagte: »Die andern sind fortgegangen. Ich bin allein und möchte nach Hause. Ich dachte mir, vielleicht kommst du auch mit. Die Nacht ist schon fast am Ende, nicht?«

Balchi kannte Gadir gut. Sie waren Nachbarn, wohnten beide am Ende der Balalkardi-Gasse. Nicht die kleinste Einzelheit von Gadirs Tun und Lassen entging Balchis hellen Augen und erfahrenen Blicken. Balchi wußte genau, hinter welchen Worten, hinter welchen Bewegungen von Gadir eine verborgene Andeutung oder Absicht steckte. Aber wie das Sprichwort sagt: Wann meidet ein alter Wolf den Regen? Warum sollte Balchi sich vor dem Sohn von Karbala'i Chodadad fürchten? So trat er aus dem Hoftor und machte sich mit Gadir auf den Weg. Gadir fragte: »Wolltest du noch weiter da sitzenbleiben?«

»Nicht unbedingt. Warum bist du nicht reingekommen? Schämst du dich immer noch vor deinem Onkel?«

»Laß das! Hast du nichts anderes zu tun, als Vorwände für Bosheiten zu finden?«

Balchi bot Gadir ein paar Rosinen an und sagte: »Darum geht es jetzt nicht. Sag mal lieber, wie es kommt, daß du heute nacht auf einmal so viel Wert auf meine Gesellschaft legst. Es lauern dir doch wohl nicht welche hinter dieser eingestürzten Mauer auf, ha? Du bist doch sonst nicht so ängstlich, Gadir! Erzähl mal!«

Lächelnd seine weißen Zähne zeigend, sagte Gadir: »Ich bin kein streitsüchtiger Mensch, Balchi. Du kennst doch meinen Charakter besser als jeder andere. Ich bin ein sanfter, verträglicher Mensch.«

»Klar – wie eine Schlange!«

»Eine Schlange, die ihren Giftzahn dir abgetreten hat!« Beide lachten. Gadir sagte: »Aber was für ein schneidender Wind heute nacht weht! Wie wär's, wenn wir gingen und uns aufwärmten?«

»Gute Idee. Obwohl auf leeren Magen Arrak zu trinken, Sache voreiliger Jüngelchen ist. Aber es klingt trotzdem nicht übel. Ist der Arrak, den du gebrannt hast, schon reif?«

»Für mich und dich genügend. Trockenes Brot und abgetropfter Joghurt lassen sich bestimmt irgendwo im Haus von Karbala'i Chodadad finden.«

»Hast du sonst noch Gäste?«

»Die kommen später.«

»Wer sind die?«

»Wer soll's schon sein? Der Sohn von Bondar und sein Vetter. Er war eben mit ihm zusammen. Hast du ihn nicht gesehen?«

Balchi sagte spöttisch: »Also, einen verträglichen Charakter hast du. Kannst Saufkumpan deines Feindes sein. Kannst ihn sogar in dein Haus einladen. Es muß schwierig sein, so wie du zwei Gesichter zu haben!«

Wieder lächelnd sagte Gadir: »Was soll ich tun? Ich tu's aus Zwang!«

»Vielleicht auch aus Schlauheit?«

Gadir lachte nur. Balchi sagte: »Ich kenne dich, Sohn von Chodadad! Du beschläfst sogar den Raben, den Herold Gottes. Stellst keine Falle auf, ohne einen Köder reinzutun. Laß mal hören, was für einen Plan du für diesen unreifen Jungen geschmiedet hast!«

Mit einem erneuten flüchtigen Lächeln sagte Gadir: »Keinen, bei deinem Leben, keinen! Dieser Vetter von Scheyda besitzt, glaube ich, im Bezirk Yam Boden und Wasser. Ich will versuchen, ihn für mich einzunehmen. Vielleicht gibt er mir dort eine Arbeit, zum Beispiel als Verwalter. Das ist alles!«

»Soll ich glauben, daß du Laala aufgibst und aus diesem Galeh Tschaman fortgehst?«

Als hätte er nicht gehört, fragte Gadir: »Aber du fährst diesen Babgoli-Leuten ganz schön über den Mund, Balchi. Woher nimmst du den Mut dazu?«

»Siehst du nun, daß ich dich durchschaut habe? Ich weiß schließlich, daß du, ohne was dafür zu erwarten, nicht mal dem Todesengel Asrayil deine Seele übergibst. Nun, was sonst noch?«

»Ich hab nicht vor zu spionieren, das schwör ich bei meinem Leben. Ich bin einfach nur neugierig. Jetzt laß uns unauffällig ins Haus gehen ...«

Gadir steckte einen Finger in den Torspalt, löste die Kette vom Haken, öffnete das Tor und trat ruhig ein. Er ging durch den Vorraum, dann an der Grube vorbei und blieb dicht bei der Zimmertür des Vaters stehen und lauschte, ob vielleicht ein Geräusch zu hören sei. Aber was er hörte, war nur das Schnarchen und gelegentliche Wimmern des alten Mannes. Er kehrte um. Balchi war am Rand der Grube stehengeblieben. Gadir führte ihn zur Scheune. Zuerst ging er selbst hinein, zündete ein Streichholz und dann die Laterne an. Danach legte er ein paar Holzscheite in einer Mulde aufeinander, goß etwas Petroleum darüber und steckte es in Brand. Balchi hockte sich neben das qualmende Feuer hin. Gadir nahm das Bündel mit trockenem Brot von der Nische herunter und knotete es auf. Dann brachte er einen Krug Arrak und Becher und sagte: »Wenn sich der arme Alte bei dieser Kälte nur keine Lungenentzündung holt! Gegen Mittag hab ich für ihn unterm Korssi Feuer gemacht. Wenn dies Feuer hier richtig brennt, bring ich ihm davon eine Schaufel hin. Schenk ein, Balchi!«

Balchi nahm den um den Hals des Krugs gewickelten Lappen ab und füllte zwei Becher. Gadir hob einen Becher auf, reichte ihn Balchi und sagte: »Probier mal und sieh, wie er geworden ist. Ich glaube, er ist nicht übel. Bis heute abend hatte ich den Krug nicht geöffnet. Und hier ist trockenes Brot und Joghurt.«

Balchi stellte den Becher mit Arrak beiseite, langte nach dem Brot und sagte: »Erst muß ich mir den Bauch füllen.«

»Ich bin auch hungrig; meine Därme sind dabei, einander aufzufressen.«

Sie waren kaum halb satt geworden, als Balchi begann: »Nun, was wolltest du sagen?«

»Die Wahrheit ist, ich wittere Unheil!«

»Ha, was für Unheil?«

»Dieser Freund von dir, der Flickschuster! Warum taucht er alle ein, zwei Wochen hier in der Gegend auf? Ich frage dich das, weil ich sehe, daß er sich meistens in deinem Haus einnistet!«

»Was soll das heißen? Ist denn Arbeiten und Geldverdienen verboten?«

»Nicht doch, aber mir schwant so einiges. Wegen seinem Gerede und weil er immer zu bestimmten Zeiten auftaucht. Ich weiß nicht, was du denkst, aber ich ... ich glaube, daß der nicht ein einfacher Flickschuster ist, dieser Freund von dir!«

Balchi sagte: »Menschen gibt es, die, weil sie nichts anderes zu tun haben, ihre Hose in den Mörser legen und zerstampfen! Mir scheint, mit dir ist es auch so weit gekommen. Meine Haustür stand früher für diesen und jenen offen. Seitdem das Brot für meine Kinder knapp geworden ist, kann ich keine Gäste mehr an meinen Tisch setzen. Aber, Bruder ... ich darf doch wohl einen Besuch auffordern, es sich in der Sonne an meiner Hausmauer bequem zu machen! Nutzt sich denn der Boden ab, wenn dieser arme Kerl sich draufsetzt und das Schuhwerk der Leute flickt? Oder verliere ich etwas dabei, wenn ich mich neben ihn setze und ein paar Worte mit ihm wechsle? Wenn ein in die Fremde Verschlagener niemanden hat, mit dem er sprechen kann, bricht ihm doch das Herz!«

Gadir trank seinen Becher Arrak in einem Zug aus. »Das hatte ich mir schon gedacht. Aber schön hast du's diesem Sohn von Bondar gegeben! Du rauchst wohl nicht?«

»Nein.«

Das Geräusch langsamer, gleichmäßiger Schritte ließ sich vom Hof her vernehmen.

Balchi setzte sich zurecht: »Das sind wohl deine Gäste!«

Gadir horchte auf die Schritte und sagte: »Ich glaube nicht, daß sie es sind; es ist noch zu früh.«

Die Schritte kamen näher. Bis an die Tür. Mit einem leichten Druck wurde die Tür geöffnet, und ein Mann stand auf der Schwelle. Es war Abbass-djan. Blaß, mit krummem Rücken und schwarzem Bart und in einen schwarzen Umhang gehüllt. Gadir sagte nichts.

Abbass-djan trat herein, grüßte leise und stockend und setzte sich gleich bei der Tür hin. Obwohl er zitterte und ihm Wasser aus den Augenwinkeln floß, bot Gadir ihm nicht an, sich am Feuer zu wärmen. Das übernahm Balchi: »Das Wetter ist tückisch, komm ans Feuer, komm!«

Abbass-djan wischte mit den Fingerspitzen das Wasser aus den Augenwinkeln, preßte die Zähne auf seine dicken, bläulichen Lippen, zog die Hände zwischen den Schenkeln hervor und sagte: »Ich hab unter dem Korssi des Alten gesessen, aber der Korssi ist eiskalt.«

Gadir sagte: »Wär dir eine Perle aus der Krone gefallen, wenn du Feuer gemacht hättest?«

Abbass-djan gab keine Antwort. Er schien krank zu sein. Fiebrig. Den Kopf hatte er zwischen die Schultern gezogen und saß eingesunken da. Er war noch schwächlicher als früher. Sein pockennarbiges Gesicht wirkte magerer. Seine Nasenflügel zuckten ab und zu, und gleichzeitig mit seinen Nasenflügeln zuckte es auch unter seinem linken Auge. Seine ganze Erscheinung war noch schmuddeliger als früher. Gadir starrte auf die leblosen Augen des Bruders und fragte mit deutlichem Abscheu: »Wie kommt es, daß du dich hier wieder blicken läßt? Hast du das ganze Geld durchgebracht?«

Abbass-djan stand auf, kam ohne zu antworten näher und setzte sich niedergeschlagen ans Feuer. Gadir wandte den Blick von ihm ab. Seinen Widerwillen gegen den Bruder verbarg er nicht. Obwohl Abbass-djan der ältere Bruder war, blieb er kalt bei seinem Anblick. Balchi fragte: »Du lechzest wohl nach Opium, ha?«

Abbass-djan sagte: »Erkältet hab ich mich auch. Wenn du mir einen Becher von diesem ... einschenken würdest, wär das nicht übel.«

Balchi gab Abbass-djan seinen eigenen Becher. Abbass-djans schmutzige Pfoten mit den langen Nägeln ergriffen den Becher, und ehe das Zittern seiner Hände den Becher überschwappen ließ, goß er sich den Arrak in die Kehle. Er preßte die Lippen zusammen, wischte nochmals das Wasser aus den Augenwinkeln und zog die Nase hoch. Balchi schenkte ihm einen weiteren Becher ein. Abbass-djan klaubte eine halbe Zigarette aus seiner Schachtel hervor, steckte sie an, tat einen Zug und reichte sie Balchi. Balchi schob seine Hand zurück, und Gadir fragte Abbass-djan: »Wieso hast du deine Frau Gemahlin nicht mitgebracht? Hast du sie dort gelassen, damit sie verschimmelt? Oder ...«

Abbass-djan schwieg einen Moment, dann heftete er seine kalten, leblosen Augen auf Gadir und sagte: »Ihr Vater erlaubte es nicht, daß ich sie herbringe.«

»Das ist eine Lüge. Lügen regnen aus deinen Augen! Bildest du dir ein, daß ich das alles glaube? Du hat ja überhaupt keine Frau. Wer gibt dir schon eine zur Frau? Hat denn derjenige Eselshirn gegessen, der dir eine Frau geben würde? Sowie du durch deine Betrügereien zu ein wenig Geld kommst, machst du dich auf nach Maschhad, bleibst einige Nächte dort, gibst das Geld für Huren aus, trinkst Arrak und rauchst Opium im Viertel der Leute aus Sabol; und wenn nichts mehr in deinem Beutel ist, kehrst du nach Galeh Tschaman zurück, lauerst wieder auf eine Gelegenheit, irgendwo etwas Geld zu stehlen, um erneut heimlich nach Maschhad zu gehen und dort um die Karawansereien und die Opiumhöhlen herumzustreichen ... Glaubst du denn, du hast einen Esel vor dir?«

Abbass-djan hob den neben dem Feuer stehenden Becher auf und sagte: »Bis jetzt hab ich ja nicht dein Geld gestohlen. Gott sei Dank hast du nie welches gehabt, das ich dir hätte stehlen können!«

Gadir beugte sich auf den Knien vor, nahm Abbass-djan den Becher weg und sagte: »Also, da ich kein Geld gehabt habe, hab ich auch keinen Arrak für dich! Steh auf und scher dich zum Teufel!«

Abbass-djans schmutzige, zitternde Pfoten blieben leer in der Luft hängen; Balchi hilflos ansehend, sagte er: »Siehst du? Siehst du, wie geizig er ist? Wie hartherzig? Siehst du? Behandelt ein Bruder so einen Bruder? Siehst du, Balchi? Wenn ich mal was habe, verschenke ich sogar meinen Kopf! Aber der ... siehst du?«

Balchi nahm Gadir den Becher aus der Hand, gab ihn Abbass-djan und sagte: »Zu dieser Nachtzeit ... trinke, Abbass-djan ... Auf alle Fälle seid ihr beide vom gleichen Blut!«

Abbass-djan trank den Becher aus, und Gadir knurrte: »Was weißt du denn, Balchi! Alles, was ich durchmache, ist die Schuld dieses Tiers. Alles! Ständig lag er diesem gelähmten Alten in den Ohren und bestürmte ihn, bis der alles, was er hatte, Stück für Stück, verkaufte, und diese Schmeißfliege nahm ihm, was er konnte, weg – stahl es – und machte sich auf nach Maschhad. Und was der Alte nicht verkauft hatte, stahl dieser hier auch, brachte es in die Maschhad-Straße, verkaufte es zum halben Wert und gab das Geld für seinen Schwanz aus! Zuerst sagte er, er wolle die Tochter eines der Hadjis aus Noghun, der mehrere Karawansereien besaß, zur Frau nehmen. Dann stieg er aber allmählich herunter von seinem hohen Roß. Und jetzt ... ist er bei der Tochter eines Karawanserei-Verwalters angelangt! Was später wird, weiß Gott allein ...«

Beschwichtigend sagte Balchi: »Nun laß ihn in Ruhe, und behellige ihn nicht weiter; er scheint krank zu sein. Ich glaube, er ist gerade erst hier angekommen. Gieß ihm noch einen Becher ein. Ha, Abbass-djan, bist du gerade angekommen?«

»Vor etwa einer Stunde. Unterwegs bin ich fast erfroren. Wir stiegen auf einen Lastwagen mit Baumwollsamen und setzten uns auf die Säcke. An der Wegkreuzung bei Robat stiegen wir aus. Solange wir da oben saßen, setzte uns die schneidende Kälte zu, und nachdem wir abgestiegen waren, kannst du dir nicht vorstellen, unter welchen Qualen wir uns hierherschleppten. Als wir ankamen, war uns, als hätten wir keine Hände und Füße mehr. Alles wie Eis. Und meine Augen fühlten sich an, als wäre eine Ahle reingegangen. Noch immer brennen sie. Unterwegs konnte ich überhaupt nicht mehr sprechen. Aber mein Weggefährte war kräftiger. Irgendwie schleppte er sich weiter. Ich weiß nicht, wo er hingegangen ist, der Arme!«

Gadir sagte: »Wie schön wär's, wenn du ihn auch eingeladen hättest, wo du allein schon mehr als genug bist!«

»Es war der Bekannte von Balchi – Ssattar.«

»Dann hat sich also der Flickschuster in deinem Haus breitgemacht, Balchi!«

»Das glaub ich nicht.«

»Du wirst's sehen. Wenn man vom Teufel spricht ...!«

Wirklich auch, wohin mag er gegangen sein? Zu Mussa? Nein, ich denke nicht. Ins Badehaus? Das Badehaus ist doch geschlossen. In die Moschee? Bei dieser Kälte? Nein. Nein. In den Heizkeller des Badehauses? Wer weiß, ob der Heizer ihm die Tür öffnen würde.

Balchi setzte sich zurück, lehnte sich ans leere Getreidefaß und sagte: »Dein Arrak steigt einem ganz schön zu Kopf, Gadir!«

»Du bist dabei, von Kräften zu kommen, Balchi! In meinen Arrak ist kein Kalk gemischt. Soll ich gehen und deinen Bekannten, den Flickschuster, suchen und herbringen?«

»Nein, laß ihn da schlafen, wo er untergekommen ist. Wahrscheinlich hat er sich inzwischen ein warmes Plätzchen besorgen können. Ich steh auch allmählich auf und gehe. Ich will nicht, daß dieser weibische Geck herkommt und mir unter die Augen tritt. Heute abend bin ich schlechter Laune und fürchte, ihn anzugiften! Ich will nicht, daß es zum Streit kommt. Im übrigen kann sich mein blinder Schwiegervater nicht dazu durchringen, seine und unsere Angelegenheit endgültig zu klären. Gerade eben dachte ich, er liegt in den letzten Zügen und gibt den Geist auf. Weder stirbt der arme Kerl, noch steht er auf. Er liegt einfach da in der Krippe und rührt sich nicht. Nun, wenn es dir nicht allzuviel ausmacht, gieß mir noch einen Becher ein, damit ich nichts versäume. Ein starker Arrak ist's!«

Gadir füllte Balchis Becher. Balchi nahm den Becher in seine dicken Finger und sagte: »Auf euer Wohl. Seit langem konnte ich nicht mehr so reichlich trinken. So Gott will, werde ich mich eines Tages revanchieren. Möge es dir immer gut gehen.«

»Wohl bekomm's.«

Balchi trank den Becher aus und stand auf: »Ich geh nun. Bald erscheinen deine Gäste. Es ist besser, wenn ich dann nicht hier bin. Und streite dich weniger mit Abbass-djan. Er ist schließlich dein älterer Bruder. Gott befohlen.«

»Auf Wiedersehen.«

Abbass-djan stand ebenfalls auf und sagte: »Ich geh auch schlafen. Wenn du's übers Herz bringst, gib mir noch einen halben Becher, vielleicht werd ich dann innerlich warm.«

Balchi beugte Kopf und Schultern und ging aus der Tür. Abbass-djan holte ihn im Vorraum ein.

Balchi blieb stehen. Abbass-djan faßte ihn am Jackenärmel und bettelte: »Ich geh ein heute nacht, Balchi. Ich fleh dich an! Wenn ich heute abend kein Opium bekomme, geh ich ein. Tu was für mich!«

»Ich schäme mich, nein zu sagen. Aber ich schwöre dir bei deinen Locken, ich habe nichts. Nicht mal einen Geran Geld! Wenn du's nicht glaubst, durchsuche meine Taschen – nichts!«

Abbass-djan ließ Balchis Jackenärmel los und murmelte: »Ich sterbe!«

»Heute abend wird der Sohn von Bondar hierherkommen. Er hat einen Vetter, der bei ihm zu Besuch ist. Paß gut auf, vielleicht kannst du, wenn sie betrunken sind, etwas von ihnen ergattern.«

Abbass-djan drehte sich enttäuscht ab, und Balchi ging langsam aus dem Tor.

Die Gasse schien schief zu sein. Nein, Balchi war etwas schwindlig. Alles drehte sich um ihn. Ihm war, als wären seine Augen größer geworden. Seine Schritte waren unsicher. Dieser Gadir, der Sohn von Karbala'i Chodadad, hatte ihm doch wohl nicht etwas in sein Getränk getan? Nein. Nein. Er selbst hatte ja aus dem gleichen Krug getrunken. Auch sein Bruder. Er hielt sich mit der Hand an der Mauer fest und blieb kurz stehen. Er drückte die Lider aufeinander, öffnete sie wieder und ging weiter.

Nicht sehr weit von Balchi entfernt wurden zwei Schatten sichtbar. Das mußten Gadirs Gäste sein. Scheyda und Nade-Ali. Nade-Ali hatte den Umhang über den Kopf gezogen, Scheyda hatte einen Stock in der Hand. Ja, sie waren es. Ohne sie anzublicken, ging Balchi an ihnen vorbei. Die beiden taten auch so, als hätten sie Balchi nicht gesehen, und entfernten sich. Balchi hörte sie miteinander flüstern. Sie redeten wohl über ihn. Bevor er um die Ecke der Gasse bog, blieb er stehen und sah

Nade-Ali und Scheyda nach. Sie verschwanden im Vorraum von Karbala'i Chodadads Haus.

Gudars Balchi kehrte auf dem gleichen Weg zurück. Sein Haus lag neben dem Haus von Karbala'i Chodadad. Balchis Hof hatte kein Tor. Geräuschlos ging er hinein, blieb vor der Zimmertür stehen und klopfte mit dem Fingerknöchel an. Wie jeden Abend öffnete ihm seine Frau. Mager, von hohem, aufrechtem Wuchs war sie, hatte struppige Haare, eine spitze Nase, ein schmales Kinn und Augen wie die eines neugeborenen Rehs. Sie war mittleren Alters. Aber die Geburten jahraus, jahrein und die schmale Kost hatten sie völlig erschöpft. Sie trat zurück, um ihrem Mann den Weg freizugeben. Doch Balchi blieb stehen. Die Frau fragte: »Warum bist du so unschlüssig?«

»Ssattar soll in Galeh Tschaman sein. Ist er nicht hergekommen?«

»Wir haben uns früh schlafen gelegt. Vielleicht ist er gekommen und wieder gegangen.«

»Mach die Tür zu und schlafe. Ich geh und schaue nach, wo er ist. Übrigens, wie geht's deinem Vater?«

»Wie gewohnt. Er liegt im Stall und gibt keinen Ton von sich. Gegen Abend hab ich ihm etwas Feuer gebracht.«

Balchi drehte sich um und trat in die Gasse. Wohin kann er gegangen sein? Wohl kaum zu Chodamerd. Also in den Heizkeller?

Die Tür des Heizkellers war geschlossen, und drinnen war es dunkel. Der Heizer war noch nicht aufgestanden, um den Kessel anzumachen. Balchi stieg aus dem Graben und machte sich auf zum Haus von Babgoli Bondar. Vom Badehaus bis zu Babgolis Haus war es nicht weit. Bondars Tor war geschlossen, doch das Licht im Obergeschoß erhellte ein Stück der Terrasse. Balchi stellte sich an die Mauer und horchte. Dumpfes Sprechen war aus dem Haus zu hören. Balchi wollte schon anklopfen und Mussa rufen, aber da kamen ihm Zweifel. Zu dieser Nachtzeit? Was würde Babgoli Bondar denken? So ging er ein paar Schritte die Mauer entlang weiter, sprang dann hinüber und huschte hinter die Stallwand. Die rückwärtige Stalltür hatte Bondar zumauern lassen. Unter dem Türbogen, in eine Ecke gedrückt, hockte Ssattar der Flickschuster und preßte das Ohr an die Wand. Balchi hielt sich versteckt und lauschte. Durch die dünne Wand unterhielt sich Mussa mit Ssattar: »Heute abend ist's hier sehr unruhig; ich weiß nicht, was die vorhaben. Ich glaube, sie machen sich fertig, um Schmuggelware zu übernehmen. Unglücklicherweise ist auch mein Vater heute abend hier. Das heißt, er ist gekommen, mich zu sehen.«

»Was machst du also? Morgen vormittag muß ich wieder aufbrechen.«

»Wie du meinst. Wenn du willst, geh zu Chodamerd. Oder zu Balchi. Ich werde auch irgendwie hinkommen.«

»Nein. Zu Chodamerd bin ich bisher nicht gegangen. Bei Balchi war ich schon, aber ich glaube, die schliefen alle. Ich geh in die Moschee.«

»Die Moschee ist gut für Bettler, Bruder, kein Platz für Ssattar! Guten Abend.«

Ssattar drehte sich nach Balchi um: »Wieso kommst du hier vorbei?«

»Ich hörte, daß du gekommen bist, und suchte dich. Ha, Mussa! Warum hast du dich versteckt?«

Balchi hob das Bündel des Flickschusters vom Boden auf, warf es sich über die Schulter und sagte: »Wir gehen zu mir, Mussa. Komm du auch dahin. Aber paß auf, diese Nacht scheint es nicht allzu ruhig zu sein. Einige Geister treiben sich in den Gassen herum. Der Sohn deines Brotherrn ist einer davon. Komm durch die Seitengassen. Unterwegs benachrichtige auch Chodamerd.«

Mussa hustete hinter der dünnen Wand, und Balchi ging Ssattar voran. Ssattar sagte: »Wie lang doch die Winternächte sind, Balchi!«

Mussa hatte sich an der Mauer hochgezogen und sah hinter Balchi und Ssattar her. Langsam ließ er sich wieder von der Mauer hinabgleiten, zog die Schöße seiner Jacke zurecht, ging zu seiner Unterkunft und öffnete die Tür. Onkel Mandalu hatte sich neben dem Korssi mit einer alten Satteldecke zugedeckt und schnarchte laut. Beim Knarren der Tür blinzelte er durch seine kranken Lider und sagte: »Warum legst du dich nicht schlafen? Mußt du denn nicht morgen früh an die Arbeit?«

Mussa sagte zum Vater: »Schlaf du ruhig. Bondar hat heute nacht einiges vor, wobei ich ihm behilflich sein muß. Hörst du denn nicht, was da hinten im Hof für ein Kommen und Gehen herrscht? Schlaf du, du mußt früh aufbrechen morgen. Sowie meine Arbeit beendet ist, komme ich; schlaf du!«

Onkel Mandalu legte den Kopf wieder hin. Mussa ging hinaus, machte die Tür zu und schlich lautlos wie eine Katze die Mauer entlang. Im Hof liefen Gorban Balutsch, Asslan, Bondar und Nur-Djahan hin und her. Gorban Balutsch zog den Sattelgurt von Bondars Maultier fest. Asslan brachte die leere Satteltasche herbei. Nur-Djahan holte Asslans Dolch und steckte ihn in die Tasche. Babgoli hatte den Schafpelz über die Schultern geworfen und kam die Treppe herunter, und Mah-Derwisch zog seine Stute von der Gasse in den Hof.

Zu seinem Maultier gehend, sagte Babgoli Bondar: »Der Wolf soll diesen Gol-Mammad fressen, der mir sein Reitkamel nicht verkauft hat! Genau für solche Gelegenheiten wollte ich dies Reitkamel haben. Hätte ich es jetzt, brauchte ich nicht all dies ... Gut, Mah-Derwisch, du reitest ja auf deiner Stute. Und du, Asslan, auf unserem Maultier. Balutsch! Sieh mal zu, ob du diesen Schimmel meines Neffen reiten kannst!«

Gorban Balutsch nahm den Zügel von Nade-Alis Pferd in die Hand. Bondar ging zu Mah-Derwischs Stute, strich ihr über die Mähne und die vorstehenden Schulterknochen und sagte: »Ruiniert hast du die Stute, Mah-Derwisch! Gibst ihr nicht genug zu fressen. Das arme Tier ist dabei, einzugehen. Du bist ja nicht gezwungen, es zu behalten, wenn du ihm keine Gerste in die Krippe schütten kannst. Komm, binde es an die Krippe meiner Tiere. Wenn man seincm Tier nichts zu fressen geben kann, ist es unrecht, es zu behalten. Wozu es behalten? Damit es eines Tages an der leeren Krippe umfällt? Ha? Natürlich ist das deine Sache. Du weißt's besser!«

Mah-Derwisch rückte die Satteltasche auf der Stute zurecht und sagte: »Wenn ich sie bis zum Frühling durchbringen kann, Bondar, hab ich keine Sorgen mehr. Schwierig ist es nur in diesem Winter.«

»Alle wissen, daß das Schwierige eben dieser Winter ist! Der Winter ist für den armen Mann wie der Vorhof zur Hölle. Ich möchte ja sehen, ob du es fertigbringst, dies Tier wohlbehalten durch den Vorhof der Hölle zu führen! ... Übrigens, Asslan!«

»Ha, ja?«

»In welchem Loch steckt dein nichtsnutziger Bruder?«

»Was weiß ich. Du selbst hast ihm gesagt, daß er nicht mit uns zu kommen braucht. Wahrscheinlich ist er dahin gegangen, wohin er jeden Abend geht!«

Babgoli Bondar schluckte seine Wut runter und sagte, während er in den Korridor trat: »Ich sagte, er solle nicht mit euch gehen, damit er sich hinlegt und schläft und sich morgen in der Früh nach Kalschur aufmachen kann. Ich hab nicht gesagt, er solle nicht mit euch gehen, damit er sich herumtreibt! Komm mal mit rauf, Balutsch!«

Balutsch folgte Bondar nach oben. Bondar suchte eine Weile eifrig im Hinterzimmer des Obergeschosses herum, und als er wieder herauskam, nahm er eine alte Waffe aus einem Tuch, warf einen Blick darauf und sagte zu Balutsch: »Diesen Revolver geb ich dir vorsichtshalber mit. Weil du besser damit umgehen kannst als die beiden andern. Du bist gelassener und auch erfahrener. Ich will nicht, daß du ihn benutzt. Nur im Notfall. Nimm ihn nur zur Sicherheit mit. Ich weiß, daß niemand sich um euch kümmern wird. Ich habe alles im voraus bedacht. Den Handelspartner kennst du ja: Djahan-Chan von den Balutschen, deinen Stammesgenossen. Ohne Aufsehen zu erregen, übernehmt ihr die Ware und macht euch davon. Diesem Mah-Derwisch und dem Asslan gibst du keine Gelegenheit zum Schwatzen. Seid still wie die Nacht selbst! Ihr erledigt schweigend eure Arbeit und kehrt schweigend zurück. Ich bleibe wach und erwarte euch. Nun geh!«

Gorban Balutsch steckte den Revolver in den Gürtel, ging hinaus auf die Terrasse und lief die Treppe hinunter. Mit festeren Schritten als zuvor ging er zu Nade-Alis Pferd, ergriff den Zügel und zog das Pferd zum Hoftor. Hinter ihm führten Mah-Derwisch und Asslan Stute und Maultier aus dem Tor. Bondar stand im Türrahmen, stützte die Hand an die Mauer und sagte: »Bei den Sieben Räubern. Möge der Heilige Ali seine Hand über euch halten!«

Bondars Leute setzten sich jeder auf sein Tier und ritten davon. Babgoli Bondar stand am Tor, bis seine Leute nicht mehr zu sehen waren und sich im Dunkel der Nacht verloren. Dann begab er sich in den Hof, machte das Tor zu, rückte seinen Schafpelz auf den Schultern zurecht, legte die Kette vor und ging zum Korridor.

Mussa folgte seinem sich entfernenden Brotherrn mit scharfen, bohrenden Blicken. Babgoli Bondar blieb einen Moment auf der Terrasse stehen und trat dann ins Zimmer. Mussa hörte, wie die Türflügel sich schlossen; er kroch durch die kaputte Stalltür in den Hof und schlich hinter den Kamelen zum Tor. Am Tor setzte er sich kurz hin, wartete und horchte. Kein Laut war zu hören. So stand er auf, sprang auf den Hals eines Kamels und glitt über die Mauer. Dann schlug er den Weg zu Chodamerds Haus ein.

Die Tür von Chodamerds Haus war niedrig und hatte nur einen Flügel. Mussa klopfte leise mit der Kette an und wartete. Chodamerd erschien einen Augenblick später, während er seine Schärpe um die Taille band. Noch bevor er Mussas Gruß erwiderte, sagte er: »Gestern nacht waren wir an der Reihe mit dem Bewässern unserer Felder; bis zum Morgen hab ich nicht geschlafen. Und vor einem Augenblick erst klopfte Balchi an. Wieso so spät?«

»Das weiß ich auch nicht. Wahrscheinlich ist er unterwegs aufgehalten worden.«

Chodamerd fragte: »Nun, wie geht's dir selbst?«

»Gut geht's mir, gut.«

»Wirklich, sag mal: kannst du am Ende aus meinem Gholam-Ali einen Meister im Teppichknüpfen machen oder nicht?«

»Wenn er sich etwas mehr Mühe gibt – warum nicht?«

»Balchis Töchter sind ja auf dem besten Weg zur Meisterschaft.«

»Die ältere ja, aber die jüngere ist zu verspielt. Und die mittlere hat nicht viel Verstand.«

»Neuerdings sieht man dich selten.«

»Die Gelegenheit fehlt, mein Guter. Ihr alle seid ja ständig in der Steppe, und ich hocke ständig in diesem Loch da. Viele Male wollte ich mich freimachen und zu den Feldern kommen. Aber kann man denn die Werkstatt auch nur einen Augenblick unbeaufsichtigt lassen? Nicht nur, daß die Arbeit selbst mit viel Verantwortung verbunden ist, auch vierzig Augen passen dauernd auf einen auf.«

»Wie steht's mit abends? Früher kamst du gelegentlich vorbei, um nach uns zu sehen.«

»Die da trauen nicht mal ihren eigenen Schatten, das weißt du doch!«

»Ich weiß! Aber man kann doch nicht immer den Kopf in den Sand stecken. Überall hat es Zwistigkeiten gegeben.«

»Mal sehen. Laß uns jetzt gehen, solange diese zwei Zechbrüder noch nicht aufgetaucht sind!«

Aus den Ritzen der wackligen Tür von Balchis Schafstall drangen blasse Lichtstreifen. Dort müssen sie sein. Balchi öffnete ihnen die Tür. Mussa und Chodamerd traten in den Stall.

Zu der Zeit, als Balchi eine Metzgerei betrieb, brachte er hier ein paar Mastschafe unter. Aber nachdem er mit dem Mästen pleite gegangen war, hatte Gudars Balchis blinder Schwiegervater sein Lager in einer der Krippen zurechtgemacht und schlief darin. Auch jetzt hatte der alte Mann sich da ausgestreckt, den Kopf auf den Rand der Krippe gestützt, und döste vor sich hin. Immer war der Alte in dieser Verfassung. Nicht schlafend und nicht wach. Seine Lider waren dauernd geschlossen, aber nie schlief er wirklich. Selten kam er aus dem Stall heraus, und wenn, dann nur bei strahlendem Sonnenschein. An einem solchen Tag kroch er aus der Krippe, schlich langsam und sich überall festhaltend aus der Tür, schleppte sich zur sonnigsten Stelle, ließ sich an der Wand nieder und setzte seinen Körper der Wärme aus. Was für ein wohltuendes Gefühl! Und die Hühner pickten in der Sonne in den Abfällen.

Im Hintergrund des Stalls saß Ssattar der Flickschuster neben seinem Bündel auf dem Fetzen eines alten Filzteppichs. Als er Chodamerd und Mussa erblickte, stand er von seinem Platz auf und kam heran. Sie gaben einander die Hände und setzten sich: »Nun, wie geht's dir, Bruder?«

»Beschäftigt bin ich. Pflügen, säen, Beete anlegen – arbeitslos bin ich jedenfalls nie.«

Balchi stand auf. »Ich weiß nicht, warum ich mir heute abend so allerlei einbilde! Ich bin unruhig. Will mal rausgehen und mich umsehen, will auch Tee bringen.«

Balchi ging aus der Tür, blieb einen Augenblick neben der Grube stehen und lauschte. Die Sterne am Himmel glänzten klarer als in anderen Nächten, kein Laut war zu hören. Balchi wußte, wenn jemand hinter der Mauer seines Hauses horchte, konnte das kein anderer als Gadir sein.

So ging er aus dem Hof und hielt Umschau. Niemand war da. Er hatte sich getäuscht. Er kehrte um, aber noch war er nicht aus der Gasse in den Hof gebogen, als ihn das Zuschlagen von Karbala'i Chodadads Haustor anhielt. Balchi zog sich hinter die Mauer zurück und blieb stehen.

Drei Männer verließen das Haus. Gadir, Scheyda und Nade-Ali. Nade-Ali und Scheyda gingen voraus, Gadir hinterher. Kurz darauf kam auch Abbass-djan aus dem Tor. Einzeln torkelten sie durch die Gasse. Es war ihnen anzumerken, daß sie der hausgemachte Arrak betrunken gemacht hatte. Sie standen nicht sicher auf ihren Beinen, stießen zusammen, rissen sich wieder los, drückten sich an die Mauer, wankten zurück in die Gasse, hakten sich unter, einer verfing sich in den Beinen des anderen, sie stolperten, rappelten sich wieder auf, lachten schallend und setzten ihren Weg fort.

Gadir hielt sich fester auf den Beinen als die anderen und hatte den Blick auf Scheyda und Nade-Ali gerichtet. Abbass-djan sprang wie ein Hündchen um Nade-Ali herum und tat ihm schön. Scheyda und Nade-Ali sprachen in abgerissenen Sätzen. Abbass-djan ebenso. Aber er wiederholte immer nur eins: »Auch ich bin ein geachteter Mensch gewesen, lieber Herr. Wie ihr alle! ... Ich bin arm. Bin arm geworden. Helfen Sie einem, der wie Sie selbst ist!«

Scheyda und Nade-Ali beachteten Abbass-djans Gebettel nicht. Nade-Ali redete lebhaft auf Scheyda ein, wickelte sich fester in seinen schwarzen Umhang und fuchtelte mit der Hand in der Luft herum: »Noch heute nacht ... heute nacht muß ich gehen und diese Frau ... diese Schiru sehen. Diese Schiru muß ich sehen. Sie weiß etwas von meiner Braut, von Ssougi. Sie ist Gol-Mammads Schwester, und Gol-Mammad ... Ach ... warum soll ich's sagen? Aber ich weiß, daß Schiru zumindest einmal meine Braut gesehen hat. Sie muß wissen, wohin Ssougi gegangen ist, muß es wissen! Ssougi muß ihr etwas gesagt haben. Heute nacht muß ich, wie auch immer, an Mah-Derwischs Haustür klopfen, Schiru herausholen und sie einiges fragen. Muß sie dazu bringen, mir die Wahrheit zu sagen. Wenn sie mir nicht die Wahrheit sagt, schlag ich sie mit der Peitsche, schlag sie mit der Peitsche. Schiru weiß, mit wessen Kugel mein Vater getötet wurde! Und sie muß auch wissen, wohin meine Braut gegangen ist. Wohin sie verschwunden ist, was sie mit sich angestellt hat. All das muß Schiru wissen! Sie weiß es! Sie weiß es! Sie weiß es ...«

Scheyda hakte sich beim Vetter ein, hielt ihn an, und während er sein ganzes Gewicht auf die Hand verlagerte, die er auf Nade-Alis Schulter legte, um ihn zu beschwichtigen, sagte er: »Du nimmst den Mund entschieden zu voll! Heh! Bin ich denn gestorben, um zuzulassen, daß du ... zu dieser Nachtzeit Schiru aus ihrem Haus zerrst? Denkst du denn, hier ist Tscharguschli? Nein. Nein. Diese Schiru ... meine liebliche Schiru ... meine süße... Nein, ich erlaube es nicht, daß jemand was zu ihr sagt! Sogar wenn Mah-Derwisch grob mit ihr umgehen sollte ... reiße ich ihm die Zähne stückweise aus! Geschweige denn, daß ... nein! Du ... ein Fremder! Verstehst du, was ich sage? Du darfst nicht, darfst nicht zu ihr gehen ... meiner Süßen! Alles hat seine Grenzen ... Ich laß es nicht zu! Verstanden?«

Gewaltsam löste sich Nade-Ali aus Scheydas Griff und ging weiter. Scheyda fiel hin, stand auf und folgte ihm torkelnd: »Bei der Milch meiner Mutter ... bei der Ehre meines Vaters ... ich laß es nicht zu! Ich selbst ... ich selbst muß ja ... morgen von Galeh Tschaman fortgehen ... Aber ich traue mich nicht, zu dieser Nachtzeit hinzugehen und ... hinzugehen und ... sie noch einmal zu sehen. Ich geh nicht hin! Will sie nicht erschrecken. Und du ... und du ...«

Nade-Ali sagte: »Ich gehe hin. Geh hin ... auf der Stelle geh ich hin ... Abbass-djan!«

»Ja, Herr!«

»Geh los! Geh voran, und, falls du dir was verdienen möchtest, zeig mir den Weg zu Mah-Derwischs Haus!«

»Jawohl, Herr!«

Scheyda brüllte: »Abbass-djan!«

»Ja, lieber Herr?«

»Verschwinde von hier ...«

»Lieber Herr!«

»Komm her! Komm ... Warum flüchtest du vor mir? Komm ... komm, du tote Maus! Komm, nimm diesen Geldschein und hau ab!«

Abbass-djan näherte sich Scheyda, Scheyda packte ihn am Jackenkragen und stieß ihn gegen die Mauer: »Verfluchter Zuhälter! Wenn du nicht willst, daß ich dir dies halbe Leben nehme, kehre um und verschwinde!«

»Ich gehe, Scheyda Chan. Ich gehe.«

Scheyda riß ihn von der Mauer weg und schleuderte ihn auf den Boden. Abbass-djan schlug längelang hin und kroch unter Jammern und Fluchen an die Mauer zurück. Gadir ging zu ihm, faßte ihn unter den Achseln, hob ihn auf und ohrfeigte ihn rechts und links: »Hast du deinen Lohn weg, du Schwein? Das einzige, was du mir einbringst, ist das Gespött der Leute. Geh endlich und stirb!«

Abbass-djan ging stolpernd weg. Gadir beachtete ihn nicht weiter und kehrte um. Nade-Ali torkelte noch immer hin und her, wobei sich die Enden seines Umhangs um seine Beine wickelten. Scheyda lief geduckt voran, richtete sich auf, hielt sich an der Mauer fest und holte Nade-Ali mit großen Schritten ein. An der Biegung der Gasse packte er Nade-Ali an der Schulter und hinderte ihn am Weitergehen. Nade-Ali drehte sich ihm zu: »Was willst du von mir, du eitler Geck?«

»Hier … ich schneide dir die Fußsehnen durch, gemeiner Kerl! Verstehst du denn gar nichts von Ehre und Anstand?«

Sie wurden handgreiflich. Eine Balgerei, die in eine Schlägerei ausartete. Ohne zu wissen, was ihre Hände taten, prügelten sie sich. Ein erbitterter Kampf. Jeder rollte beim leichtesten Stoß des anderen auf die Erde, stand mit Mühe wieder auf, und dann packten sie einander wieder. Gadir hatte seine Freude daran. Er stellte sich an die Mauer und blickte mit teuflischem Ergötzen auf das, was er selbst angestiftet hatte, und murmelte vor sich hin: »Prügelt euch, ihr Hurensöhne, prügelt euch!«

Auch Balchi, nach Hause zurückkehrend, um seinen Freunden die schöne Geschichte zu erzählen, murmelte vor sich hin: »Prügelt euch, ihr Hurensöhne, prügelt euch!«

Achter Teil

»Unsere Männer sind in der Steppe!«

Es war nicht festzustellen, wem diese Antwort entfuhr: Siwar, Mahak oder Maral. Die drei Frauen standen am Zelteingang so eng aneinandergedrängt, daß sie wie *ein* Körper wirkten. Wie der Stamm einer Tamariske. Siwar und Mahak standen vorne, Maral hatte sich hinter ihre Schultern gedrückt und versuchte, den Gendarmen nicht in die Augen zu sehen.

Die zwei Beamten saßen auf ihren Pferden neben dem Pfosten von Kalmischis Zelt und blickten einander unentschlossen an. Der eine war von dunkler Hautfarbe, hatte eine Falte zwischen den Augenbrauen, und die Haare an seinen Schläfen waren im Dienst für den Staat ergraut. Aber in seinem Blick lag eine Kraft, als halte er sich für etwas Besseres, als er wirklich war, und als ob ihm seine Haut für seine Fähigkeiten zu eng erscheine. Wie oft war er meilenweit hinter einem Orden hergelaufen, doch kein Orden schmückte seine Brust. Vorn im Mund stak ihm ein abgewetzter Goldzahn, dem anzusehen war, daß er ein langes Leben hinter sich hatte. An den Händen trug er verschlissene Wollhandschuhe, ein langer Militärmantel umhüllte seinen Körper. Seine Füße steckten in Halbstiefeln, deren Schnürbänder er um seine Gamaschen gewickelt und festgeknotet hatte.

Neben dem dunkelhäutigen Beamten hielt sich der andere nur mit Mühe auf dem Pferd. Er hatte sich in seinen Mantel verkrochen und seine Hände der Kälte wegen unter die Schenkel geschoben. Er hatte ein gelbliches, aufgeschwollenes Gesicht, eine lange Nase, aus der Rotz lief, vorstehende, leblose Augen, farblose Brauen und blaue, schlaffe Lippen. Wie er so auf dem Pferd saß, waren seine Schultern vorgebeugt und sein Rücken gekrümmt. Seit sie bei den Zelten der Kalmischis angelangt waren, hatte er nur wenige Worte gesagt. Aber beim ersten Öffnen seiner Lippen waren seine schlechten, faulen Zähne ins Auge gefallen. Zusätzlich zu dem Mantel, den er trug, hatte er sich eine löchrige Wolldecke über die Schultern geworfen; und in dem Augenblick, als er die Enden der Decke über seine Brust zog, konnten die Frauen seine weißen weibischen Hände sehen, an denen zwei Finger vom Zigarettenrauch dunkelgelb geworden waren. Eine Flüssigkeit von übler Farbe floß ihm aus den Augenwinkeln. Mit der Handfläche wischte er gleichzeitig Augen und Nase ab, öffnete dann widerwillig den Mund und sagte verbittert: »Wie lange müssen wir noch bei diesem Hundewetter hier warten?«

Die Kälte war die Kälte nach dem Schnee. Wie eine Ahle stach ihr scharfer Wind in die Augen. Der ganze Tamariskenhain war in einen Mantel aus Schnee gehüllt. Jeder Tamariskenstrauch hatte wie ein heimatloser Bettler ein weißes Leinentuch über den Kopf gezogen und war an seinem Platz zu Eis erstarrt. Die Nacht war schwarz, die Steppe weiß, und aus der Vermischung dieser beiden ergab sich eine Farbe wie Mondschein oder wie Ziegenmilch, die sich über alles ergoß. Es war, als wollte sich die Nacht lustvoll auf dem Bett der Steppe wälzen.

Der Dunkelhäutige sagte zu seinem Gefährten: »Ohne Erlaubnis des Zeltbesitzers darf man nicht in sein Zelt gehen!«

»Wer hat so ein Gesetz erlassen? Der Zeltbesitzer? Ich schlottre in dieser Steppe wie ein Hund, und da sagst du … Ich kann es nicht mehr aushalten!«

Der Dunkelhäutige guckte die Frauen an und sagte mit einem süßlichen Lächeln: »Ich halte es aus, aber mein Kamerad hier … Ihr seht ihn ja … Wenn er nicht gleich Tee und Opium und Feuer kriegt, setzt er die Welt in Brand! Nicht mal ein Nader Schah könnte ihn daran hindern. Nun … ihr … was sagt ihr?«

Die Frauen steckten die Köpfe zusammen, und nach einigem Getuschel sagte Siwar: »Unsere Männer sind nicht da, Brüderchen. Wir wagen es nicht einmal, ohne ihre Erlaubnis Wasser zu trinken. Solange sie nicht da sind, können wir euch nicht unterbringen. Dort drüben ist ein Dorf, geht dahin.«

Wie auf Kommando sprangen die beiden Männer plötzlich gleichzeitig von den Pferden und stürmten zum Zelteingang. Die Frauen schreckten zurück. Der mit der Decke über den Schultern ging wortlos ins Zelt, sank neben dem zusammengerollten Bettzeug an der Mulde mit Asche hin und murrte wütend: »Feuer! Bringt Brennholz!«

Maral und Mahak verbargen sich hinter dem Zelt. Nur Siwar blieb bei dem Dunkelhäutigen stehen und sagte ängstlich: »Bei der Krone des Sultans schwöre ich, daß unsere Männer nicht hier sind! Wir haben keine Erlaubnis ...«

Der Mann hörte Siwar nicht zu. Er knotete die Zügel an den Zeltpfosten, nahm die Satteltaschen von den Kruppen der Pferde, warf sie sich über die Schulter, trug sie ins Zelt, legte sie in eine Ecke und sagte: »Denkst du denn, wir sind zu unserem Vergnügen hierher gekommen? Wenn eure Männer nicht da sind, dann sind sie eben nicht da! Um so schlimmer! Möchtest du, daß wir melden, sie seien geflüchtet? Was du nicht sagst! Unsere Männer sind nicht hier! Bin ich denn wegen der schönen Augen eurer Männer Meile um Meile in dieser Kälte, in der du einen Hund nicht mit Prügeln aus seiner Hütte herausbringst, hierhergaloppiert? Wir müssen mit euren Männern reden! Sie sind nicht da? Schön, wir bleiben, bis sie kommen! Erst mal wirf den Pferden Futter vor, damit ihre Därme nicht leer bleiben. Und dann komm und mach Feuer.«

Siwar, die am Zelteingang stehengeblieben war und sich scheute hineinzugehen, sagte: »Eine von uns ist getrockneten Kuhmist und dürres Brennholz ausgraben gegangen. Sobald sie zurückkommt, gut, dann kann ich Feuer machen.«

Die Männer hatten sich an die mit Asche gefüllte Mulde gesetzt, und der, der eine Decke über den Schultern hatte, nahm ein Schüreisen zur Hand, stocherte damit in der Asche herum und brachte sie zum Glimmen. Siwar entfernte sich vom Zelteingang. Der Dunkelhäutige folgte ihr mit den Blicken und sagte zu seinem Gefährten: »Herrlich! Was für ein Gang! Wo sind die beiden andern hingegangen?« Sein Kamerad hob den Kopf, blickte ihn mit leeren Augen an, öffnete träge die Lippen und sagte: »Schäm dich, Mann! Warum kommst du nie zur Ruhe? Ständig denkst du an deinen Unterleib! Denk erst mal an Feuer; ich zittre vor Kälte!«

»Bis Feuer gemacht wird, schluck ein Stückchen Opium. Gleich werden die alles herbeischaffen. Jetzt lernst du deine Frau schätzen! Sowie du den Fuß ins Haus setztest, machte sie auf der Stelle Tee und Kohlenbecken für dich bereit und dazu einen Teller voller Süßigkeiten. Einfach auf das dumme Geschwätz der Leute hin hast du dich von ihr scheiden lassen! Wirklich und wahrhaftig, eine so liebe Frau ohne weiteres aufzugeben, Euer Hochwohlgeboren, Herr Tschamandari! … Büßen mußt du jetzt dafür!«

Tschamandari wischte sich wieder die Nase mit der Hand ab und sagte: »Sie war meine Frau, und du fandest sie liebreizend! Was wußtest du von dem, was sich hinter den Kulissen abspielte, Herr Greyli? Was weißt du überhaupt, mein Lieber? Eine Beamtenfrau, eine Beamtenfrau muß ein halber Mann sein, nicht sich einen durchsichtigen Tschador über den Kopf werfen! Eine Ehefrau ist doch keine Tingeltangel-Sängerin! Jahrelang muß sie die Abwesenheit ihres Mannes ertragen. Leute wie du und ich, wir sind ja nicht unsere eigenen Herren, und auch sie sind die Frauen eines anderen Herrn. Überhaupt war es von Anfang an mein Fehler, daß ich eine Städterin heiratete. Leute wie ich müssen eine Frau von hinter den Bergen nehmen und sie am Stallpflock anbinden, um jederzeit, wenn wir Lust dazu haben, auf ihr reiten zu können.«

Greyli sagte: »Sag doch gleich, du hättest ein Maultier kaufen sollen! Für beide Zwecke!«

Tschamandari schüttelte nur den Kopf. Als wollte er nochmals sagen: ›Was weißt du denn, Herr Greyli?‹

Der Feldwebel Greyli erhob sich und streckte den Kopf aus dem Zelt.

Die Pferde standen mit gespitzten Ohren am Zeltpfosten. Siwar brachte einen Armvoll Heu und Stroh, warf das den Pferden vor und ging, ohne den Mann anzusehen, den Blick auf den Boden gerichtet, wieder weg.

Doch Greyli hielt sie mit den Worten an: »Zu welcher Arbeit sind die Männer in die Steppe gegangen?«

Siwar sagte: »Was ist die Arbeit eines Mannes? – Zu der Arbeit, die sie immer tun!«

»Sie … diese Frauen, wo sind sie?«

»Sie sind gegangen … die Mutter zu holen.«

»Deine Mutter?«

»Nein, die Schwiegermutter einer von ihnen; meine Schwiegermutter.«

»Wie? Sowohl deine Schwiegermutter als auch ihre Schwiegermutter?«

»Ha, ja. Unser Mann hat zwei Frauen.«

»Wer ist euer Mann?«

»Kennen Sie denn ... Wieso kennen Sie seinen Namen nicht? Sind Sie denn ...«

»Meinst du den Kalmischi?«

»Nein, seinen Sohn. Ich bin die Frau seines Sohns.«

»Ich erinnere mich nicht an seinen Namen!«

»Gol-Mammad.«

»Ha! Gol-Mammad. Bist du seine erste Frau oder die zweite?«

»Die erste. Die, die weggegangen ist, ist die zweite.«

»Wie sonderbar! In einer solchen Zeit muß man ein ganzer Kerl sein, um es mit zwei Frauen aufnehmen zu können!«

Siwar zögerte einen Moment, dann fragte sie: »Bruder ... Sie haben noch nicht gesagt, wozu ihr hergekommen seid.«

»Ha! ... Wozu?«

Feldwebel Greyli drückte sich vor einer Antwort; er richtete seine Aufmerksamkeit auf das Futter, das den Pferden vorgeworfen worden war. Siwar merkte, daß Angst in ihrem Herzen Wurzeln schlug. Ihr Argwohn verstärkte sich mit jedem Augenblick. Sie begriff, daß die Gendarmen sich unwissend stellten und so taten, als seien sie nur zufällig vorbeigekommen. Doch Siwar war klar, daß es um Gol-Mammad ging und der wahre Grund für das Kommen der Gendarmen die Tscharguschli-Geschichte war und mit dem Mord an Hadj Hosseyn zusammenhing. Siwar wurde blaß bei dem Gedanken daran. Sie wollte weggehen, wollte irgendwie Gol-Mammad benachrichtigen. Ihn benachrichtigen, daß die Gendarmen gekommen wären, ihn in eine Falle zu locken. Sie wollte gerne selbst ihm die Nachricht bringen, fühlte ein seltsames Verlangen danach. Vielleicht ergab sich in diesem Wirrwarr von Angst die Möglichkeit, ihrem Mann wieder näher zu kommen. Eine Gelegenheit zur Versöhnung. Vielleicht würde neben Gol-Mammad auch für sie wieder ein Platz sich auftun. Noch einmal würde Gol-Mammad sie vielleicht anblicken. Vielleicht wieder ein Lächeln ihr schenken. Noch einmal ein Aufblitzen dieser schwarzen Augen: Widerschein der Sonne auf der Klinge des Dolchs. Hoffnung auf Liebe.

Liebe! Ach Liebe, ich opfre dir meine Seele!

Aber vor ihr waren schon andere gegangen. War eine andere gegangen. Maral. Siwars Absicht – Marals Tat!

Ach ... Weib! Ich möchte deinen Kopf mit einem Stein zerschmettern!

Weit von den Blicken des Feldwebels Greyli entfernt, blieb Siwar unschlüssig hinter einem Tamariskenstrauch stehen. Sie traute sich nicht mehr, etwas zu unternehmen. Gol-Mammad war die Neuigkeit schon zu Ohren gekommen. Maral hatte sie ihm erzählt. Erzählte sie ihm gerade. Nein! Siwars Fuß ging nicht den Weg weiter, den schon eine andere gegangen war. Besser war es, sich im Zelt von Chan-Amu zu verbergen.

Feldwebel Greyli breitete das Heu vor den Mäulern der Pferde aus, und als er den Kopf hob, stellte er fest, daß Siwar fort war. Ein Blick in die Runde. Sie war nicht da. Nur eine Fußspur im Schnee. Er steckte den Kopf ins Zelt. Sein Kamerad, der Herr Tschamandari, lag zusammengerollt neben dem Bettzeug, die schweren Lider waren ihm zugefallen. Greyli sagte zu ihm: »Bist du so schnell schon eingenickt?«

Tschamandari hob die Lider und sagte halb jammernd: »Feuer! Hat sie das Feuer nicht gebracht?«

Feldwebel Greyli trat ins Zelt: »Ich weiß nicht, wohin sie auf einmal verschwunden ist! Was sind das doch für Gazellen, diese Nomadenfrauen! Kaum hatte ich mich abgewandt, war sie schon nicht mehr da! ... Und das Wetter wird zu deinem Glück noch kälter. Es hat wieder zu schneien angefangen. Sieh mal, wie Baumwolle kommt es vom Himmel herab!«

Es schneite. Tschamandari setzte sich auf, starrte hinaus und sagte: »Und wie heftig es schneit! Hätte es Gott etwas ausgemacht, wenn er die Erledigung unseres Auftrages abgewartet und dann seine Schleusen geöffnet hätte?«

Feldwebel Greyli sagte: »Laß es schneien. Das ist gut für die Landwirtschaft. Wenn es weiterhin so trocken bliebe wie bisher, müßten die Bauern ihre eigenen Kinder essen! Ich bin nur in Sorge um die Pferde. Hoffentlich werden sie heute nacht vor Kälte nicht krank. Ich muß an ein Obdach für sie denken. Sieh doch, wie es schneit!«

Tschamandari sagte: »Siehst du's? Der Schnee ist trocken. Er setzt sich, schmilzt aber nicht. Er bleibt so liegen. Wie Stroh. Trockener Schnee ist's. Er bringt Kälte mit sich!«

Greyli lockerte den Patronengurt, setzte sich auf den Boden und schüttelte den Schnee von seinen Gamaschen. Tschamandari erhob sich: »Ich muß wohl selbst aufstehen und Feuer machen. Diese Weiber sind zu Wind geworden!«

Mit diesen Worten ging er zur Zeltöffnung, streckte den Kopf nach draußen und rief: »Wohin seid ihr gegangen? Seid ihr geflohen? Ihr glaubt doch wohl nicht, wir wären Wölfe! Kommt und bringt uns etwas trockenes Holz, ihr Moslime!«

Schweigen. Auch Tschamandari schwieg. Aber nicht länger als einen Augenblick. Nochmals schrie er: »Ist denn keiner hier, der mir antwortet? Ich spucke auf das Grab des Vaters jedes Geizhalses!«

Siwar streckte ruhig den Kopf aus dem Zelt; Tschamandari blickte sie an. Es waren nur ihre zwei schwarzen Augen zu sehen. Das übrige Gesicht – Stirn, Wangen und Kinn – war vom Kopftuch verhüllt. Tschamandari fuhr sie an: »Wohin seid ihr alle verschwunden?«

Siwar, die inzwischen das Kopftuch bis zu den Augen hochgezogen hatte, sagte durch den Stoff hindurch: »Ich bin krank, Bruder; die andern sind Holz holen gegangen.«

»Von welchem Ort der Erde wollen sie das Holz holen? Aus Afghanistan? Soll das heißen, daß in eurem Lager nicht ein paar Stücke Brennholz zu finden sind?«

»Es gibt was, Bruder, aber es ist nicht trocken. Die sind gegangen, vergrabenes trockenes Holz zu holen. Wir haben es an sonnigen Tagen gesammelt. Unsere Reserve ist's. Gleich kommen sie.«

Siwar blieb nicht länger. Still zog sie sich zurück und verschwand im Zelt. Tschamandari drehte sich um. Greyli hatte sich dicht an ihn gedrängt und seinen Blick auf Siwar geheftet. Tschamandari stieß ihn zurück und kehrte auf seinen früheren Platz zurück. Greyli sagte: »Ich hatte gedacht, sie wäre geflüchtet! Nanu! Sie ist also hier. Heh! Gut … dann …«

»Du Auswurf der Hölle! Komm setz dich einen Augenblick und beruhige dich. Gleich werden sie auftauchen. Auf einmal wirst du sehen, daß vierzig Männer mit Knüppeln vor dir stehen, ha!«

»Immer machst du aus einer Mücke einen Elefanten. Wo hast du in diesem Land gesehen, daß in zwei, drei Zelten vierzig Männer leben? Hast du denn nicht unter den Nomaden von Farss und Chusestan gedient? Wenn es hochkommt, gibt es in diesen zwei, drei Zelten nicht mehr als drei oder vier Männer. Du mußt wissen, wenn deren Männer nicht genug zu tun hätten, wäre bestimmt einer von ihnen bei den Zelten geblieben. Also ist es klar, daß ihre Männer mehr als genug Arbeit haben. In der Liste, die wir mithaben, ist die Anzahl ihrer Schafe auf sechshundert geschätzt. Das sind zwei Herden. Ich geh jetzt, um mich zu vergewissern. Bleib du hier.«

Tschamandari brummte: »Keinen Augenblick kann er zur Ruhe kommen, dieser mißgünstige Bastard!«

Ob er das gehört hatte oder nicht, jedenfalls trat Greyli aus dem Zelt, befestigte seine Patronentasche am Gürtel und ging an den Pferden vorbei zu dem Zelt, aus dem kurz zuvor Siwar den Kopf gestreckt hatte. Der neue Schnee hatte sich wie ein Tuch auf die Erde gelegt, und Greylis Stiefelabsätze hinterließen ihre Spuren darin. Mit wenigen Schritten langte Greyli beim Zelt an und blieb stehen. Dann beugte er die Schultern vor und starrte forschend ins Innere. Siwar hatte die Laterne angesteckt und saß an der Mulde mit dem erloschenen Feuer, eine Decke über die Schultern gezogen. Als sie Greylis Augen erblickte, regte sie sich, stand auf, wich unwillkürlich zurück und blieb neben der Truhe stehen. Ihre Zunge schwieg, aber ihr Blick fragte: ›Was willst du?‹

»Wollt ihr nicht für uns eine Lampe anmachen?«

Siwar gab zur Antwort: »Das Zelt da ist nicht unseres. Dies hier ist unser Zelt. Die Besitzerin jenes Zelts ist die Frau, die für euch Brennholz holt. Geh dahin, diese Laterne bringe ich euch nach.«

Greyli trat ein und sagte: »Du brauchst uns diese Gnade nicht zu erweisen. Ich glaube, es ist da noch Feuer, nicht wahr?«

Siwar antwortete nicht. Greyli setzte sich an die Mulde, stocherte mit dem Schürhaken in der Asche, hielt die Hände über das erloschene Feuer, schaute sich im Zelt um und fragte: »Habt ihr hier nur diese drei, vier Zelte?«

»Ha, ja.«

»Seid ihr alle miteinander verwandt?«

»Hm.«

»Wie seid ihr miteinander verwandt?«

»Chan-Amu, dem das kleine Zelt da gehört, ist der Bruder von Kalmischi.«

»Du bist Kalmischis Schwiegertochter, ha?«

»Ja.«

»Die Kusine von Gol-Mammad?«

»Nein.«

»Wie? Du bist also nicht mit ihm verwandt?«

»Nein. Ich bin seine Frau.«

»Die andere – ich meine nicht die Frau von Gol-Mammad – wer ist die?«

»Die Tochter von Chan-Amu. Mahak. Ihr Mann ist Schäfer, Ssabr-Chan.«

»Wie kommt es, daß ihr eure Zelte weit vom Hauptlager aufgeschlagen habt?«

Siwar zögerte einen Moment und sagte dann: »Weil unser Gol-Mammad sich nicht mit Ssamssam Chan vertrug.«

»Weshalb nicht?«

»Wegen dem Schafsterben. Die Schafe wurden von der Seuche befallen. Ssamssam Chan rettete seine Tiere mit Hilfe der Regierung. Und unsere Tiere blieben uns selbst überlassen und gingen ein. So kam es, daß Gol-Mammad sich von Ssamssam Chan trennte. Zur Zeit des Wintertrecks trennten wir uns voneinander.«

»Was wollte Gol-Mammad eigentlich?«

»Ich weiß das nicht genau. Ich glaube, er sagte: Warum sorgt Ssamssam Chan nur für seine eigenen Herden und unternimmt nichts für die kleinen Schafhalter? Gol-Mammad sagt: Den Chan brauchen wir für eben solche Situationen. Den Chan brauchen wir, damit er uns eine Last von den Schultern nimmt, nicht dafür, daß er nur seinen eigenen Esel aus dem Dreck zieht!«

Greyli schwieg. Er kniff die Lippen zusammen, starrte auf den Boden und sagte dann: »Hmmm ... Wie viele Männer habt ihr hier? ... Warum setzt du dich nicht?«

Dort, wo sie war, neben der Truhe, setzte sich Siwar hin, raffte den Rocksaum zusammen und blieb still wie ein Huhn.

Greyli fragte weiter: »Du hast noch nicht gesagt, wie viele Männer ihr hier habt?«

Siwar sagte: »Wir hatten mehrere, aber jetzt ... haben wir nicht mehr als zwei oder drei.«

»Wer sind die?«

»Mein Onkel Kalmischi, Chan-Amu und Ssabr-Chan.«

»Und die anderen?«

»Sind fortgegangen.«

»Wohin?«

»Ihr täglich Brot zu suchen.«

»Wo sind die, die geblieben sind?«

Siwar überlegte. Wenn sie sagte, daß die, die fortgegangen waren, ihr Mann Gol-Mammad, Chan-Amu und Ssabr-Chan seien, würde das die Beamten vielleicht davon abhalten, sie zu suchen. So sagte sie: »Jeder ist woanders. Gol-Mammad und Chan-Amu transportieren Brennholz und sind nicht hier. Onkel Kalmischi und Ssabr-Chan sind bei den Schafen. Hin und wieder kommt Onkel Kalmischi bei den Zelten vorbei. Wir sind uns gänzlich selbst überlassen.«

Greyli schwieg, war in Gedanken versunken. Als ob er etwas zu ergründen suchte. Plötzlich sah er auf und starrte Siwar fachmännisch in die Augen, als wolle er in ihren Pupillen den Widerschein seiner Begierde suchen. Siwar jedoch gab ihm keine Möglichkeit dazu. Sie senkte den Kopf und heftete den Blick auf den Zeltboden. Greyli verharrte noch einen Moment so, dann fragte er: »Das heißt, wenn es Nacht wird, ist nur ein Mann bei euren Zelten?«

»Weshalb fragst du das?«

Siwars Worte klangen mißtrauisch und stimmten Greyli nachdenklich. Bis er eine Antwort fand, schaute Siwar die vortretenden Adern an Greylis Schläfen und Stirn an.

Greyli sagte: »Schließlich und endlich müssen wir mit einem eurer Männer reden. Deshalb fragte ich das.«

Die Säule von Greylis Worten schwankte; sie ruhte auf wackliger Basis. Die Unsicherheit des Mannes erleichterte Siwar so sehr, daß sie das Gefühl bekam, ihn mit ihren Fragen überlisten zu können. Sie fragte: »Wozu seid ihr hierher gekommen?«

»Was denkst du, wozu wir gekommen sind?«

»Ich weiß ja nicht. Ich nehme an, ihr seid einfach so vorbeigekommen.«

»Vorbeigekommen? Heh! In dieser öden Gegend? Woher und wohin? Einfach so zum Spaß?«

»Was habt ihr denn zu tun?«

»Warum fragst du? Bist du besorgt?«

»Weshalb besorgt?«

Siwar war ganz offensichtlich besorgt, aber sie stritt es ab. Greyli, geübt in vielen Verhören, sagte pfiffig: »Hm. Besorgt bist du! Ich glaube, du hast Angst vor etwas! Wohin sind denn diese andern Frauen gegangen? Weit weg?«

Siwar wußte, daß Maral und Mahak gegangen waren, um Gol-Mammad und Belgeyss zu benachrichtigen. Aber sie sagte: »Ich weiß nicht. Ich weiß nicht. Sie sind Brennholz holen gegangen, glaub ich.«

Greyli blieb beharrlich: »Warum bist du so unruhig? Du scheinst besorgt zu sein!«

Siwar sagte: »Nein, ich bin nicht besorgt!«

»Doch, man sieht's ja. Deine Augen flattern.«

»Nein! Nein!«

»Du brauchst es nicht abzustreiten, brauchst keine Angst zu haben! Wovor hast du Angst? Vor mir? Ich bin doch kein menschenfressendes Ungeheuer. Es gibt keinen Grund zur Angst. Ich bin ein Mensch wie du!«

»Ich hab keine Angst. Warum sollte ich Angst haben?«

Siwar war in Angst. Sie sagte, ich hab keine Angst, aber sie war in großer Angst. Greylis Augen erfüllten sie mit Furcht und Schrecken. Sie hatten sich gerötet, oder ihre Röte war erst jetzt erkennbar geworden – zwei Gefäße voller Blut. Die Augäpfel schienen in Blut zu schwimmen. Hatte er Fieber bekommen? Wie hatte Siwar bis jetzt diese Augen nicht sehen können? Wie plötzlich hatten sich diese Augen mit Blut gefüllt? Wie grauenerregend! Siwar konnte sich darauf keine Antwort geben. Ihr war, als wäre ihr ganzes Leben durcheinandergeraten.

Und dies viele Gefrage? O weh!

Sie wollte mit einem Mal aufspringen und davonfliegen. Aber es ging nicht. Vom Blick der Viper war sie gebannt. Erstarrt. Sie spürte, daß sie sich nicht bewegen konnte. Es lief ihr heiß und kalt den Rücken herunter. Ihre Augen trübten sich langsam. Sie wurde schwach und schwächer. Wurde zerrissen. Ihre Zunge wurde zu einem Ziegelstein. Ihr Blick zu Staub. Ihre Hände wurden schlaff. Ihre Lippen zu Dornen. Ihr Gesicht zu einer Wüste. Ausgehöhlt blieb sie auf dem Boden sitzen. Fiel in sich zusammen. Täuschten ihre Augen sie nicht? War es wirklich so, daß die Hände des Mannes den Riemen des Patronengurts öffneten? Sahen ihre Augen wirklich das, was da geschah? War sie, Siwar, nicht verrückt geworden? Sah sie richtig? Ihre Ohren! Hörten ihre Ohren richtig?

»Kein Grund zu Angst und Schrecken! Ich werde eure Steuer gerecht veranschlagen!«

Hay … hay! Er ist dabei, die Knöpfe an seinem Kragen zu öffnen. Sein Hemd. Sein grober, harter Nacken. Aus dem Hemdkragen quellende Haare. Weiße Zähne. Trockene Lippen. Blutunterlaufene Augen. Unrasierter schwarzer Bart. Verschwitzte Stirn. Schwerer, zähflüssiger Atem – Rauch aus dem Backofen. Hervorgetretene Adern der Hände. Dicke, kurze Finger. Ah … warum wurde Siwar nicht zu Stein?

»Du hast noch kein Kind geboren? Ha? Man merkt's. Bist noch wie ein einjähriges Lamm. Das ist die Blütezeit der Frau!«

Ein Schrei und ein Flug. Ein vom Bogen schnellender Pfeil. Plötzlich aus der Halsader eines Kamels hervorsprudelndes Blut. Eine in Todesgefahr fliehende Schlange. Siwar war nach draußen geflohen und schrie entsetzt zum Himmel auf. Wand sich in Panik. Bäumte sich auf in der Nacht der Tamariskenzweige; in der Nacht, die die Gefährtin der Nachtvögel ist.

Greyli, Mütze und Mantel über dem Arm, lief hinter ihr her. Aber nicht sehr weit von den Zelten gab er es auf und ließ die Augen in alle Richtungen schweifen. Die Nacht hatte die Frau verschluckt. Schwach vor Leidenschaft, enttäuscht und beschämt vor sich selbst schrak Greyli zusammen, als hätte man ihn mit kaltem Wasser begossen. Einen Augenblick hatte er den Verstand verloren, und jetzt war er ratlos und wußte nicht mehr, was tun. Verstört blieb er an einem Tamariskenstrauch stehen. Was war geschehen, was wird geschehen?

»Hier im Schnee stehst du, Brüderchen? Ist es dir bei diesem Wetter zu warm geworden?«

Wie von einer Schlange gebissen drehte Greyli sich um. Eine ältere Frau stand einige Schritte von ihm entfernt mit einer Last Brennholz auf dem Rücken: »Ha, Brüderchen? Was suchst du hier?«

Greyli riß sich zusammen, setzte die Mütze auf den Kopf, warf sich den Mantel über die Schultern, schlug ihn vorne übereinander und tat einen Schritt auf die Frau zu, um sie besser sehen zu können. Die Frau war von hohem Wuchs und hatte ein offenes Gesicht. Ihren Rocksaum hatte sie bis zur Taille hochgerafft, und von der Brennholzlast schien sie etwas gebeugt. Greyli strich mit der Hand über Gesicht und Schnurrbart, als wolle er den Staub seiner Scham abwischen, und fragte: »Wer bist du? Woher bist du?«

Belgeyss sagte: »Ich gehöre zu dieser Steppe, Brüderchen. Und du? Woher kommst du?«

Ihr ins Wort fallend, fragte Greyli weiter: »Von welchem Lager bist du?«

»Von Kalmischis, Brüderchen. Unser Lager sind eben diese drei, vier Zelte.«

»Dann bist du die, von der man sagte, sie sei Brennholz holen gegangen?«

»Ha, ja. Für die Feuerstelle. Für unser bißchen Mehl und Weizen lohnt es sich dies Jahr nicht, den Backofen anzumachen. Und du, warum hältst du dich hier auf? Bist du allein?«

»Nein. Mein Kamerad zittert dort in euren Zelten vor Kälte! Wem ich auch sage, gebt uns Feuer, der antwortet mir, die anderen sind gegangen, Brennholz zu holen! Und die letzte ... diese letzte – meine Schwester könnte sie sein – bekam es mit der Angst, als ich von ihr eine Laterne wollte. Sie dachte, ich sei ein Menschenfresser. Sie stürzte aus dem Zelt, und ich weiß nicht, wo sie hingegangen ist. Als hätte sie noch nie einen Menschen gesehen oder ... Ich ging nur hin, eine Laterne zu holen und einiges zu fragen. Meinem Kameraden geht es nun mal sehr schlecht!«

Sie gingen auf die Zelte zu. Greyli sah von der Seite, daß sich das Gesicht der Frau verfinstert hatte. Vielleicht hatten sie seine Worte beunruhigt, oder sie hatte Siwars Schrei gehört und wollte es sich nicht anmerken lassen. Warum nicht? Aber es schien Greyli nicht günstig, sich hierüber mit Belgeyss in ein Gespräch einzulassen. Besser war es, das, was vorgefallen war, mit Schweigen zu übergehen – obwohl ihm war, als flattre eine Taube in seinem Brustkorb. Er war jedoch ein erfahrener Mann und konnte sich beherrschen. So schritt er fest aus und bemühte sich, wenigstens äußerlich eine feste Haltung einzunehmen.

Belgeyss ging gleichmäßig, schweigend und nachdenklich ihres Weges. Ihr Blick fiel zuerst auf die fremden Pferde, die im Schnee am Zeltpfosten standen und die Ohren gespitzt hatten. Sie nahm das Holz vom Rücken und streckte den Kopf ins Zelt. Der Gast lag schlafend neben dem Bettzeug. Ehe Belgeyss ins Zelt trat, sagte Greyli: »Du siehst ja selbst! Die Kälte und das Verlangen nach Opium haben ihn ganz mitgenommen. Wie ich auch diese Frauen anflehte, etwas Feuer zu machen, sie hörten nicht darauf. Eine nach der anderen flüchteten sie in den Tamariskenhain. Als wären ich und mein Kamerad Menschenfresser! Komm wenigstens du und mach Feuer in dieser Mulde. Los doch! Warum stehst du da und beguckst meine Elendsgestalt?«

Belgeyss zog das Bündel ins Zelt, zerbrach einen Armvoll Holz, legte es in die Mulde und ging Streichhölzer holen. Herr Tschamandari, der sich wie eine feucht gewordene Latte verbogen hatte, hob die Schultern vom Bettzeug, setzte sich auf und sagte unzufrieden: »Steck wenigstens eine Laterne an, damit man den Boden vor seinen Füßen sehen kann. Man wird ja nachtblind!«

Belgeyss kam mit den Streichhölzern, zündete Laterne und Brennholz an und schürte mit einem kurzen Zweig das Feuer. Greyli setzte sich vom Rauch zurück, während Herr Tschamandari Hände und Gesicht in die Wärme des qualmenden Feuers hielt und die Lider schloß. Belgeyss warf den Zweig hin, stand auf, brachte den Dreifuß fürs Backen der Brotfladen und stellte ihn über die Mulde. Dann holte sie eine Schüssel und den Beutel mit Mehl. Sie krempelte die Ärmel hoch, mischte zwei, drei Handvoll Mehl mit einem Becher Wasser, knetete den Teig und formte Fladen daraus. Diese legte sie stückweise auf die Platte des Dreifußes und machte sich in aller Ruhe ans Backen: ungesäuerte, nicht ganz durchgebackene, dünne Fladen, so breit wie zwei Handflächen, knusprig, aber hier und da verbrannt. Die fertiggebackenen Brote nahm sie mit einer kleinen Zange von der Platte und warf sie beiseite auf den Boden. Herr Tschamandari sagte: »Hättest du doch den Teekessel ans Feuer gestellt, damit das Wasser zum Kochen käme!«

Belgeyss stand auf, füllte den Teekessel mit Wasser, brachte ihn her, stellte ihn auf zwei Steinen übers Feuer und sagte: »Aber, Brüderchen, wir haben hier keinen echten Tee. Statt dessen haben wir ein Kraut in der Steppe gepflückt und getrocknet, das brühe ich für euch auf. Es schmeckt gut. Wenn du dich daran gewöhnt hast, ist es wie richtiger Tee. Und Zucker und Kandis, das wißt ihr ja auch, können wir uns in solchen Jahren überhaupt nicht leisten. An ihrer Stelle haben wir Rosinen aus Gutschan – falls im Beutel noch welche übriggeblieben sind.«

Mit einem Blick auf Greyli spottete Herr Tschamandari: »Mit dieser Einleitung willst du uns wohl sagen, daß auch zwei Gramm Opium bei euch nicht zu finden sind, ha?«

Belgeyss sagte: »Opium? Unter uns haben wir keinen Opiumraucher, Brüderchen. Hier haben wir sowas nicht!«

Herr Tschamandari wischte sich seine feuchten Augen mit den Fingerspitzen und sagte mit müder, rauher Stimme: »Wenn einer von euch eines Nachts Kopfschmerzen oder Rückenschmerzen kriegt, womit behandelt ihr ihn dann? Was, wenn einer von euch einen Hexenschuß kriegt? Womit stillt ihr seine Schmerzen?«

»Mit Heilmitteln aus der Steppe, Brüderchen; mit Blumen, Kräutern und Dornen. Wir haben so einiges von unseren Vätern und Müttern gelernt.«

»Dann steh auf und bring einen Spieß und ein Pferdehufeisen her, damit ich die fürs Opiumrauchen zurechtmache. Komm, geh schon! Die Knochen sind mir feucht geworden.«

Belgeyss stand auf und brachte dem Mann mit dem gelben, geschwollenen Gesicht einen Stein und einen Spieß und sagte: »Ein altes Pferdehufeisen findet sich nicht in unseren Zelten, Brüderchen. Ich sagte ja schon … wir haben hier keinen Süchtigen.«

Tschamandari nahm ihr Spieß und Stein ab, legte beides neben das Feuer, steckte die Hand in die Brusttasche und holte eine kleine Schachtel hervor. Dann erhitzte er den Stein am Feuer, klebte ein Stück Opium darauf, steckte den Spieß ins Feuer und sagte: »Sorg für einen Becher Tee, denn dies verfluchte Zeug erfüllt seinen Zweck nicht ohne Tee und Kandiszucker.«

Belgeyss, die mit dem Brotbacken fertig war, blickte den Mann an und sagte: »Wir haben keinen Tee und keinen Zucker, Brüderchen. Ich sagte es doch schon! Statt richtigem Tee haben wir ein Kraut, das ich jetzt für dich aufbrühe. Wir haben ihm den Namen ›Ziegenbart‹ gegeben. Und statt Zucker hole ich dir gleich ein paar Rosinen. Laß mich zuerst diese Fladen einsammeln.«

In nörgelndem Ton, der fast wie ein Angriff klang, sagte Herr Tschamandari: »Denkst du etwa, wir wollen all dies Brot auf einen Sitz verschlingen, daß du es so überstürzt wegräumst? Das hat keine Eile. Erst mal bring ein paar von deinen Gutschaner Rosinen, dann wollen wir weitersehen.«

Bevor sie ging, den fast leeren Beutel mit Rosinen zu suchen, sagte Belgeyss: »Was denkst du dir eigentlich, Bruder! Ihr seid unsere Gäste. Dies Brot hab ich für euch gebacken. Wir selbst hatten für heute abend genug Brot.«

Herr Tschamandari hielt den rotglühenden Spieß an das auf den Stein geklebte Opium und zog den Rauch durch seine lange Zigarettenspitze ein. Er hielt es im Moment für besser zu schweigen. Greyli jedoch schwieg nicht, sondern ergriff das Wort: »Die leben noch in der Welt nach dem Krieg! Glauben, wir sind gekommen, sie auszurauben. Wissen nicht, daß wir für dieses Land unser Leben einsetzen. Kälte und Hitze, Schnee und Sturm lassen wir über uns ergehen. Die wasser- und pflanzenlosen Steppen nehmen wir unter die Hufe, um ein paar Kupfermünzen von diesem und jenem einzuziehen und sie der Schatzkammer dieses Landes abzuliefern. Aber sowie das Auge dieser Nomaden auf uns fällt, glauben sie, wir haben Hörner und einen Schwanz und sind gekommen, sie zu fressen. Ich wollte das Mädchen nur darum bitten, Feuer zu machen oder uns eine Laterne zu borgen, auf einmal seh ich, daß sie wie eine Wahnsinnige schreit, aus dem Zelt stürzt und in den Tamariskenhain rennt! Da kann man nur staunen!«

Spieß und Stein erstarrten in Tschamandaris Händen. Dann hatte er also diesen Schrei nicht im Traum gehört? Er hob den Kopf und heftete die hervortretenden Augen auf Greyli. Jetzt hatten Tadel, Verwunderung und Angst seinem sonst leeren Blick einen Inhalt gegeben: ›Verflucht seist du, Mann!‹

Greyli hielt dem Blick seines Kameraden nicht stand. Er senkte den Kopf, drehte sich um und spuckte aus dem Zelt: »Wenn es feststeht, daß ihre Männer heute nacht nicht zu den Zelten kommen, dann rauch dein Opium schneller und laß uns aufbrechen!«

Nun war Tschamandari sicher, daß Greyli, dieser garstige Kerl, etwas ausgefressen hatte: ›Pfui, verdammter Narr!‹ Erst jetzt verstand er, warum Greyli so unbehaglich zumute war. Die ganze Zeit über, als er sich mit Belgeyss unterhielt, war Greyli kleinlaut und nervös gewesen. Stand auf, ging herum, setzte sich wieder, kaute an seinem Schnurrbart, ging vors

Zelt, kehrte zurück. Stellte sich vor Tschamandari und die Mutter des Lagers hin. Blickte verstört nach draußen, in das Schneetreiben, auf die nassen Pferde. Blickte in die nächtliche Steppe, drehte sich plötzlich um und starrte Tschamandari an. Unruhig war er. Irgendein Gedanke, irgendeine Vorstellung quälte ihn, beängstigte ihn. Schweigend biß er sich die Lippen. Plinkerte besorgt mit den Augen. Verschränkte wütend die Hände im Rücken. Er zerfleischte sich innerlich. Vielleicht wollte er fluchen, schreien, brüllen, fand jedoch keinen Vorwand. Noch einmal sagte er: »Ha! Was meinst du? Sollen wir gehen?«

Nacht und Steppe, Schnee und unwegsame Pfade und Wölfe. Warum soll sich ein vernünftiger Mensch in Gefahr begeben? Wozu ein solcher Leichtsinn?

Tschamandari antwortete ihm: »Bei diesem Schnee sollen wir uns auf den Weg machen? Wohin?«

Greyli sagte: »Der Schnee macht nichts. Ein Soldat kann, auch wenn es Bajonette vom Himmel regnet, auf sein Ziel losgehen! Auch einen Kugelhagel aus Maschinengewehren kann er durchbrechen. Dies ist ja nur Schnee. Außer Schnee gibt's doch nichts, oder?«

»Doch! Es gibt etwas. Du sagst, es gibt nur Schnee. Richtig. Aber wo? Schnee gibt's wo? In einer Steppe, in der es meilenweit kein Obdach gibt. Willst du, daß wir mit den müden Pferden den Wölfen in die Fänge geraten? Was du da redest!«

»Das ist kein müßiges Gerede. Wir müssen gehen!«

»Ich muß überhaupt nichts. Hier geht's mir gut.«

»Wenn's dir hier gut geht, bleibe. Ich gehe.«

»Du entziehst dich deinem Auftrag? Im Dienst gehorchst du deinem Vorgesetzten nicht?«

»Vorgesetzter? Weil du eine Litze mehr auf deinem Ärmel hast?«

»Was denn sonst? Hab ich mich denn nicht für diese Litze fünf Jahre lang abgerackert? Denkst du, man hat mir diese eine Litze mehr für nichts an den Ärmel geheftet? Oder ich hab sie von der Straße aufgelesen?«

Greyli sagte: »Ich gehe. Muß gehen. Und der nennt sich einen tapferen Mann! Fabriziert über seinem Kopf eine dicke Wolke aus Opiumrauch!«

Die linke Wange und die blauen Lippen Tschamandaris zitterten.

Seine Hände zitterten. Wuterfüllt blickten seine Augen Greyli an. Er hätte ihn gerne angebrüllt, brachte es aber nicht fertig. Statt dessen brüllte er Belgeyss an: »Du! Wozu stehst du hier wie eine verregnete Hündin, Weib? Um unsere Gespräche zu belauschen? Geh raus und schütte den Pferden einen Sack Heu hin. Geh schon!«

Belgeyss ging hinaus und stellte sich horchend hinters Zelt. Seine Stimme dämpfend, sagte Herr Tschamandari: »Komm näher und laß mich hören, was du angestellt hast, du Mongolengezücht!«

»Ich hab mich vergessen, lieber Tschamandari! Konnte mich nicht beherrschen. Verzeihe mir. Beim Heiligen Abbass, es war nicht meine Schuld. Ich konnte nichts dazu. Und auch, als ich mit dir stritt, konnte ich nichts dazu. Ich bin überhaupt wie verrückt geworden. Ich bereue es. Bereue es wie ein Hund. Suche einen Ausweg! Ich hab Angst, daß sie geht und die Männer unterrichtet. Sie sagte, sie seien beim Brennholzschlagen.«

»Hast du auch mit ihr geschlafen?«

»Nein. Ich hab sie nur angeschaut. Hab auch kein Wort gesagt! Aber sie sprang plötzlich auf und ergriff die Flucht. Wie ein böser Geist!«

»Schließ die Knöpfe an deinem Kragen, du hergelaufener Bastard!«

Belgeyss merkte, wie sich ihr die Haare sträubten. Was sie vermutet hatte, war keine Einbildung. Nicht umsonst war Siwar in den Wald geflüchtet. Wut! Wut! Sie knirschte mit den Zähnen und versuchte sich zu beherrschen. Langsam drehte sie sich um. Ein Schatten kam inmitten des Schnees heran. Eine Frau. Hochgewachsen und schlank. Es war Mahak. Belgeyss ging ihr entgegen. Mahak war erregt. Belgeyss fragte, was los sei. Mahak sprudelte es über die Lippen: »Siwar! Siwar hat einen Aufruhr verursacht. Sie kam zu Gol-Mammad und raufte sich die Haare. Zerriß ihr Kleid. Hat die ganze Steppe auf den Kopf gestellt. Gol-Mammad hat sich auf den Weg gemacht und kommt gleich. Dort, im Schutz der Tamarisken, steht er. Ich sagte zu Maral: Halt ihn fest, bis ich zurückkomme und mehr in Erfahrung gebracht habe. Es ist möglich, daß sie wegen den Steuern hierher gekommen sind, aber ich glaube es nicht so recht. Ich vermute, es handelt sich um den Mord an Hadj Hosseyn, der noch nicht aufgeklärt ist. Was meinst du? Der Mord oder die Steuer? Ich muß Gol-Mammad Bescheid geben.«

Was soll Belgeyss sagen? Soll sie den Sohn mit einer Lüge wegschikken? Damit er fortgeht und seine Spur verwischt? Und wenn sie lügt – wird Gol-Mammad fortgehen? Wer weiß? Mord oder Steuer?

»Ich weiß nicht. Ich weiß noch nicht!«

Mahak blieb nicht länger. Sie drehte sich um und verlor sich in Nacht und Schnee. Schnell, in Hast und Eile. Ohne Sorge um ihre Kleider, die von den Zweigen der Tamarisken zerrissen werden konnten.

In der stummen Nacht wartete Gol-Mammad neben einem Baumstamm und kaute an seinem Schnurrbart. Die zwei Frauen, Maral und Siwar, standen zu seinen beiden Seiten. Als Mahak zurückkam, flüsterte sie dem Vetter ins Ohr: »Es ist nicht klar. Ist nicht klar.«

Gol-Mammad fragte: »Sag mal, was haben sie bei sich?«

»Zwei Pferde. Haben auch Gewehre, Bajonette und Patronengurte.«

»Habt ihr nicht feststellen können, ob sie allein sind oder noch andere nachkommen?«

Die Frauen schwiegen. Im Aufbrechen sagte Gol-Mammad: »Ist keine Nachricht von Chan-Amu da?«

Mahak sagte: »Nein, noch nicht.«

Gol-Mammad unterdrückte seinen Zorn: »Wir müssen uns friedlich einigen. Glaubt nur nicht, daß ich Blut vergießen will! Und du, Siwar, hab dich nicht so! Eine Frau, die nicht auf sich aufpassen kann, gehört unter die Erde. Gol-Mammads Frau! Was für ein Unglück diese Frau für mich ist! Ach, ach!«

Wie eine Schar Hühner folgten die Frauen Gol-Mammad, der ihnen voran zu den Zelten schritt und bei sich dachte: ›Hoffentlich empfiehlt mein Vater Reitkamel und Brennholz nicht einfach Gottes Schutz und kommt hierher. Sieh doch bloß mal an, wie die einen keinen Augenblick in Frieden lassen. Pfui Teufel!‹

Dann drehte er sich zu den Frauen um und fragte: »Wo war meine Mutter zu der Zeit?«

Sie antworteten: »Beim Brennholz. Sie war Brennholz holen gegangen.«

Der Schnee hatte die schwarzen Schultern der Zelte weiß gefärbt. Gol-Mammad und die Frauen traten aus dem Tamariskenhain. Es schien heftiger zu schneien. Gol-Mammad sagte zu sich: ›Wir haben einen guten Frühling vor uns. Frühling! Komm, komm, sei gesegnet, komm.

Komm, denn unser Auge und unser Mund warten auf dich. Komm endlich und laß uns nicht noch tiefer ins Elend geraten!‹

Unwillkürlich hielt Gol-Mammad die Handflächen in den fallenden Schnee. Einige Schneeflocken ließen sich darauf nieder. Er zerrieb sie, führte die Finger an die Lippen und sagte zu sich: ›Aber er ist nicht feucht, der Schnee, ist nicht feucht!‹

Sie langten bei den Zelten an. Während die Frauen sich zurückzogen, hockte Gol-Mammad sich hinter Kalmischis Zelt hin, um Belgeyss' Unterhaltung mit den Männern zu verfolgen: »Nichts werdet ihr kriegen, weil wir nichts haben. Und es ist nicht zu eurem Besten, hier zu bleiben. Wißt ihr, ich spreche mit euch wie eure eigene Mutter. Unsere Frauen werden ein großes Geschrei erheben. Für ein Taschentuch sind sie imstande, den Basar in Brand zu stecken. Zu eurem Besten ist es, wenn ihr möglichst schnell, solange unsere Männer noch nicht da sind, eures Weges geht. Das sage ich euretwegen.«

»Gott steh uns bei! Bei diesem Schnee, in dieser Steppe!«

Im Zelt begann ein Hin und Her. Es schien, daß Tschamandari und Greyli ihre Sachen zusammensuchten. Gol-Mammad rührte sich nicht vom Fleck. Er wartete noch ab. Kurz darauf kamen die Männer aus dem Zelt, gingen zu ihren Pferden und ergriffen die Zügel, bereit, den Fuß in den Steigbügel zu setzen. Gol-Mammad blieb nicht länger stehen. Er kam hinter dem Zelt hervor und fragte: »Wohin?«

Die Männer drehten sich überrascht um. Mit freundlicher Miene ging Gol-Mammad zu ihnen, stellte sich zwischen sie und sagte: »Wo wollen Sie bei diesem Schnee hingehen? Denken Sie, in unseren Zelten findet sich kein sauberes Bettzeug für Sie? Hay ... Mutter ... komm, laß mal sehen, wie du es wagst, zu dieser Nachtzeit und dazu bei solchem Wetter dem Gast die Gastfreundschaft zu verweigern. Denkst du denn nicht an die Ehre der Familie Kalmischi? Was werden die morgen hinter uns herreden? Komm, nimm die Pferde an den Zügeln, und bring sie unters Schutzdach. Komm!«

Mit zitternder Hand und zitterndem Herzen kam Belgeyss herbei und stotterte: »Das hab ich auch gesagt! ... Sagte, daß jetzt, zu dieser Nachtzeit, bei diesem Schnee in der Steppe, nicht der richtige Moment zum Aufbruch ist. Ich hab's ihnen gesagt. Aber ich glaube, sie haben Dringendes zu tun.«

Von den Gästen war es Greyli, der das Wort ergriff: »Wir müssen gehen. Wie auch immer – wir müssen gehen. Der Befehl …«

Gol-Mammad nahm den Männern die Zügel ab, gab sie Belgeyss, streckte die Arme in ihrer ganzen Länge zum Zelt hin und sagte: »Bitte sehr. Betrachten Sie es als Ihr eigenes Haus. Beschämen Sie uns nicht noch mehr. Ich weiß selbst, wie Ihnen in dieser Kälte zumute ist! Ich hab auch die Uniform getragen. Auf jeden Fall sind unsere Zelte bei solch einem Wetter zumindest ein Schutz … Hay … Bringt Feuer. Diese Frau von mir ist krank. Manchmal kriegt sie einen Rappel und redet solches Zeug daher, daß jedes Wort ein Blutvergießen nach sich ziehen würde, wäre der, der es hörte, kein einsichtiger Mensch. Ich weiß nicht, weiß nicht, was ich mit diesen Weibern anfangen soll!«

Mit heimlichem Zweifel setzten sich die Männer. Gol-Mammad schürte das Feuer, stellte den Gästen Becher mit Aufguß von ›Ziegenbart‹ hin und fuhr im Reden – das nicht unterbrochen werden durfte – fort: »Wir sind in dieser Steppe hängengeblieben! Am frühen Morgen geh ich Brennholz schlagen; spätabends komme ich zurück und falle müde und erschöpft in eine Ecke. Mitten in der Nacht erhebt sich plötzlich ihr Geschrei. Ich spreche von meiner Frau – eben der, die mir die Nachricht von Ihrem Kommen brachte. Mitten in der Nacht springt sie vom Schlaf auf, schreit, rennt aus dem Zelt in die Steppe und bringt alle um den Schlaf! Ich bin dann gezwungen aufzustehen, die Stiefel und Gamaschen anzuziehen und hinter ihr herzulaufen, damit sie sich in der Steppe nicht verirrt. Auch vorhin ist sie zu mir angerannt gekommen und hat ein Riesengeschrei erhoben! Die Knochen der Frau – welche Frau es auch sein mag – sind eben schief! Und jetzt bitte ich Sie, ihr nicht die Schuld zu geben. Krank ist sie. Was kann man da machen? Jedem ist sein Los zugeteilt. Ihren Tee … nicht Tee, dies warme Wasser lassen Sie bitte nicht kalt werden. Jetzt steh ich auf und denk ans Abendessen. Unsere Armut müssen Sie großmütig verzeihen. Ich hab auch die Uniform getragen, kenne ihre schlechten und ihre guten Seiten. Gleich komm ich zurück und erzähle Ihnen davon.«

Gol-Mammad ging zu Chan-Amus Zelt. Dort saßen Siwar und Mahak. Gol-Mammad stellte sich vor die Zeltöffnung und sagte zu Siwar: »Du da! Nimm einen Armvoll Brennholz, trag es hin, und mach Feuer. Hast du verstanden? Und du, Mahak, sorge für was Suppenähnliches!

Wir können denen ja schließlich nicht nur trockenes Brot vorsetzen. Wo ist Maral?«

»Hier ist sie. Sie kommt gerade!«

Gol-Mammad drehte sich um und erblickte Maral, die zusammen mit der Mutter herankam. Gol-Mammad fragte: »Wo bist du hingegangen?«

Ins Zelt kriechend sagte Maral: »Ich hab die Pferde unter das Schutzdach gebracht; Tante Belgeyss war allein.«

Belgeyss faßte Gol-Mammad am nassen Kragen seiner Jacke und flehte ihn an: »Tu ihnen nichts. Ich beschwöre dich beim Leben von Beyg-Mammad!«

Gol-Mammad schüttelte die Hände der Mutter ab, und während er sich zum Zelt der Gäste aufmachte, fragte er Belgeyss mit lauter Stimme: »Hast du den Pferden unserer Freunde Futter hingeschüttet?«

Belgeyss konnte nur sagen: »Das habe ich.«

»Dann mach schnell das Essen fertig. Und sag, daß sie für die Feuerstelle Brennholz bringen sollen.«

Gol-Mammad steckte den Kopf ins Zelt, lachte den Männern in die besorgten Gesichter und sagte: »Wir sind nun mal Nomaden, vor allem unsere Frauen füttern in so einer Jahreszeit ungern die Tiere von Fremden. Das liegt an der Armut. Es ist für sie, als müßten sie ihre Wimpern ausreißen und dem Tier vorwerfen!«

Greyli und Tschamandari hatten sich noch nicht entspannt. Wenn sie ein Lächeln auf die Lippen brachten, war es mit Zweifel gemischt; und wenn sie den Blick herumschweifen ließen, enthielt er Furcht. Sie kamen sich wie Gefangene vor. Wut hatte sie gepackt, und zugleich waren sie bedrückt und unentschlossen. Zwei Kraniche mit gebrochenen Flügeln in einem trüben Sonnenuntergang. Tschamandari war schlecht gelaunt. Er hatte nicht genug Opium geraucht und haßte alles: Greyli, die Arbeit, die man ihm aufgebürdet hatte, und diese Nacht!

Greyli hatte ganz offensichtlich Angst. Er sah verwirrt aus, obwohl er sich krampfhaft anstrengte, es sich nicht anmerken zu lassen. Die Worte Gol-Mammads über Siwars Krankheit hatten ihn ein wenig beruhigt. Greyli hielt es für wahr. Er redete sich ein, daß dem so sei. Es mußte so sein. Ganz bestimmt. Trotzdem war er innerlich erregt und versuchte, sich zu beherrschen. Er gab sich alle Mühe, Gol-Mammad gegenüber liebenswürdig zu sein. Unbewußt, ohne es zu wollen, bekam er Achtung vor diesem Steppenmenschen, dem Mann mit den schmutzigen Fingernägeln. Heimliche Angst nötigte ihm diese Achtung ab. Aber gerade diese Achtung ist es, die uns einen Ausweg zur Flucht vor dem öffnet, was wir im Zwang einer schwierigen Lage fürchten. Achtung vor dem Menschen, sogar Freundschaft zu ihm, den wir nicht auf der Erde sehen mögen! Das Gefühl der Achtung als die Suche nach einer Gelegenheit, im erstbesten Augenblick den Gegner zu zerbrechen. Achtung vor dem Feind – Greylis Achtung vor Gol-Mammad.

Gol-Mammad versuchte, mit seinem flinken Gerede den Rest von Mißtrauen aus dem Herzen der Männer zu beseitigen: Seine Frau wird heimgesucht von Alpträumen. Ist furchtsam. Ist streitsüchtig. Ihren Worten kann man nicht trauen. Krank ist sie, diese Frau!

Siwar kam mit einem Armvoll Brennholz herein. Gol-Mammad stand schnell auf, nahm ihr das Brennholz ab, und während er es in der Feuerstelle aufschichtete, schimpfte er mit Siwar: »Was soll das, daß du überall herumscharwenzelst? Geh, leg dich hin und schlaf endlich!«

Siwar ging hinaus, und Gol-Mammad sagte: »Ich komme und komme nicht mit ihr zurecht. Tausendmal hab ich ihr gesagt: Ich will nicht, daß du arbeitest. Tausenderlei Amulette hab ich für sie besorgt. Aber es hilft alles nichts. Sie ist nun mal störrisch und eigensinnig. Boshaft ist sie!« Und mit gedämpfter Stimme fuhr Gol-Mammad fort: »Vor Ihnen brauch ich's ja nicht zu verheimlichen: Ich hab eine andere Frau dazugenommen. Deshalb ist sie so verrückt. Unsere Frauen haben eben eine andere Art von Mißgunst und Haß! Seit eine andere ihren Platz eingeengt hat, bemüht sie sich dauernd, mir zu verstehen zu geben, daß andere Männer hinter ihr her sind. Einmal hat sie meinen eigenen Onkel beschuldigt. Und vorhin kam sie ohne Kopftuch und barfuß in den Tamariskenhain, brachte alles durcheinander, griff mich an: Du Schlappschwanz … Ich weiß ja, was mit ihr los ist! Es bleibt mir nichts übrig, als zu sagen: Gut, recht hast du. Aber im Herzen leide ich Qualen ihretwegen. Sie hat ja auch sonst niemanden. Ich kann mich nicht von ihr scheiden lassen. Jedenfalls hält sie mich in Atem. Von einem Wolf in Atem gehalten zu werden ist besser, als von einer solchen Frau!«

Herr Tschamandari öffnete seine schlaffen, blauen Lippen und sagte kopfschüttelnd mit einem verständnisvollen Lachen: »Was für Kreaturen es doch gibt! Ist denn sowas möglich? Überhaupt, Chan, diese Weiber sind alle Quälgeister. Jede einzelne führt Übles im Schilde. Ich hatte selbst so eine. Mein Kamerad hier kann's bezeugen; ich ließ mich von ihr scheiden. Befreite mich! Weißt du, Chan, wenn ein Zahn wehtut, ist es das beste, ihn auszureißen und fortzuwerfen. Denk dran, was eben jetzt, eben jetzt passiert ist. Wenn ein anderer an deiner Stelle wäre, einer, dessen Verstand ihn nicht zügelte – was für ein Tumult würde sich da erheben! Von dir höre ich gerade, daß diese Frau zu dir gekommen ist und meinen Kameraden verleumdet hat. Dabei ging er nur und sagte zu der Frau – die, wie ich jetzt verstehe, deine Ehefrau ist –, sie solle ein wenig Brennholz bringen und für uns Feuer machen; und das deshalb, weil ich einen Schüttelfrost bekommen hatte. Nur das wollte er! Später erfuhr ich, daß diese Frau wie eine Wahnsinnige aus dem Zelt stürzte und in den Tamariskenhain rannte! Feldwebel Greyli kam ganz verblüfft zu mir und erzählte, was passiert war. Auch ich war erstaunt und fragte mich, was am Ende daraus würde! Es war eine Fügung Gottes, daß du selbst gekommen bist! Eine Fügung Gottes war es. Wir sind schließlich Helfer der Menschen. Wie können wir uns gegen eine solche Beschuldigung wehren?«

Greyli fing nun ebenfalls an zu reden: »Wirklich auch, mir verschlug's die Sprache. Solche Frauen muß man in Ketten legen! Beim Leben von uns dreien – ich fürchtete mich vor dem Aussehen dieser Frau! Mit einem Mal verdrehte sie die Augen und schrie dermaßen, daß ich fast vor Angst verging. Ihr wißt's ja selbst, ein Verrückter sieht schreckenerregend aus!«

Tschamandari fügte hinzu: »Und seine Kräfte verzehnfachen sich. Da zeigt sich die göttliche Macht!«

Gol-Mammad sagte: »Nun seht ihr, was ich durchmache!«

Tschamandari und Greyli nickten mit dem Kopf. Gol-Mammad fuhr fort: »Und das in einer solchen Zeit! Glaubt mir, nur durch Gottes Fürsorge sind wir noch am Leben. Ich weiß nicht, weiß es selbst nicht, was wir in dieser Gottessteppe essen! Einmal in drei Tagen kann ich eine Last Brennholz in die Stadt bringen. Wieviel bekomme ich schon dafür? In Wirklichkeit bleiben diese paar Münzen in meiner Hand! Ich weiß nicht, was ich damit kaufen soll. Soll ich für uns selbst ein Man Gerstenmehl kaufen oder für unsere Tiere zwei Man Futter? Gepriesen sei Gottes Fürsorge. Wir stillen unseren Hunger mit Kräutern und dem

Wind der Steppe. Ha, übrigens, man sagte mir, Sie sind gekommen, die Steuer einzuziehen? Stimmt das?«

Tschamandari und Greyli blickten einander an. Greyli sagte lächelnd: »Wir sind nicht von uns aus gekommen, man hat uns geschickt. Was kann man da tun? Die Tür der staatlichen Schatzkammer ist immer offen.«

Ungläubig starrte Gol-Mammad sie an und fragte zweifelnd: »Das heißt, ihr wollt eine Steuer von uns? In einem solchen Jahr?«

Tschamandari sagte: »Was kann man machen? Die Räder des Staatsapparates bleiben ja nicht stehen. Wie das Jahr auch sein mag.«

»Woher sollen wir's denn nehmen, um die Steuer zu bezahlen? Hier ist meine Handfläche! Wenn Sie können, reißen Sie ein einziges Haar daraus. Ist doch klar, daß Sie von meiner Handfläche kein Haar ausreißen können – weil keins da ist!«

»Die Liste, die uns mitgegeben wurde, führt fünfhundertzweiunddreißig Schafe als Besitz der Familie Kalmischi auf, und die Steuer in Höhe von drei Geran pro Tier muß bar bezahlt werden. Wir hätten zusammen mit dem Steuereinnehmer früher hier eintreffen müssen, doch in dieser Steppe ohne Anfang und Ende gibt es ja nicht nur zwei, drei oder zehn Zelte. Und jede Familie bringt tausend Ausreden vor.«

»Richtig! Wir haben fünfhundert Schafe gehabt, aber wann? Wann war das? Das ist die Liste vom vorigen Jahr. Bevor die Leberfäule auftrat. Wir sind zugrunde gerichtet, Bruder. Unsere Tiere sind vor dem Wintertreck elendiglich verreckt! Wir sind vernichtet. Unsere Obrigkeit – Gott erhalte sie – sucht uns nur zur Zeit der Steuererhebung auf. In schlechten Zeiten schläft sie! Und wenn du selbst zu ihr gehst, wirft sie dich mit einem Fußtritt aus ihren Ämtern hinaus. Und nun hat sie euch geschickt, die Steuer von uns einzuziehen. Steuer wofür? Wir haben nicht mal Brot für uns selbst. Was haben wir dann euch zu geben?«

Tschamandari fragte: »Bist du das Haupt des Stammes?«

»Was sagen Sie da, Herr? Haupt des Stammes? Ich? Wo ist der Stamm, daß ich sein Haupt sein sollte? Und nennen Sie diese paar Zeltpfosten ein Lager? Nein, mein Herr, wir sind nur eine Familie.«

»Schön, aber der Vorstand dieser Familie bist doch du?«

»Ha, ja, aber das nur, wenn mein älterer Bruder und mein Vater nicht da sind. Und wenn sie nicht da sind – wem soll ich dann vorstehen? Unsere Familie ist auseinandergerissen worden, jedes Mitglied ist an einen anderen Ort geflogen. Sehen Sie denn nicht, daß die Anzahl unserer Frauen größer ist als die der Männer? Haben Sie sich nicht gefragt, wo die Ehemänner, die Brüder, die Väter dieser Frauen sind? Bei Gott, jeder einzelne arbeitet irgendwo mit dem Spaten oder hütet Kamele, um sein tägliches Brot zu kriegen!«

»In der Liste steht auch, daß das Dorf Ssusandeh den Kalmischis gehört und ihr dort Ackerbau treibt. Wie steht's denn damit?«

Dieses Mal lachte Gol-Mammad wütend aus vollem Hals: »Ackerbau? Dorf? Wir sind bereit, den gesamten Boden für nichts der Obrigkeit zu überlassen. Sagen Sie ihr, sie soll kommen und dort eine Kaserne bauen. Was für Ackerbau? Dies Jahr haben sich unsere Frauen die Finger wundgescheuert, aber keine zehn Man haben sie ernten können. Sie hören etwas und glauben, Ackerbau sei eben Ackerbau. Sie haben den Ackerbau von Ssa'idi in Nischabur vor Augen oder den von Aladjagi in Ssabsewar oder dieses Herrn in Ahyabad; die sind anders als wir. Die haben gute Böden und süßes Wasser. Aber wir haben in Ssusandeh nur so viel Wasser, wie ein Vogel pinkelt, und drei Hügel Boden. Und wenn es mal regnet, ist der sandige Boden nicht gut genug, um Erträge zu bringen.«

Tschamandari blieb still. Greyli sah ihn an und sagte: »Was er sagt, ist nicht unbegründet. Was meinst du? Sollen wir diese Worte protokollieren?«

Tschamandari sagte: »Wer soll das Protokoll unterschreiben? Die Dornen der Steppe?«

»Was willst du denn sonst tun?«

»Ihn selbst nehmen wir mit in die Stadt. Da kann er alles erklären.«

Gol-Mammad sagte: »Mich wollen Sie in die Stadt mitnehmen? Wozu? Ich bin doch alle drei Tage einmal in der Stadt! Ich komme dann zu Ihnen.«

Tschamandari sagte: »Nein! Das geht nicht nach deinem Belieben. Du mußt mit uns kommen. Das ist die gesetzliche Art.«

Belgeyss brachte ein Tuch. Gol-Mammad nahm es ihr ab und breitete es auf dem Boden aus. Im Hinausgehen sagte Belgeyss: »Komm du selbst und hol das Essen.«

Gol-Mammad folgte der Mutter und blieb hinter dem Zelt stehen. Greyli sagte zu seinem Kameraden: »Mensch, sei nicht so kleinlich! Warum streust du Salz in die Wunde? Wenn er sagt, er würde von selbst kommen, warum setzt du ihn dann unter Druck? Willst du ihn zwei Tage von seiner Arbeit abhalten? Du siehst doch, daß er dabei ist, sich mit uns zu einigen und so tut, als hätte er nichts gemerkt. Warum bringst du ihn also auf?«

Tschamandari sagte: »Du siehst nur deinen eigenen Nutzen. Jetzt, wo du der Falle entkommen bist, denkst du an nichts anderes mehr! Glaubst du etwa, ich bin hier unbezahlter Knecht dieser Leute, daß ich mich bei Schnee und Sturm in der Steppe herumtreibe?«

»Aber hier ist doch nichts da, um dich zu schmieren! Siehst du nicht, daß die nicht mal Brot für sich haben? Was bleibt ihnen denn übrig, das sie mir oder dir geben könnten?«

»Es gibt noch vieles, was du nicht weißt. Ich hab einige Hemden mehr als du im Dienst verschlissen und kenne diese Menschen besser. Die Nomaden können nicht ohne Ersparnisse ihr Leben verbringen. Achte nicht auf dies Gejammer. In ihren Hosen haben sie grüne Geldscheine versteckt. Und da sagst du, ich soll ein Auge zudrücken und einfach so von hier abziehen? Mit leeren Händen? Wie kann ich mit hundertvierzig Toman Gehalt im Monat auskommen!«

»Soll das heißen, du hast wirklich vor, dich schmieren zu lassen? Von einem kahlen Kopf kannst du doch keine Haare ausreißen!«

»Du wirst's schon sehen. Und du sei nur nicht so verschüchtert wegen der Heldentat, die du vollbracht hast. Du kannst beruhigt sein. Die Angelegenheit ist schon erledigt.«

Mit einem Tablett in den Händen trat Gol-Mammad ein. Er stellte das Tablett neben das Tuch, stellte die Näpfe mit Suppe vor die Gäste hin und sagte unterwürfig: »Seid großmütig und verzeiht. Bei uns läßt sich nicht mehr als dies finden.«

Tschamandari und Greyli krochen näher, und jeder zog, ob zufrieden oder unzufrieden, einen Napf zu sich heran und griff nach dem Brot. Gol-Mammad stand auf. Greyli sagte: »Und du selbst – ißt du nichts?«

»Ich geh dorthin ... es ist noch was da. Laßt euch's schmecken. Eßt euch satt, ich ... ich geh dorthin ... zu ...«

Gol-Mammad ging rückwärts hinaus, trottete zu Chan-Amus Zelt, wo sich die Frauen versammelt hatten, und setzte sich schweigend in eine Ecke. Die Frauen sahen, daß er niedergeschlagen und verwirrt war aber keine wagte etwas zu sagen. Doch Belgeyss war die Mutter, und der Sohn – wäre er auch noch so bedeutend – war von ihr geboren worden. So brach Belgeyss das Schweigen: »Als sie die Näpfe mit Suppe erblickten, haben sie da nichts gesagt?«

»Nein! Was sollten sie sagen? Haben wir was Besseres, das ich ihnen nicht hingebracht habe?«

»Schließlich sind die wählerisch im Essen!«

»Wer ist nicht wählerisch im Essen? Verstehen nur die, was ihnen schmeckt? Die Halunken! Jetzt planen sie auch noch, mich in die Stadt mitzunehmen!«

»In die Stadt? Wozu in die Stadt?«

»Für die Steuer! Sie sagen, ich muß zum Gericht gehen!«

Belgeyss, die in Erregung geraten war, beruhigte sich und sagte: »Hab ich einen Schreck gekriegt! Ich dachte schon, die Sache von Tschargusch-li steckt dahinter. Ich hatte Angst, sie würden dir eine Falle stellen.«

»Mich in die Stadt bringen zu wollen, ist nur Großtuerei. Als ob sie einen reichen Mann ins Bockshorn jagen wollten. Ihre Gier ist geweckt. Die wollen mir was entreißen, wo's doch nichts zu entreißen gibt. Hinter dem Zelt hab ich sie belauscht. Die feigen Räuber! Sie glauben mir nicht, daß ich nichts habe. Als ob ich gewollt hätte, daß die sich bei Schnee und Sturm in die Steppe aufmachen, und als müßte ich ihnen jetzt Lohn dafür bezahlen! Statt Geld werde ich ihnen einen Eselsfuß geben, den sie sich an den Gürtel hängen können. Diese Gauner! Wo habt ihr ihre Pferde hingebracht?«

»Unters Schutzdach.«

»Sehr gut. Da stehen sie gut!«

Als er das gesagt hatte, streckte er den Kopf aus der Zeltöffnung und horchte in die Steppe; dann zog er ihn wieder ein, schüttelte die Schneeflocken von Ohren und Mütze, ging im Zelt hin und her und knirschte mit den Zähnen: ›Ich bin ganz allein. Allein bin ich. Pfui Teufel! Wie allein und hilflos bin ich geworden! Jeder ist in eine andere Ecke geschleudert worden. Meine Brüder, wo sind sie? Chan-Mammad! Beyg-Mammad! Wo seid ihr? Und dieser Chan-Amu – auf den kann man nicht zählen. Mal sieht man ihn drei Tage hintereinander im Zelt liegen und sich nicht rühren. Mal verflüchtigt er sich wie ein Geist und geht zwischen Himmel und Erde verloren. Madyar! Madyar, wo bist du? Du tapferer Held, tot bist du! Ich spucke auf dein Grab, Hadji Hosseyn von Tscharguschli. Was für ein schlechtes Geschäft hab ich gemacht, was für ein schlechtes Geschäft. Einen Widder hab ich verloren und einen alten Ziegenbock getötet! Ach … was ich durchmache! Was ich durchmache! Wo seid ihr, Kalmischis? Wie ein Berg bin ich allein!‹

Ein Löwe im Käfig: Gol-Mammad ging auf und ab und zerbrach die Worte unter den Zähnen, zermalmte sie und spuckte sie aus. Die Frauen hatten sich in einer Ecke zusammen hingesetzt, und ohne daß sie Gol-Mammad anschauten, sahen sie ihn und hörten ein jedes seiner Worte. Aber keine, nicht einmal Belgeyss, mochte sich in seine Gedanken und seine Reden eindrängen. Gol-Mammad wand und quälte sich innerlich: ›Sieh nur! Sieh nur, wie weit du es gebracht hast, Gol-Mammad! Ein Packesel! Sie reiten auf dir, und du beißt wie ein Packesel einfach die Zähne zusammen und sagst nichts. Du läßt die Ohren hängen, damit sie dir aufladen, was sie wollen. Du schmeichelst ihnen, beugst dich vor ihnen, läßt dir alles gefallen, lächelst sie wie ein fahrender Bettelmusikant an, reißt Possen, stehst vor ihnen mit der Hand auf der Brust und benimmst dich so, daß sie sich für deine Gläubiger halten. Wie Ziegen wollten sie davonlaufen, aber du hast sie daran gehindert und dich so ungeschickt angestellt, daß sie jetzt zu zweit auf dir reiten wollen. Diese Bastarde! Diese Bastarde! Sind sie denn so leichtgläubig? … Haben sie's geglaubt? Haben sie's geglaubt? Ach … Ich muß den Staub der Steppe essen und euch einen grünen Geldschein höflichst als Geschenk überreichen? Ha? Denkt ihr, daß ich so einfältig bin?‹

Vor Wut schlug Gol-Mammad die Hände aufeinander. Das plötzliche Geräusch ließ Siwar zusammenzucken. Gol-Mammad fuhr sie an: »Du Ziege! Dauernd hast du vor etwas Angst! Bist du eine Frau der Steppe? Nein! Bist du meine Frau? Nein! Du taugst besser zur Magd im Haus eines dieser Grundbesitzer als zur Frau eines Mannes wie ich. Wozu haben wir Dolche? Wegen ihrer Schönheit? Ha, wegen ihrer Schönheit? … Du kannst nur Unruhe stiften. Einen Aufruhr verursachen! Schimpf und Schande über die Nomadenfrau, die nicht mit zwei hungrigen Männern fertigwerden kann! Oder … du konntest es, aber um dich bei mir einzuschmeicheln, bist du in den Tamariskenhain gelaufen, ha? War überhaupt etwas vorgefallen, oder hast du … ach, daß dich die Pest hole, Weib! Wie soll ich jetzt diese Schmach überwinden? … O diese Hilflosigkeit, o dies Alleinsein! Wie kann ich da was ausrichten!«

Nochmals schlug Gol-Mammad die Hände aufeinander und spuckte auf den Boden. Siwar wollte etwas sagen, aber Belgeyss hinderte sie daran und begann, Gol-Mammad zu beruhigen. In diesem Augenblick riefen die Gäste nach Gol-Mammad. Gol-Mammad ging hin und steckte den Kopf in ihr Zelt. Greyli sagte: »Schüre dies Feuer. Unser Herr Tschamandari möchte noch ein wenig Opium rauchen können. Danach komm und setz dich, damit wir den Handel abschließen.«

Gol-Mammad sagte »jawohl«, kniete an der Mulde nieder, häufte die angesengten Holzstücke aufeinander, blies in die Glut, entfachte sie und machte sich daran, die leeren Näpfe sowie die Essensreste einzusammeln. Entschuldigend sagte er: »In Ihrem Großmut verzeiht uns. Bei Gott, nichts anderes ließ sich bei uns finden, aus dem wir eine Mahlzeit zubereiten und Ihnen vorsetzen konnten. Es ist ja Wintersende. Wenn Sie, so Gott will, im Frühling wieder an unseren Zelten vorbeikommen, machen wir es gut. Womit kann ich Ihnen jetzt noch dienen?«

Herr Tschamandari nahm seinen Finger, mit dem er Zahnfleisch und Zähne gesäubert hatte, aus dem Mund. Er schluckte und sagte: »Tee … Tee gibt's ja nicht; brühe aus diesen Kräutern nochmal ein, zwei Gläser auf. Weiter nichts. Opium, sagte deine Mutter, findet sich hier nicht. Ich hab selber welches. Bring du uns nur ein, zwei Gläser heißes Wasser, und dann komm und setz dich, und laß uns sehen, wie du dich mit uns einigen willst. Ziehst du es vor, die Sache hier zum Abschluß zu bringen, oder möchtest du nach Ssabsewar gehen und im Amt alles erklären? Aber bring erst mal dies Tuch und die Näpfe weg, und wenn du dann zurück bist, reden wir darüber.«

Gol-Mammad sagte »jawohl« und ging hinaus. Maral nahm ihm Näpfe und Tuch ab und tat sie auf den Boden. Belgeyss faltete das Tuch auseinander, sammelte die übriggebliebenen Brotkanten und reichte jedem ein Stück. Gol-Mammad nahm seins nicht, sondern sagte: »Heb es auf für meinen Vater. Und gib mir ein wenig von den Kräutern, damit ich sie aufgießen kann. Verhaltet ihr euch ruhig. Legt euch hin und schlaft endlich. Die da wollen sich lange mit mir unterreden.«

Belgeyss gab dem Sohn eine Handvoll getrocknete Kräuter und folgte ihm, als er ging, mit den Blicken. Dann kehrte sie zu den anderen Frauen zurück, zog den Docht der Laterne etwas herunter und sagte: »Wer möchte, soll schlafen.«

Die Frauen waren immer noch still. Sie hatten sich hingehockt. Keine sprach ein Wort. Und keine legte sich schlafen. Mit einem Stück Holz stocherte Mahak in der Asche der Mulde. Maral kroch etwas zurück und rollte sich zusammen. Siwar blieb erstarrt auf ihrem Platz sitzen, den Kopf auf die Knie gelegt, die Augen auf die Asche geheftet. Obwohl sie vor Gram verging, fühlte Siwar den scharfen, feurigen Blick von Belgeyss auf ihren Schläfen. Plötzlich fauchte Belgeyss sie an: »Ha, warum legst du deinen verflixten Kopf nicht hin und schläfst? Den Aufruhr hast du ja in Gang gesetzt, den Brand hast du ja entfacht – was für Sorgen hast du noch? Bist du wach geblieben, um die Flammen anzugucken?«

Siwar sagte zunächst nichts. Sie hob den Kopf, blickte Gol-Mammads Mutter an, stützte das Kinn wieder aufs Knie und sagte dann ruhig: »Wenn ich ins Grab sänke, wäre das besser!«

Belgeyss sagte: »Nicht du, ich müßte ins Grab sinken, damit ich von all diesen Aufregungen befreit würde! Ständig ergießen sich von allen Seiten Kummer und Angst auf mich, ständig! Konntest du es nicht lassen, Gol-Mammad diese schöne Nachricht zu überbringen? Wolltest du dich bei ihm Liebkind machen dadurch, daß du ihn so durcheinanderbrachtest? Wie kann er jetzt zur Ruhe kommen? Er ist wie einer, der mit bloßen Füßen über heißen Sand geht. An keiner Stelle hält es ihn – wie kann ich ihn jetzt zurückhalten? Salz hast du ihm auf die Wunde gestreut! Regierungsbeamte, Regierungsbeamte!«

Siwar konnte nicht länger schweigen und fing an, sich zu verteidigen: »Ich schwöre bei Gott, es war nicht meine Absicht, Gol-Mammad aufzustacheln. Was hätte ich tun können? Vielleicht hatte der Kerl keine böse Absicht, aber ich bekam's mit der Angst. Erschrak! Hätte ich einfach so auf meinem Platz sitzen bleiben sollen? Sollte ich bleiben, bis er kam … Hätte mir mein Mann dann nicht den Kopf abgeschnitten? Wo würde er dann die Last der Schande hingetragen haben? Und ihr, was wäre mit euch? Was würdet ihr mit dieser Schande tun? War es eine Sünde, daß ich bei meinem Mann Zuflucht suchte? Zu wem sonst hätte ich gehen sollen?«

»Wozu bist du überhaupt allein zurückgeblieben? Warum gehst du nicht mit deinem Mann und sammelst ein paar Bündel Reisig? Krank stellst du dich! Denkst du denn, ich bin von gestern oder hätte solche Sachen nicht erlebt, daß ich deinen Worten Glauben schenken könnte? Aus lauter Mißgunst meiner Nichte gegenüber bringst du es nicht einmal fertig, ein paar Schritte mit ihr zusammen zu gehen; du hast Angst, vor Mißgunst zu platzen!«

Siwar gab keine Antwort. Als sei ihr die Luft ausgegangen oder als habe es ihr die Sprache verschlagen. Sie fühlte sich gedemütigt und verachtet. Ein räudiger, in den Gassen herumstreunender Hund wird manchmal auch so geprügelt. Der Hund heult auf, zieht den Schwanz ein, nimmt Reißaus und verkriecht sich hinter der Mauer einer Ruine. Doch Siwar tat das nicht. Auf ihrem Platz war sie zu Stein erstarrt. Nichts sagte sie. Nichts sagte sie. Auch die anderen sagten nichts. Maral war still und bedrückt. Mahak hielt den Kopf gesenkt, und Belgeyss hatte die Nägel ineinandergekrallt und stach sich selbst wie ein Skorpion.

Belgeyss konnte ihre Erregung nicht länger meistern; sie streckte den Kopf aus dem Zelt und wartete ungeduldig auf Gol-Mammad. Sie wollte wissen, was dort im anderen Zelt vor sich ging. Was reden die Männer mit ihrem Sohn? Was antwortet Gol-Mammad ihnen? Belgeyss' Herz bebte. Wenn Gol-Mammad nur keinen Streit anfängt! Mit Regierungsbeamten muß man auf der Hut sein. Ein Unglück ist's. Man muß es über sich ergehen lassen wie eine Mondfinsternis, eine Hungersnot oder eine Dürre. Man muß sich damit abfinden und sich bei der ersten Gelegenheit in Sicherheit bringen. Heute nacht also muß Gol-Mammad sich still, ohne großes Wenn und Aber mit denen einigen. Er muß sich beherrschen. Daß er bloß nicht ausfällig wird!

Das Herz in Belgeyss' Brust klopfte heftig. Leise ging sie hinaus und schlich durch den sanft fallenden Schnee zum Zelt. Dort verbarg sie sich und horchte. Die Unterhaltung verlief stockend. Einer sagte etwas, kurze Stille, dann verlangte der andere von Gol-Mammad eine Antwort. Gol-Mammad schluckte, stotterte unschlüssig herum und stammelte: »Nein, meine Herren. Bei dem Gott über uns, an den Sie glauben, es ist mir nicht möglich. Meine Hände sind leer. Ich belüge Sie doch nicht!«

Nochmals Fragen. Nochmals das Bitten von Gol-Mammad: »Urteilen Sie selbst! Sehen Sie nicht, daß uns mit dem, was uns widerfahren ist, nichts mehr in Händen geblieben sein kann? Es ist nichts da! Bringt einen Koran, damit ich die Hand darauf lege und schwöre, daß ich nichts habe. Die Ohrringe meiner Frau hab ich verpfändet und mit dem Geld einen Spaten und Stricke gekauft. Wenn Sie's nicht glauben, fragen Sie nach!«

Beharren und Verneinen.

»Ohne Hefe geht der Teig nun mal nicht auf, Gol-Mammad Chan. Es geht einfach nicht, daß wir mit leeren Händen abziehen. Oder geht das? Was für eine Antwort sollen wir uns ausdenken? Du kennst doch den Sarrabi. Sollen wir zu ihm sagen: so und so? Meinst du, er glaubt das? Glaubt das? Er kann doch nicht auf seinen eigenen Anteil verzichten! Schließlich muß auch für ihn etwas abfallen. Der Rest ist deine Sache!«

»Tun Sie, was Sie wollen!«

»Wir sind gezwungen, dich mit uns in die Stadt zu nehmen. Das liegt nicht an uns. Du siehst's ja selbst. Wir sind dazu gezwungen. Aber das mußt du wissen, daß es für dich schlecht ausgehen wird. Du nötigst mich zu sagen, daß der Tscharguschli-Prozeß noch nicht beendet ist! Der Sohn von Hadj Hosseyn hat seine Klage zurückgezogen, aber das Gesetz erlaubt es nicht, daß eine solche Klage zurückgezogen wird!«

Keine Antwort aus Gol-Mammads Mund drang an Belgeyss' Ohr. Er muß wohl den Kopf gesenkt haben: ›Nur das nicht! Daß er nur ja nicht gesteht. Sieh mal an! Sieh mal an, was die alles im Schilde führen!‹

»Wir wollen schlafen. Mach unser Lager zurecht!«

»Jawohl.«

Gol-Mammad kam heraus und ging zum Zelt von Chan-Amu. Der Schnee, der sich auf Gol-Mammads schwarze Gestalt setzte, verwandelte ihn in einen Leoparden. Belgeyss, ein betrübter Schatten, folgte dem Sohn und faßte ihn kurz vor dem Zelt am Ärmel. Gol-Mammad drehte sich um: »Ha?«

Belgeyss zog ihn zur Seite, hielt ihn fest und sagte mit erstickter Stimme: »Ich hab ihre Worte gehört. Tu was, daß sie dich nicht in die Stadt schleppen. Das alles ist eine Falle. Es geht nicht um die Steuer. Sie wollen dich wegen dem Prozeß mitnehmen. Tu etwas, tu etwas!«

»Was kann ich tun? Meine Hand ist leer, mein Beutel ist leer!«

Gol-Mammad ging schweigend an Belgeyss vorbei, trat in Chan-

Amus Zelt, kam kurz darauf mit einem zusammengerollten kleinen Teppich, einem Kelim, Steppdecken und zwei Kopfkissen heraus und dachte bei sich: ›Und dies, damit sie sich nicht unversehens erkälten!‹

Belgeyss holte Gol-Mammad ein und sagte: »Warte! Geh und sprich mit ihnen. Sag ihnen, ich … hab eine silberne Halskette, die mir noch geblieben ist. Ein altes Stück. Sehr alt. Dein Vater hat sie mir zur Verlobung geschenkt. Bis jetzt hab ich sie aufgehoben. Aber zur Hölle damit! Ich werf sie ins Feuer. Oder soll sie den Wölfen in die Fänge geraten. Ich will nicht, daß sie dich in die Stadt schleppen. Geh und sprich mit ihnen. Geh und stell sie zufrieden. Unseretwegen sei nachgiebig. Ha? Ich will nicht, daß sie dich uns fortnehmen. Will es nicht. Wenn du möchtest, geh ich selbst hin und rede mit ihnen, ha?«

»Nein! Nein!« Gol-Mammad sagte das unschlüssig, schob die Mutter beiseite und ging zum Zelt der Gäste. Belgeyss zog sich wieder hinter das Zelt zurück und horchte. Die Männer sprachen nicht. Es war anzunehmen, daß Gol-Mammad das Bettzeug für sie ausbreitete. Nur das. Belgeyss sagte zu sich: ›Er müßte die Lagerstätten etwas weiter oben zurechtmachen, damit nicht ein Zipfel der Decke Feuer fängt!‹

Gol-Mammad schien die Betten fertiggemacht zu haben, denn Belgeyss hörte, wie er unterwürfig fragte: »Haben Sie keinen weiteren Befehl?«

»Wasser. Einen Becher Wasser. Eure salzige Suppe macht Durst.«

»Jawohl.«

Gol-Mammad ging hinaus, kehrte bald danach mit einem Krug Wasser zurück, lehnte ihn an zwei Steine und blieb stehen. Die Gäste hatten ihre Oberkleider ausgezogen und neben sich hingelegt. Tschamandari war schon unter die Decke gekrochen und eingenickt. Aber Greyli saß auf seinem Lager und war damit beschäftigt, seine Gamaschen abzunehmen. Er vermied es, Gol-Mammad anzublicken. Er scheute sich davor. Trotzdem stand Gol-Mammad weiter da und sah ihn an. Greyli legte die Gamaschen unters Kopfkissen und sagte, ohne Gol-Mammad in die Augen zu sehen: »Weiter gibt's nichts zu tun. Warum stehst du noch hier? Ich rufe dich, wenn es was zu tun gibt.«

Gol-Mammad sagte: »Den Zeltvorhang laß ich runter, damit kein Raubtier ins Zelt dringt. Hier ist nun mal die Steppe. Schnee und Hungersnot gibt's auch. Hier finden sich Wölfe und Schakale.«

Greyli kroch unter die Decke, streckte die Hand aus und schraubte den Docht der Laterne herunter; dann zog er sein Gewehr am Riemen zu sich heran unter die Decke und legte es neben sich. Das Gewehr von Tschamandari aber lehnte noch an seinem Platz an der Truhe, und sein stählerner Lauf glänzte sanft im blassen Schein der Laterne – und sanft in den Pupillen von Gol-Mammad, der jetzt rückwärts aus dem Zelt ging.

Draußen ließ Gol-Mammad den Zeltvorhang herab, verknotete die Schnüre und ging zu seiner Behausung. Die Frauen lagen zusammengekringelt jede für sich in einer Ecke, die Knie bis zum Bauch angezogen, eine Decke über sich gelegt. Erzwungenes Schlafen. Nur Belgeyss saß gedankenverloren an der erloschenen Feuerstelle. Gol-Mammad setzte sich der Mutter gegenüber hin und stocherte mit den Fingern in der Asche. Belgeyss blickte den Sohn an und sagte nach kurzem Schweigen: »Du bist mutlos! Hast Stacheln in den Augen. Hab ich dir nicht gesagt, stell sie zufrieden, damit sie dich nicht in die Stadt mitnehmen? Was soll ich mit dieser Halskette? Ich geb sie denen!«

Gol-Mammads Blick ruhte auf den Händen der Mutter, und er erinnerte sich, daß er vor Jahren, vor langer Zeit, die Kette am Hals der Mutter gesehen hatte. Er nahm sie ihr aus der Hand, betrachtete sie im orangefarbenen Lampenlicht, richtete unwillkürlich die Augen auf Maral und legte die Kette schnell in Belgeyss' große, knochige Hände zurück. Er sagte: »Behalte sie. Es wird uns noch schlechter gehen als jetzt.«

Belgeyss blickte auf die Kette und murmelte: »Was ist sie schon wert? Tausend davon würde ich für ein einziges Haar meines Jungen opfern.«

Gol-Mammad tat, als hätte er die liebevollen Worte der Mutter nicht gehört, und fragte: »Warum schläfst du nicht?«

Belgeyss sah ihn an. Die Sorge hatte sich in seinen Augenhöhlen eingenistet.

»Es gibt keine Gefahr. Leg dich schlafen. Und wenn ich in die Stadt gehen muß, gehe ich eben. Was können sie mit mir tun? Das Gleiche kann ich auch dort sagen. Ich bin ja nicht stumm! Hab ja auch Militärdienst geleistet. Bin nicht einer, der keine Offiziere gesehen hat. Was sie auch fragen, werde ich beantworten.«

»Womit schläfst du? Alles Bettzeug hast du doch denen gebracht!«

»Mein Umhang ist da. Den leg ich mir über und schlafe. Schlaf du endlich auch. Schlaf, damit du morgen in der Früh aufstehen kannst.«

Belgeyss blieb nicht länger beim Sohn sitzen. Sie stand auf, ging in eine Ecke des Zelts, kroch unter Mahaks Decke, legte den Kopf aufs Kissen und gab sich alle Mühe, die Augen zuzumachen.

Jetzt war Gol-Mammad der einzige, der im Zelt von Chan-Amu wach saß. Ob sie es wollten oder nicht, waren die Frauen jede in einen Winkel gekrochen, hatten sich hingelegt und die Lider geschlossen. Aber der tiefe Atem des Schlafs war nicht zu hören. Der tiefe Atem des Schlafs hat eine eigene Melodie. Er ist gelöst, entspannt. Nicht voller Zweifel und Angst und Zorn. Ein Atem ohne gelegentliches Seufzen, ohne kummervolles Stöhnen. Aus keiner der Ecken war ein friedliches Atmen zu hören. Es war, als stockte allen der Atem in einem Gewirr von Kummer und Sorge. Eine trügerische Ruhe. Frei – nein! Gefangen waren sie.

Gol-Mammad empfand das so. Doch hielt er es für besser, daß die Frauen so waren: stumm, in sich gekehrt. Daß diese Nacht keine Nacht des Geredes und Geplappers war. Frauen, auch die beherrschtesten, neigen dazu, Unruhe zu verbreiten. Deshalb darf ihnen in dieser Nacht, in einer solchen Nacht, keine Möglichkeit dazu gegeben werden. Ein Zügel muß ihnen angelegt werden. Ein Maulkorb von Grobheit. Es ist nicht die Zeit, Rücksicht zu nehmen. Sollen sie gekränkt, aber still sein. Das ist besser so. Ein Blick auf die geschwungenen Linien ihrer ruhenden Körper. Dann zog Gol-Mammad den Docht der Laterne herunter, streckte die Hand aus und hob das an der Zeltwand liegende Futtertuch seines Kamels auf, faltete es einmal, warf es sich über die Schultern, richtete sich leise auf und ging zur Zeltöffnung. Etwas, eine innere Stimme sagte ihm: Dreh dich um, schau zurück. Er drehte sich um. Drehte sich plötzlich schnell um. Es war Belgeyss, die den Kopf vom Kissen gehoben hatte und ihren Gol-Mammad ansah. Sie sprach nicht. Doch eine Frage stak wie ein Pfahl in ihrem Blick: ›Wo gehst du hin?‹

Gol-Mammad schüttelte den Kopf, um anzudeuten: ›Ich gehe nicht weit.‹ Dann ging er hinaus. Belgeyss richtete sich halb auf und sah ihm nach. Gol-Mammad entfernte sich nicht weit. Ein paar Schritte jenseits der Zeltöffnung blieb er stehen. Belgeyss konnte auf seinen Schultern die verblaßten Karos des Futtertuches erkennen und das Wehen seiner

Ärmel im Schnee spüren. Dann rollte sie sich notgedrungen wieder auf die Seite.

Nacht und Schnee und Gewehr.

Vermutung und Wolf und Steppe.

Frau und Schaf und Pferd.

Brennholz und Kamel und Stadt.

Schnee und Steppe und Gewehr.

Wolf und Brot und Salz.

Nacht und unwegsamer Pfad und Trugbild.

Schnee und Pferd.

Steppe und Kamel.

Kamel und Flucht.

Frau und Schaf und Pferd.

Schnee und Steppe und Gewehr.

Ein Kampf tobte in Gol-Mammads Innerem. Eine Versuchung. Der Glanz des Gewehrlaufs ließ ihm keine Ruhe. Täuschung der Vermutung. Druck des Verlangens. Armut und Kraft. Wunde der Seele. Stachel der Erniedrigung. Kummer. Demütigung. Hay, Nomade, Nomadenmann! Wie lieb ist dir die Welt? Du liebst diese ganze Welt, aber vor den Füßen dreier Götzen reibst du dein Gesicht im Staub. Gewehr und Frau und Pferd, der Glanz des Gewehrs, der Blick der Frau, Galopp und Kraft des Pferdes veranlassen dich zur Lobpreisung: Gewehr, Maral, Gareh-At!

Bei deren Anblick vergißt du dich selbst, Nomade. Suchst Vergnügen und Entzücken daran. Hast ein rebellisches Herz. Deine Gedanken verwirren sich. Du kannst dich nicht bezwingen, o Sklave der Kraft, Sklave der Hast und des nächtlichen Aufruhrs. Du liebst das Tanzen auf dem Pferd, wenn du ein Gewehr über dem Kopf schwenkst. Magst es, allein mit Maral eine Weile unter ihrem Blick zu ruhen; dann aufzuspringen und zu galoppieren. Zum Abziehen des Gewehrhahns brauchst du einen ruhigen Finger. Hay … der Teufel ist wohl in dich gefahren! Denn nur der Teufel kann eine solche Leidenschaft im Herzen schüren. Eine mit Angst vermischte Leidenschaft. Eine drängende Unruhe. Beruhige dich, Mann! Bist du denn ein sechzehnjähriger Junge? Beruhige dich und schweige! Die Nacht ist noch lang, und der Schnee will noch lange schneien. Siehst du die weißen, wirbelnden, unsteten Flocken, wie sie sich aufgeregt drehen und wenden wie wirbelnde Hände und einen wilden Tanz aufführen, bis sie sich hinlegen? Beruhige dich. Du bist doch keine Schneeflocke. Hey! Such dir ein Obdach. Auf deine Schultern hat sich fingerdick Schnee gesetzt. Such einen Unterschlupf!

Wirklich auch!

Er schlug die Zipfel des Tuchs zurück, schüttelte den Schnee von den Schultern, hockte sich in die Zeltöffnung, damit es ihm nicht auf Kopf und Haare schneite, und starrte, ohne es zu wollen, auf das Zelt, in dem die Fremden ruhten.

Ein Wolf auf der Lauer!

Aber ... o Gol-Mammad! Woher rührt dein Überdruß, woher kommt deine Ruhelosigkeit? Du hast es dir angewöhnt, nach Vorwänden zu suchen, weil sich eine fremde Hand – vielleicht – nach deiner Frau ausgestreckt hat? Ist es deshalb, oder weil du eiserne Stiefelabsätze auf deiner Halsader fühlst? Was hat dich in Bedrängnis gebracht? Die alten Wunden an deinen Lenden von den Sporen, mit denen man dich angetrieben hat, oder das Urteil, das über dich gefällt werden wird? Deine Bedürftigkeit, deine Trauer oder das Gift der Armut? Was hältst du für die Ursache deiner Erniedrigung? Quält dich Scham oder Wut? Oder ist es all das nicht, sondern die Versuchung, die dich quält? Locken dich der Glanz der Gewehrläufe und die gespitzten Ohren der Pferde? Gelüstet es dich nach den Bajonetten und danach, zwei schwarze Flekken von der Weite dieser weißen Nacht zu beseitigen? Was verblendet dich so, Gol-Mammad? Der Geiz Gottes und der Steppe und der Herde oder der Glanz der Waffen, die du für deine Retter hältst? Bist du nicht einer Täuschung zum Opfer gefallen? Warum kannst du nicht zur Ruhe kommen? Rührt deine Angst nicht daher, daß man dich in die Stadt bringen könnte? Furcht vor dem Eingeschlossensein zwischen engen Mauern? Der Mord in Tscharguschli – du hast einen Menschen getötet, Gol-Mammad! Noch einmal webst du die Fäden eines Ereignisses in Gedanken nach. Du weißt das – weißt du es?

Ich weiß es nicht, Mann! Weiß es nicht. Warum überläßt du mich nicht mir selbst?

Weil du mich nicht mir selbst überläßt!

Was hast du mit mir zu schaffen?

Das, was du mit mir zu schaffen hast!

Laß mich in Frieden. Ich habe nichts mit dir zu schaffen, Mann!

Ich habe mit dir zu schaffen. Viel zu schaffen, Gol-Mammad!

Als hätte er eine fremde Stimme gehört, sprang Gol-Mammad plötzlich auf, nahm die Enden des Tuchs fest in die Hände und stellte sich wie ein Holzpfosten neben das Zelt. Was für eine Nacht war diese Nacht? Wie unbarmherzig fiel der Schnee; und kein Laut, keine Stimme drang durch das Dunkel. Geschah denn nichts in der Tiefe der Nacht? Schliefen denn alle in den Ebenen und Dörfern verstreut lebenden Menschen? Und die Wölfe? Hatten sie sich, das Ende des Schnees abwartend, in ihren Höhlen versteckt? Senkte sich die Nacht nur auf Gol-Mammad? Hatte nur er die Augen auf die Nacht gerichtet?

Das Herz zittert in der Brust! Wie kann man seiner eigenen Gewandtheit trauen? Wie kann man den ersten Schritt tun? Die Frauen müssen geweckt werden. Alle? Werden sie nicht in Klagen ausbrechen? Zwei von ihnen genügen. Die Mutter und eine andere. Maral oder Siwar. Vielleicht Siwar. Wäre doch noch ein Mann da. Zumindest Ssabr-Chan. Oder wenigstens Kalmischi. Doch nein! Wenn Kalmischi da wäre, würde er möglicherweise die Sache verhindern. Besser, daß er beim Kamel und dem Brennholz in Sicherheit ist. Und Chan-Amu?

Das Geräusch von Pferdehufen ließ sich vernehmen. Müde Hufe im Schnee. Gedämpft und langsam. Dann erschienen Pferd und Reiter, miteinander verwachsen, wie eine Rauchwolke. Ein dunkler Wirbel in der Hülle des Schneetreibens. Gebückt auf seinem grauen Pferd sitzend, den Kopf unter den Umhang gesteckt, kam Chan-Amu aus der weiten, verschneiten Steppe heran. Sehr erschöpft mußte er sein. Er kam näher, noch näher, warf seinen schweren Körper vom Pferd, schüttelte den dichten Schnee von den Schultern und nahm die Satteltasche von der Kruppe des Pferds herunter.

Mit einem Hüsteln trat Gol-Mammad hinter dem Zelt hervor, und ehe Chan-Amu seine tiefe, rauhe Stimme erheben konnte, legte Gol-Mammad den Finger auf die Lippen. Dann ging er zu Chan-Amu, nahm ihm die Satteltasche ab und forderte ihn mit einem Wink auf, ihm zum Zelt von Ssabr-Chan zu folgen.

Chan-Amu zog sein Pferd hinter das Zelt, knotete den Zügel an den Pfosten, kroch ins Zelt, kniete Gol-Mammad gegenüber hin und sah ihm starr in sein besorgtes Gesicht.

Gol-Mammad war ganz offensichtlich beunruhigt. Es schien, daß er, was er in seinen eigenen Gedanken gehegt hatte, auch in den Augen anderer sähe. Als ob alle wüßten, was er in seinem Inneren barg. Als ob alle seine Absichten durchschauten. Deshalb war Gol-Mammad zutiefst verstört. Von einer Art Kopflosigkeit ergriffen. So schnell wie möglich wollte er der Sache ein Ende machen; und in diesem Augenblick war Chan-Amu eine willkommene Hilfe. Ein Helfer in der Not. Wie gelegen er ihm kam! Doch wie konnte, wie sollte er mit ihm reden?

Die Schneeflocken waren noch nicht auf Chan-Amus struppigen, grauen Augenbrauen geschmolzen. Schlaflosigkeit und Erschöpfung hatten tiefe Falten um seine Augen gegraben, und die lederne Haut seiner Wangen war aufgesprungen. Seine dicken, wulstigen Lippen waren vor Kälte blau geworden. Seine dicken Finger waren starr und steif, und Chan-Amu rieb sie wie Stücke von Hanfstricken in der Asche der Feuerstelle, damit sie vielleicht geschmeidig würden. In seinen Augen hatten sich rote Flecken gebildet. Die Augenwinkel glänzten noch von den Tränen, die ihm die Stöße der Schneeböen in die Augen getrieben hatten – genauso wie bei einem Pferd, wenn es in nächtlicher Kälte unterwegs ist. Sein Bart war länger geworden, und die weißen Stellen darin fielen mehr auf als früher. Bei seiner Arbeit hatte er Leid und Qual über sich ergehen lassen, dieser einsame Wolf der Steppe.

Gol-Mammad brachte ihm ein Stück Fladenbrot; den Anteil von Kalmischi. Chan-Amu nahm es dem Neffen ab und schob es zwischen seine großen, weißen Zähne. Dann zog er seine Satteltasche zu sich heran, holte eine Basttasche mit Datteln daraus hervor, riß eine Ecke auf, bohrte seine kräftigen Finger, die jetzt etwas warm geworden waren, wie Pflöcke in die gepreßten Datteln, brach ein Stück ab, legte es zwischen das Brot und sagte zu Gol-Mammad: »Iß, iß! Im Winter gibt die Dattel dem Mann Kraft. Wenn du ein halbes Man davon ißt, kannst du unter einer Schneedecke schlafen. Ihr Dampf erhitzt den Schädel. Iß!«

Gol-Mammad nahm einige Datteln, legte sie auf die Zunge und sagte anzüglich: »Für welches Waisenkind mag das bestimmt gewesen sein, was wir jetzt essen!«

Mit vollem Mund sagte Chan-Amu: »Jetzt ist nicht die Zeit, an Waisenkinder zu denken! Dies Leben, das wir führen, reißt das Mitleid mit der Wurzel aus dem Herzen des Menschen. Davon abgesehen war der Besitzer dieser Datteln wohlhabend. Ihm war anzumerken, daß er kein Hungerleider war. Er ritt auf einem Maultier. Hatte auch noch zwei kräftige Esel bei sich, Esel wie Pferde. Er war auf dem Rückweg von der Stadt. Seine zwei Esel hatte er mit Eßwaren beladen und ließ sie von seinem Diener an einer Kette führen. Er selbst ließ seine Beine auf einer Seite des Maultiers herunterbaumeln und sang: ›O Herz … o Herz.‹ Die Satteltasche war vollgefüllt mit Zucker und Tee und solchen Sachen. Sein Aussehen verriet mir, daß er ein Viehhalter war. Vielleicht war er auch ein Ladenbesitzer. Wie dem auch sei, er kam mir vermögend vor. Ich tat ihm auch nicht viel an. Diese Basttasche mit Datteln nahm ich mir, drei Zuckerhüte und einen Beutel Tee. Und auch seine Geldbörse holte ich aus seiner Tasche, aber da waren alles in allem nur zwölf Toman drin. Wenn er nichts gehabt hätte, hätte ich ihn ja nicht berauben können! Den jungen Eseltreiber hab ich nicht mal mit der Peitsche geschlagen, nicht mal beschimpft. Als ich meine Arbeit getan hatte, sagte ich ihm, er solle da am Wegrand stehenbleiben und mir nicht folgen. Und das ist nun der Ertrag von drei mühseligen Tagen und Nächten. Was ist das alles schon? Nicht mal für vier Mahlzeiten reicht uns das. Aber für einen, der kein Gewehr zur Verfügung hat, ist das schon viel. Du bringst es ja nicht übers Herz, mir dein verrostetes Gewehr zu geben! Im übrigen gibt es auch zu viel Konkurrenz. Hinter jeder Wegbiegung lauern ein paar Räuber!«

Gol-Mammad untersuchte die Satteltasche und holte außer dem Tee und Zucker einen neuen Strick heraus. Er hielt ihn Chan-Amu hin: »Was ist denn das?« Chan-Amu schluckte, was er im Mund hatte, hinunter und sagte: »Den hab ich für dich genommen. Wenn du Brennholz transportieren willst, mußt du mindestens einen Strick haben!« Gol-Mammad schwieg.

Der Zeltvorhang wurde zurückgeschlagen, Belgeyss trat ein und sagte zu Chan-Amu: »Grade hab ich von dir geträumt. Geht es dir gut?«

Gol-Mammad drehte sich um und guckte nach draußen. Bevor er Belgeyss eine Antwort gab, drehte auch Chan-Amu sich um. Gol-Mammad duckte sich auf seinem Platz, und Chan-Amu tat es ihm nach. Gol-Mammad sagte gedämpft zur Mutter, sie solle sich hinhocken. Belgeyss setzte sich. Noch immer geduckt, starrten Gol-Mammad und Chan-Amu nach draußen. Aus der Öffnung des gegenüberliegenden Zelts kam ein Mann in einem Mantel, sah sich um und warf einen Blick auf den

Himmel. Er wartete einen Moment und musterte nochmals die Umgebung. Sein Blick blieb an Chan-Amus Pferd hängen. Chan-Amus Pferd starrte den Mann mit gespitzten Ohren an; und der Mann bog hinters Zelt.

Das Herz in Gol-Mammads Brust hatte keine Ruhe. War es möglich, daß dieser, der Greyli, auf den Gedanken gekommen war zu flüchten? Nein! Das wäre unvernünftig. In einer solchen Nacht und einer solchen Steppe, und dazu ohne Pferd und Waffe? Nein! Er wußte doch nicht, wohin ihre Pferde gebracht worden waren? Und außerdem hatte er auch sein Gewehr nicht bei sich. Er war ganz allein, ohne alles! Er kam aus dem Zelt, blieb kurz stehen und bog dann hinters Zelt. Die leer herabhängenden Ärmel seines Mantels zeigten, daß er den Mantel nicht angezogen, sondern sich nur über die Schultern geworfen hatte. Gewiß ging er seine Notdurft verrichten. Er hatte ja auch gesagt, nach eurer salzigen Suppe muß man viel trinken. Ha! Er kommt zurück. Er ist dabei, seinen Hosenschlitz zu schließen. Wieder macht er halt. Mustert die Umgebung. Wenn er bloß nicht mißtrauisch wird! Nein. Er beruhigte sich, bückte sich und ging ins Zelt. Der Teufel soll ihn holen! Jetzt muß er unter die Decke gekrochen sein. Was für eine angenehme Wärme! Nun schläft er ein. Er hat sich erleichtert. Ja, die Müdigkeit, die Müdigkeit wird seine Lider schließen.

»Wie gut, daß wir den Docht nicht hochgeschraubt hatten!« Das sagte Gol-Mammad und hob den Kopf vom Boden.

Chan-Amu fragte: »Wer war das? Was soll dies Versteckspiel?«

Gol-Mammad sagte: »Ein Gast!«

»Wessen Gast?«

»Unser Gast. Ein Gast der Kalmischis!«

»Woher kommt er? Wer ist er?«

»Er ist nicht allein; hat auch einen Gefährten.«

»Wen?«

»Einen Kollegen.«

»Einen Kollegen? Wozu? Sind sie unsretwegen gekommen? Wegen dem Tscharguschli-Prozeß?«

»Ich glaube. Die selbst stellen es anders dar, aber ich glaube, die wollen uns für dumm verkaufen. Was sie offen sagen, ist, daß sie für die Steuer gekommen sind.«

»Steuer – in dieser Zeit des Jahres?«

»Ich bezweifle auch, daß sie aufrichtig sind. Sie wollen mich morgen in die Stadt bringen!«

»In die Stadt bringen? Weswegen?«

»Anstelle der Steuer!«

»Deshalb also bliebst du draußen im Schnee und hieltest Wache?«

»Ha! Ich wartete auf einen von euch. Ich konnte nicht einschlafen.«

Belgeyss sagte: »Der Teufel ist in ihn gefahren! Gut, hier ist nun dein Onkel. Leg dich endlich schlafen. Jetzt kannst du ja zur Ruhe kommen!«

Gol-Mammad sah die Mutter an. Nicht wütend, auch nicht mit Widerwillen und Verachtung; aber auf dem Grund seiner Augen lag etwas Unbestimmbares, das Belgeyss zum Schweigen brachte. Belgeyss wandte den Blick von den Augen des Sohns. Gol-Mammad sagte zum Onkel: »Vor lauter Alleinsein wär ich fast umgekommen.«

Chan-Amu sagte: »Nun, was willst du jetzt tun? Willst du flüchten?«

»Nein! An sowas denk ich nicht.«

»Was dann?«

»Ich schwanke noch. Ich weiß nicht. Ich weiß nicht. Ach ... umbringen könnt ich euch, ihr scharfzähnigen Schakale! Nichts laßt ihr einem Menschen! Wo ist eure Menschlichkeit, Halunken! Ach, wären doch jene deutschen Gewehre auf meinen Schultern!«

»Welche Gewehre? Ha?«

»Sieh mal diese Zeiten! Sie kommen in dein schwarzes Zelt, hocken sich auf deinen Teppich, wärmen sich an deiner Feuerstelle, essen im Licht deiner Lampe dein Brot und dein Salz ... dann ... ach, die Schurken ...«

Von draußen wurde nach Gol-Mammad gerufen. Die Stimme von Greyli. Gol-Mammad unterbrach sich und sagte zu Belgeyss: »Erzähl's ihm. Haargenau. Erzähl's ihm. Erzähl's ihm!«

Dann ging er hinaus und stellte sich an den Zeltpfosten. Aus der Öffnung des gegenüberliegenden Zelts hatte Greyli den Kopf gestreckt und wartete auf Gol-Mammad: »Komm einen Augenblick her. Du hast doch noch nicht geschlafen?«

»Nein, Herr! Ich wollte mich gerade hinlegen.«

»Komm. Komm einen Augenblick her.«

Gol-Mammad ging näher. Greyli kroch ins Zelt. Gol-Mammad trat hinter ihm ein. Herr Tschamandari öffnete mühsam die Lider und sah Gol-Mammad an. Unfähig, seine Besorgnis zu verbergen, fragte Gol-Mammad: »Ha, ja? Wünschen Sie etwas?«

Bevor er eine Antwort erhielt, bemerkte er ein Paar Handschellen, die an Feldwebel Greylis linkem Handgelenk hingen. Handschellen am linken Handgelenk eines Gendarmen haben eine ganz bestimmte Bedeutung. Greyli sagte: »Heute nacht schläfst du bei uns; du hast keine andere Wahl!«

»Warum, Herr?«

»Das weißt du ja selbst. Du hast Militärdienst geleistet, nicht wahr? Nun gut, das Gesetz läßt Vorsicht walten! Was weiß man denn? Wir wollen nicht, wenn wir morgen aufgestanden sind, deine Fußspuren im Schnee verfolgen müssen.«

»Warum sollte ich flüchten, Herr?«

»Der Mensch ist nun mal so. Ihm ist nicht zu trauen. Auf einmal kommt's dir in den Sinn!«

Gol-Mammad sagte nachgiebig: »Schön, schön! Wie Sie befehlen. Dann werde ich ...«

»Geh und hol dir eine Decke.«

»Jawohl, jawohl!«

Gol-Mammad ging hinaus und ging zum Zelt von Ssabr-Chan.

Wenn auch Belgeyss' Bericht sehr gemäßigt gehalten war, so erwähnte er doch die Gewehre und die Gefahr von Gol-Mammads Verhaftung. Chan-Amus Augen hatten sich zusehends mit Blut gefüllt.

Gol-Mammad trat ins Zelt: »Die wollen mir Handschellen anlegen und mich dort bei sich behalten. Die Sache wird ernst, Chan-Amu!«

Die Klage von Gol-Mammad war voller Nachdruck. Seine Augen flehten: ›Chan-Amu! Hilf mir!‹

Chan-Amu sagte: »Was denkst du, was wir tun sollen?«

Gol-Mammad sagte: »Halte zwei Seidentücher bereit, Mutter! Und du, Chan-Amu, schneide diesen Strick, den du mir mitgebracht hast, in zwei Teile! Ihr Blut darf nicht auf unseren Boden tropfen. Mutter, wecke die Frauen! Für jede gibt's was zu tun.«

Das Wort war hart. Notwendigerweise. Es duldete keinen Ungehorsam. Chan-Amu zog den Dolch aus der Gamasche und zerschnitt im Handumdrehen den Strick in zwei gleiche Teile. Belgeyss war hinausgegangen. Gol-Mammad zog die Kappen der Stoffschuhe hoch: »Die Sache müssen wir zu einem Ende führen. Die Nacht ist ein stiller Helfer!«

Es war Mitternacht. Die Zeit, wo jeder in tiefen Schlaf versunken ist. Jeder. Jeder. Alte und Junge, Kranke und Gesunde, der Verliebte wie der Trauernde, der Räuber wie der Karawanenführer. Alle. Alle.

Die Nacht hatte ihren höchsten Punkt erreicht. Der Schnee fiel langsamer. Die Stille der Nacht war so drückend, daß sie die Lider selbst der aufmerksamsten Wächter zu schließen vermochte. Nur die Augen der Kalmischis trieben ständig die anbrandenden Wellen des Schlafs zurück, zurück. Die Wimpern, trockene Dornen der Steppe, Hüter der wachen Augen, standen steil aufgerichtet und konnten sich keinen Augenblick ausruhen. Die Kiefer aufeinandergepreßt, fest geschlossen; und die Münder geschmolzene, erstarrte Lehmziegel. Zittern des Innern. Zittern nicht von der nächtlichen Kälte, sondern von den Wellen der Verstörung. Eine Arbeit mußte getan werden. Eine Arbeit, die nicht leicht war. Nimm sie nicht leicht!

Ich nehme sie nicht leicht!

Aber du bist verstört, Gol-Mammad! Weshalb bist du verstört? Weswegen besorgt? Du nimmst etwas in Angriff, nimmst es entschlossen in Angriff, trotzdem zittern deine Knie verdächtig. Kommt das nicht daher, daß du dich in deinen Gedanken in Gefahr begibst? Daß du daran denkst zu töten? Daß du an Köpfe denkst, die du von Ohr zu Ohr abgeschnitten und ihren toten Trägern auf die Brust gelegt hast? Und daß die glanzlosen Augen der stummen Köpfe leblos auf dich gestarrt haben? Töten. Viel hast du getötet, Gol-Mammad. Damals. Damals. Doch deine Knie haben früher niemals gezittert. Jetzt klopft dir das Herz. Klopft wild. Vielleicht deshalb, weil du das Blut der beiden Männer schon im voraus vergossen hast: Töten ohne Rückendeckung. Kein Regiment, keine Armee deckt dir mehr den Rücken. Keiner steht hinter dir. Du spielst mit dem Schwanz eines Löwen. Daher kommt es, daß dein Blut schneller in den Adern fließt. Und daß deine Zähne klappern. Deine Hände, Gol-Mammad, warum hast du sie so fest in die Seiten deines Umhangs gekrallt?

›Wir müssen die Sache zu Ende führen. Ich bin's leid. Diese Wunde, die mich ständig quält, muß ich schnellstens beseitigen. Ich bin's satt.

Ich weiß, was für eine Falle mir diese Schurken gestellt haben! Ach … was für ein Dreck ist das! Ich muß meinen Seelenfrieden wiederfinden. Muß meine Seele waschen, reinwaschen.‹

Langsam ging er zum Zelt der Frauen und trat mit gebeugtem Rükken ein. Die Frauen saßen besorgt da, zum Aufbruch bereit. Schweigend, in Gedanken versunken stand Chan-Amu mit den Stricken in der Hand abseits. Belgeyss, nachdenklicher als die anderen, starrte auf den Boden.

Gol-Mammad sagte mit erstickter Stimme: »Wir gehen. Wie Rebhühner. Du, Mutter! Nimm eins der Kopftücher. Mahak! Du das andere. Kein Laut darf zu hören sein. Maral! Nimm du einen der Stricke von Chan-Amu. Und du den anderen, Siwar! Ihr müßt sehr flink sein. Wie Gazellen. Verscheucht den Schlaf aus euren Köpfen. Keinen Augenblick dürft ihr unaufmerksam sein! Ihr zwei bindet ihnen die Schultern mit den Stricken zusammen. Mahak und du, Mutter, ihr bindet ihnen den Mund zu. Und du, Chan-Amu! Sobald wir ins Zelt gedrungen sind, mußt du denjenigen ausschalten, der neben der Truhe liegt. Er ist vom Opium benommen. Hat nicht viel Kraft. Blitzschnell müssen wir handeln. Bevor sie zu sich kommen und nach den Gewehren greifen, müssen wir sie gefesselt haben. Ohne Kampf. Lautlos, ohne das kleinste Geräusch. Steht jetzt auf. Still. Wie Rebhühner. Kein Schritt darf an ihr Ohr dringen.«

Greylis Stimme ließ sich aus dem Zelt hören: »Ahay … Gol-Mammad! Gol-Mammad!«

»Ich komme, Herr. Ich komme!«

Still wie Rebhühner traten die Kalmischis aus ihrem Zelt. Die Männer – nur zwei Männer – kampfbereit voran; und die Frauen – vier Frauen mit ausgebreiteten Flügeln – hinterdrein. Auf der verschneiten Fläche zwischen den beiden Zelten gingen sie langsam mit klopfenden Herzen; aus der Höhe herabgestiegene Falken, schleiften sie alle zusammen, alle gleichen Sinns, die Flügel über den Schnee. Den Atem angehalten, den Blick geschärft, die Ohren gespitzt. Geschöpfe der Nacht!

Sie waren dicht beim Zelt. Die Männer vor dem Eingang, die Frauen zu beiden Seiten. Alle an eins denkend. Chan-Amu faßte eine Seite des Zeltvorhangs, Gol-Mammad die andere, und plötzlich hoben sie ihn mit einem Ruck hoch. Überfall. Sofort Gebrüll, sofort ein stiller Kampf. Es währte nicht lange. Wasser ins Feuer!

Erregt und wachsam, Augen und Ohren aufs Zelt gerichtet, wieherte Chan-Amus graues Pferd. Das Tier bot sich zur Hilfe an. Mit dem Zügel am Pfosten festgebunden, hatte es jedoch keine Möglichkeit dazu. Wiehernd richtete es sich auf den Hinterbeinen auf, schlug mit den Vorderbeinen, schüttelte die Mähne, stampfte mit den Hufen auf Schnee und Erde. Dort, im Zelt der Mutter, geht etwas vor. Geschieht etwas. Nicht umsonst ist das Pferd aufgeregt!

Mahak lief zum Pferd des Vaters, löste den Zügel und zog das überreizte Tier auf das Zelt zu. Im gleichen Augenblick brachten die Kalmischis die gefesselten und geknebelten Männer aus dem Zelt und führten sie in den Schnee hinaus. Mahak brachte das Pferd näher heran, und Gol-Mammad setzte mit Chan-Amus Hilfe die beiden Männer einen nach dem anderen auf das Pferd und band sie mit dem Rest des Stricks aneinander; auch ihre Füße band er mit einer Leine unter dem Bauch des Pferds fest zusammen und rief nach einem Sack. Ein Sack wurde gebracht. Gol-Mammad nahm ihn Siwar ab und stülpte ihn über Kopf und Körper der Männer. Bis Gol-Mammad damit fertig war, hatte sich Chan-Amu den Patronengurt umgehängt und das Gewehr geschultert. Gol-Mammad tat es ihm gleich und sagte Chan-Amu, er solle den Zügel des Pferds nehmen und sich auf den Weg machen. In welche Richtung?

Chan-Amu nahm den Zügel in die Hand, während Gol-Mammad die Frauen anwies, das Zelt zu durchsuchen, damit nur ja nichts, kein verräterisches Zeichen, dort bliebe. Zu Belgeyss gewandt sagte er: »Kein Grund zur Aufregung. Beruhigt euch. Gleich sind wir wieder hier.«

Langsam, langsamer fiel der Schnee. Wie Federn von Tauben, denen die Köpfe abgerissen wurden. Das graue Pferd von Chan-Amu trottete müde und gleichgültig hinter seinem Herrn her. Gol-Mammad ging hinter dem Pferd und untersuchte das Gewehr. Es war schon vorher geladen worden. Chan-Amu blickte sich um. Gol-Mammad gab ihm ein Zeichen: schneller. Chan-Amu beschleunigte den Schritt. Das Pferd beschleunigte den Schritt. Gol-Mammad beschleunigte den Schritt. Die Eile lief in den Adern. Es gab keine Zeit zum Nachdenken, nicht einmal die Möglichkeit, einen Gedanken zu fassen. Das Pferd ging, und die

Männer gingen. Der Tamariskenhain, der sich schlängelnde Pfad, auf und ab. Endlich die Hütte von Onkel Mandalu.

Auf einen Wink von Gol-Mammad bog Chan-Amu zu den Holzkohlenschächten Onkel Mandalus ab, und dort, am Abhang des Hügels, blieb er stehen. Gol-Mammad eilte hin und hob den Deckel vom Schacht. Rauch quoll heraus. Auch den Deckel des zweiten Schachts nahm er ab. Das Feuer in den Schächten mußte geschürt werden. Dann hob Gol-Mammad zusammen mit Chan-Amu die Last vom Pferd herunter. Er zog den Sack von den Körpern. Durchschnitt den Strick. Jeder brachte einen Mann an den Rand eines Schachts. Der Mund gebunden, die Schultern gebunden. Stumme Opfer. Nur der Kopf von einem konnte sich auf den Schultern bewegen. Der andere schien schon vor seinem Tod gestorben zu sein.

Das steinerne Herz der Kalmischi-Männer! Schächte voller Feuer und Rauch. Abgrund der Hölle. Die Mündungen der Gewehre richteten sich gleichzeitig auf die Hinterköpfe. Der steinerne Blick Chan-Amus auf Gol-Mammad, der steinerne Blick Gol-Mammads auf Chan-Amu. Feuer! Die zwei Gefangenen stürzten in die Schächte. Feuer und Rauch. Bevor der Gestank des verkohlenden Fleischs herausdrang, mußten die Schächte zugedeckt werden. Sie deckten sie zu. Die Schüsse hatten das Pferd scheu gemacht. Chan-Amu lief hin, sprang auf und rief Gol-Mammad zu, auch aufzuspringen. In seiner Aufregung nicht daran denkend, daß Schnee in der Hitze des Feuers schmilzt, warf Gol-Mammad Schnee auf die Deckel der Schächte, nahm das Gewehr auf die Schulter und sprang wie eine Krähe auf die Kruppe von Chan-Amus Pferd.

»Wenn dieser Schnee noch eine Stunde anhält, hat die Sache tadellos geklappt. Weil er die Spuren verdeckt.«

Ohne dem Onkel zu antworten, sah Gol-Mammad sich den Himmel an. Der Schnee ließ nach. Das Wetter beruhigte sich. Er warf einen Blick in die Steppe. Die Steppe hatte eine weiße Derwischkutte angelegt. Die endlose Weite der Steppe. Von den Köpfen der Tamarisken fielen Schneestücke träge auf den Boden. Müde. Müde.

Chan-Amu sagte nichts mehr. Er ließ es zu, daß Gol-Mammads müder Kopf auf seiner Schulter ruhte. Langsam ritt er, langsam. Er hatte Mitleid mit Gol-Mammad.

Denn mit jedem Töten stirbt der tötende Mensch selbst. Stirbt in sich selbst. Töten! Töten! Ach … wie lange töten? O Erde, bist du noch nicht satt geworden von Blut?

»Was siehst du da?«

Gol-Mammad hob die Stirn von der Schulter des Onkels und warf einen Blick auf ihre Zelte. Eine Karawane schien dort zu lagern.

»Einige Kamele und ein Pferd!«

»Was meinst du, wer das ist?«

»Niemanden, niemanden will ich sehen!«

Nachgiebig wendete Chan-Amu das Pferd und schlug einen Bogen, um von hinten zu den Zelten zu gelangen. Denn es konnte sein, daß eine der Frauen sie erwartete. So war es auch. In Rufweite der Zelte richtete sich Mahak hinter einem Strauch auf, ergriff den Zügel des Pferds und berichtete erschreckt: »Der Sohn von Tante Gol-Andam und Hadj Passand, der Ali-Akbar. Bei ihm ist auch Onkel Mandalu mit dem Sohn von Babgoli Bondar.«

Ein Fluch und ein Ausspucken! Die Männer stiegen vom Pferd. Sie legten die Waffen ab und vertrauten sie Mahak an: »Tu sie in den Sack, und versteck sie an einem sicheren Ort!«

Mahak warf sich den Sack über die Schulter und verlor sich im Tamariskenhain.

»Was sagen wir denen nun?«

Chan-Amu setzte sich wieder aufs Pferd und trieb es an: »Dein Pferd war durchgegangen. Wir mußten es suchen gehen. Den Gareh-At!«

Am Zelt kam Onkel Mandalu Gol-Mammad entgegen: »Ich hab dir einen Weggefährten und Arbeitskameraden gebracht, Gol-Mammad! Den Sohn deines Freundes Babgoli Bondar. Drei Kamele hat er und ist gekommen, mit dir Brennholz zu transportieren!«

»Zu welch unpassender Zeit, Onkel!«

In einem langen, sauberen Umhang kam Scheyda heran und begrüßte Gol-Mammad.

»Du siehst schläfrig aus, Sohn von Bondar. Willkommen! Warum läßt du die Kamele sich nicht hinlegen? Schaufle den Schnee weg!«

Onkel Mandalu sagte: »Die Frauen sind schon gegangen, eine Schaufel zu holen. Wir lassen sie sich hinlegen. Das heißt, wir lassen Scheydas Kamele sich hinlegen; ich geh zu meiner eigenen Behausung!«

Chan-Amu ging auf den Alten zu und sagte, ihm mit der Hand auf die Schulter schlagend: »Wo denkst du hin, Onkel? Glaubst du denn, wir lassen in solch einer Nacht einen Gast von uns fort? Komm. Komm ins Zelt! Heute nacht bist du unser Gast – komm! Der Sohn von Bondar kümmert sich um die Kamele. Gehn wir. Es ist ohnehin nicht mehr weit bis zum Morgen.«

Im Zelt saß Ali-Akbar, der Sohn von Hadj Passand, an der Feuerstelle und trocknete seine Kleider. Beim Eintreten der Männer erhob er sich halb und sagte: »Wir sind zur Unzeit gekommen, nicht wahr?«

Gol-Mammad sagte: »Ich hoffe, du bringst gute Nachricht!«

Lächelnd auf Belgeyss blickend, sagte Ali-Akbar: »Eine gute Nachricht ist's. Ich will Tante Belgeyss in den Weiler mitnehmen. Scheydas Bruder will mein Schwager werden. Es ist an der Zeit, daß ich Tante Belgeyss mit meiner Mutter aussöhne.«

Sie setzten sich. Ali-Akbar rutschte ein wenig zurück und lehnte sich an die Truhe. Das neu aufflackernde Feuer erhellte das Innere des Zelts.

Ali-Akbars Hand streifte einen Stiefel. Er hob ihn auf, besah ihn und warf ihn beiseite. Dann wandte er sich Gol-Mammad zu und sagte: »Warum bist du so blaß? Bist du krank?«

»Ich fühle mich nicht wohl. Seit einigen Tagen.«

Scheyda kam ins Zelt, und Chan-Amu sagte gutgelaunt: »Belgeyss! Tee, Tee mit Datteln. Zur Feier der Hochzeit unserer Verwandten. Wie gut, daß sich wenigstens ein halbes Man Datteln und eine Handvoll Tee hier auftreiben läßt!«

Belgeyss füllte den Teekessel mit Wasser und stellte ihn aufs Feuer. Siwar rief Gol-Mammad nach draußen. Gol-Mammad ging hinaus. Vor dem Zelt war ein Reiter, der sich nur mit Mühe auf dem Pferd hielt. Die Kälte schien ihm unbarmherzig zugesetzt zu haben, so daß er kaum die Lippen bewegen konnte: »Meine Kameraden sind hierher geritten. Sie müßten eigentlich … hier sein. Beim Zelt … der Kalmischis! Ich … bin Steuereinnehmer. Bringt mich … unter … für heute nacht!«

Worterklärungen

Badi! Diesen Namen trug es nicht umsonst: Der Name des Kamelhengstes ist aus dem persischen Wort *bad,* Wind, abgeleitet.

Chan: 1. Höfliche Anrede für männliche Personen, entweder alleinstehend gebraucht oder dem Vornamen nachgestellt, z. B. Ali Chan;
2. Titel von Stammesführern;
3. Erster Bestandteil von zusammengesetzten männlichen Vornamen, z. B. Chan-Mammad

die grüne Farbe deiner Schärpe …: Grün gilt als Zeichen der Abstammung vom Propheten Mohammad.

Dotar: Zweisaitiges Instrument

einen halben Tag Wasser: Tag ist eine der Einheiten, mit denen die Wassermenge zur Bewässerung von Feldern gemessen wird.

Eisgruben: Im Winter auf natürlichem Weg hergestelltes Eis wurde früher in eigens für diesen Zweck angelegten Gruben bis in den Sommer hinein aufbewahrt.

Eschgh-abad: In deutscher Schreibweise: Aschchabad; Hauptstadt der jetzigen Republik Turkmenistan

Farssach oder *Farssang:* Altes Längenmaß, ca. 6240 Meter

Ganat: Unterirdisches Kanalsystem

Geran: Alte Geldmünze

Gurmast: Hirtenspeise aus Milch, Joghurt und Butter

Hadj(i): Ehrentitel für einen Moslem, der nach Mekka gepilgert ist.

Halim: Ein breiartiges Gericht aus Weizen und Fleisch

Ich schaufle Gräber, maure sie aus …: Muslime werden nicht in Särgen beerdigt. Die Gräber werden mit Ziegelsteinen ausgemauert, die in Tücher gewickelte Leiche mit Steinplatten abgedeckt und dann mit Erde zugeschüttet.

Imam Ali: Der Schwiegersohn des Propheten Mohammad, Ehemann von Fatima

Karbala'i: Ehrentitel für einen Moslem, der nach Karbala im Irak gepilgert ist.

Kawir: Salzwüste; Bezeichnung für den nördlichen Teil des inneriranischen Wüstengebiets

Korssi: Ein niedriger, mit einer Steppdecke bedeckter Tisch, unter den ein Becken mit glühender Kohle gestellt wird. Im Winter strecken die Hausbewohner, am Boden sitzend, die Beine bis zur Hüfte zum Wärmen unter die Decke, nachts schlafen sie darunter.

Mahak brachte die Wasserkanne …: Nach islamischem Volksglauben darf ein durstiges Tier nicht geschlachtet werden.

Man: Altes Gewicht, knapp 6 Kilogramm

Maschd(i): Ehrentitel für einen Moslem, der nach Maschhad, im Nordosten Irans, gepilgert ist.

Moulawi aus Balch: Gemeint ist der persische Dichter Djelal od-Din Rumi, auch Moulawi (Mewlewi) genannt; geboren 1207 in Balch, gestorben 1273 in Konya.

Nader Schah: Ein äußerst kriegerischer Herrscher im 18. Jahrhundert

nahm das Beil von der Wand und hob die Bettelschale vom Boden auf: Zur Ausrüstung der Derwische gehören neben grünem Turban und grüner Schärpe auch ein Beil und eine Bettelschale.

Passionsfeier: Passionsfeiern werden zum Gedenken an islamische Märtyrer abgehalten; geleitet werden sie von einem niederen Geistlichen oder einem Derwisch, der in einer Art Sprechgesang die Leidensgeschichte eines Märtyrers vorträgt.

Schahi: Alte persische Scheidemünze, wie auch *Geran.* Die gegenwärtig im Umlauf befindlichen Geldscheine und Münzen werden *Toman* genannt, offiziell: Rial. Ein *Toman* sind 10 Rial.

Sseyyed: Ehrentitel für einen angeblichen Nachfahren des Propheten Mohammad

Ssier: Altes Gewicht, rund 75 Gramm

Toman: Währungseinheit

Tschagur: Siehe *Dotar*

Vorabend des Freitags: Der Derwisch erinnert den Goldschmied an den Brauch, Bedürftigen am Vorabend des Freitags, des islamischen Ruhetags, ein Almosen zu geben.

Windtürme: Im Osten und Süden Irans auf Wohnhäusern angebrachte hohe, viereckige, schornsteinähnliche, im oberen Teil durchbrochene Türme, die die Luftströmungen auffangen und zur Kühlung in die im Untergeschoß liegenden Sommerwohnungen leiten.

Yasd: Stadt südöstlich von Teheran

Die wichtigsten Personen

Mischkalli: eine kurdische Sippe; zu ihr gehört die Familie Kalmischi:

Kalmischi, Herdenbesitzer
Belgeyss, seine Ehefrau
Chan-Mammad, *Gol-Mammad*, *Beyg-Mammad* – ihre Söhne
Schiru, ihre Tochter
Siwar, ihre Schwiegertochter; Frau von Gol-Mammad

Abduss, Bruder von Belgeyss
Maral, seine Tochter
Delawar, Verlobter von Maral

Madyar, Bruder von Belgeyss

Chan-Amu, Bruder von Kalmischi
Mahak, seine Tochter
Ssabr-Chan, auch *Ssabrou* genannt, Ehemann von Mahak

Gol-Andam, Schwester von Belgeyss
Hadj Passand, ihr Ehemann
Ali-Akbar, ihr Sohn
Chadidj, Tochter von Ali-Akbar

Pir Chalu, Aufseher einer Karawanserei

Mah-Derwisch, Sseyyed und ehemaliger Derwisch; manchmal einfach *Derwisch* oder *Sseyyed* genannt

Hadj(i) Hosseyn, Herdenbesitzer im Dorf Tscharguschli
Mah-Ssoltan, seine Frau; Schwester von Babgoli Bondar
Nade-Ali, sein Sohn
Ssougi, seine Nichte

Personen im Dorf Galeh Tschaman:

Babgoli Bondar, Handelsmann
Asslan, *Scheyda* – seine Söhne
Nur-Djahan, seine zweite Frau, Mutter von Scheyda

Karbala'i Chodadad, ehemaliger Karawanenführer
Gadir, *Abbass-djan,* auch *Abbass* genannt – seine Söhne

Tante Ssanama, Besitzerin einer Opium- und Spielhöhle

Gudars Balchi, auch *Pahlawan* (der Ringer) genannt

Gorban Balutsch

Hadj Aga Aladjagi, Großgrundbesitzer

Onkel Mandalu, Köhler

Ssattar, Flickschuster

Tschamandari, *Greyli* – Gendarmen

Zur Aussprache persischer Wörter

ch	immer wie in ›Bach‹, ›acht‹; nie wie in ›Sicht‹, ›Chef‹, ›Chlor‹
dj	etwa wie in engl. ›job‹, ›jeans‹
gh	Kehllaut, etwa wie norddt. und frz. Zäpfchen-R
h	wird stets ausgesprochen, auch am Wortende
j	wie in frz. ›journal‹, ›jardin‹, stimmhaft
r	Zungenspitzen-R
s	stimmhaftes ›s‹ wie in hochdt. ›Saal‹, ›Hase‹
ss	stimmloses ›s‹, auch am Wortanfang, wie in ›Faß‹, ›Gasse‹
y	statt dt. ›j‹
ey	etwa wie engl. ›ay‹ in ›say‹, ›May‹, ›day‹
ou	wie engl. ›o‹ in ›no‹, ›so‹, ›go‹

Die Betonung liegt bei persischen Wörtern im allgemeinen auf der letzten Silbe.

Mahmud Doulatabadi

»Ich komme vom Rande der Salzwüste,
ich schreibe am Abgrund der Welt,
ich zweifle.«

Mahmud Doulatabadi wurde 1940 in Doulatabad – einem Dorf in der Provinz Chorassan, die zwischen Teheran und Maschhad liegt – geboren. Er wuchs mit neun Geschwistern auf. Sein Vater besaß trotz einer bescheidenen Ausbildung eine große Vorliebe für die persische Literatur. Der Junge war Schafhirte, Land- und Bauarbeiter, Schuhmachergehilfe in der kleinen Werkstatt seines Vaters, Fahrradmechaniker, Baumwollwäscher und nicht zuletzt Friseur – ein Beruf, mit dem er sich auch später noch gelegentlich das nötige Geld verschaffte.

Als Doulatabadi 13 Jahre alt war, verließ er sein Heimatdorf am Rande der Wüste. Zunächst arbeitete er als Saisonarbeiter in den Feldern, dann in Teheran in einer kleinen Druckerei sowie in einem Schlachthaus – nicht als Metzger, sondern als Friseur. Er schlug sich mit allen möglichen Arbeiten durchs Leben: Souffleur beim Theater, Kartenkontrolleur im Kino, Anzeigensammler für die Tageszeitung Keyhan; eine andere Zeitung setzte ihn fristlos, wegen »Rechtschreibfehlern«, auf die Straße.

Eigentlich hatte es ihn nach Teheran gezogen, weil er die Theaterakademie besuchen wollte. Obwohl die Schule nur für Abiturienten gedacht war, bestand er die Schauspielprüfung als Bester und wurde in das Ensemble eines Theaters aufgenommen. Im März 1975 fand sein Glück ein abruptes Ende: Eines Abends erschien die Polizei und holte ihn mitten in einer Vorstellung von der Bühne weg. Aus politischen Gründen verschwand er für zwei Jahre hinter Gittern.

Seine erste Sammlung von Erzählungen erschien 1969. Mahmud Doulatabadi gilt als bedeutendster Vertreter der zeitgenössischen persischen Prosa. Er hat zahlreiche Erzählungen, mehrere Romane, Drehbücher und Theaterstücke, aber auch Dutzende von literaturkritischen sowie politischen Essays verfaßt.

Mahmud Doulatabadi im Unionsverlag

Mahmud Doulatabadi *Der leere Platz von Ssolutsch*
Seit Tagen haben sie schon nicht mehr miteinander geredet, Ssolutsch und seine Frau Mergan. Abends hatte er sich an den Herd gerollt, und morgens war er verschwunden. Nun ist der Platz neben ihr leer: Ssolutsch hat sie und seine Familie verlassen. Mergan muß alleine für ihre Kinder sorgen. Wie lange wird sie sich gegen ihr Schicksal stemmen können? In eindrucksvollen Bildern wird das Auseinanderfallen der alten sozialen Ordnung, die Verarmung eines Dorfes in der nordöstlichen Wüstenregion Irans geschildert.

»Eine literarische Neuentdeckung ersten Ranges.« *Radio Bremen*

»Ein Gesang aus der Hölle, einprägsam, unvergeßlich.« *Tages-Anzeiger, Zürich*

»Der Roman beweist, daß der Autor nicht umsonst zu den berühmtesten seines Landes zählt.« *Süddeutsche Zeitung, München*

Mahmud Doulatabadi *Die Reise*
Seit Monaten wartet Chatun auf ein Zeichen ihres Mannes, auf das versprochene Geld, auf einen Brief. Weil keiner mehr Dreschflegel und Hakenpflüge kauft, seit es Traktoren gibt, mußte er in den Golfstaaten Arbeit suchen. Aber wie soll eine Frau überleben, allein mit Tochter und Großmutter?
Da taucht eines Tages, an Krücken, ein Mann auf. Abends steht er am Bahndamm, schaut zum Haus hinüber und wagt sich keinen Schritt näher. Er sieht es hell erleuchtet, Männer gehen aus und ein. In der Schenke wird jedem klar: Über diesem Mann hängt ein Fluch.

»Grandios erzählt, und mit einer erstaunlichen Fülle von differenziert gestalteten Figuren.« *Uwe Friesel, Nürnberger Nachrichten*

»Wie die Bilderfolge eines beklemmenden Kurzfilms.« *Horst Sumerauer, Hessischer Rundfunk*

Internationale Literatur im Unionsverlag

Scharnusch Parsipur *Tuba*
Tubas Lebensweg ist ein Gang durch dieses persische Jahrhundert. Visionen und Phantasien mischen sich, das Erlebte entpuppt sich als Poesie und die Legenden als Realität. Als Tubas Haus zerfällt, geht eine Epoche zu Ende.

Monireh Baradaran *Erwachen aus dem Alptraum*
Neun Jahre lang lebte Monireh Baradaran in den berüchtigten Gefängnissen von Teheran. Im Leben unter extremsten Bedingungen werden Menschen sich fremd, Freunde werden zu Feinden, Helden zu Verrätern.

Yaşar Kemal *Das Lied der tausend Stiere*
Seit Jahrhunderten ziehen türkische Nomaden aus den Bergen hinunter auf die Ebene. Aber wo sie einst lagerten, erstrecken sich jetzt Reisfelder und Baumwollplantagen. Dieser Winter wird der letzte des Stammes.

Sait Faik *Ein Lastkahn namens Leben*
Der unerreichte Meister der urbanen, spielerischen türkischen Prosa. Liebevoll zeichnet er seine Figuren und schafft ein vielschichtiges, farbiges Bild des Lebens im kosmopolitischen, weltoffenen Istanbul der Zwischenkriegszeit.

Mehmed Uzun *Im Schatten der verlorenen Liebe*
Memduh Selim, ein Wegbereiter der kurdischen Erneuerungsbewegung zu Beginn des Jahrhunderts, wird zermürbt zwischen Verantwortung und Liebe. Der moderne kurdische Schlüsselroman der kurdischen Geschichte.

Romesh Gunesekera *Riff*
Im Jahr des gescheiterten Staatsstreichs auf Sri Lanka kommt der elfjährige Triton als Boy in das Haus des Meeresbiologen Mister Salgado: Die eindrückliche Stimme eines Jungen, der in einer zerbrechenden Welt zum Mann wird.

Assia Djebar *Fern von Medina*
Die bedeutendste Autorin des Maghreb erweckt aus alten Chroniken die Frauen um den Propheten zu neuem Leben: Die Rehabilitierung der islamischen Frau und ihrer Geschichte.
